HEYNE BÜCHER

Tip des Monats

In derselben Reihe
erschienen außerdem als Heyne-Taschenbücher:

Johanna Lindsey · Band 23/34
Evelyn Sanders · Band 23/66
Mary Westmacott · Band 23/73
Dean Koontz · Band 23/76
Evelyn Sanders · Band 23/84
Dean Koontz · Band 23/85
Ellis Peters · Band 23/92
Utta Danella · Band 23/95
Heinz G. Konsalik · Band 23/96
Marion Zimmer-Bradley · Band 23/98
Dean Koontz · Band 23/101
Johanna Lindsey · Band 23/103
Ellis Peters · Band 23/104
Heinz G. Konsalik · Band 23/108
Ellis Peters · Band 23/110
Utta Danella · Band 23/111
Dean Koontz · Band 23/112
Ellis Peters · Band 23/114
Johanna Lindsey · Band 23/115
Terry Pratchett · Band 23/117
Dean Koontz · Band 23/119
Ellis Peters · Band 23/121
Dean Koontz · Band 23/123
Philippa Carr · Band 23/125
John Saul · Band 23/127
Barbara Cartland · Band 23/128
Terry Pratchett · Band 23/129
Johanna Lindsey · Band 23/130
Ellis Peters · Band 23/131
Mary Higgins Clark · Band 23/132
Catherine Coulter · Band 23/136
Claudia Keller · Band 23/137
Jane Austen · Band 23/138
Anne Perry · Band 23/139
Philipp Vandenberg · Band 23/140
Terry Pratchett · Band 23/141
Ephraim Kishon · Band 23/142
Dean Koontz · Band 23/143
Johanna Lindsey · Band 23/144
Joanna Trollope · Band 23/145
Ellis Peters · Band 23/146
Olivia Goldsmith · Band 23/148
John T. Lescroart · Band 23/149
Nora Roberts · Band 23/150
John Grisham · Band 23/151
Utta Danella · Band 23/152
Mary Higgins Clark · Band 23/154
Dean Koontz · Band 23/155
Johanna Lindsey · Band 23/156
Celia L. Grace · Band 23/158
Philippa Carr · Band 23/159

Catherine Coulter

DREI ABENTEUERLICHE LIEBESROMANE

Die Stimme des Feuers
Die Stimme der Erde
Die Stimme des Blutes

WILHELM HEYNE VERLAG
MÜNCHEN

HEYNE TIP DES MONATS
Nr. 23/162

Aus dem Amerikanischen von Ekkehart Reinke
(Der Titel erschien bereits in der Reihe Romane für »Sie« mit der Band-Nr. 04/84.)

Aus dem Amerikanischen von Ekkehart Reinke
(Der Titel erschien bereits in der Reihe Romane für »Sie« mit der Band-Nr. 04/86.)

Aus dem Amerikanischen von Ekkehart Reinke
(Der Titel erschien bereits in der Reihe Romane für »Sie« mit der Band-Nr. 04/88.)

Umwelthinweis:
Das Buch wurde auf chlor- und säurefreiem Papier gedruckt.

5. Auflage

http://www.heyne.de
Printed in Germany 2000
Umschlagillustration: Victor Gadino / Agentur Schlück
Umschlaggestaltung: Atelier Ingrid Schütz, München
Satz: (3190) IBV Satz- und Datentechnik GmbH, Berlin
Druck und Bindung: Elsnerdruck, Berlin

ISBN 3-453-14818-5

Die Stimme des Feuers

1

»Bei allen Höllenfeuern, Guy!« schrie Graelam. »Seht! Ein Dutzend schurkischer Hurensöhne gegen einen Händler und seine sechs Männer!« Er hob sich im Sattel und rief seinen Männern zu: »Zeigen wir es diesen verdammten französischen Schweinehunden, aus welchem Holz wir Engländer geschnitzt sind!« Er stieß dem Zelter die Sporen in die Weichen und zog mit einer geschmeidigen Bewegung das schimmernde Schwert aus der Scheide. Dann donnerte sein Dämon den grasbewachsenen Hügel hinunter in das kleine Tal.

»A Moreton! A Moreton!« brüllte Graelam. Er klappte das Visier herab und schwang das lange Schwert zum tödlichen Hieb. Hinter ihm schlossen seine beiden Ritter und zwölf Männer die Reihen. Kühl erfaßte Graelams Blick die Räuberbande. Sie haben für ihren feigen Überfall die ideale Stelle gewählt, dachte er. Dann krachte Dämon gegen ein anderes Pferd, und Graelam erkannte, daß der eine der Überfallenen gar kein Händler war.

Der Mann trug einen reichbestickten weinfarbenen Umhang über dem Kettenhemd und saß auf einem prächtigen braunen Hengst. Mindestens sechs Räuber, davon vier zu Pferde, drangen von allen Seiten auf ihn ein. Wie Silber blitzte sein Schwert, und Graelam sah, daß er wie ein Ritter zu kämpfen verstand. Doch trotz seines tapferen Widerstands würde er binnen kurzem von den sechs Angreifern in Stücke gehackt werden, wenn man ihm nicht zu Hilfe kam.

Noch einmal brüllte Graelam: *»A Moreton! A Moreton!«* Und bald schon zog die Hälfte der Räuber die Klugheit der Tapferkeit vor und floh in den nahe gelegenen Wald.

Noch immer erwehrte sich der einsame Mann der übrigen Angreifer. Er kämpft gut, dachte Graelam. Im nächsten Augenblick warf er sich selbst ins Getümmel. Sein Schwert drang einem der Räuber in die Kehle. Blut schoß heraus und spritzte auf Graelams Kettenhemd. Er achtete nicht darauf, sondern lenkte Dämon gegen das Pferd des nächsten Räubers. Sein Schwert fuhr dem Mann in die Brust, und der Getroffene stürzte zu Boden. Graelam erreichte den einsamen Kämpfer und stellte sich ihm an die

Seite. Dann lachte er laut auf. Denn die übrigen Halunken folgten, vor Angst und Schmerzen der erlittenen Wunden schreiend, ihren Kumpanen in heilloser Flucht in den Wald.

Der Kampf hatte nicht länger als fünf Minuten gedauert. Es herrschte wieder friedliche Stille. Graelam stieg vom Pferd und wandte sich an Sir Guy de Blasis, einen seiner beiden Ritter.

»Nur Hugh ist verwundet, Mylord«, sagte Guy schwer atmend. »Aber nicht gefährlich. Diese Schurken waren obendrein feige.«

Graelam nickte und näherte sich dem vornehm gekleideten Fremden. »Seid Ihr verwundet?«

»Nein. Aber ich wäre zum Futter für die Geier geworden, wenn Ihr nicht gekommen wärt. Ich danke Euch.« Er nahm den Helm vom Kopf. »Mein Name ist Maurice de Lorris von Belleterre.« Er lächelte Graelam freundlich an. Seine Augen blitzten.

Graelam sah auf seine kurzgeschnittenen ergrauenden Haare und die tiefen Falten, die sich entlang der dunkelgrünen Augen über die Wangen zogen. Er hat wie ein Junger gekämpft, dachte er. Trotz seines Alters war es ein immer noch gutaussehender Mann. Sein drahtiger Körper wies kein Gramm Fett auf. »Ihr atmet schwer, Mylord«, sagte Graelam. »Kommt, ruht Euch aus und sagt mir, warum Euch die Räuberbande angegriffen hat!«

Maurice nickte und stieg ab. Sein Atem kam in kurzen, schnellen Stößen.

»Ihr seid ja verwundet!«

Maurice sah verwundert auf den breiten Riß in seinem Samtumhang und fluchte leise. Kassia würde es nicht leicht haben, den gezackten Riß gut zu vernähen. Doch er sagte nur achselzuckend: »Es ist nichts.«

»Guy!« rief Graelam. »Einer der Männer soll mir Wasser und Tücher bringen!«

Dann wandte er sich wieder an Maurice. »Ich bin Lord Graelam de Moreton, ein Engländer auf der Rückkehr vom Heiligen Land.« Er schaute auf die sanft gewellten Hügel Aquitaniens. »Unterwegs wurde es schon verdammt langweilig. Ich bedanke mich für die Abwechslung, Mylord.«

»Ihr kamt zur rechten Zeit, wie von Gott gesandt«, sagte Maurice. Dann zuckte er zusammen. Einer von Graelams Männern hatte ihm, um die Armwunde zu waschen und zu verbinden, den Samtumhang so ungestüm aufgerissen, daß er nun nicht mehr zu reparieren war. Sein Blick suchte wieder den hochgewachsenen Engländer, der ihm das Leben gerettet hatte. »Ihr sagt, Ihr wart im Heiligen Land?« Als Graelam nickte, fuhr er in betrübtem Ton fort: »Mir kam Nachricht vom traurigen Ende unseres Königs. Der arme Louis starb wie ein Stück Unrat in diesem gottverlassenen Land. Lebt Euer tapferer Prinz Edward noch?«

»Ja. Aber nun schont Euch! Ihr dürft erst wieder reden, wenn Ihr Euch erholt habt, Mylord.«

Dankbar lehnte sich Maurice an Graelams breite Brust. Der half ihm, sich unter einer Eiche niederzulassen. Dann stand Graelam auf und besah sich den Schaden, den die Räuber angerichtet hatten. Er zog den Kettenpanzer auf und fuhr sich dann mit den Händen durch das verfilzte schwarze Haar seines Kopfes.

Sonderbar, daß keiner der Wagen angetastet worden ist, dachte Graelam. Er rief sich den Kampf noch einmal ins Gedächtnis zurück. Nicht weniger als sechs Männer hatten sich auf Maurice de Lorris gestürzt. Offenbar waren sie gar nicht auf Beute aus gewesen, sonst … Er setzte seine Untersuchung fort. Drei Männer von Lord Maurice waren erschlagen und zwei verwundet worden. Er ging zu Maurice zurück, dessen Arm jetzt in einer Schlinge lag.

Maurice betrachtete den dunkelhaarigen, kräftigen Mann, der ihm das Leben gerettet hatte. Mochte er auch ein Engländer sein, so war er doch ein prachtvoller Mann und ein erbitterter Kämpfer. Und, dachte Maurice, er ist jung und gesund. Mit der breiten Brust wirkte er hart und kräftig wie eine Eiche. Ein befehlsgewohnter Mann. Ein Mann, dem man vertrauen konnte. »Ich ahne, was Ihr denkt, Mylord«, sagte er. »Denn ich kam auf den gleichen Gedanken. Es gibt genügend Diebe auf der Welt, aber es ist ungewöhnlich, von einer so großen Bande überfallen zu werden. Aquitanien ist ein gut regiertes Land, und ich kann mir nicht vorstellen, daß so zahlreiche Räuber mich nur wegen drei Wagen voll Wein überfallen sollten.«

»Ihr habt Feinde«, stellte Graelam sachlich fest.

»So sieht es aus. Aber welcher Mann hat keine Feinde?«

»Euer Feind ist zudem so feige, daß er andere gegen Euch vorschickt.«

»So sieht es aus. Beweisen kann ich es nicht, aber ich kenne nur einen, der sich solche Mühe geben würde, um mich vom Angesicht dieser Erde zu entfernen.«

Die Erregung des Gefechts war verebbt, und Graelam fühlte sich plötzlich müde. Mehr von den langen Wochen des Trecks von Sizilien her als vom Schwerterschwingen.

»Mir fällt gerade ein«, sagte Maurice, »Euer Prinz Edward ist jetzt König geworden. Kehrt er zurück, um seine Krone zu fordern?«

»Nein. Das ist nicht vonnöten. In England herrscht Frieden, und sein Onkel, der Herzog von Cornwall, wird Edwards Rechte wahrnehmen.«

»Aber aus Euren Worten, Graelam de Moreton, höre ich heraus, daß es Euch nach der Heimat zurückzieht.«

»Ja. Ich habe lange genug gegen die Heiden im Heiligen Land gekämpft. Ich habe genug von dem Blutvergießen, den Krankheiten und Enttäuschungen. Edward hat einen Vertrag mit den Sarazenen geschlossen, der wenigstens für einige Zeit den Christen Sicherheit verbürgt.«

»Wir sind nur drei Tagesreisen von meiner Burg entfernt, Lord Graelam«, sagte Maurice. »Wollt Ihr mich nach Belleterre begleiten?«

»Mit dem größten Vergnügen«, sagte Graelam.

»Gut«, sagte Maurice und dachte wieder an Kassia. In diesen drei Tagen würde er Gelegenheit haben, den Engländer zu beobachten, ob er ein würdiger Ehemann für seine einzige Tochter werden könnte. Er vermied Graelams Blick, als er eine für ihn wichtige Frage nachholte. »Ihr habt sicherlich Angehörige, die Euch schon sehnlich erwarten?«

»Nein. Aber meine Burg Wolffeton zerfällt wahrscheinlich schon. Ein Jahr in der Fremde ist eine lange Zeit.«

»Ah«, sagte Maurice, lehnte sich an den Stamm der Eiche und schloß die Augen.

2

Kassia ließ den mit Hermelin gefütterten Mantel von den Schultern gleiten und legte ihn vor sich über den Sattel. Er ist viel zu schön, um getragen zu werden, dachte sie lächelnd. Sie konnte sich noch gut an die verschmitzte Miene ihres Vaters erinnern, als er ihr den Mantel zu ihrem letzten Geburtstag geschenkt hatte. Hinter vorgehaltener

Hand hatte ihre Zofe Etta geflüstert, daß der Herr sein Kind zu sehr verwöhne. Aber Maurice hatte nur gelacht.

Es war ein schöner Frühlingstag. Am Himmel hingen schaumige weiße Wölkchen, und die Luft war klar, rein und warm. Sie schaute nach Belleterre zurück. Ihre Augen funkelten vor Stolz beim Anblick der vier runden Türme, die zu stattlicher Höhe emporragten und als zuverlässige Wächter das umliegende Land beschützten. Dicke graue Steinmauern, in hundert Jahren mit lässiger Würde verwittert, verbanden die hohen Türme und bildeten ein großes Rechteck auf dem felsigen Hügel. Belleterre war ihre Heimat. Es war aber auch eine strategisch günstig gelegene Festung, die den Fluß Morlaix beherrschte. Kein feindliches Schiff konnte von See her den Fluß hinaufsegeln, ohne daß die Krieger von Belleterre es merkten. Und auch landeinwärts konnte kein Feind ihren Späheraugen entgehen – und wenn er sich noch so vorsichtig heranschlich. Denn die Burg beherrschte den höchsten Hügel der Gegend.

Kassia blickte über die blühende Stadt Morlaix hinweg zum Meer. Sie erinnerte sich der Geschichten, die ihr Vater ihr über die gewalttätige Vergangenheit erzählt hatte, als starke Heere um den Besitz der Bretagne gekämpft hatten. Belleterre war nie eingenommen worden. Denn selbst die stärksten Kriegsgeräte waren bei dem Versuch gescheitert, so nahe heranzukommen, daß sie die Burg mit ihren flammensprühenden Feuerkugeln in Brand schießen konnten.

Kassia war eine ebenso gute Haushälterin wie ihre Großmutter es gewesen war. Sie sorgte dafür, daß die Scheunen stets mit Weizen und Viehfutter gefüllt waren, das Fleisch geräuchert war und immer genügend Mehl und Salz gekauft wurde, um selbst den Streitkräften des Königs von Frankreich standhalten zu können.

»Mylady«, sagte Thomas, einer der Knappen ihres Vaters, und zeigte nach Osten, »dort nähern sich Männer. Wir sollten nach Belleterre zurückkehren.«

Sie erinnerte sich des Versprechens an ihren Vater und nickte. Dann wendete sie Bluebell und ritt in leichtem Galopp auf Belleterre zu. Sie war froh darüber, daß ihr Vater in einer Woche zurück sein würde. Wieder daheim mit so viel Wein aus Aquitanien, daß er zehn Jahre lang reichen würde! Kassia lächelte in froher Erwartung.

Der Torhüter Pierre öffnete das Fallgitter, und ihr kleiner Trupp ritt in den Burghof ein. Wie immer, wenn Kassia die sauberen Scheunen und das gefegte Kopfsteinpflaster des Hofes überblickte, hatte sie das Gefühl der Befriedigung. In ihrem Reich gab es keinen Schmutz, nicht die geringste Unsauberkeit, und alle, die hier lebten, waren gutgenährt und trugen feste Wollkleidung. An dem großen Ziehbrunnen spielte eine Gruppe von Kindern, und Kassia winkte ihnen fröhlich zu. Sie kannte jedes beim Namen. »Wir leben in einem Kaninchenbau«, pflegte ihr Vater sich lächelnd zu beklagen. »Manchmal kann ich nicht einmal meine Eingeweide entleeren, ohne daß jemand zuguckt.«

»Thomas«, sagte sie, »laß Pierre das Tor schließen, solange wir nicht wissen, wer unsere Besucher sind!«

»Ja, Mylady«, sagte Thomas. Er war in Kassias Alter. Sein Vater besaß nach Osten hin ansehnliche Ländereien. Doch zu seiner Betrübnis wußte er, daß sie in ihm nur einen brüderlichen Freund sah. Er drehte sich um und gab Pierre die Anweisungen. Wie gut, dachte er dabei, daß ich in einem Jahr die Rittersporen erworben habe. Denn er würde es kaum ertragen, mitanzusehen, wie ihr Vater sie einem anderen Mann zur Frau geben würde.

»Verdammter Hurensohn!« sagte Pierre verächtlich, als er das Dutzend Reiter beobachtete, die sich Belleterre näherten. »Es ist dieser elende Geoffrey de Lacy. Ich erkenne seine Fahne. Er sollte lieber ein Wiesel darin führen und keinen stolzen Adler. Wie gern würde ich diesem Lausekerl sagen, er solle sich von Belleterre und Mylady fernhalten!«

»Ich werde mal hören, was Kassia wünscht«, sagte Thomas.

Kassia hatte ihr Gespräch aber mitangehört und rief, sie sollten das Tor öffnen. Geoffrey war ihr Vetter, der Sohn von Vaters Schwester Felice. Offenbar hatte seine lautmäulige, höchst unangenehme Mutter ihn diesmal nicht begleitet. Dank sei dem Himmel für diese kleine Gunst, dachte sie. Sie sah, wie Geoffrey seinem kleinen Trupp am Fuß des Hügels Halt gebot. Er war wie üblich vornehm in dunkelblauen Samt gekleidet, und sie konnte sich gut vorstellen, wie er jetzt aus seinen hellblauen Augen den Wert von Belleterre abschätzte. Sie hätte ihm gern den Zutritt verwehrt. Aber das konnte sie natürlich nicht tun.

»Kassia, ich bin's, Geoffrey!« rief er hinauf. »Darf ich bei euch Rast machen?« Ah, sie ließ sich nicht einmal dazu herab, ihm zu antworten! Hochmütige kleine Hexe! Aber eines Tages würden sie verheiratet sein, und dann würde er ihr Manieren beibringen. Sein Blick wanderte verlangend über jeden Zoll der Burg Belleterre. Bald würde sie ihm gehören. Dann wäre er der Herr von Belleterre und endlich von der teuflisch scharfen Zunge seiner ständig nörgelnden Mutter erlöst.

Bald ritt er auf seinem Zelter in den Burghof ein. Kassia erwartete ihn. Er hatte sie seit fast sechs Monaten nicht gesehen. Überrascht und mit einem zufriedenen Gefühl betrachtete er die weichen Kurven ihrer Brüste, die jetzt fraulich gerundet waren, und bewunderte ihr prächtiges, kastanienbraunes Haar. Nur ihre Augen mochte er nicht, ihre großen, haselnußbraunen Augen mit den dichten, dunklen Wimpern. Sie sahen ihm immer zu scharf ins Gesicht, ja, bis ins Herz. Für eine Frau war sie zu geradeaus. Sein verfluchter Onkel hatte sie verwöhnt, statt sie zurechtzustutzen. Dennoch fiel es Geoffrey nicht schwer, sie freundlich anzulächeln. Er besuchte ja sein zukünftiges Reich und seine zukünftige Frau.

Er stieg ab, trat auf sie zu und sagte: »Kassia, du bist in den letzten Monaten noch schöner geworden.«

Kassia ging auf seinen schmeichelnden Ton nicht ein. »Geoffrey«, sagte sie, »mein Vater ist noch nicht aus Aquitanien zurück.«

»Ach, es ist ja auch nicht dein Vater, der mich hergelockt hat, sondern der schöne Tag und du, meine Kusine. Darf ich eine Stunde bei dir verweilen? Leider muß ich gegen Abend wieder in Beaumanoir sein.«

Kassia nickte, raffte die Röcke und führte ihn über die gewundene Treppe in den großen Saal. »Deiner Mutter geht es hoffentlich gut«, sagte sie.

Geoffrey lachte. »Meine Mutter erfreut sich immer bester Gesundheit. Wenn ich da bin, ist sie stets in besonders guter Form und läßt ihre Launen an mir aus.«

»Nun«, sagte Kassia, »dich behandelt sie wenigstens besser als mich. Stell dir vor, sie hat zu Vater gesagt, ich wäre zu jung, um Belleterre in Ordnung zu halten!«

Geoffrey entspannte sich. Ihr Lachen war so offen und ehrlich, und ihre Augen blitzten überaus verführerisch. Eines Tages würde sie sein werden, ob sie wollte oder nicht. Allerdings wäre es ihm lieber, wenn sie ihn wollte und ihn anerkannte. Der Gedanke, eine Lady mit Gewalt zu nehmen, war ihm ekelhaft. Sie wies ihm einen Stuhl an, und wieder bemerkte er mit Vergnügen die weich gerundeten Brüste.

»Gewachsen bist du aber nicht«, sagte er.

»Nein. Es ist wohl mein Schicksal, daß ich immer einen Kopf kleiner als mein Vater sein werde. Möchtest du Bier haben, Geoffrey?«

Er nickte und fühlte sich schon wie zu Hause. Er sah Kassia zu, wie sie mit angenehm weicher Stimme einer Bedienerin Anweisungen gab. »Kassia ist wie ihre Mutter, Lady Anne«, pflegte seine Mutter gelegentlich herabsetzend zu sagen. »Weich, kein Rückgrat und kein Esprit.« Aber da hat sie unrecht, dachte Geoffrey. Sie wirkte nur weich, weil ihr Vater sie mit unwandelbarer Zuneigung behandelte. Vermutlich hatte sie in ihrem ganzen Leben noch kein grobes Wort vernommen. Außer natürlich von ihrer Mutter. Aber sie hatte Esprit, für ein Mädchen vielleicht sogar zu viel.

Sein Blick wanderte zu ihren Hüften. Wie schlank sie war! Er fragte sich, ob sie ihm Söhne gebären oder im Kindbett sterben würde wie ihre Mutter. Seine Mutter hatte ihm gesagt, daß Kassia eine Spätentwicklerin sei. Mit Unwillen erinnerte er sich, wie sie sich in groben Worten darüber mokiert hatte, daß bei Kassia erst im fünfzehnten Lebensjahr zum erstenmal die monatliche Blutung eingesetzt habe.

Kassia reichte ihm einen Humpen Bier, ein Stück Käse und frischgebackenes Brot. »Thomas wird deinen Männern Erfrischungen geben.« Dann sah sie ihm voll ins Gesicht. »Weshalb bist du hergekommen, Geoffrey?«

Er brach ein Stück Brot ab. »Um dich zu besuchen, Kusine.«

»Mein Vater sieht das nicht gern.«

»Ich habe ihm nie etwas Böses getan. Außerdem ist er mein Onkel, und ich bin sein Erbe.«

»Nein, Geoffrey«, sagte sie mit fester Stimme. »Ich bin seine Erbin.«

Geoffrey zuckte die Achseln. »Sagen wir, dein Gatte wird sein Erbe sein.«

Das ärgerte sie. »Nur schade«, sagte sie, »daß mein Bruder nicht am Leben geblieben ist. Wenn er da wäre, würde kein Mann es wagen, Belleterre und mich als eins anzusehen.«

»Du denkst zu gering von dir, Kusine. Glaube mir, ich weiß dich auch so zu schätzen.«

Bei seinen Worten überfiel sie auf einmal Furcht, und sie bekam eine Gänsehaut. Geoffrey war so glatt wie Öl. Aber heute war ihr klar, was er meinte. Er war acht Jahre älter als sie, und sie konnte sich noch gut daran erinnern, wie er als Knabe gewesen war: hoch aufgeschossen, streitsüchtig und gemein. Besonders zu ihrem Bruder Jean. Ihr Vater machte Geoffrey dafür verantwortlich, daß ihr Bruder ertrunken war, und deshalb glaubte Kassia auch daran. Maurice hatte Geoffrey fünf Jahre lang verboten, nach Belleterre zu kommen. Es waren friedliche Jahre gewesen. Erst unter den erbarmungslosen Vorwürfen seiner Schwester hatte Maurice das Verbot aufgehoben. Doch immer, wenn Geoffrey nach Belleterre kam, sprach ihr Vater von Natternbrut und schlechtem Blut.

»Ja«, sagte Kassia freundlich. »Eines Tages werde ich wohl heiraten. Aber natürlich wird mein Vater mir einen Gatten wählen.«

»Oder vielleicht der Herzog der Bretagne.«

»Das wäre nur möglich, wenn mein Vater tot wäre.«

»Wir leben in unsicheren Zeiten«, sagte Geoffrey glattzüngig. »Erst letzte Woche bekam einer meiner Männer, ein kräftiger junger Bursche, Fieber und starb daran innerhalb einer Woche. Ja, das Leben ist sehr unsicher.«

»Glaubst du nicht, daß Gott seine Hand über gute Menschen hält?« fragte Kassia.

»Du sprichst wie ein kleines Kind, Kassia. Gott kümmert sich wenig um die Menschen. Aber genug mit diesen düsteren Reden! Erzähle mir lieber, wie du dir die Zeit vertreibst, wenn dein Vater nicht da ist!«

Sie erzählte ihm von ihrem Kräutergarten, von den heilenden Eigenschaften gewisser Stoffe, über die sie von ihrer Zofe Etta gehört hatte, und dem Bau eines neuen Küchenhauses für ihren temperamentvollen Koch Raymond. Geoffrey wäre auf seinem Stuhl fast eingeschlummert.

»Wenn Vater mit dem Wein zurückkommt«, schloß sie, »dann werden wir bestimmt so betrunken sein wie hundert arme Ritter.«

Sie bemerkte nicht den durchdringenden Blick, den Geoffrey auf sie abschoß. »Schade, daß ich bei diesem Fest nicht dabei sein kann«, sagte er knapp.

»Ja, nicht wahr? O weh, die Stunde ist wie im Fluge vergangen! Ich glaube, du mußt dich jetzt auf den Weg machen.«

Geoffrey fand keinen Vorwand, noch länger zu bleiben und erhob sich. Als er ihr in das schöne Gesicht sah, fiel ihm ein, daß sie ihm vor nur zwei Jahren noch so häßlich und unappetitlich wie eine Klostersuppe vorgekommen war.

»Du wirst einen Boten nach Beaumanoir schicken, wenn du mich zu sehen wünschst?«

Kassia hielt das für höchst unwahrscheinlich, antwortete aber beiläufig: »Sicherlich, Geoffrey. Ich wünsche dir einen guten Heimweg.«

Sie sah ihm nach, bis er und seine Männer nur noch kleine Punkte in der Landschaft waren.

Dann aß sie mit Thomas zu Abend und ging zu Bett. An ihren Schläfen pochten beginnende Kopfschmerzen.

Am nächsten Morgen fühlte sich Kassia seltsam schwach. Aber sie beachtete es nicht und wollte wie gewohnt mit Bluebell ausreiten. Die Morgensonne verbreitete Wärme, aber ihr war kalt, und ihr Hals kratzte. »Sei nicht albern, Kassia!« sagte sie zu sich. Sie konnte an den Fingern einer Hand abzählen, wie viele Tage sie in ihrem Leben krank gewesen war. Thomas wollte ihr in den Sattel helfen. Es gelang ihr nicht, die Zügel zu ergreifen. Mit einem leisen Aufschrei fiel sie ohnmächtig in seine Arme.

3

Maurice fluchte laut und anhaltend. Ein Wagen war im tiefen Schlamm steckengeblieben. Und der Regen strömte unablässig in dichten, kalten Güssen auf sie herab. Sie fuhren um die Noires-Berge, in denen der Regen den schmalen, gewundenen Weg in einen Sumpf verwandelt hatte.

Müde und bis auf die Haut durchnäßt stieg Graelam vom Pferd und stemmte sich kraftvoll gegen das Hinterrad. Er wünschte, er wäre schon zu Hause. Der dicke Schlamm gab einen schmatzenden Laut von sich, und noch einmal schob Graelam zusammen mit den anderen. Als das Rad freikam, sprang der Wagen heftig hoch, und drei Fässer Wein rollten auf den Boden.

Sie luden die Fässer wieder auf. »Heute abend, bei Gott«, sagte Maurice, »werden wir uns endlich trocknen können. Wir sind jetzt in der Nähe von Beaumanoir. Ich habe die Absicht, nicht auf meine mißgünstige Schwester zu hören, sondern mir einen Rausch anzusaufen! Und Ihr, Mylord, werdet mein Gast sein!«

»Wo ist die Behausung Eurer Schwester?« fragte Graelam.

»In der Nähe von Huelgoat. Ich hoffe nur, daß der verdammte See nicht über die Ufer getreten ist und das Land überschwemmt hat.«

Graelam brummte nur. In den letzten drei Tagen hatte er Maurice de Lorris gut kennengelernt und viel über die langandauernde Abneigung zwischen ihm und seinem Neffen sowie seiner Schwester, Lady Felice de Lacy, gehört. »Sie besaß die Frechheit, die Haushaltskünste meiner Kassia anzuzweifeln«, hatte Maurice ihm erzählt. »Meiner Kassia, die Eurem König seinen Palast in Windsor führen könnte!«

Graelam dachte spöttisch, daß diese Kassia wahrscheinlich ein nörgelndes Weib mit Kaninchenzähnen war, so unansehnlich, daß Maurice ihn, Graelam de Moreton, einen Engländer und völlig Fremden, als Ehekandidaten für seine Tochter ausersehen hatte.

Doch er konnte Maurice gut leiden. Er mochte seinen Witz und die ungeheuerlichen Geschichten, die der Mann erzählte. Auch als der Himmel seine Schleusen öffnete, verlor er den Humor nicht. Und Graelam hatte bemerkt, wie Maurice ihn mit geschickten Fragen ausgehorcht hatte. Wahrscheinlich hatte er ihm alles erzählt, was der Franzose wissen wollte. Er fragte sich, ob es Maurice auch interessieren würde, daß seine erste Frau eine Warze auf ihrer linken Hinterbacke gehabt hatte.

Gestern nachmittag hatte Maurice verächtlich gesagt: »Dieser Neffe von mir ist ein wertloser Schwachkopf.«

»Vielleicht ist er auch gefährlich«, sagte Graelam ruhig.

»Ja, das ist möglich.« Dann erzählte er ihm von seinem Sohn Jean, einem feinen Burschen, den, wie er seit langem vermutete, der eifersüchtige Geoffrey hatte ertrinken lassen. »Ihn gelüstet es nach Belleterre, und seine Mutter stachelt ihn noch auf. Ja, ich weiß, was die beiden im Sinn haben. Kassia soll diesen bösen Nichtsnutz heiraten, und dann will meine Schwester über ganz Belleterre ihr Zepter schwingen!«

»Warum habt Ihr nach dem Tod Eures Sohnes nicht wieder geheiratet?« fragte Graelam.

Da malte sich ein solcher Schmerz in Maurices Zügen ab, daß Graelam erschüttert schwieg. Es brauchte keine Worte, um seine Frage zu beantworten.

Beaumanoir war eine kleine Burg am Ufer eines schmalen Sees. Graelam sah, daß sie kaum strategische Bedeutung hatte. Sie schien auch nicht komfortabel zu sein. Das umgebende Land bestand aus vielen bewaldeten Hügeln, und der regendurchweichte Boden sah nicht gerade fruchtbar aus. Die Knechte gingen in Lumpen gekleidet. Graelam schritt, mit Guy auf den Fersen, hinter Maurice die Treppe zum Saal hinauf.

»Lieber Bruder«, sagte eine hochgewachsene Frau. »Was für eine angenehme Überraschung! Mein Gott, du bist ja naß wie eine ertränkte Katze, Maurice!« Und mit falschem Lächeln fügte sie hinzu: »Daß du mir nur nicht an Erkältung stirbst!«

Maurice brummte: »Felice, das ist Lord Graelam de Moreton. Wir brauchen ein heißes Bad und trockene Kleidung.«

Sie war eine große, schlanke Frau und, obgleich sie schon über vierzig war, nicht unansehnlich.

»Gewiß, Maurice.« Felice betrachtete Graelam de Moreton näher, und das Blut floß ihr schneller durch die Adern. Mein Gott, das war ein Mann! Und wie gut er aussah! Felice gab einer Bedienerin in scharfem Ton Anweisungen, das Bad für ihren Bruder zu bereiten, ging dann mit schwingenden Hüften auf Graelam zu und sagte: »Euch, Mylord, werde ich persönlich zu Gebote stehen.«

Das fehlt mir noch, dachte Graelam, von Maurices lüsterner Schwester im Bad verführt zu werden! Laut sagte er: »Das ist sehr freundlich von Euch, Mylady.« Dann folgte er Lady Felice in die oberen Gemächer. »Euer Sohn ist nicht hier, Mylady?«

»Nein«, sagte Felice. »Er wird es bedauern, seinen Onkel verfehlt zu haben.«

Wenn Geoffrey hinter dem Überfall in Aquitanien gesteckt hat, dachte Graelam, dann scheint seine Mutter jedenfalls nichts davon zu wissen.

In ihrem Zimmer entzündete Felice die Kerzen. »Ach, Mylord, Ihr werdet es hier nicht sehr elegant finden. Ich bin nur eine arme Witwe. Betta, sieh zu, daß für Lord Graelam sofort ein Bad gerichtet wird! Nun, Mylord, wollen wir Euch von Euren nassen Kleidern befreien.«

Geschickt half sie ihm aus dem durchweichten Mantel. Die versteht es, dachte Graelam. Sie band ihm den Kettenpanzer auf und legte ihn vorsichtig in eine Ecke. Zu seiner Bestürzung kniete sie vor ihm nieder und schnürte sein Beinkleid auf. Es war allgemein üblich, daß eine Lady ihrem Gast beim Bad zur Hand ging. Aber Felice erledigte die Aufgabe nicht mit der nötigen Sachlichkeit. Graelam spürte ihre streichelnden Hände an seinen Beinen, und zugleich wurde ihm bewußt, daß er seit mehreren langen Wochen keine Frau gehabt hatte.

Später spürte er ihre Blicke auf seinem nackten Körper ruhen. Mit einer Miene, als musterte sie einen neuen Hengst für ihren Stall, prüfte sie ihn und seine pralle Männlichkeit. Erst danach reichte sie ihm ein dickes Wolltuch, das er sich um die Lenden knüpfte. Sie streckte die Hand aus und berührte die lange Narbe an seiner Hüfte.

Graelam wünschte nur, daß die Bedienerinnen bald mit dem heißen Wasser kämen.

Felice wich nicht von seiner Seite. Sie fand ihn so potent, daß alle ihre Sinne erregt waren.

Erst als drei Bedienerinnen Eimer mit dampfendem Wasser hereintrugen und sie in die Holzwanne leerten, trat sie zurück. Sie setzte selber kaltes Wasser hinzu und prüfte die Temperatur.

»Kommt, Mylord, danach werdet Ihr wie neugeboren sein!«

Graelam nahm das Tuch von den Hüften und sah erleichtert, daß sein Glied schlaff herunterhing. Dann stieg er in die Wanne. Er streckte sich darin aus und schloß die Augen.

Nah bei ihm erklang leise Felices Stimme. »Ich wußte gar nicht, daß mein Bruder einen Engländer zum Freunde hat.«

»Wir sind gemeinsam von Aquitanien hergeritten«, sagte Graelam.

Er fühlte einen weichen Seifenschwamm an den Schultern und zwang sich, die Augen geschlossen zu halten.

»Ich verstehe«, sagte Felice und fuhr ihm mit dem Schwamm über die breite Brust. Als sie ihn mit den Fingern berührte, ging es ihr durch und durch.

»Ja«, sagte Graelam. »Ich will auch noch mit Maurice nach Belleterre reiten. Er wünscht, daß ich eine Zeitlang dort bleibe.« Dann log er ihr vor: »Ich möchte nämlich seine Tochter Kassia kennenlernen. Sie soll ein schönes Mädchen sein.«

»Kassia«, sagte Felice, »ist ein süßes Kind, obwohl mein Bruder sie schändlich verwöhnt. Wenn Geoffrey sie erstmal geheiratet hat, wird er sie noch vieles lehren müssen. Was ihr Aussehen angeht, so kommt sie nach ihrer Mutter. Deshalb sieht mein armer Maurice sie natürlich mit anderen Augen. Na ja, ich würde sagen, sie ist noch gerade so passabel. Und jetzt, Mylord, legt den Kopf zurück, damit ich Euch die Haare waschen kann!«

Felices feste Überzeugung, daß Maurices Tochter ihren Sohn heiraten würde, erregte Graelams Neugier. Denn er hatte den Eindruck gewonnen, daß Maurice seine Tochter eher in ein Kloster stecken würde, als so etwas zuzulassen. Dann fiel ihm ein, daß Kassia, wäre Maurice jetzt tot, von der Gnade ihrer Tante abhängig wäre.

Er legte den Kopf zurück und überließ sich gern ihren Händen, die Seife in seine Kopfhaut massierten. »Ich habe gar nicht gewußt, daß Geoffrey ein Freier um Kassias Hand ist.«

»Oh«, sagte Felice, »Maurice wird sich schon damit abfinden. Er hat eine merkwürdige Abneigung gegen seinen Neffen. Aber das geht vorüber. Schließlich ist Geoffrey ja sein Erbe.«

Sie spülte ihm die Seife aus den Haaren und bat ihn aufzustehen.

»Erbe?« fragte Graelam und merkte, wie der Schwamm langsam über seinen Körper tiefer wanderte. »Ich hatte angenommen, seine Tochter sei seine Erbin.«

Dann fühlte er, wie ihre Finger sich in sein dichtes Schamhaar verirrten. Seine Männlichkeit regte sich und schwoll an.

»Ihr seid prachtvoll gebaut, Mylord«, sagte Felice, und zu seiner Überraschung kicherte sie wie ein junges Mädchen.

»Mir wird kühl, Mylady«, sagte er. »Ich wünschte, Ihr wärt schon fertig.«

»Gewiß, Mylord«, sagte Felice, ließ aber nicht locker, sondern berührte und befühlte ihn überall mit Sorgfalt.

»Müßt Ihr Euch jetzt nicht um Euren Bruder kümmern?« fragte Graelam verzweifelt. Er war ja nicht aus Stein, aber der Gedanke, mit dieser Frau ins Bett zu gehen, kühlte seine leicht reizbare Männlichkeit doch merklich ab.

»Mein Bruder«, sagte Felice ungerührt, »erfreut sich wahrscheinlich gerade der ... Betreuung durch Glenna.«

Graelam nahm ihr das Tuch ab und rieb sich damit trocken. Er war erleichtert. Endlich ließ sie ihn in Ruhe. Er spielte schon mit dem Gedanken, sich selber zu erleichtern, um zu verhindern, daß sein Körper weiterhin unerwünschte Reaktionen zeigte. Doch sie kam zu schnell zurück, eine kostbare burgunderrote Samtrobe in den Händen.

Lächelnd sagte Graelam leise: »Falls Maurice nicht mit dieser Glenna beschäftigt ist, könnte ich vielleicht ihre Betreuung genießen.«

Er wußte, daß es grausam war, was er sagte. Aber er wollte nicht die halbe Nacht wach bleiben, aus Angst, sie käme zu ihm ins Bett gekrochen.

Zwei rote Flecken flammten auf ihren Wangen auf. Sie fuhr herum und verließ das Zimmer.

Immer noch in Geoffreys Morgenrock gehüllt, stieg Graelam schnellen Schrittes die Treppe in den Saal hinunter. Er hörte, wie Maurice spöttisch sagte: »Liebe Schwester, du hast mir noch gar nicht gesagt, wo mein Neffe ist. Hält er sich so ungern zu Hause auf?«

»Ich weiß nicht, wo Geoffrey ist!« sagte Felice mürrisch. Sie sah ihm neidisch zu, wie er mit kräftigen Zähnen das Hühnerfleisch vom Knochen riß. Verdammter Kerl! Erst vorige Woche hatte sie wieder einen Zahn eingebüßt.

Dann erblickte sie Graelam, und Wut erfaßte sie. Sie hatte sich ihm angeboten, und er hatte sie abgewiesen. Bald würde er auch noch Gelegenheit haben, sie mit Kassia zu vergleichen!

Maurice lud Graelam ein, ihm beim Mahl Gesellschaft zu leisten.

»Felice, hat Lord Graelam dir mitgeteilt, daß er einige Tage bei Kassia und mir auf Belleterre verbringen wird?«

»Ja«, sagte sie. »Erst vor wenigen Tagen ist Geoffrey nach Belleterre geritten. Kassia scheint sich sehr zu freuen, wenn er sie besucht.«

Maurice brach in dröhnendes Gelächter aus. »Kassia kommt nach ihrem Vater«, sagte er. »Und der, liebe Schwester, freut sich über Geoffreys Besuch kein bißchen.«

»Aus dir spricht der pure Neid, Maurice, weil du nur eine wertlose Tochter hast! Geoffrey ist ein Krieger und steigt in der Gunst des Herzogs.«

»Das erstaunt mich nicht, Schwester, wenn er die glatte Zunge seines Vaters und deine Verschlagenheit geerbt hat.«

Graelam kaute schweigend und dachte: Wenigstens scheint Lady Felice mich vergessen zu haben. Er trank sein Bier und sah sich unauffällig nach diesem Mädchen Glenna um.

Dann hörte er Felice zornig sagen: »Wenn ich als Mann geboren wäre, würde Belleterre mir gehören! Aber du, Maurice, du würdest deine häßliche Tochter ja sogar mit dem Teufel vermählen, nur um Belleterre seinem rechtmäßigen Erben vorzuenthalten!«

»Und du? Du wolltest doch unbedingt Gilbert de Lacy heiraten!«

Einen Augenblick trat Stille ein. Das benutzte Graelam, um Maurice zu fragen: »Wo ist eigentlich Guy?«

Maurice antwortete geistesabwesend: »Die kleine Schlampe Glenna hat Geschmack an dem blonden Engländer gefunden. Ich nehme an, daß sie gerade dabei ist, Eurem Ritter ein paar nette Sachen beizubringen.«

Graelam trank sein Bier aus und stand auf: »Wir haben morgen einen langen Ritt vor uns, und ich möchte mich jetzt zur Ruhe begeben.«

Maurice warf seiner Schwester einen spöttischen Blick zu. »Wenn du nichts dagegen hast, liebe Schwester, werden Lord Graelam und ich in Geoffreys Zimmer schlafen. Als Engländer ist er viel zu höflich, um sich allein vor aufdringlichen Frauenzimmern schützen zu können.«

Wenn Blicke töten könnten, wäre Maurice in dem Moment tot umgefallen.

»Lady«, sagte Graelam, »ich danke Euch für Eure Gastfreundschaft. Das Bad war sehr erfrischend, und die Mahlzeit ist meinem Bauch gut bekommen.«

»Und der Lord möchte nicht, daß sich jetzt noch jemand an seinem Bauch zu schaffen macht, Schwester!«

Felice gab ihm eine scharfe Antwort. Graelam war ein wenig enttäuscht, daß Geoffrey nicht anwesend war. Er hätte sich den Mann gern einmal näher angesehen.

Zum Glück hörte es im Lauf der Nacht zu regnen auf, und als sie am nächsten Morgen Beaumanoir verließen, trocknete die Sonne rasch die aufgeweichte Straße.

»Es ist eine Erlösung, aus diesem Vipernnest heil weggekommen zu sein«, sagte Maurice.

Graelam hob die schwarzen Brauen. »Und doch hatte ich den Eindruck, daß Ihr Euch dort amüsiert habt.«

»Ja, das stimmt«, gab Maurice zu. »Übrigens habe ich ihr für ihre Gastfreundschaft zwei Fässer Wein dagelassen, damit sie leichter über ihre Enttäuschung hinwegkommt.«

Graelam sagte nur: »Sie ist eine ziemlich hartnäckige Frau.«

Guy hatte noch recht müde Augen, aber Graelam verkniff es sich, den jungen Ritter damit aufzuziehen.

Sie ritten durch Hügel mit Eichen- und Buchenwäldern, überquerten Schluchten und Hohlwege und kamen an verstreuten Felsen vorbei. Dahinter lagen grüne Täler mit bebautem Land. Je näher sie Belleterre kamen, um so aufgeregter wurde Maurice. »Wir nähern uns dem Fluß Morlaix«, sagte er. »Hier riecht man schon beinahe das Meer. Zum Glück ist das Land hier sehr fruchtbar. In den meisten Jahren haben wir eine reiche Weizenernte. Wir haben auch viele Rinder und Schafe.«

Graelam nickte. »Es ist Cornwall sehr ähnlich. Gott sei gepriesen, daß wir Weizen und Gerste in einem Tal anbauen können, das vor den Seewinden mit ihrer feuchten Luft geschützt liegt.«

Als sie über die letzte felsige Anhöhe ritten, brach schon die Abenddämmerung herein. Stolz zeigte Maurice nach vorn. »Dort ist Belleterre.«

Belleterre war kein wüster Steinhaufen wie Wolffeton. Mit dem geübten Auge des Kriegers sah Graelam, daß es eine ansehnliche Festung war.

Maurice stieß einen Jubelschrei aus, drückte seinem Zelter die Hacken in die Flanken und ritt wie ein wilder Sarazene den steilen Weg nach Belleterre hinauf. Seine Männer folgten ihm jubelnd und winkend.

»Wenn wir innerhalb der Mauern sind«, sagte Graelam zu Guy, »möchte ich, daß du dir die Befestigungen ansiehst. Ihr wißt, daß Wolffeton dringend ausgebessert werden muß. Vielleicht kannst du hier etwas lernen. Was mich angeht, so fürchte ich, daß ich viel Wein trinken und Maurices kostbare Tochter anlächeln muß, bis ich die Maulsperre bekomme.«

»Das Mädchen Glenna hat mir erzählt, daß Kassia de Lorris ein sehr nettes und schönes Mädchen ist.«

Graelam brummte nur.

Als er unter dem eisernen Fallgitter in den Burghof einritt, betrachtete er voll Anerkennung die Hebevorrichtung und die dicken Mauern. Der Burghof selbst war überraschend sauber und ordentlich. Dann hörte er Maurice aus Leibeskräften »Kassia!« schreien.

Irgend etwas war hier nicht in Ordnung. Die vielen Menschen auf dem Burghof verhielten sich merkwürdig still, starrten Maurice stumm an oder tuschelten hinter vorgehaltener Hand. Sie sahen aus wie eine Herde Schafe, die ihren Schäfer verloren hat. Graelam stieg von Dämon ab und schaute zu dem hohen Burgfried hinauf. Eine breite gewundene Treppe aus dicken Eichenbohlen führte zum großen Saal hinauf. Plötzlich hörte er einen angstvollen Ruf. »Kassia!«

Graelam sprang die Stufen empor und kam in einen riesigen Saal mit hoher, gewölbter Decke. Zu beiden Seiten eines höhlenartigen Kamins hingen erlesene Teppiche. Maurice trat gerade zu einer alten Frau und rüttelte sie an den Schultern.

»Mylord«, sagte Graelam, »was ist los?«

Maurice gab einen klagenden Laut von sich und flüsterte: »Es ist Kassia. Man hat mir gesagt, sie habe Fieber und liege im Sterben.«

Dann rannte er wie ein Wahnsinniger auf die innere Treppe zu. Graelam folgte ihm auf den Fersen.

Am oberen Ende der Treppe riß Maurice eine Zimmertür auf. Drinnen herrschte süßlicher, betäubender Weihrauchduft. Vier Frauen standen in tödlichem Schweigen um ein erhöhtes Bett. Neben dem Bett glühten zwei Kohlenpfannen. Die Hitze war zum Ersticken.

Maurice beugte sich über die Gestalt im Bett. Er sprach mit leiser, kratzender Stimme, die Graelam ans Herz griff. »Mein liebes Kind, nein ... nein«, sagte er immer wieder. »Du darfst mich nicht verlassen. Nein!«

Graelam trat hinzu und sah auf Kassia de Lorris hinab. Mitleid schnürte ihm die Kehle zu. Das arme Wesen sah mehr tot als lebendig aus. Man hatte ihr das Haar kurz geschnitten, und ihr Gesicht war gespenstisch grau. Graelam hörte ihr qualvolles Atmen. Plötzlich riß Maurice die Bettdecke weg, und entsetzt starrte Graelam auf mehrere Blutegel, die an den erschlafften Brüsten saugten.

»Weg damit!« brüllte Maurice. Er griff nach den vollgesaugten Egeln, riß sie vom Körper seiner Tochter und schleuderte sie durchs Zimmer. »Du bringst sie ja um, du dummes altes Weib!« rief er Etta zu. »Um Gottes willen, du bringst sie um!«

Das Mädchen kann ebenso gut fünfzehn wie hundert Jahre alt sein, dachte Graelam. Selbst auf den Augenlidern stachen die blauen Adern deutlich hervor. Armes Kind, dachte er, und sah sie voll Mitleid aus schmalen Augen an. Wie gern hätte er etwas unternommen! Aber hier konnte er nichts sagen, nichts tun. Langsam wandte er sich ab und ging aus dem Zimmer.

Draußen unterhielt sich Guy leise mit einer Bedienerin. Als er Graelam erblickte, kam er rasch zu ihm und sagte mit gesenkter Stimme: »Das Mädchen liegt im Sterben, Mylord. Vor vier Tagen warf sie das Fieber zu Boden. Man erwartet nicht mehr, daß sie die Nacht noch überlebt.«

Graelam nickte. Es hatte ihn schon überrascht, daß sie überhaupt noch am Leben war.

»Die Bedienerin meint, der Priester müsse geholt werden.«

»Das muß Maurice entscheiden«, sagte Graelam und ordnete im nächsten Augenblick an: »Laß den Priester herbringen!«

Dann nahm er mit Guy stillschweigend das Abendessen ein, bedient von verweinten Mädchen. Graelam fragte sich, wo Maurices Männer alle waren.

»Das ist eine schöne Burg«, sagte Guy. »Lord Maurice tut mir schrecklich leid.«

»Ja«, sagte Graelam. Sein Blick fiel auf zwei schöngeschnitzte hochlehnige Stühle, die sich in der Nähe des Kaminfeuers gegenüberstanden. Zwischen ihnen stand ein Schachbrett mit den aufgestellten Elfenbeinfiguren. Er malte sich aus, wie Maurice und Kassia dort saßen und unter vielem Lachen eine Partie austrugen. Plötzlich kam er sich hier wie ein Eindringling vor.

Doch die Stühle zogen ihn an, und er nahm auf einem Platz, den Bierhumpen auf einem Knie. Bald kam der Priester, ein kahler alter Mann mit wäßrigen Augen, der sich den Talar lose um den fetten Bauch geschnürt hatte.

Quälend langsam verstrich die Zeit. Graelam entließ Guy und blieb allein in dem großen Saal zurück, bis er Maurice die Treppe herunterkommen sah. Er ging wie ein gebrochener alter Mann. Sein Gesicht war eingefallen, die Augen geschwollen.

»Sie liegt im Sterben«, sagte Maurice mit seltsam ruhiger Stimme. »Ich wünschte, Ihr, Mylord, hättet mir neulich nicht das Leben gerettet. Wenn ich erschlagen worden wäre, hätte Gott vielleicht Kassia verschont.«

Graelam umklammerte Maurices Hand. »Das dürft Ihr nicht sagen, Maurice. Der Mensch hat sich nicht gegen Gottes Willen aufzulehnen.«

»Warum nicht?« fragte Maurice heiser. »Sie ist so gut und freundlich und rein. Es ist ungerecht, sie um ihr Leben zu betrügen! Wißt Ihr was? Ich wollte, daß Ihr, der starke Mann, der keine Furcht kennt und mir das Leben gerettet hat, sie zur Frau nehmt! Ihr sollt sie und Belleterre schützen und mir Enkel schenken! Gott sei verflucht! Er tut Übles, wenn er mir Kassia nimmt!«

Hilflos saß Graelam dabei, als Maurice das Gesicht in den Händen verbarg und leise schluchzte. Graelam hatte im Heiligen Land unvorstellbare Schrecken erlebt und wollte sich durch den Tod eines Mädchens nicht rühren lassen. Bei allen Heiligen im Himmel, er kannte sie ja nicht einmal!

»Maurice«, sagte er eindringlich, »was geschehen soll, kann niemand ändern. Belleterre gehört Euch. Wenn Ihr wollt, daß es in Eurem Besitz bleiben soll, müßt Ihr wieder heiraten und eigene Kinder zeugen. Ihr dürft nicht aufgeben!«

Maurice lachte bitter auf. »Das kann ich nicht«, sagte er schließlich leise. »Ich habe mir vor zehn Jahren eine Krankheit zugezogen, und seitdem ist mein Samen unfruchtbar.«

Graelam schloß die Augen und lehnte sich zurück. Nach einer Weile spürte er die Hand des Älteren auf seinem Arm und schlug die Augen wieder auf. Maurice sah ihn mit fieberhafter Inbrunst an.

»Hört mich an, Mylord«, sagte Maurice. »Ich stehe in Eurer Schuld und will sie Euch zurückzahlen. Belleterre liegt nahe der Küste. Daher habt Ihr es von hier nicht weit zu Euren Ländereien in Cornwall. Selbst wenn das Blut Kassias nicht in den Nachkommen Belleterres fließen sollte, so doch Eures. Ihr seid von edlem Geblüt, und ich mache Euch zu meinem Sohn und Erben.«

»Das ist doch nicht möglich, Maurice«, sagte Graelam. »Euer Lehnsherr würde mir als einem Engländer nie Euren Besitz überlassen. Schließt Frieden mit Euch selbst und vielleicht auch mit Eurem Neffen! Ihr habt keine andere Wahl.«

Maurices Augen leuchteten vor Entschlossenheit. »Nein, Mylord, hört auf mich! Wenn Ihr Kassia heute abend heiratet, seid Ihr als ihr Gatte nach meinem Tode Belleterres rechtmäßiger Herr.«

Entsetzt machte sich Graelam frei. »Nein! Laßt sie in Frieden!«

»Ihr würdet Euch nicht einmal mit einer Frau belasten, die Ihr nicht kennt. Ihr übernehmt nur die Verantwortung für Belleterre. Was macht es Euch da aus, wenn Kassia nach der Trauung stirbt? Was könnte es Euch ausmachen?«

Graelam atmete keuchend aus. »Ich heirate das Kind nicht! Ich mußte schon meine erste Frau beerdigen und werde nicht eine zweite Frau nehmen, um sie gleich wieder beerdigen zu müssen. Es wäre Wahnsinn, Maurice, seht es doch ein! Nur Euer Kummer gibt Euch diesen Gedanken ein!«

»Hört mich an, Mylord! Wenn Kassia unverheiratet stirbt, ist auch mein Todesurteil besiegelt. Geoffrey wartet bestimmt nicht ab, bis ich an Altersschwäche sterbe. Er wird sich nehmen, was er als seinen Besitz ansieht. Aber wenn Ihr Kassias Ehemann seid ...«

»Ihr Witwer!«

»Nun gut, ihr Witwer. Aber dann ist Geoffrey machtlos gegenüber einem starken englischen Edelmann! Meine Tochter kann ich nicht retten, aber so rette ich Belleterre! Heiratet sie, Graelam! Danach geht Ihr dann zum Herzog der Bretagne und schwört ihm den Treueeid. Das ist alles, worum ich Euch bitte. Ihr könnt in Ehren nach England heimkehren, aber diese reichen Ländereien fallen dann Euren Söhnen zu!«

Graelam sprang auf. Er rang um Fassung. »Ihr kennt mich doch gar nicht!« sagte er dicht vor Maurice stehend. »Bis vor einer knappen Woche war ich ein Fremder für Euch! Wie könnt Ihr Euren Besitz einem Manne anvertrauen, der nach allem, was Ihr von ihm wißt, der größte Schurke der Christenheit sein könnte?«

»Lieber vertraue ich meinen Besitz einem unbekannten Schurken an als einem Schurken, den ich kenne. Seid Ihr denn ein Schurke, Graelam?«

Graelam knirschte mit den Zähnen. »Laßt es sein, Maurice! Wenn Ihr Euch vor Eurem Neffen fürchtet, so werde ich ihn töten, bevor ich der Bretagne den Rücken kehre. Macht es Euch dieser Gedanke leichter?«

»Nein«, sagte Maurice leise. »Belleterre muß einen Herrn haben, der ein starker, abgehärteter und furchtloser Krieger ist. Ihr müßt der zukünftige Herr von Belleterre sein! Wenn Ihr Kassia nicht heiratet, Mylord, verliere ich alles, was mir auf dieser elenden Welt lieb und teuer ist. Eure Ehre bleibt doch unangetastet. Es bringt Euch keine Schande.«

Es waren nicht Maurices flammende Worte, die Graelams Entschluß herbeiführten. Es waren die Tränen, die Maurice über die Wangen herabliefen, ohne daß er sich ihrer schämte.

»Dann wollen wir es hinter uns bringen«, sagte Graelam.

Graelam hielt Kassias Hand, als der Priester in den ersten Nachtstunden die Trauungsformel sprach. In aller Eile hatte Maurices Schreiber den Ehevertrag aufgesetzt. Graelam de Moreton unterzeichnete ihn mit seinem Namen und seinen Titeln. Dann sah er schweigend zu, wie Maurice Kassias Hand über das Pergament führte.

»Meine Tochter kann schreiben«, sagte Maurice mit bebender Stimme. »Ich habe es sie gelehrt.«

Die Trauung war vorüber. Graelam hörte das leise Rasseln in ihrer Brust und wußte, daß das Ende nahe war. Langsam zog er seinen Ring ab und streifte ihn Kassia auf den Mittelfinger. Damit er nicht wieder herunterrutschte, schloß er ihre Hand zu einer Faust.

»Kommt, Mylord!« sagte Maurice. »Es gibt noch viel zu tun, bevor ich mich meinem Kummer überlassen darf.«

Noch einen letzten Blick warf Graelam auf seine Frau.

Draußen sagte Maurice: »Es wird bald Tag werden, Mylord. Ihr müßt sofort nach St. Pol-de-Léon an der Nordküste reiten. Dort werdet Ihr den Herzog der Bretagne auf seiner Burg finden. Ihr braucht ihm nur zu sagen, daß Ihr Kassia de Lorris geheiratet habt, und ihm den Ehevertrag vorweisen.«

»Ich bin dem Herzog nicht unbekannt«, sagte Graelam. Er erinnerte sich gut an den mächtigen Charles de Marcey. Es war ein stolzer Mann, auf den Edward große Stücke hielt. Graelam hatte einmal im Turnier an seiner Seite gekämpft.

Maurices Augen funkelten. »Um so besser! Ihr müßt ihm den Treueeid schwören. Kassias Tod werde ich so lange wie möglich geheimhalten.«

»Sehr gut, Maurice. Danach komme ich zurück ...«

»Nein! Das ist nicht nötig, Mylord. Ich werde meine Tochter beerdigen, und Ihr setzt Eure Heimreise fort. Ich möchte mit meiner Trauer allein sein. Da Eure Hochzeit allgemein und überall verkündet werden wird, bin ich vor Geoffrey sicher. Ich danke Euch, Graelam de Moreton.«

Graelam sah eine Träne auf Maurices Hand fallen.

»Ich wünsche Euch alles Gute, Maurice. Ich teile Euren Schmerz, mein Freund.«

»Ich danke Euch«, wiederholte Maurice. »Aber jetzt müßt Ihr fort. Gute Reise, mein Sohn!«

Eine Weile später ließ Graelam seinen kleinen Trupp halten. Dann warf er noch einen Blick auf Belleterre, das jetzt in den ersten Strahlen der Morgenröte badete. Es war eine prachtvolle Burg, und er konnte nicht umhin, mit Freude daran zu denken, daß Belleterre eines Tages einem seiner Söhne gehören würde.

»Guy«, sagte er zu dem jungen Ritter neben ihm. »Du weißt, was geschehen ist. Ich will, daß du es für dich behältst. Sorge dafür, daß auch die anderen Männer den Mund halten!«

»Ja, Mylord«, sagte Guy. »Es ... es tut mir sehr leid, Mylord.«

Graelam gab dem kraftvollen Dämon die Sporen, und bald verschwand Belleterre hinter ihnen im Dunst.

4

Charles de Marcey, Herzog der Bretagne, versank tiefer im Sessel. Auf das Streitgespräch der beiden Ritter vor ihm achtete er kaum. Seine Gedanken waren bei seiner Frau Alice und ihren zänkischen Forderungen. Sie wagte es, ihn auszuschelten, weil er mit einem willigen Mädchen ins Bett gegangen war, nachdem sie, diese frigide Hexe, ihm ihre Gunst verweigert hatte.

Er runzelte die Stirn und sagte mit einer Handbewegung: »Fahrt fort!« Seinen Schreiber fragte er: »Nimmst du ... die wichtigsten Punkte des Streithandels auf, Simon?«

»Ja, Mylord«, antwortete Simon.

Armer Simon, dachte Charles. Der Mann in seinem Dienst hatte einen Buckel. Charles seufzte. Er wünschte, er wäre auf der Jagd, denn es war ein schöner Frühlingstag, die Luft war frisch und klar. Alles war besser, als sich diesen Streit um eine kleine Burg mitanzuhören.

Die Verhandlung nahm ihren Fortgang. Schließlich erklärte Charles den beiden Rittern, er werde über ihre beiderseitigen Ansprüche mit sich zu Rate gehen, und entließ sie mit einer Handbewegung.

»Mylord«, meldete Robert de Gros, sein engster Freund und Haushofmeister, »da ist ein Engländer, der behauptet, Euch zu kennen. Er sagt, er komme in einer Angelegenheit von größter Dringlichkeit.«

Charles hob eine seiner dichten kastanienbraunen Augenbrauen. Durch die offene Tür sah er den Ankömmling und sprang auf. »Bei allem, was heilig ist, Graelam de Moreton! Und ich hatte mich schon gefreut, daß man Euch im Heiligen Land das Fell über die Ohren gezogen hätte!«

Graelam kam herein. Er war erleichtert, daß Charles sich an ihn erinnerte und sogar erfreut schien. »Die Sarazenen können doch einen Engländer nicht umbringen, Mylord«, sagte er.

Charles packte ihn an den Schultern. »Werdet Ihr es denn nie lernen, Euren Vorgesetzten Achtung zu erweisen, Graelam?«

»Edward hatte nie einen Anlaß zur Klage«, sagte er gewandt. »Aber woher zum Teufel wißt Ihr, daß ich im Heiligen Land war?«

Charles lachte. »Euer König Edward hat Schreiber, die für ihn im Unterschied zu seinen ungebildeten Untertanen Briefe versenden. Ich hörte, daß Ihr einer der wenigen seid, die mit Reichtümern beladen aus dem Heiligen Land zurückkehren, Graelam.«

»Ja«, sagte Graelam, »vielleicht bringe ich sogar einen Edelstein, der den schönen Hals Eurer Gattin schmücken könnte.«

»Das«, sagte Charles, »ist die beste Nachricht, die ich heute gehört habe. Kommt, Mylord, wir wollen uns zurückziehen, und Ihr könnt mir dann Eure dringende Angelegenheit vortragen.«

Graelam folgte Charles aus dem mit überladenem Zierrat geschmückten Saal mit den plaudernden Lords und Damen in ein kleines Gemach, in dem nur zwei Stühle und ein Tisch standen. Unterwegs betrachtete Graelam den Franzosen. Das Hofleben, das Charles führt, hat ihn verweichlichen lassen, dachte er. Obgleich er nur fünf Jahre älter als Graelam war, verunzierten Falten des Lasters sein gutgeschnittenes Gesicht, und er hatte auch einen Bauchansatz. Doch seine dunklen Augen sprühten immer noch von Geist.

Ohne Vorbemerkung überreichte ihm Graelam den Ehevertrag. »Ich habe Kassia de Lorris geheiratet und bin gekommen, Euch als meinem Lehnsherrn den Treueeid zu schwören und um Eure offizielle Genehmigung zu bitten.«

Zu Graelams Überraschung warf Charles den Kopf zurück und brach in dröhnendes Gelächter aus. »Dieser schlaue alte Fuchs«, sagte er, als er wieder zu Atem kam. »Ach, ich kann es kaum erwarten, Geoffreys wütendes Gesicht zu sehen, wenn er das hört!«

»Geoffrey de Lacy ist hier?« fragte Graelam.

»Setzt Euch, Lord Graelam! Und dann erzähle ich Euch, was für ein Hornissennest Ihr aufgestöbert habt.« Charles rief laut nach Wein. »Eure Ankündigung kommt zur rechten Zeit, Mylord«, sagte er freundlich. »Meine Schatztruhen geben nicht mehr genug her.«

»Das ist bei Euch nichts Neues«, sagte Graelam trocken. »Leider muß ich die Schätze, die ich im Heiligen Land erworben habe, zum Wiederaufbau von Wolffeton verwenden. Zum Ausgleich für Eure Anerkennung meiner Ehe kann ich Euch nur meinen starken Schwertarm bieten sowie Männer zum Schutz Eures Landes. Ich stehe Euch für, sagen wir, zwei Monate im Jahr zur Verfügung. Und Eurer Gattin verehre ich einen Rubin.«

»Das ist doch schon etwas«, sagte Charles und trank einen Schluck Wein. Aus dem Augenwinkel sah er, daß die Bedienerin in der Nähe der Tür herumlungerte, und dachte verärgert: zweifellos eine Spionin meiner Frau. Doch ein scharfer Blick von ihm ließ das Mädchen verschwinden.

»Meine Frau will immer alles erfahren«, sagte er leise. »Es würde mich nicht wundern, wenn sie Bescheid weiß, wann meine Eingeweide nach Entleerung schreien!«

Ungläubig hob Graelam eine Braue. »Ihr, Mylord, steht unter dem Pantoffel einer Frau? Wollt Ihr mir etwa sagen, daß mit dem kommenden Alter meine Männlichkeit schrumpft?«

»Hier geht es um meine Männlichkeit, die ich mir erhalten muß. Früher hielt ich meine Frau für schön und unschuldig süß. Nun, mich verlangt es immer noch nach ihrem Körper.«

»Der Körper Eurer Frau gehört Euch doch«, sagte Graelam abschätzig. »Warum schlagt Ihr sie nicht? Ein Mann kann sich von einer Frau nicht beherrschen lassen, sonst ist er kein Mann.«

»Ach«, sagte Charles, keineswegs verletzt, »so kann nur ein Mann sprechen, der niemals zärtliche Gefühle verspürt hat. Doch die Heiligen wissen, daß solche Gefühle nicht lange anhalten. Die Troubadoure machen uns allerdings mit ihren Liedern weis, daß die Damen nur von süßer Liebe träumen, und der dumme Mann muß das Spiel mitmachen, um zu bekommen, was er haben will.«

»In England sind die Männer nicht so dumm.«

»Ihr seid immer noch so grob wie früher«, sagte Charles amüsiert, »wir wollen mal so sagen, Graelam, ein Mann muß die Neugier seiner Frau befriedigen, wenn er will, daß sie sich mit seinen Seitensprüngen abfindet.«

»Eine Frau hat in die Angelegenheiten des Mannes nicht hineinzureden«, versetzte Graelam. »Wenn ich mich recht erinnere, wart Ihr in England stets von einem ganzen Schwarm von Damen umgeben, die nichts anderes wünschten, als mit Euch das Bett teilen zu dürfen.«

»Ja«, sagte Charles mit einem tiefen Seufzer. »Leider wird auch ein Mann älter, und dann muß er eine Frau zur Gattin nehmen.«

»Eine Frau hat weich und nachgiebig zu sein. Es ist ihre Pflicht, zum Vergnügen ihres Herrn beizutragen und ihm Söhne zu gebären.«

»Und Eure liebe junge Frau, mein Freund? Ist sie so weich und nachgiebig, wie Ihr es verlangt?«

Graelam sah den grauen Todesschatten auf Kassias Gesicht vor sich. »Sie ist, was sie ist.«

»Mir tut das Mädchen beinahe leid«, sagte Charles. »Es gibt keine Kavaliere unter den Engländern. Hoffentlich habt Ihr sie nicht in der Hochzeitsnacht mit Eurer riesigen Rute aufgerissen.«

»Maurice de Lorris läßt Euch schön grüßen. Und er versichert Euch seiner Treue.«

»Wie sein geliebter Neffe Geoffrey de Lacy«, sagte Charles leise. »Kurz vor Eurer Ankunft hat Geoffrey mich dazu überredet, daß er Kassia de Lorris heiraten müsse. Auch er verpfändete mir seine Treue ... und anderes.«

»Dann lügt er«, sagte Graelam ruhig. »Ich habe seine Burg Beaumanoir besucht. Seine Diener laufen in elenden Lumpen umher, und seine Mutter ...«

Charles unterbrach ihn. »Je weniger von Lady Felice gesprochen wird, um so besser.«

»... und ich würde Geoffrey de Lacy gern zur Hölle schicken, wenn ich ihn treffe.«

»Jedenfalls kann Geoffrey nicht arm sein, denn er füllt mir die Taschen. Nun gut, Graelam de Moreton, was geschehen ist, ist geschehen. Ihr habt meine offizielle Genehmigung, und ich nehme Euren Treueeid entgegen. Seht zu, daß Ihr viele Söhne zeugt, Graelam, denn das alte Geschlecht der Belleterres ist edel und stolz.«

Graelam neigte den Kopf. Die einzige Möglichkeit, Belleterre nach Maurices Tod zu halten, bestand darin, daß er Geoffrey tötete.

»Nun, mein englischer Lord, müßt Ihr mir von Euren Abenteuern erzählen und wie Ihr Eure Schätze erworben habt. Vielleicht kann ich Euch immer noch um einige erleichtern.«

Graelam tat ihm den Gefallen und erzählte von den langen schrecklichen Monaten im Heiligen Land und dem schließlich erreichten Vertrag von Caesarea. »Das Heilige Land steckt voller Dummköpfe, Charles, habgieriger Dummköpfe, die an nichts anderes denken, als ihre Schatztruhen zu füllen. Über das Elend und den Tod sehen sie hinweg. Der Vertrag wird diese Dummköpfe noch zehn Jahre lang schützen. Was meine Schätze angeht, so habe ich sie bei einem Überfall auf ein Sarazenenlager erworben.« Er sah nachdenklich in den roten Schaumwein. Auf einmal fragte er: »Und wie viele Söhne tragen Euren stolzen Namen?«

»Ich bin mit drei Töchtern geschlagen und habe nur einen Sohn. Ach, Graelam, die Abenteuer, die wir gemeinsam bestanden haben! Erinnert Ihr Euch noch an die Kaufmannstochter in London, die mit den schwarzen Hexenhaaren?«

»Ja, die kleine Hure hat mich beinahe fix und fertig gemacht!«

»Euch! Ha, ich war es doch, mit dem sie ihren Strohsack teilte und dem sie ihre Gunst gewährte!«

»Ihr macht Euch die Vergangenheit so zurecht, wie es Euch gefällt, Mylord und Herzog.«

»Ihr seid ein bissiger Hund, Graelam«, sagte Charles. Er zog die dichten Brauen zusammen und sagte in listigem Ton: »Ich nehme an, daß Ihr als frischgebackener Bräutigam während Eures Besuchs hier keusch bleiben wollt?«

Graelam grinste Charles schief an. »Ich will mir ja nicht die Pocken holen, Mylord. Meine fleischlichen Begierden können warten.«

Der Herzog lachte dröhnend. »Ach, Graelam, ich kann es gar nicht abwarten zu sehen, wie Ihr Euch beim Abendessen der schmachtenden Avancen all dieser Damen erwehren wollt! Bei mir ist das Fleisch leider schwach. Ich lasse Euch vom Oberhofmeister ein Zimmer zuweisen.«

»Morgen muß ich wieder fort, Charles. Aber für diese Nacht nehme ich gern Eure Gastfreundschaft in Anspruch.«

»Zurück zur errötenden Braut, wie?«

»Ja«, sagte Graelam, »ich muß zurück.«

Als Graelam mit seinen Männern am folgenden Morgen St. Pol-de-Léon verließ, war er sehr schweigsam. Sie ritten an der unfruchtbaren Küste entlang, die pausenlos von den erbarmungslosen Meerwinden gepeitscht wurde. Kein Strauch, keine Blume. Doch Graelam nahm die Umgebung kaum wahr. Er dachte an seine Begegnung mit Geoffrey de Lacy am gestrigen Abend. Dem Herzog hatte es großes Vergnügen bereitet, Geoffrey de Lacy Graelam vorzustellen. Er weidete sich an der Wut des Mannes. Denn Geoffrey *war* wütend.

»Ihr müßt Graelam de Moreton in Eurer Familie willkommen heißen«, sagte Charles in gemütlichem Ton, und seine Augen blitzten in teuflischer Freude beim Anblick des jäh erbleichenden Geoffrey.

Geoffrey war von solcher Wut erfüllt, daß er in diesem Augenblick nur an den Dolch in seinem Gürtel denken konnte.

»Ich habe viel von Euch gehört«, sagte Graelam und maß Geoffrey mit einem Blick. Graelam schätzte, daß Geoffrey de Lacy etwa fünf Jahre jünger war als er, ein großer, schlanker Mann mit breiten Schultern und einem angenehmen Gesicht. Aber es waren seine Augen, die Graelam fesselten. Er fragte sich, ob Geoffrey seine Gesichtszüge von seinem Vater oder von seiner Mutter geerbt haben mochte.

Geoffrey fuhr sich mit der Zunge über die Unterlippe.

»Ich wußte gar nicht«, sagte er mit einer Stimme, die ebenso eisig war wie seine Augen, »daß mein geschätzter Onkel einen Engländer kennt.«

»Ach«, sagte Graelam beiläufig und wußte dabei, daß sich der Herzog mächtig amüsierte, »ich habe ihn erst vor kurzem kennengelernt. Es war so, daß ich ihn in Aquitanien aus den Händen einer Mörderbande rettete.« Er sah das Schuldbewußtsein, den Schreck und die Enttäuschung in Geoffreys Blick und dachte: Maurice hat mit seinen Schlüssen recht gehabt.

Geoffrey begriff, daß er sich beherrschen mußte, denn der Herzog stand voller Aufmerksamkeit dabei. Wie gern hätte er jetzt diesem englischen Schweinehund die Kehle aufgeschlitzt!

»Dafür gab er mir«, fuhr Graelam kühl fort, »die schöne Hand Kassias und Belleterre zum Geschenk. Ich gedenke ... meinen Besitz sehr hoch zu schätzen.«

»Kassia ist noch zu jung«, sagte Geoffrey, und seine Stimme verriet seinen Schmerz. »Sie ist so unschuldig und vertrauensvoll ...«

»Jetzt nicht mehr«, sagte der Herzog lachend. »Jedenfalls nicht mehr unschuldig. Lord Graelam ist ein überaus leidenschaftlicher Mann, was seine junge Braut bestimmt inzwischen erfahren hat.«

Geoffrey stellte sich vor, wie Graelams kräftiger Körper nackt auf Kassia lag, wie er heftig in sie hineinstieß.

Unfähig, seine Wut zu bezähmen, knurrte er: »Kassia sollte die Meine werden.«

»Ich rate Euch, Kassia und Belleterre zu vergessen«, sagte Graelam. »Dafür solltet Ihr Eurer eigenen Burg Beaumanoir mehr Aufmerksamkeit schenken.«

»Das ist eine gemeine Beleidigung, Mylord!« rief Geoffrey aufflammend, und seine Hand fuhr zum Dolch.

Bevor er wußte, wie ihm geschah, wurde sein Arm mit eisernem Griff umklammert. »Nur Ruhe, mein Bübchen, oder ich breche Euch das Genick. Solltet Ihr jemals wieder lüstern nach Belleterre Ausschau halten, dann findet Ihr Euch ohne Kopf im Staub wieder.«

Geoffrey bekam Angst. »Ihr werdet das noch bedauern, Mylord«, sagte er. Dann riß er seinen Arm aus Graelams Griff und schritt aus dem Gemach.

Feiner Nieselregen setzte ein. Graelam zog den Mantel fester um sich. Er fluchte, weil es ihm nicht gelang, Kassias zerstörtes Gesicht aus seinen Gedanken zu bannen. Das arme Kind war jetzt schon tot und begraben, Geoffreys perversen Lüsten für immer entzogen. Graelam fragte sich, ob er nicht doch nach Belleterre zurückkehren sollte. Aber nein, er mußte Maurices Wunsch achten. Wie lange konnte Kassias Tod wohl geheimgehalten werden? Er rechnete damit, daß er in Jahresfrist zurückkehren müsse, um Belleterre vor Geoffreys Habgier zu retten.

Graelam stellte sich vor, wie er Geoffrey das Schwert in den Leib stoßen würde, und lächelte grimmig.

5

Kassia war in Dunkelheit gefangen. Sie wußte, daß ihre Augen geschlossen waren, brachte aber nicht die Kraft auf, sie zu öffnen.

»Pst, mein Kindchen.« Das war Ettas leise Singsangstimme. »Mach den Mund auf, Kassia! Es ist Rinderbrühe.«

Kassia tat, wie ihr geheißen. Die köstlich schmeckende Flüssigkeit rann ihr in die Kehle.

»Papa«, flüsterte sie.

»Ja, *ma chère*. Hier bin ich. Noch etwas Brühe, und dann kannst du schlafen.« Sanft tupfte ihr Maurice die Flüssigkeit von den Lippen.

»Es wird seine Zeit dauern, Mylord. Aber das Kind wird am Leben bleiben. Sie ist eine de Lorris.«

»Ja«, sagte Maurice, »eine de Lorris.« Aber sein Sohn Jean war auch ein de Lorris gewesen, und doch war er gestorben.

Er lehnte sich im Stuhl zurück, ließ aber den Blick nicht vom entstellten Gesicht seiner Tochter. Würde ihr die letzte Absolution, die ihr der Priester gereicht hatte, von Nutzen sein, wenn sie einmal die Erde wirklich verlassen mußte?

»Narr«, murmelte er. Er dachte an Graelam de Moreton, und ein Schauder durchlief ihn. Er durfte jetzt nicht an Graelam denken. Und nicht, was dieser stolze Krieger denken oder tun würde, wenn er entdeckte, daß seine Frau am Leben geblieben war.

»Papa?«

»Ja, Kindchen.«

»Es regnet. Das hört sich wunderbar an.«

Maurice gab ihr einen leichten Kuß. Sie hatte wieder Farbe bekommen.

»Du siehst müde aus«, sagte Kassia.

»Bei allen Heiligen, Kind, ich habe auf den Knien gebetet, bis mir die Beine steif wurden.« Doch jetzt war er überglücklich. Natürlich hatte er ihr Graelams Ring abgestreift und verwahrte ihn nun in einem Lederbeutel in seinem Zimmer.

»Ich habe seltsame Träume gehabt, Papa«, sagte Kassia. »Darin habe ich neben deiner Stimme noch andere gehört. Eine Stimme kannte ich nicht.«

»Wahrscheinlich war es die Stimme einer der Frauen«, sagte Maurice.

»Nein, es war die tiefe Stimme eines Mannes.«

»Nun, du hast eben geträumt«, sagte Maurice. Ich darf ihr noch nicht die Wahrheit sagen, dachte er, sie ist noch zu schwach.

Tage und Nächte flossen ineinander. Kassia schlief viel, sprach zwischendurch kurz mit Etta und ihrem Vater und aß. Am Ende der Woche konnte sie schon die Hand heben. Einmal wollte sie sich am Kopf kratzen und fühlte unter dem einfachen Baumwollschleier nur kurze Haare.

Als Maurice in ihr Zimmer kam, sah er, daß ihr Tränen über das Gesicht rannen. »Nicht doch, Kassia!« sagte er. »Es sind nur die Haare. Was bedeutet das schon! Ich hätte nicht gedacht, daß du so eitel bist. In einem Monat hast du wieder deine vollen, weichen Locken und siehst aus wie ein süßer Chorknabe.«

Plötzlich lächelte sie. »Vielleicht wäre es gut, wenn du Geoffrey nach Belleterre einlädst. Wenn er mich so sieht, wie ich jetzt aussehe, werden ihm alle Heiratswünsche vergehen.«

»Siehst du«, sagte Maurice peinlich berührt, »so hat jedes Ding auch seine gute Seite. Aber was Geoffrey betrifft, der Hurensohn wagt es nicht, sich hier zu zeigen. Hier, Kassia, ich habe dir einen Kelch süßen Weins aus Aquitanien gebracht.«

»Wenn du weiter so viel Wein in mich hineinschüttest, Papa, bekomme ich noch eine rote Säufernase!« Doch der Wein schmeckte ihr. Auf einmal sagte sie: »Papa, ich brauche ein Bad. Ich kann hier nicht weiter im eigenen Dunst liegen. Danach möchte ich mich in den Garten setzen und mir die Sonne ins Gesicht scheinen lassen.«

Maurice strahlte. »Du sollst alles haben, was du wünschst, Kindchen. Und du hast recht. Als erstes brauchst du ein Bad.«

In Cornwall war ein goldener Tag angebrochen. Die Sonne schien warm und hell, und die steife Meeresbrise duftete süß.

Graelam verhielt mit Dämon am Rand der steil abfallenden Klippen und schaute auf die mit weißem Schaum gekrönten Brandungswellen hinab, die tief unten gegen die Felsen schlugen. Von St. Agnes Point konnte er mindestens vierzig Kilometer weit ins Land schauen. Ganz in der Nähe lag das kleine Fischerdorf St. Agnes, so einsam, rauh und zeitlos wie die zackigen Klippen, an die es sich schmiegte.

Graelam dachte daran, wie er als Knabe über den gewundenen Fußpfad unterhalb von St. Agnes Point gelaufen war und die Höhlen und ruhigeren Buchten erforscht hatte. Er drehte sich im Sattel um und sah landeinwärts hinter den zerklüfteten Klippen sanfte Hügel, auf denen Schafe und Rinder weideten, und zwischen den Hügeln in engen Tälern die Bauern beim Bestellen ihrer Äcker. Sein Land. Seine Heimat. Seine Menschen.

Dahinter erhob sich wie ein roh behauener Monolith Burg Wolffeton, die Festung, die den Moretons gehörte, seit Herzog William nach der Schlacht bei Hastings vor mehr als zweihundert Jahren Albert de Moreton damit belohnt hatte. Albert hatte die Holzbauten der Sachsen abreißen und an ihrer Stelle eine Burg aus Stein errichten lassen, die die Nordküste gegen alle Angreifer schützte, seien es plündernde Dänen oder habgierige Franzosen. In Sturmnächten zündete man an den beiden Türmen zur Meerseite hin große Lampen an, die die Schiffe vor den tödlichen, von Felsen übersäten Wassern warnten.

In der Ferne erblickte er die Handwerker, die dabei waren, die zur See gerichtete Mauer auszubessern. Die wütenden Meeresstürme hatten zwei Jahrhunderte lang an ihnen genagt. Graelam hatte die Edelsteine, die er aus dem Heiligen Land heimgebracht hatte, zu günstigen Preisen verkauft. Der Erlös reichte aus, um Wolffetons Mauern zu flicken, Scheunen und Unterkünfte für seine Männer neu zu errichten und Schafe, Rinder sowie ein halbes Dutzend Pferde zu kaufen.

Im großen Saal und in den Gemächern der oberen Stockwerke hatte sich seit Alberts Zeiten nicht viel geändert. Die langen Wände des Saals waren nackt und primitiv. Die roh gezimmerten Tische und Bänke, sogar sein mit Schnitzereien verzierter Sessel waren ebenso nackt. Kein weiches Kissen lag darauf. Selbst in seinem großen Schlafzimmer fehlte es an jeder Bequemlichkeit. Seiner seit langem im Kindbett verstorbenen ersten Frau Marie hatte das nichts ausgemacht, ebensowenig wie ihrer Halbschwester Blanche. Ich werde wohl weich, dachte Graelam beschämt.

Rolfe, sein vertrauter Waffenmeister, hatte in dem Jahr, das Graelam im Heiligen Land verbracht hatte, in Wolffeton wohl die Disziplin aufrechterhalten. Dennoch erwarteten den Rückkehrer dringende Probleme. Es waren Urteile zu fällen, Streitigkeiten zu schlichten, die nachlässig gewordenen Bediensteten in der Burg zu höherer Pflichterfüllung anzuhalten. Sein Verwalter Blount hatte zwar seine Bücher gut geführt, aber auch er hatte es nicht geschafft, die Herstellung von Kleidung anzukurbeln und die Mädchen, die die Burg in Ordnung zu halten hatten, zu besserer Arbeit zu bewegen.

Wieder dachte Graelam an Blanche de Cormont. Als er vor einem Monat nach Cornwall heimgekehrt war, hatte sie ihn händeringend mit Tränen in den Augen empfangen. Zuerst hatte er sie gar nicht erkannt. Dann fiel ihm ein, daß sie die Halbschwester seiner ersten Frau war. Die leise, scheue Blanche war Witwe und hatte keine Angehörigen, die bereit gewesen wären, sie aufzunehmen. Deshalb war sie drei Monate vor seiner Heimkehr nach Wolffeton gekommen. Sie war nicht alt, zählte wohl erst 28 Jahre, aber um ihren Mund zogen sich erste dünne Fältchen. Ihre braunen Augen sahen ihn voll Wehmut an. Sie erzählte ihm, daß ihr Vetter Robert ihre beiden Kinder, einen Sohn und eine Tochter, in der Normandie aufziehe. Traurig berichtete sie, daß sie als Mutter dort nicht willkommen war, weil Roberts junge Frau Elise voller Eifersucht über ihren lebenslustigen Gatten wachte.

Na schön, dachte Graelam, sollte sie in Wolffeton bleiben, er hatte nichts dagegen. Sie wartete ihm auf, bediente ihn beim Abendessen und kümmerte sich um seine Kleider. Nur merkwürdig, daß das übrige Burgpersonal sie nicht zu mögen schienen. Warum, wußte er nicht.

Graelams Gedanken richteten sich jetzt auf den bevorstehenden Besuch des Herzogs von Cornwall. In dem Onkel des Königs Edward hatte er stets so etwas wie einen zweiten Vater gesehen. So war das Band zwischen ihnen fest und von gegenseitiger Zuneigung geprägt. Dennoch hoffte Graelam, der Herzog würde nicht kommen, um weitere Dienste von ihm zu verlangen. Ein Jahr des Kampfes gegen die Sarazenen im Heiligen Land waren genug für einen Mann.

Mit diesem Gedanken wendete Graelam seinen Hengst Dämon von den Klippen und ritt nordwärts auf Wolffeton zu.

Als Blanche de Cormont den näher kommenden Hufschlag vernahm, zog sie den ledernen Fenstervorhang in ihrem Stübchen auf und beobachtete, wie Graelam in den Burghof galoppierte. Sein Anblick erregte sie stark, und unwillkürlich krümmte sie die Finger bei dem Gedanken, damit in seinen dichten schwarzen Haaren zu wühlen. Wie ähnlich er ihrem Gatten Raoul war und doch wie verschieden! Verflucht sei die schwarze Seele dieses Schweinehundes Raoul! Sie hoffte, daß er in der Hölle schmorte. Mit ihm verglichen, war Graelam ein gutaussehender potenter Teufel, in dessen Bett jede junge Bedienerin auf Wolffeton gern schlüpfte. Und natürlich hatte Graelam nie die Hand gegen sie erhoben. Aber sie war ja auch nicht seine Frau. Noch nicht. Aus leidvoller Erfahrung wußte sie, daß ein Ehemann seine Frau nicht anders behandelte als seine Jagdhunde oder sein Kampfroß.

Blanche überlegte, an ihrer Unterlippe kauend, wie lange sie noch die Rolle der scheuen, uneigennützigen Witwe spielen sollte, die sie instinktiv übernommen hatte. Ihr erster Mann Raoul hatte ihr schmerzvoll klargemacht, daß er ihren hochfliegenden Geist, ihre gelegentlich scharfe Zunge und ihren Stolz nicht duldete. Ebensowenig wie ihre Hartnäckigkeit. Doch was Graelam betraf, würde sie hartnäckig bleiben. Sie wollte ihn haben, mit jeder Faser ihres

Leibes. Eine Witwe, eine arme Verwandte, hatte keinen wirklichen Platz in der Burg, ihre Kinder hatten keine echte Heimat und keine Zukunft. Vielleicht, dachte sie, ist es an der Zeit, Graelam Ermunterung zu geben, womöglich sogar in sein Bett zu schlüpfen, wenn es eines Nachts zufällig mal frei war!

Sie würde Graelam heiraten und dann ihre Kinder nach Cornwall holen. Sie fehlten ihr, besonders Evian, ein aufgeweckter Knabe von acht Jahren. Er würde Graelams Erbe werden, denn Blanche wollte keine Kinder mehr haben. Wenn sie an die Schmerzen bei der Entbindung von ihrer Tochter dachte, standen ihr jetzt noch die Haare zu Berge.

Blanche schüttelte die alten Erinnerungen ab und entfernte sich vom Fenster. Sie wollte Graelam im großen Saal entgegentreten, die mürrischen Bedienerinnen wegscheuchen und ihm selber aufwarten. Ein letztes Mal schaute sie in den polierten Silberspiegel. Ich muß ihm gefallen, dachte sie. Ich muß!

Zu ihrer Enttäuschung wurde Graelam von Guy de Blasis begleitet. Blanche mißtraute Guy. Sie fühlte, daß er ihre Pläne durchschaut hatte und gegen sie war. Doch sie setzte ein freundliches Lächeln auf und schritt anmutig auf sie zu.

»Guten Tag, Mylord«, sagte sie schüchtern.

Graelam wandte sich ihr zu und nickte. »Ich habe Neuigkeiten für dich, Blanche. Nächste Woche will uns der Herzog von Cornwall einen Besuch abstatten. Bestimmt schleppt er, wie es seine Art ist, eine halbe Armee mit. Wir werden noch einmal auf die Jagd gehen, bevor er kommt. Hoffentlich bringen wir nicht nur ein Kaninchen zur Strecke.«

»Zumindest einen Hirsch, Mylord«, sagte Guy, »wenn wir die Männer auf drei getrennte Jagdtrupps verteilen.«

»Möchtet Ihr ein Bier, Mylord?« fragte Blanche leise.

»Ja, und auch eins für Guy!«

Guy wartete, bis Blanche außer Hörweite war. »Habt Ihr schon etwas aus Frankreich gehört, Mylord? Von Maurice de Lorris?«

»Nein. Aber was sollte er mir auch zu berichten haben? Wenn eine Nachricht von ihm kommt, kann sie nur davon handeln, daß Geoffrey ihm Belleterre wegnehmen will. Ich kann nur beten, daß de Lacy sein Verräterschwert in der Scheide ruhen läßt, bis Wolffeton wieder völlig aufgebaut ist.«

»Ich glaube nicht, daß er einen regelrechten Angriff versuchen wird«, sagte Guy trocken. »Ihm liegt es mehr, durch die Gegend zu schleichen. Die schmutzige Arbeit überläßt er lieber gekauften Männern. Das arme Mädchen! Ich habe sie ja nicht gesehen, Mylord, aber die Bediensteten und die Männer ihres Vaters haben mir von ihr erzählt. Sie sagten alle, sie sei ein süßes, freundliches Kind, das gern lacht. Ach, es ist schlimm, wenn man so jung sterben muß.«

Graelam dachte daran, wie er ihre leblosen Finger in der Hand gehalten hatte, als der Priester die Trauungsformel herunterleierte. Jetzt konnte er nur noch nicken, denn Blanche tauchte wieder auf. Sie trug ein Tablett mit zwei Humpen eiskalten Bieres.

»Danke, Blanche«, sagte Graelam. Sein Ton besagte, daß sie wieder gehen solle. Blanche sah, wie Guy ihr einen spöttischen Blick zuwarf. Verdammter Kerl, er kann meine Gedanken lesen!

»Gern geschehen, Mylord. Vielleicht könntet Ihr mir später ein wenig Zeit widmen, wenn Ihr mit Guy gesprochen habt. Es geht mir darum, wie wir für die Unterhaltung des Herzogs sorgen wollen.«

»Vielleicht heute abend, Blanche«, sagte Graelam und wischte sich den weißen Bierschaum von der Oberlippe. »Ich muß mir noch eine neue Stute ansehen.«

Guy mußte laut lachen, wobei er Blanche im Auge behielt. »Welche meint Ihr, Mylord? Die hübsche kleine Araberstute oder das ebenso verlockende zweibeinige Füllen Nan?«

»Beide«, sagte Graelam und erhob sich. »Nan heißt sie, sagst du?«

»Ja. Keine Jungfrau mehr, aber schön wie eine Rosenblüte im Morgentau. Und noch sehr jung, Mylord.« Guy lobte sie extra, weil er sah, daß Blanche das Gespräch mit anhörte. Es war nicht so, daß er Blanche nicht leiden konnte. Sie war eine hübsche Frau, die ihn körperlich erregte. Guy wußte, daß sie nur für Graelam das schwache, sanftmütige Wesen spielte. Er hatte eine der Bedienerinnen einmal in Tränen aufgelöst gesehen. Lady Blanche hatte ihr ins Gesicht geschlagen und eine farbenprächtige Beule auf ihrer Stirn hinterlassen.

Die beiden Männer gingen in den Burghof hinaus. Es ist merkwürdig, dachte Guy, daß mein Herr gern Frauen zu sich ins Bett holt und ihnen dort wahre Wonnen bereitet, bis sie vor Entzücken kreischen, aber außerhalb des Schlafzimmers wenig Verständnis für sie aufbringt. Für Lord Graelam waren die Frauen nur angenehm weiche Körper und sonst kaum etwas. Allein bei Chandra de Avenell war es anders gewesen. Die hatte Graelam vor zwei Jahren entführen und heiraten wollen. Aber auch diese schöne Frau hatte für ihn nur eine Herausforderung dargestellt wie eine wilde Stute, die von einem Hengst gezähmt und gedeckt wird. Als Graelams Vorhaben fehlschlug, raste er vor finsterer Wut. Doch schon damals hatte Guy den Verdacht, daß seine Wut eher verletztem Stolz als gekränkten Gefühlen entstammte. Aber jetzt war aus Chandra de Avenell eine Chandra de Vernon geworden, und Graelam hatte mit ihr und ihrem Gatten im Heiligen Land Frieden geschlossen.

Das Mädchen Nan sieht nicht gerade sauber aus, dachte Graelam, als er sie draußen sah. Sie zog gerade einen Eimer Wasser aus dem Brunnen und preßte die Arme seitlich an die Brüste, um vor ihm besonders verführerisch zu erscheinen. Ihr Gesicht bildete ein vollkommenes Oval, und sie lächelte ihn schelmisch an.

»Wenn sie gebadet hätte«, sagte Graelam zu Guy, »würde ich sie nicht aus dem Bett weisen.«

»Ich auch nicht«, sagte Guy lachend.

»Wie vielen Männern hat sie schon ihre Gunst geschenkt?«

»Nicht vielen, Mylord. Sie hat sehr jung geheiratet, als sie erst 14 war. Einen jungen Mann, der beim Waffenmeister arbeitete. Er ist aber vor zwei Monaten gestorben. Soviel ich weiß, hat sie seitdem die Beine nicht mehr gespreizt. Sie hat auf Eure Heimkehr gewartet.«

Graelam lächelte das Mädchen lange an. Dann drehte er sich um und ging zu den neu ausgebesserten Ställen. »Jetzt sehen wir uns mal die vierbeinige Stute an, Guy!«

An diesem Abend erhob sich ein Sturm, und die Fensterläden in Graelams Schlafzimmer klapperten laut. Er hatte mehr Bier getrunken, als es seine Gewohnheit war. Er war nicht sonderlich überrascht, als er Nan in seinem Bett vorfand.

Sie hatte sicherlich längere Zeit im Badezuber verbracht, um sich für ihn schön zu machen. Lächelnd legte er seine Kleidung ab. Ihre Augen wurden groß, als sie seine steil aufgerichtete Männlichkeit erblickten.

»Ihr seid aber stark gebaut, Mylord«, sagte sie keuchend.

»Ja«, sagte Graelam lachend, »und du wirst jeden Zoll von mir genau kennenlernen.«

Er zog die Bettdecke weg und betrachtete ihren wohlgerundeten, weißen Körper. Danach streichelte und küßte er sie. Ihr Atem roch zu seiner Freude frisch. Bald wurde sie heiß und feucht. Er legte sich zwischen ihre weitgespreizten Beine und schob ihr seine Stoßwaffe bis zum Heft in die Scheide. Sie schlang die Beine um seinen Leib und preßte ihn noch tiefer hinein. Es blieb ihm nicht verborgen, daß sie erfahren wie eine Hure war, was er ihr durchaus nicht übel nahm. Er zog sich zurück und stieß wieder zu, immer heftiger, bis er sich in ihr entlud. Dann rollte er von ihr herunter und lag auf dem Rücken. Er hätte gern gewußt, ob ihre Lustschreie gespielt oder echt gewesen waren.

»Mylord? Darf ich heute nacht hierbleiben? Draußen ist es kalt, und ich habe Angst vor dem Sturm.«

»Ja, du kannst hierbleiben.«

Sie spielte mit den Fingern in seinem dichten Brusthaar.

»Aber du mußt damit rechnen, mein Püppchen, daß ich dich in der Nacht wecke. Mein Appetit auf dich ist nur vorübergehend gestillt.«

Nan kicherte. Es hat ihm gefallen, dachte sie. Jetzt werde ich bald ein besseres Leben haben. Lady Blanche wird es nicht mehr wagen, mich anzurühren.

»Nun, Graelam«, sagte der Herzog von Cornwall und führte den Kelch zum Mund, »ich habe bei Euch mehrere Dirnen mit dicken Bäuchen gesehen.«

»Und nun möchtet Ihr wissen, ob es mein Samen ist, der in ihren Bäuchen heranwächst?«

»Das hat nichts zu sagen. Es kommt nur darauf an, daß Ihr legitime Erben für Euren Besitz zeugt, keine unehelichen.«

»Aha. Ich habe mich schon gefragt, wann Ihr mir den wahren Grund Eures Besuchs in Wolffeton verraten werdet.«

Der Herzog schwieg eine Weile. Er saß mit Graelam allein im großen Saal. Die Tische, die zum Abendessen bergeweise Speisen getragen hatten, waren abgeräumt.

»Ich habe Post von Edward erhalten«, sagte der Herzog. »Er und Eleanor sind noch immer in Sizilien. Während er durch die Welt reist, trage ich die Verantwortung für seine Kinder. Und Englands Schatztruhen zahlen für seine Abenteuer.«

»Dank Eurer Kraft und Ehre, mein Herzog, braucht Edward nicht überstürzt nach England zurückzueilen und um seinen Thron zu kämpfen. Die Barone halten Ruhe, und England lebt in Frieden.«

Der Herzog seufzte und hob die mit Altersflecken übersäte Hand.

»Ja, es ist wahr. Edward ist ein tüchtiger Mann geworden. Die Männer folgen und vertrauen ihm. Früher dachte ich schon, er würde so schwach und unberechenbar werden wie sein armer Vater.«

»Ich weiß, wie Ihr Simon de Montfort gehaßt habt, mein Herzog«, sagte Graelam leise, »aber von ihm hat Edward die Kunst des Regierens gelernt. Er hat im Heiligen Land gut für uns gesorgt. Und er ist ein tapferer Krieger.«

»Ja, ich weiß. Doch ich werde alt, Graelam, und bin der Verantwortung müde.«

»Und ich ermüde Euch noch zusätzlich mit dieser langen Nacht«, versetzte Graelam, und in seinen Augen blitzte es auf. »Doch bevor Ihr Euch zur Ruhe begebt, wäre es mir lieb, wenn Ihr mir den Grund Eures Besuches verrietet.«

»Ich habe eine Frau für Euch gefunden«, sagte der Herzog knapp.

Graelam war nicht überrascht. In den letzten fünf Jahren hatte ihm der Herzog von Cornwall schon bei mehreren Gelegenheiten mögliche Heiratskandidatinnen vorgestellt.

»Sie heißt Joanna de Moreley und ist die Tochter des Grafen von Leicester. Sie ist jung, hübsch, reich und wird, nach ihrer Mutter zu urteilen, viele Söhne zur Welt bringen. Diesmal, Graelam, werdet Ihr heiraten und Erben für Wolffeton zeugen.«

Graelam schwieg.

»Ihr seid doch nicht mehr in Lord Richard de Avenells Tochter verliebt, oder?«

»Nein«, sagte Graelam. »Habt Ihr vergessen, daß Lady Chandra inzwischen Sir Jerval de Vernon geheiratet hat? Zu meiner großen Erleichterung sind wir in Freundschaft geschieden.«

»Das bringt mich auf Lady Joanna zurück. Ihr leugnet doch nicht ab, daß Ihr Erben nötig habt, Graelam?«

»Nein«, sagte Graelam langsam, und seine Gedanken schweiften zu seiner zweiten Frau, die wenige Stunden nach der Trauung verstorben war.

»Gibt es etwa eine andere Dame, auf die Ihr ein Auge geworfen habt?«

»Nein«, sagte Graelam achselzuckend. »Aber eine Frau ist eine Last, mein Herzog. Bei dem Gedanken allein zieht sich mir der Magen zusammen.«

»Ihr werdet bald 30, Graelam! Wollt Ihr wie ich ein alter Mann werden, bis Ihr Söhne zu Männern heranreifen seht?«

Und ich brauche auch einen Erben für Belleterre, dachte Graelam.

»Ihr dürft nicht vergessen«, fuhr der Herzog fort, »daß die Schätze, die Ihr aus dem Heiligen Land mitgebracht habt, doch nicht ausgereicht haben, es Euch in der Burg behaglich einzurichten.« Er schaute bedeutungsvoll auf die nackten Steinwände und die mit Schilfrohr bedeckten Fußböden. Zweifellos gab es in diesen alten Wänden auch Läuse. »Eine Frau, die eine beachtliche Mitgift und hausfrauliche Tugenden mitbringt, würde Wolffeton zu einer wirklich stattlichen Burg machen.«

»Aber eine Frau«, sagte Graelam und lehnte den Kopf müde an die hohe Rückenlehne des Sessels, »ist ein Wesen, das einem Mann den ganzen Tag verleiden kann.«

»Wie gesagt«, unterbrach ihn der Herzog, »Lady Joanna ist eine hübsche Frau. Vielleicht werdet Ihr sie sogar lieben lernen.«

»Eine Frau lieben? Wenn sie Kinder zur Welt brächte, würde es mir schon reichen. Warum hat Leicester mich erwählt?«

»Ihr seid einer der engsten Freunde des Königs«, sagte der müde Herzog geduldig, »und mein Vasall. Mehr kann Leicester nicht verlangen. Und seine Nachbarn würden es sich zweimal überlegen, Leicesters Güter anzugreifen, wenn er einen so starken Schwiegersohn hätte.«

»Habt Ihr diese Lady Joanna mit eigenen Augen gesehen?«

»Ja, einmal. Vor etwa sechs Monaten. Wie gesagt, sie ist hübsch und genauso gebaut wie ihre kinderreiche Mutter.«

»Ich nehme an, sie erwartet, daß ich sie umwerbe und Lieder über ihre schönen Augenbrauen schreiben lasse.«

»Ihr seid sehr hart, Graelam. Ich biete Euch einen saftigen Leckerbissen, und Ihr beklagt Euch, daß Ihr den Freier spielen sollt.«

»Und wenn dieses Mädchen mir ungehorsam ist und ich sie schlagen muß, dann gibt es wohl Tränen und Vorwürfe, und ihr Vater rückt mir auf die Pelle!«

»Ihr braucht ihr nur Kinder zu machen, dann hat sie keine Zeit, Euch ungehorsam zu sein. Allerdings wäre es ratsam, etwas diskreter vorzugehen, wenn Ihr nach der Hochzeit andere Mädchen zu Euch ins Bett holt.«

Graelam stand auf und reckte sich. »Ich muß es mir überlegen, Mylord.«

Auch der Herzog von Cornwall erhob sich und sah den jungen Mann an, den er mehr liebte als den eigenen ungeratenen Sohn.

»Laßt Euch aber nicht zu viel Zeit dazu, Mylord, denn Lady Joanna wird in der nächsten Woche hier eintreffen ... zu einem Besuch. Einige Männer ihres Vaters und ihre Damen werden sie begleiten.«

»Ihr böser alter Mann!« sagte Graelam teils belustigt, teils empört. »Erst kommt Ihr mir freundlich mit Vernunftgründen, und dann legt Ihr mir Ketten an!«

»Vergnügt Euch noch gut mit der Dirne in Eurem Bett, Graelam, denn es wäre ratsam, nach Lady Joannas Ankunft Euren Appetit zu zügeln. Seid nicht böse auf mich, mein Junge! Es ist nur zum Besten!«

»Himmelherrgott!« brummte Graelam. »Zu wessen Besten?«

Doch der Herzog von Cornwall lachte nur. »Ihr werdet einen lüsternen Ehemann für das Mädchen abgeben, Graelam. Ihr dürft zufrieden sein.«

6

»Der Herzog von Cornwall hat meine Eheschließung in die Wege geleitet«, sagte Graelam zu Blanche. »Lady Joanna und ihr Gefolge werden nächste Woche kommen. Kannst du die nötigen Vorbereitungen treffen, damit sie sich hier wohlfühlen?«

Blanche starrte ihn an. Sie glaubte ihren Ohren nicht zu trauen. Eheschließung! Am liebsten hätte sie geschrien und geweint und Graelam bis aufs Blut geschlagen.

»Wenn mir das Mädchen gefällt, heirate ich sie.«

An diese Worte klammerte sich Blanche wie an ein Rettungsseil. »Ihr kennt sie noch nicht, Graelam? Ihr habt sie noch nie gesehen?«

»Nein. Ich weiß nichts von ihr, außer daß sie eine reiche Erbin ist. Wenn sie mir Söhne gebären kann, brauche ich nur ihren Vater zu fragen, ob er bereit ist, mich als Schwiegersohn anzuerkennen, denn schließlich bin ich mit dem König und dem Herzog von Cornwall befreundet.«

In Blanches Kopf jagten sich die Gedanken. Bestimmt war noch nicht alles verloren! Graelam liebte diese Joanna ja nicht, denn er hatte sie nie gesehen. Noch blieb ihr, Blanche, Zeit. »Mylord«, sagte sie mit bescheiden gesenktem Kopf und leiser, schüchterner Stimme, »wahrscheinlich ist ein so junges Mädchen wie Joanna noch nicht in der Lage, den Haushalt in einer Burg von der Größe Wolffetons ordentlich zu führen. Wenn es Euch recht ist, wäre es eine ... Ehre für mich, ihr die nötigen Kenntnisse zu vermitteln.«

Graelam schenkte ihr ein flüchtiges Lächeln. »Danke, Blanche.« Wußte *sie* denn, den Haushalt in einer Burg zu führen? Seit ihrem Hiersein hatte sich jedenfalls auf Wolffeton nichts geändert. Na ja, vielleicht war das Essen etwas besser geworden.

Blanche zog sich in ihre kleine Kammer zurück, schloß behutsam die Tür und hämmerte dann mit den Fäusten an die Wand. Sie tobte. Wie konnte er sich in eine Ehe ziehen lassen, wenn die Auserwählte nicht sie war! Sie hatte ihn vielleicht nicht genügend ermuntert. Verdammter Kerl! Ihre Abstammung war genauso vornehm wie die dieser Joanna de Moreley! Nur daß sie keine reiche Erbin war wie Joanna. Aber bei diesem Gedanken hielt sich Blanche nicht lange auf. Allerdings hatte Graelam erwähnt, daß er von seiner Frau Söhne erwartete, und das brachte sie einen Augenblick lang zur Besinnung.

Sie trat an das kleine Fenster, zog den Holzladen zurück und schaute auf das Übungsfeld hinunter. Sie sah Graelam, bis zur Hüfte nackt, einen Ringkampf mit einem seiner Männer austragen. Das Spiel seiner starken Muskeln fesselte sie. Unbewußt umklammerte sie mit den Händen das Fenstersims, als klammerte sie sich an Graelam. Dabei überschüttete sie ihn heiser flüsternd mit Flüchen.

Viel später, als Blanche in ihrem schmalen Bett lag, dachte sie an ihren Sohn. Sie würde eine Botschaft an ihren Vetter schicken. Er sollte Evian nach Wolffeton kommen lassen. Wenn Graelam ihren Sohn kennenlernte, würde er vielleicht den Wunsch nach einem eigenen Sohn vergessen. Ich werde seine Frau, gelobte sie sich, und wenn er es unbedingt will, werde ich auch noch ein Kind zur Welt bringen. Nur ungern dachte sie an die Last eines Kindes im Leib und an die unvermeidlichen Schmerzen bei der Entbindung. Einen Augenblick lang rebellierte sie gegen ihr Los als Frau, mahnte sich dann aber selbst zur Ruhe. Noch hast du nicht gewonnen, Blanche. Aber sie würde gewinnen, sie mußte. Ihr eigenes und das Schicksal ihres Sohnes standen auf dem Spiel. Etwas ruhiger geworden, schlief sie dann ein.

Am nächsten Vormittag mußte sich Blanche mit den Bediensteten auseinandersetzen, vor allem mit der kecken Nan. Bisher hatten sie ihr grollend Gehorsam geleistet, offenbar weil sie geglaubt hatten, sie werde die künftige Herrin von Wolffeton sein. Sie zitterte vor Wut, als Nan, diese elende kleine Schlampe, in höhnischem Ton zu ihr sagte: »Wenn Ihr ein neues Kleid braucht, Herrin, dann fragt am besten Seine Lordschaft. Wahrscheinlich wird er seiner jungen Braut etwas kaufen, aber seiner alten Schwägerin wohl kaum. Das ist doch nur eine arme Verwandte!«

»Du kleine Hexe!« sagte Blanche mit bebender Stimme. Sie haßte nicht nur Nan, sondern auch sich selber, weil Nans Worte zutrafen. Sie griff nach Nans langem Zopf, der jetzt durch das wöchentliche Bad sauber aussah. Doch Nan war schneller. Lachend entwischte sie aus dem Zimmer.

»Ich lasse dich verprügeln!« schrie Blanche hinter ihr her.

»Der Herr wird das nicht gestatten«, verhöhnte Nan sie aus sicherer Entfernung. »Er hat mich nämlich gern glatt und heil.«

»Schlampe! Warte nur ab, bis du einen dicken Bauch kriegst! Dann wirst du sehen, wie wenig der Herr sich um deine glatte Haut kümmert!«

»Er wird mir ein nettes Häuschen und vielleicht sogar eine eigene Bedienerin geben«, erwiderte Nan.

Blanche wußte, daß das übrige Burgpersonal sie hinter ihrem Rücken auslachte. Aber wenigstens führten sie ihre Anordnungen aus.

Graelam schien wenig davon erbaut zu sein, daß sie ihren Sohn nach Wolffeton holen wollte, aber Blanche hatte so bitterlich und fast ehrlich geweint, daß er schließlich einwilligte.

Stöhnend half Graelam den Handwerkern, die einen riesigen Feldstein in die ostwärtige Außenmauer einfügten. Die körperliche Arbeit tat ihm wohl, weil sie ihn von dem Gedanken an die bevorstehende Ankunft Joanna de Moreleys ablenkte, vor der ihm graute. Er dachte an die Botschaft, die er vor wenigen Tagen an Maurice de Lorris geschickt hatte. Immer noch machte ihm das damalige Geschehen Kummer. Da er nichts von Maurice gehört hatte, nahm er an, daß Geoffrey noch nichts gegen Belleterre unternommen hatte. Sicherlich würde es nicht mehr lange dauern, bis Geoffrey von Kassias Tod erfuhr. Belleterre lag ja nicht außerhalb der Welt, und inzwischen waren zwei Monate vergangen.

Graelam reckte sich und ging dann auf den Klippenweg zu, der zu dem schmalen Strand führte. Er legte die Kleider ab und watete in das Wasser der Brandung. Er spürte den starken Sog an den Beinen und ließ sich von den Wellen hinaustragen. Das Wasser war kalt. Er achtete nicht darauf, sondern stürzte sich kopfüber in die nächste Gischtwelle.

Einige Minuten später hörte er einen lauten Schrei von den Klippen, drehte sich um und sah Guy ihm zuwinken. Während er sich mühsam wieder an Land durchkämpfte und die rauhen Felsen ihm das Gesicht aufkratzten, hörte er Guy lachen. Graelam erreichte den schmalen Strand und schüttelte sich so, wie sein großer Mischlingshund es immer tat.

»Mylord, zieht Euch etwas an, sonst erblickt Euch Eure Braut noch in Eurer ganzen Ur-Pracht!«

Graelam fluchte leise. Das Mädchen kam zwei Tage zu früh. Zweifellos waren nun seine friedlichen Tage vorüber. Er kleidete sich schnell an und ging dann den Klippenweg hinauf.

»Mylord«, sagte Guy grinsend, »wenn uns Lady Joanna so zu sehen bekommt, wird sie wahrscheinlich mich begrüßen und Euch an die Arbeit schicken.« Guy bildete sich viel auf sein grünes Samtgewand ein und strich mit der Hand durch das goldblonde Haar.

Graelam überging die Bemerkung und fragte nur: »Ist alles für die Dame bereit?«

»Meint Ihr, ob Blanche die bittere Pille heruntergeschluckt und ein freundliches Lächeln zum Willkommensgruß zustande gebracht hat?«

»Die Frau könntest du mir wirklich abnehmen!«

»Nach meinem Bett gelüstet es Blanche aber nicht, Mylord! Übrigens war es falsch, ihr zu gestatten, daß sie nach ihrem Sohn geschickt hat.«

Graelam ärgerte sich. »Um Gottes willen, Guy, hör auf! Blanche ist hübsch und so schüchtern und bescheiden, wie es einer Lady geziemt. Sollte ich Joanna heiraten, werde ich ihr einen guten Ehemann verschaffen. Da sie dann auch ihren Sohn dabei hat, wird das ein Beweis ihrer Fruchtbarkeit sein.«

Langsam, das Gesicht der strahlenden Sonne zugewandt, ging Kassia durch den Apfelgarten. Die Sonne wärmte sie, und sie überließ sich der Freude, am Leben zu sein.

Ihr Lieblingskleid aus gelber Seide war ihr immer noch zu weit, aber das störte sie nicht. Sie blickte auf und sah die dicke Etta entschlossen auf sich zukommen. Sie trug eine Schale mit irgendeiner bestimmt ebenso nahrhaften wie schlecht schmeckenden Speise in der Hand.

»Ihr müßt Euch ausruhen, Herrin«, sagte Etta ohne jede Vorrede. »Hier, das sollt Ihr trinken.«

»Wieder eins deiner Gebräue«, sagte Kassia, trank aber gehorsam die dicke Rinderbrühe. »Ich muß meine Feigenbäume beschneiden«, sagte sie nachdenklich und gab die Schale an Etta zurück.

»Ja, mein Kindchen, aber mir steht der Sinn nicht nach Feigenbäumen.«

»Woran denkst du denn?«

»An Euren Vater. Vor einer Weile kam wieder ein Bote zu ihm.«

»Wieder ein Bote? Ich wußte gar nicht, daß schon mal einer hier war!«

»Ja«, sagte Etta. »Euer Vater scheint über die Botschaft nicht glücklich zu sein.«

»Dann gehe ich zu ihm, um zu hören, ob etwas Unangenehmes vorgefallen ist.«

»Aber Ihr müßt Euch doch ausruhen!«

»Etta, du und Vater, ihr behandelt mich wie ein kleines Küken, das noch keinen Verstand hat. Ich fühle mich schon viel kräftiger.«

»Von wegen!« sagte Etta und folgte ihrer Herrin zur Burg.

Maurice hatte den Boten schon entlassen. Er saß da und starrte blicklos vor sich hin.

»Vater«, sagte Kassia leise. »Was bedrückt dich?«

Es gelang ihm, seine besorgte Miene in ein strahlendes Lächeln zu verwandeln. Er nahm Kassia auf den Schoß. Wie leicht sie noch immer war! Sie wog nicht mehr als ein Kind. Aber ihre lebhaften Haselnußaugen sahen schon wieder gesund und munter in die Welt, und ihr schönes Haar umrahmte das Gesicht mit weichen, sanft fallenden Locken. Er dachte an die erhaltene Botschaft und zog Kassia eng an sich. Die Zeit wurde knapp.

Er spürte den Druck ihrer kleinen festen Brüste an seinem Körper. Sie war kein kleines Mädchen mehr. Sie war eine Frau. Eine verheiratete Frau. »Fühlst du dich wohl, *ma chère*?« fragte er.

»Sehr wohl, Vater. Wahrscheinlich geht es mir besser als dir. Was hat dir der Bote gebracht? Etta hat durchblicken lassen, daß es schon der zweite war. Kommt er von Geoffrey? Hör zu, Vater, du mußt mir sagen, was dich bedrückt. Ich bin ja nicht mehr an der Schwelle des Todes. Bitte, du darfst mich nicht wie ein unvernünftiges Kind behandeln, das man beschützen und verhätscheln muß. Ich komme mir dann vor, als wäre ich völlig unnütz.«

Er wußte, daß ihm kein Ausweg mehr blieb. »Weißt du noch, wie du mir erzählt hast, daß du im Traum die Stimme eines Mannes hörtest? Eines Mannes, den du nicht kanntest?«

»Ja, ich weiß es noch.«

»Das war kein Traum. Den Mann gibt es wirklich. Er ist Engländer und heißt Lord Graelam de Moreton. Ich wurde in Aquitanien von Räubern überfallen, und Lord Graelam rettete mir das Leben, er und seine Männer. Er ist ein ehrenhafter Mann, Kassia, ein guter Mann, ein Krieger, der gerade auf der Heimkehr aus dem Heiligen Lande war. Ich habe ihm alles über diesen Hurensohn Geoffrey erzählt. Ich will dir auch nicht verschweigen, daß ich, als wir Belleterre erreichten, in ihm den idealen Ehemann für dich sah. Ich habe ihm viel von dir erzählt. Als wir hier ankamen, erfuhr ich, daß du im Sterben lägst. Ich konnte nicht daran zweifeln, daß du noch in derselben Nacht sterben würdest.«

Kassia sah ihn so unschuldig und verständnislos an, daß Maurice im Augenblick nicht weitersprechen konnte. »Vater«, sagte Kassia, »ich verstehe kein Wort. Was ist mit diesem Mann, diesem Graelam de Moreton?«

»Er ist dein Gatte«, sagte er knapp.

Kassia wurde sehr still. Aus großen Augen sah sie ihren Vater ungläubig an. »Mein Gatte«, wiederholte sie verständnislos.

»Ja.« Er zog sie eng an sich. »Ja«, sagte er noch einmal. »Laß mich dir erklären, was geschehen ist, meine Liebste! Ich war damals überzeugt, daß du sterben würdest. Und ich wußte, daß ich dann Belleterre an Geoffrey verlieren würde. Da überredete ich Graelam, sich mit dir trauen zu lassen, bevor du sterben würdest. Damit wollte ich erreichen, daß ihm einmal Belleterre zufiele und nicht Geoffrey. Er weigerte sich lange. Aber ich redete ihm ins Gewissen, bis er schließlich einwilligte. Am nächsten Morgen verließ er die Burg, um mit dem Ehevertrag zum Herzog der Bretagne zu reiten. Der Herzog genehmigte die Ehe, und Graelam kehrte auf meinen Wunsch nach Cornwall zurück.«

Völlig verblüfft starrte Kassia ihren Vater an. Verheiratet! Sie war mit einem Mann verheiratet, den sie nie gesehen hatte! Benommen hörte sie sich fragen: »Warum erzählst du mir das erst jetzt, Vater?«

»Ich wollte dich nicht beunruhigen, solange du noch so schwach warst.«

»Doch jetzt hast du es mir erzählt. Was ist geschehen?«

»Der Bote, der heute hier war, kam von Lord Graelam. Er teilte mir mit, daß sein Herr im Begriff sei, eine englische Erbin zu heiraten.«

»Ich verstehe«, sagte Kassia. Der Schock war ihr in die Knie gefahren. Verheiratet, dachte sie, mit einem englischen Lord!

»Das ist noch nicht alles, Kassia. Den ersten Boten hatte mir der Herzog der Bretagne geschickt. Offenbar hat Geoffrey erfahren, daß du noch immer auf Belleterre lebst, also nicht mit deinem Ehemann nach England gegangen bist. Er hat versucht, den Herzog davon zu überzeugen, daß es nur eine Scheinhochzeit gewesen wäre, eine List von mir, um dich und Belleterre vor seinem Zugriff zu bewahren. Der Herzog verlangt eine Erklärung von mir. Er droht mir, falls die Erklärung nicht zufriedenstellend ausfalle, werde er die Ehe annullieren und dich Geoffrey zur Frau geben.«

»Ist dieser englische Lord, dieser Graelam de Moreton, stark genug, um Belleterre vor Geoffrey zu retten?«

»Ja«, sagte Maurice und sah seine Tochter fürsorglich an.

Während Kassia über die Worte ihres Vaters nachsann, dachte sie: es ist merkwürdig, aber ich fühle mich jetzt als die Stärkere von uns beiden. Sie liebte ihren Vater über alles, mehr als sich selbst. Und sie liebte Belleterre. Sie dachte an Geoffrey, den verschlagenen, habgierigen Geoffrey, und bei dem Gedanken, er würde ihr Ehemann werden, durchlief sie ein Schauder. »Jetzt verstehe ich, Vater«, sagte sie mit fester Stimme. »Ich mache dir keinen Vorwurf. Du konntest wohl nicht anders handeln. Also gräme dich auch nicht mehr!«

Sie stand von seinem Schoß auf. »Ich muß jetzt Vorbereitungen treffen, Vater. Ich werde nämlich mit dem Boten nach England gehen, zu meinem ... Gatten. Es wäre nicht gut für ihn, wenn er eine zweite Ehe schlösse.«

Maurice starrte sie offenen Mundes an. Er hatte in Erinnerung an die vielen Tränen ihrer Mutter erwartet, daß sie ebenfalls in Tränen ausbrechen würde.

»Außerdem meine ich«, fuhr Kassia nachdenklich fort, »daß du dem Herzog der Bretagne einen Besuch abstatten solltest. Du könntest ihm sagen, daß ich krank geworden bin und deshalb nicht in der Lage war, meinen Ehemann nach England zu begleiten. Und, Vater, mach dir keine Sorgen um mich! Irgendwann hätte ich ohnehin heiraten müssen, und wenn du Lord Graelam für einen guten Mann hältst, bin ich beruhigt. Ich wünschte nur, er wäre Franzose und lebte in unserer Gegend. Belleterre wird mir fehlen.«

»Cornwall ist ja nicht weit entfernt«, sagte Maurice hilflos. Denn plötzlich war ihm zu Bewußtsein gekommen, daß er Graelam wahrhaftig nicht gut kannte. Wie würde er mit einer Ehefrau umgehen, von der er angenommen hatte, daß sie wenige Stunden nach der Trauung verstorben war? Kassia war so unschuldig und so blutjung. Bisher hatte er, Maurice, sie beschützt und über sie gewacht, hatte ihr nur Milde und Freundlichkeit gezeigt. Mit einem plötzlichen Entschluß stand er auf. »Kassia, ich begleite dich nach Cornwall.«

»Nein, Vater. Du mußt Belleterre vor Geoffreys gierigen Händen bewahren. Du mußt den Herzog der Bretagne aufsuchen.«

Maurice erhob Einspruch, aber Kassia wußte nur zu gut, daß ihm keine andere Wahl blieb. Sie versuchte, sich diesen Lord Graelam vorzustellen. Wahrscheinlich war er ihrem Vater sehr ähnlich. Angstvoll fragte sie: »Ist er schon alt?«

»Graelam? Nein, er ist jung und wohlgestaltet.«

»Ein freundlicher Mann, Vater? Sanft und verständnisvoll?«

»Ich glaube ja, Kassia.«

Da lächelte sie. Jung und wohlgestaltet – und so freundlich wie ihr Vater. Alles würde gut werden.

»Graelam schenkte dir zur Hochzeit einen Ring. Ich habe ihn für dich aufbewahrt.«

»Das war klug von dir gehandelt. Ich sehe heute vermutlich anders aus als in meiner Hochzeitsnacht.«

Danach ließ Kassia ihren Vater allein und eilte in ihr Zimmer. Dann rief sie nach Etta. »Stell dir vor, ich bin verheiratet und wußte es gar nicht! Etta, hast du diesen Lord Graelam gesehen?«

»Ja, mein Kind. Ich sah ihn, als der Priester euch traute. Er benahm sich sehr nett. Während der ganzen Zeremonie hat er deine Hand gehalten.«

»Und er ist jung und wohlgestaltet?«

»Ja«, sagte Etta. »Er ist so, wie dein Vater ihn dir beschrieben hat. Nun, mein Kind, werde ich dir einige Bedienerinnen schicken. Sie sollen dir helfen. Ich packe indessen meine eigenen Sachen.«

Kassia lächelte erfreut und umarmte ihre alte Zofe. »Etta, wir werden England noch einmal erobern, so wie es Herzog William vor zweihundert Jahren getan hat!«

7

Joanna hielt den Wanderfalken mit der Kapuze über dem Kopf anmutig auf dem Handgelenk. Plötzlich scheute ihre Stute. Der Falke kreischte auf und grub ihr die Klauen in den dicken Lederhandschuh. Joanna hätte ihn am liebsten auf den nächsten Misthaufen geworfen. Doch unter Lord Graelams Augen behielt sie ihr hübsches Lächeln bei und riß nur unmutig an den Zügeln der Stute.

Graelam sah es mit Abscheu. Es war zwar Joannas Stute, aber sie hatte kein Recht, so mit dem Tier umzugehen. Er seufzte und wünschte sich weit weg von Wolffeton. Ach, wäre er doch mitten in der Schlacht! Alles war besser, als den galanten Freier bei diesem albernen, eitlen Mädchen zu spielen! Sie sah allerdings nicht übel aus, und vermutlich würde er ihren Hochmut rasch brechen, sobald sie seine Frau geworden war. Sie war fast weißblond, und bisher hatte er sich immer zu blonden Frauen hingezogen gefühlt. Er hatte ihren Körperbau sorgfältig betrachtet, das breite Becken, das leichte Geburten versprach, und die vollen Brüste. Vielleicht, dachte er, würde sich ihr Stolz und ihre hohe Meinung von sich im Bett in Leidenschaft für ihn verwandeln. Doch er zweifelte daran.

Er hörte, wie Blanche in ihrer leisen Art Joanna eine Frage stellte, und ihm mißfiel der hochfahrende Ton, in dem Joanna ihr Antwort gab. Er hatte jetzt zwei Wochen lang Gelegenheit gehabt, die beiden Frauen miteinander zu vergleichen. Er konnte sich vorstellen, daß die sanfte und unterwürfige Blanche ihm das Leben erheblich leichter machen würde als Joanna. Sollte Joanna Schwierigkeiten machen, würde er sie verprügeln müssen. Der Gedanke an ihre Mitgift hatte für ihn nie den Ausschlag gegeben. Der Schmuck, den er aus dem Heiligen Land mitgebracht hatte, hatte ihm genügend Geld verschafft, um die Ausbesserungsarbeiten in Wolffeton zu vollenden, genügend Schafe und weitere Rinder für seine Pächter und die beiden Dörfer zu kaufen und außerdem mindestens noch zwei Dutzend Krieger in Dienst zu nehmen. Nein, es war allein der Herzog von Cornwall, der ihm diese Verbindung aufdrängte. Da Edward noch immer fern von England weilte, wäre es höchst unklug gewesen, den Onkel des Königs zu verärgern.

»Mylord«, lispelte Joanna affektiert, »mir wird es zu warm in der Sonne.«

Graelam brummte und wendete sein Pferd in Richtung Wolffeton. Verdammter Herzog von Cornwall! Der Mann hatte beschlossen, mit Joannas Eltern und ihrem eindrucksvollen Gefolge zur Hochzeit zu kommen. Und der Herzog war kein Dummkopf.

Joanna sah Graelams Rücken vor sich. Er hat die Manieren eines Bauern, dachte sie. Aber er war jung und sah gut aus. Als seine Frau würde sie ihn schon nach ihrem Geschmack umformen. Und dafür sorgen, daß diese Hexe Blanche bald verschwand! Sie sah seine Burg Wolffeton vor sich, und der Anblick ließ sie schaudern. Es war ein scheußlicher Bau, ein häßlicher grauer Steinhaufen mitten im Niemandsland und bot einer vornehm erzogenen Dame nicht den geringsten Luxus.

Joanna lächelte. Nun, mochte er auch ein ungebildeter Bauer sein, so würde sie eben ihren listigen Geist ausspielen. Sie würde ihn so leicht unter den Pantoffel zwingen wie ihren Vater. Und sie dachte gar nicht daran, ihre jungen Jahre in diesem Kerkerbau Wolffeton zu vergeuden. Vielleicht einige wenige Monate im Jahr, aber das war mehr als genug!

Joanna war mit fünf Brüdern zusammen aufgewachsen und wußte, welche Macht eine Frau durch ihren Körper ausüben konnte. Einmal hatte sie Graelam mit nacktem Oberkörper gesehen, und angesichts seiner breiten Brust und der kräftigen Arme hatte sie einen sanften Kitzel im Leibe verspürt. Sie war keine Jungfrau mehr. Diesen Vorzug hatte sie schon vor vier Jahren in den Armen eines heißblütigen Ritters aus der Gefolgschaft ihres Vaters eingebüßt. Aber sie fürchtete keinesfalls, daß Graelam den Unterschied bemerken würde. Wenn in ihm der Verdacht aufkommen sollte, daß ihre Schmerzensschreie gespielt waren, dann hatte sie immer noch ein Fläschchen mit Hühnerblut zur Hand. Sie würde damit ihre Schenkel beschmieren.

Blanche ritt neben Sir Guy. Sie wünschte, sie könnte ihm sein Messer entreißen und es Joanna in den Rücken schleudern. Ihr war völlig klar, daß ihre Intrigen in den letzten beiden Wochen fehlgeschlagen waren, obwohl Graelam ihr zuweilen wegen ihres sanften Wesens einen anerkennenden Blick zugeworfen hatte. Aber das reichte nicht. Ihr blieb nur noch eine Möglichkeit. Ihre Augen glänzten entschlossen.

Sir Guy lenkte seinen Zelter näher an ihre Stute heran. »Darf ich Euch nach Euren ... Zukunftsplänen fragen?«

Blanche schenkte ihm ein verwirrendes Lächeln. »Für einen ... Knaben zeigt Ihr großes Interesse an Dingen, die Euch nichts angehen.«

»Und für eine ältere Frau«, erwiderte Guy ungerührt, »zeigt Ihr zu großes Interesse an meinem Lord. Ich sage Euch, Blanche, Ihr habt verloren. Ihr solltet Euch mit der Niederlage abfinden. Graelam wird Euch auch einen Ehemann verschaffen.«

»Ihr seid ein Dummkopf«, sagte Blanche.

»Der Dummkopf seid Ihr, Mylady«, sagte Guy im freundlicheren Ton, denn er ahnte ihre Sorgen. »Lord Graelam ist ein Ehrenmann. Er hat in die Hochzeit eingewilligt. Und er wird sein Wort nicht brechen.«

Ja, dachte Blanche. Gerade die Tatsache, daß Graelam ein Ehrenmann war, wollte sie zu ihrem Vorteil ausnutzen.

Unter gesenkten Wimpern schaute Blanche Lord Thomas, Joannas Vater, an. Wenn dieser dumme alte Mann doch nur seine knochigen Hände bei sich behielte! Sie hätte ihm liebend gern auf die Hand geschlagen und ihm gesagt, was er für ein alter Knacker war! Aber sie hielt still und wandte den Blick den Akrobaten zu, die im großen Saal ihre Kunststücke vorführten. Dann beobachtete sie Graelam. Wenigstens schenkte er seiner Braut keinerlei Beachtung. Er trank nur Wein und unterhielt sich mit dem Herzog von Cornwall.

Joanna hatte die Lippen unwillig zusammengekniffen. Das ließ Blanches Stimmung steigen. Sie weiß, daß Graelam sie nicht haben will, dachte Blanche und bedeutete einer Bedienerin, Graelams Kelch wieder zu füllen. Dann spürte sie, wie Lord Thomas' knochige Hand weiter an ihrem Oberschenkel hinaufwanderte. Seine Frau, Lady Eleanor, unterhielt sich wohlgemut mit Sir Guy und bemerkte nichts von ihres Mannes lüsternem Treiben. Energisch rückte Blanche von ihm ab.

Und dann endlich war es so weit. Blanche vollführte einen anmutigen Knicks und entfernte sich aus dem Saal.

Sie wartete im Dunkel ihres Kämmerchens. Es kam ihr wie Stunden vor. Sie fing an zu schwitzen, stand schnell vom Bett auf und legte feuchte Tücher unter die Armbeugen. Einen Augenblick betrachtete sie sich in dem polierten Silberspiegel. Sie besaß einen üppigen Körper mit großen Brüsten und vollen, wohlgerundeten Hüften. Auf dem Bauch hatte sie noch schwache Geburtsfalten, aber bei Kerzenlicht würde er sie nicht bemerken. Sie schlüpfte in ein dünnes Hemd aus reiner Seide, brachte ihre Frisur in Ordnung, ging leise zur Tür und öffnete sie. Endlich war alles still.

Mit der Kerze in der Hand eilte sie zu Graelams Zimmer. Leise entriegelte sie die Tür und schlüpfte hinein. Sie hörte ihn schnarchen und lächelte. Er hatte eine Menge Wein getrunken. Wahrscheinlich würde er erst wach werden, wenn es zu spät war. Und wie Sir Guy betont hatte, war Graelam ein Ehrenmann. Wenn er eine unverheiratete Lady zu sich ins Bett nahm, würde er sie auch später heiraten. Warum nur hatte sie nicht schon eher daran gedacht? Ich bin nicht feige, sagte sie sich. Ich tue jetzt, was ich tun muß!

Leise ging sie zu seinem breiten Bett, hielt die Kerze hoch und schaute ihn eine Weile an. Er lag nackt auf der Bettdecke, denn die Nacht war warm. Selbst im tiefen Schlaf zeichneten sich die kräftigen Bauchmuskeln deutlich ab. Darunter gewahrte sie eine gezackte Narbe, die vom Oberschenkel bis fast an die Leiste verlief. Weich und schlaff hing seine Männlichkeit aus der dichten Matte der Haare. Es drängte sie, sie anzufassen, zu streicheln und zum Leben zu erwecken.

Blanche stellte die Kerze auf den kleinen Nachttisch. Langsam und lautlos zog sie sich das Hemd über den Kopf. Plötzlich fuhr ein Windstoß durch das kleine Fenster, die Kerze flackerte und erlosch. Blanche legte sich ins Bett und drängte ihren Körper an seinen. Dann beugte sie sich langsam über ihn und fuhr ihm mit der Hand leicht über die Brust. Er seufzte leise im Schlaf, wachte aber nicht auf. Blanche ließ die Hand tiefer gleiten. Schließlich erfaßte sie sein Glied, streichelte und liebkoste es nach Kräften.

»Nan«, hörte sie ihn im Schlaf murmeln. »Ich habe dir doch gesagt, daß ich nicht mehr mit dir schlafen will. Geh weg!«

Ihre Hand spannte sich fester um sein Glied, das sich allmählich steif aufrichtete. Er stöhnte, und sie hörte es mit einem Lächeln. Plötzlich legte er die Arme um sie und zog sie über sich. Dann spürte sie seine harten Lippen fordernd auf ihrem Mund. Schnell öffnete sie ihn, und seine Zunge fuhr hinein. Sie spürte, wie er mit den Händen nach ihren Hinterbacken griff, sie stürmisch knetete und ihren Leib dann an sein eisenhartes Glied drückte.

Triumphierend dachte sie: bald werde ich laut vor Wonne schreien. Aber erst, wenn Graelams Samen sich in ihrem Schoß entlud.

»Verflucht noch mal!« Jetzt war die Wirkung des Weins bei Graelam verflogen. Kopfschüttelnd rief er: »Blanche!«

Mit einer Hand verschloß er ihr den Mund, wälzte sie auf den Rücken und hielt sie mit einem kräftigen Bein in dieser Lage fest. »Was, zum Teufel, suchst du denn hier?« fragte er sie in barschem Ton.

Sofort änderte Blanche ihren Plan, schmiegte sich verführerisch an ihn und flüsterte in weinerlichem Ton: »Ich liebe Euch, Mylord! Bitte, heiratet doch nicht diese ...«

»Halt den Mund, Weib! Hast du den Verstand verloren? Schämst du dich nicht? Mein Gott, Blanche, beinahe hätte ich dich genommen!«

»Ihr dürft mich nehmen, Mylord«, flüsterte sie. »Aber dann müßt Ihr mich heiraten.«

Graelam fluchte mit gedämpfter Stimme. »Ich kann und ich werde dich nicht heiraten. Um Himmels willen, Weib, verschwinde, bevor dich jemand hier findet!« Er stieg aus dem Bett und riß sie hoch. »Zieh dich an!« sagte er streng. »Und geh! Aber leise. Ich werde es keinem erzählen, und du wirst auch den Mund halten.«

»Ihr verschmäht mich, Mylord?« sagte Blanche verzweifelt und warf ihre Brüste vor, so daß die Spitzen seinen nackten Oberkörper berührten.

Graelams Empörung und Zorn waren verraucht. Sie war doch ein so sanftes Wesen, und nun sah er auch noch Tränen in ihren Augen glitzern. Ruhiger geworden, sagte er leise: »Es kann nicht sein, Blanche. Es tut mir leid, aber ich bin verlobt. Da du eine Lady bist, kann ich dich auch nicht zu meiner Geliebten nehmen. Nur ein rechtmäßiger Ehemann darf dich lieben.«

Er zog ihr rasch das dünne Hemd wieder über den Kopf, denn er merkte, wie sein Körper auf ihren reagierte, und wollte auf keinen Fall Schande über sie und sich bringen. »Komm«, sagte er weich, »du mußt in deine Kammer zurück. Und wir werden das beide vergessen, Blanche.«

Sie wollte schreien, um alle aufzuwecken. Aber dann würde er ihr sicherlich die Kehle zudrücken, denn er war jetzt wieder völlig bei Sinnen. Ach, es war alles so ungerecht! Was sollte nun aus ihr werden? Was sollte aus ihrem armen Sohn werden?

Schweigend sah Graelam ihr nach, als sie sein Zimmer verließ. Dann ging er wieder ins Bett und legte sich auf den Rücken, die Arme unter dem Kopf verschränkt. Diese Weiber!

Doch das ist ungerecht, dachte er. Blanche war so schüchtern und lieb. Er mußte ihr rasch einen Ehemann verschaffen. In Gedanken spürte er noch ihren Körper an seinem, die Liebkosungen ihrer Hände. Ihr Körper war weich und üppig, so wie er es bei einer Frau liebte. Siedendheiß wurde ihm bewußt, was geschehen wäre, wenn er sie wirklich genommen hätte. Die Folgen konnten dem tapfersten Mann einen heillosen Schrecken einjagen.

Tatsächlich hätte er lieber Blanche zur Frau genommen als Joanna. Er rollte sich auf den Bauch und versuchte wieder einzuschlafen. Es war aus und vorüber. Sein Schicksal war entschieden.

Grenzenlose Müdigkeit lag schwer auf Kassia. Doch sie zwang sich, aufrecht im Sattel von Bluebell zu sitzen, den Blick auf Burg Wolffeton gerichtet.

Vor vier Tagen war ihr Schiff an der Südküste von Cornwall gelandet, und zum erstenmal hatte sie die fremdartigen Laubbäume – es waren Palmen, wie man ihr sagte – und die ruhige, von Wärme erfüllte Landschaft Cornwalls erblickt, das so verschieden von der Bretagne war. Je mehr sie sich Wolffeton näherten, um so mehr fühlte sie sich daheim. Sie ritten dicht an den Klippen entlang, und sie hörte, wie die Wellen donnernd gegen die Felsen schlugen. Wolffeton, die Heimat von Graelam de Moreton, ihrem Gatten … und jetzt auch ihre Heimat. Plötzlich überfiel sie so schreckliche Angst, daß sie im Sattel schwankte. Sie war in einem fremden Land und ritt zu einem Mann, den sie noch nie gesehen hatte. Es war Wahnsinn, nackter Wahnsinn. Der Mut hatte sie verlassen. Am liebsten hätte sie jetzt die Flucht ergriffen.

»Mylady!«

»Nein, nein«, brachte sie heraus. Sie riß sich zusammen. »Mir geht es gut, Stephen«, sagte sie lächelnd. Stephen war einer der ältesten und zuverlässigsten Gefolgsleute ihres Vaters. »Ich bin nur müde, das ist alles. Es war ja auch eine lange Reise.«

Stephen sah sie besorgt an. Wie würde man sie empfangen? Er

reckte entschlossen das Kinn. Niemand sollte seine junge Herrin beleidigen, niemand!

Wie konnte ihr Lord Maurice diese lange Reise gestatten, ohne daß er selber sie begleitete? Nun ja, Stephen kannte natürlich den Grund. Dieser Hurensohn Geoffrey!

»Ruht Euch eine Weile aus, Mylady!« sagte er zu Kassia. »Ich mustere inzwischen die Männer. Sie sollen einen guten Eindruck auf Lord Graelam machen.«

Kassia nickte nur. Jedes Wort fiel ihr schwer. Sie sah, wie Stephen unter die Schar ihrer Männer ritt, mehr als zwanzig an der Zahl. Zweifellos würde er einige ausschelten, andere loben. Zum Glück war ihre Reise ohne besondere Vorkommnisse verlaufen. Räuber hätten es auch nicht gewagt, einen so starken Trupp anzugreifen. Aber sie war so müde ... Sie wollte nur aus dem Sattel und schlafen. Aber das durfte sie nicht. Sie durfte ihrem Vater und seinen Männern keine Schande machen. Kassia zwang sich, wieder aufrecht im Sattel zu sitzen.

Geduldig wartete sie darauf, daß sich Stephen wieder neben ihr an die Spitze ihres Trupps setzte. Dann fiel ihre Stute in einen leichten Galopp.

Sie ritten jetzt durch das kleine Fischerdorf St. Agnes. Von dort aus zog sich die zerfurchte Straße nach Osten und wand sich eine Anhöhe hinauf in Richtung auf Wolffeton. Je näher sie den dicken, starken Außenmauern der Burg kamen, um so beeindruckter und stiller wurde Kassia. Niemand kann diese Burg erstürmen, dachte sie. Sie war ordentlich stolz darauf und mußte gleich darauf über sich selber lachen. Diese großartige Burg gehörte ihr ja nicht. Ihr Blut stockte bei dem Gedanken, daß Graelam de Moreton vielleicht schon vermählt war.

Mit erhobenem Arm gebot Stephen den Männern Halt. Kassia sah, wie er auf den Mann zuritt, der sich aus einem der hohen Türme herauslehnte. Dann verschwand der Türmer, und Stephen kam zurück.

»Der Bursche hält mich für verrückt«, sagte Stephen grinsend. »Ich habe ihm gesagt, daß die Braut seines Herrn gekommen sei.«

Kassia lächelte ihn freudlos an. »Es ist wirklich verrückt«, sagte sie. Dann hörte sie, wie die Zugbrücke aus dicken Eichenbohlen heruntergelassen wurde, und drehte sich um. Sie ließ Bluebell anreiten. Doch Stephen fiel ihr in die Zügel.

»Nein, Mylady, noch nicht.«

Schweigend beobachteten sie, wie das eiserne Fallgitter hochgezogen wurde.

Stephen musterte sie eine Weile. »Streift die Kapuze vom Kopf, Mylady! Niemand wird uns angreifen, wenn man sieht, daß wir eine Dame unter uns haben.«

Gehorsam schob Kassia die mit Kaninchenfell gefütterte Kapuze von den staubigen Locken.

Stephen nickte kurz und bedeutete ihr, hinter ihm zu bleiben. Dann ritten sie über die Zugbrücke. Ohrenbetäubend dröhnten die Hufschläge auf den dicken Holzbohlen. Durch ein zweites, engeres Tor kamen sie in den inneren Burghof. Dort warteten mindestens fünfzig Männer, Frauen und Kinder, die sie schweigend anstarrten. Hähne stolzierten umher und krähten, Kühe muhten. Ein Hund verbellte laut einen schwarzen Kater. Es gab mehrere alte Nebengebäude: Küchenhaus, Wäscherei, Vorratslager. Neben einem niedrigen, strohgedeckten Stall erhob sich ein neues Unterkunftshaus. Dann erblickte sie die Krieger, die in steifer Haltung herumstanden.

Mehr Gelegenheit, sich umzuschauen, hatte Kassia nicht. Ihr Blick fiel auf einen hochgewachsenen, recht gutaussehenden blonden Mann, der sie auf den unteren Stufen der Eingangstreppe erwartete. Ein müdes Lächeln erschien auf ihren Lippen. Ihr Vater hatte ihr gesagt, daß Lord Graelam gut aussehe. Er sah auch gut aus. Und zudem nett und freundlich.

Sie hielten, und sie konnte ihn bewundern, wie er in eleganter Haltung die letzten Stufen herunterschritt. Er war jünger, als sie erwartet hatte. Er kam direkt auf sie zu und streckte die Arme aus, um ihr beim Absitzen behilflich zu sein. Dann sah er sie lange forschend an.

Er versucht, sich zu erinnern, wer ich bin, dachte Kassia.

»Lady Kassia«, sagte er, mehr als Frage denn als Feststellung.

»Ja, Mylord.« Er hatte tiefblaue Augen, freundliche, lachende Augen. Das nahm ihr die anfängliche Beklemmung.

»Ihr kommt ziemlich ... überraschend, Mylady. Wir dachten, Ihr wärt ....«

»Tot? Nein, Mylord. Ich bin nicht gestorben. Es freut mich, daß mein Kommen Euch nicht zu verdrießen scheint. Aber ich konnte doch nicht zulassen, daß Ihr Euch vermählt, wenn Eure angetraute Ehefrau noch lebt.«

»Ihr seid einem Irrtum erlegen, Mylady. Ich bin nicht Euer Gatte. Ich bin Sir Guy de Blasis, einer von Lord Graelams Rittern. Mylady, ich stehe Euch zu Diensten.«

Kassia schwankte, und Guy nahm schnell ihren Arm, um zu verhindern, daß sie fiel. »Ihr habt keinen Grund zu Befürchtungen, Mylady«, sagte Guy freundlich. »Lord Graelam ist zugegen, und er hat noch nicht geheiratet. Ihr habt den Zeitpunkt wirklich trefflich abgepaßt. Die Hochzeit ist für morgen angesetzt.« Während er diese Worte sprach, kam ihm die Ungeheuerlichkeit der Lage erst so recht zu Bewußtsein. Arme Joanna! Arme Blanche! Er wechselte einige Worte mit einem von Lord Graelams Männern und deutete dann auf Stephen. »Man wird sich Eurer Männer annehmen, Mylady. Und nun wird es Zeit, daß ich Euch Eurem Gatten vorstelle.«

Selbst durch den Mantel fühlte sie die Wärme seiner Hand. Aber ihr selber war kalt, eisig kalt bis auf die Knochen. Nur mühsam gehorchten ihr die Beine. Sie trat in den steinernen Saal und ließ sich von Guy bis zum anderen Ende führen. Dort fiel ihr Blick auf den Mann, der auf einem geschnitzten, hochlehnigen Sessel saß. Neben ihm saß auf einem kleineren Sessel eine junge Frau mit weißblondem Haar. Mindestens fünfzig Männer und Frauen, viele in kostbaren Gewändern, standen herum. Plötzlich merkte sie, daß alle Gespräche verstummten. Der Mann war so schwarzhaarig, wie Guy blond war. Selbst im Sitzen wirkte er sehr groß, und seine Miene war streng, ja, abstoßend. O nein, nein, dachte sie verzweifelt. Nicht dieser Mann!

»Mylord«, sagte Guy mit lauter Stimme, »darf ich den Gästen Eure Gattin, Lady Kassia de ... Moreton, vorstellen?«

Die junge Frau neben Graelam stieß einen lauten Schrei aus und sprang auf. Lord Graelam sah Kassia nur an. Sein Gesicht verriet nichts.

Plötzlich redeten alle wild durcheinander, alle mit großem Stimmaufwand, alle voller Empörung. Wie durch einen Schleier sah Kassia, daß ein älterer, kostbar gewandeter Mann auf sie zukam.

Es dauerte eine Weile, bis Graelam völlig begriff, was Guy gesagt hatte. Er blickte das schlanke Mädchen an, das vom Hals bis zu den Füßen in einem staubigen Mantel steckte. Er sah, wie die kurzen Locken ihr zartes Gesicht umrahmten. Langsam erhob er sich von dem Sessel, ohne daß er den Blick von ihrem Gesicht nahm.

Es war nur das kurze kastanienbraune Lockenhaar, das ihn überzeugte, wirklich Kassia de Lorris vor sich zu sehen. Denn sonst vermochte er in diesem Mädchen nicht die Sterbende von Belleterre wiederzuerkennen.

Plötzlich konnte er nicht mehr anders, er warf den Kopf zurück und brach in dröhnendes Lachen aus.

Offenen Mundes starrte Kassia den großen Mann an, dessen Gelächter seinen ganzen Körper zucken ließ. Zur gleichen Zeit spürte sie, wie die Leute rings umher sie feindselig und mit deutlichem Unglauben anblickten.

»Ich trage Euren Ring, Mylord«, sagte sie mit lauter, klarer Stimme. Sie streifte ihn vom Finger und hielt ihn Graelam hin.

Er hörte auf zu lachen und schaute auf seinen Ring, den sie innen mit Roßhaar ausgestopft hatte, damit er auf ihrem schlanken Finger hielt. Er hörte Lord Thomas wie ein verrücktes Waschweib in zeterndem Ton fragen, was diese Unverschämtheit zu bedeuten habe. Er hörte, wie Joanna das Mädchen mit Beleidigungen überhäufte. Oder war es Blanche? Er wußte es nicht. Eine andere Frau, wahrscheinlich Joannas Mutter, weinte und jammerte durchdringend.

Der Herzog von Cornwall trat vor. Mit beängstigender Ruhe fragte er: »Graelam, könnt Ihr mir vielleicht sagen, was dies alles zu bedeuten hat? Wer ist dieses Mädchen?«

Graelam achtete nicht auf ihn. Er trat nahe an Kassia heran, umfaßte ihr Kinn und hob ihr Gesicht zu sich auf.

Kassia sah, wie seine dunklen Augen sie forschend ansahen. Warum sagte er denn nichts?

»Mylord«, rief Joanna, »ich gestatte es nicht, daß Ihr Eure Hure hereinbringt! Wie konntet Ihr es wagen!«

Blanche lachte höhnisch. »Nun, *Mylady*«, sagte sie leise zu Joanna, »es sieht so aus, als würde eine andere Eure Hochzeit feiern.«

Joanna drehte sich zu Blanche um und kreischte wutschnaubend: »Du Hexe! Sie ist nur eine Hure! Und sie wird bald für immer von hier entfernt werden! Mein Vater wird es nicht gestatten, daß sie hierbleibt!«

Kassia hörte sie. *Eine Hure!* Sie merkte, daß sie wieder ein Zittern befiel. Was war nur mit ihr los? Die schrecklichen Frauen verschwammen vor ihren Augen.

»Es ... es tut mir leid«, sagte sie, nach Atem ringend. Zum erstenmal im Leben empfand sie es wie ein Segen, als tiefe Dunkelheit sie umhüllte und diesen Alptraum beendete. Zum zweitenmal in ihrem Leben brach Kassia im Stehen zusammen.

Kassia schlug langsam und voller Angst die Augen auf. Sie war unendlich müde. Zuerst sah sie alles nur verschwommen. Dann fiel ihr Blick auf den Mann – ihren Mann – neben ihr. Aus dunklen, ausdruckslosen Augen schaute er sie an. Sie empfand es beschämend, daß sie vor den Augen aller dieser Menschen wie ein dummes Schaf in Ohnmacht gefallen war.

»Nein«, sagte Graelam, »bleib still liegen!«

Sie gehorchte. Er hatte in freundlichem Ton gesprochen. Nichts daran erinnerte an sein dröhnendes Hohngelächter. »Wo bin ich?« fragte sie.

»In meinem Zimmer. Oder besser gesagt, in unserem Zimmer. Bist du noch krank?«

Auch das klang freundlich. Sie nahm sich zusammen und erwiderte seinen Blick. »Ich bitte um Verzeihung. Es ist sonst nicht meine Art, in Ohnmacht zu fallen. Aber ich habe eine lange Reise hinter mir.«

Er berührte leicht ihren Arm, und sie erstarrte. »Wir beide haben eine Menge miteinander zu besprechen. Du kamst ... unerwartet. Aber zunächst mußt du dich ausruhen und wieder zu Kräften kommen.«

»Ich bitte um Verzeihung«, sagte Kassia noch einmal. »Wir hatten keine Zeit, Euch vorher zu benachrichtigen. Und macht bitte meinem Vater keinen Vorwurf! Er war nur bestrebt, mich zu schützen.«

»Was ihm zweifellos gelungen ist«, sagte Graelam kühl. Er nahm ihre Hand und streifte ihr den Ring auf den Mittelfinger. »Draußen schreit deine Zofe Etta laut nach ihrem Kindchen. Soll ich sie herholen?«

In Kassias Kopf drehte sich alles. »Was werdet Ihr tun?«

»Das, Mylady«, sagte Graelam, »ist eine höchst interessante Frage. Ich kann nur hoffen, daß du nicht so schnell zur Witwe wirst, wie ich zum Witwer geworden zu sein glaubte.« Und damit schritt er zur dicken Eichentür des Zimmers.

Gleich darauf beugte sich Etta über sie. »Ruh dich aus, mein Kindchen!« sagte sie in ihrem weichen Singsang. Und Kassia ließ sich das nicht zweimal sagen.

Graelam war, in Gedanken versunken, aus dem Zimmer gegangen. Mein Gott, was für ein heilloses Durcheinander! Solange er lebte, würde er nie vergessen, wie Kassia neben Guy gestanden hatte, aufrecht und gerade, mit weit aufgerissenen Augen, in denen die Angst stand. Und doch war sie gekommen und hatte sich tapfer gehalten. Ebensowenig würde er je vergessen, wie sie lautlos zusammengebrochen war, als wäre jedes Leben aus ihr entwichen. Oder wie er ihren leichten Körper in sein Zimmer getragen hatte.

Kopfschüttelnd dachte er: meine Frau! Ein mageres Mädchen, nicht schwerer als ein Kind, und jetzt war er für sie verantwortlich. Er hatte sie lange betrachtet, als sie ohnmächtig in seinem Bett lag. Er hatte zornig auf sie sein, Wut empfinden wollen. Doch als sie schließlich erwacht war und er die bange Ungewißheit in ihren Augen sah, fühlte er sich gedrängt, sie freundlich zu behandeln.

Er war ein Dummkopf. Was in Gottes Namen sollte er jetzt tun? Als er schließlich die letzten Schritte in den großen Saal tat, wußte er, daß er lieber einer Armee von blutrünstigen Sarazenen gegenübergetreten wäre als diesen Menschen.

8

Kassia schlug blinzelnd die Augen auf und schaute in die Flamme der einzelnen Kerze im Zimmer.

»Wie fühlst du dich, mein Kindchen?«

Kassia lächelte schwach. »Ich lebe noch, Etta«, sagte sie. »Ist es schon sehr spät?«

»Beinahe zehn Uhr abends. Du hast sechzehn Stunden geschlafen. Ich habe etwas zu essen und Glühwein für dich.«

Langsam richtete Kassia sich im Bett auf. »Eigentlich«, sagte sie und besah sich ihre schmutzgeränderten Fingernägel, »möchte ich als erstes ein Bad.«

»Zuerst wird gegessen«, sagte Etta mit Nachdruck. »Danach lasse ich dir von diesen faulen Schlampen heißes Wasser bringen.«

»Wo ist Lord Graelam?« fragte Kassia nervös.

Zu ihrer Überraschung fing Etta laut zu lachen an. »Ach, dein Lord! Das ist ein Mann!«

»Wie meinst du das?«

»Eins muß ich dir sagen, mein Kindchen. Diese großartige Burg braucht dringend eine Herrin wie dich. Das Essen hier ist kaum genießbar, und das Personal rührt keine Hand, wenn Lord Graelam nicht da ist.«

»Das siehst du zu streng, Etta«, sagte Kassia. Aber nach den ersten Bissen des ihr vorgesetzten Schweinefleisches mußte sie zugeben, daß es faserig und zäh war.

Etta betrachtete ihre junge Herrin mit besorgtem Blick. Wolffeton war eben doch ganz anders als Belleterre. »So«, sagte Kassia, »jetzt heraus mit der Sprache! Was ist in der Zeit, in der ich schlief, vorgefallen?«

»Nun, nachdem ich sicher war, daß du gut untergebracht warst, habe ich mich in den großen Saal geschlichen. Du kannst dir nicht vorstellen, was da los war! Ich habe noch nie so viele Leute durcheinander reden hören! Und Lord Graelams Verlobte erst! Sie hat geschrien wie ein Waldkauz!«

Kassia nippte an dem Glühwein. Ein wenig schuldbewußt sagte sie: »Sie wird doch hoffentlich nicht an gebrochenem Herzen sterben?«

»Haha, ausgerechnet die! Lord Graelam sollte dir die Füße küssen, daß du ihn vor einem elenden Schicksal bewahrt hast. Und die andere Frau – na, das wird sich noch zeigen.«

»Welche andere Frau?«

»Lady Blanche, Lord Graelams Schwägerin.«

Kassia horchte auf. Schwägerin?

»Ich habe es von einer Bedienerin, daß Lord Graelam vor langer Zeit schon einmal verheiratet war. Die Halbschwester seiner ersten Frau hat sich vor drei oder vier Monaten in Wolffeton einquartiert. Ich muß aber sagen, daß sie sich bei diesen ganzen Streitereien und dem Geschrei sehr zurückhaltend benahm. Iß die Kartoffeln auf, mein Kindchen!«

Kassia probierte eine Kartoffel. Sie war nur halbgar.

»Also, eins steht fest, dein Gatte ist ein echter Mann! Er brauchte nur einmal Ruhe zu gebieten, und alle waren sofort still. Sogar der Herzog von Cornwall. Ja, da guckst du, mein Kindchen! Der Onkel des Königs! Nach dem, was ich so herausgehört habe, hat er die Hochzeit in die Wege geleitet. Du hättest mal Joannas Vater sehen sollen! Lord Thomas machte seinem Namen Ehre, er war rot wie eine Tomate! Aber Lord Graelam wurde mit allen spielend fertig. Er sagte ihnen unverblümt, was sich auf Belleterre ereignet hat. Und damit auch der letzte Zweifel ausgetilgt wurde, daß du seine rechtmäßige Frau bist, zeigte er ihnen sogar den Ehevertrag. Da verschlug es sogar Lady Joanna die Sprache. Nur ihre Mutter jammerte in einem fort. Bis Lord Thomas ihr eins aufs Maul gab. Danach sagte er zum Herzog von Cornwall, daß er keinen Tag länger in Wolffeton bleiben werde. Nahm sein Weib und seine Tochter und marschierte aus dem Saal. Lord Graelam hatte Mühe, sich das Lachen zu verbeißen. Sei froh! Du wirst sie nie wiedersehen!«

Kassia war unendlich erleichtert, bemühte sich aber, es Etta nicht zu deutlich zu zeigen. Ihr Gatte hatte sich vor sie gestellt! »Etta«, sagte sie, »wo ist Lord Graelam? Ist das hier nicht sein Zimmer?«

»Er ist im Saal und unterhält sich, glaube ich, mit dem Herzog von Cornwall. Alle anderen sind zu Bett gegangen, Gott sei Dank!«

»Gut«, sagte Kassia. »Aber jetzt muß ich ein Bad nehmen. Ich will ihm nicht noch einmal als dreckiges Gassenmädchen unter die Augen treten. Nein, keine Widerrede! Ich bin nicht mehr krank!«

Graelam saß in seinem Sessel dem Herzog von Cornwall gegenüber, einen Weinkelch in der Hand.

»Alle Wetter, Graelam, das war ein schlimmer Tag!« sagte der Herzog verdrossen.

»Ja, diesen Tag werde ich bestimmt nicht so schnell vergessen.«

»Und ist es wahr, daß Ihr sie erst einmal gesehen habt?«

Graelam nickte. Merkwürdigerweise fühlte er sich so fröhlich wie nach einer Schlacht. »Sie war damals dem Tode nahe. Nur an meinem Ring und an ihren kurzen Haaren habe ich sie gestern wiedererkannt.«

»Sie ist noch sehr jung«, sagte der Herzog nachdenklich. »Ja, sehr jung. Ihr habt noch nie mit ihr geschlafen?«

»Nein, mein Herzog.«

»Dann gibt es für Euch noch einen Ausweg aus dieser Katastrophe«, sagte der Herzog. »Da die Ehe nicht vollzogen wurde, kann sie annulliert werden. Das geht ganz einfach.«

Graelam erwiderte nach einigem Überlegen: »Mein Herzog, Belleterre ist eine beeindruckende Festung. Die Burg ist herrlich, und die Ländereien sind reich. Nach Lord Maurices Tod fällt alles mir zu. So gesehen, ist das Mädchen eine ebenso reiche Erbin wie Joanna de Moreley.«

»Aber sie ist Französin!«

Graelam sah den Herzog nur fragend an.

»Wollt Ihr diese alberne Heirat etwa nicht annullieren lassen?«

»Heute abend spreche ich noch einmal mit Lady Kassia. Morgen, mein Herzog, teile ich Euch dann meinen Entschluß mit.«

Der Herzog von Cornwall fühlte sich übertölpelt, und das gefiel ihm ganz und gar nicht. »Ich verstehe einfach nicht, warum Ihr mir nicht schon längst von dem verdammten Mädchen und Eurer lächerlichen Mitternachtstrauung berichtet habt«, sagte er unwirsch.

»Aber, mein Herzog, ich sagte Euch doch, ich glaubte, sie wäre gestorben. Weshalb sollte ich Euch das berichten?«

»Mir ist es unbegreiflich, daß sie Euch besser gefällt als Lady Joanna. Sie ist nicht halb so schön wie Joanna. Für mich sah sie eher wie ein dürrer Knabe aus, und dreckig obendrein.«

»Sie ist sehr krank gewesen. Sie braucht nur gut zu essen, dann wird sie bald anders aussehen. Und was den Dreck betrifft, da genügt ein ausgiebiges Bad.«

Der Herzog ahnte, daß er verspielt hatte, und das ärgerte ihn. »Und was ist, wenn die Krankheit sie unfruchtbar gemacht hat? Ich sehe schon, daran habt Ihr nicht gedacht!«

Graelam zögerte mit der Antwort. Er sah Joannas verzerrtes Gesicht vor sich, hörte im Geist ihre giftigen Worte. Selbst eine unfruchtbare Frau war besser als dieses zänkische Weib. »Nein«, sagte er nach einer Weile.

»Aber Ihr müßt daran denken!« sagte der Herzog zornig. »Ihr habt mir doch selber gesagt, daß Ihr nur heiraten würdet, um Söhne zu zeugen.«

Nachdem Graelam den Herzog zu seinem Zimmer begleitet hatte, ging er in seins. Kassia saß in seinem Holzbadezuber. Er wischte sich die Augen. Nur ihre nackten Schultern waren zu sehen. Langsam ging er wieder hinaus und machte die Tür fest hinter sich zu. Eins stand fest: Krank hatte das Mädchen nicht mehr ausgesehen.

Nach einer Viertelstunde kam er zurück. Um sie nicht zu erschrecken, sagte er nur leise: »Mylady?«

Kassia fuhr zusammen und ließ den Schildpattkamm fallen. Graelam wandte sich an die alte Zofe. »Ich will mit deiner Herrin sprechen.«

Wenn der Herzog jetzt Kassia sähe, dachte Graelam, müßte sogar er seine Meinung über sie ändern. Mit den großen Augen, aus denen sie ihn unverwandt anschaute, sah sie wie eine kleine Fee aus. »Wie alt bist du eigentlich?«

Sein barscher Ton erschreckte sie. »Siebzehn, Mylord.« Mit den Fingerspitzen tippte sie auf eine dichte Locke, die ihr in die Stirn gefallen war. »Es sind nur meine Haare. Vater sagt, ich solle nicht so eitel sein. Aber sie werden wieder wachsen, Mylord.«

Er setzte sich ans Bett. »Ich habe gesehen, daß deine Zofe unseren Streit da unten mitangehört hat. Ich nehme an, sie hat dir davon erzählt?«

»Ja«, sagte sie und zog sich den Bademantel über die Brüste.

»Ist dir kalt?«

Kassia verneinte, zog sich aber die Decke auch über die Beine.

»Ich bin fast neunundzwanzig«, sagte Graelam. »Ein verehrungswürdiges Alter für ein so junges Mädchen.«

»Etta ist beinahe fünfzig. Das ist für mich ein verehrungswürdiges Alter.«

»Der Herzog von Cornwall wünscht, daß die Ehe annulliert wird.«

»Das verstehe ich nicht, Mylord. Mein Vater sagte mir, daß ein Priester uns getraut hat.«

»Ja, aber unsere Ehe wurde nicht vollzogen.« Unverwandt schaute sie ihn aus großen, unschuldigen Augen an. »Es bedeutet, daß ich nie mit dir geschlafen habe, Kassia.«

Dem Mädchen schoß die Röte in die blassen Wangen.

»Es bedeutet, daß wir erst dann wirklich Mann und Frau sind, wenn wir miteinander geschlafen haben.«

Sie sah jetzt gänzlich verwirrt aus.

»Bist du noch Jungfrau, Kassia?«

»Mich hat noch kein Mann berührt, Mylord.«

Daran hatte er keinen Augenblick gezweifelt und die Frage nur gestellt, um sie in Verlegenheit zu bringen. »Genug davon für heute«, sagte er. »Ich will nur noch wissen, warum dein Vater mich nicht davon benachrichtigt hat, daß du lebst.«

»Mein Vater liebt mich, Mylord. Er hatte Angst, mir die Wahrheit zu sagen, bevor ich völlig gesund geworden war. Ich wußte ja nicht einmal, daß es Euch gibt – außer im Traum.«

»Was für ein Traum?«

»Ich habe meinem Vater erzählt, daß ich von einem fremden Mann geträumt hatte. Einem ... einem Mann mit einer freundlichen Stimme. Dann berichtete er mir vor nicht ganz zwei Wochen von Eurer Botschaft. Aber das war noch nicht alles, Mylord. Irgendwie hatte mein Vetter Geoffrey de Lacy erfahren, daß ich noch immer auf Belleterre lebte und meinen ... meinen Gatten nicht nach England begleitet hatte. Offenbar hat er den Herzog der Bretagne davon überzeugt, daß wir nur eine Scheinehe geschlossen hätten. Da befürchtete mein Vater, der Herzog würde die Ehegenehmigung zurückziehen und mich Geoffrey zur Frau geben.«

»Aha«, sagte er. »Über Geoffrey weiß ich Bescheid.«

»Ihr müßt mir glauben, Mylord, daß mein Vater nie die Absicht hatte, Euch irgendwie Schaden zuzufügen. Dazu hat er Euch viel zu sehr bewundert. Aber als Euer Bote zu ihm kam, blieb uns nicht mehr viel Zeit. Während ich nach Cornwall reiste, ritt mein Vater zum Herzog.«

»Geoffrey ist zwar ein Feigling, aber er ist auch gefährlich.«

»Ich weiß, Mylord. Aber mein Vater sagte mir, Ihr seid ein tapferer Krieger und würdet Belleterre verteidigen, wenn Geoffrey auf Verrat sinnt.«

»Willst du als meine Frau in Wolffeton bleiben?«

»Aber selbstverständlich«, sagte sie. »Mein Vater hat Euch als meinen Gatten erwählt, Mylord, und ich würde ihm nie widersprechen. Und Geoffrey darf niemals Belleterre erobern.«

Das Mädchen würde selbst mit dem Teufel gehen, wenn ihr Vater sie darum bäte, dachte Graelam. »Du hast auf deiner Reise mein Land kennengelernt, Kassia. Es ist kein mildes Land, sondern rauh und wild.«

»Es erinnert mich stark an die Bretagne, mein Lord. Nur die Südküste kam mir unglaublich fremd vor.«

Graelam stand auf. »Du wirst dich hier ausruhen und das Zimmer nicht verlassen. Der Vater meiner Braut hat mir angekündigt, daß sie morgen abreisen wollen. Und du wirst essen! Du bist immer noch sehr mager. Ein starker Windstoß würde dich umblasen.«

Aus der Truhe am Fußende des Bettes holte er sich eine Decke und ließ sie dann allein. Jetzt hatte sie ihn zum erstenmal wirklich erlebt, den Mann, der ihr Gatte war. Der jetzt über ihr Leben und ihre Zukunft zu entscheiden hatte. Sie hatte jedoch keine Angst, denn ihr Vater hatte ihn ja für sie ausgewählt. Bald fiel sie in den tiefen Schlaf der Erschöpfung.

Graelam hatte sich indessen im großen Saal mitten unter seinen schnarchenden Männern zum Schlafen niedergelassen. Er hüllte sich in die mitgebrachte Decke und lehnte sich mit dem Rücken an die Steinwand. Mit verkniffenem Lächeln dachte er: Der Lord von Wolffeton schläft auf dem nackten Fußboden! Und das nur, damit ein dünnes Kind, das seine Frau war, oben in seinem Bett schlafen konnte.

9

An den steinernen Nordturm gelehnt, sah Graelam das Gefolge von Thomas de Moreley in Staubwirbeln über dem Felsenhügel vor St. Agnes verschwinden. Mit Joannas Abreise war ihm ein Stein vom Herzen gefallen. Vom Sattel ihres Zelters aus hatte sie ihm im Burghof nur noch einen eisigen Blick zugeworfen.

»Ich wünsche Euch eine gute Reise«, sagte er ruhig.

Joanna bebte vor Wut über die erlittene Demütigung. »Und ich wünsche Euch in die Hölle, Lord Graelam, Euch und die spindeldürre Hure, die Ihr als Eure Frau bezeichnet!«

Am Tor klopfte Graelam dem Wächter Arnolf vergnügt auf die gebeugte Schulter. Es war noch früh, aber Graelam hatte schon einen Bärenhunger und rief laut nach dem Frühstück.

Guy setzte sich ihm gegenüber an den rohen Holztisch. »Noch einmal davongekommen«, sagte er.

Graelam schluckte ein Stück des knusprigen Brotkantens herunter und trank sein Bier aus. »Kann sein.« Trotz seiner Erleichterung über Joannas Abreise setzte er hinzu: »Eine Frau ist wie die andere. Joanna hätte schon zu mir gepaßt. Ihr Körper war sehr appetitlich. Soll ich beim Herzog von Cornwall für dich den Fürsprecher machen? Vielleicht wärst du der richtige Ehemann für Lady Joanna.«

»Ich würde sofort Fersengeld geben«, erwiderte Guy lachend. »Aber Ihr sprecht von Frauen wie von Euren Pferden, Mylord.«

»Ja. Beide muß man einreiten.«

»Aber wenn eine Lady von vornherein so sanft wie ein milder Sommerregen ist?« sagte Guy leise.

»Du meinst, ohne Arg und List? Ich habe nur eine gekannt, auf deren Wort man sich wie auf das eines Mannes verlassen konnte, und die war so sanft wie eine Viper, Guy!«

»Ah, Lady Chandra de Vernon.«

»Ja, eine Fürstin unter den Frauen!«

»Eure ... Gattin, Mylord«, sagte Guy plötzlich und stand rasch auf. »Guten Morgen, Mylady.«

Graelam fuhr herum und sah Kassia am Fuß der Treppe stehen. »Komm her!« rief er. »Wir fangen sofort an, dich aufzupäppeln.«

Sie kam auf ihn zu, und er dachte: Sie ist die reine Anmut. Sie trug ein weiches blaues Wollkleid mit einem Gürtel um die schmale Taille. Die kurzen kastanienbraunen Locken schimmerten im Morgenlicht. Er stellte sich vor, wie weich sie sich in seinen Händen anfühlen mochten. Doch als sie näher kam, zog er die Brauen zusammen. Sie wirkte gar zu zerbrechlich, und die zarten Knochen standen spitz hervor.

Kassia sah, wie ihr Mann die Stirn runzelte, und ihr Schritt wurde langsamer. Um Sir Guys hübsche Mundwinkel dagegen spielte ein mitfühlendes Lächeln. »Mylord«, sagte sie schüchtern und machte einen tiefen Knicks.

»Geht es dir gut, Mylady?« fragte Graelam und betrachtete wieder die Locken, die sich um ihre kleinen Ohren ringelten.

»Ja, Mylord, sehr gut!« Sie nickte Sir Guy zu und dann einem Dutzend Kriegern, die an einem anderen Tisch saßen und sie mit unverhüllter Neugier anstarrten. Nur Stephen und die anderen Männer ihres Vaters waren nicht zu sehen.

»Wo ist Stephen, Mylord?«

»Er hat schon gefrühstückt, Mylady«, sagte Graelam. »Jetzt kümmert er sich um die Verpflegung für die Rückkehr in die Bretagne.«

»So ... so bald will er wieder weg?«

»Ich sage ihm, wann er abzureiten hat«, antwortete Graelam. »Und jetzt wirst du essen, Kassia. Ich muß zum Herzog von Cornwall. Er will auch heute abreisen. Guy, du gehst mit den Männern auf den Übungsplatz. Die vielen Festtage haben sie dick und faul werden lassen.«

Ohne sich noch einmal umzudrehen, schritt er aus dem Saal. Nur ungern ließ Guy das schüchterne Mädchen allein, aber ihm blieb keine Wahl. Er lächelte Kassia noch einmal zu und verließ dann mit den Männern den Saal.

Kassia setzte sich auf den kleineren Sessel neben dem ihres Mannes. Mit Schaudern blickte sie auf die Brotkanten und den blassen, nicht ausgereiften Käse.

»Paßt Euch was nicht, Mylady?«

Es war die Bedienerin, die sie da mit kaum verhüllter Frechheit angesprochen hatte. Kassia fuhr auf. Das Mädchen war jung, so jung wie sie selbst, recht hübsch und so drall, wie sie dünn war. »Wie heißt du?« fragte sie mit leiser Stimme.

»Nan, Mylady.«

Plötzlich fiel Kassia eine Bedienerin in Belleterre ein, die ihr einmal frech gekommen war. Sie hatte gedacht, das zwölfjährige Mädchen wüßte sich nicht durchzusetzen. Nach drei Tagen hatte Kassia sie an die frische Luft gesetzt. »Nan«, sagte sie, »ich will ein Glas frische Milch und drei Scheiben frischgebackenes Brot. Diesen Käse hier kannst du essen oder ihn von mir aus an die Schweine verfüttern.«

Überrascht sah Nan die zarte Unbekannte an. Ihr befehlsgewohnter Ton ließ sie aufhorchen.

»Ihr könnt doch die Kühe melken, nicht wahr?«

»Ja«, sagte Nan. »Aber frisches Brot gibt es heute erst wieder am Nachmittag.«

»Bring mir die Milch! Um das Brotbacken kümmere ich mich selber.« Mit einem Nicken entließ sie das Mädchen, das ihr einen giftigen Blick zuwarf. Doch dann verschwand sie zu Kassias Erleichterung, wie ihr geheißen war. Kassia zwang sich, das altbackene Brot herunterzuwürgen, das ihr Mann übriggelassen hatte. Dabei bemerkte sie, daß mindestens ein Dutzend Bedienerinnen im Saal herumschlichen, die wohl nichts Besseres zu tun hatten, als sie zu beäugen.

Mit dem geübten Auge der Hausfrau sah sie, daß das Schilfrohr höchst unregelmäßig auf dem Steinfußboden verteilt war. Und dumpf roch es auch schon. Es fehlten die süß riechenden Kräuter. Ihre Hand glitt über den Tisch. Die Platte war alt, stark mitgenommen und uneben. Und das war der Tisch des Burgherrn! Die Holzbalken über ihr waren von jahrelangem Qualm und Dreck geschwärzt und machten den Saal dunkler, als nötig gewesen wäre. Alles fühlte sich feucht und kalt an. Sie hätte das Personal gern sogleich zur Arbeit getrieben, aber die Erinnerung an das strenge Gesicht ihres Mannes band ihr die Zunge. Er war hier der Herr. Solange er ihr nicht die Erlaubnis gegeben hatte, seinen Haushalt zu führen, war es klüger, den Mund zu halten.

Sie schloß einen Augenblick die Augen. Annullierung! Er konnte sie verstoßen, wenn die Ehe nicht vollzogen wurde. Das hatte er ihr selber gesagt. Bei dem Gedanken an diesen Akt lief ihr ein Schaudern über den Rücken. Sie hatte gesehen, wie Tiere sich paarten, und ahnte, daß die Menschen es ähnlich machten. Aber da sie noch nie einen nackten Mann gesehen hatte, wußte sie nicht recht, wie sie das anstellten. Nun, wenn Stuten das aushielten, würde sie es auch aushalten. Und schließlich mußte sie es aushalten, um Belleterre vor Geoffrey zu retten. Auf einmal merkte sie, daß Nan neben ihr stand.

»Eure Milch, Mylady«, sagte Nan und stellte den Krug nicht gerade sanft vor Kassia ab, wobei etwas von der warmen Milch auf den Tisch schwappte.

In Kassia schoß Zorn auf. Am liebsten hätte sie das Mädchen geschlagen. Doch das Erscheinen ihres Gatten in Begleitung eines älteren, finster blickenden Mannes, des Herzogs von Cornwall, enthob sie einer Entscheidung. Sie sah, wie Nans Blicke besitzergreifend Lord Graelam musterten. Aha! Deshalb war das Mädchen so mürrisch und aufsässig zu ihr. Lächelnd erhob sie sich und knickste vor dem alten Mann.

»Mein Herzog«, sagte Graelam gelassen, »das ist Lady Kassia, meine Frau.«

Der Herzog von Cornwall war überrascht. Das schlanke, kleine Wesen, das so energisch vor ihm stand, hatte wenig Ähnlichkeit mit dem dreckigen Gassenmädchen, das am Vortag so unverschämt in den Saal eingedrungen war. Er sah ein hübsches Mädchen vor sich, das süß und reizend wirkte.

Sogleich meldete sich bei ihm der Beschützerinstinkt, was ihn noch mehr erstaunte. »Man kann Lord Graelam nur zu seiner Braut gratulieren, Mylady. Erlaubt, daß ich Euch in England willkommen heiße.«

»Ich danke Euch, mein Herzog«, sagte Kassia. »Der Ruf Eures Namens ist bis in die Bretagne gedrungen. Mein Vater hat oft zu mir gesagt, Ihr solltet eigentlich König von England sein, denn Ihr seid tapfer, faßt klare Entschlüsse und seid gerecht zu jedermann.«

Der Herzog lachte. »Darüber entscheidet allein der liebe Gott, Mylady.« Doch Graelam entging es nicht, daß ihm das Lob wohltat.

»Mein Vater sagt auch, daß unser König, Ludwig der Heilige, zu viel Zeit den Kreuzzügen opfert. Er sagt, Gott habe ihn eingesetzt, damit er sein Volk regiert. Und ich glaube auch, daß es im eigenen

Lande so viel Elend und Ungerechtigkeit gibt, daß auch der Heiligste aller Menschen genügend zu tun hätte, damit aufzuräumen.«

»Nun, Mylord«, sagte der Herzog zu Graelam, »vielleicht könnte Eure Gattin Edward zur Rückkehr und zur Einnahme seines Throns bewegen. Mylady, ich werde mir für meinen nächsten Brief an meinen Neffen Eure Worte gut merken.«

Kassia errötete und sagte schnell: »Wir können Euch Brot und Käse und frische Milch anbieten.«

Graelam runzelte die Stirn. »Nan!« brüllte er. »Bring das Frühstück für den Herzog!«

»Frische Milch habe ich lange nicht getrunken«, sagte der Herzog.

»Sie ist Eurer Gesundheit sehr zuträglich, mein Herzog. Bitte, wollt Ihr nicht Platz nehmen?«

Graelam sah erstaunt auf seine Frau. Sie benahm sich genau wie die Lady der Burg, und aus irgendeinem Grunde verdroß ihn das. Vielleicht hatte sie ihm die Schüchterne nur vorgespielt. Vielleicht war sie in Wirklichkeit ein genauso zänkisches Weib wie Joanna.

»Ich werde dafür sorgen, daß Ihr Eure Milch bekommt«, sagte er zum Herzog. »Dieses Glas ist das meiner Frau.« Damit ging er hinaus.

Mein Mann ist sehr nett, dachte Kassia. Ich brauche keine Angst vor ihm zu haben. Er kann ja nichts dafür, daß er ein so strenges Gesicht und diesen Riesenkörper hat. Sie reichte dem Herzog ihr Glas Milch.

Er trank daraus und sagte: »Nun erzählt mir mal etwas von der Bretagne, Mylady!«

»Cornwall erinnert mich sehr an meine Heimat«, sagte sie. »Vielleicht ist es hier ein wenig kälter.« Sie schaute auf die feuchten Steinwände des Saals und schauderte.

»Wolffeton hatte lange keine Burgherrin«, erklärte der Herzog freundlich. »Und Lord Graelam ist ein Krieger, der nur auf die Befestigungsanlagen Wert legt. Als er im Heiligen Land weilte, stand die Burg nominell unter meiner Aufsicht. Leider scheint das Personal völlig verschlampt zu sein.«

»Ich werde mich darum bemühen, daß Ihr die Burg bei Eurem nächsten Besuch in einem angenehmeren Zustand vorfindet.«

Der Herzog hatte ursprünglich in Kassia ein Kind gesehen, das es allen recht machen wollte. Sie schien aber Rückgrat zu haben, und das machte ihm Kummer. Graelam konnte sehr ungemütlich werden, wenn er merkte, daß eine Frau die Zügel in die Hand nehmen wollte. Stirnrunzelnd sagte er: »Er hat also mit Euch über die Annullierung gesprochen.«

»Ja, gestern abend.« In stolzer Haltung, den Blick fest auf den Herzog gerichtet, fuhr sie fort: »Er muß mich als seine Frau anerkennen. Mein Vater hat ihn als meinen Gatten und als Beschützer Belleterres gewählt. Vielleicht gefällt ihm Lady Joanna besser, aber ich bringe ihm Reichtum und wertvolles Land.«

»Ja, das hat er mir gesagt. Euer Gatte ist ein mächtiger Herr. Die Verbindung mit den de Moreleys hätte seine Macht und seinen Reichtum noch vermehrt. Er ist ein enger Freund meines Neffen, des Königs von England. Es ist wahr, Ihr bietet ihm Landbesitz. Doch um ihn zu erhalten, müßte er zweifellos darum kämpfen. Und dafür, Mylady, braucht er bewaffnete Männer.«

»Wollt Ihr damit sagen, daß mein Vater zu viel von Lord Graelam verlangt?«

»Nein, mein liebes Kind. Graelam läßt sich von keinem auf der Nase herumtanzen. Er stürzt sich lieber ins Gefecht, als müßig auf seiner Burg zu sitzen. Es ist nur so, daß er lieber in England kämpfen würde, wenn es nötig ist, oder im Dienste des Königs. Eine Ehe ist eine Verbindung zwischen zwei Häusern, die beiden Vorteile bringt. Ihr habt Lord Graelam Vorteile gebracht. Aber wenn er sie sich erhalten will, wird er häufig abwesend sein müssen, was bedenkenlose Nachbarn in Versuchung führen könnte, sich indessen an ihm zu bereichern.«

»Ihr meint also«, sagte Kassia langsam, »ich sollte zulassen, daß meine Ehe annulliert wird?«

»Nein, mein Kind. Aber Ihr übernehmt Euch. Ihr wollt gleichzeitig den Interessen Eures Vaters und denen Lord Graelams dienen. Ich habe den Eindruck gewonnen, daß Eure Treue aber vornehmlich Eurem Vater dient. Und schließlich kennt Ihr Euren Gatten noch nicht richtig. Laßt also Lord Graelam entscheiden und haltet Euch da raus!« Sie ist intelligent, dachte er, auch wenn sie nur eine Frau ist.

»Ich glaube«, sagte Kassia, »daß Lord Graelam bereits entschieden hat. Denn er hat mich Euch als seine Frau vorgestellt.«

»Ja, das stimmt, Mylady. Aber damit sind Eure Probleme noch nicht gelöst. Da wäre zunächst Charles de Marcey, der Herzog der Bretagne, zu besänftigen. Euer Vetter scheint das Ohr des Herzogs zu haben. Ihr müßt innerhalb eines Jahres einen Sohn zur Welt bringen. Sonst könnte Charles weiterhin der Anschuldigung Eures Vetters Glauben schenken, es handle sich nur um eine Scheinheirat.«

Kassia schluckte. Sie sollte ein Kind gebären!

»Ah, da seid Ihr wieder, Graelam! Ich habe Eurer Frau eben als alter Mann Ratschläge erteilt. Es würde sich bestimmt lohnen, Belleterre und den Herzog der Bretagne zu besuchen, sobald Eure Frau schwanger ist. Ihr dicker Bauch würde ihren Vetter zum Schweigen bringen.«

Während der Herzog so unverblümt sprach, warf Graelam einen Seitenblick auf Kassia. »Ihr habt recht«, sagte er ruhig. »Aber zuerst muß meine Gattin wieder zu Kräften kommen und ganz gesund werden.«

»Ich bin schon bei Kräften und gesund, Mylord«, sagte Kassia.

Der Herzog von Cornwall legte den Kopf zurück und lachte herzlich.

Er hat mit ihr gescherzt, dachte Graelam erstaunt. Das ist etwas, das er selten tut.

»Ich nehme jetzt Abschied von Euch«, sagte der Herzog. »Doch möchte ich auch Euch einen Rat geben Mylord. Wolffeton hat nun wieder eine Herrin ...«

Ja, dachte Kassia, der wieder die Blicke der jungen Bedienerin einfielen, und mehrere Nebenfrauen!

»... eine Lady, die Euch die Burg behaglich einrichten wird.« Der Herzog sah, wie Graelam die Brauen zusammenzog. Er hat ja recht, dachte er, ich mische mich in seine Angelegenheiten. »Ja, Ihr habt eine hübsche Frau, und vielleicht sehe ich Euch beide einmal in London wieder, wenn es mir gelingt, meinen Neffen zur Rückkehr zu bewegen. Ich möchte selber die Krönungszeremonie ausrichten.«

»Edward liebt Glanz und Pomp«, sagte Graelam. »Ihr könnt ihn zurücklocken, wenn Ihr ihm in Euren Briefen genügend davon andeutet.«

»Ja, das könnte ich tun. Vielleicht lasse ich auch durchblicken, daß ein Aufstand droht. Denn darin ist Edward wie Ihr, Graelam. Nichts ist ihm lieber als der Kampf. Doch nun muß ich mich verabschieden. Mylady, als ich hier nach Wolffeton kam, erwartete ich nur steife Zeremonien. Ihr habt für eine bezaubernde Abwechslung gesorgt.«

10

Kassia raffte vorsorglich ihre Röcke. Es hatte am frühen Nachmittag geregnet, und sie wollte sie nicht auf dem schlammigen Boden schmutzig werden lassen. Eine Schande, dachte sie, daß rund um das Küchenhaus so viel Dreck liegt.

»Strengt dich das auch nicht zu sehr an?«

»O nein, Mylord«, sagte Kassia schnell. »Euer Burggelände ist zwar sehr weitläufig, aber ich möchte gern alles besichtigen.«

»Auch die Waffenmeisterei?« fragte er amüsiert.

»Ja«, sagte sie, »auch die Waffenmeisterei. Vielleicht kann ich Euch ein paar Ratschläge geben, wie Ihr Eure Ausrüstung verbessern könnt.«

Nach der Waffenmeisterei besichtigten sie das Falkengehege. Graelam bemerkte Kassias Interesse und überreichte ihr einen Wanderfalken als Geschenk.

»Oh, vielen Dank, Mylord!« Unwillkürlich drückte sie vor Freude darüber seinen Arm.

»Gehst du auch auf die Jagd?« fragte er lächelnd.

Glückstrahlend bejahte sie. Dann sprach sie im Singsang mit ihrem Falken. »Auf welchen Namen hört er, Mylord?«

»Es ist komisch, aber er heißt Falke. Wenn du erst kräftiger geworden bist, gehen wir auf die Jagd.«

Tatsächlich fühlte sie sich überanstrengt. Die lange Reise hatte sie mitgenommen. Und die Begegnung mit dem fremden Mann, der ihr Gatte war. »Ich danke Euch, Mylord. Ihr seid sehr nett.«

Das klang so aufrichtig, daß es Graelam ungewöhnlich unbehaglich zumute war. In schroffem Ton sagte er: »Kann sein, daß dein Vater eine zu hohe Meinung von mir hat.«

»Mein Vater irrt sich nie, wenn er den Charakter eines Menschen beurteilt«, sagte Kassia mit Nachdruck.

»Demnach bin ich ein freundlicher Mensch, weil Maurice mich dafür hält?«

»Ja. Und außerdem habt Ihr mir ja Falke geschenkt.«

»Komm jetzt, Kassia! Es regnet schon wieder.«

Graelam schritt auf die Burg zu. Plötzlich hörte er hinter sich einen spitzen Aufschrei und drehte sich um. Sie war auf dem glitschigen Pflaster ausgerutscht. Mühelos fing er sie in den Armen auf und trug sie weiter.

»Ich war ungeschickt«, sagte sie atemlos.

»Und du wiegst nicht mehr als ein Kind.«

Kassia schmiegte sich an ihn. Er spürte ihre weichen Brüste an seinem Oberkörper. Sein Körper reagierte sofort auf die Berührung. Sie ist meine Frau, dachte er, und wenn ich will, kann ich sie heute noch nehmen. Er atmete schneller.

Sie spürte seinen Griff um ihre Oberschenkel, und plötzlich schoß ihr die Röte in die Wangen. Sie waren in den Saal gekommen, und ihr Mann trug sie noch immer in seinen Armen.

»Guten Tag, Mylord.«

Graelam stellte Kassia wieder auf die Beine. »Blanche«, sagte er, »hast du Kassia schon kennengelernt?«

»Ich heiße Euch willkommen«, sagte Blanche mit weicher Stimme. Lächelnd schaute sie das Mädchen neben Graelam an. Mit ihren wirren Locken und der dünnen Gestalt sieht sie wie ein Junge aus, dachte Blanche. Sie wußte, daß Graelam Frauen mit üppigen Körpern liebte. Mit diesem Weibverschnitt konnte er nicht glücklich sein. Während der vergangenen langen Nacht und dem folgenden nicht weniger langen Tag war sie zu der Einsicht gekommen, daß sie nie Graelams Frau und Herrin auf Wolffeton werden würde. Statt mit Joanna war er jetzt mit Kassia vermählt. Und was wird aus meinem Sohn? fragte sie sich.

»Danke«, sagte Kassia leise.

»Ich bin Lord Graelams Schwägerin«, sagte Blanche. »Blanche de Cormont. Hättet Ihr gern einen Krug Bier, Mylord?«

»Ja«, sagte Graelam. »Und ein Glas Wein für Kassia.«

Kassia sah, wie Blanche einer Bedienerin Anweisungen gab. Dann wandte Blanche sich ihr zu. »Ich habe gehört, daß Ihr lange krank wart.«

Kassia war erfreut, daß ihr Graelam den Sessel neben seinem angeboten hatte. »Ja«, sagte sie, »aber jetzt bin ich wieder gesund.«

»Vielleicht noch nicht ganz«, sagte Graelam. Blanche übernahm den Bierkrug von der Bedienerin und reichte ihn Graelam. Dann bedeutete sie dem Mädchen, Kassia den Wein zu servieren. »Mylord, wünscht Ihr vielleicht, daß ich meinen bisherigen Pflichten weiter nachgehen soll, bis sie wieder kräftiger geworden ist?«

Kassia erstarrte. Sie warf ihrem Mann einen Blick zu, in der Erwartung, er werde seiner Schwägerin sagen, daß sie sich nicht mehr darum zu kümmern brauche. Zu ihrem Ärger lächelte Graelam Blanche freundlich an und sagte: »Ja, Blanche, ich danke dir.« Er leerte den Krug, wischte sich mit der Hand über den Mund und fragte sie: »Wo ist Guy?«

»Ich weiß es nicht«, sagte Blanche mit verkniffenen Lippen.

Graelam stand auf. »Kassia, ich muß mit meinem Verwalter Blount sprechen. Du kannst dich zwei Stunden ausruhen.«

Kassia wußte nicht, was sie ihm antworten sollte. Sie fühlte sich ihres Gatten noch nicht sicher genug, um ihm zu sagen, daß sie das Personal zu führen wünschte. Denn ohne seine Erlaubnis konnte sie nichts tun. Also nickte sie nur stumm und sah ihm nach, wie er aus dem Saal ging.

Vielleicht ist sie seine Geliebte, dachte Kassia. Daher ihre Macht über ihn. Aber nein, das ergab keinen Sinn. Lord Graelam würde seine Schwägerin, eine Lady, nicht in sein Bett nehmen.

Nach einer Weile sagte Blanche zu ihr: »Ihr seid ja noch ein halbes Kind. Eure Heirat mit Lord Graelam hat alle Leute hier schockiert. Ich werde versuchen, Euch vor ... irgendwelchen Unfreundlichkeiten des Personals und Lord Graelams Männern in Schutz zu nehmen.«

»Warum sollten sie denn unfreundlich zu mir sein, Blanche? Das verstehe ich nicht.«

»Wolffeton ist eine sehr große Burg mit vielen Bediensteten. Ich bezweifle, daß Ihr die Erfahrung habt, sie zur Arbeit anzuleiten.«

Kassia lachte herzlich. »Meine Burg in der Bretagne – Belleterre – ist genauso groß wie Wolffeton. Da meine Mutter starb, als ich noch sehr jung war, habe ich schon seit Jahren für meinen Vater den Haushalt geleitet. Ich kann lesen und schreiben und habe auch die Bücher geführt.« Am liebsten hätte sie Blanche gefragt, wie groß denn ihre Erfahrung sei. Jedenfalls verriet nichts an der Burg die Hand einer guten Hausfrau.

»Das freut mich«, sagte Blanche und schlug die Augen nieder, um ihre bittere Enttäuschung zu verbergen. Dann fuhr sie fort: »Lady Joanna hätte sehr gut zu Lord Graelam gepaßt. Sie ist eine Frau voller Leidenschaft, und er ist, wie ich hörte, ein Mann, der viel von seiner Frau verlangt. Die Bedienerinnen klatschen viel darüber – natürlich nur die hübschen. Wie ich hörte, ist er so stark gebaut, daß er einigen sehr weh getan hat. Und außerdem ist er unermüdlich.

Kassia sah sie verständnislos an. Blanche entnahm daraus, daß die Gerüchte zutrafen. Graelam hatte noch nicht mit seiner jungen

Frau geschlafen. Der Gedanke, daß er es demnächst tun würde, gab ihr die nächsten Worte ein. »Ihr seid sehr eng gebaut. Hoffentlich seid Ihr tapfer und könnt die Schmerzen ertragen.«

»Mein Mann ist sehr nett«, sagte Kassia.

Blanche hörte heraus, wie unsicher und ängstlich Kassia war. Eine Frau, die im Bett vor ihm zurückschrak – dieser verdammte Graelam hatte es nicht anders verdient! »Sicher«, sagte sie leichthin und stand auf. In freundlichem Ton fuhr sie fort: »Jetzt, da er verheiratet ist, wird er die anderen Frauen vielleicht verschonen, wenigstens eine Zeitlang.« Dann ging sie. Kassia blieb leichenblaß zurück und rang die Hände im Schoß.

Blanche dachte im Weggehen: Jedenfalls wird Graelam es noch bereuen, daß er sie verschmäht hatte, als sie sich ihm anbot. Vielleicht, dachte sie, dauert es nicht lange, und seine unschuldige kleine Frau verachtet ihn noch! Das würde ihre, Blanches, Rache sein.

Beim Abendessen war Kassia völlig geistesabwesend und stocherte nur auf ihrem Teller herum. »Warum ißt du nichts?« fragte Graelam. »Fühlst du dich nicht wohl?«

Vor dem Essen hatte er sie allen seinen Männern und dem übrigen Personal als Lady Kassia de Moreton vorgestellt. Seine Frau. Sein Besitz. Und er würde ihr weh tun. Dann sah sie ihm an, daß er besorgt um sie war, und dachte: Blanche muß sich irren. Er ist ein freundlicher Mann. Er würde ihr keine Schmerzen zufügen.

»Ich … ich bin etwas müde, Mylord, sonst ist nichts.«

»Du kannst dich in ein paar Minuten zurückziehen. Ich komme dann später zu dir.«

Nein! Nervös fuhr sie sich mit der Zunge über die Unterlippe. Es war eine unbewußt sinnliche Geste.

Rasch wandte sich Graelam an Guy, der zu ihm sagte: »Ich habe gehört, daß Dienwald de Fortenberry vor einigen Monaten seine Frau beerdigt hat. Vielleicht wäre es ihm lieb, wenn der Herzog von Cornwall ihm bei der Suche nach einer neuen Frau behilflich wäre.«

Graelam grinste nur und sagte zu Rolfe, dem Waffenmeister: »Ich brauche noch ungefähr zwölf neue Männer. Sie dürften leicht zu finden sein. Denn viele haben ihre Herren im Heiligen Land verloren und streunen jetzt als Vagabunden umher.«

Kassia hörte es. Sie wünschte, sie könnte ihn dazu bringen, etwas von seinem Geld für die Burg zu verwenden. Dann sprach der Verwalter Blount sie an. Er war ein leichenhaft wirkender Mann mittleren Alters, der einmal, wie sie gehört hatte, Priester gewesen war. Höflich wandte sie sich zu ihm um.

Blanche stahl sich aus dem Saal und ging in ihre Kammer. De Fortenberry ist also Witwer, dachte sie, und neue Hoffnung keimte in ihr auf. Trotz allem, was sie Kassia erzählt hatte, glaubte sie nicht, daß Graelam mit seiner jungen Frau schlafen wollte, ehe sie völlig zu Kräften gekommen war. Ungewollt liefen ihr Tränen über die Wangen. Ich bin eine arme Frau, dachte sie.

Kassias Ängste waren versiegt. Als sie den Saal verließ, hatte er ihr zärtlich die Hand gestreichelt. Jetzt war er immer noch unten und besprach mit seinen Männern verschiedene Angelegenheiten. Sie zog den Gürtel ihres Nachthemds enger um die Taille und kroch unter die Decke. Sie war schon beinahe eingeschlafen, als sie hörte, wie die Tür geöffnet wurde.

»Ich hatte gehofft, du würdest schon schlafen«, sagte er.

»Nein.« Mehr brachte sie nicht heraus.

»Hast du Heimweh nach Belleterre und deinem Vater?«

Sie nickte und hoffte, er sähe nicht, wie nervös sie war.

Er stellte die Kerze auf den Schachtisch und fing an, sich auszukleiden. Als er mit nacktem Oberkörper dastand, hörte er, wie sie nach Luft schnappte. Freundlich fragte er: »Hast du deinen Vater oder seine Gäste nie im Bad bedient?«

Sie schüttelte den Kopf.

»Du hast noch nie einen nackten Mann gesehen?«

Wieder schüttelte sie den Kopf.

Er sah, daß sie Angst hatte. Ungewohntes Mitleid erfaßte ihn. Langsam ging er zum Bett und setzte sich neben sie. »Hör zu, Kassia«, sagte er. »Du bist jung und unschuldig. Dein Mann ist ein Fremder für dich, und du lebst unter lauter Fremden. Mußt du dauernd meine Brust anstarren?«

»Entschuldigt, Mylord«, flüsterte sie.

Allmählich wurde er ungeduldig. Sie brauchte sich doch nicht wie ein geprügeltes Hündchen zu benehmen! »Du brauchst dich nicht zu entschuldigen«, sagte er barsch. »Ich will heute in meinem Bett schlafen, aber du hast nicht zu befürchten, daß ich dich anrühre. Du mußt dich erst an meinen Körper gewöhnen. Erst wenn du völlig gesund bist und wieder Fleisch auf den Rippen hast, wirst du meine Frau.«

Dann stand er auf und zog sich völlig aus. »Sieh mich an, Kassia!« sagte er.

Kassia hob den Blick. Er stand vor dem Bett und zeigte sich ihr völlig ungezwungen in seiner Nacktheit. Als er ihren Blick über seinen Körper wandern sah, wurde sein Glied gegen seinen Willen steif. Rasch legte er sich neben sie ins Bett. Er hörte ihr hastiges, unregelmäßiges Atmen.

»Die Narbe, Mylord«, sagte sie zögernd. »Wo habt Ihr sie Euch zugezogen?«

»Bei einem Turnier in Frankreich vor ungefähr zehn Jahren. Ich war unaufmerksam, und mein Gegner nutzte den Vorteil blitzschnell aus.«

»Und die Narbe an Eurer Schulter?«

»Das ist das Geschenk einer Dame. Eine lange Geschichte. Vielleicht erzähle ich sie dir eines Tages. Jetzt mußt du schlafen, Kassia! Wenn du dich morgen stark genug fühlst, reiten wir aus.«

»Ja, Mylord.«

Doch sie schloß erst die Augen, als sie seinen tiefen, gleichmäßigen Atem hörte. Sie stellte sich seinen Körper vor, der so verschieden von ihrem war, und ihr Gesicht wurde heiß. Sie war behütet aufgewachsen. Bei Männern war das offenbar anders. Blanche hat recht, dachte sie. Er würde ihr weh tun. Sie malte sich die Szene aus, wenn er über sie kam, so wie der Hengst die Stute deckt, und in ihren Körper eindrang, und zitterte vor Angst. Wie würde sie die Schmerzen ertragen?

11

Kassia lachte hell auf, als die Seemöwe im Flug das von ihr in die Luft geworfene Stück Brot aufschnappte und dabei fast ihre Schulter streifte. Ihre Augen blitzten vor Vergnügen.

Graelam wandte sich im Sattel nach ihr um und sah ihr lachendes Gesicht. Er erinnerte sich daran, wie er sie heute morgen im Bett vorgefunden hatte, die Beine an die Brust gezogen und das Kopfkissen an sich gedrückt. Er hatte die Hand ausgestreckt und zärtlich die Locke über ihrer Schläfe berührt. Er hatte das Gefühl gehabt, er müsse sie beschützen. Doch als sie zum Frühstück in die Halle kam, war er kurzangebunden gewesen, und ihr Blick war wieder unsicher geworden. Als er dann die schweigende Mißbilligung in den Augen seines besten Waffenschmieds Drake und des Verwalters Blount sah, hatte er vorschnell den Saal verlassen.

»Oh, seht doch, Mylord!« Kassia zeigte auf den Seelöwen, der draußen in der Brandung seine Tauchkunststücke zum Besten gab. Sie waren bis an die Südgrenze von Graelams Ländereien gekommen, um dann an der Küste entlang weiterzureiten.

»Möchtest du gern eine Weile hier rasten?« fragte er sie.

Sie nickte glücklich und beobachtete weiter den Seelöwen.

Graelam stieg von Dämon ab und band ihn an einer windzerzausten Zeder fest. Es war ein strahlender, aber windiger Tag. Graelam zog den Mantel aus und breitete ihn auf dem Boden aus.

Sie setzte sich ihm mit gekreuzten Beinen wie ein Kind gegenüber. Graelam legte sich auf den Rücken und stützte sich auf einen Ellbogen.

»Der Mann, der sich heute morgen verletzt hat«, sagte sie, »ist er wieder in Ordnung?«

»Ja«, sagte Graelam knapp. Es mißfiel ihm, von ihr an seine eigene Dummheit erinnert zu werden. Er hatte nach dem Verlassen des Saals seine Männer zu hart herangenommen, und einer hatte sich dabei verletzt, weil er zu erschöpft war, um einem Hieb noch rechtzeitig ausweichen zu können.

»Ich … ich bitte um Verzeihung, wenn ich Euch beleidigt habe, Mylord.«

»Du hast mich nicht beleidigt«, sagte er barsch. »Ich hatte heute morgen zu viel im Kopf.« Das kam fast einer Entschuldigung gleich, und nie zuvor hatte sich Graelam bei einer Frau entschuldigt. Nach einer Weile fragte er plötzlich: »Glaubst du, daß Geoffrey am Tod deines Bruders schuld war?«

Die schmerzliche Erinnerung legte einen trüben Schleier vor ihre Augen. »Ich kann mich deutlich an den Unglückstag erinnern. Mein Bruder, Geoffrey und ich hatten ein kleines Boot, in dem wir abwechselnd zu einer kleinen Bucht zu rudern pflegten, um dort zu fischen. An diesem Tag fuhren Geoffrey und Jean voraus. Als mein Vater und ich uns der Bucht näherten, hörten wir Jean schreien. Geoffrey stand am Ufer, und als er uns sah, fing er auch an zu schreien und zeigte aufs Wasser. Mein Vater mußte mitansehen, wie sein Sohn ertrank, ohne ihm helfen zu können. Nach der Beerdigung meines Bruders befahl mein Vater, ihm das Boot zu bringen. Im Kiel befand sich ein gezacktes Loch.«

»Das dürfte wohl als Beweis nicht ausgereicht haben«, sagte Graelam.

»Aber Ihr müßt wissen, daß ich am Tag davor mit dem Boot unterwegs war, und da leckte es nicht mal. Und es gibt noch mehr Hinweise. Geoffrey konnte schwimmen. Doch er hatte am Ufer gestanden und ruhig mitangesehen, wie mein Bruder ertrank. Er hätte ihn retten können. Als mein Vater das erfuhr, geriet er in Wut und gestattete Geoffrey fünf Jahre lang nicht mehr, nach Belleterre zu kommen. Das war vor acht Jahren.«

»Wie alt war dein Bruder?«

»Er war erst acht Jahre alt, als er ertrank. Ich war damals fast zehn. Es kann aber sein, daß Geoffrey nicht selbst das Loch ins Boot gehackt hat. Aber er war einfach zu feige, meinen Bruder zu retten.«

»Ein Feigling ist Geoffrey immer noch«, sagte Graelam. »Ich bin froh, daß du hier vor ihm sicher bist.«

Er hatte mit Wärme gesprochen, und Kassias Augen blitzten vor Freude. »Ihr hört Euch an wie mein Vater«, sagte sie.

»Ich bin aber nicht dein Vater!« sagte Graelam schroff. Sein Blick fiel auf ihre Brüste. »Erzähle mir von deiner Mutter.«

Kassia wunderte sich über seine ständig wechselnden Launen. »Sie war sehr sanft und liebevoll. Ich kann mich nicht mehr genau an sie erinnern, aber mein Vater rühmte oft ihre Güte. Und wie war Eure Mutter, Mylord?«

»Sie hieß Dagne und war im Gegensatz zu deiner Mutter alles andere als sanft und liebevoll. Mein Vater mußte sie oft wegen ihres Ungehorsams und wegen ihrer schlechten Laune strafen.«

Kassia starrte ihn an. »Ihr meint, er hat sie *geschlagen*?«

»Nur wenn sie es verdiente, weil sie ihn erzürnt hatte.«

»Und hat sie ihn geschlagen, wenn er sie erzürnt hatte?«

»Sie war eine Frau und hat ihn natürlich nicht geschlagen. Aber ich weiß noch, daß sie gelegentlich eine sehr scharfe Zunge hatte.« Allerdings hatte sein Vater auch nichts dazu getan, sie sanftmütig zu stimmen.

»Das, Mylord, ist wohl kaum dasselbe! Mein Vater hätte nie einem

Menschen etwas zuleide getan, der kleiner und schwächer war als er.«

»Das verstehst du nicht, Kassia«, sagte Graelam. »Ein Mann hat die Aufgabe, seiner Frau Manieren beizubringen. Dagegen ist es ihre Pflicht, zu gehorchen, ihn zu bedienen und ihm Kinder zu gebären.«

»Dann kann das Los einer Ehefrau aber nicht sehr angenehm sein«, sagte Kassia. »Da möchte ich doch lieber ein Hund sein. Der wird wenigstens gestreichelt und darf frei umherrennen.«

»Es hat aber auch seine Vorteile, eine Ehefrau zu sein«, sagte Graelam kühl. »Wenn es soweit ist, werde ich dir zeigen, wie schön es sein kann.«

Kassia dachte an Blanches Worte und platzte unüberlegt heraus: »O nein, das ist kein Vorteil! Das ist ja noch schlimmer, als geschlagen zu werden!«

»Kassia, es ist verständlich, daß du nervös, vielleicht sogar ängstlich bist, weil du es noch nicht kennst. Aber die Liebe im Bett des Mannes ist keine Strafe für die Frau, das kann ich dir versprechen.«

»Es ist wie bei den Tieren, und es tut weh, und mit Liebe hat es überhaupt nichts zu tun.«

Graelam wollte seinen Ohren nicht trauen. »Was hat dir dein Vater darüber erzählt?«

»Nichts. Er hat mir nichts darüber erzählt.«

»Warum glaubst du dann, daß es weh tut?«

Kassia neigte den Kopf. »Bitte«, flüsterte sie. »Ich ... ich werde meine Pflicht tun, wenn ich muß. Ich weiß, daß Ihr Euch Söhne wünscht.«

»Wer hat dir gesagt, daß es weh täte?«

»Eine ... Dame. Sie sagte mir, daß Ihr ... daß die Männer Ansprüche stellen und sich nicht darum kümmern, wenn es einer Frau weh tut. Sie sagte, ich müsse es eben ertragen.«

Graelam stieß ein paar herzhafte Flüche aus. »Diese Dame hatte unrecht, dir so etwas zu erzählen, und sie hat gelogen. Es gibt zwar Männer, die sich um die Gefühle der Frau nicht kümmern, aber nicht alle Männer sind so.«

»Seid Ihr wie diese Männer, Mylord?«

»Ich werde dir nicht weh tun«, sagte er.

Sie dachte an seinen kräftigen nackten Körper und an das steife Glied, das sich ihr entgegengestreckt hatte, und schwieg.

»Vielleicht hast du diese Dame mißverstanden«, sagte er. »Beim erstenmal tut es zwar ein bißchen weh, wenn ich dein Jungfernhäutchen durchtrenne. Aber wenn der Mann sich liebevoll benimmt, dann hast du gleich darauf Vergnügen daran, und der kleine Schmerz ist schnell vergessen.« Doch er las in ihren Augen, daß sie ihm nicht glaubte. »Du hast keine Veranlassung, mir nicht zu glauben. Ich bin dein Ehemann.«

»Ihr seid ... ganz anders gebaut als ich«, flüsterte sie.

»Ja, Gott hat es so gewollt.« Seine Geduld war fast erschöpft. Dennoch tat sie ihm leid, daß sie sich vor der körperlichen Vereinigung fürchtete. »Kassia, du hast schon gesehen, wie Tiere sich paaren. Und du hast mich nackt gesehen. Mein Glied wird in dich eindringen. Verstehst du das?«

»Ich habe gesehen, wie ein Hengst eine Stute deckte. Ist es genauso?«

»Manchmal«, sagte er. »Aber im allgemeinen wirst du auf dem Rücken unter mir liegen.«

»Oh«, sagte sie erstickt und errötete.

»Du wirst merken, daß ich die Wahrheit gesagt habe, sobald wir es zusammen tun«, sagte er und stand auf. »Kassia, du kannst nicht ewig ein Kind bleiben. Komm jetzt, wir wollen zurückreiten!« Er reichte ihr die Hand und zog sie hoch. »Wie kalt dein Händchen ist!« Dann riß er sie an sich. Sie war steif wie ein Brett. Er streichelte ihr über den Rücken. »Heute nacht wirst du meine Frau werden. Nein, mach dich nicht steif! Du hast mir doch gesagt, daß dein Vater meinte, ich würde nett zu dir sein.«

Er spürte ihr Zögern. Doch dann nickte sie. »Du hast doch nicht deinen monatlichen Ausfluß?«

Sie sog scharf die Luft ein. Dann schüttelte sie den Kopf.

»Sieh mich an, Kassia!« Als sie zögerte, faßte er ihr unters Kinn und hob ihren Kopf an. »Nun halte schön still und sei ganz locker!« Mit den Fingerspitzen berührte er ihre Lippen und neigte dann langsam den Kopf.

Als sein Mund den ihren berührte, fuhr sie zusammen. Doch unangenehm war es eigentlich nicht. Seine Lippen waren warm und fest. Sie fühlte, wie seine Zunge über ihre Unterlippe strich, und fragte sich, warum es ihr im Unterleib auf einmal so warm wurde. Er ließ sie wieder los und fragte: »So schlimm war das doch gar nicht, wie?«

»Nein«, gab sie zu. »Mir wurde warm im Bauch. Sonderbar. Das hatte ich noch nie.«

Er grinste und sah nun wie ein großer Junge aus. »Komm!« sagte er, hob sie auf den Rücken der Stute und schwang sich selber in Dämons Sattel. Während des Ritts nach Wolffeton zurück wunderte er sich über sich selbst. So hatte er noch nie mit einer Frau gesprochen. Es war wohl ihre offen eingestandene Unschuld, die ihn hatte plappern lassen, wie es ein dummer Freier tat. Oder es lag an ihrem in sie vernarrten Vater. Er würde in ihr Leidenschaft erwecken und sich Geduld auferlegen. Er konnte das. Sie war jung und formbar. Er zweifelte nicht daran, daß er sie bald zu einer gehorsamen, sanften Ehefrau machen würde. Die Zukunft versprach höchst angenehm zu werden.

An diesem Abend warb Graelam um seine junge Frau. Beim Essen schenkte er ihr volle Aufmerksamkeit, achtete darauf, daß sie zwei Kelche Süßwein trank und das meiste von dem würzigen Eintopf aß, den er mit ihr teilte. Und hin und wieder streichelte er sie. Diese Liebkosungen brachten Farbe in ihre Wangen.

Sie lächelte ihn an, und er fühlte, wie ihn eine ungewohnte Wärme überkam. Ihre kastanienbraunen Locken schimmerten rötlich im Kerzenlicht.

»Meine Haare werden wieder wachsen«, sagte Kassia.

Er wickelte sich eine einzelne Locke um die Finger. »Dein Haar ist so weich wie das eines Babys.«

»Aber Mylord«, sagte sie schelmisch wie ein Kobold, »Ihr wollt doch kein Baby zur Frau haben.«

Lachend zerzauste er ihr die Locken. »Du hast recht, Mylady, schon gar nicht heute nacht.«

Er war angenehm überrascht, daß sie nicht zurückzuckte. Er drehte sich um und nickte dem Minnesänger Louis zu, einem Franzosen, den er auf seine Burg eingeladen hatte. Der dunkeläugige, sonnengebräunte kleine Mann hatte während des Essens leise Musik gemacht. Jetzt trat er vor und nahm auf einem Hocker vor Graelams erhöht stehendem Tisch Platz.

»Für Eure schöne Braut aus der Bretagne, Mylord«, sagte er, neigte den Kopf und schlug einen leichten Saitenakkord an. »Ich habe es *das Lied vom Feuer* genannt.«

Es ist das Feuer im Blut, das mich
Zu dir zieht, mein Mädchen aus der Bretagne.
Deine süßen Augen lassen mich träumen
Von Nächten in deinen weichen Armen.

Sanft wie ein Frühlingsregen strömte seine Stimme durch den Saal.

Deine Schönheit läßt meine durstigen Augen
Nach dir rufen, mein Mädchen aus der Bretagne.
Es ist das Feuer im Blut, das meine
Sehnsucht nach deiner Umarmung anfacht.

Graelam drückte ihr leicht die Hand. »Das Feuer, Mylady«, neckte er sie leise. »Bald werden wir wissen, ob er recht hat.«

Dein zartes, süßes Lächeln zieht mich
Zu dir, mein Mädchen aus der Bretagne.
Es ist das Feuer, das ich dir schenken will,
Das Feuer in meinem Lied und in meinem Herzen.

Mit gesenktem Kopf spielte Louis ein leises Crescendo von Mollakkorden. Als er fertig war, hob er den Blick und verneigte sich vor Kassia.

Graelams Männer klatschten begeistert Beifall, und er rief laut: »Gut gemacht, Louis. Ich fand das Lied gut, und meine schöne Braut auch.«

»Es war mir ein Vergnügen, Mylord«, sagte Louis. Und wieder hob er zu singen an, diesmal das Lied vom großen Roland und seinem Heldentod in der Sarazenenschlacht bei Roncesvalles.

Leise sagte Graelam zu Kassia: »Geh in unser Zimmer! Ich komme gleich nach.«

Kassia stand auf und nickte Blanche zu.

»Gott schenke Euch süßen Schlummer, Mylady!« sagte Guy und lächelte sie an. Noch nie hatte er erlebt, daß sein Herr eine Frau so zart behandelte. Ein gutes Vorzeichen, dachte er.

Graelam hob den Kelch an die Lippen und trank den süßen Wein langsam und nachdenklich. Eine Frau sollte nach einem Manne verlangen.

Er würde Kassia dazu bringen, daß sie nach ihm verlangte, daß sie vor Lust stöhnte und ihre jungfräuliche Angst vergaß. Das Feuer in seinem Körper würde sie wärmen. Alle seine Männer wußten zweifellos, auf welche Weise er die Nacht verbringen würde.

»Bitte, sing weiter, Louis!« sagte er zu dem Minnesänger. »Und Ihr Kerle«, rief er seinen Männern zu, »hört gut zu und lernt daraus!«

Dann ging er aus dem Saal. Auf der Steintreppe nahm er immer zwei Stufen. Er öffnete die Zimmertür und sah Kassia in ihrem Nachtgewand aus blauer Wolle auf dem Bett sitzen.

»Komm her, Kassia!« sagte er.

Sie stand auf, zog ihr Gewand eng um sich und kam barfuß zu ihm. Er breitete die Arme aus, und sie drängte sich an ihn und legte ihm die Arme um die Taille. Er streichelte ihr mit langsamen Bewegungen über den Rücken.

»Du riechst so gut«, sagte er. Dann strich er ihr mit sanften Fingern durch das Haar. Er zog sie enger an sich und drückte sie an seine steif werdende Männlichkeit.

Kassia hob den Kopf und schaute ihm lange in die dunklen Augen. Langsam schloß sie dann die Augen und preßte, ohne daß er sie dazu aufgefordert hätte, ihren Mund auf seinen. Sie spürte sein großes, steifes Glied an ihrem Unterleib, und wieder wurde ihr im Inneren seltsam warm.

Graelam nahm sie auf die Arme, trug sie zum Bett, legte sie auf den Rücken und setzte sich neben sie. Langsam öffnete er ihren Gürtel. »Habe ich dir schon von meinem Kampfroß Dämon erzählt?« fragte er.

»Nein, Mylord.«

»Er wurde in der Nähe von York gezüchtet«, sagte Graelam leise. »Sein Vater hieß Satan, und seine Mutter Hexe.« Graelam beugte den Kopf, küßte sie zart auf die geschlossenen Lippen und liebkoste mit der Zunge ihre Unterlippe. »Er hat mir im Heiligen Land das Leben gerettet. Ein Sarazene hatte sich herangeschlichen und wollte mich in Stücke schneiden. Da bäumte er sich auf und zerstampfte den Burschen mit den Hufen.« Warum zum Teufel erzählte er ihr jetzt von dem verdammten Gaul? Kopfschüttelnd über seine eigene Dummheit sagte er: »Ich möchte dich sehen, Kassia« und öffnete ihr Gewand.

Sie hob die Hände, aber er hielt sie fest. »Du hast wunderschöne Brüste«, sagte er.

»Sie ... sie sind klein«, sagte Kassia, »aber sie werden größer werden, wenn ich nicht mehr so mager bin.«

»Du bist vollkommen gebaut«, sagte er und wunderte sich wieder über sich. Er mochte kleine Frauen eigentlich nicht, aber Kassias sanft gerundete Brüste sagten ihm zu. Auch die weichen rosigen Spitzen, die sich noch nicht unter dem Ansturm der Leidenschaft aufgerichtet hatten.

»Ich gefalle Euch wohl nicht, Mylord?«

»Du gefällst mir gut«, sagte er. »Und ich fühle mich genauso, wie der Troubadour es gesungen hat.« Er beugte sich vor und küßte sie auf den Hals. Seine Lippen wanderten über ihre weiche Haut, bis er sacht mit der Zunge über ihre Brüste fuhr. Sie atmete schneller. Er hob den Kopf und sah ihr in die Augen. Sie schaute ihn erstaunt an. Lächelnd beugte er wieder den Kopf, um leicht an einer Brustwarze zu saugen.

»Eines Tages wird unser Kind so an deiner Brust saugen.«

Er spürte, wie sie ihm über die Haare strich und ihn enger an ihre Brust zog.

»Oh!«

»Was ist los?«

»Ich ... ich weiß nicht«, sagte sie keuchend. Ein Krampf wütete in ihrem Magen, und sie schrie laut auf. »Mir geht es schlecht!« rief sie.

Gerade noch rechtzeitig hielt er ihr den Nachttopf hin. Sie erbrach sich. Alles, was sie zu sich genommen hatte, kam wieder heraus.

»Ich bitte um Verzeihung, Mylord«, sagte sie flüsternd und stöhnte.

»Pst«, sagte er. Besorgnis erfaßte ihn. Hatte sie denn etwas gegessen, was er nicht gegessen hatte? Oder hatte sie sich aus Angst vor ihm übergeben? Er feuchtete ein Tuch an und wischte ihr den Schweiß vom Gesicht. »Bleib still liegen! Ich hole eine Zofe.«

Hilflos sah er dann zu, wie Etta ihr den Bauch abtastete.

»Ich glaube, sie hat etwas Schlechtes gegessen«, sagte Etta kopfschüttelnd. »Ich mache ihr einen stärkenden Trunk, Mylord.«

In diesem Augenblick setzten bei Graelam Magenkrämpfe ein. Er krümmte sich. Dann ging er schnell aus dem Zimmer.

Einige Minuten später hatte er ebenfalls alles wieder herausgebrochen. Wenigstens wußte er jetzt, daß sie sich nicht aus Angst vor ihm übergeben hatte. Keinem seiner Männer im Saal war übel geworden. Er hatte immer noch Magenkrämpfe und war froh, als Etta auch ihm einen Trunk reichte.

»Es war das Eintopfgericht«, sagte er. »Nur Kassia und ich haben davon gegessen, und sie noch dazu das meiste.«

Sie stöhnte mitleiderregend. Seine Krämpfe ließen nach, aber er wußte, was sie durchmachte, und Furcht ergriff ihn. Sie war so zart, nicht einmal halb so kräftig wie er. Er setzte sich neben sie, nahm sie in die Arme und wiegte sie.

»Sie wird bald einschlafen, Mylord«, sagte Etta.

Kassias Kopf lehnte an seinem Arm. Mit schwacher Stimme sagte sie: »Ich hänge den Koch an den Fersen auf und stecke ihm den Kopf in seinen Eintopf.«

Graelam dachte an viel schlimmere Strafen für den unglücklichen Koch.

»Ich schäme mich so«, flüsterte Kassia und vergrub den Kopf an seinem Arm.

»Sei nicht albern!« sagte er milde. »Kannst du jetzt schlafen?«

»Ja«, murmelte sie.

Er legte sie auf den Rücken und zog die Decken über sie. Zu Etta sagte er: »Wenn es schlimmer werden sollte, rufe ich dich.«

Es wurde eine lange Nacht. Alle paar Stunden wachte Kassia von neuen quälenden Magenkrämpfen auf. Endlich fiel sie beim Morgengrauen in tiefen Schlaf, und er entspannte sich.

Es war fast Mittag, als Graelam ins Zimmer kam und Kassia wach fand.

»Sie hat etwas Brühe getrunken Mylord«, sagte Etta, stolz auf die Besserung in Kassias Befinden.

»Wenn sie hier drin bleibt, wird sie es wieder erbrechen«, sagte Graelam. »Ich gehe mit ihr an die frische Luft. Mach das Zimmer inzwischen sauber und öffne die Fenster! Und zünde Weihrauch an oder irgend etwas anderes, damit der Gestank weggeht!«

Graelam trug seine Frau hinaus und ließ Dämon satteln.

»Was wollt Ihr mit mir tun?« fragte Kassia. Nachdem die Krämpfe vorbei waren, fühlte sie sich tief beschämt. Die ganze Nacht hatte er sich um sie kümmern müssen.

»Vielleicht werfe ich dich über die Klippen«, sagte Graelam und zog sie fest an seine Brust.

»Ich könnte Euch keinen Vorwurf machen«, sagte sie seufzend. »Ich war Euch keine gute Frau.«

Graelam lachte laut. »Du warst mir überhaupt noch keine Frau. Und jetzt halte den Mund!«

Er hielt sie fest in den Armen, als er Dämon über die Zugbrücke ritt. »Du mußt tief einatmen, Kassia«, sagte er.

Er ritt zu den Klippen, stieg ab und band Dämon an einem niedrigen Wacholderstrauch fest. Dann setzte er sich, den Rücken an eine schiefstehende Kiefer gelehnt, und nahm Kassia auf den Schoß. »Nun kannst du allmählich daran denken, wieder gesund zu werden«, sagte er.

»Ich schäme mich so«, sagte sie.

»Ich war auch krank. Aber wir haben es beide überlebt. Jetzt will ich, daß du stilliegst und die frische Luft tief einatmest.«

Sie schmiegte sich vertrauensvoll an ihn. Er gab ihr einen leichten Kuß auf die Stirn und schloß die Augen.

»Mylord!«

Graelam schlug die Augen auf. Vor ihm stand Guy. »Es wird spät«, sagte Guy leise, da Kassia noch schlief.

»Ich komme bald, Guy.«

»Geht es ihr wieder gut?«

»Ja, Gott sei Dank. Hast du mit dem Koch gesprochen? Wie heißt der Schuft?«

»Er heißt Dayken. Ich habe ihm mit der stumpfen Seite des Schwerts den fetten Hintern versohlt! Er schwört, das Fleisch sei frisch gewesen. Ich verstehe das nicht. Es sieht beinahe so aus, als ob ...«

»Als ob was?«

»Nichts, Mylord.«

»Wenn du etwas zu sagen hast, dann sage es, Guy!«

Guy kratzte sich am Ohr. »Es gefällt mir nicht, daß nur Ihr beide krank wurdet. Eine Frau läßt sich durch Eifersucht zu den übelsten Taten hinreißen.«

»Und wer ist diese Frau?« fragte Graelam.

»Blanche nicht, dessen bin ich sicher.« Guy hatte mit ihr gesprochen und den Eindruck gewonnen, daß sie unschuldig war. »Alle wußten, daß Ihr gestern nacht mit Eurer Gattin schlafen wolltet. Es muß nicht unbedingt eine Frau gewesen sein.«

Kassia bewegte sich. »Mylord?« flüsterte sie verschlafen.

»Es ist nichts, Kassia«, sagte Graelam. »Wie fühlst du dich?«

»Ich habe Hunger«, sagte sie lächelnd.

»Ausgezeichnet. Deine Zofe wartet sicherlich schon mit einem Topf Brühe auf dich. Keine Magenkrämpfe mehr?«

Sie erblickte Guy, wurde rot und schüttelte dann den Kopf.

Die Decken fielen auseinander, und Guy erblickte die weiße Rundung ihrer Brust.

Rasch sagte er: »Ich hole Dämon, Mylord« und ging zum Pferd seines Herrn.

12

Am Nachmittag war der Himmel bedeckt, und vom Meer blies ein starker Wind. Kassia sah zu, wie Graelam mit nacktem Oberkörper gegen einen seiner Männer zum Ringkampf antrat. Sein Gegner war ein großer Mann, stark wie eine stämmige Eiche.

Kassia trat näher. Plötzlich stürmte Graelam blitzschnell mit einem wilden Schrei vor, stellte seinem Gegner ein Bein und zwang ihn zu Boden. Dann warf er sich auf ihn und drückte ihm beide Schultern auf die Erde.

Die Männer jubelten. Graelam stand auf und reichte dem Unterlegenen die Hand. Kassia winkte ihm schüchtern und rief: »Wir haben einen Besucher, Mylord.«

Graelam sprach einige Worte mit seinen Männern. Dann ging er zu seiner Frau, wobei er die Schultermuskeln spielen ließ. Er betrachtete Kassia eingehend, fand aber an ihr keine Anzeichen von Krankheit mehr. Zufrieden fragte er: »Wer ist gekommen, Kassia?«

»Blanches Sohn, Mylord.«

Graelam hatte gar nicht mehr an den Knaben gedacht. »Wasch mich erst mal, Kassia!« sagte er und ging mit ihr zu dem Brunnen im inneren Burghof.

Dort beugte er sich vor, und sie goß ihm aus dem Eimer Wasser über Kopf und Rücken. Er schüttelte sich wie ein Hund und legte dann Hemd und Waffenrock an. Sie hatte die ganze Zeit auf seine nackte Brust gestarrt und sich gefragt, warum ihr Herz schneller schlug, wenn sie daran dachte, wie sie mit den Fingern in den dunkel gelockten Brusthaaren spielen würde.

Graelam wunderte sich über ihr plötzliches Erröten.

Sie gingen in den Saal, wo sich Blanche mit drei von der Reise staubigen und müde aussehenden Männern unterhielt. Ein schlanker, etwa achtjähriger Knabe klammerte sich an einen der Männer.

»Mylord«, rief Blanche, »mein Sohn ist eingetroffen! Evian, das ist Lord Graelam de Moreton, dein Onkel.«

»Er ist ein bißchen scheu, Mylord«, sagte der eine Mann mit nachsichtigem Lächeln und schob den Knaben auf Graelam zu. »Ich bin Louis aus dem Haushalt von Lord Robert in der Normandie.«

»Ich heiße Euch willkommen«, sagte Graelam, »und danke Euch, daß Ihr den Knaben sicher abgeliefert habt.« Dann hockte er sich hin, so daß er dem Blick des Jungen aus gleicher Höhe begegnen konnte. Er hatte die dunklen Augen und das dunkle Haar seiner Mutter. »Du wirst mein Knappe sein«, sagte Graelam. »Wenn du deinen Dienst gut versiehst, werde ich dich eines Tages zu meinem Ritter machen. Gefällt dir das, Junge?«

»Ja, Mylord«, sagte Evian. Er betrachtete Lord Graelam aus intelligenten Augen und war von diesem Augenblick an sein Sklave.

»Meine Frau, Lady Kassia, hast du schon kennengelernt?«

Evian nickte, und sein Blick richtete sich auf Kassia.

»Du sollst mir willkommen sein, Evian«, sagte sie.

»Ich bin fast so groß wie Ihr, Mylady«, sagte Evian keck.

»Ja, und in ein, zwei Jahren muß ich schon zu dir aufsehen.«

Blanche faßte nach der Hand ihres Sohnes. »Er kann in meiner Kammer schlafen.«

»Nein, Blanche. Guy, komm her und begrüße meinen neuen Knappen! Der Junge wird vor meinem Zimmer auf einer Strohschütte schlafen und die Mahlzeiten mit meinen Männern einnehmen.«

»Evian, ich habe mit dir zu sprechen!« sagte Blanche.

Der Knabe sah seine Mutter unangenehm berührt an. Er hatte es nicht gern, wenn sie ihn wie ein kleines Kind behandelte.

»Nein, laß ihn jetzt, Blanche!« sagte Graelam zu Evians großer Erleichterung. »Verhätscheln kannst du ihn später.« Er wandte sich an Louis. »Kommt und trinkt ein Bier! Eure Männer auch. Nan, Bier her!«

»Er ist ein guter Junge«, sagte Graelam abends zu Blanche. »Dein Vetter hat ihn gut erzogen, aber jetzt braucht er die Gesellschaft von Männern.«

Blanche zwang sich zu einem heiteren Lächeln. Graelam mochte ihren Sohn also, wie sie es gehofft hatte. Aber es war zu spät. Wie schade, daß Nan nicht noch mehr giftige Kräuter unter seinen Eintopf gemischt hatte! Blanche wußte, daß das Mädchen es gewesen war. Denn Nan hatte, als sie sich unbeobachtet glaubte, ein selbstzufriedenes, triumphierendes Lächeln nicht unterdrücken können. Eifersucht ist etwas Schreckliches, dachte Blanche. Sie haßte sich selber dafür und machte sich innerlich Vorwürfe.

Kassia sah mit an, wie Graelam sich mit Blanche unterhielt und ärgerte sich darüber. Anders als sie war Blanche mit dem vollentwickelten, wohlgerundeten Körper einer richtigen Frau ausgestattet, und ihre langen dunklen Haare glänzten im Kerzenlicht.

»Ihr hängt trüben Gedanken nach?«

Kassia drehte sich um. Es war Guy. »Blanche ist eine sehr schöne Frau«, sagte sie aufrichtig.

»Das stimmt«, bestätigte Guy genauso ehrlich. »Aber das braucht Euch wirklich nicht zu bekümmern. Lord Graelam hätte sie heiraten können, wenn er es gewünscht hätte.«

Kassia lächelte traurig. »Ich glaube, Mylord hätte jede Frau heiraten können, die er gewollt hätte.«

Nachdenklich sagte Guy: »Lord Graelam hat im Heiligen Land viel Elend erlebt. Krankheit, Hungersnot und blutige Schlachten. Es schien kein Ende zu nehmen. Aber es hat ihn nie wirklich berührt. Erst als er in Belleterre aus Eurem Zimmer kam und glaubte, daß Ihr sterben müßtet, sah ich sein Gesicht vor Kummer verzerrt. Ihr habt ihn gerührt wie niemand sonst – ob Mann oder Frau, Mylord ist kein besonders netter Mann, und doch behandelt er Euch immer freundlich und fürsorglich. Als Ihr von dem Essen krank wurdet, war er verzweifelt.« Nach einer Pause fuhr er vorsichtig fort: »Lord Graelam ist auch ein sehr leidenschaftlicher Mann. Dennoch stellt er seine eigenen Bedürfnisse hinter die Sorge um Euer Wohlergehen zurück.«

»Aber jetzt bin ich doch wieder gesund!« rief Kassia und wurde gleich darauf blutrot, weil sie ihre Zunge nicht im Zaum gehalten hatte.

Guy grinste sie fröhlich an und hob seinen Kelch. Dann sagte er: »Euer edler Gatte kommt, Mylady.«

Sie sah in diesem Augenblick so sehr wie ein ungezogenes Kind aus, daß Graelam laut lachen mußte.

»Ich habe von Euren … Vorzügen gesprochen, Mylord«, sagte

Guy liebenswürdig. Graelams Blick fiel auf ihren Teller. Eine steile Falte erschien zwischen seinen Brauen. »Was hast du gegessen, Kassia?«

Kassia, die Fisch, Huhn und Obst verzehrt hatte, schüttelte nur den Kopf. »Ich habe wie ein Vielfraß zugelangt«, sagte sie. »Darf ich Euch jetzt vorlegen?«

Er nickte und nahm neben ihr Platz. »Dieser Knabe Evian«, sagte er zu Guy, »wir müssen ihn abhärten.«

»Der Knabe scheint willig zu sein«, sagte Guy, »nur seine Mutter würde ihn wohl lieber zu einem Schoßhündchen erziehen.«

Graelam brummte nur. Danach wandte sich das Gespräch de Fortenberry zu, dessen Überfälle sich ihren Grenzen näherten. Kassia hatte den Eindruck, daß Graelam darauf brannte, mit diesem Mann die Schwerter zu messen. In der Tat hoffte er, de Fortenberry würde einige der weiter draußen liegenden Pachthöfe Wolffetons angreifen. Sie beobachtete ihren Mann. Er aß nicht so viel, wie er sollte. Sie wußte, es lag an dem schlechten Essen. Sie mußte sehen, daß sie bald die Aufgaben einer Burgherrin übernehmen konnte. Wenn Graelam nur aufhören wollte, sie wie eine Kranke zu behandeln!

Sie beugte sich vor und nahm einen Apfel von der Schüssel, die vor Graelam stand. Dabei streifte ihre Brust unwillentlich seinen Arm. Er hörte auf zu sprechen und sah sie lange nachdenklich an.

Graelam war selber überrascht, daß die Berührung sein Verlangen nach ihr entfachte. Dabei hatte Kassia doch bei weitem nicht die weiblichen Rundungen, die nach seinem Geschmack waren. Doch er brauchte nur daran zu denken, wie sie, den Blick vertrauensvoll auf ihn gerichtet, weich und nachgiebig in seinen Armen lag, dann wurde er so unruhig wie nie zuvor. Heute nacht, dachte er, heute nacht werde ich sie nehmen. Ich muß sie nehmen.

»Deine Hand, Kassia«, sagte er und legte die Hand offen auf den Tisch. Vorsichtig legte sie ihre Hand in seine und sah zu, wie seine Finger sich darum schlossen.

Sie ist so klein, dachte er. Er hatte ihr versprochen, daß sie bei ihrer Vereinigung keinen Schmerz verspüren werde, und konnte nur hoffen, daß er ihr, so stark gebaut, wie er war, wirklich nicht weh tun würde. Er mußte behutsam vorgehen. Er dachte, wie sie nackt unter ihm liegen würde, und wieder spürte er ein Ziehen in den Lenden. Abrupt ließ er ihre Hand los und sagte: »Geh jetzt in unser Schlafzimmer und halte dich für mich bereit!«

Kassia merkte, wie ihr das Blut in die Wangen schoß. Sie wußte, daß Graelam sie in dieser Nacht zu seiner Frau machen wollte.

Etta erwartete sie im Schlafzimmer. »Ach, mein Kindchen«, warf sie ihr zärtlich vor, »wie müde Ihr seid! Ihr hättet im Bett bleiben sollen, wie Euer Gatte es wünschte.«

»Nein«, sagte Kassia mit einem nervösen Auflachen, »müde bin ich nicht. Aber ich möchte ein Bad nehmen.«

Nan und Erna, eine andere Dienerin, mußten den Holzzuber mit heißem Wasser und reichlich Lavendel, Kassias Lieblingsessenz, füllen und wurden dann weggeschickt. Kassia zog sich aus und schrubbte sich eilig ab. Plötzlich stand ihr Mann in der Tür, die Arme vor der Brust übereinandergeschlagen, und schaute sie an.

»Ist das Wasser noch warm?« fragte Graelam.

Sie nickte und ließ sich tiefer in den Holzzuber gleiten, bis nur noch ihr Kopf zu sehen war.

»Willst du mir den Rücken schrubben?«

Er hatte sich aus Kassias Blickrichtung entfernt. Kassia richtete sich ein wenig auf und schaute sich nach ihm um. »Ja«, sagte sie. Er zog an den Schnuren seines Waffenrocks. Als er ihn über den Kopf zog, schlüpfte sie aus dem Zuber und griff nach dem Leinenhandtuch.

»Kassia, hilf mir!«

Das Band an seiner Hose war verheddert. Sie wickelte sich das Handtuch um den Körper, ließ sich vor ihm auf die Knie nieder und zog mit geschickten Fingern den Knoten auf. Sie spürte die Wärme seines Körpers. Wenn sie genügend Mut gehabt hätte, hätte sie die wachsende Schwellung zwischen seinen Beinen berühren können.

»Komm!« sagte er und stellte sie auf die Beine. Er zog die Hose aus, ging nackt zum Zuber und stieg hinein. Kassia mußte lachen, wie er mit angezogenen Knien darin saß.

»Du lachst über mich, Mädchen?«

»Ihr seid so groß, Mylord!« Mit zufriedenem Lächeln seifte sie einen Schwamm ein und fuhr ihm damit über den Rücken. Dann wusch sie ihm das dichte Haar und achtete darauf, daß ihm kein Seifenschaum in die Augen kam.

Er sah zu ihr auf. Lachfältchen erschienen an seinen Augen. Dann riß er ihr das Handtuch vom Leib, packte sie an der Taille und schwang sie in den Zuber auf seinen Schoß. Sie konnte nur einen leisen Schreckenslaut ausstoßen.

Kassia fiel nach vorn und legte ihm die Arme um den Hals, um sich zu stützen. »Oh«, sagte sie hilflos.

»Ja«, sagte er leise, legte ihr die Hand an den Hinterkopf und zog sie an sich. Dann drückte er seinen Mund leicht auf ihren und erforschte die weichen Lippen. Die Hände um ihren Rücken gelegt, zog er sie an sich, bis ihre Brüste sich gegen seinen Oberkörper drückten.

»Eine kleine Frau ist gar nicht so schlecht«, sagte er und rückte sie sich vorsichtig auf den Bauch. »Gib mir deinen Mund, Kassia!«

Sie tat, wie er gebeten hatte, fuhr aber ein wenig zurück, als seine Zunge an ihre stieß. »Das ist aber ein ... sonderbares Gefühl«, flüsterte sie.

»Sonderbar gut oder sonderbar schlecht?« neckte er sie.

»Ich weiß nicht«, sagte sie ehrlich. »Könnt Ihr es noch einmal tun, Mylord?«

»Eine willige Schülerin«, murmelte er an ihren geöffneten Lippen. Wieder legte er ihr die Arme um den Rücken und zog sie an sich. Gleichzeitig verstärkte er den Druck seiner Lippen. Bald rann ein Zittern durch ihren schlanken Körper. Er fühlte sich belohnt. Langsam, dachte er, ich muß sehr langsam vorgehen. »Wie, zum Teufel, kriege ich dich aus dem Ding hier wieder raus?«

Er hob sie an, ließ sie aber wieder los. Arme und Beine gerieten aneinander. Sie landete flach auf ihm, mit dem Bauch an seinem steif gewordenen Glied. Ihr Blick suchte sein Gesicht. Er packte ihre Hinterbacken, drängte sie gegen seinen harten Leib und stöhnte tief in der Kehle. Einen Augenblick lang bekam sie es mit der Angst zu tun.

»Das Wasser wird kalt«, sagte sie mit dünner, hoher Stimme.

Graelam schloß die Augen und beherrschte sich mit Macht. Er wollte seine jungfräuliche Braut ja nicht gerade ausgerechnet in einem Badezuber voll kaltem Wasser nehmen. Kassia stieg heraus und wickelte sich wieder in das Handtuch. Aber sie wandte den Blick nicht ab, als er in seiner prachtvollen Nacktheit in der Wanne stand.

»Ich wünschte, ich wäre so schön wie Ihr«, sagte sie sehnsüchtig.

Noch nie hatte ihm eine Frau gesagt, daß er schön sei.

»Ich?« sagte er leichthin. »Ein behaarter, narbenbedeckter Krieger?«

»Ja«, sagte sie, »und voller Kraft und Stärke.« Sie reichte ihm ein Handtuch. »Mein Vater hat mir gesagt, je tapferer ein Ritter ist, desto vorsichtiger wendet er seine körperliche Stärke an. Er muß an Euch gedacht haben, Mylord.«

»Damals hat dein Vater mich doch noch gar nicht gekannt, Kassia«, sagte er scharf. »Ich bin, wie ich bin. Du darfst mir keine Tugenden zuschreiben, die ich nicht besitze.«

»Nein, Mylord«, sagte sie fügsam.

Er zog seinen Morgenrock an, schritt zur Zimmertür und rief nach den Bedienerinnen, die den Zuber wegbringen und ausleeren sollten.

»Geh ins Bett!« sagte er über die Schulter zu Kassia. »Ich will nicht, daß du dich erkältest.«

Er schloß die Tür hinter den Bedienerinnen und kam ans Bett. »Ist dein Magen in Ordnung?« fragte er, legte ihr sanft die Hand auf den Bauch und fühlte vorsichtig.

»Ich bin wirklich wieder gesund«, sagte sie.

»Wie zart du bist!« sagte er. Mit den ausgestreckten Fingerspitzen konnte er ihre Beckenknochen fühlen.

Zu Kassias Überraschung fuhr ihr sengende Hitze in den Unterleib. »Oh«, keuchte sie.

Er hob die Hand und sah zufrieden, daß sich in ihren Augen leichte Enttäuschung widerspiegelte. Sie kannte noch nicht die Freuden der Liebe, aber eine kalte Natur war sie nicht.

»Soll ich die Kerze auslöschen?«

Er schüttelte den Kopf, beugte sich zu ihr und küßte sie auf den Hals. »Nein, ich will dich ganz sehen, meine Frau, auch das weiche Fleisch zwischen deinen Beinen. Und ich will, daß du zusiehst, wie ich dich betrachte. Du bietest mir so viel Weichheit und Schönheit.« Er legte die Hand leicht auf ihren Venushügel und ließ sie dort liegen.

»Öffne die Lippen für mich, Kassia!«

Seine Zunge stieß an ihre ebenmäßigen Zähne, glitt in ihren Mund und erfühlte sanft seine Tiefen. Dann nahm er sie in die Arme und legte sich neben sie.

»Sei unbesorgt, Liebling, ich tue dir nicht weh.«

Sie glaubte ihm, schmiegte sich an ihn, legte einen Arm um seine Brust und strich ihm über den glatten Rücken. »Ich möchte Euch dicht an mir fühlen.«

Rasch löste er den Gürtel ihres Nachtgewands und schob es ihr von den Schultern, wobei er ihre Brüste anschaute. Langsam strich er mit den Fingerspitzen über das weiche Fleisch und kam der rosigen Spitze näher und näher. Kassia zitterte leicht. Er senkte den Kopf und nahm die weiche Brustspitze in den Mund. Er fühlte, wie sie in seinem Mund hart wurde, und saugte leicht und genießerisch daran. Dann wieder küßte er ihren Mund. Zu seinem Entzücken merkte er, wie ihre Hand von seiner Hüfte tiefer glitt, sanft an seinen Muskeln spielte und seinen Körper erforschte wie er ihren. Als sich ihre suchenden Finger seinem Schritt näherten, wurde seine Begierde fast schmerzvoll übermächtig.

»Faß mich an, Kassia!« stöhnte er leise.

Ihre Finger tasteten unbeirrbar nach seiner schwellenden Männlichkeit. Sie zog scharf den Atem ein und nahm sein Glied in die Hand. »Keine Angst, meine Süße!« flüsterte er. »Du wirst weich und feucht und bereit für mich sein. Paß auf, ich zeige es dir!«

Sie verstummte völlig, als seine Hand über ihren Bauch zum Unterleib glitt. Eine Zeitlang spielte er an den Lockenhaaren auf ihrem Venushügel. »Jetzt hast du die Freude des Mannes in der Hand«, neckte er sie. »Ich bin ein Wesen, das seinen Schatz offen trägt. Anders als du.« Sanft suchte sein Finger, bis er das nachgiebige Fleisch fand. »Hier ist der Sitz deiner weiblichen Gefühle. Ein kleiner Schatz von unendlicher Schönheit und Verzauberung.« Er fuhr fort, sie im gleichmäßigen Rhythmus zu streicheln. »Gefällt es dir?«

Kassia fand keine Worte. Nur ein abgehacktes Stöhnen kam aus ihrer Kehle, als sie sich mit angehobenen Hüften gegen den verlockenden Finger stemmte.

»So ein komisches Gefühl«, brachte sie schließlich heraus. Sie faßte sein Glied fester an. Er schnitt eine Grimasse, zog zu ihrer Enttäuschung seinen Finger heraus und löste ihre Hand von seinem Glied. »Ich möchte dich jetzt betrachten, meine Süße.«

Er richtete sich auf und spreizte ihr die Beine. »Jetzt mach die Augen auf und sieh mich an, Kassia! Ein Mann und seine Frau dürfen sich nicht voreinander schämen.«

Wieder berührte er sie mit der Fingerspitze und sah, wie sich ihr Unterleib wand. Langsam öffnete er ihren Schoß und staunte über ihre aufregende Sinnlichkeit. Alles war zartrosa, üppig und feucht vor wachsender Lust. Er senkte den Kopf und berührte sie dort mit den Lippen. Kassia sprang fast vom Bett und stieß einen Schrei äußersten Erstaunens aus. »Oh nein!« rief sie. »Mylord, das dürft Ihr nicht – bitte!«

Er lachte, und sein warmer Atem verursachte bei ihr ein weiteres Prickeln. Er leckte weiter an ihr, um zu erforschen, was ihr am meisten Lust bereitete. Aber ihre Verwirrung war zu groß. Sie konnte sich nicht entspannen. Er seufzte, ließ sie los, legte sich neben sie und nahm sie in die Arme. Dann küßte er sie sinnlich, spielte wieder mit den Fingern an ihr und merkte, wie sie allmählich nachgab und seine Küsse zaghaft erwiderte.

»Fühl mal, wie weich du bist, bereit, mich zu empfangen!« Sie spürte, wie sein Finger in sie eindrang, schnappte vor Schreck nach Luft und wollte sich ihm entziehen.

»Nein, meine Kleine!« Sie wurde ganz eng, um seinen Finger festzuhalten. Er fühlte tiefer hinein und stieß an ihr Jungfernhäutchen. Sanft drückte er dagegen, aber es blieb fest. Er fluchte schweigend. Sie machte sich vor Angst ganz steif, und er konnte nichts dagegen tun. Ihm blieb nichts anderes übrig, als es hinter sich zu bringen. Er kniete sich zwischen ihre gespreizten Beine und drang jetzt richtig in sie ein.

Kassia wollte stillhalten, aber dann überkam sie wieder Angst vor dem Schmerz, und sie versuchte sich freizumachen. Graelam legte sich mit seinem ganzen Gewicht auf sie, ohne sich in ihr zu bewegen. »Kassia«, sagte er leise unter zärtlichen Küssen. »Halt still!«

Ihre Lider flatterten. »Es tut weh«, flüsterte sie.

Er konnte sich nicht länger beherrschen, stieß tiefer und traf auf ihr Jungfernhäutchen. Wieder machte sie sich unter ihm ganz steif, und wieder blieb er still auf ihr liegen, in der Hoffnung, sie würde sich an das Gefühl gewöhnen. Dann drückte er stärker gegen ihr Jungfernhäutchen, aber es erwies sich als straff und hart wie der Schild einer Amazone. »Süße, es tut nur einen kurzen Augenblick weh. Halt dich an mir fest!« Sie hatte die Augen jetzt fest geschlossen, und ihr Gesicht war schmerzverzerrt. Dann sah er, wie ihr langsam Tränen über die Wangen liefen, und da brachte er es nicht über sich, weiterzumachen.

Später wußte er es sich selber nicht zu erklären, denn noch nie hatte er auf die Befriedigung seiner Sinne verzichtet. Er zog sich heraus.

Sie verschränkte die Hände um seinen Rücken und schluchzte leise an seiner Schulter. Er streichelte und beruhigte sie, bis sie sich entspannte.

»Es war nicht so schlimm«, flüsterte sie und machte sich von ihm los, um ihm ins Gesicht schauen zu können. »Entschuldigt, daß ich so feige war. Ihr habt mir wirklich nicht sehr weh getan, Mylord.«

Es war zum Lachen, aber gleichzeitig hätte er lästerlich fluchen können.

Später lag sie an ihn geschmiegt und atmete gleichmäßig im Schlaf. Und er starrte ins Dunkle und schalt sich eine siebenfachen Narren. Er hätte es hinter sich bringen sollen. Noch nie hatten ihn Frauentränen so gerührt. Das Ergebnis aber war vernichtend. Schließlich war sie doch nur eine Frau, und sie gehörte ihm. Sie war ein Wesen, dessen einziger Zweck darin bestand, ihm Lust zu bereiten, ihm Söhne zu gebären und seinen Haushalt zu führen. Aber so sehr er auch gegen die eigene Schwäche wütete, konnte er doch nicht vergessen, daß er ihr Schmerz verursacht hatte. Unwissendes kleines Mädchen! Sie merkte noch nicht mal, daß sie immer noch Jungfrau war!

13

Am nächsten Morgen aß Kassia warmes Brot zum Frühstück. Graelam beobachtete sie und dachte: sie scheint stolz auf sich zu sein. Sie glaubte jetzt, eine Frau zu sein, eine Ehefrau, und war über diese Leistung höchst zufrieden. Ihr Selbstbewußtsein war gestiegen. Sie neckte seinen Verwalter Blount, als hätte sie ihn schon ein Leben lang gekannt.

Verdammt! Wie sollte er ihr beibringen, daß ihr Jungfernhäutchen noch unversehrt war? Seufzend gestand er sich, daß es sein eigener Fehler war. Alles nur, weil er ihr keine stärkeren Schmerzen zufügen wollte. Abrupt sagte er zu ihr: »Kassia, ich will ausreiten. Du wirst mich begleiten. In einer Stunde!«

Sie sah ihn mit schüchternem Blick an, und doch leuchtete in ihren Augen ein wissender Glanz. »Mit Vergnügen, Mylord«, sagte sie freundlich, ein koboldhaftes Grübchen am Mund.

Genau eine Stunde später ging Kassia zu den Ställen, um sich dort mit Graelam zu treffen. Sie dachte an den kümmerlichen Versuch Blanches, ihr vor der Vereinigung mit ihrem Ehemann Angst zu machen. Wenn sie sah, daß Blanche der Dienerschaft Befehle erteilte, sträubte sich ihr Inneres. Nun, dachte Kassia, bin ich die Herrin von Wolffeton, und bin für den Haushalt verantwortlich.

Sie hatte sich Alice vorgeknöpft, eine Frau im mittleren Alter, die gesunden Menschenverstand und die Achtung des übrigen Personals zu besitzen schien. »Wenn ich von dem Ritt mit Mylord zurückkomme, möchte ich mir die Webstühle ansehen. Ich meine, daß wir alle neue Kleidungsstücke brauchen.«

Scharf fuhr Blanche dazwischen. »Ich bezweifle, daß Euer... Gatte damit einverstanden ist. Er duldet keine unnötigen Ausgaben.«

»Dazu brauchen wir doch nur die Wolle unserer eigenen Schafe«, entgegnete Kassia. »Und ich glaube nicht, daß Mylord auch nur das geringste Interesse an Haushaltsangelegenheiten hat.«

»Die alte Frau, die alle Webarbeiten verrichtet hat, ist vor ein paar Monaten gestorben. Es gibt hier niemand, der diese Arbeit verrichten kann.«

»Das ist doch lächerlich!«

»Leider stimmt es, Mylady«, sagte Alice.

»Ja«, sagte Blanche, ein befriedigtes Lächeln um die Lippen. »Ich habe selbstverständlich bereits Lord Graelam gebeten, einen Weber für Wolffeton einzustellen, aber er hat es abgelehnt.«

»Das kann ich mir denken«, sagte Kassia. »Doch ich werde den Bedienerinnen beibringen, wie man ordentlich webt und näht.« Inzwischen war Alice gegangen. »Ich wundere mich, daß Ihr das nicht könnt, Blanche.«

»Ich bin doch keine Dienerin!«

»Zu den Obliegenheiten einer Ehefrau gehören viele Dinge, unter anderem auch die Ausbildung des Personals. Genau wie eine Ehefrau auch viele Vorteile genießt, wie das Vergnügen an der Gesellschaft ihres Gatten!«

Blanche erblaßte. Also hatte Graelam das Mädchen inzwischen entjungfert, und offenbar hatte er ihr dabei nicht weh getan. Blanche ließ ihrer Enttäuschung freien Lauf. »Vielleicht werdet Ihr nicht mehr so viel Vergnügen an der lüsternen Gesellschaft Eures Gatten haben, wenn Ihr erst einen dicken Bauch habt!«

»Ihr sprecht, wie Ihr es versteht«, erwiderte Kassia gelassen.

»Ich?« Blanche lachte freudlos auf. »Ich bin wenigstens kein einfältiges kleines Mädchen, das sich einbildet, ihr Mann wäre ein edler

Mensch. Ich glaube nicht, daß Lord Graelam meiner Halbschwester länger als einen Monat treu war!«

»Graelam«, sagte Kassia leise, »ist ein Ehrenmann. Er wird mir nie untreu werden.« Blanche tat ihr leid, nachdem sie jetzt wußte, daß sie ebenfalls Graelam hatte heiraten wollen. »Wir wollen uns nicht streiten, Blanche. Aber Ihr hättet mir keine Lügen über die körperliche Vereinigung erzählen sollen.«

Blanche zuckte die Achseln. »Dann seid Ihr eben nicht so eng gebaut, wie es aussieht. Ich habe Euch nicht angelogen. Ich wollte nur verhindern, daß Ihr wie ein blödes Schaf zum Schlachter geht.«

»Vielen Dank für Eure Fürsorge«, sagte Kassia trocken. Kassia war sehr mit sich zufrieden. Blanches schreckliche Vorankündigung war weiter nichts als die Folge ihrer Eifersucht gewesen. Die körperliche Vereinigung mit einem Mann war bei weitem keine so schreckliche Prüfung gewesen, wie sie ihr hatte weismachen wollen.

Da hörte sie die Stimme ihres Mannes. »Du siehst so nachdenklich aus.«

Kassia errötete vor Verlegenheit. »Oh, ich habe nur ...«

Graelam umfaßte ihr Kinn. »Wenn ich dir drohe, dich zu schlagen, erzählst du mir dann, worüber du eben nachgedacht hast?«

Sie lächelte und rieb die Wange an seiner Hand. »Ich dachte an Wolle, Mylord! Einfach an reine Wolle!«

Er küßte sie leicht auf den Mund. »Auch meine Gedanken waren einfach und rein.«

Sie kicherte frech. »Das glaube ich nicht. Vielleicht habt Ihr einfache Gedanken, aber bestimmt keine reinen!«

»Vielleicht sollte ich dich wirklich schlagen«, sagte Graelam nachdenklich. »Ein Mann wünscht sich keine unverschämte Frau.«

»Seht her, eine gehorsame Frau!« rief Kassia und versank vor ihm in einem tiefen Knicks. Graelam mußte lächeln.

Als sie von der Burg in südlicher Richtung entlang der Küstenstraße ritten, verharrte er in Schweigen. Nie zuvor hatte er einem Liebesakt mit so wenig Leidenschaft und so vielen Überlegungen entgegengesehen. Die Straße wurde bergab rauher, wurde dann wieder eben und schwang zum Klippenrand hinüber. Zu Kassias Überraschung verließ Graelam die Straße, ließ Dämon nur noch im Schritt gehen und verschwand für einen Augenblick hinter den Klippen. Sie folgte ihm, ohne eine Frage zu stellen, und sah nun, daß ein ausgetretener Fußweg von den Klippen zum Strand hinunterführte.

Als sie auf dem Kiesstrand ankamen, tat Kassia angenehm überrascht einen tiefen Atemzug. »O wie schön!« rief sie und glitt von Bluebells Rücken.

Der Strand bildete einen weiten Halbkreis. Die überhängenden Klippen verbargen ihn vor Blicken von oben. Graelam band Dämon und Bluebell an langen Leinen fest, und Kassia wanderte am Strand entlang.

Graelam kam hinter ihr her. »Das war ganz alleine mein Strand, als ich noch ein Junge war«, sagte er.

»Hier ist es so friedlich«, sagte sie.

»Ich freue mich, daß er dir gefällt.«

»Wir hätten Brot und Wein mitbringen sollen.«

»Kassia«, fragte er plötzlich, »wie fühlst du dich?«

»Mylord«, sagte sie mit leisem Vorwurf in der Stimme, »ich bin so gesund wie meine dicke Bluebell. Ihr braucht Euch in Zukunft um mich keine Sorgen mehr zu machen!«

»Bist du wund?«

»Wund?«

»Von heute nacht.«

»Oh!« Sie drückte die Hände an die Wangen und schüttelte den Kopf.

»Wie gesagt«, fuhr Graelam ruhig fort, »dies ist ein ganz verschwiegener Ort. Hier stört uns niemand.«

Sie war aufs äußerste verblüfft. »Ihr wollt ... Euch jetzt mit mir paaren?«

»Ja«, sagte er knapp.

»Aber es ist heller Tag! Man kann uns sehen ... Nein, das könnt Ihr nicht tun!«

»Pst, Kassia«, sagte er. »Komm her!«

Sie hatte nicht damit gerechnet, daß ihr Mann schon so bald wieder nach ihr verlangen würde. Er schloß sie in die Arme und zog sie eng an sich. »Warum sagst du das?« fragte er.

»Ich weiß, Ihr werdet mich auslachen«, flüsterte sie und spürte eine eigentümliche Sehnsucht. »Ich habe nicht gedacht, daß man das so häufig tut. Ich dachte, man tut es nur einmal, um ein Kind zu zeugen.«

Er sah sie verblüfft an. Dann drückte er sie so heftig an sich, daß sie aufschrie. »Gewöhnlich muß man sich ganz schön anstrengen, um ein Kind zu zeugen, Kassia. Aber die meisten Männer tun es gern. Und nun liegt es an mir, dich dazu zu bringen, daß du es ebenso oft tun willst wie ich.«

Sie stand regungslos an ihn gelehnt, und es war ihr peinlich, daß er mit den Händen über den Rücken strich und sie dann um ihr Gesäß legte. Da sie sich jetzt schon ein wenig mit den Wünschen der Männer auskannte, erkannte sie an dem steifen Glied, das er an ihren Bauch preßte, daß er sie haben wollte. Ihr fiel ein, wie Blanche sie damit ärgern wollte, daß sie gesagt hatte, Graelam schlafe auch mit anderen Frauen. Wenn ein Mann immer so scharf darauf war, benutzte er dann eine Frau, jede Frau nur als Objekt seiner Lust?

Graelam ließ sie los, breitete zwei dicke Decken auf dem Boden aus und strich sie glatt.

Noch nie bin ich an diese Sache mit so wenig Begeisterung herangegangen, dachte Graelam wieder. Kassia hatte auf seine Annäherung nicht reagiert. Er knirschte mit den Zähnen. Wenigstens würde sie ihm kein Vergnügen vortäuschen. Wenn sie Lust dabei empfand, war es echte Lust. Geduld, ermahnte er sich.

Er setzte sich auf die Decken und klopfte auf den Platz neben ihm. Sie ließ sich nieder. Zuerst rührte er sie nicht an. Zu seiner Überraschung hörte er sie zögernd fragen: »Habt Ihr schon viele Frauen gehabt, Mylord?«

»Ich kenne eine, die ich noch haben will«, sagte er, legte sich auf die Seite und zog sie herunter, so daß sie auf dem Rücken neben ihm lag. »Heute morgen hattest du keine Angst mehr vor mir. Wenn ich mich nicht irre, warst du ganz froh darüber, daß du mit mir geschlafen hast und meine Frau geworden bist.«

»Ja, das stimmt«, bestätigte sie. »Ich glaube auch nicht, daß ich überhaupt einmal richtige Angst vor Euch hatte, Mylord.«

»Das wäre auch dumm von dir, denn ich will ja nichts anderes, als dir Vergnügen zu bereiten.« Er streichelte ihr die Hand. Dann legte er ihr ganz langsam die Hand auf den Bauch und strich darüber hinweg.

Kassia hatte die Augen geschlossen. Dennoch wußte sie ganz genau, wann er sich über sie beugte, weil er ihr dabei die Sonne nahm. Dann spürte sie seine Lippen sanft auf ihren. Er brauchte ihr nicht mehr zu sagen, daß sie die Lippen öffnen müsse. Sie tat es aus eigenem unerklärlichem Antrieb.

Kassia verlangte es nach mehr. Sie umarmten sich, und wieder spürte sie dieses eigenartige Prickeln wie für kurze Zeit auch in der vergangenen Nacht.

»Oh«, flüsterte sie an seinem Mund. Er hob den Kopf. »Bitte, Mylord, hört doch nicht auf!«

Eine Hand ruhte jetzt zwischen ihren Beinen. »Was soll ich denn tun, Kassia?«

Ihre Hüften zuckten. Sie drängte den Schoß an seine Hand. »Alles!« sagte sie keuchend.

Graelam lachte und zog sie an sich. Dann knöpfte er ihr Kleid auf. Sie konnte nicht anders, sie mußte sich an ihn schmiegen. Bald lag sie, nur noch im leichten Leinenhemd, unter ihm.

Vorsichtig hob er ihr Hemd an, bis sie von der Taille abwärts nackt war. Zu seiner eigenen Überraschung fand er sie schön. Sie hatte lange, gerade Beine. Es geschah selten, daß er sich bei der Verführung einer Frau so viel Zeit ließ. Langsam und zärtlich fuhr ihr sein Finger zwischen die Beine. Sie war warm und feucht, und nun lächelte er siegesgewiß. Kassia zitterte, als sich seine Finger dem verborgenen weichen Sitz ihrer Lust näherten. Plötzlich stand er auf und riß sich die Kleider vom Leibe. Ungesehen von ihr, stellte er in Reichweite einen Krug mit Creme hin.

Dann zog er ihr das Hemd über den Kopf. »Kassia«, sagte er leise, »ich werde dich jetzt lieben, und du wirst nicht nein sagen. Du brauchst dich auch nicht zu schämen oder gar Schuldgefühle zu haben.«

Sie begriff von allem nur, daß sie keine Gewalt mehr über ihren Körper hatte. Während er sie mit den Fingern liebkoste, beobachtete er sie aufmerksam. Dann tauchte er die Finger in die Creme und führte sie in ihren Schoß ein. Sie schnappte nach Luft und packte seinen Arm. Doch er ließ sich nicht beirren und glitt mit den Fingern tiefer hinein, bis sie an ihr Jungfernhäutchen stießen, doch so sacht, daß es ihr nicht weh tat.

Ihre Muskeln schlossen sich um seine Finger, und er stöhnte wollüstig auf bei dem Gedanken, daß sie auch sein Glied so fest umschließen werde. So starke Begierde hatte er nur als unerfahrener Knabe empfunden. Dann kniete er zwischen ihren gespreizten Beinen. Sie wollte sich losreißen. Doch er verstärkte seinen Griff und hob sie an den Hüften hoch.

Seine beruhigenden Worte hatten keine Wirkung auf sie ausgeübt. Bestürzung und Scham überwogen jede leidenschaftliche Regung. Das konnte er ihr doch nicht antun – nicht mit dem Mund! Sie wand sich unter ihm, konnte sich aber nicht befreien.

Graelam reizte ihre zarte Grotte. Er wünschte, sie würde mit gleicher Lust reagieren, sah sich aber getäuscht. Widerstrebend hob er den Kopf. Das Verlangen in ihm wurde übermächtig. Ihr weiches Geschlecht, der süße Geschmack, ihr weiblicher Geruch brachten ihn zur Raserei. Er wollte tief in sie eindringen. Er schob sein Glied hinein. Mit der Creme ging es ganz leicht.

Kassia spürte den Druck seiner Männlichkeit in sich. Und diesmal empfand sie keinen Schmerz. Sie fühlte sich von ihm ausgefüllt, und das war nicht unangenehm. Sie schlug die Augen auf und lächelte ihn an.

»Mein Süßes, ich muß dir jetzt … etwas Unbehagen bereiten. Halte mich fest! Es ist gleich vorbei.«

Gehorsam legte sie die Arme um seinen Rücken, ohne zu begreifen, was vor sich ging. Dann zerriß er ihr das straffe Jungfernhäutchen und stieß bis zum Schaft in sie hinein. Ein Schmerzenschrei entfuhr ihr. Er preßte den Mund auf ihren. Sie zitterte am ganzen Körper. Aber jetzt konnte er sich nicht mehr zurückziehen. Vergeblich bemühte er sich, seine Begierde im Zaum zu halten. Als er sich ein wenig in ihr bewegte, spürte er, wie ihr enger Schoß ihn fest umschloß, und da verlor er alle Beherrschung. Er nahm sie vollends in Besitz, stieß tief in sie hinein und entlud sich unter rauhem Stöhnen.

Es dauerte viele Minuten, bis Graelam sich auf die Ellbogen stützte und ihr ins blasse Gesicht schaute. »Jetzt bist du mein«, sagte er.

»Warum hast du mir weh getan?«

Er küßte sie leicht auf den Mund, und ein kleines Lächeln umspielte seine Lippen. »Bis eben warst du noch Jungfrau, Liebling.«

Ihre Lider flatterten. »Aber gestern abend … warst du doch schon in mir … Du …«

Vorsichtig zog er sich aus ihr zurück und legte sich neben sie. »Gestern abend«, sagte er langsam, »habe ich mein Vorhaben nicht ganz durchgeführt. Ich brachte es nicht fertig, weil ich dir dann zu weh getan hätte. Deshalb bin ich heute mit dir hierher geritten. Kassia, war es auch ein wenig schön für dich?«

Sie nickte.

»Wenn wir es das nächste Mal machen, wirst du nur noch lustvolle Gefühle haben. Das verspreche ich dir. Du glaubst mir doch?«

»Aber wie kann das sein? Du bist doch so stark gebaut, und daran wird sich nichts ändern.«

»Den meisten Schmerz habe ich dir zugefügt, als ich dein Jungfernhäutchen durchstieß. Diese Schranke besteht nun nicht mehr. Und wir werden so lange Creme benutzen, bist du an mich gewöhnt bist.« Er strich ihr durch das zerzauste Haar.

»Bist du mit mir zufrieden? Ich bin so unwissend. Ich weiß gar nicht, was ich tun soll.«

»Du hast mich vollauf befriedigt. Und wenn du dich nicht mehr vor mir schämst, wirst du alles mit größter Freude mitmachen.«

»Brauche ich keine Erfahrung, Mylord?«

Er dachte daran, wie sie gestern nacht sein Glied fest umklammert hatte, und feixte gepeinigt. »Ja«, sagte er, »ich bringe dir alles bei.«

»Wann?«

»Du kannst es wohl gar nicht mehr abwarten, wie? Sobald du nicht mehr wund bist.«

14

Graelam führte seine müden Krieger in den inneren Burghof. Da sah er Kassia die Treppe vom großen Saal heruntereilen, und ein Lächeln breitete sich über sein Gesicht. Schnell stieg er vom Pferd. Ihr warmes Lachen erschien ihm wie köstlicher Balsam.

»Willkommen daheim, Mylord! Ging alles gut auf Crandall? Wer ist der neue Burgherr dort? Ist es nicht zum Kampf gekommen? Du bist nicht verwundet?«

Sie flog ihm in die Arme. Er gab ihr einen raschen Kuß und setzte sie wieder ab. »So viele Fragen auf einmal, Kassia.« Er sah, wie sie beim Anblick des eingetrockneten Bluts auf seinem Ärmel erbleichte, und fügte schnell hinzu: »Es ist alles in Ordnung.«

»Aber dein Arm!« sagte sie mit bebender Stimme.

»Nichts Schlimmes. Dämon ist ausgerutscht, und ich bin aus dem Sattel gefallen. Welch ein Willkommen! Und ich war doch nur vier Tage fort.«

Lachend umarmte sie ihn. »Als ich Nachricht erhielt, daß du

kommst, habe ich dir ein Bad in unserem Schlafzimmer richten lassen. Oder willst du vorher Bier trinken? Komm, Mylord, ich werde dich bedienen.«

»Ich komme gleich nach. Erst muß ich nach Dämon sehen. Ich fürchte, er hat sich das Sprunggelenk verletzt.«

»Kann ich dir behilflich sein, Mylord?«

Graelam wandte sich an Evian. »He, Junge, du siehst noch frisch aus. Ja, komm mit mir! Gleich, Mylady. Und mir steht der Sinn nicht nur nach einem Bad.« Damit machte er sich zu den Ställen auf, und Evian mühte sich tapfer, mit ihm Schritt zu halten.

»Ihr seht gut aus, Mylady«, sagte Guy.

»Was ist? Oh, Ihr seid's, Guy!«

»Und um mein Wohlsein seid Ihr nicht besorgt, Mylady?« fragte er scherzend.

»Ihr seid mir dafür verantwortlich, daß Mylord nicht zu Schaden kommt.«

»Das ist wahr.« Guy seufzte. »Graelam wäre nicht so ungeschickt vom Pferd gestürzt, wenn er nicht mit den Gedanken woanders gewesen wäre. Aber er ist der einzige von uns, dem die Müdigkeit wie ein Mantel von den Schultern glitt, und das allein durch Euren Anblick, Mylady.«

Kassia errötete vor Vergnügen bei seinen Worten.

»Was muß ich sehen?« sagte Guy. »Blanche zieht ein Gesicht wie eine mißmutige Äbtissin. Hat sie Euch das Leben schwer gemacht, Mylady?«

»Nein, bestimmt nicht, es ist nur so, daß sie ... Guy, sie ist einfach unglücklich.«

Doch er wußte es besser. »Ich kann mir vorstellen, daß sie Euch wie einen unerwünschten Gast behandelt. Graelam muß ihr bald einen Ehemann verschaffen.« Verdammte Blanche, dachte er. Sie brachte ihn dauernd in Verwirrung.

»Sie verbringt viel Zeit in der Kapelle«, sagte Kassia. »Ich fürchte aber, sie betet nicht, daß sie bald einen neuen Mann bekommt, sondern überlegt, wie sie mich aus dem Feld räumen kann. Aber genug von meinen Kümmernissen, Guy! Was hat sich auf Crandall abgespielt?«

»Alles lief genau nach Graelams Wünschen ab.«

»Und es kam nicht zum Kampf? Kein Versuch, Euch einen Hinterhalt zu legen?«

»Nein, es ging widerlich zahm zu.«

»Ach, bin ich froh! Wartet nur ab, bis das Abendessen auf den Tisch kommt! In der Küche habe ich in den vier Tagen Eures Fortseins meine größte Leistung vollbracht.«

»Habt Ihr diesen Schuft Drayken an seinen dreckigen Fersen aufgehängt?«

»Nein, aber ich habe entdeckt, daß einer seiner Helfer einen guten Koch abgibt. Der Ärmste wurde bisher nur herumgestoßen und ausgeschimpft. Jetzt ist er es, der die anderen beschimpft!«

Der Schweinebraten war zart, gut gewürzt und schmeckte köstlich. Graelam bemerkte, daß Kassia ihn ansah wie ein Kind, das ein Lob seiner Eltern erwartet. Während er sich mit Blount unterhielt, kostete er auch von den übrigen Speisen.

»Der Kaufmann Drieux würde sich gern auf Wolffeton niederlassen, Mylord«, sagte Blount. »Natürlich bringt er so etwa zwölf Männer mit.«

»Samt ihren Familien?«

»Ja, Mylord. Doch wie Ihr wißt, brauchen wir für die Felder und in der Mühle keine zusätzlichen Arbeitskräfte.«

»Ich weiß, Blount. Was wir brauchen, ist Geld. Und eine Möglichkeit, mit unseren Überschüssen an Wolle Handel zu treiben. Du mußt einen Vertrag aufsetzen. Danach werde ich mich mit Drieux treffen.«

»Wenn daraus etwas wird, Mylord, finden wahrscheinlich auch Handwerker den Weg zu uns.«

Graelam nickte. Dann wandte er sich an Kassia. »Hast du neuen Wein beschafft, Mylady?«

Mit ernstem Gesicht sagte sie: »Durch den Kaufmann Drieux, Mylord. Es ist Bordeaux.«

»Du lügst genauso flink wie ich«, sagte Graelam lächelnd.

»Nun stell dir mal vor, wie flink ich erst lügen werde, wenn ich in deine Jahre komme, Mylord!«

Besorgt schaltete Blount sich ein. »Nein, Mylady scherzt nur. Es ist nicht der Wein, es ist das Schweinefleisch, das so gut schmeckt.«

Offenbar will Blount Kassia schützen, falls ich zornig werden sollte, dachte Graelam. Aber Kassias kleiner Scherz machte Graelam nicht zornig. Tatsächlich hatte er sogar darauf eingehen wollen, bevor Blount seinen Einwurf machte.

»Das Brot, das Gemüse und die Fasanenpastete auch«, sagte Kassia lachend.

»Dann sind vermutlich auch die Äpfel besser geworden«, neckte Graelam. »Sie schmecken jetzt rotbäckiger, nicht wahr, Kassia?«

»In der Tat. Ich habe deine am Ärmel poliert.«

Graelam nahm ihre Hand und führte sie an die Lippen. »Dennoch bezweifle ich«, sagte er leise, »daß dieses ausgezeichnete Mahl so verführerisch schmeckt wie du.«

»Oh«, sagte Kassia verwirrt. Graelam grinste sie unverfroren an. Es war gut, daß sein Gewand weit genug geschnitten war, denn sonst hätte jeder gesehen, wie schamlos sein Körper auf den Anblick seiner Frau reagierte.

»Er ist behext«, flüsterte Blanche.

Doch Guy hatte es gehört. »Ihr müßt damit aufhören, Blanche«, sagte er mit Nachdruck. Mein Gott, wenn er ihr nur etwas bieten könnte! »Hört zu, sie ist jetzt seine Frau, und damit hat sich's! Und es scheint, daß er sehr zufrieden mit ihr ist. Wie oft muß ich Euch noch darauf aufmerksam machen!«

»Das wird nichts ändern«, sagte Blanche. »Ja, er wird ihrer bald überdrüssig werden.«

»Doch an der Sachlage würde sich auch dadurch nichts ändern.«

»Vielleicht schickt er sie dann zu ihrem Vater zurück. Oder sie geht von allein.«

»Bis es je soweit kommt, werdet Ihr wahrscheinlich nicht mehr auf Wolffeton sein.«

»Ihr ergreift also auch für sie Partei! Kann es sein, Sir Guy, daß Ihr ebenfalls behext seid von der mageren, kleinen ...«

»Blanche, ich wünschte, Ihr wärt so klug, wie Ihr schön seid. Benehmt Euch nicht länger wie ein zänkisches Weib!« Und damit ließ Guy sie brüsk stehen.

Graelam wünschte seinen Männern flüchtig eine gute Nacht, nahm Kassias Hand, erhob sich und schob seinen Arm unter ihren. »Endlich!« sagte er.

»Hast du Schmerzen an deinem verletzten Arm, Mylord?« erkundigte sich Kassia.

»Nein. Mich juckt ein anderer Körperteil.«

Sobald sie im Schlafzimmer waren, machte er fest die Tür zu, lehnte sich dagegen und sah Kassia an. »Du hast mir gefehlt«, sagte er.

»Du mir auch, Mylord.« Sie lächelte ihn an, aber er sah, daß sie mit den Händen nervös an den Falten ihres Rocks zupfte.

»Erst vier Tage vergangen, und du hast schon wieder Angst vor mir?«

»Nein, ich habe keine Angst vor dir, Mylord.«

»Na, da bin ich ja froh. Und du weißt, wie du mir Erleichterung verschaffen kannst?«

»Dein Arm!« sprudelte sie heraus. »Die Wunde wird wieder aufplatzen!«

»Da könnten nur ein paar Stiche aufplatzen, und der Verband sitzt fest. Ich möchte dich bitten, mir aus den Kleidern zu helfen.«

Sie tat ihm den Gefallen. Sie sprach kein Wort mehr, bis er nackt vor ihr stand. Sein Verlangen nach ihr war deutlich sichtbar. Sie wich zurück. »Wollen wir Schach spielen?« rief sie. »Ich spiele wirklich recht gut, Mylord. Möchtest du ...«

»Kassia, ich will jetzt nicht Schach spielen. Ich will dich nackt im Bett haben.«

»Mylord«, sagte sie mit erzwungener Ruhe, »ich möchte mich nicht ... ich kann mich nicht nackt ausziehen!«

Er runzelte die Stirn. »Du kannst von unseren letzten Zusammensein nicht mehr wund sein. Es ist fast fünf volle Tage her.«

»Ich bin ja auch nicht wund.«

»Kassia, sieh mich an!«

Sie wäre am liebsten in dem mit frischem Schilfrohr ausgelegten Fußboden versunken.

»Ich habe dir doch gesagt, daß es beim nächstenmal nicht mehr weh tun wird.« Es störte ihn sehr, daß sie nicht nach ihm verlangte.

»Ich weiß«, sagte sie leise. »Ich würde ja gern zu dir kommen, Mylord, aber ich kann nicht. Bitte, ich ...«

Er lachte laut auf, packte sie und zog sie fest an sich. »Kassia, du benimmst dich albern«, sagte er, nahm ihr Gesicht in beide Hände und küßte sie. »Liebling«, sagte er dann lächelnd, »es ist deine Monatsblutung, nicht wahr?«

Sie nickte, stumm vor Verlegenheit.

»Das ist überhaupt kein Problem, du wirst es sehen. Komm jetzt! Ich helfe dir beim Ausziehen.«

Sie stand wie zu Stein erstarrt.

Graelam ließ sie langsam los. Sie schämte sich wohl zu sehr. Sein

Verlangen nach ihr ließ nach. »Hast du Unterleibsbeschwerden?« fragte er liebevoll.

»Nein«, flüsterte sie. »Das ist es nicht, Mylord.«

»Ich weiß. Wie lange dauert es noch?«

»Noch einen Tag oder so.«

»Dann komm ins Bett, wenn du möchtest«, sagte er. Er ließ sich auf die weiche, mit Federn und Stroh gefütterte Matratze nieder. Als sie sich neben ihn legte, zog er sie an sich. Sie machte sich steif wie ein Brett. Er küßte sie zärtlich auf die Stirn.

»Es tut mir leid«, flüsterte sie an seiner Brust. »Ich habe nie über solche Dinge gesprochen, außer mit Etta.«

»Ich bin dein Mann«, sagte er. »Mit mir kannst du über alles sprechen.«

»Das hat mein Vater auch gesagt.«

»Dein Vater«, wiederholte Graelam ausdruckslos.

»Du mußt wissen«, sagte sie nach einer Weile und stützte sich auf einen Ellbogen, »daß bei mir die Monatsblutung sehr spät eingesetzt hat. Als ich fünfzehn war, sah mich ein Graf aus Flandern am Hofe Charles de Marceys. Er sagte meinem Vater, daß er mich zur Frau nehmen wolle. Etta machte daraufhin meinem Vater klar, daß er mir noch Zeit lassen müsse. Er war außer sich, weil ich es ihm nicht selber gesagt hatte. Aber ich hatte mich zu sehr geschämt.«

»Was ist aus dem Grafen geworden?« wollte Graelam wissen.

»Sobald Vater und ich wieder in Belleterre waren, konnte ich ihn davon überzeugen, daß er mich unbedingt als Hausfrau brauchte. Darüber vergaß er den Grafen.«

»Und wirst du mir beweisen, daß ich dich ebenso brauche?«

»Selbstverständlich«, sagte sie. »Hat dir nicht heute schon der Wein besser geschmeckt?«

Graelam schmunzelte im Dunkeln. Nun gut, dann mußte er eben noch einen Tag ... oder so warten. »Vielleicht spielen wir morgen abend Schach«, sagte er.

Graelam hatte allerlei am Hals. Einmal machte er sich Sorgen um Dämons geschwollenes Sprunggelenk. Dann ärgerte er sich darüber, daß sein Körper sofort reagiert hatte, als Nan ihn absichtlich beim Bedienen streifte und ihn dabei herausfordernd ansah. Und schließlich hatte sich auch noch Blanche bei ihm ausgeweint.

Seufzend trat er in sein Zimmer. Kassia war so in ihre Näharbeit vertieft, daß sie ihn nicht kommen hörte. Sein Blick fiel auf den Stoff auf ihrem Schoß. Da verging ihm das Lächeln. Kassia saß über einem einmalig schönen burgunderroten Samtstoff, den er aus Genua mitgebracht hatte.

»Was machst du denn da?«

Kassia fuhr auf und stach sich vor Schreck in den Daumen.

Graelam zeigte auf den Samtstoff auf ihrem Schoß. »Ich frage dich noch einmal: Was machst du damit?«

»Ach, wärst du doch nicht so leise hereingekommen, Mylord! Jetzt hast du mich ertappt!« Mit gewinnendem Lächeln schaute sie zu ihm auf.

Er blickte sie finster an. »Ich entsinne mich nicht, daß ich dir erlaubt hätte, in meiner Truhe herumzustöbern und dich an meinen Sachen zu schaffen zu machen.«

»Ich hätte nicht angenommen, daß du dich darüber erregen würdest, wenn ich den Samtstoff herausnehme. Es ist ein schönes Stück, und ich dachte ...«

»Er gehört mir«, sagte er kalt. »Wenn du dir ein neues Kleid daraus anfertigen wolltest, hättest du mich vorher fragen müssen.«

»Ich dachte, daß alles, was dir gehört, auch mein ist, genauso wie meine Sachen auch dir gehören.«

Graelams Ton wurde eisig. »Dein Vater hat mir einen schlechten Dienst erwiesen. Deine Sachen, Mylady, gehören allerdings auch mir, aber meine Sachen gehören mir allein.«

»Das ist ungerecht!« platzte sie heraus.

»Verdammt noch mal!« fluchte Graelam. »Nur weil ich dir gestattet habe, auf Wolffeton die Burgherrin zu spielen ...«

»Zu spielen!« Kassia war aufgesprungen, und der kostbare Samt glitt zu Boden.

»Heb den Stoff auf! Ich wünsche nicht, daß er schmutzig wird. Und trenne ihn wieder auf!«

Nach einer Weile fragte sie mit bebender Stimme: »Und wofür hast du den Samt bestimmt, Mylord?«

Graelam starrte seine Frau ungläubig an. Es war wohl dumm von ihm gewesen, so nachsichtig mit ihr zu sein. Die arme Blanche! Ob Kassia wirklich so unfreundlich mit ihr umgesprungen war, wie sie es ihm unter Schluchzen erzählt hatte? Er knirschte mit den Zähnen. »Und laß nicht noch einmal deine schlechte Laune an mir aus!«

Draußen stand Etta an der Tür und lauschte mit wachsender Beklemmung. Dann kam sie zur offenen Tür herein. Gerade in diesem Augenblick schrie Kassia, die in ihrem Zorn keine Angst mehr spürte, den Lord an: »Nein!«

»Mein Kindchen!« rief Etta. »Ihr habt wohl den Waffenrock für den Lord schon fast fertig, wie? Da wird er sich aber freuen. Oh, Entschuldigung, Mylord! Ich habe Euch gar nicht gesehen.«

Graelam war wie vor den Kopf geschlagen. Langsam bückte er sich, hob den Samt auf und legte ihn sich über den Arm. Er fuhr mit den Fingern über den teuren Stoff, betrachtete die erlesene Näharbeit und kam sich wie ein Esel vor. Ohne den Kopf zu heben, befahl er Etta: »Raus mit dir!«

Ihren Rosenkranz an sich gedrückt, verließ Etta fluchtartig das Zimmer. Hoffentlich, dachte sie, habe ich meine Herrin vor Schwierigkeiten bewahrt!

»Es soll also ein Waffenrock für mich werden«, stellte Graelam fest.

»Ja. Du bist so groß, und alle deine Hemden und Röcke sind abgetragen und passen dir nicht. Ich wollte aber, daß du anständig gekleidet bist, wie es sich für dich geziemt.«

Er warf ihr den Stoff zu. »In Zukunft wirst du mich vorher fragen. Und wenn ich dir eine Frage stelle, Mylady, hast du eine ehrliche Antwort zu geben.« Er hatte ohne Erregung, aber in kaltem Ton gesprochen. Danach machte er kehrt und ging aus dem Zimmer.

Nachträglich sah Kassia ihren Fehler ein. Sie hätte ihm sofort sagen sollen, daß sie kein Kleid für sich nähte. Aber trotzdem, wie konnte er es wagen, sie so zu behandeln! Von wegen, sie ließe ihre schlechte Laune an ihm aus!

Gleich darauf entdeckte sie mehrere Fehler an ihrer Arbeit und riß sie wieder auf. All ihre Wut ließ sie an den Nähfäden aus.

15

Graelam stand auf den Burgmauern und schaute über die welligen grünen Hügel nach Osten. Vergeblich hatte er versucht, die beiden Probleme zu lösen, die ihm Blount vorgetragen hatte. Zwei Bauern wollten dasselbe Mädchen heiraten. Zwei andere stritten sich um ein Schwein.

Er drehte sich um und sah die Sonne im Westen schon dicht über dem Horizont.

»Mylord!«

Es war, als hätte sein Wunsch sie hergezaubert. Langsam wandte er sich Kassia zu, die in geringer Entfernung mit gesenktem Kopf stand.

»Der Bäcker hat Kuchen gebacken. Aus Mandeln und Honig, wie du es liebst. Ich dachte, sie würden dir schmecken.«

»Kannst du nicht näherkommen?«

Sie kam gehorsam näher, aber nur zögernd. Der Sonnenschein malte kupfern und golden glänzende Punkte auf ihr Haar.

»Ich will keinen Kuchen«, sagte er.

Kassia hob den Kopf. Sie war blaß. »Deswegen bin ich auch eigentlich nicht gekommen.«

»Weswegen dann?« fragte er.

»Ich wollte mich bei dir entschuldigen. Ich hätte den Samt nicht ohne deine Erlaubnis verarbeiten dürfen.«

»Warum hast du es denn getan?«

»Ich wollte dich überraschen«, sagte sie mit unbewegter Miene. »Ich habe es nicht böse gemeint.« Dann wandte sie sich rasch um. Sie wollte nicht, daß er ihre Tränen sah. Sie hatte gehofft, er würde mit einem Lächeln die ganze Angelegenheit vergessen. Aber er sah noch finsterer drein als vorher.

Graelam packte sie fluchend am Arm. »Ich habe dir nicht erlaubt zu gehen«, sagte er scharf. »Den Kuchen kannst du selber essen. Bei allen Heiligen, du bist so dünn, daß der kleinste Windhauch dich umwehen könnte.«

Kassia verstand ihn nicht. Warum war er so wütend? Sein Griff wurde lockerer. Die Hand, die sie eben so schmerzhaft fest umklammert hatte, streichelte sie jetzt. »Ehrlich, Mylord«, sagte sie nach einer Weile, »ich wollte dich nicht ärgern. Ich dachte doch nicht ...«

»Schon gut«, unterbrach er sie, ließ ihren Arm los und wandte sich ein wenig ab. »Du hast Anweisung gegeben, die außen liegenden Gebäude weiß anzustreichen.«

»Ja«, gab sie mit leiser Stimme zu. Zugleich schalt sie sich feige. In Belleterre hätte sie ihn angeschrien. War es möglich, daß er sie in einem Augenblick ermächtigte, die Pflichten einer Burgherrin auf Wolffeton wahrzunehmen, um die Anordnungen im nächsten Augenblick zu widerrufen?

Schweigen breitete sich aus. »Erlaubst du mir, jetzt zu gehen?«

»Warum, Mylady?« fragte er und drehte sich wieder zu ihr um. »Sagt dir meine Gesellschaft nicht zu?«

»Ich muß den Leuten sagen, daß sie die Gebäude nicht weiß anstreichen sollen.«

»Laß das bleiben! Ich will es so haben. Was hast du in der Zeit, als ich weg war mit Blanche angestellt? Sie war völlig außer sich.«

Sie wußte nicht, was er meinte. »Ich ... ich verstehe dich nicht.«

»Sie hat sehr geweint. Du darfst sie nicht herumkommandieren, Kassia, und ihr das Leben schwer machen. Sie ist eine angenehme Dame und hat Anspruch auf gute Behandlung.«

Er konnte doch nicht von seiner Schwägerin Blanche sprechen! Sie platzte heraus: »Welche Blanche meinst du, Mylord? Eine der Bedienerinnen?«

Kalt entgegnete er: »Vielleicht könntest du von Blanche noch Gehorsam und Achtung vor deinem Gatten lernen.«

Sie wollte vor Wut laut schreien, unterließ es aber. Dafür machte sie kehrt und rannte, so schnell sie konnte, über den schmalen Weg davon.

»Kassia! Komm sofort wieder her!«

Beim Klang seiner zornigen Stimme trat sie sich auf den Saum ihres langen Kleides und kam einen Augenblick ins Schwanken.

»Höllenfeuer!« brüllte Graelam. »Du dumme Trine!« Er rannte ihr nach, packte sie am Arm und riß sie zurück. »Bist du verrückt?« brüllte er sie an und schüttelte sie so heftig, daß ihr Kopf vor und zurück flog.

Sie schrie auf. Der klagende, gebrochene Laut ließ ihn erstarren. Er sah ihr kalkweißes Gesicht, fluchte fürchterlich und zog sie an sich. Dann wiegte er sie unbewußt in den Armen. Er fühlte, wie sich ihre kleinen Brüste an ihn drängten. Das erregte ihn in solchem Maße, daß er es kaum glauben wollte. Aber verdammt noch mal, sie war seine Frau, und er hatte sie jetzt sechs Tage lang nicht besessen!

Mit einer raschen Bewegung warf er sie sich über die Schulter und ging auf die steilen Holzstufen zu, die zum inneren Burghof führten. Er achtete nicht der Blicke zahlloser Bediensteter und seiner Männer. Als er das Schlafzimmer erreichte, atmete er schwer, aber nicht von der Anstrengung. Mit dem Fuß stieß er die Tür auf, warf sie von innen zu und ging zum Bett. Hier ließ er Kassia von der

Schulter gleiten. Sie lag jetzt auf dem Rücken vor ihm. Mit bebenden Händen öffnete er seine Hose, dann riß er ihr die Lederschuhe von den Füßen und zerrte an ihren Kleidern, bis sie unten bis zur Taille nackt war, und stürzte sich über sie.

»Verdammtes Weib!« brummte er zornig und küßte sie wie wild.

Kassia war es, als stände die Zeit still. Sie spürte seine Hände überall an ihrem Körper. Brutal riß er ihre Beine auseinander. Er kniete vor ihr, und sie ahnte, daß er sie mit Gewalt nehmen wollte. Seine Finger teilten ihre Muschel, und dann stieß er ihr sein steifes Glied hinein. Der zerreißende Schmerz ließ sie zur Besinnung kommen. Sie begann zu schreien. Der hohe, wimmernde Ton vermischte sich mit seinem lauten Atmen. Sie sträubte sich und wehrte sich gegen den Schmerz.

Graelam ließ sich nicht beirren. Immer wieder stieß er in ihren zarten, unwilligen Leib. Ihre trommelnden Fäuste hielten ihn nicht davon ab, in voller Länge in sie einzudringen. Dann warf er sich auf sie, nahm ihren Kopf in beide Hände und stieß ihr die Zunge in den Mund. Er schmeckte das Salz ihrer Tränen und stutzte einen Augenblick. Aber seine Erregung war so groß, daß er weiter in sie stieß, bis sich seine Sinne verwirrten und er seinen Samen in sie entleerte.

Es war ihr jammervolles Stöhnen, das ihn schließlich zur Besinnung brachte. Er richtete sich auf und sah auf sie hinab. Sie hatte die Augen fest geschlossen, und die dichten Wimpern lagen tränenfeucht auf den Wangen.

Auch er schloß für kurze Zeit die Augen, als wollte er das Schreckliche, das er ihr angetan hatte, aus dem Gedächtnis bannen. »Kassia!« flüsterte er rauh. Er zog sich aus ihr zurück, sah sie krampfhaft zittern und schloß sie in die Arme. Sie lag jetzt völlig unbeweglich und rührte sich auch nicht, als er ihr die Locken aus der Stirn strich.

»Mach die Augen auf, Kassia! Verdammt, sieh mich an!«

Sie riß die Augen weit auf, aber ihr Blick ging durch ihn hindurch, und da ahnte er, was sie von ihm dachte.

»Hör auf!« schrie er und rüttelte sie an den Schultern. Sie leistete keinen Widerstand. Zum erstenmal in seinem Leben kam er sich wie ein elender Schurke vor, wie ein verächtlicher Rohling, der sich an einem Wesen vergriffen hatte, das nicht mal halb so stark war wie er. »Kassia«, murmelte er und vergrub den Kopf in ihren Haaren.

»Du hast mir weh getan.«

Beim Klang der leisen, verzweifelten Stimme warf er den Kopf hoch. Sie sah ihn an wie ein Kind, das nicht begreift, warum es vom Vater geschlagen wurde.

»Du hast mir versprochen, du würdest mir nie mehr weh tun. Du hast mich angelogen.«

Er wollte sie um Verzeihung bitten, aber die Worte blieben ihm im Hals stecken. Dann fuhren ihm Erinnerungen an seinen Vater durch den Kopf. Der hatte ihm doch gesagt, daß eine Frau ihrem Ehemann gehört, daß er mit ihr tun kann, was ihm beliebt. Eine Frau hatte keinen eigenen Willen zu haben. Sie lebte nur durch ihren Mann und ihre Kinder.

»Du hast mir gesagt, daß eine Ehefrau ein besseres Leben führt als ein Hund. Du hast mir gesagt, daß das Leben einer Ehefrau seine Vorteile hat.« Und mit großer Deutlichkeit fügte sie hinzu: »Ich möchte lieber ein Hund sein.«

»Das kannst du dir nicht auswählen!« sagte er scharf. »Du bist, als was dich Gott erschaffen hat.«

Sie rückte von ihm ab, und er ließ sie los. Dann ordnete sie ihre Kleider und stand auf. »Darf ich jetzt mit deiner Erlaubnis gehen, Mylord? Ich muß mich um das Essen kümmern. Ich möchte nicht, daß du damit unzufrieden bist.«

Von Schuldgefühlen zerrissen, sah er sie verzweifelt an. »Geh!« sagte er brüsk. Wortlos tat sie es.

Graelam schloß die Augen. Er sah den Grafen von Drexel vor sich, dem er einmal als Knappe gedient hatte. Noch als sehr jungen Mann hatte ihn der Graf zum Ritter geschlagen, weil ihm Graelam in der Schlacht bei Evesham das Leben gerettet hatte. Nach der Schlacht hatte er ihm wie gewohnt aufgewartet und miterlebt, wie sich die Blutgier des Grafen in sexuelle Gier verwandelte. Das war nicht weiter überraschend für Graelam, denn er hatte schon früher gesehen, daß sein Lord die Frauen zu nehmen pflegte, ob sie wollten oder nicht.

Das Bauernmädchen hatte sich gesträubt und laut geschrien. Der Graf lachte nur und schlug sie, bis sie das Bewußtsein verlor. »Das ist das einzige, wofür Weiber gut sind, mein Junge, für das Vergnügen des Mannes. Das dumme Mädel war nicht mal mehr Jungfrau.« Er, Graelam, hatte damals nur verdattert den Kopf geschüttelt. Der dicke Priester, der bei ihnen war, hatte nichts gesagt. Unter den Kirchenprälaten wurden noch Debatten darüber geführt, ob eine

Frau eine Seele habe oder nicht. Warum, dachte Graelam, komme ich mir dann jetzt so verächtlich wie ein blindwütiges wildes Tier vor?

Warum war ihm, als hätte er etwas Köstliches zerstört, als hätte er mutwillig eine seltene Blume zertreten, bevor sie noch erblüht war?

Langsam wie ein alter Mann stand er auf und brachte seine Kleider in Ordnung. An seinem Glied war Blut. Leise fluchte er.

Blanche lächelte und sagte fröhlich zu Guy, dessen Gesicht wie aus Stein gemeißelt war: »Es ist eine Schande, nicht wahr, Sir Guy?«

»Ich weiß nicht, wovon Ihr sprecht«, sagte er kalt, ohne ihr einen Blick zu gönnen.

Sie lachte. »Ach, wie schade! Dann habt Ihr wohl ihr Geschrei nicht gehört? Seht sie Euch doch jetzt mal an! Der Stolz ist dem eingebildeten kleinen Dummchen gehörig ausgetrieben worden!«

Als Guy Kassia zu Gesicht bekommen hatte, wirkte sie wie betäubt. Ihr Gesicht war wachsbleich. Alle auf der Burg wußten, daß Graelam seine Frau mißbraucht hatte. Die meisten bewahrten ein unbehagliches Schweigen. Sogar der sonst unbeteiligte Verwalter Blount ging mit zornig verkniffenem Mund umher. Klar, daß Blanche entzückt war. Guy hätte sie am liebsten geschüttelt, daß ihr die Zähne im Mund klapperten, und sie dann geküßt, bis sie keine Luft mehr bekam.

»Wie kann man Graelam nur so schnell gegen sich aufbringen!« sagte sie kopfschüttelnd in gespieltem Kummer. Ihr Gewissen beschwichtigte sie damit, daß sie sich immer wieder sagte, sie müsse eben für sich und ihre Kinder sorgen, da es kein anderer tat. Doch begriff sie sich selber nicht. Warum benahm sie sich vor Guy wie eine böse Hexe? Schade, daß er nur ein Ritter ohne Land war! »Ich habe gehört, daß sie ihm kostbaren Stoff aus der Truhe gestohlen hat. Vielleicht schickt er sie jetzt wieder nach Haus, wo sie hingehört. Wirklich, Guy, Ihr wollt sie doch nicht etwa in Schutz nehmen?«

Sie nahm an, sie hätte bei ihm erreicht, was sie wollte. Seine ruhigen Worte überrumpelten sie. »Wißt Ihr, Blanche, ich wäre versucht, Euch zu heiraten. Wenn Ihr meine Frau wärt, würde ich Euch bis zur Bewußtlosigkeit prügeln.«

»Wenn das Mädchen nicht so dumm wäre«, entgegnete sie, »hätte Graelam sie gar nicht geschlagen. Sie hält sich für etwas Besseres als wir alle. Klar, daß sich der Lord so ein Verhalten nicht lange gefallen läßt.«

Guy mußte gegen die Versuchung ankämpfen, Blanche mit Gewalt aus dem Saal zu tragen. Deshalb konzentrierte er sich wieder auf Graelam. Er konnte den Herrn von Wolffeton nicht mehr verstehen. Bis heute hatte sich Graelam stets rücksichtsvoll gegenüber seiner Gattin verhalten. Guy zweifelte nicht daran, daß ihm Kassia während des viertägigen Fortseins gefehlt hatte. Was war nur in den Lord gefahren?

Graelam spießte ein Stück des zarten Fisches aufs Messer und führte es zum Mund. Er spürte genau, unter welch inneren Spannung Kassia stand. Dieses verdammte Weib! Er wollte nicht, daß sie Angst vor ihm hatte. Er wollte sie lieber lachen hören.

Ich habe keine Wahl, dachte indessen Kassia. Ich kann ihn nicht begreifen, muß aber geduldig ertragen, was er mir zufügt. Die Ereignisse dieses Tages hatten alle Hoffnungen zunichte gemacht, die seit ihrer Ankunft in Wolffeton als seine Frau in ihr aufgeblüht waren. Warum hatte er sie zuerst so freundlich behandelt, wenn er die Absicht verfolgt hatte, hinterher zum wilden Tier zu werden? Bald würde sie wieder sein Lager teilen müssen. Würde er sie erneut vergewaltigen?

Gleich darauf fragte sie sich: Wo ist dein Stolz geblieben, du Mädchen ohne Rückgrat? Willst du den Rest deines Lebens in angstvoller Unterwürfigkeit verbringen?

Sie setzte sich aufrecht und hob das Kinn. Dann wandte sie sich an ihren Mann. »Mylord«, sagte sie leise.

Er sah sie so durchdringend an, daß sie all ihren Mut zusammennehmen mußte, um sich nicht feige zu ducken.

»Ja?« sagte er mit unbewegter Miene.

»Ich möchte gern wissen, welche ... Rolle ich auf Wolffeton spielen soll.«

Er sah, wie fest sie seinem Blick begegnete, und freute sich über ihren Trotz. Doch dann sagte er sich wieder: Sie ist ja nur eine Frau, und eine Frau hat neben ihrem Gatten nichts zu sagen. »Deine Rolle«, sagte er ruhig, »besteht darin, mir Vergnügen zu bereiten.«

»Du hast mir gestattet, die Rolle der Burgherrin auf Wolffeton zu spielen. Das sind deine eigenen Worte. Ich weiß, daß ich noch jung bin, Mylord, aber ich habe seit dem Tod meiner Mutter den Haushalt auf Belleterre geführt, und die Burg ist genauso groß wie diese hier. Bereitet es dir Vergnügen, wenn ich Herrin auf Wolffeton bin?«

Er warf einen kurzen Blick auf Blanche, und Wut stieg in ihr auf. Ohne Überlegung sagte sie: »Warum hast du sie nicht geheiratet, Mylord? Warum hast du unsere Ehe nicht annullieren lassen?«

»Du bist die Herrin auf Wolffeton«, sagte er kalt. »Aber du darfst keinen schlecht behandeln, der in einer weniger glücklichen Lage ist als du. Hast du mich verstanden?«

»Ich bin in einer glücklichen Lage?« sagte sie voller Ironie.

»Das reicht, Kassia!« Er packte ihren Arm, und der Mut verließ sie. Dabei wußte sie, daß er sie nicht vor allen Leuten von sich stoßen konnte, nicht vor fünfzig Menschen!

»Wie du wünschst, Mylord«, sagte sie und neigte den Kopf. »Als Herrin von Wolffeton benötige ich aber Mittel, um gewisse Verbesserungen im Haushalt einzuführen.«

»Wir haben keine Mittel«, antwortete er kurzangebunden.

»Bald wirst du den Vertrag mit dem Kaufmann Drieux unterzeichnen. Nach meiner Erfahrung wird dir der Vertrag unmittelbaren Zugang zu Waren ermöglichen.«

»Nach deiner Erfahrung? Eine Frau versteht von solchen Dingen überhaupt nichts. Na schön, ich gestatte dir, mit Blount darüber zu sprechen. Aber, Mylady, du wirst ihm keine Anweisungen geben!«

»Ja, ich verstehe«, sagte sie immer noch mit gesenktem Kopf. »Da er ein Mann ist, ist er mir weit überlegen. Ich soll ihn also nicht mit meinen albernen Fragen und Forderungen belästigen.«

»Du verstehst ganz gut, was ich meine«, entgegnete er scharf. »Hüte also deine spitze Zunge!« Leiser fuhr er fort: »Und nimm dir ein Beispiel an Blanche! Ich finde sie ... ihre Haltung und ihr Benehmen vorbildlich.«

»Wie du wünschst, Mylord. Ich richte mich in allem nach dem, was du sagst, Mylord. Darf ich mich jetzt entschuldigen, Mylord? Ich möchte mich zurückziehen.«

Graelam hörte aus ihren unterwürfigen Worten sehr wohl den Spott heraus. Sie war ganz anders als alle Frauen, die er je gekannt hatte. Ja, sie hatte eine gute Erziehung genossen, und doch hatte er sie grausam mißhandelt. »Du kannst gehen«, sagte er seufzend.

Während Kassia ein Bad nahm, ertrug sie mit Geduld Ettas bekümmerte Miene und ihre gluckenhaften Ratschläge. Doch schließlich wurde es ihr zu viel. »Bitte, hör auf, Etta!«

»Aber, mein Kindchen, du kannst doch deinem Herrn nicht weiterhin Trotz bieten!«

»Soll ich mich vielleicht vor ihm auf den Boden legen und mich als Fußabtreter benutzen lassen?«

»Er ist eben nicht wie dein Vater, mein Kindchen. Er ist ein befehlsgewohnter Mann, ein Mann, er ...

»Sonderbar«, sagte Kassia, »bisher war ich in dem Glauben, er wäre ebenso lieb und nett wie mein Vater. Wie dumm ich war!«

»Du gehörst ihm!«

»Ja, welche Freude, einem Mann zu gehören, der einen haßt!«

Graelam hatte ihre letzten Worte vor der Tür gehört, und sie schnitten ihm ins Herz. Er stieß die Tür auf. Etta warf ihrer Herrin einen flehenden Blick zu und machte, daß sie davonkam. Kassia fühlte sich in ihrem dünnen Nachtgewand und allein mit ihm völlig hilflos.

»Zieh dich nackt aus und geh ins Bett!« sagte er. »Du wirst mich immer nackt im Bett erwarten, außer wenn du deine Tage hast.«

Sie rührte sich nicht. Sie sah sich wieder unter ihm liegen, ihm auf Gedeih und Verderb preisgegeben.

»Ist das so schwer für dich zu verstehen?«

Sie wußte zwar, daß man mit ihm nicht verhandeln konnte. Dennoch sagte sie: »Nur wenn du mir versprichst, mich nicht zu vergewaltigen.«

»Verdammt!« rief er. »Ich nehme dich, wann immer es mir beliebt!«

»Nein!«

Das trotzige kleine Wort hielt ihn einen Moment in Bann. Dann sah er die Tränen in ihren Augen. »Geh zu Bett, Kassia!« sagte er knapp. »Tu, was ich dir gesagt habe!«

»Ich ... ich habe Angst vor dir.«

Es war nur ein Flüstern. Und doch schmerzten ihn die Worte aus unerklärlichem Grunde so sehr, daß er die Augen schloß. Nach einer Weile sagte er: »Ich schwöre dir, ich werde dir keine Gewalt antun.« Damit hatte er ihr nachgegeben. Er gehörte also jetzt selber zu den schwachen Männern, die er sonst verachtete. Deshalb fuhr er fort und war sich seiner grausamen Worte wohl bewußt: »Du bist noch ein Kind und so unerquicklich wie eine Nonne. Es würde mir kein Vergnügen machen, dich wieder zu nehmen. Dir fehlt die Anmut, die Nachgiebigkeit und die Weichheit einer Frau.«

Sie wollte ihn anschreien: *Aber deine Hure Nan, die hat das alles, wie?* Doch sie ging nur schweigend ins Bett, schlüpfte unter die Decken und zog sie sich bis ans Kinn.

Sie hörte ihn im Badezuber herumplanschen. Es stimmt, dachte sie, ich habe den Körper eines Kindes. Würde er mehr Vergnügen an ihr finden, wenn sie so üppig wie Blanche wäre? Einen Augenblick lang ruhte ihre Hand auf ihrem Unterleib. Dann zog sie sie schnell wieder fort. Sie wollte sich nicht dort anfassen, wo er sie berührt hatte.

Dann hörte sie, wie er festen Schrittes auf das Bett zukam. Sie machte sich ganz steif, voller Angst, er würde sein Wort nicht halten.

Aber er unternahm nichts. Lange Minuten lag er regungslos oben auf den Decken. Dann drehte er sich zu ihr um. Erschrocken wimmerte sie leise und wälzte sich ganz auf ihre Seite.

Erst als ihr sein langsames, gleichmäßiges Atmen verriet, daß er eingeschlafen war, beruhigte sich Kassia.

16

»Eure feinen Stiche sind kaum zu sehen«, sagte Blanche. »Ihr näht wirklich besser als ich.«

Kassia sah sie überrascht an. Nach einer Weile sagte sie knapp: »Danke.«

Doch Blanche lächelte sie auf einmal an. »Habt Ihr etwas dagegen, wenn ich mich eine Weile zu Euch setze? Ich muß einen Riß in meinem Rock nähen. Vielleicht kann ich dabei noch etwas von Euch lernen.«

»Was wollt Ihr, Blanche?«

»Ich will, daß wir Freundinnen werden«, sagte Blanche. »Ich weiß, ich habe mich bisher nicht gerade freundschaftlich verhalten.«

Freundschaftlich! Du hast getan, als hätte ich die Pest!

»Die Eifersucht hat mich dazu getrieben. Ich wollte Graelam für mich. Aber dann entschied er sich erst für Joanna und dann für Euch. Ich habe mich schlecht benommen. Jetzt möchte ich Frieden mit Euch schließen.«

Es war nicht so, daß Kassia Langeweile hatte oder sich unnütz fühlte. Aber sie war einsam und schrecklich unglücklich. Die vergangenen anderthalb Wochen waren ihr unendlich lang erschienen, obwohl Blount alle ihre Verbesserungsvorschläge für Wolffeton begeistert aufgenommen und in die Tat umzusetzen begonnen hatte. Graelam war es nicht entgangen, daß der große Saal von jahrelang angehäuftem Schmutz befreit und sauber geschrubbt wurde. Er hatte den Duft des frischen, mit süßem Rosmarin, Lavendel und anderen Kräutern und Blumen gemischten Schilfrohrs geschnuppert. Sie hatte auf ein Wort von ihm gewartet. Aber er hatte nur gebrummt und ihr keinen Blick gegönnt.

»Ihr habt Wunder vollbracht«, sagte Blanche voll des Lobes. »Ich hätte es nie für möglich gehalten, daß Wolffeton so schön werden könnte. Und die Dienerschaft achtet und gehorcht Euch. Wißt Ihr, auch ich wollte einmal Veränderungen einführen, aber man hat mir nicht gefolgt.« Dann fragte sie kleinlaut: »Darf ich Euch beim Kissennähen helfen? Ich kann auch recht gut mit der Nadel umgehen.«

»Ja«, sagte Kassia immer noch mißtrauisch, »wenn Ihr wollt. Wir hätten es dann bald alle bequemer.«

So nähten die beiden Frauen friedlich nebeneinander, bis das Licht schwand. »Nur noch ein paar Minuten«, sagte Kassia, »und ich bin mit diesem Kissen fertig.«

»Ist es für den Lord?« erkundigte sich Blanche.

»Ja«, antwortete Kassia knapp.

Sie zuckte zusammen, als Blanche ihr sanft die Hand tätschelte. »Zwischen Euch wird noch alles gut werden, Kassia. Ihr werdet es sehen. Graelam ist an gut erzogene Damen nicht gewöhnt, aber Eure Fürsorge wird ihn anderen Sinnes werden lassen.«

Kassias Augen schwammen in Tränen. »Vielleicht habt Ihr recht. Ich danke Euch, Blanche, von ganzem Herzen.«

Das rote Samtkissen auf seinem Sessel fiel Graelam sofort auf. Es war dick und weich, mit einer Füllung aus Gänsedaunen, und schön gearbeitet.

»Ich bin schon bei einem zweiten Kissen für deine Lehne«, sagte Kassia.

»Willst du noch mehr Kissen machen? Auch für deinen Sessel?«

»Ja, aber das wird noch einige Wochen in Anspruch nehmen.«

»Der Stoff sieht ziemlich teuer aus. War Blount mit dem Ankauf einverstanden?«

Kassia ärgerte sich über seinen kaum verhüllten Vorwurf. Aber da kam Blount ihr schon zu Hilfe. »Ja, Mylord«, sagte er stolz. »Ich bin mit der Lady einer Meinung. Für Wolffeton ist das Beste gerade gut genug. Mit ihrer Tüchtigkeit hat sie schon viel erreicht.«

Brummend nahm Graelam Platz. »Na ja, besser sieht es wohl aus«, sagte er und griff nach dem Weinkelch.

Auch Blount wurde aus Lord Graelam nicht mehr klug. Er hatte jetzt schon so lange eine finstere Laune, daß alle Diener ihm aus dem Wege gingen. Wenn er zornig herumbrüllte, erstarrte ihnen das Blut in den Adern. Aber wie konnte er seine zärtliche Frau so behandeln wie sein Personal! Blount schüttelte den grauen Kopf und setzte sich zu Sir Guy an den Tisch.

Kassia wartete, bis Graelam mit gutem Appetit gegessen und zwei Kelche Wein getrunken hatte. Dann sagte sie: »Mylord, der Händler Drieux hat mir versichert, daß wir für unsere Wolle Teppiche aus Flandern bekommen können. Ich dachte an karmesinrot. Das paßt gut zu dem Sesselkissen.«

»Teppiche, Mylady?« fragte Graelam. »Gefällt dir Wolffeton so wenig, daß du aus der Burg einen Palast machen willst?«

Dieser verflixte Mann! Kassia wußte wohl, daß Graelam die bequemen und luxuriösen Einrichtungen im Heiligen Land sehr bewundert hatte. Ihr Vater hatte es ihr erzählt.

»Ja«, sagte sie in freundlichem Ton. »Wenn du die Wolle aber nicht dafür weggeben willst, schicke ich eine Botschaft an meinen Vater. Er ist bestimmt gern bereit, Wolffeton zu verschönern.«

Er schlug mit der Faust auf den Tisch, daß das Geschirr klapperte. »Du wirst keine Botschaft an deinen Vater schicken!«

Wie konnte sie es wagen, sein Heim zu kritisieren? In den letzten Tagen hatte sie das kleine Kinn verdammt hochgetragen und ihn mit Nichtachtung gestraft. Nun, sie wußte ja, daß sie nachts vor ihm sicher war. Wie konnte er nur so dumm sein, ihr zu schwören, daß er sie nicht mit Gewalt nehmen würde! Was hatte er ihr damit für eine Macht in die Hand gegeben!

Über den Lärm im Saal hörte er Guy lachend sagen: »Mylord, Ihr seht aus wie ein Mann, der es schön weich unter dem Hintern hat! Werdet Ihr uns geringeren Leuten auch solchen Luxus gönnen?«

Graelam schrie zurück: »Dein Hintern wird höchstens mit der stumpfen Seite meines Schwertes Bekanntschaft machen!«

Diese Bemerkung erregte bei den Männern lautes Gelächter.

Graelam wandte sich wieder seiner Frau zu. Auch sie lachte, und ihre Augen leuchteten. Er folgte ihrem Blick und erstarrte. Sie lächelte tatsächlich in aller Offenheit diesen gutaussehenden jungen Mann an!

»Kassia!«

Das Lachen erstarb auf ihren Lippen. Sie zwang sich, ihn anzusehen.

»Hol deinen Mantel! Ich habe mit dir zu sprechen.«

Sie zögerte. Was hatte er vor? Sie fürchtete sich.

Mit leiser, drohender Stimme fragte er: »Oder möchtest du dich lieber in unserem Zimmer mit mir unterhalten?«

Sie rief die nächststehende Bedienerin an. Es war Nan. Die Angst verlieh ihrer Stimme einen etwas scharfen Ton. »Meinen Mantel, Nan! Er ist in meinem Zimmer.« Dann trank sie zur Beruhigung ihren Weinkelch leer.

»Gehst du immer so streng mit der Dienerschaft um, Mylady? Mit *meiner* Dienerschaft?«

»Du meinst, mit deiner Hure«, sagte sie so leise, daß er es nicht hörte. Dann schüttelte sie mit niedergeschlagenen Augen den Kopf.

Die Hand an ihrem Ellbogen, führte Graelam sie aus dem Saal. Als sie ihm zu langsam ging, riß er an ihrem Arm, und sie stolperte so schnell sie konnte neben ihm her zum Burghof. Es war beinahe Vollmond, und der silberne Mondschein lag auf der Burg.

Sie atmete tief ein. »Wohin gehen wir, Mylord?«

»Auf die Wälle.«

Wollte er sie hinunterstürzen? Sie stellte sich vor, wie sie durch die leere Luft flog und auf dem Pflaster aufprallte. Ihr schauderte.

Als sie am Ostturm waren, blieb Graelam stehen, packte sie an beiden Armen und drehte sie zu sich um.

Langsam fuhr er mit den Händen an ihren Armen herauf. Aus dunklen, brütenden Augen schaute er sie scharf an. Dann packte er sie an der Kehle und drückte ein wenig. »Du wirst mir nicht in die Arme eines anderen Mannes fliehen«, sagte er leise.

»Ich … ich weiß nicht, was du meinst, Mylord«, flüsterte sie.

»Das weißt du nicht, Mylady? Schon das erste Wort, das eine Frau nach der Geburt sprechen lernt, ist eine Lüge. Hör zu, mein Weib!

Ich lasse mich nicht von dir an der Nase herumführen. Ich lasse mich nicht zum Hahnrei machen!«

Kassia sah ihn nur stumm an. Glaubte er wirklich, daß sie sich einen seiner Männer zum Geliebten wählen würde? Das war doch lächerlich! »Darf ich nicht mehr lächeln, Mylord? Darf ich mich nicht mehr mit Blount unterhalten? Bei allen Heiligen, er ist alt genug, um mein Vater sein zu können!«

»Dein verführerisches Lächeln war nicht Blount zugedacht, Mylady. Du läßt sofort von deinen weiblichen Verführungskünsten ab! Du wirst nie im Bett eines anderen Mannes liegen. Und wenn du wünschst, begattet zu werden, dann tu' ich das!«

»Nein!« keuchte sie. »Denk an dein Versprechen!«

»Meinst du, ich lasse es zu, daß Guy deine Gunst genießt, sobald ich dir den Rücken kehre?«

»Guy?« wiederholte sie tonlos.

»Ja. Wie zärtlich du schon seinen Namen aussprichst!«

»Du machst dich ja lächerlich!« zischte sie ihn an.

Graelam riß sie mit einem zornigen Ausruf an sich. Vergebens trommelte sie mit den Fäusten an seine Brust. Er verstärkte einfach den Griff, und ihre Arme pendelten kraftlos herab. Er hielt sie an den Haaren fest und preßte seinen Mund auf ihren. Sie begann zu schluchzen. Mit der Zunge versuchte er, ihre Lippen zu öffnen. Sie sah die Szene vor sich, als er sie gewaltsam genommen hatte. Gehorsam hatte sie die Schmerzen ertragen, ohne sich zu wehren. Diesmal sollte es anders sein. Und wenn er mich auch schlägt, dachte sie. Sie öffnete die Lippen um einen Spalt, und als er die Zunge hineinschob, biß sie kräftig zu.

Wutentbrannt fuhr er zurück. »Du kleines Biest!« keuchte er und faßte sich an den Mund. Dann rüttelte er sie an den Schultern, bis ihr Kopf hin und her flog.

Sie überschüttete ihn mit wilden Vorwürfen. »Du willst mich also wieder dazu zwingen? Mich vergewaltigen? Ich lasse mich von keinem Mann mehr anrühren, hörst du? Von keinem! Ihr seid alle brutale, selbstsüchtige Tiere! Du hast mir mal von Vergnügen gesprochen! Ha, für eine Frau gibt es das nicht. Sie muß still daliegen und eure brünstige Grausamkeit ertragen! Du hast mich immer nur angelogen, Graelam! Ich hasse dich!«

Er hob die Hand. Sie riß sich los und schrie ihn an: »Dann bring mich doch um! Was kümmert es mich?«

Wortlos wandte er sich ab und stieg die Holztreppe zum Burghof hinab. Verdammt noch mal, sie ist doch nur eine Frau, die mir gehört! Sie darf nur tun, was ich ihr gestatte.

Und doch verfolgte ihn ihr stoßweises Schluchzen ...

Kassia zog den Mantel enger um sich und ging zur Burg. Im Burghof standen Graelams Krieger. Sie reckte die Schultern und stieg die Stufen zum großen Saal hinauf, ohne ihre Blicke zu beachten. So kam sie bis ans Schlafzimmer. Aber als sie die Hand auf den mächtigen Bronzehandgriff legte, erstarrte sie plötzlich. Nein, dachte sie wild, er wartet da drin ja nur auf mich. Langsam ging sie zur Spinnstube. Durch die offenen Fenster fiel der Mondschein in die dunkle Kammer. Aus einer Ecke hörte sie ein merkwürdiges Stöhnen.

Und dann sah sie es deutlich. Graelam lag nackt zwischen Nans weißen Schenkeln und stieß zu. Nan stöhnte. Mit den Händen streichelte sie leidenschaftlich seinen Rücken. Dann schloß sie die Beine um ihn.

Kassia stieg die Galle in die Kehle. Ein klagender Laut kam aus ihrem Munde, sie merkte es gar nicht. Sie fuhr herum und rannte aus dem Zimmer.

Graelam war von blinder Wollust getrieben. Er wollte Kassias bleiches, verzweifeltes Gesicht aus dem Gedächtnis verbannen. Dann hörte er den verzerrten Klagelaut, drehte sich um und sah, wie Kassia fluchtartig aus dem Zimmer rannte. Im Nu war er ernüchtert und riß sich von Nans Körper los.

»Mylord«, flüsterte Nan drängend. »Bitte ...«

Ihm war speiübel. Er verfluchte sich selbst. Wie konnte er ein so verfluchter Narr sein! Er stand auf und kleidete sich an.

Kurz darauf riß er die Tür zu ihrem Schlafzimmer auf. Kassia war nicht da. Er rief ihren Namen. Sie war nirgends. Er rannte zu den Ställen. Doch sie konnte ja nicht einfach von Wolffeton wegreiten. Nie würde der Torwart für sie das Fallgitter in die Höhe kurbeln und die Zugbrücke herunterlassen.

Da fiel ihm die Geheimpforte in der Ostmauer ein. Er hatte sie ihr selber gezeigt. Das Blut gefror ihm in den Adern. Ihre Stute Bluebell stand nicht im Stall. Rasch griff er nach den Zügeln Dämons und schwang sich auf den breiten Rücken seines Kampfrosses.

Bald sah er sie vor sich. Sie ritt an den Klippen entlang. Die Stute galoppierte wie wild. Er rief Kassias Namen, doch sie ritt im selben Tempo weiter.

Kassia hörte hinter sich Hufschlag. Sie wußte, Graelam war es, der sie verfolgte. Sie schlug Bluebell die Fersen in die Flanken.

Graelam wollte der Stute in die Zügel greifen. Aber Kassia parierte scharf und trieb ihr Pferd so dicht an den Klippenrand, daß Graelam das Blut stockte. Er jagte neben ihr her, bis sie auf ebenen Grund kamen. Dann riß er Dämon scharf herum, packte Kassia um die Taille und hob sie von Bluebells Rücken. Sie wehrte sich, sträubte sich und schlug aus Leibeskräften mit den Fäusten auf ihn ein. Er brachte Dämon zu jähem Halt, drückte Kassia eng an sich und sprang mit ihr ab.

»Du kleines Dummchen!« flüsterte er. »Bei allen Heiligen, du hättest dich beinahe umgebracht!«

»Was kümmert es mich?«

Dann hob sie den Fuß und trat ihm vors Schienbein. Er war völlig überrumpelt und stöhnte vor Schmerz auf.

Leise und mit gefährlicher Ruhe warnte er sie: »Du forderst das Schicksal heraus! Hast du wirklich gedacht, du könntest mir entfliehen? Ganz allein? Du mußt den Verstand verloren haben!«

Kassia zuckte die Achseln. »Was sollte mir denn schon geschehen, Mylord? Vielleicht wäre ich von Räubern gefangen worden. Und was hätten sie mir tun können? Mich schlagen? Mich vergewaltigen? Mir die Kehle durchschneiden?«

»Du hast mich in der Spinnstube gesehen.«

»Ja, ich habe dich gesehen.« Mit tödlicher Ruhe fuhr sie fort: »Entschuldige, daß ich dich beim ... Vergnügen gestört habe. Wenigstens hast du es nicht bei mir versucht.«

»Du ... hattest mich wütend gemacht«, sagte er.

»Willst du mich nach Haus schicken, Mylord? Nach Belleterre zurück? Sei unbesorgt! Es bleibt dein Erbe. Mein Vater würde euer Abkommen nie brechen.«

»Nein, ich schicke dich nicht zurück.«

»Warum denn nicht? Du hast doch gar nichts für mich übrig.«

»Du gehörst mir«, sagte er ganz leise. »Und ich verzichte nie auf etwas, das mir gehört. Versuche nie wieder zu fliehen, Kassia, sonst schließe ich dich ein!«

Unversehens trat ihr wieder das Bild vor die Augen, wie Graelam in Nan hineinstieß, und die Wut schnürte ihr die Kehle zu. Sie hob die Hand und schlug ihn, so hart sie konnte, ins Gesicht. »Jetzt kannst du mich umbringen oder gehen lassen!« rief sie haßerfüllt.

Noch nie hatte ihn eine Frau geschlagen. Einmal hatte es vor langer Zeit ein Mann getan und es mit raschem Tod gebüßt. Er konnte sie mit einem einzigen Schlag töten, so zierlich und zerbrechlich war sie. Nach einer Weile sagte er sehr leise: »Du wirst schon noch nachgeben. Ja, du wirst mir nachgeben, denn ich bin dein Gatte und Herr.« Dann nahm er ihren Arm. »Komm, Kassia!«

Ihr blieb nichts anderes übrig, als ihm zu folgen.

Während sie nebeneinander nach Wolffeton zurückritten, merkte sie, wie Zorn und Schock allmählich nachließen. Sie konnte wieder klar denken. Lieber Gott, was hatte sie getan? Sie wollte keine Gefangene sein. Sie wollte nicht geschlagen werden.

»Was willst du tun?«

Er hörte die Angst heraus. Sie wird mir nachgeben, dachte er. Aber es war ihm nicht recht, daß sie Angst vor ihm hatte.

Er sprach kein Wort mehr. Als sie in den inneren Burghof einritten, kam ihnen Guy mit besorgter Miene entgegen. Graelam sah, wie er seine Frau mit zärtlichem Ausdruck anblickte, und wieder stieg der Zorn in ihm auf.

»Meine Frau hatte Lust auf einen Mitternachtsausritt«, sagte er kurz. Er hob Kassia von Bluebells Rücken und führte sie in die Burg.

Blanche sah, wie er Kassia zur Treppe zog. Sie stand in einer dunklen Ecke des Saals verborgen, und ein dünnes Lächeln kräuselte ihre Lippen. Bald, dachte sie. Sehr bald.

17

Graelam stand mit gekreuzten Armen an der Schlafzimmertür und sah zu, wie Kassia langsam zu seinem Stuhl ging und sich auf den Rand setzte. Plötzlich fragte er: »Warum bist du von mir weggerannt? Warum?«

»Ich ... ich weiß es nicht«, antwortete sie nach einiger Zeit.

Seine dunklen Augen blitzten. »Könnte es sein, meine Gattin«, sagte er leise und langsam, »daß du eifersüchtig warst? Nan ist ein hübsches Mädchen und findet Vergnügen an Männern.«

Ihr Kopf fuhr hoch.

»Ja, du warst eifersüchtig«, sagte er, diesmal noch leiser.

»Eifersüchtig, weil mein Mann eine andere Frau begattet? Nein,

Mylord. Wenn es dir nicht beliebt, dein Ehegelöbnis einzuhalten, wer bin ich, daß ich dir das verbieten könnte?«

»Warum bist du dann von mir weggerannt?«

»Weil ich ... weil ich nicht mehr hierbleiben wollte«, sagte sie. Er las ihr von den Augen ab, daß sie log – das war ihr klar.

»Ach, Kassia«, sagte er und kam auf sie zu. »Langsam erschöpfst du meine Geduld.« Er sah, wie ihre Augen sich verdunkelten. Nachdenklich strich er sich über das Kinn. »Du bist ein sonderbares kleines Ding. Du schlägst mich, du beschimpfst mich, und doch zitterst du vor Angst vor mir. Und du belügst mich. Komm her, Kassia!«

Langsam stand sie auf und ging auf ihn zu. Sie haßte sich selbst, daß sie so feige war.

»Sieh mich an!« sagte er.

Sie gehorchte.

»Nun hör gut zu, mein Weib, denn ich sage es dir nicht noch einmal! Du wirst keinen Mann mehr verführerisch anlächeln. Du wirst dich von Sir Guy fernhalten – und auch von allen anderen Männern. Und wenn du noch einmal so etwas Dummes tust, wenn du noch einmal von mir wegzurennen versuchst, dann werde ich dich wie eine schlecht eingerittene Stute behandeln. Hast du mich verstanden, Weib?«

»Ich habe dich verstanden«, flüsterte sie.

»Ja? Wirklich? Ich bin nicht sicher. Deinen Vater hast du um den kleinen Finger wickeln können, nicht wahr? Er war von dir so angetan, daß er nicht einmal gemerkt hat, welche Macht du über ihn hattest. Bei mir ist das anders. Wenn du noch einmal einen Fluchtversuch machst, binde ich dich an mein Bett. Dann spreize ich dir die Beine und gebrauche dich, bis ich von deinem mageren Körper genug habe. Verstehst du jetzt?«

»Ja, ich verstehe«, flüsterte sie wieder.

»Gut.« In aller Ruhe legte er die Kleider ab, ging nackt zur Tür, öffnete sie und rief: »Evian!«

Der kleine Knabe fuhr in die Höhe. »Ja, Mylord?«

»Hol mir einen Kelch Wein, Junge!«

Graelam drehte sich um. »Du willst deinen Mann nicht ansehen?«

»Ich sehe dich ja an«, sagte sie.

»Und du spürst nichts zwischen deinen Beinen, Mylady, du hast nicht den Wunsch, mit deinem Mann das Lager zu teilen?«

»Soll ich dir Nan holen, Mylord?« fragte sie kalt. »Du scheinst aber noch nicht für sie bereit zu sein. Vielleicht hilft der Wein.«

»Wein, Mylady, hat diese Wirkung nicht. Ein betrunkener Ehemann ist ein impotenter Ehemann. Das wäre dir wohl lieber, was?«

»Wenn du erlaubst, Mylord, lasse ich dir ein Faß aus Belleterre schicken.«

Er lachte laut mit zurückgeworfenem Kopf. »Du gibst nicht auf, wie? Ah, mein Wein! Danke, Junge. Geh jetzt wieder schlafen!« Mit der Ferse drückte er die Tür zu, goß den Wein hinunter, ging zum Bett, legte sich auf den Rücken und richtete den Blick seiner dunklen Augen auf sie. »Laß uns erproben, wie stark der Wein ist! Zieh dich aus! Dann werden wir es sehen.«

Sie schüttelte stumm den Kopf.

»Du hast wieder Angst vor mir?«

Sie nickte. Sie haßte sich selbst, und sie haßte ihn.

»Sehr gut. Blas die Kerzen aus, wenn du dich schämst! Ich sage es dir nicht noch einmal, Kassia.«

Sie beeilte sich, die Kerzen auszupusten. Verstohlen blickte sie zu den ungeschützten Fenstern. Der Mondschein flutete ins Zimmer. Sie nahm ihr Nachtgewand und zog sich in die äußerste Zimmerecke zurück. Ungeschickt hantierte sie an den Knöpfen. Sie wurde nicht klug aus ihm.

»Kassia, ich warte auf dich.«

Bei diesen Worten überlief sie ein Schauer. Er wußte, daß sie Angst vor ihm hatte und gegen ihn hilflos war. Sie schlüpfte unter die Bettdecken und lag ganz still.

»Komm zu mir!«

Seine Stimme war sanft, fast lockend. So hatte er damals mit ihr gesprochen, als sie nach Wolffeton gekommen war.

Widerwillig drehte sie sich zu ihm um und flüsterte: »Bitte nicht.«

Er schloß sie in die Arme und zog sie an sich. Er spürte ihre nervöse Spannung, hörte ihre kurzen, schnellen Atemzüge. Sie versuchte, ihre Angst zu überwinden.

Wenn ich sie jetzt haben will, dachte er, brauche ich ihr nur das Gewand zu zerreißen und sie zu nehmen. Das Versprechen, das man einer Frau gibt, zählt nicht. Er strich ihr langsam über die knochigen Schultern. Unter seinen kundigen Fingern löste sich die Spannung ihrer Muskeln. Lächelnd dachte er an das Versprechen, das er ihr gegeben hatte. Nein, er würde sie nicht wieder mit Gewalt nehmen. Er würde sie dazu bringen, daß sie ihn anflehte, sich ihrer zu bemächtigen.

Er streichelte sie so lange, bis er hörte, daß ihr Herz langsamer schlug und ihr Atem gleichmäßig ging. Sie war eingeschlafen.

Er drehte sich zu ihrer Seite und lächelte finster. Dann zwang er sich zum Schlaf.

Als er am nächsten Morgen aufwachte, lag Kassia in seinen Armen, einen schlanken Schenkel zwischen seinen Beinen, die Wange in seiner Halsbeuge. Langsam fuhr er mit der Hand unter ihr Nachtgewand und begann ihr Gesäß zu streicheln. Ihre Haut ist wie Seide, dachte er.

Schon reagierte sein Körper. Sie hatte die Beine leicht gespreizt. Das machte es ihm leichter. Seine Finger suchten ihre weiche Wärme, genossen das Gefühl ihrer zarten Weiblichkeit.

Nun liebkoste er sie dort mit rhythmischem Streicheln. Sie seufzte im Schlaf leise auf, drängte sich an ihn, und ihr Arm drückte sich fester an seine Brust.

Dann begann sie zu stöhnen, und dieser tiefe, schmerzende Laut aus ihrer Kehle weckte sie. Wärme umgab sie, und im Schoß verspürte sie ein prickelndes Gefühl. Ein rauher Atemzug an ihrer Schläfe: Graelam!

»Pst«, sagte er leise. Wie eine Feder so leicht streiften seine Lippen ihr Ohr.

In ihrem Schoß brannte es, und unwillkürlich drängte sie ihn an seine suchenden Finger.

»Das gefällt dir, nicht wahr, Kassia?«

Sie stöhnte auf und klammerte sich an ihn.

Plötzlich waren die Finger nicht mehr da. Er hatte sie im Stich gelassen. Verständnislos sah sie, wie er aufstand und auf sie herabsah. Sie starrte ihn an. Ihr Körper verlangte nach ihm, sie zitterte vor Begierde. Dann plötzlich begriff sie, was er getan hatte, und auch, warum.

»Ja«, sagte er, und der Blick seiner dunklen Augen ließ sie nicht los, »wirst du mich jetzt anbetteln, dich zu nehmen, meine Gattin? Du weißt, du mußt mich anflehen.«

»Ich hasse dich«, flüsterte sie.

Er warf den Kopf zurück und lachte herzlich.

Sie fühlte sich so erniedrigt, daß sie jede Beherrschung verlor. Ungeachtet ihrer Nacktheit sprang sie aus dem Bett, stürzte sich auf ihn und trommelte mit den Fäusten an seine Brust.

Mühelos fing er ihre Hände ein. Flüsternd verhöhnte er sie: »Du mußt mich bei Gelegenheit daran erinnern, daß ich dir sage, wo man einem Mann weh tun kann, Kassia!«

»Ich hasse dich!« schrie sie ihn an. »Du bist grausam, du bist ein Tier! Ich werde dir weh tun!«

»O nein, mein Weib. Ein Besitzstück kann seinem Herrn nichts antun.« Und mit kalter, gleichgültiger Stimme ordnete er an: »Ich will jetzt frühstücken. Zieh dich an und kümmere dich darum!«

Kassia machte einen Ausritt mit Blanche. Unterwegs zwang sie sich verzweifelt, heiter zu erscheinen, und plapperte munter drauflos. Bis sie Blanches mitleidsvolle Miene sah. Von da an schwieg sie.

Blanche ist ein Segen für mich, dachte Kassia, auch wenn ich nicht weiß, was diesen Wechsel in ihrer Einstellung verursacht hat. Für die Idee des morgendlichen Ausritts war sie ihr aufrichtig dankbar. Sie wollte nichts als weg von Wolffeton, und sei es auch nur für kurze Zeit.

Schließlich brach Kassia ihr Schweigen. »Evian ist ein netter Junge«, sagte sie. »Jetzt haben ihn die Männer unter ihre Fittiche genommen.«

»Er verehrt Graelam«, sagte Blanche. »Es ist ein herrlicher Morgen, nicht wahr? Und das Meer ist so still. Es erinnert mich an poliertes Glas.«

»Ja«, sagte Kassia knapp. »Laß uns weiter ostwärts reiten! Wir sind immer noch auf Wolffeton-Land. Hier kann uns niemand gefährlich werden.«

»Ich mache mir nur Gedanken, weil wir ohne Erlaubnis deines Gatten weggeritten sind. Ich möchte ihn nicht erzürnen.«

Er ist immer zornig, ganz gleich, was ich tue, dachte Kassia düster.

Dienwald de Fortenberry saß lässig auf seinem Zelter und beobachtete mit Ruhe die beiden näherkommenden Reiterinnen. Blanche hatte er gleich erkannt. Jetzt war seine Aufmerksamkeit auf die andere gerichtet. Sie trug einen weiten Mantel. Eine Kapuze bedeckte ihr Haar.

Kein Mann, der für seine Frau etwas übrig hatte, würde sie ohne

Begleitschutz ausreiten lassen, auch nicht auf seinem eigenen Gebiet. Aber Blanche hatte ihm erklärt, daß sie ein zänkisches Weib sei, verzogen und mürrisch. Lord Graelam würde froh sein, sie loszuwerden. Man habe ihn durch eine List zur Heirat verlockt und ihn gezwungen, die Ehe anzuerkennen. Ich werde das Spiel nach Blanches Regeln spielen, dachte Dienwald.

Einige Minuten später winkte er seinen beiden Männern. Sie lösten sich aus der Deckung unter den Bäumen und ritten den beiden Frauen entgegen.

Kassia sah die Männer kommen und war einen Augenblick lang beunruhigt. Als der Mann an der Spitze, der vornehm gekleidet war, ihnen zuwinkte, brachte sie Bluebell zum Stehen.

Jetzt kam er ihnen näher, und sie erkannte, daß sie sich geirrt hatte. Aus seinen schmalen Augen sprach ein grausamer Charakter. »Blanche!« rief sie krächzend. »Wir müssen fliehen!«

Sie riß Bluebell herum und grub der Stute die Hacken in die Weichen. Wie konnte sie nur so eine Dummheit begehen? Ohne Begleitschutz auszureiten!

Dann sah sie einen Schatten neben sich. Sie wollte mit Bluebell zur anderen Seite ausbrechen, aber dort ritt Blanche dicht neben ihr. Der Mann packte sie um den Leib und hob sie mühelos aus dem Sattel. Sie schrie, wehrte sich, trat um sich und fuchtelte mit den Händen vor seinem Gesicht herum. »Halt, Mylady!« sagte er und schüttelte sie. »Wenn Ihr nicht aufhört, Euch zu sträuben, lege ich Euch mit dem Gesicht nach unten auf den Sattel.«

Kassia stellte ihre Gegenwehr ein. Sie sah, wie die beiden anderen Männer Blanche bedrängten.

Der Mann, der sie gefangenhielt, riß sein Pferd herum und schrie den beiden anderen zu, Blanche zu ihm zu bringen.

»Wer seid Ihr? Was wollt Ihr von mir?«

Dienwald antwortete nicht, sondern spornte sein Pferd nur zu größerem Tempo an. Zwanzig Minuten lang ritten sie weiter ostwärts. Dann gebot er seinen Männern zu halten. Kassia war starr vor Angst.

Er sprang mit ihr in den Armen aus dem Sattel, als wöge sie nicht mehr als eine Feder, und half ihr dann auf die Beine. »Ihr bleibt hier, Mylady«, sagte er in scharfem, kaltem Ton. »Wenn Ihr auszurücken versucht, schlage ich Euch, bis Ihr bewußtlos seid.«

Dienwald beobachtete sie scharf. Aus ihrem Gesicht war alle

Farbe gewichen. Sie würde tun, was er verlangte, ganz sicher. »Wie heißt diese Frau?«

»Blanche de Cormont. Bitte, tut ihr nichts zuleide!«

»Lady Blanche!« rief er, bedeutete den beiden Männern, auf Kassia zu achten, und ging auf Blanche zu. »Kommt!« sagte er zu ihr.

Er packte sie rauh am Arm und führte sie in ein dichtes Eichengehölz.

»Gut gemacht, Mylord«, sagte Blanche kurz. Dann zog sie einen Lederbeutel aus der Manteltasche. Behutsam öffnete sie ihn und holte eine schwere, fremdländisch wirkende Halskette aus dickem, gehämmertem Gold hervor. Beim Anblick der Diamanten und Rubine funkelten Dienwalds Augen.

»Ein schönes Stück, nicht wahr? Dafür lohnt es sich schon, sie in die Bretagne zu bringen.«

»Lord Graelam hat es aus dem Heiligen Land mitgebracht?«

»Ja. Aber Ihr, Mylord, und ich haben nichts zu befürchten. Lord Graelam wird annehmen, daß seine Frau es ihm vor ihrer Flucht entwendet hat.«

Dienwald hob den Blick von der herrlichen Halskette. »Aber wird er nicht gerade deshalb nach ihr suchen, weil die Kette so wertvoll ist?« fragte er bedächtig. »Nur um die Kette zurückzubekommen? Ich würde es jedenfalls an seiner Stelle so machen.«

Blanche lächelte überlegen. »Es wird einige Tage dauern, bis er den Verlust überhaupt bemerkt. Und dann ist es schon zu spät. Mit großer Wahrscheinlichkeit wird er sie für tot halten, ermordet von ihren ... Helfershelfern. Oder er nimmt an, daß sie zu ihrem Vater in die Bretagne zurückgekehrt ist. In diesem Fall kann er sich denken, daß sie die Halskette schon längst irgendwo eingetauscht hat.«

»Ihr habt Euch das alles gut überlegt, Mylady.« Vorsichtig ließ er die Kette samt Lederbeutel in seinem Waffenrock verschwinden. Mit einem Blick auf Kassia fügte er hinzu: »Komisch, das kleine Hühnchen hatte Angst um Euch.«

Blanche lachte. Lächerlich, sagte sie sich, deshalb wieder Schuldgefühle zu haben. Das Mädchen war viel besser dran, wenn sie wieder bei ihrem Vater war. Graelam hatte ihr das Leben ja zur Hölle gemacht. Sie, Blanche, hatte ihr im Grunde einen Gefallen getan. Laut sagte sie: »Das kommt, weil Kassia mich für ihre Freundin hält. Ihr werdet bald merken, wie dumm sie ist. Aber Ihr dürft Ihr nichts zuleide tun. Ihr müßt sie dem liebenden Vater zurückbringen. Es hätte keinen Sinn, sie zu töten oder ihr Schaden zuzufügen.«

Dienwald lächelte. »Habt Ihr keine Angst, daß Graelam in die Bretagne reisen wird, um sie zurückzuholen? Kann ja sein, daß er dann ihrer Entführungsgeschichte Glauben schenkt.«

»Nein. Dafür kenne ich ihn zu gut. Sein Stolz läßt es nicht zu, daß er ihr nachläuft. Und natürlich werdet Ihr, Mylord, nicht so ... leichtsinnig sein, ihr zu sagen, wer Ihr seid.«

»Nein, bestimmt nicht, Blanche. Aber wenn ihr Vater sie zwingt, nach Wolffeton zurückzukehren? Würde das nicht einen Strich durch Eure Pläne machen?«

»Ich glaube kaum, daß ihr Vater sie dazu zwingen wird. Doch in jedem Fall wird viel Zeit vergehen, bis Graelam erfährt, daß sie in der Bretagne ist. Im übrigen kann er sie nicht ausstehen. Er behandelt sie wie den letzten Dienstboten. Wenn er hört, daß sie noch am Leben ist, wird er die Ehe mit Hilfe des Herzogs von Cornwall annullieren lassen.«

»Und dann werdet Ihr ihn heiraten?«

»Selbstverständlich.«

»Und was erzählt Ihr Lord Graelam, wenn Ihr wieder auf Wolffeton seid? Ich habe nämlich kein Interesse daran, daß mir der mächtige Graelam de Moreton durch die Nachlässigkeit einer Frau auf die Schliche kommt.«

»Ich sage ihm, seine Frau hätte zwei Männer gekauft, die ihr die Flucht ermöglichten. Sie scheute aber davor zurück, mich töten zu lassen. Deshalb befahl sie, mich gefesselt am Wege liegen zu lassen.«

»Ich verstehe. Es gelang Euch dann, Euch von den Fesseln zu befreien. Und jetzt empfehle ich Euch, Mylady, laut zu schreien. Nur wegen des kleinen Hühnchens. Tut es nur! Man weiß ja nie.«

Kassia hörte Blanches verzweifelte Schreie. »Nein!« rief sie. Einer der Männer packte sie und brachte sie zum Schweigen.

Einige Minuten später kam der Anführer zurück. Unterwegs brachte er seine Kleidung wieder in Ordnung. Sie erbleichte. Vor ihr blieb er stehen.

»Du ... dreckiges Tier! Wie konntest du einer hilflosen Frau so etwas antun!« Und sie versuchte sich zu befreien.

»Vielleicht solltet Ihr lieber an Euch denken.«

Erstaunt blickte Kassia ihn an. Auf den ersten Blick hatte sie ihn für einen grausamen Menschen gehalten. Jetzt war sie im Zweifel. Seine Haare, Brauen und auch die Augen hatten die Farbe des grobkörnigen graubraunen Sandes am Strand. Über der starken Nase zogen sich Sommersprossen hin. Er war kräftig gebaut, wenn auch nicht so groß wie Graelam.

»Was habt Ihr mit Blanche gemacht?« fragte sie im Flüsterton.

»Ich habe sie vergewaltigt und sie dann gehen lassen«, sagte er in aller Ruhe.

»Und was wollt Ihr mit mir machen?«

»Das wird sich finden, kleines Hühnchen«, sagte Dienwald. Dieses klägliche kleine Ding wollte ihm Trotz bieten! Es war ihr elend mißlungen. Er fühlte geradezu Mitleid mit ihr, ein ungewohntes Gefühl für ihn. »Kommt, wir reiten jetzt ... Nein, nicht auf Eurer Stute. Ich nehme Euch vor mir aufs Pferd.«

Er wird mich auch vergewaltigen, dachte sie. Aber was machte das noch aus!

Sie wehrte sich nicht, als er sie auf sein Pferd hob. So ritten sie schweigend mehr als eine Stunde. Schließlich fragte ihn Kassia: »Wer seid Ihr?«

»Ihr könnt Edmund zu mir sagen«, antwortete er unverbindlich. »Und ich sage Kassia zu Euch. So heißt Ihr doch, nicht wahr?«

Sie nickte, und er fühlte ihre weichen Locken an seinem Kinn. Nicht einmal hatte sie ihren mächtigen Ehemann erwähnt. Es stimmte also, was Blanche gesagt hatte. Graelam verachtete seine Frau, und sie wußte es.

Plötzlich fragte er: »War Euer Gatte denn nicht bei Euch? Es ist sehr unklug von zwei Frauen, allein durchs Land zu reiten.«

»Mein Gatte hat von unserem Ausritt nichts gewußt. Es war mein Fehler. Aber wir sind immer noch auf seinem Gebiet. Ich hätte nicht gedacht, daß jemand wagen würde ...«

»Da habt Ihr Euch eben geirrt«, sagte Dienwald trocken. »Ihr habt noch ein ziemlich kindliches Gemüt, nicht wahr? Und außerdem seid ihr zänkisch veranlagt?«

»Zänkisch«, wiederholte sie tonlos. Nach einem langen Seufzer fuhr sie fort: »Vielleicht. Mein Gatte bringt mich manchmal zur Weißglut. Leider kann ich mich dann nicht beherrschen und zahle es ihm mit scharfen Worten zurück.« Warum nur redete sie mit ihm, als wäre er seit Lebzeiten ihr Vertrauter? Es war Idiotie. Sie war eine Idiotin. Zwei Tränen rannen ihr über die Wangen.

»Hört auf!« fuhr Dienwald sie an. »Ich habe Euch keine Veranlassung gegeben zu weinen.«

»Entschuldigt«, sagte sie, »aber ich habe Angst. Wollt Ihr mir nicht sagen, wo Ihr mich hinbringt?«

»Nein. Und Ihr haltet jetzt besser den Mund, Mylady. Wir müssen noch eine weite Strecke reiten, bevor wir Nachtruhe halten können.« Dabei legte sich sein Arm wie beschützend um ihren schlanken Leib. Es fiel ihr auf, daß er sich viel freundlicher benahm, als es seinen barschen Worten entsprach. »Ihr seid müde. Schlaft jetzt!«

Sie war später selber überrascht, daß sie, an Dienwalds Brust gelehnt, tatsächlich schlafen konnte. Er hörte ihre leisen, regelmäßigen Atemzüge, und auf einmal regten sich in ihm Gefühle, die er seit Jahren nicht mehr gekannt hatte.

Sie erwachte mit einem kleinen Aufschrei und sträubte sich kurze Zeit gegen ihn, bis er sagte: »Ich werde Euch nicht weh tun, kleines Hühnchen. Wir halten gleich für die Nacht.«

»Warum sagt Ihr ›kleines Hühnchen‹ zu mir?«

Er fuhr ihr kurz durch die Locken. »Weil Euer Haar so weich wie Daunen ist und Ihr so zart und warm seid.«

Kassia wunderte sich immer mehr. Er verhielt sich nicht wie ein Bösewicht, obwohl er einer war.

Einige Minuten später gebot Dienwald Halt. Seine beiden Männer schickte er auf die Jagd, damit sie etwas zum Abendessen hatten. Kassia wies er Platz unter einem Baum an. Sie solle sich ruhig verhalten. »Der Ritt war lang. Jetzt könnt Ihr Euch ausruhen.« Seine Augen wurden schmal und bekamen wieder den Ausdruck der Grausamkeit. »Versucht nicht zu fliehen, sonst geht es Euch schlecht!«

Sie glaubte ihm jedes Wort, so wie sie einmal Graelam geglaubt hatte.

Nun dauerte es nicht mehr lange, bis sie Ned, einem drahtigen kleinen Mann, der so grimmig aussah wie der Teufel in ihren Kindheitsträumen, beim Abhäuten und Ausnehmen der erlegten Kaninchen behilflich war. Erstaunt blickte sie ihn an, als er mit sanfter Stimme zu ihr sagte: »Nein, Mädel, so spießt man ein Tier nicht auf. Hier, so macht man das!«

Der Geruch der gebratenen Kaninchen stieg ihr in die Nase, und sogleich knurrte ihr der Magen. Sie beruhigte sich: Was die Männer mit ihr vorhatten, würden sie auf jeden Fall tun. Es stand nicht in ihrer Macht, sie daran zu hindern.

»Eßt, kleines Hühnchen!« sagte Dienwald und reichte ihr ein schönes Fleischstück. Später ließ er sie einen Augenblick allein, nicht ohne ihr einen drohenden Blick zuzuwerfen, und besprach sich mit seinen Männern. Die beiden entfernten sich dann, wohl um Posten in der Nähe des kleinen Lagers zu beziehen. Es war ein warmer Abend, und der Himmel war klar. Kassia wartete.

Plötzlich stand Dienwald vor ihr, die Hände in die schlanken Hüften gestützt. »Na, kleines Hühnchen, meint Ihr nicht auch, es wird Zeit, daß ich Euch vergewaltige?«

18

Aus weitgeöffneten Augen schaute sie zu ihm auf. »Ich wünschte, Ihr würdet es nicht tun«, sagte sie.

»Was soll ich dann mit Euch machen?« fragte er ärgerlich.

»Ich weiß es nicht.«

Er blickte in das erlöschende Feuer und sagte: »Ich auch nicht.« Dann sah er sie an. »Wie kommt es, daß Ihr Graelam de Moreton geheiratet habt?«

Warum sollte sie es ihm nicht sagen? »Er wollte mich gar nicht. Mein Vater hat ihn ... dazu überredet.«

Dienwald horchte auf. In diesem Punkt hatte ihm Blanche jedenfalls die Wahrheit gesagt. »Ein Mann wie Graelam läßt sich nicht so leicht überreden.«

»Das hört sich so an, als ob Ihr meinen Gatten kennt.«

Kühl erwiderte Dienwald: »Wollen mal sagen, daß ich einen gesunden Respekt vor de Moreton habe. Aber erzählt weiter!«

»Ihr habt recht. Seit ich ihn besser kenne, frage ich mich auch, wie mein Vater das bei ihm erreicht hat. Aber Ihr müßt wissen, ich war damals sterbenskrank und habe überhaupt keine Erinnerung an die Hochzeit.«

Sie sagte ihm alles, was ihr Vater ihr erzählt hatte. Sie schloß mit leiser Bitterkeit: »Damals dachte ich, er könnte vielleicht etwas für mich übrig haben. Nur ein ganz kleines bißchen, versteht Ihr? Aber da habe ich mich geirrt. Wahrscheinlich bin ich zu dumm, um seine Gründe zu verstehen.«

»Ihr seid doch nicht dumm!« sagte er scharf. »Ihr wollt mir erzählen, daß er dem Herzog von Cornwall den Wunsch abschlug, die Ehe annullieren zu lassen?«

»Ja. Allmählich glaube ich, er hat mich nur deshalb geduldet, weil er meinen Vater gut leiden kann. Und natürlich auch wegen Belleterre. Mein Vater hat ihn nämlich zum Erben eingesetzt, und Belleterre ist eine sehr reiche Besitzung.«

»Belleterre würde er auch erben, wenn er Euch verstoßen hätte. Zumindest könnte er mit Eurem Vater und Eurem habgierigen Vetter um den Besitz kämpfen.«

»Wahrscheinlich habt Ihr recht«, sagte Kassia nachdenklich. »Edmund, sagt, habt Ihr mich entführt, um ein Lösegeld herauszupressen?«

»Und wenn?« erwiderte er ruhig.

Sie zuckte die Achseln. »Ich wollte es nur wissen. Ich weiß aber nicht, was Graelam tun wird.«

Beim Zerberus, dem Höllenhund, sie war wirklich ein kleines Hühnchen! So unschuldig und vertrauensvoll wie ein Kind. Er hatte daran gedacht, sie zu vergewaltigen – welcher Mann hätte das nicht? Er hatte sogar erwogen, sie bei sich zu behalten, bis er ihrer überdrüssig werden würde, ja, sie vielleicht zu töten, um die Kosten einer Reise zur Bretagne zu sparen. Doch sie hatte Beschützerinstinkte in ihm geweckt. Und das beunruhigte ihn. »Ich bin Eures Geplappers müde.«

Sie zuckte zusammen, so barsch hatte er gesprochen, und er kam sich vor wie ein Mann, der ein kleines Tier getreten hat.

Er warf ihr eine Decke zu und begab sich zur anderen Seite des Lagerfeuers.

Sie wickelte sich in die Decke ein und rollte sich zusammen. Vielleicht würde er sie doch noch vergewaltigen. Vielleicht war seine angebliche Freundlichkeit nur ein Trick. Würde sie die Männer je begreifen können? Ihr letzter Gedanke vor dem Einschlafen war, daß es zwischen ihrem Vater und Graelam zu einer blutigen Schlacht um den Besitz von Belleterre kommen würde.

Am nächsten Morgen bekam sie von Dienwald ein trockenes Stück Brot. Sie kaute darauf herum und wünschte, sie hätte einen Krug Milch dazu. Seit sie bei Tagesanbruch erwacht war, litt sie wieder unter furchtbarer Angst.

»Was wollt Ihr mit mir machen?« fragte sie ihn.

»Das sage ich Euch unterwegs«, erwiderte er.

Dienwald saß auf, und Ned hob sie zu ihm in die Arme. Sie richtete sich ein, so gut es ging, und wartete, daß er weitersprach.

»Warum laßt Ihr mich nicht meine Stute reiten?« fragte sie schließlich. »Ich kann Euch ja nicht entfliehen.«

»Ich weiß.«

»Bitte, Edmund, sagt mir, was Ihr mit mir vorhabt! Ich habe solche Angst.«

»Kassia, wenn ich Euch die Wahl ließe, wo würdet Ihr hingehen: zu Eurem Vater in die Bretagne oder zu Eurem Gatten nach Wolffeton?«

»Wenn Ihr wissen wollt, wer das höhere Lösegeld zahlen würde, muß ich Euch sagen, ich weiß es nicht.«

»Das habe ich nicht gesagt. Beantwortet meine Frage!«

Sie seufzte. »Ich kann nicht zulassen, daß Graelam Anspruch auf Belleterre erhebt und gegen meinen Vater kämpft. Wenn Ihr mir die Wahl ließet, würde ich nach Wolffeton zurückkehren. Da gehöre ich hin.«

»Habt Ihr Euren Gatten gern?«

Dienwald erwartete ein leidenschaftliches Nein.

Lange Zeit schwieg sie. Sie dachte, wie zuvorkommend Graelam sie aufgenommen hatte, als sie zu ihm nach Wolffeton gekommen war. Mit welcher Behutsamkeit er sich zu ihr ins Bett gelegt hatte. An seine Besorgnis, er könne ihr weh tun. Warum verachtete er sie jetzt so? Was hatte sie ihm getan?

»Ich bin zu dumm«, sagte sie mit erstickter Stimme.

Plötzlich richtete Kassia sich in seinen Armen auf. »Edmund, Ihr reitet in die falsche Richtung! Wir sind wieder auf Wolffeton-Gebiet!«

»Ich weiß, kleines Hühnchen. Wir sind aber noch mehrere Stunden von Lord Graelams Burg entfernt. Schlaft jetzt! Ihr werdet Eure ganze Kraft nötig haben.«

»Ich werde die Männer nie verstehen«, sagte sie.

»Vielleicht nicht«, sagte er leise. »Aber deshalb braucht Ihr Euch nicht zu ändern. Ihr dürft Euch nicht ändern!«

Sie lehnte sich an ihn. Sie vertraute ihm jetzt wie ihrem Vater. Bald fiel sie in leichten Schlaf.

»Wacht auf, kleines Hühnchen! Gleich hinter dem nächsten Hügel liegt Wolffeton. Weiter kann ich Euch nicht bringen.« Er lachte verhalten. »Eurem Gatten möchte ich lieber nicht gegenübertreten. Er würde mir wohl das Fell über die Ohren ziehen.«

Er brachte das Pferd zum Halten und sprang, Kassia fest in den Armen, geschickt hinunter. Dann setzte er sie behutsam ab. »Hört mich an, Kassia«, sagte er. »Wenn Ihr nach Wolffeton kommt, müßt Ihr sehr vorsichtig sein. Habt Ihr mich verstanden?«

Er sah ihr an, daß sie ihn nicht verstanden hatte. Aber sein Selbsterhaltungstrieb ließ es nicht zu, es ihr näher zu erklären.

Die großen Augen auf sein Gesicht gerichtet, sagte sie: »Ich will es versuchen, Edmund.«

»Geht jetzt, kleines Hühnchen!« Er beugte sich vor, küßte sie leicht auf den Mund und ließ sie dann rasch los. »Ned, bring die Stute her!«

Er hob sie auf Bluebells Rücken. »Denkt daran, was ich Euch gesagt habe!« Dann zog er der Stute eines über den Rumpf.

Ned stellte sich neben ihn. »Mylord, ich finde, das Mädel reitet wie der Teufel. Leider habt Ihr ihr nichts von der Intrige dieser Frau gesagt.«

Dienwald grinste unverschämt. »Nein. Wie gesagt, Ned, ich habe keine Lust, mir von Lord Graelam das Fell über die Ohren ziehen zu lassen! Wenn sie erfahren hätte, wer ich bin, würde ihr Mann es früher oder später auch herausfinden. Dann würde er keine Ruhe gegeben haben, bis er mich in die Hölle geschickt hätte!«

»Aber die andere Dame – die kennt Euch doch, Mylord.«

»Ja, mein Freund, aber wenn sie mich verrät, bringt sie sich selber zu Fall. Und ich habe das Gefühl, daß Lady Blanche ihre hübsche Haut genauso lieb und teuer ist wie mir meine.«

Guy konnte vor Erschöpfung kaum noch aus den Augen gucken. Aber in einer Stunde mußte er wieder losreiten und weiter suchen, diesmal im Norden. Plötzlich hörte er im Innenhof laute Rufe von Männern. Hatte Graelam sie gefunden? Er hetzte die Treppe hinab, blieb aber jäh stehen, als er Kassia allein einreiten sah.

»Guy!« rief sie und winkte wie eine Wilde. Dann glitt sie vom Pferd. »Guy!«

Mit ausgebreiteten Armen rannte sie auf ihn zu. Guys Freude darüber, sie gesund und munter wiederzusehen, war riesengroß. Doch im Nu hatten die Männer sie umringt, um ihr die Hand zu schütteln. So kam er nicht zu ihr durch.

»Er hat mich zurückgebracht«, berichtete Kassia atemlos. »Ich dachte schon, er würde mich vergewaltigen oder töten. Aber er hat es nicht getan! Er war freundlich zu mir, Guy! Er hat mich nach Haus gebracht!«

»Wovon redet Ihr?«

»Wo ist Graelam? Es geht ihm doch gut, oder?«

»Er ist auf der Suche nach Euch. Ich erwarte ihn bald zurück.«

»Blount! Rolfe!« rief sie. »Wie schön, euch wiederzusehen!« Dann erblickte sie Blanche. Sie stand auf der Treppe zum großen Saal, neben sich ihren Sohn Evian.

»Blanche? Bist du heil wiedergekommen? Ich habe mir große Sorgen um dich gemacht!«

Guy packte sie am Arm. »Wartet!« sagte er erregt.

Ihre Augen verdunkelten sich. »Was ist denn los, Guy?« fragte sie verwirrt. »Habt ihr mich alle für tot gehalten? Ich hatte ja auch Angst, aber er war gar nicht so böse, wie ich zuerst dachte. Nein, ...«

Sie brach ab. Hufschlag näherte sich donnernd. Warum war Blanche nicht zur Begrüßung zu ihr geeilt? Warum guckten alle Männer sie an wie ein Gespenst?

An der Spitze von zwölf Männern ritt Graelam in den Burghof. Er war so verdammt müde, daß er kaum noch die Augen offenhalten konnte. Vor Kummer, Angst und Zorn war er grau im Gesicht. Da erblickte er sie. Sie stand neben Guy. Eine Last fiel ihm von der Seele. Doch gleich darauf überkam ihn flämmende Wut.

Er sprang vom Pferd. Er ballte die Fäuste und rang um Fassung.

Kassia riß sich von Guy los und lief auf ihren Mann zu. »Graelam! Ich bin wieder zu Haus! Ich bin gerettet!«

Er faßte sie an beiden Armen und sah ihr in die Augen. »Bist du unverletzt?«

Sie nickte glücklich. »Ja«, sagte er mit ruhiger Stimme, obwohl die Wut ihn würgte, »wie ich sehe, bist du unverletzt. Warum bist du zurückgekommen, Mylady?«

»Er hat mich zurückgebracht, Mylord! Er hat mich nicht angerührt, das schwöre ich dir.«

Graelam war sich bewußt, daß die gesamte Dienerschaft und alle seine Männer sie anstarrten. Er mußte mit ihr ins Innere gehen. Doch er war keiner Bewegung fähig. Aus dem Augenwinkel sah er Blanche. Sie war leichenblaß, ihre Hand faßte nach dem Herzen. »Wie das, Mylady?« sagte er kalt zu Kassia. »Der Mann, den du gekauft hast, damit er dich in die Bretagne führt, hat dich wieder zurückgebracht?«

»Gekauft ... Ich verstehe nicht, Mylord. Ich wurde entführt! Aber der Mann – er heißt Edmund – hatte ... Mitleid mit mir und brachte mich zurück.«

Graelam schluckte schwer. »Komm, wir gehen in den Saal!«

Kassia mußte zwei Schritte für einen machen, um mitzukommen. Was hatte er mit den gekauften Männern gemeint? Sein Gesicht zeigte Spuren großer Müdigkeit. Er hatte nach ihr gesucht. Also mußte er doch etwas für sie übrig haben.

Im Saal schob er sie zu ihrem Sessel. Tiefe Falten furchten seine Stirn, während er sie nachdenklich ansah. »So, du meinst also, mein Weib, weil du zurückgekommen bist, müßte ich jetzt vor Freude außer mir sein und alles vergessen, was du angestellt hast?«

Sie versuchte einen klaren Gedanken zu fassen. »Du hast nach mir gesucht!«

»Ja«, sagte er, »ich habe alles unternommen, um dich zu finden. Das scheint dir zu gefallen.«

Er sprach sehr ruhig, aber seine Augen waren dunkel wie eine wolkenlose Nacht und eiskalt. So kalt, daß es sie schaudern machte.

»Es ... hat mich nur überrascht«, sagte sie leise.

Graelam zog die Augen zu schmalen Schlitzen zusammen. Plötzlich wandte er sich ab und rief scharf: »Blanche!«

Blanche kam langsam auf sie zu, und Kassia fühlte sich unaussprechlich erleichtert. »Blanche«, sagte sie, »geht es dir gut? Hat dir der Mann, dieser Edmund, nichts getan?«

Blanche lächelte ihr zu, traurig, mitleidig. »Der Mann hat mir nichts getan, Kassia.« Sie ist wie eine Katze, dachte Blanche, fällt immer auf die Beine. Bei Gott, was sollte sie nur sagen? Was sollte sie tun? Ihr blieb keine andere Wahl, als sich herauszulügen.

»Blanche«, forderte Graelam sie auf, »sag ihr, was du mir berichtet hast!«

»Vielleicht habe ich mich geirrt«, sagte Blanche langsam. »Vielleicht hat sie diese Männer gar nicht gekauft. Aber es kam mir so vor.«

»Was redest du da?« fragte Kassia flüsternd. »Du weißt doch genau, daß ich diese Männer nicht gekauft habe. Wie konntest du nur auf so einen Gedanken kommen? Du hast erlebt, wie sie uns verfolgt haben. Du weißt genau, daß sie Böses im Schilde führten. Edmund, ihr Anführer, hat dich sogar vergewaltigt!«

»Aber *du* bist gesund und munter zurückgekehrt«, unterbrach Graelam sie.

»Kassia«, sagte Blanche eindringlich, »du bist gesund zurückgekehrt. Demnach ist klar, daß sie dir nichts antun wollten. Als sie auf uns zuritten, war ich mir nicht sicher, ob du wirklich fliehen wolltest. Ich hatte eher den Eindruck, daß du ...«

»Daß ich was, Blanche?« fragte Kassia hart.

»Daß du sie gekauft hast, um dir bei der Flucht aus Wolffeton und vor deinem Gatten zu helfen. Verzeih mir, wenn ich das falsch beurteilt habe.«

Edmund hat mich gewarnt, dachte Kassia, nur ich habe ihn nicht verstanden. »Aber der Mann hat dich vergewaltigt, Blanche. Du mußtest doch annehmen, daß sie mit mir das gleiche im Sinne hatten.«

»Er hat mich nicht vergewaltigt, Kassia. Er hat mich nur ... einen Augenblick zärtlich gestreichelt, und da habe ich laut geschrien.«

»Kassia«, sagte Graelam mit äußerster Beherrschung, »hör jetzt auf, Theater zu spielen!«

Theater? Warum sollte ich Theater spielen?

Mit Mühe erhob sie sich und schaute in die Gesichter ringsum. Guy wollte ihr die Hand reichen, aber ihr Mann schob Guys Hand weg.

Beschwörend sagte Guy zu Graelam: »Hört Euch doch erst an, was sie zu sagen hat!«

»Ich höre«, sagte Graelam. »Setz dich, Mylady. Und sprich!«

Kassia setzte sich. Es ist ein Alptraum, dachte sie unbestimmt, gleich werde ich aufwachen, und alles wird gut sein.

»Sprich!« hörte sie Graelam sagen.

Sie richtete den Blick auf das kalte, harte Gesicht ihres Mannes und sagte mit leiser Stimme: »Gestern morgen sind Blanche und ich ausgeritten. Wir waren ohne Begleitschutz, aber noch auf Wolffeton-Gebiet. Plötzlich kamen drei Männer auf uns zu. Wir versuchten zu fliehen, aber sie holten uns ein. Ihr Anführer Edmund hat mir gesagt, er habe Blanche vergewaltigt und sie dann gehen lassen. Er nahm mich auf seinem Pferd mit. Ich dachte, er würde mich auch vergewaltigen oder töten oder mich wegen eines Lösegelds entführen. Doch all das tat er nicht. Er war ... freundlich zu mir. Und er hat mich nach Haus gebracht.«

Schweigend betrachtete Graelam sie. »Was für eine klägliche kleine Geschichte!« sagte er. »Dabei hattest du doch reichlich Zeit, dir eine glaubwürdigere Geschichte auszudenken.« Und zu Guy: »Nun, edler Ritter, habe ich mir genug angehört?«

Guy hatte Blanche nicht einen Moment aus den Augen gelassen. Er sah ihre Angst – und noch etwas anderes. Kassias Geschichte aber war so unglaublich, daß sie wahr sein mußte. Leise sagte er zu Graelam: »Wenn Kassia diese Männer gekauft hätte, um sie zu ihrem Vater zurückzubringen, womit soll sie sie dann bezahlt haben?«

Blanche lächelte verstohlen. Sie sah einen Ausweg für sich.

»Und warum sollte sie die Männer dazu veranlaßt haben, sie Euch wiederzubringen, Mylord?«

Blanche wußte, jetzt mußte sie eingreifen. Doch sie schämte sich ihrer Worte. »Vielleicht«, sagte sie, »hat sie die Männer mit ihrem Körper bezahlt.«

»Nein!«

Den Sieg vor Augen, sagte sich Blanche: Jetzt nur kein Mitgefühl, nur keine Reue! »Und vielleicht waren sie von dem Geschäft enttäuscht und haben sie deshalb gehen lassen.«

Mühevoll rang sich Kassia die Beteuerung ab: »Mylord, es war kein Fluchtversuch.«

»Für jetzt habe ich genug gehört, Mylady«, sagte Graelam beherrscht. »Geh in unser Schlafzimmer! Ich komme bald nach.«

Guy, der seinen Herrn viel besser als Kassia kannte, überlief ein Schauder, als er Graelams leidenschaftslose Stimme hörte. Er sagte schnell: »Ich glaube ihr.«

»Ach, wirklich, Sir Guy? Und du fragst dich nicht, warum jemand eine Frau entführt, um sie alsbald wieder zurückzubringen? Das ist Narretei!«

»Ich glaube ihr!« wiederholte Guy eindringlich.

Blanche zischelte ihm zu: »Ihr seid ein verliebter Schwachkopf.«

Indessen eilte Kassia die Treppe zum Schlafzimmer hinauf. Ich hätte Edmund bitten sollen, mich in die Bretagne zu schicken, dachte sie. Ach was! Sie würde Graelam schon davon überzeugen, daß sie die Wahrheit gesagt hatte. Schließlich war sie seine Frau. Und das hatte doch einiges zu besagen!

19

Schweigend lauschte Graelam dem erregten Stimmengewirr seiner Männer. Was sollte er auch dazu sagen, daß Blount, dieser sture alte Bock, die Lady wortreich verteidigte. Oder zu Guy? Ha, sie war also zurückgekehrt, weil sie die Trennung von dem jungen Ritter nicht ertragen hatte!

In gefühllosem Ton, der Rolfe eisig in die Knochen fuhr, sagte er: »Habt ihr denn alle nichts zu tun? Geht eurer Arbeit nach!« Wohl sah er den Kummer in vielen Gesichtern. Doch das tat er mit den Worten ab: »Ich habe euch alle angehört. Geht jetzt!«

Er wartete nicht ab, um zu sehen, ob sie ihm gehorchten. Nur Kassia hatte bisher gewagt, ihm den Gehorsam zu verweigern. Vor seiner Tür hörte er drinnen Etta, Kassias alte Zofe, laut schluchzen.

»Warum nur, mein Kindchen? Warum hast du das getan?«

Kassia seufzte und erwiderte: »Ich *habe* nichts getan. Wenn überhaupt jemand, dann müßtest du mir das glauben.«

Graelam stieß die Tür auf und wies die Alte hinaus. Kassia war blaß, aber sie reckte ihr kleines Kinn in hartnäckigem Trotz. Er fragte: »Haben die Männer dich vergewaltigt?«

»Nein, das habe ich dir doch gesagt.«

»Ich kann mir nicht vorstellen, daß solche rohen Schurken, wie Blanche sie mir beschrieben hat, einem so verlockenden Weibsstück wie dir nicht die Beine breitgemacht und sie mit ihrem Samen gefüllt haben.«

Sie zuckte unter den groben Worten zusammen, erwiderte aber mit Festigkeit: »Ihr Anführer Edmund war kein roher Schurke. Seine Männer sprachen ihn mit ›Mylord‹ an.«

»Ich kenne in dieser Gegend keinen Lord Edmund.«

»Ich glaube auch nicht, daß es sein wahrer Name war.«

»Dann sag mir, Kassia, wie dieser Edmund ausgesehen hat!«

»Er war nicht so groß wie du, Seine Haare, Brauen und Augen hatten eine eigentümliche Färbung. So wie der Sand am Meer. Er kannte dich. Ich glaube, er hatte Angst vor dir.«

So sehr Graelam auch in seiner Erinnerung suchte, er kannte keinen Mann, auf den ihre Beschreibung zutraf. »Hat er dich deshalb zurückgebracht? Weil er sich vor Vergeltung fürchtete?«

»Nein«, sagte sie ehrlich. »Ich sagte dir doch, daß ich glaube, er hatte Mitleid mit mir. Er fragte mich, ob ich lieber in die Bretagne oder hierher zurückkehren wolle.«

»Und warum wolltest du lieber hierher zurückkehren, mein Weib?«

»Er sagte mir, auch wenn ich in die Bretagne zurückginge, würdest du weiterhin Anspruch auf Belleterre erheben. Du könntest sogar gegen meinen Vater Krieg führen, um deine Rechte zu wahren. Das durfte ich nicht zulassen.«

»Ah, sieh mal an, das kleine Opferlamm!« sagte er mit drohendem Hohn.

Sie schloß die Augen. Verzweifelt sagte sie flüsternd: »Bitte, du mußt mir glauben, Graelam.«

Ebenso leise fragte er: »Weißt du noch, Mylady, was ich dir angedroht habe, falls du wieder einen Fluchtversuch unternimmst?«

Sie wußte es noch, und ohne Besinnen rannte sie schnurstracks auf die Tür zu.

Aber da packte er sie schon mit kräftigem Arm um den Leib und hob sie in die Höhe. Sie drehte und wand sich, aber er verstärkte nur seinen Griff. Ihr war, als erdrückte er sie. Gleich darauf legte er sie aufs Bett, setzte sich und sah sie gespannt an.

»Mich verschmähst du«, sagte er in fast nachdenklichem Ton. »Haben dir Edmunds Zärtlichkeiten besser gefallen? Hast du bei ihm dein Vergnügen gefunden?«

Aus weit geöffneten Augen sah sie ihn völlig verständnislos an. Da wurde ihm klar, daß sie die Wahrheit gesagt hatte. Sie war nicht vergewaltigt worden.

Kassia schluckte. »Warum glaubst du mir nicht? Ich habe dich noch nie belogen.«

Er achtete nicht darauf. »Kassia, womit hast du ihn bezahlt?«

»Ich habe ihn nicht bezahlt! Warum willst du mir nicht glauben?«

»Bleib ruhig liegen, Mylady!« Ein Gedanke war ihm gekommen. Er ging zu seiner großen Truhe hinüber, hob den Deckel hoch, schob den Arm durch die kostbaren Stoffe bis auf den Boden und holte einen großen Lederbehälter heraus, den er mit zitternden Fingern öffnete. Die Halskette, die eines Königs würdig war, war verschwunden. In diesem Augenblick entschwand ihm alle Hoffnung. Und er hatte ihr doch glauben wollen! Aber sie hatte ihn belogen.

Langsam verstaute er den Lederbehälter wieder auf dem Boden

der Truhe, klappte den Deckel zu und ging schweigend zum Bett zurück. »Es war dumm von dir zurückzukommen«, sagte er dann.

»Ich ... ich verstehe nicht.«

»Die Halskette ist weg.«

Sie sah ihn erstaunt an. »Was für eine Halskette?«

Er beugte sich über sie und hob den Saum ihres Kleides hoch.

Kassia wollte sich losreißen. Aber mühelos warf er sie zurück. Mit weit aufgerissenen Augen sah sie, wie er das Wollkleid in Stücke riß. Dann nahm er ihre Hände und legte ihr sie über den Kopf.

»Graelam, was hast du vor?«

»Das habe ich dir vor deiner Flucht schon bis ins einzelne erläutert.«

»Nein!« schrie sie. Doch ohne sich um ihr Flehen und das Entsetzen in ihren Augen zu kümmern, band er ihr die Hände über dem Kopf fest.

Rasch fing er auch ihre strampelnden Beine ein, zog sie weit auseinander und band sie ebenfalls fest. Dann zog er den Dolch.

Vor Angst halb wahnsinnig, flüsterte sie: »Bitte, tu mir nicht weh!«

Bedächtig schlitzte er ihre Röcke auf, Lage um Lage, bis sie nackt und hilflos ausgestreckt vor ihm lag. Dann richtete er sich auf und ließ den Blick prüfend über jeden Zoll ihres Körpers wandern. Leidenschaftslos bemerkte er: »Du hast etwas zugenommen. Ich bin gespannt, ob du mir jemals in deinem kleinen Bauch einen Sohn austragen wirst.«

Kassia schloß die Augen in namenloser Furcht vor dem, was er ihr jetzt antun würde. Sie hörte, wie er sich auszog, und merkte, wie das Bett einsank, als er sich neben ihr niederließ.

Graelam schaute auf ihre weit gespreizten, schlanken, weißen Beine. Sein Blick tastete ihre weiblichen Formen ab, bis er auf den weichen Locken über dem Schritt ruhen blieb. Mit leichter Hand berührte er ihre Haut. Sie begann zu wimmern, doch nicht aus Verlangen. Sie hatte ja nie Verlangen nach ihm. Was hattest du eigentlich erwartet, du blöder Hurensohn?

Verdammt noch mal, der Teufel hole sie und alle Weiber! Er warf sich zwischen ihre Beine und hob ihre Hüften an. Er hatte nicht die Absicht, ihr Gewalt anzutun. Er wollte sie nur erschrecken und ihr zeigen, daß er sich von ihr nicht zum Narren halten ließ.

Bald ließ er sie wieder los und hockte sich hin. Unter ihren fest geschlossenen Lidern quollen Tränen hervor.

Ihre Qual bohrte sich wie ein glühendes Eisen in seine Seele. Schließlich nahm er eine Decke und breitete sie über ihrem bebenden Körper aus. Mit einem Tuch wischte er ihr die Tränen vom Gesicht.

»Hör auf!« brummte er. »Hör mit dem verfluchten Weinen auf!«

Sie schluchzte noch einmal, und unwillkürlich streichelte er ihr zart über die Wange. Die warmen, salzigen Tränen benetzten seine Handfläche.

Er ertrug es nicht mehr. Deshalb band er sie wieder los und massierte ihre gefühllos gewordenen Glieder, wobei er sich einen blöden Schwächling schalt. Sie lag da und rührte sich nicht.

Er stand auf. »Nun, wenigstens bist du zurückgekommen, aus welchen Gründen auch immer.«

»Ich bin nie geflohen«, erwiderte sie mit ersterbender Stimme.

Er kleidete sich rasch an und ging. An der Tür blieb er noch einmal stehen und sagte über die Schulter hinweg: »Du bist die Herrin von Wolffeton, Mylady. Ich erwarte, daß uns eine anständige Mahlzeit vorgesetzt wird. Erhebe dich und sorge dafür! Aber vorher nimm ein Bad! Du stinkst nach Pferdeschweiß.«

Und nach Angstschweiß, dachte er. Ja, sie roch nach Angst!

»Habt Ihr sie mißhandelt?« wollte Guy von ihm wissen.

Kalt entgegnete er dem Ritter: »Sie hätte es verdient, daß ich sie totgeschlagen hätte.«

»Mylord, sie hat die Wahrheit gesprochen. Ich fühle es. Wie ist es nur möglich, daß Ihr als Gatte es nicht fühlt?«

»Guy, du bist ein Schwachkopf«, sagte Graelam müde. Er vergaß sogar seine Eifersucht auf den Jüngeren. »Die Halskette aus Al Afdals Lager ist verschwunden. Das verfluchte Weib! Ich hätte sie ihr sowieso geschenkt.«

Guy musterte die Miene seines Herrn. Zum erstenmal in seinem Leben, dachte er, leidet Graelam um einer Frau willen. Kassia hatte die Halskette bestimmt nicht gestohlen. Wer aber dann? Er brauchte nicht lange zu überlegen.

Das Essen war vielleicht nicht hervorragend, aber immerhin schmackhafter, als wenn Kassia nicht auf Wolffeton gewesen wäre. Doch wenn sie umherging und Anordnungen erteilte, geschah das alles nur mechanisch. Nur oberflächlich nahm sie Mitleid, Besorgnis und Verwunderung in den Augen der anderen wahr. Nan dagegen betrachtete sie mit triumphierender Verachtung.

Und dann Blanche! Kassia hatte in ihrer Verstörtheit stundenlang gebraucht, ehe ihr die Falschheit der Frau klar wurde. Wenn sie Graelam von ihrem Verdacht in Kenntnis setzte ... Sie schauderte bei dem Gedanken. In seinen Augen besaß ja Blanche alles, was sie nicht hatte. Nie würde er ihr Glauben schenken.

Sie vermied Graelams Blick. Sie wollte sein Mißtrauen, seinen Haß nicht sehen.

»Du willst also wieder bockig sein und mager werden?«

Der ärgerliche Ton ihres Gatten ließ sie den Kopf heben. »Ich bin nicht bockig«, sagte sie.

»So wenig, wie du lügst. Dann iß gefälligst! Vorhin sagte ich, daß du ein bißchen zugenommen hast. Das sollte aber nicht heißen, daß du schon vorzeigbar wärst. Du hast noch immer keine richtigen fraulichen Formen.«

Also deshalb hatte er sich nicht an ihr vergangen! Er fand sie so abstoßend, daß er sie nicht mal aus Wut nehmen würde. An ihren dichten Wimpern hingen neue Tränen.

»Wenn du hier vor allen Leuten weinst, dann werde ich dir Grund zum Weinen geben.«

»Das hast du schon getan«, sagte sie.

»Du erstaunst mich, Kassia«, sagte er. »Du gibst wohl nie nach, wie?«

Sie antwortete nicht.

»Vielleicht sollte ich dich zu deinem Vater zurückbringen. Wenn du nicht mehr hier bist, habe ich wenigstens Ruhe.«

Diesmal kam ihre Antwort schnell. »Nein, bitte nicht.«

»Aha. Du tust alles, um deinen Vater zu schützen! Alles, um Belleterre vor mir zu retten. Dieser Mann, der so großes Mitleid mit dir hatte, wie du sagtest, Kassia, er hat dir auch gesagt, daß du mit einer Rückkehr nach Belleterre alles verlieren würdest, ja?«

»Ja. Warum quälst du mich noch? Ich habe dir doch alles erzählt.« Aber das stimmte nicht, und er las es ihr an den Augen ab, daß sie log. Sie hatte ihm ja die Rolle Blanches verschwiegen.

Wieder überkam ihn der Zorn. »Laß mich allein!« herrschte er sie an. »Und wisse, meine Gattin, daß ich dir das Leben zur Hölle machen werde, wenn du nicht zugibst, gelogen zu haben!«

Blanche tat sich an der Mahlzeit gütlich. Sie aß jedes Stück des zarten Schweinebratens mit Genuß. Graelam würde seiner Frau nie glauben. Und natürlich war diese Kassia in ihrer Dummheit auch noch zu stolz und zu trotzig, um ihren Mann auf andere Weise zu überzeugen. Erstaunlich war nur, daß sie keine Beulen und blaue Flecken hatte. Blanche hätte darauf geschworen, daß Graelam in seiner Wut fähig gewesen wäre, sie totzuschlagen. Ihr Gewissen beruhigte Blanche mit dem Gedanken, daß Kassia ja unversehrt zurückgekehrt war. Jetzt brauchte sie, Blanche, nur ihre Zeit abzuwarten.

»Ich habe gar nicht gewußt, daß Ihr Lord Graelams Schatztruhe kennt«, sagte Guy zu ihr.

Blanches Herz setzte einen Schlag aus. Sie hob eine Braue. »Was sagtet Ihr, Sir Guy?«

»Ja, Blanche, Ihr habt die sarazenische Halskette gestohlen und diese Männer damit gekauft, um Kassia von Wolffeton zu entführen. Habt Ihr erwartet, daß sie sie töten würden? Nein, so herzlos seid Ihr nun doch nicht. Aber ihr wolltet, daß sie in die Bretagne verschleppt wurde, nicht wahr? Wart Ihr sehr enttäuscht, als Kassia fast ohne einen Kratzer zurückkehrte?«

»Eure Fantasie würde einem Minnesänger Ehre machen, Guy. Habt Ihr noch andere ebenso interessante Geschichten auf Lager, Ritter?«

Da wußte er, daß er sie nie dazu bringen würde, die Wahrheit einzugestehen. Er mußte etwas anderes tun. Diesmal war ihr Versuch, Kassia loszuwerden, fehlgeschlagen. Aber bestimmt würde sie es wieder versuchen, und davor hatte er Angst. Leise sagte er zu ihr: »Selbst wenn Kassia tot wäre, würde Graelam Euch nicht heiraten.«

Sie lachte verhalten. »Oh, Guy, ist es möglich, daß Euch Eifersucht die Zunge führt?«

Er sah sie lange an. »Eifersucht, Blanche? Vielleicht, schöne Dame, habt Ihr da gar nicht so unrecht.«

»Der Herzog von Cornwall hat eine Botschaft geschickt. Er trifft in einer Woche hier ein.«

Rasch legte Kassia das Hauptbuch beiseite. So entzückt auch Blount über ihre buchhalterischen Fähigkeiten war, sowenig wußte sie, wie ihr Mann darauf reagieren würde. »Ich werde alles zu seiner Bequemlichkeit herrichten lassen, Mylord.«

»Vergiß aber nicht, daß er ein großes Gefolge mitbringen wird!«

»Ja, ich denke daran.«

Graelam beobachtete sie mit aufsteigendem Arger. »Mußt du jedesmal gleich zusammenfahren, wenn ich auftauche?«

»Ich dachte, es sei dir daran gelegen, daß deine Gattin die geziemende Unterwürfigkeit an den Tag legt.«

»Du bist ungefähr so unterwürfig wie mein Kampfroß. Diese Rolle kannst du nicht gut spielen.«

Sie gab keine Antwort.

»Was machst du denn da?« Er nahm das Hauptbuch hoch und blätterte darin. »Ach ja«, sagte er, »ich hatte ganz vergessen, daß dein Vater dich lesen und schreiben gelehrt hat. Weiß Blount, daß du in seinen Gehegen wilderst?«

»Ja«, sagte sie leise.

Er warf das Hauptbuch wieder auf den Tisch. »Dir macht es wohl Spaß, uns alle zum Narren zu halten, wie? Nein, sage nichts, Kassia! Deine Lügen kommen mir schon zum Halse heraus.«

Damit verließ er das kleine Arbeitszimmer. Sie aber kehrte zu ihren Zahlen zurück. Wie gern hätte sie ihm berichtet, daß Wolffeton zu einem reichen Besitz aufgeblüht war! Als sie die Arbeit beendet hatte, rief sie das ganze Personal vom Innendienst im großen Saal zusammen.

Sie schaute sich unter den Gesichtern um. Manche hatten sie inzwischen liebgewonnen. Andere wie Nan waren unversöhnliche Feinde geblieben. Ein Schauder überlief Kassia. Sie erzählte ihnen vom bevorstehenden Besuch des Herzogs. Dann sprach sie eine ältere Witwe an, die jetzt der Spinn- und Webstube vorstand. »Marta, wir müssen uns noch über neue Kleider für die Frauen unterhalten. Wir haben genügend überzähligen Stoff, um jetzt auch diese Bedürfnisse befriedigen zu können.«

»Ja, Mylady«, sagte Marta strahlend. Sie war stolz auf ihren neuen Rang.

»Blount überläßt dem Herzog sein Zimmer. Nan und Alice, ihr werdet dort gründlich saubermachen. Und ich hoffe, daß ihr rechtzeitig die neuen Kissen für den Sessel des Herzogs fertig habt.«

Sie erteilte noch einige Befehle und entließ dann alle bis auf den Koch und seine Gehilfen. Mit ihnen besprach sie eine Stunde lang Rezepte für die Mahlzeiten. Danach erhob sich Kassia und massierte sich den Nacken. Sie wäre jetzt gern ausgeritten. Doch würde Graelam es ihr gestatten? Wenn sie ihn fragte, würde er sie wahrscheinlich vor allen Leuten demütigen.

»Ich bringe eine gute Nachricht, Mylady. Ihr sollt mir als erste gratulieren.«

Kassia fuhr auf. Sie hatte Guy nicht kommen hören.

»Mein Vater ist gestorben. Seine Burg bei Dover und seine Ländereien gehören jetzt mir. Nein, Ihr braucht mir zu seinem Tode kein Beileid auszusprechen. Er war ein verkommener alter Wüstling, gemein und grausam. Sein Tod ist ein Segen für seine Männer und die Dienerschaft. Und für meine arme Schwester, die unter seinem Dach lebte.«

»Dann gratuliere ich Euch, Guy. Ihr seid jetzt ein begüteter Ritter. Ihr werdet uns verlassen?«

»Ja. Meine Burg ist natürlich nicht mit Wolffeton zu vergleichen. Aber es ist ein Anfang. Langsam glaube ich an Bestimmung.«

Fragend legte Kassia den Kopf schief. Sie wartete auf eine Erklärung für seine seltsamen Worte. Aber er schüttelte nur lächelnd den Kopf.

Zu Kassias Freude zögerte Graelam nicht, Sir Guy seine Glückwünsche auszusprechen. Bis in die frühen Morgenstunden flossen Bier und Wein in Strömen. Graelam war in trunkener Hochstimmung und wollte dem jungen Ritter Nan aufdrängen. Aber Guy lehnte ab. Laut erklärte er der ganzen Gesellschaft, er zweifle daran, daß er in der Lage sei, sein Glied noch hochzubringen.

Still verließ Kassia den Saal, in der Hoffnung, ihr Mann würde unten vom Schlaf überwältigt werden. Auf der Treppe hörte sie hinter sich Röcke rascheln. Sie drehte sich um.

»Wie traurig für dich, daß der hübsche, leicht lenkbare Guy uns verläßt!«

»Ja, das ist für uns alle traurig«, sagte Kassia ruhig. »Dir aber rate ich, das Bett aufzusuchen, Blanche. Du redest schon so betrunken wie die Männer.«

Blanche war in der Tat stark berauscht. Sie warf Kassia einen bösen Blick nach und tastete sich dann vorsichtig zu ihrer Kammer. Dort entkleidete sie sich mühsam und schlüpfte dann ins Bett. In ihrem Kopf drehte sich alles. Es ist fast so, als hätten meine Wünsche ihn hergezaubert, dachte sie, als die Tür langsam von außen aufgemacht wurde. Im Dunkeln konnte sie nur eine Männergestalt erkennen, die eines hochgewachsenen Mannes.

»Graelam«, flüsterte sie.

Dann kam er auf sie zu. Unterwegs entledigte er sich seiner Kleider.

»Ich wußte, daß Ihr kommen würdet«, sagte sie und streckte die Arme nach ihm aus.

»Ja«, sagte er leise. »Und nun bin ich da.«

Ein wohliges Gefühl durchrieselte Blanche, als er sie in die Arme nahm und auf seinen Schoß zog. Er fand ihren willigen Mund und küßte sie ausgiebig so lange, bis sie vor Verlangen nach ihm zu zittern begann, Triumph im Herzen.

Ihre Haut fühlte sich an seinen suchenden Fingern wie Seide an.

»Es hat so lange gedauert«, flüsterte sie und streichelte seine Brust und seinen Unterleib.

»Hast du nach dem Tod deines Gatten keinen Mann mehr gehabt?« fragte er leise.

»Keinen. Und er war ein wüster Kerl.«

»Das bin ich nicht«, sagte er, drückte sie aufs Bett und legte sich neben sie. »Was für eine angenehme Frau du bist«, sagte er heiser vor Erregung, denn jetzt hatten seine Finger den Eingang in ihren weichen Schoß gefunden.

Blanche wimmerte. Sie verlangte so stark nach ihm, daß sie sich kaum noch beherrschen konnte. Sie faßte nach seinem steifen Glied.

»Ich komme jetzt jede Nacht in dein Bett«, versprach er. »Du wirst dir nie wieder einen anderen Mann wünschen.«

Sie zog ihn über sich und machte ihm willig die Beine breit.

Mit seinem Fingerspiel trieb er sie bis an den Rand des Wahnsinns. Dann drang er behutsam in sie ein. Er holte tief Luft, die Wärme ihres Schoßes erregte ihn, und er stieß tief hinein.

»Jetzt, jetzt!« brachte Blanche mit keuchendem Atem hervor und kam ihm bei jedem Stoß entgegen, so daß er tiefer und tiefer eindrang und dem Höhepunkt nah war. Doch er hielt sich zurück, bis ihre leisen Lustschreie die stille Kammer erfüllten.

Dann erst entlud er sich und fiel danach schwer auf sie. Beide Köpfe lagen nebeneinander auf dem Kissen.

Erst jetzt kam Blanche zur Besinnung. Er ist in mir, dachte sie, er hat seinen Samen hineingespritzt. Das machte ihr Angst, doch nur einen Augenblick lang. Dann flüsterte sie: »Endlich gehörst du mir.« Doch obwohl er ihr großen Genuß bereitet hatte, dachte sie nebelhaft an einen anderen Mann, einen Ritter mit goldblondem Haar und hellblauen Augen. Du bist ein dummes Weib, schalt sie sich. »Wann schickst du sie in die Bretagne?« fragte sie dann.

Unter Küssen versprach er ihr: »Sie wird dir nie mehr im Wege stehen, Blanche, du wirst Herrin der Burg und meine Frau. Schon sehr bald. Sehr bald.« Sie spürte, wie er wieder in ihr hart wurde, und ihr Körper reagierte sofort.

Diesmal machte er es langsamer, bis sie ihn mit leisen, wimmernden Schreien um Erlösung bat.

Er lachte und gab ihr, was sie haben wollte. Sie war wortlos glücklich, machte sich keine Gedanken mehr, daß sie seinen Samen in sich trug, und dachte auch nicht mehr daran, daß ihr vielleicht ein anderer Mann lieber gewesen wäre. Sie dachte nur: Ich habe gesiegt. Endlich habe ich gesiegt. Meine Zukunft ist gesichert und die meines Sohnes auch.

Als Blanche am nächsten Morgen aufwachte, war Graelam schon weg. Sie badete sorgfältig und war so glücklich, daß sie kaum noch daran dachte, er könnte sie geschwängert haben. Danach zog sie das Kleid an, das ihr am besten stand, ein rostrotes Wollkleid mit golddurchwirktem Gürtel, das ihre vollen Brüste und die schmale Taille zur Geltung brachte.

Unten im Saal saß Kassia ganz allein und kaute an einem Stück Brot. Ob Graelam ihr schon gesagt hatte, daß er sie verstoßen würde? Sehr bald, hatte er ihr versprochen. Sehr bald. Sie beschloß, Frieden zu bewahren. Kassia würde es früh genug erfahren.

Aus müden Augen sah Kassia sie an und war äußerst überrascht, daß Blanche ihr zulächelte.

Dann sah sie Blanches hübsches Kleid und fragte sich stirnrunzelnd, warum sie sich so festlich angezogen hatte. Sie selber trug ein altes, verblichenes graues Kleid, denn sie wollte die Reinigung der Ställe persönlich beaufsichtigen. Und die der völlig verdreckten Aborte, die zum Himmel stanken. Dafür brauchten sie eine Menge Kalk.

Blanche wollte ihren Triumph auskosten. »Du siehst wie eine Bedienerin aus«, sagte Blanche.

»Ja«, sagte Kassia und reckte das Kinn. »Dennoch bin ich die Herrin von Wolffeton. Daher ist es meine Pflicht, alles für den Herzogsbesuch vorzubereiten.«

Blanche konnte sich das Lachen nicht verkneifen. Dieses blinde Dummchen! Es lag ihr schon auf der Zunge zu sagen, daß Kassias kurzer Aufenthalt bald beendet sein würde, als sie Graelams tiefe Stimme hörte. Er sprach mit Guy über die letzten Ausbesserungsarbeiten an der äußeren Ostmauer.

»Mein Frühstück!« rief Graelam. »Und einen Humpen Bier, damit ich wieder einen klaren Kopf bekomme!«

Sofort gehorchte Kassia und verließ den Saal.

Graelam reckte sich. Dann fiel sein Blick auf Blanche. Lächelnd nickte er ihr zu.

»Ihr seht aus wie die Katze, die den Vogel gefressen hat«, sagte Guy freundlich zu ihr.

Blanche sah ihn unsicher an. Ob er vom Besuch seines Herrn in ihrer Kammer wußte? Irgendwie hätte sie sich vor ihm entsetzlich geschämt. »Kann ich noch etwas zu Eurer Bequemlichkeit tun, Mylord?« fragte sie Graelam.

»Nein«, sagte Graelam knapp und wandte sich wieder Guy zu.

Warum sagte er nichts? fragte sich Blanche. Warum fordert er mich nicht zu einem Gespräch unter vier Augen auf?

Kassia kam zurück, eine Bedienerin im Schlepptau, die ein großes Tablett trug. »Hier ist auch noch reichlich für Euch, Guy«, sagte sie. »Wann müßt Ihr uns verlassen?«

Graelam bemerkte ihre müden Augen und die dunklen Ränder darum. Sie mußte schlecht geschlafen haben. Was zum Teufel will sie denn noch? fragte er sich, ich habe sie doch gar nicht belästigt!

»Erst wenn der Herzog seinen Besuch beendet hat, Mylady«, sagte Guy ruhig. »Ich hätte kein gutes Gewissen, wenn ich wegginge, bevor Graelam einen anderen Ritter gefunden hat, der in Zukunft Wolffeton bewachen wird. Ich darf gar nicht daran denken, was passieren würde, wenn ich ihn jetzt im Stich ließe.«

»Eingebildeter Kerl!« sagte Graelam, aber ohne Ärger. »Wie du weißt, habe ich an den Herzog geschrieben. Wahrscheinlich bringt er einen Ritter im Gefolge mit, einen ebenso landlosen Burschen, wie du einer warst.«

»Wie … schade, daß wir Euch gehen lassen müssen«, sagte Blanche.

Der sanfte Spott in Blanches Worten entging Kassia nicht. Aber da klang noch etwas anderes mit, das sie nicht zu deuten wußte. Ihr selbst würde Guy schrecklich fehlen. Doch natürlich würde sie ihm das nie sagen, schon gar nicht in Graelams Anwesenheit. Ihr graute vor der Einsamkeit, die ihr Schicksal sein würde.

»Was ist mit dir los?« fragte Graelam scharf. »Hast du gegessen?«

»Ja, Mylord. Wenn Ihr erlaubt – ich habe noch eine Menge zu beaufsichtigen.« Langsam ging sie aus dem Saal.

Sie tritt mir gegenüber noch immer so auf, als wäre ich nichts als eine schwere Last für sie. Er drehte sich um und lächelte Blanche freundlich an.

Die Nacht ist warm und so voller Geheimnisse wie eine Frau, dachte er. Leise öffnete er die Tür zu ihrer kleinen Kammer, schaute hinein, hörte ihre leichten Atemzüge und wußte, daß sie bereits tief schlief. Die lange Kerze auf dem kleinen Nachttisch war schon kurz vor dem Ausbrennen. Rasch zog er sich aus und beugte sich über die Kerze, um sie auszublasen.

Blanche ist schön, dachte er. Dabei konnte er im Dunkeln nur ihre Umrisse erkennen.

Er legte sich zu ihr, hob ihr schweres Haar an, küßte sie auf den Nacken und streichelte ihren Rücken. Blanche bewegte sich, erschrak zuerst und lächelte dann. »Ich habe nicht gedacht, daß du zu mir kommst«, flüsterte sie und erwartete mit geöffnetem Mund seinen Kuß.

»Ich habe dir doch gesagt, daß du nie mehr ohne mich zu schlafen brauchst«, sagte er flüsternd.

Blanche war einen Augenblick unsicher. Seine Stimme klang irgendwie anders. Doch dann spürte sie im Schoß ein verzehrendes Feuer. Sie seufzte noch einmal und gab sich ihm hin.

Als er fertig war, fragte sie: »Darf ich aufstehen?«

»Nein, Liebling, du gehst jetzt nicht weg.«

»Ich muß!«

»Nein, Blanche, mein Samen soll in deinem schönen Leib leben. Du wirst mir Söhne schenken. Viele Söhne.«

»Aber ich habe doch Evian«, fing sie an. Doch da spürte sie, daß er wieder in sie eindrang, und verstummte. Bald erreichte sie den Höhepunkt und war völlig erschöpft.

Irgend etwas stimmte nicht. Sie war beunruhigt. Er kam ihr schlanker vor, als sie ihn in Erinnerung hatte. Sie strich ihm über den Oberschenkel, auf der Suche nach der langen, gezackten Narbe. Darüber schlief sie ein.

Am nächsten Tag bemerkte Blanche an Kassia eine auffällige Blässe und einen verkniffenen Zug um den Mund. Aha, Graelam hatte es ihr endlich gesagt! »Du siehst schlecht aus, Kassia«, sagte sie.

»Ich habe schlecht geschlafen«, sagte sie, ohne Blanche anzusehen.

»Du brauchst Bewegung in der frischen Luft. Warum reitest du nicht aus? Jetzt kommt es ja nicht mehr darauf an.«

Worauf kommt es nicht mehr an? fragte sich Kassia.

Doch Blanche sprach schon weiter. »Ich kann dir versichern, daß Graelam nichts dagegen hat. Vielleicht kommst du diesmal nicht mehr wieder.«

»Du wirst wohl nie der Wahrheit die Ehre geben, wie?«

»Der Wahrheit?«

»Wie war sein Name, Blanche? Ich glaube nicht, daß er wirklich Edmund hieß.«

»Du überraschst mich«, sagte Blanche. »Er hat einen üblen Ruf, und doch hat er dich freigelassen. Sicherlich nicht deiner weiblichen Reize wegen.«

»Nein«, sagte Kassia tonlos. »Aber er war sehr nett und freundlich zu mir. Wie heißt er, Blanche?«

»Da es jetzt nicht mehr wichtig ist, bin ich beinahe versucht, es dir zu sagen. Graelam ist es inzwischen gleichgültig. Vielleicht fordert er ihn sogar auf, dich wieder zu entführen.«

»Ich reite aus, Blanche.« Kassia drehte sich um und ging schnellen Schrittes aus dem Saal. Draußen hielt sie das Gesicht der strahlenden Morgensonne entgegen. Dann dachte sie an Blanches merkwürdige Äußerungen über Graelam. Bestimmt trafen sie zu. Wenn sie wegritt und niemals wiederkam, würde er sich darüber keine grauen Haare wachsen lassen.

Zu ihrem größten Erstaunen schüttelte der Stallknecht Osbert, ein lebhafter alter Mann mit grauen Haaren und einer Hakennase, den Kopf, als sie ihn aufforderte, Bluebeil zu satteln. »Verzeiht mir, Mylady, aber der Lord hat gesagt, Ihr dürft ohne ihn nicht ausreiten.«

»Wann hat er dir das befohlen, Osbert?«

»Gestern, Mylady, und schon zum wiederholten Male. Er sagte, er werde mir den Hals langziehen, wenn ich auf Euer ... hübsches Gesicht hereinfalle.«

Hübsches Gesicht! Das war zum Lachen. »Wo ist Lord Graelam?«

»Hier, Mylady!«

Sie fuhr herum und erbleichte, als sie ihn, die Arme über der breiten Brust gekreuzt, an der Tür lehnen sah.

»Du möchtest ausreiten?«

Plötzlich hätte sie ihn gern gefragt, wo er die beiden letzten Nächte verbrachte hatte. Statt dessen sagte sie: »Ja, wenn du es gestattest, Mylord.«

Er richtete sich auf und gab Osbert einen Wink. »Mach ihre Stute fertig! Du kannst mitkommen, Kassia. Guy kommt auch mit. Das wird dir sicherlich Freude machen.«

Guy! »Ja«, sagte sie mit erhobenem Kopf. »Das macht mir Freude.«

Ein grollender Brummton tief aus der Kehle. Dann: »Ich erwarte dich draußen.« Er ging.

Der Reitertrupp bestand aus sechs Männern. Rolfe klärte sie auf, daß sie dem Kaufmann Drieux in dem jüngst verpachteten Dorf Wolffeton einen Besuch abstatten wollten. Zu Kassias Überraschung sagte Graelam kein Wort, als Guy seinen Zelter neben ihr parierte.

Freundlich lächelnd sagte er: »Ich habe dem Herrn berichtet, daß die Aborte die Nase nicht mehr belästigen.«

»Der Herzog wird angenehm überrascht sein«, sagte Graelam. »Hast du die Kissen für ihn fertig?«

Sie nickte.

»Da kann sich sein alter Hintern ja freuen«, sagte Guy lachend.

»Das hast du gut gemacht, Mylady«, sagte Graelam.

Das unerwartete Lob tat ihr ungemein wohl.

»Los, Galopp, Kassia!« rief Graelam.

Sie lachte vergnügt auf. Die weiche Sommerbrise fächelte ihr Haar, und sie roch die salzige Seeluft.

Dann verfielen sie wieder in Schritt und Graelam sagte: »Jetzt, da deine Wangen wieder rot und deine Augen klar sind, siehst du nicht mehr so krank aus.«

»Ich bin ja auch nicht krank«, sagte sie.

»Sag mir seinen Namen, Kassia!«

»Ich habe Blanche danach gefragt, aber sie wollte ihn mir nicht sagen.«

»Blanche!« Er schloß die Hände fester um die Zügel. Weiter sagte er nichts, sondern schlug dem Pferd die Hacken in die Flanken und galoppierte von ihr weg.

Das Dorf Wolffeton lag keine drei Kilometer von der Burg entfernt im Schutz eines Tales. Ein Dutzend Männer bauten an der Verteidigungsmauer, die über fünf Meter hoch werden und sie vor Angriffen von See aus schützen sollte. Mindestens ein Dutzend Zelte waren aufgebaut. Überall lag Schutt und Abfall herum. Als einziges war das Haus des Kaufmanns fertiggestellt. Drieux erwartete sie am Tor. Er war ein asketisch wirkender Mann mit schmalem Kopf und tiefliegenden blassen Augen, der ungefähr so alt wie ihr Vater war. Sie hatte ihn vor einigen Wochen in der Burg kennengelernt, wo er außerordentlich höflich mit ihr umgegangen war.

»Mylord, Mylady!« begrüßte er sie mit tiefer Verbeugung.

Graelam stieg vom Pferd. »Ihr macht gute Fortschritte, wie ich sehe. Aber Ihr braucht noch mehr Männer.«

»In einer Woche treffen noch zwölf Familien ein«, sagte Drieux. »Ende des Jahres können wir auf eigenen Füßen stehen.«

Während Guy mit den übrigen zur Mauer hinüberritt, sagte Graelam: »Ich habe meine Frau mitgebracht. Sie soll sich die Waren ansehen, auf die wir uns geeinigt haben. Komm, Kassia!«

Beim Eintreten mußte Graelam sich bücken. Die Waren nahmen das ganze Wohnzimmer ein. Die Deckenbalken hingen hoch, der Fußboden war noch mit Erde bedeckt. Es roch nach frisch geschlagenem Holz. Auf mehreren langen Tischen lagen Stoffballen, Gewürzkisten und blitzende neue Werkzeuge. »Hier ist der Teppich, Mylord.«

Ein Knabe half Drieux beim Ausrollen eines prächtigen roten Wollteppichs. Kassia atmete tief ein. »Oh, Graelam, er ist wunderschön!«

Er sah ihre Begeisterung, und seine Augen blitzten auf. Sie befühlte den dicken Stoff und fuhr mit dem Finger die verschlungenen Muster nach. »Aus Flandern?« fragte sie.

»Ja«, bestätigte Drieux.

»Und der andere, der für unser Schlafzimmer?« fragte Graelam. Der andere Teppich war in lebhaftem Blau gehalten. Kassia stellte sich vor, wie sie mit den Füßen darin versinken würde. »Er ist wunderschön«, flüsterte sie. Plötzlich dachte sie an die Kosten und daran, daß die wertvolle Halskette aus Graelams Truhe gestohlen worden war. »Eigentlich brauchen wir ihn nicht, Mylord. Er ist bestimmt sehr teuer.«

»Das macht nichts. Ich will ihn haben.« Aufmunternd erwiderte er ihr scheues Lächeln.

»Wollen wir ihn in das Zimmer des Herzogs legen, solange er bei uns weilt?«

»Ausgezeichnete Idee«, sagte er. »Der Herzog wird bestimmt glauben, daß du genau die Herrin bist, die Wolffeton braucht.« Und damit ging er, um sich die Befestigungsanlagen des Dorfes anzusehen.

Kassia folgte ihm nach draußen und sah den Arbeitern aus der Ferne zu. Drieux gesellte sich zu ihr.

»Ihr werdet sicherlich ein wohlhabender Mann werden, Monsieur.«

»Ja, unter dem Schutz von Lord Graelams starker Hand.«

Graelam kam zurück und half Kassia in den Sattel. Als sie sich der Burg näherten, schickte er Guy und die anderen voraus und winkte Kassia, ihm zu folgen. Er führte sie an den versteckten Strand, wo er ihr vor vielen Wochen die Jungfernschaft geraubt hatte. »Ich habe mit dir zu sprechen«, sagte er. Er hob sie aus dem Sattel und band die Pferde an. Dann sagte er: »Als ich dich nach dem Namen des Mannes fragte, sagtest du, Blanche wolle ihn dir nicht nennen. Warum ziehst du sie da hinein?«

»Weil nur sie es gewesen sein kann, die diese Männer gekauft hat. Ich kam erst darauf, als du mir von der gestohlenen Halskette erzählt hast. Da war mir klar, daß es jemand aus dem Burghaushalt gewesen sein muß. Nur Blanche kam in Frage, weil sie mich an dem Tag begleitet hat. Ich bat sie, mir den Namen des Mannes zu nennen, aber sie lachte nur und weigerte sich.«

»Das ist lächerlich«, sagte er kalt. »Blanche hat keine Veranlassung, so etwas zu tun.«

»O doch. Sie will dich heiraten und die Zukunft ihres Sohnes sichern, den sie sehr liebt.«

Graelam erinnerte sich an den Abend, an dem Blanche zu ihm ins Zimmer, in sein Bett gekommen war. Laut sagte er: »Du fantasierst, Kassia. Blanche ist nicht hinter mir, sondern hinter Guy her. Heute abend wird Guy seine Verlobung mit ihr bekanntgeben. Er hat die beiden letzten Nächte mit ihr geschlafen.«

Kassia schwankte. Guy und Blanche! »Nein«, flüsterte sie.

»Ah, das macht dir Kummer, nicht wahr, Mylady? Dein edler Guy begehrt eine andere Frau. Ja, Blanche ist eine echte Frau mit den Wünschen einer Frau und dem weichen Körper einer Frau.«

»Aber sie ist älter als Guy!«

»Nur zwei Jahre, das zählt nicht. Sie wird ihm viele Söhne gebären, und das ist selbstverständlich der einzige Heiratsgrund für einen Mann. Dies und der Zuwachs zu seinen Schatztruhen und an Land. Er konnte sie erst jetzt fragen, da er vorher nichts besaß.«

Kassia begann an ihrem Verstand zu zweifeln. Wenn Blanche Guy liebte, warum hätte sie dann die Entführer kaufen sollen? Darauf fand sie keine Antwort.

Graelam dachte daran, was Guy ihm gestern abend gesagt hatte. »Eurer Frau kann nichts Besseres geschehen, als wenn Blanche aus Wolffeton verschwindet.« Er hatte es aber Kassia nicht erzählt.

»Es wird Zeit, daß du mir Söhne schenkst, Mylady. Du bist zwar ein frigides Kind, aber du wirst mir gegenüber deine Pflicht erfüllen.« Er packte sie an den schmalen Schultern, zog sie an sich, nahm ihren Kopf in seine großen Hände und küßte sie stürmisch. Ihre Lippen waren kalt, und sie hielt sie fest zusammengepreßt.

»Bitte«, flüsterte sie an seinem Mund, »du darfst mir nicht wieder weh tun. Das habe ich nicht verdient.«

Er stieß sie weg. »Nein? Vielleicht sollte ich dich nach Belleterre schicken und mir eine richtige Frau nehmen.«

Blind vor Wut, aber mit kalter Stimme sagte sie: »Vielleicht solltest du es wirklich tun.«

»Das reicht!« brüllte er sie an. »Besteig deine Stute, Weib! Du kannst nach Wolffeton reiten und die Vorbereitungen für das Fest heute abend treffen. Du möchtest doch Guy nicht enttäuschen, oder?« Stumm schüttelte sie den Kopf und kletterte auf Bluebells Rücken.

20

Kassia stand regungslos da, während Etta ihr den weichen Samtgürtel umband, der das hellblaue Seidenkleid in der Taille raffte. Sie hatte Blanche den ganzen Tag über nicht gesehen. Wozu auch? dachte sie. Blanche hatte ja keine Veranlassung, ihr die Wahrheit einzugestehen. Sie biß sich auf die Unterlippe. Was war denn die Wahrheit?

Etta trat zurück, um ihre Herrin anzuhimmeln. »Du siehst sehr hübsch aus, mein Kindchen«, sagte sie zärtlich. »Aber warum trägst du denn schon heute abend dein schönstes Kleid? Der Herzog kommt doch erst morgen.«

»Das wirst du schon sehen, wenn du in den Saal kommst, Etta.«

Wie an den letzten beiden Tagen erschien auch Blanche in einem ihrer schönsten Kleider. Kassia mußte zugeben, daß sie wirklich wunderschön aussah. Kein Wunder, daß Guy sich in sie verliebt hatte.

Blanche musterte Kassia eingehend und sagte dann mit honigsüßer Stimme: »Du siehst heute abend beinahe wie eine Edelfrau aus. Darf ich fragen, warum?«

»Natürlich aus Anlaß deiner Verlobung«, antwortete Kassia.

Blanche sog scharf den Atem ein und klapperte mit den Lidern. »Du weißt Bescheid? Hat Graelam mit dir gesprochen?«

»Ja, heute morgen. Da muß ich dir wohl gratulieren.«

Blanche verstand die Welt nicht mehr. »Und du bist nicht niedergeschlagen? Hast du denn Graelam auch richtig verstanden?«

»Aber ja. Ich hatte nur keine Ahnung, daß ihr euch so gern habt.«

Blanche war vorübergehend sprachlos. »Und ich hatte immer angenommen, du hättest ihn gern. Du hast also nur so getan? Komm, komm, das glaube ich dir nicht!«

»Ich mag ihn gern, ja«, sagte Kassia achselzuckend. »Da ich aber in dieser Angelegenheit nichts zu sagen habe, wäre es dumm, mich darüber zu beklagen und zu schimpfen. Er muß schließlich wissen, was er tut. Ich hoffe nur, daß du ihm eine gute Ehefrau bist, Blanche.«

»Darauf kannst du dich verlassen. Er hat in den beiden letzten Nächten mit mir geschlafen, und ich habe ihn glücklich gemacht.«

»Ja, ich weiß. Das hat mir Graelam auch erzählt.«

Da konnte Blanche nur noch fassungslos den Kopf schütteln.

Der Saal füllte sich schnell. Die Männer nahmen an den langen Tischen Platz. Guy kam lächelnd auf Blanche zu und bedeutete ihr, sich neben ihn zu setzen.

»Ich weiß nicht recht«, sagte sie zögernd. Sie versuchte, Graelam auf sich aufmerksam zu machen, aber er sah nie zu ihr hin.

»Setzt Euch, Blanche! Ihr werdet sehen, es ist besser so.«

Sie brachte kaum einen Bissen hinunter. In ihrem Kopf jagten sich die Gedanken. Wann wird er es allen mitteilen? Worauf wartet er noch? Was hat er da mit Kassia zu reden?

»Geduld, Blanche«, sagte Guy leise und warf ihr einen amüsierten Blick zu.

Na, wenigstens konnte sie Guy zeigen, wie sie ihren Triumph genoß. »Es ist alles so gekommen, wie ich es haben wollte«, sagte sie zu ihm.

»Das meine ich auch«, sagte Guy liebenswürdig.

»Und Ihr könnt nichts mehr dagegen tun!« zischelte sie ihm zu. »In wenigen Minuten wird Graelam es verkünden.«

»Ja, das hat er mir gesagt.«

»Hofft Ihr vielleicht, Kassia zu bekommen? Werdet Ihr Euch freiwillig dazu melden, sie zu ihrem Vater in die Bretagne zurückzubringen?«

»Nein«, sagte er ruhig.

Graelam erhob sich. Endlich, dachte sie und setzte sich aufrecht. Endlich! »Alle mal herhören!« rief er laut. Er wartete, bis es im Saal still geworden war. »Ich kann euch ein frohes Ereignis ankündigen. Blanche, würdest du bitte herkommen? Guy, du natürlich auch.«

Warum denn Guy? dachte sie.

»Wir wünschen dem jungen Paar alles Gute«, sagte Graelam und grinste Guy dabei an. »Blanche und Guy werden übermorgen in Anwesenheit des Herzogs von Cornwall die Ehe schließen!«

»Nein!« wollte Blanche rufen. Aber Guy schnappte sie sich und verschloß ihr den Mund mit herzhaften Küssen.

Ringsum laute Zurufe, Glückwünsche und der Schrei nach mehr Bier. »Jetzt ist es passiert, Blanche«, sagte Guy an ihrem Mund.

»Du Hurensohn!« Sie wollte sich von ihm freimachen, aber er hielt ihre Arme wie mit eisernen Banden fest.

»Das hast du wohl nicht gedacht, als ich bei dir im Bett war, wie?« sagte er im Flüsterton. »Jedenfalls warst du mit Leib und Seele dabei. Und ich habe dir versprochen, daß du nie mehr allein schlafen mußt. Graelam ist mit der Entwicklung sehr zufrieden. Und er duldet keinen Widerspruch.«

»Nein«, stöhnte sie fassungslos.

»Vielleicht trägst du schon meinen Sohn im Leib, meine Geliebte. Und wenn Chitterley auch nicht so großartig wie Wolffeton ist, wirst du auch dort glücklich sein, du wirst es sehen.«

»Das hast du dir schlau ausgedacht«, stieß sie hervor. »Dafür sollst du in der Hölle braten, Guy! Ich heirate dich nie, nie, nie! Ich will Graelam heiraten, und ich bekomme ihn auch noch!«

Guy war äußerst dankbar für die obszönen Zurufe und Zoten der Männer, die Blanches Proteste weit übertönten. Schließlich hievte er sie sich auf die Schulter und schritt mit ihr an den lachenden Männern vorbei aus dem Saal.

Als er sie draußen absetzte, keuchte sie vor Wut. Doch er packte sie am Arm und zerrte sie über den Burghof in den warmen, dunklen Stall. Dort gab er ihr einen leichten Schubs, und sie fiel auf einen Heuhaufen. »Hör mich an, Blanche! Ich habe die feste Absicht, dich zu einer süßen, liebevollen Ehefrau zu machen. Wenn du dich widersetzt, kriegst du Schläge, darauf kannst du dich verlassen. Graelam will dich nicht haben. Er hat dich nie haben wollen. Du weißt so gut wie ich, daß es zwischen Kassia und ihm ... Probleme gibt. Aber hier auf Wolffeton trägst du nur dazu bei, daß Kassia unglücklich wird oder daß du, wie ich hinzufügen möchte, mein Liebling, Männer kaufst, um sie loszuwerden. Nein, versuche nicht, es abzuleugnen! Und nun, glaube ich, ist es an der Zeit ... die Verlobung zu vollziehen.«

Er fing an sich auszuziehen, und eine Weile starrte Blanche ihn nur wortlos an. Schmerzerfüllt fragte sie ihn im Flüsterton: »Du hast also Graelam gesagt, daß ich freiwillig mit dir geschlafen hätte?«

»Ja. Komisch, Graelam hält dich immer noch für bescheiden und unterwürfig. Für mich erstaunlich, daß du ihn so lange täuschen konntest. Übrigens habe ich ihm versichert, daß du im Bett eine tolle Frau bist.«

Sie ließ kein Auge von ihm, als er sich nackt auszog. »Du willst mich doch gar nicht«, klagte sie dabei. »Du bist doch auf diese kleine Hure scharf. Und du weißt, daß Graelam nichts für sie übrig hat! Verdammt noch mal, das weißt du doch!«

Jetzt stand er nackt vor ihr. »Graelam ist verrückt nach ihr«, sagte er leise. »Er weiß es nur noch nicht. Na, wie gefällt dir mein Körper, Blanche? Heute nacht hast du nach der Narbe an der Leiste gesucht, bist aber dabei eingeschlafen. Ich habe mich gewundert, daß du mich überhaupt mit Graelam verwechselt hast. Er ist doch viel größer als ich.«

»Ich war zu dumm.«

»Wahrscheinlich«, sagte er und ließ sich neben ihr ins Heu fallen.

»Dafür hast du aber mich bekommen. Du wirst doch zugeben, daß ich ein guter Liebhaber bin, oder?«

»Du bist ein übermütiger, eingebildeter Hurensohn«, keifte sie.

»Und du bist eine freche Hexe, weißt du das?« gab er zurück. Er küßte sie innig. Seine Hand fuhr abwärts über ihren Unterleib. Er spürte, wie sie wollüstig erregt die Hüften anhob. »Nein«, flüsterte er an ihrem Mund, »du bist ein köstliches Geschenk, mein Liebling. Ich werde dafür sorgen, daß du Graelam und Wolffeton schnell vergißt.«

Graelam sah seine Frau scharf an und sagte: »Du könntest doch wenigstens so tun, als ob du zufrieden wärst.«

»Guy wird mir fehlen«, sagte Kassia. »Er ist immer nett zu mir gewesen.«

»Ja, es gibt viele Männer, die *nett* zu dir gewesen sind. Sogar Drieux lobt dich in den höchsten Tönen.« Er beugte sich zu ihr. »Hast du den guten Kaufmann in deinem Bett verwöhnt?«

»Da mein Bett auch dein Bett ist«, erwiderte sie kalt, »weißt du genau, daß du so was nur zu mir sagst, um dich in deiner Abneigung gegen mich zu bestärken.« Dann setzte sie achselzuckend hinzu: »Nun ja, du hast jetzt mehrere Nächte nicht in deinem Bett verbracht. Also, kannst du ja wirklich nicht ganz sicher sein, nicht wahr?«

»Das hört sich so an, als fühltest du dich einsam, Mylady. Ich frage mich nur, wie das kommt. Du bist doch noch ein Kind und brauchst gar keinen Mann. Ich kann mir gut vorstellen, daß Guy gerade in diesem Augenblick sein Ding in Blanche reinstößt. Das quält dich, wie?«

Sie sah ihn nicht an und schüttelte nur den Kopf.

»Kassia, du glaubst, ich könnte dich nicht leiden. Verdammt noch mal, sieh mich an, wenn ich mit dir spreche!«

Sie wandte den Kopf zu ihm. »Ja, so ist es«, sagte sie flüsternd. »Zuerst war es anders. Aber dann hast du dich verändert.«

»Ich? Nun ja, weil ich dahintergekommen bin, daß meine süße, unschuldige Frau ein verlogenes Weibsstück ist.«

Ob das wohl nie aufhören wird? dachte sie. »Darf ich mich jetzt zurückziehen, Mylord?«

Er winkte ihr, sie solle gehen. Er sah ihr nach, wie sie bei verschiedenen seiner Männer stehenblieb und sich mit ihnen unterhielt, und sein Ärger nahm zu. Heute nachmittag hatte er mit Drake, seinem Waffenschmied, ein Gespräch geführt. Drake hatte ihm in sachlichem Ton erklärt, daß die Frauen, selbst die besten, nicht aus ihrer Haut heraus könnten. »Sie erfinden immer Geschichten, Mylord. Lady Kassia hat Euch angelogen. Na und? Sie ist doch eine Frau. Wie könnte sie Euch da die Wahrheit sagen?«

»Vielleicht«, hatte Graelam erwidert, »hat sie aber wirklich nicht gelogen.«

»Sie ist jung, Mylord. Und Wolffeton ist etwas ganz anderes als ihre heimatliche Burg in der Bretagne. Warum hat sie den Fluchtversuch unternommen? Warum ist sie wieder zurückgekehrt? Benehmen sich denn nicht alle Frauen so, daß wir nicht mehr wissen, wo uns der Kopf steht?« Er griff nach einer Halsberge und hämmerte methodisch auf die eisernen Halterungen ein. »Ihr solltet die ganze Sache vergessen, Mylord, und Euch damit abfinden, daß sie eine Frau ist.«

Eigentlich hätte Graelam Drakes unverschämte Äußerungen nicht hinnehmen dürfen. Aber Drake war schon lange auf der Welt und hatte zahlreiche Frauen gekannt.

Verdammtes Weib, dachte Graelam, und leerte seinen Weinkelch.

Der Herzog von Cornwall sah sich im großen Saal auf Wolffeton aufmerksam um. »Ich muß sagen, Mylord, hier hat sich viel zum Besseren verändert. Sogar einen Teppich gibt es jetzt.«

Er schenkte Kassia ein freundliches Lächeln. »Ich hätte es nie für möglich gehalten, Mylady. Offenbar habt Ihr dieses große Rauhbein gezähmt. Ach, sogar Kissen auf den Sesseln! Ja, Graelam, Ihr habt die richtige Ehefrau gewählt.«

Er faßte Kassia unters Kinn. »Aber auch Ihr, Mylady, habt Eurem Gatten viel zu verdanken. Ihr habt wieder Fleisch auf den zarten Knochen. Ihr erwartet noch kein Kind?«

Kassia konnte nur den Kopf schütteln.

»Ihr werdet schon dafür sorgen, Mylord«, sagte der Herzog. Er drehte sich um und rief laut: »Sir Walter! Kommt zu Eurem neuen Herrn!«

Ein großer, dünner, gutgekleideter Ritter trat auf sie zu. Er war ein beredter Mann und erwies Graelam die gebührende Achtung. Und doch war etwas an ihm, das Kassia störte und ihr Mißtrauen weckte. Als er sich schließlich ihr zuwandte, wußte sie, daß es seine

Augen waren. Sie waren dunkelblau, aber kalt und flach, ohne jedes Gefühl.

»Mylady«, sagte Sir Walter de Grasse verbindlich.

Sein Blick machte, daß sie sich nackt vor ihm fühlte. Ihr war, als könne er sogar ihre Gedanken erraten. »Sir Walter«, sagte sie, »willkommen auf Wolffeton!«

»Sir Walter kommt aus Cornwall«, sagte der Herzog.

»Ja«, sagte Sir Walter, »leider wurde die Burg meiner Familie von dem Vater dieser Giftnatter Dienwald de Fortenberry zerstört.«

»Nun muß Sir Walter seinen Weg allein machen«, sagte der Herzog.

Graelam sah den Haß in den Augen des Ritters. Ruhig erklärte er ihm: »Was immer de Fortenberry getan haben mag, von Wolffeton hat er sich immer ferngehalten. Daher sehe ich in ihm auch keinen Feind. Ich bitte Euch, das nie zu vergessen.«

Sir Walter verbeugte sich leicht.

Kassia mischte sich ein. »Mein Herzog, wir haben für Euch ein Zimmer mit eigenem Teppich bereit. Erlaubt mir, es Euch zu zeigen!«

Später beim Abendessen erfuhr der Herzog von der Verlobung Sir Guys. Er strahlte. »Ein guter, wertvoller junger Mann. Hat Blanche nicht bereits einen Sohn? Evian, glaube ich.«

»Ja«, sagte Graelam. »Sir Guy hat beschlossen, daß der Junge hier auf Wolffeton bleiben soll. Er macht sich recht gut als Knappe. Ich habe die Hoffnung, daß er eines Tages zum Ritter geschlagen wird.«

»Wahrscheinlich wird der Junge noch viele Brüder und Schwestern bekommen«, sagte der Herzog und warf aus wissenden Augen einen Blick auf Blanche und Sir Guy. »Die Dame scheint gutes Zuchtmaterial zu sein.«

»Sie hat es jedenfalls schon bewiesen«, sagte Graelam sachlich.

»Ihr stellt also Ehefrauen mit Rindern und Pferden auf eine Stufe, ja, mein Herzog?« fragte Kassia.

»Nein, mein liebes Weib«, sagte Graelam dicht an ihrem Ohr. »Rinder und Pferde können sich nur auf eine einzige Art und Weise paaren. Ehefrauen dagegen können bei der Paarung echten Genuß empfinden. Allerdings müssen sie ein wenig Interesse dafür aufbringen.«

Der Herzog lachte laut. »Gut gesprochen, Mylord. Aber Ihr dürft nicht vergessen, daß Eure Gattin noch viele andere Talente besitzt. Meinen alten Knochen tun diese Kissen himmlisch wohl.«

Als schließlich Zuckerwerk und Obst aufgetischt wurde, wandte er sich mit breitem Schmunzeln an Graelam. »Ich habe noch eine Überraschung für Euch. Gebietet Euren Männern einen Augenblick Ruhe! Dann werde ich die Neuigkeit bekanntgeben.«

Stille trat ein. Der Herzog von Cornwall erhob sich und verkündete mit lauter Stimme: »In Kürze kehrt Edward I., König von England, heim! Im Oktober findet in der Westminsterabtei seine Krönung und die der Königin statt! Lord Graelam, Ihr werdet gebeten, an der Zeremonie teilzunehmen!«

Im Saal brach lauter Jubel aus. Unauffällig bedeutete Kassia den Bediensteten, mehr Bier und Wein hereinzubringen. Dann sagte sie aufgeregt zu ihrem Mann: »Graelam, du wirst doch hinreisen, nicht wahr? Ich muß dir neue Waffenröcke nähen. Du hast nur einen guten. Und eine neue Robe aus Purpursamt. Vor dem König mußt du einen guten Eindruck machen!«

»Und was ist mit dir, Kassia? Brauchst du keine neuen Kleider und andere Sachen?«

Sie sah ihn aus großen Augen fragend an. »Meinst du denn, daß ich dich begleiten soll?«

»Selbstverständlich kommst du mit«, sagte Graelam herrisch. »Wer sollte denn sonst für mein Leibeswohl sorgen?«

Am liebsten hätte sie ihm laut erwidert: *Das kann jede Bedienerin tun!* Aber schnell war bei ihr der Zorn über seine Worte verraucht. Voller Begeisterung dachte sie an die Reise nach London.

»Wenn du dem König und der Königin begegnest, brauchst du wirklich neue Kleider«, sagte Graelam. Er spielte mit seinem Weinkelch. »In meiner Truhe habe ich einen Ballen golddurchwirkter Seide. Daraus kannst du dir eins nähen. Schade, daß du die Halskette weggegeben hast. Die hättest du gut dazu tragen können.«

Das freudige Licht in ihren Augen erlosch. Sie sah plötzlich aus, als hätte er sie geschlagen. Zum Teufel, dachte er wütend, sollte er sich vielleicht schuldig fühlen? Sie war es doch einzig und allein, die falsches Spiel mit ihm getrieben hatte und nicht von ihren Lügen abließ!

»Nan«, rief er. »Mehr Wein!«

Kassia saß still da. In der ersten Aufregung hatte sie ganz vergessen, wie wenig er sie leiden konnte und wie sehr er ihr mißtraute.

Ein paar Stunden später lag sie zusammengekuschelt im Bett. Aus dem Saal unten drang gedämpft rauhes Gelächter in ihre Träume. Dann sagte eine leise Männerstimme: »Nun will ich doch mal sehen, ob mein kleines Mädchen auch Kinder zur Welt bringen kann.« Mit einem Seufzer drehte sie sich um. Plötzlich hörte sie den Atemzug eines Mannes.

»Halt still!« sagte Graelam und nestelte am Gürtel ihres Nachthemds.

Er ist betrunken, dachte sie entsetzt und sagte flüsternd: »Bitte nicht!«

»Halt still!« wiederholte er. Er riß an ihrem Gewand. Dann fiel er über sie her, nahm ihren Kopf in beide Hände, küßte sie und schob ihr die Zunge tief in den Mund. An ihren Schenkeln spürte sie sein steifes Glied. Sie blieb regungslos liegen.

Er hob den Kopf, um ihr bei dem trüben Licht ins Gesicht zu sehen. Sie hatte die Augen fest geschlossen. »Verdammt«, sagte er leise. »Du wirst schon mitmachen!« murmelte er dann, riß sich zusammen und löste sich von ihr. Sie schlug die Augen auf.

»Du willst, daß ich dich vergewaltige«, sagte er, »damit du Grund hast, mich noch mehr zu hassen.«

»Ich hasse dich ja nicht.«

»Zieh dich aus, Kassia!«

Er macht ja doch mit mir, was er will, dachte sie. Doch dann flackerte ihr Widerstandswillen auf. »Du sagst doch dauernd, daß ich ein Kind bin und keine weiblichen Gefühle habe. Warum gibst du dich dann überhaupt mit mir ab? Geh doch zu deiner Geliebten zurück! Oder hast du es lieber, wenn du mir weh tun kannst? Dann nur zu, damit ich es hinter mir habe!«

Graelam merkte, daß er zu viel getrunken hatte. In diesem Zustand würde er keine zärtlichen Gefühle bei ihr erwecken können. Er rollte sich zur Seite und stand auf. »Sehr gut«, sagte er und griff nach seinem Umhang. Komischerweise war er ihr wegen der Zurückweisung nicht böse. »Wenn ich in der Nacht wiederkomme, brauchst du keine Angst vor mir zu haben.« Damit machte er kehrt und ging aus dem Schlafzimmer.

21

Als Kassia aus dem Küchenhaus kam, fiel ihr wieder ein, was Sir Walter zu Guy kurz vor dessen Abreise mit Blanche zu ihm gesagt hatte: »Es ist schade, daß ich keinen Vater habe, der mir bei seinem Tod einen Landbesitz hinterläßt.«

Guy hatte nur geistesabwesend geantwortet: »Ja, wirklich, das ist Pech.«

»Aber es gibt noch andere Möglichkeiten«, fuhr Sir Walter fort. »Ich werde nicht mehr lange ohne Ländereien dastehen. Ich werde mir zurückholen, was mir von Rechts wegen gehört.«

Sie blieb stehen und schaute dem Waffenschmied Drake bei der Arbeit zu. Guy fehlte ihr. Sie runzelte ihre Stirn, als sie an seine Abschiedsworte dachte. »Nun, Mylady«, hatte er gesagt und dabei leicht ihre Wange gestreift, »jetzt ist der Weg zu einem glücklichen Leben auf Wolffeton für Euch frei. Und obwohl Blanche eine Nervensäge sein kann, werde ich mit ihr glücklich werden, verlaßt Euch drauf!«

Kassia war sich dessen nicht so sicher. Blanche hatte sich von ihr nicht verabschiedet, sondern durch sie hindurchgesehen.

Jetzt hörte sie die gewaltige Stimme ihres Mannes vom Übungsplatz her. Er war in jener Nacht vor einer Woche nicht ins Zimmer zurückgekommen. Danach hatte er sie nicht mehr angerührt, wenn er neben ihr schlafen ging. Sie nahm an, daß er sich schon immer vorher sein Vergnügen bei Nan geholt hatte.

Sie begab sich in Blounts Verwalterzimmer, um wieder mal einen halbherzigen Brief an ihren Vater zu schreiben. Weil sie ihm keinen Kummer bereiten wollte, hatte sie ihm nie geschrieben, daß sie unglücklich war und ihr Mann ihr mißtraute. Sie dachte an seinen letzten Brief. »Geoffrey verhält sich ruhig«, stand darin. »Zu ruhig. Wie eine Schlange, die umherkriecht, bis sie ein Versteck gefunden hat, aus dem sie vorzüngeln kann.« Kassia beschränkte sich darauf, ihm Mitteilung von der bevorstehenden Krönungsfeierlichkeit zu machen.

»Ihr glaubt wohl, daß Ihr was Besseres seid als wir, was, Mylady?«

Als sie Nans spöttische Worte hörte, drehte sie sich um. Das Mädchen stand, die Hände in den Hüften, an der Tür.

Kassia erhob sich. »Was willst du, Nan?« fragte sie scharf.

»Die alte Schachtel Etta hat mir gesagt, ich soll die Tische im Saal schrubben.«

»Ja, so will ich das haben.«

»Das wollen wir doch mal sehen!« murmelte Nan und zog ab.

Kassia ahnte Böses. Einige Stunden später, als sie die Näharbeit an ihrem Seidenkleid eingestellt hatte, fand sie ihre Ahnung bestätigt. Die Tische im großen Saal waren nicht geschrubbt worden. Zudem saß Nan in Kassias Sessel, wedelte mit den Händen und gab mit lauter, zänkischer Stimme Befehle. Dabei ahmte sie sogar Kassias französischen Akzent nach.

»Runter von meinem Sessel!« sagte Kassia in schneidendem Ton. »Sofort!«

Nan fuhr auf. Aber sie hatte sich gleich wieder in der Gewalt und sah Kassia frech an.

»Du machst dich jetzt an die Arbeit, Nan! Sonst stecke ich dich ins Waschhaus oder auf die Äcker.«

»Nein, Mylady.« Nan maß sie mit einem verächtlichen Blick. »Dazu seid Ihr nicht befugt. Mylord würde das nie gestatten. Tische schrubben ist ja Schwerarbeit. Mylord läßt nicht zu, daß ich mich so anstrengen muß und dann nachher zu müde bei ihm bin.«

Hinter sich hörte Kassia leises Gekicher. Sie schloß einen Moment die Augen. Sie war die Herrin auf Wolffeton. Wenn sie die kleine Hure in diesem Ton mit sich reden ließ, würde sie jede Autorität verlieren. Sie richtete sich kerzengerade auf. »Du hältst deinen frechen Mund, Nan, und tust das, was ich dir befohlen habe. Und zwar sofort!«

»Nein, Mylady. Zu harte Arbeit. Könnte dem Kind von Mylord schaden.« Sie schlang die Arme um den Bauch und sah Kassia herausfordernd an.

Ein Kind! Graelams Kind! Ja, jetzt erkannte auch sie die kleine Wölbung unter Nans Taille.

Hinter der großen Eichentür stand Graelam. Nans verblüffende Eröffnung hatte ihn überrascht. Aber jetzt achtete er nur auf Kassia. Sie sah krank aus. Und sie war wütend. Als Kassia ihn sah, verstummte sie, in der Erwartung, daß er sie vollends erniedrigen würde.

»Mylord!« rief Nan und ging auf ihn zu.

Graelam hob die Hand. »Was geht hier vor, Mylady?« fragte er Kassia.

Das weiß er doch genau, dachte sie. Er will mich in eine Falle locken. Kühl sagte sie mit klarer Stimme: »Ich habe Nan eine Arbeit zugewiesen, Mylord. Sie will sie nicht ausführen, weil sie schwanger ist.« *Mit deinem Kind.*

»Ach, so ist das«, sagte er. Dann wandte er sich an Nan: »Was ist das für eine Arbeit, die zu schwer sein soll?«

»Ich soll die Tische schrubben, Mylord. Sie sind sehr dreckig, weil die Männer des Herzogs sich wie die Schweine benommen haben.«

Kassia hatte die Fäuste geballt. Graelam bemerkte es und lächelte ein wenig. Zu Nan sagte er: »Du fängst jetzt mit der Arbeit an, wie deine Herrin es dir gesagt hat.«

Nan hielt vorsichtshalber den Mund. Vielleicht wollte er seine dünne Frau nur nicht vor dem ganzen Personal in Verlegenheit bringen. Es wäre wahrscheinlich klüger gewesen, sie hätte ihm schon von ihrer Schwangerschaft berichtet, bevor sie den Streit mit Kassia angefangen hatte.

»Sehr wohl, Mylord«, sagte sie zuvorkommend. »Ich werde mit der Arbeit beginnen.«

»Komm mit mir, Kassia!«

Unterwegs sagte er nichts. Sie wartete, bis sie in ihrem Zimmer waren. Sie trägt ihr kleines Kinn wieder sehr hoch, dachte er. Es wird also eine Auseinandersetzung geben.

»Das Kind ist natürlich von dir«, sagte Kassia.

»Anzunehmen«, erwiderte er ruhig.

»Du erwartest jetzt wohl, daß ich mich bei dir dafür bedanke, weil du mich nicht vor dem ganzen Personal blamiert hast.«

»Das könntest du allerdings tun. Aber ich glaube nicht, daß du dazu bereit bist.«

»Ich bin schließlich die Herrin von Wolffeton!« erregte sie sich.

»Wirklich?« sagte er ruhig. »In mancher Hinsicht trifft das zu. Doch in anderer Hinsicht, Mylady, läßt du sehr zu wünschen übrig.«

»Genau wie du, Mylord!«

Zu ihrer Überraschung gab er ihr recht. »Das stimmt. Ich mache dir einen Vorschlag. Ich setze der frechen Nan den Kopf so zurecht, wie du es wünschst. Dafür kommst du in Zukunft freiwillig zu mir ins Bett und spielst nicht mehr die empörte Jungfrau oder das leidende Opfer. Wenn nicht, könnte ich dir das Leben sehr unangenehm machen.«

Er hatte erwartet, daß sie sich angeekelt abwenden würde. Doch sie rührte sich nicht von der Stelle. »Was meinst du damit, daß du dem Mädchen den Kopf so zurechtsetzen wirst, wie ich es wünsche?«

»Ich werde sie mit jemandem verheiraten und von Wolffeton entfernen. Damit bist du die unverschämte Göre los. Das heißt, wenn du auf meinen Vorschlag eingehst.«

Kassia konnte sich leicht vorstellen, was geschehen würde, wenn Nan die Oberhand behielte. Sie reckte das Kinn noch etwas höher. »Du hast eigentlich nicht das Recht, dich in meinen Umgang mit dem Personal einzumischen. Das gilt auch für deine kostbare Geliebte!«

»Dann nehme ich an, daß du auf meinen … Vorschlag nicht eingehen willst.«

»Du hast kein Recht dazu! Willst du mir denn alles entziehen?«

»Im Gegenteil«, sagte er mit sanfter Stimme. »Ich möchte dir mehr Rechte einräumen. Zum Beispiel das Recht auf Freuden im Bett. Die kann man nämlich wirklich auch als Frau erleben. Zufälligerweise habe ich Blanches Lustschreie in ihrer Hochzeitsnacht gehört. Soll mir etwas verwehrt sein, was Guy genießen darf?«

»Ich gestehe keinem etwas zu!«

»Das reicht, Kassia. Wie lautet deine Antwort?«

»Wenn ich deinen Vorschlag ablehne, erläßt du dann Nan alle körperliche Arbeit und machst sie zur Herrin auf Wolffeton?«

Selbstverständlich nicht, dachte er, sagte es aber nicht, sondern zuckte nur gelangweilt die Achseln.

»Ich weiß nicht, was ich tun soll!« rief sie.

»Ich wünsche nur … Bereitschaft. Alles andere bringe ich dir bei. Komm schon, Kassia, meine Männer erwarten mich. Wie lautet deine Antwort?«

»Ich … ich bin einverstanden«, sagte sie flüsternd.

»Sehr gut. Jetzt komm mit mir in den Saal und gib Nan deine Anweisungen! Ich werde mich bemühen, einen Ehemann für sie zu finden.«

Nan riß die Augen auf und konnte es nicht glauben. Dann kam sie zu dem Schluß, daß sie Kassia übertrieben hart herausgefordert hatte. Sie las es auch in den Augen der anderen Bedienerinnen. Die freuten sich auch noch über ihren Reinfall! Verrotten sollten sie! Sie mußte später mit Graelam unter vier Augen sprechen.

Graelam nahm Kassia an der Hand und führte sie in den Burghof. »Deinen Teil unseres kleinen Handels wirst du heute abend zum erstenmal erfüllen, mein Weib.« Dabei drückte er ihr leicht die Hand und sah, wie eine Gänsehaut ihre Arme überzog.

Später sprach Graelam Sir Walter an. »Ich will, daß Ihr morgen mit drei Männern zu einem Bauernhof reitet, der vier Kilometer nach Westen hin liegt. Der Bauer heißt, glaube ich, Robert. Vor kurzem ist ihm die Frau gestorben. Den sollt ihr mir nach Wolffeton bringen.«

Walter nahm den Auftrag gern entgegen. Er hätte sich nur gewünscht, weiter reiten zu dürfen als die vier Kilometer, nämlich bis zu Dienwald de Fortenberrys Burg.

Klugerweise beschloß Graelam, erst am nächsten Tag mit Nan zu sprechen. Er glaubte nämlich nicht so recht daran, daß Kassia ihre Abmachung einhalten würde. Für Nan hatte er kaum etwas übrig. Nicht einmal für die Tatsache, daß sie ein Kind von ihm bekommen würde. Natürlich würde er für den Unterhalt zahlen. Auch der Bauer würde dafür Geld bekommen, daß er Nan heiratete. Es war Graelams zweites uneheliches Kind. Das erste, ein Mädchen, war schon im ersten Lebensjahr gestorben. Sein Vater hatte gern mit der Zahl der Mädchen geprahlt, die er geschwängert hatte, und behauptete, er hätte mehr als ein Dutzend uneheliche Kinder. Graelam dachte nur daran, Kassia ein Kind zu machen. Der Gedanke erfüllte ihn mit großer Freude. Ich bin schon halb verblödet, dachte er.

»Eure Haare wachsen schnell, Kindchen«, sagte Etta, als sie Kassia die schimmernden Locken kämmte. »Ich finde, sie sind noch dichter als vor Eurer Krankheit.«

Kassia schaute in den polierten Silberspiegel. »Ja«, sagte sie kaum verständlich, »langsam sehe ich wieder wie eine Frau aus.« *Und in wenigen Minuten muß ich so tun, als machte es mir sogar Spaß, eine Frau zu sein!* Merkwürdigerweise konnte sie sich noch daran erinnern, wie gern sie es anfangs gehabt hatte, wenn ihr Mann sie streichelte und küßte. Bis er ihr weh getan hatte. Bis er ihr unmißverständlich gezeigt hatte, wie sehr er sie verachtete.

»Ich habe gehört, daß der neue Ritter, Sir Walter, bei den Männern nicht so beliebt ist, wie es Sir Guy war.«

»Wo hast du das gehört?« fragte Kassia hellhörig.

»Von einem der Männer. Ich weiß nicht mehr, von welchem. Ich finde, er ist ein kalter Hund, und undurchschaubar ist er auch.«

»Ich würde gern wissen, wie Graelam über ihn denkt«, sagte Kassia.

»Der Lord ist ein Mann, der nichts durchgehen läßt. Wenn Sir Walter nicht das ist, was er vorgibt, wird er ihn bald an die frische Luft setzen.«

»Hoffentlich hast du recht, Etta.«

In diesem Augenblick kam Graelam ins Zimmer. »Recht – womit?« fragte er.

Bereitwillig antwortete Etta: »Mit Sir Walter.«

Kassia wagte sich weiter vor. »Vielleicht ist er nicht der, der er zu sein vorgibt.«

»Hat er dich belästigt?«

Kassia blinzelte verlegen. »Nein, Mylord, aber ich traue ihm nicht über den Weg. Er erinnert mich ein bißchen an Geoffrey.«

»Ich verstehe«, sagte Graelam und beobachtete in aller Ruhe, wie seine Frau nervös hin und herlief. »Willst du dich immer noch an unsere Abmachung halten?«

Sie schluckte schwer. Dann nickte sie, vermied aber seinen Blick.

»Ich habe dir mal versprochen, ich würde dir keine Gewalt mehr antun. Du glaubst aber immer noch, daß es dir weh tun wird und du mir vormachen mußt, es bereitete dir Freude, stimmt's?«

»Etwas anderes habe ich noch nicht erlebt«, antwortete sie.

»Heute abend wirst du es erleben.«

Es klopfte leise an die Tür, und Graelam machte auf. Evian überreichte ihm ein Tablett mit Wein und zwei Gläsern.

»Du brauchst mich nicht betrunken zu machen, Mylord!«

»Das will ich auch gar nicht«, sagte er lächelnd. »Doch solltest du ruhig ein paar Tropfen trinken, Mylady. Das entspannt. Hier!«

Sie trank von dem kühlen Süßwein sogar ein zweites Glas. Danach fühlte sie sich angenehmer, ihre Zunge löste sich, und sie sprach ungehemmt ihre Gedanken aus. »Warum ist es dir denn so wichtig, daß es mir Spaß machen soll, mit dir zu schlafen?«

»Ich will nicht, daß mein Kind mit Angst empfangen wird«, sagte er.

»Macht das etwas aus?«

»Für mich ja. Genug Wein, Kassia! Geh jetzt ins Bett!«

Sie fügte sich.

Während er sich auszog, beobachtete er sie aus den Augenwinkeln. Machte es denn wirklich etwas aus, was sie dabei empfand?

Sie war doch nur eine Frau, seine Gattin. Doch, es machte etwas aus. Gleichviel, warum. Er war jedenfalls froh, sich einen Weg ausgedacht zu haben, auf dem sie ihm wie gewünscht entgegenkommen würde. Nach einer Weile fragte er: »Hat Nan deinem Befehl gehorcht?«

»Ja, aber unwillig.«

Es war Zeit zu erproben, ob sie das Abkommen einhalten würde. »Komm ins Bett, Kassia!«

Er sah nicht hin, merkte aber, wie das Bett ein wenig einsackte. Nun drehte er sich zu ihr um. »Jetzt mußt du mich küssen.« Er hatte die Hände unter dem Kopf gefaltet. Langsam stützte sie sich auf einen Ellbogen, beugte sich vor und gab ihm einen flüchtigen Kuß.

»Ausgezeichnet«, sagte er ernst. »Jetzt küß mich noch einmal! Aber diesmal mußt du die Lippen dabei öffnen.«

Er fühlte ihren warmen, nach Süßwein duftenden Atem. Dann drückte sie wieder die Lippen auf seinen Mund. »Das war doch gar nicht so schrecklich, nicht wahr?«

Sie schüttelte den Kopf.

»Ich will aber deine Zunge in meinem Mund fühlen. Ich versichere dir, daß es nicht weh tut.«

Vorsichtig und befangen fügte sich Kassia seinem Wunsch. Ihre Zungen berührten einander. Sie erschrak, doch dann empfand sie das Gefühl als angenehm. Unwillkürlich drängte sich ihr Körper an seinen. Auf einmal lag ihre Hand auf seiner Brust und spielte mit den Haaren darauf, ohne daß sie es merkte.

Er hob den Kopf. Ihr Atem ging schon schneller, während er noch gleichmäßig atmete. »Noch einmal, Kassia«, sagte er leise.

Er überließ ihr völlig die Initiative und war entzückt, daß ihr Kuß inniger wurde, ihre Hand nun auf seiner Schulter lag und ihre Fingerspitzen sich in sein Fleisch bohrten. Ihre weichen Brüste drängten sich an seinen Oberkörper, und er wußte nicht, ob er sich noch lange beherrschen könnte. Ganz langsam zog er eine seiner Hände unter dem Kopf weg und legte sie ihr auf den Rücken. Zuerst fuhr sie mißtrauisch zurück. Da strich er ihr sacht übers Haar und bemühte sich, sein wachsendes Verlangen zu unterdrücken.

Wieder glitt ihre Hand über seinen Oberkörper und dann immer tiefer. Er dachte, er würde gleich explodieren.

»Fühlt sich meine Haut gut für dich an?« flüsterte er an ihrem warmen Mund.

Ihr war, als gehorche ihr Körper nicht mehr ihrem Willen. Keuchend stieß sie hervor: »Ich ... ich finde es gar nicht so schlecht, dich zu küssen.«

»Wie schön«, sagte er mit rauher Stimme. Er hatte die größte Mühe, nicht lustvoll zu stöhnen. Das ist ja eine Qual, dachte er. So hatte er sich das nicht vorgestellt.

Wieder suchte sie seinen Mund, und diesmal begann sie zu zittern, als ihre Zungen sich trafen. Ihr nackter Oberschenkel rieb sich leicht an seinem. Er spürte ihr vorsichtiges Drängen. Wenn er sie so weitermachen ließ, würde er jede Beherrschung verlieren.

»Das hast du gut gemacht«, sagte er und sah ihr in die verschwimmenden Augen. »Jetzt kannst du schlafen gehen, Kassia.«

Sie sah ihn verblüfft an. In ihrem Schoß war es warm geworden, in ihren aufgerichteten Brustspitzen prickelte es. Sie hätte so gern weitergemacht. Keuchend sagte sie: »Ich ... ich verstehe nicht.«

»Schlaf jetzt!« sagte er. »Wenn es dir nachts kalt werden sollte, kannst du dich bei mir wärmen. Gute Nacht, mein Weib.«

Kassia seufzte tief auf. Völlig verwirrt sagte sie ins Dunkel: »Ich werde dich wohl nie verstehen.«

Er strengte sich an, sie sein schnelles Atmen nicht hören zu lassen, und dachte: Vielleicht verstehe ich mich selber nicht mehr.

22

Der Bauer Robert war hocherfreut darüber, daß ihm eine neue Ehefrau angeboten wurde. Daß sie vom Lord ein Kind im Leibe trug, kümmerte ihn nicht. Sie war ein hübsches Mädchen und noch sehr jung. Zweifellos würde sie ihm Söhne gebären, die ihm halfen, seinen Bauernhof stattlicher zu machen. Er sah nur Gutes für sich voraus. Für sein Kind würde der Lord selber aufkommen.

Nan konnte es zuerst nicht glauben. Dann geriet sie in schäumende Wut. Aber das nützte ihr alles nichts. Den Bauern haßte sie auf den ersten Blick. Dabei war er, nüchtern betrachtet, weder alt, noch sah er übel aus.

Wolffetons Priester, Pater Thomas, traute das Paar in großer Eile, und Graelam schenkte dem Bauern ein Faß des besten Weins und gab Nan eine Mitgift.

Wenn Kassia die Art, wie sich Graelam seiner Geliebten entledigte, auch für ziemlich herzlos hielt, so war sie doch über den Weggang des Mädchens ungemein erleichtert. Immer wieder mußte sie daran denken, welche warmen, drängenden Gefühle in ihr aufgestiegen waren, als sie Graelam geküßt hatte. Das ärgerte und erschreckte sie. Denn Graelam hatte sie einfach weggeschoben. Hatte sie verschmäht. Als sie am nächsten Morgen erwachte, war er schon fort, und unten im Saal begrüßte er sie so gleichgültig, als hätte sich nichts Außergewöhnliches zwischen ihnen ereignet. Einen Augenblick lang spürte sie den fast unwiderstehlichen Drang, ihm einen Fußtritt zu versetzen.

Kurze Zeit spielte sie mit dem Gedanken, ihm ihr Abkommen aufzukündigen. Von Nan hatte sie ja keine Unverschämtheiten mehr zu befürchten. Sie wütete gegen sich selbst. Warum hatte sie nie ihren Vater gebeten, sie über die Männer aufzuklären?

Indessen sehnte sich Graelam leidenschaftlich nach einem Waffengang. Seine Energie war unerschöpflich und sein Sinn auf Taten gerichtet. Er hätte es sogar begrüßt, wenn Dienwald de Fortenberry plündernd in sein Gebiet eingefallen wäre. Wie gern wäre er dem Mann in der Schlacht begegnet! Mit zwölf seiner Männer ritt er zum Dorf Wolffeton hinüber und arbeitete mit ihnen fieberhaft an der Vollendung der Befestigungsmauer. Als er nachmittags heimkam, war er völlig erschöpft.

Er nahm ein Bad. Da kam Kassia ins Zimmer, und er merkte, daß er doch nicht so ausgepumpt war, wie er angenommen hatte.

»Ich bin hier, um dich zu bedienen, Mylord«, sagte sie.

Er war froh, daß das Badewasser sein Begehren nach ihr verbarg. »Du kannst mir den Rücken waschen«, sagte er und beugte sich vor.

Sie fühlte das Spiel seiner kräftigen Muskeln unter dem Badetuch. Zu ihrem Staunen erregte sie das. In ihrem Schoß wurde es warm. Rasch sagte sie: »Ich bin heute mit deinem neuen Waffenrock fertig geworden. Hoffentlich gefällt er dir.«

»Und dein Kleid?«

»Das fange ich auch bald an.«

Ihre Hand tauchte ins Wasser und näherte sich seinen Hüften. »Das ist genug, Kassia. Kümmere dich um das Essen! Ich komme gleich nach unten.«

Sie nickte nur. Sie brachte kein Wort heraus. Die Kehle war ihr vor Kummer wie zugeschnürt.

Immer wieder schweifte der Blick Sir Walter de Grasses zu dem erhöhten Tisch, an dem Kassia saß. Er spürte ihre Abneigung, die ihn ärgerlich machte. Wie stolz die Frau des Lords war! Wie sie sich aufspielte! Und doch hatte sie sich mit Dienwald de Fortenberry eingelassen. Sir Walter hatte mitangehört, wie sie ihrem Mann diesen Edmund beschrieb. Gesichtszüge von der Farbe grobkörnigen Sands. Ja, das konnte nur Fortenberry sein.

Sobald sich die Gelegenheit ergab, würde er de Fortenberry nach Wolffeton bringen. Er war gespannt darauf, wie sich die stolze Kassia verhalten würde, wenn sie ihren Liebhaber wiedersah. Es wunderte ihn nur, daß Lord Graelam so freundlich mit ihr umging. Wäre sie seine Frau gewesen, so hätte er sie für diesen Fehltritt totgeschlagen.

Er überlegte, ob er Graelam einfach sagen sollte, wer der Mann gewesen war. In seiner Wut würde der Lord wahrscheinlich sofort gegen de Fortenberry in den Kampf ziehen.

»Möchtest du jetzt eine Partie Schach mit mir spielen?« fragte Graelam seine Frau.

»Vielleicht«, sagte sie und spielte mit einem Stück Brot. »Ja, sehr gern, Mylord.«

Später saßen sie sich in ihrem Zimmer am Schachtisch gegenüber. Graelam lehnte sich weit zurück. Kassia studierte die Figurenstellung. Ganz langsam streckte er die Beine aus. Ihre Oberschenkel berührten sich. Sie zuckte zusammen und hob den Blick.

Er achtete nicht darauf und sagte freundlich: »Paß auf deinen Läufer auf, Kassia!«

»Auf meinen Läufer?« Sie schaute wieder auf das Brett.

»Ja, auf deinen Damenläufer.« Er strich sich übers Kinn. Seine Augen glitzerten. »Wir könnten das Spiel noch interessanter machen.«

»Wie denn?«

»Wenn ich eine Figur von dir schlage, mußt du mir einen Kuß geben. Das gilt auch für die Bauern.«

Ihre Lippen verzogen sich. »Und was ist, Mylord, wenn ich eine deiner Figuren schlage?«

»Nun, in dem Fall muß ich dir einen Kuß geben.«

»Möchtest du das wirklich?«

»Ja. Jeder muß sich den Kuß des anderen widerstandslos gefallen lassen. Abgemacht?«

»Ich ... Ja, gut.«

Mit seinem nächsten Zug raubte Graelam ihr den Königsspringer. »Nun, mein Weib?«

»Das war kein kluger Zug, Mylord«, sagte sie streng. »Dadurch verlierst du einen Läufer und einen Bauern.«

»Ich werde die Konsequenzen tragen«, sagte er und klopfte sich auf den Schenkel. »Komm her, Kassia, zahl deine Buße!«

Was Kassia in diesem Moment ärgerte, war, daß sie sogar Lust hatte, ihn zu küssen. Er zog sie auf seinen Schoß, und sie ließ das willig zu. Sein Arm lag lose um ihre Taille. Langsam beugte sie sich vor und küßte ihn flüchtig auf den Mund.

Seine dunklen Augen blickten spöttisch drein. »Das war kein richtiger Kuß. Versuche es noch mal!«

Nervös fuhr sie sich mit der Zunge über die Unterlippe, eine Angewohnheit von ihr, die er sinnlich fand. »Auf diese Weise«, sagte sie, »könnte das Spiel ziemlich lange dauern.«

Sie hätte ihn gern gefragt, warum er jetzt wieder so freundlich zu ihr war. Glaubte er ihr möglicherweise endlich, daß sie die Halskette nicht gestohlen und daß sie keinen Fluchtversuch unternommen hatte? Diesmal küßte sie ihn länger und mit geöffneten Lippen.

Als sie sich von ihm löste, ging ihr Atem schneller. Er hatte nichts unternommen, um den Kuß in die Länge zu ziehen. Statt dessen sagte er lächelnd: »Du machst Fortschritte.« Dann hob er sie von seinem Schoß. »Vorwärts, mein Weib! Ich glaube, du bist am Zug.«

Kassia fühlte eine leichte Benommenheit und zwang sich, ihre Aufmerksamkeit dem Schachbrett zuzuwenden. Bald konnte sie wieder klar denken. Sie grinste wie ein Kobold und sagte: »Du bist am Zug, Mylord!«

»Vielleicht dauert die Partie doch nicht so lange«, sagte Graelam. Sie hatte seinen Läufer nicht genommen, sondern nur den Königsbauern ein Feld vorgeschoben.

Ohne nachzudenken, nahm er den Bauern, womit er ihr die Möglichkeit gab, ihm Schach zu bieten. Er klopfte sich wieder auf den Schenkel.

Diesmal blieb sie länger auf seinem Schoß. Sie schien sich nicht trennen zu können. »Ich weiß gar nicht, was mit mir los ist«, flüsterte sie.

»Das werden wir gleich sehen«, sagte Graelam und stellte sie auf die Beine.

Schließlich sah sie sich gezwungen, eine seiner Figuren zu schlagen. »Ich glaube nicht, daß ich dich auf den Schoß nehmen kann, Mylord.«

Sie wirkte so bekümmert, daß er an sich halten mußte, um nicht zu lachen. »Dann mußt du auf meinen kommen.«

Als sie auf seinen Schenkeln Platz genommen hatte, sagte er: »Aber denk dran, dies ist mein Kuß! Du darfst mich dabei nicht streicheln und dich nicht rühren.«

»Mach ich doch gar nicht!« rief sie.

Dicht vor ihrem Mund flüsterte er: »Überlasse alles mir! Mach die Augen zu und laß dich küssen!«

Er küßte sie nicht begierig, sondern zärtlich. Sie reagierte, wie er es sich gewünscht hatte. Als er vorsichtig ihre Brüste umfaßte, begann sie zu seinem größten Entzücken leise zu stöhnen und bog den Rücken. Sofort gab er sie frei.

Jetzt war es an ihm, verblüfft zu sein. Noch nie hatte er bei einer Frau ein so enttäuschtes Gesicht gesehen. Ja, dachte er, heute nacht mache ich dich endgültig zu meiner Ehefrau. Mit weichen Knien ging sie an ihren Platz zurück. Er dachte: Vielleicht fällt sie noch vor dem Ende der Partie über mich her!

Er ließ nicht ab, sie zu beobachten. Langsam gewann sie wieder die Übersicht. Schmerzlich erinnerte er sich daran, wie offen und vertrauensvoll sie ihm gegenüber gewesen war, bevor er ihr Gewalt angetan hatte. Würde sie ihm die Wahrheit gestehen, wenn er ihr Vertrauen wiedergewonnen hatte?

In der nächsten Viertelstunde verlor Kassia bis auf ihren König und zwei Bauern alle Figuren.

»Ein aufregendes Spiel«, sagte Graelam. »Aber jetzt bin ich müde und will schlafen. Oder forderst du Revanche?«

»Nein«, sagte sie nervös.

»Noch ein letzter Kuß für den Sieger! Komm her, Kassia!«

Als sie auf seinem Schoß saß, beugte er sich langsam vor und berührte ihren Mund nur leicht. Ohne daß er etwas sagen mußte, öffnete sie den Mund. Entgegen seinen Absichten strich er über ihren Rücken, umfaßte mit beiden Händen ihr Gesäß und zog sie so eng an sich, daß sie sein hartes Glied fühlen mußte. Sie legte ihm die Arme um den Hals. Sie dachte nichts mehr, sie war ganz Gefühl. Und sie wollte mehr von ihm haben, viel mehr. »Bitte«, flüsterte sie.

»Bitte was?« fragte er.

Sie weinte fast. »Ich ... ich weiß nicht.«

»Wenn ich dir jetzt gebe, was du wünschst, gestehst du mir dann endlich die Wahrheit?«

Zuerst sah sie ihn verständnislos an. Dann schoß ihr das Blut ins Gesicht, und ihre Arme fielen wie leblos von ihm herab. Sie war wieder steif und kalt und wollte nichts mehr von ihm. Er hätte sich selber in den Hintern treten können.

»Komm zu Bett!« sagte er brüsk und wandte sich ab.

Er lag auf dem Rücken, starrte ins Dunkel und hörte sie schluchzen. Schließlich konnte er es nicht mehr ertragen. »Kassia«, sagte er leise. »Komm zu mir! Ich verspreche dir, daß ich dir nicht weh tun werde.«

Geduldig wartete er ab, bis sie zu ihm kam. Er streichelte ihr zart über den Rücken, und sie hörte auf zu schluchzen.

»Ich werde nie mehr darüber sprechen«, sagte er nach einer Weile.

Aber du wirst mir auch nie glauben!

»Ich möchte in dich eindringen, Kassia. Noch eine Nacht halte ich nicht aus.« Er begann zu zittern, als er das sagte. Aus Furcht? Aus Vorfreude? Er wußte es nicht. Rasch zog er ihr das Nachthemd aus und stöhnte vor Lust, als er ihren nackten Körper an seinem spürte.

»Du bist so klein und so zart«, flüsterte er an ihrer Schläfe. Mit der Hand fuhr er ihr über Brüste und Unterleib. »Mach die Beine auseinander, Kassia!«

Als sie seine Finger in sich spürte, spannten sich ihre Muskeln an dieser Stelle. »Du bist bereit für mich«, sagte er.

Er wollte, daß sie ihn anflehte, sie zu befriedigen, aber dafür war er schon viel zu erregt. »Ich kann nicht mehr warten«, sagte er keuchend und schob sich zwischen ihre Beine. Mit Leichtigkeit glitt er hinein. Sie gab ihm den Weg frei. Es war ein unbeschreibliches Gefühl für ihn. Er stieß mit voller Kraft zu und umklammerte mit beiden Händen ihren Kopf. Wie gern hätte er ihr dabei in die Augen gesehen! »Tu ich dir weh?« fragte er weich an ihrem Mund.

Sie schüttelte den Kopf. »Ein komisches Gefühl«, sagte sie. Und dachte: Wenn es immer so ist, läßt es sich ertragen.

Im gleichen Rhythmus, in dem er sein Glied hineinschob, stieß er ihr die Zunge in den Mund. Plötzlich erwachten in ihrem Schoß ganz neue Gefühle, die sie noch nie erlebt hatte. Sie hob die Hüften und paßte sich jeder Bewegung von ihm an. »Graelam, ich ...«

»Kassia!« Doch es war schon zu spät. Er konnte sich nicht länger zurückhalten. Laut stöhnend stieß er in sie hinein. Dann fühlte sie, wie sein Samen sich in sie ergoß, und einen Augenblick schien es ihr, als würde auch sie sich entladen. Aber als er sich nicht mehr auf ihr bewegte, verging langsam das Gefühl, einen neuen Gipfel der Lust zu erreichen. Eine leichte Enttäuschung blieb zurück, obwohl sie nicht wußte, was noch hätte geschehen können.

Sie streichelte ihm den Rücken. Es war schön, den Körper eines Mannes zu spüren. Nein, dachte sie schläfrig, die Sache ist wirklich nicht so übel. Es hatte auch gar nicht weh getan.

Graelam wußte, daß er zu schnell vorgegangen war. Er hatte sie nicht bis zum Höhepunkt gebracht. Er hatte sich nicht mehr in der Gewalt gehabt.

»Verzeih mir«, flüsterte sie. »Ich weiß nicht, was ich zu tun habe.«

»Pst«, sagte er leise. »Ich bin schuld. Ich habe mich wie ein unerfahrener Knabe benommen. Das kam, weil ich dich so leidenschaftlich begehrte, Kassia. Du bist so weich und liebevoll. Aber warte nur, bald wirst du mich mit gleicher Leidenschaft begehren. Ich verspreche es dir!«

Beim Einschlafen hatte Kassia das seltsame Gefühl, seine Männlichkeit noch in sich zu haben.

Bei Tagesanbruch erwachte Kassia. Durch die Fensterläden kamen Streifen rosigen Lichts. Sie lag halb auf Graelam und hatte seinen Oberschenkel zwischen den Beinen. Als sie den letzten Rest von Schläfrigkeit von sich abschüttelte, zogen die Ereignisse der vergangenen Nacht vor ihrem geistigen Auge vorüber. Danach erinnerte sie sich der Gefühle, die sie dabei empfunden hatte. Bald war es aber nicht mehr nur Erinnerung. Denn sein muskulöser Schenkel zwischen ihren Beinen erweckte die Gefühle erneut in ihr. Tief in ihr war ein sehnsuchtsvolles Ziehen. Lautlos rieb sie sich langsam an ihm. Dabei legte sie ihm die Hand auf die Brust und stellte zu ihrer Erleichterung fest, daß er noch schlief. Sie sagte sich, daß sie sich von ihm lösen müßte, aber ihr Körper gehorchte ihr nicht mehr.

Von seinen Brusthaaren glitt ihre Hand auf den flachen, harten Unterleib ihres Mannes. Mit den Fingern fuhr sie an den Muskeln entlang. An seiner Leiste stieß sie auf die lange Narbe. Dann streifte ihr Arm sein Glied, das jetzt schlaff herunterhing. Sofort überfiel sie eine unbekannte Hitze im Inneren. Wieder rieb sie sich an seinem Schenkel. Die Bewegung erzeugte unwahrscheinliche Gefühle. Sie schloß die Augen, ihr Atem ging schneller, und ihr Körper setzte instinktiv fort, was ihr solche Lust bereitete.

In ihr erwachte der Wunsch, sein Glied anzufassen. Vielleicht würde sie dann begreifen, warum sein Körper solche Empfindungen bei ihr hervorrief. Sie meinte, ihr Herz laut in der Stille des Zimmers schlagen zu hören, als sich ihre Finger darum schlossen und daran rieben.

Diese Bewegungen weckten Graelam. Er wollte hochfahren, blieb dann aber regungslos liegen. Nur den Oberschenkel schob er ein wenig weiter zwischen ihre Beine. Sie stieß einen kleinen Schrei aus. Er war sehr glücklich, daß sie jetzt zum erstenmal die Initiative übernahm. Er fragte sich nur, wie lange er wohl noch ruhig liegen konnte.

Es dauerte nicht lange, und ihre Hand reichte nicht mehr aus, um ihn ganz zu umschließen. Ihr Kopf flog herum, und sie sah, daß er sie aufmerksam betrachtete.

»Du bist ja wach«, sagte sie verdutzt.

Dann stöhnte sie leise. Ihre Augen weiteten sich vor Erstaunen und Scham. »Ich ... dein Bein, es macht mich so unruhig ...«

Jetzt bewegte er das Bein schneller und spürte erfreut, wie feucht sie schon war. »Was fühlst du?«

Lächelnd legte sie den Kopf an seine Brust. »Ich kann nicht mehr aufhören, mich daran zu reiben«, flüsterte sie.

Zu seiner Enttäuschung ließ sie jetzt sein Glied los. Vorsichtig rollte er sie auf den Rücken, küßte sie zart auf den Mund und schob ihr die Zunge zwischen die Lippen. Mit der Hand umfaßte er ihre Brust und strich mit dem Daumen über die Spitze. Sie nahm den Blick nicht mehr von seinem Gesicht. Er lächelte, denn er wußte genau, was sie wollte. Seine Finger fanden in ihren Schoß, der so warm und feucht war, daß Graelam tief Luft holen mußte. Jetzt streichelte er sie dort rhythmisch, mal fester, mal leichter. Sie fing leise an zu wimmern, denn sie wollte immer noch mehr.

Wild packte sie ihn an den Schultern. »Graelam! Ich halte es nicht mehr aus.« Sie hob das Becken, und seine Finger spielten schneller immer an der einen Stelle.

Auf diese Weise hatte er schon vielen Frauen Lust bereitet, aber noch nie war er innerlich so beteiligt gewesen. Es war, als hinge sein ganzes Wesen an ihren Gefühlen. Die Spannung zwischen seinen Beinen wuchs.

»Kassia«, murmelte er. Als sie ihn ihren Namen aussprechen hörte, wurde sie von einer Wollust gepackt, die sie sich nie hätte vorstellen können. Sie preßte sich an ihn und stieß gutturale Schreie aus.

Er beobachtete genau ihren wechselnden Gesichtsausdruck, von dem fassungslosen Blick bis zu dem verlorenen Schimmer in den Augen, wenn die Wollust sie mit sich fortriß, daß sie sich vergaß, daß sie nichts mehr wahrnahm außer den pochenden, sich immer mehr steigernden Empfindungen unter seinen streichelnden Fingern. Als sie den Höhepunkt erreichte, schrie sie laut seinen Namen und stöhnte dann leise, ganz dem Genuß hingegeben.

Einen Augenblick lang schien sie vor Glück bewußtlos zu werden. Er küßte sie zärtlich und begann wieder mit dem Fingerspiel. Zu seiner unaussprechlichen Freude begann sie wiederum zu zittern und zu stöhnen. Noch einmal brachte er sie zur höchsten Lust. Diesmal klammerte sie sich an ihn und schluchzte an seiner Schulter.

Sie ist voller Leidenschaft, dachte er, und reagiert auf meine kleinste Berührung. Ob er sie noch einmal zum Höhepunkt bringen konnte? Er entschloß sich, diesmal noch darauf zu verzichten. Später einmal würde er die ganze Tiefe ihrer Leidenschaft ausloten.

Plötzlich fiel ihm ein, daß er nicht ein einziges Mal an seine eigenen Bedürfnisse gedacht hatte. Du bist wirklich schon halb verblödet, sagte er sich. Doch dann knabberte er verliebt an ihrem Ohr und drückte seinen Körper an ihren. Er blieb wach, während Kassia in den tiefen Schlaf der völligen Befriedigung sank.

Frauen, dachte er, sind vielschichtiger als Männer. Zumindest war Kassia so. Sie mußte erst vollkommenes Vertrauen zu ihm gewinnen, ehe sie sich hingeben konnte. Aber welcher Mann versuchte schon, das Vertrauen einer Frau zu gewinnen? Welcher Mann kümmerte sich darum, ob die Frau Freude am Liebesakt hatte? War es ein Unglück, daß er anders empfand? Eins wußte er nun: Nie würde er auf Kassia verzichten können.

23

Lächelnd vernahm Graelam Kassias helles Lachen. Vor einer Woche war sie noch als bleiches, schweigendes, dünnes Gespenst durch das Haus geschlichen. Jetzt sprühte sie vor Energie, lachte gern, und ihr Verlangen nach ihm war groß. Früher hatte er nie die Gesellschaft einer Frau gesucht, außer um mit ihr zu schlafen. Aber jetzt war alles anders geworden. Er genoß ihre Scherze, sah mit Freude, wie sie für Wolffeton sorgte, und liebte den sanften Glanz, der in ihre Augen trat, wenn sie ihn erblickte.

Er machte die Erfahrung, daß sie im Bett nicht bei der Sache war, wenn ihr Geist mit etwas anderem beschäftigt war, zum Beispiel mit einem Personalproblem oder wenn sie über ein neues Projekt nachdachte. Einmal wollte er nichts anderes, als sie aufs Bett zu werfen und sie zu lieben, bis sie vor Wonne verging. Sie hatte sich ihm nicht verweigert, aber er merkte, wie sie die Stirn runzelte, als er sie höchst fachmännisch küßte. Zuerst fühlte er sich gekränkt. Er wurde zornig und rief: »Was ist los mit dir, Kassia? Wo bist du mit deinen Gedanken?«

»Ich muß immer an Bernard denken«, bekannte sie zerknirscht. »Ich weiß nicht mehr, was ich mit ihm tun soll, und es muß etwas getan werden!«

»Bernard«, wiederholte er verständnislos. Erst nach langem Nachdenken kam er darauf, daß dies der zottelig wirkende stille Junge war, der als Hundepfleger auf die Burg gekommen war, nachdem er zehn Jahre lang seines Vaters Schafe gehütet hatte.

So hatten sie über Bernard diskutiert, der eine schmerzhafte Allergie gegen Hundeflöhe hatte. Gemeinsam hatten sie eine für beide Teile zufriedenstellende Lösung gefunden. Danach hatte sie sich ihm mit einer Leidenschaft hingegeben, die er in seinen kühnsten Träumen nicht erwartet hätte.

Er gestattete ihr freien Zugang zu seiner Stofftruhe. Er sagte ihr, sie könne sich daraus nach Belieben bedienen. Aber sie nutzte das nicht aus. Sie fragte ihn jedesmal vorher.

Er liebte seine Frau nicht nur, er achtete sie auch. Zunächst war das ein unsinniger, erschreckender Gedanke für ihn gewesen. Die meisten Männer, die er kannte, waren der fast wie eine Religion verbreiteten Ansicht, daß eine Frau allein zur Bequemlichkeit und zum Vergnügen ihres Mannes da war, sei es im Haushalt oder im Bett.

Plötzlich merkte er, daß ihr Lachen vom Übungsplatz herkam. Was hatte Kassia bei seinen Männern zu suchen? Er ging hinüber und blieb abrupt stehen. Da lehnte sie an einem Balken auf dem großen Platz, und alle Männer hatten sich um sie versammelt. In ihrem verblichenen grünen Wollkleid sah sie wie eine Bedienerin aus.

»Nein, Bran«, hörte er sie sagen, »der letzte ist für Mylord. Du hast genug gehabt!« Auf einmal sah sie ihn und eilte auf ihn zu. »Hier, Mylord, ein Apfelstrudel, ganz frisch gebacken.«

Er aß ihn, wischte sich den Mund und sagte schmunzelnd: »Er hat köstlich geschmeckt, Mylady. Aber diese dummen Kerle da drüben haben so was gar nicht verdient.«

Hinter ihm brach schallendes Gelächter aus, in das Kassia einstimmte. »Geh jetzt, meine Kleine!« sagte er leise. »Sonst komme ich noch in Versuchung, dir auf der Stelle zu zeigen, wie köstlich ich dich finde.«

Sie lächelte ihn spitzbübisch an und verließ den Übungsplatz. Einige Zeit später sagte Rolfe zu ihm: »Ihr seid ein glücklicher Mensch, Mylord. Ja, ein sehr glücklicher Mensch.«

»Ja«, sagte Graelam freundlich und schaute zu der Ostmauer hinüber. »Wolffeton ist eine Burg, auf die ich stolz sein kann. Die Aborte stinken nicht mehr, und Bernard ist im Pferdestall viel besser aufgehoben als bei den Hunden.«

Rolfe räusperte sich. »Ja«, sagte er langsam, »das ist wahr, Mylord, aber eigentlich habe ich von Eurer Gattin gesprochen. Sie ist unser aller Freude. Wir – alle Männer und ich – sind froh, daß sie wieder lächelt.«

Schon einige Zeit vorher war Graelam zu dem Schluß gelangt, daß er an ihrem Fluchtversuch genausoviel Schuld gehabt hatte wie sie. Und schließlich war sie ja zu ihm zurückgekehrt. *Aber warum will sie mir nicht die Wahrheit gestehen?*

Rolfe zupfte sich am Ohr. Nach einer Weile sagte er: »Sie ist kein Kind mehr.«

Am späten Abend streichelte er ihren weichen Unterleib und spürte, wie sie in Erregung geriet. Plötzlich sagte er leise: »Du bist kein Kind mehr, Kassia.«

Die Antwort war ein so wollüstiges Stöhnen, daß er in verliebte Raserei geriet. Er brachte sie bis kurz vor den Höhepunkt und drang dann in sie ein. Sofort kam es bei ihr mit Macht. Sie schrie hemmungslos vor Lust, sie war in diesem Augenblick so außer sich, daß sie nicht mehr denken konnte. Sie war nur noch Gefühl. Ihre Befriedigung war so herrlich für ihn, daß er erst nach einer Weile daran dachte, auch sein Verlangen zu befriedigen. Danach rutschte er zur Seite, weil er fürchtete, zu schwer für sie zu sein.

»Nein«, flüsterte sie, »bleib in mir drin!«

Er legte die Arme um sie und rollte sich auf den Rücken, ohne ihn herauszuziehen. Lachend fragte sie: »Soll ich dich jetzt reiten?«

»Laß mir einen Augenblick Zeit, Kassia!«

Ihre Lippen verzogen sich zu einem schalkhaften Lächeln. »Du füllst mich aber nicht mehr so voll aus wie vorhin!«

Er klopfte ihr scherzhaft auf das Gesäß. »Du hast eine große Klappe, Mädchen.«

Später betrachtete er sie eingehend von Kopf bis Fuß und sagte plötzlich überrascht: »Was ist denn das, Kassia? Du hast prächtig zugenommen.« Er strich ihr mit den Fingern über die Brüste und flüsterte: »Sehr nett.«

»Findest du das wirklich?«

Er hob den Kopf.

Sie wurde rot. »Ich meine … ich war doch so dünn!«

Sein Blick fiel auf das weiche Lockendreieck über ihrem Schoß, das noch feucht von ihrem leidenschaftlichen Liebesakt war. Mit vor Erregung heiserer Stimme sagte er: »Du bist alles, was ich mir wünschen kann.«

Leise antwortete sie: »Und du für mich, Mylord.«

Verdammt, er wollte sie nicht allein lassen! Aber die Meldung, die ihm der Bote gebracht hatte, ließ ihm keine andere Möglichkeit. Er mußte nach Crandall und die dortige Rebellion ersticken. Schuld war der verdammte Raymond de Cercy, der Neffe des früheren Kastellans. Der Mann hatte ihm nie sonderlich gefallen. Um so dümmer hatte er, Graelam, gehandelt, als er ihn zum Vogt der kleinen Burg an der Südgrenze des Wolffeton-Gebiets eingesetzt hatte. Was hatte der Idiot angestellt, daß die Bauern so schnell gegen ihn aufgestanden waren?

Er entließ den müden Boten und ging ins Schlafzimmer. Kassia saß am Fenster und nähte. »Ich muß fort«, sagte er ohne Vorrede.

Vor Schreck stach sie sich in den Finger. Ein Tropfen Blut quoll hervor. »Wie ungeschickt von mir«, sagte sie.

Er kniete neben ihr nieder, führte ihren Finger zum Mund und leckte das Blut ab.

»Wo mußt du hin, Mylord?« fragte sie mit gepreßter Stimme.

»Nach Crandall. De Cercys Bote brachte mir die Meldung von einem Bauernaufstand.«

»Wird es gefährlich sein?« fragte sie angstvoll.

»Vielleicht. Aber wahrscheinlich nicht.«

Doch Kassia ließ sich nicht täuschen. Sie sah die Kampfeslust in seinen Augen glühen. »Wie lange wirst du fort sein?«

»Eine Woche. Vielleicht länger. Wenn de Cercy sich so töricht benommen hat, wie ich annehme, wird er als Burgvogt von Crandall einem anderen Mann Platz machen müssen.«

»Kann ich mitkommen, Graelam? Ich kann auch dort für dich sorgen, du wirst es sehen! Ich werde nicht so leicht müde, und ich falle dir bestimmt nicht zur Last. Ich kann für dich kochen ...«

»Still, Kassia«, sagte er und zog sie an die Brust. »Ich denke nicht daran, dich irgendeiner Gefahr auszusetzen.« Sie klammerte sich an ihn, als wolle sie ein Teil von ihm werden, und sein Beschützerinstinkt wurde so stark, daß er zitterte.

»Du ... du wirst mir sehr fehlen«, sagte sie schluchzend.

Er zog sie an sich. »Ich reite erst morgen«, sagte er.

»Ihr seht aus wie ein verirrtes Lämmchen«, schalt Etta. »Das ist doch kein Benehmen, Kindchen! Was würde Euer Lord sagen, wenn er Euch so blaß und schweigsam herumwandern sähe?«

»Jetzt ist er schon vier Tage fort!« jammerte Kassia. »Und ich habe nichts von ihm gehört! Nichts! Dabei hat er versprochen, mir Botschaften zu schicken.«

»Aha«, stellte Etta sachlich fest. »Es ist passiert.« Abrupt hörte Kassia auf, hin und her zu gehen, und wirbelte herum. »Was ist passiert?«

»Ihr liebt Euren Mann«, sagte Etta ruhig.

»Nein! Das heißt, es ist so ...«

»Ihr liebt Euren Mann bis zum Wahnsinn«, beharrte Etta. Zu ihrer Überraschung sah Kassia sie leeren Blicks an, machte auf dem Hacken kehrt, ging in den Stall und bat Bernard, Bluebell für sie zu satteln. Als sie die Stute in den Burghof führte, trat Sir Walter auf sie zu. »Ihr wollt ausreiten, Mylady?«

»Wie Ihr seht.«

»Lord Graelam hat mir aufgetragen, nicht von Eurer Seite zu weichen, wenn Ihr die Burg verlaßt.«

Warum hatte Graelam Sir Walter auf Wolffeton gelassen und Rolfe mit nach Crandall genommen? Wollte er den Mann im Kampf nicht neben sich haben? Es verlangte sie danach, allein zu sein, aber es sah so aus, als müsse sie Sir Walters Gesellschaft ertragen.

Sie trieb Bluebell zum Galopp an. Sir Walter und drei Männer folgten ihr. An dem einsamen Strand stieg sie ab und schaute auf die Brandung hinaus. Im Norden türmte sich ein sommerliches Unwetter auf. Heute nacht würde es bei ihnen toben. Schaudernd dachte sie daran, daß sie dann allein im Bett liegen würde.

»Wenn Euch kalt ist, Mylady, sollten wir vielleicht nach Wolffeton zurückreiten.«

»Nein, ich möchte mir gerne noch eine Zeitlang die Beine vertreten.«

»Wie Ihr wünscht«, sagte er und bot ihr seinen Arm an. Sie sah darüber hinweg und ging zum Klippenrand.

»Vermißt Ihr den Lord, Mylady?«

Sein spöttischer Ton ließ sie erstarren. Es juckte ihr in der Hand, ihm ins Gesicht zu schlagen. Doch sie sagte nur: »Meine Gefühle gehen Euch nichts an, Sir Walter.«

»Vielleicht nicht, Mylady, aber ich habe von Eurem ... mißglückten Abenteuer gehört. Vielleicht habt Ihr Eure Flucht nicht gut genug vorbereitet.«

»Ich will jetzt nach Wolffeton zurück«, sagte Kassia und entfernte sich rasch von ihm.

Sir Walter hätte der stolzen Lady gern den Hals langgezogen. Dieses kleine Biest behandelte ihn, als wäre er ein ekliger Wurm! Er würde es ihr bald zeigen ...

Aufgeregt sah Kassia durch eine Schießscharte auf den Zinnen der äußeren Ostmauer, wie sich Reiter der Burg näherten. An ihrer Spitze erkannte sie Sir Walter. Er hatte gestern erklärt, ein außenliegender Pachthof wäre angegriffen worden, und er müsse dort Ordnung schaffen. Sie fragte sich, wo er wirklich hingeritten und was er dort gemacht hatte.

Ein Mann saß zusammengesunken im Sattel, als sei er verwundet. Drei Männer waren offenbar tot. Man hatte sie wie Mehlsäcke auf die Pferderücken geworfen. Beim Näherkommen sah sie, daß der

Verwundete mit dicken Stricken gefesselt war. Das breite Grinsen Sir Walters ließ Kassia nichts Gutes ahnen.

Jetzt zerrte er den Verwundeten vom Pferd. Der Mann schwankte, ehe er sicher auf dem Boden stand. »Seht ihn euch an!« rief Sir Walter den umstehenden Männern zu. »Wir haben guten Fang gemacht!« Er zog dem Mann die Kapuze vom Kopf. »Dienwald de Fortenberry, Verbrecher, Mörder und ... Frauenentführer!«

Kassia durchrieselte es kalt. Es war Edmund! Dann sah sie, wie Sir Walter ausholte und Dienwald die Faust in die Rippen schmetterte.

»Halt, Sir Walter!« schrie sie.

»Mylady«, sagte er mit tiefer Verbeugung. Die Ironie in seiner Stimme war für niemanden zu überhören.

»Ist es ritterlich, einen gefesselten Mann zu schlagen, Sir Walter?«

»Es ist ritterlich, Ungeziefer zu zertreten, Mylady.«

Sie richtete sich zu voller Höhe auf. »Ihr habt diesen Mann Dienwald de Fortenberry genannt. Ich erinnere mich, daß Mylord gesagt hat, er habe Wolffeton nie bedroht. Warum habt Ihr ihn hergeschleppt, Sir Walter?«

Jetzt könnte ich sie vor versammelter Mannschaft anklagen, dachte Sir Walter. Doch rasch faßte er den Entschluß, es nicht zu tun. Das stolze kleine Biest war bei den Männern und unter der Dienerschaft beliebt. Er war sich daher nicht sicher, ob sie zu ihm halten würden. O nein, er würde Graelams Rückkehr abwarten. Graelam würde rasend vor Wut den elenden de Fortenberry an seiner Stelle töten und ihm, Walter, dankbar sein, daß er ihm den Hurensohn in seine Hände gegeben hatte. Sir Walters Brust dehnte sich in froher Erwartung. Sicher würde Graelam ihm Land und eine eigene Burg zusprechen. Land!

In völliger Ruhe erwiderte er: »Ich habe ihn hergebracht, um ihn bis zu Lord Graelams Rückkehr festzusetzen.«

Erleichterung überkam Kassia. Dienwald de Fortenberry würde Graelam sagen, daß Blanche es gewesen war, die ihn damals gekauft hatte. Endlich würde Graelam die Wahrheit erfahren. Endlich würde er ihr Glauben schenken.

Dienwald spürte, daß man ihm einige Rippen gebrochen hatte. Einen Moment begegnete er Kassias besorgtem Blick. Dann durchfuhren ihn reißende Schmerzen, und er brach auf dem Pflaster zusammen.

Sir Walter befahl den Männern, de Fortenberry ins Verlies zu werfen. Wie erstarrt hörte es Kassia, und ihre Fingernägel gruben sich tief in die Handflächen.

»Sir Walter«, sagte sie mit lauter, ruhiger Stimme, »ich erwarte, daß Dienwald de Fortenberry am Leben ist, wenn mein Gatte zurückkehrt.«

Glaubte sie tatsächlich, so viel Macht über Graelam auszuüben? Sir Walter konnte sich nicht vorstellen, daß ein Krieger von seinem Ruf seine Frau heil davonkommen lassen würde, wenn er sie mit ihrem Liebhaber und Fluchthelfer zusammen sah.

Kassia begab sich unverzüglich in ihr Zimmer, schloß die Tür, setzte sich und dachte nach.

Beim Abendessen plauderte sie munter mit Blount und Pater Thomas. Sie spürte die Abneigung Sir Walters, merkte aber auch, wie ihn ihr gelassenes Benehmen verunsicherte. Komisch, dachte sie, aber eigentlich müßte ich mich bei ihm sogar bedanken. Nur dank seines finsteren Hasses hatte sie erfahren, daß Edmund in Wirklichkeit Dienwald de Fortenberry war.

Es war fast Mitternacht, als Etta zu ihr ins Zimmer schlüpfte und schweigend nickte.

»Nur ein Wachtposten?«

»Ja, Kindchen, und der wird bald fest schlafen. Allerdings brauchte eigentlich niemand Wache zu halten. Selbst ein Heiliger könnte aus dem Verlies nicht entkommen.« Sie schauderte in der Erinnerung an den Ort.

»Wie überrascht wird der Schurke sein, wenn Dienwald meinem Lord die Wahrheit über die Entführung berichtet!«

Etta faßte Kassias Arm. »Müßt Ihr denn zu ihm gehen, Kindchen? Könnt Ihr nicht so lange warten, bis Lord Graelam wieder da ist?«

»Dienwald de Fortenberry mag manches auf dem Kerbholz haben, aber mir gegenüber hat er sich anständig benommen. Hätte Blanche einen anderen Mann für die Entführung bestochen, wäre ich wahrscheinlich erst vergewaltigt und dann umgebracht worden. Er darf nicht an seinen Verletzungen sterben. Dann kann er mir nämlich nicht mehr helfen. Und ich muß vorher mit ihm sprechen. Ich muß wissen, daß er Graelam die Wahrheit gestehen wird.«

Da wußte Etta, daß sie ihre Herrin nicht mehr umstimmen konnte. »Die Männer schlafen jetzt alle.«

Kassia wartete, bis ihre alte Zofe weg war. Dann warf sie sich den Mantel über, sprach ein schweigendes Gebet, verließ das Zimmer und machte sich auf den Weg in den großen Saal. Das Verlies befand sich im Fundament des Südturms.

Lautlos schlüpfte sie durch die dicke Eichentür. Sie atmete tief ein, als sie den Posten erblickte. Aber er war fest eingeschlafen. Vorsichtig nahm sie ihm die großen Eisenschlüssel aus dem Waffenrock und ließ sie in ihre Manteltasche gleiten. Die Kerze in der Hand, stieg sie die ausgetretenen Steinstufen hinab. Die Luft wurde immer schlechter. Es stank. Sie hörte Ratten umherhuschen. Mit zitternder Hand steckte sie den Schlüssel in das verrostete Schloß.

Knarrend schwang die Tür auf. Sie trat, die Kerze hochhaltend, in die Verlieszelle. Hier stank es so fürchterlich, daß ihr beinahe übel wurde. Die Steinwände waren von der Feuchtigkeit mit grünem Schleim bedeckt. Auf dem Erdboden lag uraltes Stroh, das nach menschlichen Exkrementen stank. Dann erblickte sie Dienwald de Fortenberry und hielt den Atem an. Man hatte ihm die Arme hochgerissen, die Handgelenke steckten in angeketteten Eisenmanschetten an der Wand.

»Dienwald«, sagte sie leise.

Lange Zeit sah er sie an, ohne sie zu erkennen. Dann verzog ein mühsames Lächeln sein Gesicht zu einer qualvollen Grimasse.

»Kleines Hühnchen«, flüsterte er. »Warum habt Ihr mir eine Botschaft geschickt und mich darin um Hilfe gebeten?«

24

Kassia starrte ihn an. »Ich weiß von keiner Botschaft«, sagte sie dann.

Wieder überfielen ihn die Schmerzen, und es dauerte geraume Zeit, bis er sprechen konnte. »Nein, das hätte ich Euch auch nicht zugetraut. Ich war ein Dummkopf, und jetzt muß ich dafür zahlen.«

»Nein!« Sie eilte zu ihm und befreite ihn rasch aus den verrosteten Handschellen. Er richtete sich mühsam auf. Dann ließ er sich aufs Stroh fallen.

»Es war Sir Walter«, sagte sie. »Er haßt Euch. Ich weiß nicht, warum. Aber wenn Mylord zurückkehrt, wird alles wieder gut, das verspreche ich Euch, Edmund ... Dienwald. Ihr werdet ihm doch sagen, daß Blanche Euch gekauft hat, nicht wahr?«

»Ihr hattet es wohl sehr schwer, Euren Gatten davon zu überzeugen?«

»Es gibt hier nur sehr wenige Menschen, die von meiner Unschuld überzeugt sind. Aber jetzt werden sie von Euch die Wahrheit erfahren, Dienwald.«

»Ach, kleines Hühnchen. Ihr seid so unschuldig und vertrauensvoll. Sir Walter ist ein gemeiner Mensch. Ich begreife jetzt allmählich, warum er mich nicht einfach umgebracht hat, wie er es mit meinen Männer tat.«

»Das verstehe ich nicht.«

»Ich will es Euch erklären. Es ist klar, daß Sir Walter Land haben will. Welcher landlose Ritter will das nicht? Und es stimmt, daß mein Vater seinen tötete und ihm sein Erbrecht raubte, aber soweit ich mich erinnern kann, war seine Tat gerechtfertigt. Wenn nun Sir Walter mich umgebracht hätte, hätte er letztlich mit leeren Händen dagestanden und könnte noch froh sein, wenn es ihm gelungen wäre, den eigenen Hals zu retten. Dagegen ist Euer Gatte, kleines Hühnchen, ein sehr mächtiger Mann mit sehr mächtigen Freunden. Er könnte mich ohne Angst vor Vergeltung töten, und dann würde Sir Walter aus seiner Schurkerei Vorteile ziehen.«

Kassia schüttelte heftig den Kopf und sagte: »Graelam würde Euch nicht töten.«

Dienwald warf ihr einen zärtlichen, mitleidsvollen Blick zu. Langsam zog er sie näher, und ehe Kassia ahnte, was er plante, hatte er eine der schweren Handschellen um ihr Gelenk geschlossen.

»Kleines Hühnchen«, sagte er zerknirscht, »ich flehe Euch an, mir zu verzeihen, aber ich will noch nicht sterben. Wenn ich hierbleibe, wird Euer Gatte mich ohne Bedenken töten.«

»Aber er hat doch keine Veranlassung dazu. Bitte, Dienwald, Ihr dürft mich hier nicht zurücklassen!«

»Hört mich an, Kassia, denn ich muß fliehen, und zwar sehr bald. Euer Gatte glaubt, Ihr hättet mich gekauft, damit ich Euch zur Flucht verhelfe. Selbst wenn ich ihm sagte, daß es Blanche war, würde er mich töten, denn ich habe diese fremdländische Halskette als Bezahlung dafür entgegengenommen, daß ich Wolffeton von Eurer Gegenwart befreite. Wenn man Euch hier in meiner Verlieszelle findet, wird man Euch vorwerfen, daß Ihr mich befreit hättet, das ist klar. Es tut mir auch leid. Aber Euer Gatte wird Euch deswegen nicht töten. Gäbe es einen anderen Ausweg, würde ich Euch bestimmt hier nicht zurücklassen, kleines Hühnchen. Bitte, verzeiht mir, Kassia!«

Sie blickte auf die schwere Handschelle um ihr Gelenk. »Ich verzeihe Euch«, sagte sie. »Aber Ihr verurteilt mich damit zur Hölle auf Erden.«

Er faßte sie unters Kinn und gab ihr einen leichten Kuß. »Ich kann Euch auch mitnehmen, kleines Hühnchen.« Er sah den schmerzlichen Ausdruck in ihren Augen und ließ von ihr ab. »Ja, wenn es so steht! Graelam de Moreton ist ein harter und erbarmungsloser Krieger. Es ist unmöglich, daß er für ein so zartes und aufrichtiges Wesen, wie Ihr es seid, Verständnis aufbringt. Bitte, kleines Hühnchen, fangt erst an zu schreien, wenn ich eine Weile fort bin!«

»Es hätte sowieso keinen Zweck zu schreien«, sagte sie tonlos. »Meine alte Zofe hat dem einzigen Wachtposten einen Schlaftrunk verabreicht. Offenbar hielt Sir Walter weitere Wachen für unnötig.«

»Ich lasse Euch die Kerze hier«, sagte er. »Lebt wohl, kleines Hühnchen.« Damit verließ er die Zelle durch die Eichentür, die er hinter sich zuzog. Sie lehnte sich an die Wand. Die Ratten kamen näher. Dann verlöschte die Kerze, und die Zelle versank in schwarzes Dunkel. Sie zog die Beine an die Brust und fing an, leise zu weinen.

Schwere Schritte näherten sich. Dann wurde mit einem Ruck die Tür zum Verlies aufgerissen. Eine Fackel erfüllte die Dunkelheit mit blendendem Licht. Kassia hatte gebetet, daß Etta zu ihr kommen würde, aber ihr Gebet war nicht erhört worden. Sie erkannte die Umrisse eines Mannes und dachte an Sir Walter.

»Kassia!«

Sie bekam einen Schreck und drängte sich an die schleimige Wand. Nach einer Weile fragte sie: »Wie kommst du denn her?«

Graelam lachte rauh. »Ich habe meine Männer zur Eile angetrieben, weil ich Sehnsucht nach dir hatte.« Er kam auf sie zu, kniete sich hin und schloß die Handschelle auf. »Mußte dein Liebhaber dich anketten? Konnte nicht einmal er dir vertrauen?«

Stumm massierte sich Kassia das zerschrammte Handgelenk. Graelam packte sie an den Schultern und schüttelte sie. »Sieh mich an, verdammt noch mal!« Wut sprühte aus seinen dunklen Augen.

»Ich sehe dich ja an«, sagte sie.

»Dienwald de Fortenberry also! Hat er es wenigstens zu schätzen gewußt, daß du ihn zur Tarnung Edmund genannt hast? Es muß eine große Überraschung für dich gewesen sein, ihn wiederzusehen. Leider war Sir Walter so dumm, daß es ihm nicht einfiel, meine sanfte, zerbrechliche Lady könnte den Mut aufbringen, ihren Liebhaber zu befreien. Jetzt ist Sir Walter natürlich untröstlich.«

»Dienwald de Fortenberry ist nicht mein Liebhaber«, sagte sie ohne Hoffnung.

Der Griff um ihre Schultern wurde härter. Ich bin ein verdammter Narr! dachte er. Er war auf dem Rückweg nach Wolffeton wie ein Besessener geritten, nur von dem Gedanken an Kassia beherrscht. Abrupt ließ er sie los. »Komm«, sagte er. »Ich will nicht, daß du dir hier den Tod holst.«

Sie kam torkelnd auf die Beine und zog den Mantel eng um sich. In der schmalen Tür stand Sir Walter. Haß verzerrte seine Züge. Sie sagte laut und deutlich: »Hat Sir Walter dir gesagt, wie er Dienwald de Fortenberry überwältigt hat? Hat er dir gesagt, daß er ihn gemein mißhandelt hat, als Dienwald gefesselt war und sich nicht verteidigen konnte? Hat er dir gesagt, daß er fest damit gerechnet hat, du würdest de Fortenberry töten und ihn dann dafür belohnen, weil er ihn hierherverschleppt hat?«

In kaltem Ton antwortete Graelam: »Mit Sir Walter spreche ich noch. Und jetzt, Mylady, kommst du mit mir.«

Er wandte sich kurz ab und sagte etwas zu Sir Walter. Der nickte und zog sich zurück.

Kassia beteuerte mit lauter Stimme: »Ich habe dich nicht betrogen, Graelam. Ich habe dich noch nie betrogen.« Sie sah, wie Wut ihn verzehrte, warf den Kopf in den Nacken und reckte das Kinn. »Willst du mich jetzt töten? So wie du Dienwald getötet hättest?«

Er sah auf dieses stolze Kinn, das sie so hoch trug, und wandte sich schnell ab.

»Es stimmt, daß ich ihn von den Ketten losgemacht habe, aber nur, weil ich ihm unnötige Schmerzen ersparen wollte. Ich habe mich darauf verlassen, daß er dir die Wahrheit sagen würde, daß es nämlich Blanche war, die ihm die Halskette gab, damit er sie von meiner Gegenwart befreite. Aber er wollte nicht hierbleiben. Er behauptete, du würdest ihn so oder so umbringen. Und er wollte noch nicht sterben.«

»Und dafür hat er dich hier angekettet, bis ich dich finde. Ein wahrer Edelmann!«

»Hatte er mit seiner Behauptung recht? Hättest du ihn umgebracht?«

»Komm, Kassia!« sagte er und ging zur Tür.

Sie folgte ihm schweigend und wie betäubt. Als sie neben ihrem Mann durch den großen Saal ging, trat totales Schweigen ein. Aber sie fühlte keine Angst. Sie fühlte nichts. Jetzt war alles vorbei.

Nun erst sah sie die Spuren der Erschöpfung in seinem Gesicht. Sein Kettenhemd und der Waffenrock waren schmutzverkrustet.

Als sie im Schlafzimmer waren, zollte er ihr keine Beachtung. Evian half ihm, die Rüstung abzulegen. Dann entließ er den Knaben, zog sich die übrigen Kleider aus und sank nackt auf den hochlehnigen Sessel. Noch immer sprach er kein Wort.

Zwei Bedienerinnen kamen herein und gossen heißes Wasser in den Holzbadezuber. Graelam stieg in die Wanne. Doch plötzlich fühlte er sich alt und sehr müde. Sein Vater hatte recht gehabt. Der Waffenschmied Drake hatte recht. Er war verblendet gewesen, als er an den klugen Worten seines Vaters gezweifelt hatte. Frauen dienten der Zucht, und ein Mann mußte seine Ehefrau von anderen Männern fernhalten, um sicher zu gehen, daß nur sein Samen in ihren Körper gelangte. Hatte de Fortenberry sie noch vor der Flucht geliebt?

Plötzlich setzte er sich aufrecht und wandte den Kopf. Sie saß stumm wie eine Statue da. »Kassia«, sagte er mit beherrschter Stimme, »leg deine Kleider ab! Ich will sehen, ob du de Fortenberrys Samen im Leibe hast oder ob er noch an deinen Schenkeln klebt.«

Es dauerte eine Weile, bis sie die Bedeutung seiner Worte erfaßte. Dann stieg ihr die Zornesröte ins Gesicht. Sie umklammerte die Seitenlehnen des Sessels, bis die Knöchel weiß hervortraten, und sagte: »Graelam, bitte, du mußt mir glauben. Dienwald de Fortenberry ist nie mein Liebhaber gewesen!«

»Wenn du mir nicht gehorchst, reiße ich dir die Kleider vom Leibe.«

»Warum willst du mir nicht glauben?«

Sein Kinn verkantete sich. Schnell wusch er sich Kopf und Körper. Ebenso schnell stieg er aus dem Zuber und trocknete sich ab. Aus dem Augenwinkel sah er sie aufspringen und zur Tür rennen. Als sie die Hand auf den Messinggriff legte, fing er sie ein.

»Bitte«, sagte sie schweratmend, »bitte glaub mir doch ein einziges Mal!«

»Willst du, daß ich dir die Kleider herunterreiße?«

»Mein einziges Verbrechen besteht darin, daß ich Mitleid mit einem Mann hatte, der freundlich zu mir war.« Ihr Kinn ging in die Höhe. »Ich bin froh, daß er klug genug war, zu fliehen. Ich bin froh, daß er nicht hiergeblieben ist, um sich von dir töten zu lassen.«

Sehr langsam wandte er sich von ihr ab. Über die Schulter hinweg sagte er: »Wenn du es wagst, das Zimmer zu verlassen, wirst du es schwer bereuen.«

Er zog sich den Schlafrock an, schnürte den Gürtel zu und trat zu ihr. »Zieh dich aus!« sagte er ganz leise.

»Nein«, sagte sie, aber es kam nur als ein Krächzen heraus. Da riß er ihr das olivgrüne Wollkleid vom Leib. Sie sträubte sich, aber ohne Erfolg. Als sie nackt und zitternd vor ihm stand, trat er zurück. Ein grausames Licht funkelte in seinen Augen. Nachdenklich strich er sich über das Kinn. »Du bist ja eine richtige Frau geworden, nicht wahr, mein Weib? Was für hübsche Brüste du hast! Und dieser weiche, zarte Unterleib!«

Sie wollte seine grausamen Worte nicht mehr hören und preßte die Hände an die Ohren.

Er lachte, nahm sie wie ein Bündel auf die Arme und trug sie zum Bett. »Halt still!« sagte er kalt, drückte ihr die Beine auseinander und sah auf sie herab. Schlimmer kann man nicht gedemütigt werden, dachte sie. Als sich seine Hand näherte, zuckte sie zusammen.

»So«, sagte er danach. »Wenn du ein Kind im Leibe trägst, dann ist es von mir. Jedenfalls diesmal.«

Doch als er sah, wie sie litt, schnitt es ihm ins Herz. Es verlangte ihm danach, sie tröstend zu liebkosen. Und dafür haßte er sich.

»Es geht nicht anders, Kindchen. Ihr könnt hier nicht bleiben.«

Kassia seufzte. Etta hatte recht.

Sie klammerte sich an ihren Arm, als sie in den großen Saal ging. Doch dort richtete sie sich kerzengerade auf. Vom Burghof her war das Klappern von Pferdehufen zu hören. Erleichtert und zugleich schmerzerfüllt fragte sie sich, ob Graelam dabei war, wieder wegzureiten. Doch oben von der Treppe aus sah sie, daß Sir Walter und drei Männer sich zum Wegreiten fertig machten. Hoffnung regte sich in ihrer Brust. Hatte Graelam den Ritter aus seinem Dienst entlassen? Sie wollte vortreten, stoppte aber jäh ab, als Graelam sich nach ihr umdrehte, als hätte er geahnt, daß sie da war. Der helle Schein der Morgensonne fiel auf sein dunkles Haar. Einen Moment lang hatte sie das Bild vor Augen, wie er sie fest in den Armen gehalten, ihr Liebesworte ins Ohr geflüstert und sie zur höchsten Lust geführt hatte.

Sie verharrte in argwöhnischem Schweigen, als er auf sie zukam. Mit ausdrucksloser Miene fragte er sie: »Möchtest du nicht wissen, wohin Sir Walter reitet?«

»Hast du ihn entlassen?« stieß sie hervor.

Er lachte kurz und hart auf. »Nein, mein Weib, ich habe ihn zum neuen Kastellan von Crandall gemacht. Er wird Rolfe ablösen, den ich dort vorübergehend eingesetzt habe.«

»Du ... belohnst ihn auch noch? Nach allem, was er getan hat?«

Er ging die Stufen zu ihr hinauf. »Sag mir, Kassia, sag mir noch einmal, warum du dich damals von Dienwald de Fortenberry nach Wolffeton zurückbringen ließest! Sag mir, warum du nicht bei ihm bliebst oder dich zu deinem Vater zurückbringen ließest! Sag mir, warum du heute nacht nicht mit ihm fortgegangen bist!«

»Ich bin nie von dir fortgegangen, Graelam. Er hat mich damals gefragt, ob er mich in die Bretagne bringen soll, und ich habe geantwortet, daß ich nach Haus will.«

»Und heute nacht hat er dich wohl nicht mitnehmen wollen?«

Sie schüttelte den Kopf.

»Also wollte er dich mitnehmen?«

Sie sah ihn an wie ein verwundetes Tier.

»Warum bist du nicht mit ihm gegangen?«

»Ich habe ihm gesagt, daß er mich durch seine Flucht zur Hölle auf Erden verurteilt.«

»Warum bist du nicht mit ihm gegangen?« wiederholte er so drohend, daß ihr schauderte.

Doch es kam ihr nicht in den Sinn, zu lügen. Statt dessen sagte sie leise: »Ich konnte nicht mit ihm gehen, weil du mein Mann bist und ich dich liebe.«

»Nicht schlecht, Mylady«, sagte er mit schneidender Ironie, und sie zuckte zusammen. »Also hat dein gutaussehender Liebhaber dich gar nicht aufgefordert, mit ihm zu gehen. Hat er dir zu der Lüge geraten, um meinen Zorn zu besänftigen?«

»Nein«, sagte sie flüsternd.

»Ach, wie leicht und wie überzeugend dir die Lügen von der Zunge gehen, Mylady! Schade, daß du keinen Mann geheiratet hast, der ein leichtgläubiger Narr ist.«

Zornig reckte sie das Kinn. »Ich habe niemanden geheiratet. Du wirst dich erinnern, Mylord, daß ich gar nicht gefragt wurde. Und mir scheint, daß mein Mann ein Narr ist!«

»Verschwinde, ich will dich nicht mehr sehen!« sagte er in tödlichem Ernst. »Geh, bevor ich dich totschlage!«

Kassia sah ihn erst beim frühen Abendessen wieder. Unter den Männern war die gespannte Atmosphäre fast körperlich zu spüren. Graelam sprach kein Wort mit ihr. Sie hörte, wie er mit seinen Männern über die Lage auf Crandall diskutierte. Die wenigen Soldaten, die dem Burgvogt de Cercy treu geblieben waren, hatten den Kampf aufgenommen.

Sie hörte Ian, einen jungen Söldner, der Graelam verehrte, ehrerbietig sagen: »Ihr habt diesen Hurensohn schnell erledigt, Mylord. Er war Eurer Kraft nicht gewachsen.«

Wen meint er? fragte sich Kassia. De Cercy?

»Seine Habgier hat ihn träge werden lassen«, sagte Graelam nachlässig.

Als die Männer anfingen, jedes Scharmützel bis in die letzte Einzelheit zu besprechen, verging Kassia der Appetit. Still verließ sie den Tisch. Graelam befand sich gerade in lebhaftem Gespräch mit Blount.

Sie hatte in den letzten Tagen an ihrem neuen Kleid genäht. Aber jetzt rührte sie es nicht an. Wozu auch? Sie würde nie an einen Ort kommen, wo sie ein so schönes Gewand tragen konnte.

»Ich dachte, ich hätte es dir deutlich genug zu verstehen gegeben, daß du dich ohne meine Genehmigung nicht zu entfernen hast, Kassia.«

»Verzeih mir«, sagte sie. »Es sah so aus, als seist du in ein wichtiges Gespräch verwickelt. Da wollte ich dich nicht stören.«

Graelam gab keine Antwort. Sein Blick fiel auf den kostbaren blauen Seidenstoff. Er ging hin, nahm ihn hoch und strich mit der Hand darüber. »Du wirst darin sehr hübsch aussehen. Ich habe dir doch gesagt, daß ich den Stoff aus Akkra habe, nicht wahr?« Er legte den Stoff wieder weg. »Du mußt dazu auch Schmuck tragen. Ich glaube, dieser hier wird einen dramatischen Eindruck machen.« Er zog etwas aus der Innentasche seines Waffenrocks und warf es ihr zu.

Sie fing es auf, und im nächsten Augenblick starrte sie auf die schwere goldene Halskette, die mit Edelsteinen von unglaublicher

Schönheit besetzt war. »Sie ist hübsch«, sagte sie. »Warum gibst du sie mir, Mylord?«

»Willst du ewig weiter Theater spielen, Mylady? Ich nehme an, daß du die Halskette wiedererkennst. Du mußt sie ja kennen. Sie hat dir große Schwierigkeiten bereitet.«

Sie sog scharf den Atem ein und ließ die Kette fallen, als wäre sie eine giftige Schlange. »Dann ist es die Halskette, die Blanche an de Fortenberry gegeben hat«, sagte sie tonlos und blickte auf den verschlungenen Haufen Gold auf dem Teppich zu ihren Füßen. »Wo hast du sie her?«

»Ein Knecht fand sie in de Fortenberrys Verlies, im Stroh verborgen. Wahrscheinlich ist sie ihm aus dem Waffenrock gerutscht. Und ich denke, daß er sie dir mitgebracht hat.«

Graelam sah ihr in die schmerzerfüllten Augen und dachte: Ich bin ein Dummkopf, daß mich das traurig stimmt. Schließlich sagte er: »Hast du dir den Gestank aus dem Verlies abgewaschen?«

Sie nickte mit leerem Blick.

»Dann geh ins Bett! Ich habe seit vielen Tagen keine Frau mehr gehabt.«

Sie erhob keinen Widerspruch. Langsam zog sie sich aus und legte jedes Kleidungsstück sorgfältig zusammen. Dann schlüpfte sie nackt ins Bett und schloß die Augen.

Sie fühlte, wie er mit der Hand über ihre kalte Haut strich. Sie hatte angenommen, er würde sie einfach mit Gewalt nehmen, und es würde schnell vorbei sein. Aber er ging ganz anders vor. Er küßte sie zart auf den Mund, während er ihre Brüste umfaßte und mit dem Daumen die Spitzen streichelte. Zu ihrem Schreck reagierte ihr Körper sofort.

Wie von selbst legte sie die Arme um ihn. Graelam lächelte düster. Er wußte, wie er sie erregen konnte, und als er mit den Fingern in ihren feuchten Schoß tauchte, sah er ihr aufmerksam ins Gesicht. Sie begann leise zu stöhnen und kam ihm entgegen. Er fuhr fort, sie dort zu streicheln. Dann glitt er an ihrem Körper hinab und hob mit den Händen ihren Unterleib an seinen Mund. Ihr Kopf fiel aufs Kissen, sie zuckte wild und stieß Lustschreie aus.

Bevor sie zum Höhepunkt kam, ließ er sie los, schob sich über sie und drang in sie ein. Sein Kopf war dicht über ihrem, als er sie ansprach. »Sag mir die Wahrheit, Kassia! Sag mir die Wahrheit, und ich werde dir verzeihen!«

Ihr Körper erstarrte. Alle Lust verging, als wäre sie nie erregt worden.

»Sag es mir!« sagte er in schärferem Ton, während er immer wilder zustieß.

»Ich habe dir die Wahrheit gesagt!« rief sie weinend.

Kalt wie Marmor lag sie unter ihm, unbeweglich leidend. Ihr war, als hätte sie nichts mit der Frau zu tun, die hilflos unter dem in höchster Erregung stöhnenden Mann lag.

Dann entlud er seinen Samen tief in ihren Schoß. Gleich darauf wälzte er sich von ihr herab und lag schwer atmend auf dem Rücken.

Ohne sie anzusehen, sagte er: »Deine Liebe war nur von kurzer Dauer.«

»Ja«, sagte sie flüsternd. »So muß es wohl sein. Wie kann Liebe unter Grausamkeit und Mißtrauen bestehen?«

Schwankend erhob sich Kassia vom Bett, ging zu dem Wasserbecken und wusch sich rasch. Dann legte sie sich an die äußerste Bettkante und zog die Decken über sich. Doch ihr wurde nicht warm. Die Kälte kam wohl aus ihrem Inneren. Wahrscheinlich würde sie diese Kälte ihr ganzes Leben lang spüren.

25

»In anderthalb Wochen findet Edwards Krönung statt.«

»Wann wirst du abreisen, Mylord?« fragte Kassia.

»Ich, Mylady? Weißt du denn nicht mehr, daß wir beide eingeladen wurden? Findest du meine Gesellschaft so widerwärtig, daß du deshalb sogar auf dieses aufregende Ereignis verzichten würdest?«

In ihren Augen flackerte eine winzige Hoffnung auf. »Ich soll mitkommen, Mylord?«

»Ich kann es nicht wagen, dich hierzulassen«, sagte er langsam und musterte kritisch ihre Figur. »Du mußt jetzt mehr essen, mein Weib. Sonst empfindet Edward nur Mitleid mit mir, wenn er sieht, daß ich mit einem spindeldürren Kind verheiratet bin.« Mit großem Interesse beobachtete er, wie sich ihre Hand krampfhaft um den Stiel des Weinkelches schloß. »Na, los!« reizte er sie mit leiser Stimme. »Schütte mir den Wein ins Gesicht! Es würde mir großen Spaß machen, dich dafür zu züchtigen.«

Sie ließ den Kelch so hastig los, als wäre er glühend heiß. Er lachte roh. »Wenn du so weitermachst, siehst du bald einem Knaben gleich. Dann werde ich mir wie ein Homosexueller vorkommen.«

Kassia nahm ein Schweinsrippchen vom Teller. Sie hob es zum Mund und kaute bedächtig das Fleisch ab. Sie hörte, wie er schwer einatmete, und leckte mit der Zunge die Soße vom Knochen. Dann steckte sie ihn weiter in den Mund und saugte daran.

Wie gebannt hing sein Blick an ihrem Mund. Rache ist süß, dachte sie.

»Biest!« sagte er leise. Dann stand er abrupt auf und ging aus dem Saal. Draußen hatte es angefangen zu regnen. Mit wütenden Schritten ging Graelam die gewundene Treppe zu den Wällen hinauf. Er lehnte sich an den harten, kalten Stein und blickte aufs Meer hinaus. Doch im matten Schein der Mondsichel sah er nur ab und zu eine schaumgekrönte Brandungswelle. Regen klatschte ihm ins Gesicht. Wenigstens kühlt er meine Gefühle ab, dachte er spöttisch.

Durch seinen Geist zogen in schneller Folge die Ereignisse der letzten Monate. Die harmonischen Liebeswochen, als er beschlossen hatte zu vergessen, was sie ihm angetan hatte. Selbst ihre Lügen hatte er verziehen, indem er sich selber die Schuld daran gab. Dienwald de Fortenberry. Der Name des Ritters klang wie eine Totenglocke in seinen Ohren. *Ich bin nicht mit ihm gegangen, weil ich dich liebe.* Seine Augen verdunkelten sich. Ärgerlich dachte er: Wie konnte ich ihr das auch nur einen Moment glauben!

Hart schlug Graelam mit der Faust an den Stein. Welche nie erlebten Gefühle sie in ihm erweckt hatte! Wenn Edward zu einem neuen Kreuzzug aufgerufen hätte, wäre er ihm sofort gefolgt. Doch gleich darauf sah er ihr Gesicht mit den weitgeöffneten, staunenden Augen vor sich, als er ihr das erste Mal die Wonnen der Liebe bereitet hatte.

»Zum Teufel, ich habe das alles satt!« murmelte er. Dann ging er in die Burg zurück und schüttelte den Regen ab wie ein nasser Hund.

Sie würden für die Reise nach London sechs Tage brauchen, aber das machte Kassia nichts aus, so aufgeregt war sie. Er kümmerte sich nicht mehr um sie und überließ ihr sämtliche Vorbereitungen. Die vielen Entscheidungen, die sie zu treffen hatte, ließen sie ihre Gefühle für ihn vergessen. Nur des Nachts, wenn sie seinen regelmäßigen Atemzügen im Bett lauschte, spürte sie wieder den Schmerz. Am Tag vor der Abreise war Graelam zu unerwarteter Zeit ins Schlafzimmer gekommen, als Kassia gerade ihr neues blaues Seidenkleid anprobierte. Trotz ihrer zerbrechlichen Schlankheit sah sie bildhübsch aus. Ihre Haare waren inzwischen so weit gewachsen, daß sie ihr bis auf die Schultern fielen.

»Das Kleid steht dir gut, Mylady«, sagte er in grobem Ton. Ihr Gesicht wurde ausdruckslos. »Danke, Mylord.«

»Zu diesem Kleid legst du die Halskette an.« Ihre Abneigung dagegen war unverkennbar. Er ging an die Truhe, holte die Kette heraus und hob sie ans Sonnenlicht, das durch das kleine Fenster fiel. Die kostbaren Steine funkelten. »Komm her!« sagte er.

Langsam trat sie auf ihn zu, drehte sich um und hob hinten das Haar hoch. Sie fühlte die schwere Kette auf der Brust. Kalt lag das dicke Gold an ihrem Hals. Er schloß die Spange und trat zurück.

Sie sieht aus wie eine fremdländische Prinzessin, dachte er. »So wirst du zur Krönung gehen«, sagte er und verließ das Zimmer.

In dieser Nacht nahm er Kassia wieder, nicht grob, aber rasch. Sie meinte ihn stöhnen zu hören, als er auf ihr erschlaffte. Sie wollte aufstehen, um sich zu waschen. Aber da schloß sich sein Arm um ihre Taille und hielt sie fest. »Nein«, sagte er, »du wirst dir meinen Samen nicht aus dem Schoß spülen.«

Sie war entsetzt. Dann fiel ihr ein, daß er in ihr ja nichts anderes als eine Zuchtstute sah.

»Jetzt schlafe, wir reisen morgen früh ab!« *Gibt es denn keine Möglichkeit, dein Herz zu gewinnen?* dachte sie traurig.

Schmutzig und müde trafen sie eine Woche später in London ein. Die Pferde und Wagen starrten vor Schlamm. Kassia war den größten Teil der Strecke geritten.

Sie hatte keine Ahnung gehabt, was sie hier erwartete, aber der Anblick so vieler Menschen auf einem so kleinen Gebiet verschlug ihr den Atem. Und dieser Dreck! Überall stank es nach menschlichen Exkrementen und faulenden Speiseabfällen. Dazu der Krach, den die Händler machten, die ihre Waren den Passanten mit höchster Lautstärke anpriesen.

»So sind alle großen Städte«, sagte Graelam. »Aber da, wo wir

Quartier beziehen, ist es nicht so schlimm. Das Haus liegt im Norden der Stadt an der Themse. Der Herzog hat es mir zur Verlobung mit Lady Joanna geschenkt. Er bestand darauf, daß ich es behalte, als er dich als mein Weib für würdig befand.«

Ständig fiel ein feiner Nieselregen, und der Erdboden war morastig. Bluebell rutschte aus. Sofort griff Graelam ihr in die Zügel und beruhigte die Stute. »Du bist schon schmutzig genug«, sagte er zu Kassia. »Ich will nicht, daß du dir obendrein noch ein Bein brichst.«

»Dann müßtest du die elende Halskette selber tragen«, murmelte sie vor sich hin.

Sie ritten an der Westminsterabtei und am Weißen Tower vorbei, wo Edward und Eleanor jetzt wohnten. Kassia schwankte im Sattel. Sie war so müde, daß sie die vielen Sehenswürdigkeiten kaum wahrnahm. Schließlich kamen sie an eine von einer hohen Mauer umgebene Festung. Langsam schwang das Tor mit den dicken Eisengittern auf, und ihr Troß ritt in einen verschlammten, trostlosen Hof ein. Vor ihnen erhob sich ein zweistöckiges, rechteckiges Holzhaus. In der einbrechenden Dunkelheit sah es grau und alles andere als einladend aus.

Graelam hob sie vom Pferd. Sie stellte sich vor, wie es innen aussehen würde, und ihr war elend zumute. Doch zu ihrer Überraschung brannten innen viele Dutzend Kerzen, und am Ende des langen, schmalen und niedrigen Zimmers loderte ein großes Kaminfeuer. »Lady Kassia?« Eine mollige, grauhaarige Frau trat auf sie zu und machte einen tiefen Knicks. »Ich bin Margaret, Mylady. Der Herzog trug mir auf, mich um Euch zu kümmern.«

Margaret führte sie, gluckenhaft wie Etta, in ein bequemes Zimmer im Obergeschoß, wo ebenfalls ein Kaminfeuer brannte. »Für Euch und Euren Lord«, sagte Margaret.

Auf dem Steinfußboden lag frisches Schilfrohr, und an einer Wand hing ein farbenprächtiger Gobelin. Etwas erhöht thronte ein großes Bett, und um einen kleinen runden Tisch standen mehrere hochlehnige Stühle.

»Ich lasse Euch gleich von den Mädchen heißes Wasser fürs Bad bringen«, fuhr Margaret fort. »Mein Ehemann Sarn wird dem Lord bei den Pferden und Wagen behilflich sein. Ihr braucht Euch um nichts zu kümmern, Mylady.« Als Margaret mit einem weiteren Knicks aus dem Zimmer ging, sagte sie noch: »Zum Begrüßungsmahl hat Euch der Herzog ein ganzes Schwein geschickt. Wenn Ihr

Euch etwas ausgeruht habt, können wir das Abendessen servieren.«

Kassia saß bis zum Kinn im herrlich heißen Wasser des hölzernen Badezubers, als Graelam hereinkam.

Sie vergaß ihr Zerwürfnis, vergaß, daß sie nackt war, und sagte beglückt: »Der Herzog muß der rücksichtsvollste Mann in ganz England sein! Ich brauche mich nicht mal um das Essen zu kümmern! Und dieses Zimmer ist so bequem und warm! War alles nach deinen Wünschen, Mylord?«

Er lächelte müde. »Ja, es ist alles in bester Ordnung. Ich gebe dir noch fünf Minuten in der Wanne, Kassia.«

Sie war bald abgetrocknet und band sich dann ein kleines Leinenhandtuch um das frischgewaschene Haar. Mit einem Blick auf das Badewasser sagte sie: »Ich war sehr verschmutzt, Mylord.«

»Ich habe schon sauberes Wasser für mich bestellt«, sagte er, ohne sich umzudrehen.

Sie kämmte sich vor dem Feuer die Haare, als Graelam aus dem frischen Badezuber sagte: »Das Essen nehmen wir heute hier ein, und morgen gehen wir zum Tower. Es ist lange her, daß ich zum letztenmal in London war. Viel hat sich geändert. Wir werden alles besichtigen, was du wünschst.«

»Danke«, sagte sie leise. »Kann ich dir helfen, Mylord?«

»Bring mir ein Handtuch!« sagte er und stand auf.

Gegen ihren Willen betrachtete sie seinen Körper. Wie gern hätte sie in den dichten schwarzen Haaren an seiner Brust gegraben und ihm den samtglatten Rücken gestreichelt! Warum mußte er sie auch die Freuden der Liebe lehren! Ihr Blick fiel tiefer, und Hitze strömte in ihren Schoß. Sie zwang sich, ihm ins Gesicht zu sehen. Er haßte sie ja! Doch sie wußte, daß er ihren begehrlichen Blick gesehen hatte. Sie hätte sich dafür selber einen Tritt geben können.

Plötzlich sagte er: »Ich werde dir die süßen Schenkel spreizen und dich so lange liebkosen, bis du vor Entzücken laut schreist, wenn du mir endlich die Wahrheit gestehst.«

Sie war versucht, ihn anzuschreien und ihm ihre Unschuld zu beteuern. Aber es hatte ja keinen Zweck. Warum sagte sie ihm nicht einfach das, was er hören wollte? Der Gedanke ließ sie erschauern, denn sie ahnte, was folgen würde. Vielleicht verzieh er ihr, aber danach würde er nie mehr Vertrauen zu ihr haben. Allerdings würde wenigstens eine Art von Frieden einkehren. Aus dem Augenwinkel sah sie ihn nackt dastehen. Sein Glied war steif aufgerichtet. Sicher würde er nun Befriedigung bei einer anderen Frau suchen.

Es klopfte. »Herein!« rief sie mit hoher, schriller Stimme. Zwei Bedienerinnen kamen mit Tabletts herein. Sie schauten sofort auf Graelam, der gerade träge nach seinem Schlafrock griff. Die Frauen betrachteten ihn ungeniert. Würde er eine von ihnen nehmen? Kassia knirschte mit den Zähnen, als eine der beiden Frauen, eine ziemlich hübsche mit dichtem, schwarzem Haar und vollen Brüsten, Graelam mit eindeutigen Blicken eine Aufforderung gab.

»Ihr könnt jetzt gehen«, sagte sie scharf und trat vor ihren Mann.

»Ein schönes Beispiel weiblicher Eifersucht, Mylady«, sagte er.

Sie schüttelte den Kopf.

»Komisch«, sagte er, »aber ich hatte den Eindruck, du wolltest mir gerade etwas sehr Interessantes sagen, als die beiden Mädchen uns unterbrachen.«

Sie schwieg. Graelam beobachtete gespannt ihren Gesichtsausdruck, der deutlich ihre wechselnden Stimmungen widerspiegelte. Verschließt ihr nur der Stolz den Mund? dachte er.

Nach einer Weile erinnerte er sich an Drakes Worte und sagte: »Du bist noch sehr jung, Kassia. Junge Leute machen oft Fehler. Und danach fällt es ihnen schwer, sie einzugestehen.«

»Machen ältere Menschen denn keine Fehler, Graelam?« fragte sie leise.

»Doch«, sagte er leichthin, setzte sich auf einen Stuhl und kreuzte die Arme vor der breiten Brust. »Aber merk dir eines, mein Weib, ich will von dir kein Gejammer mehr hören. Das langweilt mich nur.«

»Sehr wohl, Mylord. Ich sage nichts mehr.« War es Stolz? Gekränkte Ehre? Dummheit?

Lachend nahm er sie an beide Schultern. »Wäre es dir lieber, wenn ich mit dem hübschen Mädchen schlafe, das eben das Essen serviert hat?«

»Ja!« schrie sie. »Es ist mir gleich, was du tust!«

Er legte sie auf den Rücken und zog sie aus. Dann ließ er sie los, um sich des Schlafrocks zu entledigen. Da richtete sie sich auf die Knie und wollte fliehen. Er bekam sie am Fußgelenk zu packen und warf sie wieder aufs Bett.

»Nein«, sagte er, »ich habe noch nicht genug von deinem süßen Körper. Aber du wirst kein Vergnügen dabei finden, Mylady.« Er machte ihr die Beine breit und drang in sie ein. Seine Augen weiteten sich, denn sie war feucht und bereit für ihn!

Kassia fühlte, wie er sich tief in ihr bewegte, und sie schrie auf, sie war außer sich, ihr Körper empfand rasch hintereinander unglaubliche Wonne. Es hörte einfach nicht auf, und ein Schrei nach dem anderen entrang sich ihrer Kehle.

Graelam fühlte ihre Hände, die seine Schultern umklammerten. Sie hob ihm das Becken bei jedem seiner Stöße entgegen. Er küßte sie leidenschaftlich, und als er sich entlud, stöhnte er an ihrem Mund.

Er preßte sie an sich. Er konnte ihre leidenschaftliche Hingabe noch gar nicht fassen. Er hatte sie doch bestrafen wollen. Das war ihm völlig mißlungen.

Verdammtes Weib! »Auf einmal so nachgiebig und leidenschaftlich? Hast du an ihn gedacht, als ich zu dir kam?«

Sie begann zu zittern und wurde dann wie leblos in seinen Armen. »Und jetzt schlafe, Kassia! Ich gestatte dir nicht, dich zu waschen. Mein Samen soll in deinem Schoß bleiben.«

Schließlich fiel Graelam in Erschöpfungsschlaf. Seine Schulter war naß von ihren Tränen.

26

Ich muß mir alles merken, sagte sich Kassia in der hochgewölbten Kathedrale. Denn eines Tages werde ich meinen Enkeln erzählen, daß ich bei der Krönung König Edwards I. dabei gewesen bin. Mit aufmerksamen Blicken verschlang sie die Darstellung der prächtig gewandeten Lords und Ladys, die wundervolle Architektur und die herrlichen Buntglasfenster. Sie genoß den religiösen Ernst der Zeremonie. Die Prälaten, deren wallende Gewänder ebenso schön waren wie die des Königs und der Königin, sprachen mit gedämpften und ehrfurchteinflößenden Stimmen in lateinischer Sprache. Als Edward Zepter und Krone empfing, beugte Kassia sich vor. Viel zu schnell war alles vorbei. Graelam seufzte erleichtert auf. Sie sah ihn unsicher an. Er nickte und sagte nur: »Kassia, ich werde dich jetzt Edward und Eleanor vorstellen.«

Sie sieht schön aus, dachte er und verglich Kassia unwillkürlich mit den anderen edlen Damen, die sich im großen unteren Saal des

Weißen Towers versammelt hatten. »Komm, Kassia, du wirst viele Menschen kennenlernen.«

Ja, Kassia wurde vielen Lords und Ladys vorgestellt, und es kam ihr eigenartig vor, wie ihre Lippen dabei in einem unaufhörlichen Lächeln erstarrten. Doch war sie keineswegs eingeschüchtert, wie sie vorher erwartet hatte. Graelam spielte seine Rolle als Ehemann gut. Er tat so, als freute er sich, daß alle seine Freunde seine Gattin kennenlernten. Viel macht auch die Halskette aus, dachte sie. Obwohl sie ihr zu schwer war und sie nie vergaß, welche Seelenpein sie ihr gebracht hatte, verlieh sie ihr doch durch ihr kostbares, leicht exotisches Aussehen ein merkwürdiges Selbstvertrauen.

»Na, ist denn das die Möglichkeit! Chandra, sieh, was Cornwall da hergeschickt hat! Mylord Graelam!«

Kassia blickte hoch und sah in die fröhlichen blauen Augen eines der bestaussehenden Männer, denen sie je begegnet war. Er war fast so groß wie Graelam, breit in den Schultern und schmal an Taille und Hüften. Sein Haar war wie poliertes Gold, und der leicht gebräunte Kopf wies edle Züge auf. Neben ihm stand eine bildschöne Dame, die vollkommene Gattin für einen solchen Mann. Plötzlich kam sich Kassia mager und häßlich vor und wußte nichts mehr zu sagen. Vor dieser unglaublich schönen Frau mit den goldblonden Haaren und dem vollkommen geformten Körper schwand all ihr Selbstvertrauen.

»Also bist du mit Chandra zu dem großen Ereignis aus der Wildnis des Nordens hergereist«, sagte Graelam. »Chandra, wie machst du es nur, daß du jedesmal, wenn ich dich treffe, noch schöner bist?«

Chandra lachte leise. »Jerval, diese Bestie, hat mich einen Monat lang nicht mehr auf den Übungsplatz gelassen, weil es ihm peinlich gewesen wäre, wenn ich bei Hofe mit blauen Flecken und Kratzern erschienen wäre.«

Übungsplatz? Wovon redet sie? fragte sich Kassia verständnislos.

»Du wirst das hoffentlich nicht glauben«, sagte Jerval. »Das einzige, was sie davon abgehalten hat, war die Geburt unseres Sohnes vor vier Monaten.«

»Er heißt Edward«, sagte Chandra. »Jerval meinte, wenn es einen Edward in London gibt, muß es auch einen in Cumberland geben.«

»Und widersprechen konnte sie mir auch nicht«, sagte Sir Jerval, »weil sie ausnahmsweise einmal flach auf dem Rücken lag.«

»Die Halskette! Mein Gott. Graelam, an die habe ich nie mehr gedacht!«

Kassia hatte den Eindruck, ihr Mann erinnere sich erst jetzt daran, daß sie auch noch da war. »Ja«, sagte er gelassen, »es ist die aus Al Afdals Lager. Und die Kleine, die sie trägt, ist Kassia, meine Frau.«

Lady Chandra schnappte nach Luft. Ihre ausdrucksvollen blauen Augen waren vor Überraschung weit aufgerissen. »Gott im Himmel, Jerval, wir beide haben jetzt einen Sohn, aber Graelam hat eine Frau! Meine Liebe, ich hoffe, Ihr züchtigt dieses große Untier wenigstens zweimal am Tag. Er versucht doch bestimmt, Euch zu tyrannisieren.«

»Kassia«, sagte Graelam lässig, »das ist Lord Jerval de Vernon, und dies ist Lady Chandra, seine Gattin.«

»Meine Frau erteilt immer anderen Leuten Ratschläge, die sie selber nicht beachtet«, sagte Sir Jerval freundlich zu Kassia. »Sie ist so schrecklich in mich verliebt, daß ich sie dauernd von meinen Knien verjagen muß ...«

Chandra unterbrach ihn: »Hat Graelam Euch von unseren Abenteuern im Heiligen Land erzählt? Es kommt mir vor, als wäre es schon lange her! Diese Halskette, die Ihr tragt, hat eine ... besonders gefährliche Geschichte. Damals dachte ich schon, wir hätten unseren letzten Atemzug getan!«

»Erst hast du versucht, mich umzubringen, Chandra«, sagte Graelam vorwurfsvoll, »dann hast du mir mein elendes Leben gerettet. Nein, diese Geschichten darf man nicht erzählen, schon gar nicht bei einer Ehefrau, die ...« Graelam brach plötzlich ab.

»Ihr ... Ihr habt versucht, meinen Gatten umzubringen?« fragte Kassia.

»Ach, das ist schon lange her«, sagte Lady Chandra nach einigem Zögern. »Und jetzt ist es nicht mehr interessant.«

»Jerval, Chandra, wie lange bleibt ihr in London?« erkundigte sich Graelam.

»Ungefähr noch eine Woche«, sagte Jerval. »Edward hat Chandra zum Bogenwettschießen herausgefordert. Ich fürchte, ich darf ihr nur den Köcher halten.«

»Lady Chandra will gegen den König antreten?« fragte Kassia so ungläubig, daß Graelam lachen mußte.

»Ja, sicher«, sagte er. »Chandra ist eine Kriegerin.«

»Aber sie ist doch eine so schöne Frau!«

»Von ihr habe ich gelernt, daß das eine die Wirkung des anderen noch verstärkt. Sie ist eine Frau, die ihre Ehre über alles stellt, meine Liebe. Und wie es scheint, schätzt sie jetzt ihre Weiblichkeit genauso hoch ein.«

Kassia fiel ein, daß Graelam ihr einmal erzählt hatte, die Narbe an seiner Schulter habe ihm eine Frau beigebracht. War es Chandra gewesen? Hatte er sie geliebt? Liebte er sie noch? Zumindest, dachte sie traurig, bewundert er sie sehr. Sie hat all das, was mir fehlt. Ich weiß bei einem Pfeil nicht mal, was vorn und was hinten ist.

Sie reihten sich in einer Schlange von Edelleuten ein, die das neu gekrönte Herrscherpaar König Edward und Königin Eleanor begrüßen wollten.

Kassia hielt sich jetzt näher bei ihrem Mann und verglich ihn mit den anderen Adligen. Er sieht so prachtvoll wie ein König aus, dachte sie. Sein Umhang war aus weitgeschnittenem kostbarem Goldsamt, die wallenden Ärmel waren mit Hermelin gefüttert. Er fiel ihm herrlich von den Schultern. Sie hatte viele Stunden gearbeitet, um ihn so schön zu nähen.

»Ah, mein Lord Graelam!«

Graelam verbeugte sich tief. »Sire, willkommen daheim! Euer Thron hat in Eurer Abwesenheit schon Staub angesetzt, und Eure Barone wurden mürrisch, weil sie keinen König hatten, dem sie ihre Klagen vortragen konnten!«

»Ja«, sagte der König mit breitem Schmunzeln, »und ich bin sicher, Ihr habt ihnen genügend Geschichten über mich berichtet, die meinen Ruf verdunkeln. Meine Liebe, hier will dich der Wolf von Cornwall begrüßen!«

Königin Eleanor holte vor Freude tief Luft. »Graelam! Ihr seht besser aus als mein armer Gatte! Ich fürchte, der Aufenthalt in fremden Ländern hat sein Haar schon ergrauen lassen!«

Edwards durchdringende blauen Augen richteten sich auf die zierliche Frau an Graelams Seite. »Aber wer ist das denn, Mylord?«

»Gestattet, Sire, daß ich Euch meine Frau Kassia de Moreton vorstelle.«

»Mylady«, sagte Edward freundlich und nahm ihre schmale Hand in seine große.

»Sire«, sagte Kassia und knickste. Dann entfuhr es ihr: »Wie groß Ihr seid! Ich habe meinen Mann immer für sehr groß gehalten, aber Ihr könnt noch über ihn hinwegsehen!«

Eleanor lachte. »Mir hat er oft gesagt, daß er so hochgewachsen ist, um alle seine Edelleute einzuschüchtern. Edwards Onkel, der Herzog von Cornwall, hat uns von Euch erzählt, Kassia. Eine romantische und dramatische Geschichte. Ich möchte von Euch hören, wie Ihr den Wolf von Cornwall gezähmt habt.«

Der Nachmittag verging, und abends fand das große Bankett statt. Zu dieser Zeit war Kassia schon todmüde. »Die Königin ist sehr nett«, sagte sie zu Graelam.

»Ja«, sagte Graelam. »Es ist auch die einzige königliche Liebesheirat, von der ich je gehört habe. Im Heiligen Land wurde Edward von einem Mörder mit einem vergifteten Dolch angefallen. Edward tötete den Mann. Aber danach brach er zusammen. Sie saugte das Gift aus der Armwunde und rettete ihm das Leben. Ich war nicht dabei, aber Jerval und Chandra.«

Sie spielte mit ihrem Kelch. »Du kanntest Lady Chandra, bevor sie Sir Jerval heiratete?«

Graelam betrachtete ihr Profil. »Ja«, sagte er knapp.

»War sie es, die dich in die Schulter stach?«

»Sie hat mich nicht gestochen. Sie hat den Dolch aus einer weiten Entfernung nach mir geworfen. Wäre sie nicht so wütend gewesen und hätte mich von nahem angegriffen, dann wäre ich jetzt wahrscheinlich tot.«

»Wie ...«, begann Kassia, aber da hatte sich Graelam wieder seinem Nachbarn Sir John de Valance zugewandt. Bis sie in ihr Haus zurückkehrten, fand sie keine Gelegenheit mehr, mit ihm unter vier Augen zu sprechen. Zu Kassias Freude erwartete Margaret sie mit gewürztem Glühwein im Zimmer.

Graelam reckte sich. »Ich bin froh, daß Edward wieder in der Heimat ist. Morgen gehen wir zu ihm in den Tower. Dann wirst du mit den anderen Damen besser bekannt werden.«

Er hatte Lady Joanna gesehen, aber eine Begegnung vermieden.

»Graelam, würdest du mir von Lady Chandra erzählen?«

Er setzte sich achselzuckend auf einen hochlehnigen Stuhl. »Da ist nicht viel zu erzählen, aber wenn du willst ... Ich hatte sie einmal heiraten wollen. Doch ihr Vater, ein Markgraf ... nun, ein Markgraf ist ein Edelmann, dessen Burgen die englische Grenze gegen die Waliser schützen. Jedenfalls lehnte Lord Richard mich ab. Mit List und Tücke gelang es mir, ihre Burg Croyland einzunehmen und Chandra gefangenzunehmen. Sie hätte mich auch geheiratet, denn ich hatte außerdem ihren jüngeren Bruder erwischt. Doch Jerval kam rechtzeitig dazwischen. Ich wurde verjagt und konnte noch von Glück sagen, daß ich mit der Schulterwunde davonkam. Chandras Vater zwang sie dann, Jerval zu heiraten, den Sohn eines seiner engsten Freunde.«

Sie sah ihn an. »Aber ihr seid doch alle befreundet!«

»Ja, jetzt. Unsere Erlebnisse im Heiligen Land führten dazu, daß wir unsere ... Streitigkeiten beendeten.«

Kassia fummelte an den Knöpfen ihres Kleides. »Hast du sie geliebt?«

Graelam schaute in die glühenden Kohlen des Kamins. »Das ist schon so lange her. Nein, geliebt habe ich sie nicht, aber ich wollte sie haben. Sie ist anders als alle Frauen, die ich kannte. Sie ist so ehrenhaft und treu wie ein Mann. Sie spricht immer die Wahrheit. Ach, das ist selten bei einer Frau!«

Kassie zog scharf den Atem ein, ging langsam auf die andere Seite des Zimmers und begann sich auszuziehen. Er sah ihr aus verkniffenen Augen zu. Bei ihm regten sich Gewissensbisse. Er hatte ihr zwar die Wahrheit über Chandra gesagt, aber einiges verschwiegen. Bevor sie sich in Jerval verliebt hatte, war sie unbeugsamer gewesen als der rücksichtsloseste Mann. Kompromisse hatte sie nicht gekannt. Nach Graelams Meinung mußte Jerval auch jetzt noch einen ständigen Kampf mit ihr führen, um die Oberhand zu behalten.

Komisch, dachte er, als ich Chandra jetzt wiedersah, habe ich sie nicht mehr begehrt. Doch bei Kassia genügte schon das Aufblitzen eines Streifens weicher, weißer Haut, als sie jetzt unter die Bettdecken schlüpfte, um ihn zu erregen.

Nach einer Weile stand Graelam auf, kleidete sich aus, ging ans Bett, hob die Kerze hoch und betrachtete seine Frau. Konnte er Dienwald de Fortenberry einen Vorwurf daraus machen, daß er sich von diesem scheinbar arglosen, zerbrechlichen Mädchen angesprochen fühlte? Er ging zu Bett, wobei er sich zwang, Abstand von ihr zu halten.

Königin Eleanor saß im Solarium unter ihren plaudernden Damen. Aus dem Augenwinkel beobachtete sie Kassia de Moreton, und ein interessiertes Lächeln umspielte ihren Mund. Sie wurde erst recht aufmerksam, als Chandra de Vernon sich dem Mädchen näherte.

Dann spitzte sie die Ohren. Lady Joanna, die Tochter des Grafen von Leicester, machte gerade eine höhnische Bemerkung.

»Ihr hättet sie sehen sollen«, sagte Joanna zu Lady Louise de Sanson, »als sie damals in Wolffeton eintraf. Lord Graelam war entsetzt, aber natürlich konnte er nichts mehr ändern.«

»Er hat sie geheiratet, als sie im Sterben lag?« fragte Louise.

»Ja«, sagte Joanna. »Er zog vielleicht ein Gesicht, als das dürre kleine Ding ankam! Man konnte sie für einen schmutzigen Jungen halten! Ihre Haare waren ganz kurz!« Boshaft fügte sie hinzu: »Ihr seht ja selber, daß sich ihr Aussehen kaum verbessert hat!«

Eleanor hielt es für richtig einzuschreiten. »Ich finde sie sehr hübsch«, sagte sie mit ihrer weichen, klaren Stimme. »Lord Graelam kann sich glücklich schätzen.«

Im Flüsterton, der dennoch weit zu hören war, sagte Joanna: »Da ist er selbst aber anderer Ansicht, Eure Hoheit. Von Lady Blanche de Blasis, der Halbschwester seiner ersten Frau, erfuhr ich, daß Lady Kassia sogar einen Fluchtversuch unternommen hat. Das zeigt, daß er mit ihr kein gutes Los gezogen hat.«

Plötzlich schlossen sich Chandras kräftige Finger um Kassias Arm. »Überlaßt mir diese Hexe!« sagte Chandra und ging dann auf die kleine Gruppe zu. »Ah, Lady Joanna, ich hörte, daß Ihr heiraten wolltet. Was für ein Pech, daß Euch der Bräutigam entschlüpfte!«

Königin Eleanor verbarg ihr Lächeln hinter der vorgehaltenen Hand.

Joanna hatte von Chandra bisher nur gehört und wunderte sich, daß sie eine bildschöne Frau war und keine wilde Amazone. »Mein Vater ist sehr froh darüber, daß ich Lord Graelam nicht geheiratet habe. Er wollte nicht, daß ich in Cornwall versauere.«

»Dennoch muß es schrecklich peinlich für Euch gewesen sein, liebe Joanna«, sagte Chandra in vorgetäuschtem Mitleid. »Schon beim ersten Versuch abgewiesen zu werden!«

»Graelam hatte keine Wahl«, erwiderte Joanna mit schriller Stimme. »Er war gezwungen, sie zu behalten!«

Lautlos tauchte Kassia neben Chandra auf. Sie konnte sich doch nicht von Chandra verteidigen lassen, als wäre sie ein verschrecktes Mäuschen! »Doch, er hatte eine Wahl«, sagte sie. »Unsere Ehe war noch nicht vollzogen.«

»Warum habt Ihr dann einen Fluchtversuch unternommen?« fragte Louise aufrichtig erstaunt.

»Ich glaube«, sagte Kassia, »daß diese Behauptung von Lady Blanche aufgestellt wurde. Sie ist aber nicht wahr. Ich schulde meinem Mann ... Treue und werde ihm auch immer die Treue halten.«

»Da hast du deine Meinung aber sehr geändert!« sagte Blanche. *Warum quäle ich sie eigentlich immer? Habe ich soviel Angst davor, daß Graelam erfährt, ich war die Schuldige?*

Nein, so geht es nicht weiter, dachte Eleanor. Das Treffen drohte in einen allgemeinen Streit auszuarten. »Meine Damen, ich möchte Euch jetzt gern vom Hofleben auf Sizilien berichten und Euch einige der Schätze zeigen, die ich von dort mitgebracht habe.«

»Kommt!« sagte Chandra leise zu Kassia. »Wenn ich noch länger hierbleibe, drehe ich Joanna entweder den dummen Hals um, oder ich breche Blanche den Arm!«

»Warum habt Ihr mich überhaupt verteidigt?« wollte Kassia wissen. »Ihr kennt mich doch gar nicht!«

»Das macht mein Gerechtigkeitssinn«, sagte Chandra. »Nach allem, was ich höre, ist Joanna ein gemeines, niederträchtiges Biest.«

Bedächtig sagte Kassia: »Das hört sich so an, als hättet Ihr Graelam verziehen, was er Euch angetan hat.«

»Also hat er es Euch erzählt, ja?«

»Ja, ich habe ihn gestern abend danach gefragt. Er ist ein großer Bewunderer von Euch.«

»Nun«, sagte Chandra nach einer Weile, »wenn wir geheiratet hätten, ist es fraglich, wer von uns beiden noch am Leben wäre! Graelam ist daran gewöhnt, alle zu beherrschen, die seiner Macht unterstehen.«

»Ja«, sagte Kassia hilflos. »Seine Meinung über mich wird er wohl nie mehr ändern.« Sie biß sich auf die Lippe.

»Begleitet mich!« sagte Chandra. »Ich möchte mehr über Euer Abenteuer hören.«

Einige Zeit später beendete Kassia ihren Bericht mit den Worten: »... und deshalb kann ich es Dienwald nicht übelnehmen, daß er aus dem Verlies entflohen ist. Graelam hätte ihn bestimmt getötet. Und jetzt ist Blanche hier und hat immer noch diese verächtliche Einstellung mir gegenüber. Und ich kann nichts dagegen tun. Ich kann ihn nicht vom Gegenteil überzeugen!« Plötzlich platzte sie heraus: »Ja, wenn ich mehr von Eurer Art wäre, würde er mir wahrscheinlich verzeihen. Zumindest würde er mir dann Glauben schenken, denn er rühmte Eure Ehrenhaftigkeit und Eure Aufrichtigkeit.«

Lächelnd sagte Chandra zu Kassia: »Ich habe eine Idee. Kommt mit mir zum Schießplatz! Da zeige ich Euch, wie man mit Pfeil und Bogen umgeht.«

27

»Du willst dich einmischen, und das gefällt mir nicht.«

Lady Chandra schmiegte sich eng an ihren Mann. »Sie ist aber unschuldig, Jerval«, sagte sie. »Ich will ihr doch nur helfen.«

»Ja, sie erregt bei jedem Menschen Beschützerinstinkte«, gab Jerval zu.

»Das stimmt. Aber glaub nur nicht, daß sie ein zerbrechliches und hilfloses Blümchen ist! Mag sein, daß sie zu biegen ist, aber brechen läßt sie sich nicht. Wenn nur Graelam nicht so ein ...«

»... hochmütiger, zynischer, arroganter, mißtrauischer Bursche wäre!«

»Genau. Du hättest sie heute nachmittag auf dem Schießplatz erleben sollen. Zuerst sah sie meinen Bogen an, als wäre er eine giftige Schlange. Aber schnell war sie darüber hinweg. Sie hat nicht viel körperliche Kraft. Dafür hat sie ein gutes Auge und eine ruhige Hand.«

»Du willst sie also in eine Kriegerin verwandeln?«

»Wenn du mich auslachst, Jerval, wirst du es bereuen! Ich schneide dir mit dem Dolch deinen ...«

»Schneide mir lieber nichts ab! Es wäre auch dein Verlust. Ich mache dir einen Vorschlag. Morgen spreche ich mit Graelam und dann auch mit Sir Guy de Blasis. Er scheint mir ein anständiger Kerl zu sein.«

Chandra ließ sich in die Arme nehmen. »Ich möchte mal wissen, was Blanche ihrem Mann gesagt hat. Glaubst du, daß er die Wahrheit weiß?«

Sir Guy wußte alles, was es über seine Frau zu wissen gab. Schon bevor er sie mit seinem Trick dazu gebracht hatte, ihn zu heiraten, war ihm klar gewesen, daß sie nur deshalb so scharf hinter Graelam her gewesen war, weil sie Angst um die Zukunft ihres Sohnes hatte. Doch nun war Evians Zukunft gesichert. Guy war sehr in sie verliebt. Sie war eine Frau voller Leidenschaft. Wenn sie ihn beschimpfte wie jetzt, lächelte er nur. Bei ihr langweilte man sich nie.

»Ich denke nicht daran, mich schwängern zu lassen!«

»Aber du bist es doch schon, meine Liebe«, sagte er freundlich, »und das wird sich auch nicht ändern. Erst wenn du mir zwei, drei Söhne geboren hast, gestatte ich dir wieder, bei Bedarf deinen Gifttrank zu schlucken.«

»Ich will aber nicht häßlich werden und mit einem dicken Bauch rumlaufen! Und ich habe keine Lust, die Schmerzen bei der Entbindung zu erleiden!«

»Blanche«, sagte er, über den kleinen Tisch zwischen ihnen gebeugt, »das mit den Schmerzen bei der Entbindung tut mir sehr leid. Wenn ich sie verhindern könnte, würde ich es tun. Aber da bin ich machtlos. Doch wenn du glaubst, daß du häßlich aussiehst, wenn du schwanger bist, bist du dumm. Du wirst erleben, daß meine Gefühle für dich dadurch nicht beeinträchtigt werden. Du bist meine Frau und meine Geliebte. Und dabei bleibt es. Du kannst dich darauf verlassen.«

Sie sprang auf und stützte sich mit beiden Händen auf den Tisch. »Ich weiß, warum du mich geheiratet hast! Du liebst gar nicht mich, sondern dieses dürre, kleine Mädchen!«

Guy lehnte sich zurück. »Endlich«, sagte er mit großer Genugtuung. »Endlich hast du es zugegeben.«

»Ich? Nichts habe ich zugegeben! Was soll ich denn zugegeben haben?«

»Na, daß du mich liebst. Das erwärmt mein Herz, Blanche. Begreifst du, daß du es jetzt nicht mehr nötig hast, Kassia mit unwahren Vorwürfen zu verfolgen?«

Blanche schaute schweigend zu Boden.

»Du bist bestimmt die sturste Frau in ganz England. Los, meine Liebe, schrei mich doch wenigstens an!«

»Ich bin nicht stur! Und sie war mit diesem Biest Chandra de Vernon zusammen!«

»Sind denn alle Damen bei Hofe gemeine Biester? Meine arme Liebste, das muß ja sehr anstrengend für dich sein.«

»Ich muß zugeben, daß ich Joannas Gesellschaft nicht schätze«, sagte sie widerwillig.

Sie hätte ihm gern gesagt, daß sie Kassia nur darum gequält hatte, weil sie Angst hatte, Graelam würde sich an Guy rächen, wenn er von ihren Lügen erfuhr. *Dabei habe ich Guy doch ehrlich erobert. Ich liebe ihn, traue mich aber nicht, es ihm zu sagen.*

Guy stand auf, ging zu ihr, legte ihr die Hände auf die Schultern und schüttelte sie leicht. »Hör zu, mein Weib! Du mußt endlich Graelam, Kassia und Wolffeton vergessen. Diese ganzen Enttäuschungen! Weißt du, es wird Zeit, daß du mich als Ehemann akzeptierst! Ich liebe Kassia nicht. Ich habe sie nur in Schutz nehmen wollen, weil sie das unschuldigste Mädchen war, daß ich je gesehen habe. Haben aber wollte ich nur dich, Blanche, trotz allem, was du angestellt hast. Dann habe ich dich erobert und Kassia gleichzeitig vor weiteren deiner ... Machenschaften bewahrt.«

Sie blickte ihn an. »Ich ... ich habe doch gar nichts getan!« *Konnte sie denn nie mit dem Lügen aufhören?*

Er strich ihr liebevoll mit den Fingerspitzen über die Lippen. »Ich bin doch nicht blind, meine Liebe. Du brauchst mir wirklich nichts vorzumachen. Aber ich gebe zu, es würde mir sehr gefallen, wenn du zu Graelam gingst und ihm die Wahrheit sagtest. Oder lieber doch nicht. Graelam versteht ja nichts von Frauen. Er würde wahrscheinlich annehmen, ich hätte dich damals dazu angestiftet. Vielleicht ist es das beste, die Angelegenheit wenigstens vorläufig ruhen zu lassen. Ich habe das Gefühl, daß sie schon selber zurechtkommen werden, ohne daß du oder ich uns einmischen. Aber hör mir zu, Blanche! Ich gestatte nicht, daß du Kassia noch weitere Ungelegenheiten machst. Verstehst du mich?«

»Na, sicher versteh' ich! Du bist ein Rohling und ein Angeber, aber ich glaube dir nicht!«

Ohne sie loszulassen, stieß er einen tiefen Seufzer aus. »Vielleicht wirst du mir in fünf oder in zehn Jahren glauben. Blanche, du und ich, wir werden gemeinsam aus Chitterley einen prächtigen Besitz machen. Unsere Kinder werden nie auf den Gedanken kommen, daß ihre Mutter früher einmal ein Mädchen ohne jedes Rückgrat war.«

»Du machst dich über mich lustig, Guy«, sagte sie, »und du bist so schlüpfrig wie ein Aal. Ich kann dich nicht ausstehen.«

»Nein, dafür liebst du mich aber. Eine Zeitlang will ich das hinnehmen. Aber ich hoffe, daß du nicht gegen meine Wünsche handelst.«

»Dann würdest du mich wohl schlagen, wie?«

Er küßte sie auf die Schläfe. »Jetzt gehen wir beide ins Bett, und da wirst du alles vergessen außer deiner Leidenschaft und Liebe zu mir.«

Der Nachmittag war sonnig und klar, die Luft frisch. Auf dem großen Hof des Towers versammelten sich die Lords und Ladys, um den Wettkampf zwischen König Edward und Lady Chandra de Vernon mitzuerleben. Graelam ließ Kassia in der Gesellschaft der Königin und begab sich zu Jerval und seinem Freund Sir Mark.

»Ihr habt Chandra gestern üben sehen?« sagte Königin Eleanor lächelnd zu Kassia.

»Sie ist unglaublich«, antwortete Kassia. »Ich habe mir nie träumen lassen, daß eine Frau so ...« Vergeblich suchte sie nach dem passenden Wort.

»So vollkommen sein könnte?« half ihr Eleanor.

»Ja, vielleicht. Wo sie doch bereits so schön ist!«

»In Wahrheit wurde sie erst eine vollkommene Frau, als sie sich in ihren Mann verliebte, Kassia. Sie war nicht immer so glücklich und zufrieden wie jetzt.«

Aber ihr Mann hat sie immer geliebt, wollte Kassia schon sagen. Statt dessen sprach sie von dem Wettkampf. »Sie hat nur die Sorge, daß sie durch die dritte Runde verlieren wird. Die Entfernung fordert viel Kraft. Sie sagt, nur der König kann auf so große Entfernung noch genau schießen.«

»Ja, ich weiß«, sagte Eleanor. »Ich glaube, mein Mann bestand auf dieser Entfernung. Er verliert nämlich nicht gern.«

Kassia lachte. »Auf jeden Fall ist er ehrlich!« Kassia wünschte sich, sie könnte so werden wie Chandra. Wenn sie erlernen könnte, was Chandra so mühelos schaffte, würde sie vielleicht Graelams Bewunderung erregen. Eleanor wandte sich jetzt an die Gräfin von Pembroke. Kassias Blick fiel auf eine kleine, blonde Frau, die schwanger war. Sie zeigte auf Chandra und sagte: »Sieht sie nicht wunderschön aus?«

»Ja«, sagte die Frau. »Aber Ihr solltet sie erst mal in ihrer Rüstung sehen! Der Anblick übersteigt alle Begriffe. Wißt Ihr, ich bin mit Chandra zusammen aufgewachsen.«

Das brachte Kassia auf einen Gedanken. Sie fragte: »Wart Ihr auch auf Croyland, als Graelam de Moreton sie erobern wollte?«

»Ja, ich war da.«

»Hat Lady Chandra wirklich einen Dolch auf Graelam geworfen?«

Die Frau nickte. Hinter ihnen ertönte helles Kinderlachen. Sie drehte sich um. »Ah, meine Tochter Glenda.« Sie nahm das Kind auf die Arme. »Glenda, hier ist eine sehr nette Dame.« Sie sah Kassia fragend an.

»Ich heiße Kassia. Glenda ist ein hübsches Kind. Ihr müßt sehr glücklich sein.« Kassia starrte auf die dichten, dunklen Haare des kleinen Mädchens und dann in ihre großen, grauen Augen. Plötzlich beugte sich Glenda zu Kassia hinüber und griff mit der kleinen Hand nach dem Hermelinbesatz ihres Mantels. Das Kind strich über das Fell und lachte. Kassia erstarrte. Sie hatte genau den Ausdruck Graelams.

Kassia schluckte. »Ich weiß nicht, wie Ihr heißt«, brachte sie schließlich heraus.

»Mary. Da drüben ist Sir Mark, mein Gatte. Er steht mit Jerval und ... Graelam de Moreton zusammen. Ich habe gehört, daß Lord Graelam geheiratet hat. Eine Erbin aus der Bretagne.«

»Ja, sie kommt aus der Bretagne.«

»Dann tut sie mir leid«, sagte Mary leise. »Ich kann mir vorstellen, daß es nicht leicht ist, mit Lord Graelam auszukommen.«

»Ja, das stimmt«, sagte Kassia. »Sieht Eure Tochter ihrem Vater ähnlich?«

»Das glaube ich nicht«, sagte Mary nach einem leichten Zögern. »Warum fragt Ihr?«

Kassia schloß einen Moment die Augen und flüsterte dann: »Ich bin Kassia de Moreton.«

»Ich ... ich verstehe«, sagte Mary so leise, daß Kassia sie kaum hörte. »Erkennt Ihr vielleicht eine Ähnlichkeit? Ich wollte Glenda nicht mit nach London nehmen, aber mein Mann sagte, niemand würde bemerken, wem sie ähnlich sieht.«

»Es sind nicht die Gesichtszüge, sondern der Ausdruck beim Lachen. Verzeiht, ich sage zu keinem etwas, darauf könnt Ihr Euch verlassen.«

Mary brachte eine gequältes Lächeln zustande. »Danke. Seht, Chandra legt den Bogen an!«

Zu Kassias Verwunderung gewann Chandra die erste Runde. Die strohgepolsterten Schießscheiben standen zehn Meter entfernt. Für die zweite Runde wurde die Entfernung verdoppelt. Diesmal gewann der König durch einen Glücksschuß, bei dem er Chandras Pfeil zersplitterte.

»Sire«, rief Chandra, »Ihr habt Euch sehr verbessert! Nun, so habe ich wenigstens einen echten Gegner!«

»Ho, Mylady«, sagte der König und richtete sich zu seiner vollen, riesigen Größe auf. »Jetzt werden wir gleich sehen, wer der Bessere ist.«

Er lächelte. Aber als er zum Schuß antrat, war sein Gesicht ernst und konzentriert. Die Augen wurden schmal, die Arme waren ruhig. Dann flog sein Pfeil durch die Luft und landete auf der Zielscheibe, nahe dem Rand des schwarzen Zentrums.

»Schade, daß die Entfernung so groß ist«, sagte Sir Jerval zu Graelam. »Chandra hat Adleraugen, aber nicht die Kraft für diese Weite.«

Chandra schoß ihren Pfeil ab. Schön anzusehen, schwirrte er durch die Luft und bohrte sich dicht neben Edwards Pfeil in die Scheibe.

»Gut gemacht!« rief Jerval.

Ringsum wurden laut neue Wetten ausgehandelt. Edward mußte erst um Ruhe bitten, bevor er zum nächsten Schuß antrat. Diesmal landete sein Pfeil mitten im schwarzen Zentrum, und es gab donnernden Beifall.

Chandras nächster Pfeil wurde durch den plötzlich wechselnden Wind an den Rand der Scheibe verweht.

Edward erging es beim nächsten Versuch noch schlechter. Der Wind trug seinen Pfeil an der Scheibe vorbei.

»Bei allen Heiligen«, sagte Graelam, »das hätte ich nie für möglich gehalten!«

Als Chandra ihren letzten Pfeil abschoß, herrschte völlige Stille unter den Zuschauern. Mit einem dumpfen Aufschlag landete er dicht neben ihrem ersten am Rand des Zentrums. Lauter Beifall und anerkennende Rufe folgten.

»Verzeihung, Mylady«, sagte Edward und schoß seinen letzten Pfeil ab. Er bohrte sich mitten ins Schwarze. Durch die Gewalt des Aufpralls vibrierte der gefiederte Schaft noch eine Zeitlang.

»Ihr seid der Sieger, Sire«, sagte Chandra.

Kassia sah den bewundernden Blick, mit dem Graelam die knapp Unterlegene ansah. In diesem Augenblick faßte sie einen Entschluß.

Sie schwor sich, daß er sie eines Tages auch so ansehen sollte. Dann drehte sie sich um. Aber Mary war mit ihrer kleinen Tochter schon gegangen.

Da hörte sie hinter sich Joanna spöttisch sagen: »Man sieht, daß Eure Beschützerin, diese Hexe, einen heißen Verehrer hat.«

Es kribbelte Kassia in den Händen. Gern hätte sie der Spötterin ins Gesicht geschlagen. Statt dessen sagte sie mit freundlicher Stimme: »Müßt Ihr denn Eure Eifersucht so unverhüllt zeigen, Joanna? Wißt Ihr nicht, daß sie Euer Gesicht zur häßlichen Fratze verzerrt?«

»Kassia!« Graelam warf aus dunklen Augen einen zornigen Blick auf Joanna. Dann sagte er lächelnd zu seiner Frau: »Komm, Kassia! Edward will mit uns seinen Sieg feiern.«

Still ging sie mit ihm. Doch ihre Gedanken waren bei dem kleinen Mädchen Glenda.

»Laß dich von ihr nicht ärgern!« sagte Graelam.

»Für mich ist sie nichts als ein lästiges Insekt«, sagte Kassia kühl. »Ich kümmere mich gar nicht um sie.«

»Warum bist du dann ganz rot im Gesicht?«

Kassia blieb stehen, drehte sich langsam zu ihrem Mann um und sah ihn prüfend an. »Ich habe eben deine Tochter kennengelernt.«

Doch Graelam hob nur verständnislos fragend eine Braue. Dann sagte er: »Habe ich dir schon Jervals Freund Sir Mark vorgestellt?«

»Seine Frau, Lady Mary, ist mit Chandra zusammen aufgewachsen. Sie war auf Croyland, als du die Burg erobert hast.«

Allmählich erinnerte sich Graelam. »Das ist lange her«, sagte er. »Das war vor sehr langer Zeit.«

»War sie deine Geliebte?«

»Nein. Ich nahm sie mit Gewalt, um Chandra zur Kapitulation zu bewegen.«

Entsetzt starrte Kassia ihn an. »Du hast einer Lady Gewalt angetan?«

Zorn rötete nun auch sein Gesicht. Als Mann konnte er doch tun, was er wollte, ohne daß seine Frau ihn verurteilen durfte! »Jetzt ist es genug«, sagte er kalt. »Es war, wie gesagt, vor langer Zeit, und jetzt will ich dich nicht mehr nörgeln hören.« Doch als er ihr Entsetzen sah, fügte er hinzu: »Es tut mir leid. Ich war damals vor Zorn und Enttäuschung außer mir.«

»Vor Zorn und Enttäuschung?« sagte Kassia. »Genau wie bei mir?«

»Es scheint, daß ich immer nur dein Mißfallen errege. Planst du jetzt, nachdem du es erfahren hast, vielleicht schon den nächsten Fluchtversuch?«

Sie schüttelte den Kopf.

Da lachte er laut. »Wenigstens behauptest du nicht mehr, unschuldig in Fluchtverdacht geraten zu sein. Nun erzähle mir aber nicht, daß Chandra dir beigebracht hat, aus hinterhältigen Gründen deine scharfe Zunge im Zaum zu halten! Ah, hier ist Sir Guy mit seiner hübschen Frau.«

»Ihr seht gut aus, Kassia«, sagte Guy.

»Ihr auch, Guy. Geht es Euch gut?«

»Ja. Ich werde bald Vater.«

Zu ihrer Überraschung fühlte Kassia bei dieser Eröffnung nagende Eifersucht. Doch sie beherrschte sich und sagte in ruhigem Ton zu Blanche: »Ich gratuliere dir. Du mußt ... sehr glücklich sein.«

»Danke«, sagte Blanche. Sie war nicht weniger überrascht. Strahlend sah sie ihren Gatten an.

»Guy«, rief Graelam, »schwenk deinen Arsch, du eingebildeter Kerl! Ich will dich Sir Jerval vorstellen.«

Blanche schaute ihrem Mann nach und schüttelte den Kopf, um ihre Gedanken zu ordnen. »Du siehst nicht gut aus, Kassia«, sagte sie dann. »Das hat mir gestern auch Joanna gesagt.«

»Joanna sagt vieles. Bist du denn nun glücklich, Blanche?« Argwöhnisch musterte Blanche sie, konnte aber in Kassias Miene keinen Hintergrund entdecken. »Ein Ehemann ist ein Ehemann«, sagte sie achselzuckend, doch ihre Worte klangen selbst in ihren Ohren falsch.

»Nun, ich finde Guy sehr angenehm.«

»Guy, ist *mein* Mann«, sagte Blanche scharf.

»Ich will ihn dir ja auch nicht wegnehmen. Bitte, Blanche, ich habe dir doch nie etwas getan. Übrigens soll ich dich von Dienwald de Fortenberry grüßen.«

Blanche stieß einen Zischlaut aus. Kassia nickte ihr nur kurz zu und wandte sich ab.

Am späten Abend lag Kassia im weichen Bett und fragte sich, wo Graelam blieb. Endlich hörte sie, wie die Schlafzimmertür geöffnet und wieder geschlossen wurde. Rasch kniff sie die Augen zusammen. Dann senkte sich das Bett unter Graelams Gewicht.

»Sag mir, mein Weib: Als ich dich vorhin mit Blanche allein ließ, hast du ihr da unfreundliche Dinge gesagt? Ich sah, wie du sie einfach stehen ließest. Danach stand sie mit gesenktem Kopf betrübt da. Was hast du zu ihr gesagt, Kassia?«

Sie holte tief Luft. »Ich habe ihr nichts Unziemliches gesagt!«

Leise fuhr er sie an: »Ich glaube dir kein Wort!«

Da konnte Kassia sich nicht mehr beherrschen. Sie fuhr hoch, holte weit aus und schlug zu, so hart sie konnte. Graelam sah sie verblüfft an. Dann verdunkelte die Wut seine Augen. Vor Angst schrie sie laut auf und rollte sich aus dem Bett. Nackt rannte sie zur Tür.

Er erwischte sie, faßte sie um die Taille und wirbelte sie herum. Seine Finger gruben sich in ihre weiche Haut. Doch sie gab keinen Laut von sich. Wie betäubt starrte sie auf seine behaarte Brust und wartete ab.

Mit Hohn in der Stimme fragte er sie leise: »Wenn ich mich jetzt zwischen deine schönen Beine lege, bist du dann wieder warm und empfangsbereit?«

Sie schüttelte nur stumm den Kopf.

Er verkrallte die Finger in ihren Haaren. »Wirst du wieder vor Wonne schreien, noch bevor ich in dich hineinstoße?«

Endlich fand sie die Stimme wieder. »Willst du mich schlagen?« fragte sie.

»Verdient hättest du es«, antwortete er. Sein Blick fiel auf ihre runden, weißen Brüste. »Aber ich tue es nicht.«

Sie begann zu zittern. »Willst du mich mit Gewalt nehmen? Mich vergewaltigen, wie du es mit der armen Mary getan hast?«

»Warum nicht?« sagte er barsch. »Ich kann mit dir alles tun, was ich will. Du bist meine Frau.«

»Graelam«, flüsterte sie und versuchte sich seinen zudringlichen Händen zu entziehen, »bitte tu mir nicht weh!«

Er hob sie hoch und trug sie zum Bett. »Nein, ich tu' dir nicht weh, aber dein Vergnügen sollst du auch nicht haben.« Er legte sie auf den Bauch und zwang ihre Beine auseinander. Sie hörte seinen stoßweisen Atem und schloß die Augen, auf eine neue Demütigung gefaßt. Sie wußte, daß er sie gierig anschaute. Als seine Finger ihren Schoß abtasteten, begann sie wieder zu zittern und stieß einen leisen Schrei aus. Plötzlich ließ er sie los.

»Geh schlafen!« sagte er brüsk. »Ich will dich nicht haben.«

Sie rollte sich zusammen und zog die Bettdecken bis ans Kinn.

Gerade war sie fest eingeschlafen, da fing sie leise zu stöhnen an. Herrliche Gefühle ließen ihre Beine beben. Tief in ihr wuchs unaufhaltsam ein wachsendes Gefühl der Lust. Sie spürte seinen Mund heiß und feucht auf ihrem. Er küßte und liebkoste sie. Vergessen war der Gedanke an Demütigung, vergessen war der Schlaf.

Er nahm sie, und ihr Körper schien sich in einem Sturzbach wonnevoller Gefühle aufzulösen.

Danach war sie tief befriedigt. Doch ihre verwirrten Gedanken kamen nicht zur Ruhe. Wie konnte sie ihm nur so gern nachgeben – nach allem, was er gesagt und getan hatte? Ich bin ein ganz dummes Ding, dachte sie.

28

Kassia nahm von Evian den nächsten Pfeil entgegen. Der schwere Mantel störte sie, aber das war nicht zu ändern. Sie legte den Pfeil auf die Sehne und zog sie mit gekrümmten Fingern an die Wange. Den Blick fest auf die Zielscheibe geheftet, ließ sie die Sehne schwirren. Zu ihrer unermeßlichen Freude hörte sie den Aufprall und sah, daß der Pfeil fest im Stroh der Scheibe saß.

»Ein guter Schuß, Mylady!« rief Evian. Sie hatte die Scheibe auf sechs Meter Entfernung getroffen.

»Ich habe schon Fortschritte gemacht, nicht wahr?« fragte sie mit blitzenden Augen. Der Knappe nickte begeistert. Kassia sah, daß er vor Kälte zitterte. »Oh, Evian«, sagte sie. »Du frierst! Wir machen Schluß.«

»Nein, Mylady«, sagte er mit fester Stimme. »Ihr habt noch sechs Pfeile zu verschießen, und wir haben nicht mehr lange Tageslicht.« Er reichte ihr den nächsten Pfeil.

Rolfe wanderte durch die kahlen Apfelbäume und rieb sich über die Arme. Beim Teufel, es war kalt geworden! Dann blieb er stehen und sah zu, wie Kassia drei Pfeile abschoß. Alle drei landeten auf der Zielscheibe, einer sogar dicht am dunkelblauen Zentrum. Er erinnerte sich, wie Kassia ihn auf der Rückreise aus London angesprochen hatte. Mit unsicherem Lächeln dachte er an den Schreck, den ihm ihre Worte eingejagt hatten.

»Rolfe«, hatte sie gesagt, »ich möchte, daß du mir das Bogenschießen beibringst!« Er hätte laut darüber gelacht, wenn er nicht den flehenden Blick in ihren Augen gesehen hätte. Er war ja nicht dumm, er verstand sofort. Seine junge Herrin hatte die stolze Lady Chandra in London kennengelernt und ihr mit den anderen Edelleuten bei ihrem Wettkampf mit dem König zugeschaut.

»Warum«, fragte er sanft, »wollt ihr eine Männerkunst erlernen, Mylady?«

Sie senkte die Lider. Dann reckte sie entschlossen das kleine Kinn und sagte: »Ich will mich vervollkommnen.«

Er überlegte längere Zeit. »Eine Lady wie Ihr ist vollkommen. Ihr führt einen großen Haushalt, Ihr helft Blount mit den Kontobüchern – ja, er hat es mir gesagt –, Ihr sorgt für Mahlzeiten, die uns großartig schmecken. Und Ihr spielt fabelhaft Schach.«

»Das ist nicht genug«, sagte sie ruhig.

Rolfe faßte sich ein Herz. Hoffentlich nahm die junge Herrin an seinen kühnen Worten keinen Anstoß! »Sie war nur ein Traumgespinst, das der Lord sich ersonnen hatte. Die dummen Lieder der Minnesänger bestärkten ihn darin. Ich möchte bezweifeln, daß sie Eure Fähigkeiten besitzt, Mylady.«

Kassia spielte ihm nichts vor. »Und doch ist sie der Inbegriff seiner Wünsche, Rolfe. Er himmelt sie an. Ja, das hat er mir selber gesagt. Er sprach von ihrem Ehrbegriff, von ihrer Aufrichtigkeit und von ihren erstaunlichen Fähigkeiten im Waffenhandwerk. In seinen Augen besitze ich nichts von alldem, Rolfe. Wenn ich das Bogenschießen erlerne, spricht er mir vielleicht auch die anderen Eigenschaften zu. Auf jeden Fall muß ich etwas unternehmen!«

Es wäre besser, wenn sie sich die oberflächliche Lady Chandra nicht zum Vorbild nähme, dachte er. Laut sagte er: »In den Augen fast aller unserer Männer seid Ihr, Mylady, der Inbegriff der Güte, der Aufrichtigkeit und der Ehre. Nur sehr wenige glauben, Ihr hättet Graelam betrogen.«

»Aber er glaubt es«, sagte sie hart.

Rolfe rutschten die Worte heraus: »Er ist ein Dummkopf. Besonders was Frauen betrifft.«

»Und außerdem ist er mein Mann.«

Rolfe tat einen tiefen Atemzug. Am liebsten hätte er sie gefragt, ob Graelam sie geschlagen habe. Er wünschte, er könnte seinem rücksichtslosen Herrn einmal den Kopf zurechtsetzen.

Plötzlich wandte sich Graelam um. Argwöhnisch funkelten die dunklen Augen unter gesenkten Lidern. Mein Gott, dachte Rolfe verblüfft, er ist eifersüchtig! Auf einen alten Mann wie mich! Nachdenklich kaute er an der Unterlippe. Dann faßte er seinen Entschluß. »Abgemacht, Mylady«, sagte er lächelnd, »ich unterrichte Euch.«

»Graelam darf aber nichts davon erfahren.«

»Nein. Erst wenn Ihr so weit seid, daß Eure Leistungen ihn beeindrucken werden.«

»Danke, Rolfe!« sagte sie mit strahlendem Lächeln, und der Anblick ihres reinen, süßen Gesichts griff ihm ans Herz.

Im Obstgarten wartete Rolfe, bis sie den letzten Pfeil abgeschossen hatte. Dann trat er vor. Unter seinen Stiefeln knirschte das Laub. Er war besorgt, sie könnte sich bei dem langen Stehen am kalten Winternachmittag erkältet haben. Dennoch sagte er streng im Ton des Lehrers: »Ihr müßt den rechten Arm steif halten. Hier, ich zeige es Euch.«

Er zeigte es ihr und unterrichtete sie, bis die Kälte durch seine dicken Kleider zog. »Jetzt ist es genug, Mylady. Meine alten Knochen sehnen sich nach einem warmen Kamin.«

»Und nach heißem Glühwein!« rief Kassia glücklich. »Für dich auch, Evian.«

Evian nahm ihren Bogen und den Lederköcher unter den Arm. Es sollte so aussehen, als ob er damit geübt hätte. Rolfe hatte ihm gesagt, daß Lord Graelam nichts von Kassias Übungsstunden erfahren dürfe. Es sollte eine Überraschung für ihn sein.

Ein zufriedenes Lächeln auf den Lippen, betrat Kassia den großen Saal. Als sie Graelam erblickte, blieb sie abrupt stehen. Er hatte die Arme vor der Brust zusammengelegt und sah sie prüfend an. Am Abend zuvor war er von einem Besuch auf Crandall zurückgekehrt. Wie kraftvoll, wie herrlich männlich er aussah! Zerzaust hing ihm das dichte, schwarze Haar um den Kopf.

»Wo bist du gewesen?«

Sie senkte den Blick. »Möchtest du Glühwein haben, Mylord?« fragte sie vorsichtig.

»Ich will eine Antwort auf meine Frage haben, Mylady.«

Sie hob das Kinn. »Ich habe einen Spaziergang im Obstgarten gemacht.« Als sie das offensichtliche Mißtrauen in seinem Blick sah, setzte sie eilig hinzu: »Evian hat mich begleitet. Ich habe überlegt, ob ich im Frühjahr ... einige Birnbäume pflanzen soll.«

Warum lügt sie mich wieder an? dachte Graelam. Ausgerechnet Birnbäume! Laut sagte er: »Komm, wärme dich auf! Deine Nase ist von der Kälte ganz rot geworden.«

Dieser Aufforderung folgte sie gern. Vorher aber bestellte sie noch Glühwein. Dann erkundigte sie sich nach Sir Walter. »Wie macht er sich auf Crandall?«

»Er benimmt sich den Bauern gegenüber etwas anmaßend. Aber ich bin sicher, daß er zurechtkommt.«

Kassia hatte gehofft, daß Graelam Sir Walters wahren Charakter durchschauen würde. Offenbar war das nicht der Fall. Sie fragte: »Hat dir Blount die Botschaft des Herzogs von Cornwall zu lesen gegeben?«

»Ja. Sie gibt mir Anlaß zur Besorgnis. Ständig dieses Gerede darüber, daß er alt wird! Man sollte doch annehmen, daß der Herzog jetzt, nachdem Edward sicher auf dem Thron sitzt, sich in Ruhe seines Lebens freuen würde.«

»Bisher haben ihn seine Pflichten jung erhalten. Ja, es stimmt, was du sagst. Man sollte annehmen, daß jemand, dem solche Last von den Schultern genommen wird, sein Leben in Frieden genießt. Doch wie man sieht, ist es nicht so. Manchmal denke ich, daß mein Vater nur jung und gesund bleibt, weil Geoffrey ihn mit seinen hinterlistigen Absichten auf dem Sprung hält. Andererseits bete ich, daß dort nichts passiert.«

»Hoffen wir, daß dein Vater noch anderes hat, was ihn den Winter über beschäftigt! Wenn Geoffrey irgendwelche Pläne schmiedet, wird er sie vor dem Frühjahr nicht in die Tat umsetzen.«

»Ach, ich bete darum, daß Geoffrey seine Enttäuschungen überwindet! Der Gedanke, Belleterre sei bedroht, ist für mich unerträglich.« Ihr Vater und Belleterre waren die beiden einzigen Stützpunkte in ihrem Leben gewesen. Zwei Tränen quollen aus ihren Augen und kullerten ihr langsam über die Wangen.

»Hör auf zu weinen!« sagte Graelam. »Du bist kein Kind mehr, Kassia, und es gibt keinen Grund, sich wegen Geoffrey Sorgen zu machen.«

Trotz seines rauhen Tons nahm er sie in die Arme und drückte ihr Gesicht an seinen warmen Waffenrock.

Begierde nach ihr wallte in ihm auf. Ja, er hatte schon oft Wollust nach Frauen gespürt. Doch was er für Kassia fühlte, ging weit darüber hinaus. Da spielten andere, tiefere Emotionen mit, die er nicht näher erforschen wollte. Er zog sie eng an sich und dachte: Verdammtes Weib! Während seines Aufenthalts auf Crandall hatte er mit mehreren Bedienerinnen geschlafen, immer in der Hoffnung, eine würde ihm Erleichterung verschaffen und ihn nicht mehr an Kassia denken lassen. Aber jedesmal, wenn seine Leidenschaft sich ausgetobt hatte, hatte er neben der befriedigt schlafenden Bettgefährtin im Dunkeln lange wach gelegen.

Mit seinen kräftigen Fingern betastete er Kassias zarte Schultern und atmete mit geschlossenen Augen ihren süßen Duft ein. Keine andere Frau duftete so wie sie, dachte er und kam sich selber närrisch vor. Er rieb seine Wange an ihren weichen Haaren. Lavendel, dachte er. Sie duftet nach Lavendel. Seine Hände wanderten tiefer und umfaßten ihre Hüften. Da merkte er, daß sie erstarrte. »Ich will dich doch nicht hier nehmen, Mylady«, sagte er. »Jetzt trockne deine Tränen und sorge dafür, daß etwas Gutes auf den Tisch kommt!«

Kassia wischte sich die Tränen ab, sagte leise: »Ja, Mylord« und ging. Danach kümmerte sie sich den ganzen Abend um Graelams Wünsche, unterhielt sich mit ihm, wenn er es wollte, und hörte zu, wenn er mit seinen Männern Witze austauschte. Da er sie in der vorigen Nacht nicht angefaßt hatte, ahnte sie, daß er es in dieser Nacht tun würde. Sie wünschte es selber. Es würde sie alles andere vergessen machen, wenn auch nur vorübergehend. Aber es durfte nicht im Zorn geschehen. Nicht als Bestrafung.

Danach entschuldigte sie sich und ging auf ihr Zimmer, wo sie in duftendem Wasser ein Bad nahm. Sie dachte an ihre Übungen mit Pfeil und Bogen. Wie lächerlich! dachte sie. Wie dumm von mir! Es bestand zwar die Möglichkeit, daß Graelam ihre Fähigkeiten bewundern würde. Aber wahrscheinlich würde sie ihn nie dazu bringen, daß er ihr Glauben und Vertrauen schenkte. Er würde immer weiter so mit ihr umgehen wie bisher. Wie konnte sie es ändern? Nur durch Lügen.

Als Graelam viel später kam, lag sie schon im Bett. »Ich hatte gedacht, du würdest schon schlafen«, sagte er beim Ausziehen.

Mit zitternden Händen strich sie glättend über die Bettdecken. »Nein«, sagte sie ruhig. Dann platzte sie heraus: »Ich habe sehnlich auf dich gewartet.«

Begierde erfaßte ihn. »Warum?«

Nackt stand er vor dem Bett. Ihr Blick ließ ihn nicht los. Flüsternd sagte sie: »Ich möchte keinen Streit mehr zwischen uns, Graelam.«

Doch damit erreichte sie bei ihm nichts. »Du weißt ganz genau, was ich von dir will«, sagte er und legte sich zu ihr ins Bett.

»Ja, ich weiß.« *Fang bloß nicht wieder an zu weinen, du dummes Ding!* »Du hast gesagt, du würdest mir verzeihen.«

Er antwortete in kaltem, gleichgültigem Ton: »Ja, ich werde dir verzeihen.«

»Dann mag alles so gewesen sein, wie du es glaubst.«

Das so heiß ersehnte Geständnis war eine große Enttäuschung für ihn. Mit allen Fasern seines Herzens hatte er gewünscht, daß sie ihre Schuld eingestehe, daß sie endlich zugebe, Dienwald de Fortenberry mit der Halskette gekauft zu haben. Doch als sie eben zugab, es wirklich getan zu haben, war ihm fast schlecht geworden.

Plötzlich sah er Tränen in ihren Augen schimmern. »Ich habe dir doch gesagt, daß ich dir verzeihe, wenn du die Wahrheit eingestehst. Warum weinst du dann?«

Weil ich so einsam bin! Weil ich diese Einsamkeit nicht mehr ertrage! Darum will ich jede Rolle übernehmen, die du mir zudiktierst.

Ihr fiel nichts ein, was sie ihm antworten konnte. Mit einem hilflosen kleinen Aufschrei warf sie sich ihm an die Brust, legte ihm die Arme um den Rücken und vergrub den Kopf an seiner Schulter.

»Ach so«, sagte er bitter. »Du verlangst nur nach meinem Körper.«

»Bitte«, sagte sie flüsternd, »sei mir nicht mehr böse! Ich ertrage es nicht, wenn du mir böse bist.«

»Ich bin dir ja nicht mehr böse, Kassia. Ich schenke dir jetzt die höchste Lust – und kein Wort mehr über die Vergangenheit!«

Er strich ihr mit der Fingerspitze über eine rosige Brustwarze. »Ich glaube, du hast jetzt vollere Brüste.«

»Du findest mich nicht mehr … zu dünn?«

O nein, dachte er und unterdrückte ein zorniges Auflachen. Ich finde dich so, wie ich mir meine Frau wünsche. »Du bist gut so, wie du bist.« Er neigte den Kopf und küßte sie zärtlich. Dann griff er mit der Hand unter die Decken und streichelte ihr über den Unterleib. »Du fühlst dich gut an.« Mit dem Finger fuhr er tiefer.

»Bitte, Graelam«, keuchte sie und schob den Unterleib vor. Seine Finger berührten die weiche, feuchte, schwellende Haut in ihrem Schoß. »Du bist so süß.«

Kassia bebte vor Lust. »Ich halte es nicht mehr aus. Bitte, liebe mich!«

Überraschend legte Graelam sich auf den Rücken, zog sie über sich und sagte: »Ich will, daß du auf mir reitest.«

Sie spürte ihn tief in sich, seine Hände lagen um ihren Leib, er hob und senkte sich mit ihr. »Zieh die Beine an!« sagte er. »Dann kannst du auf mir reiten, wie es für dich am schönsten ist.«

Und so erlebte Kassia nie geahnte Gefühle. Nur im Unterbewußtsein hörte sie, wie er keuchend ihren Namen rief. Dann zuckte ihr ganzer Körper in fast schmerzvoller Wollust, und seine Hände verstärkten den Druck um sie. Er war tief in ihr, und sie spürte, wie er seinen Samen in sie ergoß. Sie fiel nach vorn. Jetzt waren alle Reue und aller Schmerz vorbei. Sie gehörte ihm ganz und wollte ihn nie wieder loslassen.

Graelam hielt sie fest und schloß ihr sanft die Beine. Sie lag auf ihm. So schlief sie ein. Ihre Hand lag in seiner Halsbeuge. Graelam strich ihr über das zerzauste Haar und versuchte, seiner quälenden Gedanken Herr zu werden.

Und wieder betrachtete Graelam sie mit forschender Miene. Es hat alles nichts genutzt, dachte Kassia. Er kann mich nur hassen. Allein die Ehre verbietet es ihm, sein Gelöbnis zu brechen.

Er war jedoch weiterhin freundlich zu ihr. Wenn er des Nachts ihren Körper besaß, konnte sie sich sogar einbilden, daß er sie liebte. Sie ging auf alles ein, was er verlangte. Ob er sie auch deswegen haßte?

Kassia, sagte sie sich, du mußt dich konzentrieren. Sie nötigte Bluebell zu einem leichten Galopp, zog die Bogensehne an die Wange und ließ den Pfeil auf die Zielscheibe fliegen. Er traf ins Zentrum, und sie wandte sich im Sattel um, als ihr Evian einen Glückwunsch nachrief.

Sie waren am Strand, zwei Kilometer von Wolffeton entfernt. Sie wollte vermeiden, daß Graelam sie zufällig bei ihren Übungen sah. Nein, sie wollte ihm eine Überraschung machen. Er sollte sich über ihre Tüchtigkeit freuen.

Doch als sie im Burghof aus dem Sattel stieg, fragte er sie mißtrauisch: »Denkst du wieder daran, neue Bäume im Obstgarten zu pflanzen?«

Sie reckte das Kinn. »Nein, Mylord«, sagte sie munter. »Ich bereite eine Überraschung für dich vor.«

Seine Augen wurden schmal. »Welcher Art?«

»Das sage ich nicht, Mylord. Warte es ab!«

»Ich habe versprochen, dir das Vergangene zu verzeihen«, sagte er. »Aber wehe, du tust es noch einmal!« Dann machte er auf dem Hacken kehrt und entfernte sich.

Wenn sie einen Stein zur Hand gehabt hätte, dann würde sie damit nach ihm geworfen haben. Durch die Zähne gepreßt murmelte sie: »Ich werde es dir schon zeigen!«

Es war drei Tage später an einem schönen, kalten Nachmittag, als Kassia den Zeitpunkt festsetzte. Sie war aufgeregt, voller Hoffnung und stolz auf sich.

29

»Du hast es versprochen, Rolfe!«

Der Waffenmeister kratzte sich am Kopf. »Ich glaube, es ist doch keine gute Idee«, sagte er lahm.

»Aber es wird eine Überraschung für Graelam sein. Und für mich ... eine Genugtuung. Es muß einfach sein, Rolfe.« Er wird mich bewundern, weil ich ihm wie Lady Chandra vorkommen werde, dachte sie. »Du hast doch selber gesagt, ich hätte über Erwarten gute Fortschritte gemacht ... Und du hast den Wettbewerb ja auch schon organisiert.«

»Das stimmt«, sagte er hilflos. »Für diese Dummheit werde ich wohl aufgehängt werden.«

Ohne auf seine Worte zu achten, schwärmte sie: »Vielleicht hören sogar die Minnesänger von mir und schreiben Chansons zum Lob meiner Tüchtigkeit. Jetzt muß ich mich umziehen.« Sie senkte die Stimme und flüsterte verschwörerisch: »Vergiß nicht, was du zum Lord sagen sollst!«

Rolfe blieb mit dem Zeh seines Lederstiefels an einem vorstehenden Pflasterstein hängen und fluchte leise.

»Wie ist es, Rolfe«, sagte Graelam amüsiert, »erwartest du auch, daß ich dem Sieger einen Preis übergebe?«

»Die Männer haben hart geübt«, sagte Rolfe mit ruhiger Stimme. »Eine Anerkennung von Eurer Seite wäre sicherlich nicht fehl am Platz.«

»Ich werde mir etwas einfallen lassen.« Graelam übersah den Übungsplatz. »Die Zielscheiben stehen aber weit auseinander. Die meisten meiner Männer werden sie alle treffen. Warum hast du es ihnen so leicht gemacht?«

Damit Eure Lady sich nicht den Hals bricht! »Die Männer haben im Bogenschießen vom Pferderücken aus noch keine große Übung«, sagte er ruhig. »Da war es nur fair, es ihnen nicht zu schwer zu machen.«

Graelam zuckte die dichten schwarzen Augenbrauen. »Du scheinst auf deine alten Tage weich zu werden«, bemerkte er. Auf der gegenüberliegenden Seite stellten sich die Männer auf und zogen jetzt Lose, um die Reihenfolge zu bestimmen. Graelam bezog den Platz neben Rolfe und wartete auf den Beginn des Wettkampfes.

Kassia hatte sich die Kleidung eines Knappen angezogen. Stolz saß sie auf einem braunen Hengst. Eine Brosche über der rechten Schulter hielt ihren Umhang zusammen. Darüber trug sie eine Kapuze, die ihre kastanienbraunen Locken verbarg. Erst am Tag zuvor war ihnen eingefallen, daß Graelam ja sofort Bluebell erkennen würde, wenn sie auf der Stute am Wettkampf teilnahm. Deshalb hatte sie den braunen Hengst Ganfred genommen. Rolfe sah, daß der Hengst seitwärts zu tänzeln begann. Das Pferd war nicht so ruhig und folgsam wie Bluebell, und Kassia war bisher erst einmal auf ihm geritten.

»Nur acht Mann nehmen teil?« fragte Graelam, zu Rolfe gewandt. »Habe ich richtig gezählt?«

Die übrigen Männer hatten sich entlang der Strecke verteilt. Es gab nichts mehr zu verheimlichen. »Ja, es sind hauptsächlich Männer, die mit dieser Übung noch nicht so vertraut sind.« Tatsächlich hatte Rolfe dazu vornehmlich große, an den Kampf mit der Lanze und der Streitkeule gewöhnte Männer ausgewählt, die im Umgang mit Pfeil und Bogen wenig geschickt waren.

Auf der einen Platzseite hatte man ein Podium errichtet, das gerade zwei Männern Platz bot. Graelam sprang hoch und reichte Rolfe die Hand, um ihm hinaufzuhelfen.

Ein Ruf erscholl, und Graelam sah Arnold, den ersten Mann, einreiten, den Bogen auf die erste Zielscheibe gerichtet. Der Pfeil traf mit großer Wucht auf, jedoch weit vom Zentrum. Graelam schüttelte den Kopf. Als Arnold den Kurs hinter sich gebracht hatte, war es ihm gelungen, auf sechs der zwölf Scheiben ins Schwarze zu treffen.

Die Männer spendeten ihm gutmütig lachend viel Applaus. »Äußerst faszinierend«, sagte Graelam zu Rolfe. »Das wird ja von Minute zu Minute aufregender!«

Die beiden nächsten Männer schnitten auch nicht besser als Arnold ab.

Den folgenden Mann – nein, es war ein Knabe – erkannte Graelam nicht. Aber der Hengst Ganfred war aus seinem Stall. Er sah zu, wie der Knabe die Sehne glatt anzog und den Pfeil ins Zentrum schickte. »Na ja, der ist wenigstens geschickter als die anderen.« Graelam runzelte die Stirn. »Wer ist das, Rolfe? Ein neuer Grünschnabel, den du unter deine Fittiche nehmen willst?«

Rolfe war bestrebt, den Augenblick der Wahrheit so weit wie möglich hinauszuzögern. »Er macht seine Sache gut. Seht nur, Mylord, wieder ins Zentrum!«

»Der Knabe ist recht klein geraten«, sagte Graelam. »Langsam glaube ich, du hast den Wettkampf nur organisiert, damit er glänzen kann. Du hast ihm Ganfred zu reiten gegeben? Wer ist es, Rolfe?«

»Seht, Mylord! Da kommt Bran!«

Graelam warf Rolfe einen Blick von der Seite zu. Irgend etwas stimmte hier nicht. Er beschloß, abzuwarten und sich inzwischen so gut wie möglich zu amüsieren. Im Vergleich zu dem sehnigen, ungeschickten Bran hatte Arnold wie ein Meisterschütze gewirkt. Als Bran den Kurs vollendet hatte, stimmte Graelam in das allgemeine Gelächter ein.

Vielleicht hätte ich doch lieber nicht solche ausgesprochenen Tölpel auswählen sollen, dachte Rolfe. Selbst wenn Lady Kassia gewann, würde es kein großer Sieg sein. Ihm war klar, daß die Teilnehmer des Wettkampfs sie natürlich erkannt hatten und alles taten, um ihr zum Sieg zu verhelfen. Denn die Männer mochten sie sehr. Er sah sie untereinander flüstern. Ja, er hatte einen großen Fehler begangen, als er sich mit dieser Sache einverstanden erklärt hatte. Graelam würde ihm das Fell über die Ohren ziehen.

Jetzt kamen die Männer zu Kassia und klopften ihr anerkennend auf die Schulter. Rolfe räusperte sich nervös. »Der Junge scheint die erste Runde gewonnen zu haben«, sagte er. »Die zweite Runde werden die Männer paarweise bestreiten.«

Rolfe sah, wer Kassias Partner war – Bran, der größte Versager von allen. Er wartete, bis die beiden nebeneinander auf die erste Zielscheibe zuritten. Dann sagte er noch einmal zu Graelam: »Der Junge hat die erste Runde gewonnen, Mylord.«

»Ja, aber er täte besser daran, auf Brans Pferd achtzugeben. Die Bestie kann Ganfred auf den Tod nicht leiden.«

Rolfe atmete in seiner Bestürzung tief ein. Es war geplant, daß Kassia nachher in guter Haltung auf ihren Mann zureiten, die Kapuze zurückschlagen und den Siegerpreis verlangen sollte. Machtlos mußte Rolfe mitansehen, wie Brans Pferd mit den Hinterbeinen nach Ganfred ausschlug, gerade als Kassia den Bogen hob und so besonders leicht verwundbar war.

»Wir müssen den Wettkampf stoppen!« schrie Rolfe.

»Warum denn? Wollen doch mal sehen, ob der Knabe Talent hat.«

»Der Knabe, Mylord, ist Eure Gattin! Sie hat Ganfred gestern zum erstenmal geritten!«

»Du mußt wahnsinnig sein«, zischte Graelam zwischen zusammengebissenen Zähnen. »Dieser Spaß geht zu weit, Rolfe.«

Aber Rolfe war schon mit den Armen fuchtelnd auf den Platz gerannt. Der Hengst rollte gereizt mit den Augen und biß Ganfred in den Hals. Dann keilte er wieder aus und traf Ganfred mit den Hufen in die Weichen.

Jetzt rannte auch Graelam los. Von Angst gejagt, sah er, wie Kassia Pfeil und Bogen entglitten und zur Erde fielen.

Verzweifelt versuchte sie ihren wütenden Hengst herumzuwerfen. Doch dazu fehlte es ihr an Kraft. Ganfred griff nun seinerseits das andere Pferd an.

»Kassia, spring ab!«

Kassia hatte keine Angst, sie war nur wütend. Sie mußte unter einem Unglücksstern geboren sein. Wieder einmal ging alles schief. »Bran, wirf deine Bestie herum!« rief sie. Vergebens bemühte sie sich, ihren großen Hengst in die Gewalt zu bekommen. In diesem Augenblick hörte sie Graelams Zuruf.

Aber wenn sie absprang, konnte sie leicht unter die Pferdehufe geraten. So hielt sie sich verzweifelt an Ganfreds Mähne fest.

»Bran«, krächzte sie, »reite ihn weg!«

Ganfred keilte erneut mächtig nach hinten aus. Aber der andere Hengst hatte schon Reißaus genommen. Kassia verlor den Halt. Gleich darauf krachte sie mit der Seite auf den hartgefrorenen Boden. Halb betäubt blieb sie liegen. Sie konnte sich nicht bewegen und bekam kaum noch Luft.

»Kassia!«

Sie blickte auf. Graelam beugte sich über sie. »Das ist unfair!« brachte sie keuchend heraus. »Ich hätte gewonnen! Es ist unfair!«

Er ließ sich neben ihr auf die Knie fallen. »Kannst du die Beine bewegen?«

»Ja«, flüsterte sie. Plötzlich fühlte sie sich elend, ihr wurde schwindlig. »Graelam, ich hätte gewonnen!«

Vorsichtig zog Graelam sie an den Schultern hoch. »Sieh mich an, Kassia! Kannst du mich sehen?«

»Selbstverständlich«, sagte sie. »Es geht mir ja gut.« Graelam nahm sie behutsam auf die Arme und rief den Männern scharf zu: »Der Wettkampf wird abgebrochen!«

Wellen der Übelkeit überschwemmten sie. Sie schloß die Augen. »Ich hatte keine Angst«, murmelte sie. »Wenn dieser elende Gaul nicht ...«

»Pst«, sagte Graelam. Er trug sie ins Zimmer und brüllte nach Etta. Dann legte er sie aufs Bett und sah, wie sie vor Schmerzen die Lippen aufeinanderpreßte.

Etta eilte ans Bett. »Mein Kindchen!«

»Ich muß mich übergeben«, sagte Kassia flüsternd.

Danach sank sie blaß und schwach zurück. Die Übelkeit hatte nachgelassen. Dafür hatte sie jetzt Kopfschmerzen.

»Ich bereite ihr einen Arzneitrunk, Mylord«, sagte Etta. »Sie wird wieder gesund werden. Es ist nur, daß ...«

»Was?«

»Nichts von Bedeutung«, murmelte Etta und ging eilig aus dem Zimmer.

Graelam saß neben seiner Frau und nahm ihre zarte Hand in seine. Zum erstenmal sah er, daß sie Hornhaut an den Fingerkuppen hatte.

Kassia schlug die Augen auf. »Ich hätte gewonnen ...«

»Warum hast du das gemacht?« fragte er.

»Ich wollte, daß du mich so bewunderst, wie du Lady Chandra bewunderst«, sagte sie schlicht. »Ich dachte, es würde dir gefallen, wenn ich gewinne.«

»Ich will aber nicht, daß meine Frau Männer nachäfft!«

»Ich wollte doch nur Anerkennung von dir. Du solltest stolz auf mich sein. Ich wollte dich vergessen machen, daß du mich nicht leiden kannst.«

Graelam schwieg. Reue ergriff ihn. »Es ist nicht wahr, daß ich dich nicht leiden kann«, sagte er schließlich. »Aber was du gemacht hast, war eine unverzeihliche Dummheit.«

»Bitte, laß es Rolfe nicht ausbaden!« flüsterte sie. »Und die Männer auch nicht.«

Er hätte ihnen allen am liebsten die Köpfe eingeschlagen. Doch als er Kassias stumm flehende Augen sah, nickte er. »Schon gut. Du wirst noch eine Zeitlang von dem Sturz Schmerzen haben. Im Vergleich zu den Tölpeln, die am Wettkampf teilnahmen, hast du wirklich gut abgeschnitten. Sollte das die Überraschung für mich sein?«

Sie nickte, nahm alle Kraft zusammen und antwortete: »Es waren natürlich keine Gegner für mich. Aber Rolfe meinte, wenn ich gegen bessere Gegner anträte, würdest du mich überhaupt nicht bemerken. Er wollte verhindern, daß ich schlecht aussehe.«

»Du hast nicht schlecht ausgesehen. Stammt die Idee von Lady Chandra?«

»Nein. Sie hat mir nur Unterricht im Bogenschießen gegeben. Sie ist eine schöne Frau.«

»Kassia«, sagte er mit großer Sanftheit, »ich habe sie früher einmal begehrt. Das habe ich dir ja schon gesagt. Aber geliebt habe ich sie nie. Du hattest keine Veranlassung, auf ihre Waffenkünste eifersüchtig zu sein.« Nach einer Weile fragte er sie: »Kassia, ist es dir denn wirklich so wichtig, was ich von dir halte?«

Sie sah ihn an, und ihr fiel ein, daß sie ihm schon einmal ihre Liebe beteuert hatte. Hatte er ihre Worte damals einfach nicht zur Kenntnis genommen? Hatte er geglaubt, daß sie ihn wieder einmal anlog? Und nachdem sie nun zugegeben hatte, ihn belogen zu haben, würde er überhaupt nichts mehr glauben, was sie sagte. »Ja«, antwortete sie, »es ist mir wichtig.«

Etta kam wieder ins Zimmer und verabreichte Kassia eine übelriechende Arznei. Dann richtete sie sich auf und sagte: »Sie wird jetzt einschlafen, Mylord. Wenn ich gewußt hätte, was sie vorhatte, hätte ich es ihr nicht gestattet.«

»Wenn ihr Zustand schlimmer wird, rufe ich dich, Etta.«

Später zog er Kassia aus. Die Knabenkleider belustigten ihn. Vorsichtig legte er ihr die Bettdecken über und zog sie ihr bis ans Kinn.

Plötzlich merkte er, daß er Kassia mit Chandra verglich. Sie sind nicht miteinander zu vergleichen, fand er. Und war froh darüber.

Kassia verschlief den Nachmittag und wurde abends nur kurz einmal wach. Sie fühlte sich sonderbar schwer und stumpf.

»Das kommt von dem Arzneitrunk, den Etta dir eingegeben hat«, erklärte ihr Graelam. »Ich fürchte, du mußt dich erst ein paar Tage ausruhen, bevor du wieder zu Pfeil und Bogen greifen kannst.«

»Dagegen hast du nichts?«

»Nein«, sagte er lächelnd. »Aber ich werde dir bessere Gegner stellen, als Bran einer war. Der arme Kerl grämt sich unendlich um dich. Deshalb mußt du schnell wieder gesund werden und ihn beruhigen.«

»Ja, das mache ich.« Mit neuer Hoffnung im Herzen schlief sie ein.

Im Dunkeln wachte sie auf. Ihre Kehle war trocken und kratzte. Sie stieg aus dem Bett und ging langsam zu der Wasserkaraffe auf dem Tisch. Als sie danach greifen wollte, spürte sie einen stechenden Schmerz im Unterleib. Sie spürte, wie es ihr feucht und stickig aus dem Leib quoll. Was ging mit ihr vor? Wieder durchfuhren sie reißende Krämpfe. Aufschreiend sackte sie vornüber.

Graelam zündete eilig eine Kerze an und lief zu ihr.

»Hilf mir, Graelam! Ich blute!« Neue Schmerzen durchfuhren sie und brachten sie zum Schweigen.

Er sah die blutroten Streifen auf ihrem weißen Nachthemd. Blut sickerte ihr an den Beinen herunter. Die Monatsblutung? Nein, dachte er, das kann es nicht sein, und kalte Angst schoß ihm ins Herz.

Er wußte nun, daß sie eine Fehlgeburt hatte. Ganz ruhig sagte er zu ihr: »Das ist bald vorbei, Kassia.« Behutsam trug er sie auf den Armen zum Bett. Aus angstvoll geweiteten Augen starrte sie ihn an.

»Es ist bald vorbei«, sagte er wieder, mehr zu sich als zu ihr. »Bleib still liegen!« Dann rannte er zur Tür und brüllte nach Etta.

Etta stürzte herein. Sie nahm keine Notiz davon, daß der Lord splitternackt war.

»Lauter Blut«, sagte Graelam zu ihr. »Ich fürchte, sie verliert das Kind. Ist sie denn schwanger?«

Etta wurde kalkweiß. »Ja«, sagte sie flüsternd. Sie sah auf Kassia nieder, sah ihre Herrin in einer Blutlache liegen und stieß einen Klageschrei aus.

»Was kann ich dagegen tun?« fragte Graelam hinter ihr.

Etta riß sich zusammen: »Besorgt saubere Tücher und heißes Wasser, Mylord! Wir müssen verhindern, daß sie verblutet.«

Graelam drehte sich augenblicklich um. Da hörte er Etta rufen: »Mylord, zieht Euch erst etwas an!«

30

»Du wußtest, daß sie schwanger war?«

Ettas freundliches Gesicht war schmerzgequält. »Ja, Mylord. Ich wollte es ihr auch sagen, wenn sie nicht bald selber darauf gekommen wäre. Ihr wußtet es nicht, Mylord?«

Graelam machte eine abwehrende Handbewegung. Er hätte merken müssen, daß sie keine Monatsblutung mehr gehabt hatte. Und war ihm nicht aufgefallen, daß ihre Brüste voller geworden waren?

»Wie lange?« fragte er.

»Noch nicht lange«, antwortete Etta. »Im zweiten Monat, würde ich sagen.«

Graelam sah auf seine Frau hinab, die jetzt nach einem weiteren Trunk Ettas fest schlief. Sie war so bleich, daß es aussah, als wäre kein Blut mehr in ihr. Er schluckte krampfhaft. »Sie wird wieder gesund?«

»Ja. Die Blutung hat aufgehört.«

Graelam ärgerte sich über seine Hilflosigkeit. »Ich habe eben ein Kind geheiratet«, sagte er brüsk. »Wer konnte da erwarten, daß sie über ihren Körper Bescheid wußte?«

Etta sah ihm in die Augen. »Sie hat in letzter Zeit auch an andere Dinge gedacht«, sagte sie.

»Ja, im Männersattel reiten und Männerkünste betreiben!«

»Das war nicht ihre Schuld«, sagte Etta ruhig.

»Sie hat dir wohl nicht gesagt, daß sie mich angelogen hat? In allem?«

»Mylady lügt nicht, Mylord.«

Graelam lachte bitter auf. »Wie wenig du von ihr weißt! Doch das ist jetzt unwichtig. Geh zu Bett! Wenn sie aufwacht, rufe ich dich.«

Beim Wachwerden mußte Kassia blinzeln, weil heller Sonnenschein in das Zimmer fiel. Die Erinnerung kam wieder. Sie wappnete sich gegen neue schreckliche Schmerzen. Doch die blieben aus. Kassia fühlte sich müde und wund, als wäre sie mit dem Knüppel geschlagen worden.

»Hier, trink das!«

Es war die Stimme ihres Mannes. Langsam drehte sie den Kopf auf dem Kissen. Er hob ihren Kopf an, und sie nippte von dem süß schmeckenden Gebräu.

»Wie fühlst du dich?« fragte Graelam.

Sie lächelte schwach. »Ich verstehe das nicht. Das viele Blut, die Schmerzen im Unterleib.«

»Du hast ... eine Fehlgeburt gehabt.«

Sie sah in verständnislos an. »War ich denn schwanger?« Als er nickte, flüsterte sie erschüttert: »Das habe ich nicht gewußt. O nein!« Tränen traten in ihre Augen und liefen an den Wangen hinab.

Graelam wollte sie trösten. Doch dann überwältigten ihn finstere Gedanken, und so sagte er kalt: »Ich meine, sogar deine Lehrerin Chandra hat so viel Verstand, um keine Männerkunststücke mehr zu betreiben, wenn sie schwanger ist.«

Die Ungerechtigkeit seiner Worte ließ sie verstummen. Glaubte er denn, daß sie wieder gelogen hatte? Glaubte er, daß sie absichtlich das Kind in Gefahr gebracht hatte? Das war zu viel. Langsam wandte sie den Blick von ihm ab und schloß die Augen gegen die verfluchten Tränen. Ich werde nie mehr weinen, nahm sie sich vor. »Vielleicht wäre es am besten gewesen, wenn ich gestorben wäre.«

»Red nicht solchen Unsinn!« erwiderte Graelam scharf. »Du wirst andere Kinder bekommen.«

Wirklich? fragte sie sich. »Du machst doch Rolfe nicht dafür verantwortlich? Ich schwöre dir, er hat es nicht gewußt.«

»Ich bin doch kein Ungeheuer«, sagte er kalt. Dabei vergaß er ganz, daß er seinem Waffenmeister eine fürchterliche Strafpredigt gehalten hatte. »Du mußt jetzt ruhen und zusehen, daß du wieder zu Kräften kommst.« Damit schritt er zur Tür, kraftvoll und unnachgiebig. Nicht einmal jetzt drehte er sich zu ihr um.

Etta brachte das Abendessen. Die Mahlzeit war eigens für den schwachen Appetit einer Kranken köstlich zubereitet.

»Kommt, mein Kindchen! Der Koch hat das Rinderstew extra für Euch gemacht. Mit allen Kräutern und Gewürzen, ganz wie Ihr es ihn gelehrt habt. Und hier ist frischgebackenes warmes Brot mit Honig.«

Kassia aß. Doch bald war sie so erschöpft, daß sie nicht einmal mehr den Löffel heben konnte. Sie sank in die weichen Kissen zurück. »Wo ist Lord Graelam?«

»Im Saal«, sagte Etta vorsichtig. Sie ließ ihre Herrin nicht aus den Augen. »Alle machen sich große Sorgen um Euch. Der arme Rolfe hätte Bran am liebsten umgebracht.«

»Es war aber nicht Brans Schuld«, sagte Kassia und schloß die Augen. Nach längerem Schweigen sagte sie tonlos: »Graelam gibt mir die Schuld.«

»Ihr werdet ein anderes Kind bekommen. Ich meine, daß Ihr keinen bleibenden Schaden erlitten habt, mein Kindchen.«

»Ja, es ist meine Pflicht, alles zu tun, was Mylord wünscht«, sagte Kassia dumpf. »Ich werde nicht mehr so dumm sein und mehr vom Leben verlangen – nie wieder.«

»Wir leben in einer Männerwelt«, sagte Etta. Sie suchte nach den richtigen Worten. »Männer sind es, die Befehle erteilen. Und Männer machen die Gesetze.«

»Ja, und es ist die Pflicht der Frauen, ihnen wieder Söhne zu gebären, damit die Söhne wiederum alle anderen unters Joch zwingen können, die das Unglück haben, als Mädchen zur Welt zu kommen!«

Graelam war unbemerkt eingetreten. »Da hast du etwas Wahres gesagt, Mylady. Doch deine Worte waren viel zu hart und bitter. Die Männer geben den Ton an, weil sie dazu geschaffen sind. Doch du hast insofern recht, als auch eine Frau ihren Wert hat. Denn wie sollten die Männer weiter die Welt beherrschen, wenn die Frauen ihnen keine Söhne schenken?«

»Nun, dann bin ich völlig wertlos«, sagte Kassia sachlich.

»Das habe ich nicht gesagt«, entgegnete Graelam in ruhigem Ton. »Ich hoffe nur, daß du in Zukunft deinen Pflichten als Frau nachkommst.«

Sie sah ihm in die Augen. Alle Hoffnung war in ihr erloschen. Dann sagte sie in völliger Ruhe: »Wenn ich wüßte, wie ich eine Botschaft an Dienwald de Fortenberry senden könnte, wäre ich versucht, ihm die elende Halskette dafür anzubieten, daß er mich hier wegholt. Damit würde ich auch dir einen großen Gefallen tun. Schade nur, daß du Blanche nicht mehr heiraten kannst.«

Er biß die Zähne zusammen. Dann stieß er hervor: »Aber du weißt doch, wie du Dienwald de Fortenberry erreichen kannst, nicht wahr?«

Etta erhob sich. »Mylord, sie ist übermüdet und weiß nicht mehr, was sie spricht. Sie braucht Ruhe!«

Ihre langsam gesprochenen Worte verscheuchten seinen Zorn. »Ich überlasse sie deiner zärtlichen Pflege«, sagte er bitter und ging aus dem Zimmer.

»Ihr dürft so etwas nicht sagen«, schalt Etta milde ihre Herrin.

»Warum nicht? Es kommt ja nicht mehr darauf an, Etta. Es ist alles unwichtig geworden. Alles.«

Die Gänsefeder mit der Tinte schwebte unsicher über dem Pergament. Kassia wußte, daß sie ihrem Vater nichts von der Verzweiflung in ihrem Herzen schreiben konnte. So erkundigte sie sich nach seinem Wohlergehen und nach dem Winterwetter in der Bretagne und beschrieb eingehend die Verbesserungen im Haushalt, die sie eingeführt hatte. Sie fragte nicht nach Geoffrey. Wenn der etwas plante, würde ihr Vater seine Botschaft ja doch an Graelam und nicht an sie schicken. Sie hatte gerade Sand auf das Papier gestreut, als Blount in die kleine Kammer trat.

»Ihr schreibt an Euren Vater, Mylady?«

»Ja, bin gerade fertig geworden, Blount.«

Er sah sie an und schaute dann auf das Pergament. In mildem Ton erinnerte er sie: »Der Lord wird den Brief lesen, Mylady.«

»Ich weiß. Ich habe aber nichts geschrieben, was ihn erzürnen könnte.« Langsam begab sie sich an das schmale Fenster und schob die Holzläden weg. »Wir haben erst Ende Februar, und doch weht schon eine milde Frühlingsluft.«

Blount betrachtete voller Besorgnis seine Herrin. »Ja, es ist heute ungewöhnlich warm. Wie wäre es, wenn Ihr ausrittet, Mylady?«

»Vielleicht werde ich es tun.« Kassia drehte sich um. »Ja, das ist eine gute Idee.«

Trotz des milden Wetters zog Kassia sich warm an. Sie wählte einen Samtumhang mit Fehpelz. Seit einem Monat hatte Graelam sie kaum beachtet. Aber daran war sie nun gewöhnt. In ihrer kurzen Ehe hatte sie mehr schlimme als schöne Stunden erlebt, und jetzt schien das Schlimme nicht mehr enden zu wollen. Sie grüßte die Bediensteten und Graelams Krieger, die alle voll Mitgefühl waren.

Im Stall fand sie Bran vor. Als er sie sah, wurde er blaß und stürzte auf sie zu. »Mylady, Ihr müßt mir verzeihen! Ich war an allem schuld!«

Kassia hob beruhigend die Hand. »Du darfst dir keine Vorwürfe machen, Bran. Es war meine Entscheidung, an dem Wettkampf teilzunehmen, und es war meine Entscheidung, ein anderes Pferd als die Stute zu reiten. Nein, sag nichts mehr!«

Niemand hielt sie an. Ohne Bluebells leichten Galopp zu verlangsamen, grüßte sie im Vorbeireiten den Torwart. Der Himmel zeigte ein lebhaftes Blau, und flockige Wolken trieben langsam dahin. Sie lenkte Bluebell den Felsenpfad zu der kleinen Bucht hinab, wo Graelam sie zum erstenmal mit so großer Zärtlichkeit genommen hatte. Doch daran wollte sie nicht mehr denken. Sie glitt aus dem Sattel, band Bluebell an einen nackten Eibenbusch in der Felsspalte und wanderte dann den Strand entlang.

Wie friedlich es hier war! Wenn sie es nur immer so friedlich hätte! Sie setzte sich mit untergeschlagenen Beinen auf einen vorgelagerten Felsblock. Die Wellen schlugen unten gegen den Felsen, und Gischt sprühte herauf. Vielerlei Gedanken gingen ihr durch den Kopf. Aber immer wieder dachte sie an Graelam und das böse Leben mit ihm. Sie hatte sich damit abgefunden, daß sie ihn liebte, auch wenn es dumm von ihr war. Aber sie konnte nicht anders. Dieses Gefühl saß zu tief in ihr. Doch er würde ihr immer vorwerfen, daß sie das Kind verloren hatte. Sie taugte eben zu nichts.

Und er würde immer glauben, daß sie einen Fluchtversuch unternommen und Dienwald aus dem Verlies befreit hatte. Dummerweise hatte sie es ja selber zugegeben! Aber doch nur, um sich weitere Vorwürfe und Zornesausbrüche zu ersparen! Wie einfältig sie gewesen war! Sie sah Dienwalds Gesicht vor sich, und es ließ sie nicht mehr los. Sie dachte an die Bretagne und ihren Vater. Eine Idee formte sich in ihrem Geist und setzte sich fest. Noch überlegte sie nicht, wie sie sie in die Tat umsetzen könnte. Beim Gedanken an die fremdländische Halskette lachte sie rauh. Was Blanche zustandegebracht hatte, würde sie doch wohl auch schaffen!

Graelam las die Botschaft des Herzogs von Cornwall, in der er ihn aufforderte, zu ihm zu kommen. Ein Grund war nicht angegeben. Seufzend fragte er sich, was der Herzog von ihm wollte. Dann beschloß er, sofort aufzubrechen. Hier hielt ihn ja nichts. Er rief Rolfe zu sich, gab ihm Anweisungen und machte sich dann auf die Suche nach Kassia. Im Zimmer war sie nicht, und auch in den Außengebäuden war sie nirgends zu finden. Als Bran auf ihn zukam, blieb er stehen.

»Mylord«, begann der Mann, »ich hörte, daß Ihr nach Lady Kassia sucht. Sie ist ausgeritten. Wohin, weiß ich nicht.«

Graelams Kinn verkantete sich. Er hatte Osbert strengen Befehl erteilt, sie nicht ohne seine Genehmigung ausreiten zu lassen. Nun, sie würde schon nicht so dumm sein, sich über die Grenzen seines Gebiets zu wagen. Ich muß warten, bis sie sich erholt hat, dachte er, bis sie wieder zu Kräften gekommen ist und ihren Esprit wiedergefunden hat. Nach der Rückkehr vom Herzog von Cornwall würde er sie freundlicher behandeln. Sie hatte ja schließlich nicht gewußt, daß sie schwanger war, obgleich ...

Nun, sie hatte versucht, ihn zu beeindrucken. Sie hatte gemeint, er würde sie bewundern, wenn sie so wie Chandra wäre. Doch deshalb durfte er nicht weich werden. Ein Mann, der mit Frauen allzu sanft umging, wurde verachtet. Er stellte sich ihren hübschen Körper vor, die seidenweiche Haut und ihre Wärme, wenn er tief in ihr war. Eines Tages würde er mit ihr wieder die Freuden im Bett teilen und ihr Lächeln sehen.

Als er Wolffeton mit zwanzig Männern verließ, war Kassia noch nicht zurückgekommen. Er wies Blount an, er solle ihr nur sagen, daß er dem Herzog von Cornwall einen Besuch abstatte und bald nach Wolffeton zurückkehren werde.

Er warf noch einen Blick zurück auf die Burg, bevor der steile Hügel ihm den Blick versperrte. Sie würde ihm fehlen. Aber es konnte nur gut sein, wenn er eine Zeitlang von ihr getrennt war.

Mit gesenkten Lidern berichtete Blount seiner Herrin, was Graelam ihm aufgetragen hatte. Kassia fühlte sich überrumpelt. Alles in ihr war leer. Graelam war einfach abgereist. Er hatte so wenig für sie übrig, daß er sie nicht einmal vorher sehen wollte. Er hatte ihr nicht mitgeteilt, worum es ging und wann er wiederkehren würde. Mit leiser Stimme verfluchte sie ihn. Danach fühlte sie sich besser.

Mit Bran und in der Begleitung von sechs weiteren Männern ritt sie am selben Tag ins Dorf Wolffeton. Der Kaufmann Drieux würde ihr helfen. Tatsächlich hatte er ihr versichert, daß er das verschnürte kleine Päckchen sobald wie möglich an Dienwald de Fortenberry senden werde. Was in dem Päckchen war – die Halskette und ein Brief an Dienwald –, würde ihr Geheimnis bleiben.

Zu Brans freudiger Überraschung ließ seine Herrin auf dem Rückweg zur Burg mehrmals ein lautes Lachen hören.

31

»Kleines Hühnchen, darf ich Euch sagen, daß Ihr mich mehr überrascht habt, als ich es je für möglich gehalten hätte?«

Kassias trauriges Lächeln traf Dienwald de Fortenberry tief ins Herz. »Aber Ihr seid gekommen«, sagte sie.

»Ja, obwohl ich zuerst an einen neuen bösen Streich dieses Hurensohns Sir Walter glaubte.«

»Mein Mann hat Sir Walter belohnt, indem er ihn zum Kastellan von Crandall machte«, sagte sie zurückhaltend. »Ich glaube, er konnte mich sowenig leiden wie ich ihn.«

Dienwald zog sein Kampfroß näher an ihre Stute. »Ich sehe, Ihr habt Gepäck bei Euch, kleines Hühnchen. Und Ihr habt mir die Halskette geschickt. Was wünscht Ihr von mir?«

Kassia holte tief Luft. »Ich möchte nach Haus zu meinem Vater in die Bretagne. Die Halskette soll Eure Bezahlung sein.«

Dienwald merkte, daß es ihr ernst war, und lachte kurz auf. »Dann hat Euch also dieser Schwachkopf von einem Ehemann endgültig vertrieben«, sagte er bedächtig. »Gewiß seid Ihr Euch der Ironie des Schicksals bewußt, kleines Hühnchen.«

»Ja, es wäre wirklich klüger gewesen, wenn ich mich von Euch schon beim erstenmal hätte nach Belleterre bringen lassen.«

Jetzt bemerkte er die tiefen Schatten unter ihren Augen und fragte ergrimmt: »Hat Euch der Schweinehund geschlagen?«

Kassia schüttelte müde den Kopf. »Ich hatte durch eigene Dummheit eine Fehlgeburt und kann es ihm eigentlich nicht vorwerfen, daß er darüber zornig wurde. Allerdings wußte ich nicht, daß ich schwanger war.«

»Das tut mir sehr leid, Kassia. Wenn es wirklich Euer Wunsch ist, bringe ich Euch zu Eurem Vater.«

»Ich muß es mir wünschen«, sagte sie leise.

»Er wird Euch verfolgen.«

»Vielleicht, aber ich bezweifle es. Es ist wahrscheinlicher, daß er die Ehe annullieren läßt und eine echte englische Lady zur Frau nimmt.«

Dienwald stieß ellenlange Flüche aus, so daß seine Männer überrascht zu ihm hinschauten. Beim Teufel, er wünschte, er könnte Graelam ein wenig Vernunft in den Dickschädel prügeln! Denn er wußte sehr gut, daß sie ihren Mann liebte.

»Wollt Ihr mir helfen, Dienwald?«

»Ihr seid nicht mit dem zufrieden, was er Euch bietet«, sagte er tonlos. »Was ist es, womit Ihr Euch nicht abfinden könnt?«

»Daß er mich behandelt, als wäre ich nichts anderes als eine Zuchtstute. Er liebt mich nicht und wird es auch nie tun. Ich glaubte, ich könnte vielleicht sein Vertrauen und seine Achtung gewinnen, aber es war alles vergebens. Ich halte es nicht mehr aus. Wollt Ihr mir helfen?«

»Ja, kleines Hühnchen. Offensichtlich ist es mein Schicksal, immer wieder mit Euch zusammenzukommen. Aber die Halskette will ich nicht haben. Auf dem verdammten Ding lastet ein Fluch. Habt Ihr keine Angst, daß ich Euch etwas antun könnte?«

Sie schien überrascht. »Sollte ich Euch nicht trauen?«

»Immerhin habe ich Euch im Verlies auf Wolffeton angekettet und dem Zorn Eures Gatten überlassen.«

»Ja, aber das war nur zu begreiflich. Wahrscheinlich hätte ich an Eurer Stelle nicht anders gehandelt.«

»Nun gut, Mylady. Zunächst reiten wir zu meiner Burg, um Lebensmittel zu holen. Dann übergebe ich Euch innerhalb von zwei Wochen sicher in die Hände Eures Vaters. Darauf könnt Ihr Euch verlassen.«

»Danke, Dienwald. Aber behaltet bitte die Halskette! Jeder Kaufmann wird sie Euch für teures Geld abkaufen. Ich möchte sie nie mehr sehen.«

Er nickte. Dann fragte er neugierig: »Wie seid Ihr von Wolffeton weggekommen, ohne daß Euer Mann etwas merkte?«

Sie lachte kurz auf, ein bitteres Lachen. »Er ist ohne Abschied zum Herzog von Cornwall geritten. Aus welchem Grund, weiß ich nicht.«

»Gut. Und nun kommt, kleines Hühnchen! Wir haben eine weite Reise vor uns!«

»Ihr seid schneller als erwartet eingetroffen, Graelam«, sagte der Herzog von Cornwall beim Wein zu seinem Gast. »Ich wollte Eure Meinung zu den hochfliegenden Plänen Edwards hören.«

»Ah, juckt es ihn schon unter dem prächtigen Königsmantel? Ich nehme an, er will gegen Wales reiten.«

»Ja, ich dachte mir schon, daß er es mit Euch besprochen hat. Er will dort eine Burg errichten.«

»Nicht schlecht«, sagte Graelam und trank von dem süßen Rotwein im goldenen Kelch. »Die Markgrafen sind nicht stark genug, um sich der walisischen Überfälle zu erwehren.« Grinsend fuhr er fort. »Da habt Ihr meine Meinung, mein Herzog. Wünscht Ihr, daß ich nun meinen Besuch beende?«

»Unverschämter Schurke, nein! Ich plane ein Turnier und wünsche, daß Ihr daran teilnehmt.«

Graelams dunkle Augen blitzten auf. Er rieb sich die Hände. »Das interessiert mich. Mir wurde es schon langweilig, nur immer die Reparaturen auf Wolffeton zu beaufsichtigen. Wann soll das Turnier stattfinden?«

»Ich habe an April gedacht und zweifle nicht, daß Edward auch kommen wird. Die Burg, die er bauen will, kostet viel Geld, und da müssen seine Edelleute natürlich tief in ihre Schatztruhen greifen. Was meint Ihr, wird Eure Gattin dazu sagen, daß Ihr hier fechten werdet? Sie wird Euch doch begleiten wollen, oder?«

Bevor Graelam Antwort gab, trank er lässig einen Schluck Wein. »Sie ist krank gewesen. Sie hatte eine Fehlgeburt. Wir müssen also abwarten.«

»Ein Jammer! Doch sie ist ja jung und scheint von gesunder Natur zu sein. Sie wird Euch viele Söhne schenken.« Da Graelam schwieg, fuhr der Herzog nach einer Pause fort: »Ich habe von Sir Guy gehört, daß seine Frau Blanche ein Kind erwartet. Er soll sich sehr darauf freuen.«

»Ich werde ihn demnächst besuchen. Er ist ein guter Mann und tapferer Krieger.«

»Wie kam es dazu, daß Eure Gattin ihr Kind verlor?«

Graelam hatte nicht mehr mit der Frage gerechnet. So konnte er seinen Zorn nicht verhehlen, als er antwortete: »Sie wollte den Mann spielen. Mein Waffenmeister Rolfe hatte ihr das Bogenschießen beigebracht. Dann organisierte er eigens einen Wettkampf mit den schlechtesten Schützen unter meinen Männern, damit sie gut abschneiden sollte. Ein anderes Pferd griff das an, auf dem sie saß, und sie wurde abgeworfen.«

»Wie kam sie denn auf diese Idee?«

»Bei Edwards Krönung hatte sie Lady Chandra kennengelernt. Chandras Künste mit Pfeil und Bogen machten einen großen Einfluß auf sie. Sie wollte ihrerseits ... mich beeindrucken.«

»Und ist ihr das gelungen?« wollte der Herzog wissen.

Graelam seufzte. Es fiel ihm leicht, der Wahrheit die Ehre zu geben, denn noch immer hatte er Schuldgefühle. »Ja. Aber es war völlig unnötig. Ich hätte sie auch ohne diese Mätzchen bewundert.«

»Mylord«, sagte der Herzog leise, »die Liebe macht einen richtigen Mann nicht zu einem Schwächling oder zum schmachtenden Narren. Je stärker ein Mann ist, um so zuvorkommender geht er mit seiner Frau um. Wenn Euer Vater Euch in einem anderen Sinne erzogen hat, so hatte er unrecht.«

Graelam schnaufte verächtlich. »Jetzt redet Ihr wie die Troubadoure, mein Herzog. Könnt Ihr Euch vorstellen, daß ich vor einer Dame niederknie, daß ich ihr beteure, ihre Augen strahlten heller als die Sterne und ihre Haut sei zarter als die schönste Rose?«

»Hat Eure Gattin solchen Unsinn von Euch verlangt?«

»Nein. Aber sie verlangt mehr, als ich ihr geben kann.« Er wußte selber, daß das nicht stimmte. Was hatte sie denn von ihm verlangt? Nichts weiter als Freundlichkeit, Zärtlichkeit und Zuneigung. Doch gleichzeitig regte sich eine zornige Stimme in seinem Inneren. *Sie hat dich verlassen. Sie hat gelogen. Du kannst ihr nicht trauen. Sie hat ihr Kind verloren.* Er stand auf, ging hin und her, blieb aber stehen, als der Herzog ihn fragte: »Was hat Eure sanfte Gattin denn nun von Euch verlangt, Graelam?«

Das war ja zu erwarten, daß der Alte es ganz genau wissen will, dachte Graelam. Laut sagte er: »Sie verlangt, daß ich sie lieben soll.« Er schlug sich mit der Faust in die offene Hand. »Verdammtes Weib! Dabei habe ich ihr gesagt, daß ich ihr ihre Lügen verziehen habe!«

Der Herzog hob die dichten grauen Augenbrauen. »Ihre Lügen? Was soll das heißen?«

Graelam blieb nichts anderes übrig, als ihm über die Ereignisse auf Wolffeton haarklein zu berichten. Er ließ nichts aus. Als er geendet hatte, schwieg der Herzog einige Zeit. Schließlich sagte er: »Merkwürdig. Ich hatte Dienwald de Fortenberry immer für eine rücksichtslose Bestie gehalten. Für einen Mann, der auch einer edel erzogenen Lady ohne Bedenken Gewalt antun würde. Aber gleichviel, Graelam, warum glaubt Ihr denn Eurer Frau nicht?«

»Ich bin zu der Erkenntnis gekommen, daß das keine Rolle mehr spielt.« Doch gleichzeitig überlegte Graelam zum erstenmal, ob Kassia nicht vielleicht doch die Wahrheit gesagt hatte.

»Ausgezeichnet. Übrigens halte ich es für möglich, daß Blanche Euch etwas vorgespielt hat und Ihr darauf hereingefallen seid. Ich hatte jedenfalls den Eindruck, daß sie ganz anders ist, als sie sich Euch gegenüber gab.« Der Herzog hatte nämlich mitangehört, wie Königin Eleanor dem König über Blanches Unfreundlichkeit gegenüber Kassia berichtet hatte.

Graelam zuckte die Achseln. »Mein Herzog, ich bin nicht hergekommen, um über meine Eheprobleme zu sprechen. Ungeachtet ihrer persönlichen Gefühle ist sie meine Frau und wird es auch bleiben.«

»Und wie ist es mit Euren Gefühlen bestellt, Mylord?«

»Verdammt, ich will nicht mehr darüber sprechen! Vielleicht falle ich bei Eurem verdammten Turnier. Dann könnt Ihr sie haben, wenn Ihr sie so ideal findet!«

Der Herzog lächelte nur. Er war zufrieden. Danach diskutierten sie Edwards Pläne in allen Einzelheiten und setzten sich schließlich zu einem köstlichen Mahl. Der Herzog bot Graelam ein Mädchen an, und zu seiner Freude lehnte Graelam ab. Je unerbittlicher ein Krieger ist, dachte der Herzog, desto bedingungsloser wird er sich am Ende unterwerfen.

Graelam blieb eine volle Woche auf der Burg des Herzogs. Tagsüber beschäftigte er sich mit der Turnierplanung. Aber wenn er nachts allein im Bett lag, konnte er nicht verhindern, daß Kassias Bild vor ihm auftauchte. Dann fuhr er hoch und saß aufrecht im Bett. Manchmal dachte er daran, das Mädchen, das ihm der Herzog angeboten hatte, in sein Bett zu holen. Aber nein, es gab nur eine Frau, die seine Sinne befriedigen konnte. Er dachte: *Ich liebe dich.* Zum erstenmal sah er sich so, wie Kassia ihn gesehen haben mußte. An einem Tag freundlich und liebevoll, am nächsten barsch und unerbittlich. Wie kam es nur, daß sie ihn trotz dieser Behandlung liebgewonnen hatte? Reumütig dachte er daran, wie er sie vergewaltigt hatte. Auch das hatte sie ihm verziehen. *Und du, du verdammter Narr, kamst dir schon unerhört großmütig vor, als du dich erbotest, ihr zu verzeihen!*

Er sprang aus dem Bett, ging nackt an das geschlossene Fenster, stieß die Läden auf und atmete tief die frische Nachtluft ein. Denkst du jetzt an mich, Kassia? Wenn ich nach Wolffeton zurückkomme, werde ich dich wiedergewinnen.

Er war fast dreißig Jahre alt geworden, ohne je auf die Bedürfnisse einer Frau Rücksicht zu nehmen, abgesehen von den körperlichen. Immer wollte er sie nur beherrschen. Mit Grauen gestand er sich jetzt ein, daß er so selbstsüchtig wie ein sturer Esel gehandelt hatte. Doch noch war es nicht zu spät. Er würde ihr nachgeben und alles wieder gutmachen.

Dienwald ritt neben Kassia den gewundenen Pfad nach Belleterre hinauf. »Keine Sorge, kleines Hühnchen«, sagte er zärtlich, »es wird alles wieder gut.«

Nein, dachte Kassia, nichts wird wieder gut. Und sie dachte an Etta, der sie ihr Vorhaben in einem hinterlassenen Brief mitgeteilt hatte. Würde Graelam sich überhaupt etwas aus ihrer Flucht machen? Ach, das war ja jetzt völlig gleichgültig. Sie mußte ihn vergessen und an die Zukunft denken.

Die verwitterten grauen Mauern von Belleterre schimmerten in der Nachmittagssonne. Was würde ihr Vater sagen? Würde er ihr verzeihen? Oder würde er darauf bestehen, daß sie zu Graelam zurückkehrte?

Vor den mächtigen Toren hielten sie an.

»Ich verlasse Euch jetzt, kleines Hühnchen«, sagte Dienwald. »Ich möchte nicht erst abwarten, ob Euer Vater mir seinen Dank ausspricht oder mir den Kopf abschlägt.«

Kassia wandte sich im Sattel. Voller Dankbarkeit sagte sie: »Ich bin glücklich, einen Freund wie Euch zu besitzen.« Sie reichte ihm die Hand, und er ergriff sie. »Ich danke Euch. Gott sei mit Euch, Dienwald.«

»Lebt wohl, kleines Hühnchen. Wenn Ihr mich je wieder braucht, dann ruft mich!«

Mit diesen Worten wirbelte er sein Pferd herum und galoppierte den gewundenen Pfad hinunter zu seinen wartenden Männern.

Kassia schaute hoch und sah die erstaunten Gesichter von Leuten, die sie seit ihrer Kindheit kannte. Als sich die eisenbeschlagenen großen Tore vor ihr öffneten, erhoben sich Begrüßungsrufe. Sie ritt in den Burghof. Dies war ihr Volk. Hier liebte man sie, vertraute ihr und achtete sie. Als sie von der Stute abstieg, hörte sie den Willkommensgruß ihres Vaters.

»Kassia! Du bist hier, Kind!« Er breitete die Arme aus und drückte sie so fest an sich, daß sie einen Schmerzenslaut ausstieß. »Wo ist Graelam, mein Püppchen?«

Kassia blickte zu Boden. »Das ist eine lange Geschichte. Kann ich mit dir unter vier Augen sprechen, Vater?«

»Wie du wünschst«, sagte Maurice. Er legte den Arm fest um ihre schmalen Schultern, und so betraten sie den großen Saal. Er räusperte sich: »Meine Liebe ... eins muß ich dir noch sagen.«

»Ja, Papa?«

»Hier ist jemand, mit dem ich dich bekannt machen will«, sagte er heiser. »Es ist meine Frau.«

»Deine *Frau*!«

Maurice nickte. Er wagte sie dabei nicht anzusehen. »Sie heißt Marie und stammt aus der Normandie. Kennengelernt habe ich sie in Lyon. Sie war Witwe ... Ah, meine Liebe!« rief er erleichtert, denn er sah Manie auf sie zukommen.

Kassia schwirrte der Kopf, so unerwartet kam ihr die Eröffnung des Vaters. Sie hatte eine Stiefmutter! Und dann sah sie eine anmutige Frau von etwa 35 Jahren vor sich. Sie hatte rabenschwarze Haare, sanfte braune Augen und einen hellen Teint.

Maurice ließ seine Tochter los. »Meine Liebe«, sagte er. »Das ist Kassia. Sie ist zu Besuch gekommen.«

»Wie hübsch du bist!« sagte Marie und reichte ihr die schöne weiße Hand. »Maurice spricht so oft von dir ... und natürlich auch von deinem Mann.« Erwartungsvoll schaute sie sich um.

»Mein Mann ist nicht mitgekommen«, sagte Kassia.

»Das macht nichts«, sagte Marie, als wäre es die selbstverständlichste Sache der Welt, daß eine Frau ohne ihren Ehemann eine so weite Reise machte. »Ich hoffe, daß wir Freundinnen werden, Kassia. Komm, meine Liebe, ich bringe dich auf dein Zimmer. Du mußt müde von der Reise sein.«

Mit ihrer neuen Stiefmutter begab sich Kassia in die oberen Räume. »Du bist eine große Überraschung für mich«, sagte sie freimütig.

»Dein Vater und ich sind gerade vor drei Wochen nach Belleterre zurückgekommen. Ich glaube, er wollte dir und deinem Ehemann in den nächsten Tagen eine Botschaft schicken.«

Drei Kinder, zwei Jungen und ein Mädchen, kamen auf sie zugerannt.

»Meine Kinder«, sagte Marie. »Ich fürchte, mit der Ruhe ist es jetzt vorbei.«

»Das sind aber hübsche Kinder!« rief Kassia.

»Gerard und Paul, kommt her und begrüßt eure Schwester! Und du, Jeanne, mach einen schönen Knicks!«

»Oh, meine Liebe«, sagte Kassia und brach in fröhliches Gelächter aus. »Ich bin überwältigt!«

»Mylord, vor uns ist ein Lager.«

Dienwald brachte sein Pferd zum Halten. »Sind es Franzosen? Habt Ihr eine Fahne gesehen?«

»Ja, Mylord. Auf weißem Hintergrund drei aufgerichtete schwarze Wölfe mit aufgerissenen Rachen.«

Dienwald schüttelte besorgt den Kopf. »Der Wolf von Cornwall«, sagte er leise. Graelam! Nun, er hatte es Kassia ja vorausgesagt, daß ihr Mann sie verfolgen würde. Es würde ein Leichtes sein, Graelams Lager ungesehen zu umreiten. Schon wollte er den Befehl dazu geben, da besann er sich eines anderen.

Graelam streckte sich auf dem schmalen Feldbett aus, zog eine Decke über sich und wollte seinen müden Körper dem Schlaf überlassen. Morgen würde er Kassia wiedersehen. Seine Wut über ihr Verschwinden war längst verraucht. Wieder einmal dachte er an die Botschaft, die sie ihm hinterlassen hatte. »Mach dir keine Gedanken um meine Sicherheit, Mylord!« hatte sie geschrieben. »Ich werde gut beschützt sein.« Von wem? fragte er sich. Schon einmal hatte sie Dienwald de Fortenberry gekauft. Wahrscheinlich hatte sie es diesmal wieder getan. »Mein Vater wird dir kaum die Schuld an meinem Versagen geben. Auf jeden Fall wirst du Belleterre von ihm erben. Ich kann nur hoffen, Mylord, daß du eine Lady findest, die dir mehr zusagt.«

Graelam hörte ein leises Rascheln. Jemand hatte die Zeltklappe angehoben. Sofort war er auf der Hut, setzte sich auf und griff nach dem Schwert.

»Haltet ein, Lord Graelam!« sagte eine tiefe Männerstimme. Dann sah er eine Klinge silbern aufblitzen.

»Was ist?« brummte er, ohne den Schwertgriff loszulassen. »Ich will nichts von Euch, Mylord. Ich bin nicht in feindlicher Absicht gekommen.«

»Wer, zum Teufel, seid Ihr?«

»Dienwald de Fortenberry. Schon einmal hätte ich Gelegenheit gehabt, Euch kennenzulernen. Eure Frau hat mir das damals erspart.«

Graelam holte tief Luft. Im trüben Kerzenlicht glänzten seine Augen. Er hatte also richtig vermutet. Der Schweinehund hatte Kassia zu ihrem Vater zurückgebracht. Seine Stimme war kalt und drohend, als er fragte: »Wie seid Ihr an meinen Männern vorbeigekommen?«

»Einen Augenblick, Mylord! Ich bitte Euch, nicht nach Euren Männern zu rufen. Ich habe nicht den Wunsch, Euch das Schwert in den Leib zu jagen.«

Graelam ließ sein Schwert los. Dienwald sah es zu Boden fallen. »Danke«, sagte er und betrachtete Graelam de Moreton. Er ist ein Mann, den die Frauen bewundern und begehren, dachte er. Ein Mann mit starken, kühnen Zügen. Nicht verwunderlich, daß er ihn jetzt böse anblickte. Wahrscheinlich bin ich ein Esel, dachte Dienwald, daß ich mich in das Lager dieses Mannes geschlichen habe. Aber er war es Kassia schuldig.

Auch Graelam musterte den anderen. Er entsann sich, daß Kassia gesagt hatte, seine Gesichtszüge hätten die Farbe von Sand. Das traf zu. »Was wollt Ihr?« fragte er kalt. Dann stand er auf und füllte zwei Kelche mit Wein.

Dienwald nahm einen Kelch entgegen. »Bitte, nehmt wieder Platz, Mylord! Entschuldigt mein Mißtrauen, aber ich bin nicht so dumm, wie ich aussehe. Als meine Männer mir Euer Lager meldeten, da war ich froh, daß Ihr sie ohne Zeitverlust verfolgt habt. Sie hatte es mir natürlich nicht geglaubt. Sie stellte sich vor, Ihr wärt froh, sie los zu sein.«

Graelam ließ sich mit der Antwort Zeit. Schließlich sagte er in spöttischem Ton: »Ihr habt Euch gehörig in mein Leben eingemischt. Demnach hat sie Euch wiederum gekauft, um sie zu entführen.«

Dienwald strich vorsichtig über die rasiermesserscharfe Schneide seines Schwertes. »Ihr seid ein Dummkopf, Mylord. Ihr habt eine Frau, deren Herz so rein und treu wie Gold ist. Wenn sie mich haben wollte, würde ich sie Euch nur allzu gern rauben. Aber ich habe mich aus einem anderen Grund in Euer Lager geschlichen. Ich bin es Eurer Frau schuldig.«

»Womit hat sie Euch diesmal bezahlt?« fragte Graelam gehässig. »Wieder mit der Halskette?«

»Ja«, sagte Dienwald mit verzerrtem Lächeln. »Ich wollte das verfluchte Ding nicht haben, aber sie bestand darauf. Jetzt hört mich an! Ich glaube, daß mir nicht mehr viel Zeit bleibt. Soviel ich weiß, hat Eure Frau Euch nie belogen. Es war Blanche, die mich beim erstenmal mit der Halskette kaufte. Sie wollte Eure Frau loswerden. Aber ich brachte es dann doch nicht übers Herz. Als ich sie entführt hatte, fragte ich sie, wohin ich sie bringen solle. Sie sagte unverzüglich: zurück nach Wolffeton zu ihrem Mann. Dann lockte mich dieser Hurensohn Sir Walter in eine Falle, wobei er Kassias Namen mißbrauchte. Er warf mich ins Verlies, aber, Mylord, sie befreite mich aus den Ketten, weil sie mein Leiden nicht mitansehen konnte. Natürlich war sie zu vertrauensselig. Da ich nicht von Eurer Hand sterben wollte, kettete ich sie an meiner Stelle an. Zuvor bat ich sie, mit mir zu kommen, aber sie lehnte ab. Sie liebt Euch nämlich, obwohl Ihr es nicht verdient.«

»Es kann aber sein, daß Ihr jetzt zu ihren Gunsten lügt«, sagte Graelam mit drohendem Unterton. »Ich habe immer den Verdacht gehabt, daß Ihr ihr Liebhaber seid, und vielleicht seid Ihr es wirklich.«

Dienwald lächelte. »Ich hätte sie allerdings vergewaltigen können. Aber selbst ein so rauher, gewissenloser Schuft wie ich brachte es nicht fertig, einer so freundlichen und vertrauensvollen Dame Gewalt anzutun. Bei allen Heiligen im Himmel, Ihr verdient es nicht, daß sie so zärtliche Gefühle für Euch hegt. Dennoch seid Ihr es, den sie liebt. Zuerst hielt ich sie nur für ein weiches, überaus folgsames Geschöpf. Aber da irrte ich mich. Sie kann auch hart wie Stahl sein, Mylord, und sie besitzt einen Stolz wie nur irgendein Mann. Und als sie keine Hoffnung mehr sah, als Eure Frau leben zu können, da verließ sie Euch. Wie gesagt, Ihr seid ein großer Dummkopf.«

Zu Dienwalds größter Überraschung sah Graelam ihm tief in die Augen und sagte: »Ja, Ihr habt recht. Ich habe es selber erkannt, leider erst vor wenigen Tagen. Ich will sie zurückhaben, de Fortenberry, und wenn ich sie davon überzeugen kann, daß meine Gefühle für sie echt sind, nehme ich sie wieder als meine rechtmäßige Frau mit nach Wolffeton.«

Ganz langsam schob Dienwald sein Schwert in die Scheide. »Da sehe ich einen gewaltigen Kampf voraus. Ihr dürft nicht vergessen, Mylord, daß sie sich jetzt nicht auf Eurer Burg befindet, sondern auf der ihres Vaters. Er wird sie vor Euren ... äh, Ansprüchen in Schutz nehmen.«

Wütend schritt Graelam im engen Zelt hin und her. Plötzlich blieb er vor Dienwald stehen und sagte lächelnd: »Ja, auch da habt Ihr recht. Aber schließlich wird sie mir gehorchen. Denn ich bin ihr Mann.« Nach einer Weile fuhr er fort: »Es geht mir gegen den Strich, mich bei einem Mann zu bedanken, den ich immer als meinen Feind angesehen habe. Aber nachdem ich Euch nun kennengelernt habe, Dienwald de Fortenberry, heiße ich Euch jederzeit auf Wolffeton willkommen.«

Lächelnd schüttelte Dienwald den Kopf. »Kann ich mich wirklich darauf verlassen, daß Ihr mich nicht zu Eurem Vergnügen in blutige Stücke schneiden laßt?«

Graelam reichte ihm die Hand. »Ich nenne Euch fortan meinen Freund. Und ich danke Euch, daß Ihr meine Frau beschützt habt. Ich schwöre Euch, Ihr seid auf Wolffeton willkommen.«

»Habt Dank, Mylord.«

»Darf ich jetzt erfahren, wie Ihr es fertiggebracht habt, in mein Lager und in mein Zelt zu gelangen, ohne von meinen Männern entdeckt zu werden?«

Dienwald lachte. »Für einen einzelnen Mann ist es nicht allzu schwer, dorthin zu gelangen, wohin er will, Mylord. Bedeutend schwieriger ist es dagegen, heil wieder davonzukommen.«

»Nein. Mich gelüstet es nicht nach Eurem Blut. Wenigstens nicht bis zum Turnier. Da würde ich Euch liebend gern auf dem Platz begegnen.«

»Ein Turnier, Mylord?«

»Ja, der Herzog von Cornwall plant eins für April.«

»Dann sehe ich Euch dort wieder. Bis dahin lebt wohl, Mylord, und viel Glück!«

Regungslos stand Graelam da, als Dienwald leise aus dem Zelt schlüpfte. Verwirrt schüttelte er dann den Kopf und begab sich ins Bett. Wenn ich die Wahrheit doch schon vor Monaten erfahren hätte! dachte er. Dann schlummerte er ein und schlief erstmals nach über einer Woche eine ganze Nacht durch.

32

An diesem Abend verlief das Essen im Saal äußerst lebhaft, denn Maurice hatte seinen drei Stiefkindern erlaubt, daran teilzunehmen. Die Krieger überschütteten Kassia mit Fragen, und die Bediensteten umdrängten sie. Jeder wollte ihr von den Geschehnissen in ihrer Abwesenheit berichten. Doch keiner erwähnte auch nur mit einem Wort ihren Gatten. Kassia zeigte allen entschlossen ein glückliches Lächeln. Es freute sie auch zu sehen, daß Maurice im Kreis seiner neuen Familie so glücklich war. Keinen Augenblick zweifelte Kassia daran, daß Marie ihren Vater wirklich liebte.

Einmal beugte sich Marie zu ihr herüber und flüsterte: »Hoffentlich, meine Liebe, bist du nicht böse, daß dein Vater wieder geheiratet hat.«

Kassia sah sie erstaunt an und sagte aufrichtig: »Ich bin glücklich, daß mein Vater eine neue Lebensgefährtin gefunden hat. Meine Mutter ist schon so lange tot, und als ich nach England ging, hat er sich bestimmt noch einsamer gefühlt. Und deine Kinder haben für neues Leben auf Belleterre gesorgt.«

»Ich möchte aber nicht, daß du oder dein Mann befürchten, Belleterre würde später in den Besitz meiner Kinder übergehen«, sagte Marie leise. »Meine Söhne besitzen eigenes Land, das ihnen mein verstorbener erster Mann vermacht hat. Und Jeanne wird eine ansehnliche Mitgift erhalten.«

»Mein Mann wird sich sehr freuen, daß ihm Belleterre nicht verlorengeht«, sagte Kassia ruhig.

»Maurice hat mir viel von Lord Graelam erzählt. Vor allem, daß er ihm in Aquitanien das Leben gerettet hat. Er ist voller Hochachtung vor ihm.«

»Genau wie ich«, sagte Kassia.

Es war schon spät, als es im Saal endlich still wurde. Marie umarmte Kassia herzlich. »Gute Nacht, Kassia. Falls du nicht schon müde bist, würde dein Vater gern noch unter vier Augen mit dir sprechen.« Nach diesen ruhigen, aber bedeutungsvollen Worten verließ sie mit den todmüden Kindern den Saal.

»Ich muß dir gratulieren, Vater«, sagte Kassia, als sie allein waren. »Marie und die Kinder sind bezaubernd.«

»Ja, ich weiß. Ich bin froh, daß du sie nett findest, mein Püppchen.« Maurice fuhr sich unruhig mit den Händen durch das graue

Haar. »Kassia, möchtest du mir jetzt sagen, warum du allein nach Belleterre gekommen bist?«

»Ich bin nicht allein gekommen, Vater«, sagte sie. »Ein lieber Freund hat mich herbegleitet. Ich war immer in guter Obhut.«

»Meine Männer haben mir von deinem ›lieben Freund‹ erzählt, Püppchen. Warum hat er vor der Burg kehrt gemacht?«

»Es war nicht mein Mann. Er befürchtete, daß du nicht übermäßig erfreut sein würdest, ihn zu sehen.« Plötzlich fragte sie: »Spielt Marie auch Schach?«

»Ein bißchen. Nicht so schnell und wohlüberlegt wie du«, antwortete Maurice. Die dunklen Schatten unter ihren ausdrucksvollen Augen beunruhigten ihn. Auch fiel ihm das nervöse Spiel ihrer Hände auf. Plötzlich sagte er: »Du hast deinen Mann verlassen!«

Kassia konnte nur nicken.

Maurice seufzte tief auf. »Ich kann nur hoffen, daß du mir verzeihen wirst. Es ist meine Schuld. Ich habe dich mit einem Mann vermählt, den ich kaum eine Woche lang gekannt hatte. Aber ich glaubte wirklich, daß er ein Ehrenmann sei, meine Liebe.«

»Papa, du mußtest doch glauben, daß ich im Sterben läge«, erwiderte Kassia müde. »Und außerdem *ist* Lord Graelam ein Ehrenmann. Es ist nur so, daß er ... mich nicht liebt.«

Maurice war immer der Meinung gewesen, Kassia sei eins der schönsten Mädchen, das er je gesehen hatte. Jetzt bemühte er sich, ihr Äußeres objektiv zu beurteilen, so wie ein Fremder sie sehen mochte. Das herrliche Haar fiel ihr in vollen, schimmernden Locken bis auf die Schultern. Sie hatte etwas zugenommen, war aber immer noch sehr schlank. »Dann muß ich annehmen«, sagte er langsam, »daß Graelam ein verblendeter Dummkopf ist.«

»Nein, Papa«, widersprach sie schnell. »Ihm fehlt nur jedes Verständnis für eine Frau. Und außerdem hatte ich eine Fehlgeburt.«

»Hast du dich davon wieder erholt?« fragte Maurice bestürzt.

»Aber ja. Übrigens habe ich gar nicht gewußt, daß ich schwanger war. Bitte, Papa, ich möchte nicht mehr darüber sprechen. Er wird mich sowieso nicht verfolgen. Er ist wahrscheinlich sehr froh, daß ich ihn verlassen habe. Darf ich hierbleiben?«

»Natürlich. Hier ist doch deine Heimat, Kassia.«

»Danke, Papa.«

»Du bist jetzt müde, meine Liebe. Wir sprechen uns wieder, wenn du völlig ausgeruht bist.« Er zog sie an sich und umarmte sie zärtlich. Er spürte ihre weiblichen Rundungen, den weichen Körper einer Frau. Daß er nicht gleich gemerkt hatte, wie sein kleines Mädchen herangereift war! Ob Graelam sie mißhandelt hatte? Er knirschte mit den Zähnen. Als er sie auf die Wange küßte, war sie tränennaß. »Kassia«, sagte er leise, »weine doch nicht, Püppchen! Du wirst sehen, es wird alles wieder gut.«

»Ich verdiene es gar nicht, einen solchen Vater zu haben«, sagte sie.

»Nun, das gleicht sich aus, denn dein Gatte verdient es nicht, eine Frau wie dich zu haben. Warte bis morgen früh, Püppchen! Bei Sonnenschein sieht alles gleich viel besser aus.«

Kassia mußte lächeln. Das war immer einer der Lieblingsaussprüche ihres Vaters gewesen. Sie wandte sich zum Gehen.

»Sag mir, liebst du Graelam?«

Sie bliebt abrupt stehen, sah ihn an und sagte sehr leise: »Ich liebe ihn bis zum Wahnsinn, Papa.« Dann lachte sie so hart und verachtungsvoll, daß es ihm einen Stich ins Herz gab. »Ach, ich bin ja so dumm!« Sie hob die Röcke und eilte die Treppe zu den oberen Räumen hoch.

Maurice blieb noch lange an derselben Stelle stehen. Er hatte Marie kennengelernt und sein Herz an sie verloren. Wie konnte ein Mann sein Herz nicht an seine Tochter verlieren? War Graelam ein so abgebrühter Krieger, daß er keiner zarteren Gefühle mehr fähig war? Kopfschüttelnd ging Maurice langsam zu seinem Zimmer, wohl wissend, daß Marie im Bett auf ihn wartete, um ihn mit all ihrer Herzenswärme zu trösten.

Es kam zu keinem weiteren Gespräch zwischen Vater und Tochter. Kassia ging ihm absichtlich aus dem Wege. Ihr Seelenschmerz war noch zu groß. Den nächsten Tag verbrachte sie für sich. Sie spazierte in Belleterre umher und suchte all ihre vertrauten Kindheitsplätze auf. Sie sprach mit ihren alten Freunden, und jedes Wort erinnerte sie an glücklichere Zeiten, als das Leben noch einfach und voller Liebe gewesen war. Mehrmals traten Bedienstete aus jahrelanger Gewohnheit mit Haushaltsfragen an sie heran. Doch Kassia verwies sie an Marie.

Sie stieg zum Wachturm empor, legte den Kopf in den Nacken und genoß die sanfte Meeresbrise und die warmen Strahlen der Nachmittagssonne. Plötzlich weiteten sich ihre Augen.

Eine Reiterschar näherte sich der Burg. Ihr Herz begann zu hämmern, ihr Atem ging schneller. Nein, er konnte es doch nicht sein! Regungslos stand sie da und beobachtete, wie die Pferdehufe Staubwölkchen aufwirbelten. Dann erkannte sie Graelams Fahne und seinen mächtigen Zelter, auf dem er saß, eine glänzende Erscheinung im silbern schimmernden Kettenhemd und dem schwarzen Samtmantel. Er war wirklich gekommen! Aber warum? Um sich zu vergewissern, daß er nach ihres Vaters Tod noch immer der Erbe von Belleterre sein würde?

Sie stand genau über den Toren und sah auf sie herab. Ihr Mann ließ sein Gefolge halten. Sie hörte Pierre, den Torwart, hinunterrufen: »Wer seid Ihr, Mylord? Was führt Euch nach Belleterre?«

Graelam nahm den Helm ab. »Ich bin Graelam de Moreton!« rief er hinauf. »Ich bin gekommen, um meine Frau abzuholen!«

Kassia wurde beinahe schwindlig. Das kann doch nicht wahr sein, dachte sie. Allerdings war Graelam ein Mann, der eifersüchtig über seine Besitztümer wachte. Hatte es seinen Stolz verletzt, daß sie ihn verlassen hatte?

Sie beugte sich vor und rief: »Hier bin ich, Mylord!«

Graelam sah nach oben, und zu ihrer Verwunderung glitt ein frohes Lächeln über seine Züge. »Madame«, rief er hinauf, »ich hoffe, du befindest dich wohl nach deiner beschwerlichen Reise.«

»Sie war überhaupt nicht beschwerlich«, antwortete sie kalt. »Dienwald hat sich unentwegt um mein Wohlergehen gekümmert.«

Erstaunt nahm sie wahr, daß sein fröhlicher Ausdruck sich nicht änderte. »Laß die Tore für uns öffnen! Meine Männer und ich sind müde.«

Einen Augenblick lang war sie unentschlossen. Er hatte nur etwa ein Dutzend Männer bei sich. So konnte er sie nicht zwingen, mit ihm zu kommen. »Laß den Lord herein, Pierre!« rief sie dem Torwart zu. Dann ging sie in den Burghof hinab.

Zwei Meter vor seiner Frau parierte er Dämon und stieg ab. Leicht wird es nicht werden, dachte er. Die Freude, sie wiederzusehen, war so groß, daß er an sich halten mußte, um sie nicht stürmisch an die Brust zu ziehen. Die französischen Krieger und Bediensteten schlossen einen Kreis um ihn. Sie würden ihn auf der Stelle totschlagen, wenn sie meinten, daß er sie bedrohe. Dieser Treuebeweis rührte ihn. »Mylady«, begrüßte er sie.

»Warum bist du gekommen, Graelam?« fragte sie.

»Es ist so, wie ich es sagte, Kassia. Ich bin gekommen, um dich nach Wolffeton heimzuführen.«

»Dazu gibt es keine Veranlassung, Mylord. Ich habe dir doch versichert, daß dir Belleterre nicht verlorengeht.«

»Die Besitzungen deines Vaters kümmern mich einen verdammten Flohstich«, sagte er leise.

Sie reckte das Kinn. »Dienwald de Fortenberry hat mich hergebracht. Dafür bezahlte ich ihn mit der Halskette.«

»Ja, das weiß ich wohl. Dein Stolz erfreut mich, mein Weib. Aber jetzt hätten meine Männer und ich gern etwas zu trinken. Wir haben heute einen harten Ritt hinter uns.«

Was hat er für Pläne? fragte sie sich.

Graelams Augen verengten sich, als er eine schwarzhaarige Frau auf sich zutreten sah.

»Meine Stiefmutter Marie, Mylord«, sagte Kassia schnell. »Marie, das ist mein ... Gatte, Lord Graelam de Moreton.«

Marie betrachtete den großen Mann. Er sah sehr wild und unnachgiebig aus. »Mylord«, sagte sie ruhig. »Kassia, dein Vater ist mit dem Haushofmeister bei den Gewächshäusern. Würdest du ihn bitte holen?«

Kassia nickte. Sie war Marie dankbar, daß sie ihr die Möglichkeit gab, sich zu entfernen.

»So«, sagte Graelam freundlich, als Kassia fort war. »Dann hat Maurice wieder eine Frau gefunden.«

»Und drei Stiefkinder, Mylord.«

Graelam fiel ein, daß Maurice ihm erzählt hatte, sein Samen sei durch Krankheit unfruchtbar geworden. »Ausgezeichnet«, sagte er.

Im Saal setzte er sich auf Maurices Sessel und sah zu, wie Marie den Bedienerinnen mit leiser Stimme Anweisungen gab.

»Mylord.« Graelam erhob sich zur Begrüßung seines Schwiegervaters. Maurice sah ihn unsicher an. Er wußte offenbar nicht, wie er seinem Schwiegersohn begegnen sollte.

»Maurice, es ist mir eine Freude, dich wiederzusehen«, sagte Graelam und umarmte ihn kurz.

»Du bist gekommen, um deine Frau zu sprechen?«

»Mehr als das. Ich will sie nach Cornwall heimführen.«

»Warum?« Die Frage kam von Kassia, die zurückgekehrt war. Ruhig antwortete er: »Weil du mein bist und immer sein wirst. Dein Vater hat dich mir gegeben. Doch verstehe ich durchaus, daß du eine Zeitlang bei deinem Vater und deiner Stiefmutter zu Besuch weilen möchtest. Wenn es deinem Vater recht ist, werden wir vor unserer Rückkehr nach Wolffeton einige Tage auf Belleterre bleiben.«

Hilflos schaute Kassia ihren Vater an. Doch auch Maurice wußte zum erstenmal im Leben nicht, was er tun sollte. Er bewunderte Graelam dafür, daß er offenbar sorglos hergeritten war. Er mußte wissen, daß Maurices Krieger ihm und seinen paar Männern den Garaus machen würden, wenn er den Befehl dazu gab.

Marie brach das Schweigen. Mit freundlicher Stimme sagte sie: »Wir heißen Euch herzlich willkommen, Mylord. Wenn Kassia einwilligt, könnt Ihr mit ihr sprechen.«

»So ist es, Graelam«, sagte Maurice in festem Ton. »Aber du kannst meine Tochter zu nichts zwingen, was sie nicht tun will.«

»Ich habe nie wieder die Absicht, Kassia zu etwas zu zwingen, was sie nicht tun will.«

Kassia hätte ihn gern angeschrien: Ich glaube dir kein Wort!

Graelam wandte sich an Kassia: »Würdest du mir bitte ein Zimmer anweisen?«

»Ja, Tochter«, sagte Maurice, »begleite Graelam!«

Kassia biß sich auf die Lippe und führte ihn in ihr Zimmer. Sie hörte, wie Marie für ihn ein Bad anordnete.

»Komm mit herein, Kassia!« sagte Graelam. »Ich brauche Hilfe beim Ablegen der Rüstung.«

»Ich bin nicht dein Knappe.«

»Das stimmt, du bist meine Frau. Daher wird mein Körper dich weder überraschen noch abstoßen.«

Sie spürte, wie ihr das Blut heiß ins Gesicht schoß. Dann ging sie in die Knie und löste ihm die kreuzweise verschnürten Hosenbänder. Er zog sich aus und stand bald nackt vor ihr. Auch als zwei Bedienerinnen mit Eimern heißen Wassers hereinkamen, machte er keine Miene, seine Blößen zu bedecken.

Ich sehe nicht zu ihm hin, nahm Kassia sich vor. Als er in die Wanne stieg, warf sie ihm einen Riegel Lavendelseife zu.

Graelam lehnte sich in der Wanne zurück und schloß die Augen. »Ah«, seufzte er. »Du hast mich auf eine muntere Jagd geführt.«

»Nein, Mylord. Ich habe weiter nichts getan, als mich aus einer unerträglichen Situation zu befreien.«

»Mit Hilfe Dienwalds von Fortenberry«, ergänzte er milde.

»Warum auch nicht?« rief sie und fügte mit schneidender Stimme hinzu: »Schließlich hat er mir auch schon bei früheren Gelegenheiten geholfen. Du kannst nicht ableugnen, daß wir einander sehr schätzen.«

»An seiner Verehrung für dich zweifle ich nicht.«

»Warum bist du dann hier?« fragte sie scharf. »Ich habe dir bewiesen, daß ich nicht vertrauenswürdig bin, daß ich keine Ehre im Leibe habe und daß ich dich von Anfang an belogen habe. Ich kehre nicht mit dir zurück, Graelam. Ich will deine schlechten Launen und deine Gleichgültigkeit nicht mehr ertragen. Ich will nicht mehr die Zuchtstute für den Hengst spielen.«

»Aber mein liebes Weib, du hast ja noch gar nicht bewiesen, daß du diese Rolle spielen kannst.«

Wütend rief sie: »Ich habe nicht die Absicht, irgendeine Rolle für dich zu spielen, Mylord! Und zwingen kannst du mich nicht. Mein Vater wird mich beschützen.«

Graelam wusch sich die Haare mit der Seife, als gäbe es sonst nichts Wichtigeres auf der Welt. Dann fragte er: »Wäschst du mir den Rücken, Kassia?«

»Nein! Deinen Dreck kannst du dir allein abwaschen, Mylord. Ich will damit nichts zu tun haben.«

Er seufzte. »Du hast Wolffeton in gehörigem Aufruhr zurückgelassen, Mylady. Deine Zofe war so in Tränen aufgelöst, daß sie mir gerade noch deinen Brief an mich übergeben konnte. Und was den betrifft ...« Er zuckte die Achseln. »Dafür hätte ich dir das Fell versohlen können, aber nur ganz sanft.«

Er stand auf. Gegen ihren Willen suchte ihr Blick seinen Körper. Seine Männlichkeit ragte steil in die Höhe. Rasch wandte sie sich ab.

»Du bist sehr schön«, hörte sie ihn leise hinter sich sagen. »Ich habe festgestellt, daß üppiger geformte Frauen mich gar nicht mehr ansprechen.« Er berührte ihr Haar. »Wie weich es ist! Du wirst mir eine Tochter schenken, die genauso schön ist wie du, Kassia.«

»Hör auf! Bitte, Graelam, ich möchte nicht ...«

Seine Arme schlossen sich um sie, und sanft zog er sie an sich. Sie machte sich steif wie ein Brett. Er liebte sie ja nicht. Er begehrte sie nur, wie er viele Frauen begehrte.

»Laß mich los, Mylord!«

Er tat es, und sie gestand sich verwirrt ein, daß sie enttäuscht war.

»Ich bin müde, mein Weib, und will eine Weile ausruhen.«

Er nahm sie fest am Arm und zog sie ans Bett.

»Ich will nicht mit dir schlafen, Graelam«, sagte sie energisch. »Du müßtest mich schon mit Gewalt nehmen.«

Sie standen nebeneinander, und er sagte: »Ich bin nicht gerade ein liebevoller Ehemann für dich gewesen. Aber das wird anders werden. Weißt du, Kassia, ich habe noch nie so nach einer Frau verlangt wie nach dir. Ich habe ja auch nie geglaubt, daß ein Mann wirklich eine Frau lieben und ihr aus Liebe nachgeben kann, ohne den Ursprung seiner Kraft zu verlieren. Ich liebe dich, und deshalb will ich, daß du mit mir nach Haus kommst.«

»Aber du kannst mich doch gar nicht lieben«, rief sie. »Du hast ja kein Vertrauen zu mir!«

»Ich würde dir mein Leben anvertrauen«, sagte er schlicht.

»Hat ... hat Blanche dir endlich die Wahrheit eingestanden?«

»Nein, von Blanche habe ich nichts gehört.«

»Warum benimmst du dich dann plötzlich so? Ich habe dir doch gesagt, daß dir Belleterre in keinem Fall verlorengeht!«

Der Griff um ihren Arm verstärkte sich ein wenig. »Du sprichst von Vertrauen. Dabei bist du es, die lernen muß, mir zu vertrauen. Wirst du mir Glauben schenken?« Als sie stumm blieb, fuhr er fort: »Könntest du mir alles verzeihen, was ich dir angetan habe? Kannst du mich noch lieben?«

»Ich liebe dich ja, ich kann gar nicht anders. Aber ... aber ich bin nicht wie Chandra! Ich besitze nicht ihre Talente!«

»Ich habe einmal zu Guy gesagt, daß Chandra der Prinz unter den Frauen sei. Ich wünschte mir aber eine Prinzessin, Mylady. Ich will dich lieben, will dich lächeln und lachen sehen, will deinen kleinen Bauch dick werden sehen, damit wir uns an unseren Kindern erfreuen können. Wenn ich dich liebe, möchte ich dich in deiner Leidenschaft nach mir schreien hören. Küß mich, Kassia!«

Das Herz ging ihr auf. Vor Glück konnte sie kaum einen klaren Gedanken fassen. Stumm hob sie den Kopf. Seine Hände umfaßten ihr Gesäß und zogen sie fest an sich. Dann küßte er sie zärtlich.

Sie merkte, wie sein kraftvoller Körper vor Begierde zu zittern begann. Ihre Brustspitzen richteten sich auf, als hätte er sie gestreichelt. »Graelam«, flüsterte sie leise an seinem Mund.

Er legte sie rücklings aufs Bett. »Wirst du mir jetzt gestatten, dich zu lieben, Kassia?«

Langsam, als wäre sie ein kostbarer Schatz, zog er sie aus. Als ihre Brüste freilagen, lächelte er. »Du bist noch schöner, als ich dich in Erinnerung hatte. Wie köstlich!« Er küßte ihre Brüste rund um die aufgerichteten Spitzen. Als er sie leise stöhnen hörte, streifte er ihr die restlichen Kleidungsstücke ab. Heiser sagte er: »Du bist das schönste Geschöpf auf Gottes Erdboden.«

»Nicht so schön und vollkommen wie du«, sagte sie.

»Wie viele Männer hast du denn schon nackt gesehen?« fragte er scherzhaft.

»Wenn ich je einen anderen Mann nackt sehe, werde ich bestimmt laut lachen. Denn kein Mann kann so gut aussehen wie du.«

Seine Finger fanden in ihren Schoß. Sie schnappte nach Luft und drängte sich dagegen.

»Du bist so warm, du bist bereit für mich«, sagte er und rutschte näher. Er liebkoste sie mit rhythmischem Streicheln und sah ihr dabei tief in die Augen. Er sah, wie sich unter dem wachsenden Verlangen ein Rauchschleier darüber legte, und als sie leise seinen Namen rief, erfaßte die Lust sein ganzes Wesen. Aber noch hielt er sich zurück. Langsam, mit äußerster Behutsamkeit schob er sich zwischen ihre Beine. Mit den Händen hob er ihr Becken an, und sein Mund näherte sich ihrem Schoß. Als er ihn berührte, zuckte sie hoch und stieß einen kleinen Schrei aus.

Er zerschmolz vor Wonne. Langsam richtete er sich auf und drang dann vorsichtig in sie ein. Sie wimmerte leise, und als er zustieß, umklammerte sie ihn. Wieder und wieder nannte sie seinen Namen. Und als sie merkte, daß er kurz vor dem Höhepunkt war, öffnete sie sich ihm ganz und nahm ekstatisch den Samen entgegen, der sich aus seinem Körper tief in sie ergoß.

Nach einiger Zeit löste er sich sanft aus ihr.

»Ich danke dir«, sagte Kassia, »daß du mich liebst.«

»Du wirst nie wieder daran zweifeln müssen.«

Von seiner Wärme eingehüllt, fiel sie in Schlaf. Als sie erwachte, wußte sie zuerst nicht, wo sie war, bis sie in ihrem Schoß neue wollüstige Gefühle empfand. Graelam war tief in ihr und streichelte sie, das Gesicht ihr zugewandt.

»Ich liebe dich«, flüsterte sie.

Sanft ergriff er ihre Hand und führte sie zwischen ihre Beine an die Stelle, an der er sie mit den Fingern streichelte. Ihre Befangenheit löste sich schnell. Leise flüsterte er an ihren Lippen: »Hier fühlst du, wie du nach mir verlangst.«

Dann nahm er ihre Hand und führte es an sein Glied. Als sie es berührte, holte er tief Luft. Sie lächelte. »Jetzt fühle ich, wie du nach mir verlangst.«

33

Sie gingen in der milden Sonne spazieren. Graelam hatte seiner Frau den Arm um die Taille gelegt und hielt den Kopf im Gespräch mit ihr leicht gesenkt.

»Graelam, mein Vater hat mich heute morgen so komisch angesehen. Er hat es gleich gemerkt!«

Graelam lachte. »Zumindest hat er nicht geglaubt, daß ich dich im Schlafzimmer eingesperrt hatte, um dich zu verprügeln. Dein leuchtendes Lächeln hat mich von diesem Verdacht freigesprochen.«

»Und hast du gesehen, wie Rolfe mich angesehen hat? Und alle deine Männer?«

»Ja, sie freuen sich alle sehr, daß ich mich nicht mehr wie ein blöder Esel benehme.«

»Und ich freue mich auch, Mylord!«

Graelam schwieg eine Weile. Dann begann er: »Ich möchte dir etwas sagen, Kassia. Nein, Liebe, es ist nichts Schlimmes. Es ist so eine Art Geständnis. Ich will, daß wir beide uns immer die Wahrheit sagen.« Er nahm sie in die Arme und küßte sie fest auf den Mund.

»Ich will aber kein Geständnis hören, Mylord.«

Trotz ihres Einwands erzählte er ihr von seinem Besuch beim Herzog von Cornwall. »Auch der Herzog, dieser alte Bock, nannte mich einen Dummkopf. Und ich erkannte, daß er recht hatte. Wenn man eine Frau liebt, muß man sich ihr anpassen. Man büßt dadurch nichts von seiner Stärke ein. Es fiel mir schwer, das einzusehen. Doch schließlich sah ich es ein. Bei meiner Rückkehr nach Wolffeton wollte ich dir meine Gefühle gestehen. Aber du warst nicht da.«

Nach einer Weile fuhr er fort: »Vor zwei Nächten lag ich elend und niedergeschlagen in meinem Zelt, als Dienwald de Fortenberry hereinkam. Er stellte sich vor, und in diesem Augenblick hätte ich ihm gern den Hals umgedreht. Dann erzählte er mir, daß er dir einen Gefallen schulde, und deshalb müsse er mir die Wahrheit sagen. Wir sind als Freunde geschieden, Kassia. Doch selbst wenn er mir erzählt hätte, daß er ein dutzendmal von dir gekauft wurde, um dich von meiner Burg zu entführen, hätte es nichts geändert. Weißt du, es hätte mir nichts mehr ausgemacht. Du mußtest mir mein Mißtrauen, meine blinde Überheblichkeit verzeihen – und nicht umgekehrt. Auch wenn ich von Dienwald nicht die Wahrheit erfahren hätte, wären meine Gefühle für dich die gleichen geblieben.« Er lachte auf. »Ich glaube, er hätte mir am liebsten die verdammte Halskette zurückgegeben.«

»Er war immer freundlich zu mir«, sagte Kassia. »Und als Sir Walter ihn nach Wolffeton brachte, hoffte ich, er würde dir die ganze Wahrheit sagen. Von seinen Ketten habe ich ihn nur befreit, weil ich ihn nicht leiden sehen konnte. Ich glaube, es tat ihm schrecklich leid, daß er mich im Verlies zurücklassen mußte, um selber fliehen zu können.«

»Das stimmt. Glaubst du mir jetzt, Kassia? Glaubst du mir, daß sich meine Gefühle für dich nicht durch seine Worte geändert haben?«

»Ich glaube dir, Mylord.« Kassias Augen wurden schmal. »Wenn ich jetzt Blanche träfe, würde ich ihr gern die falsche Zunge aus dem Mund reißen!«

»Wir könnten sie und Guy ja nach Wolffeton einladen, und dann forderst du sie zu einem Wettkampf im Bogenschießen auf!« Sie lachte hell auf.

»Ah, meine Liebe, ich sehe deinen Vater kommen. Wollen wir ihn davon überzeugen, daß ich keinen Zwang auf dich ausübe?«

Geoffrey konnte den Worten des Mannes kaum glauben. Sein Feind Graelam de Moreton, der einzige Mensch, der ihm Belleterre streitig machte, hielt sich in der Bretagne auf! In den vergangenen Monaten hatte er zähneknirschend erkannt, daß sein Plan, Graelam in Cornwall ermorden zu lassen, zum Fehlschlag verurteilt war. Der Mann war ständig gut bewacht, und seine Männer waren ihm treu. Aber jetzt war er hier und hatte nur ein Dutzend Männer bei sich.

Geoffrey kannte jeden kleinen Hügel in der Bretagne, jeden Ort, der sich für einen Hinterhalt eignete. Ob Kassia sich etwas daraus machen würde, wenn er ihren Mann abschlachtete? Wenn ja, dann würde er eben etwas mehr Zeit brauchen, sie herumzukriegen. Zur Hochzeit würde er sie sofort zwingen. Und wenn sie ihm etwa drohte, ihn anzuzeigen, würde er sie einfach einsperren und verprügeln.

Er hatte viele Wochen am Pariser Hof verbracht und ritt nach seiner Rückkehr sofort wieder weg, um der giftigen Zunge seiner Mutter zu entgehen. Sobald er Kassia geheiratet hatte, würde sie anders über ihn denken. Und wenn sein Onkel starb, gehörte Belleterre ihm.

Drei Tage später begaben sich Graelam und Kassia auf die Rückreise. Sie hatten schönes Vorfrühlingswetter.

»Ich glaube«, sagte er, »wir verdanken vieles dem Einfluß deiner prächtigen Stiefmutter. Sie hat sofort erkannt, daß ich dein Herr und Meister sein muß. Ah, eine kluge Frau!«

Kassia ging auf seinen scherzenden Ton ein. »Du eingebildeter Rohling!«

»Ich mußte ihr allerdings sagen, daß du mich einfach nicht aus dem Bett gelassen hast. Sie war sehr besorgt, daß mich deine weiblichen Lüste frühzeitig erschöpfen würden.«

»Weißt du, Mylord, wie unangenehm mir dein großer Körper ist?«

»Und das jede Nacht«, sagte er. »Arme Kassia!«

Lachend klopfte sie ihm auf die Schulter.

In diesem Augenblick stieß einer der Männer einen Schmerzensschrei aus, und Rolfe brüllte, so laut er konnte: »Räuber!« Seine Hand fuhr zum Schwertgriff. »Ein Hinterhalt!« Mit wildem Blick schaute er um sich. Sie steckten in einer engen Schlucht, über der sich auf beiden Seiten hohe Felsen erhoben.

Die langen Jahre der Erfahrung verhinderten eine Panik. Kühl überblickte Graelam die Lage, und kaum eine Sekunde später schrie er seine Befehle. »Alle absteigen! Volle Deckung unter den überhängenden Felsen! Dann müssen die Hurensöhne in die Schlucht kommen, um uns anzugreifen!«

Graelam riß Kassia von Bluebells Rücken und deckte sie mit seinem Körper. Ein Pfeil fuhr ihm seitlich ins Kettenhemd, richtete aber keinen Schaden an. Er zog sie in einen Spalt zwischen zwei mächtigen Felsblöcken. »Hock dich hin und zieh dir den Mantel über den Kopf!«

Kassia gehorchte. Räuber! Ein Pferd schrie im Todeskampf. Sie zuckte zusammen. Graelam huschte weiter, bis er auf Rolfe und drei weitere seiner Männer stieß.

»Wir müssen sehen, wer sie anführt«, sagte er knapp. »James, sieh hier den schmalen Einschnitt zwischen diesen beiden Felsen! Meinst du, daß du dich da durchzwängen kannst? Wenn du es schaffst, kannst du ausspähen, mit wie vielen Gegnern wir es zu tun haben.«

»Ja, Mylord«, sagte James zwischen Furcht und Erregung. Er stand noch nicht lange in Lord Graelams Diensten, und jetzt mußte er sich bewähren. Mit der Zunge fuhr er sich über die plötzlich trocken gewordenen Lippen. Dann zwängte er den schlanken Leib aufwärts in die schmale Rinne.

Inzwischen war völlige Stille eingetreten, die Kassia noch mehr erschreckte. Sie begann zu beten.

Eine Ewigkeit schien zu vergehen. Dann hörte Graelam das Geräusch eines rutschenden Körpers, fuhr herum und sah James vor sich.

»Der Anführer muß ein Lord sein«, berichtete James. »Ich sah ihn in schimmernder Rüstung auf seinem Kampfroß, neben sich den Fahnenträger. Die Fahne zeigt einen Adler mit blutrotem Schnabel.«

Graelam zog die Brauen zusammen. »Keiner rührt sich von der Stelle!« Dann schlich er wie ein Panther zu Kassia.

»Es ist alles in Ordnung, meine Liebste«, beruhigte er sie rasch, als er ihr totenbleiches Gesicht erblickte. »Sie führen eine Fahne mit einem Adler darauf.«

»Geoffrey«, flüsterte sie.

»Das dachte ich mir«, sagte er leise. »Bleib, wo du bist, Kassia!« Er küßte sie rasch und war wieder weg.

Im Schatten der überhängenden Felsen schlich er zu dem Einschnitt. Dann brüllte er: »Geoffrey! Geoffrey de Lacy! Zeig dich, du Feigling! Komm hervor, du Abschaum!«

Als Geoffrey seinen Namen aus dem Munde des Feindes hörte, fuhr er auf. Einer seiner Männer hatte vorgeschlagen, keine Fahne zu zeigen und auf die auffallende Rüstung zu verzichten. Hatte er einen Fehler gemacht? Wenn er jetzt nichts unternahm und abwartete, könnten Graelam und seine Männer im Schutz der Dunkelheit entkommen.

»Dein Vater hat nicht nur einen Feigling, sondern auch einen Taubstummen gezeugt!« schrie Graelam. »Stell dich zum Kampf, du wimmernder Hurensohn!«

Geoffrey stieß einen Wutschrei aus. »Komm du doch heraus, Engländer! Dann zeige ich dir, wie ein tapferer Krieger kämpft!«

Graelam lachte verächtlich. Er erkannte die Falle.

»Verdammtes Engländerschwein! Nie sollst du bekommen, was mir gehört!«

Graelam überlegte. Offenbar hatte der Mann noch nichts von Maurices Hochzeit erfahren und wußte nicht, daß er, Graelam, nicht allein zwischen Geoffrey und Belleterre stand. Dann schrie er: »Du krähst wie ein zerrupfter Hahn, Geoffrey! Verzieh dich auf deine Burg! Nie wird dir noch eine andere gehören. Maurice hat wieder geheiratet und hat zwei gesunde Stiefsöhne!«

»Du lügst, feiger Engländer!«

Kassia konnte nicht länger schweigen. »Es ist wahr, Geoffrey. Ich schwöre es dir. Laß uns in Frieden ziehen!«

Unsicher kaute Geoffrey an der Unterlippe. Seine Männer zeigten betroffene Gesichter. Geoffrey überlegte fieberhaft. Dann kam ihm ein Gedanke. Er lächelte und rief: »Kassia, komm zu mir! Hier bist du sicher und kannst mir alles von Angesicht zu Angesicht erzählen!«

Graelam erstarrte. »Kassia«, warnte er sie leise. Doch es war schon zu spät. Er sah, wie seine Frau die Deckung verließ und sich aufrichtete, so daß Geoffrey und seine Männer sie in voller Größe sehen konnten.

»Hier bin ich, Geoffrey«, rief sie mit heller, klingender Stimme. »Hör mit diesen Dummheiten auf! Wenn du mir nicht glaubst, dann reite mit mir nach Belleterre, wo ich dir die zweite Frau meines Vaters und ihre Kinder vorstellen werde!«

Ohne an seine eigene Sicherheit zu denken, verließ Graelam die Deckung, rannte zu ihr und packte sie. Ein sengender Schmerz durchfuhr seinen Arm. Flüchtig sah er auf den Pfeil, der sich durch das Kettenhemd gebohrt hatte. Er drückte Kassia zu Boden und zerrte sie in den Schatten des Überhangs.

Schuldbewußt starrte sie auf den Pfeil in seinem Oberarm. »Halt still, Mylord!« sagte sie, holte tief Luft und legte beide Hände um den dicken Pfeilschaft. Mit einem Ruck zog sie ihn heraus. Graelam gab keinen Laut von sich. Sie hob den Rocksaum, riß ein Stück Stoff vom Unterkleid ab und verband ihm damit den verwundeten Arm. »Und was machen wir jetzt, Mylord?«

»Warten, bis es dunkel wird«, sagte Graelam knapp. »Dann werde ich diesen Narren töten. Ich freue mich schon darauf.«

Langsam schleppte die Zeit sich hin. Kassia litt unter großem

Durst. Graelam war wieder zu seinen Männern geschlichen. Sie berieten jetzt. Die Sonne neigte sich zum Untergang. Plötzlich setzte sich Kassia auf. Sie glaubte ihren Ohren nicht zu trauen. Doch ja, es war die durchdringende Stimme ihrer Tante Felice!

»Du blöder Kerl!« hörte sie Felice kreischen. »Du Vollidiot! Dein Glück, daß einer deiner Männer mir von deinem irrsinnigen Plan erzählt hat! Seit wann ziehst du los, ohne mich um Rat zu fragen? Sie haben dir die Wahrheit gesagt!«

Kassia drehte sich um. Graelam kam zu ihr. Er grinste breit. »Noch ein Prinz unter den Frauen und ein Zankteufel dazu!«

»Wenn du den Engländer umbringst, erreichst du gar nichts!« hörten sie Felice kreischen. »Willst du dann etwa deine arme Kusine heiraten, die nicht mal eine Mitgift bekommt, du hirnloser Narr?«

Betroffen starrte Geoffrey seine Mutter an. »Aber er hat den Tod verdient«, sagte er mürrisch.

»Du Schwachkopf«, sagte Felice verächtlich. »Jetzt hör mich mal an, Geoffrey! Als ich erfuhr, daß Maurice diese Marie de Chamfreys aus der Normandie geheiratet hatte, habe ich meine Fühler spielen lassen. Ich habe ein hübsches Mädchen für dich gefunden, mein Junge. Ein Mädchen, das uns, das dir wertvollen Landbesitz einbringt. Laß doch dem Engländer sein mageres Weibchen!«

»Wie heißt sie?«

»Lady Joanna. Sie ist Engländerin und die Tochter des Grafen von Leicester. Sie fällt dir als reife Frucht in die Hände. Mein guter Freund Orland de Marston hat bereits in meinem Auftrag mit ihrem Vater gesprochen. Er gibt ihr als Mitgift reiche Ländereien in der Normandie in die Ehe. Du mußt bald nach London reisen und deine Verlobte kennenlernen.« Dann rief sie in die Schlucht hinab: »Mylord Graelam!«

»Lady Felice«, antwortete Graelam. »Seid Ihr gekommen, um Euer ungezogenes Hündchen nach Haus zu holen?«

»Werdet nicht übermütig, Mylord!‹ rief sie. »Ich bin nur um die ... Gesundheit meines Sohnes besorgt. Ihm steht nämlich eine große Zukunft bevor. Ja, Mylord, er wird in Kürze Lady Joanna heiraten, die Tochter des Grafen von Leicester! Ihre Schönheit ist berühmt, und sie bringt ihm großen Reichtum mit! Nehmt Eure alberne Kindfrau und verzieht Euch aus der Bretagne!«

Felice riß ihre Stute herum und ritt zu ihrem Sohn zurück. Graelam warf einen Blick auf Kassia. Vergeblich versuchte sie sich das

Lachen zu verbeißen. Doch Graelam lachte aus vollem Halse. Seine Männer stimmten in das Gelächter ein.

Absichtlich geziert sagte Kassia: »Mylord, wir müssen meinem Vetter und seiner Verlobten ein Hochzeitsgeschenk schicken.«

»Ja«, sagte Graelam. »Vielleicht eine Peitsche und Handschellen. Wenn sie sich dann darum streiten, wette ich, daß Joanna die Oberhand gewinnt.«

Kassia hob die Hand. Von oben hörte man, daß die Angreifer den Rückzug antraten. »So, Mylord, jetzt möchte ich deinen Arm gründlich untersuchen.«

»Und danach, Mylady, möchte ich dich für deine unbedachte Handlungsweise gründlich verdreschen.« Graelam zog sie an sich, strich ihr liebevoll über die weichen Hüften und gab ihr einen Kuß.

EPILOG

Leise stieß Graelam die Fensterläden auf und atmete die frische vorwinterliche Luft ein. Ein Jahr war es jetzt her, seit er mit Kassia nach Wolffeton zurückgekehrt war. Und jetzt hatte er einen Sohn. Er drehte sich um und schaute lächelnd zu, wie Kassia ihrem Sohn Henry die Brust gab. Die noch länger gewordenen Haare fielen ihr jetzt in schweren goldbraunen Locken über die Schultern.

Und doch war es erst kurze Zeit her, daß er in der schrecklichen Angst gelebt hatte, sie würde im Kindbett sterben. Laut sagte er: »Schon nach vierstündigen Wehen hast du mir einen laut quäkenden Sohn beschert, Mylady. Du stammst offenbar doch aus einer guten Zucht.«

Kassia schaute auf. Sie konnte es jetzt noch kaum fassen, daß die Wehen so schnell zu Ende gewesen waren. Langsam verblaßte schon die Erinnerung an die erlittenen Schmerzen.

Er trat näher an ihr Bett. »Du hast mir einen Höllenschreck eingejagt. Ich war schon so weit, ein Gelöbnis abzulegen, daß ich dich nie wieder anrühren würde, wenn du nur am Leben bleibst. Und im nächsten Augenblick, als ich schon den Schwur zum Zölibat ablegen wollte, hast du mich angelächelt und mir das Wunder gezeigt, das du vollbracht hast.«

»Hoffentlich«, sagte sie verschmitzt, »hast du deine Meinung inzwischen geändert, Graelam. Aber er ist ein Wunder, nicht wahr? Er wird ein großer starker Mann werden wie sein Vater.«

»Das wollen wir hoffen, damit er seine Schwester beschützen kann, die im nächsten Jahr zur Welt kommen wird.«

Kassia lächelte, hob ihren Sohn, der bereits eingeschlafen war, von der Brust und reichte ihn Graelam, der ihn vorsichtig auf den Arm nahm. »Ich kann mir kaum vorstellen, daß ich auch mal so klein und zerbrechlich war«, sagte er nachdenklich.

»Und so abhängig von der Fürsorge einer Frau!«

»Ach, das kann ich mir schon eher vorstellen. Diese Lektion habe ich allerdings erst recht spät im Leben gelernt – von einem vorlauten kleinen Mädchen. Fühlst du dich wieder wohl, Kassia?«

»Ja«, sagte sie und rekelte sich träge. »Aber ich finde es schade, daß er so ganz nach dir kommt. Diese vielen schwarzen Haare! Es ist nicht gerecht – nach all den Mühen, die ich mit ihm hatte.«

»Vielleicht bekommt er dafür deine frechen haselnußbraunen Augen und dein keckes Kinn.«

Behutsam legte er seinen Sohn in die Wiege. Während er ihm leicht mit dem Finger über die glatte Wange strich, fühlte er einen so unbändigen Stolz in sich aufsteigen, daß es ihm die Kehle zuschnürte. In diesem Augenblick schwor er sich, daß sein Sohn nie die rohen Grausamkeiten erleben sollte, die er erfahren hatte.

»Ja, Kassia, er wird ein starker Mann werden. Aber er wird auch lernen, daß er Frauen zu ehren und zu beschützen hat.«

»Er könnte keinen besseren Lehrmeister bekommen als dich, Mylord.«

Graelam schüttelte sich mit schwachem Lächeln. »Da steigere ich mich in eine übermäßig ernste Stimmung hinein, und dabei wollte ich dir doch etwas erzählen, das dich zum Lachen bringt. Wir haben eine Botschaft von deinem Vater erhalten.«

Kassias Augen blitzten. »Demnach ist er bei bester Gesundheit?«

»Ja, Marie und die Kinder auch. Aber eigentlich betrifft es Geoffrey.«

Er hielt inne und grinste sie an. Ungeduldig rüttelte sie an seiner Schulter. »Nun sag es doch schon, Graelam! Was ist mit Geoffrey?«

»Es sieht so aus, als hätten sich deine Tante Felice und Joanna gegen ihn verbündet. Denn Geoffrey ist schon nach drei Monaten Ehe nach Paris geflohen, weil er es nicht mehr ertrug, wie sie aus ihm einen besseren Menschen machen wollten.«

Kassias fröhliches Lachen perlte durchs Zimmer. »Ich könnte beinahe Mitleid für ihn empfinden«, sagte sie. »Der arme Geoffrey!«

»Aber bevor er sich empfahl, hat er Joanna noch geschwängert. Damit hat er wenigstens etwas geleistet, das den Beifall seiner Mutter finden müßte.«

»Weil wir gerade von Kindern sprechen, wann werden wir Guys Sohn zu sehen kriegen?«

»Ich denke bald. Leider wird Blanche nicht mitkommen, weil sie schon wieder hochschwanger ist.« Graelam stieß einen langen Seufzer aus. »Was für eine angenehme, unterwürfige Frau! So freundlich und verständnisvoll und stets auf das Wohl und die Wünsche ihres Herrn bedacht!«

Kassia sah ihn mit strenger Mißbilligung an. Aber ihre Augen lachten. Denn es war seit langem ein beliebter Scherz zwischen ihnen, daß er Blanche in den höchsten Tönen rühmte. »Ach, erhalte dir nur diese schöne Illusion, Graelam! Ich aber zweifle an deiner Menschenkenntnis. Sonst hättest du Sir Walter nicht zum Kastellan von Crandall gemacht.«

»Wie du wohl weißt, mein Weib, kommt Sir Walter seinen Pflichten zu meiner Zufriedenheit nach.«

»Ja, aber erst nachdem du ihm deutlich zu verstehen gegeben hast, daß er seinen Ehrgeiz zu zügeln hat.«

»Das ist allerdings wahr. Aber ich denke, Dienwald würde ihm gern einmal im Dunkeln begegnen!«

Kassia kicherte. »Nun, das ist ein Ritter, der ...« Sie brach plötzlich ab.

Graelam hatte sanft die Hand unter eine ihrer Brüste gelegt, die jetzt schwerer geworden waren. »Habe ich dir schon gesagt, wie schön du bist, Kassia?«

»Seit gestern nicht mehr. Aber ... «

Wieder verstummte sie. Denn jetzt zog ihr Mann ihr das Hemd tiefer, senkte den Kopf und saugte an ihrer Brust. Ein warmes Gefühl flutete durch ihren Körper und ließ sie erröten.

Liebkosend fuhr sie ihm mit der Hand durch das dichte Haar und zog ihn an sich. Er hob den Kopf und sah sie an. Mit belegter Stimme sagte er: »Mein hungriger Sohn liegt zwar gern an deiner Brust. Aber bestimmt schenkt sie ihm doch nicht so viel Freude wie mir.«

»Hoffentlich bleibt es immer so, Mylord.«

»Das halte ich für sehr wahrscheinlich, Mylady.«

Die Stimme der Erde

1

Burg Beauchamp
Cornwall, England
April 1275

»Du mußt meine Frau werden!« rief der junge Ivo de Vescy erregt. »Du mußt!«

Philippa sah den unregelmäßig sprießenden rötlichen Jünglingsflaum dicht vor sich. Angeekelt stemmte sie die Hände gegen Ivos Brust. »Nein, Ivo«, sagte sie entschieden. »Du bist als Freier um Bernice gekommen, nicht um mich. Geh jetzt! Sonst überrascht uns noch jemand.«

»Du hast einen anderen! Du liebst einen anderen!«

»Nein, es gibt keinen anderen. Aber glaub mir, Ivo, dich liebe ich trotzdem nicht!«

Sie hatte ihm die Wahrheit gesagt. Sie liebte ihn wirklich nicht. Sie wollte nicht seine Frau werden. Doch er ließ nicht ab. Immer noch hielt er sie umschlungen.

»Bitte, verlaß jetzt mein Zimmer!« forderte sie ihn auf.

Aber Ivo de Vescy dachte nicht daran. »Du wirst meine Frau werden«, sagte er. Dann stürzte er sich auf Philippa.

Er hob sie hoch und warf sie mit dem Rücken auf das schmale Bett. Sie drehte den Kopf weg, und seine Küsse trafen ihre Wange, das Kinn und die Nase. »Das ist doch Wahnsinn! Bitte, hör auf!«

Aber Ivo de Vescy, der gerade erst von seinem strengen Herrn zum Ritter geschlagen worden war, glaubte sich dicht am Ziel. Er preßte seine Männlichkeit hart an ihren Körper. Er war überzeugt daß, sie ihn jetzt gleich anflehen würde, sie zu nehmen. Endlich fand er ihren Mund, und bevor sie schreien konnte, drang er mit seiner Zunge hinein.

Er atmete schwer. Im unbändigen Verlangen, sie in Besitz zu nehmen, warf er sich mit dem ganzen Gewicht auf sie. Sie begehrte heftig auf. Er zwängte die Hand unter ihr langes Wollkleid und schob das dünne Leinenhemd darunter zur Seite. Als er ihre weiche Haut fühlte, verlor er den letzten Rest von Besinnung.

Philippa drehte den Kopf weg und konnte sich so seinen Küssen entziehen. Erst als es Ivo gelang, mit der Hand über ihr Knie zu streichen und an ihrem Oberschenkel entlang zu tasten, geriet sie in Panik und wehrte sich gegen seine Zudringlichkeit.

»Hör auf, Ivo!« Sie wand sich unter ihm, erkannte aber schnell, daß sie damit nichts gewinnen konnte, und versuchte es dann auf eine ruhige Art. »Hör mich an, Ivo de Vescy!« flüsterte sie ihm ins Ohr. »Laß mich sofort los, oder ich zerstöre dir deine kostbare Männlichkeit! Ich meine es ernst, Ivo. Ich mache dich zum Eunuchen und erzähle alles meinem Vater und deinem auch ...«

Ivo stöhnte vor besinnungsloser Leidenschaft. Wieder stieß er ihr die Zunge in den Mund. Das war ein Fehler, denn Philippa biß kräftig zu. Er schrie auf, hob den Kopf und starrte wild das Mädchen an, das er so heiß begehrte. Nein, sie machte nicht den Eindruck, als wollte sie ihn haben, als würde sie ihn anflehen, sie zu nehmen. Aber das hielt ihn nicht davon ab, sein Glied vorzustrecken und auf ihrem Körper die Parodie eines Geschlechtsaktes zu vollführen.

»Nein, Philippa, tu mir nicht noch einmal weh! Ich will dich haben und nicht Bernice. Du und nur du sollst mir Söhne gebären. Ich nehme dich jetzt und hier, und dann wirst du meine Frau werden wollen.«

Seine Augen wurden wieder glasig. Doch Philippa versuchte es noch einmal mit Vernunft. Sie sprach langsam und überdeutlich: »Ich heirate dich nie, Ivo. Ich will dich nicht haben. Hör mich an, du mußt jetzt aufhören, du ...«

Stöhnend stieß er mit dem Unterleib auf und nieder. Philippa wollte ihn ungern verletzen, denn schließlich hatte er um Bernice geworben und würde deren zukünftiger Ehemann sein. Deshalb wollte sie ihn nicht zum Eunuchen machen.

Seine Finger tasteten höher an ihrem Oberschenkel hinauf. Da schrie sie ihm laut ins Ohr.

»Hör auf!« brüllte sie ihn noch einmal an und schlug ihn mit den Fäusten. Ivo berührte ihren Schoß, die warme, weiche Haut. Er dachte, jetzt würde sie endlich nach ihm verlangen. Gleich würde sie ihn darum anflehen. Ah, jetzt war er am Ziel. Er zwängte seine Finger in ihren Schoß und hätte in seiner Erregung schon beinahe seinen Samen verspritzt. Er keuchte und war außer sich. Jetzt würde er sie in Besitz nehmen, und dann würde er sie heiraten und jede Macht über sie besitzen, er würde ...

»Verdammter kleiner Hurensohn! Beim Schwanz des Teufels und bei St. Andreas' Gebeinen, runter von meiner Tochter, verfluchter Wildhund!«

Lord Henry de Beauchamp war kleiner als seine Tochter und hatte einen dicken Bauch. Aber er besaß noch sein volles Haar, und wenn er in Wut geriet wie jetzt, konnte er immer noch furchtbar sein. Mit hochrotem Kopf packte er Ivo oben am Waffenrock, wobei die kostbare Seide in Fetzen zerriß, und zog ihn fluchend von Philippa weg. Sie half ihrem Vater durch Schieben und Stoßen nach. Heulend landete Ivo auf dem Fußboden neben dem Bett, rollte auf den Rücken und starrte mit leerem Blick in Lord Henrys verzerrtes Gesicht.

»My Lord, ich liebe Philippa, und Ihr müßt . . .«

Lord Henry wandte sich an seine Tochter. »Hat dir dieser kleine Wurm etwas angetan, Philippa?«

»Nein, Papa. Er hat den Kopf verloren.«

»Besser er verliert den Kopf als du deine Jungfernschaft. Wie kommt er in dein Zimmer?«

Philippa warf einen Blick auf den Mann, der sie hatte vergewaltigen wollen. »Er sagte, er müsse mich unbedingt sprechen. An so etwas hätte ich nicht im Traum gedacht. Ivo hat sich völlig vergessen.«

Lord Henry war geschockt, als er Ivo de Vescy in einer eindeutigen Situation bei seiner Tochter antraf. Noch immer saß ihm der Schreck in den Gliedern. Vor ihm lag der junge Mann auf dem Rücken. Lord Henry schüttelte sich. Dann wurde er ruhiger. »Du bleibst hier, Philippa, und bringst deine Kleider in Ordnung! Und du wirst über diesen schlimmen Zwischenfall Schweigen bewahren. Unser aufgeregtes Hündchen hier werde ich mir selber vornehmen. Vielleicht zeige ich ihm, wie wir auf Beauchamp ungebärdige Hengste zu Wallachen kastrieren.«

Er packte Ivo am Arm und riß ihn in die Höhe. »Ihr kommt mit mir, geiler junger Bock! Ich habe Euch eine Menge zu sagen.« Damit zog Lord Henry Ivo aus dem Zimmer.

Philippa glättete ihre Röcke. Sie mußte daran denken, wie sich Ivos Hand an ihrem Oberschenkel hinaufgetastet hatte. Sie hätte ihm mit der Faust auf den stöhnenden Mund schlagen sollen, sie hätte ihm das Knie in die aufgerichtete Manneszier rammen sollen ... Jetzt hätte sie gern gewußt, was ihr Vater zu Ivo sagen würde. Daß er Bernice vergessen solle? Würde er Ivo aus der Burg Beauchamp hinauswerfen? Nein, Lord Henry würde ihn wohl kaum hinauswerfen. Er konnte es gar nicht. Bernice war zu sehr in Ivo de Vescy verliebt. Lady Maude wollte ihn als Bernices Ehemann sehen. Und Philippa teilte ihren Wunsch.

Das Leben verlief nicht immer nach den Gesetzen der Vernunft. Damit konnte man nicht rechnen. Schon fünf Freier hatten um Bernices Hand angehalten. Sie würde eine reiche Mitgift in die Ehe bringen. Zwei Freier waren besinnungslos in sie verliebt gewesen, doch leider konnte sie ihre Gefühle nicht erwidern. Zwei andere hätten lieber Philippa zur Frau genommen, und Bernice hatte ihr unerklärlicherweise die Schuld daran gegeben. Und jetzt hatte nun Ivo de Vescy, der Mann mit dem süßesten Lächeln, der wie kein anderer eine Braue elegant heben konnte, der Mann, den Bernice am heißesten begehrte, der mit dem männlichsten Körper, jetzt hatte Ivo auch seine Meinung geändert!

Was hatte Lord Henry ihm zu sagen? Philippa konnte nicht zulassen, daß Ivo aus Burg Beauchamp hinausgeworfen wurde. Bernice und Lady Maude würden es ihr nie verzeihen. Sie würden ihr beide vorwerfen, sie hätte versucht, Ivos Neigung zu erringen. Bernice würde ihr wahrscheinlich das Gesicht zerkratzen und an ihren Haaren reißen.

Lautlos eilte Philippa die tief ausgetretenen Steinstufen hinunter in den großen Saal mit seinem riesigen Kamin und der hohen Decke mit den geschwärzten Holzbalken. Sie durchquerte den Saal und lief immer schneller in den Burghof und von dort zum Ostturm. Sie erklomm die feuchte Steintreppe ins Obergeschoß und rannte bis zu der Tür, die ins Zimmer ihres Vaters führte. Es wurde der Kriegsraum genannt, aber Philippa wußte, daß ihr Vater sich hier in langen Winternächten mit willigen jungen Mädchen vergnügte. Ohne Zögern öffnete sie die Tür einen Spalt. Nun sah sie ihren Vater an einer der schmalen Schießscharten stehen, die auf den Burggraben und darüber hinaus auf den Dunroyal-Wald hinausgingen. Vor ihm stand steif wie ein Pfahl Ivo de Vescy. Sie hörte ihren Vater in schneidendem Ton sagen: »Habt Ihr denn den Verstand verloren, Ihr dummer junger Kerl? Ihr könnt Philippa nicht bekommen! Bernice soll heiraten und nicht Philippa! Ich sage Euch das zum letztenmal.«

Mürrisch, aber bemüht, wie ein echter Mann aufzutreten, nahm Ivo die Schultern zurück und drückte die Brust heraus. »My Lord, ich muß Euch bitten: Überlegt es Euch! Ich will Philippa haben! Ich bitte um Verzeihung, daß ich versucht habe, sie von ... meiner Zuneigung zu überzeugen ...«

»Ihr wolltet sie gerade vergewaltigen, Ihr Kretin!«

»Vielleicht, my Lord, aber ich hätte ihr nichts Schlimmes zugefügt. Niemals würde ich ihr ein Härchen auf dem Köpfchen krümmen!«

»Bei allen Höllenfeuern, ihr *Köpfchen*! Sie ist genauso groß wie Ihr!«

»Lord Henry, Ihr müßt sie mir zur Frau geben, Ihr müßt es tun! Mein Vater, meine ganze Familie werden sie achten und ehren. Bitte, my Lord, ich hätte ihr bestimmt nichts Böses angetan.«

Da konnte Lord Henry nur grinsen. »Nur zu wahr, junger Mann. Sie hätte es nie zugelassen, daß Ihr sie vergewaltigt, Ihr unreifer Grünschnabel. Da kennt Ihr sie wenig. Sie hätte Euch erledigt, denn sie ist so kräftig wie mein stärkster Ritter und keine Zierpuppe wie andere Damen. Also vergeßt sie, Jung-Ivo, hört Ihr mich?«

Doch Ivo schüttelte den Kopf.

Furchteinflößend zog Lord Henry die dichten schwarzen Augenbrauen zusammen. Sein Gesicht wurde so böse, daß sogar Philippa, die an die Wutanfälle ihres Vaters gewöhnt war, zurückschrak. Bestimmt würde auch Ivo bald den Rückzieher machen. Kein Mann hielt ihrem Vater stand, wenn er in dieser Stimmung war. Doch zu ihrer und Lord Henrys Verblüffung unternahm Ivo noch einen Vorstoß. »Ich liebe sie, my Lord! Ich liebe nur Philippa!«

Lord Henry kreuzte die fleischigen Arme vor der Brust.

Schweigend musterte er Ivo. Dann schien er einen Entschluß gefaßt zu haben. Finster sagte er: »Philippa ist schon verlobt. Sie wird an ihrem 18. Geburtstag heiraten, und der ist in zwei Monaten.«

»Heiraten! Nein!«

»Doch. Und damit, Ivo de Vescy, entweder nehmt Ihr Bernice oder ...«

»Aber my Lord, wen soll sie denn heiraten? Wen sollte sie lieber haben als mich?«

Philippas Kopf kam dem offenen Türspalt noch näher.

»Sie wird William de Bridgport heiraten.«

De Bridgport!

Philippa glaubte ihren Ohren nicht zu trauen. Offenen Mundes wirbelte sie herum. Da hörte sie den leichten Schritt ihrer Mutter und glitt rasch hinter einen Wandgobelin, den ihre Großmutter vor

30 Jahren gewoben hatte. Ihre Mutter ging vorbei und betrat das Zimmer, ohne anzuklopfen. Philippa hörte ein Flüstern, verstand aber kein Wort. Schnell bezog sie wieder an der offenen Tür Stellung.

Ivo schaute von einem zum anderen und wich einen Schritt zurück. »William de Bridgport! Aber my Lord, my Lady, das ist doch ein alter Mann, ein dicker, zahnloser alter Mann mit einem Wanst, der ...« Ivo fehlten die Worte. Er deutete den Wanst mit den Händen an, einen Meter vor dem eigenen Leib. »Er ist ein Schreckgespenst, my Lord, ein Mann so alt wie mein Vater, ein ... «

»Bei den Zähnen des Teufels, haltet den Mund, Ihr unverschämter kleiner Lümmel! Ihr habt doch von nichts eine Ahnung!«

Jetzt ergriff Lady Maude das Wort. Mit boshafter Stimme sagte sie: »Das geht Euch überhaupt nichts an! Wir bieten Euch Bernice, und Ihr nehmt Bernice, oder Ihr macht, daß Ihr von Beauchamp verschwindet!«

Philippa war erblaßt. De Bridgport war noch schlimmer, als Ivo ihn geschildert hatte. Der Mann war Vater dreier abschreckender Sprößlinge, alle älter als sie – zwei schrille, anspruchsvolle Töchter und ein kinnloser, hämisch glotzender Sohn. Das konnte nur ein böser Scherz sein. Ihr Vater würde sie doch nicht ... Er hatte überhaupt keine Veranlassung, sie mit de Bridgport zu vermählen. Es ergab keinen Sinn. Es sei denn, ihr Vater hätte das nur erfunden, um Ivos Gedanken von ihr abzulenken. Ja, so mußte es sein.

Aber da sagte ihre Mutter schon mit hoher fester Stimme: »Hört mich an, Ivo de Vescy! Diese Riesin von einem Mädchen bekommt keine Mitgift von Lord Henry, keinen Penny, hört Ihr? Sie geht zu de Bridgport nur mit dem Hemd auf dem nackten Leib. Ach, wußtet Ihr nicht, daß alle sie nur die Riesin nennen? Weil sie eine so lange Person ist, bar jeder Anmut, im Gegensatz zu ihrer süßen Schwester.«

Lord Henry starrte seine blaßgesichtige Frau an. Eine solche Leidenschaft hatte sie seit ihrer kurzen Hochzeitsnacht nie wieder gezeigt. Bedächtig nickte er und fügte hinzu: »Nun, junger Mann, entweder kehrt Ihr jetzt nach York zu Eurem Vater zurück, oder Ihr nehmt meine hübsche Tochter, wie meine Frau Euch gesagt hat, und unterzeichnet den Ehevertrag mit ihr, he?«

Doch Ivo war noch nicht am Ende. Einen Augenblick war Philippa sogar stolz auf ihn, denn er stellte die Fragen, die ihr selber auf der Zunge lagen. »Aber warum, my Lord? Und liebt Ihr, my Lady, denn gar nicht Eure Tochter? Ich will es an der nötigen Achtung vor Euch nicht fehlen lassen, aber my Lord ...«

Lord Henry betrachtete den jungen Mann. Ivo war wirklich frech, aber andererseits hatte er, Lord Henry, dummerweise den Namen de Bridgport genannt, weil ihm im Moment kein anderer eingefallen war. Und da Maude es sofort bestätigt hatte, blieb ihm gar nichts anderes übrig, als weiter mitzuspielen. Er konnte nicht mehr zurück.

»Warum, my Lord?«

Lord Henry seufzte nur. An seiner Stelle sprach wieder Maude. »Philippa hat keine Ansprüche an Lord Henry zu stellen. Deshalb erhält sie auch keine Mitgift. Sie ist für uns nur eine Last, ein ständiger Ärger. Entscheidet Euch nun, Ivo, und zwar schnell! Denn meine Geduld ist angesichts Eurer Unverschämtheit bald erschöpft.«

»Wollt Ihr Bernice nehmen?« fragte Lord Henry. »Das liebe Kind hat mir gesagt, daß sie Euch und keinen anderen haben will.«

Gern hätte Ivo ihm entgegnet, daß er Philippa auch ohne Mitgift, ja, nicht einmal mit einem Hemd auf dem Leib nehmen würde. Aber so dumm war er denn doch nicht. Er kannte seine Pflichten als ältester Sohn seines Vaters. Die Besitzungen der de Vescys in der Nähe von York warfen zur Zeit nur Verluste ab, weil sie in den vergangenen Jahren eine Mißernte nach der anderen gehabt hatten. Er mußte eine reiche Erbin heiraten. Das gebot ihm die Pflicht. Und wirklich war ja Philippa auch zu groß, zu stark und zu eigensinnig – bei allen Heiligen, sie konnte sogar lesen, schreiben und rechnen wie ein verfluchter Priester oder ein Verwalter. Und doch strahlte ihr volles dunkelblondes Haar, das sich in wilden Locken um ihren Kopf ringelte. Und sie hatte die herrlichsten blauen Augen, ihr Lachen war hell und mitreißend, und ihre Brüste waren wunderbar voll und rund und ... Ivo räusperte sich und sagte: »Ich nehme Bernice, my Lord.«

Maude trat auf ihn zu und lächelte sogar. Sie faßte ihn am Ärmel seines Waffenrocks. »Das nenne ich richtig und anständig gehandelt«, sagte sie. »Ihr werdet Eure Wahl nie bereuen.«

Philippa kam sich vor wie Lots Weib, zur Salzsäule erstarrt. Auch als ihr Vater zur Tür zeigte, konnte sie sich nicht rühren. Von einem Augenblick zum anderen hatte sich ihr ganzes Leben verändert. Sie verstand nicht, warum ihre Eltern sich plötzlich beide gegen sie gestellt hatten. Bisher war sie sich der Liebe ihres Vaters immer sicher gewesen. Nun wohl, sie hatte für ihn wie ein Pferd schuften müssen, aber ihre Aufgaben als Verwalterin Beauchamps hatten ihr auch immer Freude gemacht. Sie genoß es, die Hauptbücher zu führen, mit den Kaufleuten von Beauchamp zu verhandeln und Streitigkeiten unter den Bauern zu schlichten.

Was ihre Mutter anging, so hatte sie schon vor Jahren begriffen, daß es besser war, ihr aus dem Weg zu gehen. Sie hatte ihr eingebleut, nie »Mutter« zu ihr zu sagen. Seit ihrem zehnten Lebensjahr hatte sie nie das geringste Anzeichen von Zuneigung von der dünnlippigen Dame erhalten, und einmal hatte Lady Maude ihr so heftig ins Gesicht geschlagen, daß ihr noch drei Tage lang die Ohren klangen. Ihr Vater hatte nichts unternommen. Er hatte für keine Partei ergriffen, sondern sie nur mit einer müden Handbewegung weggeschickt und gemurmelt, er habe zu viel zu tun, um sich um solche weiblichen Torheiten zu kümmern. Erst jetzt fiel es ihr wieder ein, daß ihr Vater sie nicht verteidigt hatte.

Und nun wollten sie sie mit William de Bridgport verheiraten! Nicht einmal eine Mitgift wollten sie ihr geben. Philippa konnte das alles nicht verstehen. Eben war sie noch die wenigstens von ihrem Vater geliebte jüngere Tochter gewesen, jetzt war sie eine verstoßene Tochter, die niemand liebte, die nur die Sachen besaß, die sie auf dem Leibe trug und sonst nichts ... Was hatte sie denn verbrochen? Wodurch hatte sie sie so schwer verletzt?

Selbst als Ivo sich mit verschlossenem Gesicht umdrehte, konnte sie sich nicht von der Stelle rühren. Erst als er ihr so nahe gekommen war, so daß er sie im nächsten Moment erblicken würde, drehte sie sich um und rannte weg. Doch die Schuhspitzen waren nach der letzten Mode an Königin Eleanors Hof lang und spitz und eigneten sich nicht für schnelles Laufen. Zweimal stolperte sie darüber, ehe sie ihr abgeschiedenes Zimmer erreichte. Sie schob den Riegel vor die schwere Eichentür und lehnte sich schweratmend dagegen.

Sie hatten also vor, sie zu bestrafen. Sie wollten sie mit diesem gottlosen alten Mann de Bridgport verheiraten. Warum? Sie konnte es sich nicht erklären. Vielleicht sollte sie einfach zu ihrem Vater gehen und ihn fragen, warum er und ihre Mutter ihr das antun konnten.

Aus dem schmalen Fenster schaute Philippa auf den Innenhof der

Burg Beauchamp hinunter. Der steife Ostwind brachte trostreiche Gerüche mit sich, den Geruch nach Hunden, Rindern, Schweinen und den schweißbedeckten Pferden von Lord Henrys bewaffneten Kriegern. Die Aborte befanden sich an der äußeren Westmauer der Burg, so daß der Wind heute glücklicherweise den Gestank menschlicher Exkremente von dannen trug.

Dies war ihre Heimat. Sie hatte niemals bezweifelt, daß sie hier hingehörte. Nie wären ihr solche Gedanken gekommen. Sie hatte sich auch mit Lady Maudes Abneigung längst abgefunden. Aber nun hatte auch ihr Vater sich auf Lady Maudes Seite gestellt. Vorübergehend empfand sie tiefen Groll gegen ihre Schwester Bernice, die nur darauf aus war, die seltenen Liebesbezeugungen Lady Maudes zu ergattern, als wären eine Umarmung oder ein Kuß von ihr Schätze, die man horten müßte.

War es, weil Philippa größer als ihr Vater war, dem die süße Weichheit Bernices fehlte? Lady Maude hatte Ivo erzählt, daß man sie die Riesin nannte. Philippa hatte das gar nicht gewußt. Nie hatte sie diese Bezeichnung bisher gehört.

War es, weil sie als Mädchen zur Welt gekommen war und nicht als Knabe? Aber dann hätten die Eltern auch Bernice gegenüber Mißfallen zeigen müssen.

Eine Riesin war Philippa gewiß nicht, nur etwas groß für eine Frau, sonst nichts. Sie wandte sich vom Fenster ab und schaute sich im Zimmer um.

Es war ein behagliches Zimmer. Binsen und Kräuter bedeckten den kalten Steinfußboden. Sie mußte etwas unternehmen. Sie konnte nicht einfach hier abwarten, bis William de Bridgport kam und sie aufforderte, ihm zu folgen.

Erst jetzt fiel Philippa etwas anderes ein. Warum hatte Lord Henry sich so viel Mühe mit ihrer Ausbildung gegeben, wenn er nichts anderes vorhatte, als sie William de Bridgport zur Frau zu geben? Seit vor zwei Jahren der alte Meister Davie an der Ruhr gestorben war, war sie Lord Henrys Verwalterin geworden und hatte ihre Kenntnisse von Tag zu Tag erweitert.

Resigniert löste Philippa den weichen Ledergürtel, zog sich das weite, ärmellose Obergewand aus hellblauem Leinen und das lange Wollkleid aus. Einen Augenblick lang stand sie nur im weißen Leinenhemd da, das ihr bis zum halben Oberschenkel ging. Dann zog sie es sich auch über den Kopf. Sie hatte eben noch etwas anderes im Burghof bemerkt. Es waren mehrere mit Rohwolle hochbeladene Wagen, die für den Aprilmarkt in St. Ives bestimmt waren. Zwei Wagen gehörten den Pachtbauern und einer Lord Henry.

Ein Schauder überlief sie, als sie so groß und nackt im Zimmer stand. Sie konnte nicht hier auf Beauchamp bleiben und so tun, als wäre nichts geschehen. Sie konnte sich nicht einfach in ihr Schicksal ergeben. Im Geist hörte sie schon Bernice spöttisch sagen: *... ein böser alter Mann für dich, ein hübscher junger Mann für mich. Ich bin die Lieblingstochter, und du mußt büßen, büßen ...*

Es verging kaum eine Minute, da hatte Philippa bereits ein sehr altes formloses Kleid über ein ebenso altes Hemd angezogen. Zuletzt hüllte sie sich noch in ein Obergewand, das schon so oft gewaschen worden war, daß seine Farbe mit der Zeit zu einem Grau geworden war. Die modischen spitzen Schuhe vertauschte sie mit kräftigen Stiefeln, die bis zur Wade reichten. Ihr dichtes Haar flocht sie zu Zöpfen, die sie sich um den Kopf wand. Dann stülpte sie eine Wollmütze darüber.

Nun brauchte sie nur noch die Dunkelheit abzuwarten. In der Nähe von St. Ives lebte Lady Maudes Neffe, ihr Vetter Sir Walter de Grasse. Er war der Burgvogt von Crandall, einer Festung des mächtigen Graelam de Moreton von Wolffeton. Philippa hatte Walter nur zweimal im Leben gesehen, aber sie entsann sich, daß er freundlich zu ihr gewesen war. Zu ihm würde sie fliehen. Plötzlich sah sie zu ihrer Bestürzung, daß die Bauern und drei bewaffnete Männer ihres Vaters sich bei den Wagen sammelten. Sie wollten aufbrechen!

Philippa geriet in Verwirrung, aber das ging schnell vorbei. Beauchamp war fast 18 Jahre lang ihre Heimat gewesen. Sie kannte hier jeden Winkel und jede Nische. Leise schlüpfte sie aus dem Zimmer und schlich die ausgetretene Treppe in den großen Saal hinab. Sie vergewisserte sich, daß niemand auf sie aufmerksam geworden war, und entkam dann durch die großen offenen Eichentüren in den Innenhof. Von hier rannte sie zu der verborgenen Geheimtür in der Mauer und öffnete sie so weit, daß sie sich hindurchzwängen konnte. Vor Ekel schaudernd watete sie in den stinkenden Burggraben. Ihre Füße versanken im dicken Schlamm. Dann schwamm sie zur anderen Seite, kroch die glitschige Uferböschung hinauf und rannte zum Dunroyal-Wald hinüber. Der Gestank des Burggrabens blieb an ihr haften.

Nun, sie wollte ja nicht nach London, um dem König ihre Aufwartung zu machen. Sie dachte nur an Flucht. Sie schaute die schmale, mit Schlaglöchern übersäte Straße entlang. Hier würden die Wagen vorbeifahren. Sie mußten hier vorbei.

Und nach etwa 20 Minuten war es dann so weit. Sie zog die Mütze tief in die Stirn und versteckte sich. Langsam kamen die Wagen heran. Die drei Krieger, die die Wagen zum Markt begleiteten, rissen Witze über eine Frau aus dem Dorf, die einen Mann im Bett mehr kaputt machten konnte, als es ein harter Arbeitstag auf den Äckern vermochte.

Aus ihrem Versteck warf Philippa Steine über die Straße. Sie flogen in das dichte Unterholz und verursachten laute Geräusche. Sofort reagierten die Krieger. Sie rissen die Pferde herum. Auch die Bauern, die die Wagen lenkten, wurden aufmerksam. So schnell sie konnte, eilte Philippa zum zweiten Wagen und verbarg sich unter den Stapeln schmutziger Rohwolle. Das Zeug war so starr und kratzig an der Haut, daß es kaum auszuhalten war. Mit Erleichterung hörte sie einen der Männer schreien: »Es war nichts!«

»Vielleicht ein Kaninchen oder eine Schnepfe.«

»Und ich hoffte, es wäre eine liebesdurstige Dirne, die auf meinem Pferd und auf mir reiten will.«

»Ha! Dich nimmt doch höchstens die gemeinste Hure!«

Plötzlich hörten die Männer, wie einer der Bauern hinter vorgehaltener Hand kicherte. Ein Krieger schrie: »Fahr weiter, du fauler Lausekerl, oder ich gebe dir die stumpfe Seite meines Schwertes zu schmecken!«

2

Burg St. Erth in der Nähe der Bucht von St. Ives Cornwall, England

Alle 44 Schafe waren verendet. Sie hatten ihm gehört, und nur weil der Schäfer Robin nach dem Genuß von Hagedornbeeren so fürchterlichen Durchfall bekommen hatte, daß er bewußtlos hingefallen war und die Schafe allein weitergewandert waren. Dabei gerieten sie in einen wilden Sturm und stürzten eins nach dem anderen blökend über eine steile Klippe in die Irische See.

44 Schafe! Bei Gott, es war ungerecht. Was sollte er jetzt tun? Er

hatte kein Geld mehr. Jedenfalls reichte es nicht aus, um zum Markt nach St. Ives zu reiten und neue Schafe zu kaufen, die noch nicht die Frühjahrsschur hinter sich hatten. Er brauchte neue Kleidung, sein Sohn brauchte neue Kleidung, seine Männer brauchten neue Kleidung, ganz zu schweigen von den Bediensteten, die für ihn schufteten. Sein Weber Prink saß auf seinem fetten Hintern und rührte keinen Handschlag, außer wenn's zum Essen ging, wo er für drei fraß. Und die alte Agnes tat nichts, als ihn durch ihre Klagen und ihr Schimpfen in den Wahnsinn zu treiben.

Dienwald de Fortenberry schlug sich fluchend mit der Faust auf den Oberschenkel. Dabei merkte er, daß sein wollener Waffenrock vom Ärmelloch bis zum Ellbogen aufgerissen war. Der harte Winter hatte ihn erledigt. Wenigstens bauten seine Leute noch genügend Weizen und Gerste an, um die Besatzung von St. Erth und alle Pachtbauern, die für ihn arbeiteten, am Leben zu erhalten. Vielen Lords war es gleichgültig, wenn ihre Untergebenen am Straßenrand verhungerten. Doch Dienwald hielt diesen Standpunkt für ausgesprochen dumm. Denn Tote konnten die Äcker nicht bebauen, keine Pferde beschlagen und St. Erth nicht verteidigen.

Andererseits brauchten Tote auch keine Kleidung.

Dienwald war tief in Gedanken versunken, als sein Narr Crooky ins Blickfeld schlurfte und sogleich mit wilden Verrenkungen auf sich aufmerksam zu machen suchte. Crooky war als Kind unter einen umstürzenden Baum geraten und hatte seitdem einen verkrümmten Rücken. Dienwald war nicht in der Stimmung für seine Scherze und scheuchte ihn weg. Daraufhin begann Crooky auf einem Bein umherzuhopsen. Er machte irgend jemanden nach. Dienwald rief: »Heb dich weg, vorwitziger Narr! Du gehst mir auf den Geist.«

Crooky vollführte den grotesken Knicks einer Dame, fädelte ein Stück Garn in die Nähnadel, setzte sich auf den Boden und tat, als nähte er. Dazu sang er:

»Mein lieber Lord von St. Erth,
Ihr braucht Euch nicht mit nacktem Arsch
Das schlaue Köpfchen zu zerschlauchen,
Denn es sind drei Wagen unterwegs,
Ganz vollgepackt mit allem, was wir brauchen.«

»Das reimt sich ja vorn und hinten nicht, du witzloser Schuft! Geh mir aus den Augen!«

»Mein lieber Lord von St. Erth,
Ihr braucht nicht mehr mit Löchern im Gewand
Als Bettler rumzugeistern.
Drei Wagen kommen voll mit Wolle
Und nur drei Kriegern als Begleitern.«

Dienwald sprang auf und ging auf Crooky zu. »Hör mit deinem unsinnigen Gewäsch auf und sage mir, was mit der Wolle ist!«

Crooky fing eine neue Pantomime an. Jetzt fuhr er einen Wagen, schaute über die Schulter und verzerrte dann das Gesicht, als wäre er zu Tode erschreckt. Dienwald trat ihm in die Rippen. »Hör endlich auf damit! Du treibst es ja noch dümmer als meine blöden Schafe!«

Der Schmerz in den Rippen belehrte Crooky, daß sein Herr nicht zu Späßen aufgelegt war. Rasch wälzte er sich auf die Knie und berichtete Dienwald, was er gehört hatte.

Dienwald rieb sich das Kinn. Dann setzte er sich auf seinen Herrensessel und streckte die Beine aus. Seine Hose hatte am Fußgelenk ein Loch. Es kamen also drei Wagen von Beauchamp her, beladen mit Wolle. Schon lange hatte er mit dem vollgefressenen Lord Henry anzubändeln gewünscht. Aber der war ein mächtiger Herr und hatte viele Bewaffnete in seinem Dienst. Aus dem Augenwinkel sah Dienwald seinen Sohn Edmund in den großen Saal stürzen. Sein kurzer Waffenrock war vielfach geflickt, abgetragen und bemerkenswert schmutzig. Die Hosenbeine hatten sich schon längst selbständig gemacht. Der Junge sah wie ein Leibeigener aus.

Edmund, den seine abgerissene Kleidung wenig kümmerte, sah von seinem Vater auf Crooky. Der blinzelte und winkte ihm zu. »Ist's wahr, Vater! Wir brauchen uns die Wolle nur zu holen?«

Dienwald rief nach seinem Waffenmeister Eldwin. Der erschien umgehend. Er mußte alles mitangehört haben. »Wir nehmen acht Männer – die am wildesten aussehen –, dann werden die Wagen bald in unserem Besitz sein. Vergiß nicht Gorkel den Schrecklichen! Ein Blick auf ihn, und die Wagenfahrer fallen vor Schreck in Ohnmacht. Und sag diesem Tunichtgut, diesem Hund Prink und der alten Agnes, daß wir bald für jeden arbeitsfähigen Bediensteten auf der Burg alle Hände voll zu tun haben!«

»Kann ich mitkommen, Papa?«

Dienwald schüttelte den Kopf und schlug dem Jungen auf die Schulter, der unter dieser freundlich gemeinten Geste beinahe zu Boden gegangen wäre. »Nein, Edmund, du wirst in meiner Abwesenheit die Burg bewachen!«

Der Gestank war abscheulich. Am Abend des ersten Tages, als die Männer mit den Wagen an einem Bach in der Nähe von St. Hilary ihr Lager aufschlugen, war Philippa sehr nahe daran, ihr Versteck aufzugeben und um Gnade, ein Bad und ein paar Stücke von dem Kaninchenbraten, den sie von fern roch, zu betteln. Aber sie hielt durch.

Morgen am späten Vormittag würden sie auf dem Markt ankommen. Der Gestank des an ihrer Haut und an den Kleidern getrockneten Schlamms aus dem Burggraben vermischte sich mit dem Gestank der Rohwolle. Es wurde immer unerträglicher. Philippa war es gelungen, sich durch die dicken Wollballen ein kleines Luftloch zu bohren. Sie wagte es aber nicht, das Loch größer zu machen. Wenn einer der Männer etwas merkte, wäre alles vorbei. Sie würden sie zwar baden lassen und ihr auch bestimmt etwas zu essen geben. Aber danach würden sie sie nach Beauchamp zurückbringen. Sie waren Lord Henry treu, denn allein von ihm hing ja ihr Leben ab.

Sie stellte sich ihren Vetter Sir Walter de Grasse vor, wie er die lange Nase rümpfen würde, wenn sie plötzlich auf Crandall wie die Hexe aus einem Alptraum im Burgotha-Sumpf auftauchte. Aber er konnte sie nicht abweisen. Er würde es auch sicherlich nicht tun. Hoffentlich kam sie auf dem Weg nach Crandall an einem Bach vorbei.

Um den Zustand noch schlimmer zu machen, war es ein warmer Tag gewesen, und dummerweise kühlte es auch in der Nacht kaum ab. Mit ihrem Platz mitten in der kratzigen dicken Wolle verglichen, kam ihr die Hölle, wie Lord Henrys Priester sie gern beschrieb, eher wie ein lauschiger Ort an einem kühlen Sommernachmittag vor.

Philippa konnte gar nicht überall hinreichen, wo es sie juckte. Von Minute zu Minute nahm ihre Verzweiflung zu. Hatte sie denn unbedingt in den Burggraben springen müssen? Hätte sie nicht auch trockenen Fußes in den Wald gelangen können? »Philippa, du denkst nicht mit dem Kopf, sondern mit den Beinen!« hatte ihr Lord Henry oft gesagt, wenn er sie auf der Suche nach irgendeinem Gegenstand hin und her springen sah. So war es auch diesmal gewesen.

Sie mußte unbedingt noch aushalten, bis sie auf dem Markt von St. Ives ankamen. Sonst würden die Männer ihres Vaters sie wahrscheinlich entdecken, und alles wäre vergebens gewesen. Der Gestank, der Juckreiz, der Hunger – alles für nichts und wieder nichts. Der Magen knurrte ihr vernehmlich, und ihre Zunge war vor Durst angeschwollen. Aber sie mußte durchhalten.

Ohne es zu wissen, teilten die Männer ihres Vaters ihr an diesem Abend ihre Liebesgeheimnisse mit. »Ja«, sagte Alfred, ein Mann, der mehr auf die Waage brachte als Lord Henrys Preisbulle, »da behaupten sie immer, es täte ihnen weh, wenn man sie sich vornimmt. Aber wenn du deinen Samen verspritzt hast und dich ein bißchen ausruhen willst, liegen sie dir in den Ohren, du sollst noch eine kleine Runde mit ihnen machen. Pah!«

Philippa stellte sich vor, daß Alfred auf ihr läge. Schon bei dem Gedanken taten ihr sämtliche Rippen weh. Ivo war schwer genug gewesen, aber Alfred war dreimal schwerer. Es folgten prahlerisch ausgeschmückte Geschichten über Eroberungen – keine im Dienst ihres Vaters gegen seine Feinde. Philippa brannten die Ohren. Sie hätte schreien mögen, daß im Wollwagen eine junge Dame steckte. Aber schließlich schlief sie trotz ihrer elenden Lage ein und schlief auch die ganze Nacht durch.

Der nächste Tag verlief genauso wie der erste, nur daß sie jetzt so großen Hunger und Durst hatte, daß sie manchmal minutenlang das quälende Hautjucken und ihren eigenen Gestank vergaß. Sie versank schließlich in eine Art Apathie. Dann hörte sie plötzlich einen Schrei von einem von Lord Henrys Männern. Sie näherte ihren Kopf dem Luftloch. Wieder ein Schrei. Dann: »Überfall! Überfall! Den letzten Wagen schützen! Nein, dort hinüber!«

Lieber Gott! Räuber!

Der Wagen, in dem Philippa steckte, kam zu einem ruckartigen Halt. Sie hörte noch weitere Schreie. Hufschläge näherten sich, bis die Pferde direkt über ihr zu sein schienen. Dann klang Stahl auf Stahl. Sie hörte mehrere Männer laut stöhnen und dann Schritte, die sich in schnellem Lauf entfernten. Sie wollte helfen, aber das war ja unmöglich. Sie konnte nur stilliegen und beten, daß die Männer ihres Vaters die Angreifer zurückschlugen. Sie vernahm ganz nahe ein lautes gurgelndes Geräusch und erschrak bis ins Mark.

Wieder ein lauter Schrei. Dann der Abschuß eines Pfeils von der Sehne. Ein lauter Aufprall – ein Mann mußte vom Pferd gefallen sein. Und dann erhob sich über dem Lärm und dem Stimmengewirr eine einzelne Stimme – die Stimme eines Mannes, der Befehle gab. Die Stimme klang merkwürdig beherrscht und doch von einer so tiefen Eindringlichkeit, daß ihr das Blut in den Adern erstarrte. Das war nicht die Stimme eines gewöhnlichen Räubers. Danach trat Stille ein. Der kurze Kampf war vorüber. Und sie wußte, daß die Männer ihres Vaters nicht gesiegt hatten. Über diesen Tag würden sie keine prahlerischen Geschichten erzählen können. Philippa wartete wie festgefroren in ihrem Nest aus Wolle.

Wieder ertönte die Stimme des Mannes. »Hört, Leute! Eure Bewacher sind so feige, daß sie gleich die Flucht ergriffen haben. Dabei waren sie höchstens leicht verwundet. Ich habe nicht den Wunsch, euch die Kehlen aufzuschlitzen. Was sagst du da, Kerl?«

Osbert war alles andere als vergnügt. Der Schreck saß ihm in den Gliedern, und sein Mund war so trocken, daß er kaum ein Wort herauskriegte. Aber schließlich brachte er einen Katzbuckel zustande und sagte mühsam: »My Lord, erlaubt uns, diesen einen Wagen zu behalten! Er gehört uns, my Lord, meinem Bruder und mir. Er ist alles, was wir besitzen. Wenn Ihr ihn uns wegnehmt, müssen wir verhungern. Die anderen beiden Wagen gehören meinem Lord Henry de Beauchamp. Er ist dick und vollgefressen und braucht sie nicht. Habt Mitleid mit uns Armen, my Lord!«

Philippa hatte große Lust, sich aus ihrem Bett aus Wolle hinauszuarbeiten und Osbert, diesen gemeinen Lügner, anzuschreien. Von wegen verhungern! Der Kerl besaß den blühendsten aller Pachthöfe Lord Henrys. Er war ein Freisasse, und die geringe Pacht, die er an Lord Henry zu zahlen hatte, belastete seinen Geldbeutel nicht sonderlich. Sie wartete darauf, daß der Mann mit der strengen Stimme Osbert für seine Unverschämtheit die Zunge abschneiden würde. Doch statt dessen sagte der Mann: »Ich will gerecht sein. Ich nehme die beiden Wagen, und du kannst deinen behalten.« Sie ärgerte sich darüber, war aber gleichzeitig erleichtert. Die Bauern ihres Vaters würden, so schnell es ging, nach Beauchamp zurückfahren, um ihm von dem Überfall zu berichten. Wahrscheinlich würden sie ihm erzählen, wie tapfer sie sich gegen eine Übermacht gewehrt hätten – und sie würde mitfahren. Vorausgesetzt, daß sie im richtigen Wagen war.

Plötzlich fuhr der Wagen wieder an. Sie hörte die Stimme des Mannes: »Vorsicht, Peter! Dieser Klappergaul sieht aus, als wollte er gleich zusammenbrechen. Lord Henry muß ein entsetzlicher Geizhals sein.«

Philippa war nicht im richtigen, sondern in einem der beiden Beutewagen. Sie hatte keine Ahnung, wo es hinging. Übrigens würden die Bauern bei ihrer Rückkehr nach Beauchamp auch nicht sagen können, wer sie überfallen hatte.

Dienwald wandte sich auf seinem Hengst Philbo um und überschaute die beiden Wagen mit Rohwolle, die nun ihm gehörten. Die Begleitmannschaft war in den Treywen-Wald geflüchtet. Sie müßten verrückt sein, wenn sie jetzt nach Beauchamp zurückritten. Lord Henry würde ihnen für ihre Feigheit die Ohren abschneiden lassen. Und nach den Ohren bestimmt noch weitere Körperteile. Die Bauern würden nach St. Ives weiterfahren. Er kannte Leute ihres Schlages. Sie waren voll Habgier, aber nicht dumm, und wenn ihr Leben auf dem Spiel stand, verstanden sie es meisterhaft, sich herauszulügen. Er malte sich aus, wie sie behaupten würden, von einem über zwei Meter großen Ungeheuer angefallen worden zu sein, dessen Kopf rotviolett und mit Narben übersät gewesen wäre und das ihnen gedroht hätte, sie lebendig aufzufressen und dann wieder auszuspeien.

Nun, so unrecht hatten sie gar nicht. Das war ja das Schöne an Gorkel dem Schrecklichen. Der hatte kein Wort zu den entsetzten Bauern gesagt. Sein Anblick hatte genügt. Jetzt hatte St. Erth genügend Wolle, und die alte Agnes konnte so viel weben, bis ihr die krummen Finger den Dienst versagten. Und zusätzlich hatte er zwei neue Pferde erbeutet. Es waren zwar nur Klepper, aber sie waren herrenlos, und jetzt gehörten sie ihm. Kein schlechtes Ende des Abenteuers. Dienwald war mit dem Erfolg des Tages zufrieden. Er durfte nicht vergessen, Crooky für seine Benachrichtigung einen Extrarock zu schenken.

»Und nun vorwärts!« rief er. »Nach St. Erth! Ich will, daß wir vor Einbruch der Dunkelheit zu Hause sind.«

»Ja, my Lord«, rief Eldwin. Er trieb den armen Gaul zu einem schlurfenden Galopp an, und der Wagen ruckte an und hoppelte dahin. Philippa fiel zurück. Ballen schmutziger Wolle fielen ihr aufs Gesicht. Sie atmete nur noch den eigenen Gestank ein. Schließlich gelang es ihr, ein zweites Luftloch zu bohren. Wo mochte St. Erth sein? Sie hatte den Namen schon gehört, wußte aber nicht, wo sich der Ort befand. Übelkeit überkam sie. Mit den Händen bahnte sie sich einen Weg durch die Wollschichten, bis ihr Kopf herausschaute und die Sonne ihr heiß ins Gesicht schien.

Philippa atmete die frische Luft ein. Ihr Magen beruhigte sich, und, kühner geworden, streckte sie den Kopf so weit heraus, daß sie sich draußen umschauen konnte. Sie verrenkte sich fast den Hals. Vor ihnen fuhr der andere Wagen, und an der Spitze ritten sechs Männer. Alle schauten nach vorn, weg von ihr. Wer war ihr Anführer, der Lord? Sie waren alle erbärmlich gekleidet. Eigentlich merkwürdig, denn ihre Pferde schienen wohlgenährt und kräftig zu sein. Philippa musterte die Umgebung. An den Seiten der mit Schlaglöchern übersäten Straße wuchsen hier und da knorrige alte Eichen, älter als die keltischen Hexen. Vielleicht fuhren sie geradewegs nach St. Ives. Vielleicht war doch noch nicht alles verloren.

Sie kamen durch zwei kleine Dörfer – nichts als geduckte Hütten. Dann sah sie vor sich eine Burg aufragen. Auf einem hohen Felsenhügel drängten sich gestutzte Fichten um die Mauern der großen normannischen Burg. Die Mauern waren mit Zinnen versehen, und in den vier schlanken Türmen gab es Vorsprünge mit Schießscharten für Bogenschützen. Die Mauern waren mindestens zweieinhalb Meter dick. Eine kalte graue Burg, aber ausgezeichnet befestigt. Sie sah aus, als wäre sie für tausend Jahre gebaut.

Beim Näherkommen sah Philippa, daß es keinen Burggraben gab. Das war auch nicht nötig, denn die Burg lag ja erhöht. Dafür waren eine Reihe von Hindernissen davor errichtet. In unregelmäßigen Abständen ragten verrostete Lanzen aus dem Boden, deren scharfe Spitzen den Pferden des Feindes die Bäuche aufschlitzen und dem Reiter in die Kehle stechen würden, wenn er darauf fiel. Dann kamen mit Gras und Schilf bedeckte Fallgruben, in deren Tiefen vermutlich auch senkrecht stehende Lanzen lauerten. Die Wagen fuhren jedoch ohne Verzug und ohne Schwierigkeiten an den Hindernissen vorbei.

Philippa vernahm ein lautes Knirschen. Sieben Meter breite Tore aus dickem Eichenholz öffneten sich und ließen einen zehn Meter langen, schmalen Durchgang frei. Darüber hingen drohend die eisernen Zähne des Fallgitters. Dann rollten die Wagen in den Burghof, auf dem es von Männern, Frauen und Haustieren nur so wimmelte, mehr als man im Burghof auf Beauchamp zu sehen bekam, und Beauchamp war doch doppelt so groß.

Dutzende jubelnder, grölender Menschen umringten die Wagen. Philippa hatte gerade noch Zeit, den Kopf wieder einzuziehen. Sie hörte nicht, wie sich die Eichentore wieder knirschend schlossen.

Da wurde Philippa zum erstenmal von lähmender Angst gepackt. Alle Hoffnung verflog. Diesmal hatte sie sich tatsächlich in die Klemme gebracht. Statt mit dem Kopf wieder mal mit den Beinen gedacht. Mit dem Sprung in den schlammigen Burggraben hatte es begonnen. Und nun war sie ganz allein auf einer fremden Burg – als Gefangene oder noch schlimmer. Und dieser entsetzliche Hunger!

Unter ruckenden Stößen hielt der Wagen. Dutzende von Händen griffen zu und brachten ihn zum Wackeln. Hände bohrten sich von außen in die Wolle. Hände, die ihr näher und näher kamen.

Dann hörte sie, nun aus größerer Nähe, die Stimme des Anführers. Er sprach von einem Gorkel dem Schrecklichen und seiner wunderbaren Visage. Gleich darauf rebellierte wieder ihr Magen so unzweideutig, daß sie sich bedenkenlos durch die Wolle wühlte, bis sie oben an die frische Luft kam und keuchend Atem schöpfte.

»Herrgott«, sagte Dienwald und starrte sie an.

Ein kleiner Junge kreischte: »Was ist das, Papa? Eine Hexe? Ein Druidengespenst? Is ja fürchterlich!«

Sogar Gorkel fuhr schaudernd vor der Erscheinung zurück und rief: »Is ja noch schrecklicher, als wie ich aussehen tu! Gnade uns Gott! Rette uns aus den Fallstricken des Teufels!«

Dienwald faßte das erschreckende Wesen fest ins Auge. Es war hochgewachsen, so viel war zu erkennen. Der Kopf war ringsum mit Wolle bedeckt. Es sah aus wie eine Hexe mit Perücke. Mit wilden Armbewegungen schaufelte sie sich frei. Der Wind wehte auf Dienwald zu, und er verzog angeekelt das Gesicht. Das Wesen stank fürchterlicher als viele seiner Bauern, die sich von der Wiege bis zur Bahre niemals wuschen.

Plötzlich schüttelte sich das Wesen und riß sich mit klebrigen Fingern Wollklumpen vom Kopf. Als das Gesicht freilag, erkannte er, daß es sich um ein weibliches Wesen handeln mußte, das ihn aus erschrockenen Augen ansah, die so blau waren wie der Aprilhimmel.

Seine Leute waren verstummt wie Trauergäste am Grabe eines Priesters. Alle starrten mit hervortretenden Augen, mit offenem Mund das Wesen an. Dann begannen sie untereinander zu flüstern. »Ja, Master Edmund hat recht. Muß 'ne Hexe aus'm Sumpf sein.«

»Nein, 's is, wie Gorkel sagen tut: is 'n böses Ungeheuer, vom Teufel geschickt zu unser Verderben.«

Edmund schrie: »Is ja 'ne Hexe, Papa! Sie will uns verhexen!«

»Sei still!« gebot Dienwald seinem Sohn und den Leuten. Gemächlich stieß er Philbo die Hacken in die glatten Flanken. Bis auf anderthalb Meter ritt er an das weibliche Gespenst heran, weiter aber nicht.

»Ich bin keine Hexe!« rief die Erscheinung mit lauter, klarer Stimme.

»Wer bist du dann?« fragte Dienwald.

Philippa wandte sich dem Mann zu. Deutlich sah sie den Ekel auf seinem Gesicht. Nun, das konnte sie ihm nicht übelnehmen. Sie faßte sich ins Haar. Die Wollmütze hatte sie verloren. Ihr Zopf war aufgegangen, und die dichten Locken waren bedeckt mit dem Schlamm aus dem Burggraben von Beauchamp und mit dreckigen Wollklumpen. Sie konnte sich ungefähr vorstellen, wie sie aussah, und fühlte sich sterbenselend. Die Menschen starrten voller Entsetzen und Abneigung auf sie und riefen alle Schutzheiligen an.

Und doch war sie Philippa de Beauchamp, ein so wunderbares, schönes Mädchen, daß Ivo de Vescy sie sogar vergewaltigen wollte, nur damit sie seine Frau würde! Nein, es war zu schlimm. In diesem Zustand würde selbst William de Bridgport sie nicht haben wollen. Er würde bei ihrem Anblick laut kreischen wie der kleine Junge vorhin. Bei der Vorstellung, wie er mit wabbelndem Bauch vor ihr davonrennen würde, konnte sie nicht anders, sie mußte laut lachen.

»Ihr seht mich in großer Verlegenheit, Sir. Verzeiht mir, aber wenn Ihr mir gestattet, mich von Eurer Burg wieder zu entfernen, braucht Ihr meine Gesellschaft und meinen scheußlichen Gestank nicht länger zu ertragen.«

»Keine Bewegung!« rief Dienwald. »Jetzt antworte mir erst! Wer bist du?«

Ja, das war der Mann mit der tiefen, schneidenden Stimme. Auf der Stelle verging ihr das Lachen. Doch sie dachte keinen Augenblick daran, ihm etwas vorzulügen. Sie war von hoher Geburt, und kein Mann, der nur einen Funken von Ritterlichkeit im Leibe hatte, würde einer Dame etwas zuleide tun. Sie warf den wild zerzausten

Kopf zurück und rief: »Ich bin Philippa de Beauchamp, die Tochter von Lord Henry de Beauchamp!«

»Alte Hexe! Verlogenes Weib!«

»Ich bin keine Hexe!« schrie Philippa wutentbrannt. »Ich sehe vielleicht so aus, aber ich bin keine!«

Dienwald betrachtete die scheußliche Erscheinung, und jetzt mußte er lachen. »Philippa de Beauchamp, sagst du? Du bist eine so unappetitliche Frau, daß sogar meine Hunde vor dir zurückscheuen würden. Außerdem hast du wahrscheinlich meine Wolle versaut.«

»Sie verhext uns, Papa!«

»*Eure* Wolle? Ha! Es ist die Wolle meines Vaters, und Ihr seid nicht besser als ein gewöhnlicher Dieb. Und was dich angeht, du ungezogener kleiner Junge, wenn du so weitermachst, verhexe ich dich wirklich.«

Edmund kreischte auf, und Dienwald lachte wieder. Seine Leute schauten erst auf ihn, dann auf das weibliche Wesen, und bald fingen alle schallend zu lachen an. Philippas Blick fiel auf einen mißgestalteten Mann an der Treppe zum großen Saal. Sogar der kicherte wie wild.

Ach, hätte sie doch lieber gelogen! Wenn sie behauptet hätte, eine Dirne aus einem Dorf zu sein, wäre sie vielleicht schon freigelassen worden. Aber nein, sie mußte ja die Wahrheit sagen – wie eine dumme Trine. Wie konnte sie denn Ritterlichkeit bei einem Mann erwarten, der eben zwei Wagen voll Wolle gestohlen hatte? Sie hob das Kinn. »Ich bin Philippa de Beauchamp. Ich verlange, daß Ihr mir die gebührende Achtung erweist.«

Sowie das Wesen die ersten Worte gesprochen hatte, war es Dienwald klar gewesen, daß sie keine entlaufene Leibeigene oder ein Mädchen aus dem Dorf St. Erth sein konnte. Sie sprach wie eine Edelfrau – laut, hochmütig und arrogant. Warum zum Teufel hatte sich das verdammte Weib in einem Wagen mit Wolle versteckt? Warum stank sie wie die Eingeweide eines Schweins, und warum war sie von oben bis unten mit Schlamm beschmiert?

»Ich habe mir längst gedacht, daß Lord Henry ein Vielfraß mit roter Nase und einem Wanst ist, vor dem die Pferde vor Angst wiehern, wenn sie sein Gewicht tragen sollen. Aber selbst er kann doch nicht mit so einer Tochter geschlagen sein. So, und jetzt runter vom Wagen!« Sie kletterte herab. Er sah, daß sie sehr groß war. Sie sah ihn an. Wirklich, wer sie unvermutet traf, konnte sich vor ihr zu Tode erschrecken. Er ließ Philbo einige Schritte zurücktänzeln und rief ihr zu: »Keine Bewegung!«

Dann stieg Dienwald ab, warf die Zügel seinem Waffenmeister Eldwin zu und schritt zum Brunnen. Mit einem vollen Eimer kam er zurück und stülpte ihn ihr ohne Vorwarnung über den Kopf. Sie prustete, kreischte und zappelte. Wolle rieselte von ihrer Haut und ihrem Kleid. Nun wirkte ihr Gesicht nicht mehr abstoßend, nur dreckig. »Mehr Wasser, Egbert!«

»Allein vom Wasser werde ich nicht sauber«, sagte Philippa, nach dem kalten Guß Luft schnappend.

»Ich kann dich doch hier nicht vor allen Leuten nackt ausziehen lassen und dir ein Stück Laugenseife geben. Das heißt, ich könnte es schon. Aber da du behauptest, eine Dame zu sein, würdest du sicherlich laut schreien, ich würde dein Schamgefühl verletzen.«

Ruhig antwortete sie ihm: »Könnte ich vielleicht die Seife haben und mich hinter einem der Nebengebäude baden?«

»Ich weiß nicht recht. Meine Katze hat gerade Junge geworfen, und ich befürchte, sie wird sich so erschrecken, daß ihr die Milch wegbleibt.« Doch dann rief Dienwald nach Laugenseife und sagte: »Egbert, führe das Wesen hinter das Küchenhaus und laß sie da allein! Aber bring erst die Katze in Sicherheit! Agnes, du holst ihr saubere Kleider und hilfst ihr. Dann bring sie zu mir! Aber erst, wenn sie meine Nase nicht mehr beleidigen kann.«

»Aber Papa, sie is 'ne Hexe!«

Philippa folgte indessen dem Mann mit dem Eimer Wasser. Barfuß, denn ihre Stiefel waren irgendwo in der Wolle steckengeblieben.

Dienwald fuhr seine Leute an: »Und nun an die Arbeit! Ich erwarte, daß sich diese Wolle schnell in Stoffe und Röcke verwandelt! Prink, erhebe dich von deinem fetten Arsch!«

3

Dienwald rieb sich das Kinn und sagte: »Bis sich das Wesen wieder in menschlicher Gesellschaft sehen und ... riechen lassen kann, wird wohl der Brunnen leer sein.«

»Ja, is ja wahr«, sagte Northbert. Er nahm einen Klumpen Wolle und führte ihn an seine Nase, die ihm ein wohlgezielter Steinwurf vor zehn Jahren plattgequetscht hatte. »Stinkt mächtig, my Lord.«

»Da kommt sie!« schrie Edmund.

Dienwald schaute hoch. Barfuß, in einem rauhen, abgetragenen Rock, der nur an den Brüsten eng anlag, kam die weibliche Erscheinung auf ihn zu. Die nassen Haare legten sich ihr wie ein wilder Heiligenschein um den Kopf. Diese Haare hatten die Farbe von dunklem Honig, von Herbstlaub und guter brauner Ackerscholle. Beim Trocknen lockten sie sich von Minute zu Minute mehr.

Sie blieb vor ihm stehen. »Ich bin Philippa de Beauchamp. Ihr seid zwar ein Dieb, aber Ihr scheint der Burgherr zu sein, also mein Gastgeber. Wie heißt Ihr?«

»Dienwald de Fortenberry. Ja, ich bin der Burgherr und demnach der Herr aller, die hier leben, wozu auch du gehörst. Folge mir!«

Damit drehte er sich um und schritt über den staubigen Burghof auf den großen Saal zu. Sie folgte ihm und sah, daß er noch acht bis zehn Zentimeter größer war als sie, gerade gebaut wie eine Lanze und ebenso fest. Er sah wie ein harter Krieger aus und war jünger, als sie gedacht hatte, als sie ihn nach dem Diebstahl der Wollewagen Befehle geben hörte. Er war nicht sehr viel älter als sie, aber von tückischem Charakter; das hatte er schon bewiesen. Er war nichts als ein skrupelloser Dieb. Ob er auch nur einen kleinen Funken von Ritterlichkeit besaß, mußte sich noch erweisen.

Dienwald de Fortenberry. Plötzlich erinnerte sie sich des Namens und wurde blaß. Seit sie zehn Jahre alt war, hatte man ihr Geschichten über ihn erzählt. Abwechselnd nannte man ihn den Schelm von Cornwall, die Geißel und die Pest des Teufels. Immer wenn de Fortenberry auf Raub und Plünderung in der Nähe der Ländereien von Beauchamp auszog, pflegte Lord Henry die Faust zu erheben, auf die Binsen auf dem Boden zu spucken und zu brüllen: »Man sollte diesen verdammten Schweinehund in drei Stücke schneiden!« Warum gerade in *drei Stücke,* hatte niemand auf Beauchamp ihn zu fragen gewagt. Sie hätte dem Mann nicht sagen dürfen, wer sie war. Doch jetzt war es nicht mehr zu ändern. Er war der Herr dieser Burg.

Der große Saal war düster. Schwarzgeräucherte Holzbalken zogen sich unter der hohen Decke entlang. Es gab nur ein halbes Dutzend schmale Fenster, die mit Fellen verhängt waren. Die Binsen auf dem Fußboden bogen sich und knackten unter ihren nackten Füßen.

Die Luft roch abgestanden. Sie sah, wie der Mann ärmlich gekleidete Bedienstete, mehrere Krieger, den buckligen Narren und seinen Sohn wegscheuchte. Wo mochte seine Frau sein? Da er einen Sohn hatte, war er sicherlich auch verheiratet. Doch welche Frau wollte mit einer Geißel, einer Pest, einem Schweinehund verheiratet sein?

Jetzt nahm er auf dem Herrensessel Platz. Der schien das Werk eines guten Tischlers mit Sinn für Ornamente zu sein. »Komm her!« sagte die Geißel von Cornwall und winkte ihr mit gekrümmtem Finger.

Niemand hatte sie je zuvor in so herrischer Art mit gekrümmtem Finger zu sich gewinkt. Nicht einmal Lord Henry.

Einen Augenblick lang vergaß Philippa, wo sie war und wer es war, der sie hier herumkommandierte. Kraftvoll nahm sie die Schultern zurück und drückte die Brust heraus, daß die Mittelnaht des Kleides beinahe aufplatzte.

Dienwald de Fortenberry lachte.

»Komm her!« sagte er noch einmal.

Philippa ging auf ihn zu und sah ihm dabei in die Augen. Es war kein häßliches Gesicht. In ihrer Vorstellung hätte das Gesicht einer Geißel von Pockennarben verunstaltet sein müssen. Sie hätte wilde Augen und schwarze Zähne erwartet. Keineswegs gutgeschnittene, markante Züge, hellbraune Augen, die einen Goldschimmer hatten, und ebensolche Haare und Brauen. Ein tiefes Grübchen teilte sein Kinn. Vielleicht war dies das Teufelsmal. Er war glattrasiert und trug das Haar länger, als es Mode war. Im Nacken ringelten sich dichte Locken. Er sah nicht wie ein Schelm oder wie die Pest des Teufels aus. Dennoch hatte er die Wolle ihres Vaters geraubt.

»Wer seid Ihr?«

»Ich bin Dienwald de Fortenberry ...«

»Das weiß ich. Ich meine etwas anderes. Seid Ihr wirklich ein Werkzeug des Teufels? Oder vielleicht seiner Großmutter?«

»Ah, du hast von mir gehört. Wahrscheinlich Geschichten, bei denen dir die Haare zu Berge standen, wie? Wie ich den christlichen Kriegern mit ausgebreiteten Armen über die Baumwipfel davongeflogen bin? Wie ich in einem Augenblick 100 Meilen zurückgelegt habe, um in der schottischen Wildnis Menschen abzuschlachten oder zu verstümmeln?«

»Nein, ich habe nur gehört, wie mein Vater Euch verflucht hat, wenn Ihr in der Nähe von Beauchamp Überfälle verübt habt. Aber für ihn wart Ihr immer ein Sterblicher.«

»Das stimmt auch. Ich bin ein Mann von Fleisch und Blut, nicht mehr und nicht weniger. Ich bin ein einfacher Mann. Haltet Ihr diesen einfachen Mann für würdig, in Eurer erhabenen Gegenwart zu weilen, Philippa de Beauchamp?«

»Es ist Euch doch bestimmt gleichgültig, was ich von Euch halte. Zudem bin ich auf fremdem Boden.«

Dienwald rutschte ein Stück vor. »Du bist auf meiner Burg St. Erth. Wo sie sich genau befindet, werde ich vorläufig noch für mich behalten. Setz dich! Ich will dir einige Fragen stellen, und du wirst sie mir auf der Stelle ehrlich beantworten.«

Philippa blickte sich um. Nirgends war ein Stuhl zu sehen.

Er zeigte auf den Boden zu seinen Füßen. »Hier!«

»Das ist lächerlich! Ich setze mich nicht auf den Fußboden.«

»Setz dich sofort, oder meine Männer werden dich dazu zwingen! Vielleicht sollte ich dir den Fuß auf den Nacken setzen, damit du unten bleibst.«

Philippa gehorchte und zog ihre langen Beine unter den Körper.

Dienwald kreuzte die Arme vor der Brust. Erst jetzt bemerkte sie, daß sein Waffenrock und die Hose in beklagenswertem Zustand waren.

»Bitte, kann ich etwas zu trinken bekommen? Ich habe sehr großen Durst.«

Dienwald zog die Brauen zusammen. »Du bist nicht mein Gast!« Doch dann rief er laut: »Margot!«

Ein mageres junges Mädchen kam in den Saal, knickste ungeschickt und wartete auf seine Befehle. Dabei sah sie unverwandt dieses jetzt gesäuberte Wesen an, das ein stumpfgrünes, abgetragenes Kleid anhatte. Eine Küchenhelferin hatte es ihr geliehen.

»Bier und ...« Er schaute auf Philippa herab. Ihre Knie waren sichtbar. Hübsche Knie und dazu sehr hübsche Beine. »Hast du auch Hunger?«

Ihr Magen knurrte laut und vernehmlich.

»Also, Margot, auch Brot und Käse. Beeil dich! Wir wollen doch nicht, daß unser Gast zusammenbricht.«

Endlich etwas zu *essen*!

»Nun, Dirne ... «

»Ich bin keine Dirne. Ich bin Philippa de Beauchamp. Ich verlange, daß Ihr mich so behandelt, wie es meinem Rang zukommt. Ich verlange, daß Ihr ... nun, Ihr könntet mir einen Stuhl geben und später ein Kleid, das weniger rauh, alt und abgetragen ist.«

»Ja? Und was noch? Du willst doch sicherlich noch mehr?«

Sie überhörte die Ironie. »Ich weiß, daß ich groß bin. Aber vielleicht würde mir ein Kleid Eurer Frau passen.«

»Ich habe keine Frau. Schon seit vielen Jahren nicht mehr, Dank sei allen Heiligen. Das Kleid, das die alte Agnes für dich besorgt hat, ist ausgezeichnet. Es ist nicht ein einziges Loch darin.«

»Ich wollte Euch nicht beleidigen. Vielmehr danke ich Euch und der Besitzerin. Könnte ich mir von Euch ein Pferd leihen? Bitte! Es kann ein alter Klepper sein. Ich sorge dafür, daß es Euch zurückgebracht wird.«

»Wozu ein Pferd?«

Sollte sie jetzt lügen oder wieder dummdreist die Wahrheit sagen? Philippa entschied sich für den Mittelweg. »Ich war unterwegs, um meinen Vetter zu besuchen, der in der Nähe von St. Ives wohnt. Ich wollte mit dem Wollewagen zum Jahrmarkt fahren und das letzte Stück zur Burg meines Vetters zu Fuß gehen. Von hier aus ist es wahrscheinlich zu Fuß zu weit.«

Dienwald sah die Frau prüfend an. Sie war noch ziemlich jung. Ihre Haare waren jetzt getrocknet und fielen ihr in prächtigen Locken bis auf den Rücken. Sie besaßen mehr Farbabstufungen, als er zählen konnte, vom hellsten Flachsblond über aschblond bis zum dunklen Braun. »Nun gut, ich glaube dir, daß du Philippa de Beauchamp bist. Warum hast du dich in einem Wollewagen versteckt?«

In diesem Augenblick erschien Margot mit einem Holztablett. Darauf standen Bier, Brot und ein Kanten mit gelbem Käse. Philippa wurde der Mund wäßrig. Gierig starrte sie auf das Essen, bis Dienwald achselzuckend aufstand und auf die lange Reihe von rohgezimmerten Tischen zeigte.

Dann sah er ihr beim Essen zu, ohne weitere Fragen zu stellen. Ihr Hunger war so groß, daß sie anfangs alle guten Manieren vergaß. Einmal sah sie, den Mund voll Brot, zufällig auf und begegnete seinem Blick. Rasch neigte sie den Kopf, versuchte alles auf einmal runterzuschlucken und bekam einen Hustenanfall.

Dienwald stand auf, beugte sich über den Tisch und klopfte ihr auf den Rücken. Dann reichte er ihr einen Krug Bier. »Trink!«

Als der Anfall vorüber war, saß er wieder auf seinem Sessel und beobachtete sie. Wenn sie auf dem ganzen Weg von Beauchamp in dem verdammten Wollewagen versteckt gewesen war, dann hatte sie fast zwei Tage lang nichts gegessen und getrunken.

»Du hast sehr viele Haare.«

»Ja.«

»Wer ist dieser Vetter, den du besuchen willst?«

»Das kann ich Euch nicht sagen. Es ist auch unwichtig.«

»Wie alt bist du?«

»Beinahe 18.«

»Ein herrliches Alter. Zunächst dachte ich, du wärst schon älter. Warum bist du von Beauchamp ausgerückt?«

»Weil mich mein Vater verheiraten wollte. Mit einem . . .« Philippa hielt jäh inne. Ein Stück Käse fiel ihr auf den Tisch, und sie beeilte sich, es wieder aufzuheben.

»Du warst so sehr gegen diese Heirat, daß du in den Burggraben gesprungen bist und dich zwischen der Wolle versteckt hast? Mit dem Ergebnis, daß die Wolle und du wie ein Sumpfschwein stanken.«

Sie nickte heftig mit vollem Mund. Was für ein wunderbarer Käse! »Ja, ich konnte nicht anders. Wenn Ihr nichts dagegen habt, möchte ich meine Flucht fortsetzen.«

»Du weißt genau, daß das nicht geht. Eine so reiche Dame in diesem zarten Alter handelt nicht gegen den Willen ihres Vaters. Eine Tochter darf sich überhaupt nie gegen ihren Erzeuger auflehnen. Eine Heirat ist dazu da, um den Wohlstand, den Besitz und den politischen Einfluß der ganzen Familie zu mehren. Bestimmt weißt du das auch. Oder bist du falsch erzogen worden? Irgend etwas stimmt bei dir nicht. Hast du dich von den albernen Liedern der Minnesänger verlocken lassen? Hast du dich in einen Kerl mit seidigen Augenbrauen verliebt?«

Sie schüttelte den Kopf. Eine Heirat mit William de Bridgport würde den Wohlstand und den Besitz ihrer Familie überhaupt nicht mehren. »Nun, Sir, ich kann auch zu Fuß gehen. Ihr braucht mir nur den Weg nach St. Ives zeigen zu lassen.«

Dienwald stand auf, machte ein paar Schritte und ging zu dem Sessel zurück. Über die Schulter sagte er: »So, komm wieder her! Setz dich auf den Fußboden!«

Philippa schnappte sich die letzten Stücke Brot und Käse und folgte ihm. Beim Hinsetzen glitt das Kleid bis über die Knie. Seine folgenden Worte bewirkten, daß sie sich beinahe erneut verschluckte.

»In diesem Fall ist vieles zu überlegen. Ich könnte ein Lösegeld für dich fordern. Nach allem, was ich gehört habe, ist dein Vater sehr reich. Beauchamp ist eine stolze Burg. Sie war es schon, als William sie vor 200 Jahren Rolfe de Beauchamp schenkte. Und dein Vater hat auch Einfluß bei Hofe. Jedenfalls habe ich das vor einigen Jahren mal gehört. Ah, und ich glaubte, ich könnte mal allein sein. Na, komm schon her, Crooky! Du kannst gemeinsam mit mir überlegen. Was meinst du, was würde die Dirne für ein Lösegeld einbringen?«

Crooky humpelte heran, musterte Philippa von oben bis unten und sagte dann: »Is ja 'ne große Dirne, Herr, sogar im Sitzen, 'ne auffallend große Dirne. Ihre Beine hören ja überhaupt nicht auf. Bei St. Andreas' Nase, ich wette, sie is so groß wie Ihr oder beinahe.«

»Nein, nein«, sagte Philippa, »er ist größer als ich, um mindestens zehn Zentimeter.«

»Ja, das stimmt«, sagte Dienwald über sie hinweg. Doch dann stellte er vor: »Das ist Crooky, mein Narr, meine Ohren und die meiste Zeit über ein unverschämter Wicht. Aber ich ertrage ihn.« Er sah ihre Nase in die Höhe gehen. Eine hübsche schmale Nase. Aber auch eine stolze, hochmütige Nase.

Zu Philippas Überraschung begann Crooky plötzlich zu singen.

»Was mag sie wert sein,
Dieses wollhaarige Ding?
Bringt sie Euch Edelsteine ein?
Nicht, wenn sie stinkt.
Sie sieht hexenhaft aus,
Ihre Reden sind kraus . . .«

»Du mußt blind sein, Plappermaul«, unterbrach ihn Dienwald. »Sie ist sauber und gesund. Und nachdem ich ihr zu essen gegeben habe, klappern auch ihre Rippen nicht mehr aneinander.«

Crooky kicherte. »Ja, Ihr müßt Lösegeld für sie fordern. Das bringt Geld ein, und Ihr könnt es gebrauchen. Laßt Lord de Beauchamp tüchtig zahlen, damit er sein Rebhühnchen wieder in den Pferch bekommt! Gott sei mit Euch, Madam.« Und das sonderbare Männchen, das so schrill lachte, grinste sie jetzt breit aus krummen Zähnen an.

»Das waren schreckliche Reime«, sagte Philippa. »Du hast überhaupt kein Talent. Meine Stute wiehert melodischer, als du singst.«

»Schlitzt ihr die Kehle auf!« sagte Crooky zu seinem Herrn. »Sie hat eine böse Zunge, dieses verfluchte Weib.«

»Du hast recht, Crooky. Das ist eine teuflische Mischung. Nein, sie bringt mir keinen Nutzen.« Dienwald griff nach dem Dolch im Gürtel.

Philippa stieß einen Angstschrei aus, sprang auf und wich zurück. Sie hatte vergessen, wer der Mann war. Sie hatte so geredet, als ob sie zu Hause wäre, und sich mit ihrer vorlauten Zunge wieder in Gefahr gebracht.

Dienwald zog den Degen, strich mit dem Finger über die scharfe Klinge und stand auf. »Sieh dich vor, Lady! Du bist hier auf fremden Gebiet. Hier bist du machtlos und hast keinem etwas zu befehlen. Außerdem bist du nur ein Weib. Zwar ein großes, kräftiges Weib mit mehr Verstand als die meisten anderen. Dennoch solltest du lieber den Mund halten und deine Zunge im Zaum haben. Ja, ich werde Lösegeld für dich fordern, solange du noch ein sauberes Fell hast und gut riechst. Mein Verwalter wird an deinen Vater schreiben, daß du dich in meiner Hand befindest. Hast du eine Vorstellung, was er für deine Freilassung bezahlen würde? Ich kann ihm garantieren, daß er eine saubere und gesunde Dirne zurückerhält, der er ordentlich die Meinung sagen und die er mit dem Gürtel verprügeln kann. Du hast es nicht anders verdient.«

Philippa schüttelte nur den Kopf. Angst verschloß ihr die Kehle. Vielleicht würde ihr jetzt die Wahrheit weiterhelfen. Vielleicht auch nicht. Schließlich fand sie die Sprache wieder und sagte: »Mein Vater will mich gar nicht zurückhaben. Er wird keinen Penny für mich zahlen. Weil er froh ist, wenn er mein Gesicht nie im Leben wiedersehen muß. Er will mich gar nicht. Deshalb bin ich ja weggelaufen.«

Philippa hörte hinter sich einen überraschten Laut aus weiblicher Kehle. Sie drehte sich um und erblickte ein dralles Mädchen. Sie folgte der Richtung, in die das Mädchen erbleichend schaute. Es war der Dolch, den Dienwald noch immer in der Hand hielt. Mit der Daumenkuppe fuhr er liebkosend über die Klinge. Philippa hatte den Dolch schon ganz vergessen gehabt. Wollte er ihr wirklich die

Kehle aufschlitzen? Besaß er überhaupt keinen Sinn für Ritterlichkeit? Rasch setzte sie sich wieder auf den Fußboden.

»Es fängt zu regnen an, mein lieber Lord«, sagte Crooky. »Ich will darauf achten, daß die Wolle trocken bleibt. Komm mit, Alice! Der Herr zählt im Kopf gerade Geld. Später macht er dich wieder glücklich, sobald er diese neue Dirne losgeworden ist.«

»Ja«, sagte Dienwald. »Geh jetzt! Heute nacht mache ich dich glücklich.«

Philippa zog ein erstauntes Gesicht. Auch ihr Vater hatte Geliebte. Ganz Beauchamp wußte es. Aber er machte es diskret, nicht in aller Öffentlichkeit. Allerdings brauchte dieser Mann hier auch keine lauten Vorwürfe einer Ehefrau zu befürchten. Sie drehte sich wieder um. Dienwald sprach jetzt mit einer alten Frau.

»Ja, Herr, dieser alte Narr Prink ist plötzlich krank geworden. Er liegt im Bett und schreit, er müsse sterben.«

Dienwald fluchte. In diesem Augenblick kam der kleine Junge herein und brüllte: »Is ja 'ne Hexe! Bring sie um, Papa! Steck ihr den Dolch in die Kehle!«

Philippa betrachtete den Jungen. Er stand außerhalb ihrer Reichweite mit gespreizten Beinen da, und sein Gesichtsausdruck ähnelte stark dem seines Vaters.

»Es heißt nicht *is ja 'ne Hexe*«, sagte Philippa. »Kannst du nicht ordentlich sprechen! Es heißt *sie ist eine Hexe.*« Dann wandte sie sich an seinen Vater. »Ihr müßt ihm sagen, daß ich keine Hexe bin.«

Dienwald fuhr Edmund an: »Mach, daß du zu unserer Wolle kommst! Und keine Dummheiten mehr! Ja, und sprich ordentlich!«

Philippa gab ihren Senf dazu. »Und du könntest dich auch mal waschen!«

»Denke nicht dran. Du bist 'ne dünne Latte mit'm Wollkopp!«

»Und du ein vorlauter kleiner Dummkopf!«

»Genug jetzt! Edmund, verschwinde endlich! Du aber, Lady, halte deine Zunge im Zaum, oder du wirst es bereuen!« Wieder strich er bedeutungsvoll mit dem Daumen über die Dolchklinge. Philippa senkte den Kopf und schwieg. Sie hatte sich wirklich bisher idiotisch aufgeführt. Aber das sollte nun anders werden.

»Ich brauchte die Wolle sehr dringend«, sagte Dienwald mit einem Blick auf seine schadhafte Hose. »Mir gingen vor der Frühjahrsschur 44 Schafe verloren, und wir laufen alle in Lumpen umher. Deshalb habe ich eure beiden Wollewagen in meinen Besitz gebracht.« Er sah sie scharf an.

»Daß Ihr die Wolle braucht, ist deutlich zu sehen. Aber mein Vater wird Vergeltung für den Raubüberfall üben. Darauf könnt Ihr Euch verlassen.«

»Ich will dir mal etwas sagen, Lady Naseweis. Diese tapferen Bauern werden den dritten Wagen in St. Ives verkaufen und ihren Gewinn gut verstecken. Danach gehen sie zu Lord Henry und jammern ihm laut vor, daß alle drei Wagen geraubt worden wären. Wer die Räuber waren, wissen sie aber nicht. Außerdem bist du meine Gefangene. Wenn ich ein Lösegeld für dich fordern sollte, kann ich immer behaupten, ich hätte dich in hilflosem Zustand an der Straße gefunden. Und wenn du deinem Vater die Wahrheit sagst – bildest du dir wirklich ein, die Bauern würden zugeben, daß sie gelogen und deinen Vater feige übers Ohr gehauen haben? Ich war schon nahe daran, dich als Gast aufzunehmen. Aber du bist mir für ein Weib zu frech und anmaßend. Du mußt erst gute Manieren lernen. Vielleicht werde ich sie dir beibringen. Jedenfalls bleibst du in St. Erth, bis ich mir überlegt habe, was ich mit dir anfangen soll. Und jetzt laß mich allein!«

»Ich würde gern ganz fortgehen, und zwar für immer! Mein Vater kommt der Wahrheit bestimmt auf die Spur. Und dann macht er Euch den Garaus, wie Ihr es verdient, Pest von Cornwall! Und der einzige Dumme seid Ihr. Ihr könnt mir ruhig glauben, daß mein Vater nichts mehr mit mir zu tun haben will.«

»Nun, vielleicht erfahre ich dafür von dir den Namen des Mannes, der dich zur Frau nehmen will. Dann schicke ich einfach diesem Schwachkopf eine Botschaft, und *er* kann das Lösegeld für dich bezahlen.«

»Nein!«

Sie ist tatsächlich blaß geworden, stellte Dienwald fest. Sehr gut, wenn sie bei dem Gedanken eine Gänsehaut kriegt. Er hätte jetzt wirklich gern gewußt, wer ihr zukünftiger Ehemann war.

»So ein hochmütiger Einfaltspinsel!« sagte Philippa. Sie schaute aus dem schmalen Fenster ihrer Zelle in den Innenhof hinab.

Unten schritt Dienwald de Fortenberry über den aufgeweichten Boden zu den Ställen, gefolgt von drei Hunden, zwei Kindern und einem Huhn. Er hatte das Mädchen von Northbert, dem Mann mit der platten Nase, in ein Turmzimmer einschließen lassen. Zimmer, ach was! Es war nicht mehr als eine Zelle. Sie konnte noch von Glück sagen, daß er sie nicht in die Kornkammer gesperrt hatte.

Philippa sah ihm nach, bis er in den Ställen verschwand. Nur das Huhn trottete ihm noch nach. Die Kinder und Hunde hatte ein brüllender Stallknecht aufgehalten. Er hatte so schwarze Haare, wie Philippa sie noch nie bei einem Menschen gesehen hatte. Da unten ging es äußerst geräuschvoll zu. So viele Menschen, und einer lauter als der andere! Die Männer schrien und brüllten, die Frauen schrien und brüllten, die Kinder kreischten, und die Hühner gackerten. Es war ein so schrilles Durcheinander mißtönender Stimmen, daß Philippa die Ohren weh taten. Sie wandte sich von der Fensteröffnung ab und sah sich in ihrer Zelle um. Sie war lang und schmal. Das einzige Möbelstück war ein niedriges Bett mit einer faulig riechenden Strohmatratze und einer rauhen Decke. Kein Kissen, kein Trinkwasser. Unter dem Bett stand noch ein verbeulter Nachttopf. Sonst gab es nichts.

Immerhin hatte sie es hier noch glänzend im Vergleich zu ihrem Versteck auf dem Wollewagen. Aber schließlich war sie anderes gewöhnt. Sie hatte Beauchamp mit allem Luxus, den die Burg bot, immer für selbstverständlich gehalten. Es war ja ihre Heimat gewesen. Und jetzt war sie nichts besseres als eine Gefangene. Ihre wunderbare Flucht hatte ihr nichts eingebracht als eine trübe, feuchte Zelle im Burgturm eines Mannes, der noch unberechenbarer war als das Wetter in Cornwall und der als abgefeimter Schurke galt.

»Is ja 'ne gute Qualität, Herr«, sagte unten die alte Agnes zu dem abgefeimten Schurken, und ihre knorrigen Finger strichen liebkosend über die Wolle. »Wirklich sehr gut.«

»Na schön«, sagte Dienwald. »Dann hol dir alle Mädchen zusammen, die du brauchst! Sie sollen dir beim Waschen und Weben zur Hand gehen. Und sag Ellis Bescheid! Ich habe Alain beauftragt, sofort Weber einzustellen. Der erste neue Waffenrock geht an Master Edmund – ja, ein neuer Rock und eine neue Hose.«

Die alte Agnes nahm den Befehl mit saurem Gesicht entgegen, murrte aber nicht. »Und was ist mit diesem fremden Wesen, Herr?«

»Mit wem! Ach, die! Die ist schon wieder weg, bevor die neuen Kleider fertig sind. Ich schicke sie in dem Kleid nach Haus, das du ihr gegeben hast. Als Gastgeschenk.«

»Is aber 'ne Lady, Herr, und kein Waschweib.«

»Kümmere dich gefälligst um deine Angelegenheiten, Alte!«

Dienwald trat ins Freie. Die Luft war schwer von Feuchtigkeit. Nebelschwaden zogen über ihn hinweg. Bald würde es wieder regnen. Bis dahin könnte er noch eine Übung ansetzen: Lanzenstechen nach der Holzpuppe. Aber er hatte keine Lust. Unruhe erfüllte ihn. Er schritt zu den Wohnräumen mit den drei kleinen Zimmern. Eins davon wurde von Pater Cramdle benutzt. Der Priester pflegte hier auch Edmund zu unterrichten. Dienwald stieß die Tür auf und hörte die durchdringende Stimme seines Sohnes: »Is ja nur blöder Mist für Bauern!«

4

Pater Cramdles sanfte Stimme klang ein wenig gereizt. »Master Edmund, Bauern können gar nicht lesen und schreiben. Und rechnen schon gar nicht. Dein Vater will aber, daß du es lernst. Also hör zu: Wenn ich jetzt elf Äpfel aus diesem Faß zu den sechs Trauben in diesem Faß lege, wieviel habe ich da insgesamt?«

»Apfelmus mit Traubensaft!«

Zunächst mußte Dienwald über den Witz seines Sohnes lachen. Edmund sah aber nicht nur so aus wie das Kind eines Tagelöhners, er war auch genauso ungebildet.

»Gib Pater Cramdle eine anständige Antwort, Edmund! Sofort!«

»Aber, Papa, is ja 'ne blöde Aufgabe, und ...«

»*Es ist* und nicht *is ja.* Ich will so was nicht mehr von dir hören. Rechne die Aufgabe aus! Und sprich ordentlich!« Dabei fiel ihm ein, daß Philippa seinen Sohn ebenso zurechtgewiesen hatte. War der Junge schlecht erzogen? Er wollte, daß Edmund wenigstens so gut lesen lernte, daß ihn später die Kaufleute und sein eigener Verwalter nicht übers Ohr hauen konnten. Und er sollte wenigstens so gut rechnen können, daß er feststellen konnte, ob ihm der Müller die richtige Menge Mehl für sein Korn geliefert hatte. Dienwald selber konnte gerade seinen Namen schreiben und etwas lesen, wenn er die Worte laut buchstabierte, aber viel mehr auch nicht. Das bereitete ihm allerdings selten Kummer. Eigentlich nur dann, wenn er wie heute sah, welchen Eindruck die Unwissenheit seines Sohnes auf ihn machte.

Edmund mußte sämtliche Finger und Zehen zu Hilfe nehmen, aber nach mühsamem Zählen kam er schließlich auf die richtige Summe.

»Ausgezeichnet«, sagte Dienwald. »Pater, wenn Ihr meint, daß der Junge die Birkenrute braucht, um besser zu lernen, dann sagt es mir nur!«

»Papa!«

»Nichts da, kleiner Kampfhahn! Du bleibst hier und studierst bei Pater Cramdle, bis er es für richtig hält, den Unterricht zu beenden.«

Damit ging Dienwald. Er wußte, daß der freundliche, aber leider sehr wenig energische Pater Cramdle seinen neunjährigen Jungen nicht in Zucht zu halten vermochte. Ich muß mich öfter einschalten, dachte er. Nur der Verwalter Alain wurde mit dem Jungen fertig. Aber Dienwald haßte Alain. Er sprach es niemals aus, ging ihm aber nach Möglichkeit immer aus dem Wege.

Beim Verlassen der Wohnräume warf er einen Blick zum Ostturm hinauf und sah Philippa de Beauchamp aus dem schmalen Fenster schauen. Er konnte nur hoffen, daß sie sich jetzt voller Angst fragte, was er mit ihr anstellen würde. Bis morgen nachmittag sollte sie in der Zelle bleiben, um Gehorsam zu lernen. Sie war ihm zu stolz. Außerdem war sie zu groß und hatte zu viele Locken auf dem Kopf. Gegen ihre Beine hatte er nichts einzuwenden. Und gegen ihre vollen Brüste auch nicht. Aber sie war einfach nicht ...

Er zwang sich, an etwas anderes zu denken. Kassia de Moreton kam ihm in den Sinn. Sie war eine kleine Person, zart, süß und weich. Aber sie würde nie die seine werden. Das Schicksal hatte es verhindert. Wenn er ihren kraftstrotzenden Ehemann nicht so gut leiden könnte – beinahe so, wie er Kassia liebte –, dann wäre er wohl schon in Versuchung geraten, Graelam in einer dunklen Nacht die Kehle durchzuschneiden, um seine Frau zur Witwe zu machen.

Dienwald seufzte. An Kassia bewunderte er alles – ihre Freundlichkeit, den scheuen Humor und die arglose Aufrichtigkeit, die hingebungsvolle Treue zu ihrem Gatten, ihr hübsches Aussehen bis hin zu dem zarten Knochenbau und den schmalen Handgelenken ... Na schön, da bestand für ihn keine Hoffnung.

Aber wenigstens waren sie befreundet. Sie war gern mit ihm zusammen. Nur daß sie in letzter Zeit darauf versessen war, eine reiche Erbin für ihn zu finden. Sie sagte immer, sie wolle ihn aus dem Schmutz und dem Unrat herausholen und ihn vor dem Verderben bewahren. Sie wollte Dienwald zu einem geachteten Mann machen. Diese Vorstellung verwirrte und erschreckte ihn. Doch nicht für lange. Wo gab es denn eine Familie, die sich mit einem solchen rauhen Schurken wie ihm einlassen wollte? Um so besser. Die Geißel von Cornwall liebte das Leben so, wie es war. Jetzt hatte er Wolle genug, und seine Tage würden weiterhin so abwechslungsreich verlaufen wie vor der unseligen Stunde, als seine dummen Schafe von der Klippe abgestürzt waren.

Die innere Unruhe meldete sich wieder. Er brauchte eine Frau. Ohne Zögern ließ er sich Alice ins Zimmer schicken. Als sie hereinkam, drall und lächelnd, winkte Dienwald sie zu sich. Sie trat auf ihn zu, und er wollte sie schon auf den Schoß nehmen. Doch ihr Körpergeruch stieß ihn ab. »Wann hast du zuletzt gebadet?«

Alice errötete, schlug die Augen nieder und sagte: »Hab's vergessen, Herr.« Sie begriff gar nicht, was das sollte. Zu dumm, daß er immer darauf bestand, sie solle ihren Körper mit Wasser und Seife säubern!

Dienwald begehrte sie, aber nun kam auch noch der Geruch von dem Schmorkohl aus ihrem Mund!

»Du kommst mir erst ins Bett, wenn du dich gewaschen hast, aber vollständig. Hast du verstanden, Alice? Und zwar mit Seife. Auch zwischen den Beinen und unter den Armen. Und die Zähne mußt du dir auch bürsten.«

Damit schickte er sie weg. »Vergiß die Seife nicht!« rief er ihr noch nach. Erst vor zwei Wochen hatte er sie zum erstenmal in sein Bett geholt. Hoffentlich begriff sie endlich, daß er keine schlecht riechenden Frauenkörper mochte.

Dann wartete er und klopfte ungeduldig mit den Fingerspitzen auf die Armlehnen des einzigen Sessels im Zimmer. Als Alice nach einer halben Stunde mit nassem, aber glattgekämmtem Haar und reinem Atem wieder bei ihm erschien, klopfte er sich lächelnd auf die Schenkel.

Willig stellte sie sich zwischen seine Beine und drückte die Brüste heraus. Wer hatte ihr das wohl beigebracht? Normalerweise amüsierte es ihn. Aber jetzt wünschte er nur rasche Befriedigung. Er streifte ihr das rauhe Kleid über den Kopf. Darunter war sie nackt. Sie hatte sich nicht ganz abgetrocknet, und seine Hände glitten über nasse Haut.

Sie war so weiß, so voll und so glatt wie ein Ei. Es würde keine fünf Jahre dauern, bis sie dick und fett war, aber das kümmerte ihn nicht. Jetzt war sie angenehm üppig, weich und feucht zwischen den Beinen. Sie war ungefähr im selben Alter wie seine langbeinige Gefangene im Ostturm.

Er küßte Alice auf den Mund, zunächst vorsichtig, um sich zu vergewissern, daß sie sich auch die Zähne geputzt hatte. Danach wurde er leidenschaftlich. Dann drückte er sie auf sein Glied herab. Er spürte, wie er tief in sie eindrang. Er begann zu stöhnen, legte den Kopf zurück und schloß die Augen. Später spielte er in ihrem heißen Schoß, bis sie sich wand und das Becken vorschob und laut schrie. Dann ließ er sich befriedigen, und der Höhepunkt war von langer Dauer, war gut und schön.

Alice lag schlafend auf seinem Bett, als er das Zimmer verließ. Draußen reckte er sich. Die Unruhe war wie fortgeblasen. Er fühlte sich vollauf zufrieden. Inzwischen war es dunkel geworden, und wie üblich wurde das Abendessen verspätet aufgetragen. Dienwald dachte an seine Gefangene. Sie war allein und bestimmt schon so hungrig, daß sie das Bett in ihrer Zelle anknabbern könnte. In seiner wohlwollenden Stimmung schickte er Northbert zu ihr, um sie zu holen. Sie würde ihm bestimmt dankbar sein, wenn er ihr etwas zu essen gab.

Northbert kam mit ihr, und er deutete auf den Sessel neben sich.

»Is ja wieder die Hexe«, sagte Edmund.

»Sie ist keine Hexe. Außerdem heißt es *sie ist* und nicht *is ja.* Benimm dich, Edmund! Sie ist eine Lady. Also sei höflich zu ihr!«

Edmund brummte vor sich hin. Dienwald sah ihn scharf an und setzte hinzu: »Noch eine Ungezogenheit, und du liest den ganzen Abend bei Pater Cramdle die Heilige Schrift!«

Diese Drohung hatte sofort die erwünschte Wirkung. Dienwald musterte wieder einmal seine Gefangene. In ihrem formlosen Kleid aus grobem Stoff, mit den nackten Füßen und den wirr um den Kopf rieselnden dichten Locken sah sie natürlich nicht wie eine Lady aus.

»Gott zum Gruß, Lady«, sagte er in ruhigem Ton zu Philippa. »Setz dich her und iß dich satt!«

»Was? Der Herr bietet mir statt des kalten Fußbodens einen Sessel an?«

Schöne Dankbarkeit! Das hätte er sich denken können. Sie war kein bißchen eingeschüchtert. Von Nachgiebigkeit keine Spur. Immer noch aufsässig. Er hätte bei seinem ursprünglichen Plan bleiben und sie 24 Stunden lang eingesperrt halten sollen. Er lehnte sich zurück und sagte weiterhin nachsichtig: »Es gibt auf St. Erth keine Frau, die deine Maße hat, Lady. Also iß nicht zu viel! Wir haben keine anderen Kleider für dich.«

»Gott segne Eure überwältigende Freundlichkeit, Sir«, erwiderte Philippa. Sie lächelte ihn an, und Grübchen zeichneten sich in ihren Wangen ab. Dann roch sie den Duft der Speisen. Ihr Magen knurrte laut. Sie vergaß Dienwald de Fortenberry, vergaß ihre unsichere Lage, sie schaute nur auf ihren Teller. In der fetten Soße schwamm ein dickes Stück Brot mit großen Scheiben Rindfleisch.

Dienwald sah ihr zu, wie sie die Mahlzeit in Angriff nahm. Ein keckes Mädchen mit einer flinken Zunge. Kein Wunder, daß sie annahm, ihr Vater würde kein Lösegeld für sie zahlen. Wer wollte denn ein Mädchen mit so nadelscharfem Witz im Haushalt haben? Er mußte lächeln und wußte selbst nicht, warum. Als sie den Teller mit dem letzten Stückchen Brot säuberte, fragte er: »Willst du auch mein ganzes Hammelfleisch und die Tauben verzehren? Und meine gesottenen Kapaune mit Ingwer und Zimt und alle Eier in Gelee?«

»Ich sehe gar keine Eier in Gelee«, sagte sie deutlich enttäuscht.

»Vielleicht hast du sie schon runtergeschlungen, ohne es zu merken. Du hast wacker zugeschlagen.«

Sie drehte sich zu ihm um. »Und Hammelfleisch habt Ihr doch gar nicht, oder? Ich denke, Ihr habt Eure sämtlichen Schafe verloren.«

Dienwald verschlug es einen Augenblick lang die Sprache. Wieder erschienen die Grübchen in ihren Wangen. Sie machte sich auf seine Kosten lustig! Aber einer Frau durfte man nie das letzte Wort lassen. Es war gegen die Gesetze der Menschen und Gottes. Es war so wenig zu dulden wie ein Tritt in den Unterleib.

Er nahm sich zusammen. »Was hast du unter diesem Kleid an?«

Männer greifen zu jeder Waffe, die ihnen zur Verfügung steht, dachte Philippa. Ihr Vater war ja geradezu ein Meister der volltönenden Rede. Mit geröteter Nase und hervortretenden Augen pflegte er loszudonnern und hörte so bald nicht auf. Ihr Vetter Sir Walter de Grasse wurde, wenn sie sich recht erinnerte, kalt und ironisch, wenn er schlechter Laune war. Der Waffenmeister ihres Vaters dagegen schlug ohne Überlegung blindlings mit seinen großen Fäusten zu. Der Mann neben ihr hatte wenigstens noch den Dolch in der Scheide. Offenbar wollte er also nicht gewalttätig werden. Es war für sie eine Erleichterung, daß er sich mit ihr nur im

Wortgefecht messen wollte, obwohl seine Frage sie in große Verlegenheit stürzte. Unglücklicherweise trank sie gerade einen Schluck von dem starken Bier und verschluckte sich prompt bei seinen Worten. Er klopfte ihr so kraftvoll auf den Rücken, daß sie fast mit dem Gesicht in der Holzschüssel mit gekochtem Kapaun gelandet wäre.

Dienwald fuhr ihr mit gespreizten Fingern über den Rücken. »Ich kann nichts fühlen. Kein Hemd? Wo bleibt dein Schamgefühl?«

Jetzt fühlte sich Philippa plötzlich zur Gewalttätigkeit aufgelegt – schließlich war sie ihres Vaters Tochter. Sie handelte sofort. Schnell wie eine Schlange griff sie nach seinem Dolch. Doch im nächsten Augenblick umspannte er mit der Hand ihr Gelenk so fest, daß er ihr das Blut abschnürte und ihre Finger weiß wurden.

»Du wagst es?«

Oh weh, sie hatte wieder mit den Beinen gedacht statt mit dem Kopf, und das brachte ihr Ärger ein. Sie schüttelte den Kopf.

»Du wagst es also *nicht*?«

Aber noch klang seine Stimme nicht zornig. Er schien eher amüsiert. Er lockerte den Griff um das Gelenk und drückte ihre Handfläche auf seinen Oberschenkel. Ihr Blick flog zu ihm, aber sonst rührte sie sich nicht.

»Mir ist da eine Idee gekommen, Lady«, sagte Dienwald. »Ich biete dir zwei Möglichkeiten. Du hast die Wahl.«

Philippa fürchtete, daß beide Möglichkeiten unangenehm sein würden.

»Was? Du sagst gar nichts? Kaum zu glauben.« Er sah sie mit hochgezogener Braue an. Sie schwieg weiter.

»Du hast mir gesagt, daß dein Vater kein Lösegeld für dich zahlen würde. Du nennst mir aber auch den Namen des dir unbequemen Freiers nicht. Ferner weigerst du dich, den Namen des Vetters zu nennen, den du besuchen wolltest. Nun, da du mir keine Pfunde, Shillings und Pence einbringen kannst, ist es nicht mehr als recht und billig, wenn du mir meine Gastfreundschaft dadurch belohnst, daß du dich vor mir auf den Rücken legst und die Beine breitmachst. Ich zweifle zwar daran, daß ich viel Freunde an dir haben werde, aber möglich ist es doch, wenn auch nur für eine begrenzte Zeit.«

Es war genau so gekommen, wie sie es befürchtet hatte.

»Der Gedanke, daß ich dich begatte, sagt dir wohl nicht zu?«

Ein Mann, der es gestattete, daß ihn Hunde, Kinder und Hühner überallhin begleiteten, konnte doch nicht *so* schlecht sein! Sie wußte noch immer nicht, was sie dazu sagen sollte.

»Na, wie wäre es denn, wenn du deine langen weißen Beine um meine Hüften schlingst? Wenn du dir von mir die Jungfernschaft rauben läßt? Meinst du nicht, daß dir das Vergnügen machen würde?«

Sie blickte in den großen Saal, wo sich an den Tischen Männer und Frauen geräuschvoll den Bauch vollschlugen, lachten, Witze rissen und stritten, und sagte: »Eigentlich nicht.«

»Nein?«

Philippa griff mit der linken Hand nach einem Kapaunflügel und biß nachdenklich ein Stück Fleisch ab. Sie durfte ihn nicht merken lassen, daß er ihr jedes Selbstvertrauen genommen, sie vollständig verwirrt und aus der Fassung gebracht hatte. Sie sollte die Beine um seine Hüften schlingen? Sich von ihm ihre ... Philippa biß noch ein Stück ab. Dienwald war von ihrer scheinbar lässigen Haltung, ihrem ungerührten Gleichmut so überrascht, daß er ihre Hand losließ. Sie schüttelte sie, um den Blutkreislauf anzuregen. Dann griff sie nach einem anderen Stück des Kapauns, tauchte es in die Ingwer-Zimt-Soße und steckte es in den Mund.

Dienwald sah sie von der Seite an. Aus ihrem Zopf, der so dick wie sein Fußgelenk war, hatten sich noch weitere dichte Lockenbüschel gelöst und ringelten sich jetzt um ihren Kopf.

Schließlich stippte sie die Finger in die kleine Holzschale auf dem Tisch und wandte sich ihm wieder zu. »Schmeckt sehr gut, der Kapaun. Vor allem mit dem Ingwer. Nein, mein Vater würde wirklich kein Lösegeld herausrücken. Ich hätte Euch ja auch anlügen und sagen können, er würde zahlen. Aber nein, ich bin einfach mit der Wahrheit herausgeplatzt, ohne vorher zu überlegen.«

»Gut. Und dein Standpunkt, Lady?«

»Ich möchte nicht Eure Geliebte werden. Ich möchte die Geliebte keines Mannes sein.«

»Diese Entscheidung liegt nicht bei dir, denn du bist eine Frau.«

»Das ist ein Problem, das ich mit der Hälfte der Menschheit teile. Wie werdet Ihr denn entscheiden?«

»Mußt du denn dauernd sticheln und nörgeln? Mußt du mich so lange mit Fragen quälen, bis ich mich genötigt sehe, dir den Dolch an den weißen Hals zu setzen?«

»Nein, aber ...«

»Sei still! Ich werde den Namen deines Verlobten erfahren, und das sehr bald. Wenn er dich auslösen will, werde ich sogar weniger Geld verlangen.«

»Nein!«

Dienwald packte sie an dem langen Zopf, legte ihn sich um die Hand und zog ihr Gesicht an seins heran. »Hör zu, Dirne ...«

»Ich bin keine Dirne. Mein Name lautet Philippa de ...«

»Du wirst alles tun, was ich verlange, und wenn du die Königin von Frankreich wärst. Also wie heißt dieser arme Schwachkopf?«

Philippa schluckte. Ihre Augen verdunkelten sich, die goldenen Flecken darin traten stärker hervor. »Das sage ich Euch nicht.«

»Ich glaube doch. Dir fehlt es an Nachgiebigkeit und Gehorsam. Wie schon gesagt, ich werde es dich lehren. Wir fangen sofort mit dem Unterricht an.« Mit tückischer Miene fuhr er fort: »Zieh dein Kleid aus! Du wirst jetzt für meine Leute tanzen.«

Sie sah ihn starr an. »Das würde Euer Priester bestimmt nicht gutheißen.«

Dienwald begegnete ihrem Blick. »Das stimmt«, sagte er. »Pater Cramdle würde sich ins Gebet zu seinem Schöpfer flüchten.«

»Na schön. Wenn ich nur die Wahl habe, Eure Geliebte zu werden oder Euch den Namen des abscheulichen Mannes zu nennen, mit dem mein Vater mich verheiraten will, und wenn Ihr mich diesem schrecklichen alten Kerl gegen ein Lösegeld ausliefern wollt, so daß ich den Rest meines Lebens unter ihm leiden muß, ist meine Antwort klar. Dann werde ich Eure Geliebte, bis Ihr mich nicht mehr haben wollt.«

Sie hatte so schnell gesprochen, daß er eine Zeitlang brauchte, um den Sinn zu erfassen. Danach war er fassungslos. Doch sie durfte es nicht merken. War der zukünftige Ehemann denn so abstoßend? Oder fehlte es ihr einfach an weiblichem Feingefühl? Nein, das konnte es nicht sein. Erst hatte sie nein gesagt und dann wieder ja. Sie trieb ihren Schabernack mit ihm!

»Ich könnte dich auch meinen Männern übergeben«, sagte er nach kurzem Überlegen. »Mit deinen schweren Knochen und den langen Beinen entsprichst du sowieso nicht meinem Geschmack. Sind deine Füße auch so groß wie die eines Mannes?«

Philippa wurde aus dem Mann nicht klug, und deshalb hatte sie Angst vor ihm. Er war ganz anders als ihr Vater. Der würde an seiner Stelle jetzt schon einen knallroten Kopf haben und sich die Lunge aus dem Hals brüllen. Dieser Mann dagegen sagte geläufig mal dies und mal das, was sie in gehörige Verwirrung brachte. Selbstverständlich wollte sie hier nicht nackt auf dem Tisch tanzen, damit Pater Cramble womöglich vor Schreck einen Herzanfall bekam. Anfänglich hatte sie sich bei dem Wortgefecht noch stark gefühlt. Aber da hatte sie sich wohl etwas vorgemacht. Daß dieser Mann Kinder, Hunde und Hühner nicht mit Fußtritten verjagte, bedeutete noch lange nicht, daß er ein Ehrenmann war. Jetzt zeigte er ihr sein wahres Gesicht. Sie öffnete den Mund, aber was herauskam, war wieder völlig unüberlegt und undiplomatisch.

»Das hört sich so an, als hieltet Ihr mich für ein häßliches Mädchen.«

Wie konnte sie nur so eitle Worte sprechen oder auch nur denken? Es schien, daß seine Unverschämtheiten sie stark getroffen hatten.

Er lachte. Es klang böse. »Nein, das nicht. Aber du bist auch nicht so freundlich und sanft, wie eine Lady sein sollte. Nun laß dich mal ansehen! Du mußt doch einen Rest von Anmut besitzen ... Na ja, du hast sehr hübsche Augen. Blauer als ich je welche gesehen habe. Schöner als die blauen Flecken auf den Eiern des Rotkehlchens. Nun, habe ich damit deiner weiblichen Eitelkeit Genüge getan?«

Diesmal brachte Philippa es fertig, nichts zu entgegnen. Zu ihrem Erstaunen sah sie den Narren Crooky, der bisher neben Dienwald auf dem Fußboden gehockt hatte, aufspringen. Dienwald rief: »Komm her, du witzloser Narr, damit ich dir in die Rippen treten kann!« Doch Crooky brachte sich in Sicherheit und stimmte ein ungehobeltes Lied an, in dem er die Wirkung der blauen Augen einer Frau auf den Körper des Mannes besang.

Dienwald brach in lautes Lachen aus. Woraufhin die 50 Leute, die noch im großen Saal waren, einstimmten und mit den Fäusten auf die Tische schlugen, daß sich die Dachbalken unter ihrem groben Gelächter zu biegen schienen.

Philippa vergaß alle Vorsicht. Über den Lärm hinweg rief sie laut: »Komm her, du witzloser Narr, damit ich dir in die Rippen treten kann!«

Dienwald schaute verblüfft das Mädchen an seiner Seite an. Sie lachte aus vollem Hals. Sie hatte ihn perfekt parodiert!

Philippa sonnte sich in ihrem kurzlebigen Witz. Dabei merkte sie gar nicht, daß im Saal völliges Stillschweigen eingetreten war und daß alle in äußerster Verwirrung Dienwald anstarrten.

Es dauerte eine Weile, bis sie es gewahrte. Und nun zweifelte sie nicht mehr daran, daß er ihr jetzt entweder die Kehle durchschneiden oder sie seinen Männern als Freiwild übergeben würde. Sie war zu weit gegangen. Der Mann besaß nicht einen Funken Ehre. Ohne ein weiteres Wort glitt sie vom Sessel, sprang zurück und rannte dann, so schnell sie konnte, auf die großen eichenen Saaltüren zu.

5

Schloß Windsor

Robert Burnell, Englands Kanzler und König Edwards Vertrauter, fuhr sich mit der Hand über die breite Stirn und hinterließ dort einen schwarzen Tintenfleck.

König Edward stand auf und reckte sich. »Es wird Zeit, daß Ihr Euch zur Ruhe begebt«, sagte er. Er war von kräftiger Gestalt und einer der längsten Männer, die Robert Burnell je gesehen hatte. Langbein wurde er liebevoll von seinen Untertanen genannt. Er ist durch und durch ein Plantagenet, dachte Burnell, aber ohne die tückische Verschlagenheit seines Vaters Henry und ohne die Boshaftigkeit seines Großvaters John I., der sich daran ergötzt hatte, Männer, die bei ihm in Ungnade gefallen waren, foltern und verstümmeln zu lassen. Auch war er nicht homosexuell veranlagt wie sein berühmter Onkel Richard Löwenherz. Dafür legte der Kindersegen Zeugnis ab, dessen er und seine Königin Eleanor sich erfreuten.

Robert hatte trotz der fortgeschrittenen Stunde vor, noch eine Angelegenheit zur Sprache zu bringen. Er fragte sich, ob das Thema wohl das Plantaganet-Temperament zum Ausbruch bringen würde. Natürlich würde sich Edward nicht wie sein Großvater zu Boden werfen und in heulender Wut mit Fäusten und Füßen um sich schlagen. Nein, sein Zorn war von anderer Art, zuerst eine gefährliche Stichflamme, im nächsten Augenblick schon kalte Asche, danach ein Lächeln.

»Ich lasse Euch zu hart arbeiten, Robbie, viel zu hart«, sagte Edward liebenswürdig. Burnell konnte ihm nur schweigend Recht geben. Genauso gut wußte er aber, daß der König ihn auch weiterhin als Arbeitspferd ausnutzen würde.

»Nur noch eine kleine Sache, Eure Hoheit«, sagte Burnell und hielt einen Pergamentbogen in die Höhe. »Es handelt sich um Eure ... äh, uneheliche Tochter, die den Namen Philippa de Beauchamp trägt.«

»Lieber Gott«, sagte Edward, »ich hatte das Mädchen völlig vergessen. Sie lebt doch noch, nicht wahr? Gesegnet sei ihr süßes Gesicht! Sie muß inzwischen eine erwachsene Frau sein. Philippa, was für ein hübscher Name! Wenn ich mich recht erinnere, hat ihre Mutter ihr den Namen gegeben. Sie hieß Constance und war erst 15, soweit ich mich entsinne. Ein reizendes Mädchen.« Der König versank in liebevolle Erinnerungen. »Mein Vater hat sie mit Mortimer von Bledsoe verheiratet, und Philippa wurde als Säugling Lord Henry de Beauchamp übergeben, damit er sie wie seine eigene Tochter aufziehe.«

»Ja, Sire. Sie ist fast 18, laut Lord Henry in Aussehen und Charakter eine echte Plantagenet und kerngesund. Er hat sie nach Euren Anweisungen vor vielen Jahren erzogen. Er macht uns darauf aufmerksam, daß es für sie an der Zeit ist zu heiraten. Er schreibt auch, daß schon viele Edelleute um ihre Hand angehalten haben.«

»Ich hatte es ganz vergessen ... ach, Constance! Ihre Haut war weich wie die eines Säuglings ...« Der König räusperte sich. »Das alles war natürlich, bevor ich meine liebe Eleanor zur Frau nahm ... sie war ja damals noch ein Kind ... meine Tochter ist also auch im Aussehen eine echte Plantagenet, demnach kein häßliches Würmchen ... ausgezeichnet, aber ...« Er hielt inne und sah seinen Vertrauten aus klaren blauen Plantagenet-Augen an, die von der gleichen Farbe wie die seiner unehelichen Tochter waren.

Dann lächelte er. »Mein lieber Onkel Richard ist tot, Gott segne seine treue Seele. Wie sehr uns ein Mann wie er in Cornwall fehlt, der dort für Ordnung sorgt! Robbie, wir müssen einen Schwiegersohn finden, der uns unverbrüchlich treu ist, einen Mann mit starkem Arm und festem Charakter. Aber er darf auch nicht versuchen, meine Schatztruhen zu plündern oder sich auf meine königliche Großzügigkeit verlassen, um sich und alle seine Brüder und Vettern zu bereichern.«

Burnell nickte nur schweigend. Er würde den König nicht daran erinnern, daß er, sein treuer Sekretär, jetzt seit gut fünf Jahren keine Gehaltserhöhung mehr bekommen hatte. Nicht daß er eine erwartet hätte ... Er seufzte und wartete ab.

»Mit anderen Worten«, fuhr der König fort, »solch ein Mann ist wohl nur unter den Heiligen im Himmel zu finden.« Dabei schenkte er Burnell den Anblick einer weiteren Gabe der Plantagenets – ein Lächeln voll echter Wärme und voll Humor, das jeden mit Freude darüber zu erfüllen pflegte, daß er ihm dienen durfte. »Lord Henry hat wohl keinen Vorschlag gemacht?«

»Nein, Sire. Er schreibt nur, daß die Freier um die Hand seiner anderen Tochter mehr und mehr zu Philippa umschwenken. Er ist der Sache müde. Tatsächlich klingt sein Brief schon recht verzweifelt. Er schreibt, es werde bei der Anzahl junger Edelleute, die Philippa heiraten wollen, immer schwerer, ihre wahre Abstammung geheimzuhalten.«

»Eine Schönheit also. Eine Schönheit, und ich habe sie gezeugt. Alle Damen der Plantagenets sind wunderschön. Hat sie goldblondes Haar? Eine Haut, die so weiß ist wie der Unterbauch einer Sau? Robbie, Ihr müßt einen Mann für sie finden, einen starken Mann mit einem guten Herzen. Es muß doch in ganz Cornwall einen Mann geben, dem wir unsere Tochter, unsere Ehre und unser Geld anvertrauen können.«

Der treue, in seiner Arbeit völlig aufgehende Robert Burnell blieb bis tief in die Nacht wach, um alle Männer von Rang und Namen in Cornwall daraufhin zu prüfen, ob sie den Anforderungen des Königs entsprachen. Er verbrauchte drei Kerzen, die nacheinander bis zum Stumpf abbrannten. Am nächsten Morgen hatte er trübe Augen und war immer noch kein bißchen klüger.

Dagegen sprühte der König vor Energie. »Ich weiß jetzt, was wir in dieser kleinen Angelegenheit unternehmen, Robbie«, sagte er und schlug seinem Sekretär auf die Schulter. »Meine liebe Königin hat die Lösung gefunden.«

»Ja, Sire?«

»Die Königin hat mich an unseren treuen und guten Untertan in Cornwall erinnert – an Lord Graelam de Moreton von Wolffeton.«

»Lord Graelam«, wiederholte Burnell. »Von welcher Angelegenheit sprecht Ihr, Sire?«

Edward verlor die gute Laune nicht. »Dummkopf«, sagte er freundlich, »natürlich von meiner kleinen Philippa! Wir suchen doch einen Ehemann für die Schöne, der für mich auch einen geeigneten Schwiegersohn abgibt.«

Burnell starrte den König mit offenem Mund an. Er hatte mit der Königin über seine uneheliche Tochter gesprochen, mit seiner *Gattin*?

Er schluckte und sagte dann: »Lord Graelam ist aber schon verheiratet, Sire. Er stand ganz oben auf meiner Liste, bis mir einfiel, daß er Kassia de Belleterre aus der Bretagne geheiratet hat.«

»Natürlich ist er verheiratet, Robbie. Habt Ihr denn den Verstand verloren? Ihr solltet Euch wirklich mehr Schlaf in der Nacht gönnen. Nein, es ist so: Lord Graelam soll für mich den idealen Schwiegersohn finden. Ihr werdet sehen, daß er bereit ist, uns eine Liste möglicher Kandidaten aufzustellen.«

»Ich, Sire?«

»Aber sicher, Robbie, ihr. Wem sonst könnte ich das anvertrauen? Nehmt einen Schluck Braunbier, Brot und Käse zu Euch und macht Euch dann auf den Weg! Ihr müßt etwas essen, Robbie, damit Ihr bei Kräften bleibt. Ah, und schreibt an Lord Henry! Teilt ihm unsere Pläne mit! Ja, und jetzt muß ich mit Euch über eine Sondersteuer für diese aufgeblasenen Schotten sprechen. Ich meine, wir müssen ...«

»Verzeihung, Sire, aber wolltet Ihr nicht, daß ich so bald wie möglich nach Cornwall aufbreche? Nach Wolffeton, um mit Sir Graelam zu sprechen?«

»Wie? Ja, natürlich, Robbie. Ende der Woche. Und jetzt nehmt Euren Verstand zusammen und nennt mir die Namen jener schottischen Lords, die mit ihren Untaten Schande über die Cheviothügel bringen!«

6

Burg St. Erth

Philippa hörte Schreie hinter sich. Ein großer bärtiger Mann packte sie am Ärmel. Doch sie riß sich los, und er hatte nur noch den Ärmel in der Hand. Es folgte ein wieherndes Gelächter, und jemand schrie: »Idiot, du hättest sie am Rocksaum packen sollen! Ein nackter Arsch ist allemal besser als ein nackter Arm!«

Es war so dunkel wie tief im Brunnenschacht. Philippa rannte, so schnell sie ihre Beine trugen, über den Burghof auf die Ställe zu. Sie hoffte, sich dort ein Pferd zu greifen und dann ... Ja, was? Die Tore waren geschlossen. Die Nacht war kalt, und sie fror, denn sie hatte ja nichts außer dem zerlumpten Kleid mit nur einem Ärmel am Leibe.

Aber die Angst machte ihr Beine. In den Ställen war es dunkel und warm. Es roch nach frischem Heu, nach Kot und Pferden. Sie nahm an, daß die Pferdepfleger auch zum Abendessen gegangen waren. Sie atmete schwer. Da hörte sie ganz in der Nähe die Stimme des Burgherrn: »Du bist ja nur eine Frau. Gut, das ist ein Fehler, den du nicht beheben kannst – wenn du willst, ein Irrtum des lieben Gottes – aber mußt du denn immer handeln, ohne vorher zu überlegen? Was hattest du eigentlich vor, wenn es dir gelungen wäre, dir ein Pferd zu beschaffen?«

Langsam drehte Philippa sich zu ihm um. In der offenen Stalltür stand mit einer Laterne in der rechten Hand Dienwald de Fortenberry.

Sie ließ die Schultern hängen. »Ich weiß nicht«, sagte sie. »Da sich so viele Leute bei Euch aufhalten, hoffte ich darauf, daß die Tore vielleicht offen wären, um Menschen herein und heraus zu lassen, und die Torhüter und Wachtposten mich vielleicht nicht sähen und ...«

»Und daß vielleicht der Mond aufginge und dir den Weg an den Hof zu London wiese, he? Und die Straßenräuber würden, wenn du mit dem Rock bis zu den Oberschenkeln hochgeschlagen an ihnen vorbeirittest, dich freundlich grüßen und Handküsse zuwerfen? Dummes Mädchen, ich wäre niemals 26 Jahre alt geworden, wenn ich so wenig auf mich und meine Burg achtete. Wir fühlen uns in diesen Mauern ganz behaglich.« Er stellte die Laterne auf die Erde. Philippa wich bis an die Tür einer Box zurück. »Wenn du weiterhin immer handelst, ohne vorher nachzudenken, zweifle ich daran, daß du auch nur 20 wirst. Du hast dir einen Ärmel abgerissen.«

»Nein, das hat einer Eurer tolpatschigen Männer getan.« Sie fühlte sich plötzlich mit ihm allein völlig schutzlos. Nackt hing ihr rechter Arm herab. »Bitte, my Lord, darf ich gehen? Ich kann jetzt wieder klar denken. Ich wäre Euch sehr dankbar.«

»Du willst gehen? Nun mal langsam, Lady! Mit deinem Verhalten hast du es eher verdient, daß ich dich züchtige. Ich sollte dich festbinden und dich für deine Frechheit und den Mangel an Respekt gründlich verprügeln – was dein Vater vermutlich versäumt hat. Was hast du lieber, die Peitsche oder meine bloße Hand?«

»Bleibt mir vom Leibe!«

»Ich habe mich ja noch gar nicht bewegt. Nun, du sagtest zuerst, du wolltest nicht meine Geliebte werden. Dann hast du deine Meinung wieder geändert und hast erklärt, du wolltest doch lieber von mir als Geliebte angenommen werden, als den Mann zu heiraten, den dein Vater für dich ausgesucht hat. Habe ich die richtige Reihenfolge eingehalten?«

Sie nickte, mit dem Rücken an die Tür der Box gelehnt. »Wenn ich die Wahl hätte, würde ich das Lächeln des Satans vorziehen.«

»Lehn dich lieber nicht an diese Tür, Dirne! Sie führt zur Box von Philbo, meinem Kampfroß. Er hat es nicht gern, wenn ihn jemand stört, und er könnte dich leicht in die weiche Schulter beißen.«

Philippa schoß von der Tür weg und sah sich um. Der Hengst sah ebenso gefährlich aus wie sein Herr.

»Bist du zänkisch veranlagt?«

»Gewiß nicht! Es ist nur, daß de Bridg ...« Erschrocken brach sie mitten im Wort ab.

»William de Bridgport?« In Dienwalds Augen glomm es auf. Er sah, daß schon der Name des Mannes ihr einen Schreck einjagte. Das Mädchen redete ohne jede Überlegung drauflos und handelte, ohne die Folgen zu bedenken. Wahrscheinlich konnte jeder alles aus ihr herauskriegen, was er erfahren wollte. Ob sie, wenn man ihre Leidenschaft erregte, auch hemmungslose Schreie von sich geben würde? »Das ist ein abstoßender Kerl«, sagte Dienwald. »Dick und mit fauligen Zähnen und nicht gerade von angenehmem Gemüt.«

»Nein, es ist jemand anders! Ich habe seinen Namen eben nur genannt, weil ... Euer Pferd mich an ihn erinnert hat!«

»Mein armer Philbo, mußt dich von einer Dirne mit schwachem Verstand beleidigen lassen! Du würdest mir also deinen schönen Körper lieber überlassen, als ihn zu heiraten. Ich weiß nicht, ob ich geschmeichelt oder nur erstaunt sein soll. Bist du wirklich sicher, daß Lord Henry kein Lösegeld für dich zahlen würde? Ich brauche nämlich dringend Geld. Mir wäre Geld lieber als dein zweifellos weicher und schöner, aber leider sehr langer Körper.«

Philippa schüttelte den Kopf. »Leider ist es so. Er würde nichts zahlen. Ihr müßt mir glauben. Ich lüge nicht. Diesmal nicht. Ich habe belauscht, wie er meiner Mutter und einem Freier meiner Schwester, der mich vergewaltigen wollte, gesagt hat, daß er mir nicht mal eine Mitgift geben würde.«

»Ein Freier deiner Schwester hat versucht, dich zu vergewaltigen? Wie ist es denn dazu gekommen?«

»Es war Ivo de Vescy. Mein Vater kam dazu. Das war Ivos Glück. Sonst hätte ich ihm ernsthaft weh tun müssen. Ich bin nämlich ziemlich kräftig.«

Dienwald konnte sich nicht helfen, er mußte lachen. Wutentbrannt war er ihr nachgerannt, hatte ihr Gewalt antun wollen. Aber sie hatte ihn entwaffnet, erst durch ihre bloße Angst, jetzt durch ihre ungekünstelte Offenheit. Sie war noch sehr jung ... nein, so jung nun auch nicht mehr. Viele Mädchen hatten in ihrem Alter schon Mann und Kind.

»Und dein Vater hat zu Ivo de Vescy gesagt, daß er dich de Bridgport zur Frau geben werde?«

Sie nickte. »Ich hatte nichts davon geahnt. Er hat mit mir nie ein Wort über de Bridgport gesprochen. Zuerst konnte ich es nicht glauben, wollte es nicht glauben, aber dann ...«

»Und dann hast du, ohne zu überlegen, einfach gehandelt, bist in den Burggraben und danach in den Wollewagen gesprungen. Na schön, das ist vorbei. Komm jetzt! Ich bringe dich auf mein Zimmer und feßle dich an mein Bett. Ich werde gut aufpassen, daß ich dein Kleid nicht noch weiter zerreiße, denn es ist das einzige Stück, das du hast.«

Burg Beauchamp

»Dieses hinterlistige Biest! Ich hoffe nur, daß sie platt auf die Schnauze fällt. Von mir aus soll sie plündernden Kriegern in die Hände laufen oder in einem Kloster eingesperrt werden. Wenigstens will der liebe Ivo sie nicht mehr haben – jedenfalls möchte ich es ihm geraten haben.«

»Halt den Mund, Bernice!« brüllte Lord Henry. »Ich muß dem König sofort einen Brief schreiben ... schon wieder. Bei Gottes Zehennägeln, ich werde Beauchamp verlieren. Er wird mich in der Luft zerreißen.«

Lady Maude schickte Bernice sofort aus den Wohnräumen. Bernice durfte nicht erfahren, wer die wirklichen Eltern ihrer Schwester waren, solange sie, Lady Maude, etwas zu sagen hatte. Und das hatte sie.

»My Lord«, sagte sie, als sie zu ihrem Gatten zurückgekehrt war, »du mußt dich mit deinen Ausdrücken mäßigen. Ja, sicher mußt du dem König schreiben. Aber erwähne nur nicht, daß das Mädchen verschwunden ist! Nein, wir müssen einen Augenblick nachdenken. Wir dürfen nicht überstürzt handeln. Philippa hat wahrscheinlich mitangehört, daß wir darüber sprachen, sie de Bridgport zur Frau zu geben.«

Lord Henry stöhnte. »Und daraufhin ist sie aus Beauchamp geflohen. Wie bin ich nur auf den Namen dieses Hurensohns gekommen? Und wie konnte ich ihn dann auch noch vor de Vescy nennen? Bei Gott, ich habe mich wie ein Vollidiot benommen.«

Insgeheim stimmte Lady Maude diesem Urteil durchaus zu. Laut aber sagte sie: »Ich finde, daß William de Bridgport einen guten Ehemann für sie abgeben würde.«

Lord Henry starrte seine Frau fassungslos an. Wie kam es, daß sie so schmale Lippen hatte? Sie hatte doch vor Jahren volle Lippen besessen, die sie zum Schmollmund und zu einem süßen Lächeln verziehen konnte. Und wo, zum Teufel, waren ihre Brüste geblieben? Einfach ebenso verschwunden. Gleich darauf dachte er an Giselle, seine 16jährige Geliebte. Sie hatte herrliche Brüste und wundervolle Lippen.

Seine Gedanken wandten sich wieder dem Problem des Augenblicks zu, und er stöhnte erneut. Des Königs Tochter war fort. Er hatte keine Ahnung, wohin. Und Schrecken erfüllte ihn bei der Vorstellung, sie könnte umgebracht oder vergewaltigt worden sein. Was konnte einem schönen jungen Mädchen wie Philippa nicht alles zustoßen! Sein Geist sträubte sich, daran zu denken. Hinzu kam, daß Lord Henry sie sehr gern hatte. Sie war alles, was sich ein Vater von seiner Tochter wünschen konnte. Nein, sie war mehr. Sie war ja sogar seine Verwalterin gewesen.

Sie hatte nicht solchen Unsinn im Kopf wie ihre Schwester und war nicht besonders eitel. Sie konnte lesen, schreiben und rechnen. Und sie konnte denken. Philippas einziger Nachteil war, daß sie in kritischen Augenblicken nicht nachdachte. O ja, wenn sie einen Streit zwischen zwei Bauern zu schlichten hatte, fand sie eine Lösung, die eines Salomons würdig war. Aber wenn sie in eine Krise geriet, verwandelte sie sich in einen tanzenden Derwisch und war von allen guten Geistern verlassen. Sie hatte also de Bridgports Namen gehört und war auf der Stelle verschwunden.

Wohin war sie geflohen?

Plötzlich wurden Lord Henrys Augen ganz groß. Wie dumm, daß er erst jetzt darauf kam! Die Wollewagen, die zum Markt in St. Ives abgefahren waren! Grinsend sah er seine Frau an, deren Nase im Laufe der Jahre immer verkniffener geworden war.

»Ich weiß, wohin Philippa gegangen ist«, sagte er, »und ich werde sie finden.«

Burg St. Erth

Dienwald neigte nicht zu voreiligen Entschlüssen. Im Gegensatz zu Philippa de Beauchamp ließ er sich die Dinge gründlich durch den Kopf gehen, bevor er handelte. Und in dieser Angelegenheit hatte er alle Zeit der Welt. Auf jeden Fall wollte er die Dirne dafür bestrafen, daß sie so einfach aus dem großen Saal davongerannt war und ihn vor allen seinen Leuten obendrein bis auf die Knochen blamiert hatte.

Als er mit ihr über den Burghof schritt, hielt er sie fest an ihrem nackten weißen Arm. Aus dem Pferch hinter den Unterkünften der Krieger brüllte ein Esel. Ein Eber schien, nach dem Quieken zu urteilen, gerade eine Sau zu decken. Eine Henne gackerte zum letztenmal, bevor sie den Kopf in die Federn steckte und einschlief.

Philippa hatte jetzt Angst. Er spürte es bei jedem Schritt an ihrem Widerstand. Es war eine kalte Nacht, und sie fror. »Beeil dich!« sagte er und beschleunigte den Schritt. Doch dann wurde er wieder langsamer. Sie konnte doch nicht in einem zerrissenen dünnen Kleid und barfuß entfliehen?

Als er mit ihr in den großen Saal kam, trat Stille ein. Er rief nach seinem Knappen Tancrid, einem mageren blonden Jungen in Philippas Alter mit sanften braunen Augen und einem sehr trotzigen Kinn. Er kam eilig zu seinem Herrn und lauschte dessen leisen Worten, wobei er ständig nickte. Dann machte Dienwald kehrt und zog Philippa die Treppe zu den Wohnräumen hinauf.

»Ihr wollt mich doch nicht wieder in das kleine Turmzimmer einsperren?«

»Nein. Ich habe dir doch gesagt, daß ich dich an mein Bett anbinden werde.«

»Ich wünschte, Ihr tätet es nicht. Könnt Ihr mir das nicht ersparen?«

»Du hast dich über mich lustig gemacht, Dirne ...«

»Philippa heiße ich und bin keine Dirne.«

»Halt jetzt den Mund«, stieß Dienwald zwischen den Zähnen hervor, »oder du wirst es schwer bereuen!«

Diese Drohung hatte wenig Überzeugungskraft. Doch Philippa kannte ihn nicht lange genug, um das beurteilen zu können. Sie biß sich auf die Lippe, hielt auf der Treppe mit ihm Schritt und zitterte vor Kälte. Seine Hand schloß sich fest um ihren Oberarm. Aber er tat ihr nicht weh. Noch nicht.

Unterwegs begegneten sie drei Bedienerinnen und zwei gutbewaffneten Männern, die sich offenbar zum Wachdienst begaben. Er brachte Philippa in ein großes Schlafzimmer, dem seit langer Zeit die Pflege einer weichen Frauenhand fehlte. Darin gab es nur ein großes Bett mit einer dicken Strohmatratze und einer dunkelbraunen Wolldecke darüber. Dazu zwei rohgezimmerte Stühle, einen zerkratzten Tisch, eine große Truhe, einen einzigen Wollteppich in häßlichen Grünschattierungen und sonst nichts. Keine Gobelins oder andere Wandbehänge, keine farbigen Krüge und keine weichen Kissen auf den Stühlen. Es war das Zimmer eines Mannes, der auf jeden Luxus, ja, auf die kleinste Annehmlichkeit verzichtete. Vielleicht hatte er auch nie die Mittel gehabt, das Zimmer ordentlich auszustatten. Was auch der Grund für diese Kargheit war, Philippa gefiel das Zimmer gar nicht.

Wenn sie doch nur nicht beide allein wären! Sie wünschte, daß in den Wohnräumen eine ganze Armee kampierte, daß das Nebenzimmer eine Kapelle mit vielen Priestern und Nonnen wäre. Aber es gab nur sie beide. Er ließ ihren Arm los, drehte sich um, machte die Tür zu, schloß sie ab und steckte den Schlüssel in seinen Waffenrock. Dann zündete er die beiden Talgkerzen auf dem Tisch an.

»Heute ist kaum Mondschein«, sagte er mit einem Blick auf die Reihe der kleinen Fenster. »Das hättest du merken müssen. Aber du hast ja vor deinem verrückten Ausbruch überhaupt nicht nachgedacht.«

Philippa schwieg. Sie staunte. In den Fenstern war Glas! Zwar hatte auch Lord Henry Glasfenster in seinen Wohnräumen, aber er hatte sich laut über die hohen Kosten beklagt, bis ihre Mutter drohte, ihm mit der Streitkeule den Kopf einzuschlagen.

Dienwald kam auf sie zu. »Nein«, sagte Philippa und wich zurück.

Er blieb stehen, als hätte er einen anderen Entschluß gefaßt. »Ich habe Tancrid beauftragt, uns Essen und Wein zu bringen. Ich nehme an, daß du noch Hunger hast. Du bist doch unersättlich.«

Zu ihrer eigenen Überraschung schüttelte Philippa den Kopf.

»Du bist aus der Halle gerannt, bevor du die geschmorten Rosinen gekostet hast. Mein Koch versteht sich auf ihre Zubereitung. Ebenso gut wie auf Mandelkuchen mit Honig.« Er schwatzte endlos über verführerische Speisen, und sie stand die ganze Zeit wie versteinert dabei.

Dann klopfte es an der Tür. Vor Erleichterung wäre sie fast zusammengebrochen. »Du bist wohl froh, nicht mehr mit deinem begeisterten Gastgeber allein zu sein, wie? Es ist aber nur Tancrid, der uns Essen und Wein bringt. Bleib still stehen!«

Der Knappe kam mit einem Tablett herein, stellte es auf den Tisch und hantierte mit den Kannen.

»Geh!« sagte Dienwald, und Tancrid machte sich nach einem neugierigen Blick auf Philippa davon.

»Sie wüßten nur zu gern, ob ich dich jetzt vergewaltige«, bemerkte Dienwald trocken und setzte sich zu Tisch. »Der arme Tancrid hat sicherlich Angst, du könntest mir ein Messer in die Rippen jagen.« Es hörte sich nicht so an, als ob er sich darum Sorgen machte. Er goß sich Wein ein, lehnte sich zurück und trank.

»Wollt Ihr ... wollt Ihr mich vergewaltigen?«

Dienwald reckte sich. »Ich glaube nicht ... nicht heute abend. Ich habe bereits bei einer sehr hübschen Dirne gelegen und habe im Augenblick kein Verlangen mehr, schon gar nicht nach einem Mädchen von solcher Länge und solch ...«

»Ich bin nicht häßlich! Ich bin auch nicht übermäßig groß oder plump! Schon drei sehr ansehnliche Männer haben um meine Hand angehalten. Wie könnt Ihr es wagen zu behaupten, ich wäre Eurer Bemühungen nicht wert, ich wäre nicht nach Eurem Geschmack oder nach Eurem ...«

Dienwald brach in ein langanhaltendes Gelächter aus. Es dauerte eine Weile, bis er begriff, was los war.

Ganz plötzlich hatte sie sich aufs Bett gesetzt, die Hände vors Gesicht geschlagen und angefangen zu weinen. Ihre Schultern zuckten, sie schluchzte laut.

»Bei Gott, ich habe dir doch nichts getan! Hör auf zu heulen, Dirne, oder ich …«

Sie fuhr hoch und sagte, immer noch schluchzend: »Ich bin keine Dirne. Ich bin Philippa de …«

»Ich weiß. Ihr seid die göttliche Philippa, Königin Philippa, die Große Tempelherrin. Still jetzt! Da kommt einem ja das Essen hoch. Jetzt wird nicht mehr geweint. Du hast überhaupt keinen Grund zum Weinen. Ich habe dir nicht das geringste getan, sondern dir sogar das Leben gerettet. Ihr solltet mir danken, Kaiserin Philippa.«

»Danke.«

Das hatte Dienwald nicht erwartet. Vielleicht war sie gar kein so ungestümer kleiner Hitzkopf. Doch als er sich erhob, sprang sie vom Bett auf und wich gegen die hintere Wand zurück. Lächelnd bückte er sich und löste die kreuzweise geschnürten Hosenbänder um seine Waden.

Danach richtete er sich auf und winkte ihr mit den langen Hosenbändern zu. »Nun komm her und laß dich fesseln! Ich binde dich auch nicht so fest an.«

»Nein!« sagte sie flüsternd.

Dienwald griff nach ihr, immer noch lächelnd, ein Stück Hosenband in der Hand. Sie duckte ab, stolperte und fiel auf allen vieren zu Boden.

Er packte sie um den Leib und hob sie hoch. Es war ein angenehmes Gefühl für ihn. Sie hatte eine schmale Taille und … Philippa begann so laut zu schreien, daß ihm die Ohren klangen. Er bekam einen wuchtigen Faustschlag ans Kinn, der ihm den Kopf zurückwarf.

Da ließ er sie los. Sie fiel hin. Er stürzte auf sie zu. Jetzt wollte er sie wirklich verprügeln. Aber sie stieß ihm den schmutzigen Fuß in den Magen. Er flog einen Meter rückwärts und fiel stöhnend aufs Bett. Mit blutunterlaufenen Augen wollte sich Dienwald auf sie stürzen. Doch er beherrschte sich. Er pflegte ja nicht so unbedacht zu handeln wie diese rasende Dirne. Ganz langsam setzte er sich auf und sah auf das Mädchen.

Philippa kniete jetzt und brachte das Kleid wieder in Ordnung.

»Komm her!«

»Nein.«

Dienwald seufzte und lächelte böse. »Komm jetzt sofort her, oder ich sage Tancrid, er soll drei meiner übelsten Männer holen! Die werden dich ausziehen, Dirne, und sich an dir vergnügen. In meiner Gegenwart. Das Zugucken wird mir Spaß machen.«

Diesmal war die Drohung genau definiert. Philippa kam mühsam auf die Beine und ging zu ihm. Am liebsten hätte sie ihm noch einmal mit der Faust ins Gesicht geschlagen, aber sie war starr vor Angst. Er winkte sie dicht heran, und so stand sie schließlich mit gesenktem Kopf zwischen seinen gespreizten Beinen.

»Leg die Hände zusammen!«

Gehorsam legte sie die Handflächen aneinander und sah zu, wie er das lange schmale Hosenband um ihre Handgelenke wand.

»Ich darf dir keine Möglichkeit mehr offen lassen. Du bist so dumm, daß du nochmals einen Fluchtversuch unternähmst.«

Er hob sie unter den Hüften an und ließ sie mit dem Rücken aufs Bett fallen. Dann zog er das andere Hosenband durch den Knoten an den gefesselten Händen und befestigte es am Pfosten über dem Kopfende des Bettes. Es zog ihr die Arme über den Kopf, aber nicht sehr straff. Sie sah ihn voller Angst an.

Das Kleid war ihr wieder bis zu den Oberschenkeln hinaufgerutscht. Als er die weiße Haut sah, rührte es sich in seinen Lenden. Rasch legte er ihr eine Decke über. »Und jetzt halte gefälligst Ruhe!«

Die Aufforderung war überflüssig. Sie schwieg bereits.

Dienwald drückte die einzige Kerze aus, entkleidete sich schnell und streckte sich dann nackt neben ihr aus. Sie hörte ihn atmen. Er machte keine Bewegung, sie anzurühren. Versuchsweise zog sie ein wenig an der ledernen Fessel. Ohne Erfolg. Sie überlegte, was sie noch tun könne.

Dienwald sagte: »Wäre William de Bridgport hier, hätte er dich genauso gefesselt. Dann hätte er dir die weißen Beine auseinander gespreizt und lüsternen Auges mit seinen Fingern an dir gespielt. Ich dagegen, Dirne werde deine weiße Haut mit sauberen Händen und warmen Lippen streicheln und ...«

»Ich muß mal auf den Topf!«

»Mußt du wirklich auf den Topf, oder lügst du mich wieder an?«

»Nein, bitte.«

Er fluchte, zündete die Kerze wieder an und band sie los. »Der Topf steht da drüben unter dem Fenster. Ich gehe jetzt für ein, zwei Minuten raus. Beeil dich!« Dabei zog er sich den Schlafrock an.

Philippa rührte sich erst, als er die Tür von außen zugemacht hatte. Dann rannte sie vom Bett zum Nachttopf.

Einige Minuten später ging die Tür wieder auf. Dienwald trat ein und schloß sie hinter sich. »Geh ins Bett und heb die Hände über den Kopf, damit ich dich wieder fesseln kann!«

Er hörte einen tiefen Atemzug in seiner Nähe. Es war viel zu nahe. Doch er reagierte nicht schnell genug. Der Nachttopf knallte ihm von oben auf den Kopf, und er stürzte um wie ein gefällter Baum.

Philippa sah auf ihn hinunter. Er sah aus wie tot. Angst und Reue packten sie. Sie ließ sich auf die Knie herab und legte ihm die Hand auf die Brust. »Wage es ja nicht zu sterben, du Schuft!« Sein Herzschlag ging ruhig und gleichmäßig. Sie stand wieder auf.

Was sollte sie jetzt tun?

Sie hatte wieder mit den Beinen gedacht. Nur daß diesmal ihre unüberlegte Handlung noch schlimmere Folgen haben konnte als der Sprung in den Burggraben von Beauchamp.

Tancrid! Sie mußte den Knappen aus dem Weg schaffen. Vielleicht konnte sie ihn als Geisel nehmen. Und ihm Kleider und Schuhe ausziehen und ... Wirr jagten sich in ihrem Kopf die Gedanken.

Eine Hand legte sich fest um ihr Fußgelenk und zog daran. Philippa verlor den festen Stand und fiel schwer zu Boden. Dienwald war noch benommen, aber er warf sich mit dem ganzen Gewicht auf sie.

»Ich habe nicht fest genug zugeschlagen.«

»Doch, doch. Ich sehe dich immer noch vierfach. Aber glaub mir, Dirne, schon eine von deiner Art ist zu viel.«

Plötzlich wurde sich Dienwald der vollen Brüste und des weichen Körpers bewußt, auf dem er lag. Sofort erwachte seine Begierde und mit ihr seine Manneszier. Unbewußt preßte er sie gegen sie.

»Du bist eine Gefahr«, sagte er. Am liebsten hätte er ihr das Kleid hochgeschlagen und wäre auf ihr geritten, bis sie vor Wonne geschrien hätte. Doch gleich darauf schämte er sich seines Wunsches. Laut sagte er: »Du bist ein zu dummes Mädchen. Ich habe es satt mit dir.«

»Was wollt Ihr mit mir machen?«

Dienwald gab keine Antwort. Er riß sich von ihr los und schleppte sie zum Bett. Dann legte er sie sich auf den Schoß. Mit einer Hand hielt er sie fest, mit der anderen entzündete er die Kerze. Dann zog er ihr das Kleid hoch, bis ihr sehr hübsches Hinterteil entblößt war. Und schlug ihr mit der flachen Hand darauf, so hart er konnte.

Im ersten Augenblick war Philippa wie gelähmt. Nein, das konnte doch nicht wahr sein, daß er sie schlug, nicht so, nicht auf den nackten Po. Doch wieder schlug er zu. Sie schrie vor Schmerz und Zorn und bäumte sich auf.

Und wieder schlug er zu, diesmal noch härter, und wieder und wieder. Sie begann vor Schmerzen und unterdrückter Wut zu schluchzen und sträubte sich aus Leibeskräften. Dann spürte sie, wie er mit den Händen ihre Beine weiter auseinanderzog und sie mit dem Finger berührte. Sie stieß einen kleinen Schreckensschrei aus.

Ebenso schnell schob Dienwald sie von sich weg. Nun lag sie rücklings auf dem Bett. Er band ihr wieder die Handgelenke zusammen, aber diesmal etwas straffer.

»Wage ja nicht zu behaupten, ich hätte dir weh getan! Über so sanfte Schläge würde Edmund nur lachen.«

Ihr Schluchzen erstarb. »Ihr habt eine harte Hand voller Hornhaut. Ihr habt mir weh getan.«

»Du kannst nicht einmal überzeugend lügen. Oder hättest du lieber einen Schlag mit dem Nachttopf auf den Kopf, du dumme Trine? Dank sei St. Georg, daß du nicht vorher reingepißt hast!«

»Natürlich nicht! Ich bin doch keine ...«

»Ruhe! Du treibst mich noch zum Wahnsinn! Es reicht. Schlaf jetzt!«

Philippas Hinterteil war heiß, und die Haut brannte.

Dienwald war so außer sich, daß er nicht still bleiben konnte. »Ich weiß nicht, warum ich dich nicht einfach nehme. Weshalb sollte ich es eigentlich nicht ...«

»Wenn Ihr mich mit Gewalt nehmt, wird mein Vater dafür sorgen, daß Ihr als Eunuch nach Jerusalem geschickt werdet.«

»Was weißt du denn von Eunuchen und dem Heiligen Land?«

»Ich bin kein unwissendes Mädchen. Ich habe viel gelernt. Ich hatte vom achten Lebensjahr an Unterricht.«

»Warum sollte dein Vater gutes Geld zum Fenster hinauswerfen, um dir Unterricht geben zu lassen, du dummes Weib?«

»Ich weiß nicht, warum«, sagte Philippa. Sie hatte sich diese Frage selber schon oft gestellt. Bernice durfte sich nur mit ihren Kleidern und Bändern beschäftigen und erhielt nie die Gelegenheit, bei Pater Boise etwas zu lernen. Natürlich hatte sie auch gar kein Interesse, das *Rolandslied* zu lesen. »Vielleicht hat er gedacht, ich könnte ihm irgendwie von Nutzen sein. Und ich habe mich auch nützlich gemacht. Unser Verwalter ist vor zwei Jahren gestorben, und seitdem nehme ich seinen Platz ein.«

»Du willst mir erzählen, daß du, ein Weib, die Pflichten eines Verwalters bei deinem Vater übernommen hättest?«

»Ja. Und meine Mutter hat auch darauf bestanden, daß ich die Haushaltsführung erlernte, obwohl es ihr keinen Spaß machte, mich darin zu unterweisen.«

Dieser Abend ist überaus merkwürdig verlaufen, dachte Dienwald. Er drückte die Kerze aus und legte sich auf den Rücken.

»Was soll ich jetzt mit dir machen, Dirne?«

»Ich bin keine Dirne, ich bin ...«

Dienwald drehte sich um und fing laut zu schnarchen an.

»Ich bin Philippa de Beauchamp und ...

Weiter kam Philippa nicht. Er wälzte sich über sie und küßte sie wild. Sie spürte seine Schwellung an ihrem Unterleib, fühlte seine Erregung und wollte laut protestieren. Da schob er ihr die Zunge in den offenen Mund. Ohne Besinnen biß sie fest zu.

Er schrie auf und zog sie zurück.

»Ich hätte wissen müssen, daß du versuchen würdest, mir die Zunge abzubeißen. Verfluchte dumme Dirne, ich ... Nein, sag es nicht noch einmal, Lady, oder ich ziehe dir das Kleid hoch und ...«

»Das habt Ihr ja schon getan! Ihr habt mich nackt gesehen und mich geschlagen!«

Er wälzte sich von ihr herunter und zog ihr das Kleid hoch. Sie war unterhalb der Taille nackt, und die Hände waren ihr über dem Kopf gefesselt. Sie war völlig hilflos.

»So«, sagte Dienwald höchst zufrieden. »Jetzt können wir die Unterhaltung fortsetzen. Was wolltest du zu mir sagen, *Dirne*?«

Sie schüttelte den Kopf. Er konnte es im Dunkeln nicht sehen und wurde ärgerlich, weil sie nichts sagte. Jetzt hatte er den ganzen Abend über nichts anderes getan, als die Kerze zu entzünden und wieder auszumachen, sich ihrer Angriffe zu erwehren, sie zu beschimpfen und zu erleben, wie sein Glied vor Begierde steif wurde.

Er rollte sich auf die andere Seite des Bettes und zündete erneut den Stummel der Talgkerze an. Er stellte sich den Messingleuchter, in dem sie steckte, auf die Knie und betrachtete das Mädchen lange Zeit schweigend. Er war angenehm überrascht, mehr nicht. Schließlich sollte es ja auch keine Strafe für ihn sein, sondern für sie. Er sah ihren flachen Bauch, und darunter die Überfülle von Löckchen, die den Venushügel bedeckten. Diese Löckchen hatten die gleiche Farbe wie ihr Haupthaar, sie waren voll und dunkel, mit schimmernden braunen und hellblonden Strähnen vermischt und ...

»... wie Erde, gute dunkle Erde.«

Diese Worte kamen so überraschend für sie, daß sie ihre Angst vor ihm vergaß und nicht mehr daran dachte, daß er sie so sah, wie noch kein anderer Mann sie je gesehen hatte.

»Was ist wie Erde?«

»Dein Schamhaar«, sagte er und legte die Hand darüber. Mit den Fingern fühlte er nach ihrem Schoß.

Sie jaulte auf wie ein verletzter Hund. Da nahm er die Hand weg und lehnte sich zurück.

»Du bist wie geschaffen zum Kinderkriegen«, sagte er »Denk daran, was ich mit dir anstellen kann, Dirne! Du bist doch nicht so ahnungslos, daß ich es dir erst erklären muß? Nein? Nun, hast du mir noch mehr zu sagen? Irgendwelche Klagen oder Beschwerden?«

Sie schüttelte den Kopf.

»Endlich wirst du klug. Gute Nacht, Dirne.«

Wieder löschte er die Kerze und verbrannte sich dabei die Finger. Dann legte er sich auf den Rücken. Im Geist sah er sie noch vor sich liegen, nackt unterhalb der Gürtellinie, die langen weißen Beine gespreizt. Darüber vergaß er die schmerzenden Fingerspitzen und bildete sich ein, noch ihre weiche Haut zu spüren.

Fluchend griff er nach der Decke und zog sie über sie.

Als er im Einschlafen war, hörte er sie flüstern: »Ich bin Philippa de Beauchamp. Wenn ich wieder aufwache, ist das alles nur ein böser Traum gewesen.«

Er grinste ins Dunkle. Diese Dirne hatte Elan und Feuer. Dann rieb er sich über den Hinterkopf. Hoffentlich war der Nachttopf nicht entzwei gegangen. Er hatte nur den einen.

7

Am nächsten Morgen grinste Dienwald nicht mehr. Die Wolle war zum großen Teil gereinigt, gesponnen und zum Weben bereit. Doch Prink, sein Weber, lag mit hohem Fieber im Bett. Fluchend stampfte Dienwald umher, bis ihn die alte Agnes am Ärmel zupfte.

»Hört mal, Herr! Was is mit die schöne junge Lady, die Ihr an Euer Bett gefesselt habt, he? Is sie wirklich 'ne Lady oder auch nur eine von Eure Flittchen?«

Als Dienwald aufgestanden war, hatte Philippa noch geschlafen. Er hatte sie losgebunden und ihr die Handgelenke massiert. Sie hatte sich nicht gerührt. Ihr Gesäß ist sicher so weich und weiß wie immer, dachte er, während ich noch scheußliche Kopfschmerzen von dem Schlag mit dem Nachttopf habe.

»Meinst du, daß sie vielleicht weben und die anderen Frauen anleiten kann, Alte?«

»Ja, Herr. Is genau, was ich meinen tu'.«

Da erinnerte sich Dienwald, daß Philippa ihm erzählt hatte, sie sei in allen Haushaltsdingen ausgebildet worden. Als er die Tür zum Schlafzimmer öffnete, stand Philippa mitten im Raum und schaute suchend umher.

»Was ist los?«

Sie zeigte in eine Ecke. »Der Nachttopf! Er ist bei dem Schlag auf Eurem Kopf zerbrochen. Und ich muß ... ich muß dringend! Ihr habt mich eingeschlossen und ...«

Sein einziger Nachttopf, und sie hatte ihn kaputt gemacht! »Bei Satans Ohrläppchen! Komm her, Dirne!« Er führte sie in ein viel kleineres Zimmer. »Das ist Edmunds Kammer. Du kannst seinen Nachttopf benutzen. Danach kommst du in den Saal. Und in Zukunft gehst du auf einen der Aborte. Sie sind im Nordturm. Verlaufen wirst du dich nicht. Man riecht sie von weitem. Und bummle nicht!«

Warum wollte er sie im großen Saal haben? Sie fürchtete sich vor den Blicken der kichernden Bediensteten da unten, die annehmen mußten, daß sie jetzt die Geliebte ihres Herrn wäre. Vorübergehend hatte sie nicht mehr daran gedacht, was er ihr gestern abend angetan hatte – sie geschlagen, mit ihr seinen Schabernack getrieben, sie nackt ausgezogen und sie *betrachtet*. Ein Glück nur, daß sie nicht seinem Geschmack entsprach. Sonst wäre sie keine Jungfrau mehr und hätte jeden Wert für ihren Vater verloren. Dabei mußte sie an William de Bridgport denken. Hoffentlich führten ihre verunglückten Pläne und Handlungen nicht dazu, daß sie ihn schließlich doch heiraten mußte. Auf dem Weg nach unten dröhnten ihr die Ohren, solch ein Krach herrschte dort. Männer, Frauen, Kinder und Tiere schrien und kreischten durcheinander. Doch irgendwie war es ein tröstlicher Krach.

»Kommt mit, Lady! Der Herr will Euch sehen.«

Sie drehte sich um. Vor ihr stand Gorkel der Schreckliche, der furchteinflößendste und häßlichste Mensch, den sie je gesehen hatte. Offenbar hatte er auf sie gewartet. Merkwürdigerweise erschien er ihr längst nicht mehr so grauenhaft wie noch gestern.

Sie nickte. Wenn sie doch nur Schuhe und Stoff für einen neuen Ärmel hätte! Ihr rechter Arm war immer noch nackt. Hätte sie Gorkel gefragt, so wäre seine Antwort gewesen, daß sie auch so das reizendste Ding sei, das ein Mann sich nur wünschen konnte. Ein Glück für den Herrn, dachte er. Wurde auch Zeit. Sie hatten einen harten Winter hinter sich, aber jetzt war Frühling, und sie hatten Wolle, und der Herr hatte dieses schöne Mädchen fürs Bett. Gorkel brachte sie bis zum Saaleingang.

Dienwald sah Philippa kommen, nickte ihr kurz zu und unterhielt sich dann weiter mit seinem Verwalter Alain. Der Mann, der ihr gestern abend schon schmutzige Blicke zugeworfen hatte, sah sie jetzt mit deutlicher Verachtung an.

Philippa knurrte der Magen, doch sie wartete geduldig.

Es war, als hätte Dienwald ihre Gedanken erraten, denn er rief: »Margot, bring ihr Milch, Brot und Käse!«

Philippa aß mit Appetit. Gern hätte sie gewußt, was zwischen Dienwald und dem Verwalter Alain vorging. Sie schienen sich zu streiten. Während sie den Herrn von St. Erth beobachtete, wunderte sie sich, daß sie heute morgen in seiner Gegenwart überhaupt nicht befangen war. Sie hatte sich sogar darauf gefreut, ihn wiederzusehen und weitere Wortgefechte mit ihm zu führen. Da zupfte Margot, die Bedienerin, sie am Ärmel und sagte, so leise sie konnte, zu ihr: »Der Herr!«

»Er ist ein schlechter Kerl«, sagte Philippa und biß ein großes Stück Schafskäse ab.

»Kann sein«, sagte Dienwald freundlich. »Aber dieser schlechte Kerl kann über dich bestimmen, Dirne.«

Das traf wohl zu, aber es schreckte sie nicht mehr, weil er sie gestern abend nicht vergewaltigt hatte, obwohl er es hätte tun können. Sie war ihm ja völlig hilflos ausgeliefert gewesen. Sie reckte das Kinn und blickte ihn herausfordernd an. »Was wollt Ihr von mir?«

Dienwald nahm auf seinem Sessel Platz. »Du hast mir gesagt, deine Mutter habe dich in allen Haushaltsangelegenheiten ausgebildet. Stimmt das?«

»Aber sicher. Ich lüge doch nicht. Na ja, zumindest im allgemeinen nicht.«

Das erinnerte Dienwald an jene andere Lady, die so offen und ohne Arg mit ihm gesprochen hatte. Kassia. Eigentlich absurd. Dieses Mädchen war der sanften, treuen Kassia de Moreton so ähnlich wie ein Dornbusch einem Apfelbaum.

»Kannst du weben?«

Beinahe hätte sich Philippa an dem Stück Käse verschluckt. »Ihr wollt, daß ich die Wolle verwebe, die Ihr meinem Vater gestohlen habt?«

»Ja. Ich will, daß du die Frauen anlernst und die Aufsicht über sie führst. Einige verstehen schon ein bißchen vom Weben.«

Ein berechnender Zug trat in Philippas Augen, was ihm nicht entging. Er brauchte dringend ihre Hilfe, aber sie sollte es nicht merken. Wie ein feilschender Händler auf dem Markt von St. Ives sagte sie: »Wenn ich Euch mit der Wolle helfe, was tut Ihr dann für mich?«

»Du bekommst das erste fertige Kleid oder einen Überrock oder eine Hose. Nur eins davon, nicht alle drei.«

Das schien ihr ein ausgezeichnetes Geschäft zu sein. »Und laßt Ihr mich dann gehen?«

»Zu deinem Vater zurück? Oder in die Arme des abstoßenden de Bridgport?«

Sie schüttelte den Kopf.

»Aha. Also zu diesem angeblichen Vetter. Wer ist es, Philippa?«

Wieder schüttelte sie den Kopf.

»Das Kleid, den Überrock oder die Hose. Mehr kann ich dir nicht bieten. Zumindest nicht im Augenblick.«

»Warum nicht?«

»Ja oder nein, Dirne!«

»Ich bin keine.«

»Antworte!«

»Ich mache es. Und wie behandelt Ihr mich dann?«

Er wußte genau, was sie von ihm hören wollte. Aber er vergaß auch nicht, daß sie ihn mit dem Nachttopf fast besinnungslos geschlagen hatte.

»Du bleibst bei mir im Bett, bis ich genug von dir habe.« Er sprach absichtlich laut, und Alain sah sie noch verächtlicher an als zuvor.

Philippa packte Dienwald am Arm, kniff ihn und zischte: »Verdammt noch mal, Ihr tut so, als wäre ich bereits Eure Geliebte!«

»Ja, ich weiß. Und jetzt wird es Zeit, daß du dir deinen Unterhalt verdienst.«

Dann brüllte er nach der alten Agnes und ließ sie zu Philippa kommen. Agnes war so niederträchtig wie die Mistkäfer, die in den Ställen umherkrochen.

Philippa musterte die Alte und aß in aller Ruhe noch ein Stück Käse.

Zu Dienwalds Überraschung wurde die alte Agnes unter ihrem Blick unruhig.

Philippa trank den Milchkrug aus und sagte dann: »Wenn ich mit dem Essen fertig bin, sehe ich mir die Wolle an. Sie muß völlig sauber und einwandfrei gesponnen sein, um mich zufriedenzustellen. Dafür mußt du jetzt sorgen. Wo ist die Webstube?«

Die alte Agnes reckte die dürre Gestalt, sackte dann aber unter Philippas herrischem Blick wieder zusammen. »Is in dem Haus bei den Männerunterkünften ... Herrin.«

»Ich möchte, daß du mindestens fünf Frauen mit geschickten Händen und guter Auffassungsgabe aussuchst. Du wirst mir dann natürlich beim Anlernen helfen. Jetzt geh und sieh nach, ob die Fäden einwandfrei sind! Ich komme bald nach.«

»Ich mache es, wie Ihr sagt, Herrin.«

Die Alte schlurfte hinaus, doch war ihr Schritt leichter und hurtiger als seit zwei Jahrzehnten. Dienwald schaute ihr nach. Das verdammte Mädchen hatte ein Wunder bewirkt – und dabei war sie nicht mal nett zu ihr gewesen, sondern war anmaßend und hochmütig aufgetreten, und ...

Er merkte, daß Philippa ihn lächelnd ansah. »Sie braucht eine starke Hand über sich und muß sich ihres eigenen Wertes bewußt sein. Jetzt hat sie beides.«

Dienwald machte kehrt, ging aus dem großen Saal und fluchte vor sich hin.

Im stillen bedankte sich Philippa bei ihrer Mutter, deren Zunge schärfer sein konnte als die einer Giftnatter, wenn es ihren Zwecken entsprach. Aber sie konnte auch dickes Lob vergeben, falls es ihr günstig erschien. Die alte Agnes würde härter arbeiten als alle anderen zusammen und würde die anderen antreiben.

Ein schmaler Schatten fiel über Philippa. »Philippa die Beauchamp, ich bin Alain, Lord Dienwalds Verwalter.«

Sie hob den Kopf. Ihr Gesicht blieb ausdruckslos.

»Wenn Ihr mir den Namen Eures Vetters nennt, sorge ich dafür, daß Ihr schnell aus der Burg kommt und von Dienwald de Fortenberry erlöst seid.«

»Warum?«

»Ihr gehört nicht hierher«, sagte er mit lauter, böser Stimme. Gleich darauf hatte er sich wieder in der Gewalt. »Ihr seid eine unschuldige junge Dame. Dienwald de Fortenberry aber ist ein Bösewicht. Wenn Ihr wollt, ein roher Mensch, ein Schurke, ein Mann, der nur wenigen Menschen auf dieser Erde Achtung zollt. Er stellt seine eigenen Regeln auf und kümmert sich nicht um die der anderen. Er sucht sein Vergnügen bei Raub und Plünderung. Er wird Euch auch weiterhin weh tun. Er wird Euch so lange gebrauchen, bis Ihr schwanger seid, und dann wird er Euch verstoßen. Er kennt keine Rücksicht, hat kein Gewissen und achtet keine Frau. Seine erste Frau hat er so lange mißbraucht, bis sie starb. Es macht ihm Spaß, Frauen zu mißbrauchen, ob es eine Lady ist oder eine Leibeigene. Das ist ihm völlig gleichgültig. Er wird dafür sorgen, daß Ihr sowohl von ihm wie von Eurer Familie verstoßen werdet.«

Seine giftigen Äußerungen erschreckten sie. Sie hatte gestern abend zwar einen Nachttopf auf dem Kopf des Lords zerschlagen, aber das war etwas anderes gewesen. Obwohl sie Dienwald bis zur Besinnungslosigkeit gereizt hatte, hatte er sie nicht mißbraucht. Vielmehr hatte sie *ihn* verletzt. Dann fiel ihr allerdings ein, daß er sie geschlagen hatte. Aber was hätte sie denn getan, wenn er ihr mit dem Nachttopf auf den Kopf geschlagen hätte? Doch sein Verwalter – er sollte seinen Herrn eigentlich loben und nicht schlecht über ihn reden.

»Warum haßt du ihn, Mann?«

Alain fuhr zurück, als hätte sie ihn geschlagen. »Ich und meinen Herrn hassen? Aber ich hasse ihn doch nicht! Ich kenne ihn nur sehr gut. Ich weiß, wie er ist und wie er denkt. Er ist ein rücksichtsloser, gesetzloser Wilder. Darum, Lady, müßt Ihr hier weg, bevor Ihr den Tod findet oder wünscht zu sterben. Sagt mir den Namen Eures Vetters, und ich mache Euch den Weg frei!«

»Ja«, sagte sie langsam, »ich werde ihn dir sagen.«

Da glühten seine Augen, sein Atem ging schneller. »Wer ist es?«

»Heute noch nicht. Ich muß mir erst ein Kleid verdienen. Das habe ich mit deinem Herrn ausgemacht. In diesem Aufzug kann ich nicht zu meinem Vetter gehen. Das mußt du verstehen, Mann.«

»Ihr seid ein ganz dummes Mädchen«, erwiderte er. »Er wird stöhnend auf Eurem Schoß liegen und nicht eher Ruhe lassen, bis Ihr ein uneheliches Kind bekommt. Dann wirft er Euch raus, und Ihr endet im Straßengraben.« Er ging, und sein Körper bebte vor Wut.

Philippa überlegte eine Weile. In diesem Haushalt ging es höchst merkwürdig zu, und am merkwürdigsten von allen war der Lord selber. Dann erhob sie sich gesättigt und ging zur Webstube.

Als Philippa das lange, schmale Zimmer betrat, das keine Luftöffnung hatte, wurde es still. Die alte Agnes hatte sechs Frauen versammelt. Es gab drei Spinnräder und drei Webstühle. Alle waren sehr alt. Einer sah hinfälliger aus als der andere. Philippa unterhielt sich mit jeder einzelnen Frau, erkundigte sich nach den Namen und den Kenntnissen. Bis auf zwei hatte keine die geringste Ahnung. Dann begab sie sich zu den Webstühlen. Bei einem war das Schiff gebrochen, beim zweiten hatte sich der Harnisch gelockert, und beim dritten war das Trittbrett aus der Halterung gefallen.

Die alte Agnes sagte ihr, Gorkel könne da Abhilfe schaffen. »Is ja wie'n Schreckgespenst anzusehen, der Gorkel, aber er hat es schon immer verstanden, so was wieder ganz zu machen.«

»Dann hole Gorkel!«

In der Zwischenzeit überprüfte Philippa die Spinnräder und die Qualität des Fadens, den die Frauen aus der Wolle gesponnen hatten. Angesichts des alten Zustands der Spinnräder und der gefährlich wackelnden Räder war das Ergebnis mehr als zufriedenstellend. Im Geist das Bild ihrer Mutter vor Augen, sprach sie den Frauen lächelnd ein Lob aus.

Zwei Stunden später saßen die Frauen an den Webstühlen. Sie arbeiteten langsam und bedächtig, aber das konnte nur gut sein. Die alte Agnes keifte und sparte nicht mit Tadel. Dann wandte sie sich mit breitem, zahnlosen Grinsen an Philippa. »Prink – der Weber, wißt Ihr, my Lady – na, ein Saukerl war der! Hat immer gesagt, die Frauen könnten sowieso nicht weben, nur spinnen könnten die. Ha! Hoffentlich schrammt der alte Knacker bald ab. Is ja nur, weil er wollte, daß die Frauen es nicht lernen tun – deshalb hat der alte Schwachkopf nichts beigebracht. Weil, wenn sie es könnten, dann guckt er dumm aus der Wäsche.«

Philippa hätte Prink noch gern kennengelernt, bevor er abschrammte.

Alles ging gut. Philippa de Beauchamp sorgte dafür, daß die Wolle ihres Vaters zu Tuch gewebt wurde – für den Mann, der die Wolle gestohlen hatte. Es war so komisch, daß sie laut darüber lachen mußte.

»Was lachst du da? Kannst mich doch gar nicht sehen!«

»Das hätte ich mir gleich denken können – wie lange schaust du uns schon heimlich zu, Edmund?«

»Ich gucke keiner Frau beim Arbeiten zu«, sagte Edmund. »Ich guck auf den Maibaum!«

»Ungezogener kleiner Junge«, sagte sie und wandte ihm den Rücken zu.

»Das sag ich meinem Papa, dann läßt er dich nicht mehr auf meinen Nachttopf!«

Philippa fuhr herum, rang die Hände, warf ihm einen flehenden Blick zu und sagte bittend: »O nein, Master Edmund! Ich muß deinen Nachttopf benutzen. Ich will nicht auf die Aborte gehen. Bitte, Master Edmund!«

Edmunds Miene wurde tückisch. »Mein Papa macht, daß du es bereuen wirst, is ja wahr!«

»*Das ist* und nicht *is ja.*«

Das war wieder sehr unbedacht gesagt, und der kleine Junge ging in die Luft wie ein Flaschenkorken. »Ich rede so, wie ich will! Keiner hat mir zu sagen, wie es heißen tut. Is ja ...«

»*Das ist* und nicht *is ja.*«

»Du bist lang und häßlich, und mein Papa kann dich nicht leiden. Hoffentlich steigst du bald wieder in einen Wagen und verschwindest. Du bist kein Mädchen, du bist 'n blöder Maibaum!« Edmund wollte weg – und lief seinem Vater in die Arme.

»Warum sagst du so etwas zu ihr, Edmund?«

»Ich kann sie nicht leiden«, antwortete Edmund und stampfte mit einem sehr schmutzigen Fuß auf die Erde.

»Warum hast du keine Schuhe an?«

»Weil Löcher drin sind.«

»Gibt es denn keinen Schuhmacher auf der Burg?« erkundigte sich Philippa, die sich selber dringend Schuhe an den Füßen wünschte.

Dienwald schüttelte den Kopf. »Grimson ist vor einem halben Jahr gestorben und der Lehrling eine Woche später.«

Philippa war drauf und dran, ihm zu sagen, er solle seinen kostbaren Verwalter nach St. Ives schicken, um einen Schuster zu engagieren. Da fiel ihr ein, daß er ja kein Geld hatte. »Wißt Ihr«, sagte sie statt dessen, »wenn Euer Waffenschmied Leder auf die richtige Größe für Euren Sohn zuschneiden kann, könnte ich es vernähen. Allerdings brauche ich dazu ein paar kräftige, dicke Nadeln.«

Dienwald runzelte die Stirn. Das Weib mischte sich in alles ein. Edmund hatte recht. Sie gehörte nicht hierher. Noch einmal fiel sein Blick auf die schmutzigen Füße seines Sohnes, und er sah den Schorf auf dem kleinen Zeh. Er fluchte. Edmund feixte. Er freute sich auf einen Zornesausbruch seines Vaters.

»Ich spreche mit meinem Waffenschmied«, sagte Dienwald und nahm Edmund am Arm. »Zeit für den Unterricht, Edmund, und keine Widerrede!« Damit zog er ihn aus der Stube.

Edmund warf einen Blick über die Schulter, in dem sich Wut und äußerstes Erstaunen vereinigten.

8

Philippa schwitzte. In den fensterlosen Raum gelangte keine frische Luft. Die Weberinnen schwitzten nicht minder. Ihre flinken Hände erlahmten, und sie begannen zu murren. In die heiße Luft mischte sich Staub vom Fußboden. Sogar die alte Agnes sah aus, als würde sie jeden Augenblick in einer Ecke zusammenbrechen.

Philippa bekam zu hören, daß der Herr wie üblich zu viel in zu schneller Zeit von ihnen verlange. Schließlich rief sie: »Schluß! Agnes, schick jemand los, der Wasser und Essen bringt! Es ist schon Nachmittag. Wir alle haben es uns ehrlich verdient.«

Die Frauen lächelten müde. Philippa ging unter ihnen umher und lobte sie für das gewebte Tuch. Der Tag hätte gar nicht schlimmer verlaufen können, dachte sie. Wenn sie an himmlische Vergeltung für begangene Sünden geglaubt hätte, dann würde sie annehmen, sie wäre durch ihre lästerlichen Untaten für alle Mißlichkeiten verantwortlich. An den elenden Webstühlen, die der niederträchtige Prink nie in Ordnung gehalten hatte, brach immer wieder ein altes, verbrauchtes Teil ab. Während des langen Vormittags war sie Gorkel dem Schrecklichen näher gekommen als irgendeinem anderen. Er arbeitete ja noch schwerer als sie. Sogar Gorkel schien dem Zusammenbrechen nahe. Übrigens fürchtete sich Philippa nicht mehr vor ihm. Ja, sie fand nicht einmal mehr sein Äußeres abstoßend.

Die Wolle ist von ausgezeichneter Qualität, dachte Philippa. Sie prüfte gerade den Stoff, den Mordrid gewebt hatte. Es war die einzige Frau, die Prink im Weben ausgebildet hatte. Das war wohl der Lohn dafür, daß sie den alten Schleimer in ihr Bett gelassen hatte, wie Philippa von Agnes erfuhr.

Der Stoff war so strapazierfähig, daß er mehrere Winter überdauern würde. Auf dem Markt von St. Ives hätte er einen guten Preis erzielt. Sie würde sich als erste von den anderen Bediensteten ein Kleid daraus nähen lassen. Vielleicht auch einen Überrock mit langen weichen Ärmeln und passender Taille. Das brauchte Dienwald ja nicht zu erfahren.

Dann sah sie im Geist Edmund vor sich. Der kleine Lümmel sprach und kleidete sich wie der letzte Tagelöhner. Sie seufzte. Sein Rock bestand nur aus Fetzen.

Dann erinnerte sie sich daran, daß auch bei Dienwald der Ellbogen schon durch ein Loch im Ärmel hervorkam, und sie seufzte erneut.

Doch dann fiel ihr wieder ein, daß sie seine Gefangene war. Sie schuldete ihm also nichts. Sollte er doch in dem abgetragenen Waffenrock, den er trug, verrotten! Zuerst kam ihre Kleidung dran. Danach würde sie fliehen und sich zu ihrem Vetter Walter durchschlagen.

Als alle sich an Brot, Ziegenkäse und einigen Scheiben kaltem Rindfleisch gelabt hatten, trieb Philippa sie widerwillig erneut an die Webstühle. Besser wurde es nicht.

Das Schicksal war weiterhin gegen sie. Der Rest des Tages verlief bei großer Hitze in quälender Langsamkeit. An den Webstühlen zerbrach ein Teil nach dem anderen. Gorkel wurde bis an die Grenze seines Leistungsvermögens beansprucht und sah von Stunde zu Stunde düsterer aus.

Jetzt war es schon spät, und Philippa war so müde, daß sie sich kaum noch auf den Beinen halten konnte. Sie verließ den Webstuhl, an dem sie gearbeitet hatte, und sagte den Frauen, sie sollten sich morgen früh wieder hier einfinden. Dann ging sie einfach aus der Webstube. Der Innenhof lag schon zu einem Drittel im Schatten. Sie ging auf die dicken Tore zum äußeren Burghof zu, vorbei an gackernden Hühnern, mehreren Schweinen, drei Ziegen und einer

Menge von Kindern. Als hätte sie einen wichtigen Auftrag zu erledigen, sah sie weder nach links noch nach rechts und ging immer weiter.

Sie war den inneren Toren schon ganz nahe, da hörte sie hinter sich seine Stimme. »Ja, täuschen mich denn meine Augen? Oder will meine Sklavin wieder fliehen? Soll ich dich an mein Handgelenk binden, Dirne?«

So, nun wußte sie Bescheid. Er mußte einen Wachdienst eingerichtet haben, der ihm sofort meldete, wenn sie etwas Ungewöhnliches unternahm. Nun, sie hatte es jedenfalls versucht. Sie drehte sich nicht um, sondern blieb nur stehen, den Blick auf die Tore gerichtet. Über die Schulter hinweg sagte sie: »Wenn Ihr mich an Euer Handgelenk bindet, dann werdet Ihr Euch in der schrecklichen Webstube totschwitzen. Ich glaube nicht, daß Ihr daran Gefallen findet.«

»Da hast du recht«, sagte Dienwald nachdenklich.

»Und ich bin nicht Eure Sklavin.«

Ihr Trotz nötigte ihm ein Lächeln ab. Sie hatte sich die Haare mit einem Stück Leder zusammengebunden. Von dort aus fielen sie ihr in dichten Locken über die Schultern und reichten fast bis zur Taille. Sie sah müde und geschafft aus. Das gefiel ihm nicht. Er zog die Brauen zusammen und sagte: »Die Lederstücke für die Schuhe sind bald fertig. Mein Waffenschmied schneidet sie schon zurecht. Er wird auch an deinen Füßen Maß nehmen.«

»Wenn er so große Lederstücke haben sollte.«

»Ich habe angeordnet, daß er sich vergewissern soll. Eigentlich paßt es mir nicht, daß er an deinen Füßen auch Maß nimmt. Es ist mir peinlich, daß du so große Füße hast.«

»So große Füße habe ich gar nicht!«

»Aber sie sind beinahe so schmutzig wie die meines Sohnes. Würdest du jetzt gern ein Bad nehmen? Ich war gerade auf dem Weg zur Webstube, um zu sehen, was ihr für Fortschritte gemacht habt. Wie geht es denn so? Prink versucht alles, um sein Fieber zu überwinden. Er ist wütend, daß *Frauen* seine Arbeit ausführen und daß eine Frau die Leitung hat. Der armen Mordrid wirft er niedrigen Verrat vor.«

»Die alte Agnes sagte, daß er dabei ist abzuschrammen«, sagte Philippa.

Dienwald trug dieselben Kleider wie gestern. Auch er wirkte erhitzt und müde. Ihr Blick fiel auf seine langen Finger, und sie schloß die Augen. Sie dachte daran, wie sie ihren Körper gestreichelt hatten.

Das war doch absurd! Er hatte sie nur betrachtet, sie aber nicht begehrt. Wenn er versucht hätte, sie zu vergewaltigen, hätte sie ihn niedergemacht, sich jedenfalls bis zum letzten Atemzug gegen ihn gewehrt. »Ihr braucht mich doch nicht mehr. Keine kann die Frauen so antreiben wie die alte Agnes. Mordrid kann sie weiter anlernen. Gorkel kann die Webstühle reparieren. Euer wunderbarer Prink ist dagegen nur ein blöder Faulpelz. Ach, Euch ist das ja alles gleichgültig!« Er sah sie so gelassen an wie ein vorlautes Hündchen. »Jedenfalls können alle Frauen jetzt einigermaßen gut weben. Ich will nur mein Kleid haben und dann zu meinem Vetter gehen.«

»Wie war noch gleich der Name dieses sogenannten Vetters?«

»Sein Name ist Pater Ralth. Er ist ein strenger Benediktiner, wird mich als Chorknaben einkleiden und mir eine kleine Zelle zuweisen. Ich habe vor, den Rest meines Lebens mit Meditationen zu verbringen. Ich werde Gott dafür danken, daß er mich vor de Bridgport und Schurken wie Euch gerettet hat.«

»Ihr werdet dann den Namen Philippa Castrato erhalten, nicht wahr?«

»Was ist ein Castrato?«

»Ein Mann, der kein richtiger Mann mehr ist, weil man seine Männlichkeit sozusagen im Keim erstickt hat.«

»Das hört sich ja furchtbar an.« Gegen ihren Willen richtete sich ihr Blick zwischen seine Beine.

Er lachte. »Ja, ein erstrebenswertes Ziel ist es nicht gerade. Nun, Dirne, komm mit mir ins Schlafzimmer! Da können wir beide baden. Ich habe die Nase voll von meinem Gestank, gar nicht zu reden von deinem. Vielleicht lasse ich mir von dir den Rücken schrubben.«

Philippa hätte ihm gern eine scharfe Antwort gegeben, aber sie war zu müde dazu. Ein Bad – das klang wunderbar. Dienwald schwieg auch. Er machte einfach kehrt, in der Erwartung, daß sie ihm wie ein gehorsamer Jagdhund folgen werde. Was sie auch tat.

Sie kamen an Alain vorbei. Der Verwalter nickte Dienwald mit anerkennendem Grinsen zu, und Philippa fragte sich: Warum hat er heute morgen seinen Herrn so unverblümt verleumdet? Hier stimmte etwas nicht. Philippa hatte sich nie für übermäßig neugierig gehalten, aber jetzt hätte sie diesem Master Alain gern die Wahrheit aus dem Leib geschüttelt.

Dienwald verschloß die Zimmertür hinter ihnen, steckte den Schlüssel in eine Tasche seines Waffenrocks und sagte zu ihr: »Zur Abwechslung will ich einmal ritterlich sein und dich zuerst baden lassen. Damit du siehst, daß Ritterlichkeit in Cornwall noch in hohem Ansehen steht.«

»Ich bin aber so schmutzig, daß Ihr danach neues Wasser braucht. Außerdem könnt Ihr nicht hierbleiben, wenn ich bade. Wollt Ihr draußen warten?«

»Nein, ich will dich nackt sehen. Wie gestern, nur diesmal ganz nackt und nicht nur teilweise.«

Philippa sah auf den mit Kupferdauben versehenen dampfenden Holzzuber und spürte ein fast unüberwindliches Verlangen hineinzuspringen. Doch sie rührte sich nicht. Sie würde sich nicht noch einmal demütigen lassen. Sie würde sich nicht zu seinem Liebchen erniedrigen lassen. Überraschend sagte Dienwald kein Wort mehr. In aller Ruhe entledigte er sich seiner Kleider.

Mehrere Minuten waren vergangen, da hielt sie es nicht mehr aus. Sie hob den Kopf und sah ihn keinen Meter entfernt neben dem Zuber stehen. Sie hatte schon nackte Männer gesehen. Sie war ja keine Klosterschülerin. Aber dies hier war anders. *Er* war anders. Er hatte einen festen, schlanken, behaarten Körper mit langen, muskulösen Beinen und flachem, gutgeformtem Unterleib. Sie sah hin – und konnte den Blick nicht von ihm wenden. Aus dem dichten Haarbusch zwischen den Lenden schwoll sein Glied, und fasziniert sah sie zu, wie es immer dicker und länger wurde.

Tief in ihrem Schoß wurde es sonderbar warm. Philippa ahnte, daß ihre Reaktion nicht recht war. Deshalb drehte sie sich schnell um, so daß sie ihm den Rücken zukehrte.

Lachend stieg Dienwald in den Zuber. Er hatte bemerkt, daß sie ihn angesehen hatte, hatte gespürt, wie sein Geschlechtsteil unter ihren Blicken steif geworden war. Auch ihre Verwirrung darüber war ihm nicht entgangen.

Er seifte sich ein, und der Schmutz löste sich von der Haut. »Nun berichte mir, was für Fortschritte ihr gemacht habt, Dirne! Aber jammere nicht über die Schwierigkeiten, über die Hitze in der Stube und über die Schimpfreden der alten Agnes! Was habt ihr geschafft?«

Philippa wandte sich ihm wieder zu. Seine Haare, sein Kopf und die Schultern waren weiß vor Seifenschaum. Mehr war von ihm nicht zu sehen.

»Es hat fast *nur* Schwierigkeiten gegeben, aber ich jammere nicht. Ich könnte Prink das Fell vom Leibe ziehen, wenn ihn das Fieber nicht ins Grab bringen sollte. O ja, wir werden guten Stoff zustande bringen. Ich dachte, daß vielleicht Edmund den ersten Rock bekommen sollte. Er sieht so zerlumpt aus wie das Kind eines Tagelöhners.«

Dienwald tauchte den Kopf unter Wasser. Danach sagte er übertrieben laut: »Nein, als erstes bekommst du ein Kleid. Das war ausgemacht. Als Frau weißt du zwar nichts von Ehre und ehrlichem Handel, aber ich bin ein Ehrenmann. Spiel mir bloß keine rührseligen Szenen vor! Für Märtyrer habe ich nichts übrig. Im übrigen hast du überhaupt noch keine Kinder von Tagelöhnern gesehen. Sie laufen fast nackt herum.«

»Ihr habt Seife in die Augen gekriegt, und jetzt laßt Ihr Euren Zorn an mir aus! Ihr seid ein richtiger Tyrann und ein sturer Dickkopf!«

»Nicht schlecht geschimpft für eine Jungfrau in diesem zarten Alter. Soll ich noch eins draufgeben? Euch ein paar derbere Schimpfwörter an den Kopf werfen?«

Sie sprang auf. Aber er ahnte sofort, was sie vorhatte. Obwohl ihm die Augen noch von der Seife brannten, sagte er mit größter Gelassenheit: »Laß das, Philippa! Gebrauche endlich mal deinen Verstand! Vor der Tür wacht Tancrid. Solltest du ihn überrumpeln und ihm mit irgendeinem Gegenstand den Kopf einschlagen, dann müßtest du noch immer an allen meinen Männern vorbeikommen. Also setz dich aufs Bett und berichte mir weiter von eurer Tagesarbeit!«

Sie setzte sich aufs Bett und legte die Hände auf dem Schoß zusammen, den Blick auf seinem Waffenrock, wo er den Schlüssel verwahrt hatte. Seufzend sah sie ein, daß er recht hatte.

»Morgen fangen wir mit dem Einfärben der Wolle an. Sollten sich einige Frauen darauf verstehen, kann übermorgen mit dem Nähen der ersten Kleider begonnen werden.«

Er wusch sich jetzt den Unterleib, und sie sah ihm dabei zu. Sie konnte nicht anders. Sie hätte gern gewußt, wie es wäre, wenn sie ihn anfassen, ihn einseifen würde ... Er lächelte. »Für dich lasse ich sauberes Wasser bringen.«

»Wollt Ihr etwa hierbleiben und mir dabei zusehen?«

Dienwald dachte: Wenn ich jetzt Ja sage, wäscht sie sich gar nicht und bleibt lieber schmutzig. »Nein, ich lass' dich allein. Aber solltest du irgendwas Verrücktes versuchen, dann stelle ich etwas mit dir an, das dir überhaupt nicht gefallen wird.«

»Was denn?«

»Halt jetzt die Klappe und gib mir das Handtuch! Da nur eins da ist, benutze ich nur eine Seite. Bedanke dich dafür, Dirne!«

»Danke.«

Burg Wolffeton, nahe St. Agnes

»Dieser verfluchte Hurensohn! Er hat es gewußt. Dieser Schuft hat sehr gut gewußt, daß dein Vater den Wein für Wolffeton bestimmt hat. Ich breche ihm beide Arme und jeden Finger einzeln, ich schlage ihm die Nase ein, ich zerstampfe ihn ...«

Graelam de Moreton, der Lord von Wolffeton, hielt jäh inne, weil seine Frau laut über ihn lachte. »Kassia, wir haben nur noch zwei Fässer. Und dies war ein Geschenk deines Vaters. Er hat viel Geld dafür zahlen müssen, um den Wein aus Aquitanien in die Bretagne bringen und dann zu Schiff zu uns verfrachten zu lassen. Läßt es dich denn ganz kalt, daß der verfluchte Hurensohn die Frechheit hatte, das Schiff zum Wrack zu machen und alles, was an Gütern darauf war, zu stehlen?«

»Du weißt doch gar nicht, ob Dienwald dahintersteckt«, sagte Kassia de Moreton. »Die Sache muß vor über einer Woche passiert sein. Vielleicht hat der Kapitän einen Fehler gemacht und das Schiff auf die Felsen gesetzt. Vielleicht haben Bauern die Waren gestohlen, als das Schiff schon im Sinken war. Vielleicht ist auch alles untergegangen.«

»Ich weiß, daß er es war«, sagte Graelam zornig. »Wenn du die Wahrheit wissen willst: Ich habe vor einigen Monaten mit ihm eine Wette abgeschlossen. Es ging darum, wer von uns beiden mehr Wein aus Aquitanien trinken kann, ohne unter den Tisch zu fallen. Dabei habe ich ihm erzählt, daß dein Vater uns Wein schicken würde. Sobald der Wein da wäre, wollten Dienwald und ich die Wette austragen. Er ahnte, er würde verlieren, und deshalb hat er den Kapitän ins Verderben gelockt. Ich weiß es. Und du weißt es auch. Jetzt hat er den ganzen Wein und kann so viel trinken, wie er Lust hat. Möge seine Leber verrotten! Nein, du darfst ihn nicht verteidigen, Kassia. Seine Heidenaugen sollen verfaulen, weil er den verdammten Wein gestohlen hat!«

Kassia sah ihren erzürnten Gatten an und mußte wieder lachen. »Also darum geht es. Dienwald hat dich mit einer List übertölpelt, und du kannst nicht verlieren.«

Graelam warf seiner Frau einen bitterbösen Blick zu. Ihr machte es allerdings wenig aus. »Er ist nicht mehr mein Freund, und auf Wolffeton ist er nicht mehr willkommen. Ich verklage ihn. Und beim nächsten Turnier werde ich ihm die Ohren langziehen. Für diese Frechheit schneide ich ihm die Kehle durch ...«

Kassia erinnerte ihn ruhig: »Dienwald soll im nächsten Monat zu Besuch kommen und eine Woche bei uns bleiben. Ich werde ihm schreiben und ihn bitten, uns als guter Nachbar und Freund etwas von dem köstlichen Wein aus Aquitanien mitzubringen.«

»Das verbiete ich dir! Er ist ein heimtückischer Dieb!«

»Meinst du nicht, daß es wichtig ist, gute Freunde zu haben, my Lord? Und unter guten Freunden ist es nun mal üblich, daß sie zur Unterhaltung Wetten abschließen. Ich freue mich jedenfalls darauf, Dienwald wiederzusehen. Dann werden wir ja hören, was er zu sagen hat, wenn du ihn dieser hinterhältigen Tat beschuldigst.«

»Kassia ...«, sagte Graelam. Er trat auf sie zu, nahm sie in die Arme und stemmte sie hoch in die Luft. Sie ist noch immer zu dünn, dachte er. Aber durch die Schwangerschaft wird sie allmählich rundlicher. Er ließ sie wieder herab und küßte sie auf den Mund. Ihre weichen Lippen waren immer willig, und sie schmeckten so süß. Er lächelte. Doch dann wurde er wieder ernst, und seine Augen funkelten böse. »Ich muß Dienwald eine Lektion erteilen«, sagte er, »die er nicht so schnell vergessen wird.«

Burg St. Erth

Mit einem zähen Rinderrippchen in der Hand schaute sich Philippa im großen Saal um. Wenigstens bin ich wieder sauber, dachte sie. Allerdings kratzte das schmutzige Kleid, aber das war noch zu ertragen. Bald würde sie saubere weiche Wolle auf der Haut tragen. Mehr verlangte sie gar nicht. Sie dachte nicht mal an Seide, dieser Gedanke lag in so weiter Ferne. In diesem Moment begegnete sie einem so bösartigen Blick Alains, daß sie sich zusammennehmen mußte, um nicht zurückzuzucken.

Dann hörte sie Crooky. Er sang in hohem Falsett von einem Mann, der 30 Kinder gezeugt hatte und dessen Frauen sich wegen seiner Untreue gegen ihn empörten, neun an der Zahl. Dienwald und die meisten Männer brüllten vor Lachen. Die Frauen dagegen lachten am lautesten, als Crooky bildhaft beschrieb, was die neun betrogenen Ehefrauen mit dem untreuen Mann anstellten.

»Das ist ja schrecklich«, sagte Philippa, als das laute Gelächter aufgehört hatte. »Crookys Reime sind grauenhaft und seine Worte abstoßend.«

»Er ist nur ärgerlich, weil ihn Margot nicht rangelassen hat und die Männer es gesehen und ihn ausgelacht haben.«

Philippa aß ein Stück Brot und sagte dann zu Dienwald: »Wer ist eigentlich Alain? Ist er schon lange bei Euch Verwalter?«

»Ich habe ihm einmal das Leben gerettet. Das war etwa vor drei Jahren. Seitdem ist er mir verpflichtet. Er leistet mir ausgezeichnete treue Dienste.«

»Ihr habt ihm das Leben gerettet? Wie das?«

»Er hatte sich das Mißfallen eines Ritters ohne Land zugezogen. Der Ritter wollte ihm den Schädel einschlagen. Ich kam dazu und tötete ihn. Es war ein dummer Kerl, ein roher Mensch aus der Umgebung. Danach folgte mir Alain nach St. Erth und wurde mein Verwalter.« Nach einer Weile fragte Dienwald: »Hat er dich beleidigt?«

»Nein«, sagte sie schnell, »es ist nur … ich traue ihm nicht über den Weg.«

Im nächsten Augenblick bereute sie auch schon ihre unbedachten Worte. Dienwald starrte sie an, als hätte sie ihren Verstand verloren.

»Das ist doch Unsinn«, sagte er. »Warum sagst du so etwas?«

»Er hat mir angeboten, mir zur Flucht zu verhelfen.«

»Lügen steht dir schlecht zu Gesicht, Dirne. Tu das nicht wieder! Sage nie wieder etwas gegen einen Mann, der mir drei Jahre lang in unwandelbarer Treue gedient hat! Hast du mich verstanden?«

Ein Blick in Dienwalds Augen, in denen verhaltene Wut flackerte, verriet Philippa, was er dachte: Eine Frau kann ebensowenig Bücher korrekt führen, wie sie der Wahrheit die Ehre zu geben vermag. Gelassen nahm sie ein anderes Rippchen vom Teller.

Zur gleichen Zeit erinnerte sich Dienwald der einzigen Frau in seinem ganzen Leben, die ohne Lug und Trug gewesen war. Es war Kassia de Moreton. Von Philippa hatte er sich eine Zeitlang täuschen lassen. Sie war ihm so offen, so unverblümt, so geradeheraus vorgekommen. Aber selbst eine so junge Frau wie Philippa de Beauchamp sann nur auf Betrug. Er sollte ihr einfach die Jungfernschaft rauben und sie benutzen, bis er ihrer müde war, und sie dann verstoßen. Was kümmerte es ihn, daß ihr Leben dann zerstört war, daß ihr Vater sie in ein Nonnenstift verstoßen würde? Laut sagte er: »Vielleicht ist es so, daß Alain dir nicht traut. Er befürchtet vielleicht, du könntest mir Übles antun. Deshalb will er, daß du aus St. Erth verschwindest – natürlich vorausgesetzt, daß er dir wirklich das Angebot gemacht hat.«

Philippa beschloß, ihm nichts von den Äußerungen des Verwalters über ihn zu erzählen. Vielleicht beurteilte er Alains Beweggründe richtig, obwohl sie es nicht glaubte. Sie wandte sich an Edmund. »Welche Farbe wünschst du dir für deinen neuen Waffenrock?«

»Ich will gar keinen neuen Waffenrock.«

»Danach habe ich dich nicht gefragt, sondern nur, ob du dir eine bestimmte Farbe wünschst.«

»Ja, schwarz! Da du eine Hexe bist, kannst du mir einen schwarzen geben.«

»Du bist ein vorlauter kleiner Bengel.«

»Und du bist 'n Mädchen, is ja viel schlimmer.«

»Es heißt nicht *is' ja*, sondern *das ist*.«

Lächelnd hörte Dienwald dem Streitgespräch zu. Doch als sie Edmund berichtigte, zog er die Brauen zusammen. Die Dirne mischte sich in alles ein. Dennoch wollte er nicht, daß sein Sohn so redete wie der Fleischerjunge.

»Er kriegt einen grünen Waffenrock«, entschied er. »Dunkelgrün, da sieht man nicht jeden Schmutzfleck.«

Hinter Dienwalds Rücken streckte Edmund Philippa die Zunge heraus.

Sie sah ihn lächelnd an. »Du erinnerst mich an einen meiner Freier. Er hieß Simon und war 21 Jahre alt. Aber er benahm sich wie ein Sechsjähriger, so wie du.«

»Ich bin neun Jahre alt!«

»Wirklich? Weißt du, ich habe dich für einen naseweisen Fünfjährigen gehalten, so wie du dich benimmst, wie du redest, wie du ...«

»Willst du noch Bier haben, Dirne?«

»Ja, bitte.«

Sie trank von dem herben Bier. Es schmeckte besser als das Bier ihres Vaters. Das braute Rolly, der dickste Mann auf Beauchamp, und Philippa hatte den Eindruck, daß er das meiste davon selber trank.

»Wieviel Bier brauchst du noch?«

»Wieso meint Ihr, daß ich noch mehr brauche? Und wofür?«

»Hör zu, Dirne, ich habe vor, dir heute nacht die Jungfernschaft zu rauben. Es reizt mich, daß du sie noch hast. Und dann gehörst du mir. Jedenfalls so lange, bis ich deiner überdrüssig bin. Aber wer weiß? Wenn du mir zusagst – obwohl ich bezweifle, daß du dazu fähig bist – lasse ich dich noch bleiben. Dann kannst du das Kleidermachen beaufsichtigen. Was meinst du dazu?«

Ohne Überlegung schüttete ihm Philippa den Rest des Biers aus ihrem Krug ins Gesicht.

Allmählich trat im großen Saal Schweigen ein. Denn jeder, ob Mann oder Frau, hatte bemerkt, daß etwas passiert war. O Gott, dachte Philippa, ich habe wieder nicht mit dem Kopf gedacht.

Dienwald war sich bewußt, daß er sie zu ihrer Tat gereizt hatte. Und im Grunde war es ein geringes Vergehen, ihm Bier ins Gesicht zu schütten. Er hätte mit seinen Spöttereien eben warten müssen, bis sie bei ihm im Zimmer war. Nun aber mußte er etwas tun. So etwas konnte er sich vor seinen Männern und den Bediensteten nicht bieten lassen. Sie hätten ihn für einen Weichling gehalten. Er packte sie am Arm und stellte sie auf die Beine.

Er sah ihr die Angst an und fragte sich, wie, zum Teufel, er sie für ihre Frechheit bestrafen sollte. Vielleicht konnte ihm Crocky aus der Patsche helfen. Er wandte sich an den Narren, der ebenfalls aufgestanden war.

»Crooky, was blüht dem Mädchen, das seinem Herrn Bier ins Gesicht schüttet, für ein Schicksal?«

Crooky strich sich über das stoppelbärtige Kinn. Er öffnete den Mund. Es sah aus, als wollte er wieder ein Lied anstimmen. Da änderte Dienwald seinen Entschluß. »Nein, sing jetzt nicht! Und auch keine Verse!«

»Ich weiß gar kein Lied, Herr, nicht mal einen Vers. Aber ich wollte die Dirne gerade fragen, ob sie mir auch einen neuen Rock schneidern lassen wird.«

»Ja«, sagte Philippa. »Ich nähe ihn dir sogar selbst. In jeder gewünschten Farbe, Crooky.«

»Dann gebt ihr noch einen Krug Bier, Herr! Ja, sie ist ein gutes Mädchen. Schlagt sie jetzt nicht!«

»Dir kann man wirklich nicht trauen«, flüsterte Dienwald ihr ins Ohr. »Du würdest, um deine Jungfernschaft zu retten, sogar dem Teufel einen neuen Rock versprechen, nicht wahr?«

»Wo ist denn der Teufel heute abend?« fragte Philippa und schaute sich ringsum. »Ist er etwa hier zu Hause? Ich sehe allerdings viele hier, die ihm gern zu Diensten stehen würden.«

»Komm, Dirne, ich habe in dieser langen, warmen Nacht etwas mit dir vor.«

»Nein«, sagte sie und klammerte sich mit der linken Hand an die dicke Armlehne seines Sessels. Er sah sich das an und fragte: »Wirst du jetzt loslassen?«

Sie schüttelte den Kopf.

Dienwald lächelte. Da wußte sie, daß ihr Unangenehmes bevorstand.

»Ich gebe dir noch eine letzte Gelegenheit, mir zu gehorchen.«

Sie starrte ihn an und war sich bewußt, daß alle im Saal den Blick auf sie gerichtet hatten. »Ich kann nicht.«

Wieder lächelte er. Dann hob er die Hand, packte ihr Kleid am Halsausschnitt und riß es bis zum unteren Saum auf.

Philippa schrie gellend auf, ließ die Armlehne los, griff nach den Kleiderhälften und wollte ihre Blößen damit bedecken.

Dienwald legte die Hände unter ihrem Gesäß ineinander und hievte sie sich auf die Schulter. Mit der flachen Hand schlug er sie auf die Hinterbacken. Dann trug er sie aus dem großen Saal. Und dabei lachte er wie der Teufel selber.

9

»Merkst du es, Dirne? Ich trage dich diese steile Treppe hinauf und atme nicht mal schneller.«

Sie fühlte seine streichelnden Hände an ihrem Gesäß. Einen Moment lang drückte er auch seine Wange an ihre Hüfte.

»Du riechst gut. Ein großes Mädchen ist gar nicht so übel. Da ist mehr dran, an dem man sich vergnügen kann. Und du bist überall so weich und glatt und süß.«

Sie bäumte sich auf. Und wieder gab er ihr mit der flachen Hand eins hintendrauf.

»Halte jetzt still, oder ich bringe dich in den großen Saal und ziehe dich vor allen Leuten nackt aus!«

Da hielt sie still. So kamen sie ins Schlafzimmer. Dienwald brachte sie zum Bett, ließ sie fallen, ging quer durchs Zimmer und schloß die dicke Tür ab.

Als er sich umdrehte, sah er Philippa auf dem Bettrand sitzen. Sie hatte den zerfetzten Stoff über den Brüsten zusammengerafft.

»Ich muß es wieder nähen. Ich habe ja sonst nichts anzuziehen.«

»Du hättest mich eben nicht herausfordern sollen. Mir blieb ja gar nichts anderes übrig, als es dir zu vergelten. Da hast du wieder eine Dummheit gemacht, Dirne.«

»Soll ich auf mir rumtreten lassen? Und ich bin keine Dir ...«

»Halt deine große Klappe!«

»Na schön. Was wollt Ihr tun?«

»Leg dich ins Bett! Nein, warte! Ich muß dich erst fesseln. Ich möchte wetten, daß du sogar halbnackt zu fliehen versuchen würdest, stimmt's?«

Philippa rührte sich nicht. »Ich will mein Kleid nähen.«

»Morgen früh. Her mit den Händen!« Sie rührte sich nicht. Da zog er sich erstmal selber aus. Dann legte er den Schlafrock an. Als er sich umdrehte, hatte er ein ledernes Hosenband in der rechten Hand.

»Nein, tut es nicht! Ebensogut könnt Ihr von einem Huhn verlangen, daß es bereitwillig selber den Kopf auf den Hauklotz legt. So dumm bin ich nicht.«

»Zieh dir zuerst das Kleid aus!«

»Bitte nicht ...«, sagte sie und schluckte. »Ich habe so etwas noch nie getan. Bitte, erlaßt es mir!«

»Ich habe dich doch schon nackt gesehen«, sagte er langsam wie ein Mann von Geduld und Vernunft.

Sie schüttelte den Kopf.

Er sah auf sie hinab. Er hatte jetzt ein starkes Verlangen nach ihr. Doch er dachte nicht daran, seinen Gelüsten nachzugeben. Es würde ihm nur Nachteile bringen, vielleicht nie wiedergutzumachende. Es wäre zwar äußerst reizvoll – aber auch kurzsichtig. Wenn er sie vergewaltigte, würde ihr Vater es früher oder später erfahren, nach St. Erth kommen und die Burg belagern, bis sie in Schutt und Asche lag. Außerdem wollte Dienwald ihr kein Kind machen. Es gab Dinge, die er einfach nicht über sich brachte.

Er würde sie entehren und sich selbst vernichten. Seine Gelüste konnte er wie den Durst aus jedem beliebigen Krug stillen. Er schwieg. Er wollte nichts weiter tun, als sie eingeschlossen zu halten. Nur leider würde sie dann annehmen, sie hätte die Oberhand gewonnen.

Als sie gerade nicht aufpaßte, drückte er sie rücklings aufs Bett. Bald darauf lag das zerrissene Kleid auf dem Fußboden und Philippa nackt unter ihm. Es war deutlich zu sehen, daß sie Angst hatte, doch schien sie merkwürdigerweise auch neugierig zu sein. Das las er ihr an den Augen ab. Natürlich, sie war noch Jungfrau, und er war der erste Mann, der so mit ihr umging. Sie merkte wohl auch, daß sie jetzt stärker auf ihn wirkte. Er wälzte sich von ihr herunter, packte ihre Handgelenke und band sie zusammen. Danach fesselte er sie mit dem anderen Hosenband an den Bettpfosten.

Lange betrachtete er sie. »Ich muß sagen, du bist sehr schön«, sagte er völlig wahrheitsgemäß. »Du hast große Brüste, voll und rund, und ihre Spitzen sind rosa. Ja, das gefällt mir.« Dann schaute er auf das gelockte Dreieck zwischen ihren Beinen. Gern würde er mit den Fingern darin wühlen und sie vor Wollust schreien hören ...

Er zwang sich, nicht mehr hinzusehen. Statt dessen musterte er diese herrlich langen weißen Beine mit den geschmeidigen Muskeln. Ihr Anblick konnte jeden Mann vor Entzücken zum Stöhnen bringen. Selbst die schöngewölbten Füße wirkten anmutig. Er beugte sich zu ihr und fuhr leicht mit dem Finger über eine der Brustspitzen. Sie zuckte, aber sie konnte ihm ja nicht entkommen. »Hat dich je ein Mann so gesehen, Dirne?«

Philippa fehlten die Worte. Sie hatte seinen Blick verfolgt und gesehen, wie sich seine Augen gierig verengten. Sie konnte nur den Kopf schütteln. Sie war ein Tier in der Falle. Seltsame Gefühle durchströmten ihren Körper, über die sie sich keine Rechenschaft geben konnte.

»Hat schon mal ein Mann an deiner Brust geleckt?«

Wieder schüttelte sie den Kopf. Doch sie schien weniger über seine Worte entsetzt zu sein, als vielmehr an die mögliche Wirkung zu denken.

Er nahm eine Brustspitze in den Mund. Sie schmeckte süß, und als er sie mit der Zunge liebkoste, richtete sie sich auf. Jetzt begann er daran zu saugen. Sein Glied drängte pochend gegen den Schlafrock. »Hast du das gern?«

Er hatte eine Lüge erwartet, eine wilde, vielleicht sogar hysterische Abwehr. Doch zu seiner Überraschung sagte sie gar nichts. Ein Beben ging durch ihren Körper. Gewaltsam riß er sich von ihr los. »Hat je ein Mann mit den Fingern zwischen deinen Beinen im Schoß gespielt?«

»Bitte«, flüsterte sie.

Bitte *was*? Doch er unterließ es, sie zu fragen. Statt dessen legte er eine Decke über ihren Körper. Er wollte sich nicht länger selber quälen.

»Ich gehe jetzt und stille meinen Drang bei einem bereitwilligen Weib«, sagte er und ging zur Tür.

»Ihr benutzt also Frauen, als wären sie Nachttöpfe!«

»Nein, aber ich muß meinen Samen bei ihr loswerden.« Er geilte sich an seinen eigenen Worten auf. Die Lenden taten ihm schon weh. Er wollte Margot oder Alice haben – welche, war ihm ganz gleich – und er wollte sie innerhalb der nächsten drei Minuten.

»Ich hoffe nur, daß Eure Männlichkeit verfault und abfällt!«

Er grinste und antwortete, ohne sich umzudrehen: »Ich werde gleich feststellen, ob deine Verwünschung mehr als heiße Luft bewirkt«, sagte er und ging die Treppe hinab in den Saal, wo Margot dicht neben Northbert saß. Plötzlich fiel ihm ein, daß er nur den Schlafrock anhatte. Über Margots rundes Gesicht glitt ein seltsames Lächeln, das ihre plumpen Züge verschönte. Sie sprang auf und rannte ihm entgegen.

»Ich will dich jetzt haben«, sagte er. Margot folgte ihm, und als er unerwartet stehenblieb, stieß sie mit ihm zusammen. Dienwald wußte auf einmal nicht, wohin mit ihr. Philippa lag ja gefesselt in seinem Bett. Er zitterte vor Gier. Verdammtes Weib! Wohin nur?

»Komm!« sagte er, nahm sie an die Hand und eilte fast im Laufschritt den Ställen zu. In einer leeren Box weit hinten nahm er sie im warmen Heu. Und als sie vor Verzückung schrie und ihm die Fingernägel in den Rücken bohrte, verspritzte er seinen Samen in sie. Im selben Augenblick bildete er sich ein, Philippa vor sich zu sehen, und ihm war, als fühlte er, wie sich ihre langen Beine um ihn schlangen, um ihn tiefer und tiefer zu ziehen. Dann schlief er an Margots Brust ein.

Kaum drei Stunden später weckte sie ihn. Sie war steif und wund. Das Heu stach in ihren Rücken und ihr Gesäß, und er hatte mit seinem ganzen Gewicht auf ihr gelegen.

Dienwald brachte den Schlafrock in Ordnung und begab sich in sein Zimmer. Die Kerze war inzwischen heruntergebrannt und erloschen. Er legte den Schlafrock ab, erkannte undeutlich Philippas Umrisse auf der anderen Seite des Bettes und legte sich neben sie. Dann knüpfte er das Hosenband auf, das sie an den Bettpfosten fesselte, nahm ihre Arme herunter und zog das Mädchen an sich. Mit einem leisen Seufzer kuschelte sie sich an ihn. Zum Glück für seinen Seelenfrieden und Philippas Unschuld schlief er gleich wieder ein.

Als Philippa am nächsten Morgen erwachte, war sie allein und nicht mehr gefesselt. Anstelle ihres zerfetzten Kleides fand sie ein langes, fließendes Gewand von verblaßtem Rot vor. Es war nach der Mode geschneidert, die sie als Kind erlebt hatte, mit weiter Taille und an den Handgelenken enganliegenden Ärmeln. Dazu einen ebenso verblichenen Überrock mit weiten Ärmeln, die bis zu den Ellbogen gingen, und enger Taille. Die beiden Stücke mußten Dienwalds seit langem verstorbener Frau gehört haben. Das gab ihr einen Stich.

Das Kleid war ihr zu kurz und am Busen zu eng, aber der Stoff war trotz des Alters noch fest und so gut vernäht, daß sie keine Angst zu haben brauchte, die Nähte könnten aufplatzen.

Das Kleid ging ihr nicht mal bis zu den Knöcheln, aber sie sah dennoch darin einigermaßen gut aus.

Es ist nett, daß Dienwald mir die Sachen herausgesucht hat, dachte sie. Allerdings hatte er ihr ja auch das andere Kleid von oben bis unten aufgerissen. So fiel es ihr leicht, ihr Herz gegen ihn zu verhärten, obwohl sie immer noch ein leichtes Prickeln verspürte, wenn sie daran dachte, wie er sie in der vergangenen Nacht angesehen und ihre Brust geküßt hatte. Das hatte bei ihr äußerst merkwürdige, aber mehr als angenehme Gefühle verursacht.

Sie begab sich in den großen Saal, wo sie einen Krug frischer Milch trank und körnigen Ziegenkäse mit weichem Schwarzbrot verzehrte. Wie selbstverständlich ging sie dann in die Webstube, um nach dem Fortgang der Arbeit zu sehen. Die alte Agnes – Gott segne ihre schwarze Seele – schalt gerade Gorkel den Schrecklichen aus, weil er einen Webstuhl zu langsam repariert habe. Philippa stand schweigend dabei, bis die alte Agnes sie erblickte, auf sie zuschlurfte und rief: »Gorkel beklagt sich, das Holz wäre zu mürbe, aber ich hab' ihn wieder 'rangekriegt. Prink hat gedroht, er würde heut' herkommen und uns das Fell versohlen. Er is' doch nicht abgeschrammt! Mordrid sagt, er hat heute morgen was gegessen und is' dann auf eigene Beine zum Abort gegangen, um sich zu entleeren. Möge Gott seine Augäpfel schrumpfen lassen! Sonst tut er uns alles wieder zunichte machen.«

»Nein«, sagte Philippa, »das auf keinen Fall.« Sie lechzte nach einem Streit, und in ihrer düsteren Stimmung würde ihr Prink gerade recht kommen. Als sie die Mittagspause ansagte, erfuhr sie, daß Dienwald mit sechs seiner Männer am frühen Morgen weggeritten war. Keiner wußte, wohin. Es konnte aber auch sein, daß es ihr nur keiner sagen wollte.

Jetzt konnte sie fliehen.

»Ihr seht wie 'ne Prinzessin aus, die aus ihr Kleid rausgewachsen is'«, sagte die alte Agnes und mümmelte an einem Stück Hühnerfleisch. »Das Kleid hat die frühere Herrin, Lady Anne, gehört. Klein war die, kleine Figur und kleines Herz. Nee, süß war die nicht. Master Edmund hat Glück, daß Ihr jetzt hier seid und nicht mehr die, wo ihm geboren hat. Sie hat mit ihre Gemeinheiten auch dem Herrn sein Leben schwer gemacht. Als sie an die rote Ruhr gestorben is', hat er zwar so getan, als ob er trauern tut, aber ich hab' gemerkt, er war heilfroh.«

Mit offenem Mund schaute Philippa sie an. Die alte Agnes nickte und fuhr fort: »Der Herr wird Euch bald 'nen dicken Bauch machen, und dann tut er Euch heiraten, wie es sich gehört. Euer Vater is' 'n Lord, also seid Ihr 'ne Lady – paßt mal auf, es wird alles gut, ja, bestimmt.« Höchst befriedigt über ihre Voraussage, watschelte die alte Agnes wieder zu Gorkel hin, der sich am Essen gütlich tat.

Philippa ging nach draußen. Den Herrn von St. Erth heiraten? Den Schurken, der ihres Vater Wolle geraubt hatte und sie gleich mit? Sie schüttelte den Kopf. Offensichtlich mußte er sie erst schwängern, bevor er an eine Ehe dachte. Sie wollte ihn aber nicht haben, und sie wollte kein Kind von ihm. Sie wollte hier weg … aber wohin? Auf Walters Burg Crandall? Er war für sie praktisch ein Fremder. Vielleicht noch mehr als Dienwald.

»Es gibt Regen, und dann müssen wir drinnen hocken.«

Sie drehte sich um. Es war Edmund.

»Regen läßt Korn und Gemüse wachsen. Er dauert auch nicht ewig, du wirst es sehen. Den überleben wir schon. Solltest du jetzt nicht beim Unterricht sein?«

Nur kurz machte er ein schuldbewußtes Gesicht. Philippa fuhr fort: »Komm, wir suchen Pater Cramble! Weißt du, ich habe ihn nämlich noch nicht kennengelernt.«

»Der will dich gar nicht sehen. Mein Vater hat dir das Kleid zerrissen und dich weggetragen. Du bist nur mein Vater seine Gelieb ...«

»Sprich das lieber nicht aus, Edmund! Ich bin nicht die Geliebte deines Vaters. Verstehst du mich? Ich bin eine Lady, und dein Vater wird es nicht wagen ... mir etwas anzutun.«

Edmund ließ sich das offenbar durch den Kopf gehen. »Na ja«, sagte er, »du bist 'ne große Lady, und ich brauch' kein Unterricht.«

»Natürlich brauchst du welchen. Du mußt lesen, schreiben und rechnen lernen, sonst wirst du von deinem eigenen Verwalter und allen anderen, die die Möglichkeit haben, übers Ohr gehauen.«

»Is' ja, was mein Vater auch sagt.« Ehe sie eingreifen konnte, berichtigte er sich selber: *»Das ist!«*

Philippa lächelte. »Morgen bekommst du den neuen Waffenrock. Außerdem neue Schuhe und eine Hose. Dann siehst du endlich wie Master Edmund von St. Erth aus. Was hältst du davon?«

Edmund hielt nicht viel davon. »Vater ist für 'nen Überfall unterwegs. Da ist nämlich ein Mann, der ihn haßt. Der hat vorige Nacht zugeschlagen und unsere ganze Weizenernte am Südende unseres Gebietes verbrannt. Auf den hat er eine tolle Wut.«

»Wer ist dieser Mann?«

Edmund zuckte die Achseln.

»Wie lange bleibt dein Vater weg?«

»Er hat gesagt, vielleicht 'ne Woche, kann sein, etwas mehr oder weniger.«

»Wie hat dein Vater von der verbrannten Ernte erfahren?«

»Durch Crooky. Bei Tagesanbruch hat er es ihm vorgesungen. Vater hat ihm beinahe von hinten in die Rippen getreten.«

»Kann ich mir vorstellen. Und woher erfährt Crooky immer so schnell von allem?«

»Das sagt er keinem.«

»Immerhin kann man ihm seine elenden Verse verzeihen, wenn er so wertvolle Nachrichten liefert.«

»Ja, und Vater hat auch gesagt, nur er darf Crooky in die Rippen treten, weil Crooky *sein* Narr ist und kein andern seiner, und er steht unter seinem Schutz. Weiß auch nicht, wie es kommt, aber Crooky erfährt immer alles als erster. Vielleicht ist er eine Hexe wie du, nur daß du auch ein dummes Mädchen bist.«

Später machte Philippa die Bekanntschaft des Priesters. Er sah ihr offen ins Auge und war höflich zu ihr, was sie sofort für ihn einnahm. »Du tust jetzt, was Pater Cramble anordnet, Edmund, oder du bekommst es mit mir zu tun.«

»Maibaum! Wollkopp! Hexe!« rief Edmund leise hinter ihr her.

Philippa nahm keine Notiz davon, sondern ging lächelnd ihres Weges. Sie lernte auch den Waffenschmied kennen. Es war ein grimmiger alter Mann. Er hatte nur noch ein Auge, und das tränte. Doch er hatte Leder für viele Paar Schuhe zugeschnitten, darunter auch für sie. Sie brachte der alten Agnes das Leder, und die setzte mehrere Frauen daran, die Schuhe zu nähen.

Erst am späten Nachmittag dachte Philippa wieder an Flucht. Warum nicht? Plötzlich erschrak sie. Sie hatte sich den ganzen Tag über unverständlicherweise so verhalten, als wäre sie die Burgherrin von St. Erth. Dabei war sie nur eine Gefangene, nicht besser dran als eine Leibeigene. Sie war eine beliebige *Dirne*.

Ihr Gedankengang wurde unterbrochen, als sie Alain erblickte. Er unterhielt sich mit einem Mann, den sie noch nicht kannte. Mit scharfem Auge erkannte sie, daß die beiden sehr heimlich taten und daß der Verwalter dem Mann irgend etwas übergab. Verstohlen sah sie dem Mann nach, der sich entfernte und bald hinter den Unterkünften der Krieger verschwand. Dann bestieg Alain ein Pferd und ritt aus der Burg. Ohne Zögern ging Philippa in den großen Saal und machte sich von dort aus auf die Suche nach dem kleinen Arbeitsraum des Verwalters.

An den Wänden waren Holzregale errichtet. Zusammengerollte und verschnürte Pergamente lagen in den kleinen Fächern. In den größeren Fächern lagerten gebundene Hauptbücher. Auf dem Fußboden vor den Regalen waren Bücher aufeinandergestapelt, an einer Wand stand ein schmales Bett und am Fußende des Bettes eine niedrige Truhe. Offenbar arbeitete Alain nicht nur in der Kammer, sondern schlief auch hier.

Philippa nahm eines der großen Hauptbücher aus dem Regal. Es enthielt das Verzeichnis der Ernteerträge aus den letzten drei Jahren. Was auf den einzelnen Äckern angepflanzt worden war, den Kornpreis, den Verkaufserlös und eine Aufstellung der Tagelöhner mit der Angabe, wo sie gearbeitet hatten nebst der Anzahl der Tage und Stunden. Ein anderes gebundenes Buch enthielt das Verzeichnis der Geburten und Eheschließungen auf St. Erth. Philippa wandte sich wieder dem ersten Buch zu und las es von Anfang bis Ende. Danach fand sie ein weiteres Buch, in dem die Kosten der Bauten und erforderlichen Reparaturen notiert waren, die in den letzten drei Jahren auf St. Erth ausgeführt worden waren – alles unter Alains Verwaltung.

Philippa brauchte nur anderthalb Stunden, um festzustellen, daß Alain ein Betrüger war. Kein Wunder, daß Dienwald sich genötigt gesehen hatte, Wolle zu rauben. Es war kein Geld da, weil Alain alles in die eigene Tasche gesteckt hatte.

Philippa stand auf, stellte alles wieder so hin, wie sie es vorgefunden hatte, und verließ die stickige kleine Kammer. Wohin war Alain geritten? Wer war der Mann, mit dem er gesprochen hatte? Was hatte er ihm gegeben?

Sie begab sich in die Webstube, sah, daß die Arbeit zufriedenstellend voranschritt, und machte sich dann auf die Suche nach Crooky. Sie fand ihn zusammengerollt in einer Ecke des großen Saals. Er hielt dort Mittagsschlaf.

Philippa stieß ihm sachte die Fußspitze in die Rippen. Er fuhr hoch, machte den Mund auf und fing zu singen an:

»Ach, mein edler Lord,
Schlagt Euren guten Diener nicht!
Er hat so wenig Schlaf in Eurem Dienst
Wie eine Dirne, die Euch …«

»Genug der entsetzlichen Verse!« sagte Philippa zu ihm. »Steh auf, Narr! Ich habe dir etwas zu sagen.«

Verschlafen blinzelnd kam Crooky mühsam auf die Beine und kratzte sich unter den Achselhöhlen. »Was wünscht Ihr, Herrin?«

»Crooky, ich brauche deine Hilfe. Ich stelle dir jetzt ein paar Fragen, aber bitte keine gesungenen Antworten! Sprich wie ein vernünftiger Mensch!«

Crooky massierte sich die Rippen. »Ihr habt eine scharfe Zunge, Herrin.«

Zehn Minuten später verließ Philippa den Narren, der sich wieder zum Schlafen hinlegte. Er hatte ihr mehr Stoff zum Nachdenken geliefert, als ihr recht war. Am meisten erschreckte es sie, daß der Lord von St. Erth zwar Geschriebenes lesen konnte, aber nur langsam und unter größten Schwierigkeiten. Schreiben konnte er nur seinen Namen, und er vermochte lediglich ganz leichte Rechenaufgaben zu lösen. Immerhin war das noch mehr, als seine Männer und eine Handvoll Frauen davon verstanden. Und sie hatte angenommen, daß Dienwald trotz seiner Sturheit intelligent und gebildet wäre ... Jetzt verstand sie auch, warum er so darauf bestand, daß Edmund bei Pater Cramble Unterricht nahm. Er wußte, wie wichtig das war, weil er sich der eigenen Mängel schmerzhaft bewußt war.

Zorn erfaßte Philippa. Und als sie Alain in den Burghof einreiten sah, wurde ihr einmal mehr klar, daß sie keinerlei Machtbefugnis auf St. Erth besaß. Sie war nicht die Herrin von St. Erth, sondern eine Gefangene.

Sie mußte abwarten, bis ihre Zeit gekommen war.

Unglücklicherweise setzte Alain sich beim Abendessen neben sie. In Dienwalds Abwesenheit spielte er den Herrn, anscheinend mit Dienwalds Erlaubnis. Sie mußte vorsichtig sein. Er saß auf dem hochlehnigen Herrensessel. Eine Zeitlang beachtete er sie gar nicht. Dann wandte er sich ihr zu und bedachte sie mit einem hämischen Grinsen, als wäre sie ein verbrauchtes, minderwertiges Flittchen. Sie sagte nichts, sondern biß in ein Stück der Taubenpastete, einem schmackhaften Gericht, dem auch Karotten, Rüben und Kartoffeln untergemischt waren.

»Ich sehe, Ihr habt Euch Kleider der verstorbenen Herrin angeeignet.«

Aha, dachte Philippa, der Verwalter will sich mit mir anlegen. Er konnte seine Abneigung gegen sie nicht länger verhehlen. Doch er hatte es ziemlich plump angefangen. Sie lächelte. »Woher willst du denn das wissen? Soviel ich weiß, bist du erst seit drei Jahren hier, *Master* Alain. Die Herrin soll aber schon kurz nach Edmunds Geburt gestorben sein.«

Er zerquetschte ein Stück Brot in der Hand. »Bilde dir ja nicht ein, du könntest mich beleidigen, du Hure! Dienwald schläft zwar mit dir, aber Vergünstigungen hast du deshalb nicht zu erwarten. Ich habe dir ja schon gesagt, daß du nur eine unter vielen bist. Wenn er nichts mehr von dir wissen will, wirft er dich seinen Männern vor. In diesem Kleid siehst du übrigens lächerlich aus – es ist dir viel zu klein. Es preßt deine Brüste zusammen. Und unter dem kurzen Rock ragen deine Beine wie zwei Stöcke vor.«

»Immer noch besser als gar nichts.«

»Ja, wir haben ja alle gesehen, wie er dir das alte Kleid vom Leibe gerissen und dich dann zu seinem Bett getragen hat. Hast du geschrien, als er dich vergewaltigte? Oder hast du es genossen, als er dir sein Glied in den Schoß rammte?«

Alain lachte, tunkte mit dem Stück Brot, das er in der Hand zerdrückt hatte, die Soße vom Teller auf und schob es sich in den Mund.

»Du machst keine gute Figur in seinem Sessel«, erwiderte Philippa. »Er ist zu groß für dich, zu solide, zu bedeutend. Vielleicht liegt es auch daran, daß du für Dienwalds Sessel zu dürr und zu schäbig bist.« Sie erwartete, daß er ihr vor Ärger das Brot ins Gesicht spucken würde. Aber er kaute weiter und schluckte es dann herunter.

Im selben Augenblick bemerkte sie, daß seine Miene einen anderen Ausdruck annahm. Er hatte wohl erkannt, daß er auf diesem Wege bei ihr nicht weiterkam und es anders versuchen mußte. »Dieser Streit führt zu nichts«, sagte er schließlich. »Ehrlich, Philippa de Beauchamp, Ihr müßt weg aus St. Erth, solange es noch geht. Ich verhelfe Euch zur Rückkehr zu Eurem Vater. Ihr müßt weg, bevor Dienwald wieder hier ist.«

Er wollte sie unbedingt weghaben. Aber warum? Da sie seine Betrügereien durchschaut hatte, stellte sie zwar eine Bedrohung für ihn dar, aber er konnte ja nicht wissen, daß sie ihn entlarvt hatte. Also warum? »Ich neige aber mehr dazu, zu bleiben und den Lord von St. Erth zu heiraten. Er sieht gut aus und ist ein bedeutender Mann. Was meinst du dazu, Verwalter?« Kaum hatte sie das gesagt, da war sie selber entsetzt über ihre Worte. Fasziniert beobachtete sie, wie sein Gesicht vor Zorn fleckig wurde. Aber sie spürte, daß es noch einen anderen verborgenen Grund dafür gab, und das erschreckte sie.

Seine Hand zitterte. »Ich lasse dich auspeitschen, du Hure«, sagte er leise. »Und ich habe große Lust, selber die Peitsche zu schwingen. Mit größtem Vergnügen! Ich sehe deine Brüste schon auf und nieder wippen, wie du jämmerlich heulst und wegrennen willst, während ich dir den Rücken mit blutigen Striemen schmücke.«

Plötzlich verließ Edmund seinen Platz an einem der unteren Tische und stellte sich neben Philippa. Sie sagte gerade: »Dazu wird es nicht kommen, Master Alain. Du hast hier keine Machtbefugnis. Wenn Dienwald wüßte, daß du ...« Sie biß sich auf die Lippe. Um ein Haar hätte sie ihm an den Kopf geschleudert, daß er ein Lügner, ein Betrüger und ein Verbrecher war.

In diesem Augenblick erhob sich Crooky, der auf dem Fußboden neben Alain gehockt hatte, und stellte sich auf Philippas anderer Seite auf. Er gähnte ausgiebig, sah den Verwalter mit leerem Blick an und streckte sich dann wieder auf den Binsen aus.

Alain schien es ungemütlich zu werden. Mit einem Blick auf Edmund sagte er: »Der Knabe kann dir nicht helfen, du Hure, und der Narr auch nicht. Er ist doch ein Idiot, ein Halbirrer. Dienwald hält ihn sich nur zu seinem Vergnügen. Na, wolltest du mir noch etwas sagen, du Hure? Wolltest du mich vielleicht verleumden? Irgendwelche Lügen über mich verbreiten?«

»Mein Name ist Philippa de Beauchamp, und ich bin eine Lady. Merk dir das, du Abschaum!«

»Du bist so wenig eine Lady, wie der Narr ein Dichter ist. Du bist ein dummes, eitles Flittchen.« Ohne Vorwarnung holte der Verwalter aus und schlug ihr hart ins Gesicht, so daß ihr Kopf zur Seite flog. Trotz ihrer Überraschung fiel ihr auf, daß er Tintenflecke an den Fingern hatte, und sie fragte sich, wann er sich zum letztenmal gewaschen haben mochte.

»Verfluchte Schlampe!« Wieder holte er aus. Doch plötzlich begann zu Philippas Verwunderung sein Sessel zu wackeln, kippte nach hinten und fiel mit ihm um. Der Verwalter landete auf dem Rücken und schlug mit dem Kopf auf die geschnitzte Lehne.

Philippa, die eine Hand an die brennende Wange drückte, sah fassungslos auf den umgestürzten Verwalter. Über ihm stand Edmund, rieb sich die Hände und lachte krächzend. Im Saal war es still geworden.

Alain rappelte sich auf. Er hatte rote Flecken im Gesicht, und sein magerer Körper bebte vor Wut. »Du verdammter kleiner Nichtsnutz! Dafür werde ich dir das Fell versohlen!«

Blitzschnell sprang Philippa auf und stellte sich vor Edmund. »Wenn du den Jungen anrührst, bring' ich dich um. Das kannst du mir glauben!«

Der Verwalter reckte sich stolz. Sie war zwar kräftig, aber doch nicht so stark, daß sie ihm etwas anhaben könnte. Wie alle Frauen, die er kannte, würde sie klein beigeben, wenn er ihr Gewalt androhte. Am liebsten hätte er sie angespuckt und ihr den Hals umgedreht. »Geh zur Seite, Hure!«

Als Philippa sich nicht rührte, holte er aus. Da vernahm er hinter sich ein grollendes Geräusch. Langsam, ganz langsam ließ Alain die erhobene Hand sinken und drehte sich um. Vor ihm stand Gorkel der Schreckliche. Er bot den furchterregendsten Anblick, den Philippa je gesehen hatte. Der knochige Schädel mit der pockenzerfressenen Gesichtshaut und den tief eingegrabenen Narben, dem stoppligen Kinn und den dichten Augenbrauen, die über der Nase zusammenwuchsen, schien direkt aus der Hölle zu kommen. Und dazu drang jetzt ein tiefes Knurren aus seiner Kehle.

»Macht Euch fort, Kleine!« sagte Gorkel.

Alain hätte dem ungeschlachten Kerl gern befohlen, sich zum Teufel zu scheren, aber er hatte Angst vor Gorkel. Der konnte ihm ja mit seinen Riesenhänden mühelos das Genick brechen. Er sah erst auf Philippa, dann auf den Jungen, der die Hände in die Hüfte gestemmt hatte. Er würde das Weib schon noch erwischen und danach den Jungen bestrafen. Der Verwalter machte kehrt und ging aus dem Saal.

Crooky sprang in die Höhe und stimmte ein wildes Lied an.

»Der Kerl verbreitet üblen Duft,
Er ist und bleibt ein böser Schuft.
Doch läßt er es bald ganz sein.
Vorm Herrn zieht er den Schwanz ein.«

Philippa sagte: »Danke, Edmund.«

»Er ist ein richtiger Schinder. Vater hat es bloß noch nicht gemerkt, weil er sich in seiner Gegenwart immer zusammennimmt. Warum haßt er dich eigentlich? Du hast ihm doch nie was getan, nicht wahr?«

»Nein. Ich weiß auch nicht, warum er mich haßt, Edmund.«

»Ihr müßt ihm von jetzt an aus dem Wege gehen«, sagte Gorkel. »Ich kann nicht immer da sein und Euch schützen.«

»Ich weiß«, sagte sie und lächelte freundlich. Er nickte ihr zu, kratzte sich am Bauch, drehte sich um und ging zu seinem Platz zurück.

Wieder wurde es laut im Saal. Crooky machte es sich auf den Binsen bequem, Edmund stopfte sich Brot in den Mund, Philippa nahm wieder Platz und überlegte, was sie jetzt tun solle.

In den folgenden drei Tagen hielt sie sich stets in Gorkels Nähe auf. Dessen Gegenwart hielt Alain fern. Er verzichtete fortan auch darauf, bei Tisch den Herrensessel neben ihr einzunehmen.

Gorkel verschwieg ihr, daß ihm der Herr Befehl erteilt hatte, ständig über sie zu wachen. Wenn die Dirne aus St. Erth entwich, würde es ihn den Kopf kosten.

In diesen drei Tagen erfuhr Philippa eine Menge über St. Erth. Sie lernte alle Bewohner kennen, nähte für Edmund einen Waffenrock aus waldgrünem Wollstoff und fing einen für Dienwald an. Ihr Rock konnte noch warten. Philippa gewöhnte sich so sehr an den ewigen Lärm im Burghof, daß sie bald unterscheiden konnte, welches Huhn gerade gackerte. Eines der Schweine folgte ihr überallhin, als wäre sie seine Mutter, was Gorkel zum Lachen brachte. Diesem anhänglichen Schwein gab Philippa den Namen Tupper.

10

Als Philippa am Morgen des dritten Tages die Webstube betrat, empfing sie ein Höllenlärm. Ein ausgemergelter Mann mittleren Alters, dem einzelne graue Haarbüschel auf dem Schädel zu Berge standen, schrie wutbebend auf Mordrid ein.

»Verfluchtes Biest!« brüllte er. »Hure! Falsche Kuh! Ich liege auf dem Sterbebett, und du nimmst mir meine Stelle weg! Ich bring' dich um!«

Verwundert schaute Philippa den Mann an. Dann schrie sie: »Aufhören! Wer bist du? Was willst du hier?«

Der Mann fuhr herum. Er sah sich Philippa von oben bis unten an und grinste höhnisch. Seine Augen röteten sich. »Aha, du bist de olle Hexe, wo den Herrn umgarnen tut. Die wo ihn dazu gebracht hat, daß er an nichts denken tut, als wie dich zu rammeln und dir zu überlassen, was meine Sache is'!«

»Ach«, sagte Philippa und kreuzte die Arme vor der Brust. »Dann mußt du Prink sein. Frisch vom Sterbebett. Wie ich sehe, hast du uns noch nicht verlassen.«

Ihre klare, höfliche Redeweise brachte Prink vorübergehend zum Schweigen. Er meinte, man hätte ihm übel mitgespielt und ihn betrogen. Am liebsten hätte er die Dirne angesprungen und hätte ihr die Haare ausgerissen. Doch ihre Körpergröße hielt ihn davon ab. Er war noch nicht wieder bei Kräften. »Ich will meine Arbeit aufnehmen. Du bist hier nicht erwünscht, Dirne. Raus mit dir! Und nimm gleich alle diese dummen Weiber mit!« Er packte Mordrid am Arm und verdrehte ihn. »Die bleibt hier – sie verdienet 'ne Tracht Prügel. Ja, und die kriegt se auch gleich.«

»Prink«, sagte Philippa mit Nachdruck, »du wirst Mordrid sofort loslassen.«

Der Weber verstärkte seinen Druck auf Mordrids Arm, bis die Frau vor Schmerzen stöhnte.

Wo war Gorkel? In den vergangenen drei Tagen war er immer in ihrer Nähe gewesen. Na schön, er war eben nicht hier, und keiner würde ihr helfen, diese schwierige Lage zu bewältigen. Selbst die sonst so großmäulige alte Agnes hielt sich hinter einem großen Webstoff versteckt. Philippa trat auf den wütenden Weber zu und sah, wie bleich er war. Er schien auch Muskelkrämpfe zu haben. Offenbar war er noch sehr krank. Mit ruhiger, leiser Stimme sagte sie: »Dir geht es noch schlecht, Prink. Ich werde dich wieder zu Bett bringen.«

Er quiekte auf wie Philippas anhängliches Schwein Tupper. Doch immerhin ließ er Mordrids Arm los. »Du bist doch bloß das Flittchen des Herrn, und du hast mir weggenommen, was meine Sache ist, und ...«

»Prink, du siehst so grau aus wie der Himmel heute morgen. Der Schweiß tropft dir von der Stirn. Willst du wirklich hierbleiben und vor allen Frauen in Ohnmacht fallen?«

Prink wußte nicht, was er tun sollte. Nachdem er seiner gerechten Empörung Luft gemacht hatte, war er völlig erschöpft. Mit schwacher Stimme Mordrid beschimpfend, ging er langsam zur Tür. In diesem Augenblick tauchte Gorkel auf.

»Bringe Prink zu Bett, Gorkel! Und sorge dafür, daß er erst wieder aufsteht, wenn er vollständig gesund ist! Wir sprechen uns später, Prink.«

Sobald der Weber verschwunden war, kam die alte Agnes wutschnaubend aus ihrem Versteck hervor. »Dieser alte Taugenichts! Wie kann er's wagen? Will uns alles kaputtmachen, der stinkende Feigling!«

Philippa achtete nicht auf sie. »Alles in Ordnung, Mordrid? Hat er dir wehgetan?«

Die Frau schüttelte den Kopf. »Danke, Herrin. Prink ist ein guter Mann. Und hat seinen Stolz. Aber diese Krämpfe machen ihn fertig.«

Verzeihen Frauen denn einem Mann einfach alles? fragte sich Philippa. Bald kam Gorkel zurück, nickte Philippa zu und nahm seine Stellung an der Tür ein.

Am folgenden Nachmittag fühlte sich Philippa heiß, müde und einsam. Sie ging gerade, von dem quiekenden Tupper eifrig gefolgt, barfuß über den Innenhof, als ihr Hood, der Torhüter, zurief, daß ein Kesselflicker gekommen sei. Ob sie wünsche, daß er hereingelassen werden solle? Aufgeregt rief Philippa zurück, ja, sie wünsche, daß er eingelassen werde. Ein Kesselflicker führte immer allerlei Kleinkram, Bänder, Garn und vieles andere mit sich, das sie dringend benötigte. Vielleicht hatte er sogar Kleider bei sich, die er unterwegs gekauft oder eingetauscht hatte. In der Eile machte sie sich gar keine Gedanken darüber, warum der Torhüter sie um Erlaubnis gebeten hatte.

Im Innenhof versammelten sich Männer und Frauen. Auch die Kinder liefen herbei. Und als der Fremde durch die großen Tore kam, wurden sogar die Haustiere leiser. Philippa begrüßte den Kesselflicker. Ihre Augen funkelten vor Erwartung, als sie sah, wie schwerbeladen die beiden Maultiere waren, die er mit sich führte.

Sie betastete gerade zwei lange rosafarbene Bänder, als ihr einfiel, daß sie ja gar kein Geld hatte.

Und sie besaß auch nichts zum Eintauschen.

Da klang eine leise Stimme an ihr Ohr. »Wenn du bereit bist, St. Erth zu verlassen, kaufe ich dir alle Bänder, die du haben willst. Vielleicht auch noch ein Kleid und Schuhe dazu. Der Kesselflicker hat ja alles. O ja, du dummes Mädchen, diese Bänder würden dir gut zu deinem Haar stehen. Willst du sie haben?«

Sie drehte sich um und sah den Verwalter neben sich stehen. Er sah sie genauso hämisch an wie immer.

Wut erfaßte sie. Beinahe hätte sie laut herausgeschrien, daß der Herr nur deshalb kein Geld hatte, weil er ein Betrüger war. Erst im letzten Augenblick beherrschte sie sich. Sie mußte warten, bis Dienwald zurück war. »Nein, Herr Verwalter, er hat nichts, was ich kaufen möchte.«

»Du lügst ja!«

Als sie dem Mann die Bänder zurückgab, wären ihr beinahe die Tränen in die Augen getreten. Dann wich sie zurück und beschränkte sich darauf zuzusehen, wie die Menschen von St. Erth bei dem Kesselflicker Waren kauften oder eintauschten.

Die Bänder waren von jenem blassen Rosa gewesen, das ein Sonnenaufgang Anfang Mai verbreitet. Sie paßten gut zu einem Kleid, das sie daheim auf Beauchamp besaß.

Der Kesselflicker blieb über Nacht. Abends zeigte sich Crooky in Hochform. Er sang, bis er heiser wurde. Seine Lieder waren so farbig und unzweideutig, daß Pater Cramble sich mehrmals nachdrücklich räuspern mußte. Gorkel begleitete Philippa bis an die Tür des Schlafzimmers und bemerkte: »Ich habe dem Kesselflicker gesagt, er soll noch einmal vorbeikommen, wenn der Herr wieder hier ist.«

»Das war wirklich nicht nötig«, sagte Philippa.

Wie an jedem Abend ermahnte Gorkel sie: »Schließ die Tür gut ab!« Sie tat es und wollte, sich umdrehend, die Kerze abstellen. Vor ihr stand, ein Messer in der Hand, Alain.

Philippa rannte zur Tür, drehte den großen Messingschlüssel im Schloß und schrie: »Gorkel! Gorkel! *A moi! A moi!*«

Sofort war der Verwalter bei ihr, legte ihr die Hand um den Hals und zog sie mit scharfem Ruck an sich. Er hob die rechte Hand und zielte mit der scharfen Messerspitze auf ihre Brust. Schreien konnte sie nicht mehr. Sein Arm schnürte ihr die Luft ab. Sie bohrte ihm die Fingernägel in den Arm. Doch er ertrug es, ohne loszulassen.

Doch da er ihr das Messer nicht in die Brust stieß, wurde ihr klar, daß er sie nicht umbringen wollte. Es wäre ja auch viel zu gefährlich für ihn gewesen. Er hatte das Messer nur gezückt, um etwas von ihr zu erreichen. Sein Arm verstärkte den Würgegriff. Sie sah weiße Lichtfunken, und das Zimmer drehte sich vor ihm im Kreis. Sie zerrte an seinem Arm. Da setzte er ihr die Spitze an die Kehle, und sie spürte, wie klebriges Blut herausfloß. Ihr wurde eiskalt. Sie war wie gelähmt.

»Halt still, du Hure, oder ich schneide dir auf der Stelle die Kehle durch! Gorkel, dieser schwachsinnige Idiot, kann dich sowieso nicht hören, die Türen sind viel zu dick. Also halt jetzt den Mund!«

Philippa versteinerte.

»Gut so. Und jetzt komm her!«

Er schleppte sie zu Dienwalds Bett und schubste sie. Sie fiel auf den Rücken. Er drängte sich neben sie. Das Messer blieb an ihrer Kehle. Sie schluckte und sah zu ihm auf.

»Es ist zu spät für dich, von St. Erth zu fliehen. Dennoch wirst du nicht mehr da sein, wenn der Herr zurückkommt. Und er wird Gorkel dafür verantwortlich machen, dieses riesige Schreckgespenst. Nicht mich. Auf mich kommt er überhaupt nicht.«

Sie schwieg und überlegte fieberhaft. Das war auch besser, als gleich zu antworten, wie sie es sonst immer getan hatte.

»Du fragst dich bestimmt, warum ich dich unbedingt von St. Erth weghaben will. Es sind deine Augen ... sie kamen mir gleich bekannt vor, ihr Schnitt und ihre Farbe, ja, dieses besondere Blau ist mir aufgefallen ... ich habe es schon mal irgendwo gesehen ... Hättest du dich gleich davongemacht, als ich es dir sagte, dann hätte ich dich nicht umgebracht. Aber du läßt mir ja keine Wahl, du dumme Sau! Du hättest mein erstes Angebot annehmen sollen. Aber du warst auf den Herrn scharf, stimmt's? Hat er dir gesagt, daß er dich stärker begehrt als jede andere Frau? Ja, er versteht es, die Weiber reinzulegen. Du hättest gehen sollen. Aber jetzt ist es zu spät. Viel zu spät.«

So redete er und redete, prahlte und machte Dienwald schlecht. Er muß verrückt geworden sein, dachte Philippa.

»Warum?« flüsterte sie, ohne sich zu rühren. Denn noch immer drückte er ihr das Messer so fest an den Hals, daß die Spitze schon von ihrem Blut gerötet war.

»Warum? Soll ich es dir sagen? Nun, bald bist du tot und wirst weggeschafft. Es kommt also nicht mehr darauf an. Ich weiß nämlich, wer du bist.«

Das ergab keinen Sinn. Langsam sagte sie: »Ich bin Philippa de Beauchamp. Aber das wissen doch alle.«

»Ja, aber du mußt wissen, daß ich dem dritten Wagen mit Wolle, den mein dummer Herr den Bauern gelassen hat, weil er Mitleid mit ihnen hatte, zwei Männer nachgeschickt habe. Ja, meine Männer holten ihn ein, schnappten sich die elenden Bauern und töteten sie. Aber vorher erfuhren sie noch von ihnen alles über dich. Ja, die Kerle erzählten ihnen alles, als sie ihnen die Messer ans Herz setzten. Meine Männer erfuhren, daß du der Liebling deines Vaters bist, daß er dich als Verwalterin beschäftigt hat, daß du den Wollpreis festgesetzt hast, den sie auf dem Markt in St. Ives erzielen sollten. Das bedeutete, daß du lesen, schreiben und rechnen kannst. Im Gegensatz zu meinem Herrn, der mir alles glaubt, was ich ihm sage.«

Nach einer Pause erklärte er düster: »Darum mußt du jetzt sterben. Du wunderst dich, daß Dienwald so großes Vertrauen in mich setzt, was? Nun, er hat mich einmal vor einem Ritter gerettet, den ich betrogen hatte. Danach tötete er meinen Herrn, der für den Ritter Partei ergriffen hatte, und nahm mich mit nach St. Erth. Hier bin ich ein reicher Mann geworden, während der rührselige Dummkopf meint, ich müßte ihm ewig dankbar sein. Dienwald hält sich zwar für einen Raufbold, einen Schurken und Rebellen, der die Faust gegen die Obrigkeit erhebt, aber tief in seinem Inneren hängt er an verschiedenen Glaubensartikeln, was ihn zugrunde richten kann und wird. Du siehst also ein, daß ich dich um die Ecke bringen muß, zumal du auch mein Zimmer durchstöbert hast. Einer meiner Späher hat dich gesehen. Ja, er sah dich, wie du heimlich und vorsichtig herausgeschlichen kamst. Du weißt jetzt also alles über mich und wolltest nur den passenden Augenblick abwarten, um es Dienwald zu verraten.«

Mit grimmiger Entschlossenheit fuhr er fort: »Er hat Gorkel beauftragt, darüber zu wachen, daß du nicht entfliehen kannst. Das hast du nicht gewußt, was? Leider hat er dich damit auch unbeabsichtigt vor mir geschützt. Erst heute abend fiel mir ein, wie ich mich deiner trotzdem bemächtigen kann. Philippa de Beauchamp, ich habe dich vom ersten Augenblick, da ich dich sah, gehaßt. Ich ahnte, daß du meinen Zielen im Wege stehen würdest.«

Bevor sie auch nur ein Wort entgegnen konnte, führte er mit dem Messergriff einen harten Schlag an ihre Schläfe. Sie sah ein Meer von Lichtern aufblitzen, spürte einen scharfen Schmerz, und dann wurde es schwarz um sie.

Als Philippa wieder zu sich kam, stieg ihr der würzige Geruch der Pferdeställe in die Nase. Man hatte ihr die Hände hinter dem Rücken gefesselt und eine Decke über sie gelegt. Ihre Beine waren jedoch frei. Sie lag ganz still. Unter der Decke bekam sie kaum Luft. Sie erfaßte mit den Zähnen eine Ecke und schüttelte sie sich vom Gesicht. Sie glaubte, allein zu sein, war sich aber nicht sicher, weil es so dunkel war. Jedenfalls hörte sie keine Schritte und keine Stimmen. Wo war Alain?

Jetzt, dachte sie. Jetzt muß ich gut überlegen. Aber nicht mit den Beinen, sondern mit dem Kopf. Was war zu tun? Alain blieb nichts anderes übrig, als sie von St. Erth zu entfernen. In diesen Augenblicken erinnerte sie sich an Stellen aus den Heldenliedern der Spielleute. Da pflegten strahlende Helden oft eine Jungfrau aus schrecklichen Gefahren zu befreien. Doch hier war weit und breit kein strahlender Held zu finden. Die schöne Jungfrau mußte sich selber helfen.

Sie versuchte die Fesseln um die Handgelenke zu lockern, erreichte aber nur, daß sie ihr noch tiefer in die Haut schnitten. Sie wälzte sich herum, und es gelang ihr, auf die Beine zu kommen. Sie spähte aus ihrer Box. Beinahe wäre sie von den Schmerzen an der Schläfe, wo sie der Messergriff getroffen hatte, wieder ohnmächtig geworden. Doch sie hielt durch. Viel Zeit blieb ihr nicht mehr. Alain würde bald zurückkommen. Und dann würde er sie töten, daran bestand kein Zweifel.

Philippa schaffte es, den Riegel an der Box zurückzuschieben. Leise stieß sie die Tür auf. Wo war der Verwalter?

Sie wollte mit vollem Schwung aus den Ställen stürmen und gellend um Hilfe rufen. Doch da hörte sie vom Eingang her zwei leise Männerstimmen und blieb stehen. Ihre Augen hatten sich mittlerweile an die Dunkelheit gewöhnt, und als sie sich vorsichtig umblickte, sah sie, daß an einem Wandhaken eine alte Sense hing.

Nun dauerte es nicht mehr lange, bis sie an dem tödlich scharfen Sensenblatt die Fesseln durchgetrennt hatte. Aber sie schnitt sich dabei, und Blut lief ihr über die Handflächen. Sobald sie frei war, duckte sie sich und schlich wieder zur Tür. Die beiden Männer waren noch da. Sie unterhielten sich mit gedämpfter Stimme.

Jetzt könnte sie sie überrumpeln. Sie mußte versuchen, in den großen Saal zu gelangen, bevor sie eingeholt wurde.

»Na? Hat sich die Hure schon bemerkbar gemacht? Oder ist sie noch bewußtlos?«

Alain war gekommen! Philippa schrak zurück. Ihr Herz schlug so laut, daß sie meinte, sie müßten es hören. Na, und wenn schon! Sie sollten nur kommen! Sie zog die Sense von der Wand und drückte sie an die Brust.

Sie hörte einen der Männer sagen: »Nee, die Dirne hat noch kein Mucks von sich gegeben. Sie muß noch bewußtlos sein. Dürfen wir sie noch rammeln, bevor wir sie die Kehle durchschneiden?«

Philippa schluckte krampfhaft. Dann merkte sie, daß sie mit den blutigen Händen leicht am Sensenstiel abrutschen konnte. Sie hob Heu vom Boden auf und rieb den Stiel und ihre Handflächen damit ab. Solange sie die Sense hatte, besaß sie noch eine Chance.

»Ihr könnt mit ihr machen, was ihr wollt. Aber danach müßt ihr sie umbringen und die Leiche irgendwohin bringen, wo sie nie gefunden wird. Die Dirne steckt voller Tücken. Also paßt auf, wenn sie wieder zu sich kommt! Ich habe inzwischen mit dem Torhüter

Hood gesprochen und ihm gesagt, daß ich heute nacht Lebensmittel an den Herrn schicke. Der Mann ist nicht dumm, also seht euch vor! Ihr verladet die Dirne auf einem Maultier und bringt sie von St. Erth weg. Wenn ihr zurückkommt, zahle ich euch aus. So, das wär's.«

Dann entfernte sich Alain wieder. Nur seine beiden Spießgesellen blieben zurück.

Sie hatte jetzt nur den Überraschungsvorteil auf ihrer Seite.

Sie hob sie Sense über den Kopf und wartete. Einer der Männer kam in den Stall herein. Sie hörte ihn zu dem anderen sagen: »Warte hier! Ich hole die Dirne.«

Der andere widersprach. »Nee, man muß sie im Stall drin nehmen, du Schweinehund!«

Dann stritten sie sich darum, wer sie als erster vergewaltigen dürfe. Fester packte sie den Sensenstiel. Dreckige Unholde! Plötzlich sah sie im Mondlicht einen Männerkopf an der Tür. Philippa atmete tief ein und schlug kräftig mit der Sense zu. Sie traf ihn nur mit der gekrümmten flachen Seite der Schneide. Aber der harte Schlag zertrümmerte ihm den Schädel. Blut spritzte auf den mit Heu bedeckten Boden.

Der Mann hinter ihm brüllte aus voller Kehle. Philippa schrie und drang mit hoch erhobener Sense auf ihn ein.

Der Mann brüllte vor Angst und machte kehrt. Schnell rannte sie zum Innenhof und von dort die Treppe zum großen Saal hinauf. Wie immer herrschte drinnen Krach.

Alle redeten durcheinander. Die Sense in der Hand, die Haare wild zerzaust, stand sie mit bleichem Gesicht und über und über mit Blut bespritzt in der Tür. Jetzt wurden die ersten auf sie aufmerksam.

Eine grausige Stille trat ein. Dann sprang Alain auf und brüllte: »Tötet die Hure! Bei den Knien des Teufels, sie hat Leute von uns abgeschlachtet! Seht sie euch an, sie ist blutverschmiert! Mörderin! Sie hat die Edelsteine des Herrn gestohlen! Bringt sie um! Schnell!«

Philippa blickte um sich und hob die Sense. Die Stille legte sich lähmend auf alle. Noch hatte sich keiner gerührt. Alle starrten sie an wie ein Gespenst im Schauspiel. »Gorkel«, sagte sie mit versagender Stimme, »hilf mir!«

Als Alain sah, daß keiner Anstalten traf, ihm zu gehorchen, stürmte er auf sie zu. »Tötet die verfluchte Hure!«

Er entriß einem der Krieger das Schwert und rannte weiter.

»Tötet sie!« brüllte ein anderer. »Ja, sie ist die Hexe, die einem Mann seine Stelle wegnehmen tut!« Es war Prink. Er sah noch immer blaß aus und schwitzte heftig, war aber bereit, sie umzubringen. »Schlagt sie auf der Stelle tot!«

Jetzt sprachen alle durcheinander, aber Philippa meinte jeden einzelnen herauszuhören. Es war unheimlich. Sie hörte Pater Cramble laut beten, sie hörte Edmund kreischen wie einen der Papageien ihrer Mutter. Er kam auf sie zugeeilt. »Nein, Edmund, bleib, wo du bist!« Northbert, Proctor, der Waffenschmied, Margot, Crooky, Alice – alle kamen auf sie zu. Um ihr zu helfen? Oder um sie zu töten?

Schaudernd wich sie zurück. Sie wußte, daß Alains anderer Mörder irgendwo draußen im Innenhof auf sie lauerte. Und vor ihr war Alain, von Wut und Haß verzehrt, bereit, sie in dem von Menschen wimmelnden Saal zu töten.

Doch sie war kein Feigling. Wieder hob sie die Sense.

»Nee, Herrin.«

Es war Gorkel, der sich jetzt langsam näherte. Grinsend entblößte er das Gebiß, und da erfaßte sie auf einmal Mitleid mit Alain.

Gorkel packte den Arm des Verwalters kurz über dem Ellbogen und drückte einfach zu. Das Schwert fiel dem Verwalter aus der Hand und fiel harmlos zu Boden.

Dann begann er zu heulen. Er flehte um Gnade. Philippa sah, wie Gorkel ihm den Arm immer höher verdrehte. Und Alain schrie, als ob er am Spieß steckte.

Ohne die geringste Gemütsbewegung legte ihm Gorkel mit der freien Hand die Finger um den Hals. Der Druck verstärkte sich. Er hob ihn hoch, und der Verwalter baumelte an seinem Arm. Jetzt konnte er nicht einmal mehr schreien.

Dann warf Gorkel brummend den halbtoten Mann auf die Binsen.

Philippa ließ die Sense fallen, barg das Gesicht in den blutigen Händen, fiel auf die Knie und brach in Tränen aus.

Die Stimme eines kleinen Jungen drang an ihr Ohr. Edmund war es. Er sagte: »Du kannst doch nicht wie ein albernes Mädchen weinen.«

Da blickte sie auf und sagte, was sie selbst überraschte: »Du bist ein garstiger kleiner Junge. Ein richtiges Ungeziefer. Aber ich weiß nicht, wie es kommt, ich freue mich, daß du jetzt da bist.«

»Ja«, sagte Edmund. »Das kommt davon, daß du nur ein Mädchen bist und männlichen Schutz brauchst. Aber du bist schmutzig und mit Blut verschmiert. Komm mit!«

»Geht mit dem Jungen!« sagte Gorkel. »Ihr habt Euch gut gehalten, Herrin, sehr gut.«

»Draußen wartet noch einer, Gorkel. Im Stall habe ich seinen Kumpanen getötet, aber er ist weggerannt. Ich weiß nicht, wer es ist. Doch an der Stimme würde ich ihn wiedererkennen.«

»Wahrscheinlich ist das der Zisternenwart«, sagte Gorkel. »Ein ganz niederträchtiger Hund. Er hat dauernd um den Verwalter herumscharwenzelt. Ja, ich habe ihn schon eingefangen. Wenn der Herr wieder hier ist, wird er ihn bestrafen.«

»Und was wird aus dem?« rief die alte Agnes in schrillem Diskant und zeigte auf Prink. »Dieser dreckige Verräter!«

Der Weber konnte sich kaum noch auf den Beinen halten. Er war sichtlich krank und verging vor Angst.

»Laßt ihn in Ruhe!« rief Philippa. »Tu ihm nichts, Gorkel! Seine Krankheit hat in verblödet. Laßt ihn in Frieden!«

»Ein bißchen muß ich ihm weh tun«, sagte Gorkel, »damit er nicht wieder so ein Mist machen tut.«

Und damit packte er den Weber, hob ihn hoch und schleuderte ihn wie eine Puppe umher. Dann schlug er ihm mit der Faust in den Magen, ließ ihn fallen, trat ihm noch einmal in die Rippen und sagte mit leiser, eindringlicher Stimme zu ihm: »Wenn du noch ein einzigesmal die Herrin anfassen tust, wenn du noch einmal 'n böses Wort zu ihr sagen tust, dann trete ich dir, bis dir der Arsch zu die Ohren rauskommen tut.«

Edmund ergriff Philippas Hand. »Komm, Philippa, ich bring' dich in dein Zimmer.«

Burg Wolffeton, Cornwall

»Burnell, ich bin beglückt, Euch begrüßen zu können«, sagte Graelam de Moreton. »Wie geht es dem König? Und Eleanor? Steht es gut um unser Königreich?«

Burnell, der von der langen Reise todmüde war, sah sich plötzlich Graelams Gattin gegenüber. Lady Kassia erwies sich als eine kleine Dame mit großen Augen und einem gewinnenden Lachen. Er fand sie entzückend, fragte sich aber sofort, wie eine so zarte Frau mit einem so gewaltigen Krieger, wie es ihr Mann war, fertig wurde.

»Was führt Euch her, Burnell?« fragte Graelam und bot dem Gast zur Erfrischung ein Glas des ihm noch verbliebenen köstlichen Weins aus Aquitanien an.

»My Lord, ich komme im Auftrag des Königs. Er wünscht Euren Rat.«

»Edward wünscht *meinen* Rat? Hört, Burnell, der Mai steht vor der Tür, da will der König bestimmt gegen die Waliser oder gegen die Schotten zu Felde ziehen. Ich kann mir nur vorstellen, daß er weitere Krieger und Geld für seinen Feldzug braucht. Los, heraus mit der Wahrheit!«

»Das stimmt, my Lord. Aber außerdem hat der König eine Tochter, und er wünscht, daß Ihr einen Ehemann für sie findet, und zwar hier in Cornwall.«

»Aber Edwards Töchter sind doch noch viel zu jung«, warf Lady Kassia ein, »und der König würde sie sicherlich nicht mit einem einfachen Baron vermählen wollen.«

»Die Tochter, um die es sich hier handelt«, sagte Burnell, »ist keine Prinzessin, my Lady.« In diesem Augenblick bemerkte er, daß Kassia guter Hoffnung war.

»Was ist sie dann?«

»Kassia, meine Liebe«, sagte Graelam grinsend, »es scheint sich um eine Tochter aus jener Zeit zu handeln, als Edward noch sehr jung war.«

»Genau. Sie heißt Philippa de Beauchamp. Sie zählt fast 18 Jahre, und es wird höchste Zeit, daß sie heiratet.«

»De Beauchamp. Aber Lord Henrys Tochter ...«

»Sie ist die uneheliche Tochter des Königs, my Lord, und wurde von Lord Henry wie eine eigene Tochter großgezogen.«

Überrascht blickten Graelam und Kassia den Sekretär des Königs an. Bedächtig erläuterte ihnen Burnell alle Einzelheiten des Falls. »... Ihr seht also, my Lord, der König sucht einen Mann, der ihm nicht auf der Tasche liegt, einen echten starken Ehrenmann aus Cornwall. Und er wünscht, daß Ihr ihm einen Mann nennt, der der Hand seiner Tochter würdig ist, my Lord. Und deshalb ...«

»Kann sein, daß ich einen Mann kenne, der den Wünschen des Königs entspricht«, sagte Graelam. Doch Kassia las ihrem Mann die böse Absicht an den Augen ab.

»Sein augenblicklicher Rang spielt keine Rolle, my Lord. Der König wird ihn zum Grafen ernennen.«

»Zum Grafen, sagt Ihr? Das will überlegt sein. Bleibt Ihr bis morgen, Burnell?«

Robert Burnell hätte liebend gern eine Woche auf einer weichen Matratze bei ihm verbracht. Nach dem Besuch bei Lord Graelam mußte er noch zu Lord Henry. Hoffentlich konnte er dem dann schon mitteilen, daß er ihm in Kürze einen Bräutigam für Philippa vorstellen werde.

»Gut. Ich teile Euch morgen meine Ansicht mit. Ja, ich werde den König beraten.«

Als Graelam in dieser Nacht neben seiner Frau im Bett lag, schüttete er sich vor Lachen aus. Kassia tadelte ihn scharf. »Das kannst du nicht machen, Graelam. Das kannst du wirklich nicht machen!«

»Ich habe dir angekündigt, daß ich dem Hurensohn eine Lektion erteilen werde. Jetzt ist es so weit.«

»Aber Dienwald verachtet jede Autorität – das weißt du doch. Der König von England sein Schwiegervater! Damit ist Dienwald nie einverstanden. Lieber würde er zum Papst reisen und den um Befreiung bitten oder zu den Tataren entlaufen. Und dann die Ernennung zum Grafen! Dienwald verschmäht solche Lockungen. Er haßt Ehrenhaftigkeit und Verantwortung. Er setzt allein auf seinen Namen, seinen Besitz und den eigenen Wert. Oh, my Lord, er hat dir Trotz geboten, aber wenn du dich auf solche Weise an ihm rächst, würdest du ihn für immer ins Elend stoßen. Er könnte nicht mehr rauben und plündern, wann es ihm gefällt. Er könnte nicht mehr damit prahlen, daß er ein Raufbold und Schurke sei. Und er ist doch so stolz auf seinen Ruf! Und was ist, wenn sich das Mädchen als alte Schreckschraube erweist? Was ist dann?«

Graelam lachte nur um so lauter.

Kassia dachte an die Fässer mit Wein aus Aquitanien, die Dienwald wahrscheinlich aus dem Schiffswrack erbeutet hatte. »Wenn Edward auf deinen Rat hört«, sagte sie, »wird Dienwald uns beide umbringen.«

Burg St. Erth

Mitten in der Nacht träumte Philippa, daß ihr eine freundliche Hand durch die Haare fuhr. Es war ein wunderbares Gefühl. Dann legte sich der Mund eines Mannes auf ihre Wange und das Kinn, berührte ihren Hals und ihre Lippen. Seine Zunge leckte an ihrer

Unterlippe. Der Traum behagte ihr sehr, sie genoß ihn und wollte daß er nicht endete. Denn schon fühlte sie, wie der Mann ihre Brüste streichelte, wie seine harten Fingerspitzen an ihren Nippeln spielten.

Die Männerhand wanderte weiter zu ihrer Taille und streichelte über ihren Unterleib. Sie reagierte mit Wonnegefühl. Dann spreizte er ihre Beine. Seine Finger kosten ihr Schamhaar und fühlten nach ihrem Schoß, und sie stöhnte, hob das Becken, und ein Verlangen ergriff sie ...

Sie schlug die Augen auf und erkannte, daß es kein Traum war. Der Mann war Dienwald. Selbst im Dunkeln erkannte sie seine Züge. »Es war also kein Traum«, sagte sie.

»Nein, Dirne, es war kein Traum. Du fühlst dich so weich an wie kein anderes Wesen.« Sie ergab sich seinen Liebkosungen und spürte, wie sie heiß und feucht wurde. Dann führte er den Mittelfinger ein. Sie schrie auf und zuckte. Denn nie geahnte Gefühle brandeten in ihr auf.

»Pst«, sagte er, und sein Finger drang tiefer und tiefer ein. »Das tut dir doch nicht weh, Dirne? Ich merke, wie du meinem Finger entgegenkommst. Ah, da ist er, dein Unschuldsbeweis. Deine kostbare Jungfernschaft. Sie wartet nur darauf, daß ich sie attackiere.« Sein Finger blieb in ihr, bewegte sich nicht mehr, war tröstend und warm. »Gorkel hat mir erzählt, daß du gestern abend beinahe zu Tode gekommen wärst. Es tut mir sehr leid, Philippa. Ich hielt dich für gut beschützt. Leider hat sich der Mann, dem ich mein volles Vertrauen geschenkt habe, als mein schlimmster Feind erwiesen. Es tut mir sehr leid.« Er küßte ihren Unterleib, leckte daran und prüfte die Stärke ihres Jungfernhäutchens. Dann zog er seufzend den Finger zurück.

Er legte sich auf sie, und sein Mund war über ihrem, und Philippa, erregt im Dunkel der Nacht, wehrte sich nicht.

Seine Zunge war in ihrem Mund, erforschte ihn tastend, und nun berührten sich ihre Zungenspitzen. Dann aber löste er sich unerwartet von ihr und ließ sie allein.

»Bitte«, flüsterte Philippa. Sie war außer sich vor Verlangen – nach etwas, das ihr noch unbekannt war.

»Nein, Dirne«, sagte er. »Es kam nur so über mich, weil ich eine Woche lang keine Frau gehabt habe und meine Lenden vor Begierde brennen. Schlaf weiter!«

Sie schrie auf, denn nun haßte sie ihn plötzlich. Haßte ihn, weil er ihr wieder zu Bewußtsein gebracht hatte, daß sie ihm nichts bedeutete. Dann hörte sie, wie er aus dem Zimmer ging und die Tür hinter sich zuschlug.

Sie legte sich auf die Seite und fing an zu weinen.

Einige Zeit später kam Dienwald zurück. Sie tat so, als schliefe sie. Er stieg neben ihr ins Bett, darauf bedacht, sie nicht zu berühren. Sie lauschte seinen gleichmäßigen Atemzügen und wußte, daß sie ihm und St. Erth entfliehen mußte.

Wenn sie nur einen Weg wüßte!

11

Am nächsten Morgen wurde Philippa durch einen Schlag auf den nackten Po geweckt. Sie fuhr hoch.

»Ah, du bist wach. Jetzt mußt du mir einige Fragen beantworten. Ich verlasse meine Burg, und alles ist in bester Ordnung. Ich komme zurück, und mein Verwalter ist tot, und alles ist in Aufruhr. Steh auf und komm in den großen Saal!«

Noch einmal gab ihr Dienwald einen Schlag auf den Po. Dann ließ er sie allein. Sie überlegte, was ihr geschehen würde, wenn sie ihm mit der Sense den Schädel spaltete. Dieser Unmensch!

Im großen Saal sprach Dienwald mit seinem Narren. »Jetzt berichtest du mir noch einmal, was hier vorgefallen ist.«

Crooky musterte seinen Herrn. Dienwald war müde und schlechtgelaunt. Wahrscheinlich war er in höchster Eile nach St. Erth zurückgeritten. Warum? Wegen seiner Geliebten? Hatte ihm das Mädchen gefehlt? Gestern abend war Crooky nicht dabeigewesen, als Dienwald laut brüllend in den Saal gestürmt war, nachdem er von dem Torhüter erfahren hatte, daß Philippa blutüberströmt sei und überall Tote herumlägen.

Crooky grinste. »Habt Ihr die Schweinehunde gefaßt, die Eure Ernte verbrannt haben, Herr?«

Mit kräftigen Zähnen biß Dienwald ein Stück Brot ab. »Ja, drei haben wir erwischt. Aber sie waren tot, bevor sie uns sagen konnten, wer sie hingeschickt hatte.«

»Es war diese schleimige Schlange Walter de Grasse.«

»Ja, höchstwahrscheinlich. Margot! Bier her!«

»Laßt Euch von Eurer Geliebten erzählen, welche Abenteuer sie erlebt hat! Dann werden Euch die Haare zu Berge stehen.«

»Du wagst es, diese Dirne meine ›Geliebte‹ zu nennen? Du mußt verrückt sein! Ich trete dir in die ...«

Blitzschnell rollte sich Crooky aus der Reichweite seiner Beine und richtete sich auf. »Sie ist gut für St. Erth«, sagte er. »Und unerschrocken. Sie hat um ihr Leben gekämpft.«

Margot brachte das Bier und warf Dienwald einen forschenden Blick zu. Er winkte ab und wandte sich wieder dem unglückseligen Narren zu. »Du warst doch hier, verdammt noch mal! Ich will wissen, was passiert ist!«

»Ach, laßt ihn doch in Ruhe!« sagte eine ärgerliche Stimme hinter ihm. Es war Philippa. »Ich höre alles lieber als ein Lied von Crooky am frühen Morgen.«

Dienwald fuhr herum. Er mußte sich sehr zusammennehmen, um nicht zu zeigen, wie erleichtert er war, sie unversehrt vor sich zu sehen. Selbst ihre üble Laune machte ihm nichts aus. »Es wird auch Zeit, daß du dich herbequemst«, sagte er. »Du siehst aus wie eine wilde Hexe.«

In Wirklichkeit sah sie zwar etwas zerzaust, aber sonst freundlich und sehr, sehr lieb aus. Sie trug jetzt ein anderes Kleid seiner verstorbenen Frau, das er ihr zur Verfügung gestellt hatte. Es war grau, verblichen, abgetragen, formlos und ungefähr einen halben Meter zu kurz.

»Besten Dank für das Kleid. Gibt es keinen Überrock dazu?«

»In dem ersten Kleid, das ich dir gab, habe ich dich leider nicht gesehen. Dies hier paßt dir überhaupt nicht, aber ich habe kein anderes gefunden. Und nun jammere nicht! Warum hast du dir keine neuen Sachen genäht?«

»Ich hätte es tun sollen«, sagte sie. Es kribbelte ihr in den Beinen, ihm einen Fußtritt zu versetzen. Er hatte sie gestreichelt und geküßt. Und dann war er weggegangen, um ein anderes weibliches Lustobjekt zu finden. Und jetzt wagte er es, sie zu verhöhnen. Heute morgen schien er überhaupt nichts für sie übrig zu haben. Er ließ nur seine schlechte Laune an ihr aus. »Ich werde Euch gleich alles erzählen«, sagte sie, brach ein Stück Brot ab und kaute so gelassen darauf herum, daß er in Zorn geriet.

»Fang an, Dirne! Los, mach schnell!« Jetzt erst sah er ihre verletzten Handgelenke. Er atmete tief ein, und sein Zorn wuchs. »Das ist doch nicht zu glauben!« schrie er sie an. »Ich gehe einmal aus der Burg, und was passiert? Laß dir von Margot die Handgelenke verbinden! Und erzähle mir endlich, was während meiner Abwesenheit vorgefallen ist!«

Erst als Philippa davon überzeugt war, daß er sich einigermaßen beruhigt hatte, begann sie: »Anfangs lief alles gut. Wir hatten fast die ganze Wolle zu Stoff verarbeitet und schon das meiste davon gefärbt. Gestern fingen wir mit den Näharbeiten an. Ach ja, es gab einen kleinen Zwischenfall. Gorkel war gezwungen, Eurem Verwalter das Genick zu brechen. Aber Alain hatte nichts anderes verdient. Ich muß sagen, daß Ihr im Vergleich zu diesem ekelhaften, inzwischen verblichenen Alain einer der größten Heiligen seid.«

»Aha. Ich werde dir gleich im Zimmer eine Tracht Prügel verabreichen. Sag mir nur noch vorher, warum mein ekelhafter Verwalter dich töten lassen wollte!«

Sie zuckte nur die Achseln.

Sofort stand er auf, packte sie um den Leib und hob sie von der Bank, so daß sie Auge in Auge vor ihm stand. »Du sagst mir, was vorgefallen ist, oder du wirst es bereuen!«

»Was wollt Ihr mit mir machen? Wieder so etwas wie heute nacht, als ich schlief?«

Sein Gesicht verzog sich. Sie konnte den Ausdruck nicht deuten. »Gib nach, Philippa, gib nach! Ich bin müde und will endlich wissen, was hier vorgefallen ist.«

Sein ernster Ton, bar jeden Spotts, berührte sie. »Wenn Ihr mich loslaßt, erzähle ich Euch alles.«

Langsam stellte Dienwald sie auf die Beine und sagte, den Blick auf die geschwärzten Dachbalken gerichtet: »Auf die Dauer wirst du mir ohnehin zu schwer.« Dann nahm er wieder Platz.

Daraufhin berichtete sie ihm, was sie in dem kleinen Zimmer des Verwalters entdeckt hatte. »Ich habe vom ersten Tag an kein Vertrauen zu ihm gehabt. Dazu kam, daß er mich haßte, wofür ich keinen Grund sah. Nun, my Lord, es ist so, daß er Euch von Anfang an betrogen hat. Er hat es vor mir zugegeben. Er war in Eurem Zimmer und hatte mir ein Messer an die Kehle gesetzt. Er stieß schwere Beleidigungen gegen Euch aus und drohte mir mit dem Tod.«

Philippa dachte daran, in welcher Todesangst sie geschwebt hatte, und mußte schlucken. Doch sie sprach ohne erkennbare Gemütsbewegung weiter. Sie berichtete ihm, wie sie in die Ställe gelangt war, wie sie einen der Männer mit der Sense getötet hatte, wie sie dann in den großen Saal gerannt war und wie Gorkel den Verwalter umgebracht hatte. »Alain hatte übrigens Männer ausgeschickt, die den dritten Wollewagen anhalten sollten. Die Bauern ließ er töten. Vorher erfuhr er von ihnen, daß ich lesen und schreiben kann und für meinen Vater als Verwalterin gearbeitet habe.«

Dienwald schwieg lange Zeit. In höchster Spannung wartete sie darauf, daß er etwas zu ihr sagen würde. Er konnte ihr vielleicht sagen, daß er ihr nachfühlte, welche Angst sie in der dunklen Nacht ausgestanden hatte. Oder sie seiner unwandelbaren Dankbarkeit versichern. Oder ihr sagen, er wäre froh, daß sie heil davongekommen sei. Oder ihr sein Bedauern über das Geschehene ausdrücken. Oder sich bei ihr für ihre Wachsamkeit bedanken, für ihre Sorge um ihn und St. Erth. Und ihr sagen, daß sie ...

Er schrie fast: »Im Namen von St. Andreas, was soll ich denn jetzt tun? Jetzt habe ich keinen Verwalter mehr, und du bist daran schuld, verdammt noch mal! Dem armen Gorkel kann ich keinen Vorwurf machen. Er konnte ja nicht anders handeln. Du bist an allem schuld!«

Philippa verschluckte sich fast an ihrem Butterbrot. »Er hat Euch doch betrogen! Er war ein dreckiger Dieb! Habt Ihr das nicht mitgekriegt? Ist Euch das alles gleichgültig?«

Dienwald zuckte nur die Achseln. Sie sprang auf und warf ihm das übriggebliebene Brot an den Kopf. Er duckte sich, aber ein Stück traf ihn mit der Butterseite an der Wange und hinterließ einen gelben Streifen.

»Undankbarer Kerl! Ihr ...«

»Genug!« Dienwald stand auf und wischte sich die Butter aus dem Gesicht. »Wo finde ich nun einen Verwalter, Dirne?«

»Ich werde Euer Verwalter sein.«

»Du? Ein Weib? Ein blödes Weib, das spioniert, sich dabei ertappen und beinahe abschlachten läßt? Eine so dumme Dirne?«

»Das stimmt doch nicht. Ich bin sehr vorsichtig gewesen. Ich ging erst in sein Zimmer, als er weggeritten war. Und dort habe ich größte Umsicht walten lassen. Es war einfach Pech. Ich konnte ja nicht wissen, daß er mir nachspionieren ließ. Einer seiner Leute hat mich beobachtet. Er war von Grund auf unehrlich. Und Ihr, ein so kluger, scharfsinniger, intelligenter Mann, Ihr habt nicht einmal die leiseste Ahnung gehabt, daß er Euch bis auf den letzten Strohhalm ausgeplündert hat. Ihr, der tolle Mann, habt nichts gemerkt. Ha! Ihr würdet ja jetzt nicht einmal merken, daß Ihr höchstwahrscheinlich noch immer von Alains Spionen umgeben seid!«

»Frauen haben keinen Verstand. Sie versagen bei jeder Schwierigkeit. Sie können Bücher nicht korrekt führen. Sie können weder im voraus planen noch Entschlüsse fassen. Frauen können nur eine nützliche Aufgabe erfüllen, und die ist ...«

»Wagt es nicht, das auszusprechen!«

»Eine Frau soll weben, nähen und kochen. Sie soll sich um Frauendinge kümmern. Sie soll den Mann nach seiner harten Tagesarbeit umsorgen und ihm einen schönen Feierabend bereiten, damit er bei ihr Körper und Seele entspannen kann.«

»Ihr seid ein unglaublich dummer Mensch«, sagte Philippa, wandte sich ab und ging auf bloßen Füßen auf die Türen zu.

»Wage es ja nicht wegzugehen, Dirne!«

Sie ging nur um so schneller und war wenige Augenblicke später hinter den Türen verschwunden. Dann rannte sie über den Innenhof, vorbei an Hühnern und an Tupper, der bei ihrem Anblick vor Freude quiekte. Kinder riefen ihr etwas zu, während die Erwachsenen nur den Kopf schüttelten, besonders als gleich darauf der Herr aus dem großen Saal herausstürmte und ihm jeder ansah, in welcher Stimmung er sich befand.

»Komm zurück, du blöde Dirne!«

Philippa drehte sich um und rief: »Sturer Klotz!« Sie schürzte den zerfransten Rock und rannte im Laufschritt auf langen, kräftigen Beinen weiter – Gorkel in die Arme.

»Was ist los, Herrin?« fragte Gorkel.

»Halt sie fest, Gorkel! Wenn du willst, kannst du zusehen, wie ich ihr das Fell durchwalke.«

Gorkel seufzte und schüttelte voll Bedauern den häßlichen Kopf. »Ihr dürft den Herrn nicht ärgern!«

»Er ist ein Idiot, und ich möchte ihm einen Fußtritt geben!«

Dienwald war entsetzt. Diesmal taten ihre Worte ihm unerwartet weh. Doch er überwand das Gefühl, packte sie am Arm und sagte: »Komm mit!«

»Nein!«

Er blieb stehen und sah von Gorkel zu Philippa, die blaß vor Wut war.

Sie holte mit dem freien rechten Arm aus und schlug ihm mit aller Kraft die Faust ans Kinn, daß sein Kopf zurückflog. Er verlor das Gleichgewicht und wäre unrühmlich zu Boden gegangen, wenn Gorkel ihn nicht festgehalten hätte.

Dienwald strich sich über das schmerzende Kinn und fixierte Philippa. »Du bist stark«, sagte er nach einer Weile. »Du bist wirklich sehr stark.«

Sie drohte ihm mit der Faust und sagte: »Ja, und ich schlage Euch nieder, wenn Ihr noch einmal etwas versucht.«

Dienwald riß die Augen weit auf, sah an ihr vorbei und schüttelte den Kopf. Philippa fuhr herum. Sie wollte sehen, wer oder was hinter ihr aufgetaucht war. Im nächsten Augenblick hing sie mit dem Kopf nach unten über seiner Schulter und gackerte wie ein Huhn im Regen.

Lachend schritt er mit ihr durch den großen Saal und dann die Treppe hinauf. Er wußte, daß alle seine Leute ihnen nachsahen, über sie redeten und lachten. Ja, und seine Männer riefen ihm ausführliche und fantasievolle Ratschläge nach.

Im Schlafzimmer warf er sie rücklings aufs Bett. »Jetzt«, sagte er.

»Was jetzt?«

»Du erwartest doch wohl, daß ich dir Lohn zahle?«

»Lohn? Wofür?«

»Für deine Tätigkeit als Verwalterin natürlich.« Plötzlich schlug er sich an die Stirn. »Ich begreife mich selber nicht mehr. Eine Frau, die so wenig Vernunft hat, daß sie durch einen stinkenden Burggraben schwimmt, um auf einem stinkenden Wollewagen zu entfliehen, will die Aufsicht über alles führen, was auf St. Erth geschieht!«

»Mein Vater hat mir jedenfalls volles Vertrauen geschenkt.« Sehnsüchtig hielt sie nach dem Nachttopf neben dem Bett Ausschau. Die alte Agnes hatte dafür gesorgt, daß er wieder repariert worden war.

Dienwald sagte zerstreut: »Laß das lieber sein, Dirne! Du würdest es bereuen. Und sei jetzt still! Ich muß nachdenken.«

»Hoffentlich überanstrengt Ihr Euch nicht dabei!«

Er überhörte die Bemerkung und sagte: »Vermutlich verlangst du, im Verwalterzimmer nicht nur zu arbeiten, sondern dort auch schlafen zu dürfen.«

»Ja, selbstverständlich. Ganz gewiß. Endlich von Euch befreit zu sein ...«

Er hielt ihr die Arme fest und küßte sie leidenschaftlich. Es fiel ihr nicht ein, sich zu wehren. Eher hätte sie ihn gebeten, sie weiter zu küssen.

Er fragte: »Du hast mich doch heute nacht angefleht, dich zu nehmen. Du wolltest endlich von deiner Jungfernschaft erlöst werden. Nun, dann sollst du von jetzt an allein in dem kalten Bett da unten schlafen. Du wirst dich dort nach meinen Händen und meinem Mund sehnen, das weißt du selbst. Aber du wirst mir nicht fehlen. Ich werde schlafen wie ein Säugling. Jetzt nimm dich zusammen und nähe dir ein Kleid! Ich kann's nicht mehr mitansehen, wie du rumläufst.« Und damit ließ er sie los und ging aus dem Zimmer.

Eine knappe Stunde später besichtigte Philippa, frisch gebadet und duftend, das Haar gekämmt und im Nacken durch ein Tuch befestigt, die Kammer des Verwalters – ihre Kammer. Sie ordnete die Papiere, befahl Margot, neue Binsen auf dem Fußboden auszulegen und kehrte in Dienwalds Schlafzimmer zurück. Er lag schlafend auf dem Bauch und schnarchte laut. Neben dem Bett lagen ihre blutbefleckten Kleidungsstücke.

In einer Hand hielt er den nahezu fertigen Waffenrock, den sie ihm genäht hatte. Vorsichtig zog sie ihn weg und schüttelte die Falten aus. »Eigentlich müßte ich ihn verbrennen«, sagte sie und nahm ihn mit, Nadel und Faden in der anderen Hand.

Burg Crandall in der Nähe von Badger's Cross, Cornwall

Lord Henry wischte sich den Schweiß von der Stirn. Sein Kampfroß wieherte laut. Es war ein langer Ritt gewesen. Heiß und feucht und verdammt unangenehm. Drei Tage lang hatte er gedauert. Und was war, wenn er sich geirrt hatte? Wenn Philippa gar nicht zu ihrem Vetter geflohen war? Er nahm einen langen Schluck aus der Wasserflasche.

Er sah die grünen Felder, die sich vor den niedrigen Burgmauern erstreckten. Crandall schien eine blühende Ansiedlung zu sein. Nur die Verteidigungsanlagen waren schwach. Wohl deshalb, weil Crandall unter der Obhut von Lord Graelam de Moreton stand. Einem Angriff auf Crandall würde eine schnelle und furchtbare Vergeltung von seiten Lord Graelams folgen. Sie hatte ja nirgendwo anders hin fliehen können. Entweder war sie hier, oder sie war tot. Man hatte die Leichen seiner Bauern gefunden. Alle drei Wagen mit Wolle waren verschwunden, die Wachen ebenso – tot oder geflohen. Nirgends eine Spur seiner Tochter. Er hatte Burnell, des Königs hartnäckigen Kanzler und Sekretär, vorläufig vertröstet. Doch der Mann war nicht auf den Kopf gefallen und würde Philippa bald sehen wollen. Er wollte dem König ja einen persönlichen Bericht abstatten. Und er wollte Lord Henry den Namen des Mannes nennen, den der König als Philippas Ehemann ausersehen hatte.

Im Burgsaal spielte Sir Walter de Grasse mit seiner Geliebten Britta Dame. Wenn er wie jetzt schlechter Laune war, ließ sie ihn absichtlich gewinnen. Der Trick zog bei Sir Walter immer. Er war bereits davon unterrichtet, daß sich sein Onkel, Lord Henry de Beauchamp, Crandall näherte. Was mochte er im Schilde führen?

Sir Walter dankte den himmlischen Mächten, daß er vor zwei Tagen von dem Überfall auf das südliche Gebiet dieses Hurensohns Dienwald de Fortenberry zurückgekehrt war. Drei Männer hatte er dabei verloren. Verdammtes Pech! Aber er hatte die Ernten verbrannt, die Bauernhütten dem Erdboden gleichgemacht und die Tagelöhner umgebracht. Das wog wohl alles in allem den Verlust der drei Männer auf. De Fortenberry knirschte inzwischen bestimmt vor ohnmächtiger Wut mit den Zähnen. Zum Glück hatte de Fortenberry die drei Männer nicht mehr ausfragen können. Sie waren schon tot, als er ankam.

Sir Walter legte die Stirn in Falten und tätschelte Britta die Wange. Ein Zeichen für sie, sich zurückzuziehen. Sie warf ihm noch einen verführerischen Blick zu. Walter sah ihr finster nach. Er wünschte, er hätte früher vom bevorstehenden Besuch seines Onkel erfahren. Dann hätte er den Haushalt in noch besseren Zustand setzen lassen. Dank den Heiligen, daß es nicht sein Lehensherr Graelam war, der kam.

Die beiden Männer begrüßten sich. Lord Henry war nie besonders vom Neffen seiner Frau angetan gewesen. Walter war groß und mager und hatte eine lange, schmale Nase, schlaue, kalt blickende Augen und besaß überhaupt keinen Sinn für Humor. Er war ein guter Hasser, aber, soviel Lord Henry wußte, kein guter Liebhaber.

Was Walter anging, so sah er in seinem angeheirateten Onkel einen dicken Possenreißer, der reicher war, als er verdiente. Wenn er nicht diese beiden dämlichen Töchter hätte, wäre er Lord Henrys Erbe gewesen. Sobald sie endlich allein waren, verlor Henry keine Zeit mehr. »Deine Kusine Philippa ist von Beauchamp weggelaufen. Ist sie hier?«

Nun, das war eine Überraschung. »Nein«, sagte Walter bedächtig, »Ich habe Philippa zum letztenmal als spindeldürres kleines Mädchen gesehen.«

»Sie ist nicht mehr spindeldürr. Sie wird bald 18.«

Plötzlich barg Lord Henry zu Walters Erstaunen den Kopf in den Händen und fing an zu schluchzen. Walter wußte nicht, was er tun sollte. So stand er nur da und blickte auf den gesenkten Kopf seines Onkels.

»Ich fürchte, sie ist tot«, sagte Lord Henry.

»Sag mir, was vorgefallen ist!«

Lord Henry sah keinen Sinn darin, Walter die volle Wahrheit vorzuenthalten. Schließlich kam es ja jetzt kaum noch darauf an. Er sprach langsam in kummervollem Ton.

»Sie ist *was*?«

»Sie ist des Königs uneheliche Tochter. Er bemüht sich gerade, einen Ehemann für sie auszuwählen.«

Walter starrte ihn nur stumm an. Verdammt! Was mochte dem Mädchen zugestoßen sein?

Lord Henry erzählte ihm alles. »Ich weiß nur nicht, wer die Bauern umgebracht und die Wolle gestohlen hat. Aber Philippa hat wahrscheinlich ebenso wie die Bauern den Tod gefunden.«

Lord Henry fuhr sich über die feuchten Augen. Seine süße Philippa, die manchmal so stur sein konnte wie ein Esel. Tot! Er konnte es nicht verwinden. Er hatte eine Tochter und eine Verwalterin verloren. Aber was das Schlimmste war, er hatte des Königs uneheliche Tochter verloren.

Walter strich sich über das spitze Kinn. »Ich würde da nicht so sicher sein, Onkel«, sagte er. »Weißt du, mir wird vieles zugetragen. Ich kann auch vieles herausfinden. Am besten, du kehrst nach Beauchamp zurück und überläßt es mir zu ermitteln, was aus meiner lieben kleinen Kusine geworden ist. Wenn ich sie finde, gebe ich dir natürlich sofort Nachricht.«

Der untröstliche Lord Henry verließ Crandall am folgenden Tage. Walter hatte bereits Kundschafter ausgesandt.

Und schon am Nachmittag konnte er sich freudig erregt die Hände reiben. Der entflohene Zisternenwart von St. Erth war gerade an diesem Tage nach Crandall gelangt und brachte die Botschaft, daß Dienwalds Verwalter Alain tot sei, nachdem ihn eine hochgewachsene Frau mit großen Titten und prachtvollen Haaren namens Philippa entlarvt habe. Walter verschluckte sich fast, als ihm klar wurde, wie nahe Philippa daran gewesen war, auf Geheiß des Verwalters getötet zu werden.

Jetzt wußte er, wo seine liebe Kusine sich aufhielt. Er würde das Mädchen in seine Gewalt bringen und sie dann heiraten. O ja, sie würde nichts dagegen haben. Denn sie war ja wahrscheinlich auf dem Weg zu ihm gewesen, als dieser elende Dienwald de Fortenberry sie gefangengenommen hatte. Walter konnte sich gut vorstellen, wie Dienwald das wohlerzogene Mädchen behandelt hatte. Gewiß hatte er sie vergewaltigt, erniedrigt und entehrt ... Aber warum und auf welche Weise hatte sie dann die Untreue des Verwalters aufgedeckt?

Nun, darauf kam es nicht an. Er würde jedenfalls des Königs uneheliche Tochter heiraten. Einem geschenkten Gaul guckt man nicht ins Maul. Hoffentlich trug sie nicht schon ein Kind von de Fortenberry im Leibe. Im Notfall konnte er sich des Balgs vielleicht entledigen.

Walter seufzte vor Vergnügen, während er sich das ausmalte. Endlich würde er jemand sein, mit dem jeder zu rechnen hatte. Er würde de Fortenberry durch Aushungern in seine Gewalt bringen und ihm ein Glied nach dem anderen ausreißen. Er würde St. Erth zurückerhalten, das Erbe, das ihm zustand, das Dienwalds Vater seinem Vater vor vielen Jahren entrissen hatte. Dann konnte er auf Graelam spucken – hinter seinem Rücken natürlich – und ihm den Schweinestall von Crandall gern überlassen. Er würde der Oberherr von ganz Cornwall werden. Graelam würde mit Zustimmung und Hilfe seines Schwiegervaters sein Vasall sein. Und er wäre fast so etwas wie des Königs Herzog! Danach würde er den Blick südwärts zur Bretagne richten. Sein Großvater hatte dort einmal Ländereien besessen. Mit des Königs Hilfe, mit des Königs Geld und des Königs Kriegern würde er zurückerobern, was ihm von Rechts wegen gehörte.

Fröhlich sang Walter beim Pläneschmieden vor sich hin. Wie Philippa jetzt wohl aussah? Wenn sie eine echte Plantagenet ist, dachte er, muß sie eine Schönheit sein. Der Zisternenwart hatte ihre Titten und ihr Haar gerühmt. Walter liebte große Brüste an einer Frau. Aber er durfte nie vergessen, daß sie von unehelicher Geburt und deshalb trotz königlichen Geblüts mit einem Makel behaftet war. Vor allem mußte er dafür sorgen, daß sie es nie vergaß. Ja, sie würde ihn haben wollen, ihren lieben Vetter. Bestimmt war de Fortenberry brutal mit ihr umgegangen. Sie würde sich liebend gern in seine ausgebreiteten Arme werfen.

Burg St. Erth

Über ein Hauptbuch gebeugt, saß Philippa im Verwalterzimmer und trug Ernteergebnisse ein. Vom langen Sitzen hatte sie Rückenschmerzen. Aber es gab so viel zu berichtigen und in Ordnung zu bringen. Alain hatte Schwindelzahlen aufgeschrieben, und sie mußte sie durch die echten ersetzen, und zwar schnell.

Dienwalds neuer dunkelblauer Waffenrock war fertig. Glatt ausgebreitet lag er über der Rückenlehne des einzigen anderen Stuhls in der Kammer. Sie war eine geschickte Näherin.

Wenn sie einmal hochschaute, betrachtete sie immer wieder lächelnd diesen Waffenrock. Er würde darin gut aussehen, sehr gut sogar. Ein König hätte sich damit bekleiden können. Hoffentlich gefiel ihm die Farbe ...

O Gott, sie benahm sich schon wieder, als wäre sie die Herrin von St. Erth. Als wäre hier ihre Heimat. Dafür hatte sie schon seit vielen Stunden nicht mehr an Flucht gedacht.

Sie legte die Gänsefeder beiseite, stand auf und stieß sich vom Tisch ab. Sie war für ihn ja nichts als eine Bedienstete. In den beiden letzten Tagen hatte sie endlose Stunden in dieser kleinen, fensterlosen Kammer gearbeitet, und wofür?

Damit sie ein schlecht sitzendes Kleid tragen durfte, das seiner toten ersten Frau gehört hatte? Damit sie dem Mann helfen konnte, der auf ihr gelegen, den Finger in ihren Schoß geführt, sie heiß und leidenschaftlich gemacht hatte und ...

In diesem Augenblick erschien Dienwald und stand in der Tür. »Wie kommst du voran, Dirne?«

»Es ist ein schreckliches Durcheinander.«

»Das habe ich mir schon gedacht.«

»Ihr könnt doch gar nicht lesen«, sagte sie.

»Nein. Jedenfalls nicht viel. Mein Vater hielt es leider für unwichtig. Warum fragst du?«

Sie zuckte die Achseln. »Ich habe mich nur gewundert, warum Ihr dann so großen Wert darauf legt, daß Edmund bei Pater Cramble Unterricht nimmt.«

»Ja, die Welt ändert sich, und die Menschen müssen sich den Veränderungen anpassen. Wenn Edmund seinen Weg machen soll, muß er lesen und schreiben können.«

Zu spät ertappte Philippa sich dabei, daß sie ihn mit hungrigen Blicken verschlang und er es bereits gemerkt hatte.

Er grinste teuflisch. »Komm zum Abendessen! Deshalb bin ich hergekommen. Ich wollte dich abholen.« Er griff nach ihrer Hand und zog sie an sich. »Ich fehle dir, nicht wahr?«

Er fehlte ihr mehr, als sie wahrhaben wollte. Nachts lag sie lange wach und wünschte sich, an seiner Seite zu liegen.

»Selbstverständlich nicht. Ihr seid hochmütig und eingebildet.«

»Und du möchtest nicht, daß ich deinen Körper streichle?«

Mit einem Arm drückte er sie an seine Brust. Den anderen Arm hielt er unten. Mit den Fingern fuhr er ihr suchend zwischen die Beine. Sie versuchte sich abzuwenden – ein halbherziges Bemühen, wie sie beide wußten.

Sie fing an schneller zu atmen. Sie fühlte seinen warmen Finger, ihr wurde heiß. Doch da ließ er sie los und sagte: »Komm jetzt zum Abendessen, Dirne!«

»Ich bin keine ...!« rief sie und brach jäh ab. Er war schon weg. Leise hatte er die Tür hinter sich zugemacht.

An diesem Abend erfuhr sie von Northbert, daß der Zisternenwart sich davongemacht hatte und mehrere Männer auf der Suche nach ihm unterwegs waren.

»Der Herr meint, daß Alain Helfer hatte«, sagte Northbert.

»Es gibt einen kleinen Gauner, zu dem sich der Zisternenwart geflüchtet hat«, verkündete Crooky. »Walter de Grasse!«

Philippa horchte auf. »Walter de Grasse?« fragte sie langsam. Ihr Herz pochte.

Dienwald hatte es gehört: »Was weißt du von de Grasse?«

»Er ist mein Vetter«, sagte sie unüberlegt.

12

Dienwald war blaß geworden. Seine Augen funkelten wild. »Dein *Vetter*? Lord Henrys *Neffe*?«

Es klang eher ungläubig als zornig, so daß Philippa freimütig antwortete: »Sein angeheirateter Neffe. Mein Vater kann ihn nicht leiden. Aber ich mag ihn.«

»Das ist doch nicht zu glauben«, war alles, was Dienwald herausbrachte. Er stand auf, rückte laut den Sessel und schritt aus dem Saal.

»So rennt er immer raus! Wie ein ungezogenes Kind!«

»Nein«, sagte Gorkel. »Er ist rausgegangen, weil er Euch sonst in seiner Wut geschlagen hätte.«

»Mich schlagen? Ich habe doch gar nichts getan. Was stimmt denn diesmal nicht? Ich kann doch nichts dafür, daß ich mit Sir Walter verwandt bin.«

»Nun, Herrin«, bemerkte Crooky, »Ihr habt zu ihm gesagt, daß Ihr diese giftige Schlange, diesen Unmenschen gut leiden könnt ... was könnt Ihr da vom Herrn anderes erwarten?« Er räusperte sich, und Philippa schloß die Augen, denn nun begann der Narr mit lauter, mißtönender Stimme zu singen:

»Ein Verbrecher, ein Feigling,
Ein Schuft ohne Reue,
De Grasse mordet und sengt
Und bricht jede Treue.
Er raubt aus dem Hinterhalt,
Tötet grausam und still.
Mein edler Herr wird ihn erschlagen,
Da mag kommen, was will.«

»Warum nennst du ihn immer deinen edlen Herrn?« fragte Philippa.

Crooky winkte ihr mit einer schmutzigen Hand, kniff ein Auge zu und antwortete: »Haltet Ihr ihn denn nicht für einen edlen Herrn? Die Frauen hier sind ganz verrückt nach ihm. Sie haben es gern, wenn er sie zu sich ins Bett zieht, ihnen die Beine spreizt und ...«

»Pst!«

»Verzeiht mir, Herrin. Ich vergaß, daß Ihr noch Jungfrau seid und nicht wißt, was Mann und Weib miteinander treiben.«

Edmund sagte stirnrunzelnd zu Philippa: »Bist du wirklich eine Jungfrau? Immer noch? Ich weiß, daß du eine warst, als du kamst, aber ... Mein Vater hat dich so oft in sein Schlafzimmer geschleppt, und du bist trotzdem nicht seine Geliebte? Du hast gesagt, daß ...«

»Ich bin nicht seine Geliebte. Ich bin nichts als seine Sklavin, seine Gefangene ... Warum trägst du nicht deinen neuen Waffenrock? Gefällt er dir nicht? Ich weiß, daß er dir paßt. Er ist gut geschneidert, und die Farbe steht dir auch. Und die Hose und die Schuhe! Warum ...«

»Ich mag sie nicht. Mein Vater hat ja seine neuen Sachen auch nicht angezogen. Solange er es mir nicht befehlen tut, bleibe ich so, wie ich bin.«

»Du bist ein dickköpfiger kleiner Ekel.«

»Immer noch besser, als ein Maibaum zu sein.«

»Edmund, wenn du morgen deinen neuen Waffenrock nicht anziehst, komme ich in dein Zimmer und ziehe ihn dir selber an. Hast du mich verstanden?«

»Das wirst du nicht tun!«

Erst jetzt sah sie, wie schmutzig er war. Finger und Fingernägel waren dreckverkrustet. Er sah aus, als hätte er sich mit Tupper im Schlamm gewälzt. Sie mußte mit Dienwald darüber reden. Er ließ seinen Sohn lesen, schreiben und rechnen lernen und dabei wie einen zerlumpten Bettlerjungen herumlaufen.

»Doch«, sagte sie, »das werde ich tun. Und du wirst auch baden, Master Edmund. Wann sind denn deine Hände zum letztenmal mit Wasser und Seife in Berührung gekommen?«

»Wir haben aber keine Seife mehr!« rief die alte Agnes ihr zu. »Es hat keiner daran gedacht, neue zu machen.«

»Das kann doch nicht stimmen«, rief Philippa zurück. »Ich habe im Zimmer des Herrn selber Seife benutzt.«

»Ja, ist ja das letzte Stück gewesen. Der Herr weiß das wahrscheinlich nicht.«

»Dann werden wir morgen Seife machen«, sagte Philippa. »Und du kleines Ferkel wirst der erste sein, der sie benutzt.«

»Nein!«

»Das werden wir sehen.«

Philippa hatte an diesem Abend viel Stoff zum Nachdenken. Sie zog sich das fadenscheinige Kleid über den Kopf und legte es sorgfältig über die Stuhllehne, als sie Dienwalds leise Stimme vernahm. »Zieh es wieder an! Ich will mich nicht hier mit dir vergnügen. Du kannst mich in meinem Bett wärmen.«

»Ich bin nicht Eure Geliebte! Geht wieder, Dienwald!«

»Ich habe heute abend schon eine Frau gehabt. Ich bin also nicht scharf auf dich, auch wenn du schön weich und sehr bereitwillig bist. Komm jetzt!«

Ihre Augen hatten sich inzwischen an die Dunkelheit in der Kammer gewöhnt, so daß sie ihn jetzt sah. Er streckte die Hand nach ihr aus. Die splitternackte Philippa griff nach dem Kleid und schlüpfte wieder hinein. Im nächsten Augenblick nahm er sie an die Hand und zog sie mit sich.

Im großen Saal waren noch ein Dutzend Leute wach, während etwa 40 andere schon auf den Strohsäcken entlang der Wand schliefen. Alle, die noch wach waren, sahen sie. Aber keiner sagte etwas. Und keiner rief dem Herrn einen obszönen Rat zu.

Sie versuchte sich freizumachen, aber es gelang ihr nicht. Er runzelte die Stirn und sagte: »Heute trage ich dich nicht. Du kommst freiwillig, oder ich ziehe dich an den Haaren mit.«

»Dafür werdet Ihr mir büßen, Dienwald, ganz bestimmt. Ich schicke eine Botschaft an meinen lieben Vetter Sir Walter – ja, und ich schreibe ihm, was für ein grausamer Wilder Ihr seid, ein Barbar, ein ...«

»Schreib deinem Vetter aber bitte nicht, daß ich unschuldigen Jungfrauen Gewalt antue! Nein, tu das nicht, so lieb es dir auch wäre, wenn ich dich einfach nähme.« Erst jetzt merkte sie, daß er mehr Bier als sonst getrunken hatte. Er bewegte sich sehr vorsichtig. Sie sollte nicht merken, wie voll er war. Doch sie hatte keine Angst vor ihm. Sie wußte ja meist im voraus, was er anstellen würde.

Im Schlafzimmer schob Dienwald sie wie üblich aufs Bett. »Jetzt kannst du dir das Kleid ausziehen. Es beleidigt meine Augen. Hast du denn noch nichts für dich genäht?«

Sie sah zu ihm auf, ohne sich zu rühren. Sie wollte sich ihre Kräfte noch aufsparen. »Ich habe Euch einen Waffenrock angefertigt. Er liegt unten in meiner Kammer.«

»Bist du wirklich damit fertig geworden? Ich dachte schon, du hättest ihn aus lauter Wut auf mich zerrissen.«

»Vielleicht hätte ich es tun sollen.« Sie rutschte an die andere Seite des Bettes. »Ihr habt zu viel Bier getrunken.«

»Philippa«, sagte er leise, »es ist nichts mehr da, was du anziehen könntest. Also achte auch auf das eine Kleid, das du hast! Sonst stehst du nackt da. Ja, ich habe mehr als sonst getrunken. Na und? Zieh jetzt das Kleid aus!«

»Erst müßt Ihr die Kerze löschen.«

»Gut.« Er löschte die Kerze. Durch ein Fenster kam Mondschein herein und breitete einen silbernen Streifen über das Bett. Sie konnte sich nicht länger weigern. Philippa zog das Kleid aus und schlüpfte unter die einzige Decke.

»Jetzt ist der Lenz gekommen«, sagte Dienwald, und sie wußte, daß er sich auszog. Seine Stimme wurde tiefer und leiser, gleichzeitig nachdenklich und zerstreut und hörte sich nicht mehr betrunken an. »So nennen wir das hier. Der Lenz! Meine Großmutter hat mir viel vom Lenz erzählt, als ich noch ein Knabe war. Sie hat mir gesagt, daß die Menschen diese Zeitspanne schon seit vielen Jahren so nannten, als das Land noch von Priestern regiert wurde und alle die ewige Kraft des Frühlings, seine immerwährende Rückkehr anbeteten. Sie sprach von dem Weizen, der emporschießt, dem goldenen Glanz der Sonne entgegen, während er zur selben Zeit die Wurzeln tiefer ins Erdreich treibt, ins Dunkle. Zwei Gegensätze, Licht und Dunkel, und doch miteinander verbunden, bis in alle Ewigkeit. Und nun denke ich im Lenz immer daran, daß die Frau den Mann an sich zieht und ihm seinen Samen nimmt und ihn und sich dennoch erneuert. So wie der Lenz die Erde neu macht und wie Licht und Dunkel gemeinsam bestehen und einander ergänzen.«

Er wandte sich ihr zu. »So möchte ich gern an dich denken – wie du mir den Samen nimmst und dabei dich und mich erneuerst. Aber du bist die Kusine von Walter de Grasse und damit auch meine Feindin, nicht nur meine Sklavin, Gefangene oder Geliebte. Nein, du bist meine Feindin. Mir ist der bloße Name dieses Mannes zuwider. Ich frage mich, Dirne, soll ich dich für seine Übeltaten bestrafen? Hast du auch sein böses Blut in den Adern? Und in deinem Herzen?«

Philippa war erschüttert. Eben hatte er ihr eine andere Seite seines Wesens gezeigt, die sie anzog und zu Tränen rührte. Und nun hatte er ihr seinen bitteren Haß offenbart. War er nur deshalb so offen, weil er zu viel getrunken hatte?

»Warum haßt Ihr ihn so? Was hat er Euch angetan?«

»Er hat meine Ernten verbrannt und alle Menschen, die dort gearbeitet haben, *meine* Leute, abgeschlachtet, die Frauen vergewaltigt, die Kinder aufgespießt, die Hütten verbrannt und der Erde gleichgemacht. Und es war dein Vetter, der den Befehl dazu gab!«

»Aber Ihr wißt es doch nicht mit Sicherheit? Ihr habt keinen aufgegriffen, der es Euch bestätigt hat?«

»Sir Walter de Grasse war ein Ritter ohne Land. Er ist es immer noch, auch wenn Lord Graelam de Moreton ihn als Kastellan auf Crandall eingesetzt hat, einer seiner Burgen südwestlich von St. Erth. Das genügt Sir Walter aber nicht. Er glaubt, das Recht auf mehr zu haben. Dieser Mann hat mich schon gehaßt, als ich noch gar nichts von seinem Vorhandensein ahnte. Ich war noch ein kleiner Junge, als mein Vater bei einem Turnier in der Normandie seinem Vater den Besitz abgewann. Walter behauptet, es wäre Betrug im Spiele gewesen. König Edward beachtet seinen Anspruch aber nicht. Doch Walter will mich weiterhin ins Verderben bringen und töten. Einmal wäre es ihm beinahe gelungen. Es ist noch nicht lange her. Damals rettete mich eine schöne, arglose Lady, der seitdem meine Treue, mein Herz und sogar meine Seele gehört. Sir Walter will mich unbedingt vernichten, und du bist seine Verwandte.«

Wie eine Lanze durchfuhr Philippa ein seelischer Schmerz. »Wer ist diese Lady? Wie hat sie Euch gerettet?«

Lachend kam Dienwald aufs Bett zu. Es war das Lachen eines Betrunkenen. Sie sah seine Gestalt in dem Streifen Mondschein. Sie fand ihn schön. Sicherlich seltsam bei einem Mann, der so scharfe Ecken und Kanten hatte und so hart war. Aber sie konnte es nicht ändern. Er stand gerade und groß und schlank vor ihr, und er lachte immer weiter.

Doch sie wollte seine Geschichte hören. Das viele Bier hatte ihm die Zunge gelöst. »Du willst ihren Namen wissen?« fragte er. »Sie ist eine Lady, eine süße, liebevolle Lady ohne jeden Arg. Sie heißt Kassia. Sie kommt aus der Bretagne. Ich habe um sie geworben, doch sie wird nie die meine werden.«

»Warum nicht?«

»Sie ist mit einem mächtigen Mann verheiratet, der zudem mein Freund und ein großer Krieger ist – der Lehnsherr deines prächtigen Walter – Lord Graelam de Moreton.«

»Dann ... liebt Ihr sie?«

Dienwald ließ sich aufs Bett nieder und lüftete die Decke. Sie spürte die Wärme seines Körpers, hörte den ruhigen Rhythmus seines Atems und rührte sich nicht.

»Ich verstehe nichts von Liebe«, sagte er nach einiger Zeit. Er nuschelte wieder »Ich kenne nur Gefühle und Leidenschaften, und sie gelten alle ihr. Sie ist ganz anders als du, klein, zart und zerbrechlich, doch von reinem Gemüt und voller Esprit. Ihr Lächeln ist so süß, daß es einen zu Tränen rührt und man sein Leben für sie in die Schanze schlagen will. Doch sie hat Graelam ihr Herz und ihren Körper geschenkt. Und nun schlafe, Dirne!«

»Ich bin nicht Eure Feindin. Ich bin nichts als Eure Gefangene.«

»Vielleicht. Vielleicht auch nicht. Ich muß darüber nachdenken. Weiß Gott, ich denke ja kaum noch an etwas anderes. Du stellst ein Problem für mich dar. Es quält mich, und ich weiß keine Lösung. Vielleicht teile ich Lord Henry mit, daß ich dich gefangen halte und dich ihm zurückgebe, wenn er mir dafür Sir Walter ausliefert. Was hältst du davon? Würde mir dein geschätzter Vater Sir Walters Kopf auf einem Silberteller überreichen, wenn ich dich zurückgäbe?«

»Mein geschätzter Vater hat nicht mal eine Mitgift für mich übrig. Mein geschätzter Vater will mich de Bridgport zur Frau geben. Meinem geschätzten Vater macht es wahrscheinlich überhaupt nichts aus, daß ich fort von ihm bin. Das habe ich Euch schon alles gesagt, und es war nicht gelogen.«

»Dann lautet die Antwort also ›nein‹. Und ich muß mich weiter mit dem Problem herumplagen. Was soll ich mit dir anfangen?«

»Ich bin Eure Verwalterin.«

Das brachte ihn wieder zum Lachen. Warum hatte sie auch nicht verlangt, daß er sie freilasse?

»Na ja, du wirst mich in aller Unschuld durch Unkenntnis genauso ruinieren, wie Alain mich durch Untreue und Betrug ruiniert hat. Oder sinnst du gar auf Rache, weil ich dich deinem Vater geraubt habe, und wirst mich deshalb ebenfalls betrügen?«

»Ich bin nicht unwissend, und ich betrüge Euch nicht.«

»Das sagst *du*. Komm her, Dirne! Mir ist kalt, und ich will, daß du mich mit deinem Körper wärmst.«

Da sie sich nicht rührte, rollte sich Dienwald an sie heran. »Sei still und schlaf!« sagte er und legte ihre Wange an seine Brust. Sie atmete den Geruch des süßen Biers ein. Er fuhr fort: »Und hör auf, mit mir zu streiten!«

Nein, dachte Philippa, nun ist nichts mehr zu machen.

Sehr lange fand sie keinen Schlaf. Sie dachte an eine Lady, die Kassia hieß, eine Lady, die klein, zart, süß und treu war. Eine Lady, die Dienwald zudem das Leben gerettet hatte.

Und sie, Philippa, war nur ein Problem, das ihn quälte.

Er, der brutale Trunkenbold, schlief dagegen fast sofort ein. Sie hoffte inbrünstig, er würde in seinen dumpfen Bierträumen schlimmen Ungeheuern begegnen. Er hatte es nicht anders verdient.

Burg Wolffeton

Graelam de Moreton sprach über den Mann, den er für den idealen Ehemann von König Edwards unehelicher Tochter hielt, und Robert Burnell machte sich eifrig Notizen.

»Er ist stark, jung und gesund. Er sieht gut aus, hat ausgezeichnete Zähne und volles Haar. Er ist intelligent und sorgt gut für seine Tagelöhner und seinen Besitz. Er war schon einmal verheiratet und hat einen Sohn Edmund. Doch seine Frau ist vor einigen Jahren verstorben. Wollt Ihr noch mehr wissen, Burnell?«

Robert nahm lächelnd einen Krug Milch aus der Hand von Lady Kassia entgegen. »Durch Eure Anwesenheit wird der Tag erst schön, my Lady«, sagte er. Seit wann werde ich denn poetisch? fragte er sich und warf einen gequälten Blick auf Lord Graelam. Aber dieser furchterregende Krieger legte nur den Kopf etwas schief und sah ihn mit ironischer Miene an.

»Ich danke Euch, Sir«, sagte Kassia und setzte sich zu ihnen. »Schwärmst du Robert von Dienwalds guten Eigenschaften vor?«

»Ja, aber es sind so viele, daß mir der Kopf schon anfängt zu schwirren. Was kannst du noch über ihn sagen, Kassia?«

»Dienwald de Fortenberry ist ein freundlicher und gerechter Mann, der unbedingtes Vertrauen verdient. Er hat Freude an einem guten Scherz und unterhält sich gern laut, wie die meisten Männer mit Esprit. Er hat Verstand, kann sich gut ausdrücken, ist ein Kämpfer und wacht über seinen Besitz.«

»Das hört sich so an, als sollte er demnächst heiliggesprochen werden«, sagte Burnell. »Ihr lobt ihn über den grünen Klee.«

»Ha!« rief Graelam. »Ich habe ihn schon oft in den Boden stampfen und seinen verdammten Dickschädel mit dem Hacken zermalmen oder dem Dummkopf wenigstens einen Tritt in den Arsch geben wollen ...«

»Aber jedesmal«, unterbrach ihn Kassia gelassen, »entschlossen sich mein Lord und Dienwald dann doch, sich nicht gegenseitig die Köpfe einzuschlagen, und schieden als beste Freunde. Wir loben ihn wirklich nicht über Gebühr, Sir.«

»Trotz aller seiner Mängel«, sagte Graelam.

»Dann müßt Ihr mir aber auch von seinen Mängeln berichten, my Lord. Wenn ich Edward nur glühende Lobpreisungen überbringe, wird er mit Sicherheit argwöhnisch.«

Graelam grinste. »Er ist stur wie ein Esel, hochmütig und arm an weltlichem Besitz, macht sich aber nichts daraus. Er liebt die Gefahr und begibt sich gern in Schwierigkeiten. Er ist schlau und listig und geschickt wie ein Fuchs. Dafür fehlt ihm jede Habgier. Edward braucht also nicht um seine Schatztruhen zu bangen. Er hat auch keine Verwandten, so daß Edward nicht befürchten muß, dauernd um Gefälligkeiten gebeten zu werden. Im übrigen ist Dienwald ein abgefeimter, rücksichtsloser, gelegentlich auch schimpflich handelnder Mensch, der alles tut, um seine Ziele zu erreichen.«

»Aha«, sagte Burnell und machte sich wieder Notizen. »Endlich wird er menschlich, my Lord.«

»Wie steht es mit der Lady Philippa de Beauchamp?« erkundigte sich Kassia. »Ist sie ein hübsches Mädchen? Von sanfter Gemütsart?«

»Darüber weiß ich nichts, my Lady. Da sie eine Plantagenet ist, dürfte sie auch eine Schönheit sein. Seine Majestät hat es selber gesagt, und damit muß es unwidersprochen bleiben.«

Kassia lachte. »Und ihr Charakter?«

»Darüber ist mir nichts bekannt, Sie wurde von Lord Henry aufgezogen und hält ihn für ihren leiblichen Vater. Der noch sehr junge König hat damals verfügt, daß sie lesen, schreiben und rechnen lernen soll. Man sagte mir, daß sie darin ausgezeichnet sei. Sie ist vielleicht sogar zu gebildet für Dienwald de Fortenberry. Kann auch sein, daß sie zu eigensinnig ist, um sich der harten Hand eines Herrn zu fügen. Aber Genaues weiß ich darüber nicht.«

»Dienwald braucht eine Frau mit starkem Charakter«, sagte Graelam. »Eine Frau, die ihm jetzt in die Lenden tritt und im nächsten Augenblick seine Wunden kühlt.«

»Bei der Rückreise nach London besuche ich auch Beauchamp. Dort werde ich das Mädchen sehen und dann alles dem König berichten. De Fortenberry könnte der Mann sein, den Edward sich für seine Tochter wünscht. Kennt ihn der König?«

»Das glaube ich nicht«, sagte Graelam. »Edward war ja noch nicht in Cornwall, um seine Vasallen zu begrüßen. Und Dienwald ist kein Mensch, der nach London reisen würde, um der Majestät seine Aufwartung zu machen.«

»Dann ist er jedenfalls kein Kriecher. Es trifft zu, daß Edward erst seit kurzem in England weilt, und jetzt ist er mit dringenden Regierungsgeschäften voll ausgefüllt.«

»Ja, und er will ja auch noch Wales und Schottland unter seine Botmäßigkeit zwingen.«

Darauf reagierte Robert Burnell nur mit einem zaghaften Lächeln. Er kniff die Augen zusammen, räusperte sich laut und lenkte das Gespräch auf das ursprüngliche Thema zurück. »Habe ich Euch schon gesagt, my Lord, daß es die Königin war, die vorgeschlagen hat, Euren Rat einzuholen? Die *Königin*!«

»Die Königin«, sagte Graelam, »ist eine Lady mit hohen und reinen Idealen. Durch diese Ehe hat Edward viel gewonnen. Vielleicht das beste.«

Burg St. Erth

Am nächsten Morgen vermied Dienwald ein Zusammentreffen mit seiner Gefangenen. Er dachte daran, was er ihr in seinem betrunkenen Zustand alles gesagt hatte. Dieses ganze Zeug über den Lenz! Und hatte er ihr wirklich von Kassia und seinen Gefühlen zu ihr vorgeschwärmt? Wie konnte er nur so dumm sein! Demnächst würde er ihr noch Verse vorsingen wie sein Narr.

Ja, Crooky – wo steckte er eigentlich? Dienwald machte sich auf die Suche. Er fragte den Torhüter Hood. Doch der hatte den Narren nicht gesehen. Dann fragte er den Waffenschmied. Der spuckte nur aus und zuckte die Achseln. Schließlich erfuhr er es von Agnes.

»Ja, er ist zur Anprobe bei der Herrin. Wegen sein neuen Waffenrock, Herr. Sie hat zu ihm gesagt, wenn er ihr versprechen tut, daß er ihr einen Monat lang nichts mehr vorsingt, macht sie ihm sogar zwei.«

Verdammte Dirne! Sollten dem Narren doch die Ellbogen aus dem zerlöcherten Rock kommen! Ihre Aufgabe war es jedenfalls nicht, ihm einen neuen zu nähen. Er blickte auf seinen eigenen abgetragenen, fast durchgescheuerten Waffenrock herab. Er mußte sich mal das Stück ansehen, daß sie für ihn genäht hatte. Da hatte er ihr also von Kassia erzählt und hatte ihr von einem Heidenglauben vorgeschwätzt. Danach hatte er sich auch noch über Walter de Grasse geäußert, über den Mann, den er zu töten geschworen hatte. Er hatte sich wirklich vor ihr lächerlich gemacht.

Überall saßen die Frauen in kleinen Gruppen beim Nähen zusammen und klatschten. Sie würden ihn natürlich sehen und wieder hinter seinem Rücken kichern.

Wie war es nur dazu gekommen, daß alles so kompliziert war? Sie war aus einem Wagen mit Wolle gehüpft und hatte ausgesehen wie eine Höllenerscheinung, und inzwischen hatte sie bereits den ganzen Laden übernommen. Das durfte er nicht zulassen. Auch wenn sie in seinem Bett schlief und er sie streichelte und liebkoste, wann immer sie es wünschte. Aber jetzt war es schwerer, die Dinge zu steuern, weil sie sich ganz anders entwickelt hatten, als er es im Sinn gehabt hatte. Er begehrte sie stärker, als er je eine andere Frau begehrt hatte. Aber weil diese Hexe noch Jungfrau und kein gewöhnliches Mädchen war, konnte und durfte er es nicht riskieren, ihr die Jungfernschaft zu rauben. Die Folgen lagen auf der Hand. Nein, so dumm war er nun doch nicht.

Ein Schrei seines Sohnes riß ihn aus seinem Gedankengang. Es war an der Zisterne neben der Webstube. Und dann hörte er Philippa brüllen: »Halt still, oder ich reiß' dir das Ohr ab! Edmund, du sollst stillhalten!«

Was machte sie jetzt schon wieder?

»Du widerlicher kleiner Bengel! Halt still, oder ich hau' dir eine runter!«

Als Dienwald um die Ecke der Webstube bog, sah er, wie Philippa Edmund am Arm hielt und einen Eimer Wasser über ihn ausschüttete. Dann griff sie schnell nach einem Stück Seife und schrubbte den nackten Jungen mit bemerkenswerter Kraft ab. Edmund sträubte sich, schlug um sich und schrie verzweifelt. Aber er konnte sich nicht losreißen.

Doch so einfach kam Philippa auch nicht davon. Sie war bereits selber pitschnaß, und ihre Haare flogen ihr wild um den Kopf. Das ausgefranste Kleid klebte ihr an den Brüsten. Unentwegt schüttete sie Wasser über Edmund aus, und beide standen in einer immer größer werdenden Lache von Schmutzwasser.

Dienwald sah, wie Philippa Edmund an sich zog und ihn einseifte – das Gesicht, die Haare, sogar die Ellbogen. Edmund beklagte sich kreischend, daß ihm die Seife in den Augen brenne. Doch sie blieb unbeirrbar: »Edmund, hör auf, dich zu wehren! Es geht dir besser, wenn du still hältst.«

Edmund schrie weiter wie am Spieß.

Dienwald trat näher, hielt sich jedoch außerhalb der Wasserlache. Die Vorübergehenden zollten dem Schauspiel kaum Aufmerksamkeit. Allein Pater Cramble sah, die Arme vor der Brust gekreuzt, mit frommer Miene befriedigt zu. Wie immer in der Nähe Philippas, quiekte das Schwein Tupper wie besessen.

Dienwald bewahrte Stillschweigen. Nun spülte Philippa mit einem weiteren Eimer Wasser Edmund die Seife ab. Dann hüllte sie ihn in ein großes Handtuch – es mußte neugewebt worden sein – hob ihn aus der Schmutzlache und rubbelte ihn trocken.

Danach setzte sie ihn in das Handtuch gehüllt auf einer Fichtenplanke ab und ließ sich vor ihm auf die Knie nieder. »Hör mir zu, du elender kleiner Schreihals! Du hast es hinter dir und bist endlich mal sauber. Jetzt ziehst du dir deine neuen Kleider an! Und dann gehst du zum Unterricht zu Pater Cramble!«

Unter dem Handtuch kam gedämpft Edmunds schrille Stimme hervor. »Ich hasse dich, du Maibaum!«

»Von mir aus! Wenigstens bist du nun sauber, und ich muß nicht mehr mitansehen, wie du dir mit dreckigen Fingern und Nägeln das Essen in den Mund stopfst. Geh jetzt!«

Edmund steckte den Kopf aus dem Handtuch und sah Philippa böse an. Er wollte gerade das Feld räumen, als er Dienwald erblickte. »Vater, hilf mir! Guck mal, was die Hexe mit mir gemacht hat!« Und so schrie er in einem fort, während Dienwald sich fragte, wie es ihr gelungen war, Pater Cramble auf ihre Seite zu ziehen.

Edmund vollführte schreiend einen wütenden Tanz auf nunmehr sauberen Füßen. Schließlich brachte ihn Dienwald mit einem Machtwort zum Schweigen, obwohl er Philippas Vorgehen nicht gutheißen konnte. »Edmund, du keifst wie deine Mutter. Ich höre das ungern. Du gehst jetzt mit Pater Cramble und ziehst deine neuen Sachen an. Ich hatte ja keine Ahnung, daß du ein so dreckiger kleiner Strolch geworden bist. Halt deine Klappe, oder du kriegst meine Hand zu spüren!«

Mit gesenktem Kopf, das Handtuch wie eine römische Toga um den Körper geschlungen, folgte Edmund stumm dem Pater.

»Danke«, sagte Philippa zu Dienwald und brachte ihre Haare wieder in Ordnung.

Er trat auf sie zu. »Halte still, Dirne!«

Sie tat es, und er schnürte ihr die Haare hinten wieder mit dem Lederband fest. Mißbilligend sah er, wie schmutzig das rohe Lederstück war. Sie brauchte ein anständiges Band, ein buntes Seidenband, das zu ihrer Haarfarbe besser paßte.

»Du siehst noch schlimmer aus als Edmund. Viel schlimmer. Wie ein Drecklappen. Tu was dagegen!« Nachdem Dienwald so seinen Gefühlen den gebührenden Ausdruck verliehen hatte, wandte er sich ab. Gleich darauf hörte er hinter sich ein verdächtiges Geräusch. Aber es war schon zu spät. Der halbvolle Wassereimer traf ihn mitten zwischen den Schulterblättern und brachte ihn zum Straucheln. Er fiel auf eine Ziege. Die Ziege scheute zurück und trat Dienwald gegen den Oberschenkel. Er schrie auf, griff ans Bein, verlor das Gleichgewicht und plumpste seitwärts in die tiefste Stelle der Schmutzlache.

Er rappelte sich auf und blieb eine Zeitlang auf Händen und Knien hocken. Dann erhob er sich ganz langsam und sah Philippa wie ein unvollendetes Standbild vor sich stehen.

Schreck und Trotz zeichneten sich auf ihren Zügen ab. Die Leute auf dem Hof liefen zusammen und glotzten neugierig. Dann hörte man ein lautes Brummen. Gorkel trat geradewegs in den Schlamm und fing an, seinen Herrn abzubürsten.

»War keine Absicht«, sagte Gorkel. »Die Herrin handelt immer und überlegt erst hinterher – das wißt Ihr ja, Herr. Ja, aber sie is' ...«

»Du verdammtes Ungeheuer, verteidige sie nicht noch! Halt den Mund!«

Gehorsam klappte Gorkel den Mund zu.

Dienwald schüttelte ihn ab und ging auf Philippa zu. Sie wich zurück, aber nur einen Schritt. Dann blieb sie stehen, drückte die Schultern zurück und sah ihm entgegen.

»Du hast mich angegriffen! Du, ein *Weib*, hast mich angegriffen. Du hast mich mit dem verfluchten Eimer getroffen.«

»Genau genommen«, sagte Philippa, »war es der Eimer, der Euch getroffen hat, und nicht ich. Wie konnte ich ahnen, daß ich so gut zielen kann – oder vielmehr, daß der Eimer so gut treffen würde?«

Dienwald atmete mehrmals tief ein. »Wenn ich dich jetzt in den Schlamm werfe, hast du nichts mehr anzuziehen. Du hast dir doch noch kein Kleid genäht, oder?«

Sie schüttelte den Kopf.

Er schaute auf ihre aufgerichteten Brustspitzen, die sich unter dem Kleid deutlich abzeichneten. Weiter unten klebte das Gewand an ihren Hüften.

Er lächelte unheilverkündend, und Philippa schien kleiner zu werden. »Dann werft mich in den Schlamm!« sagte sie. »Lieber das als das andere, was Ihr gern mit mir machen wollt!«

»Und was sollte das sein, bitte? Dir den Fetzen vom Leibe reißen, damit alle Leute sehen, was für ein häßliches altes Weib darunter-steckt?«

Sie nickte und legte die Hände schützend vor die Brüste. »Ich bin aber kein häßliches altes Weib.«

»Na schön«, sagte er. So blitzschnell, daß sie noch nicht mal einen Schrei ausstoßen konnte, packte er sie um die Hüften, hob sie in die Höhe, trug sie in die Schmutzlache und ließ sie fallen. Mit ausgebreiteten Armen und Beinen landete sie auf dem Gesäß. Der Schlamm spritzte ihr an den Beinen hoch und drang durch das Kleid. Jetzt hatte sie nichts mehr anzuziehen. Nichts außer dem völlig ruinierten alten Kleid.

Die Hände in die Hüften gestemmt, stand Dienwald vor ihr und lachte sie aus.

Da sah Philippa rot. Tränen stiegen ihr auf. Doch die Wut war stärker als alles andere. Es gelang ihr, trotz des zähen Schlamms wieder auf die Beine zu kommen. Im nächsten Moment warf sie sich auf ihn, umklammerte seine Arme und riß ihn an sich. Gleichzeitig stellte sie ihm ein Bein, und lachend fiel er auf sie. Gemeinsam gingen sie zu Boden, Philippa flach auf dem Rücken, Dienwald auf ihr. Hoch spritzte der Schlamm.

Dienwald griff mit den Händen mitten in den Matsch und hob langsam die mit Schlamm gefüllte Faust, öffnete sie und rieb ihr mit dem Dreck das Gesicht ein. Sie keuchte und spuckte, und setzte ihm unvermutet das Knie ins Kreuz. Er fiel und diesmal lag sie auf ihm. Sie hämmerte mit den Fäusten auf ihn ein, fuhr ihm mit den schlammigen Händen ins Gesicht und versetzte ihm einen derben Schlag. Das war zu viel für Dienwald. Er hob die Arme und brüllte: »Ich gebe auf, Dirne! Ich gebe auf!«

Als er Philippa lachen sah, überkam ihn das Verlangen, sie gleich hier zu nehmen – mit ihrem verdreckten Gesicht und dem schlammverschmierten Haar.

»Verzeiht mir«, ließ sich Northbert vernehmen. Er stand am Rand der Schmutzlache, und sein häßliches Gesicht zeigte höchste Verwirrung.

Dienwald sah ihn schräg von unten an. »Ja? Was ist?«

»Wir haben Besuch, Herr.«
»Vor den Toren von St. Erth?«
»Nein, Herr. Der Besuch ist schon hier.«

13

Hinter Northbert sah Dienwald Graelam de Moreton auf sich zukommen, groß, kräftig, sauber und prächtig gewandet. Er musterte Dienwald, als wäre er ein Tier mit zwei Köpfen. Und dann starrte er Philippa an.

»Gott zum Gruß, Graelam«, sagte Dienwald schnell gefaßt. Da erblickte er Kassia. Sie tauchte in einem schönen, hermelinbesetzten weißen Mantel aus weicher Wolle neben ihrem Mann auf. Sie sah so schön, so weich und süß aus wie immer. Das kastanienbraune Haar lag ihr in dichten Flechten um den Kopf. »Willkommen auf St. Erth, Kassia. Ihr befindet Euch hoffentlich wohl, edle Lady.«

Kassia konnte nicht mehr an sich halten. Sie brach in Gelächter aus und brachte mit Mühe hervor: »Dienwald, Ihr sprecht wie ein Höfling des Königs, und dabei liegt Ihr mitten im Schlamm ... Ach, Dienwald, Euer Gesicht sieht aus ...«

Philippa war zu einer Schlammstatue erstarrt. Sie lag regungslos quer über ihm. »Rück zur Seite, Dirne!« sagte er grinsend. »Du siehst, daß wir Besuch haben. Wir müssen uns aufraffen und unsere Gäste gebührend begrüßen.«

Kassia, dachte Philippa. Kassia, die der elende Dienwald in sein Herz geschlossen hatte. Und Philippa konnte seine Gefühle für diese kleine, äußerst weiblich wirkende Person sogar nachempfinden. Diese mustergültige Frau würde sich nie dabei überraschen lassen, wie sie in einer Schlammlache quer über einem Mann lag. Ein Glück, daß sie mit Graelam de Moreton verheiratet war. Sie erinnerte sich, ihn einmal in Beauchamp gesehen zu haben.

»Beweg dich, Dirne!« sagte Dienwald lachend, umfaßte sie an der Taille und hob sie von sich weg. Behutsam setzte er sie dann auf trockenem Boden ab.

Sie spürte den schwarzen Schlamm an ihrem Gesäß.

»Graelam, geh schon mal mit deiner reizenden Gattin in den Saal! Ich muß mich nur waschen. Dann komme ich gleich nach.«

»Dafür wirst du wohl das ganze Wasser aus eurem Brunnen brauchen«, sagte Graelam, warf den Kopf zurück und lachte. »Nein, Dienwald, bewirf mich nicht mit Matsch! Meine Frau hat mir gerade diesen wunderschönen Waffenrock genäht. Allmählich gefällt mir dein schwarzes Gesicht. Es paßt zu deiner schwarzen Seele.«

Erst als Graelam und Kassia, gefolgt von einem halben Dutzend Kriegern aus Wolffeton, verschwunden waren, rührte sich Dienwald.

Philippa hatte kein Wort gesagt. Stumm saß sie wie ein Häufchen Elend im Matsch.

Dienwald rief nach einem Eimer Wasser. »Steh auf, Philippa! Los, komm da raus!« Dabei goß er ihr das kalte Wasser aus dem Eimer über den Kopf. Philippa schnappte nach Luft, fing an zu zittern und wischte sich mechanisch den Dreck vom Gesicht. Die Luft war an diesem späten Apriltag ziemlich kühl.

Nach drei weiteren Wassergüssen bat sie um die Seife.

»Du mußt dir das Kleid ausziehen«, sagte er und befahl der alten Agnes, zwei Decken zu holen. Dann blickte er auf die Zuschauer, die sich hinter vorgehaltener Hand über das Schauspiel amüsierten. Er brüllte: »Verschwindet hier! Alle! Wenn sich in zwei Sekunden noch jemand hier blicken läßt, kriegt er die stumpfe Seite meines Schwertes zu spüren!«

»Ja«, schrie Crooky, »aber den Weibern macht es Spaß, Eurem Spiel zuzuschauen.«

Dienwald brüllte abermals, und bald waren Philippa und er allein. Sie standen jetzt auf der Holzplanke und benutzten die neuangefertigte Seife. Dienwald hatte sich bereits nackt ausgezogen. Grinsend sah er Philippa an. »Ich habe alle weggeschickt, Dirne, wie du siehst. Jetzt zieh das Kleid aus!«

Sie tat es ohne Widerrede, und gemeinsam wuschen und schrubbten sie sich ab und begossen sich gegenseitig mit Wasser. Dienwald ließ kein Auge von ihr. Sie sah im Aprilsonnenschein sehr hübsch aus. Dann zog er sie an sich. Er gab ihr aber keinen Kuß, sondern seifte ihr den Rücken und das Gesäß ein. Sie spürte seine seifigen Hände zwischen den Beinen und erstarrte. Aber die Berührung war wohl nicht intim gemeint.

Als er fertig war, wusch sie ihm den Rücken, jedoch viel zurückhaltender, als er es bei ihr getan hatte.

Sobald sie sich abgetrocknet hatten, legte sich jeder eine Decke um. Philippas Gesicht glänzte jetzt rosig, das Haar klebte ihr naß am Kopf, und Dienwald fand ihren Anblick köstlich. Laut sagte er: »Dein Spiel hat mich geradezu verjüngt. Willst du mit in den Saal kommen und unsere Gäste begrüßen?«

Und mit Lady Kassia sprechen? dachte Philippa. Da würde sie sich todunglücklich fühlen und sich vorkommen wie ein ungeschlachter Bettler, der, in eine Decke gehüllt, eine Prinzessin in schneeweißem Gewand anredet. Sie schüttelte den Kopf.

»Es sind aber Freunde von mir«, sagte Dienwald. Er bemerkte gar nicht, wie peinlich ihr eine solche Begegnung war, sondern dachte, sie stellte sich wieder mal stur.

»Jetzt nicht, wenn es Euch beliebt.«

»Na schön. Aber wenn du später doch kommen solltest, bitte ich dich, ihnen nicht deinen Namen zu nennen, und ihnen nicht zu verraten, daß du als Gefangene hier bist.«

»Als was soll ich mich denn ausgeben?« fragte sie.

Dienwald überlegte. »Als meine Waschfrau?«

»Nein.«

»Als meine Weberin?«

»Nein. Ich schlage vor, als Eure Verwalterin.«

»Damit Graelam mich schallend auslacht, wie? Nein, aber du kannst als meine Geliebte auftreten. Da du jetzt wieder ganz nett aussiehst, wäre es glaubwürdig. Ist dir das recht?«

»Habt Ihr denn keine Angst, daß ich Lord Graelam bitten könnte, mich zu meinem Vater zurückzubringen? Oder ihm sage, daß Ihr ein Dieb und elender Schurke seid?«

»Warum sollte ich davor Angst haben? Du willst doch gar nicht zu deinem Vater zurück. Vergiß nicht, wer dich dort mit ausgebreiteten Armen und übelriechendem Atem erwartet: der alte Kröterich William de Bridgport!«

Das war leider wahr, verdammt noch mal. »Ich könnte den Lord ja bitten, mich zu seinem Vasall Sir Walter zu schicken. Da ich dessen Kusine bin, ist das wohl verständlich.«

»Ja, das könnte er wohl tun, aber es würde mir sehr gegen den Strich gehen. Und Sir Walter würde dich nicht mal gut behandeln. Er ist nicht der Mann, für den du ihn hältst.«

»Selbstverständlich würde er mich gut behandeln! Ich bin doch seine Kusine, eine nahe Verwandte. Eure Geliebte will ich jedenfalls nicht sein.«

Er fuhr ihr mit den Fingerspitzen leicht über die Wange. »Willst du mich in Teufels Namen umgarnen, Philippa?«

Dann machte er auf dem nackten Fuß kehrt und ging davon. Eigentlich hätte er barfuß und in der häßlichen braunen Decke lächerlich wirken müssen. Doch das war nicht der Fall.

Etwas langsamer folgte ihm Philippa. Sie sah neugierige Gesichter, hörte Gelächter und war sich bewußt, daß man sie heimlich beim Bad mit Dienwald beobachtet hatte. War man denn in dieser verwünschten Burg nirgends allein?

Wie konnte Dienwald sie auffordern, Kassia gegenüberzutreten? Der Frau, die ihm das Leben gerettet hatte, die so überaus rein und ohne Arg war, der Inbegriff der Vollkommenheit!

Sie ging die Treppe zu den Wohnräumen hinauf und schloß sich in Dienwalds Zimmer ein. Er war vor ihr hier gewesen, aber inzwischen schon wieder fort. Seine Decke lag zerknüllt auf den Binsen. Sie machte sich Gedanken um sein Aussehen. Hätte sie ihm doch schon den Waffenrock ausgehändigt, den sie für ihn genäht hatte! Der war genauso vornehm wie der Lord Graelams, den die schöne Kassia für ihn geschneidert hatte.

Dienwald war indessen im großen Saal angelangt. In abgetragenem Waffenrock und Hose, die sich aus dem ursprünglichen Grau zu einem schmutzigen Gallegrün verfärbt hatten, begrüßte er seine Gäste.

Graelam und Kassia hatten sich mit Northbert und Crooky unterhalten und taten sich an Bier und dem frischen Käse von St. Erth gütlich.

Kaum war Dienwald bei ihnen aufgetaucht, da fragte ihn Graelam ohne jede Vorrede: »Wo ist mein Wein, du Hurensohn?«

Dienwald sah ihn verständnislos an. »*Dein Wein?* Was für ein Wein? Das hier ist kein Wein, sondern Bier, nach eigenem Rezept gebraut. Ich hätte euch ja gern Wein angeboten, aber ich habe keinen. Ich habe nur Bier und kein Geld, um Wein zu kaufen. Bei Gott, Graelam, wenn ich meinen Gedärmen mal etwas Gutes antun will, komme ich doch immer nach Wolffeton.«

Graelams dunkle Augen verengten sich argwöhnisch. »Wenn es deinen Zwecken dient, kannst du ganz überzeugend lügen.«

Dienwald erhob die Stimme. »Von was für einem verflixten Wein ist denn hier die Rede?«

Kassia lachte. »Erinnert Ihr Euch nicht mehr an Eure Wette mit meinem Lord? An den Wein aus Aquitanien, den mein Vater uns mit dem Schiff geschickt hat? Das Schiff ist auf dem Felsen gestrandet und die gesamte Ladung verschwunden. Und Ihr wollt den Wein nicht gestohlen haben?«

»Selbstverständlich nicht. Seid Ihr sicher, daß Euer wundervoller Lord das nicht selber getan hat, Kassia? Er befürchtete, die Wette zu verlieren, und wußte nicht mehr, was er sonst tun sollte, um aus der Sache herauszukommen.«

»Nein, versuche jetzt nicht, sie auf deine Seite zu ziehen, du verschlagener Schuft!«

Kassia lachte. »Nun seid mal beide still! Es ist jetzt doch wohl klar, daß es ein anderer Schurke gewesen sein muß, der den Wein gestohlen hat, my Lord. Trinkt das Bier und laßt die Wette vergessen sein!«

»Aber wer?« fragte Dienwald.

»Roland ist wieder in Cornwall«, sagte Graelam.

»Kaum zu glauben. Roland de Tournay! Der ist wieder hier?«

»Ja. Ich erfuhr es von einem Kesselflicker, der die Runde durch ganz Cornwall gemacht hat.«

»Ach, der Kesselflicker. Es ist gar nicht lange her, da war er auch hier. Aber leider in meiner Abwesenheit.« Um so bedauerlicher, dachte Dienwald, daß der Kerl nicht noch einmal bei mir eingekehrt ist. Ein schmales blaßgelbes Band, passend zu Philippas Haarfarbe, würde ihr wunderbar stehen.

»Es scheint, daß Roland ihn angehalten, ihn in sein Lager im Wald von Fentonladock gebracht und ihm aufgetragen hat, mir zu berichten, daß er nach Wolffeton kommen wird. Ich frage mich, was er von mir will. Du und Roland, ihr seid doch zusammen aufgewachsen, nicht wahr? Bei Graf Charles Massey auf Burg Bauderleigh?«

»Ja, das stimmt. Der alte Charles war ein echter Teufel, gemein, böse und hart. Aber wir haben es beide überstanden, indem wir genauso gemein, böse und hart wurden. Von Roland habe ich seit fünf Jahren nichts mehr gehört.«

»Er hat wie ich mit Edward den Kreuzzug mitgemacht.«

»Ich bin neugierig, wie es ihm geht und was er von dir will.«

»Ich soll ihn in zwei Wochen in Wolffeton erwarten. Dann will er mir alles erklären. Ich habe erfahren, daß er im Heiligen Land für Edward als Kundschafter tätig war. Er hat sich als Moslem ausgegeben. Niemand kam dahinter, daß er in Wirklichkeit Engländer war. So soll er sogar mit dem Sultan eng befreundet gewesen sein.«

»Nun ja, er hat einen dunklen Teint und sieht wirklich wie ein Heide aus.«

»Ja, und seine Augen sind so schwarz wie die eines fanatischen Priesters und seine Zunge glatt wie die einer Natter.«

Ohne zu überlegen, platzte Dienwald heraus. »Ich würde ihn gern wiedersehen. Vielleicht könnte ich die Dirne mitnehmen. Es würde ihr Spaß machen ...« Er brach ab und hätte sich selbst in den Po beißen können, daß er das gesagt hatte.

Graelam konnte, wenn er wollte, recht scharfsinnig sein. »Wer ist die Dirne, Dienwald?« fragte er freundlich. »Du meinst die, die auf dir lag, als wir kamen, nicht wahr? Habt ihr miteinander im Schlamm rumgespielt?«

»Ja.«

»Nichts weiter? Keine Erläuterungen? Hat sie inzwischen gebadet? Wo ist sie jetzt?«

»Sie hat nichts anzuziehen, keinen Faden auf dem Leib. Nur das dreckige alte Kleid – es stammt von meiner ersten Frau. Weiter ist keines mehr vorhanden. Jetzt hat die Dirne nur noch eine Decke, um ihre Blößen zu bedecken, und hält sich in meinem Schlafzimmer auf.«

Kassia mischte sich ein. »Diese Dirne – wie heißt sie?«

»Morgan«, sagte Dienwald, ohne zu stocken. »Sie heißt Morgan und ist meine Geliebte.«

»Sie ist eine Leibeigene?«

Er schüttelte erst heftig den Kopf, sagte dann aber: »Ja.«

Graelam brummte: »Was geht hier vor, Dienwald? Versuche nicht, mich anzulügen! Ich durchschaue dich doch.«

Wieder mischte Kassia sich ein. »Morgan – ein seltener Name. Aber gut, ich werde zu ihr gehen. Ich habe zwar keine anderen Sachen mit, aber ich kann ihr ein Kleid und anderes schicken lassen.«

»Sie ist so lang wie ein Maibaum, eine echte Riesin. Ihr würde keines Eurer Kleider passen.«

Kassia sah ihn nur drohend an, hob ihren feingewebten zartrosafarbenen Rock an, fuhr glättend über die Ärmel des dünnen weißen Überrocks und ging langsam aus dem großen Saal. Erst jetzt sah Dienwald, daß sie schwanger war.

Ihm wurde bang. Er wandte sich Graelam zu, und sein Freund nickte bestätigend.

»Ich passe so gut auf sie auf, wie ich kann. Sie ist so klein, und ihr

Leib ist schon so geschwollen. Sie wollte aber unbedingt heute nach St. Erth mitkommen. Auf Wolffeton langweilt sie sich. Die Frauen lassen es nicht zu, daß sie in der Burg noch einen Handschlag selber tut. Deshalb konnte ich es ihr nicht abschlagen. Untätig zu sein liegt ihr nicht.«

»Wann wird das Kind erwartet?«

»Nicht vor Juni. Bis dahin werde ich noch tausend Tode sterben.« Graelam fluchte gräßlich.

Dienwald sagte nachdenklich: »Sie scheint aber guter Dinge zu sein, und sie sieht zum Anbeißen aus.«

»Das stimmt«, sagte Graelam und leerte seinen Krug. »Übrigens sprich nicht in einem Ton von meiner Frau, als wärst du ihr Geliebter! Das ärgert mich. Hör zu, ist es wirklich wahr, daß du den Wein, den Kassias Vater uns geschickt hat, nicht gestohlen hast? Du warst es nicht, der das Schiff mit falschen Lichtzeichen auf den Klippen stranden ließ?«

»Ich wünschte, ich wäre auf diese Idee gekommen«, sagte Dienwald mit echtem Bedauern.

»Dann war es Roland«, sagte Graelam voller Befriedigung über seinen scharfsinnigen Schluß. »Für diese Unverschämtheit werde ich ihm mindestens zwei Rippen brechen.«

»Das würde ich gern mitansehen«, sagte Dienwald.

Langsam erklomm Kassia die Treppe zu den Wohnräumen. Dabei hielt sie sich vorsorglich am Geländer fest, weil sie wie immer an das Kind in ihrem Schoß dachte. Allerdings fühlte sie sich gesund und munter. Es war ihr nicht lieb, daß Graelam sich so große Sorgen um sie machte. Und jetzt hatte ihr Vater auch noch angekündigt, er werde nach Wolffeton kommen und über sie wachen. Die beiden würden sie mit ihrer Fürsorge noch zum Wahnsinn treiben!

Leise klopfte sie an die Tür zu Dienwalds Schlafzimmer. Dann probierte sie den Griff. Es war abgeschlossen. Sie rief: »Bitte, Morgan, las mich ein! Hier ist Kassia de Moreton.«

Philippa starrte zur Tür. Wer in Teufels Namen war Morgan? Sie stand auf, hüllte sich in die Decke, tappte auf bloßen Füßen hin und öffnete lächelnd. »Kommt herein, Lady!«

»Danke. Oh, meine Liebe, Dienwald hat wirklich die Wahrheit gesagt. Du hast nichts anzuziehen.«

Philippa bestätigte es stumm.

»Du bist aber nicht die Tochter eines Leibeigenen, nicht wahr? Was will Dienwald uns da für einen Bären aufbinden?«

»Was hat er Euch denn erzählt?«

»Daß du seine Geliebte bist.«

Philippa knurrte verächtlich und warf die ungebärdige Haarpracht in den Nacken.

»Du hast wunderschöne Haare«, sagte Kassia. »Solche Haare habe ich mir immer gewünscht. Mir hat man den Kopf geschoren, als ich einmal schwerkrank war. Seitdem sind meine Haare wieder gewachsen, aber nicht so dicht wie deine. Hast du etwas dagegen, wenn ich mich setze? Ich bin so schwer geworden.«

Philippa hatte den Eindruck, daß die kleine Lady sehr nett und wahrscheinlich ohne jeden Falsch sei. Sie war also mit diesem mächtigen Krieger verheiratet und schwanger. Philippa versuchte vergeblich, sich die beiden im Bett vorzustellen. Nun, sei dem, wie ihm wolle, diese vollkommene Lady war jedenfalls für Dienwald unerreichbar.

Der Gedanke verschaffte ihr unendliche Erleichterung. »Verzeiht mir«, sagte Philippa, »darf ich Euch vielleicht einen Krug Milch anbieten? Ich kann mir nicht vorstellen, daß Dienwald daran gedacht hat.«

»Nein, das hat er nicht, aber vielen Dank, ich möchte jetzt keine Milch. Er ist übrigens meinem Lord sehr ähnlich. Sag mir, wie heißt du wirklich?«

Philippa hätte ihr liebend gern alles erzählt, wollte aber nicht, daß man an Dienwalds Worten zweifelte und ihn unter Druck setzte, selbst wenn sie seine Freunde waren. Und sie wollte schon gar nicht zu ihrem Vetter Walter. Nein, sie wollte hierbleiben. »Ich heiße Morgan«, sagte sie deshalb.

Aufs Lügen verstehst du dich schlecht, dachte Kassia. Sie sagte aber nichts dazu und lächelte das große, sehr hübsche Mädchen nur an. Was machte sie hier auf der Burg? Dahinter mußte ein Geheimnis stecken. Dann fiel ihr Robert Burnells Besuch ein. Sie und ihr Mann hatten Dienwald vor Burnell über den grünen Klee gelobt und ihn als zukünftigen Ehemann der unehelichen Tochter des Königs angepriesen. Doch wenn Dienwald dieses Mädchen liebte, würde er dem König bestimmt eine abschlägige Antwort erteilen. Er würde ihm sogar ins Gesicht lachen. Nein, keiner konnte Dienwald zu etwas zwingen, was er nicht freiwillig tun wollte.

»Ich bin eigentlich hier, um dir Kleider anzubieten, Morgan. Zwar habe ich keine bei mir. Aber du könntest mir deine Maße sagen, dann kann ich dir morgen welche nach St. Erth schicken lassen.«

Philippa bereute alle bösen Wünsche, die sie gegen diese elegante, feine Dame gehegt hatte. »Ich habe Stoffe weben lassen, hatte aber noch keine Zeit, mir ein Kleid davon zu nähen. Erst waren Edmund und Dienwald an der Reihe und dann Crooky, der Narr. Er sah so abgerissen aus und war so glücklich darüber, neue Sachen zu bekommen. Heute abend nähe ich ein Kleid für mich. Trotzdem besten Dank. Ihr seid sehr nett.«

»Das ist aber interessant«, sagte Kassia.

»Was ist interessant, my Lady!«

»Das mit dir und Dienwald. Normalerweise ist er nämlich nicht gerade ein Mann, der den Frauen viel Beachtung schenkt. Versteh mich nicht falsch! Er hat sich immer für Frauen interessiert, aber nie für längere Zeit. Wenn er seine Bedürfnisse gestillt hat, beachtet er sie nicht mehr. Er ist ein schwieriger Mensch und kann sehr dickköpfig sein. Doch sonst ist er treu und wahr. Allerdings benimmt er sich auch gern wie ein roher Kerl, manchmal geradezu wie ein Schuft. Und vor allem legt er großen Wert darauf, als unberechenbar zu gelten.«

»Ich weiß.«

»Du weißt es? Nun, das ist ja noch interessanter. Du kennst ihn also gut? Bist du schon lange auf St. Erth?«

Wollte sich die Lady einen Scherz mit ihr erlauben? Ihr zeigen, daß sie es war, die von Dienwald geliebt wurde? So gleichmütig, wie sie konnte, erwiderte sie: »Dienwald macht sich gar nichts aus mir, my Lady. Vielmehr seid Ihr es, die er verehrt und bewundert, nicht ich. Mich findet er unweiblich, plump und ungeschickt. Von Euch aber spricht er wie von einer ... von einer *Heiligen*. Am liebsten möchte er vor Euch zu Boden fallen, zu Euren Füßen liegen und Euch anbeten.«

»Bei Gott, das ist dumm und lächerlich«, sagte Kassia lachend. »Und es hört sich gar nicht nach Dienwald an.«

»Er ist eben ein Mann«, sagte Philippa.

»Ja«, sagte Kassia bedächtig, »das ist er zweifellos. Er ist genauso wie mein Lord. Ein Mann, der herrschen und immer das letzte Wort haben will. Wenn man ihm nicht zu Willen ist, wenn man gar wagt, ihn herauszufordern, fängt er an zu schreien und brüllt herum. Aber wenn jemand schwächer ist als er, dann achtet und beschützt er ihn mit seiner ganzen Kraft.«

»Ich bin aber kaum schwächer als Dienwald.«

»Nun, das möchte ich bezweifeln, Morgan.«

»Und er achtet mich überhaupt nicht. Er weiß nicht, was er mit mir machen soll. Ich bin für ihn ein Dorn im Auge. Dennoch bin ich seine Verwalterin. Das soll aber keiner wissen. Dieser sture Dickkopf meint, wenn Euer Mann es erführe, würde er sich vor Lachen ausschütten.«

»Seine Verwalterin? Bitte, das mußt du mir erzählen. Was ist denn aus Alain geworden?«

Da öffneten sich bei Philippa alle Schleusen. Ihre Worte überstürzten sich. Dennoch verriet sie Kassia de Moreton nicht, wer sie in Wirklichkeit war oder wie sie nach St. Erth gelangt war. Dafür erzählte sie ihr von Alains Betrügereien. Wie er versucht hatte, sie umzubringen, und wie sie seitdem seinen Platz eingenommen hatte, aber nur weil Dienwald keine Person des *einzig wahren* Geschlechts zur Verfügung hatte, der diese Stelle ausfüllen konnte.

Noch ehe Kassia antworten konnte, wurde die Tür aufgestoßen, und Dienwald stürmte herein. Er schrie beinahe: »Glaubt ihr kein Wort, das sie spricht!«

Philippa sprang auf. »Morgan!« rief sie. »Wer zum Teufel ist diese Morgan?«

Dienwald blieb stehen und runzelte die Stirn. »Das weiß ich doch nicht. Der Name kam mir gerade in den Sinn. Er gefällt mir eben. Er besitzt eine gewisse Würde.«

»Wie heißt du denn wirklich?« fragte Kassia.

»Sie heißt Mary«, sagte Dienwald schnell. »Ja, sie heißt Mary. Ein einfacher und hübscher Name.«

»Das würde ich nicht behaupten«, sagte Graelam, der jetzt ebenfalls zur Tür hereinkam. »Ich kannte mal eine Mary, die so listig und ränkevoll war wie meine frühere Geliebte Nan. Du erinnerst dich, Kassia? Ach, du wunderst dich, warum ich hier bin, Süße? Nun, plötzlich ist Dienwald aus dem Saal ausgerissen. Er hatte wohl Angst, das Mädchen könnte dir gewisse Dinge ausplaudern. Da bin ich ihm einfach gefolgt.«

»Diese Dirne hier, das ist Mary«, sagte Dienwald und bedachte Philippa mit einem Blick, als wollte er ihr die Zehen abschneiden, wenn sie es wagen sollte, ihm zu widersprechen.

»Du siehst aber nicht wie eine Mary aus«, sagte Graelam und trat näher. Aus seinen dunklen Augen betrachtete er Philippa mit großem Interesse. Dann sagte er verwirrt und unsicher geworden: »Irgendwie kommst du mir bekannt vor. Deine Augen ... ja, die kenne ich irgendwoher. Dieses strahlende Blau ist einzigartig. Ich wünschte, es fiele mir wieder ein ...«

»Sie sieht überhaupt nicht bekannt aus«, sagte Dienwald. »Sie sieht aus ... na, wie sie eben aussieht. Sie sieht aus wie eine einfache Mary, und sie ist eine einfache Mary.«

»Kassia«, sagte Graelam, »hast du Dienwalds Geheimnisse erfahren? Hat er meinen Wein aus Aquitanien gestohlen?«

»Dienwald ist kein Dieb!« erregte sich Philippa. »Er raubt nur etwas, wenn es unbedingt notwendig ist und ...«

»Phi ... Mary, sei still! Du brauchst vor diesem Riesenungeheuer nicht meine Unschuld zu verteidigen. Ich habe dir deinen ekligen Wein nicht gestohlen, Graelam.«

Kassia stand vorsichtig auf. »Das reicht. Ich schlage vor, wir nehmen das Essen hier oben ein, weil Mary ja außer einer Decke nichts zum Anziehen hat und so nicht in den Saal gehen kann. Was sagst du dazu, Dienwald?«

Was sollte er dazu sagen?

Das Abendessen in Dienwalds Schlafzimmer verlief angenehmer, als er erwartet hatte. Philippa hielt meistens den Mund, und auch Kassia sprach wenig. Die Männer unterhielten sich über Männerangelegenheiten. Manchmal hätte Philippa sich zwar gern eingeschaltet, denn schließlich war sie trotz allem, was Dienwald gesagt hatte, die Verwalterin auf St. Erth, doch sie hielt sich zurück, um nicht unfreiwillig etwas zu verraten.

Warum hatte Graelam sie so merkwürdig angesehen? Kam sie ihm vielleicht deshalb bekannt vor, weil er sie vor vielen Jahren einmal ganz kurz auf Beauchamp gesehen hatte?

Graelam lehnte sich zurück, den Bierkrug in den großen Händen. »Kassia und ich reiten morgen nach Wolffeton zurück. Sie wollte ja nur einmal sehen, wie es dir geht.«

»Was? Nein, Graelam, deine Lüge hat mehr Löcher als ein Sieb. Du wolltest sehen, ob ich gerade deinen Wein trinke.«

»Das auch. Komm, Dienwald, laß uns ein Stück spazierengehen! Ich habe etwas mit dir zu besprechen.«

Kassia warf ihm einen fragenden Blick zu.

Was geht hier vor? fragte sich Philippa. Auf der Schwelle drehte Dienwald sich noch einmal um und sagte: »Mary, heute nacht lassen wir Graelam und Kassia in unserem Bett schlafen. Sag Edmund, er soll bei Pater Cramble übernachten! Nein, warte! Wir beide schlafen in deinem schmalen Bett in der Verwalterkammer.« Damit ging er. Philippa saß, vor Verlegenheit und Ärger rot im Gesicht, auf dem Bett.

»Ich bringe den elenden Kerl noch einmal um«, sagte sie vor sich hin.

Zu ihrer Überraschung fing Kassia an zu lachen.

Auf dem Weg zum Innenhof faßte Graelam den Entschluß, Dienwald nichts von Burnells Besuch zu erzählen. Kassia hatte recht. Man sollte den Dingen ihren Lauf lassen. Dienwald würde ja doch tun, was er wollte. Da konnte ihm selbst König Edward noch so sehr schmeicheln oder drohen – wenn Dienwald sich einmal etwas in den Kopf gesetzt hatte, konnte ihn niemand davon abbringen. Die beiden Männer gingen auf die Wälle und erklommen die Leiter zum Osttor.

»Hat dein Verwalter dich hintergangen?« fragte Graelam.

Dienwald nickte. »Der Schweinehund! Gorkel der Schreckliche hat ihm das Genick gebrochen. Aber einem Helfershelfer Alains gelang es zu fliehen. Mein Narr Crooky weiß viele Dinge – wie er sie erfährt, erstaunt und erschreckt mich manchmal. Er glaubt, daß Walter de Grasse mit Alain unter einer Decke steckte und daß einer der Männer, die versucht haben, Ph ... Mary umzubringen, jetzt auf Crandall ist. Es ist der Zisternenwart.«

Graelam schwieg eine Weile. Schließlich sagte er: »Ich weiß, daß ihr beide euch haßt. Ja, ich habe auch gehört, daß jemand deine Ernten an der Südgrenze verbrannt und alle deine Leute abgeschlachtet hat. Aber du kannst nicht beweisen, daß Sir Walter dahintersteckt, oder?«

Dienwald räumte ein, daß es keine Beweise dafür gab. Deshalb kam es für ihn überraschend, als Graelam sagte: »Ich habe mich entschlossen, Walter aus Crandall zu entfernen. Wenn wir aber entdecken sollten, daß er es war, der deine Ernten verbrannt und deine Leute umgebracht hat, werde ich ihn töten. Und nun, mein Freund, rück meinen Wein heraus! Ich bin überzeugt, daß du ihn hier irgendwo versteckt hältst.«

Dienwald starrte Graelam verständnislos an. Dann rief er nach Northbert. »Bring den Wein!«

Es war zwar kein Wein aus Aquitanien, aber er schmeckte auch. Er kam aus einer Benediktinerabtei in der Nähe von Penryn.

Erst in den frühen Morgenstunden betrat Dienwald die kleine Verwalterkammer. Lächelnd bemerkte er die Umrisse des großen Mädchenkörpers unter der Bettdecke.

Lautlos ging er zum Bett und stellte die brennende Kerze auf den Fußboden. Ohne ein Wort lüftete er die Decke, unter der Philippa schlief. Sie war nackt und lag auf der Seite, den Kopf abgewandt, ein Bein ausgestreckt, das andere angezogen. Er schluckte. Dann legte er unverzüglich die Hand an die Innenseite ihrer Oberschenkel und führte sie langsam, sehr behutsam höher bis zu ihrem warmen Schoß. Er holte tief Atem und merkte, daß sein Glied steif geworden war und seine Lenden schmerzten. Langsam schob er den Mittelfinger hinein. Wie eng sie war! Er stellte sich vor, wie schön es wäre, sein Glied in diese Enge zu stoßen. Das mußten ungeahnte Gefühle sein. Wahrscheinlich würde er vor Wonne vergehen. Tiefer glitt sein Finger, und ihr Körper reagierte erwartungsvoll, wurde feucht und kam ihm entgegen.

Er beugte sich vor und küßte sie auf die Hüfte. Sein Finger schlüpfte immer tiefer hinein. Er hörte sie stöhnen. Ihr Körper zuckte wie im Krampf. Ja, jetzt würde er seinen Samen in sie hineinspritzen, gleich hier in diesem verdammt düsteren Zimmer. Rasch erhob er sich und legte die Kleider ab. Dann legte er sich neben sie und spürte ihr Gesäß an seinem steifen Glied. Er streichelte ihren Unterleib, und seine Finger tasteten sich noch weiter bis zu dem weichen Schoß vor und begannen ihn zu erkunden.

Ihre Hüften zuckten. Sie stöhnte im Schlaf. Er rollte sie auf den Rücken und legte sich auf sie.

14

Philippa schlug die Augen auf. Schattenhaft sah sie sein Gesicht über sich und begann laut zu schreien.

Dienwald fluchte, stützte sich auf die Ellbogen und fuhr fort, sie leidenschaftlich zu küssen.

Er lag mit dem heißen, steifen, pochenden Glied zwischen ihren Beinen. Jetzt kniete er sich hin, spreizte ihr die Beine und schaute auf sie hinab. »Du bringst es noch fertig, daß ich dich verführe«, sagte er flüsternd. »Du bist eine Hexe, eine Sirene. Du nimmst mich, läßt mich Gefühle erleben, die ich nicht erleben will, und saugst mich bis zum letzten Tropfen aus.«

Endlich war Philippa völlig wach. Tief in ihrem Schoß war noch dieses kribbelnde Gefühl. Aber seine Worte brachten sie in Wut. Und sofort verschwanden die unerwünschten Gefühle. »*Ich* bringe es fertig, daß *Ihr* mich verführt? Ach, deshalb wohl diese ganzen Großmuttergeschichten vom Lenz und dieser religiöse Blödsinn von Erneuerung, von Licht und Dunkel! Dies ist mein Bett, Ihr gefühlloser, brutaler Kerl! Ihr wollt mich entehren! Ich bin eine Jungfrau und nicht Euer Weib. Ihr seid es, der in mir Gefühle erregt, die ich nicht haben dürfte. Ihr wollt mich in Schande bringen – weil ich eine Gefangene bin, die nichts hat, um ihre Blößen zu bedecken!«

»Das ist ja allerhand, was du mir ins Gesicht schleuderst. Und doch sind es nur alberne Phrasen. Du hättest nichts zu sagen, behauptest du? Dabei beherrschst du mich ja völlig. Ich muß sagen, dein Mund ist genauso freigebig mit Worten wie dein Körper mit Reizen.«

Sie war wütend und schlug ihm mit den Fäusten auf die Brust.

»Entehren?« rief er. »Ich glaube, dich hat mir der liebe Gott zur Strafe für meine Sünden geschickt ...« Er hielt sie noch immer fest.

Da schlug sie so hart zu, wie sie nur konnte. Dienwald stöhnte, schwankte und kippte zur Seite um. Ohne sie loszulassen, fiel er aus dem Bett und landete auf dem Steinfußboden. Sie fiel auf ihn. Er hob den Kopf und stieß an ihren Kopf. Dann hörte sie einen häßlichen Aufprall. Er war mit dem Schädel gegen ein Tischbein geschlagen. Er rührte sich nicht mehr. Philippa war einen Augenblick lang wie erstarrt. Was war geschehen? Der Schreck fuhr ihr in die Glieder. Sie rollte sich von ihm und legte die flache Hand an seine Brust. Sein Herzschlag ging langsam und regelmäßig. Sie rückte die Kerze näher heran und untersuchte seinen Kopf. Über der linken Schläfe wuchs eine Beule. Nun, das geschah dem Sklavenhalter recht für seinen Vergewaltigungsversuch! Er hatte sich hereingeschlichen, um sie im Schlaf zu nehmen, wenn sie sich nicht wehren konnte. Und dann hatte der hinterhältige Kerl sie noch beschuldigt, *sie* brächte ihn dazu, sie zu verführen! Was für ein Unsinn!

Mit untergeschlagenen Beinen saß sie auf dem kalten Steinfußboden und bettete seinen Kopf auf ihren Oberschenkeln. Sie fühlte die Wärme seines Körpers an ihren Händen. Ja, sie dachte nur noch an ihn, sie sorgte sich um ihn. Nach einer Weile merkte sie erfreut, daß er sie anschaute. Sein Glied war nicht mehr steif. Lächelnd legte sie ihm die Hand auf den Unterleib. Langsam folgte sie dem Verlauf der Muskeln, und bald verirrten sich ihre Finger in dem dichten Busch schwarzer Haare.

»So ein Flegel!« sagte sie. »Was soll ich nur mit ihm anfangen?«

Er sagte kein Wort und rührte sich auch nicht. Philippa sang ihm eine rührende französische Ballade vor, die ihre Mutter sie gelehrt hatte, als sie vier Jahre alt gewesen war. Dann hielt sie inne und zwang sich seufzend dazu, ihre Hände von seinem Körper zu nehmen. Sie durfte gar nicht daran denken, wie er sie verspotten würde, wenn er erführe, was sie getan hatte, als er bewußtlos gewesen war.

»Bei den Frostbeulen von St. Georg, weißt du, wie deine Stimme sich anhört, Dirne? Als wenn jemand mit einem nassen Lappen gegen die Flanken eines schlafenden Pferdes schlägt!«

»Ach, Ihr seid wach«, sagte sie mit flacher Stimme. »Erst vor einem Jahr sagte ein Minnesänger auf Beauchamp zu meinen Eltern, meine Stimme sei so süß und silberhell wie das Lied der Turteltaube.«

»Süß wie eine Taube? Der Bursche war ein Lügner, und seine Worte waren schlechter gewählt als die Crookys.« Dienwald versank in melancholisches Schweigen. Sein Kopf lag auf ihrem Schoß. Er hätte sich nur umzudrehen brauchen, und schon könnte er sie zwischen den Beinen liebkosen. Das war ja nicht auszuhalten! Rasch ließ er dem Gedanken die Tat folgen.

Philippa schob ihn weg. Er stöhnte. »Das hättest du nicht tun sollen. Du beraubst dich ja selbst der schönsten Gefühle.«

Philippa mußte sich das Lachen verbeißen. »Los, Ihr müßt jetzt aufstehen. Ihr seid ja ganz nackt.«

»Sehr erfreut, daß du das gemerkt hast. Du bist übrigens auch nackt.« Dienwald erhob sich mühsam, stand einen Augenblick schwankend da und fiel dann auf das schmale Bett.

Philippa blickte auf ihn hinunter. Er gab einen lauten Schnarchton von sich. Fluchend breitete sie die Decke über ihm aus.

»Mir ist kalt, und ich werde an Lungenentzündung sterben, wenn du so grausam bist und mich allein läßt.«

Philippa legte sich neben ihn, ermahnte ihn aber mit ruhiger Stimme: »Nein, anfassen dürft Ihr mich nicht mehr. Es ist nicht recht, so was zu tun. Ich bin nicht Eure Geliebte. Ich werde nie Eure Geliebte werden.« Sie ergriff eine zweite, zerfranste Decke und hüllte sich darin ein. »Schlaft jetzt, Herr, oder ich werfe Euch wieder aus meinem Bett!«

Dienwald seufzte. »Große Mädchen sind schwierig.«

»Ich weiß«, sagte sie scharf. »Ihr hättet viel lieber Eure kostbare *kleine* Kassia, Eure vollkommene *kleine* Prinzessin, die sich bestimmt jetzt seufzend nach Euch sehnt – dem *großen* Krieger.«

Er lachte.

»Aber Ihr könnt sie nicht bekommen, Esel Ihr! Sie ist glücklich verheiratet, erwartet ein Kind und will Euch nicht haben. Also wäre es am besten, wenn Ihr sie rasch vergeßt.«

»Vielleicht hast du recht. Ich muß darüber nachdenken. Eifersüchtige große Mädchen sind noch schwieriger.« Er fing wieder zu schnarchen an, und bald schlief er wirklich.

Was, sie und eifersüchtig? Er drehte sich zur anderen Seite um, und sie schmiegte sich an seinen Rücken. Verdammt noch mal, aber so fühlte sie sich warm und sicher. Schließlich fand auch sie Schlaf.

Früh am nächsten Morgen stand Graelam in der offenen Tür der Verwalterkammer und blickte auf das Bett, in dem sein Gastgeber und das Mädchen, das nicht Mary hieß, schliefen. Ihr Gesicht lag an Dienwalds nacktem Rücken, aber sie hatte ihren Körper in eine Decke gewickelt, um sich von ihm abzusondern. Also war das Mädchen, das nicht Mary hieß, auch nicht Dienwalds Geliebte. Kassia würde das faszinierend finden.

Plötzlich stieß Dienwald einen Grunzlaut aus und wälzte sich auf den Rücken. Dadurch riß er Philippa aus tiefem Schlaf. Beinahe wäre sie aus dem Bett gefallen. Dienwald flüsterte stöhnend. »Mein Gott, du hast mich fast getötet, Dirne. Mein Kopf ... er ist angeschwollen und tut weh und ...«

»Und das alles hat dich in besonders gute Laune versetzt«, sagte Graelam und trat in die Kammer.

Philippa riß die Augen auf und schaute den Eindringling verwirrt an. Er lächelte nur. »Gott schenke dir einen schönen Morgen, Mary! Es tut mir leid, daß ich euch im Schlaf gestört habe, aber meine Frau und ich müssen in Kürze Abschied nehmen. Die Tür war auf, da bin ich hereingekommen.«

Dienwald klagte lebhaft: »Die Dirne hat mich fast umgebracht. Ich habe eine Beule am Kopf, so groß wie mein Fuß.«

»Die habt Ihr verdient, ekelhafter Kerl!«

»Ekelhafter Kerl? Bei Gott, du geile Dirne, ich habe doch nur geglaubt, du würdest dich von mir verführen lassen.«

Philippa rammte ihm die Faust in den Magen. Dann wandte sie sich sofort an Graelam. »My Lord, leider kann ich mich nicht selber um Euch und Eure vollkommene Gattin kümmern. Aber dieser Kerl hier, der so gern unschuldige Jungfrauen verführen möchte, kann das erledigen, und er wird es auch tun. Vorläufig tut er allerdings noch, als hätte ihm eine Horde von Sarazenen das Fell über die Ohren gezogen.«

»Ich weiß, daß er nicht feige ist. Also mußt du ihm an Kraft und List überlegen sein, Mary. Steh jetzt auf, Dienwald! Kassia möchte dir Adieu sagen. *Vollkommene* Gattin?« Er begann schallend zu lachen. »Das muß ich Kassia erzählen. *Vollkommene* Gattin!« Lachend ging Graelam hinaus.

»Nur *Ihr* glaubt, sie wäre vollkommen«, sagte Philippa.

»Fühle mal die Beule an meinem Kopf! Und dann kannst du mir sagen, ob ich das Aufstehen überleben werde.«

Philippa beugte sich über ihn und untersuchte vorsichtig seinen Schädel. »Wenn Ihr noch länger liegenbleibt, wächst die Beule nur. Ihr werdet das Aufstehen überleben. Also macht Euch fort, ich habe Euch satt!«

Seufzend wälzte er sich über sie und kam neben dem Bett auf die Beine. Nackt grinste er sie an und sagte: »Wenn du mich weiter so anstarrst, wird meine Männlichkeit kaum noch in die Hose passen. Außerdem wird die große Ausbuchtung im Stoff die Blicke aller deiner reizenden Nebenbuhlerinnen auf sich ziehen – also fast sämtlicher Dirnen auf St. Erth. Was sagst du dazu?«

»Ich wünsche Euch einen guten Morgen«, sagte Philippa, drehte sich um und schaute an die Wand.

Dienwald wußte, daß ihr sein Körper wohlgefiel. Er war groß, gut gewachsen, muskulös, schlank und hatte keine Unze Fett am Leibe. Er küßte sie kurz auf die Wange und kleidete sich dann an, wobei er vergnügt vor sich hin pfiff. Immer noch pfeifend verließ er wenig später die Kammer.

Philippa verbrachte den Vormittag damit, sich aus weicher, hellgrün gefärbter Wolle ein neues Kleid zu nähen. Dabei sang sie leise vor sich hin. Als es an die Tür klopfte, fuhr sie auf. Edmund stürmte herein, stemmte die Hände in die Hüften und fragte: »Was sagst du dazu, Maibaum?«

Lächelnd betrachtete sie ihn minutenlang. »Sehr nett, Master Edmund. Komm her und laß dich aus der Nähe ansehen!«

Edmund stolzierte zu ihr hinüber. Sie war immer noch in die Decke gehüllt. Er war stolz auf sich, das war deutlich zu sehen. Er hatte sich sogar mit den Fingern die Haare gekämmt. Das stimmte Philippa froh. »Was sagt denn dein Vater?«

»Er hat mich nur angesehen und sich das Kinn gerieben. Lord Graelam meint, ich werde mal einen guten Ritter abgeben. Und Lady Kassia hat mich gefragt, ob ich ein Zeichen ihrer Gunst an meiner Rüstung tragen will, wenn ich in mein erstes Turnier ziehe.«

Die vollkommene Kassia hat es wieder einmal geschafft, dachte Philippa. Sie hat ihm zur rechten Zeit die richtigen Worte gesagt. Verfluchtes Weib!

»Vater hat gesagt, ich soll nach Wolffeton zu Lord Graelam gehen. Erst als sein Page und dann bald als Knappe. Ich will mich bewähren und treu zu ihm halten.«

»Willst du denn nach Wolffeton?«

Edmund nickte eifrig. »Es liegt ja nicht weit von St. Erth. Nicht weiter als ein schneller Halbtagesritt. Dort werde ich mir bald die Sporen verdienen.«

»Du darfst aber kein ungebildeter Ritter werden, Edmund. Es gibt zwar wenige Pagen, die lesen und schreiben können; aber du wirst einer sein. Übrigens wartet Pater Cramble schon auf dich. Geh jetzt und laß den Maibaum etwas für sich zum Anziehen nähen!«

Kaum war der Sohn fort, erschien der Vater.

»Was wollt Ihr?«

»Ich wollte dir sagen, daß mein Sohn sehr zufrieden mit seinem Aussehen ist.«

Philippa nickte nur.

»Vielen Dank, Dirne.«

Es schnürte ihr die Kehle zu. Sie schluckte und sagte dann lässig: »Ob Ihr mit Eurem neuen Waffenrock genauso zufrieden sein werdet? Er ist fertig.« Bevor er antworten konnte, stand Philippa auf, die Decke fest um sich gewickelt, und überreichte ihm den Waffenrock, den sie für ihn genäht hatte.

Dienwald nahm ihn ihr ab, fuhr mit den Fingern über die feinen

Nähte, befühlte die weiche Wolle und wunderte sich, daß sie ihn für ihn angefertigt hatte. Und noch dazu einen so ausgezeichneten Waffenrock. Es war der schönste, den er je besessen hatte. Doch er sagte nichts, sondern entledigte sich nur des alten und zog den neuen über den Kopf. Er saß erstklassig, und der Stoff fühlte sich gut auf der Haut an.

»Ihr seht darin sehr gut aus, Dienwald, geradezu blendend.« Sie streckte die Hand aus und glättete den Stoff über seiner Brust.

Dienwald trat schnell zurück. »Ich reite jetzt ab und wollte dir noch sagen, daß du in St. Erth zu bleiben hast.«

Ihr Magen verkrampfte sich. »Wo wollt Ihr hin? Ihr werdet Euch doch nicht in Gefahr begeben?«

Aus ihrem besorgten Ton hörte er heraus, daß sie Angst hatte. Er runzelte ärgerlich die Stirn. »Das geht dich nichts an, wohin ich reite. Du bleibst hier. Wehe, du setzt einen deiner großen Füße vor das Burgtor! Wenn ich zurück bin, entscheide ich, was ich mit dir machen werde.«

»Das hört sich an, als gebt Ihr einen Dreck darauf, was ich sage.«

Dienwald kam näher und küßte sie auf den Mund. Lächelnd riß er ihr die Decke von den Brüsten, betrachtete sie und küßte erst die eine Brustspitze, dann die andere.

»Nein, das dürft Ihr nicht tun!«

Er winkte ihr grüßend zu und schritt aus der Kammer.

Philippa blieb wie angewurzelt stehen, die Decke um die Taille. Er trug seinen neuen Waffenrock ...

Dienwald hatte noch keine Ahnung, was er mit ihr machen sollte. Manchmal hatte er den unsinnigen Wunsch, sie wieder und wieder zu nehmen, bis er genug von ihr hätte. Und diese Momente kamen in letzter Zeit immer häufiger.

Fluchend stieß er seinem Hengst Philbo kräftig die Absätze in die Weichen. Das Pferd schnaubte und galoppierte an. Überrascht tat es ihm Northbert nach. Auch sein Zelter fiel in einen leichten Galopp. Eldwin setzte sich links neben Dienwald.

Noch immer spürte Dienwald ihren süßen fraulichen Duft um sich wehen, gepaart mit dem Geruch nach Levkojenessenz.

Die Dirne hatte ihn behext und erobert. Diese arglose Sirene – er hätte sie verfluchen können. In der vergangenen Nacht war er nahe daran gewesen, ihr die Jungfernschaft zu rauben. Und er konnte sich nicht einmal damit entschuldigen, zu viel Bier getrunken zu haben. Als er mit Graelam beim Schach saß, hatte er an sie gedacht, war aufgesprungen und hatte Graelam mit der noch nicht entschiedenen Partie allein gelassen. Und er hätte Philippa genommen, wenn sie nicht plötzlich aufgewacht wäre.

Was sollte er mit der verdammten Dirne machen? Er dachte daran, wie sein Sohn heute stolz in seinen neuen Kleidern umherstolziert war. Edmund hatte sich auch kaum darüber beklagt, daß er bei Pater Cramble Unterricht nehmen mußte.

Die Dirne war dabei, St. Erth zu übernehmen. Überall spürte er ihren Einfluß. Es war verwirrend und ärgerlich.

Northbert riß ihn aus seinen melancholischen Gedanken. »Was erwartet Ihr eigentlich zu finden, Herr?«

»Wir haben uns neulich nicht richtig umgesehen. Wir haben nur die Toten begraben und sind dann gleich nach St. Erth zurückgekehrt. Ich will nach Beweisen dafür suchen, daß Sir Walter die Brandstiftung und die Morde angeordnet hat. Vielleicht finden wir auch jemand, der ihn gesehen oder einen seiner Männer erkannt hat.«

Einige Meilen später fragte Northbert: »Warum schlagen wir diesen bösartigen Schweinehund nicht einfach tot? Ihr wißt genau wie wir alle, daß er dafür verantwortlich war. Tötet ihn!«

Dienwald schüttelte den Kopf. Nein, es ging ihm darum, sich Graelams Vertrauen und Freundschaft zu erhalten. »Lord Graelam will Beweise sehen. Dann können wir uns immer noch beraten, wer dem Schweinehund die Eingeweide herausreißt.«

»Aha«, sagte Northbert. »Lord Graelam spielt also mit. Das finde ich gut.«

Am späten Nachmittag erreichten sie die südlichen Ländereien von St. Erth. Die Felder waren verödet. Man sah nur noch brandgeschwärzte Ruinen. Gelegentlich krähte ein Hahn. Noch immer stieg der Rauch aus den niedergebrannten Hütten. Einige wenige Bauern stocherten mit Schaufeln in den verbrannten Trümmern. Dienwald hielt an und stellte ihnen Fragen.

Philippa langweilte sich. Inzwischen machte sie sich Sorgen.

Sie bezweifelte nicht mehr, daß ihr Vetter Walter ein schlimmer Verbrecher war. Sie wünschte nur, sie hätte etwas, womit sie sich beschäftigen könnte.

An diesem Nachmittag trug sie ihr neues Kleid, in dem sie sehr stolz und sehr hübsch aussah. Die alte Agnes sagte, nun wirke sie ganz wie eine echte Herrin. Gorkel warf einen Blick auf sie, und ein Grinsen erschien auf seinen schrecklichen Zügen. Ihr Haar hatte sie mit einem schmalen Wollband zusammengebunden. Crooky schien sich in seinen neuen Kleidern, die noch völlig sauber waren, mehr denn je zum Dichten und Singen aufgelegt zu fühlen. Philippa befürchtete das Schlimmste. Es ließ auch nicht lange auf sich warten.

»Die liebliche Maid, die nicht Mary heißt,
Hat für alle die Kleider genäht.
Unserem edlen Lord, der die Wolle geraubt,
Hat sie gänzlich den Kopf verdreht.
Er küßt sie und trägt ihren Waffenrock nun
Und fragt sich: Was soll ich jetzt tun?«

Philippa spendete lauten Beifall, und die Bediensteten im Saal schlossen sich schnell an. »Es hat sich ja wirklich gereimt«, sagte sie. »Doch dein Gefühlsüberschwang tut dem Herrn unrecht.«

Crooky, der neuerdings zur Selbstkritik neigte, antwortete: »Nein, Herrin, das Lied war furchtbar. Ich muß es verbessern. Ja, ich muß meine schweifenden Gedanken zügeln und glätten, um Euer Ohr zu erfreuen.«

Doch Philippa sagte: »Jedenfalls hast du mir für ein paar Augenblicke das Herz leichter gemacht, Crooky. Ich danke dir. Aber du mußt mir noch sagen, wann der Herr zurückkommt.«

»Das weiß keiner«, antwortete für ihn Gorkel. »Er ist zur Südgrenze geritten.«

Philippa ging unruhig durch den großen Saal. In einem Anfall fieberhafter Tätigkeit hatte sie Kalk in das Abortloch am Wachzimmer schütten lassen. Sie hatte den kleinen Garten in der Nähe der Zisterne umgegraben, denn hier wollte sie Gemüse pflanzen. Sie beobachtete die Frauen beim Nähen, sprach ihnen Lob aus und beteiligte sich eine Stunde lang an der Arbeit. Sie schneiderte einen zweiten Waffenrock für den Herrn.

Danach begab sich Philippa ins Küchenhaus und unterhielt sich mit dem strengen, alten Bennen, der mehr von Kräutern verstand als irgendein anderer, den sie kannte, und den Speisen das zusetzte, was Philippas Mutter immer das »besondere Etwas« genannt hatte. Sie kam mit dem schrumpligen Koch von St. Erth gut aus, was sehr erfreulich war, weil sonst keiner mit ihm gut auszukommen schien. Sie erzählte ihm von mehreren ihrer Lieblingsgerichte. Bennen prägte sie sich ein, nannte sie »Herrin« und lächelte sie mit zahnlosem Mund an. Schließlich stattete sie sogar der Katze Eleanor und ihren vier Kindern einen Besuch ab. Alle waren gesund und miauten laut.

Die Nacht wurde ihr lang. Sie wünschte, Dienwald wäre bei ihr, küßte sie, versuchte sich zwischen ihre Beine zu zwängen, und sie hätte mit ihm zu kämpfen.

Am nächsten Morgen sagte Edmund kritisch zu ihr: »Du scheinst schlecht geschlafen zu haben, Maibaum«, sagte er. »Du siehst böse aus und hast schwarze Ringe unter den Augen. Wollen wir ausreiten? Mein Vater hat eine hübsche Stute, die stark genug für eine so große Frau wie dich sein sollte. Komm doch mit, Philippa! Dann mußt du nicht dauernd an Vater denken. Mir fehlt er ja auch. Komm, wir reiten!«

»Mir fehlt er nicht, aber ausreiten würde ich gern.«

Die Stute hieß Daisy, war gelehrig und fügsam. Philippa schürzte ihr Kleid bis zu den Knien, saß mit nackten Beinen und Füßen auf und lächelte auf Ogden, den Stallmeister hinab. Ogden hatte wilde rote Haare und lauter Sommersprossen.

Gorkel kam und sagte: »Ihr braucht einige Männer zur Begleitung, Herrin. Der Herr hat mir befohlen, daß . . .« Er zögerte weiterzusprechen.

»Ich verstehe«, sagte sie. »Der Herr will vermeiden, daß ich mich zufällig in der Wildnis von Cornwall verirre.«

Gorkel strahlte: »Ja, Herrin, is' ja so. Ich bin kein guter Reiter. Deshalb hole ich jetzt Männer zu Eurer Begleitung.«

Es war ein sonniger Nachmittag. Die Landschaft war rauh und hügelreich. Die wilden Winde und Stürme von der Irischen See her hatten alle Baumstämme nach Norden gebeugt. Aber jetzt wehte nur eine leichte Brise. Es war ja Dienwalds märchenhafter Lenz.

Als sie nach drei Stunden zurückkamen, sagte Edmund wohlwollend, daß sie jetzt bedeutend weniger gereizt aussehe.

»Sieh dich vor mit deinen Schmeicheleien, Master Edmund! Sonst verstehe ich das noch falsch und denke, daß du mich gut leiden kannst.«

Dafür hatte Edmund nur ein verächtliches Schnaufen übrig. »Ich bin doch kein Flegel.«

»Heute jedenfalls nicht«, sagte sie grinsend. Sie ritten gerade durch den Innenhof, als Edmund ein Maultier sah, das mit vielen Bündeln beladen war. Drei Männer in den Farben von Wolffeton hielten sich bei dem Packtier auf.

Wie versprochen hatte ihr die vollkommene Kassia, die kleine Prinzessin, die strahlende kleine Lady, Kleidungsstücke geschickt. Eine ganze Maultierladung Kleidung. Philippa riß den Mund auf, als sie die mit grober Wolle umschnürten Stücke auspackte. Kleider, Überröcke, feine Hosen, Hemden aus weichsten Baumwoll- und Leinenstoffen, Bänder in allen Farben, sogar weiche Lederschuhe, die die nach oben gebogene Spitzen in der neuesten Mode an Königin Eleanors Hof aufwiesen. Es war wunderbar. Philippa las den mitgesandten Brief Kassias, in dem sie sich für die Gastfreundschaft auf St. Erth bedankte.

Philippa sah Kassia förmlich vor sich, wie sie lächelnd den Brief abgefaßt hatte. Bei den letzten Sätzen zog Philippa ein wenig die Brauen zusammen. »... sei nicht traurig, wenn alles nicht so glatt verläuft! Dienwald hat seinen Kopf für sich, er läßt sich in nichts reinreden und trifft alle Entscheidungen selber. Sei nicht traurig, bitte nicht! Denn es wird alles so kommen, wie es kommen soll.«

Was sollte das wohl bedeuten? fragte sich Philippa. Dann begutachtete sie die Kleidungsstücke, die auf einem Tisch im großen Saal ausgelegt waren. So viel, und alles für sie! Merkwürdig – sie hatte schon vergessen, was sie auf Beauchamp alles besessen hatte. Hier war ihr schon ein einfaches Kleid lieb und teuer geworden.

Leise vor sich hin singend brachte sie alles in der Verwalterkammer unter. Dann begann sie in gehobener Stimmung, immer noch singend, zu arbeiten. Es ging ihr schnell von der Hand. Sie nahm bei Gorkel für einen neuen Waffenrock Maß und beauftragte ihn, die Kinder zum Binsenschneiden zu schicken. Dann erbat sie von Bennen Rosmarien, um dem frischen Binsen Duft zu verleihen.

Am nächsten Vormittag unternahm sie wieder mit Edmund einen Ausritt diesmal mit drei Männern Begleitung. In Edwins Abwesenheit führte Gorkel die Krieger. Gerade begab er sich mit ihnen auf den Übungsplatz. Sie hörten ihre lauten Rufe und den dumpfen Aufprall der Lanzen auf den Strohpuppen. Sie hatte vor, das Vieh auf den nördlichen Weideflächen zu besichtigen und zu zählen, um festzustellen, ob die Eintragungen im Verwalterhauptbuch korrekt waren. Sie trug neue Kleidung und fühlte sich wie eine schöne Dame im Kreise von Höflingen. Als das Vieh gezählt war, kehrten sie nach St. Erth zurück, und Philippa setzte sich an ihre Kontobücher.

Am Morgen des dritten Tages zog sie das Kleid an, das sie sich selbst genäht hatte. Es ließ ihre Beine frei. Ach, wie Dienwald ihr fehlte! Sie sehnte sich nach seinen Händen, seinem Mund und seinem muskulösen Körper. Ihr fehlten sein Lächeln und sein schneller Wortschwall. Wie gern hätte sie sich jetzt mit ihm gestritten oder ihn verspottet! Plötzlich kam es ihr in den Sinn, daß es eigentlich sehr nett sein müßte, ihn zu verführen. Natürlich ein unsinniger Gedanke, aber doch verlockend. Außerdem würde es wohl nie dazu kommen, weil er sie längst vorher verführt hätte.

Die Zukunft von St. Erth sah schon freundlicher aus. Mit einem bißchen Glück würden sie Rinder verkaufen können. Dann würde Geld in Dienwalds Truhe kommen. Sie mußte nach den Rindern auch noch die Scheine zählen und nichts dem Zufall oder den Berichten anderer überlassen. Von Stunde zu Stunde wuchsen ihre Eintragungen im Hauptbuch an, und die Arbeit für den Herrn von Str. Erth bereitete ihr Vergnügen. An der Ostmauer waren Ausbesserungsarbeiten notwendig. Bald würde genügend Geld vorhanden sein, um Handwerker dafür zu mieten.

Dann kam Edmund und wollte von ihr wissen, warum sie, ein unbedeutender Maibaum, lesen, schreiben und rechnen konnte. »Weil mein Vater es so haben wollte«, sagte sie. »Aber ich weiß auch nicht, warum er solchen Wert darauf legte. Meine Schwester Bernice hatte dagegen nur Stroh im Kopf. Und außerdem Träume von ritterlichen Verehrern, die Loblieder auf ihre schönen Augen sangen.«

»Ist sie auch so ein Maibaum wie du?«

»Nein. Sie ist klein und drall, hat ein spitzes Kinn und sehr rote Lippen, die sie zu einem Schmollmund vorstülpen kann. Das übt sie seit sechs Jahren täglich vor dem Spiegel.«

»Und was war mit deinen Freiem?«

»Du fragst mir Löcher in den Bauch. Na schön, zuletzt war es Ivo de Vescy. Er war unsterblich in mich verliebt.«

»Wollte er dich wirklich heiraten? War er auch ein Riese? Du bist ja fast so groß wie mein Vater. Na ja, vielleicht doch nicht ganz.«

»Wie willst du kleiner Knirps denn das von da unten beurteilen? Ich reiche deinem Vater beinahe bis zur Nase.«

»Er hat aber kleine Frauen gern, richtig *kleine.* Du brauchst dir ja nur Alice und Ellen und Sybilla anzusehen ...«

»Wer sind denn Ellen und Sybilla?«

Edmund zuckte die Achseln. »Ach, hab' ich vergessen: Ellen hat von Vater ein Kind bekommen, da hat er sie vorher mit einem Bauern verheiratet. Sybilla kriegte Fieber und ist gestorben. Aber Alice ist wirklich kein, nicht so wie du.«

Philippa hätte ihm am liebsten die Ohren langgezogen. Sie hätte laut schreien können. Edmunds kindlich freimütige Bemerkungen hatten sie so tief getroffen, daß ihr zum Heulen zumute war. Natürlich hatte Dienwald aus seinen Liebesaffären nie einen Hehl gemacht. Aber daß sie es nun mit Nennung der Namen bestätigt fand, machte sie wütend. Wenn Dienwald jetzt hier gewesen wäre, hätte sie ihm die Faust in den Magen geschlagen, um ihn vor Schmerz brüllen zu hören. Sie hätte ...

»Vater wird dich zu Lord Henry zurückschicken. Was bleibt ihm denn anderes übrig? Heiraten will er dich nicht. Nie! Is' ja, was er mir gesagt hat.«

»Das ist«, sagte Philippa automatisch. »Wie kommst du darauf?«

»Ich habe mal gehört, wie er zu Alain gesagt hat, daß manche Männer sich wegen einer Frau zum Narren machen. Und wenn ein Mann in der Frau mehr sieht als eine angenehme Abwechslung, dann ist er ein blöder Kerl, ein Esel. Mein Vater weiß alles. Is' ja ... *das ist* es ja, warum er mit dir nicht so umgehen tut wie mit den anderen. Sonst müßte er sich nämlich schämen. Vielleicht hat er auch Sorge, daß er dich dann heiraten müßte. Ist dein Vater ein mächtiger Lord?«

»Ein sehr mächtiger Lord«, sagte Philippa. »Und sehr stark. Und er kann ganz furchtbar gemein sein und ...«

In diesem Augenblick schnalzte Edmund mit der Zunge und zog am Zügel seines Ponys. »Guck mal da, Philippa! Da kommen Männer, und die reiten genau auf uns zu!«

15

Jetzt sah auch Philippa die Männer kommen. Ihr Herz sank. Sie ritten schnell, und selbst aus der Entfernung war ihre Entschlossenheit zu spüren. Wer waren sie?

»Dein Vater, Edmund?«

»Nein. Vater, Northbert und Eldwin würde ich an ihren Pferden erkennen. Ich weiß nicht, wer sie sind. Wir müssen fliehen, Philippa.«

Einer ihrer Begleiter, Ellis mit Namen, sagte in großer Besorgnis zu Philippa: »Es sind zu viele, Herrin. Reitet zurück nach Erth! Wir können ihnen nicht standhalten.«

Wortlos warf Philippa die Stute herum und drückte ihr die nackten Fersen in die Seiten. Ihr war klar, daß Edmunds Pony das Tempo nicht lange durchhalten würde. Die Verfolger kamen immer näher. Die Hufe ihrer Pferde wirbelten den Staub in die klare Luft. Wer waren sie?

Aber das war nebensächlich. Philippa senkte den Kopf und trieb ihr Pferd zu schnellerer Gangart an. Daisy war stark und ausdauernd. Mit einem Zügelruck lenkte sie die Stute an Edmunds Seite.

Sir Walter de Grasse sah vor sich die fliehenden Männer, die das Mädchen und den Knaben schützend in die Mitte genommen hatten. Er ritt einen feurigen Araber, den kein anderes Pferd abhängen konnte, schon gar nicht Philippas Stute. Auf die übrigen Leute kam es ihm nicht an. Walter war höchst zufrieden. Endlich war ihm nach langem Planen und noch längerem Warten das Glück hold. Endlich war er ihr begegnet, und dieser Hurensohn Dienwald war nicht bei ihr. Der war gerade damit beschäftigt, jeden Stein auf seinen niedergebrannten Ländereien im Süden umzudrehen. Aber er würde nichts finden, denn Walter hatte nur Tote hinterlassen.

Er gab dem Araber die Sporen. Wenn Philippa wüßte, daß er es war, ihr eigener Vetter, der sie verfolgte, würde sie ihm zuwinken und Dienwalds Männern zu entkommen versuchen. Er fragte sich, wer wohl der kleine Junge auf dem überanstrengten Pony sein mochte.

Aus dieser Entfernung konnte er nur ihre wild flatternden schönen Haare und ihre schlanke Gestalt erkennen. Das genügte ihm schon. Selbst wenn sie keinen einzigen Zahn mehr hätte, würde er sie doch stärker begehren als jede andere Frau. Denn sie war des Königs Tochter, und bald würde sie seine Frau sein. Er dachte an St. Erth. In Jahresfrist spätestens würde ihm die Burg gehören, daran gab es keinen Zweifel. Wie könnte König Edward seinem Schwiegersohn die Burg verweigern, die Dienwalds hinterlistiger Vater seinem Vater geraubt hatte?

Philippa hörte hinter sich die Pferde der Verfolger. Sie waren schon ganz nahe. Damit war alles verloren. Denn sie befanden sich noch gut zwei Meilen von St. Erth entfernt. Und nirgends Hilfe in Sicht! Sie warf einen Blick auf Ellis. Sein Gesicht war von hilfloser Wut verzerrt. Sie ritten wie die Wilden, die Flanken ihrer Pferde waren schweißbedeckt. Dann sah sie, daß Edmunds Pony ins Straucheln geriet. Sie handelte blitzschnell, ritt dicht an ihn heran, ließ die verknoteten Zügel los und bekam Edmund in dem Augenblick zu packen, als das Pony unter ihm zusammenbrach. Es gelang ihr, ihn auf Daisys Rücken zu heben. »Mein Pony!« schrie er.

Sie gab sich alle Mühe, ihn zu beruhigen. »Das Pony findet auch allein den Weg nach St. Erth zurück. Jetzt müssen wir an uns selber denken und nicht an das Pony.«

Edmund blieb still, aber er atmete schnell und stoßweise, und ein Schauder durchlief seinen Körper. Das kleine Gesicht war blaß und tiefernst.

Sie zog ihn an sich und trieb die Stute noch schärfer an.

Plötzlich stieß Ellis einen rauhen Laut aus und als Philippa zu ihm hinschaute, steckte ihm ein Pfeil tief zwischen den Schulterblättern. Der gefiederte Schaft wippte noch unter der Wucht des Anpralls. Ellis sackte nach vorn und glitt dann seitwärts aus dem Sattel, einen Fuß noch im Steigbügel. So wurde er von dem durchgehenden Pferd mitgeschleift. Blut sprudelte ihm aus dem Rücken. Philippa wollte Edmund die Hand vor die Augen halten. Doch er sah noch, wie Ellis' Fuß sich aus dem Steigbügel löste. Gleich darauf fiel Ellis hart zu Boden, überschlug sich mehrmals, und der Pfeil bohrte sich tiefer in seinen Rücken.

Die beiden anderen Männer drängten sich näher an sie. Einer rief ihr zu, sich tiefgeduckt an die Mähne des Pferdes zu klammern. Im gleichen Augenblick fuhr ihm ein Pfeil durch die Kehle, und er brach auf dem Rücken seines Pferdes zusammen.

Philippa erkannte, daß es keinen Zweck mehr hatte. »Flieh!« rief sie dem dritten Mann zu. »Rette dich, wenn du kannst! Sie haben es nur auf mich abgesehen. Vorwärts! Du mußt Hilfe holen. Sieh zu, daß du den Herrn findest!«

Der Mann sah sie aus traurigen Augen an, brachte sein Pferd jäh zum Halten, ließ es kehrt machen und zog das Schwert. »Ich will nicht feige mit einem Pfeil im Rücken sterben!« schrie er Philippa zu. »Reitet zu, Herrin! Ich halte sie auf, solange ich kann. Bringt den Jungen in Sicherheit!«

»Nein, Silken, nein!« kreischte Edmund. Und Philippa war klar, daß sie den Mann nicht im Stich lassen durfte. Auch wenn sie und Edmund die Flucht fortsetzten, würden sie nicht entkommen. Sie parierte die Stute und schrie: »Bleib hinter mir, Silken! Und laß das Schwert in der Scheide!«

Gleich darauf hatten die Verfolger sie eingeholt. Staub hüllte sie ein. Und dann erfuhr Philippa den Schreck ihres Lebens, ein namenloses Grauen, als sie einen der Männer laut rufen hörte: »Philippa! Meine liebe Kusine! Ich bin's, Walter. Ich bin hier, um dich zu befreien!«

Silken wirbelte herum, sein Gesicht war totenblaß, plötzlich aufflammende Wut verzerrte seine Züge. »*Ihr*, Herrin! Ihr also habt diesen Schweinehund auf unsere Spur gesetzt! Ihr habt ihm eine Botschaft geschickt!«

»Du mußt den Herrn finden, Silken! Hier, nimm Edmund mit! Schnell!«

Aber Edmund schüttelte heftig den Kopf, klammerte sich an der Mähne der Stute fest und ließ nicht los. Silken wartete nicht länger, sondern ritt davon, wie nur ein Mensch in höchster Verzweiflung reiten kann. Walter kümmerte sich im Augenblick nur um die ersehnte Beute Philippa, so daß der Flüchtige einen kleinen Vorsprung gewinnen konnte. Erst dann befahl er zweien seiner Männer, den Mann einzuholen und niederzumachen. Philippa betete inbrünstig für ihn. Silken war ihre einzige Hoffnung. Er war schon hinter einer Anhöhe verschwunden, als die beiden Männer die Verfolgung aufnahmen.

Walter näherte sich dem Mädchen. »Philippa«, sagte er, »nun, meine Liebste, bist du gerettet!«

Philippa maß ihren Vetter Walter mit den Blicken. Er war kein gutaussehender Mann, aber man konnte auch nicht sagen, daß er übel aussah. Sie hatte ihn als einen sehr großen, dünnen Mann in Erinnerung. Jetzt schien er nur noch aus Haut und Knochen zu bestehen, so hager und ausgedörrt wirkte er. In dem langen Gesicht traten die hohen Wangenknochen und die Augen über den hohlen Zügen hervor. Sein früher dichtes dunkelbraunes Haar war lichter geworden. Triumphierend loderten seine dunkelblauen Augen. Er frohlockte. Rasch übersah sie die Lage und hatte sich wieder in der Gewalt. Er glaubte also, sie befreit, sie gerettet zu haben. Sie flüsterte Edmund zu: »Sei ganz ruhig, Edmund! Und mach alles, was ich mache!«

Der Junge war totenblaß vor Angst, aber er nickte. Sie drückte ihn tröstend an sich.

»Bist du es, Walter?«

»Ja, Philippa, ich bin's, dein lieber Vetter. Du hast dich stark verändert. Du bist eine schöne Frau geworden, die meinen Augen wohl tut. Und jetzt bist du von diesem Halunken befreit.« Sein Blick fiel auf Edmund. »Wer ist das? Der Welpe des verfluchten Köters? Soll ich ihn zum Himmel schicken, Philippa? Er ist noch zu jung, um solche Sünden wie sein elender Vater auf sein Haupt gehäuft zu haben. Bestimmt werden ihn die Engel in Empfang nehmen.«

»Nein, laß ihn am Leben, Walter! Er ist noch ein Kind und zu jung für den Himmel. Er soll warten, bis der liebe Gott ihn abberuft. Er kann seinen Vater nicht leiden, weil der ihm übel mitgespielt hat.«

»Ja, das kann ich mir denken. Kein Zweifel, er hat nicht nur das eigene Kind, sondern auch dich mißbraucht. Bei mir seid ihr beide sicher vor ihm. Ich werde Lösegeld für ihn fordern. Der Junge ist von seinem Fleisch und sein Erbe. Dienwald wird zahlen. Jetzt reiten wir zusammen nach Crandall.«

»Ich reiße dem Lügner die Zunge aus!« flüsterte Edmund.

»Pst! Sag ja kein Wort mehr!« Dann wandte sie sich an Walter: »Wie weit sind wir von deiner Burg entfernt?«

»Von hier zwei Tage, liebe Kusine.«

»Aber mein Pferd ist schweißbedeckt.«

»Laß den Gaul und nimm diesen hier! Sein Reiter braucht ihn nicht mehr.« Lachend deutete Walter auf Ellis, der tot im Graben neben der staubigen Straße lag.

»Nein, laß mich die Stute behalten! Wir müssen nur eine Weile langsam reiten.«

Walter war in großmütiger Stimmung. Alle seine Pläne waren Wirklichkeit geworden. Philippa war eine Schönheit und benahm sich freundlich und fügsam. Er meinte, ihr an den ausdrucksvollen Augen anzusehen, wie unendlich dankbar sie ihm war. Er ritt ein Stück weg, um mit einem seiner Männer zu sprechen. Indessen raunte Philippa dem Jungen ins Ohr: »Wir müssen uns verstellen, Edmund, und wir müssen außerdem scharf nachdenken. Wir müssen noch listiger sein als Crooky.«

»Ich bringe ihn um.«

»Oder ich noch vor dir, Edmund. Aber jetzt mußt du den Mund halten. Er kommt zurück. Sag gar nichts, Edmund!«

»Wir reiten, bis es dunkel wird, Philippa. Ich weiß, du bist müde. Aber wir müssen eine größere Entfernung zwischen uns und Burg St. Erth legen.« Es sah so aus, als mache er sich jetzt ernste Sorgen, weil seine beiden Männer noch nicht zurückgekehrt waren, um ihm Silkens Tod zu melden.

»Wir tun alles, was du wünschst, Walter«, sagte sie leise und mit sanfter Stimme. »Du hast ja auch recht – wir sind noch zu nahe bei der Burg dieses Tyrannen.« Er schien sehr froh, daß sie sich ihm so willig fügte.

»Soll ich den Jungen vor mir auf den Sattel nehmen?«

»Nein, er fürchtet sich so, Walter, weil du ihm fremd bist. Mich kann er zwar nicht ausstehen, aber mich kennt er wenigstens. Laß ihn vorläufig bei mir, wenn es dir recht ist!«

Offenbar war es Walter recht. Er wandte sich ab und sprach mit einem Mann, der neben ihm ritt.

»Du verhältst dich ganz verkehrt«, sagte Edmund zu ihr. »Das kann er dir doch nicht glauben, es ist zu albern!«

»Er kennt mich ja nicht«, antwortete Philippa. »Es kommt ihm wie gerufen, daß ich mich gutmütig und gehorsam wie eine dumme Kuh anstelle. Gräme dich nicht! Wenigstens jetzt noch nicht.«

Erst am späten Nachmittag holten die beiden Männer sie ein, die Silken verfolgt hatten. Philippa hielt den Atem an. Zu ihrer unaussprechlichen Erleichterung bekam Walter einen Wutausbruch. »Ihr Idioten! Unfähige Schufte!«

»Silken ist entkommen«, flüsterte sie Edmund ins Ohr. »Dein Vater wird uns folgen und befreien.«

Edmund runzelte die Stirn. »Aber der Mann ist doch dein Vetter. Dir wird er sowieso nichts tun.«

»Er ist jedenfalls ein schlechter Mensch. Dein Vater haßt ihn, und ich glaube, er hat guten Grund dafür. Hör auf mich! Und verlaß dich darauf, daß dein Vater uns befreien wird!«

Es wurde dunkel. Der Himmel im Westen erstrahlte noch einmal in rosenroter Pracht. Sie ritten ein Stück landein und hielten dann an einem Waldrand. Unter den Bäumen war es schon tiefdunkel. Schweigend beobachtete Philippa, wie zwei der Männer im Wald verschwanden, um Wild aufzuspüren. Zwei andere Männer gingen zum Holzsammeln los.

Walter hob Edmund vom Pferd und schenkte ihm keine weitere Beachtung. Dann hievte er Philippa von Daisys Rücken. Dabei stöhnte er ein bißchen, weil sie nicht gerade federleicht war. Philippa grinste. Als ihre Füße den Boden berührten, ließ er sie nicht gleich los, sondern streichelte ihr Taille. »Du gefällst mir sehr gut, Philippa.«

»Danke, Walter.«

Plötzlich runzelte er die Stirn. »Du bist ja barfuß. Und das Kleid, das du anhast, ist das alles, was du hast? Hat dir dieser elende Barbar nichts zum Anziehen gegeben?«

»Es macht mir nichts aus«, sagte sie.

Walter begann lästerlich zu fluchen. Zu ihrem Entsetzen drehte er sich zu Edmund um und schlug ihm mit dem Handrücken ins Gesicht. Edmund fiel von der Wucht des Schlags rücklings auf die harte Erde.

»Ekelhafte Teufelsbrut!«

»Nein, Walter, laß den Jungen in Frieden!« rief Philippa zornbebend. Rasch ließ sich sich neben Edmund auf die Knie nieder. Sie kontrollierte seine Arme und Beine und legte ihm die Hand auf die Brust. »O Gott, Edmund, hast du Schmerzen?«

Der Junge war wieder kalkweiß im Gesicht, aber diesmal nicht aus Angst, sondern vor Wut. »Nein, alles in Ordnung. Und jetzt geh zu deinem fabelhaften Vetter und zeig ihm, daß du vor Dankbarkeit vor ihm dahinschmelzen tust!«

Ganz leise sagte Philippa: »Benimm dich nicht so blöd!« Als sie sich erhob, stand Walter vor ihr.

»Komm ans Feuer, Philippa! Bald wird es kühl, und dann wirst du in deinen Lumpen frieren.«

Sie wollte ihm ins Gesicht schreien, daß sie keine Lumpen trug, sondern ihr neues Kleid. Doch sie beherrschte sich und blieb ruhig. Sie sah noch einmal nach Edmund und ging dann neben Walter her. Einer seiner Männer hatte eine Decke auf dem Boden ausgebreitet. Sie ließ sich darauf nieder. Von dem langen Reiten tat ihr der Rücken weh. »Laß den Jungen sich auch aufwärmen!« sagte sie nach einer Weile.

Es war schon beinahe völlig dunkel, als die beiden Männer mit einem Fasan und zwei Kaninchen zurückkamen. Nach dem Essen hüllte sich Philippa in eine Decke, zog Edmund zu sich auf den Boden und wartete. Es dauerte nicht lange, und Walter wurde redselig. »Als ich hörte, daß de Fortenberry dich gefangen hält, habe ich sofort deine Befreiung geplant.«

»Wie hast du davon gehört?«

»Du mußt wissen, Kusine«, antwortete er würdevoll, »daß ich auch treue Diener habe. Der Zisternenwart von St. Erth hat mir über deine Lage berichtet. Der Mann berichtete mir, wie sein Herr dich schlecht behandelt und belästigt hat. Er hat dich gegen deinen Willen in seinem Schlafzimmer eingesperrt und dich vergewaltigt. Und dir sogar vor allen seinen Leuten das Kleid zerrissen und dich dann aus dem Saal geschleppt, um dir wieder Gewalt anzutun. Der Mann sagte, daß Alain, der Verwalter, dich umbringen lassen wollte und daß er, der Zisternenwart, und ein anderer das übernehmen sollten. Da wußte er allerdings noch nicht, daß du meine liebe Kusine bist. Ich habe ihn getötet. Für dich, Philippa. Ich habe ihm auf der Stelle die Gurgel durchgeschnitten. Du brauchst nie wieder Angst vor ihm zu haben.«

Ihrer Ansicht nach hatte der Zisternenwart zwar den Tod verdient, aber daß sie mitanhören mußte, in welch grausig kaltblütiger Weise das geschehen war ... Jedenfalls glaubte Walter, sie wäre mißbraucht worden. Nun, das war für ihn ein logischer Schluß. »Weiß mein Vater Bescheid?«

»Du meinst Lord Henry? Nein, noch nicht.«

»Was hat dir der Mann sonst noch erzählt?«

»Daß sein Herr Lord Henrys Wolle gestohlen und dich gezwungen hat, die Web- und Näharbeiten zu beaufsichtigen. Daß er dich wie eine Sklavin und Hure behandelte. Wie hat man denn Alain entlarvt?«

Philippa wollte nicht, daß Walter die Wahrheit erfuhr. Er sollte nicht wissen, daß sie die Betrügereien aufgedeckt hatte, weil sie in Sorge um das Wohlergehen von St. Erth und seinem Herrn gewesen war. So antwortete sie nur: »Er hat sich dumm angestellt: Einer von des Burgherrn Männern hat ihm das Genick gebrochen.«

»Gut«, sagte Walter. »Ich wünschte nur, ich hätte etwas für dich tun können, meine Süße. Ich weiß natürlich, daß der Verwalter dich gefürchtet hat und deshalb deinen Tod herbeiwünschte, weil du lesen, schreiben und rechnen kannst. Da ahnte er gleich, daß du ihm auf die Schliche kommen würdest. Ein Jammer, daß er versucht hat, dich umzubringen. Er war mein treuer Diener. Er hat St. Erth um allen Wohlstand gebracht, und eine Menge Geld, das dem Schurken de Fortenberry gehört hatte, fand so den Weg in meine Schatztruhe.«

Philippa merkte, daß Edmund sich rührte, und legte ihm rasch die Hand auf die Schulter, um ihn zu beruhigen. »Walter, wirst du mich zu meinem Vater zurückbringen?«

»Noch nicht, Philippa, nicht gleich. Erst sollst du Crandall in Augenschein nehmen, die Burg, die mir anvertraut wurde. Und du brauchst ja auch Kleider, die deiner Stellung entsprechen. Ja, du sollst weichen Hermelin tragen, vielleicht einen scharlachroten Rock und das feinste Leinen für deine Hemden. Danach sprechen wir dann über deinen Vater.«

Sie sah ihn mißtrauisch an. Was ging hier vor? Warum benahm sich Walter so, als sei er in sie verliebt? Ihre Stellung? Sie war seine Kusine und sonst nichts. Nein, es war unmöglich, daß er ein Auge auf sie geworfen hatte. Er glaubte ja, Dienwald hätte sie zu seiner Geliebten gemacht. Hatte ihr Vater ihn vielleicht aufgesucht? Ihm versprochen, daß er seine Kusine zur Frau bekäme, wenn er sie fände? Ihm eine Mitgift zugesagt? Das erschien Philippa als einzige logische Erklärung für Walters verliebtes Verhalten. Denn kein Mann würde sie haben wollen, wenn er wußte, daß sie die Jungfernschaft verloren hatte und keine Mitgift erhalten würde.

»Schaffen wir es morgen bis Crandall?«

Er nickte. Dann gähnte er. »Bei mir bist du sicher, Philippa. Du brauchst keine Angst mehr zu haben. Ich werde dich … glücklich machen.«

Philippa erschrak. Doch sie nickte ihm so freundlich und lieb zu, wie sie nur konnte. *Glücklich!*

Burg St. Erth

»Was sagst du da, Silken? Was ist mit ihr? Und dieser Hurensohn Walter hat Ellis und Albe getötet? Alle beide? Und Edmund hat er ebenfalls entführt?«

»Ja, Herr. Er hat die Herrin und Master Edmund gefangengenommen. Wir haben die Leichen von Ellis und Albe geborgen. Pater Cramble hat sie beerdigt.«

Dienwald stand regungslos da. Er war müde von einem langen, scharfen Ritt, und sein Geist arbeitete nur träge. Zwei Tage waren vergangen, seit Sir Walter de Grasse seinen Sohn und Philippa gefangengenommen und dabei Ellis und Albe getötet hatte. Er selber war erst zurückgekehrt. Lieber Gott, was mochte Walter ihnen angetan haben? Hatte er sie in der Hoffnung auf Lösegeld entführt?

Silken räusperte sich. »Herr, hört mich an! Seit ich mit knapper Not entkommen bin, habe ich mir alles überlegt. Ich weiß aber nicht, ob das, was ich bei dem Überfall beobachtet habe, wirklich richtig ist oder ob ich verblendet war.«

»Das mußt du mir erklären, Silken!«

»Dieser Sir Walter hat die Herrin begrüßt, als ob ... als hätte sie ihm eine Botschaft geschickt und er hätte sie auf ihren eigenen Wunsch befreit. Es sah so aus, als wüßte er genau, welchen Weg sie reiten würde, so daß er dort nur auf sie zu warten brauchte. Er hat ihr zugewinkt und ihr zugelächelt, als freute er sich mächtig, sie zu sehen.«

Dienwald starrte den Mann verständnislos an. Sein Magen verkrampfte sich schmerzhaft.

»Ja, sie ist drei Tage hintereinander ausgeritten, Herr, und am dritten Tag hatte sie nur drei Männer und den Jungen Herrn als Begleitung.«

»Auf ihren eigenen Wunsch?«

»Das weiß ich nicht«, sagte Silken.

In diesem Augenblick öffnete der Himmel seine Schleusen, und kalter Regen fiel zur Erde. Donner grollte, und der Himmel verdunkelte sich. Plötzlich war es Nacht. Dienwald rannte in den großen Saal. Drinnen war es so still wie in einem Grab. Dann trat Gorkel auf ihn zu. Es arbeitete in seinem schrecklichen Gesicht. Zorn? Verrat?

»Bier!« brüllte Gorkel. »Schnell, Margot!«

Dienwald achtete nicht auf ihn. Seine Gedanken kreisten um seinen Sohn, der jetzt Gefangener von Sir Walter Grasse war, seinem Todfeind, und das Blut stockte ihm. Würde Walter dem Jungen das Schwert in den Leib stoßen, nur weil er von seinem, Dienwalds, Blut war? Und Philippa ... Hatte sie ihn hintergangen? Hatte sie Edmund absichtlich auf den Ausritt mitgenommen, weil sie meinte, daß er sie nicht verfolgen würde, aus Angst, sonst würde sein Sohn ermordet werden?

Vor Müdigkeit irrten seine Gedanken immer wieder ab. Diese schreckliche Ungewißheit zermürbte ihn ... Edmund, sein einziger Sohn, war fort ... zwei seiner Männer tot ...

Crooky wagte es, ihn anzusprechen. »Die Herrin hat ihre feine Wäsche zurückgelassen. Wenn sie von ihrem abscheulichen Vetter Hilfe erhoffte, wenn es ihr irgendwie gelungen wäre, ihm eine Botschaft zu übermitteln, dann hätte sie doch sicherlich auch die schönen Kleider mitgenommen, die Lady Kassia ihr geschickt hat, oder einige davon angezogen.«

»Kann sein, kann auch nicht sein.«

»Sie wußte, daß Ihr den Mann haßt und daß er Euch haßt.«

»Das stimmt. Diese verdammte stolze Dirne!«

»Und sie hätte nie Master Edmund in eine solche Gefahr gelockt.«

»Ich frage dich, Narr, warum denn nicht? Edmund ärgert sie ständig, indem er sie Maibaum und Hexe nennt. Sie hat ihn am Ohr gepackt und ihn mit Seife abgeschrubbt. Er hat geheult, um sich geschlagen und sie beschimpft. Ist doch klar, daß sie ihn nicht gerade ins Herz geschlossen haben kann. Ich frage dich nochmals: warum nicht?«

»Die Herrin hat ein sehr ausgeglichenes Gemüt und ein Herz von Gold. Über seine mürrischen Launen hat sie nur gelacht, hat ihn geneckt, und ja, sie hat ihm sogar Kleider genäht. Sie würde dem Jungen nie ein Leid zufügen wollen.«

»Ich verstehe nichts von Frauen. Du übrigens auch nicht, auch wenn du so tust. Ich weiß jedenfalls, daß Frauen unberechenbar sind. Wenn sie nicht bekommen, was sie wollen, werden sie gereizt und tückisch. Sie sehen nur ihr Ziel vor Augen, und jedes Mittel ist ihnen recht, um es zu erreichen.«

»Ihr seid verblendet, Herr.«

»Verblendet? Das Wort hat Silken auch benutzt. Schön, ich habe mir deine Meinung angehört, und jetzt troll dich, Narr! Und ich danke dem Himmel, daß du mir das ganze Zeug nicht als Lied vorgesungen hast.«

»Ich habe geahnt, daß so was passieren würde, Herr.«

»Verschwinde! Ich will dich nicht mehr sehen, Narr!« Dienwald unternahm einen halbherzigen Versuch, Crooky in die Rippen zu treten, aber der Narr wälzte sich rechtzeitig aus seiner Reichweite.

»Was wollt Ihr tun, Herr?«

»Ich werde die Sache überschlafen. Morgen reiten wir dann nach Crandall und holen meinen Sohn und die Dirne.«

»Und wenn Ihr erfahrt, daß sie Euch hintergangen hat?«

»Dann lege ich ihr Fesseln an, binde sie an mein Bett und bringe ihr die Flötentöne bei, bis sie den lieben Gott und mich um Gnade anfleht.«

»Und wenn Ihr erfahrt, daß sie Euch nicht hintergangen hat?«

»Dann werde ich ... Aus meinen Augen, Narr!«

»Dienwald de Fortenberry«, sagte König Edward und faßte seinen vom Reisestaub bedeckten Kanzler scharf ins Auge. »Ich habe von ihm gehört. Jetzt bin ich schon fast acht Monate auf englischem Boden, aber de Fortenberry hat es nicht für nötig gehalten, mir seine Aufwartung zu machen. Er war doch auch nicht bei der Krönung, nicht wahr?«

»Nein. Aber warum sollte er auch, Sire? Wenn alle Eure Edelleute – bis zu den kleinen Baronen – Eurer Krönung beigewohnt hätten, wäre London aus allen Nähten geplatzt.«

»Was hat er für einen Ruf?«

»Er steht in dem Ruf, ein Schurke, Halunke, gelegentlicher Spitzbube und ein treuer Freund zu sein.«

»Und Graelam würde es gern sehen, daß ein Halunke und gelegentlicher Spitzbube Schwiegersohn des Königs wird?«

Robert Burnell nickte. Er war erst vor einer Stunde todmüde von der Reise zurückgekehrt. »Ja, Sire. Da Lord Graelam nicht genau wußte, ob Ihr Dienwald kennt, hat er mir alle seine Mängel und Tugenden aufgezählt. Er behauptet, Dienwald würde Euch nie um Gefälligkeiten bitten, und da er keine Familie hat, würde er auch nicht nach Euren Schatztruhen schielen. Lord Graelam und seine Lady nennen ihn ihren guten Freund. Und sie sagen, als Schwiegersohn des Königs würde er sein gesetzloses Treiben einstellen.«

»Oder er würde es fortsetzen, in der Gewißheit, daß ich meinen Schwiegersohn nicht der Schlinge des Henkers ausliefern würde!«

»Das hält Lord Graelam für ausgeschlossen, Sire. Dienwald de Fortenberry ist trotz allem ein Ehrenmann ... nur eben wild und unabhängig wie seine Heimat Cornwall.«

»Robbie, Ihr habt Euch von einem klugen Kanzler in einen honigsüßen Dichter verwandelt. Hmmm, de Fortenberry. Einen anderen Namen hat Euch Graelam nicht genannt?«

Burnell schüttelte den Kopf. »Soll ich Euch vorlesen, was ich mir von Lord Graelams Bericht notiert habe, Sire?«

Edward schüttelte den Kopf, daß die goldblonden Haare um seine Schultern flogen. Das Haar der Plantagenets, dachte Burnell. Er wünschte, er hätte Philippa zu Gesicht bekommen, um feststellen zu können, ob sie mit eben solcher Haarpracht ausgestattet war.

»Erzähl mir jetzt von meiner Tochter!« sagte Edward plötzlich.

»Aber faßt Euch kurz, Robbie! Ich muß mich gleich mit einigen langnasigen, unverschämten Schotten von Alexanders Hof herumstreiten.«

»Ich habe sie nicht gesehen«, sagte Burnell schnell. Und dann wartete er darauf, daß sich ein Donnerwetter über seinem Haupt entladen würde.

»Warum nicht?« erkundigte sich Edward freundlich.

»Lord Henry sagte mir, daß sie gerade an der roten Ruhr erkrankt sei. Deshalb konnte er sie mir nicht vorstellen.«

»Bei St. Gregors Zähnen, das Mädchen wird doch nicht daran sterben?«

»Lord Henry versicherte mir, daß der Arzt auf Beauchamp keinerlei Befürchtungen hegt. Das Mädchen wird wieder gesund werden.«

»Ich wünschte, Ihr wärt so lange geblieben, bis Ihr sie sprechen konntet, Robbie.«

Dabei hatte ihn der König beschworen, so bald wie möglich zurückzukehren, und er hatte seinem Herrn wie immer gehorcht.

»Lord Henry hat mir eine Miniatur des Mädchens mitgegeben.«

Die Miene des Königs hellte sich auf. Burnell überreichte ihm das kleine Gemälde. Edward betrachtete das stilisierte Porträt und sah ein weißes, reines Gesicht und ein übertrieben spitz dargestelltes Kinn. Aber was seine Aufmerksamkeit fesselte, waren die blitzenden Augen der Plantagenets, Augen so strahlend wie der Sommerhimmel und so blau wie seine eigenen. Die Stirn war makellos, hoch und weiß, und sie hatte schmale Augenbrauen. Aber natürlich versucht ein Künstler immer zu schmeicheln, dachte er.

Er steckte die Miniatur in den Waffenrock. »Ich muß es mir überlegen. Ich werde es auch mit der Königin besprechen. Sie hat den Blick dafür, wo der Künstler übertrieben hat. Wenn ich mich für ihn entscheide, muß ich de Fortenberry wohl nach Windsor kommen lassen und ihn von seinem Glück unterrichten.«

Der König schritt zur Tür, wo er sich noch einmal umdrehte. »Diese verdammten Schotten! Sie reden immer so geschwollen. Ihr müßt Euch jetzt zur Ruhe begeben, Robbie, Ihr habt eine lange, anstrengende Reise hinter Euch.« An der Tür sagte der König über die Schulter hinweg: »Holt Euer Schreibzeug, Robbie! Ich brauche Euch. Ihr müßt ihre eigensinnigen Beschwerden getreulich notieren. Danach besprechen wir, was zu tun ist.«

Burnell seufzte. Er ging zu einem Becken und spülte sich das Gesicht mit viel kaltem Wasser ab. Schon wieder für den König in die Sielen, dachte er und mußte lächeln.

16

Burg Crandall

»Du bist schön, Philippa. Das gelbe Kleid steht dir gut.«

»Ich danke dir für deine Geschenke, Walter. Die Kleider und Überröcke sind sehr hübsch.« Sie waren tatsächlich von bester Qualität. Wo hatte ihr Vetter sie her? Offenbar von einer kleinen Frau mit großen Brüsten. Und nach den Schuhen zu urteilen, mußte die Frau für ihre geringe Körpergröße ziemlich große Füße haben. Wer und wo war die Frau? Es würde ihr bestimmt nicht gefallen, daß sie jetzt ihre Kleider trug.

»Die Burg Crandall ist in sehr gutem Zustand, Walter. Und da du der Kastellan bist, ist das dir allein zu verdanken. Wie viele bewaffnete Männer hast du in deinen Mauern?«

»20 gut ausgebildete Männer. Ich habe sie selber ausgebildet und bin dafür verantwortlich, daß sie geschickte Kämpfer sind.«

Philippa nickte. Viel lieber wäre ihr gewesen, es wären statt 20 Männern nur zwei, und die obendrein alt und schwach. Weder waren es gute Aussichten für eine Flucht mit Edmund, noch für ein Eindringen Dienwalds. Sie hatte von einigen Bediensteten erfahren, daß ihr Vetter kein sonderlich freundlicher oder gar beliebter Herr war. Er schien jedoch gerecht zu sein – wenn er nicht gerade die Peitsche zückte. »Sobald er diese blutunterlaufenen Augen kriegt«, hatte ihr eine alte Frau mit leiser Stimme anvertraut, »und wenn er dann noch die Peitsche inne Hand haben tut, dann mußte schnell flitzen.« Philippa hatte sie betroffen angesehen. Eine Peitsche! Jetzt fiel ihr wieder ein, daß die Frauen sie besorgt, ja, ängstlich beobachtet hatten.

Walter reichte ihr Brot. Sie fragte ihn: »Diese schönen Kleider, Vetter – woher stammen die?«

»Das braucht dich nicht zu kümmern, meine Süße. Ich hatte sie, und jetzt gehören sie dir.«

Philippa konnte sich nur wundern. Es war alles sehr geheimnisvoll. Bis gestern hatte er ihr Zeit gegeben, sich auszuruhen und zu tun, was sie wollte. Doch dann hatte er angefangen, um sie zu werben. Nein, sie täuschte sich bestimmt nicht. Sie kannte das ja von Ivo de Vescys überströmenden Liebesbeteuerungen her. Walter spielte den schwärmerischen Liebhaber. Und doch war er bestimmt nicht in sie verliebt. Seine Worte verrieten nicht das rechte Gefühl, und seine Augen blieben kalt und flach. Zuerst wußte sich Philippa sein Tun nicht zu erklären. Ein Mann in Walters Stellung konnte doch gar nicht daran interessiert sein, ein Mädchen ohne Mitgift zu heiraten. Und es war unmöglich, daß er sich unsterblich in sie verliebt hatte. Er kannte sie ja erst seit zwei Tagen. Nein, ihr Vater mußte dahinterstecken. Nur konnte sie sich nicht vorstellen, wie er das erreicht hatte.

Während sie von der Kohlroulade mit Füllung aus Hasenfleisch kostete, beschloß sie, ihm auf den Zahn zu fühlen. »Walter, weiß mein Vater, daß ich hier bin?«

Seine kalten, flachen Augen verengten sich. »Bis jetzt nicht, Philippa. Liegt dir denn viel daran, nach Beauchamp zurückzukehren?«

Sie schüttelte lächelnd den Kopf. Einen Streit wollte sie lieber nicht heraufbeschwören. Denn er hatte etwas an sich, etwas Unerklärliches, das ihr Angst einflößte.

Nachdenklich kaute Walter an gestoßenen Eßkastanien in gebranntem Zucker, seinem Lieblingsgericht. Philippa war ganz anders, als er erwartet hatte. Vieles an ihr erschien ihm widersprüchlich. Doch trotz ihrer beachtlichen Körpergröße konnte er sie jederzeit beherrschen. Ende der Woche würde er sie heiraten. Innerhalb von drei Tagen würde er auch mit der widerspenstigsten Frau fertig. Eigentlich war es jetzt an der Zeit, ihr einen Teil der Wahrheit zu sagen. Vielleicht würde es dazu führen, daß sie um so schneller Vertrauen zu ihm gewann.

»Dein Vater *war* hier, Philippa«, sagte er. Er sah, wie sie sich verdutzt zu ihm drehte. »Er hatte die Idee, daß du vielleicht auf deiner Flucht in den Wollewagen zu mir gekommen wärst. Das hättest du ja auch getan, wenn dieser Schweinehund dich nicht gefangen genommen und nach St. Erth verschleppt hätte. Leider konnte ich Lord Henry nicht sagen, wo du warst. Ich wußte es ja auch nicht. Und dann, Philippa, sagte mir Lord Henry, er hätte dich William de Bridgport versprochen. Ich kann mir nicht vorstellen, daß du diesen zänkischen alten Wüstling heiraten würdest. Aber Bridgport will dafür zahlen, und Lord Henry braucht das Geld. Es fällt mir schwer, dir weh zu tun, aber du mußt die Wahrheit wissen. Lord Henry liegen seine weltlichen Güter mehr am Herzen als du.«

Also war ihr Vater hier gewesen. Sie hatte es ja bereits vermutet. Ihr Magen verkrampfte sich, ihr wurde innerlich ganz kalt. Konnte ihr Vater das wirklich gesagt haben?

Und doch mußte es so sein. Philippa hatte ihn ja selber belauscht, als er von seinen Plänen sprach. Walter konnte gar nichts dafür.

»Dennoch mußt du meinem Vater einen Boten schicken, der ihm mitteilt, daß ich jetzt hier bin. Es wäre mir nicht recht, wenn mein Vater in dir einen Feind sähe.«

Walter wollte ihr widersprechen. Doch da schoß ihm eine neue Idee durch den Kopf. Hier bot sich ihm ja die beste Gelegenheit, die er sich wünschen konnte! »Das werde ich auch tun, meine Süße. Aber es hat keine Eile. In drei oder vier Tagen.« Er merkte, wie ihr das gegen den Strich ging, wie sie Angst bekam, und machte sich sofort daran, das zu seinem Vorteil auszunutzen. Sanft nahm er ihre Hand in seine. »Hör zu, Philippa«, sagte er in leisem, weichem Tonfall, »wenn du mich heiratest, kann Lord Henry nichts unternehmen. Dann kann er dich nicht mehr zur Ehe mit Bridgport zwingen. Als meine Frau stehst du unter meinem Schutz. Niemand – nicht einmal der König selbst – könnte dich mir nehmen.«

Da war es also heraus. Er will mich heiraten, dachte Philippa. Aber aus welchem Grund? Er war doch in dem Glauben, daß Dienwald sie vergewaltigt hätte, und konnte daher kein jungfräuliches Blut im Hochzeitsbett erwarten. Und was noch mehr ins Gewicht fiel: Er würde von ihrem Vater keinen Penny erhalten. Was ging hier bloß vor? Sie mußte unbedingt dahinterkommen und bis dahin so tun, als ginge sie auf sein Spiel ein. Daher überließ sie ihm auch ruhig ihre Hand.

»Du bietest mir viel, Walter. Mehr als ich verdiene. Aber das kommt mir so überraschend. Du mußt mir Zeit lassen, alles reiflich zu überlegen.« Als sie die Ungeduld in seinen Augen sah, fügte sie rasch hinzu: »Walter, ich bin ja nur eine Frau und daher langsam im Denken. Deine Großzügigkeit hat mir beinahe die Sprache verschlagen. Morgen werde ich dir meine Gefühle offenbaren.«

Bedeutungsvoll drückte er ihr die Hand, bevor er sie freigab. Sie hatte mit gebührender Ehrerbietung gesprochen, aber irgend etwas störte ihn doch. Warum hatte sie ihn nicht daran erinnert, daß sie nahe Verwandte waren und darum eine besondere Heiratserlaubnis der Kirche brauchten? Nun ja, als Frau hatte sie wahrscheinlich keine Ahnung von diesen Dingen, auch wenn sie lesen, schreiben und rechnen konnte.

Er dachte nicht daran, ihr zu sagen, daß sie in Wirklichkeit nicht blutsverwandt waren. Er war sich nämlich nicht sicher, wie sie reagieren würde, wenn er ihr sagte, daß sie von königlichem Geblüt abstammte. Nein, das mußte er ihr vorläufig verschweigen. Sie war fügsam, nett und sanft und von großer Schönheit. Für seinen Geschmack zwar zu groß, aber da war ja immer noch Britta, die er jetzt versteckt hielt. Er würde das Verhältnis mit ihr fortsetzen, wann immer er Lust hatte. Bei dem Gedanken an Britta spürte er ein Ziehen in den Lenden. Heute abend, dachte er. Er bemerkte, daß Philippa sich suchend im Saal umsah, und fragte: »Ist etwas, süße Kusine?«

»Nichts, Walter. Es ist nur, daß ich nirgendwo den Jungen erblicke. Ich habe zwar nichts für ihn übrig, fühle mich aber für ihn verantwortlich, weil ich ihn bei mir hatte, als du mich befreit hast. Hast du schon eine Lösegeldforderung an Dienwald geschickt?«

Walter schüttelte den Kopf. Er würde keinem eine Botschaft schicken, bevor er mit ihr verheiratet war. Nicht einmal an seinen Lehnsherrn Graelam de Moreton. »Ich habe den Welpen zu meinen Stalljungen gesteckt. Damit tue ich ihm nur einen Gefallen. Dort kann er lernen, was Dienen heißt.«

Wenigstens ist er nicht irgendwo in der Burg eingesperrt, dachte Philippa. Hoffentlich gingen die jungen Kerle nicht so grob mit ihm um! Sie zwang sich, noch etwas von der Kohlroulade zu sich zu nehmen. Dem Essen hätte eine Prise von dem wilden Thymian gutgetan, den sie gerade im Garten auf St. Erth angepflanzt hatte. In *ihrem* Garten. Es war merkwürdig, wie schnell sie in dieser sehr kurzen Zeit auf St. Erth heimisch geworden war. Und wie schnell ihr klar geworden war, daß der Burgherr der richtige Mann für sie war. Nur leider wollte er sie nicht haben. Er hatte sich sogar davor gehütet, ihr die Jungfernschaft zu rauben, weil er befürchtete, sie dann zu seiner Frau machen zu müssen.

Energisch verbannte sie Dienwald aus ihren Gedanken. Jetzt war nur eins wichtig: Sie mußte Walter entfliehen und Edmund mitnehmen. Es blieben ihr nur wenige Tage. Dann würde Walter die Hochzeit anberaumen. Wenn sie nicht wollte, würde er sie zweifellos im

Bett dazu zwingen. Zur Zeit schlief sie noch allein in einer winzigen Kammer. Dort gab es nicht mal frische Luft. Doch das war sogar gut, denn die stickige Luft in dem Kämmerchen ließ sie nachts nicht einschlafen, und so konnte sie nachdenken. Sie durfte nicht abwarten, ob Dienwald etwas unternahm. Sie mußte die Sache selber in die Hand nehmen, um Edmund und sich zu retten.

Walter behielt sie an diesem Abend bei sich. Sie spielten Dame, und sie gewann die Partie. Sie ließ dabei außer acht, daß sie als Frau der männlichen Strategie eigentlich unterlegen sein müßte. Er nahm es ihr sichtlich übel.

»Du hast nur Glück gehabt«, sagte er ärgerlich. »Als Kavalier habe ich dir zu lange Bedenkzeit gelassen. Da hast du mich reingelegt, Kusine, aber ...« Spielerisch drohte er ihr mit dem Finger. »Ach, Philippa, du hast gewonnen, weil du so süß und sanft bist. Dein freundliches Wesen und deine herrlichen Augen haben mich vom Spiel abgelenkt. Nun siehst du mich geschlagen zu deinen hübschen Füßen. Alle meine Gedanken galten nur dir. Möchtest du jetzt schlafen gehen, meine Süße?«

Dumm ist er nicht, dachte Philippa. Er ist wütend darüber gewesen, daß ich gewonnen habe, hat sich aber schnell gefangen, um einen guten Eindruck bei mir zu machen. Noch immer spielte er den verliebten Freier. Aber wie lange noch?

Sie stand auf. Bevor er ging, faßte er sie an den Oberarmen und zog sie an sich. »Meine schöne Kusine«, sagte er und wollte sie küssen. Doch sie wandte den Kopf ab, und so traf er nur ihr Ohr. Das war ein Fehler. Seine Finger bohrten sich in ihre Haut, und sein Atem ging vor Ärger schneller.

»Bitte, Walter«, sagte sie leise. »Ich möchte ...« Sie fand keine Worte.

Daraus zog er den falschen Schluß. »Ah ja, das kommt, weil er dich mißbraucht hat. Keine Angst, Kusine, ich werde dich nie gegen deinen Willen anrühren und dir nie weh tun. Ich werde für dich ein sanfter Herr sein. Du brauchst nur Vertrauen zu mir zu haben. Bei mir wirst du schnell vergessen, daß dir der Schurke Gewalt angetan hat. Schlaf gut, mein Herz!«

Philippa nickte mit gesenktem Kopf. Doch dann sprudelte es aus ihr heraus: »Walter, du kennst mich doch kaum. Als du mich zuletzt gesehen hast, war ich noch ein kleines Kind. Warum willst du mich heiraten? Du weißt, daß ich keine Jungfrau mehr bin. Du weißt, daß mein Vater mir keine Mitgift gibt. Lieber Vetter, sag mir, warum du mich unbedingt zur Frau haben willst!«

Sie hob den Kopf und wußte, daß sie wieder einmal mit den Füßen nachgedacht hatte statt mit dem Kopf.

Aber auch Walter sah sich in der Klemme. Erneut fiel ihm die Widersprüchlichkeit in ihrem Wesen auf. Sie war nur eine Frau, war weichen Gemüts und lächelte ihn stets freundlich an. Und doch wagte sie es, ihn auszufragen, wenn auch in aller Freundlichkeit. Zunächst war er versucht, sie heftig zu schlagen, besann sich dann aber eines Besseren. Es lag bestimmt nur daran, daß Dienwald so grob mit ihr umgegangen war. Er, Walter, mußte ihr zeigen, daß er anders war. Zu schärferen Methoden würde er erst greifen, wenn sie ihn dazu zwang.

»Ich liebe dich, seit ich dich vor fünf Jahren zum erstenmal gesehen haben, Philippa. Damals habe ich es Lord Henry gesagt, aber er hat nur lachend den Kopf geschüttelt und gesagt, ich wäre verrückt. Ich hatte schon fast alle Hoffnung aufgegeben, bis er zu mir kam und mir eröffnete, daß du geflohen seist, um der Hochzeit mit de Bridgport zu entgehen. Ich habe nur einen einzigen Wunsch, und das bist du. Ich wünsche mir nur dich zur Frau.«

»Aber er hat mich doch mißbraucht«, sagte sie. Walter war ein Lügner! Es war viel länger her als fünf Jahre, als er sie kennengelernt hatte. »Er hat mich wieder und wieder verführt. Auch auf unnatürliche Art.«

Und dabei dachte sie: Ach, hätte Dienwald mich doch nur verführt! Sie ließ jedoch Walter nicht aus den Augen. Er war nicht dumm, ihr Vetter. Daher war sie auch nicht überrascht, als er sie jetzt auf den Mund küßte. Aber es ekelte sie an. Er sagte, und es klang wirklich aufrichtig: »Das alles macht mir nichts aus.« Dann drehte er sich um und ging. Von draußen schloß er die Tür ab.

Ärgerlich sagte sie: »Und warum schließt du mich ein?«

Nur eine einzige Kerze spendete trübes Licht in dem Kämmerchen. Doch das Dunkel war irgendwie tröstlich. Sie tastete sich zu dem schmalen Bett, legte den weichen gelben Überrock ab und zog sich das Kleid aus. Dann legte sie sich auf den Rücken und starrte in die Dunkelheit.

Warum wollte er sie unbedingt heiraten? *Warum?* Sie mußte sich vor Sir Walter in acht nehmen. Er war ein gefährlicher Mensch. Es mußte einen Grund geben. Denn es war undenkbar, daß er nur von dem brennenden Wunsch nach einer Frau, nach irgendeiner Frau beherrscht wurde.

Es galt, sehr vorsichtig zu sein. Sie mußte ihn in Sicherheit wiegen. Dann würde sie vielleicht einen Fluchtweg für Edmund und sich entdecken. Wenn sie nicht fliehen konnten, würde es entsetzlich werden. Sie würde sich weigern, Walter zu heiraten, und er würde sie endlose Male vergewaltigen, da machte sie sich nichts vor. Aber *warum?*

Es war sinnlos, auf Dienwald zu warten. Er könnte leicht zu spät kommen. Und immer wieder fragte sie sich: Warum will Walter mich unbedingt heiraten?

Hatte ihr Vater sich eines anderen besonnen? Hatte er Walter Geld geboten, wenn er sie fand und heiratete? Vielleicht sogar Land? Nein, das war unmöglich. Ihr Vater änderte nie einen einmal gefaßten Entschluß. Immer neue Fragen stürmten auf sie ein, bis ihr der Kopf schmerzte. Aber eine Antwort fand sie nicht.

In der Nähe der Burg Crandall

Dienwald haßte das Warten. Aber er konnte nichts unternehmen. Seine Männer hatten sich in einem dichten Ahorngehölz versteckt, wo sie von der engen, gewundenen Straße nach Crandall nicht zu entdecken waren. Gelangweilt und ruhelos lungerten sie herum, stritten sich, würfelten und erzählten sich Geschichten von Heldentaten und Erfolgen bei Frauen.

Wo waren der Narr und Gorkel geblieben? Was war mit Philippa und Edmund? Hatte Philippa ihn verraten, oder war sie gefangen genommen worden, als Ellis und Albe getötet wurden?

Sie allein konnte ihm die Antwort geben. Sie und dieser Hurensohn Walter. Dienwald setzte sich unter eine uralte Eiche und lehnte sich an den Stamm. Verdammt noch mal, wie er sich nach Philippas weicher Haut sehnte! Er stellte sich vor, wie sie nackt einen Wassereimer über ihn ausschüttete und seinen Körper mit ihren sanften Händen einseifte. Sofort wurde sein Glied so steif, daß es spannte. In diesem Augenblick war ihm klar, daß er sie sogleich, wenn er ihrer habhaft werden sollte, zu ihrem Vater zurückschicken mußte. Denn wenn er sie bei sich behielt, würde sein Verlangen übermächtig werden. Und das durfte er nicht zulassen.

Nein, dazu durfte es nicht kommen. Mit de Beauchamp wünschte er keine Verbindung. Lord Henry war ein hochtrabender Esel, arrogant und stolz auf seine Vorrechte, auf seine große Macht und Würde. Nein, er, Dienwald, wollte frei bleiben, niemandem Rechenschaft abgeben müssen und nur für seinen Sohn sorgen.

Frei sein! Das war das Wichtigste.

Er frage sich aber, was jetzt auf Crandall vorging. Es quälte ihn. Er sprang auf und schritt ruhelos hin und her.

Burg Crandall

Im Innenhof von Crandall gab Crooky eine Vorstellung. Er lächelte nach allen Seiten, sang und vollführte allerhand Kapriolen. Alle schauten ihm gespannt zu. An einer Kette führte er Gorkel mit sich. Sie hing an einem Lederband um dessen mächtigen Hals. Crooky zog daran und redete mit ihm wie mit einem Bären, dem man abwechselnd böse und schmeichelnde Worte zuruft. »Da drüben steht ein hübsches Mädchen, Gorkel! Nick ihr mit deinem häßlichen Kopf einen Gruß zu, Gorkel!«

Gorkel beäugte das hübsche Mädchen, das ihn aufgeregt ansah. Er nickte ihr zu und grinste dann über das ganze Gesicht, wobei er die breiten Lücken zwischen den Vorderzähnen entblößte. Dann zerrte der Narr heftig an der Kette, und Gorkel ließ ein so fürchterliches Brummen hören, daß die Frauen in der schnell anwachsenden Zuschauermenge angstvoll aufkreischten und die Männer einen Schritt zurückwichen.

Der Narr lachte und stolzierte um Gorkel herum. »Keine Angst, hübsche Mädchen! Ihr seht hier ein Ungeheuer, das so häßlich ist wie des Teufels Sippe, aber es ist ein freundliches Ungeheuer und tut alles, was ich von ihm verlange. Hör mal, du nettes Mädchen mit dem sanften Lächeln, jetzt sage, was das Ungeheuer für dich tun soll!«

Das Mädchen Glenda rief laut: »Ich möchte, daß er eine Gigue tanzt! Er soll seine Riesenbeine hoch in die Luft werfen!«

Zwischen den Zähnen zischte Crooky: »Kannst du für das Mädchen eine Gigue tanzen, Gorkel?«

Mit tierisch unbewegter Miene und ausdruckslosem Blick fing Gorkel an, zu hopsen und zu springen. Langsam hob er erst ein Bein, dann das andere und hüpfte mit plumpen Bewegungen umher. Crooky stimmte ein Lied an und klatschte mit den Händen den

Takt dazu. Während er in die Menge spähte, grölte er, so laut er konnte:

»Alle sind hier, um das Ungeheuer tanzen zu sehn.
Er macht tolle Sprünge, daß euch die Sinne vergehn.
Ein Heide, ein Wilder, sieht grundhäßlich aus,
Und doch ist er fröhlich, ihm macht das nichts aus.«

Crooky hätte beinahe einen Freudenschrei ausgestoßen, als er sah, wie Edmund zwischen zwei Männern hindurchschlüpfte und Gorkel anstarrte. Der Junge trug nur noch Lumpen am Leib, er hatte blaue Flecken und war völlig verdreckt, aber beim Anblick von Gorkel und ihm blitzten seine Augen vergnügt auf. Dank dem heiligen Andreas, er war noch am Leben! Und wo war seine Herrin? Saß sie etwa hinter Schloß und Riegel? Hatte Sir Walter ihr ein Leid getan? Bei diesem Gedanken rieselte es Crooky kalt über den Rücken.

Crooky ließ Gorkels Ketten klingen. Der hörte auf zu tanzen und blieb schweratmend, immer noch furchterregend grinsend neben dem Narren stehen. Dann entdeckte er Edmund und warf ihm einen Blick zu. »Ah«, schrie Crooky plötzlich, »mich deucht, ich sehe noch ein hübsches Mädchen, so eine große mit so viel Haaren auf dem Kopf, daß man mit ihnen eine Matratze stopfen könnte. Komm her, schöne Maid, und laß dich von meinem Ungeheuer beäugen!«

Philippas Herz pochte wild. Sie war im Laufschritt in den Innenhof geeilt, als sie Crookys mißtönende Verse gehört hatte. Dann hatte sie Gorkels Tanz mitangesehen, ohne ihn zuerst zu erkennen, denn er trug ein buntes Flickengewand, und ein ungepflegter Bart bedeckte sein Kinn. Gott sei Dank, dachte sie, Dienwald muß ganz in der Nähe sein. Und dann erblickte sie auch Edmund. Er war schmutzig, sah aber gesund und munter aus, Gott sei Dank! »Ich komme!« rief sie. »Laß das Ungeheuer die schöne Maid nach Herzenslust beglotzen!«

Sie raffte die Röcke und lief auf sie zu. Crookys freudiges Lächeln wurde plötzlich starr und erlosch. Das begriff sie nicht. Sie blieb stehen und überlegte fieberhaft. »Hier bin ich. Ich wünsche dir einen guten Morgen, Ungeheuer.« Sie machte einen Knicks. »Sieh mich an! Ich bin ein Mädchen und sehne mich nach dem Mond. Aber da ist nur eine Sonne, die hält mich in glühenden Banden und peinigt mich ohne Unterlaß.«

Crooky faßte sie scharf ins Auge. Indessen stapfte Gorkel schwerfällig umher und strich sich den langen Bart.

Sie ist hübsch gekleidet, dachte Crooky, wie es einem Mädchen zusteht, das *geliebt* wird. Sie war also nicht hinter Gittern, und Sir Walter hielt sie nicht gefangen. Hatte er sie auf ihren eigenen Wunsch entführt? Crooky dachte daran, was sie gesagt hatte. Es waren geheimnisvolle Worte gewesen, deren Sinn nicht leicht zu deuten war. Hatte sie damit gemeint, daß sie den Wunsch hatte, ihrem Vetter zu entfliehen? Seit seinem zehnten Lebensjahr, als ihn der umstürzende Baum verkrüppelt hatte, war ihm bewußt, daß er nur kraft seines Verstandes überleben konnte. Er hatte ein gutes Gedächtnis, und jetzt prägte er sich jedes ihrer Worte ein.

»Nun, schöne Maid«, sagte er nach einer Weile, »wenn du dich nach dem Mond sehnst, so muß ich dir sagen, daß er sich wie die Sonne zu bestimmten Stunden versteckt hält. Doch wenn es keiner erwartet, dann geht er plötzlich auf. Ja, schöne Maid, der Mond wartet nach seiner Gewohnheit ganz in der Nähe. Er wartet, bis es an der Zeit ist, zu erscheinen.«

»Was soll denn das, Kusine? Ein Krüppel, der ein wildes Tier an der Kette führt?«

Philippa begrüßte Walter mit einem Lächeln. »Ja, Walter, die beiden bringen gute Laune und helles Gelächter nach Crandall. Der kleine Krüppel hier hat mir vom Mond und von der Sonne erzählt. Und das Ungeheuer brummt fürchterlich und tanzt für alle deine hübschen Mädchen.«

Walter hatte für die beiden Spaßmacher nicht das geringste Interesse. »Wenn es dir gefällt, mein liebes Herz, dann sollen sie von mir aus ihre Späße treiben und fröhliche Lieder singen, die ihnen Beifall eintragen.«

Crooky sagte laut: »Schöne große Maid, was soll Gorkel der Schreckliche für dich tun?«

»Nun, ich hätte Lust, ihm ein Liebesgedicht zu schreiben, aber eins ohne Reime. Was meinst du dazu, Ungeheuer? Möchtest du ein Liebesgedicht von mir haben?«

Crooky zog scharf an der Kette und rief: »Willst du das, Ungeheuer? Wenn ja, dann nicke gefälligst, du Wilder!«

Gorkel nickte und brüllte wie ein wildes Tier, und die Menge jubelte.

»Ich eile, um mir Papier zu holen«, sagte Philippa, »und das Gedicht für das Ungeheuer zu schreiben. Inzwischen könnt ihr die Leute weiter zum Lachen bringen.«

»Ich begreife dich nicht«, sagte Walter.

»Ich habe Spaß daran, Walter, und das Ungeheuer hat mich gut unterhalten. Gefällt dir das nicht?«

Sie warf ihm einen so lieben und gleichzeitig schüchternen Blick zu, daß er sich vorkam wie ein mächtiger Prinz bei Hofe. Doch er durfte ihren weiblichen Launen nicht immer und zu jeder Zeit nachgeben. »Diesmal gefällt es mir nicht, meine Süße. Ärgere dich nicht!« Bevor er ging, strich er ihr leicht über die Wange. Ihr Lächeln gefror. Und dann streichelte er ihr vor allen seinen Leuten mit den Fingerspitzen den Hals und die Brüste, lachte und ging davon.

In der Nähe der Burg Crandall

»Los, erzähl es mir, schnell!«

Ausnahmsweise stumm blickte Crooky seinen Herrn an. Er wußte nicht, wo er anfangen sollte.

»Hast du Edmund gesehen? Und die Dirne?«

»Ja«, antwortete Gorkel für ihn. »Sie leben beide. Der junge Herr war verdreckt und zerlumpt, sah aber gesund aus.«

»Und die Dirne?«

»Sie war gut gekleidet«, sagte Crooky. »Sehr schön gekleidet, wie ein buntgefiederter Pfau, wie eine Prinzessin.«

Dienwald spürte einen Krampf im Magen. Sie hatte ihn also verraten und ihm den Sohn geraubt. »Sag mir alles! Laß nichts aus, oder ich trete dir in die Rippen!«

Und Crooky erzählte ihm alles, was vorgefallen war. Wortgetreu wiederholte er, was Philippa zu ihm und Gorkel gesagt hatte. Dann holte er tief Atem und schloß: »Sie lebt dort nicht als Gefangene, so sah es jedenfalls aus. Sir Walter hat sie vor allen seinen Leuten geküßt und mit der Hand ihre Brüste gestreichelt.«

Dienwald wurde zornig und ballte in wilder Wut die Fäuste. »Ich will noch einmal ihre Worte hören!« Crooky gehorchte. Danach fragte Dienwald: »Was hat sie mit dem Mond sagen wollen – bin ich der Mond, der sich still versteckt hält, um dann aufzugehen und ihr boshaft ins Gesicht zu scheinen? Pah! Das ergibt ja keinen Sinn. Die Dirne hat ihr Spiel mit dir getrieben und sich nur über deine Verse lustig gemacht.«

»Sie hat Sir Walter gefragt, ob sie für Gorkel ein Liebesgedicht aufschreiben dürfe. Er hat es abgelehnt. Vielleicht wollte sie Euch schriftlich ihre Treue versichern, Herr.«

»Unsinn! Da hat sie dich wieder getäuscht! Weißt du, was sie wirklich schreiben wollte? Sie wollte mich auffordern wegzubleiben, weil sonst Edmund dafür büßen müßte!«

»Nein, Herr«, sagte Gorkel.

»Was weißt du denn davon?«

»Wozu nahm sie dann überhaupt den Jungen mit?«

»Als Faustpfand für ihre Sicherheit, du Einfaltspinsel! Sie ist ja nicht dumm, auch wenn sie nur eine Frau ist.« Dann drohte er beiden mißmutig mit der Faust.

»Er ist tief enttäuscht«, sagte Galen betrübt. »Er weiß nicht, was er davon halten soll.«

»Die Herrin will befreit werden«, sagte Crooky, »ungeachtet all ihres Putzes und der schönen Gewänder.«

»Und der Junge auch«, sagte Gorkel. »Ich fürchte, daß der Hurensohn ihm etwas antun wird, denn er haßt Dienwald aus tiefstem Herzen.«

17

Bis tief in die Nacht lag Philippa wach im Bett. Immer wieder dachte sie daran, wie sie voll hoffnungsfroher Aufregung Gorkel tanzen gesehen und Crooky singen gehört hatte. Aber was hatte es ihr genützt? Ihr Versuch, Crooky von ihrer Treue zu Dienwald zu berichten, ihre Bitte, an Gorkel ein Liebesgedicht schreiben zu dürfen – das hatte Walter vereitelt. Vor allen Leuten hatte er seine Besitzerrechte deutlich gemacht, indem er sie küßte und ihr die Brüste streichelte. Bestimmt würde Crooky dies Dienwald haarklein berichten.

Dennoch würden sie einen Befreiungsversuch unternehmen. Wenn schon nicht ihretwegen, dann um Edmund herauszuholen. Aber wie? Dienwald konnte die Burg Crandall ja doch nicht im Sturm einnehmen. Walter würde, ohne mit der Wimper zu zucken, Edmund umbringen. Nein, Dienwald konnte nur durch List etwas erreichen. Sie zweifelte auch nicht daran, daß er schließlich

Erfolg haben würde. Doch mit Schrecken dachte sie daran, daß er dabei verwundet werden könnte: Sie wußte genau, daß Walter ihn töten würde, wenn sich die Gelegenheit ergab.

Also mußte sie etwas tun, und zwar schon morgen in aller Frühe. Endlich schlief sie ein. Sie träumte von der Stute Cottie, auf der sie als Sechsjährige reiten gelernt hatte. Später hatte sich Cottie durch Bernices Unachtsamkeit ein Bein gebrochen und mußte getötet werden.

Noch immer im Bann ihres wehmütigen Traums wurde Philippa plötzlich wach. Nicht daß sie ein Geräusch gehört hätte. Doch sie hatte das unangenehme Gefühl, daß sich etwas zusammenbraute und sie scharf aufpassen müsse.

Vorsichtig drehte Philippa den Kopf zur Tür. Walter hatte sie wie üblich abgeschlossen. Aber jetzt wurde ein Schlüssel im Schloß herumgedreht, und die Tür ging langsam auf.

Das mußte Walter sein. Er war wohl des Wartens überdrüssig. Jetzt kam er, um sie zu vergewaltigen. Es lag ihm nicht, noch länger den verliebten Freier zu spielen. Jetzt wollte er vollendete Tatsachen schaffen.

Philippa blieb regungslos liegen und überlegte, was sie zu ihrem Schutz unternehmen könne. Natürlich würde sie sich wehren und ihm zumindest heftig weh tun. Leider hatte sie nur das leichte Hemd an. Sie wünschte, sie trüge sämtliche Kleidungsstücke übereinander, die Walter ihr geschenkt hatte. Dann würde es ihm schwerer fallen, sie mit Gewalt zu nehmen. Angestrengt horchte sie, den Blick zur Tür gerichtet. Walter verursachte nicht das leiseste Geräusch. Warum war er so vorsichtig? Er brauchte sich doch um ihr Geschrei nicht zu kümmern. Seine Männer würden ihr nie zu Hilfe eilen.

Lautlos ging die Tür weiter auf. Im trüben Licht vom Flur konnte Philippa schließlich den Umriß eines Menschen erkennen.

Es war nicht Walter. Es war eine Frau.

Philippa unterdrückte den Impuls, sofort etwas zu tun. Statt dessen blieb sie ganz still liegen und wartete ab, um zu sehen, was die Frau von ihr wollte. Aber wie war sie überhaupt an den Schlüssel zu ihrer Kammer gekommen?

Sie mußte ihn von Walter haben. Er war viel zu mißtrauisch, um ihn irgend jemand anders zur Aufbewahrung anzuvertrauen. Also mußte die Frau ihn sehr gut kennen. Sie mußte intim mit ihm befreundet sein ... Philippa wartete weiter.

Jetzt schlich sich die Frau in die Kammer. Und da sah Philippa, daß sie in der erhobenen Hand ein Messer hielt. Die Frau war nicht gekommen, um sie zu befreien, sondern um sie zu töten!

Philippa sprang aus dem Bett und schrie, so laut sie konnte: »Was willst du von mir? Bleib mir vom Leibe! Hilfe! *A moi!* Walter ... *A moi!*«

Die Frau stürzte auf sie zu, holte aus und zielte mit dem Messer auf ihre Brust. Im letzten Augenblick erwischte Philippa ihr Handgelenk und drückte ihr den Arm zurück. Doch die Frau war stärker, als ihr magerer Körperbau vermuten ließ. Die Wut verdoppelte ihre Kräfte, so daß sie Philippa ebenbürtig war. Mit giftiger, haßerfüllter Stimme stieß sie hervor: »Du verdammte Schlampe! Du Tochter des Teufels! Du bekommst ihn nicht! Hast du mich gehört? Nein, du bekommst ihn nie! Ich bringe dich um!« Mit wogendem Busen riß sie sich von Philippa los. Langsam wich Philippa vor der wütenden Frau und der scharfen Messerklinge zurück.

Dann hob sie flehend die Hände. »Wer bist du? Ich habe dir nichts getan. Wovon redest du überhaupt? Du willst mich ohne jeden Grund umbringen. Du mußt verrückt sein!«

»Ohne jeden Grund?« zischte die Frau. »Du verdammtes Flittchen, Walter gehört mir, mir allein, und er wird mir immer gehören. Er heiratet dich nicht, und wenn du ihm noch so viel mitbringst! Er liebt mich, und seine Liebe zu mir ist stärker als alle schmutzigen Reichtümer, die du ihm bringen willst!«

Aber ich bringe ihm doch keinen Penny mit!

Wieder griff die Frau an. Mit sicherer, schneller Hand stach sie auf Philippa ein. Philippa wirbelte herum, weg von der tollwütigen Frau. Aber sie war nicht schnell genug und spürte, wie die Messerspitze ihr in den Oberarm fuhr. Eine eisige Kälte drang in den Arm. Dann wurde er taub.

»Du entkommst mir nicht, Hure!«

Philippa fuhr herum und schlug ihr mit der flachen Rückseite der Hand hart gegen die Wange. Die Frau schrie vor Schmerz und Wut auf, ließ sich aber nicht beirren. Wieder stürzte sie auf Philippa los.

Philippa sah das Messer kommen. Sie meinte schon zu spüren, wie es ihr tief ins Herz stach und sie tötete, ehe sie überhaupt erfahren hatte, was es heißt, zu leben, zu lieben und geliebt zu werden. Sie flüsterte noch: »Dienwald ...«

Im nächsten Augenblick rannte sie wie wild auf die offene Tür zu – in die Arme von Walter de Grasse.

»Was in Gottes Namen geht hier vor?«

Walter schüttelte sie. Doch dann sah er das Blut, das aus ihrem Oberarm floß. Auch im trüben Licht war zu sehen, daß er erbleichte. Erst jetzt sah er die Frau, die geduckt mit dem blutigen Messer in der Hand dastand. »Britta ...«, flüsterte er. »O nein. Warum?« Er schob Philippa weg, eilte zu der Frau und zog sie an sich.

»Britta?«

Sie schüttelte den Kopf. Ihr Atem kam in schweren, ruckartigen Stößen, ihre großen Brüste hoben und senkten sich.

»Sie hat versucht, mich zu töten«, sagte Philippa. Wie gelähmt sah sie, daß er die Frau zu liebkosen begann. »Wer ist sie? Warum will sie mich umbringen?«

Dann fiel es ihr wie Schuppen von den Augen. Es war die Frau, deren Kleider sie trug, die Geliebte ihres Vetters! Eine Frau, die unbegreiflicherweise ihren Vetter liebte und befürchten mußte, daß er ihr untreu werden wollte.

Schweigend sah Philippa zu, wie Walter sie an sich drückte und leise auf sie einsprach. Seine Worte konnte Philippa nicht verstehen.

Sie zögerte nicht länger, ergriff einen kleinen dreibeinigen Schemel, schwang ihn hoch über den Kopf und schlug ihn mit aller Kraft Walter über den Schädel. Er sackte gegen die laut aufschreiende Frau und riß sie durch sein Gewicht mit sich zu Boden.

»Hör auf zu kreischen, du dummes Weib!« fuhr Philippa sie mit gedämpfter Stimme an. »Bleib, wo du bist, und halt den Mund! Ich verlasse jetzt dich und ihn und diese verfluchte Burg für immer. Er gehört dir, bis der Teufel ihn holt.« Dann entwand sie der Frau das Messer und riß ihr den Schlüssel aus der Rocktasche.

»Sei endlich still, du albernes Biest!«

Philippa griff nach ihrem Kleid und zog es sich im Weggehen über den Kopf. Sie ging durch die Tür, verschloß sie von außen – und erstarrte. Gleich um die nächste Ecke stritten sich zwei Männer!

»Ich sag' dir, is' ja was los! Hab' gehört, wie die Weiber kreischten. Und dann is' der Herr reingerannt.«

»Überlaß alles dem Herrn und geh wieder schlafen!«

»O ja, aber da is' bestimmt was Schlimmes los. Na schön, er wird dir die Ohren abschneiden, wenn du nichts tust. Sind ja deine. Oder er peitscht dir den Rücken aus.«

»Geh jetzt! Ich seh' nach.«

Philippa drängte sich an die kalte Steinwand. Sie hörte, wie einer mürrisch brummend wegschlurfte. Der andere kam gleich darauf um die Ecke. Plötzlich sah er sich einer wild blickenden Frau gegenüber, die ein Messer in der Hand hielt. Blut rann ihr in kleinen Bächen über den Arm. Dann knallte ihm der Messergriff an die Schläfe, und er stürzte zu Boden.

Nach einer Weile faßte Philippa sich ein Herz und spähte vorsichtig um die Ecke. Im Saal lagen Männer und Frauen in tiefem Schlaf auf dem Fußboden. So leise wie möglich und mit äußerster Vorsicht schlich sie unendlich langsam an der Wand entlang auf die großen Eichentüren zu. Jeden Augenblick konnte jemand aufwachen und sie entdecken. Dann wäre alles vorbei. Vielleicht würde Walter sie dann töten, falls ihm seine Geliebte nicht zuvorkam. Plötzlich tauchte aus dem Nichts ein Hund auf und schnüffelte an ihren nackten Beinen.

Sie erstarrte. Das Herz pochte ihr bis in den Hals. Dann schlich sie weiter und betete, daß der Hund nicht zu bellen anfinge. Ein stechender Schmerz durchzuckte ihren Arm. Sie sah hin. So viel Blut! Ihr Blut. Sie mußte es stoppen, oder sie würde noch ohnmächtig werden.

Gleich darauf war sie im Innenhof. In dieser Nacht war kein Mondschein. Der Himmel war bedeckt, ohne Sterne. Sie riß ein großes Stück Stoff vom Saum ab und verband sich den Arm. Den Knoten band sie mit Hilfe der Zähne. Die Schmerzen ließen nicht nach. Aber jetzt mußte sie Edmund suchen. Mit ihm zusammen wollte sie endlich aus der verfluchten Burg entkommen. Sie durfte sich durch ihre Verwundung nicht aufhalten lassen. Sie mußte jetzt stark sein.

Auf einmal war das Glück auf ihrer Seite. Sie fand ihn schlafend auf einem Heuhaufen in der Nähe der Stalltür und rüttelte ihn leicht. »Lieber Edmund, komm, wach auf!«

Edmund war sofort hell wach. Er starrte sie an. »Philippa?«

»Ja, ich bin es. Wir müssen jetzt weg. Aber wir brauchen Pferde, Edmund. Sag doch was!«

»Ist mein Vater gekommen? Will er uns retten?«

»Nein. Wir sind auf uns allein gestellt. Aber wir können es schaffen. Du brauchst uns nur Pferde zu holen!«

Edmund kam auf die Beine und grinste sie an. Dann überlegte

er, und Philippa wartete ab. »Wir müssen die beiden Stallburschen abmurksen. Dazu brauchen wir …«

Philippa hielt ihm den Messergriff vor die Augen. »Das genügt«, sagte sie.

Da blitzten Edmunds Augen, und Philippa fragte sich, ob alle männlichen Wesen mit dem Hang zur Gewalt und der Sehnsucht nach blutigen Schlachten geboren werden. »Zeig mir, wo sie sind, und dann werde ich …« Sie unterbrach sich. »Du holst die Pferde, Edmund. Such dir gute aus! Sie müssen uns bis zu deinem Vater tragen. Er liegt irgendwo auf der Lauer.«

»Er kann nicht weit weg sein«, sagte Edmund. »Aber es gibt eine Schwierigkeit. Ich kann uns keine Pferde holen.«

Sie sah an ihm hinunter. Um sein rechtes Fußgelenk lag eine dicke Ledermanschette, an der eine Kette hing. Diese elenden Hurensöhne! Ruhig fragte sie: »Wer hat den Schlüssel zu dem Ding?«

»Einer der Stallburschen, die du abmurksen wirst«, sagte er mit unverschämtem Grinsen.

Sie huschte weg. Der Schlüssel war schnell gefunden. Ohne Zögern schlug sie den beiden schlafenden Stallburschen den Messergriff über den Schädel. Wahrscheinlich verdankte ihnen Edmund seine blauen Flecke, diesen bösartigen kleinen Rohlingen. Und angekettet hatten sie ihn wie ein Tier. Nein, sie fühlte keine Gewissensbisse darüber, daß die beiden morgen schlimme Kopfschmerzen haben würden. Bald war sie zurück und befreite Edmund von der Kette. Wir passen gut zusammen, dachte sie erfreut.

Der Junge holte zwei Pferde aus dem Stall, für sie Walters Kampfroß. Ihr Arm tat jetzt schrecklich weh, und sie waren immer noch nicht von Crandall weg. Aber sie durfte den Schmerzen nicht nachgeben.

Edmund hielt im Dunkeln die beiden Pferde an den Zügeln, während Philippa in der Art einer geilen Hure, die dringend Geld brauchte, auf den Posten zuschlenderte, der im Halbschlaf an den Toren von Crandall Wache stand. Die anderen Posten waren auf einem Streifgang unterwegs. Sie hatte sie weggehen sehen und die Minuten gezählt.

»Ho! Wer da … Ach, das ist ja Sir Walters Geliebte! Was willst du? Wo …«

Sie drückte die Brust heraus und warf sich dem Mann mit beiden Armen um den Hals. Er sperrte verblüfft Mund und Nase auf, ließ das Schwert fallen und legte ihr, nicht faul, die großen Hände um das Gesäß. Philippa schwang das Messer und schlug ihm den Griff über den Schädel. Er blickte sie ebenso überrascht wie bedauernd an, fiel aber nicht um. »Das hättest du nicht tun sollen«, sagte er. »Ich werde dir zeigen, daß du mit mir nicht rumspielen kannst.« Dann schlossen sich seine Hände fest um ihren Hals. Philippa wurde es schwarz vor den Augen. Das Messer entfiel ihren schlaffen Händen.

Wie aus großer Ferne hörte sie jemand sagen: »Du verdammter Feigling! Geht man so mit 'ner Frau um? Du Hurensohn!«

Überrascht ließ der Posten sie los. Sie fiel auf die Knie und japste nach Luft. Edmund – denn er war es – saß auf Daisys Rücken und schlug von oben herab dem Posten einen Metallspaten, so hart er konnte, auf den Schädel. Der Posten schüttelte ungläubig den Kopf. Dann stürzte er zu Boden.

Mühsam kam Philippa auf die Beine und griff nach dem Messer. Ihre Kehle brannte wie Feuer. »Gut gemacht, Edmund«, krächzte sie. »Jetzt müssen wir weg, schnell! Die anderen Posten werden gleich hier sein.«

Sie lief zu den Toren und rüttelte an dem dicken Balken, der quer über die Riegel gelegt war. Er war schwer, und sie wurde allmählich schwächer. Schließlich hob er sich ein wenig, und sie schaffte es, ihn senkrecht hochzustellen.

»Jetzt!« flüsterte sie und schob die Torflügel auf.

Rasch wollte Philippa aufs Pferd steigen. Sie stöhnte vor Anstrengung, denn es gab keinen Sattel, und ihr rechter Arm war nahezu kraftlos. Plötzlich merkte sie, daß Edmund ihr half. Sie landete auf dem Hals des Hengstes.

Edmund bestieg Daisy, und Philippa rief: »Schnell weg!«

Der Hengst war groß, schnell und feurig, und er galoppierte mit äußerster Kraft. Aber Eile war auch vonnöten. Philippa konnte sich vorstellen, daß Walter sie schon verfolgte, es sei denn, sie hätte ihn so hart getroffen, daß er noch bewußtlos war. Der Hengst zog noch schärfer an und ließ Daisy mühelos hinter sich. Philippa versuchte ihn zurückzuhalten, aber mit einem gesunden Arm war das nicht zu schaffen. Das Tier behielt die Oberhand.

»Edmund!« schrie sie nach hinten.

»Halt an, Philippa! Ich komme nicht mit!«

Plötzlich wurde der Araber von einem Mann aufgehalten, der auf einem mächtigen Hengst barhäuptig mit abgewandtem Gesicht auftauchte, nur darauf bedacht, das in wildem Galopp ankommende Pferd zum Stehen zu bringen.

Hinter ihm kamen mit lautem Geschrei noch andere Männer. Und dann hörte sie, wie Edmund rief: »Vater! Schnell, Vater, du mußt Philippa helfen!«

Die Zügel wurden ihr aus der Hand gerissen. Laut wiehernd stellte sich ihr Pferd auf die Hinterbeine. Dann vernahm sie Dienwalds Stimme. Er sprach beruhigend auf das aufgeregte Tier ein.

Dann war alles vorüber. Philippas Kleid war ihr bis an die Oberschenkel hochgerutscht und an einigen Stellen eingerissen. Der Mann drehte sich zu ihr um. Sie sah ihn lächelnd an.

»Das Pferd ist mir durchgegangen«, sagte sie, »weil ihm mein Geruch in die Nase stieg.«

»Du redest Unsinn, Dirne.«

»Das Blut«, sagte sie. »Der Blutgeruch. Die Tiere werden wild, wenn sie Menschenblut wittern.« Arme streckten sich ihr entgegen und zogen sie an sich. Sie seufzte einmal tief auf. Dann ließ sie sich ruhig fallen.

Brennender Schmerz weckte sie. Sie hoffte, er würde vergehen. Sie wollte noch ruhen. Aber statt dessen wurde er stärker. Stöhnend schlug sie die Augen auf.

»Bleib still liegen!«

Über sie gebeugt betrachtete Dienwald mit ernstem Gesicht ihren Arm. »Hallo«, sagte sie. »Freut mich, Euch zu sehen. Wir haben geahnt, daß Ihr in der Nähe seid.«

»Bleib ruhig liegen und halt den Mund!«

Aber das brachte sie nicht fertig. Sie hatte zu viel auf dem Herzen. »Muß ich sterben?«

»Natürlich nicht, du leichtsinniges Ding!«

»Mit Edmund alles in Ordnung?«

»Ja. Und nun sei still!«

»Ich hatte Angst. Aber als ich Euch sah, war alles gut.«

»Sei still! Warum bist du so heiser?«

»Ich hatte dem Posten den Messergriff an den Kopf geknallt. Aber er hatte einen zu harten Schädel. Danach wollte er mich erwürgen. Doch Edmund lenkte ihn ab und schlug ihn mit einem Spaten nieder. So konnten wir entkommen. Ich habe die Minuten gezählt. Die anderen Posten mußten gleich zurückkommen. Ihr wißt ja, wir waren auf Crandall. Silken ist also durchgekommen?«

»Ja, und nun still!«

»Ich habe gebetet, daß er es schaffen würde. Das war unsere einzige Hoffnung. Walter hat da eine Dummheit gemacht – er schickte seine Männer zu spät hinter ihm her. Ich wußte, daß er Euch alles berichten würde und Ihr uns dann nachkämt.«

»Halt jetzt endlich den Mund, Dirne!«

»Walters Geliebte wollte mich umbringen. Sie hat laut geschrien, ich könnte ihm noch so viele Reichtümer bringen, sie würde ihn doch für sich behalten. Ich sagte ihr, ich überließe ihn ihr gern freiwillig. Ich wollte ihr noch sagen, daß er gar keine Reichtümer zu erwarten habe, keinen einzigen Penny. Und ich schrie wie am Spieß, und er kam herein und sah meinen blutigen Arm. Aber er ging zu ihr und umarmte sie, und sie heißt Britta, und er hatte mir ihre Kleider geschenkt, die ich tragen sollte. Ich habe ihn mit einem Schemel niedergeschlagen, und er fiel um wie ein Baum. Ich nahm ihr Messer und den Schlüssel und schloß beide ein.«

»Philippa, du bist geschwächt, weil du viel Blut verloren hast. Aber du redest zuviel. Hör endlich auf!«

»Sie hat sehr große Brüste«, sagte Philippa. »Ihre Kleider waren für mich viel zu kurz, nur obenrum zu weit. Und Gorkel und Crooky waren fabelhaft komisch.«

Dienwald goß ihr Bier auf die Wunde. Philippa fuhr hoch, schrie leise auf und fiel wieder in Ohnmacht.

Sofort legte ihr Dienwald die flache Hand aufs Herz. Es schlug ruhig und gleichmäßig. Dann verband er ihr den Arm und sagte zu Northbert: »Sie ist wieder bewußtlos. Aber die Wunde ist jetzt sauber, und wenn sie keine Blutvergiftung kriegt, ist alles in Ordnung.«

Northbert nickte. »Master Edmund ist furchtbar aufgeregt, Herr. Er redet unentwegt. Gorkel hat ihm gesagt, er soll sich schlafen legen, aber er kann den Mund nicht halten.«

»Genau wie sie.«

Crooky humpelte heran. »Die Herrin hat Euch nicht mit ihrem Vetter betrogen, Herr.«

»Das glaube ich auch.«

Gorkel kam hinzu. »Der Junge will einfach nicht schlafen gehen. Er sagt, er will erst sehen, ob es der Herrin gut geht.«

Dienwald sah erstaunt auf. »Zum Teufel! Ich überlasse die beiden nur mal eine Woche sich selbst, und schon geht alles drunter und drüber. Nun, von mir aus laß Edmund herkommen!«

Gorkel und Crooky wechselten verstohlen einen Blick.

Bald darauf kniete Edmund neben Philippa und sagte leise: »Sie wurde sehr wütend, als sie die Fessel um mein Fußgelenk sah. Ganz rot war sie im Gesicht, und ihre Hände haben gezittert. Geht es ihr wirklich gut?«

»Ja, sie ist so kräftig, daß sie sich von so einer Verletzung nicht unterkriegen läßt«, sagte Dienwald. »Du mußt jetzt schlafen, Edmund. Bei Morgengrauen reiten wir los.«

»Hast du keine Angst, daß uns der Hurensohn nachts überraschen könnte?«

Sein Vater grinste. »Im Dunkeln findet er uns hier nie.«

Mitten in der Nacht wachte Philippa auf. Sie hatte noch Schmerzen im Arm, aber nicht mehr so stark. Ringsum war es stockdunkel. Frische Luft umfächelte sie. Hier konnte man tief einatmen. In der leichten Nachtbrise hörte sie Laub rascheln und das gleichmäßige Atmen von Männern. Sie schlug die Augen auf und sah, daß Dienwald sich neben ihr ausgestreckt hatte. Er hielt sie am Handgelenk und schnarchte leise.

Der Griff um ihr Gelenk wurde stärker. Dienwald träumte. Er hatte gerade einen leidenschaftlichen Traum, in dem Philippa nackt und voller Hingabe in seinen Armen lag. Sie streichelte ihm über den Unterleib, ihre Hand schloß sich um seine steife Rute, und sie küßte ihn. Ihre Zunge war in seinem Mund, und sie stöhnte, und ihre Hände liebkosten ihn und ...

»Bist du nicht froh?«

Erschreckt schlug er die Augen auf, blickte verwirrt um sich, und dann sah er sie neben sich. Aber sie war nicht nackt, und sie lag halb unter einer Decke. Ja, Philippa war wirklich bei ihm, und er war halb verrückt vor Verlangen nach ihr, und die Wirklichkeit verschmolz mit seinem Traum, auch wenn sie nun in einem Ahorngehölz in dunkler Nacht lagen.

»Philippa ...«, flüsterte er leise und legte sich auf sie.

»Ich bin so froh, Euch zu sehen, Dienwald«, sagte sie und strich ihm übers Haar, übers Kinn und über die Lippen. Als seine Zunge ihren Finger berührte, durchlief sie ein Beben. »Dienwald«, sagte sie wieder und starrte ihn an, als wäre er der einzige Mann auf der ganzen Welt. Sie war ihm so nahe. Er konnte sich nicht mehr zurückhalten, er beugte sich über sie und küßte sie, zuerst ganz zart, dann aber leidenschaftlich. Jetzt war der Traum wahr geworden, und ihre Zungen berührten sich. In diesem Moment verließ ihn jede Überlegung.

Er hatte schreckliche Angst ausgestanden, daß Walter sie umbringen würde. Und zur gleichen Zeit hatte er sie gehaßt, weil sie ihn möglicherweise betrogen hatte.

Die Nacht war still, und sie war bei ihm, sie lag unter ihm und verlangte nach ihm. Mit bebenden Händen streichelte er ihr Gesicht und merkte, daß sie die Beine spreizte. Jetzt lag er zwischen ihren Beinen, an ihrem Schoß. Tief aus ihrer Kehle kamen leise Töne, und ihr Arm legte sich um seinen Hals und zog ihn an sich.

Mein Gott, sie war doch verwundet! Einen Augenblick lang kam Dienwald zur Vernunft, richtete sich auf und sagte: »Philippa, dein Arm ...«

Sie sagte lächelnd: »Er wird mir mehr weh tun, wenn Ihr mich verlaßt. Bleibt jetzt bitte bei mir! Bitte, Dienwald, verführt mich! Ich möchte es schon so lange.«

Er mußte lachen.

»Ich wollte nicht sterben, weil ich Euch dann nie gehabt und nie gewußt hätte, wie es ist, wenn ihr tief in mir seid.«

Diese Worte erregten ihn maßlos. Seine Gefühle überwältigten ihn. Aber trotz aller Leidenschaft, die er empfand, dachte er daran, daß sie noch Jungfrau war. Er durfte ihr nicht mehr weh tun, als nötig war.

Er zog ihr den Kleidsaum bis zur Taille hoch und spürte ihre nackte Haut. Doch als er nach ihren Oberschenkeln griff, merkte er, daß sie unter dem Kleid noch ein Hemd anhatte. In seinem Traum war sie ganz nackt und für ihn bereit gewesen. Mit wachsender Ungeduld schob er das Hemd auch bis zur Taille hinauf. Dann legte er sich wieder auf sie und wollte ihren nackten Körper spüren, bis er realisierte, daß er ja auch noch angezogen war.

Sie sah ihm aus großen, lebhaften Augen zu, wie er sich ungeschickt des Waffenrocks, der kreuzweise geschnürten Hosenbänder und der Hose entledigte. Dann war er endlich nackt, und die Anziehungskraft seines starken Körpers versetzte sie in höchste Erregung.

Nun lag er wieder auf ihr, und sie küßte ihn wild, ihre Zunge suchte und fand seine. Er nahm ihren Kopf in die Hände und küßte sie mit einer Glut, die ihr den Atem raubte. Er flüsterte, wie sehr er nach ihr verlange und wie schön es sei, ihren Körper an seinem zu fühlen und wie gern er in sie eindringen und sich mit ihr vereinigen wolle, bis er seinen Samen in sie entladen würde.

Und sie ließ keinen Blick von seinem Gesicht, als sein Finger in ihren Schoß drang und er sein Glied an sie preßte.

»Bleib ganz still liegen!« sagte er mit bebender Stimme, und langsam drang er in sie ein. Trotz seiner Warnung hob sie das Becken, denn sie wollte ihn ganz haben, jetzt in diesem Augenblick. Er glitt tiefer hinein, und sie wimmerte leise, denn jetzt tat es ein bißchen weh. Trotzdem war es ein herrliches Gefühl für sie, sein Glied in sich zu spüren. »Philippa«, sagte er, den Blick auf ihrem Gesicht, »sieh mir in die Augen!« Er hatte sich vorgenommen, gerade in diesem Augenblick besonders zart vorzugehen. Aber er brachte es nicht fertig. Er stieß tief hinein. Der reißende Schmerz ließ sie aufschreien. Er hielt inne, bedeckte ihren Mund mit Küssen, schmeichelte ihr mit tröstender Zunge und sagte ein über das andere Mal: »Jetzt tut es nicht mehr weh, süße Philippa. Halt mich fest und fühle mich in dir und laß mich tief in dir bleiben! Ja, so muß es sein.«

Sie sah, wie er das geliebte Gesicht verzerrte, sein Atem ging scharf und laut, er hob und senkte sich, er stieß immer wieder zu und preßte sie an sich. Es brannte in ihr, gegen ihren Willen weinte sie vor Schmerz, aber er konnte und wollte nicht aufhören. Bis sie spürte, daß er sich in ihr entlud und sie seinen feuchten Samen in ihrem Körper fühlte.

Danach erschlaffte er und legte sich mit seinem ganzen Gewicht auf sie, aber das tat ihr wohl, ihre Köpfe ruhten nebeneinander, und er war immer noch tief in ihr.

»Verzeih mir, Philippa. Ich war verrückt nach dir. Bleib still liegen! Dann vergeht der Schmerz.«

Allmählich begann sie wieder ruhig zu atmen. Ja, er war noch in ihr, und sie fühlte sich nur ein wenig wund, der reißende Schmerz von vorhin war vorüber. So also machte man Liebe. Merkwürdige Sache. Sie hatte ihn sehr stark begehrt, wilde, bedrängende Gefühle hatten in ihr getobt, sie wollte ihn anfassen, sich ihm völlig hingeben, aber als er in sie eingedrungen so stürmisch auf ihr geritten hatte, da waren diese unglaublichen Empfindungen auf einmal fort. Sie war verwirrt, verstand es nicht, und sie war wund.

Doch lächelnd fuhr sie ihm mit der Hand über den nackten

Rücken. Seine Haut war glatt und warm, sie fühlte die Muskeln, und leise sagte sie: »Ich liebe dich.« Und sie sagte es wieder und wieder und wußte doch, daß er es nicht hörte, denn er war bereits fest eingeschlafen. Nach einer Weile merkte sie, wie sein Glied aus ihr herausschlüpfte.

Bald schlief sie auch ein.

Es war kurz vor dem Morgengrauen, als Dienwald die Augen aufschlug. Sofort war er hellwach und erschrak. Er lag nackt halb über Philippa. Ihm war kalt, er zitterte in der kühlen Nachtluft. Sein Glied war wieder steif geworden und drückte sich an ihren Körper. Im stillen verfluchte er seine Geilheit. Langsam und vorsichtig löste er sich von ihr. War alles nur ein Traum gewesen?

Nein, es war kein Traum, er hatte es getan, und es war nicht rückgängig zu machen. Er hatte es getan im Dunkel der Nacht, als er vor Leidenschaft außer sich geraten war. In dem Gehölz graute jetzt der Morgen. Dichter weißer Nebel waberte über seinem Kopf. Unheimlich sah es aus. Doch er sah sie deutlich vor sich, mit gespreizten Beinen, nackt von der Taille abwärts, und an ihren Oberschenkeln klebte ihr Jungfernblut, vermischt mit seinem Samen. Er schloß die Augen und schluckte schwer.

Einen Augenblick bereute er es, sich so vergessen zu haben. Doch dann dachte er daran, wie sie ihm das Becken entgegengestreckt hatte und wie er tief in sie eingedrungen war, so weit es ging. Nun lächelte er. Nein, keine Selbstvorwürfe mehr! Während er sie anblickte, stieg wieder ein starkes Verlangen in ihm auf. Doch dann sah er ihren verwundeten Arm und dachte daran, daß er sie auch verletzt hatte. Er würde warten.

Er zog die Decke über Philippa und sich und nahm sie in die Arme. Nachdenken wollte er später, wenn ihm die Sonne ins Gesicht schien. Irgendwie würde er sich schon vor den Folgen retten können. Doch er mußte Philippa auch vor Schande bewahren. Wie, wußte er selber nicht. Aber es würde ihm schon etwas einfallen. Jetzt war er noch vom Schlaf benommen. Und so schlief er, Philippa im Arm, wieder ein. Doch nur für kurze Zeit.

Die zornige Stimme seines Sohnes war es, die ihn aufschreckte.

»Vater!«

Vorsichtig schlug Dienwald ein Auge auf. Vor ihm und Philippa stand sein Sohn, die Hände in die Hüften gestemmt, und sah ihn aus großen Augen mißbilligend an.

»Vater, du hast mit Philippa geschlafen!«

»Vielleicht ... vielleicht auch nicht. Kann doch sein, daß ich sie nur in den Armen halte, weil sie verwundet ist, Edmund. Ja, schwer verwundet, und die Nacht war kalt und ...«

»Ich lasse es nicht zu, daß du ihr die Ehre nimmst. Sieh sie dir doch mal an! Trotz ihrer Verwundung schläft sie und lächelt noch im Schlaf!«

Betroffen schaute Dienwald auf die immer noch schlafende Philippa. Ihr Mund stand halb offen. Sie lächelte wirklich.

»Edmund, geh wieder! Wenigstens für einige Zeit. Ich bin noch müde, und das Mädchen hier wird bald wach werden. Bis dahin habe ich nachzudenken ...«

»Du wirst sie heiraten, Vater. Ja, du mußt sie heiraten. Dir bleibt jetzt nichts anderes übrig.«

Dienwald war entsetzt. »Sie heiraten! Lieber soll mir der liebe Gott den Tod schicken. Edmund, vielleicht hat sie mich betrogen. Es kann sein, daß sie ihren Vetter aufgefordert hat, sie von mir zu befreien und dich als Geisel mitzunehmen.«

Edmund schüttelte nur angeekelt den Kopf.

»Außerdem kannst du sie doch gar nicht leiden! Sie schubst dich ständig herum und verbessert deine Redeweise. Du nennst sie doch Maibaum und Hexe und streckst ihr die Zunge raus und ...«

»Vater«, sagte Edmund mit großer Geduld, »Philippa ist eine Lady, und du hast sie entehrt. Deshalb mußt du sie heiraten.«

Dienwald fluchte. Dann warf er einen Blick auf Philippa. Sie war inzwischen wach geworden. Sie schaute ihn an – mit Tränen in den Augen.

18

»Warum weinst du denn? Ich hasse es, wenn Frauen weinen. Hör sofort auf, Mädchen! Hast du mich verstanden?«

»Sie ist doch ganz still«, sagte Edmund.

Dienwald gab keine Antwort.

Ihre Tränen flossen weiter. Er legte sich auf die Seite und beugte sich über sie, bis ihre Nasen fast aneinanderstießen. »Warum weinst du? Hast du mein Gespräch mit Edmund mitangehört?«

Sie schüttelte den Kopf und fuhr sich mit dem Handrücken über die Augen.

»Dann sag mir, warum du weinst!«

»Mein Arm tut weh!«

»Ach so.« Dienwald zog die Brauen zusammen. Obwohl ihre Aussage glaubwürdig klang, fühlte er sich irgendwie angegriffen. Er fragte: »Hast du gehört, was mein Sohn von uns verlangt?«

Philippa lag auf dem Rücken und schaute unverwandt den Mann an, dem sie so bereitwillig in der vergangenen Nacht ihre Unschuld geopfert hatte. Dunkle Bartstoppeln bedeckten sein Kinn, seine Haare waren zerzaust, aber der Anblick seiner nackten Brust ließ ihr Herz schneller schlagen. Er sah so schön aus. Aber er wirkte verärgert und gequält. Er schien sich auch Sorgen zu machen.

Sie lächelte ihn an und hob die Hand, um ihm über die Wange zu streichen. Er fuhr erschrocken zurück.

»Du bist verliebt«, sagte er leise zu ihr. »Dazu besteht überhaupt keine Veranlassung. Erst vor drei Stunden habe ich dir die Jungfernschaft geraubt, und doch lächelst du mich an, als hätte ich dir gerade die ganze Welt mit allen ihren Schätzen zu Füßen gelegt. Dabei hast du bei unserer Vereinigung keine Lust verspürt, ich habe dir nur weh getan, und ... ach, Edmund, bist du immer noch hier?«

»Heiratest du nun Philippa?«

»Du singst immer nur dasselbe Lied, und es hört sich noch langweiliger an als Crookys Gesänge. Bei den Knien der heiligen Anna, Junge, die Dirne würde mich nie heiraten wollen, denn ...«

Das war eine so große Lüge, daß Philippa lachen mußte. Dann sagte sie: »Guten Morgen, Master Edmund.«

Der Junge grinste sie an. »Wir müssen uns bald auf den Rückweg nach St. Erth machen«, sagte er. »Northbert hat mich hergeschickt. Ich sollte dich wecken. Euch *beide*«, fügte er bedeutungsvoll hinzu. »Philippa, hast du große Schmerzen im Arm?«

»Nein, es ist auszuhalten, und ich mache auch kein großes Gewese darum. Im Gegensatz zu deinem Vater, der den Tag gleich mit lästerlichen Reden beginnt.«

Dienwald ging nicht darauf ein. Er schaute auf die dicken Ahornbäume und sagte: »Jetzt kannst du gehen, Edmund. Und behalte in Zukunft deine Ansichten für dich!«

Edmund sah ihn besorgt an. »Crandall ist nicht weit. Sir Walter könnte sehr, sehr bald kommen. Wäre es nicht besser ...«

Dienwalds Stimmung schlug plötzlich um. Seine Augen verengten sich. Auf einmal wurde er streng, kalt und böse. In einem so drohenden Ton, daß Philippa ihn erstaunt ansah, sagte er ganz leise: »Ich wünsche mir, daß der Hurensohn aus seinen Mauern herauskommt. Ich bin ihm noch eine Menge schuldig. Und es wird Zeit, daß ich meine Schulden bezahle. Ich habe Posten aufgestellt, die die Straße von Crandall scharf überwachen.«

Edmund mußte wieder grinsen. »Vielleicht liegt er noch am Boden. Philippa hat mächtig zugeschlagen.«

»Das bezweifle ich. Aber wir werden ja sehen. Edmund, wir reiten bald nach St. Erth zurück. Die Dirne hier braucht Ruhe, und schließlich kann ich sie ja nicht im Wald heiraten. Geh zu Northbert und sag ihm, wenn Sir Walter sein dürres Gestell nicht in der nächsten Stunde zeigt, brechen wir auf!«

Edmund zog ab, durchdrungen von seiner Bedeutung. Dienwald aber schien die haßerfüllten Gedanken an Sir Walter schon wieder vergessen zu haben, denn er sagte zu Philippa: »Ich kann es immer noch nicht glauben, daß mein eigener Sohn, der sonst so vernünftig ist, mich angeschrien und ausgeschimpft hat.«

Philippa antwortete nicht. Dienwald schlug die Decke zurück und sprang auf. Er war noch nackt, was er im ersten Augenblick nicht zu merken schien. Aber Philippa ließ sich seinen Anblick nicht entgehen. Im grauen Licht der Dämmerung ließ sie kein Auge von ihm. Und was sie sah, gefiel ihr über die Maßen. Früher hatte sie ihn nur bewundert, aber an diesem Morgen, nachdem sie erfahren hatte, was ein Männerkörper für eine Frau bedeutet ... nun, jetzt sah sie ihn mit anderen Augen, in einer intimeren Weise an.

Er reckte sich, sah an sich herab und entdeckte Blutflecken an seinem Glied. »Mach deine Beine breit!«

»Was?«

»Mach die Beine breit!« wiederholte er und ließ sich dann neben ihr auf die Knie nieder. Er zog ihr die Decke weg, schob ihr ohne ein weiteres Wort das Hemd bis zur Taille hoch und spreizte ihr die Beine. An der Innenseite der Oberschenkel klebten sein Samen und ihr Mädchenblut. Heimlich verfluchte er sein Glied. Nun, wenigstens brauchte er sich in Zukunft keine Hemmungen mehr aufzuerlegen. Er konnte Philippa nun immer wieder nehmen, wann und so oft er Lust verspürte, bis sein Glied vor Erschöpfung schlaff wurde.

Er atmete tief ein und sagte: »Jetzt bleibt mir wirklich nichts anderes übrig. Nach unserer Rückkehr heiraten wir auf St. Erth.«

Damit meinte Dienwald seiner Pflicht Genüge getan zu haben. Er stand wieder auf und kleidete sich an. »Mach dir keine Gedanken wegen des Bluts, Philippa! Das ist dein Mädchenblut. Es kommt bei allen Frauen, wenn sie zum erstenmal mit einem Mann zusammen sind. Aber nur dieses eine Mal. Jetzt zieh dich auch an, sonst komme ich noch auf die Idee, du möchtest meine Rute wieder zwischen den Beinen haben!«

Sie gehorchte und zog sich das Kleid an. In der Nähe waren Dienwalds Männer im Wald zu vernehmen. »Willst du nicht wenigstens hören, was sich auf Crandall zugetragen hat?«

»Das hast du mir schon alles erzählt«, beschied er sie knapp. »Du konntest ja gestern abend deinen Weibermund nicht halten. Du hast geplappert, bis du eingeschlafen bist. Jetzt endlich bin ich über alles im Bilde. Bist du sehr wund?«

»Aber sehr lange habe ich doch nicht geschlafen, nicht wahr? Du wolltest es ja auch nicht! Wo soll ich wund sein?«

»Nein, an mir lag es nicht allein. Du wolltest mich, und dank meiner Schwäche hast du mich auch gehabt. Wund? Du bist zwischen den Beinen wund. Und in deinem Weiberhirn. Weißt du, Dirne, ich hatte von dir geträumt. Es waren müßige Träume. Aber dann wachte ich auf, und du lagst neben mir und strecktest den Arm nach mir aus. Da hast du in mir den Wunsch erweckt, dich zu verführen und dich leise stöhnen zu hören ...« Er hielt inne, befestigte die Hosenbänder und ging davon, ohne sich noch einmal umzusehen.

Langsam kam Philippa auf die Beine. »Na schön«, sagte sie laut, »er heiratet mich, und er soll es nicht bereuen.« Sie sah immer noch die entsetzte Miene vor sich, die er gemacht hatte, als sein neunjähriger Sohn von ihm verlangt hatte, daß er sie heiraten solle.

Den Jungen schien es nicht zu stören, daß sie dann seine Stiefmutter sein würde. Na, wunderbar! Vorsichtig massierte sie den verwundeten Arm. Es war jetzt ein ständiger pochender Schmerz, der aber erträglich war. Sie sah an sich herab und schüttelte den Kopf. Das schöne gelbe Kleid, nun wieder ihr einziges Gewand, war völlig zerknautscht, einige Nähte waren aufgeplatzt, und am Saum hatte sie eine Menge Stoff für den Verband abgerissen. Aber jetzt war sie schon so daran gewöhnt, in unziemlicher Kleidung, ja, sogar in Lumpen herumzulaufen, daß es ihr kaum noch etwas ausmachte.

Sie spürte ein natürliches Bedürfnis und überlegte gerade, wo sie ihm nachgehen könnte, als Crooky auftauchte.

»Gott zum Gruß, Herrin«, sagte er mit einer angedeuteten Verbeugung. »Ich habe gerade von dem Jungen erfahren, daß ihr den Herrn heiraten werdet. Das finde ich gut. Nur merkwürdig, daß er so plötzlich auf die Idee kam, hier mitten im Wald und Ihr seid verwundet. Aber vielleicht hat ihn gerade das dazu veranlaßt, weil er Euch verwundet sah und Angst um Euch hatte. Aber es ist auch so, daß der Herr starke Gefühle für Euch hegt und Ihr ihm sehr gefehlt habt. Bei der Trauung wird Pater Cramble wunderschöne Worte finden.« Nach einer Weile fügte er hinzu: »Ihr dürft Euch an dem Benehmen des Herrn nicht stören. Wenn der Gedanke an die Ehe sich erst mal in seinem Dickkopf eingenistet hat, wird er sich schnell daran gewöhnen. Ja, es wird alles gut werden.« Noch einmal verbeugte sich Crooky und entfernte sich dann.

Für sie hatte es sich so angehört, als wollte Crooky sich das selber einreden. Nun, es war ja möglich, daß Crookys Herr sie nicht liebte, aber im Augenblick war ihr das gleichgültig. Was ihr wirklich Kummer machte, war die Tatsache, daß sie sich wie eine Waise vorkam und keinen Penny und nur die Kleider besaß, die Lady Kassia ihr geschickt hatte. Sobald sie mit Dienwald verheiratet war, würde sie eine Botschaft an ihren Vater senden. Dann blieb ihm nichts anderes übrig, als ihr das zu schicken, was ihr gehörte. Schließlich hatte er keinen Grund zur Klage. Er hatte ja ohnehin keine großartige Verbindung mit einem anderen Haus von Beauchamps Bedeutung gesucht.

Sie zerbrach sich auch nicht länger den Kopf über seine Beweggründe. Das interessierte sie alles nicht mehr. Beauchamp lag weit zurück. Wie ein vergangenes Leben. Sie war nicht mehr das Mädchen, dem die Bediensteten jeden Wunsch von den Augen ablasen, das ein Kleid für jede Stimmung besaß. Sie war nicht mehr das Mädchen, dessen Mutter nichts für sie übrig hatte und dessen Schwester ständig an ihr herumnörgelte. Alles Schöne und alles Unangenehme, was Beauchamp ihr beschert hatte, waren für immer vorbei.

St. Erth! Sie liebte den Klang des Wortes. St. Erth würde ihre neue Heimat werden und Dienwald ihr Ehemann. Da konnte ihr Vater ruhig toben, bis ganz Beauchamp in seinen Grundmauern erbebte und seine Nase lilarot anlief – ihr machte das nichts mehr aus. Sir Walter hatte ihr einreden wollen, daß Lord Henry in Geldverlegenheit wäre, aber daran hatte sie nicht einen Augenblick geglaubt. Sie würde auch weiterhin keinen Gedanken daran verschwenden. Tröstlich war es dagegen, daß der widerliche Kröterich de Bridgport sie nicht mehr zur Frau begehren würde, nachdem sie mit einem anderen Mann geschlafen hatte. Lächelnd summte sie ein Lied vor sich hin, während sie darauf wartete, an der Seite des Mannes heimzukehren, der bald ihr Gatte sein würde.

Sie begegnete auch mit diesem strahlenden Lächeln Dienwalds Männern. Die wußten ja jetzt, die zukünftige Herrin von Erth vor sich zu haben. Sie lächelte auch noch, als Dienwald sie vor sich auf den Rücken des mächtigen Philbo setzte. Aber je mehr Meilen sie zurücklegten, um so stärker wurden die Schmerzen im Arm.

»Wenn du wieder zu weinen anfängst, werfe ich dich vom Pferd. Mein Gott, du hast mich doch jetzt bekommen, Dirne. Was willst du denn noch?«

»Ich weine ja gar nicht«, sagte sie.

»Was machst du dann? Übst du eine neue Pantomime für Crooky ein? Du willst mir doch wohl nicht weismachen, daß du wieder Schmerzen in deinem Arm hast?«

»Doch, er tut weh. Es paßt deinem Pferd auch nicht, daß es mich mittragen muß.«

Er brummte und sah ihr über die Schulter. Philbo hatte die Ohren gespitzt. »Sicher, du bist für ein Mädchen ein ziemlich schwerer Brocken. Aber Philbo hat dich doch noch nicht einmal gebissen. Also brauchst du auch nicht zu jammern. Ich glaube, er hat dich als seine Herrin anerkannt. Du hast mich haben wollen, und jetzt hast du mich gekriegt. Jetzt willst du wohl unbedingt von mir gereimte Verse auf deine schönen Augen hören, wie? Deshalb weinst du.«

Sie schüttelte den Kopf.

»Ich habe es nicht mehr nötig, dich anzuschwärmen, Mädchen. Bevor du dir noch selber zu deiner Raffinesse gratulieren kannst, bist du schon meine Frau. Und dann werde ich dir zeigen, wer Herr auf St. Erth und wer dein Herr ist. Ich mache dann mit dir, was mir beliebt.«

»Du hast doch immer mit mir gemacht, was dir beliebte.«

Dazu sagte Dienwald nichts. Es stimmte ja. Seine Laune wurde immer schlechter, und jetzt begann er sich laut zu beklagen. »Ich nehme dich zur Frau, obwohl du keinen Penny und nichts zum Anziehen hast als die Kleider, die Lady Kassia dir geschickt hat. Wahrscheinlich wird auch noch dein verdammter Vater nach St. Erth kommen, um mir die Rute abzuschneiden, weil ich deiner nicht würdig bin. Na, dann wirst du weinen, schimpfen und heulen, und er wird uns belagern, und dann ...«

»Sei still!«

Dienwald war so verdutzt, daß er tatsächlich den Mund hielt.

Sie sagte sehr laut: »Bevor ich dich kennengelernt habe, du elender Schuft, habe ich in meinem ganzen Leben nicht geweint. Du bist weiter nichts als ein arroganter Hohlkopf!«

»Ja«, sagte er gelassen, »aber du wolltest doch unbedingt, daß der arrogante Hohlkopf mit dir schläft. Also kannst du dich nicht mehr über mich beklagen. Oder willst du lieber meine Geliebte sein als meine Ehefrau? Oder würdest du mir gern als leibeigene Sklavin und Arbeitstier dienen?«

Sie stieß ihm die Faust in den Magen. Philbo schnaubte und stieg vorn in die Höhe. Dienwald packte Philippa und drückte sie an sich. Danach mußte er so schrecklich lachen, daß er beinahe vom Pferd gerutscht wäre. Northbert kam heran und half ihm wieder in den Sattel.

»Seid vorsichtig, Herr!« sagte Northbert. »Der Herrin geht es nicht gut. Ihr wollt doch nicht, daß ihre Wunde wieder aufbricht!«

»Mein Gott, das weiß ich selber. Aber ihre Wunde ist nicht im Arm, sondern in ihrem Kopf.« Dann beugte er sich zu ihr und flüsterte ihr ins Ohr: »Ja, und ganz tief zwischen deinen Beinen, wo ich heute abend wieder weilen werde. Denk mal darüber nach, Mädchen!«

Sie hätte ihm gern noch einen Schlag versetzt, aber dann wären sie wahrscheinlich beide runtergefallen.

Danach versank Dienwald in Schweigen. Es macht mir Spaß, sie zu necken, dachte er. Zum erstenmal machte es ihm als Erwachsener Freude, sich mit einer Frau zu unterhalten, zu diskutieren und zu streiten. Na, das konnte nur gut sein. Denn jetzt war er ja an sie gebunden, bis zu dem Tag, an dem er seinen Geist aufgeben würde.

Mit einem Seitenblick auf Northbert fragte er knapp: »Nichts von de Grasse zu sehen?«

Northbert schüttelte den Kopf.

Dienwald fluchte. »Hast du Posten zurückgelassen? In regelmäßigen Abständen? Und gut versteckt?«

Northbert nickte.

»Der Mann ist ein Feigling«, sagte Dienwald verächtlich. »Ich wünsche mir schon seit langer Zeit, ihm mit dem Schwert in der Hand entgegenzutreten.«

»Warum?«

»Ach, du läßt dich wieder herab, mit mir zu sprechen, Mädchen?«

»Ich fragte: warum?«

»Einmal bekam ich einen Brief von Kassia, in dem sie mich um eine Unterredung bat. In Wirklichkeit hatte er den Brief geschrieben. Als ich mich an dem angegebenen Ort einfand, nahm er mich gefangen und warf mich in das Verlies von Wolffeton. Vorher hatte mir der Schweinehund noch einige Rippen gebrochen und drei meiner Männer getötet. Kassia rettete mir das Leben. Und dann entführte er auch noch meinen Sohn. Ich schulde ihm also viel, und bald werde ich ihm meine Schulden heimzahlen.«

»Du hast vergessen zu erwähnen, daß er mich auch entführt hat.«

»Ja, dich auch, Dirne.«

So also hatte ihm die vollkommene *kleine* Kassia das Leben gerettet. Hatte sie denn nichts anderes zu tun? Konnte sie nicht einmal zur Abwechslung ihrem eigenen Mann das Leben retten?

Nun, es gab immerhin noch andere Männer, die sie begehrt hatten. Deshalb erkundigte sie sich: »Warum wollte Walter mich eigentlich heiraten?«

»Bist du sicher, daß er es wirklich wollte?«

»Im Gegensatz zu dir«, sagte Philippa erbittert, »war er ganz verrückt danach. Er hätte mich sogar vergewaltigt, um sein Ziel zu erreichen, wenn ich nicht geflohen wäre. Nur verstehe ich das alles nicht.«

»Der Mann muß wahnsinnig sein.«

Wütend stieß sie ihm den Ellbogen in den Magen.

Er sagte nichts, sondern brummte nur. Dann legte er die Arme fester um sie, doch nicht mehr um die Taille, sondern unter die Brüste. Nach einer Weile hob er ihre Brüste an.

»Hör auf! Deine Männer werden es sehen!«

»Dann mußt du aufhören, mich zu verspotten.«

Plötzlich fiel ihr noch etwas ein. »Als die Frau in die Kammer kam, um mich zu erstechen, schrie sie mir etwas zu – daß Walter mich nur wegen der Reichtümer heiraten wolle, die ich ihm in die Ehe einbringen würde. Was kann sie damit gemeint haben? Mein Vater muß Walter aufgesucht und ihm Geld für den Fall versprochen haben, daß er mich findet. Einen anderen Grund kann ich mir nicht vorstellen.«

»Ich weiß es nicht. Aber wir werden es bald erfahren. Wenn wir die Sache hinter uns gebracht haben, müssen wir ja deine Familie benachrichtigen.«

»Dann kommt mein Vater und schneidet dir deine Männlichkeit ab.«

»Wie kannst du so etwas sagen! Es ist ja gerade meine Männlichkeit, in die du dich verliebt hast.« Dann küßte er sie, für sie und auch für ihn unerwartet, aufs Ohr. »Ich werde dir Wonnen bereiten, Philippa, und nicht nur meine Rute allein. Der Schmerz heute nacht war nicht zu vermeiden – das ist, wie man so sagt, der Preis, den ein Mädchen bezahlt, um zur Frau zu werden.«

»Habe ich dir denn heute nacht keine Wonnen bereitet?«

Das klang betroffen, und er mußte heimlich grinsen. »Ein bißchen, ja. Auf jeden Fall warst du bereitwillig.«

Er spürte ihre Ablehnung und ließ seine Hand höher wandern, bis sie ihre linke Brust umschloß, die er zu streicheln begann. Mit den Fingern spielte er an dem Nippel und spürte, wie ihr Herz schneller schlug. »Soll ich die Männer halten lassen und ihnen sagen, daß meine Braut mich hier und jetzt haben will? Wäre dir das recht, Mädchen? Soll ich dir mit der Hand unter das Kleid fahren, um deine warme Haut zu spüren und zu erleben, daß dein Nippel sich erregt aufrichtet?«

Ihr Busen wogte, und ihr Atem ging schneller. Sie sehnte sich danach, daß seine Hände ihren Körper streichelten. Sie wollte ihn küssen und sein Glied spüren. Mit einem leisen Seufzer lehnte sie sich an seine Brust und sagte leise: »Ja, wenn du willst, Dienwald. Mir würde es sehr gefallen.«

Da verging ihm das Spotten, und über seinem Verlangen nach ihr vergaß er alles andere. Je mehr sie ihm entgegenkam, um so stärker schien seine Begierde zu werden. Das war ärgerlich. Aber es war auch so herrlich, daß er nicht mehr wußte, wo ihm der Kopf stand.

Ganz langsam faßte er ihr in das Kleid und umspannte mit der Hand ihre Brust. Er fühlte ihr Herz klopfen und spürte ihre innere Erregung. Er war sich bewußt, daß es unvernünftig war, was er tat. Jeden Augenblick konnte einer seiner Männer neben ihm auftauchen, um ihm etwas zu melden ... oder auch sein Sohn.

Schnell nahm er die Hand zurück und brachte ihr Kleid wieder in Ordnung. »Dafür ist später Zeit«, sagte er. »Sieh nur die Bäume, den Hagedorn und die Eibenbüsche! Überall wird es jetzt grün. Das Leben erwacht aufs neue.« Plötzlich fiel ihm ein, daß er erst vor wenigen Stunden seinen Samen in sie ergossen hatte – vielleicht hatte auch in ihrem Schoß schon neues Leben begonnen. Ein Bild erschien vor seinem geistigen Auge: ein Kind, ein Mädchen, mit wilden Lockenhaaren in allen Schattierungen zwischen braun und aschblond, groß und kräftig, mit lachendem Mund und lebhaften blauen Sommeraugen.

Und er flüsterte ihr ins Ohr: »Ich glaube, du wirst mir mehr Kinder schenken, als ich ernähren kann.«

Schloß Windsor

»Ja, Robbie«, sagte König Edward mit Nachdruck, »Ihr müßt zu de Fortenberry reiten und ihm von seinem großen Glück Mitteilung machen. Der Kerl ist so arm, daß seine Burgmauern wahrscheinlich schon halb verfallen sind. Sein Vater hat ihm ja kein Geld hinterlassen. Ich lasse die Burg St. Erth ausbessern. Ich will nicht, daß meine süße Tochter Gefahren ausgesetzt ist. Vielleicht schicke ich ihnen auch noch Krieger.«

»Ich dachte, Ihr wolltet einen Schwiegersohn haben, der nicht in Eure Schatztruhen greift«, wandte Robert Burnell ein.

»Robbie, ich spreche von meiner Tochter, der süßen Frucht meiner Jugend ... Wenn Ihr de Fortenberrys Zustimmung erhalten und seine endlosen Dankesbezeugungen überstanden habt, müßt ihr meine süße Tochter von Lord Henry nach Windsor bringen lassen. Die Königin besteht darauf, daß die Hochzeit hier stattfindet. Und zwar in zwei Wochen, keinesfalls später, vergeßt es nicht, Robbie! So, geht nun, ich habe noch unendlich viel zu tun! Regieren ist ein Geschäft, das einem keinen Augenblick Muße läßt.«

Am nächsten Morgen brach Robert Burnell in Begleitung von 20 der besten Krieger des Königs nach Cornwall auf.

Zwei Tage später saß der König mit Accursi, dem Sohn eines berühmten italienischen Rechtsgelehrten, zusammen. Es ging darum, wie die Mittel für alle die Burgen aufgebracht werden sollten, die er in Wales errichten lassen wollte. Accursi sagte mit seiner hohen Stimme: »Sire, warum macht Ihr Euch darüber Gedanken?

Ihr braucht doch nur Eure Edelleute aufzufordern, Euch ihre Herzen zu öffnen. Dann öffnen sich auch ihre Schatztruhen. Sie sind Eure Untertanen und müssen sich Eurem Willen beugen.«

Edward zog eine Grimasse und rieb sich das Kinn. Accursi stand nun schon seit vielen Jahren in seinem Dienst, aber das Wesen der englischen Adligen würde er nie verstehen. Er hielt sie für schwach, er verachtete sie. Er wollte sie wie Schafe behandeln, die man ohne weiteres scheren kann. Da räusperte sich jemand hinter ihnen. Edward blickte auf.

»Sire, verzeiht die Störung«, sagte sein Kammerherr Aleric, »aber Roland de Tournay ist gerade eingetroffen und hofft auf das Vergnügen, Eure Majestät begrüßen zu dürfen.«

»De Tournay!« Der König lachte erfreut. »Welche Erholung nach Accursi!« Schickt ihn herein! Ich will sein angenehmes Gesicht sofort sehen.«

Roland de Tournay blieb einen Augenblick an der Schwelle zum Salon des Königs stehen, um die Anwesenden in Augenschein zu nehmen, besonders aber Accursi. Edward bemerkte den kurzen Blick der Verachtung, den er auf den Italiener warf. Es war die typische Reaktion eines Engländers, der einem Ausländer begegnet.

Mit breitem Grinsen sagte Edward: »Kommt zu mir, de Tournay, Ihr böser, untreuer Mann! Also hat Euch der Herr in seiner Gnade gestattet, unversehrt heimzukehren, um wieder in meinen Dienst zu treten.«

Roland schlenderte herein, als wäre er hier der Hausherr, was Edward ihm nicht weiter übelnahm. Das war eben de Tournays Art. Um so aufgebrachter reagierte Accursi, der ihm zurief: »Ich verlange bessere Manieren, Kerl!«

»Wer ist denn dieser Heide, Sire? Kann mich an das Gesicht nicht erinnern. Ihr habt dem Burschen wohl nicht gesagt, was ich für ein bedeutender Mann bin?«

Edward schüttelte den Kopf. »Accursi, zähmt Eure Zunge! De Tournay ist mein Mann, und ich lasse nicht zu, daß ihm außer mir jemand ein böses Wort sagt. Es wird aber auch Zeit, daß Ihr Euch wieder einmal in England sehen laßt, Roland.«

»Das gleiche sagt man von Euch, Sire. Ihr seid immerhin zwei Jahre lang durch die Welt gezogen, ehe Ihr Anspruch auf die Krone erhoben habt.«

»Ihr seid ein frecher Hund. Kommt, setzt Euch zu mir! Wir wollen auf unsere Zeit in Akkra und Jerusalem trinken. Ich habe gehört, die Barbaren haben Euch sechs Frauen geschenkt, damit Ihr einen Harem gründen könnt.«

Es war etwa zwei Stunden später, als der König dem Mann, der ihm im Heiligen Land so wertvolle, treue Dienst geleistet hatte, die Frage stellte: »Warum seid Ihr im vorigen Oktober nicht zu meiner Krönung gekommen? Eleanor sprach schon davon, daß ihr wohl desertiert währt.«

Roland de Tournay sprach dem Wein aus der Bretagne wacker zu und sagte lächelnd: »Sire, damals lag ich in einem tiefen Verlies gefangen, beim hochedlen Herzog von Brabant. Kurz gesagt, er verlangte Lösegeld für mich Armen. Mein Bruder hat es bezahlt.« Roland grinste bösartig. »Wahrscheinlich mußte ihn aber seine ebenso schöne wie lüsterne Frau erst dazu zwingen.«

Eine weitere Stunde verging. Da schlug sich der König plötzlich auf die Knie und rief: »Das ist die allerbeste Lösung! Ihr werdet meine Tochter heiraten!«

Verständnislos sah Roland den König an. »Eure Tochter? Eine königliche Prinzessin? Sire, Ihr müßt zu viel von diesem köstlichen Wein getrunken haben.«

Der König schüttelte den Kopf. Dann klärte er de Tournay über Philippa de Beauchamp auf. »Während wir uns hier unterhalten, ist Robbie schon auf dem Weg zu de Fortenberry. Mir wärt Ihr aber viel lieber. Ihr seid ein Halunke, den ich wenigstens kenne, und de Fortenberry ist ein Halunke, den ich nicht kenne. Was sagt Ihr dazu?«

»De Fortenberry, ja? Das ist ein rauher Bursche, Sire. Doch als Mann kann man nichts Böses über ihn sagen. Aber er beugt sich ungern vor irgendeiner Obrigkeit, und sei es der König. Warum habt ihr ihn ausgewählt?«

»Vorgeschlagen hat ihn Graelam de Moreton, weil er in dem immer noch wilden Cornwall eine Macht darstellt. Ich brauche gute, starke Männer. Männer, denen ich mein Vertrauen schenken kann. Wenn er mein Schwiegersohn ist, kann ich mich auf seinen Schwertarm verlassen. Aber ihr könntet Euch doch auch in Cornwall niederlassen, Roland. Ich würde Euch Ländereien und eine Burg übereignen. Was sagt ihr dazu?«

»Macht Ihr mich dann zum Herzog, Sire?«

»Unverschämter Gockel! Ihr sollt Graf werden, aber nicht mehr.«

Roland versank in Schweigen. Im Grunde wollte er gar keine Ehefrau. Und sicherlich würde der König seinen übereilten Vorschlag später bereuen. Roland beschloß, die Sache zu überschlafen.

»Euer Bruder würde bestimmt außer sich sein, sagte der König nachdenklich. »Wenn er als Graf von Blackheath erleben müßte, daß sein lästiger jüngerer Bruder ebenfalls in den Grafenstand erhoben und obendrein noch des Königs Schwiegersohn wird, dann kommt ihm die Galle hoch.«

Mit Sicherheit, dachte Roland. Aber er legte wenig Wert darauf, daß seinem Bruder seinetwegen die Galle hochkam.

»Es ist ein großzügiges Angebot, Sire. Das muß gewissenhaft bedacht sein und nicht bei Eurem guten Wein.«

»So sei es, Roland. Und jetzt erzählt mir von Eurem Harem, bevor meine schöne Eleanor kommt und unserem trauten Zusammensein ein Ende macht!«

19

Burg St. Erth

Am letzten Tag des Aprils leitete Pater Cramble unter den blühenden Apfelbäumen im Obstgarten von St. Erth die Trauungszeremonie. Die Luft war erfüllt vom süßen Duft der Apfelblüten, Moschusrosen und Veilchen. Die Braut war noch schöner als die bunten Schmetterlinge, die über den vielen mit Speisen und Bier beladenen Tischen schwebten. Nur der Bräutigam und Herr von St. Erth machte ein Gesicht, als würde er am liebsten im Erdboden versinken. Doch im übrigen verlief die Trauung vortrefflich. Und alle Leute auf St. Erth waren zufrieden. Denn ihr Herr tat, was Pflicht und Ehre forderten.

Die zukünftige Herrin auf St. Erth wirkt so aufgeregt wie jedes Mädchen, das heiratet, dachte die alte Agnes. Ja, sie sah zauberhaft aus in ihrem weichen rosaroten Kleid mit dem etwas dunkleren Überrock. Beides gehörte zu den Kleidungsstücken, die Lady Kassia de Moreton ihr geschickt hatte, worüber die Herrin, aus Gründen, die Agnes nicht kannte, wenig erbaut zu sein schien.

Ihr dichtes Lockenhaar wallte Philippa bis tief über den Rücken. Sie trug eine aus Blumen geflochtene Krone, denn sie galt als jungfräuliche Braut. Und wenn jemand anderer Meinung war, so ließ er es doch klugerweise ungesagt.

Auch der Herr, groß, schlank und aufrecht, sah in dem neuen dunkelblauen Waffenrock, den die Herrin ihm genäht hatte, prachtvoll aus. Aber er wirkte ungewöhnlich streng und abweisend. Dagegen grinste der junge Master unentwegt wie ein albernes Hündchen, das gerade seinen Napf leergefressen hat.

Da sie auf St. Erth vermählt wurden, gab es keine Mitgift oder Brautgeschenke. Dienwald kaute an seinem Daumennagel und wünschte, Pater Cramble würde endlich mit seinen lateinischen Litaneien aufhören. Dienwald verstand sowieso kein Wort.

So ging es auch Philippa. Sie wünschte, es wäre endlich vorüber. Sie wollte ihren frischgebackenen Gatten anlächeln und ihr Lächeln erwidert sehen. Sie waren erst am Abend zuvor heimgekehrt, und zu Philippas Überraschung und Kummer war Dienwald seinem Schlafzimmer ferngeblieben. So mußte sie allein schlafen. Sie hatte sich über diese plötzliche Anwandlung von Ritterlichkeit sehr gewundert – wenn es wirklich Ritterlichkeit war.

Vielleicht hatte er sie in jener Nacht im Wald nicht nach seinem Geschmack gefunden ...

Nun war die Zeremonie vorüber, und alle Leute auf St. Erth brachen in lauten, fast lärmenden Jubel aus. Crooky, der Narr, war von Gorkel auf die breiten Schultern genommen worden und dirigierte von dort aus die Hochrufe und Jubelschreie der Menge.

»Jetzt haben wir es hinter uns.«

Philippa wandte sich mit strahlendem Lächeln ihrem Mann zu. Doch sie sah ihr Lächeln nicht erwidert. Er starrte an ihr vorbei ins Leere.

»Ja«, antwortete sie ihm höchst zufrieden, »jetzt bist du mein Ehemann. Aber was hast du denn? Irgend etwas, das dich stört?«

»Mich stört«, sagte Dienwald, »daß meine Leute alle aus Leibeskräften jubeln. Sie glauben nämlich, wenn du hier bist, würde es ihnen besser gehen. Als wenn ich mich ihnen gegenüber wie ein wütender Tyrann benommen hätte!«

»Vielleicht«, sagte sie lächelnd, »erwarten Sie von mir, daß ich dein böses Wesen milder stimme und dich in einen freundlichen Herrn verwandle. Ich werde mich jedenfalls bemühen, alles zu tun, damit es unseren Leuten gut geht, mein lieber Gatte. Sieh dir mal die Tische an! Sie brechen fast unter der Last von Speis und Trank zusammen. Es gibt Hasen und Schwein und Hering und Rind und sogar Lammbraten ...«

»Ja, ich weiß.« Er fuhr sich mit den Fingern durchs Haar. »Edmund«, rief er, »komm her!«

Immer noch grinsend kam der Junge zu ihm und sagte begeistert: »Jetzt bist du mit dem Maibaum verheiratet.«

Philippa lachte und knuffte ihn in die Schulter. »Du windiger kleiner Dreckspatz! Komm, gib mir einen Kuß!«

Edmund stellte sich auf die Zehenspitzen, umarmte sie, hob das Gesicht und schürzte die Lippen. Sie küßte ihn fest auf den Mund. »Kannst du dir keinen hübscheren Namen für mich ausdenken?«

In diesem Augenblick näherte sich Crooky, und Edmund sagte zu ihm: »Einen Namen, Crooky! Ich brauche einen hübschen Namen für meines Vaters Frau.«

»Aha, einen Namen. Vielleicht Morgan? Oder Mary?«

»Halt den Mund!« schrie Dienwald und schlug nach Crooky. Der Narr fiel rücklings hin und rollte sich geschickt über Hinterteil und Kopf ab.

»Den Namen müßte ich mir noch überlegen«, sagte Edmund bedächtig. »Ist dir das recht?«

»Aber ja. Und nun, mein Gatte, darf ich dich zum Hochzeitsschmaus einladen?«

Es wurde so viel gegessen und so viel Bier getrunken, daß die Menschen auf St. Erth danach eine Woche lang hätten krankfeiern können. Und das ist wahrscheinlich der Grund, warum sie mich so lebhaft umjubelt haben, dachte Philippa fröhlich. Zudem wurde mit solcher Hingabe getanzt, daß auch der verdrossenste Tagelöhner in Stimmung kam. Alle hatten ihren Spaß.

Alle bis auf den Herrn.

Er tanzte mit ihr, er nahm auch etwas von dem Hasenbraten und dem Schweinefleisch zu sich, das Philippa ihm vorlegte. Aber er machte keine Anstalten, sie an sich zu ziehen, sie zu küssen oder sie auf den Schoß zu nehmen. Eigentlich hätte seine Hand auf ihrem Knie liegen und dann an ihrem Körper höher wandern müssen, eigentlich hätte er ihr mit lüsternen Blicken über die Brust streichen sollen. Und Philippa fand nicht den Mut, ihm die Hand aufs Bein zu legen und sich dann höher zu tasten.

Zu gegebener Zeit ließ sich Philippa von der alten Agnes und anderen Frauen in das Schlafzimmer des Herrn bringen. Die Frauen kleideten sie aus und halfen ihr in Dienwalds großes Bett. Sie gaben Philippa alle möglichen Ratschläge, die sie interessant, aber unnötig fand, und verließen das Zimmer unter viel Gekicher.

Im Weggehen rief die alte Agnes: »Wir schicken Euch bald den Herrn, falls er nicht zu besoffen ist, um noch einen Fuß vor den anderen zu setzen!«

Margot rief lachend: »Wir werden ihm so lange dreiste Geschichten erzählen, bis seine Rute steif wird! Im Augenblick ist er so voll von Bier, daß sie nur schlapp hin und her wedelt!«

Die Nacht war dunkel, und im Schlafzimmer brannte nur eine einzige Kerze. Doch es war warm in ihrer Hochzeitsnacht, und so lag Philippa nackt unter der dünnen Decke und wartete. Sie trug noch einen weichen Wollverband, aber der Arm verursachte ihr kaum noch Beschwerden. Sehnlich wünschte sie sich ihren Mann herbei. Sie verlangte danach, ihn zu streicheln und zu küssen. Sie wünschte, er würde sein Glied in sie gleiten lassen und die Erfüllung finden, denn sie liebte ihn und wollte ihm alles geben, was sie hatte, ihr ganzes Wesen.

Die Zeit verging. Die Kerze erlosch. Schließlich fiel Philippa, auf der Seite zusammengekuschelt, in Schlaf.

Dann ging geräuschvoll die Tür auf. Sofort erwachte Philippa und fuhr in die Höhe. Ihr frischgebackener Ehemann stand, eine Kerze in der Hand, in der offenen Tür. Er schien unzufrieden zu sein, denn er blickte sie finster an.

Mit dem Hacken stieß er die Tür zu, kam zu ihr ans Bett und schaute sie an. Sie zog sich die Decke bis ans Kinn.

»Gut«, sagte er.

»Was ist gut?«

»Die Frauen haben mir von deinem schönen Haar und deinem willigen Körper vorgeschwärmt, der für mich bereit sei. Ja, du hast jetzt alles gekriegt, was du haben wolltest und mich ins Ehejoch gezwungen. Da ist es nur recht und billig, wenn ich mir das einzige Vergnügen nehme, das du mir zu bieten hast.«

Das flößte ihr zwar keine Angst ein, doch fragte sie vorsichtig: »Wirst du mir weh tun, Dienwald?«

Er hatte sich bereits nackt ausgezogen. Jetzt richtete er sich auf. »Dir weh tun, Dirne?«

»Ich bin keine Dirne. Ich bin deine Frau, ich bin Philippa de Fortenberry, und ...«

»Ja, ich weiß, ich … ich weiß es nur zu gut. Komm, leg dich lang, mach dein Plappermündchen zu und die Beine breit! Ich will dich nehmen. Aber wenn du noch lange redest, werde ich wohl kaum noch dazu imstande sein.«

Nach langem Schweigen sagte sie: »Du hast versprochen, mich glücklich zu machen.«

Er zog die Brauen zusammen. Ja, es stimmte, das hatte er ihr versprochen. Aber das war lange vorher gewesen, als er noch nicht so viel Bier getrunken hatte. Er kam sich mißbraucht vor. Doch das war ja eigentlich nicht ihre Schuld. Obwohl er gegen sie krakeelt und geschimpft hatte, war nicht abzustreiten, daß er sie entjungfert hatte. Und daran war nur dieser verfluchte Traum schuld, den er gehabt hatte.

Dieser Gedanke machte ihn nüchterner. »Bei den süßen Stimmen der Heiligen, ich werde es versuchen. Ich werde versuchen, dich glücklich zu machen.«

Nun mußte sie lächeln. Groß, schlank und stark stand er vor ihr, und er erschien ihr so schön. Ihr weicher Körper war aufs höchste gespannt, und tief in sich spürte sie Begierde. »Das wäre schön, mein Gatte.«

Sie legte sich auf den Rücken und streckte die Arme nach ihm aus.

»Warum mußt du auch so süß und nachgiebig sein?« sagte er, legte sich zu ihr und zog ihr die Decke bis zur Taille herab. Dann beugte er sich über ihre nackten Brüste, und ihre Nähe ließ ihn erbeben. »Ach, Philippa«, sagte er und küßte sie. Zunächst ganz sanft, bis er merkte, wie sie reagierte. Mit der Zunge öffnete er ihre Lippen und erforschte ihren Mund. »Leg deine Zunge an meine!«

Sie tat es nur schüchtern, als fürchtete sie sich vor dem, was nun folgen würde. Doch dann legte sie ihm beide Arme um den Leib. Er lachte ein wenig. Es erstaunte ihn, wie ihre Reaktion seine Männerseele entzückte. Er lehrte sie viele Arten zu küssen und die kleinen Bewegungen seiner Zunge zu genießen. Sein Oberkörper streifte ihre Brüste, was in ihr eine unbändige Lust entfachte, die er nie erwartet hätte. Sie atmete immer schneller und kam ihm entgegen, und ihre Hände huschten über seinen Rücken.

»Es ist so schön, wenn ich deinen Körper an meinem fühle«, sagte Philippa und spreizte ein wenig die Beine. Er legte sich dazwischen. Sein Glied stieß an ihren Bauch. »Faß mich da an, Philippa! Ich möchte, daß du mich da anfaßt.«

Sie umschloß sein Glied mit beiden Händen, streichelte und liebkoste es, bis er es nicht mehr aushielt.

Er richtete sich auf, kniete nun zwischen ihren gespreizten Beinen und schaute auf sie hinab. Ihre schlanken, langen Beine waren weiß und wunderschön. Er wollte, daß sie sie ihm um die Hüften schlang, während er in sie eindrang. »Jetzt, Philippa, jetzt«, sagte er.

Ihr Gesicht strahlte frohe Erwartung aus, und er war inzwischen lange nicht mehr so betrunken wie bei seinem Kommen.

Bebend holte er tief Atem und sah sie beinahe drohend an. »Du bist meine Frau.« Er rutschte zwischen ihren Beinen entlang, bis seine Lippen ihren Unterleib berührten. Seine Hände strichen an ihr entlang, und sie fühlte seine feuchte, heiße Zunge auf ihrer Haut. Plötzlich war sein Mund an ihrem Schoß, und Philippa war so überrascht, daß sie einen Schrei ausstieß.

Er hob den Kopf und schien verwirrt zu sein. »Das ist gut«, sagte er. »Es macht dich glücklich.«

Seine Hände umklammerten ihr Gesäß und hoben es an, seine Zunge liebkoste ihre weichen Schenkel, drang in sie und spielte in ihr. Ihre Augen wurden ganz groß und feurig, voller Erstaunen, voller Leidenschaft. Zum erstenmal erlebte sie das Glück einer Frau, und er war es, der es ihr schenkte. Er versuchte sich ihr zu entziehen, doch er war gefangen, sie hielt ihn fest. Auch er hätte nie geahnt, daß es so etwas geben könnte. Darauf war er nicht vorbereitet.

Als sie ruhiger wurde, richtete er sich auf, bis zum Zerreißen gespannt, voll wilder Gier. Dann glitt er in sie hinein – langsam, denn sie war eng gebaut. Es überwältigte ihn. Das Gefühl, in ihr zu sein, ließ ihn zittern und stöhnen. Er hielt es nicht länger aus, tief stieß er hinein, wieder und wieder, soweit es ging. Und dann ergoß er sich laut stöhnend in ihr.

Er konnte nicht mehr denken, wollte es auch nicht. Ihm war, als habe sie ihm tief ins Herz geschaut und wisse nun, daß sie ihn vollständig erobert hatte. Und so löste er sich von ihr und schlief ein.

Philippas Augen ruhten auf dem Gesicht ihres Mannes, das dicht neben ihr auf dem Kopfkissen lag. Sein Atem ging jetzt tief und gleichmäßig. Eins seiner muskulösen Beine lag auf ihrem. Sie strich ihm durchs Haar. Er hatte ihr Glück versprochen, aber dies war mehr. Es war Glückseligkeit. Die Gefühle, die er in ihr entzündet hatte ... sie konnten einen um den Verstand bringen. Und sie wollte sie immer wieder erleben, jeden Tag ihres Lebens.

Philippa schlug die Augen auf. Das Tageslicht schien ihr ins Gesicht. Sie lächelte, als sie sah, daß Dienwald neben ihr war, halb über sie gebeugt, und mit ihren Haaren spielte. Er sah sie mit ernster, neugieriger Miene an.

»Was machst du da?«

»Ich zähle die verschiedenen Schattierungen, die dein Haar hat. Hier ist eine Strähne, die so brünett ist wie mein eigenes und gleich daneben eine, die ganz hellblond ist.«

»Mein Vater hat mir einmal vorgehalten, daß ich kein goldblondes Haar hätte.«

»Da hat er recht. Hast du auch nicht. Dein Haar ist viel reizvoller. Bis jetzt habe ich zehn verschiedene Farben gezählt. Warum wollte dein Vater, daß du goldblondes Haar haben solltest?«

»Das weiß ich nicht. Ich kann mich nur noch entsinnen, daß er mißbilligend den Kopf geschüttelt hat. Das hat mich schwer getroffen. Aber er hat danach nie wieder darüber gesprochen.«

Es schien, als habe er gar nicht hingehört. »Und die Haare auf deinem Venushügel ... Du brauchst nicht rot zu werden. Du bist ja jetzt meine Frau.« Er legte die Hand auf ihr Schamhaar. »Wie warm du bist!«

Dabei schloß er die Augen. In Philippa regte sich ein zwingendes, unwiderstehliches Verlangen. Unbewußt hob sie das Becken an.

»Ich habe mir schon gedacht, daß du ein lüsternes Weib bist«, sagte er mit männlicher Befriedigung. Dann küßte er sie, ließ seine langen Finger über sie gleiten, zwischen ihre Schenkel schlüpfen und führte sie schließlich in ihren Schoß ein. Sie rang nach Luft. Er bedeckte ihren Mund mit leidenschaftlichen Küssen. Dann verlor sich seine Zunge in ihrem Mund, seine Finger erforschten ihren Schoß, und sie fuhr hoch und stieß kleine Schreie aus. Ob sie wollte oder nicht, er löste Gefühle in ihr aus, gegen die sie machtlos war. Er drückte ihren Oberkörper wieder aufs Bett. »Psst«, sagte er. »Bleib still liegen! Laß mich weitermachen! Es wird schön für dich.«

»So schön, daß es kaum zu ertragen ist«, sagte sie. Und dann küßte sie ihn mit verliebter Inbrunst überallhin, auf Kinn, Nase und Mund.

Dann plötzlich ließ er sich auf den Rücken fallen und zog sie über sich. »Setz dich hin, mein Weib, setz dich auf ihn rauf!« Er packte sie um die Taille und hob sie an.

Philippa kam eifrig seinem Wunsch nach. Langsam senkte sie sich auf ihn herab. Dann rührte sie sich nicht mehr, sondern schaute Dienwald nur an.

Er lächelte. Sein Gesicht verriet, wie schwer es ihm fiel, sich zu beherrschen. Er hob die Hände und umfaßte ihre Brüste. Mit unsicherer Stimme sagte er: »Nun beweg dich! Bewege dich so, wie es dir am meisten Lust bereitet!«

Zuerst zögerte sie noch. Aber dann merkte sie bald, wie sie ihn vor Wollust wahnsinnig machen konnte. Mal mit schnellen, dann wieder mit langsamen Bewegungen. Die Gefühle, die er dabei empfand, waren tief und übermächtig. Kurz vor seinem Höhepunkt hielt sie inne, stemmte sich mit den Händen gegen seine Brust und bog sich zurück. Wieder stieß sie Schreie aus und verfiel in wilde Zuckungen, um zur höchsten Lust zu gelangen. Zu gleicher Zeit schlug die flamme der Leidenschaft über ihnen zusammen.

»Es war unglaublich«, sagte sie einige Zeit später. Ihre Wange lag auf seiner Schulter, die Beine hatte sie über ihm ausgestreckt, und sein Glied war noch in ihr.

Dienwald brachte kein Wort heraus. Und selbst wenn in diesem Augenblick die Sarazenen einen Sturm auf St. Erth unternommen hätten, wäre er regungslos liegengeblieben.

Philippas Atem wurde regelmäßig, und dann schlief sie ein. Er war sehr froh darüber, daß er sie zutiefst befriedigt hatte. Er faßte sie um die Taille und dachte: Meine Frau ist ein schönes Mädchen. Und vielleicht war es sogar gut, sie hier zu haben, auf St. Erth, in seinem Bett und für lange, lange Zeit.

Schloß Windsor,
Mai 1275

»Nun, wie denkt Ihr darüber, Roland? Wollt Ihr meine Tochter Philippa heiraten? Meine süße Philippa?«

Roland kaute bedächtig an seinem Honigbrot. Er wollte den König nicht verärgern. Sonst hätte er ihm frei heraus gesagt, eine Frau am Hals zu haben, sei das letzte, was er sich wünschte.

»Von meinem Knappen Cedric habe ich gehört, daß du heute nacht in deinem Zimmer Besuch von zwei Mädchen hattest.«

»Ein Irrtum, Sire. Es waren drei. Aber die dritte spielte nur am Rande mit. Ich war zu müde, um mich mit ihr noch eingehend zu beschäftigen.«

Der König starrte Roland de Tournay an und dann brach er in Gelächter aus. »Ja, dann muß ich Cedric sagen, daß er sich bei den Mädchen verzählt hat. Doch nun Scherz beiseite! Wie habt Ihr Euch entschieden?«

Wenn der König seine Pläne durchkreuzt sah, würde Roland seinen Zorn auf sein Haupt laden. Er sann auf eine Ausflucht. »Wäre es nicht besser, wenn ich Eure Tochter erst einmal kennenlernte? Kann ja immerhin sein, daß sie Schreikrämpfe bekommt, wenn sie mein grobes Gesicht erblickt.«

»Ja, möglich ist das schon. Nun gut, Roland, Ihr verfügt Euch nach Cornwall und zeigt Euch der holden Maid. Und sagt Lord Henry, daß Ihr ein Mann meines Vertrauens seid!«

Roland nickte. Er mußte ja sowieso nach Cornwall, um Graelam de Moreton zu besuchen. Im übrigen vertraute er seinem Glück. Es würde schon etwas dazwischen kommen, das ihn vor dem Schicksal der Ehe bewahrte. Er hatte immer Glück gehabt. Das Glück würde auch jetzt auf seiner Seite sein, ohne daß er den König oder seine uneheliche Tochter beleidigen müßte. Er zweifelte nicht daran, daß sie ein schönes Mädchen war. Sie war ja eine Plantagenet. Aber Roland konnte sich kein schöneres Mädchengesicht vorstellen als das von Joan von Tenesby. Und er wußte, daß sich daran bis zu seinem letzten Atemzug nichts ändern würde. An ihrem schönen treulosen Gesicht war sein Liebeswahn für immer vergangen.

Burg St. Erth

»Ja, sie ist bis über beide Ohren in ihn verliebt«, sagte die alte Agnes zu Gorkel und spuckte einen Kirschkern aus. »Wenn der Herr sie noch eine Zeitlang bei sich im Bett behält, wird sie hinterher keinen Fuß vor den anderen setzen können.«

Gorkel wurde rot.

Die alte Agnes wieherte vor Lachen und drohte ihm mit einem verkrümmten Finger. »Na, so was! Ein wildes Ungeheuer wie du wird noch rot wie eine Kirsche! Sieh mich nicht so böse an, Gorkel! Der Herr wird ihr schon nicht weh tun. Im Gegenteil. Sie wird sich an seiner Männlichkeit ergötzen, bis er schlapp und ausgelaugt ist.«

Sie gackerte weiter, bis Gorkel wutentbrannt über sich selbst zum Brunnen ging, um etwas zu trinken. Dort traf er auf niemand anders als seinen Herrn, der ebenfalls im inneren Burghof aus dem Brunnen trank.

Als Dienwald sich zu voller Größe aufrichtete, sah Gorkel ein Lächeln in seinen Zügen, ein Lächeln, das möglicherweise nicht ohne Eitelkeit war.

Die alte Agnes war ihm nachgegangen und sagte ihm ins Ohr: »Ja, der Herr sieht aus, als wäre ihm der letzte Samentropfen ausgesaugt worden.«

Dienwald hörte die Alte lachen. Er hätte gern gewußt, worüber. Die Sonne schien strahlend vom Himmel, die Luft war warm. Der Vormittag war schon fast halb vorbei. Erst jetzt merkte Dienwald, daß ihn alle im Hof aus den Augenwinkeln ansahen und schmunzelten. Ein Schäfer seufzte sogar.

Dienwald seufzte auch. Dann erschien Philippa vor seinem geistigen Auge, wie sie vor ihm gelegen hatte. Und sofort packte ihn wieder ein so starkes Verlangen nach ihr, daß ihm schwindlig wurde. Es ärgerte ihn ein wenig, daß schon der Gedanke an ihren weichen, warmen nackten Körper so heftig auf ihn wirkte. Fluchend wandte er sich ab und eilte die Treppe zu den Wohnräumen hinauf.

Er ging auch nicht langsamer, als er Gelächter hinter sich vernahm. Er riß die Schlafzimmertür auf und sah seine Frau nackt im kupfernen Badezuber stehen.

Erschrocken hielt sich Philippa den Waschlappen vor die Brüste und preßte die Hand auf ihren Venushügel.

»Das kleine Tuch reicht nicht aus, um deine vielen Reize zu verdecken, Mädchen.«

Dienwald ging geradewegs auf sie zu, nahm ihr das Tuch aus den Händen und küßte ihre Brustspitze. Dann sagte er: »Eben habe ich an dich gedacht, und sofort stand meine Rute stramm. Nein, bleib! Ich wasche dich weiter.« Er fuhr ihr mit dem Tuch über den Bauch und zwischen die Beine. »Los, Mädchen, mach die Beine breit für mich!« Sie tat es und stützte sich mit den Händen auf seine Schultern. Das Tuch war zwischen ihre Beine gepreßt. Dann seifte er ihr das Gesäß ein. Sie legte den Kopf zurück. Sofort atmete er schwer. Dann ließ er sie los, schöpfte mit den Händen Wasser, schüttete es über ihr aus und spülte ihr die Seife ab.

»Dienwald«, sagte sie, »du machst mich wieder toll.«

Er sah sie forschend an. »Ja? Ist das wahr? Möchtest du das?« Und schon ließ er den Mittelfinger in ihren Schoß gleiten.

Sie blickte auf seinen Mund, fühlte ihr Blut aufwallen und sah, wie sein Glied sich steil aufrichtete. Dann küßte sie ihn, drängte sich an ihn und begann zu zittern, als er den Finger zurückzog und gleich wieder tief einführte.

»Du bist mein«, sagte er an ihrem Mund. Sie stöhnte, küßte ihn voll Leidenschaft und biß ihn. Ihre Fingerspitzen bohrten sich in seinen Rücken. Er zog den Finger heraus, nestelte an seiner Kleidung und entblößte sein Glied. »Komm jetzt zu mir! Leg die Beine um meine Hüften!«

Er hob sie hoch. Sie legte die Beine um ihn. Er streichelte und liebkoste sie. Dann spürte sie wieder den Finger und hielt den Atem an, als das Glied tief in sie eindrang.

Der Atem stockte ihr. Sie umklammerte ihn fest mit den Beinen. So trug er sie zum Bett, ließ sie behutsam nieder und machte wilde Stöße, bis sie vor Lust aufschrie. Als er zum Höhepunkt gelangte, schrie er ebenfalls. Er hatte nicht mehr das Gefühl, daß sie nur ein Objekt seiner Begierde wäre, ein Weib, das ihm Kinder gebären würde. Nein, sie war ganz sein, ein Teil von ihm, und so empfand sie es auch.

Am späten Nachmittag saß Dienwald auf seinem Sessel und trank einen Krug Bier. Da sah er Northbert im Laufschritt in den Saal eilen. »Herr, es kommt jemand!« rief er, so laut er konnte.

Dienwald stand auf. »Etwa dieser Hurensohn Sir Walter?«

»Nein, es ist Lord Henry de Beauchamp. Er hat zwölf Männer bei sich, Herr. Und alle sind bewaffnet.«

Dienwald strich seinen Waffenrock glatt und machte sich auf alles gefaßt. Dann ging er, um seinen Schwiegervater zu begrüßen. Lord Henry hatte nicht lange gebraucht, um auf seine Botschaft zu antworten.

20

Zwei stämmige Männer halfen Lord Henry de Beauchamp von seinem mächtigen Araberhengst. Er war kein großer, aber stattlicher Mann, trotz seines Alters noch voller kraftvoller Gestalt.

Er schien übler Laune zu sein, schnaufte und fluchte, offenbar vor Wut. Sowie er Dienwald erblickte, schrie er so laut, daß man es an allen vier Ecken von St. Erth hören konnte: »Dreckiger Hurensohn, Ihr habt gelogen! Ihr müßt gelogen haben! Ihr könnt meine Tochter gar nicht geheiratet haben! Das ist eine faustdicke Lüge!«

Bei einem Vater, der seine Tochter ohne jede Mitgift mit William de Bridgport vermählen wollte, war eine solche Gemütserregung eigentlich unerklärlich. Dienwald führte ihn in den großen Saal. Er spürte Lord Henrys heißen Atem im Nacken. Hoffentlich würde ihm der Lord nicht gleich seinen Dolch in den Hals stechen.

Bald stand Lord Henry, die Hände in die Hüften gestemmt, vor seinem Schwiegersohn. »Gebt zu, daß Ihr gelogen habt!«

»Ich müßte lügen, wenn ich Euch sagte, ich hätte gelogen. Ich habe Philippa vorgestern geheiratet.«

Lord Henry spuckte vor Wut beinahe um sich. »Ich lasse die Trauung für ungültig erklären! Die Ehe wird annulliert! Sie hatte keine Heiratserlaubnis von ihrem Vater!«

»Es ist durchaus möglich, daß Philippa bereits von mir schwanger ist. Eine Annullierung kommt also nicht in Frage.«

Das schon gerötete Gesicht Lord Henrys wurde jetzt violett. »Wo ist sie? Wo ist die unverschämte, undankbare ...«

Plötzlich tauchte Philippa auf. »Vater! Was tust du denn hier? Ich begreife nicht ... warum bist du so zornig?« Dienwald mußte ihren Vater also von der Heirat verständigt haben, wahrscheinlich schon am Hochzeitstag. Er war sofort hergeritten, anscheinend höchst aufgebracht. Aber warum regte er sich so auf? Ihm konnte es doch gleichgültig sein!

Sie trat auf ihn zu und wollte ihn umarmen. Zu ihrer Überraschung wich er mehrere Schritte zurück, als könne er kaum ihren Anblick ertragen, ganz zu schweigen ihre Berührung. »Du trotzige kleine Dirne! Du hast ... diesen Halunken geheiratet?«

Philippa schwieg einen Augenblick. Dienwald sah ihren Vater voller Ironie an. Dann sagte sie schlicht: »Weil ich ihn liebe. Er ist mein Gatte und Herr, und ich werde nicht zulassen, daß du ihn beleidigst.«

»Er hat mich gar nicht beleidigt«, sagte Dienwald grinsend. »Ich *bin* ja ein Halunke.«

Lord Henry wandte sich zu ihm um. »Jetzt macht Ihr Euch auch noch über Eure eigenen Schandtaten lustig! Ihr habt sie vergewaltigt, nicht wahr? Erst habt Ihr sie in Euer Bett verschleppt und dann zum Priester!«

»Wenn Ihr Euch einbildet, irgend jemand könnte Philippa vergewaltigen, ohne daß sie ihm die Knochen bricht, dann kennt Ihr Eure Tochter sehr schlecht.«

»Du Natter von einem Weib, was weißt du denn von Liebe? Dein Leben lang habe ich dich vor solchen geilen Rüden bewahrt. Seit wann kennst du denn diesen bettelarmen Lumpenhund? Doch höchstens ein paar Tage. Und da redest du von Liebe! Ha! Er hat dich verführt, und du warst so schwachsinnig, dich von ihm verführen zu lassen!«

»Ich liebe ihn aber«, sagte Philippa ruhig. »Hör mich an, Vater! Er hat mir keine Gewalt angetan. Er ist freundlich und gut, ein ritterlicher Edelmann. Er hat mich vor Walter gerettet. Aus Liebe habe ich ihn gebeten mich zu heiraten, und er hat eingewilligt.«

Lord Henry schob sie angeekelt weg. »Du kleine Hure«, sagte er langsam. »Du brauchst dich ja nur anzusehen. Die Haare hängen dir unordentlich den Rücken herab wie einem Bauernmädchen. Barfuß bist du auch noch!« Dann holte er aus und gab ihr mit der flachen Hand eine schallende Ohrfeige. Der Schlag kam so unerwartet, daß sie zurückprallte, mit der Hüfte an einen Stuhl stieß und aufschreiend zu Boden stürzte.

Sofort kniete Dienwald, blaß vor Wut, vor ihr. »Bist du verletzt? Philippa, antworte!«

»Nein, es ist nichts. Es war nur der Schock. Ich hatte nicht erwartet, daß er mich schlagen würde.«

Behutsam streichelte Dienwald ihre Wange. Dann stand er auf und schritt auf ihren Vater zu. Lord Henrys Männer schienen sich in Standbilder verwandelt zu haben. Fassungslos starrten sie ihren Herrn und dann die Tochter und den Schwiegersohn ihres Herrn an. Normalerweise würden sie sich für Lord Henry in Stücke hacken lassen. Aber jetzt waren sie unsicher geworden. Keiner von ihnen rührte sich. Dies war ein Familienstreit, und das war gefährlicher als eine Schlacht mit den diebischen Iren.

Dienwald blieb erst ganz dicht vor Lord Henry stehen. »Jetzt hört mich an, alter Mann, und hört gut zu! Aus Höflichkeit habe ich Euch von der Hochzeit Mitteilung gemacht. Ihr habt Eure Tochter ja nicht mehr haben wollen. Ihr habt ihr nicht die geringste Achtung entgegengebracht. Ihr wolltet sie ohne Mitgift verheiraten. Noch dazu mit de Bridgport! Jetzt habt Ihr kein Recht mehr, in ihr Leben hineinzureden. Philippa ist mein, und was mein ist, steht unter meinem

Schutz. Ich töte Euch nur deshalb nicht, weil sie von Eurem Blut ist. Doch ich warne Euch. Mein Dolch ist scharf, und mein Zorn wächst von Minute zu Minute. Wenn Ihr sie noch einmal anrührt, reiße ich Euch das schwarze Herz aus dem fetten Leib! Ich meine das todernst. Also seht Euch vor, alter Mann!«

Lord Henry trat einen Schritt zurück und fuhr sich mit den Fingern durch das graue Haar. Denn nie zuvor im Leben hatte er sie geschlagen. »Es tut mir leid, daß ich dich geschlagen habe, Philippa«, sagte Lord Henry. »Aber du hast meine Geduld auf eine harte Probe gestellt. Du bist heimlich weggerannt, so daß ich annehmen mußte, du wärst tot, ermordet oder ...«

»Du weißt genau, warum ich weggerannt bin. Weil ich mitangehört habe, wie du zu Ivo gesagt hast, daß du mich William de Bridgport zur Frau geben willst. Was hast du denn erwartet? Daß ich vor Dankbarkeit vor dir auf die Knie fallen und freiwillig zu diesem dreckigen alten Mann gehen würde?«

Lord Henry sank kraftlos auf eine Bank. Sein Blick suchte Dienwald und noch einmal raffte er sich zu einem Zornesausbruch auf. »Ihr habt meine Wolle gestohlen und meine Männer getötet!«

»Ja, Eure Wolle habe ich gestohlen. Aber ein Mörder bin ich nicht. Einer meiner Leute hat Eure Bauern ohne mein Wissen umgebracht. Dieser Mann ist inzwischen tot. Was die Wolle betrifft, so stammt der Waffenrock, den ich trage, aus dieser Ladung. Eure Tochter hat ihn mit geschickten Fingern genäht. Mit ihr nähten viele andere Frauen daraus Kleidung für meine Leute.«

Philippa näherte sich wieder ihrem Vater. »Weißt du denn gar nicht, was Sir Walter getan hat? Er hat Dienwalds Sohn und mich entführt und nach Crandall gebracht. Er wollte mich unbedingt heiraten, Vater. Ich kann mir bis heute nicht erklären, warum. Ich war eine Fremde für ihn, und außerdem hat er eine Geliebte, die ... Nun, Schwamm drüber! Hast du ihm vielleicht eine Belohnung angeboten, die er erhalten sollte, wenn er mich aufspürte? Wollte er mich deshalb zur Frau haben?«

Wiederum blitzten Lord Henrys Augen zornig auf. »Dieser Verräter, dieser erbärmliche Wicht! Ja, Philippa, ich weiß, warum er dich entführt hat und warum er dich zur Frau nehmen wollte ... aber warum hat er es denn nicht getan?«

»Edmund – das ist Dienwalds Sohn – und ich konnten aus Crandall fliehen und Walter entkommen.«

»Aha. Nun, das ist jetzt ohne Bedeutung. Jedenfalls habe ich Walter keine Belohnung ausgesetzt. Ich habe ihm die Wahrheit gesagt, und dieser elende Bösewicht wollte sein eigenes Süppchen kochen. Aber das ist ja jetzt gleichgültig. So oder so, mit mir ist es aus. Ob dieser oder jener Ehemann, mich bringen beide ins Verderben. Wenn du diesen Mann lieber haben willst als deinen Vetter, mir soll's recht sein. Wenigstens hat er dich geheiratet, ohne etwas über dich zu wissen. Ich jedenfalls bin so gut wie tot. Dann wird eben dieser Mann hier, dieser Halunke, dich trösten müssen, wenn du weinend an der Leiche deines Vaters kniest.«

Philippa war versucht, ihn an den Schultern zu packen und zu schütteln. Doch sie faßte sich in Geduld. »Das ergibt doch alles keinen Sinn, Vater. Warum wollte denn Walter de Grasse mich unbedingt heiraten? Warum?«

Lord Henry zauste sich das Haar. »Das ist doch jetzt egal, Philippa. Ich bin ein toter Mann. Man wird mich um einen Kopf kürzer machen. Vorher wird man mich schlagen und dann auf dir Streckbank legen und mich vierteilen, und die Krähen werden meine Gedärme fressen.«

»Was plappert er denn da?« erkundigte sich Dienwald bei seiner jungen Frau. »Wer will ihn töten?«

»Was ist los, Vater? Fürchtest du de Bridgports Rache? Dann brauchst du keine Angst zu haben. Mein Gatte wird es nicht zulassen, daß er dir ein Härchen krümmt.«

Lord Henry barg stöhnend den Kopf in den Händen, wippte trostlos auf der Bank vor und zurück und jammerte: »Ich bin erledigt und abgetan, und meine Reste werden die Äcker düngen. Man wird mir und den Meinen Beauchamp nehmen. Maude wird im Elend sterben. Bernice wird nie einen Ehemann bekommen, weil es keine Mitgift mehr für sie gibt, und ohne Mitgift wird kein Freier diese launische Person haben wollen. Ihr Herz wird zu Stein werden, ihre Zunge Gift versprühen ...«

»Du wolltest aber *mir* keine Mitgift geben.«

Lord Henry schenkte ihr keine Beachtung. »Ich sterbe, nur weil ich diesem albernen jungen Pfau de Vescy sein Verlangen nach dir ausreden wollte. Ich muß den Verstand verloren haben, als ich ihm diese Lüge erzählt habe.«

»Welche Lüge? Sag es mir, Vater! Was hat Ivo de Vescy damit zu tun?«

»Er soll Bernice heiraten. Das heißt, so war es geplant. Jetzt wird er sich hüten. Er wird nach York zurückkehren und sich woanders eine reiche Erbin suchen.«

»Ihr redet sinnloses Zeug, alter Mann«, sagte Dienwald. »Sprecht endlich wie ein vernünftiger Mensch!« Es war genau der Ton, in dem er sonst mit Crooky sprach und der meist die gewünschte Wirkung erzielte. Doch nicht bei Lord Henry. Der schüttelte nur stöhnend den Kopf.

Northbert kam in den Saal. Er mußte schnell gelaufen sein, denn sein Atem ging keuchend. Seine Miene verriet Aufregung und freudige Erwartung. »Herr! Schon wieder hält ein Reitertrupp vor unseren Toren. Ihr Anführer behauptet, er sei Robert Burnell, der Kanzler von England, und er sagt, er komme als persönlicher Abgesandter vom König selber zu Euch, Herr! Er hat 20 Männer bei sich, und sie tragen die königliche Standarte! Der Kanzler von England ist hier! Er kommt vom König Edward!«

Dienwald explodierte. Er brüllte Northbert an: »Der Kanzler, von wegen! Bei den Fingern von St. Peter, dein Hirn ist schon so platt wie deine häßliche Nase! Ich vermute eher, es ist Lord Henrys ehrenwerter Neffe Sir Walter, der gekommen ist, um seinem Onkel sein Leid zu klagen.«

Lord Henry war über die Nachricht so entsetzt, daß er aschfahl im Gesicht wurde. »Es ist der Kanzler, ich weiß es. Jetzt ist alles aus.« Er faltete die Hände zum Gebet. »O Herr, empfange mich gnädig in deinem Himmel! Ich kann doch nichts dafür, daß ich etwas Dummes gesagt habe und Philippa mich dabei belauschte. Vielleicht liegt ein Teil der Schuld auf ihren Schultern, weil sie herumschlich und Dinge mitanhörte, die nicht für ihre Ohren bestimmt waren. Nein, so darf ich nicht denken. Ich darf die Schuld nicht auf meine liebe Philippa wälzen. Sie war immer so aufgeweckt und arbeitswillig, daß mir das Herz im Leibe lachte. Ich werde in Würde sterben. Es ist aus und vorbei. In Kürze werden meine sterblichen Überreste Maudes Moschusrosen düngen.«

Edmund stürzte in den Saal und kreischte: »Ein Krieger trägt des Königs Banner!« Vor dem Besucher seines Vaters blieb er stehen und schaute ihn erstaunt an. Lord Henry hob den Kopf. Edmund fragte: »Wer seid Ihr denn, Sir?«

»He? Ach so, du bist der Balg des Halunken. Heb dich hinweg von mir, Junge! Ich bin auf dem Wege ins Grab. Ein Schwert wird mir den Kopf abschneiden. Ja, eine Lanze wird sich durch meine Rippen bohren und ...« Langsam stand er auf.

Philippa lief zu ihm. »Vater, was geht hier vor? Kennst du den Kanzler des Königs? Warum hast du solche Angst?«

Er schüttelte sie ab. »Junge, bring mich weg! Ja, bring mich ins Zimmer deiner Stiefmutter! Dort will ich auf die Folter und auf mein Todesurteil warten. Ja, man wird mich ins Verlies werfen, man wird mir ganz langsam die Fingernägel herausziehen, mir die Haare vom Unterleib rupfen und mir die Augen aus den Höhlen reißen.«

Edmund riß die Augen weit auf und fragte Philippa: »Ist dieser Mann dein Vater?«

»Ja, Edmund. Bring ihn ins Schlafzimmer deines Vaters! Er ist außer sich. Schnell!«

»Ich möchte wissen, was dieser Burnell von mir will«, sagte Dienwald.

»Der Kanzler des Königs ...«, sagte Philippa voller Staunen und Ehrfurcht. »Du hast doch nicht etwa eine ganz schreckliche Grausamkeit begangen, mein Gatte?«

Dienwald sah, daß sie vor Angst blaß geworden war, und tätschelte ihr die Wange. »Ich werde den Burschen begrüßen«, sagte er dann. »Du bleibst so lange hier! Ich muß erst erfahren, was er will. Nein, geh zu deinem Vater! Vielleicht sagt er mal etwas, das einen Sinn für dich ergibt. Ich will, daß du in Sicherheit bist, bis die Sache geklärt ist. Tu, was ich dir gesagt habe, Philippa!«

Er ging, und sie sah ihm finster nach. Er war ihr Herr und Meister, und sie liebte ihn unbedingt. Aber sollte sie sich deshalb verstecken, während er unbekannten Gefahren entgegenschritt?

»Verlaß den Saal, Herrin, wie es der Herr angeordnet hat!«

»Gorkel, du hast mir nicht zu sagen, was ich tun muß!«

»Der Herr hat mich gewarnt. Er hat gesagt, Ihr würdet versuchen, ihm zu folgen. Er hat gesagt, Eure Treue zu ihm kann gefährliche Folgen haben. Ihr sollt in Eure Verwalterkammer gehen und dort bleiben. Er will Euch nicht bei Eurem Vater haben. Er glaubt, daß der Mann verrückt geworden ist.«

»Nein, ich komm' nicht mit! Gorkel, wie kannst du es wagen! Nein!«

Mochte Philippa auch für ihren Mann eine beachtliche Gegnerin sein, für Gorkel war sie nichts als ein schmächtiges Frauchen. Mühelos warf er sie sich über die breite Schulter und trug sie weg. Sie schlug ihm auf den Rücken und schrie ihn an. Doch das störte ihn nicht weiter.

Im Innenhof stand wartend Dienwald, die Arme nachlässig vor der Brust übereinandergeschlagen. Gerade ritt Englands Kanzler unter dem Fallgatter hindurch ein. Der Mann war kein großer Reiter. Er hüpfte im Sattel auf und ab wie ein betrunkener Dorflümmel. Plötzlich sah er auf, erblickte Dienwald und musterte ihn mit durchdringendem Blick.

Burnell ließ seinen Zelter schneller gehen. Dann drehte er sich zu dem bewaffneten Krieger um und sagte etwas, das Dienwald nicht verstehen konnte. Vorsichtshalber machte er sich auf einen Kampf gefaßt, blieb aber äußerlich ruhig. Er sah, wie Burnell gegenüber dem Krieger den Kopf schüttelte.

Robert Burnell war müde, und das Gesäß hatte er sich durchgeritten. Beim Anblick von St. Erth und dem Mann, der hier der Herr war, fühlte er sich zutiefst erleichtert. Am liebsten hätte er sich vom Pferd fallen lassen und hätte auf den Knien ein Dankgebet an seinen Schöpfer verrichtet. Dienwald de Fortenberry war jung, stark und gesund. Er machte eine gute Figur und hatte ein ansprechendes Aussehen. Seine Burg war ausbesserungsbedürftig, und Burnell hatte viele Menschen gesehen, die in Lumpen umherliefen, aber es war kein Ort des Elends oder der Grausamkeit. Burnell fühlte Hoffnung in sich aufsteigen, und neue Energie durchströmte seinen Körper. Er war zufrieden.

Zu dem Mann, der vor ihm stand, sagte er: »Ihr seid Dienwald de Fortenberry, Herr von St. Erth, Baron St. Erth?«

»Ja, der bin ich.«

»Ich bin Robert Burnell, Kanzler von England. Ich komme von unserem mächtigen und gerechten König Edward I. Ich komme in Frieden, um mit Euch zu sprechen. Heißt Ihr mich in Eurem Hause willkommen?«

Dienwald nickte. Der Tag, der so vielversprechend mit leidenschaftlicher, lustvoller Liebe begonnen hatte, schien jetzt mit lauter geheimnisvollen Ereignissen zu enden. Erst der wutentbrannte, unverständliches Zeug murmelnde Schwiegervater und nun ein Abgesandter des Königs von England. Indessen stieg Robert Burnell ungeschickt von seinem kräftigen Pferd. Dienwald ging ihm in den großen Saal voran.

Dabei bemerkte er, daß alle seine Männer und Bediensteten ihnen nachschauten und untereinander flüsterten. Er konnte nur hoffen, daß niemand falsche Schlüsse zog. So leise, wie es Margot noch nie von ihrem Herrn gehört hatte, trug er ihr auf, Bier, Brot und Käse zu bringen.

»Wo ist die Herrin?« fragte sie.

Dienwald hätte ihr dafür gern einen Schlag versetzt. Doch er fuhr sie nur an: »Tu, was ich dir gesagt habe, und belästige mich nicht! Die Herrin ruht und darf unter keinen Umständen gestört werden.« Dann wandte er sich wieder Burnell zu. Innerlich fluchte er, weil die Bediensteten seiner Frau bereitwilliger zu folgen schienen als ihm. Und es war erst zwei Tage nach der Hochzeit. Wie würde es nach einer Woche sein?

»Ich habe mich auf diesen Tag gefreut, Sir«, sagte Burnell und ließ sich auf dem Sessel des Hausherrn nieder. »Meine müden Knochen sind Euch für Eure Gastfreundschaft dankbar.«

Dienwald lächelte. »Ihr könnt Euch hier so lange ausruhen, wie es Euch gefällt.«

»Ihr seid sehr freundlich, Sir, aber ich habe mich einer dringenden Pflicht zu erledigen, die keinen Aufschub duldet.«

»Hoffentlich will der König kein Geld von seinen Baronen haben. Ich habe nämlich keines und kann ihm von meinen wenigen Männern auch keinen für sein Heer abstellen.«

Burnell wehrte ab. »Nein, der König will kein Geld von Euch. Im Gegenteil, er will Euch ein Geschenk machen.«

Dienwald horchte auf und war sofort auf der Hut. Ein Geschenk vom König? Unmöglich! Das paßte nicht zu ihm, das war ein Widerspruch in sich selbst. Er witterte Gefahr und war sich bereits gewiß, daß ihm das, was Burnell ihm mitzuteilen hatte, nicht gefallen würde.

»Lassen wir die Vorreden beiseite und kommen wir gleich zum Kern der Sache! Ich bin gekommen, Euch ein Geschenk anzubieten, das jede andere Gabe weit übertrifft.«

»Wünscht der König, daß ich den König von Frankreich ermorde? Oder den Herzog von Burgund? Oder hat gar der Papst sein Mißfallen erregt?«

Burnells nachsichtiges Lächeln verschwand. »Ich sehe, daß ich rasch zum Kernpunkt kommen muß. Sir, der König hat eine Tochter. Ich meine keine der Prinzessinnen, sondern, offen gesagt, Sir, eine uneheliche Tochter. Er hat den Wunsch, sie zu verheiraten. Sie ist trotz ihrer illegitimen Geburt eine Plantagenet, mit großer Schönheit gesegnet, und wird Euch eine Mitgift in die Ehe bringen, die jeder reichen Erbin in England würdig wäre ...«

Dienwald gelang es weiterhin, nach außen hin gelassen zu bleiben. Er hob die Hand. »Ich muß Euch bitten einzuhalten, Lordkanzler. Ihr müßt nämlich wissen, daß ich gerade vor zwei Tagen geheiratet habe. Ihr werdet dem König in meinem Namen danken und ihm sagen, daß ich untröstlich bin, sein wunderbares Geschenk nicht annehmen zu können, aber wie Ihr einsehen werdet, stehe ich ihm hierfür nicht mehr zur Verfügung. Ich bin bereits mit einer prachtvollen Gattin gesegnet.«

Er sollte des Königs uneheliche Tochter heiraten? Bei dem Gedanken wurde ihm ganz schwindlig. Aber dank Philippa und ihrer Flucht aus Beauchamp in einem Wollewagen war er allem enthoben.

Burnell war verwirrt und konnte es nicht glauben. Er machte ein gequältes Gesicht. »Ihr seid verheiratet! Aber Lord Graelam versicherte mir doch, daß Ihr ledig wärt, noch kein Interesse an einer Ehe zeigtet und daß ...«

»Lord Graelam de Moreton?«

»Selbstverständlich habe ich vorher mit ihm gesprochen, da er Euch kennt. Man kann die Tochter des Königs von England schließlich nicht mit dem ersten besten vermählen, Sir!«

»Ich bin aber bereits verheiratet«, wiederholte Dienwald. Seine Stimme klang immer noch ruhig. Aber er nahm sich vor, Graelam mit der Lanze aufzuspießen. Graelam wollte also, daß er der unehelichen Tochter des Königs zum Opfer dargebracht würde! »Wollt Ihr hier übernachten, Sir? Ihr seid willkommen. St. Erth kann sich nicht rühmen, je einen so erlauchten und bedeutenden Gast beherbergt zu haben. Ich bin ziemlich sicher, die Enttäuschung des Königs darüber, daß seine erste Wahl eines Schwiegersohns hinfällig ist, wird sich in Grenzen halten. Ich wage sogar zu behaupten, daß seine zweite Wahl seinem Geschmack viel eher entsprechen wird.«

Langsam erhob sich Robert Burnell. Diese Möglichkeit hatte er nicht vorausgesehen. Er war müde und tief enttäuscht.

Glücklicherweise kam Margot gerade mit Bier, Brot und Käse. »Bitte, greift zu!« sagte Dienwald, goß Bier ein und reichte Burnell den vollen Krug. Der nahm einen langen Zug. Den hatte er sich auch wohl verdient. So viel Arbeit und nun alles vergebens. Es war ungerecht. Schon der Gedanke an des Königs Reaktion ließ ihn schaudern. Doch dann nahm er sich zusammen. Er war ein Mann Gottes, ein Mann, für den Frömmigkeit nicht in der Einhaltung bestimmter Gebote stand, sondern eine Lebenseinstellung war. Er sah den Mann an, von dem er gehofft hatte, er würde des Königs Schwiegersohn werden, und sagte: »Darf ich den Namen Eurer Gattin erfahren?«

»Das ist kein Geheimnis. Sie ist die ehemalige Philippa de Beauchamp. Ihr Vater ist Lord Henry de Beauchamp.«

Zu Dienwalds Überraschung blieb dem Kanzler der Mund offen stehen. Seine Wangen wurden knallrot. Er ließ den Krug fallen, warf den Kopf zurück und lachte, bis er keine Luft mehr bekam. Was ist daran so witzig? fragte sich Dienwald. Was hatte er denn so Komisches gesagt? Was zum Teufel war hier los?

Schließlich wischte sich Burnell die Lachtränen aus den Augen und nahm wieder Platz. Er ließ seinen heruntergefallenen Krug liegen, nahm Dienwalds und goß sich Bier ein. Wieder trank er einen langen Schluck und schenkte seinem Gastgeber dann ein breites, wohlwollendes Lächeln. Das Schicksal war gnädig mit ihm umgegangen. Es hatte Gottes treuem Anhänger Gerechtigkeit widerfahren lassen.

»Ihr habt mir eine Menge Ärger erspart, Dienwald. O ja, Sir, eine Menge Ärger. Ihr habt mir ein sichtbares Zeichen der Güte Gottes gegeben.«

»So? Na, das bezweifle ich aber ernstlich. Was meint Ihr damit, Sir?«

Burnell mußte rülpsen. Dann sagte er fröhlich: »Was ich damit meine, Sir? Der liebe Gott hat alles prächtig geordnet. Er hat uns Menschenkindern die Nichtigkeit unserer Pläne und Absichten vor Augen geführt und dann alles so gemacht, wie er es vorgesehen hat.« Er lachte wieder unbändig, bis er merkte, daß sein Gastgeber allmählich gereizt wurde. »Ich will Euch alles sagen«, fuhr Burnell fort. »Die Wahrheit ist, daß Ihr des Königs Tochter geheiratet habt. Ich weiß nicht, wie es dazu kam. Aber jetzt ist alles gut, Lob und Dank sei Gott.«

»Ihr seid verrückt, Sir.«

»Nein, denn Philippa de Beauchamp ist die uneheliche Tochter des Königs von England. Wollt Ihr mir jetzt sagen, wie es zu dieser Heirat gekommen ist?« Burnell lächelte. Dabei dachte er: Lord

Henry hat mich also angelogen. Das Mädchen hat gar nicht die rote Ruhr gehabt. Sie war damals überhaupt nicht auf Beauchamp.

In Dienwalds Kopf herrschte völlige Leere. Alles in ihm war taub. Philippa die uneheliche Tochter des Königs? Aber sie hatte doch nicht das goldblonde Haar der Plantagenets, sondern ein Blond mit den verschiedensten Schattierungen, wie es völlig einmalig war. Philippa, deren Augen so hell strahlten wie der Sommerhimmel ... ja, das war's: Sie waren wie die Augen des Königs, die Augen der Plantagenets. Es war unvorstellbar, unmöglich. Sie war aus einem Wollewagen in sein Leben getreten und seine Frau geworden. Sie konnte nicht des Königs Tochter sein. Das gab es doch nicht!

»Ihr wollt wissen, wie das alles zustande kam? Sie war ihrem Vater ausgerückt diesem Lord Henry – weil sie aus seinem Munde gehört hatte, daß er ihr keine Mitgift geben und sie mit William de Bridgport verheiraten wollte, einem übellaunigen Mann von abstoßendem Charakter.

Ungeduldig winkte Burnell ab. »Natürlich ging Lord Henry ihre Mitgift überhaupt nichts an. Ihre Mitgift war Sache des Königs, der ihr leiblicher Vater ist.«

»Jedenfalls rückte sie aus und versteckte sich auf einem Wagen, der mit einer Wolladung zum Markt von St. Ives unterwegs war. Ganz durch Zufall kam sie hier vorbei. Und wir wurden, wie gesagt, vor zwei Tagen getraut.«

»Gottes Wege sind wunderbar«, sagte Burnell. »Ich kann es kaum abwarten, Accursi die Geschichte zu erzählen. Er wird sie nicht glauben.« Selbstgefällig fuhr er fort: »Nun, dann erübrigt sich ja Euer Einverständnis, Sir. Ihr habt von Euch aus die richtige Frau gewählt. Alles ist gut. Alles ist nach Gottes Plan verlaufen.«

»Ihr meint, nach des Königs Plan?«

Darauf lächelte Burnell nur, als ständen sich der König und der liebe Gott so nahe, daß es darauf wirklich nicht ankam.

Dienwald aber rief mit erhobener Stimme: »Philippa! Komm her! Sofort!«

Sie hörte seinen Ruf und sah Gorkel unter herabgezogenen Brauen bedeutungsvoll an. Dann ging sie erhobenen Hauptes an ihm vorbei in den großen Saal. »Ja?«

Obwohl sie nicht viel mehr als einen Meter entfernt vor Dienwald stand, schrie er jetzt noch lauter: »Philippa, dieser Mann behauptet, du seist gar nicht die Tochter des verdammten Lord Henry, sondern die uneheliche Tochter des Königs! Ich wollte zuerst nichts davon wissen. Aber inzwischen hat er mich überzeugt. Kein Wunder, daß Lord Henry dir keine Mitgift geben wollte. Er war ja nicht dazu verpflichtet. Und die Geschichte mit William de Brigdport hat er sich nur ausgedacht, um Ivo de Vescy von dir fernzuhalten. Hast du gehört? Du bist des Königs Tochter, und er ist für deine Mitgift verantwortlich. Verdammt noch mal! Die Dirne hat mich belogen und betrogen!«

Sie warf einen Blick auf Burnell, der ihr wie eine Holzpuppe zunickte. »Das ergibt doch keinen Sinn. Ich verstehe es einfach nicht. Lord Henry soll nicht mein Vater sein?«

Dienwald brüllte: »Verdammte Dirne! Nein, mein Schwiegervater ist nicht dieses fette Häufchen Elend, das jetzt in meinem Schlafzimmer sitzt und jammert. Ihn hätte ich ja noch ertragen. Aber nein, es muß der verfluchte König von England sein! Hast du gehört, Philippa? Es ist der *König von England*. Ich, ein Strolch und Halunke, ein Mann, der zum Glück keinen Reichtum, keine Pflicht und keine Verantwortung kennt, muß ausgerechnet diesen elenden König zum Schwiegervater haben! Du hast mich ruiniert, Dirne! Du hast mich vernichtet! Du bist ein Dorn in meinem Fleisch, den ich entfernen muß.«

Burnell starrte ihn offenen Mundes an. Was dieser Mann da von sich gegeben hatte, war mehr als erstaunlich, es war undenkbar. Nur Vernunft konnte hier helfen. In seiner besten Manier als Kirchenmann sagte er: »Aber Sir, der König hat bereits bestimmt, daß Ihr in den Grafenstand erhoben werdet. Ihr werdet ein Peer des Königreichs sein, der Graf von St. Erth, der erste eines starken Geschlechts mit Macht, Ländereien und Einfluß in Cornwall. Der König wird Eure Gattin mit einer prächtigen Mitgift ausstatten. Sie ist eine reiche Erbin. Das versetzt Euch in die Lage, Eure Burg ausbessern zu lassen, Eure Herden aufzustocken und größere Felder zu bebauen. Von jetzt an werdet Ihr nie mehr Not und Mangel leiden. Euer Land wird wachsen und gedeihen. Es schönes Leben liegt vor Euch. Eure Leute werden länger leben, Euer Priester wird mehr Seelen retten, allen Menschen auf St. Erth wird reicher Segen zuteil werden, und ...«

Dienwald konnte es nicht mehr mitanhören. Er überschrie ihn: »Ich verstoße dieses elende Weib! Ich will des Königs Tochter nicht zur Frau haben. Ich denke nicht daran, mich an den König oder an seine verdammte Tochter zu binden! Ich will, daß man mich in Ruhe läßt. Ich verlange nichts als eine armselige Burg mit ihren hinfälligen Mauern! Ich will weiter sündige Taten begehen und ein lasterhaftes Leben führen! Lieber Gott, gib mir zerlumpte Tagelöhner und ausgefranste Waffenröcke! Verdammt und zugenäht, meine Leute *wollen* gar nicht länger leben. Mein Priester *will* nicht mehr Seelen retten!«

Er drehte sich zu seiner sprachlosen Frau um, murmelte einige unverständliche Worte und schritt aus dem großen Saal.

»Euer Vater, unser gnädiger König, versichert Euch seiner Huld, my Lady«, sagte Burnell, stand auf und ergriff ihre Hand. Sie verstand überhaupt nichts mehr.

Er suchte nach Worten des Trostes. Es war ja kein alltägliches Erlebnis, plötzlich zu erfahren, daß man das Kind eines Königs war. »Lady Philippa, ich weiß, es kommt Euch höchst überraschend. Die Nachricht hat Euch erschüttert. Aber nun ist alles klar. Als der König die Königin heiratete, war sie noch ein sehr junges Mädchen. Er wollte sie vor Kummer bewahren. Aber er dachte auch nicht daran, seine liebe Tochter zu vernachlässigen. Deshalb übergab er sie Lord Henry zur Erziehung. Und er hatte sich von Anfang an vorgenommen, in Euer Leben zu treten, wenn es an der Zeit war, Euch zu vermählen.«

Philippas Antwort lautete völlig anders, als er erwartet hatte. »Warum wünschte der König, daß ich – ein Mädchen – lesen und schreiben lernte?«

Burnell war sprachlos. War das Mädchen dumm oder bei Verstand? »Ich ... äh, nein wirklich, my Lady, ich habe keine Ahnung.«

»Ich muß doch auch eine Mutter haben?«

»Ja, my Lady. Sie heißt Constance und ist mit einem Edelmann ihres Ranges verheiratet. Wie mir der König sagte, war sie noch sehr jung, als sie Euch zur Welt brachte. Vielleicht verspürt Ihr eines Tages den Wunsch, sie kennenzulernen.«

»So ist das also«, sagte Philippa. Damit war wenigstens erklärt, warum Lady Maude sie nicht leiden konnte. Des Königs uneheliches Kind war einer Frau aufgedrängt worden, das sie nicht haben wollte. Doch hauptsächlich dachte Philippa jetzt an ihren Mann, der das Schicksal, das ihn getroffen hatte, so verzweifelt verfluchte.

»Mein Gatte will mich nicht«, sagte sie. Sie merkte, wie die alte Agnes, Margot, Gorkel, Crooky und viele andere Leute sie neugierig anstarrten. Würden sie sich über sie lustig machen und sie verachten, weil sie unehelich geboren war? Oder sich vor ihr bis zum Boden verneigen und so tief knicksen, daß sie sich die Beine verrenkten?

»Euer Gatte ist nur etwas durcheinander, my Lady. Er hat das alles noch nicht verarbeitet. Offenbar hat er irgend etwas verwechselt und nicht verstanden, daß er im Rang erhöht wird und ihm großes Glück ins Haus steht.«

»Mein Gatte«, sagte Philippa geduldig, »versteht alles vollkommen. Aber Sir, Ihr müßt wissen, daß er anders als die Mehrzahl der Menschen ist.« *Darum liebe ich ja ihn und keinen anderen.* »Er legt keinen Wert auf Macht und Reichtum, wonach viele Männer streben. Er liebt seine Freiheit. Das bedeutet für ihn, daß er tun kann, was ihm gefällt, ohne daß sich andere in sein Leben einmischen. Nun hat sich das alles meinetwegen verändert. Er hätte nie die uneheliche Tochter des Königs geheiratet, Sir. Das Angebot des Grafentitels, das Angebot von Geld, von Macht und Einfluß können ihn nie locken, sondern höchstens in die weite Welt treiben. Ihr konntet ihm mit nichts Schlimmerem drohen als damit. Das Schicksal hat ihm und mir einen grausamen Streich gespielt. Wir haben geheiratet, und nun bin ich plötzlich eine andere geworden, die er nicht haben will. Ich weiß nicht mehr, was ich tun soll.«

Damit drehte Philippa dem Kanzler von England den Rücken zu und ging aus dem Saal.

Im Innenhof blieb sie wie angewurzelt stehen. Vor ihren Augen lief ein peinliches Schauspiel ab. Ihr Vater rannte hinter Dienwald her und versuchte, einen Zipfel seines Waffenrockes zu erhaschen. Ihr ehemaliger Vater schrie: »Mein lieber Junge! Mein ehrenwerter Lord, mein Retter!«

Nun hatte er Dienwald eingeholt, warf sich ihm an den Hals und küßte ihn auf beide Wangen.

Crooky kam aus dem großen Saal, betrachtet die Szene und sang mißtönend zum blauen Himmel empor:

»Mein armer Herr ist jetzt des Königs Knecht.
Er könnte weinen, denn das paßt ihm schlecht.
Sein Weib ist 'ne Prinzessin, und er wird nie mehr frei.
Was soll er tun? Ich denke mir, er gibt klein bei
Und wird des Königs stolzer Schwiegersohn.«

Philippa versetzte ihm mit aller Kraft einen Faustschlag, daß der Narr die Stufen vom großen Saal hinunterrollte. Dabei schrie er, so laut er konnte: »Getötet von einer Prinzessin! Rettet mich, guter König!«

21

Dienwald stand wie angewurzelt da. Lord Henry hielt ihn fest umklammert, weinte heiße Tränen an seinem Hals und küßte ihn aufs Ohr. »Ihr seid ein feiner, ein ehrenwerter Bursche, my Lord. Das habe ich die ganze Zeit über gewußt. Ich hatte nur solche Sorgen und da ... Ach, das ist ja vorbei. Der liebe Gott hat mich gerettet, und ich werde nie mehr an der Güte des Himmels zweifeln.«

Dienwald ertrug eine Weile Lord Henrys Liebesbezeugungen. Er konnte keinen klaren Gedanken fassen. Dann sah er, wie Philippa Crooky schlug und der Narr die Treppe herunterflog.

Da stieß er Lord Henry von sich. »Macht, daß ihr wegkommt, my Lord! Und nehmt Eure *Tochter* mit! Ich will sie nicht mehr haben. Seht sie Euch nur an – sie mißhandelt sogar meine Leute!«

»Aber mein guter Junge, mein liebster Lord, wartet doch! Sie ist eine begehrenswerte Gattin, Dienwald, sie ist sehr schön und ...«

»Na und? Verdammt noch mal, sie ist des Königs Tochter – da muß sie ja schön sein!«

»Nein, deshalb nicht. Ich, ich habe sie aufgezogen, ich habe meinen Schreibern und Priestern befohlen, sie alles zu lehren, was sie jetzt beherrscht – ich habe ihre Unterrichtsstunden und ihre Gebete beaufsichtigt ...

»Das hat zweifellos ihren Wert erhöht.« Mehr sagte Dienwald nicht. Im Laufschritt begab er sich zu den Stallungen von St. Erth. Langsam ging Philippa auf ihren Vater zu, der ihrem Mann in ungläubiger Bestürzung nachschaute.

»Was ist los mit ihm, Philippa? Man bietet ihm die Welt mit all ihren Schätzen. Nebenbei gesagt, du *bist* schön, Philippa. Es macht doch nichts, daß du das goldblonde Haar der Plantagenets nicht geerbt hast. Ich verstehe ihn nicht. Er führt sich auf, als wäre die wilde Jagd hinter ihm her.«

Sie brachte kein Wort heraus. Tränen stiegen in ihr auf.

Edmund faßte sie am Ärmel. »Bist du wirklich des Königs Tochter?«

»Es sieht so aus.«

Edmund schwieg und sah sie mit großer Spannung an, als erwartete er, daß sie sich durch Zauber vor seinen Augen in eine andere verwandelte.

»Was ist, Edmund? Haßt du mich jetzt auch?«

»Sag doch nicht so was Dummes, Philippa! Weißt du, Vater hat immer damit angegeben, daß sein Leben nur ihm gehört. Und zu mir hat er immer wieder gesagt, ich soll das sein, was ich will, und nicht, was andere wollen. Er sagt, das Leben bietet so viel, und es ist so unsicher, wann es einen bestraft und wann es einen belohnt, daß man sich nie nach anderen richten soll. Er sagt, er will keinen Oberherrn, und keiner soll Macht über ihn haben. Er will das bleiben, was er ist und was er hat.«

»Ja«, sagte Philippa. »Das ist seine Einstellung.« Sie wandte sich wieder an Lord Henry. »Ich habe mich immer gewundert, wie es kommt, daß ich so groß bin. Aber der König soll ja auch sehr groß sein. Nennt man ihn nicht Langbein?«

Lord Henry nickte. »Hör mal, Mädchen, ich habe mein Bestes für dich getan.«

»Das weiß ich, und ich danke dir dafür. Für Lady Maude kann es bestimmt nicht leicht gewesen sein. Sie haßte mich, versuchte es aber zu verbergen.« Wenigstens in den ersten Jahren.

Lord Henry wußte nur zu gut, wie Lady Maude sich immer darüber geärgert hatte, daß sie ein uneheliches Kind in ihren Haushalt aufnehmen mußten. Deshalb schwieg er.

Nachdenklich sagte Philippa: »Meine Haare – sie sind nicht goldblond wie die der anderen Plantagenets, wie du gerade erwähnt hast. Sie sind abgestuft und ganz gewöhnlich.«

»Nein, da habe ich Unsinn geredet. Nichts an deinen Haaren ist gewöhnlich. Und deine Augen, Philippa – sie haben das reine Plantagenet-Blau. Ja, wenn der König dich eines Tages sieht, wird er von deinen Augen begeistert sein.«

Sie sollte dem König begegnen. Ihrem *Vater*. Sie war jetzt nicht besonders erpicht darauf. Sie war ja nichts weiter als ein königlicher Fehltritt, und der sollte nun ihr ganzes Leben zerstören. »Bitte, entschuldige mich jetzt. Ich muß mir darüber klar werden, was ich tun soll. Wenn du bleiben willst, nimmst du Edmunds Zimmer. Wenn der Kanzler auch bleiben will, kann er in …« Sie brach achselzuckend mitten im Satz ab und entfernte sich.

»Philippa ist nicht glücklich«, sagte Edmund zu dem alten Mann, der nicht Philippas Vater war. Das muß man sich mal vorstellen, dachte er, Philippa ist des Königs Tochter! War damit der König auch sein Stiefgroßvater?

»Dein Vater, kleiner Edmund, wird bald wieder zur Vernunft kommen, wenn er sich alles durch den Kopf gehen läßt.«

»Da kennst du meinen Vater schlecht«, sagte Edmund. »Philippa kennt ihn besser.« Er ließ Lord Henry stehen und ging zu Crooky hinüber.

Crooky strahlte vor Ehrfurcht und Stolz über das ganze Gesicht. »Ja, mich hat eine Prinzessin geschlagen. Sie hat mich mit ihrer königlichen Faust berührt. Mich! Und dabei bin ich ein so gewöhnlicher Esel, das ich noch unter den gewöhnlichen Leuten stehe und damit schon wieder ungewöhnlich bin.«

»Nein, Crooky, eine Prinzessin ist sie nicht, nur eine uneheliche Tochter des Königs. Und ihre Faust hat dich nicht nur berührt. Sie hat so zugeschlagen, daß ich dachte, dir fällt der Kopf ab.«

»Das sind Haarspaltereien, junger Herr, die du von dir gibst. Deine Stiefmutter ist von königlichem Blut, und daher bist du ein … hmm, ja, was bist du dann eigentlich?«

»Möglich, daß ich beinahe so ungewöhnlich bin wie du.« Edmund fing Gorkels Blick auf und sah schnell woanders hin.

»Die Herrin ist völlig durcheinander«, stellte Gorkel fest. »Und der Herr nicht minder.« Er knirschte mit den Zähnen und strich sich über das Kinn. »Du mußt mit dem Herrn sprechen. Du stehst ihm am nächsten. Auf dich wird er hören.«

Edmund stimmte ihm zwar zu, doch kannte er seinen Vater zu gut, um zu wissen, daß nichts, was er sagen würde, ihn in seiner Überzeugung wankend machen konnte. Außerdem bot sich ja auch keine Gelegenheit zu einem Gespräch mit ihm. Dienwald hatte Philbo bestiegen und war allein vom Burghof geritten. Einige Männer hatten ihm etwas nachgerufen, aber er hatte auf nichts reagiert, sondern war, den Blick starr geradeaus gerichtet, weitergeritten.

Philippa saß, die Hände auf dem Schoß gefaltet, in ihrem Zimmer auf dem Bett. Die Lage war so verworren, daß sie nicht damit fertig wurde. Daß sie des Königs uneheliches Kind war, bedeutete ihr wenig. Daß ihr viele Ereignisse ihres vergangenen Lebens jetzt klar geworden waren, spielte auch kaum eine Rolle für sie. Und am allerwenigsten bedeutete ihr die Lösung des Rätsels, warum Walter sie hatte unbedingt heiraten wollen.

Allein ihr Ehemann war es, der ihre Gedanken beherrschte. Sie sah noch sein blasses Gesicht vor sich. In ihren Ohren klangen noch seine in höchster Wut gesprochenen Worte. Sie erbleichte wieder bei dem Gedanken an seinen Zorn darüber, daß sie ihn betrogen hatte. Wenn es ein Betrug war, so hatte sie doch keinen Anteil daran. Aber gerade das wollte er nicht glauben. Oder vielleicht glaubte er es doch, und es war ihm in seiner Empörung einfach gleichgültig, wer was getan hatte.

Wenn in diesem Augenblick König Edward bei ihr im Zimmer gewesen wäre, hätte sie ihm mit lauter Stimme seine verdammte Scheinheiligkeit vorgeworfen – und ihn gleich darauf leidenschaftlich in die Arme geschlossen, vor Freude darüber, daß er Dienwald zu ihrem Gatten bestimmt hatte.

Sie stand auf und ging unruhig auf und ab. Was war zu tun?

Würde Dienwald zurückkommen? Natürlich. Er mußte zurückkommen. Wohin sollte er denn gehen? Und hatte er nicht einen Sohn, den er nie verlassen würde?

Eigentlich hätte sie jetzt den Frauen Anweisungen geben müssen. Sie mußte sich nach Burnells Wünschen erkundigen. Und nach denen von Lord Henry. Schließlich erwies sich ihr Pflichtbewußtsein stärker als Kummer und Angst, und sie verließ ihre Kammer.

Lord Henry und Robert Burnell saßen bei Dienwalds gutem Bier zusammen und unterhielten sich freundschaftlich. Sie sagten ihr, sie wollten bis morgen bleiben. Sie sprachen dem Bier mit einer Begeisterung zu, die sie daran zweifeln ließ, daß Burnell, der ergebene Kirchenmann, der im Dienste seines Königs nie ermattete, noch lange aufrecht stehen könnte.

Danach suchte sie Margot auf. Die Frau machte einen so tiefen Knicks vor ihr, daß Philippa befürchtete, sie würde gleich flach auf ihr Gesicht fallen.

»Das läßt du in Zukunft bleiben, Margot. Ich bin nicht mehr, als was ich vorher gewesen bin. Bitte, du darfst nicht ...« Philippa brach ab, starrte ins Leere und brach in Tränen aus.

Eine kleine Hand stahl sich in ihre. Durch den Tränenschleier erkannte sie Edmund.

»Vater kommt bestimmt zurück, Philippa. Er muß zurückkommen. Und vielleicht ist er dann besänftigt.«

Sie konnte nur nicken und begab sich dann in ihr Schlafzimmer, obwohl sie wußte, daß es unhöflich gegenüber den Gästen war. Aber sie hätte die Gegenwart von Lord Henry und Robert Burnell, ihres *Vaters* Kanzler, jetzt nicht ertragen.

Dienwald kam nicht zurück. Nicht in dieser Nacht und nicht am nächsten Tag.

Spät am übernächsten Tag kam ein weiterer Mann nach St. Erth. Er kam allein auf einem herrlichen schwarzen Berberpferd und fragte nach Robert Burnell. Der Kanzler hatte eigentlich an diesem Morgen aufbrechen wollen. Aber nach einem weiteren ausgedehnten Bierabend mit Lord Henry war er lange im Bett geblieben und sah immer noch blaßgrün aus.

Der Mann hieß Roland de Tournay. Ihr war das gleichgültig. Doch sie begrüßte ihn und führte ihn zu Burnell. Der saß mit Lord Henry an einem trägen Kaminfeuer. Beide bemühten sich, nicht an ihren pochenden Schädel zu denken.

Burnell vergaß seine Kopfschmerzen und sprang auf. »De Tournay! Was führt Euch denn her? Beim König alles in Ordnung? Braucht er …«

»Ich bin auf Befehl des Königs hier«, sagte Roland und bedeutete Burnell, wieder Platz zu nehmen. »Ich habe ihm versprochen, mit Euch über die Erbin zu sprechen – des Königs uneheliche Tochter. Er wünschte, daß ich sie mir mal ansehe.«

Jetzt sprang Lord Henry auf die Beine. »Sir, de Fortenberry ist bereits des Königs Schwiegersohn geworden!«

»Ihr wollt damit sagen, daß die Erbin schon vergeben ist?«

»Ja, an den Mann, den ihr der König zum Gatten bestimmt hatte.«

Roland lächelte. »Damit ist meine Reise von Erfolg gekrönt. Ich bin der Ehe entgangen. Also hat dieser Halunke sie bekommen?«

Philippa trat vor und fragte: »Der König hat Euch geschickt?«

Roland hörte auf zu lachen und musterte des Königs Tochter. Bisher hatte er nicht gewußt, daß sie es war. Doch als er sie näher ansah, fiel ihm ihre Ähnlichkeit mit Edward auf. Sie hatte seine hellen blauen Augen. Sie war schön, und sie war großgewachsen und gut gebaut – ach, und diese dichten Locken, die ihr weit über den Rücken fielen! Einen kurzen Augenblick lang fühlte Roland Enttäuschung darüber, daß er zu spät gekommen war. Aber nur einen Augenblick. Freundlich antwortete er: »Der König – Euer geschätzter Vater – hat mich nur gebeten, ich solle Euch kennenlernen.«

»Ich bin schon verheiratet«, sagte Philippa mit leiser Stimme. »Allerdings ist es ungewiß, ob mein Gatte mich weiterhin als seine Frau ansehen wird. Als er erfuhr, daß der König von England mein Vater ist, hat er mich verlassen.«

Roland zog seine schwarzen Augenbrauen zusammen.

Lord Henry mischte sich ein. »Du brauchst diesem Fremden nicht alles zu erzählen, Philippa. Es geht ihn nichts an.«

»Warum nicht? Der König hat ihn doch hergeschickt.« Zu Robert Burnell gewandt, fuhr sie entschlossen fort: »Selbst wenn mein Gatte die Ehe auflöst, will ich diesen Mann hier nicht haben. Habt Ihr mich verstanden? Ich will nie einen anderen Mann haben, nie. Habt Ihr mich verstanden, Sir?«

»Ja, Madam, Ihr habt es ja laut und deutlich gesagt.«

Bei Gott, dachte Roland, sie *liebt* de Fortenberry!

Lord Henry schnaufte. »Es kommt nicht darauf an, was er versteht oder nicht versteht. Ihr seht, Roland de Tournay, daß meine Tochter de Fortenberry geheiratet hat, als noch keiner der beiden wußte, wer ihr leiblicher Vater ist. Damit ist alles erledigt. Ihr könnt mit gutem Gewissen Abschied nehmen.«

Dabei starrte Lord Henry ihn an, als hätte er ihm am liebsten einen Pfeil durch den Hals geschossen.

»Sprich nicht so grob mit ihm, Va ..., my Lord!« sagte Philippa. »Von mir aus kann er in St. Erth bleiben. Wir haben Platz genug und Bier auch. Wenn er allerdings vorhat, nach London zurückzukehren, kann er dem König berichten, was geschehen ist, und ...«

Sie hielt auf einmal inne und sah Roland an. Aus ihren Augen sprach ein so tiefer Schmerz, daß er Mitleid mit ihr hatte. Plötzlich drehte sie sich um und verließ ohne ein weiteres Wort den Saal.

»Dieser verdammte Flegel!« sagte Lord Henry. »Wenn er nicht ihr Mann wäre, würde ich ihm die Kehle durchschneiden.«

Roland schüttelte den Kopf. »Soll das heißen, ihr Mann verließ sie, als er erfuhr, daß sie des Königs Tochter ist?«

»Ja, genauso ist es«, erwiderte Lord Henry. »Ich könnte den jungen Schwachkopf in die Senkgrube werfen!«

Roland lächelte. Das Schicksal meinte es gut mit ihm. Sein Glück hatte ihn vor einer drohenden Katastrophe bewahrt. Allerdings blieb ihm de Fortenberrys Handlungsweise unerklärlich. War der

Mann verrückt? Dagegen waren seine eigenen Vorbehalte gegen eine Ehe wohlbegründet. Roland beschloß, auf St. Erth zu übernachten und morgen Graelam de Moreton seinen geplanten Besuch auf Wolffeton abzustatten. Um die uneheliche Tochter des Königs brauchte er sich nicht mehr zu kümmern. Er hatte dem König gegenüber seine Pflicht getan, und alles war, wenigstens für ihn selber, glatt und gut verlaufen.

Er lenkte das Gespräch nun auf die widerspenstige Haltung König Alexanders und seiner schottischen Untertanen. Darüber vergaß er rasch den eigentlichen Zweck seines Besuchs. Die drei Männer ließen sich das Abendessen gut schmecken, tranken eine Menge von dem guten Bier der Burg und blieben in gehobener Stimmung bis spät in der Nacht zusammen.

Der Herr von St. Erth, der zukünftige Graf von St. Erth, tauchte nicht auf. Und auch die von ihm verstoßene Gattin ließ sich nicht mehr blicken.

Burg Wolffeton

»Halt ihn fest, Rolfe! Beim Höllenfeuer, schnapp dir auch sein anderes Bein! Schnell! Er wollte mir damit ins Gemächte treten! Osbert, halte ja seine Arme auf dem Rücken fest! Nein, du brauchst ihm nicht gleich den Ellbogen zu brechen.«

Lord Graelam de Moreton rieb sich über das schmerzende Kinn und sah dem Schauspiel zu. Zwei seiner Männer hielten Dienwald am Boden fest, ein dritter hatte sich ihm auf die Beine gesetzt, und ein vierter saß ihm auf der Brust. Dienwald brüllte und keuchte, und jetzt rang er nach Luft, denn Osbert war kein Leichtgewicht.

Dienwald hatte Graelam völlig überraschend angegriffen. Er war als scheinbarer Freund und Verbündeter durch Wolffetons Tore geritten und von den Männern freudig begrüßt worden. Niemand konnte ahnen, daß er, sobald er vom Pferd abgestiegen war, Graelam angreifen würde. Mit einem gewaltigen Faustschlag brachte er ihn zu Fall. Der Burgherr stürzte auf die Pflastersteine des Hofs.

Jetzt blickte Graelam auf das gerötete Gesicht seines wütenden Freundes hinab. »Was ist denn mit dir los, Dienwald? Keine Sorge, Kassia, ich bin nicht verletzt. Es ist unser Nachbar hier. Er scheint verrückt geworden zu sein. Er hat mich angegriffen, als wäre er der Höllenfürst persönlich.«

»Laß mich frei, du stinkender Hurensohn! Dann wirst du erleben, wie ich dich mit dem Schwert in zwei Hälften zerlege!«

»Nein, Sir, das werdet Ihr bleiben lassen«, sagte Rolfe freundlich. »Und jetzt bleibt liegen, sonst muß ich Euch den Arm verdrehen!«

»Ach«, sagte Kassia, »Dienwald ist wahrscheinlich dahintergekommen, was du ihm eingebrockt hast, my Lord. Und nun wollte er dir auf seine Art zeigen, wie sehr ihm deine Einmischung wider den Strich geht.«

»Ja, laß mich frei, du Feigling, damit ich dir sämtliche Knochen brechen kann, du lahmarschiger Köter!«

Graelam hockte sich neben seinem Freund nieder. »Hör mich an, du Einfaltspinsel! Hör mir gut zu! Du brauchst des Königs Tochter nicht zu heiraten. Das weißt du ja selber. Kassia und ich haben Morgan oder Mary, oder wie immer sie heißen mag, gesehen, und uns war sofort klar, daß du sie heiraten und auf den König pfeifen würdest. Wir hatten also keine Veranlassung, etwas zu sagen. Wir wußten, daß du dich keinem Menschen beugen würdest, ob König oder Sultan, ja, nicht einmal dem lieben Gott. Stimmt das etwa nicht?«

»Ich hatte sie schon geheiratet, als Burnell kam!« heulte Dienwald. »Sie war schon meine Frau!«

»Na, dann ist doch alles in Ordnung! Du benimmst dich wie ein Halbirrer. Rede endlich vernünftig, dann lasse ich dich auch frei!«

»Verdammt noch mal, sie heißt aber nicht Morgan oder Mary! Sie heißt Philippa de Beauchamp und ist die verfluchte Tochter unseres gesegneten Königs!«

Graelam wechselte einen Blick mit seiner Frau. »Nun«, sagte er, »das ist allerdings eine überraschende Wende.«

Kassia ließ sich neben Dienwald nieder. »Ihr seid halsstarrig und unvernünftig, mein Freund. Ihr habt das Mädchen geheiratet, das für Euch bestimmt war. Und sie war auch noch das Mädchen, das ihr selber haben wolltet. Alle sind zufrieden. Nun seid Ihr also der Schwiegersohn des Königs. Was macht das denn schon für Euch aus? Vielleicht werdet ihr ein wenig gesitteter werden, Dienwald, und Euch nicht mehr so schnell auf einen Raubzug gegen fette Kaufleute begeben. Aber das ist doch nicht zu viel verlangt. Wir haben nur Euer Wohl im Auge gehabt ...«

»Von wegen mein Wohl, verdammt noch mal!« heulte Dienwald. Seine Augen waren gerötet. »Euer räudiger Mann hat das nur getan, weil er dachte, ich hätte ihm den Wein gestohlen, den Euer Vater

Euch geschickt hat! Gib es doch zu, du langer Hurensohn! Du hast es getan, um dich an mir zu rächen. Ich weiß es, denn ich kenne dich und deine Ränke!«

»Ihr dürft meinen Gatten nicht beleidigen, Dienwald«, sagte Kassia mit leiser, drohender Stimme. So hatte Dienwald sie noch nie sprechen hören. Beeindruckt sagte er in einem weniger angriffslustigen Ton: »Nun, es stimmt aber. Er hat mich reingelegt. Er wollte mir einen bösen Streich spielen.«

Kassia lächelte. »Ihr redet, ohne Euren Verstand zu befragen. Laß ihn los, Rolfe! Er wird nicht gleich wieder den dummen Raufbold spielen. Zumindest«, fuhr sie mit einem bedeutungsvollen Blick auf Dienwald fort, »sollte er es lieber nicht tun. Ja, Dienwald, Ihr dürft jetzt aufstehen. Aber hütet Euch, Graelam noch einmal anzugreifen! Wenn Ihr es wieder versucht, bekommt Ihr es mit mir zu tun.«

Dienwald sah die zarte, hochschwangere Lady an und mußte gegen seinen Willen grinsen. »Mit Euch möchte ich es bestimmt nicht zu tun bekommen. Könnt Ihr uns nicht einen Augenblick den Rücken zuwenden? Ich will Euren Gatten nur noch einmal zu Boden werfen. Ich will ihn nur noch einmal niederschlagen.«

»Nein, nicht einmal anspucken dürft Ihr ihn. Also verhaltet Euch ruhig! Wo ist denn Philippa, Eure schöne Braut?«

»Ich nehme an, daß sie jetzt für den verdammten Kanzler von England und ihren Va ... nein, für Lord Henry de Beauchamp die fröhliche Gastgeberin spielt.«

»Ihr glaubt, sie wäre beglückt darüber, daß Ihr St. Erth verlassen habt? Das habt Ihr doch getan, nicht wahr, Dienwald? Ihr habt sie angeschrien und ausgeschimpft und seid dann wütend davongeritten, stimmt's?«

Dienwald sah die freundliche, reine, süße Lady an und sagte zu Graelam: »Verschließ ihr den Mund! Sie wird unverschämt. Sie ärgert mich genauso wie diese Dirne.«

Graelam lachte. »Sie sagt nur die Wahrheit. Du hast jetzt eine Frau, Dienwald, und es ist doch wirklich unerheblich, aus welcher Familie sie stammt. Du hast sie doch nicht wegen ihrer Familie geheiratet, sondern weil du sie liebst.«

»Nein! Ich habe sie geheiratet, weil ich ihr die verdammte Jungfernschaft geraubt habe. Ich hatte keine andere Möglichkeit, denn mein Sohn – mein irregeleiteter neunjähriger Sohn – hat von mir verlangt, daß ich sie heirate!«

»Ihr hättet sie sowieso geheiratet«, sagte Kassia.

»Ja, das stimmt«, gab Dienwald zu. »Ich werde einer Lady doch kein uneheliches Kind machen.«

»Warum spielst du dich dann als unschuldiges Opfer auf?« fragte Graelam.

»Na ja, ich habe schon etwas für sie übrig. Aber ich dachte doch, ihr Vater wäre dieser Halbidiot, und das hätte mich nicht weiter gestört. Aber nein, ihr Vater muß ausgerechnet der König von England sein. Der *König von England*, Graelam! Das ist zu viel. Das kann ich nicht zulassen. Ich verstoße sie. Sie hat mich reingelegt und zum Gespött gemacht. Ja, ich stecke sie in einen Konvent und lasse die Ehe annullieren, und dann wird ihr die Verliebtheit schon vergehen. Sie hat mich mit ihrer süßen Nachgiebigkeit, mit ihrem sanften Lächeln und ihrer Leidenschaft betört. Aber dann wird sie mich hassen, und wir haben beide das, was wir verdienen.«

Kassia bot Dienwald einen Stuhl an. »Ihr werdet nichts Derartiges tun. Setzt Euch, mein Freund, und eßt erstmal was! Hier habt Ihr frisches Brot und Honig.«

Dienwald, der wirklich Hunger hatte, begann zu essen. Graelam und Kassia sahen zu, wie er seiner Wut noch geraume Zeit Luft machte, wie er herumzankte und Verwünschungen ausstieß. Dann ritt am Vormittag des dritten Tages nach seiner unerwarteten Ankunft auf Wolffeton Roland de Tournay in den Burghof ein.

Roland sah Dienwald lange Zeit schweigend an. Mit scharfem Auge erkannte er, daß der Mann in einem verzweifelten Zustand war. Er hatte dunkle Ränder unter den Augen. Vermutlich kaum geschlafen. Er sah wie ein Mensch aus, der mit sich und dem Schicksal hadert. »Nun«, sagte Roland, »ich habe mich schon gefragt, wohin Ihr geflohen seid. Eure Gattin ist recht unglücklich, mein zukünftiger Graf von St. Erth!«

»Ich will kein verdammter Graf werden! Was habt Ihr gesagt? Philippa ist unglücklich? Ist sie krank?«

»Ihr habt selber gesagt, daß sie in Euch verliebt sei, Dienwald«, sagte Kassia. »Was erwartet Ihr denn? Sie muß doch unglücklich sein, wenn Ihr sie verlaßt.«

Roland redete geduldig auf ihn ein. »Eure schöne Frau liebt Euch zufälligerweise. Das kann zwar kein Mensch verstehen, es ist nun aber mal so. Wie gesagt, sie ist Euch verfallen. Da Ihr so unerwartet davongeritten seid, ist sie natürlich untröstlich. Alle Bediensteten sind ebenfalls untröstlich, weil sie es ist. Euer Sohn hängt sich an ihre Röcke und versucht, sie von ihrer trüben Stimmung zu befreien, aber mit wenig Erfolg. Der Kanzler und Lord Henry sind abgereist, weil das Leben auf St. Erth trübsinnig und düster geworden ist. Kein Mensch hat mehr Sinn für Scherze, nicht einmal Euer Narr Crooky. Kann ja sein, daß ich mich irre, aber mir scheint, daß Ihr ein sehr dummer Mensch seid, Herr Graf.«

»Ich bin kein verdammter Graf! Und ich kann mich nicht erinnern, Euch um Eure Ansicht gebeten zu haben, de Tournay!«

»Nein, das habt Ihr nicht. Eure Frau ist eine schöne Dame und verdient es nicht, von Euch so gemein behandelt zu werden.«

Es sah aus, als wollte Dienwald sich auf Roland stürzen. Rasch griff Graelam ein. »Dienwald, wenn du weiter deine Wunden lecken willst, dann geh woandershin! Und greife Roland nicht an! Er ist nicht dein Feind, und er ist mein langersehnter Gast.«

Immer noch vor sich hin schimpfend, begab sich Dienwald zum Übungsplatz von Wolffeton, um sich dort mit Rolfe und den anderen Männern im Waffenspiel zu messen.

Roland wandte sich lächelnd Graelam zu. »Ja, es hat sehr lange gedauert, mein Freund, aber nun bin ich endlich hier. Ist das deine Frau, Graelam? Dieses schöne Wesen, das wie eine Märchenprinzessin aussieht? Sie hat dich, einen mit Narben bedeckten, haarigen Krieger, zum Mann genommen? Freiwillig?«

»Ja«, sagte Kassia und reichte Roland die Hand.

»Sie bekommen ein Kind, my Lady.«

»Einen Sohn, my Lord. Ich bekomme einen Sohn.«

Roland betrachtete die beiden. Er kannte Graelam de Moreton seit vielen Jahren und nannte ihn seinen Freund. Aber er kannte ihn nur als harten, unnachgiebigen und unversöhnlichen, dabei starken und tapferen Mann, den man beim Kampf gern an seiner Seite hatte. Aber nie hatte er eine so weiche Seite an ihm entdeckt. Wie konnte er einer so zerbrechlich erscheinenden Dame gefallen? Es war aber so, und Roland fand es ausgezeichnet. Doch für ihn wäre das nichts. Nein, nie. Er verstand diese Gefühle nicht und hatte auch nicht den geringsten Wunsch, sie kennenzulernen.

»Komm jetzt, Roland!« sagte Graelam. »Ich nehme an, du hast mir etwas Wichtiges zu sagen. Kassia, ich möchte, daß du dich jetzt zur Ruhe begibst, Süße.« Er legte ihr die Hand an die Wange und küßte sie auf den Mund. »Geh, meine Liebe!«

Und wieder fragte sich Roland, wie Graelam sich so hatte verändern können. Die beiden Männer saßen im großen Saal von Wolffeton, vor sich Krüge voll Wein.

Ohne lange Vorrede sagte Roland: »Ich muß nach Wales, aber nicht als Roland de Tournay. Du hast doch Freunde unter den Markgrafen dort. Ich könnte eine Empfehlung an einen von ihnen gebrauchen. Vielleicht statte ich ihm einen überraschenden Besuch ab.«

»Du willst wieder den Spion spielen, Roland? Ich zweifle nicht daran, mein Freund, daß du sogar dem lieben Gott einreden könntest, du wärst einer seiner Engel. Ja, ich habe dort Freude. Wenn es sein muß, kannst du zu Lord Richard de Avenell gehen. Er ist der Vater von Lady Chandra de Vernon. Du kennst doch ihren Mann Jarvel, nicht wahr?«

»Ja, ich habe sie beide in Akkra kennengelernt.«

»Gut, das ist abgemacht, Roland. Ich lasse dir von Blount, meinem Verwalter, einen Empfehlungsbrief von Lord Richard schreiben. Willst du sofort nach Wales abreisen?«

Roland lehnte sich zurück. Seine Augen funkelten mutwillig. »Wenn ich darf, Graelam, würde ich gern noch eine Weile hierbleiben und sehen, was sich zwischen Dienwald, seiner Frau und seinem Schwiegervater entwickelt.«

Graelam lachte. »Ja, und ich würde zu gern sehen, was Edward für ein Gesicht macht, wenn man ihm mitteilt, daß Dienwald fluchend ausrückte, als er erfuhr, er sei jetzt mit ihm verwandt! Er wird zum erstenmal im Leben sprachlos sein.«

In der Nähe von St. Erth

Walter de Grasse spuckte Gift und Galle. Er hatte einen heftigen Streit mit Britta hinter sich. Sie hatte sich an ihn geklammert, bittere Tränen geweint und ihn angefleht, bei ihr zu bleiben und Philippa nicht zu folgen. Aber er hatte sich von ihr losgemacht.

Er würde Philippa bekommen, koste es, was es wolle. Er würde sie bekommen und endlich Dienwald de Fortenberry töten. Dieser verfluchte Schuft! Und er würde auch Britta behalten und sich nicht darum kümmern, was die beiden Frauen wünschten.

Er hatte seine Männer schwer zusammengestaucht, weil sie eine Frau mit einem kleinen Jungen aus Crandall ließen. Aber nun waren sie einmal weg, und er mußte darauf sinnen, sie irgendwie wieder einzufangen.

Er lagerte mit sechs seiner fähigsten und rücksichtslosesten Männer in einem Urwald, keine Meile von der Burg St. Erth entfernt. Ein Mann stand immer Wache. Es war Walter gemeldet worden, daß der Herr von St. Erth ohne Begleitung weggeritten und bisher noch nicht zurückgekehrt war. Ebenso war Walter von dem Besuch des Kanzlers und Lord Henrys unterrichtet worden. Philippa und Dienwald mußten inzwischen erfahren haben, wer sie wirklich war.

Warum war dann Dienwald allein von seiner Burg geritten? Das ergab für Walter keinen Sinn.

Er sah den Kanzler mit allen seinen Männern davonreiten. Walter war erleichtert, denn mit den Kriegern des Königs wollte er nichts zu tun haben. Dann ritten auch Lord Henry und seine Männer ab. Walter lehnte sich zurück, kaute an einem rauchgeschwärzten Stück Kaninchenfleisch und wartete weiter.

Burg Wolffeton

»Die Dirne hat ihren eigenen Kopf und ändert sich nicht mehr.«

»Liebt Ihr sie, Dienwald?« fragte Kassia.

»Daß Ihr Frauen immer so albernes Zeug von Liebe schwatzen müßt! Liebe ist weiter nichts als eine Einbildung, die sich bei näherem Hinsehen verflüchtigt.«

»Ihr kommt mir allmählich närrischer vor als Euer Crooky«, sagte Kassia seufzend. »Dienwald, Ihr müßt den Tatsachen ins Auge sehen. Ihr müßt zu Eurer Frau und Eurem Sohn heimkehren. Vielleicht könnt Ihr noch gelegentlich einige Überfälle an Euren Westgrenzen unternehmen, wenn Ihr dabei vorsichtig seid. Ja, mein Mann würde wahrscheinlich sogar gern mitmachen. Der Friede langweilt ihn. Es juckt ihn nach Abenteuern.«

»Sie hat recht, Dienwald. Der König braucht es ja nicht zu erfahren. Du mußt es nur heimlich tun und dir deine Opfer gut aussuchen. Was Kassia sagt, ist wahr. Ich würde gern gelegentlich an so einem kleinen Vergnügen teilnehmen.«

Dienwalds Miene hellte sich auf. »Philippa liebt auch Abenteuer. So ein Überfall würde ihr wohl Spaß machen.«

»Na, dann habt ihr beide ja schon ein Gesprächsthema«, sagte Kassia, ihr Lächeln verbergend.

Zu Graelams und Kassias Bestürzung sagte Roland de Tournay plötzlich: »Nein, da bin ich nicht Graelams Meinung. Da stimme ich eher Euch zu, Dienwald. Ihr solltet nach Canterbury gehen und dem Erzbischof vortragen, was Euch zugestoßen ist. Er würde Eure Ehe sicherlich annullieren. Schließlich hat Euch die Dirne nicht ehrlich gesagt, von wem sie stammt. Ja, sagt Euch los von ihr, Dienwald! Sollte sie von Euch schwanger sein, macht das auch nichts. Überlaßt das nur dem König, Ihrem Vater! Danach seid Ihr wieder glücklich und zufrieden und könnt Euch frohen Mutes und ohne Reue Euren Geliebten widmen.«

Genauso waren Graelam und Kassia überrascht, als Dienwald aufsprang und Roland ansah, als hätte der sich auf einmal in eine Kröte verwandelt.

»Haltet Euren ungewaschenen Mund, Roland! Philippa wußte doch gar nicht, daß sie ein uneheliches Kind ist! Sie war an allem unschuldig. Sie ist ehrlich und rein und süß und ...«

Er brach plötzlich ab und errötete bis unter die Haarspitzen. »Verdammter Hurensohn, mögt Ihr verrotten!« brüllte er und verließ eiligen Schrittes den großen Saal von Wolffeton. Die Zurückbleibenden brachen in ein unbändiges Gelächter aus.

22

Burg St. Erth

Im Innenhof stand Philippa, die Hände in die Hüften gestemmt, Dienwalds Waffenmeister gegenüber. »Was du da sagst, Eldwin, kümmert mich überhaupt nicht. Ich bleibe keinen Tag mehr hier, nein, keine Stunde! Begreifst du denn nicht? Dein Herr ist auf Wolffeton, um Graelam und seiner *vollkommenen* kleinen Kassia vorzujammern, was seine tückische Frau ihm angetan hat.«

»Und da wollt Ihr auch nach Wolffeton gehen, Herrin? Wenn der Herr dort ist, wollt Ihr ihn dann vor Lord Graelam beschimpfen? Vergeßt nicht, er ist Euer Herr und Meister und Euer Ehemann! Ihr dürft nichts tun, was ein schlechtes Licht auf ihn wirft. Es ist Eure Pflicht, auf St. Erth zu bleiben, bis der Herr zu einem Entschluß kommt und ...«

Doch Philippa war am Ende ihrer Geduld. Crooky stand neben ihr und sagte von oben herab zu Eldwin: »Kerl, du bist doch nur ein zähes Stück Unrat! Wie kannst du dich hier großtun und *ihr* sagen, was sie tun und lassen soll? Eine Prinzessin tut, was sie will, und wenn sie den Herrn heimholen will, dann gehen wir alle mit ihr und holen den Herrn heim.«

»Ja, ich gehe auch mit«, sagte Eldwin, »denn er ist mein Vater.«

»Ich auch!« riefen die Umstehenden.

Eldwin blickte betroffen die vielen Menschen aus St. Erth an, die die Partei ihrer Herrin ergriffen. Die alte Agnes zeigte ihr zahnloses Grinsen und wedelte mit den dünnen Armen. Sie tat, als wäre er ein Fuchs im Hühnerstall. Da gab er nach, wenn auch unter Vorbehalt. »Wir dürfen aber nicht alle die Burg verlassen! Die alte Agnes muß hierbleiben und die Web- und Näharbeiten beaufsichtigen. Gorkel, du mußt die Tagelöhner beschäftigen und für die Sicherheit der Burg sorgen.«

»Ja, und was wirst du tun, Eldwin mit dem starken Arm?« wollte die alte Agnes wissen.

»Ich gehe mit der Herrin«, sagte Eldwin und sah die alte Agnes so finster an, daß sie einige Schritte zurückwich.

Philippa lächelte, und Eldwin war zufrieden, daß er ihr ein Lächeln entlockt hatte. Seine Brust weitete sich. Vielleicht war es das beste, den Herrn heimzuholen. War es da nicht seine Pflicht mitzugehen, statt auf St. Erth zu bleiben?

»Ja, Herrin, es soll geschehen, was unser tapferer Eldwin sagt«, schrie die alte Agnes. »Ich werde die Plappermäuler zur Arbeit anhalten! Ich hoffe nur, daß Prink, dieser treulose Kretin, mir keine Schwierigkeiten macht. Wenn Mordrid ihn dann nicht niederschlägt, werde ich Gorkel sagen, daß er ihm das wurmstichige Fell durchgerbt.«

Philippa sah gerührt von einem geliebten Gesicht zum anderen. Alle hatten sich bemüht, sie über den Weggang ihres Gatten hinwegzutrösten. Sie bezwang die aufsteigenden Tränen und nickte beifällig Crooky zu, als der ein Lied anstimmte.

»Wir ziehen los, den Herrn zu holen,
Wir bringen ihn nach Haus zu Recht.
Wir würden ihn sogar versohlen.
Denn sagt er nein, dann geht's ihm schlecht.

Crooky hielt erschrocken inne. Mein Gott, was hatte er da von sich gegeben? Alle sahen ihn an. Dann begann Philippa zu kichern. Mehrere folgten ihrem Beispiel. Schließlich wandte sich Philippa an Eldwin. »Wähle 15 Männer aus und bewaffne sie gut! In einer Stunde reiten wir nach Wolffeton. Und ihr übrigen bereitet im Hause alles für die Rückkehr des Herrn vor! Wir werden ein Fest wie bei der Hochzeit feiern!«

In der Nähe von St. Erth

Walter war blaß vor Zorn. Er sah sie an der Spitze eines Kriegertrupps aus St. Erth davonreiten. Es waren 15 Männer – er hatte sie gezählt. Und sie waren gut bewaffnet. Verdammt noch mal, es waren zu viele. Er konnte es nicht wagen, sie anzugreifen, um Philippa gefangen zu nehmen.

Wohin zog sie? Vielleicht, dachte er und lächelte schon wieder, hatte sie sich entschlossen, ihren Ehemann wieder zu verlassen. Ja, das war es. Sie verließ diesen heimtückischen Kerl.

Endlich würde er sie kriegen. Walter befahl seinen Männern den Aufbruch. Er würde sie notfalls bis Irland verfolgen. An irgendeinem Punkt der Reise würde er sie allein erwischen. Sie mußte ja mal einem natürlichen Bedürfnis folgen oder ein Bad nehmen. Ja, er würde sie kriegen.

Zwischen Wolffeton und St. Erth

Dienwald klopfte Philbo den Hals. Sein Zelter hatte angefangen zu schwitzen und schwer zu atmen, doch er galoppierte weiter vorwärts, als wüßte er, daß es heimging.

Bald würde Dienwald sein Mädchen wieder haben. Er würde sie küssen und ihr sagen, daß er ihr ihre vielen Sünden vergebe. Er würde sie bis zur Besinnungslosigkeit lieben. »Ach, Philippa«, sagte er laut, während Philbo die Ohren spitzte. »Bald ist alles wieder gut. Ich werde mich nicht mal ungebührlich darüber beklagen, daß man mich zum Grafen macht. Wenn es sein muß, beuge ich auch vor deinem verfluchten Vater das Knie und beweise ihm, daß ich ein Ehrenmann bin, dem seine Tochter mehr bedeutet als alle Schätze der Welt. Ich lerne schreiben, damit ich ihre Schönheit in Liebesgedichten preisen kann, und lese ihr vor, was ich geschrieben habe.«

Philbo schnaubte vernehmlich.

»Nein, keine Gedichte, das geht zu weit. Aber ich will ihr immer zeigen, daß ich sie stets achte und begehre. Ich flüstere ihr mein Verlangen ins Ohr und erweiche ihr süßes Herz mit zarter Zunge. Und nie, nie mehr werde ich sie im Zorn anschreien!« Bestimmt würde er dieses Gelübde einhalten. Er war schließlich ein vernünftiger Mensch. Er konnte sich beherrschen. Deshalb würde es ihm nicht schwer fallen.

Ja, er würde sie necken und liebhaben und sich freundlich ihrem Willen beugen. Er war ja kein Tyrann, der bedingungslose Unterwerfung forderte. Sie würde sich ihm ebenfalls bereitwillig anpassen, denn sie liebte ihn und wünschte vor allem, ihn zu erfreuen.

Einmal noch verfinsterte sich sein Gesicht, als er sich im Geist, wie ein affektierter Possenreißer gekleidet, im Vorzimmer des Königs darauf warten sah, daß der Herrscher ihm eine Audienz gewährte. Es war eine scheußliche Vorstellung, bei der es ihm in den Zehen kribbelte.

Philbo schnaubte wieder. Dienwald vergaß die trüben Vorahnungen. In der Ferne sah er einen Reitertrupp, der auf ihn zuhielt. Er zählte. 16 Mann! Was konnten sie vorhaben? Was wollten sie hier? Und dann erkannte er Philippas Stute, Eldwins großen schwarzen Wallach und das Pony seines Sohnes.

Was ging hier vor? Wo ritt Philippa mit seinen Männern hin? Sie ritt an der Spitze und führte das Kommando. Wohin brachte sie seinen Sohn? Er erstarrte im Sattel.

Sie wollte ihn verlassen. Sie bildete sich ein, so hoch über ihm zu stehen, daß sie sich nicht länger von ihm erniedrigen lassen wollte. Sie hatte St. Erth verlassen – ihr Heim – den Ort, wohin sie gehörte. Sie ging nach London, an den Hof ihres Vaters, um dort wertvollen Schmuck und schöne Kleider zu tragen und nie mehr in die Verlegenheit zu kommen, bis auf eine Decke nackt herumlaufen zu müssen.

Sein Zorn steigerte sich. Er fluchte laut. Ja, er durfte sich gar nicht die vielen Männer vorstellen, die am Hofe sein und sie begehren würden. Zur Hölle mit ihrem schönen Gesicht und ihrem verlockenden Körper, nicht nur, weil der König ihr Vater war, sondern auch, weil sie ...

»Verdammnis!« brüllte er und nötigte Philbo zum Galopp. Er

sah, daß Edmund dicht neben Philippa ritt. An ihrer anderen Seite hielt sich Eldwin. Und gleich hinter ihr kam Northbert, sein treuer Northbert. Sie hatte ihm den Sohn weggenommen, und seine Männer halfen ihr noch dabei. Die Wut durchrüttelte seinen Körper.

»Bei Gott«, sagte Eldwin und drängte noch näher an Philippa heran. »Das ist der Herr! Seht, das ist Philbo, den er reitet! Er reitet wie der Teufel – genau auf uns zu.«

»Ja«, sagte Edmund auf der anderen Seite, »das ist Papa!«

»Endlich«, sagte Philippa und brachte die Stute zum Halten. Zum erstenmal in den letzten drei Tagen strahlten ihre Augen wieder, und sie richtete sich kerzengerade auf.

Beim Anblick ihres Ehemanns vergaß Philippa allen Zorn auf ihn. Er hatte sich offenbar mit der Situation abgefunden und sich entschieden, sie trotz ihrer Herkunft als seine Frau zu akzeptieren. Wie schnell er ritt! Ihr wurde ganz warm ums Herz. Bald würde er sie in die Arme schließen, küssen und sie vor sich auf Philbo setzen, um sie auf dem Rückweg liebkosen zu können. Philippa überließ sich dem süßen Vorgefühl. Er würde sie lieben, und danach würden sie keinen Streit, keine hitzigen Debatten, kein gegenseitiges Anschreien mehr haben.

Dann hörte sie den Hufschlag seines Rosses, und jetzt konnte sie schon sein Gesicht erkennen. Sie ritt ihm entgegen und wollte die Arme nach ihm ausstrecken und sich an seine Brust werfen, sobald er ihr nahe war.

Dienwald riß an den Zügeln. Sein mächtiges Kampfroß schnaufte laut und stellte sich auf die Hinterbeine. »Philippa!«

»Ja, mein Gatte. Ich bin hier und, wie du siehst, auch dein Sohn und deine Männer. Wir sind auf dem Wege zu ...«

Er ließ Philbo nicht weiter an sie heran. Er brauchte Abstand. Er hatte das Feuer geschürt. Nun sollte es ihr entgegen lodern. »Du verdammtes Biest! Wie kannst du es wagen, dich davonzumachen und mir den Sohn zu stehlen! Ich weiß, wo du hinwillst, du bösartiges Weib. Du reitest mit meinen ungetreuen Männern an den Hof deines Vaters, um dich in der Gunst des Königs zu sonnen und ihm reiche Geschenke abzuschmeicheln. Treulose Dirne! Verschwinde aus meinen Augen! Ich will dich nicht haben, ich habe dich nie gewollt, und ich gebe dir die Peitsche zu schmecken, wenn du nicht auf der Stelle verschwindest! Hast du mich gehört, Dirne?«

»Papa ...«

»Bald bist du vor ihr sicher, Edmund. Wir kehren nach St. Erth zurück, und alles wird wieder sein wie früher, bevor sie uns heimgesucht hat. Du hattest recht, Edmund: Sie ist eine Hexe, ein Fluch des Teufels. Sie hat nichts anderes getan, als dich zurechtzuweisen und uns alle von Anfang an mit ihrer giftigen Zunge zu verletzen. Du brauchst von jetzt an nicht mehr unter ihr zu leiden. Wir werden alle von ihr erlöst sein. Ihr, Eldwin, Galen, Northbert, ihr alle, trennt euch von ihr! Laßt sie allein weiterreiten! Sie ist das treuloseste Wesen, das es gibt!« Schweratmend hielt er inne.

Galen nutzte den Augenblick, da Dienwald Luft holen mußte. »Herr«, sagte er schnell und winkte mit der Hand, um seine Aufmerksamkeit zu erregen. Der Herr war ja ganz durcheinander! »Was Ihr denkt, Herr, stimmt nicht. Ihr könnt das absurde Zeug, das Ihr redet, doch selber nicht glauben ...«

»Wir kehren sofort nach St. Erth zurück!« brüllte Dienwald. »Du aber verschwinde, Dirne! Du wirst mich nie mehr mit deinen Lügen quälen und mit deinem süßen Körper verführen!«

Philippa hatte noch kein Wort gesagt. Er glaubte also wirklich, daß sie ihn verlassen und seinen Sohn mit sich an ihres Vaters Hof nach London nehmen wollte? Sie spürte eine Leere im Inneren. Dann überfiel sie schmerzliche Wut. Während er herumschrie, sie anblaffte und beleidigte, schaute sie ihn stumm an. Nun war alles vorbei. Ihr Traum von seiner Liebe hatte sich als lächerlich erwiesen.

Jetzt beschimpfte er seine Männer, nannte sie treulose Hunde und niederträchtige Schurken. Endlich schwieg er. Schweigend ertrugen die Männer seine zornigen Blicke. Er fühlte sich von allen verraten. Ohne einen klaren Gedanken galoppierte er durch ihre Reihen. Er würde jetzt nach St. Erth zurückkehren. Sollten sie tun, was ihnen paßte! Wenn sie ihm folgen wollten, dann sollten sie es, verdammt noch mal, tun.

Die Männer blieben in verstreuten Gruppen zurück. Pferde wieherten. Er hörte Galen schreien. Dann brüllte Northbert etwas, das er nicht verstehen konnte. Es kümmerte ihn auch nicht. Er wollte nur weg von ihr. Sie hatte ihm zu übel mitgespielt. Er gab Philbo die Peitsche, bis er im Galopp zurück nach St. Erth stürmte. Er war enttäuscht von Philippa und seinem Sohn, der sich anscheinend auch für sie entschieden hatte.

»Nun ist alles verloren«, sagte Philippa. Sie konnte keinen klaren Gedanken fassen, denn sie war völlig erschlagen. Doch plötzlich stieg Zorn in ihr auf, sie war wütend über seine Dummheit. Das war unerträglich. Wie konnte er es wagen, dieser ungläubige Schwachkopf!

»Nein!« schrie Philippa, riß die Stute herum, hob die Peitsche und raste ihrem Manne nach. Über die Schulter rief sie zurück: »Eldwin, ihr bleibt hier! Niemand rührt sich von der Stelle! Ich bin bald zurück! Keine Sorge, Edmund! Deinem Vater fehlt nichts als eine ordentliche Tracht Prügel!«

Dienwalds Männer ließen sie durch, und sie ritt ihm nach. Überrascht drehte sich Dienwald im Sattel um, als er die näherkommenden Hufschläge der Stute vernahm. Er zögerte kurz, doch sein Zorn war noch nicht verraucht.

Die Stute war frisch und holte bald den müden Philbo ein. In diesem Augenblick handelte Philippa wie schon so oft in ihrem Leben unbedacht. Sie sprang vom Rücken der Stute mit ausgestreckten Armen auf ihren Mann zu.

Er ahnte, was geschehen würde, warf sich im Sattel herum und zog sie an seine Brust. Dann wurden beide von Philbos Rücken auf die Erde geschleudert. Im Fallen drehte Dienwald sich herum, um ihr den harten Aufprall zu ersparen. So landete er als erster, hatte aber im ersten Augenblick große Atemnot. Stöhnend zog er sie noch fester an sich.

Die Straße war schmal und gewunden. An den Seiten fiel das Gelände steil ab. Fest aneinandergepreßt überkugelten sie sich mehrmals, die grasbewachsene Böschung hinunter. Schließlich lagen sie auf einem Feld von Heckenlilien und Veilchen.

Dienwald lag auf dem Rücken, Philippa auf ihm. Beide atmeten schwer. Ihm kam es fast so vor, als läge er in Stücke gerissen unter den Heckenlilien. Sie war jedenfalls unverletzt, das sah er. Er fühlte ihren Unterleib an seinem, und sofort regte sich sein Geschlecht. Also, dieser Körperteil war jedenfalls unversehrt geblieben. Und er war ihr immer noch verfallen. Die herrlichen dichten Locken umgaben in wilder Pracht ihr Gesicht. Ihre Augen blitzten voll Leidenschaft, und er wartete begierig auf ihren Wutausbruch.

»Du dummer Kerl!« schrie sie ihn an. »Ich müßte dir eigentlich beide Arme und das Genick brechen! Du unwissender Trampel! Ja, ich zerreiße dich noch mal in kleine Stücke!«

»Das hast du schon getan«, antwortete er. »Du albernes Weib, ich habe dich vor dem Aufprall bewahrt. Aber du bist mit einer Wucht auf mich gefallen, daß ich mir das Rückgrat hätte brechen können. Mir ist, als wäre meine Leber zerquetscht worden. Als wir auf den Boden fielen, war ich wie benommen.«

»Du solltest lieber beklagen, den Verstand verloren zu haben«, sagte Philippa und schlug ihn. »Du hattest ja sicher noch nie sehr viel, aber jetzt hast du gar keinen mehr, mein edler Gatte.«

Dienwald packte ihre trommelnden Fäuste – was nicht einfach war – und es gelang ihm, sich herumzurollen. Nun lag sie unter ihm. Er bog ihr die Arme über den Kopf nach hinten, hielt sie mit einer Hand fest und wälzte sich dann über sie. Nun konnte sie sich nicht mehr aufbäumen und ihn treten.

»Jetzt«, sagte er und sah sie an. Seine Brust hob sich. »Jetzt.«

»Was jetzt, du Possenreißer?«

Sie schien sich noch gar nicht bewußt zu sein, daß er die Oberhand gewonnen hatte. Wohingegen er sehr deutlich die Wirkung spürte, die sie auf ihn ausübte.

»Du hast dir wohl inzwischen deine eingebildeten Wunden geleckt, und deine vollkommene kleine Kassia hat dir süßen, zarten Trost gespendet. Ist es so, du elender Esel? Hast du die letzten drei Tage damit verbracht, dein schreckliches Schicksal zu bejammern? Und hat deine vollkommene kleine Kassia dich darin bestärkt? Betört? Antworte!«

»Eigentlich nicht«, sagte er und runzelte die Stirn.

Mit einem Ruck versuchte sie ihre Hände zu befreien. Aber er verstärkte nur seinen Griff. Er wollte sie küssen und sich mit ihr vereinigen. Zu gleicher Zeit hätte er sie erwürgen können. Doch statt dessen sagte er mit seiner besten Kommandostimme: »Ich bin dein Herr, Dirne. Nur ich und kein anderer. Du kamst zu mir und hast mich verführt. Ich habe dich geheiratet, und damit hat es sich. Jetzt bleib still liegen und halt den Mund! Ich muß nachdenken.«

»Nachdenken! Ha!«

»Wo wolltest du mit meinen Männern und mit meinem Sohn hin? Du bist vor mir ausgerückt. Du warst auf dem Weg nach London! Du hast mir meinen Sohn weggenommen und wolltest zu deinem verfluchten Vater. Sag mir die Wahrheit!«

Sie sah ihn böse an und versuchte, ihn zu treten. Aber er hielt sie fest, und das einzige, was sie erreichte, war, daß sich sein Glied jetzt hart und fordernd an sie drängte. Es erregte ihre Lust und machte sie gleichzeitig wütend. »Ja«, schrie sie so laut, daß ihm die Ohren dröhnten, »ja, wir wollten alle nach London! Zu meinem Vater. Er hätte mich mit Schmuck behängt, und ich wäre fröhlich gewesen, hätte mich amüsiert und mit allen diesen schönen Höflingen getanzt.«

»Das ist alles, woran du denkst? An Kavaliere und Schmuck? Und was hätte Edmund inzwischen angefangen?«

Da war sie um eine Antwort verlegen. Er saß rittlings auf ihr, die Beine fest um ihre Hüften. Er keuchte und war ihr so nahe, daß sie schon fast seinen Mund auf ihrem spürte. Sie wünschte verzweifelt, ihn erst zu schlagen, dann zu küssen, und ihn so verrückt zu machen, daß er alles um sich vergessen würde.

»Sieh mich nicht so an, Philippa! Damit erreichst du gar nichts. Diesmal gebe ich nicht nach. Und meinem Zorn entgehst du doch nicht. Du willst mich wieder verführen. Streite es nicht ab! Nein, du bist mir untreu gewesen, du hast ...«

Plötzlich bäumte sie sich mit aller Kraft auf. Es kam so überraschend für ihn, daß er zur Seite fiel. Doch er ließ ihre Handgelenke nicht los, und nun lagen sie von Angesicht zu Angesicht nebeneinander. Nur die Veilchen trennten sie. Er küßte sie und fuhr dann zurück, als hätte ihn eine Wespe gestochen.

»Dienwald ...«, flüsterte sie und warf sich an ihn.

»Nein, ich lasse mich nicht wieder von dir verführen, Dirne. Bleib mir vom Leibe!« Das Blut hämmerte in seinem Kopf. Mit einem Wutschrei riß sie sich los, warf sich über ihn und brachte ihn wieder in die Rückenlage. Und jetzt überfiel sie ihn mit leidenschaftlichen Küssen. Vergebens versuchte er ihnen zu entgehen. Sie griff ihm in die Haare, riß daran und nahm seinen Kopf in die Hände und küßte ihn wieder und wieder. Er spürte ihren Unterleib gegen sein Geschlecht drängen und wußte, sich bald nicht mehr beherrschen zu können. Sie war unbegreiflich für ihn: nachgiebig und fordernd zugleich. Er lag jetzt ruhig und ließ alles mit sich geschehen.

»Dirne«, sagte er, als sie einen Augenblick lang seinen Mund freigab. »Dirne, hör mich an!«

Philippa vernahm seine leise Stimme. Ihr Blick war verschwommen, ihr Herz pochte. Sie hob den Kopf.

»Du bist mein Mann, du mürrischer Narr«, sagte sie und küßte ihn wieder. »Du gehörst mir. Ich würde dich doch nie verlassen, niemals, und wenn ich noch so zornig auf dich und deine verrückten Einfälle wäre. Hast du mich verstanden?« Und sie schlug seinen Kopf auf den Veilchenteppich. »Ja? Ich war auf dem Weg, um dich zu holen, dich mit nach Hause zu bringen, dort wo du hingehörst. Hast du mich verstanden?«

»Hör mal einen Moment damit auf! Du zerschlägst mir ja den Schädel! Hör auf! Ja, ich hab' dich verstanden. Aber jetzt hör mich an! Du bist meine Frau und wirst mich nie mehr verlassen! Du wirst in St. Erth bleiben oder wo immer ich es wünsche. Du wirst nie ohne mich nach London gehen, um deinen Vater zu besuchen. Ich will das nicht haben, hast du gehört?«

»Ich hätte dich verlassen?« Sie hörte auf ihn zu küssen. Auf einmal war ihr Kopf wieder klar. »*Du* hast mich verlassen! Drei Tage lang wußte ich nicht, wo du warst und was du machst. Dann fiel mir plötzlich ein, daß du zu deiner geliebten, vollkommenen, kleinen Kassia gegangen sein könntest. Deshalb bin ich dir mit deinen Männern und deinem Sohn nachgeritten!«

In ihrer Empörung zog sie ihn noch stärker an den Haaren, hämmerte seinen Kopf noch mehrmals auf die Erde und ließ erst davon ab, als er laut stöhnte. »Wie kommst du dazu, so Schlimmes von mir zu denken? Du bist unmöglich! Ich weiß gar nicht, warum ich dich liebe, mehr als ...« Erschrocken brach sie ab. Sie hatte sich ihm zu weit offenbart und fühlte sich nun hilflos seiner Verachtung, seinem Spott, seinen Beschimpfungen preisgegeben.

Doch da lächelte er plötzlich. Es war ein so schönes, verlorenes Lächeln, daß sie ihn dafür hätte bis zur Besinnungslosigkeit küssen können. »Bist du mir wirklich nachgeritten, um mich nach Hause zu holen?«

»Natürlich! Ich wollte doch nicht nach London. Hast du tatsächlich angenommen, ich würde dir den Sohn wegnehmen und mein Haus verlassen? Und deinen Männern befehlen, mich zu begleiten? Ach, Dienwald, weißt du, was du verdienst? Das!« Sie holte mit der Faust aus. Doch im letzten Moment stoppte sie die Bewegung. Es war sein Lächeln, das sie innehalten ließ. Sie fluchte leise und begann ihn leidenschaftlich zu küssen. Er öffnete die Lippen und ließ ihre Zunge in seinen Mund gleiten. Es war wunderbar. Sie war wunderbar, und sie gehörte ihm.

»Ja«, sagte er an ihrem heißen Mund, »ich verdiene dich ganz, Dirne.«

Dann strich er ihr über den Rücken und zog sie fest an sich. Mit der Hand spreizte er ihr die Beine, und seine Finger drückten durch ihr Kleid. »Dienwald«, flüsterte sie.

Er riß ihr das Kleid hoch, und jetzt streichelte er die Innenseite ihrer nackten Schenkel. Langsam glitt seine Hand höher, bis sie in ihren Schoß fand. Dann hielt er inne, bewegte sich nicht mehr, fühlte nur ihre Wärme und Weichheit. Er stieß einen tiefen Seufzer aus. »Du hast mir so gefehlt.«

»Nein, es war nur mein Körper, der dir fehlte«, sagte sie zwischen drängenden Küssen. »Du wärst mit jeder Frau zufrieden gewesen. Du bist ein lüsterner Dickkopf, ein Mann, der in allen seinen wachen Stunden unentwegt geil ist. Ich weiß jetzt alles über deine anderen Frauen. Ich kenne sogar ihre verfluchten Namen. Edmund hat sie mir aufgezählt.«

»Du würdest mich doch bestimmt zum elendsten aller Männer machen, wenn ich mit einer anderen Frau ins Bett ginge. Merkst du denn nicht, wie ich mich danach sehne, in dich einzudringen? Und du erzählst mir nur dauernd ...«

Sie küßte ihn wieder. Sie war jetzt verrückt nach ihm und vergaß alles um sich her. Dienwald erging es kaum anders. Dennoch hörte er Eldwins leise Stimme. »Herr!«

Dienwald wollte sich auf der Stelle von Philippa verführen lassen. Doch er zog ihr rasch das Kleid herunter und schlug ein Auge auf.

»Was willst du, Eldwin? Werdet ihr von einem ganzen Heer angegriffen? Willst du von mir hören, wohin ihr fliehen könnt?«

»Nein, Herr. Viel schlimmer.«

»Was, zum Teufel, könnte denn noch schlimmer sein?«

»Es fängt gleich an zu regnen, Herr. Northbert sagt, es wird ein schwerer Wolkenbruch kommen, und Ihr liegt im Straßengraben. Im Nu wird der Graben voll Wasser laufen. Ihr wißt, Northbert kennt sich gut mit Wetter und Wolken aus.«

Dienwald schaute zum Himmel. Es stimmte. Warme, weiche Luft umgab sie, aber der Himmel war dunkel geworden. Schwere graue Regenwolken zogen auf. Aber was kümmerte ihn das? »Vielen Dank. Du reitest mit den Männern und Edmund nach St. Erth zurück. Die Dirne – meine Frau und ich kommen bald nach. Geh jetzt! Beeil dich! Verschwinde!«

Eldwin war nicht blind. Er sah, daß er hier fehl am Platze war. Er machte kehrt und eilte zu den Männern zurück. Bald hörte Dienwald Hufschläge, die sich rasch entfernten.

»Jetzt, Dirne.«

»Was jetzt?«

»Jetzt tobe ich mich zwischen den Heckenlilien und Veilchen an dir aus.«

Der erste Regentropfen fiel auf Philippas Stirn. Dienwald liebkoste sie mit Mund und Zunge, bis sie Lustschreie ausstieß und voller Begierde ihr Becken anhob. Ihr Verlangen steigerte sich ins Unermeßliche. Als er von ihr abließ, fuhr sie hoch, drückte ihn zur Erde, und er ließ es sich lachend und stöhnend gefallen, denn sie küßte seinen Hals, seine Brust und ihre Hände glitten sanft über seinen Körper. Sie setzte sich zwischen seine Beine, und ihr Mund berührte seinen Unterleib, ihre wilden Haare fielen darüber, und sie liebkoste ihn. Als sie sein Glied in den Mund nahm, zaghaft zuerst, dann erprobend, war sein Verlangen so stark, daß er das Gefühl hatte, gleich seinen Samen verspritzen zu müssen.

Es war, als spürte sie es, denn sie ließ ihn los und streichelte ihn nur noch sanft mit den Fingern. Dann lag er auf ihr und stieß in sie hinein, tief und hart und doch so behutsam und süß, daß sie vor Wonne weinen mußte. Und als er seinen Samen in sie ergoß, schmeckte er Tränen auf ihren Lippen.

Dienwald küßte ihr die Tränen und die Regentropfen vom Gesicht und sagte: »Ich liebe dich, Philippa. Ich werde nie aufhören, dich zu lieben und zu begehren. Wir gehören zusammen, du und ich, für immer. Nie wieder will ich im Zorn mit dir sprechen. Du bist für immer mein.«

Und sie sagte nur: »Ja.«

Er lag mit seinem ganzen Gewicht auf ihr. Sie legte die Arme um ihn und zog ihn fest an sich. Der Regen wurde stärker. Dienwald merkte, daß sie nicht allein waren.

Auf dem oberen Rand der Böschung stand Walter de Grasse und sah mit wutverzerrter Miene auf sie herab.

23

Dienwald tat so, als hätte er Walter nicht gesehen. Vorsichtig löste er sich von Philippa und zog ihr das Kleid wieder über die Beine.

»Liebster …«, sagte sie leise. »Liebster, verlaß mich nicht!«

Während er seine Kleider in Ordnung brachte, sagte er zu ihr: »Komm, Philippa, du mußt jetzt aufwachen!«

Über ihnen erscholl Sir Walters rauhe Stimme: »Habt ihr euch genügend amüsiert, du Hurensohn? Wenn die kleine Schlampe nach mehr verlangt, werde ich es ihr verabreichen. Ich kann ihr größeres Vergnügen bereiten als du.«

Walter! Blitzschnell setzte Philippa sich auf und sah ihren Vetter, die Hände in die Hüften gestützt, in regennasser Kleidung oben auf der Böschung stehen. Er hatte ihnen *zugesehen.* Ihr wurde übel bei dem Gedanken. Zugleich erfaßte sie blinde Wut. Sie krabbelte auf die Beine.

Dienwald nahm eine ihrer Hände in seine und drückte sie. Seine Stimme klang fast unpersönlich, als er fragte: »Was willst du, de Grasse?«

»Ich will das haben, was mir zusteht. Ich will sie haben, auch wenn du dich an ihr vergangen hast.«

Dienwald drückte ihr jetzt fest die Hand und sagte so gelassen wie zuvor: »Du kannst sie nicht haben, de Grasse. Sie war nie für dich bestimmt. Sie gehört mir. Wie du selbst gesehen hast, gehört sie mir mit Haut und Haaren.«

»Nein, du Schweinehund! Ich werde sie heiraten! Sie hat gar keine Wahl. Denn ich nehme dich gefangen, und dann muß sie sich einverstanden erklären.«

Dienwald sah ihn scharf an. »Zu spät, de Grasse. Du kommst viel zu spät. Philippa hat bereits mit dem Segen ihres Vaters – des Königs – mich geheiratet.«

»Du lügst!«

»Warum sollte ich?«

Walter stutzte einen Moment und sah seinen Feind verblüfft an. De Fortenberry war schon sein Feind gewesen, bevor Walter ihn überhaupt zu Gesicht bekommen hatte. Es war lange her, daß Dienwalds Vater Walters Vater im Turnier besiegt und ihm seinen Besitz abgewonnen hatte. Doch das war nicht mit rechten Dingen zugegangen. Nein, sein Vater war betrogen und sein einziger Sohn um sein Erbe gebracht worden.

»Ich hätte dich schon töten sollen, als ich dich gefangen nach Wolffeton brachte. Die Rippen habe ich dir zwar gebrochen, aber das war nicht genug, obgleich ich meine Freude daran hatte. Ich hätte dich foltern lassen sollen, bis ich deine Schreie nicht mehr mitanhören hätte können. Und dann hätte ich dir das Schwert in den Bauch stoßen sollen. Aber nein, ich habe Graelams Rückkehr abgewartet, weil ich mir einbildete, er würde dich nach Recht und Gesetz aburteilen, er würde das Unrecht tilgen, das an meinem Vater und mir begangen wurde. Ich war damals dumm. Ich ahnte ja nicht, daß Lord Graelams Frau, dieses kleine Biest Kassia – deine Geliebte –, es wagen würde, dich heimlich zu befreien. Aber sie hat es getan. Verflucht sei sie! Beim Höllenfeuer, ich hätte sie dafür töten sollen!«

»Aber du hast es nicht getan«, sagte Dienwald. »Und Graelam machte dich zum Kastellan von Crandall. Er kannte ja nicht deinen abgrundtiefen Haß. Doch du warst nicht damit zufrieden, das Vertrauen deines Oberherrn zu genießen. Nein, es war dir unmöglich, deinen Haß wegen eines eingebildeten Unrechts zu vergessen. Du mußtest meine Leute ermorden, ihre Hütten und Ernten verbrennen und ihre Haustiere umbringen. Du bist zu weit gegangen, de Grasse. Graelam weiß inzwischen von deinen Untaten. Er läßt dich keine weiteren mehr begehen. Er wird dich mit eigener Hand töten.«

»Mich töten? Nein, de Fortenberry, du hast keine Beweise von irgendwelchen Brandstiftungen und Morden gegen mich. Und ohne Beweise würde Graelam nie etwas unternehmen. Ich kenne ihn gut. Er ist ein dummer Narr, bildet sich aber ein, er durchschaute die Menschen wie der liebe Gott selber. Und wenn er dich tot vorfindet, gibt es wiederum keinen Beweis gegen mich. Er wird nichts gegen mich unternehmen.«

»Danach hast du noch Philippa und meinen Sohn entführt. Du wirst sterben, Walter, und mit deinem Tod stirbt auch endlich deine sinnlose Feindschaft.«

»Entführt! Ha! Ich habe meine Kusine *befreit*! Es war reiner Zufall, daß sie deinen elenden Balg bei sich hatte. Ich habe ihm auch nichts zuleide getan, dem kleinen Giftzwerg. Du kannst die Wahrheit nicht zu deinen Zwecken verdrehen.«

»Nun ist aber Philippa mit des Königs Segen meine Gattin geworden. Es gibt auch keinen mehr zu befreien. Ich erwarte daher, daß du jetzt abziehst. Hörst du jetzt auf zu jammern, und kehrst nach Crandall zurück?«

Noch während Dienwald sprach, kamen hinter dem Regenschleier verschwommen Walters Männer in Sicht. Sie wirkten tief bedrückt und unsicher: Der Wolkenbruch ließ etwas nach.

Philippa sagte beschwörend: »Walter, ich bin mit Dienwald verheiratet. Ich bin seine Frau. Lord Henry und Robert Burnell, des Königs Kanzler, können es bezeugen. Es ist die Wahrheit. Laß uns gehen!«

Walter knirschte mit den Zähnen. Sein ewiges Mißgeschick trieb ihn zum Wahnsinn. Sollte ihm verwehrt bleiben, was ihm durch Geburtsrecht zustand. Er hatte bisher nichts gewonnen. Das Leben verfuhr ungerecht mit ihm. Und er würde nie eine Entschädigung erlangen, wenn er sie sich nicht mit eigener Hand nahm. Und jetzt hatte er auch noch mitansehen müssen, wie sein Todfeind sich mit seinem Mädchen vergnügte, das ihm zustand. Er hob das Gesicht und schrie seine Wut zum Himmel hinauf.

Es hörte sich erschreckend an. Er war ein heulender Schrei des Schmerzes, der Niederlage, der Vernichtung. Die schrille Klage des Mannes, der seinen Glauben an sich selbst verloren hatte. Philippa barg den Kopf an Dienwalds Brust.

Dann schwieg Walter, und einige seiner Männer bekreuzigten sich. Das quälende Schweigen hielt an. Es war eine gespenstische Szene. Und der Regen prasselte auf sie nieder. Der schräge Graben, in dem Dienwald mit Philippa stand, füllte sich mit Wasser.

Plötzlich zog Walter das Schwert und sprang in die Böschung. Er prallte mit seinem ganzen Gewicht gegen Dienwalds Brust und warf ihn rücklings zu Boden. Philippa wurde zur Seite geschleudert und platschte bis zu den Knien im Wasser. Mit heftig rudernden Armen mühte sie sich hoch und versuchte, im prasselnden Regen auf den Beinen zu stehen.

Walters blankes Schwert zielte auf Dienwalds Brust. Dienwald hatte als einzige Waffe ein Messer. Er hielt es in der rechten Hand, wechselte es dann in die linke, um Walter zu verwirren.

Leise sagte er: »Nun, was ist, du dummer Trottel? Komm! Jetzt wollen wir mal sehen, ob du mit deinem Schwert etwas ausrichtest! Oder willst du wie ein Ölgötze stehen bleiben?«

Walter stieß einen Wutschrei aus und stürmte mit ausgestrecktem Schwert auf Dienwald zu. Der entzog sich dem tödlichen Stoß geschickt durch einen Seitwärtsschritt. Doch dann rutschte er auf dem nassen Gras aus, verlor das Gleichgewicht und fiel rücklings zu Boden.

Philippa hatte einen Stein aufgehoben und warf ihn mit aller Kraft auf Walter. Er traf ihn genau an der Brust. Verdutzt sah er sie an.

»Philippa? Warum hast du das getan? Ich will dich doch retten. Ich will ihn töten, und dann kommst du mit mir.«

Walter drehte sich wieder zu Dienwald um. Doch der war schon wieder auf den Beinen und machte eine Bewegung nach rechts, um dem Schwertstoß von Walter auszuweichen.

Der Kampf schien endlos zu dauern. Doch wußte Philippa, daß Dienwald unterliegen würde. Sein Messer war Walters Schwert nicht gewachsen. Plötzlich hörte sie Schreie von der Straße.

Die beiden kämpfenden Männer achteten nicht darauf.

Philippa hatte einen anderen Stein aufgehoben und wartete auf den Moment, auf Walter einzuschlagen. Aber die beiden Männer standen so dicht nebeneinander, daß sie fürchten mußte, aus Versehen Dienwald zu treffen.

»Philippa! Zur Seite!«

Sie wirbelte herum und sah nach oben. Über ihnen stand Graelam de Moreton auf der Straße. Neben ihm ein zweiter Mann, Roland de Tournay. Gebannt sah Philippa, wie Roland einen schmalen Dolch aus dem Gürtel zog, dessen silbern glänzender Griff auch im grauen Licht funkelte. Er zielte einen Augenblick. Dann warf er den Dolch. Er flog so schnell durch die Luft, daß Philippa seinen Flug nicht verfolgen konnte.

Sie hörte auf einmal einen gurgelnden Laut und drehte sich um. Der Dolch war tief in Walters Brust eingedrungen. Er ließ das Schwert fallen, packte den Elfenbeingriff des Dolches, zog die Waffe heraus und starrte auf die blutrote Klinge. Dann schaute er nach oben zu Roland de Tournay.

Verwirrung überzog sein Gesicht. Er fragte: »Kenne ich dich? Warum tötest du mich?«

Das waren seine letzten Worte. Mit dem Gesicht nach unten fiel er in das Wasser.

Keuchend stand Dienwald über ihm. Stirnrunzelnd betrachtete er Walters Leiche. »Das war ein guter Wurf. Aber Ihr habt vorschnell gehandelt. Ich stand dicht vor dem Sieg.«

»Beim nächstenmal«, rief Roland, »überlasse ich es Eurer Frau, Euren Gegner mit Steinen zu treffen.«

»Bei allen Heiligen da droben«, schrie Graelam, »hört auf! Kommt herauf! Wir wollen nach St. Erth reiten. Dienwald, du kannst dich bei Roland bedanken. Er hat dir das Leben gerettet. Und nun beeilt Euch! Ich bin so durchnäßt, daß mir die Zunge im Munde klebt!«

Nur wenige Minuten später saß Philippa in den Armen ihres Mannes auf Philbos Rücken. Einer von Graelams Männern führte ihre Stute am Zügel nach. Walters Männer hatten keinen Kampf angezettelt, denn Lord Graelam de Moreton war Walters Oberherr, und daher schuldeten sie Lord Graelam Gehorsam.

Dienwald erkundigte sich bei ihm: »Wie seid ihr so unerwartet dazugekommen? Ich hatte zwar um Hilfe gebeten, aber nicht unbedingt von deiner Seite.«

»Wir sind dir gefolgt«, sagte Graelam. »Roland wollte unbedingt den letzten Akt des Stückes sehen, an dem er mitgeschrieben hatte.«

»Was meint er?« fragte Philippa ihren Mann.

»Psst, Dirne! Das ist unwichtig. Roland hat eine lose Zunge, aber er versteht es, den Dolch zu werfen.«

»Aber ...«

»Psst. Wirst du mich auch weiterhin so freundlich willkommen heißen wie die sanfte und vollkommene Kassia?«

Wie erwartet, hatte er sie von dem für ihn heiklen Thema abgelenkt. Zufrieden grinste er über sie hinweg.

Am ganzen Leibe zitternd und mit klappernden Zähnen ritten sie schließlich in den Burghof von St. Erth ein. Im großen Saal bereitete man ihnen einen überwältigenden Empfang mit Beifall, Jubelrufen und wunderbarer Wärme. Die Tische waren mit Bergen von Speisen beladen. Alle Menschen von St. Erth hatten sich versammelt. Es herrschte Lärm, es war heiß, und der Geruch der Speisen vermischte sich mit dem Geruch von Schweiß und nasser Wolle. Es war einfach wunderbar.

»Willkommen!« sagte Philippa. »Wir sind zu Hause!«

Plötzlich mußte sie niesen. Dienwald hob sie hoch und nahm sie auf den Arm. Er tat so, als käme er durch ihr Gewicht ins Wanken, und sagte: »Mein armer Rücken! Dirne, das geht fast über meine Kräfte. Bist du durch die nassen Kleider schwer geworden!«

Graelam und Roland sahen grinsend zu, wie Dienwald sie aus dem großen Saal trug. Die Menschen von St. Erth brachen in einen erneuten wilden Jubelsturm aus. Graelam sagte: »Des Königs Schwiegersohn ist ein guter Mann.«

»Ja, und jetzt ist er auch zur Besinnung gekommen«, sagte Roland. »Dennoch finde ich es merkwürdig.«

»Was findest du merkwürdig?«

»Daß Philippa, die doch über bemerkenswerten Geschmack und

feine Sitten verfügt, diesen Kerl mir vorzieht. Ich kann es einfach nicht glauben. Es widerspricht allen meinen Erfahrungen. In Akkra hatte ich einen ganzen Harem, Graelam – du kannst dir nicht vorstellen, was meine Frauen für einen Appetit entwickelt haben! Und natürlich befriedigte ich Nacht für Nacht den Appetit jeder einzelnen. Nie brauchte sich eine zu beklagen, daß ich mich der Pflicht entzogen hätte. Aber Philippa hat mich keines Blickes gewürdigt.«

Graelam lachte nur, griff sich ein Stück vom wohlgelungenen Kaninchenbraten und fuchtelte damit vor Rolands Gesicht herum. »Du prahlender Gockel! Du Lügenhund! Harem? Ich glaube dir kein Wort. Was für ein Harem? Wie willst du denn an einen Harem gekommen sein? Wie viele Frauen? Du hast doch bestimmt nicht mehr als eine Frau in einer Nacht befriedigt!«

Crooky kicherte und zeigte auf die vielen Schüsseln mit Speisen. »Das ist ein Fest, my Lords! Ein würdiges Fest für einen König oder eine Königstochter und ihre Freunde!« Dann sprang er auf Dienwalds Sessel und stimmte ein Lied an.

»Lord und Lady sahn wir gehen.
Speis und Trank sie glatt verschmähen.
Ihrer harrt ein andres Spiel
Die ganze Nacht durch mit Gefühl.

In ihrem Schlafzimmer lagen Herr und Herrin von St. Erth warm und trocken unter drei Decken, lauschten dem Regen, und einer genoß die Küsse des anderen. Plötzlich hörten sie schallendes Gelächter von unten in der großen Halle. Philippa kuschelte sich an Dienwalds Hals und fragte: »Hast du deinen Samenbestand wieder aufgefüllt?«

»Was?« fragte Dienwald und rückte vom lachenden Mund seiner Frau ab.

»Die alte Agnes hat gesagt, ich würde dich heimholen und dich nicht aus dem Bett lassen, bis du mich anflehst, ich soll dich schlafen lassen, damit du deinen Samenbestand wieder auffüllen kannst.«

»Nun, da hat es keine Not, es ist noch genügend da, du lüsterne Dirne. Ich wünsche mir in diesem Leben nichts anderes mehr, als jede Nacht von dir verführt zu werden.«

»Das Versprechen gebe ich dir gern. Und nichts ist leichter, als es einzuhalten.«

EPILOG

Schloß Windsor
Oktober 1275

Dienwald machte rasch die Tür des üppig eingerichteten Zimmers zu, schloß sie ab und atmete tief ein und wieder aus. Dabei lehnte er sich erschöpft mit geschlossenen Augen dagegen.

»Mein edler Gatte, das hast du gut gemacht. Mein Vater hält dich beinahe für so wunderbar wie ich.«

Dienwald schlug die Augen auf. »Ja, wirklich? Ha! Ich wette, daß er immer noch der Meinung ist, Roland de Tournay wäre der bessere Ehemann und der bessere Schwiegersohn gewesen. Und ich muß dieses verdammte Scheusal Roland auch noch meinen Freund nennen! Philippa, das geht mir über die Hutschnur.«

Sie hätte beinahe laut aufgelacht, beherrschte sich aber. Mit gesenkten Lidern sagte sie: »Mein Gatte, für mich bedeutet Roland nichts. Er hat in meinem Leben und vor allem in meinem Herzen nie eine Rolle gespielt. Und da mein Vater in dieser Hinsicht nichts mehr zu sagen hat, ist die Sache damit erledigt. Was hältst du von Königin Eleanor?«

»Eine schöne Dame«, sagte Dienwald gleichgültig. Dann runzelte er die Stirn und schloß stöhnend die Augen. »Der König sah mich an und hatte mich sofort durchschaut, Philippa. Er weiß, daß ich den Kaufmann in der Nähe von Penrith überfallen und seinen Wagen geraubt habe.«

Philippa lachte. »Ja, das stimmt. Er hat mir aber gesagt, er habe sich darüber nur amüsiert, ließ allerdings durchblicken, daß ich dir deswegen Vorwürfe machen solle. Und ich soll dich davon abhalten, weitere Raubzüge auf dem Lande zu unternehmen. Zu dir hat er nicht darüber gesprochen. Meiner Ansicht nach, weil er nicht will, daß du deinen Elan einbüßt.«

»Er will nicht, daß ich meinen Elan einbüße! Du hast ihm doch sicherlich nicht erzählt, daß du als Mann verkleidet an meiner Seite mitgemacht hast und dich halbtot darüber lachtest, wie leicht es für uns war, den Kaufmann, der uns übers Ohr gehauen hatte, in den Hinterhalt zu locken?«

Philippa reckte die Schultern und sah ihn von oben herab an. »Natürlich nicht. Schließlich bin ich eine halbe Plantagenet und gehöre dadurch zum höchsten Adel des Landes. Hältst du mich denn für so dumm?«

»Beim nächstenmal werden wir umsichtiger vorgehen«, sagte Dienwald, stieß sich von der Tür ab, ging in die Zimmermitte und blieb dort stehen. Die Einrichtung war mit ihren eleganten Möbeln viel zu kostbar und luxuriös, als daß er sich darin wohlfühlen konnte. Das Bett hatte einen schweren karmesinroten Samtvorhang, dessen kunstvoll angeordnete Falten von vergoldeten Schnüren und Bändern gehalten wurden. Der Samt war so dick und schwer, daß er dahinter nachts zu ersticken meinte.

»Die Zeremonie war bewegend, Dienwald. Du hast nicht weniger königlich ausgesehen als mein Vater und seine Familie.«

Dienwald sah unwillig brummend an sich herab, auf den strahlendroten Waffenrock mit dem juwelenbesetzten Ledergürtel, an dem ein Zierschwert hing. Sicherlich sah er gut aus. Aber darin konnte er sich ja nicht mal kratzen. Er konnte darin seine Frau nicht liebkosen, aufs Bett werfen und ihr trotz Gegenwehr die Kleider herunterreißen, bis sie lachend übereinanderpurzelten.

»›Dienwald de Fortenberry, Graf von St. Erth.‹ Eigentlich gefällt mir ›Lord von St. Erth‹ noch besser. Ah, das klingt stolz und bedeutungsvoll. Es paßt gut zu dir, mein gräflicher Lord. Und Edmund wird auch in diese Rolle hineinwachsen, obwohl er genauso finster dreinschaut wie du, wenn ihm etwas mißfällt, und mich herumkommandiert, als wäre ich eine Dirne.«

Dienwald setzte sich schweigend auf einen hochlehnigen, mit reichen Schnitzereien verzierten Sessel, streckte die Beine von sich und schaute verdrießlich in den Kamin.

Philippa kniete sich neben ihn und schaute ihm in das verschlossene Gesicht. »Was bekümmert dich, mein Gatte? Bereust du, an mich gebunden zu sein?«

Er strich ihr leicht über das Haar. Es war mit vielen Nadeln, Bändern und Clips zu einer kunstvollen Frisur hergerichtet. Aus Furcht, den vollkommenen Sitz dieser Haarpracht durcheinanderzubringen, ließ er die Hand wieder sinken.

Philippa schnaufte unwillig, zog die Nadeln heraus, entfernte die Bänder und schüttelte den Kopf, so daß die Haare nun locker auf ihre Schultern fielen und ihr lächelndes Gesicht umrahmten.

»Da! Nun kannst du mit mir treiben, was du willst. Tu, was du immer tust, wenn wir zu Hause sind!«

Im Sessel zurückgelehnt, fuhr ihr Dienwald geistesabwesend durch die dichten Haarsträhnen. Noch immer melancholisch schaute er in die orangefarbenen Flammen des Kamins.

Schließlich sagte er: »Ich bin nicht mehr ich selbst.«

»Das stimmt«, sagte Philippa und legte ihre Wange an sein Knie. »Jetzt gehören auch ich und das Kind, das ich unterm Herzen trage, zu dir.«

Seine Hand stockte, und seine mürrische Miene verschwand in einem Augenblick. *»Was?«*

»Das Kind in meinem Schoß. Unser Kind.«

»Das hast du mir ja noch gar nicht gesagt.«

Es klang empört. Philippa lächelte.

»Warum sagst du mir das erst jetzt? Schließlich bin ich der Vater!« Schon wollte er einen lauten Streit vom Zaun brechen. Doch sie war nicht gewillt, darauf einzugehen.

Mit einer Stimme, die so ruhig war wie die mondlose Nacht, sagte sie: »Damit wollte ich warten, bis du meinem Vater begegnet bist und deinen neuen Titel und Rang erhalten hast. Jetzt haben wir alle Ehrungen, Huldbeweise und Anerkennungen, alle Banketts und das Herumscharwenzeln der Höflinge glücklich überstanden und können zu unserem wahren Leben in Cornwall zurückkehren. Morgen verlassen wir London. Dann werden wir auf dies alles zurückblicken wie auf einen Traum, der uns kaum berührt hat.«

»Außer daß ich jetzt ein Peer des Reiches bin und das Geld des Königs in meiner Schatztruhe klimpert. Das Geld des Königs, nach dem ich nie verlangt habe.«

»Ja, ich weiß«, sagte sie und streichelte ihm zärtlich mit der Hand über den Oberschenkel. Dabei grinste sie, denn sie wußte, wie sehr er sich nach einem Streit mit ihr sehnte. *Du kannst es nicht ertragen, daß ich so still und vernünftig bin, mein Gatte. Aber ausgerechnet jetzt will ich mich nicht streiten.*

Seine Finger faßten fester in ihre Locken. »Ja, ich habe das alles nicht gewollt. Man hat mich dazu gebracht, mich wegen eines ehrlichen Raubüberfalls schuldig zu fühlen, und das vor einem Mann, der mich reingelegt und betrogen hat! Wie mir das zuwider ist! Und jetzt geruhst du endlich, mir mitzuteilen, daß du ein Kind erwartest! Du meinst also, *du* könntest entscheiden, wann *ich* von *meinem* Kind erfahren darf. Du hast es mir vorenthalten. Das wirst du noch schwer bereuen.«

»Was willst du denn mit mir machen?«

Jetzt verspottete sie ihn auch noch! Er sah in ihr lachendes Gesicht, sah, wie sich an ihren Wangen Grübchen bildeten, und hätte sie am liebsten gewürgt. »Keine Sorge, ich werde mir schon etwas überlegen.«

Sie fragte mit der Stimme einer schüchternen Jungfrau: »Wird es auch etwas sein, das eines Grafen würdig ist? Würdig eines Lords von St. Erth, dieses bösen Schurken und Halunken?«

Vergeblich suchte er nach einer passenden Antwort. Da nahm er ihren Kopf in beide Hände und küßte sie fest auf den Mund.

Als er sich wieder aufrichtete, sah er in ihren Augen den Glanz aufsteigender Leidenschaft und die sanfte Nachgiebigkeit ihres Wesens. So war es immer, und wie immer fühlte er grenzenlose Befriedigung und überwältigende Freude. Er lächelte, küßte sie wieder, ließ dann ihren Kopf los und umfaßte ihre Brüste. Sie stöhnte leise und richtete sich etwas auf, um ihm näher zu sein. Sie drängte sich zwischen seine Beine.

Da löste er sich von ihr und grinste sie schadenfroh an. »Da, jetzt nehme ich Rache! Es ist eine würdige Rache für einen Mann, der in diesem Königreich sein Salz wert ist. Ich tat nur so, als wollte ich dich verführen, und als du so weit warst, mich anzuflehen, ich sollte die Verführung vollenden, da machte ich Schluß. Wenn das keine würdige Rache ist!«

Philippa sah ihn lange Zeit schweigend an. Er wurde unruhig, rührte sich aber nicht und sagte auch kein Wort. Dann sah er, daß Tränen aus ihren Augen traten und ihr über die Wangen liefen. Sie gab aber keinen Laut von sich. Dann flossen mehr Tränen.

»Philippa, weine doch nicht! Ich . . .«

Er zog sie an sich, er wollte sie tätscheln und streicheln, damit sie aufhörte zu weinen. Doch im gleichen Augenblick fuhr sie zurück und schlug mit den Fäusten auf seinen Oberkörper ein. Er bog sich ausweichend zur Seite. Der Sessel kippte, stürzte um, und beide landeten auf dem Fußboden. Er hielt seine Frau fest in den Armen. So lagen sie, die Köpfe einander zugewandt, vor dem Kaminfeuer, und jetzt grinste sie ihn offen an.

»Ergibst du dich, mein Gatte?«

»Ich gebe dir alles, was du willst, Dirne.«

»Wirst du mich hier auf diesem weichen flandrischen Teppich vor dem Kaminfeuer lieben?«

»Ja, und du wirst vor Wollust stöhnen.«

»Dann fang mal an, mein Gatte! Ich warte auf die versprochene Wollust.«

Lachend zog er sie in die Arme. Sie war seine Frau, des Königs Tochter, und er würde den Titel eines Grafen tragen wie nach ihm seine Söhne und Enkelsöhne. Und er würde St. Erth umbauen, und es würde eine berühmte und mächtige Burg werden, eine Festung zur Ehre und zur Verteidigung des Königs, ein Schutz für alle Menschen in seinem Herrschaftsbereich, in ganz Cornwall. Und seine Frau würde ihm eine Tochter gebären, die eines Tages wahrscheinlich den kleinen Sohn heiraten würde, der im Sommer auf Wolffeton zur Welt gekommen war.

Noch fühlte er sich all dessen nicht würdig. Darum betete er, daß er sich im Laufe der Zeit als würdig erweisen würde.

Gleichzeitig betete er aber auch, daß diese viele Würde ihn nicht daran hindern möge, gelegentlich einen Raubzug oder einen überfall auf einen Bösewicht zu unternehmen, der es nicht anders verdiente.

Philippa streichelte sein Gesicht, und er küßte ihren Hals. »Ich liebe dich«, sagte er und knabberte an ihrem Ohrläppchen. »Und mein Sohn und alle Menschen auf St. Erth lieben dich auch.«

»Du hast doch nichts dagegen, daß Edmund jetzt Mama zu mir sagt?«

»Nein, warum sollte ich? ›Hexe‹ und ›verflixter Maibaum‹ vertragen sich ja nicht mit deinem neuen Rang. Doch jetzt genug mit diesem Unsinn! Ich habe etwas Schönes mit deinem Körper vor.«

»Und was könnte das wohl sein?«

»Wenn du jetzt den Mund hältst und keine albernen Redensarten mehr von dir gibst – dann zeige ich es dir.«

Die Stimme des Blutes

PROLOG

In der Nähe der Grainsworth-Abtei
März 1275

Daria wünschte sich Schnee. Der Himmel hing schon voller dunkler Wolken. Doch im Laufe des Nachmittags wurde es nur kälter. Der Wind pfiff durch die wenigen kahlen Eichen, die die schmale Straße säumten. Aber es wollte nicht schneien.

Sie kuschelte sich tiefer in ihren mit Hermelin gefütterten Mantel. Unbeirrt stapfte ihre Stute Henrietta vorwärts. Alle paar Minuten drehte sich Drake, der Waffenmeister Lord Damons, nach ihr um. Er wollte sich vergewissern, daß sie noch gehorsam hinter ihm herritt und nicht etwa unbemerkt geflohen war. Drake war kein böser oder gemeiner Mensch. Aber als Untergebener ihres Onkels führte er die Befehle seines Herrn ohne Zögern oder Rückfragen bedingungslos aus. Es wäre ihm auch nie in den Sinn gekommen, das Recht seines Herrn anzuzweifeln, der mit seiner Nichte nach Gutdünken verfahren konnte. Sie war ja nur ein Weib und hatte daher keinen Einfluß auf die Entschlüsse, die über sie verfügt wurden.

Das alles war Daria bisher noch nicht so stark zu Bewußtsein gekommen. Als Kind war sie selten mit den Befehlen ihres Onkels konfrontiert worden. Jetzt waren es jedoch so viele geworden, daß sie oft den Wunsch verspürte, sich zu verkriechen und zu sterben. Allerdings war sie halt auch kein Kind mehr. Das war ihrem Onkel nicht entgangen, und er verhielt sich danach. Ein Mädchen wechselte aus den Händen ihres Vaters – oder in ihrem Fall ihres Onkels – in die ihres Gatten. Von dem einen zum anderen. Erst Besitz des einen, dann Besitz des anderen. Ohne eigene Wahl, ohne Einspruchsmöglichkeit. Was der Mann anordnete, hatte zu geschehen.

Vor ihrem geistigen Auge sah Daria ihren Onkel wieder in seinem Schlafzimmer. Sie hörte seine tiefe, gleichgültig klingende Stimme die Worte so deutlich sprechen, als wäre es heute und nicht vor einem Monat gewesen. In Wirklichkeit war er, dachte sie, keineswegs gleichgültig gewesen. Er hatte sich nur so gestellt. Hatte sich darauf gefreut, sie zu demütigen und ihr zu sagen, welche Pläne er für sie hegte. Nein, ihr Onkel war in seiner Grausamkeit nie gleichgültig. Er weidete sich an den Qualen seiner Opfer.

Er hatte in dem mit Fellen bedeckten Bett gesessen. Neben ihm nackt Cora, eine der Bedienerinnen auf der Burg. Als Daria hereinkam, hatte sich Cora kichernd tiefer gleiten lassen und den weißen Kaninchenpelz über die nackten Schultern gezogen. Ihn schien es nicht zu kümmern, daß er vor seiner Nichte nackt mit seiner Geliebten im Bett saß. Selbstverständlich hatte er es extra so arrangiert. Daria hatte kein Wort gesagt, sondern geduldig abgewartet, daß er ihr mitteilte, warum er sie hatte holen lassen. Auch er schwieg einige Zeit und streichelte nur gedankenverloren über Coras Schulter.

Daria war sich klar, daß er das alles eigens für sie inszeniert hatte. Er wollte ihr zeigen, daß eine Frau Wachs in den Händen des Mannes zu sein hatte.

Daria schloß die Augen. Gefühle wie Haß, Abscheu und Hilflosigkeit beherrschten sie wie schon so oft. Sie verabscheute ihren Onkel, was er wohl wußte. Vermutlich amüsierte er sich sogar über ihren schweigenden Haß. Was wollte er von ihr? Daß sie ihn anschreien sollte, um sich dann doch weinend, erniedrigt und voller Scham vor ihm zu beugen? Sie stand ganz still da. Sie hatte gelernt, in schweigender Geduld zu warten. Und ebenso unbeweglich war ihre Miene.

Plötzlich schien er des Spiels müde zu sein. Er zog die Felle höher über Cora und befahl ihr, sich umzudrehen und den Mund zu halten. Ohne den Blick von seiner Nichte zu wenden, bemerkte er zu Cora: »Ich kann dein dummes Gesicht nicht mehr sehen.«

Schließlich sagte Daria in ruhigem Ton: »Du hast mich gerufen.«

»Ja, so ist es. Daria, du bist vor zwei Monaten 17 geworden, bist also längst eine erwachsene Frau. Meine kleine Cora hier ist erst 15 und schon ein erwachsenes Weib. Eigentlich solltest du bereits einen Säugling an deinen Brüsten stillen wie die meisten Frauen deines Alters. Ja, ich habe dich viel zu lange hier behalten. Aber ich mußte abwarten, bis ich den geeigneten Bewerber gefunden habe. Spätestens im nächsten Monat wirst du einen Ehemann haben, der sich bestimmt mit Begeisterung an deinem Körper vergnügt.«

Sie erblaßte unwillkürlich und wich zurück.

Er lachte. »Möchtest du denn nicht gern einen Ehemann haben, Nichte? Oder sind dir alle Männer zuwider? Möchtest du dich denn nicht meiner Fuchtel entziehen und Herrin auf einer eigenen Burg werden?«

Sie schaute ihn nur stumm an.

»Gib Antwort, du dummes Mädchen!«

»Ja.«

»Gut. Es soll also geschehen. Wenn ich dich nachher entlasse, Daria, gehst du zu deiner Mutter und sagst ihr, daß ich sie sehen will. Cora hat mir Appetit auf mehr gemacht.«

Darias Vater war vor vier Jahren durch einen Unglücksfall bei einem Turnier in London ums Leben gekommen. Ihr Onkel hatte die Witwe seines Halbbruders, ihre sanfte, freundliche Mutter, zu sich genommen, ob sie wollte oder nicht. Lady Katherine hatte darüber zu Daria nie ein Wort verloren, sich nie beklagt und nie geweint. Manchmal kam sie mit niedergeschlagenen Augen und geschwollenen Lippen aus dem Zimmer von Lord Damon. Daria und alle Bediensteten wußten Bescheid und sprachen darüber. Jetzt fragte sie ihn: »Wer soll denn mein Ehemann sein?«

»Also interessierst du dich doch dafür, wie? Du wirst dich zweifellos über meine Wahl freuen.« Sie sah die Bosheit in seinen blaßblauen Augen und ahnte, daß sie sich nicht freuen würde. Dann sagte Damon, jedes Wort genießend: »Nun, es ist Ralph von Colchester, der älteste Sohn des Grafen von Colchester. Sie waren im November auf Reymerstone zu Besuch, erinnerst du dich? Ralph sagte mir, daß du ihm und seinem Vater sehr gut gefällst.«

»Nein, doch nicht Ralph von Colchester! Das kannst du nicht tun! Er ist abscheulich! Er hat Anna ein über das andere Mal Gewalt angetan, ihr ein Kind gemacht und …«

Damon brüllte vor Lachen. Ihre Reaktion erfüllte ihn mit tiefer Genugtuung. »Ja, das weiß ich. Ich hatte schließlich mit ihm gewettet. Sein Vater und ich wünschen, daß er in der Ehe mit dir schnell Kinder zeugt. Und um zu sehen, ob er das fertigbringen würde, stellte ich ihm Anna zur Verfügung. Er hat sie rasch geschwängert. Wir waren höchst zufrieden.«

Daria war abgestoßen, aber keineswegs überrascht. »Was hast du ihm denn für einen Wetteinsatz geboten?«

Damon lachte wieder. »Das goldene Halsband deiner Mutter, das ihr mein Halbbruder zur Hochzeit geschenkt hat.«

Sie zuckte die Achseln. »Es ist nicht viel wert.«

Daria hatte keine deutliche Erinnerung an ihren Vater. Er war so oft weggewesen, und selbst bei seinen seltenen Aufenthalten auf Fortescue Hall hatte er sie kaum beachtet. Sie war ja ein Weib, dessen einziger Wert für ihn in einer vorteilhaften Vermählung lag. Dennoch war er bestimmt nicht so gemein wie sein Halbbruder gewesen.

»Was hast du Ralph und seinem Vater geboten? Mein ganzes Erbe?«

»Nun, den größten Teil. Aber ich mag deine freche Zunge nicht. Also hüte dich! Ja, Colchester wird fast deine ganze große Mitgift erhalten. Dafür bekomme ich von ihm Ländereien, die meinen Besitz bis zur Nordsee vergrößern werden. Darauf habe ich lange genug warten müssen. Der junge Ralph war im vergangenen Jahr schwer erkrankt. Man wußte nicht, ob er durchkommen würde. Ich wartete also ab. Er wurde wieder gesund und hat seine ungebrochene Zeugungsfähigkeit unter Beweis gestellt. Ja, kleine Daria, nun bekomme ich alles, was ich mir immer gewünscht habe.«

»Aber es ist mein Geld, mein Erbe. Mein Vater hat mir alles vermacht. Du hast kein Recht darauf!«

Damon warf die Felle zurück, stand auf und schritt nackt auf Daria zu. Einen Augenblick dachte sie, er würde sie schlagen. Doch er tat es nicht. Er schlug sie nie. Das war nicht seine Art. Er sah sie nur lächelnd an und ließ sich seinen Zorn nicht anmerken.

»Geh jetzt!« sagte er. »Deine Mutter wird alle Vorbereitungen für deine Reise nach Colchester treffen. Du bekommst ganze Wagenladungen von Haushaltsgütern mit. Ich verfahre mehr als großzügig mit dir, der Erbin von Reymerstone. In drei Wochen brichst du auf. Selbstverständlich komme ich dann zur Hochzeit. Und wenn du dich fügsam zeigst, bringe ich auch deine Mutter mit. Und jetzt geh!«

Sie warf noch einen Blick auf das verhaßte blasse Gesicht, drehte sich um und ging aus dem Zimmer.

Danach weinte sie darüber, daß sie Ralph von Colchester heiraten mußte. Ihre Mutter hatte ihr tröstend versichert, jede Heirat sei besser, als hier zu bleiben. Sie solle sich wie eine Lady benehmen. Mit Würde und Gehorsam.

Aber Daria verachtete den 20jährigen Ralph mit seinem fliehenden Kinn, den krummen Beinen und dem argwöhnischen Blick. Sie hatte erlebt, was er der 14jährigen Anna angetan hatte, die trotz ihrer großen Brüste nur ein hübsches, dummes Kind war. Eine Woche lang hatte Ralph sie zweimal am Tag mißbraucht. Und die Männer hatten ihm lachend auf die Schulter geklopft und seine tüchtige Rute gerühmt.

Daria hob den Kopf. Jetzt endlich fielen Schneeflocken vom Himmel und bedeckten Drake, seine Männer und die Fuhrwagen mit reinem Weiß. Henrietta strauchelte. Begütigend tätschelte ihr Daria den Hals. Ob Ralph sie wohl auch zweimal am Tag mißbrauchen würde?

Drake drehte sich im Sattel um und rief ihr zu, sie würden bald die Zisterzienserabtei von Grainsworth erreichen, um dort zu übernachten.

Kurz darauf waren sie gezwungen, im Gänsemarsch zu reiten, denn die Straße wurde sehr eng. An beiden Seiten erhoben sich große Felsen und herabgestürzte Steinblöcke.

Der Überfall verbreitete um so mehr Schrecken, als Drake und das Dutzend seiner Männer den Feind nicht sehen konnten. Eine Verteidigung war bei ihrer langgezogenen Formation nicht möglich. Die Pferde wieherten und keilten vor Entsetzen aus. Die Männer fielen einer nach dem anderen unter dem Pfeilhagel, der sich aus der Deckung der Felsen auf sie ergoß. Auch die Rüstungen, die einige der Männer trugen, boten keinen Schutz, denn früher oder später fand doch ein Pfeil sein Ziel am Hals oder Kopf. Sie hatten in dem dichten Schneegestöber keine Chance gegen den unsichtbaren Feind.

Nach dem ersten Schreck empfand Daria merkwürdigerweise keine Angst mehr. Im innersten Herzen wußte sie, daß der Tod sie nicht ereilen würde. Erst als nur noch Daria und ihre Zofe Ena übriggeblieben und die Schreie der Getroffenen verstummt waren, kamen die Angreifer aus ihren Verstecken. Alle waren unversehrt, und lachend feierten sie den leichten Sieg. Am lautesten lachte ihr Anführer, ein hochgewachsener Mann. Daria erkannte ihn als Anführer sofort – so, wie er seine Männer anwies, die Toten zu berauben, ihre Pferde einzusammeln und die Wagen zu plündern.

Dann nahm er den Helm ab. Er hatte so feuerrotes Haar, wie sie es noch nie gesehen hatte.

1

Burg Reymerstone, Essex, England, nahe der Nordsee
Anfang Mai 1275

Roland de Tournay fand leicht zum Sitz des Grafen von Reymerstone. Die Burg beherrschte die felsübersäte Landzunge am Thigby, der eine Meile weiter in die Nordsee mündete. Der Urgroßvater des jetzigen Grafen hatte die Burg im normannischen Stil erbaut. Noch immer war sie mehr Festung als behagliches Heim. Doch hatte der jetzige Graf vielen Kaufleuten die Taschen geleert, um die düstere graue Burg mit etwas Luxus auszustatten. Dicke Gobelins verdeckten die Steinwände. Es gab flandrische Teppiche in hellroter und königsblauer Farbe und schön gestickte Kissen für die drei Herrensessel. Aber die zwölf rohgefügten Tische mit den langen Bänken im großen Saal waren noch dieselben wie vor drei Generationen.

Der große Saal von Reymerstone machte Eindruck auf Roland de Tournay, der dort auf das Erscheinen des Grafen Damon Le Mark wartete. Er zwinkerte einigen Bedienerinnen zu und erntete Kichern und verschmitztes Lächeln. Dann eilte eine Lady auf ihn zu. Sie war in den 30ern, mit stumpfroten Haaren und von kleiner Gestalt. Sie mußte einmal sehr hübsch gewesen sein. Jetzt sah sie verblüht, müde und niedergeschlagen aus. Sie sah sich vorsichtig um und ging dann mit dem raschen, leichten Schritt eines Mädchens auf ihn zu.

»Ihr seid Roland de Tournay, Sir?« fragte sie leise mit kultivierter Aussprache.

»Ja, Mylady. Ich komme auf Einladung des Grafen von Reymerstone, Eures Gatten.«

»Er wird gleich hier sein. Im Augenblick ist er noch beschäftigt. Ich bin Lady Katherine of Fortescue, die Schwägerin des jetzigen Grafen. Sein Halbbruder war mein Mann.«

»Euer Gatte war James of Fortescue? Ich habe gehört, daß er durch einen Unglücksfall im Turnier ums Leben kam. Es tut mir sehr leid, Mylady.«

Sie nickte mit gebeugtem Kopf. Konnte sie ihm nicht ins Auge sehen? »Wißt Ihr, warum Lord Reymerstone mich gebeten hat, ihn aufzusuchen?«

Sie blickte auf. Er sah die Anspannung in ihrem Blick. Aber dahinter verbarg sich noch etwas – vielleicht Angst. Er war sofort hellwach.

»Es betrifft meine Tochter«, sagte sie schnell und packte ihn am Ärmel. »Ihr müßt mein Kind suchen und es sicher zurückbringen, ihr müßt! Ach, hier kommt er. Ich darf nicht bleiben. Ich muß gehen, Sir.« Sie war lautlos verschwunden, bevor der Graf sie entdecken konnte.

Roland musterte den Grafen von Reymerstone. Ein hochgewachsener Mann Ende 30, schlank, mit vollen, weißblonden Haaren und sehr blassen, blauen Augen. Er sah wie jemand aus, der sein Ziel zu erreichen versteht, egal mit welchen Mitteln. Roland hatte in den Jahren seines Erwachsenendaseins oft nur überlebt, weil er den Charakter eines Mannes richtig zu deuten wußte. In den letzten fünf Jahren hatte er sich selten geirrt. Sein einziger großer Irrtum war eine Frau gewesen. Eine Lady, sehr jung und sehr schön: Joan of Tenesby.

Der Graf nickte Roland kurz zu. Roland wußte, daß er ihn ebenfalls abgeschätzt hatte. »Dank den Heiligen, Ihr kommt zur rechten Zeit, de Tournay. Setzt Euch zu mir! Wir haben viel zu besprechen.«

Roland nahm einen Krug Bier entgegen und wartete darauf, daß der Graf zur Sache kam.

»Ich werde Euch gut bezahlen«, sagte Damon Le Mark.

Roland sah ihn freundlich an und fragte: »Wen soll ich umbringen?«

Der Graf lachte. »Ich will keinen Mörder mieten. Wenn ich einen Feind habe, erschlage ich ihn selber. Ich will einen Mann mieten, der für seinen Scharfsinn, seine Kenntnis fremder Sprachen und seine Fähigkeit berühmt ist, sich in vielen Masken der jeweiligen Situation anzupassen. Stimmt es, daß Ihr Euch zwei Jahre lang als Sarazene ausgegeben habt? Daß Ihr Euch als Moslem verkleidet habt, ohne daß Euch ein Anhänger des Korans durchschaut hat?«

»Ihr seid gut informiert.« Die Angaben trafen großenteils zu. Doch merkwürdig, wie Rolands besondere Gaben im Munde des Grafen eher lasterhaft klangen. Roland wartete gespannt. Der Graf mußte in großer Verlegenheit sein. Die Aufgabe schien seine eigenen Fähigkeiten zu übersteigen, was ihn schwer verdroß.

Damon Le Mark fühlte sich der Unverschämtheit des jungen Mannes vor ihm ausgeliefert, der abgesehen von seinem Ruf der Kühnheit und des Listenreichtums auch noch recht gut aussah. Das schmale Gesicht war gutgeformt, er hatte dichtes, schwarzglänzendes Haar und intelligente dunkle Augen. Doch schien er weder besonders wohlhabend noch gebildet zu sein. Er besaß keinen Titel und, was noch wichtiger war, kein Land. Er lebte von Verstellungskunst und Betrug. Dennoch mußte er, der ihm in jeder Weise überlegen war, höflich zu ihm sein und ihm viel Geld bieten. Das ging ihm an die Nieren.

»Meine Sendboten brauchten lange Zeit, um Euren Aufenthaltsort zu ermitteln«, sagte der Graf.

»Ich erhielt Eure Botschaft in Rouen, wo ich einen sehr angenehmen Winter verbrachte.«

»Das habe ich erfahren.« Sein Gewährsmann hatte ihm berichtet, daß de Tournay in Rouen mit einer sehr hübschen jungen Witwe zusammengelebt habe.

»Sie hieß Marie«, sagte Roland beiläufig und trank einen Schluck Bier. Es war warm, dunkel und sehr süffig. »Doch wollte ich sowieso in Kürze heimkehren. Sobald es hier wärmer würde.«

»Um durch List und Tücke Geld zu verdienen?«

»Wenn es nötig sein sollte, auch das – obwohl ich es nicht List und Tücke, sondern Verstand nennen würde. Oder gebt Ihr mir nicht recht?«

Der Graf sah ein, daß er seinen Gast unnötigerweise beleidigt hatte, und wollte es wiedergutmachen. »Ich habe Euch aus einem äußerst wichtigen Grunde hergebeten. Es betrifft meine geliebte Nichte Daria. Ich will mich kurz fassen. Sie sollte Ralph von Colchester heiraten, wurde aber auf der Reise nach Colchester entführt. Alle zwölf Männer ihrer Begleitung wurden in einen Hinterhalt gelockt und abgeschlachtet. Sämtliche Wagen mit Hochzeitsgut wurden gestohlen. Ich will ihre Befreiung erreichen, und dafür werde ich Euch sehr gut bezahlen.«

»Wurde schon ein Lösegeld verlangt?«

Die Augen des Grafen verengten sich. Er fletschte die Zähne. »O ja. Dieser unverschämte, verfluchte Hurensohn! Ich wünschte, daß Ihr ihn tötet. Doch die Befreiung meiner lieben Nichte hat unbedingten Vorrang.«

»Wer war der Entführer?«

»Edmond von Clare.«

»Der Markgraf? Höchst sonderbar.« Roland verfiel in Schweigen. Dieser Umstand war mehr als sonderbar. Die Markgrafen, die der große Herzog William vor fast 200 Jahren eingesetzt hatte, hatten kaum Veranlassung, sich aus ihren Burgen zu entfernen. Es sei denn nach Westen, um mehr walisisches Land zu erobern und walisische Abtrünnige zu ermorden. Sie waren eigentlich dafür verantwortlich, dank der ihnen verliehenen Macht, die Waliser im Zaum zu halten. Diese Aufgabe erfüllten sie auch mit nie nachlassender Energie und eindrucksvoller Ausdauer.

Im Grunde waren sie kleine Könige, die in ihren Feudalreichen gewaltige Macht innehatten, was für König Edward ein ständiger Ärger war. Roland wußte, daß er vorhatte, ihren großen Einfluß durch den Bau von königlichen Burgen entlang der Nordküste des Landes einzudämmen. »Ich will diese bösartigen kleinen Lords so lange zwiebeln, bis sie das Knie vor mir beugen und mich anflehen, ihnen wenigstens noch ein kleines Stück Land zu belassen!« hatte er einmal gesagt und dabei mit der Faust auf den Tisch geschlagen.

Nach einer Weile sagte Roland: »Edmond von Clares Burg liegt zwischen Chepstow und Trefynwy, und sein Land grenzt an die Südostecke von Wales. Warum sollte er durch ganz England ziehen, um Eure Nichte zu entführen?«

Der Graf bewahrte hartnäckiges Schweigen. Er fand es unverschämt, daß dieser Kerl ihm solche Fragen stellte. Doch er bezähmte seinen Zorn. Er konnte es sich nicht leisten, de Tournay zu verärgern. Er hatte ja keinerlei Befehlsgewalt über ihn. De Tournay konnte ihn jederzeit verlassen. Schließlich erklärte er: »Clare haßt den Grafen von Colchester. Er hat meine Nichte entführt, um sich an ihm zu rächen. Er verlangt fast ihre gesamte Mitgift als Lösegeld. Anderenfalls will er sie vergewaltigen und ihr ein Kind machen, bevor er sie mir zurückgibt.«

»Was hat denn Colchester angestellt, um eine so gräßliche Rache herauszufordern?«

Damon Le Mark erbleichte. Seine Hände zitterten. Er hätte am liebsten de Tournay für seine teuflische Neugier zermalmt. Er zwang sich jedoch zu einem Lächeln. Es war so eisig kalt, daß es Roland durch Mark und Bein ging. »Soviel ich weiß, hat Colchester vor fünf Jahren unabsichtlich Clares Bruder getötet. Näheres über diesen Zwischenfall ist mir nicht bekannt. Colchester wollte mir nichts darüber sagen. Nun, wie ist es? Wollt Ihr meine Nichte befreien?«

Roland zweifelte nicht daran, daß der Graf ihn belog. Wahrscheinlicher erschien es ihm, daß er Edmond von Clares Bruder selber getötet hatte. »Wann wurde sie entführt?«

»Am 3. März.«

»Dann habt Ihr Euch aber viel Zeit mit der Beantwortung von Clares Forderung gelassen.«

»Ich bin keineswegs untätig geblieben, während der Zeit, die meine Männer brauchten, um Euch im Bett dieser dummen Französin zu finden!«

»Marie ist alles andere als eine dumme Frau«, widersprach Roland in aller Ruhe. »Was habt Ihr denn unternommen?«

»Ich unternahm zwei Versuche zu ihrer Befreiung. Beide sind mißlungen. Oder vielmehr haben die Männer, die ich ausschickte, kläglich versagt. Daß auch der zweite Versuch fehlschlug, habe ich erst vor zwei Tagen erfahren. Clare ließ einen der Männer am Leben und schickte ihn mir mit einer neuen Forderung zurück. Jetzt will der Hurensohn meine Nichte selber heiraten. Selbstverständlich verlangt er weiterhin auch ihre Mitgift. Ich soll ihm bis zum 31. Mai meinen eigenen Priester mit der gesamten Mitgift zum Vollzug der Trauung schicken. Falls ich es nicht tue, will er sie vergewaltigen und sie dann seinen Kriegern zur Belustigung überlassen. Wenn sie das überlebt, will er sie dort behalten, bis sie schwanger ist, und sie dann in den Burggraben werfen.«

Roland strich sich übers Kinn. »Ich frage mich, warum er sie selber heiraten will.«

»Um mich noch mehr zu demütigen!«

»Ist Eure Nichte ebenso schön, wie sie reich ist? Könnten ihn ihr Gesicht und ihre körperlichen Reize ebenso bezaubern wie ihre Mitgift?«

Im selben Augenblick wurde Roland klar, wie der Graf zu seiner Nichte stand. Er mußte ihr das Leben auf Reymerstone zur Hölle gemacht haben. Roland hätte gern gewußt, wie sich die Mutter bei alldem verhalten hatte.

»Sie sieht recht gut aus«, sagte Damon schließlich achselzuckend. »Aber sie ist nur ein Weib, mehr nicht. Gelegentlich riskiert sie eine freche Zunge. Doch ein starker Mann wird sie immer beherrschen. Sie muß nur ständig daran erinnert werden, daß man von ihr Gehorsam und Unterwürfigkeit verlangt. Wie gesagt, sie braucht einen starken Mann.«

Und du meinst, die Rolle des starken Mannes gut gespielt zu haben. »Ich habe vorhin ihre Mutter kennengelernt. Ich kann mir vorstellen, daß sie früher eine schöne Frau gewesen ist. Hat ihre Tochter die gleiche Haarfarbe?«

»Nein«, sagte der Graf, »das Mädchen hat dunkle Haare, und ihre Augen haben eine merkwürdig grüne Färbung. Klar, aber sehr dunkel. Im Gesicht ähnelt sie ihrer Mutter, nur daß ihre Züge feiner sind.«

»Ich finde es rätselhaft, daß Clare von Euch verlangt, ihm Euren eigenen Priester zu schicken. Wißt Ihr, warum?«

»Clare ist ein religiöser Fanatiker. Der Mann wird ganz von seinem Fanatismus beherrscht. Er sieht in meinem Priester offenbar eine Gewähr dafür, daß ich ihn bei der Übergabe der Mitgift nicht betrüge und daß der Priester ihn bereitwillig mit meiner Nichte trauen wird. Er scheint nicht zu wissen, daß Priester ebenso käuflich sind wie andere Leute. Wollt Ihr nun ihre Befreiung versuchen, bevor der Hurensohn ihr Gewalt antut? Vor dem 31. Mai?«

»Und Ihr glaubt nicht, daß er das bereits getan hat?«

»Nein«, antwortete der Graf widerwillig, aber überzeugt.

»Warum denn nicht?« erkundigte sich Roland. »Schließlich steht der religiöse Glaube eines Mannes seiner Wollust nicht unbedingt im Wege.«

»Edmond von Clare ist ein Mann, der sein Wort hält. Jedenfalls steht er in diesem Ruf. Aber wenn Ihr sie nicht bis zum 31. Mai befreit habt, wird er seine Drohung ausführen. Dafür kenne ich ihn gut genug.«

Roland gab dem Grafen an diesem Abend noch keine bindende Zusage. Doch er hatte sich bereits entschlossen, nach Tyberton zu gehen, und er wußte auch schon genau, in welcher Verkleidung. Die Belohnung, die er für die Befreiung erhielt, würde ihm genügend Mittel an die Hand geben, um den kleinen Besitz von Sir Thomas, Thispen-Ladock und die umliegenden guten Weiden, zu kaufen. Und genau das hatte er sich vorgenommen. War ihm das gelungen, brauchte er nicht mehr in Diensten anderer Leute seinen Lebensunterhalt zu verdienen. Er würde auf eigenen Füßen stehen. Er wollte in England bleiben, als Burgherr mit eigenen Ländereien. Sobald er dieses Mädchen aus den Händen des Edmond von Clare befreit hatte, würde er sich diesen Wunsch erfüllen. Es machte ihm nichts aus, daß Damon Le Mark ihn nach Strich und Faden belogen hatte. Und es kümmerte ihn wenig, daß es aller Wahrscheinlichkeit nach Damon Le Mark und nicht der fette Graf von Colchester gewesen war, der Clares Bruder getötet hatte.

Für die Nacht wurde Roland eine Bedienerin zur Verfügung gestellt, um ihm das Bett zu wärmen und sein Blut in Wallung zu bringen. Sie war sauber und roch gut. Er nahm sie im Verlauf der langen Nacht dreimal, denn er vermißte schon seit Wochen Maries schwärmerische Hitze und hungerte nach einer Frau. Er stellte sie auch zufrieden, hatte aber am nächsten Morgen zu seinem Leidwesen ihren Namen schon wieder vergessen.

Als er seinen kräftigen schwarzen Araber Cantor bestieg, sagte er zu dem Grafen: »Ich werde also Eure Nichte befreien. Und zwar lange vor dem Termin, den Clare Euch gesetzt hat. Ihr müßt mir aber schwören, daß Ihr auf keine eigenen Unternehmungen mehr sinnt. Damit würdet Ihr mich und meine Pläne nur in Gefahr bringen.«

Stirnrunzelnd zog sich der Graf am Ohr, eine lebenslange Gewohnheit, durch die ein Ohrläppchen länger als das andere geworden war. Doch schließlich gab er sein Einverständnis. Roland hätte gern gewußt, ob er sich auf sein Wort verlassen konnte. Auf jeden Fall füllten schon viele Münzen seine Taschen. Er hatte die Hälfte der versprochenen Belohnung im voraus erhalten. Vielleicht würde das Le Mark veranlassen, sich herauszuhalten.

»Ihr dürft auch nicht den Priester und die Mitgift schicken. Sie werden nicht mehr gebraucht.«

Die blassen Augen des Grafen glühten. »Ihr seid sehr von Euch überzeugt, de Tournay.«

»Ich sage Euch, daß ich sie befreien werde. Zählt schon mal den Rest des Geldes, denn ich komme bestimmt, um es abzuholen!«

Roland hob gerade die Peitsche, um Cantor anzutreiben, da rief der Graf ihm nach: »De Tournay! Wenn das Mädchen keine Jungfrau mehr ist, will ich sie nicht wiedersehen. Dann könnt Ihr sie von mir aus töten. Das ist mir gleich.«

Langsam brachte Roland den Zelter zum Halten und stieg noch einmal ab. »Ich verstehe Euch nicht. Was kümmert es Euch denn, ob das Mädchen vergewaltigt wurde? Das vermindert doch ihre Mitgift nicht, oder? Die bleibt auch ohne Jungfräulichkeit in gleicher Höhe.«

»Wenn sie nicht mehr jungfräulich ist, ändert sich alles.«

»Und woher soll ich wissen, daß sie geschändet wurde? Oder wie wollt Ihr das feststellen?«

»Ich würde sie selber untersuchen. Dieser verfluchte blöde Colchester sagt, daß er sie nicht mehr für seinen Sohn haben will, wenn sie nicht unberührt ist. Seine lüsterne Mutter hat sich nämlich viele andere Männer ins Bett geholt und seinen Vater dadurch mit den Pocken angesteckt, an denen er starb. Er hat Angst, sein kostbarer Sohn könne auf ähnliche Art ums Leben kommen, wenn Daria entjungfert würde.«

Roland stellte sich vor, wie der Graf seine Finger in den Körper des Mädchens bohrte, um zu fühlen, ob ihre Jungfernschaft noch intakt sei. Eine solche erniedrigende Handlung war für ihn unverständlich, besonders da das Mädchen keine Möglichkeit hatte, dieser Beschämung zu entgehen.

»Colchester ist nicht der einzige unverheiratete Mann im Königreich«, sagte Roland freundlich. »Dann gebt sie doch einem anderen zur Frau! Sie scheint eine reiche Erbin zu sein. Die meisten Männer stellen nicht so hohe Ansprüche an ihre Frau.«

»Nein, sie soll Colchester heiraten und keinen anderen. Es ist die einzige Verbindung, die ich anerkenne.«

Da begriff Roland. Der Graf von Reymerstone hatte mit dem Grafen von Colchester ein Abkommen getroffen, das ihm bei vollzogener Ehe mehr Gewinn eintrug, als die Mitgift ausmachte.

»Wenn ich eine Jungfrau befreie, werde ich Euch auch eine Jungfrau heimbringen.«

»Ausgezeichnet. Wenn nicht, werde ich sie töten und Euch ebenfalls, de Tournay. Dann behalte ich die Mitgift selber, denn sie kann mir nichts mehr bringen.«

Roland glaubte ihm das. Der Graf würde es zumindest versuchen. Er nickte ihm kurz zu und bestieg wieder Cantor. Dann machte er sich auf den Weg nach London, um den König zu sprechen. Danach würde er nach Cornwall reiten, wo er Graelam de Moreton besuchen mußte. Schließlich wollte er noch nach Thispen-Ladock, nur um einen Blick auf die Steinmauern und die grünen Hügel zu werfen und über den Burghof zu spazieren. Er hatte Zeit genug. In den folgenden zwei Wochen würde er sich einen Plan zurechtlegen. Von Cornwall aus würde er nordwärts zur Burg Tyberton an der Südostecke von Wales reiten, die seit Herzog Williams Eroberung Englands im Besitz der Clares war. Er wußte jetzt, wie er sich Edmond von Clare vorstellen würde. Er sah sich schon in der neuen Rolle und lächelte. Doch bevor er die Burg Tyberton erreichte, mußte er noch einiges lernen. Als er daran dachte, strahlte sein Gesicht vor Vergnügen.

Burg Tyberton am Fluß Wye,
Mai 1275

Ena ordnete die Falten von Darias Seidenkleid zu einem gefälligeren Sitz. »So, jetzt seht Ihr schön aus. Auch der Mann wird Euch schön finden. Der liebe Gott da oben weiß es. Nehmt Euch mit dem Kleid in acht, ja, kleine Herrin?«

»Ja«, sagte Daria. Enas Warnungen, Ermahnungen und Vorahnungen gehörten zu ihrem täglichen Brot, und durch die ständige Wiederholung hatten sie viel an Wirkung eingebüßt. Edmond von Clare dachte mit Sicherheit daran, sie zu vergewaltigen. Heute würde es soweit sein.

Doch er tat es nicht, und die Tage vergingen. Langsam, so entsetzlich langsam. Sie wünschte, Ena würde sie nicht mehr ›kleine Herrin‹ nennen. Er nannte sie nämlich so, und sie haßte es. Sie war jetzt seit dem 12. März hier, fast zwei Monate, und sie hätte schreien können vor Langeweile, Angst und der furchtbaren Spannung, die sie nie aus den Fängen ließ. Sie war eine Gefangene und wußte nicht, was ihr Entführer von ihr wollte. Anfangs hatte sie ihn einmal mit vor Angst rauher Stimme gefragt: »Wenn Ihr Lösegeld für mich erhaltet, laß Ihr mich dann gehen? Wollt Ihr nur meine Mitgift? Warum sagt Ihr nichts? Warum erklärt Ihr Euch nicht?«

Daraufhin hatte Edmond von Clare sie geschlagen, nicht allzu hart, aber sie fühlte doch den Schmerz im ganzen Körper und taumelte zurück. Fast wäre sie auf die Knie gefallen. Er sah mit Wohlwollen, daß es ihr weh getan hatte, und sagte dann gleichmütig: »Du wirst tun, was ich dir sage, und mir keine Fragen mehr stellen. Und jetzt, kleine Herrin, möchtest du vielleicht den köstlichen Lammschmorbraten probieren?«

Er blieb ein Rätsel für sie. Sie fürchtete sich vor ihm, aber seitdem hatte er sie nie wieder geschlagen. Natürlich hatte sie auch alles vermieden, was ihn reizen könnte. Und sie spürte seinen Hang zur Gewalttätigkeit, genauso wie sie ihn an ihrem Onkel Damon gespürt hatte. Einmal hatte ihm ein Diener dickes Soßenfleisch auf den Ärmel gekleckert. Daria sah, wie die Zornesader an seinem Hals schwoll, wie er die Fäuste ballte. Aber er beherrschte sich und sprach nur mit milder Stimme einen sanften Tadel aus. Warum aber hatte der Diener so ausgesehen, als erwarte er den sofortigen Tod von seiner Hand? Warum war er so freudig überrascht gewesen, daß ihm nichts geschehen war?

Wenn er ein Lösegeld für sie forderte, wie sie annehmen mußte, so hatte sie doch keine Ahnung, was er verlangt hatte. Sie wußte auch nicht, ob ihr Onkel ihm geantwortet hatte. Sie wußte gar nichts. Das quälte und versetzte sie in Wut. Dann dachte sie immer: Er hat mich ja nur geschlagen. Und sie beschloß, ihn noch einmal zu fragen. Nicht anmaßend, sondern sehr zurückhaltend, wie sie es sich bei ihrem Onkel angewöhnt hatte.

Ena trat zurück und legte die Arme vor der dürren Brust übereinander. »Ihr seid gewachsen, ein paar Zentimeter seid Ihr jetzt größer. Man sieht schon Eure Fußgelenke, und Euer Kleid spannt sich über Euren Brüsten. Ihr braucht neue Kleider. Und wenn nicht, dann wenigstens Stoff, so daß wir Euch was Passendes nähen können. Ihr müßt den Grafen bitten, Euch einen hübschen Wollstoff zu besorgen ...«

»Genug davon, Ena! Ich werde ihn, verdammt noch mal, nicht um Stoff bitten. Es ist mir gleich, ob der Anblick meiner Fußgelenke anstößig auf dich wirkt – es ist mir egal.«

»Ach, wenn wir doch nur abreisen könnten! Dann könntet Ihr Ralph von Colchester heiraten, wie es geplant war.«

Bei diesem scheußlichen Gedanken überlief Daria ein Schauder. »Lieber werde ich Nonne.«

Diese ironisch klingenden unfrommen Worte veranlaßten Ena zu einem lauten Stöhnen. »Ralph von Colchester sollte aber Euer Gatte werden! Auch wenn er ein schwacher Mensch ist, er wäre immer noch Euer Gatte, und darauf kommt es an. Er ist wenigstens kein wilder Räuber, der besser Priester geworden wäre, wie der Verrückte, der Euch hier gefangenhält und Euch in seiner feuchten Kapelle beten läßt, bis Ihr Wadenkrämpfe und rotgescheuerte Knie bekommt!«

»Ich möchte mal wissen«, überlegte Daria laut, ohne ihre Zofe zu beachten, »ob Ralph von Colchester mich immer noch gern heiraten würde. Ich glaube, ihm geht es nicht um meine Tugend oder die meines Entführers, sondern nur um die Größe meiner Mitgift. Und zusätzlich hängt es davon ab, wie nötig sein Vater Geld braucht. Vielleicht frage ich mal den Grafen.«

Sie drehte sich um und ging zum Fenster, das eigentlich nur ein schmaler Spalt war, vor dem ein Fell hing, das bei schlechtem Wetter heruntergelassen wurde. Doch an den letzten drei Tagen hatte warm die Sonne geschienen.

Dennoch schauderte es Daria. Sie blickte in den Innenhof von Burg Tyberton hinunter. Dies war eine große Festung, ihre Besatzung ging in die Hunderte, überall traf man Menschen, Tiere und Dreck. Ruhe herrschte nur sonntags beim Gottesdienst.

Edmond von Clare war streng religiös. Jeden Morgen kniete er von 5 bis 7 Uhr in der kalten Kapelle von Tyberton. Dann hielt der Priester für ihn eine Privatmesse. Nur für ihn allein, wofür das Burgvolk dankbar war. Doch in den letzten vier Tagen hatte der Graf vor Wut gerast, weil sein Priester während eines nächtlichen Unwetters Tyberton aus unbekannten Gründen und mit unbekanntem Ziel verlassen hatte.

Daria ahnte jedoch den Grund, wie wohl die meisten Bewohner von Tyberton. Der Priester fühlte sich den von Clare verlangten Strapazen nicht gewachsen. Er war dick und faul, und die vielen Messen hatten ihm schwer zugesetzt. Er hatte die kalte, dunkle Kapelle und die endlosen Stunden gehaßt, in denen er Clare von seinen Sünden freizusprechen hatte. Daria hatte gehört, wie er sich mit unterdrückter Stimme bitterlich darüber beklagte.

Jetzt also stand die Kapelle leer. Es gab keine Messe mehr, bei der man durch die feuchtkalte Luft bis auf die Knochen fror. Der Priester war fort. Und außer dem Grafen waren alle Leute zufrieden.

Daria hatte sich immer gewundert, daß ein so religiöser Fanatiker wie der Graf kein Wort Latein sprach. Der Priester hatte seinen Sermon dahingenuschelt, denn er konnte selber die Hälfte der lateinischen Worte nicht richtig aussprechen. Doch der Graf hatte nichts bemerkt.

Daria beherrschte wie ihre Mutter, die ihre Lehrerin gewesen war, Latein in Wort und Schrift. Sie hatte es dem Grafen aber nicht verraten.

Jetzt klopfte es an der niedrigen Zimmertür. Es war einer der Männer des Grafen, der junge Clyde mit dem schmalen Kopf, der Daria immer mit den Augen auszukleiden schien.

»Der Graf wünscht Euch zu sehen«, sagte er und verschlang sie mit den Blicken.

Sie nickte nur und wartete, bis er sich zurückzog, was er schließlich mit saurer Miene tat. Einmal war sie seiner Aufforderung sofort gefolgt, und da hatte sie beim Vorbeigehen gefühlt, wie seine Hände ihren Körper abtasteten.

»Seid vorsichtig, junge Herrin!« flüsterte ihr Ena ins Ohr. »Haltet Euch so weit von ihm entfernt wie möglich!«

Daria schob Ena weg und ging aus dem Zimmer. Sie raffte die Röcke und schritt vorsichtig die tief ausgetretenen Steinstufen der Wendeltreppe in den großen Saal von Tyberton hinunter. Im Saal befanden sich nur drei Männer. Einer davon war Clare. Er sprach leise mit seinem Waffenmeister, dem Schotten MacLeod. Der Graf war hochgewachsen, hatte das leuchtendrote Haar seiner schottischen Mutter und die dunklen Keltenaugen seines Vaters. Er war so bleich wie ein Toter. Gewöhnlich sprach er mit leiser Stimme, die er nur im Zorn erhob. Dann wurde es allen unheimlich. Er war ein wahrer Riese. Seine Brust hatte den Umfang eines Baumstamms. Ein roter Lockenbart bedeckte den unteren Teil des bleichen Gesichts. Daria hatte gehört, daß seine vor einem halben Jahr im Kindbett samt dem Neugeborenen gestorbene Frau ihn gefürchtet hatte. Sie war geneigt, es zu glauben.

Sie wartete, bis er von ihr Notiz nahm. »Komm her!« befahl er. »Ich habe einen neuen Priester eingestellt. Er heißt Pater Corinthian und wird morgen die Messe für uns lesen. Er ist Benediktiner.«

Daria trat vor. Erst jetzt bemerkte sie den Priester in seiner billigen wollenen Mönchskutte. »Pater«, sagte sie.

»Mein Kind«, sagte Pater Corinthian. Er zog die Kapuze vom Kopf und reichte ihr die Hand. Da erlitt Daria einen Schock. Sie wollte ihre Hand zurückziehen, brachte es aber nicht fertig. Sie blickte in die dunklen Augen des Priesters und wußte, daß sie ihn kannte.

Sie kannte ihn im tiefsten Inneren ihrer Seele. Das Erkennen kam unerwartet und verbreitete Schrecken. Dunkle Gefühle, die sie nicht begriff, überfielen sie mit solcher Stärke, daß sie zu taumeln begann. Diese furchtbare Wirklichkeit überwältigte sie völlig. Zum erstenmal im Leben sank Daria in Ohnmacht. Sie brach auf dem mit Binsen ausgelegten Fußboden zusammen.

2

Als Daria aufwachte, sah sie Ena über sich gebeugt.

»Alles in Ordnung«, sagte sie und wandte das Gesicht ab. Doch nichts war in Ordnung. Unbegreifliches war ihr zugestoßen. Es war erschreckend. Nein, nichts war in Ordnung.

»Aber was ist denn geschehen, kleine Herrin? Der Graf hat Euch hergebracht. Er hat nichts gesagt. Hat er Euch böse angefahren oder Euch gar vor dem Priester geschlagen? Habt Ihr ihm eine scharfe Antwort gegeben? Hat er ...«

»Bitte, laß mich allein, Ena! Der Graf hat mir nichts getan. Ich möchte ruhen. Geh jetzt!«

Die alte Frau schniefte und zog sich in die äußerste Ecke des Zimmers zurück. Daria schaute auf das schmale Fenster, durch das ein Streifen Sonnenlicht fiel, in dem leuchtende Stäubchen tanzten. Was ihr im großen Saal zugestoßen war, blieb unerklärlich. Der Priester, dieser schöne, junge Benediktinermönch, ein junger Mann, der Gott geweiht war ... und doch schien er ihr irgendwie bekannt. Wie konnte das geschehen? Sie begriff es nicht.

Nur einmal war ihr in ihren 17 Lebensjahren ähnliches widerfahren, diese Vorausahnung, dieses zweite Gesicht, ein Erbteil ihrer Großmutter, die, vom Alter gebückt, auf dem Totenbett ihren Sohn und ihre Töchter verflucht hatte. Eine verrückte Alte mit wilden, zähen Haaren und wahnsinnigen Augen.

Als Daria zwölf war, hatte ihre Mutter ihr eines Tages gesagt, daß ihr Vater sie vor dem Aufbruch ins Heilige Land noch einmal für kurze Zeit besuchen werde. Er befand sich gerade in London, wo er an einem Turnier teilnahm. In diesem Augenblick sah Daria ihren Vater vor sich, in der silbern glänzenden Rüstung auf seinem Kampfroß, schön anzusehen und doch furchterregend. Er hatte das Visier heruntergelassen, die Lanze eingelegt und stürmte zum Angriff vor. Daria sah ihn genauso deutlich vor sich, wie sie ihre Mutter sah, die sie schweigend anstarrte. Sie sah, wie seine Lanze zur Seite gestoßen wurde, wie er aus dem Sattel gehoben und in den Staub geschleudert wurde. Sie sah, wie das Pferd seines Gegners scheute, sich aufbäumte und dann mit den Vorderhufen auf dem Kopf ihres Vaters landete. Sie hörte Metall knirschen und Knochen brechen, und sie schrie bei dem Anblick, bei dem Geräusch, dem dunklen Vorgefühl, dem blutigen Schrecken des Gesichts. Und sie hatte ihrer Mutter alles erzählt. »Nein«, flüsterte die, und Daria spürte, daß ihre Mutter in diesem Augenblick Angst vor ihr hatte.

Fünf Tage später erreichte sie die schlimme Nachricht. Drei Tage danach brachte man ihnen den toten Vater. Er wurde im Familiengrab beigesetzt, ohne daß seine Frau ihn noch einmal gesehen hätte. Denn sein Kopf war unter den Pferdehufen zerquetscht worden.

Und jetzt war es wieder geschehen. Nur war es diesmal nicht Tod und Schrecken und nie endender Kummer. Diesmal war es ein seltsamer Schock des Erkennens, ein *Wissen* um einen anderen Menschen, den sie noch nie gesehen hatte. Was bedeutete es? War es dem armen jungen Priester bestimmt, zu sterben? Sie glaubte es nicht. Sie wußte es einfach nicht. Aber als sie ihn erblickte, hatte sich in ihrem Inneren etwas gerührt, und dann hatte er nach Art eines Priesters ihre Hand ergriffen, und die Berührung hatte sie wie ein bohrender Stich getroffen.

Und dann war sie wie ein kleines Dummchen in Ohnmacht gefallen. Während sie im Beisein des Grafen noch immer den jungen Priester offenen Mundes anstarrte, war sie in Ohnmacht gefallen.

Es klopfte an der Zimmertür. Daria drehte sich um. Ena lief hin, zog die Tür einen Spaltweit auf und spähte hinaus. Daria hörte Edmond von Clares Stimme. Dann schob er Ena weg und kam ins Zimmer.

Der hochgewachsene Mann schaute auf sie hinab. »Du bist ja wieder wach«, sagte er. »Was war denn mit dir los? Bist du etwa krank?«

Sie schüttelte den Kopf.

»Was dann?«

Sollte sie ihm sagen, daß ihre Großmutter im Wahnsinn gestorben war und sie wie eine Hexe auf dem Totenbett verflucht hatte? Daß sie vielleicht sogar selbst eine Hexe geworden war? »Es tut mir leid, daß ich Euch Sorgen bereitet habe. Mir wurde nur einfach plötzlich übel. Der Benediktinerpriester ... soll er auf Tyberton bleiben?«

»Ja. Ich wollte ihn dir vorstellen, aber da brachst du vor unseren Augen zusammen, und der junge Mann war natürlich sehr besorgt. Du hast ihm einen großen Schreck eingejagt, und nun will ich wissen, ob du es vielleicht absichtlich getan hast. Vielleicht, um seine Hilfe zu erlangen? Ihn zu bitten, daß er dir zur Flucht verhilft?«

»Nein.«

»Das konnte ich mir auch nicht vorstellen. Nein, Daria, es fehlt dir an Tücke, um deine Ziele mit Hinterlist zu verfolgen.«

Sie fragte sich, wie er zu der Ansicht gelangt war, daß er sie so durchschauen könnte. Und sie wünschte den Augenblick herbei, in dem sie ihn durch Hinterlist hereinlegen würde.

»Er scheint ein frommer und gelehrter junger Mann zu sein«, fuhr Edmond von Clare nach einer Weile fort. »Nach allem, was ich höre, bringen die Benediktiner immer wieder hingebungsvolle Priester hervor. Er wird hier in meinem Dienst bleiben.«

»Wie heißt er?«

»Er sagt, in der Benediktinerabtei habe man ihm den Namen Corinthian gegeben. Morgen früh hält er eine Messe für uns ab. Nur du und ich nehmen teil, sonst keiner. Meine Seele verlangt nach Reinigung. Deine beschützte Jugend hält dich der Sünde fern, doch wird Gottes Wort auch deinen Ohren guttun.«

Daria wollte den jungen Priester nicht wiedersehen, und doch verlangte es sie zur selben Zeit, ihn wenigstens noch einmal zu sehen, um festzustellen, ob sie vielleicht nicht nur aus Angst und Verzweiflung über ihre Gefangenschaft in Ohnmacht gefallen war.

Er war ja ein Priester, ein Mann Gottes. »Ich werde zur Kapelle kommen«, sagte sie.

Edmond von Clare sah sie schweigend lange Zeit an. Dann sagte er: »Wie sanft du bist«, und ging.

Sie blieb wie erstarrt zurück. In seinem Blick und seiner leichten Berührung war nichts Gemeines gewesen, eher eine gewisse Zärtlichkeit. Das erschreckte sie. Es war keine Wollust, und doch war Wollust dabei. Und etwas, das noch viel schlimmer war.

Zum Abendessen schritt sie langsam in den großen Saal. Edmond saß bereits auf seinem Herrensessel, der neue Priester ihm zur Linken. Der Sessel zu seiner Rechten – ihr Sessel – war leer. Sie ging noch langsamer. Sie konnte den Blick nicht von dem Priester wenden.

Im vollen Licht der Wandfackeln glänzte sein dunkles Haar rein und seidig. Er trug einfache Kleidung, die jedoch im Gegensatz zu anderen Priestern, die sie gesehen hatte, sauber war. Selbst in dem weiten Rock war zu sehen, daß er schlank und gutgebaut war. Es schien nicht der Körper eines Mannes zu sein, der nur geistlichen Dienst verrichtet. Er sah kräftig und unternehmungslustig aus, wie jemand, der ebensogut auch seinen Platz als Ritter oder Krieger einnehmen könnte. Er hatte gutgeformte Gesichtszüge, von den geschwungenen schwarzen Augenbrauen bis zu dem Grübchen im Kinn. Sein Teint war fast so dunkel wie der eines Arabers, die Augen fast so schwarz wie das Haar. Beim Sprechen machte er ausdrucksvolle Handbewegungen, um seine Worte zu unterstreichen. Er wirkte intelligent. Nun, er war ein Priester, aber er war auch ein gutaussehender Mann. Plötzlich blickte er auf, sah sie, und sein Gesicht erstarrte.

Zu ihrer großen Bestürzung empfand sie den gleichen Schock des Erkennens wie beim erstenmal. Sie fühlte sich nackt und ausgesetzt. Er schaute sie an und legte den Kopf in stummer Frage leicht zur Seite. Er hatte also bei ihrem Anblick nichts gefühlt, er mußte sie für verrückt halten.

Rasch schlug sie die Augen nieder und begab sich stumm zu ihrem Sessel.

Edmond von Clare nickte ihr zu, sorgte dafür, daß ihr Teller gefüllt wurde, und wandte sich dann wieder dem jungen Priester zu. Er schien nichts Ungewöhnliches bemerkt zu haben.

Roland brauchte einige Zeit, um sich zu sammeln. Er sah, wie Daria zur Rechten Clares Platz nahm und auf ihren Teller blickte.

Dann stellte Clare ihm eine Frage, und er antwortete. Am Nachmittag hatte er sich, nachdem das Mädchen vor ihm in Ohnmacht gefallen war, so bald wie möglich von Clare getrennt. Er hatte das große Erstaunen in ihren Augen gesehen, als sie ihn erblickte. Offenbar hatte sein Anblick, sein Händedruck einen Schock bei ihr bewirkt. Es war, als würde sie ihn wiedererkennen. Aber das war doch nicht möglich. Er hatte sie noch nie im Leben gesehen. Wäre es anders, hätte er sich ihrer erinnert.

Sie sah nett und angenehm aus, nicht mehr und nicht weniger. Sie hatte klare, feingemeißelte Züge, die nach dem Geschmack der meisten Männer sein mußten. Ihr Gesicht sprach von innerer Stärke, von einer natürlichen Lebenskraft, die allerdings durch ihre Gefangenschaft gelitten hatte. Ihr dunkles Haar entsprach der Beschreibung ihres Onkels – es hatte die Farbe des reifen Herbstes – aber selbst das Haar schien stumpfer geworden. Sie hatte tiefgrüne Augen – heute nachmittag waren sie so dunkel gewesen wie die aufgewühlte Irische See bei Tagesanbruch. Sie war gertenschlank, von zierlicher Gestalt, und sie trug den Kopf hoch. Sie hatte die Würde einer Lady. Doch er erkannte auch, daß sich dahinter Kraft und Mut verbargen.

Nun erschien es ihm auch verständlich, warum Edmond von Clare sie zur Frau nehmen wollte. Vielleicht spürte der Mann ein Versprechen in ihr, ihre innere Stärke. Nein, wahrscheinlich sah der Graf in ihr nur ein kerngesundes Mädchen, das ihm eine lange Reihe von Söhnen schenken würde. Wenn er Glück hatte, würde sie nicht im Kindbett sterben wie seine ersten beiden Ehefrauen. Und dann kam Roland wieder der unvernünftige Schock in den Sinn, den sie bei seinem Anblick erlitten hatte. Vielleicht war es kein Anzeichen von Geistesschwäche gewesen, sondern ihr war schlicht die Galle hochgestiegen. Er hoffte, daß es sich so verhalten hatte. Er fragte sich sogar, ob er seine Rolle schlecht spielte. Hatte sie ihn etwa durchschaut? Ihn als Lügner und Betrüger erkannt? Ihm keine Sekunde den Priester geglaubt?

Wiederum stellte ihm Edmond von Clare Fragen, die er leicht und geläufig beantwortete, denn er hatte seine Rolle in den vergangenen beiden Wochen gut einstudiert. Fehler konnte er sich nicht erlauben. Sein Leben stand auf dem Spiel, ebenso wie ihr's. Der Name Pater Corinthian behagte ihm. Aber dieses elende Mädchen ... was war mit ihr an diesem Nachmittag losgewesen? Er mußte sie bald hier herausholen und sie dann auf schnellstem Wege heimbringen.

Ein Schauder durchlief ihn. Er biß ein Stück von dem zu stark gesalzenen Rinderschmorbraten ab. Er mußte herausfinden, ob sie noch Jungfrau war. Er glaubte es. Soweit er Edmond von Clare bisher kennengelernt hatte, schien er ein Mann zu sein, der auf seine Ehre hielt. Das Mädchen sah keinesfalls so aus, als wäre sie mißbraucht worden.

Nur zutiefst verwirrt sah sie aus. Roland beschloß, so rasch wie möglich zu erforschen, warum sie so bestürzt war. Den ganzen Abend über richtete Edmond von Clare theologische Fragen an ihn. Den Grafen schien besonders die Frage am Herzen zu liegen, inwieweit die Treue eines Mannes zu anderen Menschen seine Treue zu Gott beeinflussen durfte. Roland konnte rasch feststellen, daß der Graf nicht auf den Kopf gefallen war. Offenbar verbrachte er den größten Teil seiner Zeit damit, daß er sich in religiöse Dinge versenkte. Er war in dieser Hinsicht so beschlagen, daß Roland ohne seine Beredtsamkeit bestimmt mehrmals in ernste Schwierigkeiten geraten wäre.

Schließlich sagte Clare zu ihm: »Ihr habt jetzt die junge Lady Daria kennengelernt. Ich beabsichtige, sie am 31. Mai zu heiraten.«

»Aha«, sagte Roland. »Das bringt uns auf eine interessante Frage, nicht wahr? Die Treue eines Mannes zu seiner Ehefrau.«

»Das ist absurd«, sagte Edmond von Clare. »Eine Frau ist von geringem Wert. Sie erfüllt ihren Zweck als Gefäß für den Samen ihres Mannes. Meine beiden ersten Frauen haben sogar darin versagt. Wenn sie schon im Kindbett starben, hätten sie mir doch ihre Kinder lebend hinterlassen können. Aber nein, dafür waren sie zu selbstsüchtig. Doch das Mädchen Daria scheint sich bester Gesundheit zu erfreuen. Sie wird mir Söhne schenken.«

Roland war verblüfft über die Worte des Grafen. Er hatte schon Männer gehört, die vor ihresgleichen schworen, daß Frauen ein Besitz wie jeder andere seien. Aber noch nie hatte jemand eine Frau als selbstsüchtig bezeichnet, weil sie ein totgeborenes Kind zur Welt gebracht hatte. Das überstieg jedes Maß. »Wer ist sie?« fragte er. »Sie ist offenbar eine Lady und beträgt sich schon wie die Burgherrin.«

Ohne Zögern antwortete der Graf bereitwillig: »Sie ist die Nichte eines Mannes, den ich seit fünf Jahren töten wollte. Fluch seiner verrotteten Seele! Aber wenn sie meine Frau wird, ist er vor mir sicher. Zu diesem Kompromiß bin ich bereit. Außerdem bringt sie mir eine reiche Mitgift in die Ehe. Ich muß also auf meine Rache an ihrem Onkel verzichten, wenn ich die Nichte zur Frau nehme. Ausgenommen natürlich, ich könnte ihn umbringen, ohne daß es jemand erfährt.« Plötzlich fragte er: »Was glaubt Ihr, Pater, wenn ein Mann aufrichtig die Absicht hat, eine Frau zu heiraten, ist es dann Sünde, wenn er sie zu sich ins Bett nimmt, bevor er vor Gott zu ihrem Mann geworden ist?«

Die Frage amüsierte Roland. Edmond von Clare war ungern bereit, der Wollust nachzugeben. Doch wenn er es tat, verlangte er, daß Gott ihm vergäbe. Falls er aber Daria in sein Bett nahm, bevor Roland sie aus Tyberton wegschaffen konnte ... Roland kannte Damon Le Mark gut genug. Wenn der Mann mit Sicherheit wußte, daß sie keine Jungfrau mehr war, würde er seine Absicht wahrmachen und sie töten. Er wollte sie nur für Colchester zurückhaben, weil ihm die Vermählung die begehrten Ländereien einbringen würden, die seinen Besitz abrundeten. Doch da Colchester seinen Sohn von der Ehe zurückhalten würde, wenn ihre Jungfernschaft beschädigt war, mußte sich Damon Le Mark in diesem Fall mit dem Geld aus ihrem Erbe begnügen. Und um an das heranzukommen, blieb ihm nichts anderes übrig, als sich seiner Nichte zu entledigen.

Roland sagte mit jener Festigkeit, die ein Priester aufbringen muß: »Die Wollust eines Mannes darf sich nicht auf seine Ehefrau oder auf die Lady richten, die bald seine Frau sein wird. Wenn er sein Verlangen unbedingt befriedigen will, sollte er es bei einer anderen Frau von geringerer Herkunft tun.«

Edmond von Clare erhob keinen Widerspruch. Schließlich fand der nicht endenwollende Abend doch einen Abschluß, als Clare vor den versammelten Männern und Frauen von Tyberton Gebete sprach. Clare wollte auf den Benediktinermönch Eindruck machen. Er glaubte auch zu bemerken, daß die meisten Anwesenden seine Bemühung um die Rettung ihrer Seelen anerkannten. Nur einige üble Kerle wurden unruhig. Er würde dafür sorgen, daß sie bestraft wurden.

Roland sagte dem Mädchen Daria gute Nacht und sah ihr nach, wie sie den Saal verließ. Er konnte nur hoffen, daß er mit seinem priesterlichen Spruch dem Mädchen für diese Nacht die Jungfernschaft erhalten hatte. Er legte sich in einer engen Zelle zwischen den Wohnräumen zum Schlaf nieder, wo er es einigermaßen warm hatte. Doch er hätte gewettet, daß man im Winter auf den feuchtkalten Steinen bis auf die Knochen durchgefroren würde.

Dann war es 6 Uhr morgens. Roland hatte sich gewaschen und angekleidet und war hellwach. Lateinische Worte lagen ihm auf der Zunge. Schon als kleiner Junge war Roland ein Frühaufsteher gewesen. Nie war sein Geist schärfer, sein Witz treffender, sein Körper tüchtiger als am frühen Morgen. Rasch machte er sich auf den Weg in die bedrückende, feuchte Kapelle.

Lang und schmal war die Kapelle auf Tyberton. Mehrere holzgeschnitzte Heilige in verschiedenen Stadien ihres grausigen Märtyrertods schmückten das Schiff. Im Inneren war es kalt und feucht. Roland spürte, wie der Morgennebel vom Fluß Wye durch die dicken grauen Steinwände drang. Er dachte an das, was er sich zum Ziel gesetzt hatte: Burg und Land in Cornwall wollte er kaufen. Die Burg war nur klein, aber gutgebaut, sicher, warm und gemütlich. Sobald er das Mädchen zu ihrem Onkel zurückgebracht und die zweite Hälfte der vereinbarten Belohnung kassiert hatte, würde die Burg ihm gehören. Bei allen Heiligen, wenn er es doch schon hinter sich hätte und dort wäre, um seine eigenen Felder zu bestellen, seine eigenen Mauern auszubessern und seine eigenen Scheunen zu füllen!

Ungeduldig wartete er auf den Grafen und Daria. Den Messetext kannte er jetzt zum großen Teil auswendig, obwohl das keine große Rolle spielte. Edmond von Clare konnte ja kein Latein. Er sprach die Antwortformeln nur wie ein Papagei nach. Roland hatte das von dem früheren Priester erfahren, einem fetten Kerl, der froh war, einen Beutel Geld von ihm zu erhalten, damit er Tyberton und seinem fanatischen Besitzer entrinnen konnte. Die übrigen Bewohner der Burg konnten kaum richtig englisch sprechen.

Das Mädchen Daria traf als erste in der Kapelle ein. Sie war warm angezogen und trug einen dicken Wollmantel über dem Kleid. Den Kopf hatte sie mit einem weichen, weißen Schleier verhüllt. Er sah sie scharf an, bis sie endlich den Blick zu ihm hob. In ihren Zügen prägte sich deutlich ihre Unsicherheit aus. Blankes Erstaunen war in ihren Augen. Und wieder sah sie ihn mit diesem seltsamen Blick an. Er wollte gerade etwas zu ihr sagen, als Edmond von Clare hereinkam. Der Graf bot Daria den Arm und führte sie zur vordersten Bank, dem Altar und dem Priester gegenüber.

»Pater«, sagte er mit leiser, wohltönender und außerordentlich respektvoller Stimme. Roland nickte mit gütiger Miene. »Setzt euch, meine Kinder, und laßt uns des Herrn Güte preisen und seine Wohltaten in andächtiger Frömmigkeit loben.« Er schlug das Kreuz und betrachtete seine beiden Gläubigen mit freundlicher Milde. Sobald sie Platz genommen hatten, begann er mit leiser Stimme in fließendem Latein:

> »Nos autem gloriari oported in cruce Domini nostri Jesu Christi: in quo est salus, vita et resurrectio nostra: per quem salvati et liberati sumus.«

Daria spürte, wie die reinen, süßen lateinischen Töne in sie eindrangen. Es klang trostreich, wie er sie mit schönem Gefühl und mit Betonung sprach. Demnach war er gebildet, denn er verstand den Sinn der Worte. Im Geist übersetzte sie den Spruch.

»Doch es obliegt uns, das Kreuz unseres Herrn Jesus Christus anzubeten, denn es verheißt uns Heil, Leben und Auferstehung, es ist unsere Rettung und Befreiung ...«

»Alleluia, alleluia. Deus misereatur nostri, et benedicat nobis: illuminet vultum suum super nos, et misereatur nostri. Gloria Patri.«

Sie klangen schön, die Worte und seine Stimme. Sie konnte den Blick nicht von seinem Gesicht wenden, diesem schönen Gesicht, das in diesem Augenblick nicht das Gesicht eines Menschen war, sondern das Angesicht Gottes, das Gottes Worte sprach. Seine Handbewegungen fesselten sie nahezu wie in Trance. »Halleluja, Halleluja. Möge der Herr uns gnädig sein und uns seinen Segen geben, möge er sein Angesicht leuchten lassen über uns und uns seiner Gnade teilhaftig sein lassen. Ehre sei Gott in der Höhe.«

»Hoc enim sentite in vobis, quod erat in Jesu Christo: Qui cum in forma Dei esset, non rapinam arbitratus est esse se aequalem Deo: sed semetipsum ...«

»Laß diesen Geist in Deinem, der auch in Jesus Christus war, der als Gottes Sohn es nicht für Anmaßung hielt, gottgleich zu sein, sondern sich ausleerte ...«

Pater Corinthian machte eine merkwürdige Pause und fuhr dann leiser und schneller fort:

»Neque auribus neque oculie satis consto ...«

Daria riß den Kopf hoch und schaute ihn an. Dennoch wiederholte er:

»Neque auribus neque oculie satis consto ...«

Nein, das war doch nicht möglich! Und doch hatte sie die Worte genau verstanden. Zum zweitenmal hatte er auf lateinisch gesagt: »Ich verliere mein Augenlicht und werde taub.«

»Hostis in cervicibus alicuinus est ...«

Sie sagte es flüsternd auf englisch: »Der Feind ist uns auf den Fersen.«

»Nihil tibi a me postulanti recusabo ... Optate mihi contingunt ...

Quid di me fiet? ... Naves ex porta solvunt ... Nostri circiter centum ceciderunt ... Dulce lignanum, dulces clavos, dulcia ferens pondera: quae sola fuisti digna sustinere regem caelorum et Dominінum. Alleluia.

»Ich verweigere dir nichts ... Meine Wünsche werden erfüllt ... Was soll aus mir werden? ... Die Schiffe segeln aus dem Hafen ... Etwa 100 unserer Leute fielen ... Süßes Holz, süße Nägel, ihr tragt ein süßes Gewicht, ihr allein seid wert, den König des Himmels und den Herrn zu tragen. Halleluja.«

Daria bot ein Bild des Erstaunens und der grenzenlosen Verwunderung. Durch einen Seitenblick vergewisserte sie sich, daß der Graf nicht mitgekriegt hatte, wie sein neuer Priester, der gebildete und gelehrte Benediktiner, sich einen Spaß daraus gemacht hatte, die Messe mit Küchenlatein zu garnieren. Allerdings nicht in der Art des letzten Priesters. Nein, dieser Mann *war* gebildet, er hatte die Fähigkeit, mit Worten zu jonglieren und zu manipulieren ...

Der Rest der Messe ging schnell vorbei, und der Priester erwähnte keine Feinde und abgeschlagenen Köpfe mehr.

Er erteilte dem Grafen und Daria den Segen, sagte mit erhobenen Armen »Dominus vobiscum«, und der Graf erwiderte auf die Beschwörung des Herrn, mit ihnen zu sein: »Et cum spiritu tuo.«

Pater Corinthian blickte erwartungsvoll auf Daria, und sie sagte leise: »Capilli horrent.«

Roland war aufs äußerste verblüfft. Ausdruckslos wiederholte sie nicht »Et cum spiritu tuo«, sondern erneut »Capilli horrent.«

Die Haare stehen ihm zu Berge.

Die kleine Göre sprach Latein! Bei allen Heiligen, sie machte sich über ihn lustig! Wie leicht konnte sie ihn verraten! Er faßte sich schnell und hörte sie sagen: »Bene id tibi vertat.«

Er senkte den Kopf. Die lateinischen Worte der Messe summten ihm im Kopf herum. »Ich wünsche Euch Erfolg in der Angelegenheit.«

Roland trat zurück und breitete die Arme aus. »Deo gratias.« Er lächelte den Grafen an, der ein Gesicht machte, als hätte der liebe Gott persönlich ihm seine Anerkennung ausgesprochen.

»Ich danke Euch, Pater, vielen Dank. Meine Seele jubelt über Euer Hiersein. Ja, als wir keinen Priester mehr in der Burg hatten, fürchtete ich um mein und das Seelenheil meiner Leute.«

Dann wandte er sich an Daria und sagte mißbilligend: »Du hast etwas gesagt, was ich nicht als liturgische Antwort erkannte. Was war es?«

»Es war reiner Unsinn«, erwiderte sie. »Mir fiel die vorgeschriebene Antwort nicht ein, und da habe ich irgend etwas gesagt, was ähnlich klang. Verzeiht mir, Pater, es war unehrerbietig von mir.«

Die Miene des Grafen verhärtete sich. »So etwas ist Gotteslästerung. Der gute Pater Corinthian wird dich die vorgeschriebenen Antworten lehren, damit du sie endlich behältst. Es ist eine Schande, sie nicht zu kennen, Daria.«

»Ja, Mylord.«

Der Graf empfahl sich. Sie waren allein in der dunklen Kapelle.

»Wer seid Ihr?«

»Das nenne ich schnell zur Sache kommen«, bemerkte Roland, den Blick auf die geschlossene Kapellentür gerichtet. »Laßt mich erst nachschauen, ob keiner draußen ist!«

»Und selbst wenn ein Dutzend Leute an der Tür horchten, wäre es unerheblich. Die Tür ist beinahe so dick wie die Steinwände.«

Dennoch begab sich Roland zur Tür, machte sie auf und schloß sie dann wieder leise. Dann drehte er sich zu ihr um.

»Wer seid Ihr?« fragte sie nochmals.

»Ihr sprecht Latein.«

»Ja, ich spreche Latein. Das habt Ihr wohl nicht erwartet.«

»Allerdings nicht. Doch Ihr habt mich dem Grafen nicht verraten. Darf ich annehmen, daß Ihr immer noch zu fliehen wünscht?«

Sie nickte und fragte erneut: »Wer seid Ihr?«

»Euer Onkel hat mich zu Eurer Befreiung hergesandt. Wie Ihr bereits wißt, bin ich kein Benediktinermönch.«

Sie lächelte ihn strahlend und sehr boshaft an. »Aber Ihr seid im Gegensatz zu dem vorigen Priester, der kaum ein paar zusammenhängende, entfernt nach Latein klingende Worte sprechen konnte, ein gebildeter Mensch. Der Graf wußte das natürlich nicht. Seid Ihr den Priester endgültig losgeworden?«

»Ja. Es war ganz einfach. Er fühlte sich elend auf Tyberton und war nur zu gern bereit, für ein paar Münzen zu verschwinden. Ihr habt mich also erkannt, als Ihr gestern in Ohnmacht fielt? Ihr wußtet auf den ersten Blick, daß ich kein Priester bin? Seid Ihr deshalb auf einmal blaß geworden und zusammengebrochen?«

Sie schüttelte den Kopf und schien peinlich berührt. »Ich weiß nicht, wie es dazu kam ... ich meine, ich habe Euch nicht erkannt und weiß immer noch nicht, wer Ihr seid. Und doch glaubte ich Euch zu kennen, vielleicht besser als mich selbst.« Das hört sich völlig unsinnig an, dachte sie. Und wieder packte sie der Schock des Wissens, daß er da war, tief in ihr, ein Teil von ihr. Sie trat einen Schritt zurück. Er mußte sie für eine Verrückte halten.

»Was ist es dann? Erschrecke ich Euch?«

»Ja«, sagte sie, »aber ich begreife es nicht.«

Roland verstand kein Wort von dem, was sie sagte. Aber er hatte jetzt auch nicht die Zeit, es sich näher erläutern zu lassen. »Wie gesagt, ich kam her, um Euch zu befreien.«

»Ich möchte aber Ralph von Colchester nicht heiraten. Er ist ein liederlicher, schwacher und charakterloser Lump.«

Roland sah sie finster an. »Das geht mich nichts an. Euer Onkel bezahlt mich dafür, daß ich Euch zu ihm zurückbringe, und das werde ich tun. Was dann mit Euch geschieht, ist Sache Eures Onkels. Er ist Euer Vormund. Die Entscheidung liegt bei ihm. Eine Frau darf nicht selber bestimmen, wer Ihr Gatte sein soll. Das würde die Welt ins Chaos stürzen.«

»Diese Welt, die Ihr Männer von Anbeginn der Zeiten regiert, steuert unentwegt ins Chaos. Was könnten da Frauen noch für Unheil anrichten?«

»Aus Euch spricht Unwissenheit. Vielleicht fehlt es Eurem Onkel an Klugheit und Mitgefühl, aber es gehört sich, daß Ihr Euch ihm unterwerft.«

Daria seufzte. Er war wie alle Männer, die bisher ihren Weg gekreuzt hatten. Der Mann befahl, und die Frau hatte zu gehorchen. Schade! Diesem Mann, den sie zu kennen glaubte, der sie aber nicht kannte, war es also gleichgültig, was aus ihr wurde. Was ging es ihn auch an? Dieses unverständliche Wiedererkennen ging ja nur von ihrer Seite aus, dieses wundersame Gefühl hatte nichts mit ihm zu tun. Plötzlich fiel ihr etwas ein: Wenn er sie aus den Händen Edmond von Clares befreit hatte, konnte sie immer noch ihm entfliehen. Ihm war es ja gleichgültig, was aus ihr wurde.

»Ihr habt mir immer noch nicht Euren Namen gesagt.«

»Ihr könnt mich Roland nennen.«

»Ach, wie der schrecklich tapfere Roland unter Karl dem Großen? Wann verlassen wir diesen Ort, Sir?«

3

Darias Frage brachte Roland aus dem Gleichgewicht. »Einfach so? Ihr glaubt mir also? Ihr wollt mit mir gehen? Ihr verlangt keine weiteren Beweise?«

»Selbstverständlich glaube ich Euch. Ich bin überzeugt, daß Ihr kein Priester seid.«

»Warum?«

Am liebsten hätte sie ihm gesagt, wie froh sie darüber war, daß er kein Mann Gottes, sondern ein Mann dieser Welt, einfach ein Mann war. Statt dessen fragte sie: »Habt Ihr meine Mutter gesehen? Geht es ihr gut? Ihr wart doch auf Burg Reymerstone?«

»Ja. Eurer Mutter schien es gut zu gehen. Ihr seht ihr recht ähnlich, jedenfalls im Gesichtsausdruck. Wenn ich mich recht erinnere, war Euer Vater so dunkel wie ein Neapolitaner.«

»Ihr habt meinen Vater gekannt?«

»Ja, als junger Mann im Gefolge König Edwards. Sir James war ein tapferer und zuverlässiger Mann. Ein Jammer, daß er unter so tragischen Umständen ums Leben kam. Er hat Edward im Heiligen Lande sehr gefehlt.«

Plötzlich ging die Tür der Kapelle auf, und der Graf erschien wieder. »Nun, Mädchen? Sag mir die korrekte liturgische Antwort!«

Daria erwiderte rasch mit unbewegter Miene: »Et cum spiritu tuo.«

Der Graf nickte. »Gut. Ich bin mit dir zufrieden. Ich war immer der Ansicht, daß auch Frauen etwas lernen können, und du hast es mir eben bewiesen. Was meint Ihr dazu, Pater?«

Roland sah Daria so anerkennend an wie einen Hund, der soeben ein kleines Kunststück vollbracht hat. Im Priesterton sagte er: »Frauen können lernen, Worte nachzusprechen – in jeder Sprache –, wenn man ihnen genügend Zeit für häufige Wiederholungsübungen läßt. Es ist allerdings zu bezweifeln, daß sie die Bedeutung voll erfassen, aber Gott hat Nachsicht und Verständnis für das schwächste seiner Geschöpfe.«

Der Graf nickte. Daria knirschte mit den Zähnen.

»Du kommst jetzt mit mir, Daria«, fuhr der Graf fort. »Ein Händler ist eingetroffen, und du sollst dir ein Stück von seinem mitgebrachten Putz aussuchen. Am 31. Mai wirst du meine Gattin. Deshalb will ich dir meine Gunst beweisen.«

Gehorsam folgte sie dem Grafen aus der Kapelle. Erst als sie draußen allein waren, fragte sie: »Habt Ihr mich deshalb entführt, Mylord? Um mich zu heiraten?«

Für den Grafen grenzte ihre Frage an Unverschämtheit. Doch diesmal wollte er Gnade vor Recht ergehen lassen. »Nein, meine Kleine, ich habe dich entführt, weil ich mich an deinem Onkel rächen wollte. Ich hasse ihn wie keinen anderen Mann auf der Welt. Zuerst verlangte ich deine Mitgift als Lösegeld. Doch dann merkte ich, wie mein Herz in deiner anmutigen Gesellschaft höher schlug, und deshalb änderte ich meine Forderung. Bis Ende Mai wird er mir seinen eigenen Priester mitsamt deiner Mitgift schicken, und dann feiern wir Hochzeit. Danach kann er sich vor meiner Rache sicher fühlen. Das heißt, vielleicht. Kann auch sein, daß ich wieder anderen Sinnes werde, denn Damon Le Mark ist eine Giftschlange, die man zertreten muß.«

»Womit habt Ihr ihm für den Fall gedroht, daß er Eure Forderung zurückweisen würde? Daß Ihr mich umbringen würdet?«

Dies ging weit über das hinaus, was der Graf einer Frau gestattete. Er handelte blitzschnell. Er gab ihr einen heftigen Backenstreich, der sie zurücktaumeln ließ. Mit der Schulter prallte sie schmerzhaft gegen den Türpfosten.

»Halt deinen frechen Mund, Daria! Solche unverschämten Äußerungen mißfallen mir sehr – und dem lieben Gott auch.«

Wut packte sie. Doch es war eine andere Wut als die auf ihren Onkel, der mit kaltem Bedacht Grausamkeiten verübte und sich daran weidete. Daher war ihre Wut auf Edmond von Clare schnell verraucht. Der Graf hielt es einfach für seine Pflicht, sie – eine Frau – ständig zu ermahnen und zu strafen. Er glaubte, er täte es zu ihrem Besten und nicht, weil es ihm ein perverses Vergnügen bereitete. Er wollte sie ein seiner Meinung nach anständiges Benehmen lehren.

Roland hielt sich im Dunkel zurück. Er mußte sich allerdings sehr beherrschen. Er hatte ihre Frage an Clare gehört und dann gesehen, wie er sie schlug.

Er stellte fest, daß er sie in diesem Augenblick bewunderte. Sie hatte Mumm im Leib, der mit den Jahren noch stärker werden würde, wenn man ihr die geringste Gelegenheit und Ermunterung verschaffte. Sie weinte nicht, und sie gab keinen Laut von sich. Sie strich nur glättend über ihren Mantel und stand schweigend, stolz und trotzig da, in Erwartung dessen, was der Graf von ihr verlangen würde. Roland fragte sich, wie oft er sie wohl während ihrer Gefangenschaft geschlagen haben mochte, um sie auf ihren Platz als Frau zurückzuweisen. Er mußte sie bald von hier wegbringen.

Im Verlauf dieses Tages erkundete Roland die ganze Burg und fand einen Fluchtweg, den er benutzen würde. Er erfuhr, daß Daria ihre Zofe bei sich hatte, und beschloß, diese ältere Frau nicht mitzunehmen. Sie würde bei der Flucht nur zum Hemmschuh werden. Die Zofe mußte hierbleiben.

Am Abend nahm der Graf ihn wieder voll in Beschlag, so daß er keine Gelegenheit bekam, insgeheim mit Daria zu sprechen. Sie sah ihn jetzt nicht mehr so an, als wäre er ein Schreckgespenst oder als wäre sie ihm schon früher einmal an einem anderen Ort, zu einer anderen Zeit begegnet. Dennoch vermied sie seinen Blick, was ihm unverständlich war und seinen Ärger erregte.

Beim Schachspiel sagte der Graf, eine Figur ziehend, zu ihm: »Mich interessiert eine bestimmte Streitfrage.«

Roland setzte seinerseits den Königsbauern vor und wartete ab. Er hatte den Wert der Geduld schätzen gelernt.

»Haben Frauen eine Seele? Was glauben die Benediktiner?«

»Wie Ihr schon sagtet, ist es eine strittige Frage. Selbst im Benediktinerorden gibt es hier entgegengesetzte Meinungen.« Auf einen Bauernzug des Grafen antwortete Roland, indem er den Königsspringer weiterzog.

»Ja, gut, aber als Benediktiner seid Ihr doch sicherlich der Ansicht, daß man eine Frau für Ungehorsam, schlechte Laune, Faulheit oder Unfrömmigkeit züchtigen muß, nicht wahr?«

»Allerdings. Doch ist es allein Sache ihres Gatten, das geeignete Züchtigungsmittel anzuwenden.«

Der Graf zog die dichten, roten Brauen zusammen. »Sie ist ja schon beinahe meine Frau. Sie ist jung und daher noch zu formen. Aber sie hat auch die ganze Perversität ihre Geschlechts in sich, und in ihren Adern rollt das Blut eines Mannes, der in Sünde verkommt. Von Tag zu Tag wird sie frecher. Daher braucht sie die harte Hand eines Mannes.«

»Doch noch ist sie nicht Eure Frau.«

»Wenn sie keine Seele hat, kommt es auch nicht darauf an, was sie ist – Ehefrau, Hure oder Jungfrau.«

Roland umklammerte den Damenläufer und schob ihn dann

weiter. »Ich glaube, daß Frauen ebenso Gottes Geschöpfe sind wie Männer. Sie sind genauso geschaffen wie wir – sie haben Arme, Beine, ein Herz und eine Leber. Sie sind nur schwächer, körperlich und vielleicht auch geistig. Dafür haben sie andere Werte. Sie gebären Kinder und sind bereit, sie mit ihrem Leben zu schützen. Daher haben sie genausoviel Anspruch auf Gottes Gnade wie der Mann. Schließlich, Mylord, können wir uns allein nicht fortpflanzen, und wir können unseren Kindern nicht die Brust geben. Der liebe Gott hat ihnen diese Eigenschaften geschenkt, die die Fortdauer des Menschen und damit seine Unsterblichkeit sichern.«

»Ihr kommt mir mit Sophisterei, Pater, statt meine Frage zu beantworten. Selbstverständlich haben sie Brüste, die Milch spenden, und einen Schoß, in dem sie Kinder austragen. Aber das ist auch alles. Daß sie Kinder zur Welt bringen, darin sehe ich kein Geschenk Gottes, sonst würden sie nicht so häufig im Kindbett sterben. Damit vergeuden sie die kostbare Zeit des Mannes. Meine beiden ersten Frauen waren schwach an Körper und Geist.«

Roland erinnerte sich an Joan of Tenesby. Deutlich sah er sie in diesem Augenblick vor sich und hätte schwören können, daß sie einen schärferen Geist besaß als jeder Mann, den er kannte. Mit einem Hochmut und einer Rücksichtslosigkeit, die ihn noch jetzt, sechs Jahre später, sprachlos machte, hatte sie die Menschen ihrer Umgebung vernichtet.

»Aber Ihr seid lüstern nach der jungen Daria, nicht wahr? Ihr habt ihr Putz vom Händler gekauft, um ihr zu gefallen und ihrer Eitelkeit zu schmeicheln. Doch in Wirklichkeit habt Ihr damit nur Eure eigene Eitelkeit befriedigt.«

»Ihr dreht mir die Worte im Mund herum, Pater. Wenn uns nicht das Verlangen nach dem Weibe triebe, könnten wir uns nicht fortpflanzen. Daher ist unsere Wollust das wahre Geschenk Gottes. Gott schenkte uns die Frauen, und wir haben das Recht, sie zu benutzen, sobald sie dafür reif sind.«

Roland zog seinen Königsläufer und sagte lächelnd: »Nein, Mylord, Ihr seid es, der mit Worten trefflich zu streiten vermag. Ihr würdet einen guten Bischof abgeben.« Plötzlich bemerkte Roland, daß sein Läuferzug die Stellung des Grafen stark gefährden würde, und nahm die Figur zurück.

»Laßt den Läufer stehen!« verlangte der Graf, der die Gefahr nicht erkannt hatte. Roland gehorchte und lehnte sich dann zurück.

Der Graf war weniger am Schachspiel als an der Darstellung seiner Ansichten interessiert. »Da ist noch etwas, Pater. Etwas, das meinen Geist seit vielen Wochen quält. Wie gesagt, ist Daria noch jung, doch finde ich, daß sie sich gelegentlich leichtfertig benimmt, Frömmigkeit vermissen läßt und weiblicher Eitelkeit frönt. Daher zweifle ich jetzt an ihrer Tugend. Immer wieder frage ich mich: Ist sie überhaupt noch Jungfrau? Oder hat ihr Onkel sie Ralph von Colchester während seines Besuchs auf Reymerstone überlassen?«

»Nein«, sagte Roland schnell. »Ihr Onkel hat sie Colchester nicht überlassen, sondern sie vor ihm geschützt. Daran ist kein Zweifel erlaubt.«

»Ich setze wenig Vertrauen in Frauen. Sie verführen die Männer durch ihre Schönheit und ihr bescheidenes Auftreten, das nur ein schlaues Manöver ist. Vielleicht hat Daria so auch Colchesters Gunst gewonnen. Ich muß es wissen, bevor ich sie heirate. Ich muß es wissen, und ich werde es erfahren.«

»Ihr müßt mir glauben, Mylord. Das Mädchen ist noch Jungfrau. Ihr Onkel hätte es nie zugelassen, daß Colchester sie nimmt. Damit hätte sie ihren Wert und ihren guten Namen eingebüßt. Und was noch mehr zählt, auch den guten Namen der Familie ruiniert.«

Der Graf von Clare wollte nicht zugeben, daß Roland die Wahrheit sprach. Mit finsterer Miene fuhr Roland fort: »Ihr wollt also nichts anderes, Mylord, als daß die Kirche ihren Segen dazu gibt, wenn Ihr das Mädchen vor der Hochzeit mit Gewalt nehmt. Zu diesem finsteren Plan wollt Ihr den Segen der Kirche haben! Nein, Mylord, dafür könnte ich Euch keine Absolution erteilen. Es gibt aber eine andere Lösung, mit der Eure Frage beantwortet werden kann. Erlaubt mir, sie selbst zu befragen. Ich besitze die Gabe, eine Lüge zu durchschauen. Ich werde sofort merken, ob sie lügt oder nicht. Und ich werde Euch die Wahrheit sagen.«

»Und Ihr werdet ihren Worten trauen, Pater? Oder wollt Ihr sie daraufhin untersuchen, ob sie die Wahrheit gesagt hat?«

Vor Überraschung und Ekel wäre Roland beinahe vom Stuhl gefallen. Erwartete der Graf wirklich, daß ein Mann Gottes eine Frau untersuchte, um festzustellen, daß sie noch ihre Jungfernschaft besaß?

Doch es gelang ihm, ruhig zu antworten: »Wenn sie es mir sagt, werde ich wissen, ob sie die Wahrheit spricht oder nicht.«

Roland umklammerte seine schwarze Dame so fest, daß die Knöchel seiner Hand weiß hervortraten.

Schließlich nickte der Graf. »Gut, dann sprecht mit ihr! Tut es gleich, Pater! Ich muß es wissen.«

Doch vorher wollte der Graf noch die Partie zu Ende spielen. Roland hätte ihn gern mattgesetzt, doch er fürchtete, daß ihm das den Unwillen Clares zuziehen würde. Daher machte er absichtlich einen schweren Fehler, indem er seine Dame so stellte, daß der weiße Springer sie im nächsten Zug schlagen konnte. Nun war die Partie rasch beendet.

»Ihr spielt gut, Pater, aber nicht so gut wie ich. Ich werde Euch weiterhin Unterricht erteilen.«

Roland nickte ernst. »Es wird mir eine Ehre sein.«

Zehn Minuten später klopfte er leise an Darias Schlafzimmertür.

Die Zofe Ena machte ihm auf.

»Ist Eure Herrin da?«

Die Alte nickte. »Hat er Euch zu ihr geschickt, Pater?«

»Ja. Ich muß sie sprechen. Allein.«

Die Zofe verließ das Zimmer. Daria sprang auf und eilte auf ihn zu. »Was ist geschehen? Gehen wir jetzt? Was ...«

»Pst«, sagte er, nahm ihre Hände und drückte sie. »Der Graf hat mich hergeschickt, um mit Euch zu reden. Er will sichergehen, daß Ihr Jungfrau seid.«

Sie schlug die Augen nieder.

Diese Antwort genügte ihm. Lächelnd fuhr er fort: »Ich wußte es. Denkt nicht mehr daran! Die Sache ist aber leider so, daß der Graf merkwürdige Ansichten über Gottes Anteilnahme an seiner – des Grafen – Begierde hat. Kommt, wir müssen uns besprechen, und zwar schnell, denn er wird bestimmt bald hier sein, um zu hören, was Ihr mir geantwortet habt!«

Er hielt noch immer ihre Hände. Sie spürte, wie seine Lebenskraft in sie überfloß. Es ließ sie zittern. Da löste er sich von ihr und trat einen Schritt zurück. »Ich traue dem Grafen nicht über den Weg. Er begehrt Euch stark. Ja, er hat schon vor mir davon gesprochen, Euch noch vor der Hochzeit in Besitz zu nehmen. Ich habe versucht, ihn davon abzubringen, aber er betrachtet seine Wünsche als gottgefällig. Wir müssen Tyberton heute nacht verlassen. Hört mir gut zu, denn wir haben wenig Zeit!«

Roland sprach leise und schnell, aber doch nicht schnell genug.

Denn gleich darauf wurde die Tür aufgerissen, und der Graf kam ins Schlafzimmer. Er blickte erst den Priester, dann Daria an. Die beiden standen weit genug voneinander entfernt. Dennoch fragte er mit unverhohlenem Argwohn: »Nun, Pater? Ist sie noch Jungfrau?«

»Ja, sie ist Jungfrau«, sagte Roland.

»Das hat sie Euch gesagt.«

»Mich hat noch kein Mann berührt!«

»Du bist eine Frau und damit eine geborene Lügnerin. Ich wünschte, ich könnte Euch glauben, Pater, aber ich werde meine Zweifel nicht los. Als Ihr weg wart, hörte ich, wie einer meiner Männer zu einem anderen sagte, daß alle Dirnen hier auf der Burg den Wunsch haben, mit Euch ins Bett zu gehen. Ich muß zugeben, daß ich bis dahin in Euch nur den Priester und nicht den Mann gesehen hatte. Jetzt aber sehe ich in Euch einen Mann, der mit ihr allein im Schlafzimmer war.«

Roland nahm sofort seine frömmste Pose an. »Ihr müßt mir glauben, daß ich in Eurer Verlobten nicht die Frau sehe. Ich sehe sie als ein Geschöpf Gottes und nichts anderes.«

Rolands Stimme klang ruhig, doch das Herz schlug ihm schneller in der Brust. Er hatte den Eindruck gewonnen, daß der Graf nicht ganz normal war.

Edmond von Clare holte tief Atem, um seiner Erregung Herr zu werden. Er war sich seines schlechten Benehmens vollauf bewußt. Ja, er würde den Mann, der so unehrerbietig über den Priester gesprochen hatte, auspeitschen lassen. Seine Wangen waren totenblaß, seine Augen weit aufgerissen. Für ihn war es ohne Belang, was Daria dem Priester gesagt hatte und was der glaubte. Er hatte einen Entschluß gefaßt und war überzeugt, daß der liebe Gott seine Handlungen billigte.

»Ich werde sie jetzt untersuchen«, sagte Edmond und ging auf sie zu. »Ihr bleibt hier, Pater. Ihr seid mein Zeuge, daß ich sie nicht vergewaltigt habe. Und falls sie keine Jungfrau mehr ist, werdet Ihr auch das bezeugen, so daß ich mit ihr nach Belieben verfahren kann, denn auf die Wünsche einer Hure brauche ich keine Rücksicht zu nehmen.«

Roland räusperte sich. Seine Stimme klang streng. »Ich verbiete es, mein Sohn.«

Der Graf starrte ihn an, als hätte Roland den Verstand verloren. »Ich bin der Herr hier, Pater Corinthian, und niemand, nicht einmal ein Mann Gottes, hat das Recht, mir zu widersprechen, denn mein Wort ist Gesetz. Habt Ihr mich verstanden? Und nun kommt her! Ihr seid mein Zeuge.«

Daria versuchte zu flüchten. Aber der Graf bekam sie zu packen, hob sie hoch, trug sie zu dem schmalen Bett und warf sie rücklings darauf.

»Verdammt noch mal, Mädchen, halt still!« Er holte aus, um sie zu schlagen, bis sie sich ihm unterwarf. Da sah er den Priester steif und voller Mißbilligung neben sich stehen. Langsam ließ er die Hand sinken. So leise, daß nur sie ihn hören konnte, drohte er: »Tu, was ich dir sage, oder ich schlage dich grün und blau, sobald der Priester weg ist!«

»Bitte nicht, Mylord«, sagte sie. »Bitte, erlaßt mir die Schande! Ich bin Jungfrau. Was habe ich getan, um Euer Mißtrauen zu verdienen? Bitte, tut mir diese Schande nicht an!«

Der Graf kümmerte sich nicht um ihre Bitten. Er war ebenso entschlossen wie erregt. Die Lenden schmerzten ihn schon vor Verlangen. Er wollte sie betasten und den Finger in ihren weichen Frauenschoß stecken. Daria spürte eine seiner breiten Hände auf ihrem Unterleib. Er hatte die Finger gespreizt und hielt sie fest. Mit der anderen Hand zog er an ihrem Wollrock, zerrte daran und zerriß ihn vor lauter Gier. Sie fühlte die kalte Luft an ihren Oberschenkeln. Sie schrie, sträubte sich und versuchte von ihm loszukommen.

»Du sollst dich nicht wehren! Lieg gefälligst still, dann hast du es gleich hinter dir!«

Aber sie konnte doch nicht wie ein hilfloses Wesen still daliegen, ohne sich zu rühren, ihm zu Gefallen, damit er sie demütigen, sie ansehen und betasten konnte! Nicht wenn Roland dabei war, der wie ein Wilder aussah und vor Wut fast zu platzen schien. Dann fiel ihr ein, daß Roland, wenn sie sich weiter wehrte, sich wahrscheinlich auf den Grafen stürzen würde. Und dann wäre alles verloren. Und Roland wäre dem Tod geweiht.

So zwang sie sich, still dazuliegen. Sie schloß die Augen und bemühte sich, nicht daran zu denken, was er mit ihr vorhatte. Es fiel ihr schwer, aber sie machte keine Bewegung und erduldete still, was sie zu erdulden hatte. Der Graf war äußerst zufrieden, als er sah, daß sie sich in ihr Schicksal ergab.

Und Roland verstand sie. Es war ihm schrecklich, mit ansehen zu müssen, wie der Graf sie abtastete. Clare zog ihr die Beine breit auseinander, und Roland sah, wie sein Finger zwischen ihren Oberschenkeln verschwand, und wußte, was er jetzt tat. Er wollte den Mann umbringen, er zitterte vor Wut, aber er wußte genau wie Daria, daß sie kaum noch eine Möglichkeit zur Flucht haben würden, wenn er seiner Wut nachgab und den Grafen auf der Stelle tötete. Er zwang sich, still dazustehen und stumm zuzusehen. Nie war ihm in seinem Leben etwas schwerer gefallen. Der Graf war rot im Gesicht vor Begierde.

Als der dicke Finger des Grafen sich in Darias Schoß bohrte, begann sie zu wimmern. Grob fuhr er tiefer hinein, und sie schrie vor Schmerz. Er sah sie böse an und drang noch tiefer ein. Er weitete den Eingang für sein Geschlecht, denn jetzt war er entschlossen, sie bald zu vergewaltigen, komme was da wolle.

Schließlich zog er den Finger heraus, und seine Hand kam unter ihren Röcken wieder zum Vorschein. Er zog ihr das Kleid über die Beine. »Sie ist noch Jungfrau«, sagte er und sah ihr dabei ins Gesicht. »Mach die Augen auf! Ich nehme dich zur Frau, und du wirst mir gehorsam und treu sein, denn ich bin dann dein Ehemann und Herr. Hast du mich verstanden, Daria?«

Der Graf erhob sich. »Steh jetzt auf und bring deine Kleider in Ordnung! Pater, Ihr seid mein Zeuge, daß sie noch Jungfrau ist. Der Beweis ist erbracht, und wir werden sie nun allein lassen.«

Roland sah die Ausbuchtung im Waffenrock des Grafen, wo sich sein steifes Glied gegen den Stoff drängte, und fast hätte er sich jetzt noch auf ihn gestürzt.

Er vermied es, Daria anzusehen. Er hätte den Ausdruck des Schmerzes in ihrem blassen Gesicht nicht ertragen. Er zwang sich zu einem Nicken und bedeutete dem Grafen, vor ihm das Schlafzimmer zu verlassen. Tief im Inneren wußte er, daß der Mann zurückkommen würde, um ihr Gewalt anzutun. Wenn Pater Corinthian, der Benediktinerpriester, nicht dabei gewesen wäre, hätte der Graf sie jetzt schon vergewaltigt. Aber er würde zurückkommen. Noch heute nacht. Roland wußte es. Er mußte sie vorher aus Tyberton wegschaffen, oder er hatte in seiner Mission versagt.

Als die Männer weg waren, stand Daria mühsam auf und rannte dann zur Tür. Behutsam öffnete sie sie einen Spaltbreit und spähte hinaus. Niemand mehr zu sehen. Sie zog sich zurück und schloß die Tür. Sie hatte keinen Schlüssel, um abzuschließen. Und sie hatte keine Ahnung von Rolands Fluchtplan. Sie wußte nur, daß er sie holen würde. Erregt ging sie hin und her. Sie fühlte sich tief beschämt und entehrt und merkte gar nicht, daß ihr die Tränen über das Gesicht strömten, bis Ena ins Zimmer schlüpfte und sie offenen Mundes anstarrte.

»Er hat dich vergewaltigt! Und dieser elende Priester war dabei! Ich wußte von vornherein, daß er kein Priester ist. Er sieht viel zu gut aus und ist zu schlank für einen Priester! Ja, diese beiden ...«

Außer sich vor Zorn fuhr Daria herum und schrie Ena an: »Halt dein dummes Maul, du elendes altes Weib! Ich will nichts mehr hören von deinem dreckigen Gerede!«

Ena war so erschrocken, daß sie keinen Ton herausbrachte.

»Verschwinde jetzt! Ich will dein blödes Hexengesicht bis morgen früh nicht mehr sehen. Geh!«

Die Alte schlurfte hinaus. Daria war wieder allein. Sie starrte die geschlossene Tür an. Sie fühlte kaum ein Bedauern über ihren Ausbruch, denn in den Monaten ihrer Gefangenschaft war Ena immer unzuverlässiger geworden. Der Alten würde schon nichts geschehen, wenn ihr, Daria, die Flucht gelang. Der Graf hatte anderes zu tun, als sie zu töten.

Sie setzte sich aufs Bett. Was war zu tun? Warten, bis Roland kam? Sie wußte es einfach nicht. Wahrscheinlich blieb ihr gar nichts anderes übrig, als hierzubleiben, bis er wieder auftauchte. Plötzlich sprang sie auf. Vielleicht könnte sie die Flucht auch auf eigene Faust versuchen. Die Tür war ja nicht abgeschlossen. Vielleicht konnte sie an den Wachtposten vorbeischlüpfen. Vielleicht konnte sie über den Innenhof rennen, ohne daß jemand sie aufhielt. Vielleicht ... nein, das war ja lächerlich.

Wie wollte Roland eigentlich hinausgelangen? Er hatte gesagt: heute nacht. Aber wie? Sie sah keinen Weg, nicht den Hauch einer Chance.

Sie spürte wieder den Hornhautfinger des Grafen in ihrem Schoß und begann zu weinen. Der Schmerz, die Demütigung, die Entehrung – es war zu viel. Sie weinte hemmungslos. Und Roland hatte zugesehen ...

Etwas in ihr zerbrach. Ihr war zumute, als stände sie plötzlich neben sich. Sie fühlte sich so ausgestoßen und grau wie die einbrechende Nacht. Besessen von einem dumpfen Trieb, ging sie langsam zu dem schmalen Fenster hinüber, maß es mit den Händen ab, kletterte dann auf einen Schemel und versuchte den Kopf hinauszustecken. Aber das Fenster war selbst für ihren Kopf zu schmal. Als sie es mit Gewalt versuchte, zerschrammte sie sich die Schläfen. Die Hände an die Schläfen gepreßt, stieg sie taumelnd vom Schemel. Entsetzt wurde ihr klar, daß sie vorgehabt hatte, sich aus dem Fenster in den sicheren Tod zu stürzen. Sie zwang sich zu ruhigem Atmen. Sie durfte jetzt nicht den Verstand verlieren. Langsam legte sie sich auf das schmale Bett und schloß die Augen. Sie mußte die Ruhe bewahren. Sie würde warten. Eine andere Möglichkeit gab es nicht.

Sie wußte nicht, wie viele Stunden vergangen waren. Waren es überhaupt Stunden? Oder nur Minuten, die sich zäh voranschleppten?

Nur ein Viertelmond stand am Nachthimmel, dessen schwaches Licht keinen Schatten ins Zimmer warf. Es war dunkel und totenstill. Dann hörte sie, wie leise die Tür aufging. Sie vernahm Schritte und das ruhige Atmen eines Mannes.

»Ich kann nicht mehr länger auf dich warten«, sagte er und blieb an ihrem Bett stehen. »Ich bin gekommen, um dich zu meiner Frau zu machen. Ich habe lange in der Kapelle gebetet. Gott ist mit meinem Vorhaben einverstanden. Du wirst mir gehorchen und dich mir hingeben.«

4

Sie hatte geahnt, daß er kommen würde. Erstaunlich, daß sie durchaus nicht von Furcht gelähmt war. Sie dachte nur: Immer bildet er sich ein, Gott auf seiner Seite zu haben, ob es um Frömmigkeit oder Wollust geht! Sie lauschte. Nein, er schloß nicht ab. Er mußte aber einen Schlüssel haben, denn in den ersten Wochen hatte er sie immer eingeschlossen.

Diesmal hielt er es wohl nicht für nötig. Sie hörte ihn schwer atmen. Dann stolperte er über den Schemel, fluchte und rief: »Hast du denn keine Kerze? Ich will dich sehen. Wo ist die Kerze?«

Ganz langsam und mit Bedacht rollte sich Daria über die hintere Bettkante und landete auf allen vieren auf dem kalten Steinfußboden. Konnte er sie irgendwie erkennen?

»Daria?« Jetzt tastete er das Bett nach ihr ab. Lautlos kroch sie auf die Tür zu.

Inzwischen hatte er gemerkt, daß sie nicht im Bett lag und brav auf ihn wartete. Laut schrie er ihren Namen, fuhr herum und stolperte wieder über den Schemel. Danach riß er ärgerlich die Tür weit auf. Im trüben Schein der einzigen Wandfackel auf dem Flur sah er sie vor sich schweigend knien.

Der Graf überlegte, ob er sie schlagen sollte, weil sie versucht hatte, vor ihm auszurücken. Lieber nicht, sagte er sich. Sie sollte ihm ja bei dem Geschlechtsakt volle Aufmerksamkeit widmen. Er wollte, daß sie ihn ansah, wenn er in sie eindrang und ihr Jungfernhäutchen durchstieß.

»Steh auf!« sagte er. Er versperrte ihr den Weg zur Tür. Es blieb ihr nichts anderes übrig, als ihm zu gehorchen.

Sie rührte sich nicht.

»Steh jetzt auf, oder du bekommst meine harte Hand zu spüren!«

Daria zweifelte nicht daran. Langsam erhob sie sich. Lächelnd streckte er ihr die Hand hin. »Komm, Daria! Brauchst keine Angst vor mir zu haben, Süße! Du wirst ja meine Frau. Freiwillig biete ich dir diese hohe Ehre an, von ganzem Herzen und mit dem Segen des Herrn. Auch wenn ich dir heute ein wenig Schmerz bereiten muß, wirst du dich mir dann gern hingeben und meinen Samen empfangen. Vielleicht spürst du dabei sogar etwas wie Vergnügen, aber hoffentlich nicht im Übermaß. Du sollst dich nicht vor Lust vergessen, wie es manche Weiber tun. Das sind unwürdige Frauen. Meine erste Frau war eine Hure, stieß Lustschreie aus und konnte gar nicht genug kriegen, aber du ... du wirst genauso sein, wie ich dich haben will.«

Blitzschnell packte er sie fest am Arm. Da endlich schrie sie: »Nein! Laßt mich los! Ich will das nicht haben!«

Zu ihrer Überraschung lockerte er den Griff. »Keine Angst, Daria! Du bist gesegnet unter den Weibern. Gott und Mensch wollen es so. Mir ist die Pflicht auferlegt, dich so oft zu nehmen, wie ich vermag. Und du wirst zu mir kommen und mich darum bitten, daß ich dich nehme. Die Frau soll sich ihrem Gatten beugen. Das liegt in ihrer Natur.«

Seine Miene zeugte von solcher Selbstsicherheit, daß sie einen Augenblick lang überlegte, ob es nicht vielleicht wirklich ihr Fehler war, wenn sie die große Ehre nicht zu schätzen wußte. Dann mußte sie lachen, und nun war ihr alles gleich. Sie spuckte ihm mitten ins Gesicht.

Da riß er sie zum Bett und schleuderte sie mit dem Gesicht nach unten darauf. Mit einer Hand hielt er sie am Kreuz fest. Daß die Zimmertür offen war, machte ihm nichts aus. Er wollte sie ja sehen. Er verlor keine Zeit mehr. Sie gehörte ihm, und er würde mit ihr anstellen, was ihm gefiel. Er hatte schon viel zu lange gewartet. Mit einem Ruck zog er ihr das Kleid bis zur Taille hoch. Dann betrachtete er ihre ausgestreckten Beine, das runde Gesäß und die schlanke Taille. Sein Atem ging rasend schnell. Er wischte sich ihren Speichel aus dem Gesicht, legte ihr die Hände flach aufs Gesäß, massierte und streichelte es. Wie weich und weiß ihre Haut war!

Ihrer Kehle entrang sich ein gurgelnder Protestlaut, und sie wollte sich ihm entziehen. Da packte er sie um die Taille, drehte sie herum, so daß sie auf dem Rücken lag, zog ihr das Kleid hoch und betrachtete in aller Ruhe das wunderbare Geschenk, das er sich selbst zu geben gedachte. Er schaute gierig auf den Venushügel mit seinen dunklen Haaren, die ihre Scham verbargen. Dann berührte er sie, doch sie zuckte vor seiner Hand weg. Er hob die Hand und sagte: »Nun, Daria, mach die Beine breit! Ich möchte alles von dir sehen.«

Statt dessen zog sie die Beine an und stieß ihm die Füße vor die Brust. Überrascht stöhnte er auf und prallte zurück. Aber es war ihm ein Leichtes, sie wieder zu packen. Und sie wußte, daß ihre Kräfte bald nachlassen würden, und dann war das Ende unvermeidlich.

Sie schrie aus Leibeskräften und strampelte mit den Beinen frei in der Luft, denn er hatte sich nun neben das Bett gestellt und amüsierte sich, leise und zufrieden lachend, über ihre sinnlosen Anstrengungen. Dann zog er sich die Hose aus. Er sah, daß sie sein Geschlecht anschaute. Das gefiel ihm. Es stand ja auch aufrecht und ragte steif aus seinen Lenden empor. Viele Frauen hatten ihm versichert, daß es von stattlicher Größe sei, und er wünschte sich, daß es ihr, wenigstens beim erstenmal, einen gesunden Respekt einflößte.

Jetzt legte er sich auf sie. Sie spürte sein Glied zwischen ihren Beinen. Es schob sich herauf, und sie schloß die Augen in Erwartung des Schmerzes, der unweigerlich auftreten würde, wenn er es in ihren Schoß stieß. Mit den Fäusten trommelte sie auf seinen Schultern herum, zerkratzte ihm die Arme und schlug auf seine Muskeln ein. Es nützte ihr alles nichts. Wieder holte sie mit dem Arm aus. Diesmal wollte sie ihm auf den Kopf schlagen. Da stieß sie mit der Hand gegen den Kerzenhalter aus Messing, der auf dem Tischchen neben ihrem Bett stand. Sie umfaßte den rauhen Sockel, hob ihn so hoch wie möglich und ließ ihn dann auf seinen Schädel niedersausen.

Der Graf hatte sich gerade etwas aufgerichtet und sein Glied in die Hand genommen, um es bei ihr einzuführen. Der Schlag traf ihn mit durchdringendem, betäubendem Schmerz seitlich am Kopf. Er fiel zur Seite, aber nun lag er wieder auf ihr. Sie hörte ihn stöhnen. Danach verstummte er. Sie schlug noch einmal zu und spürte, wie ein leichtes Zittern durch seinen Körper ging. Sie ließ den Kerzenhalter fallen und versuchte, ihn von sich zu schieben. Sie mühte sich redlich ab, schaffte es aber nicht. Er lag mit seinem vollen Gewicht auf ihr.

Es war zum Verzweifeln. Da war sie nun dicht daran gewesen, sich von ihm zu befreien, und nun hatte er sie festgeklemmt. Das war ungerecht, es war ...

»Was, in Gottes Namen, habt Ihr getan?«

Rolands Stimme! Sie fühlte tiefe Erleichterung. »Bitte, beeilt Euch, schiebt ihn weg!«

Rasch wälzte Roland den leblosen Körper des Grafen auf den Fußboden. Erst jetzt sah er, daß ihr Kleid bis zur Taille hochgeschoben und ihre nackten Beine gespreizt waren. Er mußte wissen, was geschehen war, so ungern er sie auch danach fragte. »Seid Ihr unversehrt? Oder hat er ... hat er Euch etwas angetan?« Seine Stimme klang hohl. Er war ihr spät zu Hilfe gekommen, vielleicht zu spät. Mit unermeßlicher Freude sah er, daß sie heftig verneinend den Kopf schüttelte.

Sie war sehr blaß und bebte am ganzen Leibe. Er überlegte, ob er dem Grafen den Dolch ins Herz stoßen sollte. Er hätte es zu gern getan. Als er die enge steinerne Wendeltreppe hinaufgestürmt war, hatte er gebetet, daß er nicht zu spät käme. Er hatte inbrünstiger gebetet, als es ein echter Benediktinerpriester je gekonnt hätte.

Kopfschüttelnd dachte er: Ich, ihr Befreier, habe keinen Handschlag getan. Sie hatte sich selber gerettet.

»Schnell, Daria, Ihr müßt ein paar Stoffstreifen von Eurem Kleid abreißen, damit wir ihn fesseln und knebeln können. Schnell, wir haben wenig Zeit.«

Sie zögerte keinen Augenblick. Sie riß breite Stücke von dem teuren dunkelblauen Wollstoff ab und sah dann aus dem Augenwinkel, wie Roland den Grafen kräftig fesselte.

Als auch der Knebel im Mund steckte, rollte Roland den Gefesselten höchst unfeierlich unter das Bett.

»So«, sagte er und stand auf. »Wir haben es beinahe geschafft. Jetzt müßt Ihr Euch in aller Eile umziehen.«

Er warf ihr die Kleidung eines Knaben zu. Sie sah die Sachen an und mußte lächeln.

»Beeilt Euch, wir haben nicht viel Zeit! Unterhalten können wir uns später.«

Er wandte ihr den Rücken zu und stellte sich an die offene Zimmertür. Sie brauchte etwas Licht vom Flur, um die ungewohnten Kleidungsstücke anzulegen. Hinter sich hörte er ihr ungeschicktes Hantieren. Er hielt den Blick auf die steile Wendeltreppe gerichtet. Vor dem Abendessen hatte er einen Schlaftrunk in die Bierfässer gemischt. Aber natürlich wußte er nicht, ob alle Männer des Grafen so viel davon getrunken hatten, daß sie jetzt bewußtlos waren. Zu seinem größten Kummer hatte der Graf keinen Tropfen angerührt, weil er mit seinen Gedanken schon bei Daria gewesen war.

Roland lauschte angestrengt. Draußen war es still wie im Grab. Es war eine unheilverkündende Stille.

»Seid Ihr mit dem Anziehen fertig?«

»Ja«, sagte sie und war plötzlich an seiner Seite. Die Jungenkleidung verbarg die weiblichen Rundungen, aber sie sah doch noch immer sehr fraulich aus. Schnell ließ er sie auf dem Bett Platz nehmen und flocht ihr die Haare zu einem Zopf. Den band er ihr mit einem Stück Stoff des zerrissenen Kleides zusammen und stülpte ihr dann die Knabenmütze über den Kopf. Als nächstes entnahm er seinem Waffenrock ein zusammengefaltetes Tuch. Daria sah, daß es Schlamm enthielt.

Er schmierte ihr den Schlamm über die Augenbrauen und verteilte ihn auf dem ganzen Gesicht. Grinsend sagte er: »Wunderbar dreckig seid Ihr jetzt, mein Junge.«

Dann zog er sie an den Händen hoch. »Hört mir gut zu, Daria! Ihr werdet von jetzt an den Mund halten, den Kopf hängen lassen und immer dicht hinter mir bleiben. Wenn ich Euch irgend etwas sage, müßt Ihr es schnell tun, aber immer stumm bleiben.«

Jetzt erst sah sie, daß er immer noch das Priestergewand trug.

»Ich bin bereit. Ich werde tun, was Ihr sagt.«

Er nickte und tätschelte ihr die schmutzige Wange. Er hatte noch nie im Leben eine Frau befreit und wußte nicht, wie sie sich verhalten würde. Könnte sein, daß sie im kritischen Moment anfing zu schreien oder daß sie in Ohnmacht fiel. Doch zunächst schien Daria sehr gefaßt zu sein. Er bedeutete ihr, ihm zu folgen.

Als sie am Fuß der Treppe ankamen, schaute sie sich im großen Saal um. Viele Leute lagen schnarchend am Boden. Andere saßen noch an den Tischen, waren aber zusammengesackt, die Köpfe zwischen den Tellern auf den Tischplatten.

»Habt Ihr sie vergiftet? Müssen sie alle sterben?«

»Ich habe dem Bier nur ein Schlafpulver beigegeben. Nun schlafen sie wie unschuldige Säuglinge. Morgen werden sie mit Kopfschmerzen aufwachen, das ist alles.«

Einige waren noch wach. Aber sie warfen nur aus trüben Augen oberflächlich einen Blick auf den Priester und den schmutzigen Knaben, den er bei sich hatte. Ein Mann sprach ihn sogar an. »Pater«, sagte er mit schleppender Zunge, »segnet mich, denn ich habe zu viel getrunken und sehe lauter Schlangen. Die wollen mir Böses, Pater.«

»Gottes Segen mit dir, mein Sohn! Aber du hast es verdient, wenn die Schlangen dich beißen. Wenigstens bist du noch wach, während deine Freunde alle eingeschlafen sind.«

Stumm sackte der Kopf des Mannes auf den Tisch, und damit war der letzte im Raum eingeschlafen.

Doch draußen hielten sich noch viele auf, die hellwach waren. Roland ging langsamer, nickte den Männern, die ihm begegneten, zu und sprach einige Worte mit ihnen. Er ließ sich Zeit und schien die Ruhe selber. Mehrere Frauen sahen ihn mit unverhohlen einladenden Blicken an.

»Wohin geht Ihr, Pater?« fragte ihn der erste Stallknecht. Dabei schaute er neugierig auf den schmutzigen Knaben, der dem Priester folgte.

»Siehst du diesen kleinen Schwachkopf hier?« sagte Roland gelassen. »Es ist ein ganz böser Junge, den ich jetzt zu seinem Vater zurückbringen muß. Stell dir vor, er wollte ein Ritter werden! Es ist ein halber Waliser, und wenn er etwas sagt, kann ihn selbst der liebe Gott nicht verstehen. Kannst du dir vorstellen, daß der Graf diesen blöden Jungen als Knappen annimmt? Nein, jetzt geht er zu seinem Vater zurück und wird eine anständige Tracht Prügel erhalten.«

Der Stallknecht lachte. »Geschieht ihm ganz recht, diesem Wilden«, sagte er und trat in den Stall zurück. Roland machte Daria ein Zeichen stehenzubleiben und ging dann schnell ebenfalls in den Stall. Gleich darauf hörte sie ein leises Geräusch von dort: als sei jemand umgefallen. Dann erschien Roland wieder und sagte lächelnd: »Noch einer, der friedlich eingeschlummert ist. Bleibt hier und paßt gut auf!«

Er ging noch einmal hinein und kehrte diesmal mit einem Pferd am Zügel zurück. Es war kein besonders gutes Pferd, keinesfalls eines der stämmigen Kampfrosse. Mühelos schwang sich Roland auf den nackten Rücken des Pferdes und reichte ihr die Hand. »Kommt, wir müssen uns beeilen!«

Sie saß hinten auf und fragte sich staunend: Will er so einfach durch die großen Tore der Burg Tyberton hinausreiten? Genau das tat er, obwohl sechs Posten dort Wache hielten.

Ungerührt wandte Roland sich an den Torhüter. »Einen gesegneten Abend, mein guter Arthur. Der Graf hat mich beauftragt, diesen abgerissenen Dorflümmel zu seinem Vater in Chepstow zurückzubringen. Würdest du mir bitte das Tor öffnen?«

»Ach, Pater, wenn ich mir das Bürschlein ansehe, möchte ich meinen, daß er eine ordentliche Tracht Prügel kaum überleben wird. So ein schwächlicher Schmutzfink! Was hat er angestellt? Dem Grafen in den Wein gepinkelt?« Er lachte herzlich über seinen eigenen Witz.

»Er wollte die Gefangene des Grafen, das Mädchen Daria, befreien, weil er sich einbildete, sie würde sich dann aus Mitleid von ihm verführen lassen. Der Graf war gerade dabei, das Mädchen selber ins Bett zu nehmen. Ich hatte schon Angst, er würde den verkommenen Lümmel wegen seiner sündigen Gedanken umbringen.«

Arthur lachte. »Nun, dann macht Euch mal davon, Pater! Ich warte auf Eure Rückkehr. Vergeßt aber nicht, laut zu rufen, wenn Ihr Euch der Burg nähert! Sonst schießt Euch noch ein Krieger des Grafen einen Pfeil durchs Herz.«

»Danke, mein Freund. Ich werde mich beeilen. Seht zu, daß niemand heute nacht den Herrn stört!«

Arthur öffnete das Tor, wobei er erneut vor sich hinlachte. »Sie ist ein hübsches kleines Ding«, sagte er. »Ja, hübsch und zart wie ein junges Hühnchen. Der Graf wird sie mit größtem Vergnügen einreiten!« Das letzte, was Daria aus der Burg Tyberton hörte, war das anhaltende Lachen des Torhüters Arthur. Sie ritten unter dem Fallgitter hinweg und dann durch die mächtigen Eichentore. Mehrere

Männer nickten ihnen zu, aber keiner sagte etwas oder versuchte sie anzuhalten. Es ging ganz leicht. Daria drückte die Wange an Rolands Rücken. »Ich glaube beinahe, Ihr seid ein Zauberer, Roland. Alles verlief so einfach. Und da habe ich zwei Monate lang über eine Flucht nachgedacht und meinte schon, sie würde mir nie gelingen.«

»In solchen Dingen bin ich sehr gut«, sagte Roland. »Ich habe vor langer Zeit gelernt, daß man am leichtesten mit einer Lüge durchkommt, wenn man sich möglichst nahe an der Wahrheit hält. Ich muß aber auch sagen, daß wir großes Glück gehabt haben. Doch wenn der Graf sich befreit und seine Männer nüchtern gerüttelt hat, wird er hinter uns herjagen. Deshalb dürfen wir nicht bummeln.«

»Ich will auch nicht bummeln«, sagte sie und legte ihre Arme um seinen Leib. »Aber das Tier, auf dem wir reiten, Roland, ist kaum schneller als eine Schnecke.«

»Nur Geduld. Ganz in der Nähe wartet auf uns mein Kampfroß.«

»Wollt Ihr mich zu meinem Onkel zurückbringen?«

»Nicht gleich. Das wäre verkehrt. Zunächst müssen wir den Grafen in die Irre führen.«

Sie ritten ungefähr eine Stunde in nordwestlicher Richtung, nach Wales hinein. Schließlich bog Roland von der schmalen, mit dichten Hecken und Eibenbüschen gesäumten staubigen Straße und hielt vor einer kleinen, aus Flechtwerk und Schlamm errichteten Hütte mit mehreren sehr alten und halb verfallenen Nebenbauten. Sofort kam ein Mann heraus und lief rasch auf sie zu. Lächelnd sagte Roland zu Daria: »Jetzt wechseln wir auf mein Pferd über.« Er half ihr beim Absteigen und hieß sie warten.

Er verschwand mit dem Mann hinter der Hütte und kam mit einem prächtigen Pferd zurück. Das Tier war schlank und kräftig, schwarz wie die Nacht und wirkte so stolz wie ein König.

Daria sah, wie er dem Mann Geld gab. Der Mann grinste und sagte: »Ja, ja, *lle pum buwch, lle pum buwch.*«

Roland half Daria auf sein Roß, stieg dann selber auf und sagte zu dem Mann: »Vergiß nicht, du mußt nach Südwesten reiten! Du ziehst meine Mönchskutte an und reitest mit jenem Pferd etwa zwei Stunden lang. Dann läßt du das Pferd laufen und legst die Kutte irgendwohin, wo unser guter Graf sie finden kann.«

Der Mann nickte und winkte Roland einen kurzen Abschiedsgruß zu.

Staunend betrachtete Daria den Mann, der zu ihrer Befreiung nach Tyberton gekommen war. Wie hatte sie ihn je für einen Priester halten können? Die anderen Frauen in der Burg hatten gleich gemerkt, daß er ein Mann dieser Welt, ein Mann der Tat war. Nur sie nicht. Jetzt hatte er einen Waffenrock aus grobem rostfarbenem Wollstoff angelegt, und an dem breiten Ledergürtel hingen Schwert und Dolch. Er wirkte gefährlich und unerhört kraftvoll. Wieder legte sie die Wange an seinen Rücken und genoß die Verwandlung.

Beim Anreiten fragte sie: »Was hat er gesagt, als Ihr ihm das Geld gabt?«

»Ihr habt ein gutes Ohr. Er sagte, er könne sich jetzt vier Kühe leisten – nämlich von dem Geld, das ich ihm für seine Hilfe schenkte.«

Zu Rolands Überraschung wiederholte sie klar und deutlich: *»Lle pum buwch.«*

»Ihr habt wohl in den zwei Monaten auf Tyberton ein wenig walisisch gelernt?«

»Nein. Denn der Chef haßt die Waliser so, daß er ihre Sprache auf Tyberton verboten hat. Wenn er irgend jemand fremdländisch sprechen hörte, ließ er ihn auspeitschen. Außerdem hat er mich von allen Leuten ferngehalten.«

Der leichte Nieselregen hatte aufgehört. Aber der Himmel hing voll dunkler Wolken, die noch mehr Regen vor Mitternacht verhießen. Immer regnete es in Wales, immer. Roland zog die Lederriemen der beiden Taschen an, die er dem Pferd übergelegt hatte.

Ein paar Minuten später merkte er, daß Daria eingeschlafen war. Sie lehnte schlaff an seinem Rücken und war in Gefahr, seitlich abzurutschen. Rasch packte er ihre abgleitenden Hände, führte sie zusammen und hielt sie mit einer Hand an seiner Taille fest. Die Luft roch stark nach Meer und feuchtem Moos. Er seufzte. Hoffentlich blieb es noch einigermaßen trocken, bis sie Trefynwy erreichten. Dann würden sie nach Osten abbiegen und durch die Schwarzen Berge mit ihren abweisenden, feindlichen Gipfeln und nackten Felsenbändern reiten, wo sie niemand mehr finden würde. Mit Darias bisherigem Verhalten war er mehr als zufrieden. Sie schenkte ihm so großes Vertrauen, daß sie es tatsächlich fertigbrachte, auf der Flucht zu schlafen. Bemerkenswert!

Sein Pferd Cantor schnaufte, und Roland ließ es langsamer gehen. Sie hatten noch eine größere Strecke zurückzulegen, bevor Roland beruhigt anhalten und eine Weile rasten konnte. Es war zu bezweifeln, daß der Graf ihre Spur schnell sichtete – falls er sie überhaupt fand. Roland hatte den Weg nordwärts durch Wales mit Absicht gewählt, weil ihn der Graf wohl kaum ernsthaft in dem Lande suchen würde, das ihm so verhaßt war. Als Engländer würde er meinen, daß nur ein Verrückter freiwillig nach Wales flüchten würde.

Zufrieden mit seinem listigen Plan, lachte Roland leise, denn es gab noch etwas äußerst Wichtiges, von dem der Graf nichts ahnte und das er auch nie erfahren würde.

Es begann zu donnern. Er hatte am nächsten Morgen Abergavenny erreichen wollen. Jetzt wußte er, daß sie es nicht schaffen würden. Der erste Regentropfen platschte auf seine Stirn, und er fluchte leise. Nun mußte er eine Unterkunft finden, in der sie den Regen abwarten konnten.

Das Gelände, das sie gerade durchquerten, war günstig für sie. Es gab dichte Wälder, die ihnen nicht nur Deckung vor Verfolgern, sondern auch Unterschlupf vor dem immer stärker werdenden Regen boten. Wenn er sich nicht irrte, befand sich in der Nähe von Usk eine ziemlich geräumige Höhle, ein Stück nach Westen von der Straße entfernt. An seinem Rücken spürte er, daß Daria vor Kälte zitterte. Sie war also wieder wach. Er steckte seine Hand in eine der Taschen und holte ein Lederwams hervor. »Hier, das halten wir uns über den Kopf, um etwas Schutz zu haben.«

»Ich habe gehört, daß es hier mehr regnet als irgendwo anders auf der Welt«, sagte sie.

»Das kann durchaus sein«, sagte er. »Jedenfalls mehr als im Heiligen Land.« Mit dem Lederwams über ihren Köpfen ritten sie weiter. »Solange wir uns in Wales aufhalten, spielt Ihr meinen taubstummen kleinen Bruder.«

»Sprecht Ihr walisisch, Roland?«

»Ja. Das gehört zu meinen Talenten. Ich lerne fremde Sprachen leicht und schnell.«

»Dann bringt es mir bei! Ich habe keine Lust, die ganze Zeit über zu schweigen.«

Er war versucht zu lachen, denn Walisisch war die schwerste Sprache, die er gelernt hatte. Es war sogar noch schwieriger als Arabisch. »Wißt Ihr noch, was dieser Bauer gesagt hat?«

»*Lle pum buwch.* Jetzt kann ich mir vier Kühe leisten.«

Roland war nie einem Menschen begegnet, der so sprachbegabt

war wie er. Ganz traute er Darias Fähigkeit noch immer nicht, obwohl er wußte, daß sie fließend Latein beherrschte.

»Ihr braucht mir nur so viel beizubringen, daß ich keinen Taubstummen zu spielen brauche.«

Nun, warum nicht? dachte er. In der nächsten Stunde lehrte er sie einfache Sätze und mußte zugeben, daß er sie unterschätzt hatte. Sie war vielleicht noch begabter als er, das Wesen einer Sprache aufzufassen. Als sie schließlich eine brauchbare Höhle fanden, in der sich keine Berglöwen und Bären aufhielten, waren sie beide vom Regen total durchnäßt, und Daria beherrschte bereits mit guter Aussprache einen kleinen Schatz an walisischen Worten und Sätzen.

»Hier werden wir abwarten, bis der Regen aufhört – falls er je aufhört.«

»Ja, Roland«, sagte sie und sog tief die Luft ein. »Wie das riecht! Nach Meersalz, dem Moos an den Felsen, nach Heide und Farnkraut. Es ist ein sehr *lebendiger* Geruch.«

Sie troff vor Nässe und zitterte in der Kälte. Er zog das letzte trockene Lederwams aus der Tasche. »Zieht Euch das an!«

Zum Umkleiden ging sie von ihm weg in den dunklen Teil der Höhle. Sofort rief er ihr mahnend zu: »Nein, bleibt in der Nähe, Daria! Es lauern bestimmt noch wilde Tiere hier, und ich will nicht, daß Ihr gefressen werdet oder Euch im Inneren des Berges verirrt.« Sie kam sofort zurück, und er schlug vor: »Setzen wir uns, und essen wir das Brot, mit dem der Bauer uns versorgt hat!«

Während des Essens lehrte er sie die walisischen Bezeichnungen für Lebensmittel und verschiedene Tiere. Als letztes wiederholte sie müde das Wort *dafad,* was Schaf bedeutet, dann schlief sie ein.

Er lehnte sich an die Felswand der Höhle und zog sie an sich. Sein Pferd wieherte leise. In die Stille drang das laute Krächzen der Saatkrähen. Er hörte sogar den Wasserfall, der durch einen nahe gelegenen Buchenwald tosend herunterschoß. Was sie über den Geruch der Luft gesagt hatte, traf zu. Selbst in der dunklen Höhle stieg ihm der Geruch nach Gras, Farnkraut, Wasser und Wind in die Nase.

Lächelnd fiel auch er in Schlaf, ohne das Mädchen loszulassen, das so gut walisisch wie ein Einheimischer sprechen würde, wenn sie genügend Zeit zum Lernen hätte.

Bei Tagesanbruch hörte es auf zu regnen, und in diesen kurzen zauberhaften Minuten schimmerte der Himmel in einem sanften, weichen Rosa. Er wollte gerade Daria wecken, als sie auf englisch zu ihm sagte: »Ich kenne Euch, kenne Euch in tiefster Seele. Es ist seltsam und flößt mir Angst ein, und dennoch ist es ein wundervolles Gefühl.«

Sie hatte im Traum gesprochen, aber er verstand nicht, was gemeint war, und instinktiv scheute er davor zurück, danach zu fragen.

Sie aßen Brot und Käse und tranken den Rest des Warmbiers. Bald danach verließen sie, nun wieder warm und trocken, die Höhle.

Sie ritten durch Dickicht und Lichtungen, vorbei an verkrümmten, mit Flechten bewachsenen Eichen, an moosbewachsenen Felsblöcken und an nacktem Gestein.

Roland lehrte sie weiterhin Walisisch. Einen Augenblick war er neidisch auf ihr Talent. Doch dann mußte er über seine Eitelkeit lächeln. Es war gut, daß sie dieses Talent besaß. Denn nun konnte sie wenigstens etwas sagen, wenn sie Walisern begegneten, was irgendwann einmal geschehen würde.

Es kam aber so, daß sie den Walisern eher begegneten, als Roland es gewünscht hätte.

5

Roland zeigte auf einen Wasserlauf. »*Apon* – Fluß.« Danach: »*Aber* – Flußmündung.«

Eifrig wiederholte Daria die Worte. Dann klopfte sie Roland auf die Schulter und deutete mit dem Kopf nach links. »*Allt*«, sagte sie. »Bewaldeter Hügel.«

Er drehte sich im Sattel um und griente sie an. »Ihr seid sehr gut.«

»Muß ich immer noch den Taubstummen spielen?«

»Vorläufig halte ich es für das klügste. Ihr müßt Geduld haben, Daria.« Er wünschte, er wüßte aus persönlicher Kenntnis, daß Ralph von Colchester ein Ehrenmann war. Doch in seinem Herzen war Roland klar, daß ihr Onkel sie nur mit ihm verheiraten wollte, um seinen Besitz zu vergrößern. Damon Le Mark wäre es egal, wenn Colchester schon zwölfmal verheiratet gewesen wäre und alle seine Frauen ermordet hätte.

Am Flußufer zügelte er Cantor und ließ das Tier von dem klaren Wasser trinken. »Würdet Ihr Euch gern die Füße vertreten?«

Mit dankbarem Lächeln glitt sie von Cantors Rücken. »Seht nur, welche Farben das Sonnenlicht den Ahornblättern verleiht! Es ist wunderschön.«

Sie kreuzte die Arme vor der Brust und lief auf der kleinen Wiese umher. »*Glyn*«, rief sie und zeigte auf süß duftendes Geißblatt, »*fflur*! Dies ist das Symbol der Treue, wißt Ihr, und der Efeu dort das Sinnbild der Dauer. Ach, könnten wir doch für immer hierbleiben!«

»Wartet es nur ab! Spätestens in einer Stunde regnet es wieder. Sobald Ihr naß und elend kalt seid, werdet Ihr rasch andere Wünsche haben.«

Sie winkte ab. »Der Stechginster drüben behütet uns vor Dämonen und vielleicht auch vor Dauerregen. Wir müssen es uns nur stark genug wünschen.«

Doch Roland hatte im Augenblick nur einen einzigen Wunsch. Er wollte den Rest seiner Belohnung haben. Dann würde sein Traum vom eigenen Land und der eigenen Burg in den schönen, grünen Hügeln von Cornwall in Erfüllung gehen. Er sah, wie sie von einem einzelnen Eibenbusch zu einer einsamen Birke lief und dabei ihre walisischen Namen wiederholte. Na schön, das Lernen fiel ihr leicht. Ihm war das ziemlich gleichgültig. Ja, sie war intelligent und lachte gern. Das war ihm genauso gleichgültig. Sein Blick fiel auf ihren Mund und wanderte weiter zu den Brüsten und Hüften. All das ließ ihn kalt. Sein Zelter stupste mit dem Maul an seine Hand. Roland wischte sich die Hand an der Hose ab und sagte leise zu seinem Pferd: »Du bist mir treu, du hast immer geahnt, was ich wollte, was ich brauchte. Dir würde ich mein Leben anvertrauen, aber keinem anderen, schon gar nicht einer Frau. Nicht einmal, wenn sie hübsch, intelligent und liebevoll ist.«

»Ihr sprecht mit Eurem Pferd, Sir?« fragte Daria lachend.

Der Schlamm, mit dem er ihr das Gesicht beschmiert hatte, war längst vom Regen abgewaschen worden. Doch der Reisestaub hatte es erneut schwarzgefärbt – mit echt walisischem Dreck. Sogar ihre glatten weißen Hände waren verschmutzt. Aber wie ein Junge sah sie für ihn immer noch nicht aus.

»Ja, Cantor ist ziemlich intelligent. Er hat mir gerade gesagt, daß es Zeit zum Mittagessen ist. Doch leider sind unsere Vorräte erschöpft. Ich müßte erst auf die Jagd gehen.«

Sie schaute in die Richtung, aus der sie gekommen waren, und schüttelte voll Bedauern den Kopf. »Nein, so hungrig bin ich nicht, Roland, wirklich nicht. Können wir nicht noch den ganzen Nachmittag weiterreiten? Könnt Ihr nicht dann auf die Jagd gehen? Es tut mir leid, daß wir durch meine Schuld hier Zeit vertrödelt haben.«

»Er ist uns noch nicht auf den Fersen, Daria. Niemand kann uns verraten haben. Selbst wenn der Bauer dem Grafen von uns erzählt hat, würde er immer noch nicht wissen, wohin wir geritten sind.«

»Doch, er weiß es, er findet es irgendwie heraus. Ich habe es im Gefühl. Er ist sehr schlau.«

»Demnach habt Ihr ihn bewundert. Wolltet Ihr ihn vielleicht gar nicht verlassen? Wolltet Ihr ihn denn heiraten?«

Sie warf den Kopf hoch. »Das ist dummes Zeug, was Ihr da redet, Roland!« Und dann brach sie zu seiner Bestürzung in Tränen aus.

Roland starrte sie an. Bisher hatte sie ungewöhnlichen Mut und große Seelenstärke bewiesen. Daß sie jetzt, da die Gefahr vorüber war, Freudentränen weinte, sah ihr überhaupt nicht ähnlich.

»Wieso bin ich dumm?«

Sie schüttelte den Kopf, fuhr sich mit dem Handrücken über die Augen und wandte sich ab. »Nein, Ihr seid ja nicht dumm, aber Ihr redet dummes Zeug. Verzeiht mir. Hat Cantor genug getrunken?«

Er sah sie lange an. Dann sagte er: »Ja«, reichte ihr die Hand und zog sie hinter sich aufs Pferd.

Sie ritten jetzt in der Nähe des Flusses Usk weiter. Zu beiden Seiten stiegen dicht mit Buchen und Schwammeichen bewaldete Hügel empor. Darüber erhoben sich schlanke, hohe Föhren. Dazwischen wanden sich schmale Bäche, meist flach und im hellen Sonnenlicht hellbraun glänzend, durch das Land. Aber auch im Sonnenschein fühlte, roch und hörte man Wasser in der Luft – in der Ferne tosten Wasserfälle über nasse Felsen, und tief unter der Erde gurgelten unsichtbare Wasserläufe.

»Seid froh, daß es nicht regnet!« sagte er. »Wieso bin ich dumm, Daria – nein, wieso rede ich dummes Zeug? Wieso?«

»Der Graf ist ein furchteinflößender Mann. Ich glaube nicht, daß er wahnsinnig ist, bisher jedenfalls nicht. Aber er ist ein sonderbarer Fanatiker, und seine Launen wechseln gefährlich sprunghaft. Ich hätte eher Ralph von Colchesters Vater oder Großvater geheiratet als ihn.«

»Aha.«

Ihre Arme schlangen sich fester um seinen Leib. »Roland, bringt mich bitte nicht zu meinem Onkel zurück! Er glaubt nicht an Gott. Er glaubt nur an sich selbst und hält sich für allmächtig. Und er verbreitet mehr Furcht um sich als jeder andere Mensch, weil er absichtlich grausam ist. Er hat einen kalten Charakter, und er gefällt sich in seiner Grausamkeit.«

»Nun, dann müßtet Ihr doch froh sein, daß Ihr heiratet. Dann könnt Ihr Reymerstone den Rücken kehren und seid dem bösen Einfluß Eures Onkels entzogen.«

Es gefiel ihm selber nicht, daß er so harte Worte zu ihr sagte. Aber er wurde von dem Onkel dafür bezahlt, daß er ihm die Nichte zurückbrachte, und von dem Geld, das er bekam, würde er sich die Burg in Cornwall kaufen und sich nie wieder den Wünschen eines anderen Menschen beugen müssen – es sei denn, er wollte es so.

Daria war verstummt. Erst im Laufe des Nachmittags brach sie ihr Schweigen. »Bitte, Ihr müßt hier kurz Halt machen.«

Er nickte, ließ Cantor halten, sprang ab und hielt die Arme für sie auf. Sie achtete nicht darauf und glitt an der linken Seite des Pferdes herunter.

»Um Gottes willen, schnell weg da!«

Ihre unvermutete Handlung hatte Cantor erschreckt. Er fuhr herum, bäumte sich auf und keilte mit den Vorderbeinen aus.

»Weg, Daria!«

Sie fiel über einen vorragenden Felsstein rücklings zu Boden.

Roland besänftigte das Pferd und band die Zügel am stumpfen Ast einer Eibe fest.

Dann ging er zu ihr und reichte ihr eine Hand. »Macht nie wieder einen solchen Unsinn, Daria!«

Sie verschmähte seine Hand, nickte aber und kam langsam auf die Beine.

»Und nur weil Ihr ärgerlich auf mich gewesen seid. Bitte, denkt daran, daß ich Euch lebend und gesund in Reymerstone abliefern muß!«

»Ja, das stimmt! Wenn ich tot bin, bekommt Ihr ja kein Geld von meinem Onkel, nicht wahr?«

»Genau. Also seht Euch in Zukunft vor!«

»Ich gehe mal in das Gehölz«, sagte sie. Sie war seinetwegen und wegen ihrer Lage so zornig und enttäuscht, daß sie am liebsten ausgespuckt hätte. Leicht humpelnd ging sie auf die dichtbelaubten, nassen Bäume zu. Er sah ihr nach, bis sie verschwunden war, und merkte sich die Stelle. In der Ferne ragten bräunliche, felsige Hügel über dem Wald auf. An einem Hang tummelten sich Wildponys. Mit ihren langen, verfilzten Mähnen hoben sie sich vor den dicht stehenden Fichten ab. Sie witterten ihn, blieben stehen und beäugten ihn. Langsam ging er auf eine niedrige Eiche zu und lehnte sich dagegen. Dann pfiff er ein Lied, das Dienwald de Fortenberrys Narr Crooky einmal gesungen hatte. Lächelnd rief er sich die belanglosen Worte ins Gedächtnis.

Gebt nach, mein edler Lord,
Scheucht die Bedenken fort!
Küßt ihren süßen Mund
Und laßt sie seufzen und
Schenkt Wonne ihr und Lust!

Gebt nach, mein edler Lord!
Es tut Euch gut, mein Wort.
Küßt ihren Hals, seid nett,
Macht glücklich sie im Bett!

Es war sicherlich ein einfältiges Lied, aber er sang es noch einmal. Crooky hatte noch viele Strophen vorgetragen, in denen dem ›edlen Lord‹ die verschiedensten Körperteile als küssenswert gepriesen wurden. Er hatte dabei mit den Augen gerollt und lüsterne Gesichter geschnitten, bis Dienwald ihm einen kräftigen Fußtritt versetzte.

Auf einmal hörte Roland einen gellenden Schrei und verstummte.

Burg Tyberton

Graf Edmond von Clare lehnte sich an die kalte Steinwand. Man hatte den Bauern – möge seine treulose Seele in der Hölle brennen – halbtot geschlagen. Zuerst hatte Clare seinem Mann befohlen, die Peitsche nicht so hart zu gebrauchen. Doch dann hatte ihn Blutverlust erfaßt, und jetzt hing der walisische Schweinehund schlaff in den eisernen Handschellen, und sein Blick war trübe und leer.

»Nun, was ist? Sollen wir dich weiter foltern, oder willst du lieber einen schnellen Tod? Sag mir die Wahrheit! Sag mir, von wem du das Pferd hast, und ich erlöse dich von deinen Leiden!«

Der Bauer hob den Blick zu dem unerbittlichen Gesicht des Grafen und dachte: *Ich wollte doch nur das Geld für vier Kühe.* Doch es sollte nicht sein. Man hatte ihm so viele Knochen zerschlagen, daß sie nie mehr heilen würden, auch wenn die Folter aufhörte. In gebrochenem, stockenden Englisch sagte er mühsam: »Der Mann und der Knabe sind nach Wales hineingeritten. Mehr weiß ich nicht. Er ritt einen kräftigen Rappen, ein Ritterpferd. Seinen Namen kenne ich nicht. Er gab mir Geld. Dafür sollte ich das andere Pferd in die entgegengesetzte Richtung reiten und es dann laufen lassen, damit ihr es findet. Aber ich war so dumm und wollte das Pferd behalten, und jetzt muß ich meine Dummheit mit dem Tode bezahlen.«

»Komm, Mann, überleg noch mal! Er hat dir bestimmt seinen Namen genannt. Los, sprich, dann darfst du einen schnellen Tod sterben!«

Noch ein Schlag mit der Peitsche! Dann sagte der Bauer: »Roland. Er hieß Roland!«

Edmond von Clare nickte seinem Henker zu. Der zog den Dolch aus dem Gürtel und stach ihn dem Bauern ins Herz. Der Mann sackte zusammen. Der Kopf fiel ihm auf die Brust.

Edmond schritt in den großen Saal auf Tyberton zurück und dachte: Wer ist Roland? Zweifellos ein Mann, den Damon gekauft hatte, um ihm das Mädchen zurückzubringen. Nun, es würde ihm nicht gelingen, dem verdammten falschen Priester, dem er sein Vertrauen geschenkt hatte. Doch nein, insgeheim hatte er geahnt, daß der Mann ein Betrüger war. Er sah zu gut aus, und sein Körper war zu wohlgebildet für einen Geistlichen. Er hätte es gleich wissen müssen, als die Burgweiber ihn so deutlich angehimmelt hatten.

Edmond rief nach MacLeod, seinem Waffenmeister. »Stell einen Trupp von zwölf Männern zusammen! Wir reiten nach Wales, um die kleine Herrin und den falschen Priester zu suchen. Wir werden ihm das Mädchen wieder abjagen. Wir müssen Vorräte für mehrere Wochen mitnehmen. Und wir reiten hart.«

MacLeod erwiderte nichts. Es stand ihm nicht zu, die Befehle seines Herrn zu kritisieren. Sie würden das Mädchen aufspüren, den falschen Priester töten und die kleine Herrin zurückbringen, in das Bett des Grafen.

Eine Stunde später ritten sie los, der Graf an der Spitze.

Roland zog Dolch und Schwert und rannte Hals über Kopf auf den Fichtenwald zu. Unterwegs hörte er einen leisen gurgelnden Laut und fühlte, wie ihm das Blut stockte. Hatte man sie getötet?

Dann vernahm er zwei Männerstimmen und verlangsamte den Schritt. Die Männer unterhielten sich leise im weich klingenden Walisisch. Dennoch konnte er ihre Worte verstehen. Sie hatten Daria gefangen.

»... nach Llanwrst, schnell!«

»Aber der Mann! Was machen wir mit dem Mann?«

»Wenn er sie vermißt, sind wir schon weg. Laß ihn, laß ihn in Ruhe! Geh leise! Leise!«

Roland tauchte in den Fichtenwald und kam an eine Lichtung. Hier rieselte ein Bächlein durch das feuchte Gras. Ein großer Mann, ein Berg von einem Mann, hatte sich Daria über die Schulter geworfen. Der andere, ein zottiger Kleiner, ging dicht hinter ihm her und warf alle paar Schritte einen vorsichtigen Blick über die Schulter zurück.

Plötzlich begann es wieder zu regnen. Einer der Männer fluchte leise.

Roland folgte ihnen so leise wie möglich, aber im nassen Gras quietschten seine Schuhe bei jedem Schritt. Der Regen wurde stärker, wurde zum Wolkenbruch, der die Bäume und Hügel verschwinden ließ. Dieses verdammte Land – eben schien die Sonne noch, und im nächsten Augenblick wurde es am hellen Nachmittag fast stockdunkel.

Die Männer legten langsam, aber sicher ihren Weg zurück. Ihr Ziel war eine Höhle, ein Einschnitt in den Felsen des Hügels. Roland hielt sich zurück und sah, wie sie hineingingen. Drinnen wurde eine Laterne angezündet, und gedämpftes Licht fiel nach draußen. Er schlich sich so nahe heran, daß er sie belauschen konnte.

»... verdammter Regen ... *glaw, glaw* ... ewig Regen.«

»Willst du sie dir gleich vornehmen, Myrddin?«

»Nein, das Mädchen ist pitschnaß und halbtot. Laß sie da in der Ecke und leg ihr was über!«

Also hatten sie schon entdeckt, daß sie kein Knabe war. Hatten sie hart zugeschlagen? Roland gestand es sich ungern ein, aber sein erster Gedanke galt ihrem Befinden und nicht dem Geld, das er einbüßen würde, wenn er sie nicht lebend und unberührt zu ihrem Onkel zurückbrachte.

Nein, sagte er sich, so geht das nicht. Sie war nichts als eine Ware, die er in gutem Zustand abzuliefern hatte.

Es war noch ziemlich früh. Wenn die Männer auf die Jagd gingen, würden sie sich trennen. Der Hüne – er hieß Myrddin – sah nicht so aus, als würde er aufs Abendessen verzichten. Geduldig wartete Roland unter einem überhängenden glatten Felsen, der ihm Schutz vor dem nicht endenwollenden grauen Regen bot.

Es dauerte nicht lange, und Myrddin kam aus der Höhle, fluchte über den Regen und setzte sich dann in Trab. Pfeil und Bogen hatte er unter den rechten Arm geklemmt. Langsam schlich Roland weiter, bis er vor dem Eingang der Höhle stand. Er beugte sich vor und erblickte den anderen Mann, den Kleinen mit den krummen Beinen. Er kniete neben Daria und schaute sie an. Dann hob er, ohne den Blick von ihr zu wenden, die schmutzige Decke hoch.

Plötzlich trat Roland das Bild des Grafen Clare vor Augen, wie er mit der Hand unter Darias Hemd griff. Und nun betrachtete wieder ein Mann sie mit ebenso gierigen Blicken. Das war mehr, als Roland ertragen konnte. Er duckte sich ganz tief und lief in dieser Haltung in die Höhle hinein, so leise wie eine nächtlich fliegende Fledermaus. Der Mann hörte ihn nicht. Das Feuer, das die beiden angefacht hatten, war niedergebrannt. Der Rauch drang Roland in die Kehle. Er mußte husten.

Als der Mann herumwirbelte, sprang Roland ihn an. Zum Glück war er größer und stärker. Seine Finger schlossen sich in tödlichem Griff um die Kehle des Mannes. Der stieß gurgelnde Laute aus, sein Gesicht wurde dunkel, und die Augen traten ihm aus den Höhlen. Immer noch drückte ihm Roland die Kehle zu. Die Wut hatte ihn übermannt. Dann hörte er Daria flüstern: »Nein, Roland, Ihr dürft ihn nicht töten. Nein!«

Schweratmend ließ er den Mann los. »Seid Ihr heil geblieben?«

»Ja. Sie haben mich überrumpelt, als ich gerade zurückkommen wollte. Der Große hat mir die Faust an den Kopf geschlagen. Ja, ich hab's überlebt. Aber jetzt müssen wir weg, bevor er zurückkommt.«

Doch Roland schüttelte den Kopf. Er wollte den Mann töten.

Daria spürte, was er vorhatte, und sagte rasch: »Ich habe Angst.«

»Ich bin ja da, es kann Euch nichts passieren. Dieser Kerl wollte Euch vergewaltigen und Euch dann seinem riesigen Freund überlassen, damit der sich an Euch vergnügen kann. Er ist ein Vogelfreier, ein Räuber. Wir dürfen nicht das Risiko eingehen, daß er uns verfolgt und Euch wieder einzufangen versucht. Ihr geht jetzt in die Nähe des Höhleneingangs und haltet dort für mich Wache. Aber dreht Euch nicht um, verstanden?«

Sie gehorchte. Es dauerte nicht lange, und Roland kam zu ihr, aber nur, um hinauszugehen. Vorher wiederholte er seine Mahnung: »Dreht Euch nicht um! Er gehörte zum Abschaum der Menschheit.«

Draußen wartete er geduckt unter dem Überhang, bis er einen Wadenkrampf bekam. Er schüttelte die Beine aus, verfluchte den unaufhörlichen kalten Regen und wartete weiter.

Bald hörte er leichte Schritte. Myrddin kam zurück. Er murmelte unzufrieden vor sich hin: »Kein Wild. Nichts als Regen, dauernd Regen, dauernd Regen.«

Roland wartete mit stoßbereitem Dolch.

Myrddin blieb stehen, witterte und stieß dann einen schreckenerregenden Wutschrei aus, der Roland auffahren ließ.

»Schweinehund! Hurensohn!« Myrddin stürzte sich auf ihn und schwang den schweren Bogen in Richtung auf Rolands Kopf. Der Mann war ein gewaltiger Hüne und stärker als Roland, wenn auch weniger geschickt im Umgang mit Waffen. In diesem Augenblick glitt Roland aus, fiel schwer zu Boden und rollte sich schnell zur Seite. Mit dumpfem Aufschlag prallte der Bogen auf einen Felsstein in seiner nächsten Nähe. Auch Myrddin rutschte aus, fiel aber nicht hin. Er stützte sich seitlich an einer Eiche ab und schob sich daran in die Höhe. Diesmal hielt er ein Messer in der rechten Hand.

Ich hätte mit Daria das Weite suchen sollen, nachdem ich dem Kleinen die Kehle durchgeschnitten hatte, dachte Roland verzweifelt. Er war sich seiner zu sicher gewesen.

Der Mann drängte ihn gegen die vor Nässe glänzenden Felsblöcke. Dabei wechselte er grinsend das Messer von der rechten in die linke Hand und wieder zurück.

Roland achtete nur auf seine Augen. In dem Moment, da er sah, daß der Hüne das Messer auf ihn schleudern wollte, warf er sich zur Seite. Er hörte ein Zischen und dann den dumpfen Aufschlag. Das Messer war durch den Regen geflogen, hatte ihn verfehlt und einen Felsen getroffen, von dem es klirrend abprallte. Mit einem Wutschrei sprang Myrddin ihn an.

Schon legte er die Hände um Rolands Hals und drückte zu. Panik erfaßte den Ritter. Doch dann zwang er sich zur Ruhe. Schon spürte er die Blutleere im Gehirn. Langsam brachte er den Dolch hoch. Doch es war zu spät ... er wußte es ... zu spät ... O Gott, er wollte noch nicht sterben ...

Plötzlich sah er durch den Regenschleier, wie Daria hinter Myrddin auftauchte. Er glaubte seinen Augen nicht zu trauen. Sie schlug dem Hünen einen schweren Stein über den Schädel. Myrddin torkelte zurück, sah sich nach ihr um, stieß einen Seufzer aus und fiel zur Seite in eine Wasserlache.

Daria kniete neben Roland nieder. »Seid Ihr verletzt, Roland? Oh, Euer Hals! Könnt Ihr sprechen?«

»Mir ist nichts passiert«, sagte er mit rauh krächzender Stimme. »Ich bin unverletzt.« Vorsichtig rieb er sich die Kehle. Das war knapp, dachte er, viel zu knapp. Eine Frau hatte ihm das Leben gerettet. Eine Frau, die er wie ein Pferd oder einen Haushaltsgegenstand abzuliefern gedachte. »Ich danke Euch«, sagte er. »Und jetzt wollen wir diesen Ort verlassen.«

Im Herzen der Schwarzen Berge ritten sie in das Tal von Afon Honddu ein.

»Wie einsam es hier ist!« sagte Daria.

Roland war so erschöpft, daß er kaum denken konnte. »Wartet erstmal ab, bis ihr die Llanthony-Abtei seht! Vor über 150 Jahren hat sie der Lord von Hereford gegründet. Aber selbst die Mönche hielten es in dieser völligen Einsamkeit nicht lange aus. Sie wanderten weiter nach Gloucester. Nur einige besonders starke Naturen harrten hier aus und trotzen bis heute der düsteren Wildnis. Sie werden uns aufnehmen. Bei ihnen finden wir ein warmes, trockenes Nachtquartier.«

Das klang in Darias Ohren wie Musik.

Der Prior empfing sie vor der kleinen Kirche. Als er hörte, daß der Ritter und sein jüngerer Bruder Unterkunft suchten, bot er ihnen eine winzige Zelle an. Das Abteigebäude war kalt und ohne jeden Schmuck. Daria schauderte, als sie dem Prior und Roland in den kleinen Gemeinschaftsraum folgte, wo normalerweise die 22 Mönche ihre Mahlzeiten einnahmen. Jetzt war niemand drin, denn es war schon spät, und die Mönche hatten sich zum Gebet zurückgezogen. Roland war das sehr recht. Denn leicht hätte einer erkennen können, daß Daria ein Weib war, und das hätte unerwünschte Fragen zur Folge gehabt.

Ein kleinwüchsiger Mönch mit Kapuze brachte ihnen eine dünne Suppe mit etwas Schwarzbrot und ließ sie dann wieder allein. Das sei Bruder Marcus, sagte der Prior und verabschiedete sich ebenfalls. Das einfache Essen schmeckte Daria wie Götterspeise. Sie aß alles auf, was da war. Dann schaute sie zu Roland auf. Er wollte gerade die Hand zum Munde führen. Mitten in der Bewegung hielt er inne.

»Was ist?« fragte sie leise auf englisch. »Habe ich Euch irgendwie beleidigt?«

Roland schüttelte den Kopf und aß weiter.

»Ein Bett«, sagte sie, »ein richtiges Bett!«

Wirklich bekamen sie ein schmales Bett mit zwei Decken. Bruder Marcus hatte ihnen eine Kerze mitgegeben. Roland schloß erleichtert die Tür der kleinen Zelle hinter ihm. Dann prüfte er das Bett mit der Faust. »Ein Strohlager. Sieht ziemlich unbequem aus. Aber wenigstens haben wir Decken und brauchen nicht zu frieren.«

»Wir?«

»Ja«, sagte er zerstreut und zog sich die Stiefel aus. »Ach so, stört es Euch, daß Ihr mit mir in einem Bett schlafen müßt? Das begreife ich nicht. Ihr habt doch in den letzten beiden Nächten auch neben mir geschlafen.«

Sie gab nicht gleich eine Antwort. In Wirklichkeit fand sie es wunderbar, neben ihm in einem Bett zu schlafen. Das war viel besser als das Nächtigen im Wald oder in der Höhle. »Mir macht es nichts aus, Roland. Wirklich nicht.«

»Ist auch nicht nötig, Daria. Ich bin so müde, daß es auch nichts ändern würde, wenn Ihr die schönste Frau von ganz Wales wärt und ich der geilste aller Männer. Los, kommt unter die Decken! Wir reiten morgen in aller Frühe weiter.«

Nur im Hemd, das glücklicherweise trocken geblieben war, schlüpfte sie unter die Decken. Er legte sich neben sie und pustete die Kerze aus. Sie lag regungslos auf der äußersten Kante.

Das Stroh piekte sie an vielen Stellen, und sie versuchte, es sich bequemer zu machen. Nach einigen Minuten sagte Roland: »Legt Euch ganz nahe an mich, Daria! Mir ist sehr kalt. Ihr könnt mich wärmen.«

Sie legte den Kopf an seine Schulter und die Hand auf seine Brust.

Daran könnte ich mich sofort gewöhnen, dachte sie, und kuschelte sich noch enger an ihn.

Mit gerunzelter Stirn schaute Roland in die Dunkelheit. Ihr Vertrauen ehrte sie, aber sie brauchte es nicht so offen zu zeigen. »So, das reicht nun aber«, sagte er. »Ihr seid nicht mein kleiner Bruder.«

»Das stimmt«, sagte sie und schmiegte sich noch mehr an ihn.

»Verdammt noch mal, hört damit auf! Ich bin schließlich nicht aus Stein.«

»Aber mir ist so kalt, Roland.«

Er schlief vor ihr ein, wachte aber bald wieder auf, als sie im Schlaf um sich schlug. Zuerst strich er ihr sanft über den Rücken.

Als das nicht half, gab er ihr zwei leichte Backenstreiche. »Wacht auf! Ihr habt einen Alptraum!«

Mit einem Ruck wurde sie wach und setzte sich auf. »Oh!«

»Es ist alles in Ordnung. Seid jetzt ruhig!«

»Ich hatte einen schrecklichen Traum. Von diesen beiden Männern. Vor allem der Große, Myrddin. Er faßte mich an und ...« Sie konnte nicht weitersprechen.

»Hier seid Ihr in Sicherheit. Niemand kann Euch etwas tun.« Mit der Rechten strich er ihr gleichmäßig über den Rücken. »Ich beschütze Euch.«

Im Dunkel der Nacht machte sie ihrem bitteren Zorn Luft. »Ihr sprecht mit mir wie mit einem Kind, Roland. Aber ich bin nicht Euer Kind. Es ist klar, daß Ihr mich beschützt. Ihr müßt mich ja lebend abliefern, nicht wahr? Weil mein Onkel Euch sonst kein Geld gäbe.«

»So ist es.«

»Ich bin eine reiche Erbin. Ich werde Euch dafür bezahlen, wenn Ihr mich nicht abliefert.«

»Das ist doch Unsinn, Daria. Ihr kommt ja nicht an Eure Erbschaft heran. Da hält Euer Onkel den Daumen drauf. Ihr müßt Euch mit den Gegebenheiten abfinden. So soll es nun mal sein. Ihr müßt Euch so verhalten, wie es einer Frau zukommt – Euch nach den Wünschen Eures Vormunds richten. Ich bringe Euch lebend und als unberührte Jungfrau zurück.« Kaum war es heraus, hätte er sich am liebsten auf die Zunge gebissen.

Sie reagierte so blitzschnell wie eine zustoßende Schlange. »Was wollt ihr damit sagen – als Jungfrau? Was hat das mit alldem zu tun?«

»Nichts. Ich habe mich versprochen. Schlaft jetzt!«

»Was habt ihr damit gemeint, Roland? Daß mein Onkel Wert auf meine Unberührtheit legt? So wie der Graf von Clare?«

»Ihr sollt jetzt schlafen!«

Ihre Faust landete auf seinem Bauch. Er stöhnte. Ihr Gesicht konnte er im Dunkeln nicht sehen, aber er spürte ihren warmen Atem an der Wange. »Ich habe gesagt, Ihr sollt schlafen, Daria. Ich will nicht, daß Ihr mir noch weitere Fragen stellt.«

»Aber Ihr müßt mir sagen ...«

»Ihr gehorcht wohl nicht gern, wie?«

Ihre Nase stieß an seine. »Sagt es mir jetzt!« forderte sie ihn auf. Er schwieg.

Mit Bedacht fuhr sie fort: »Wollt Ihr damit sagen, mein Onkel hat es zur Bedingung gemacht, daß ich ihm als Jungfrau zurückgegeben werde und daß er mich sonst nicht mehr haben will?«

»Ja, ja, es stimmt. Er will Euch als Jungfrau zurückhaben. Seid Ihr jetzt zufrieden? Daria, Ihr könnt Euch darauf verlassen, daß ich Euch bei ihm so abliefern werde, wie Ihr aus dem Mutterleib gekrochen seid.« Sie gab keine Antwort. Sie ließ die Worte in sich einsickern. Er wälzte sich wieder auf den Rücken, so daß sie an seiner Seite lag. »Jetzt wird geschlafen, Daria.«

»Schon gut, Roland«, sagte sie, während ihr vielerlei Gedanken durch den Kopf gingen. Was würde ihr Onkel Damon wohl tun, wenn sie nicht als unberührte Jungfrau zurückkam?

6

Beim Abschied am nächsten Morgen drückte Roland dem Prior ein Goldstück in die Hand. Der alte Mann beeilte sich, ihnen umfassende Segenswünsche mit auf den Weg zu geben.

Es regnete wieder. Daria atmete tief ein. »Es riecht so anregend nach Grün«, sagte sie.

»Bore da«, sagte Roland.

Sie stieß mit dem Kinn an seine Schulter. »Was heißt das?«

»Guten Morgen. Wiederholt es!« Sie tat es, und danach setzte er den Unterricht fort, bis er Cantor an einem schäumenden Bach halten ließ. Sie waren hoch im Wye-Tal, die Luft war kühl und der Himmel zartblau.

»Bald sind wir in Rhayader, wo Markt gehalten wird, wie ich hörte. Da werden wir uns Lebensmittel kaufen.«

»Bin ich immer noch Euer Bruder?«

Roland nickte. »Verhaltet Euch möglichst unauffällig! Ich bin nicht in der Stimmung, mit noch mehr Männern zu kämpfen, die Euch als Frau erkennen und Gelüste kriegen.«

Rhayader war eine verschlafene Kleinstadt, in der es mehr Schafe als Menschen gab. Auf dem Markt war nur wenig Betrieb, denn die meisten Waren hatte man schon verkauft. Roland kaufte Brot, Käse und Äpfel. Man nahm kaum von ihnen Notiz. »Das liegt nicht daran«, erklärte ihr Roland, »daß wir keine Waliser sind. Wir sind einfach Fremde, die keinen interessieren.« Sie hörte ihm zu, wenn er walisisch sprach, und achtete darauf, wie er die schwierigen Laute herausbrachte.

Zu Mittag aßen sie am Rhaidr Gyw, dem Wye-Wasserfall, zwischen wildem Gras und Heidekraut. Es war eine schöne Gegend, es roch gut, und das Tosen des stürmischen Wasserfalls erfüllte die Luft. »Dieses Land ist so einzigartig wie ein seltener Edelstein«, sagte Roland, an einem Apfel kauend. »Solange es nicht regnet, kann man sich an seinen Farben nicht sattsehen.«

»Wo geht es jetzt hin, Roland?«

»Zuerst reiten wir nach Wrexham. Dann zu Richard de Avenells Burg Croyland. Richard de Avenell ist ein Markgraf, und Croyland liegt gleich hinter der Grenze an der Straße nach Chester.«

Sie nickte. »Wie lange bleiben wir dort?«

»Nicht lange.« Ihre nächste Frage erriet er im voraus und beantwortete sie gleich: *»Menyw.«*

Es war das Wort für ›Frau‹. Sie wiederholte es und fragte dann: »Und wie heißt ›Ehefrau‹?«

»Gwrang.«

Das wiederholte sie mehrere Male. Man wußte ja nie. Außerdem amüsierte es sie, daß es ihn offenbar nervös machte.

Danach verfiel Roland in Schweigen. Den ganzen Rest des Tages über schien er geistesabwesend. Die Nacht verbrachten sie unter dem überhängenden Vordach einer niedrigen Höhle.

Am nächsten Morgen fragte sie ihn: »Was fehlt Euch, Roland?«

»Nichts«, beschied er sie knapp. »Morgen nachmittag werden wir in Wrexham sein.«

Sie ritten über einen Berg, dessen Spitze ein uraltes Fort einnahm.

Weiter ging es durch bewaldete Täler und an drei Wasserfällen vorbei. Es war eine herrliche Landschaft, und Daria begeisterte sich an ihr. Sie genoß die nie gekannte Freiheit.

Doch war deutlich zu sehen, daß Roland ihre Freude nicht teilte.

»Erzählt mir von Eurer Familie, Roland!«

»Ich habe einen Bruder. Es ist der Graf von Blackheath. Er kann mich allerdings nicht leiden. Das ist jedoch nicht von Belang. Ihr braucht ihn schließlich nicht kennenzulernen. Im übrigen habe ich so viele Onkel, Tanten und Vettern, daß ich mich gar nicht an alle erinnern kann. Wir sind aus kernigem Holz und vermehren uns reichlich.«

»Warum könnt Ihr mich nicht leiden?«

Er drehte sich im Sattel um. »Warum ich Euch nicht leiden kann?«

»Ihr unterhaltet Euch nicht gern mit mir. Und wenn Ihr Euch einmal dazu herablaßt, tut Ihr es mit scharfen Worten.«

»Ich muß die Dinge abwägen«, sagte er, und damit hatte sie sich zufriedenzugeben.

An diesem Abend machte Roland noch vor Einbruch der Dunkelheit halt. Als Erklärung sagte er nur: »Cantor ist müde. Wir müssen ihm Ruhe gönnen.«

Doch als erster war Roland eingeschlafen. Der Mond ging gerade am klaren walisischen Himmel auf. Daria lag, auf einen Ellbogen gestützt, neben ihm und betrachtete sein Gesicht. Er schlief, ohne zu schnarchen. Der Schlaf glättete seine Sorgenfalten. Wie jung er aussieht, dachte sie. Zögernd fuhr sie ihm mit dem Finger von der Wange den Kieferbogen entlang zum kantigen Kinn. Er hatte schwarze Bartstoppeln, und lächelnd fragte sie sich, ob seine Körperhaare wohl ebenso dunkel waren wie die Haare auf seinem Kopf. Seine Augenbrauen waren gewölbt und schwarz wie die Sünde. Ihr gefielen sogar seine Ohren.

Schließlich fiel sie, an Rolands Rücken gekuschelt, ebenfalls in Schlaf.

Jäh erwachte sie und fuhr hoch. Sie hatte einen ungewöhnlichen Traum gehabt, der ihr noch lebhaft im Gedächtnis geblieben war. Er brachte ihr in Erinnerung, daß sie bei der ersten Begegnung mit Roland das Gefühl gehabt hatte, ihn von früher her sehr gut zu kennen. Jetzt hatte sie im Traum gesehen, was er geträumt hatte. Wie war das nur möglich? Es war ihr unbegreiflich. Sie selber war in seinem Traum nicht aufgetreten. Nein, sie hatte die Rolle einer Beobachterin gespielt und doch immer gewußt, was er gerade dachte. Wie kam es, daß ihr Roland so vertraut erschien? Jetzt glaubte sie plötzlich die Antwort auf diese Frage zu kennen. Aber sie würde ihm nichts davon sagen. Er würde doch nur annehmen, sie wäre verrückt oder einfach dumm oder beides.

Am nächsten Morgen war der Himmel bedeckt, und beide wußten, daß es bald wieder regnen würde.

In der Hoffnung, ihn damit zu überrumpeln, sagte sie auf einmal unvermutet: »Von meinem Vater hörte ich einige Geschichten aus dem Heiligen Land. Er sagte, er habe gehört, dort herrsche nur Hitze, es gebe nur weißen Sand, elende Fliegen, Armut und Kinder, deren Bäuche vor Hunger aufgetrieben seien. Er sagte, die Männer seien dunkelhäutig und bärtig und trügen weiße Gewänder und einen Turban auf dem Kopf. Er sagte, die Frauen würden von den Männern abgesondert und dürften das Haus nicht verlassen, in dem sie mit anderen Frauen zusammen lebten. Wißt Ihr etwas darüber, Roland?«

Rolands Hände krampften sich um die Zügel. Er hatte in der letzten Nacht vom Heiligen Land geträumt. Er hatte von einem Treffen mit den Barbaren und ihren Häuptlingen im Zelt des Königs geträumt, an dem er teilgenommen hatte. Aber das konnte Daria ja nicht wissen. Es war also reiner Zufall, daß sie darauf zu sprechen kam.

So sagte er nur: »Was Euer Vater Euch erzählt hat, trifft zu. Und jetzt seid still, ich muß nachdenken!«

Daria übte ihr Walisisch. Sie bildete Sätze und wiederholte Redensarten, die er sie in den vergangenen Tagen gelehrt hatte. *»Rydw i wedi blino«*, sagte sie dreimal hintereinander.

Er drehte sich nach ihr um. »Sagt Ihr das nur zur Übung, oder seid ihr wirklich müde?«

»Nag ydw«, sagte sie lachend und schüttelte zur Bekräftigung den Kopf.

Am späten Nachmittag gelangten sie nach Wrexham. Vor dem starken Regen suchten sie in der Kathedrale Schutz. Unter den niedrigen normannischen Arkaden des Kirchenschiffs schritten sie zum Kreuzgang. Nur wenige Menschen waren in dem Gotteshaus. »Hier ist es so dunkel wie in einem Brunnenschacht«, sagte Daria laut.

Roland sagte nichts. Er litt unter entsetzlichen Kopfschmerzen. In seinem Hals kratzte es, und jeder Muskel im Körper war verkrampft und tat ihm weh. Die Krankheit hatte ihn vor zwei Tagen überfallen, aber er hatte sie nicht weiter beachtet. Er durfte nicht krank werden. Er war ja für Daria verantwortlich. Aber es war schlimmer geworden. Er mußte sich sehr zusammennehmen, sonst hätte sie gemerkt, daß er Schüttelfrost hatte.

Schließlich konnte er keinen Fuß mehr vor den anderen setzen. »Halt!« sagte er, lehnte sich an einen Steinbogen und schloß die Augen.

Ihm blieb keine Zeit mehr, Daria zu sagen, was mit ihm los war. Um ihn herum wurde alles schwarz. Vergeblich kämpfte er dagegen an. Er merkte nur noch, wie er langsam an dem Bogen herunterglitt.

Der Graf von Clare betrachtete die beiden toten Männer. Einer lag verwesend mit dem Kopf im stehenden grünen Wasser, der andere lag zusammengekrümmt in einer nahe gelegenen Höhle.

»Ja«, sagte er, »die hat unser hübscher Priester umgebracht. Aber warum? Ob sie ihn überfallen haben?« Er hielt inne und wurde blaß. Hatten die Männer Daria vergewaltigt? Hatte Roland sie deswegen getötet? Nein, eher war anzunehmen, daß er sie erledigt hatte, bevor sie ihr etwas antun konnten. Danach hatte er sie einfach liegen lassen. Laut sagte er zu MacLeod: »Wohin hat unser Priester Daria gebracht, nachdem er die beiden Kerle getötet hatte? Hat er hier irgendwo Freunde?«

MacLeod wußte auf die Fragen des Grafen keine Antwort. Überdies wurde ihm allmählich diese ganze Verfolgungsjagd leid. Er war genauso wie alle Männer durchnäßt und kalt und fühlte sich elend. Er wollte nichts, als nach Tyberton zurückkehren, in dem stickig heißen großen Saal an den Feuerstellen sitzen, gewürztes Warmbier trinken und die Hände an weiches Weiberfleisch legen.

Jemand fragte, ob sie die Leichen begraben sollten.

»Nein«, sagte MacLeod. »Laßt diese Wilden in Frieden verrotten!«

Schon seit anderthalb Tagen hatte Daria geahnt, daß Roland krank war. Aber sie hatte sich selber etwas vorgemacht und nach allen möglichen anderen Erklärungen für sein dauerndes Stillschweigen gesucht. Als sie ihn morgens gefragt hatte, ob ihm etwas fehle, hatte er unwillig verneint.

Jetzt ließ sie sich neben ihm auf die Knie fallen. Seine Stirn fühlte sich heiß an, er hatte Fieber. Noch nie im Leben hatte sie so große Angst gehabt. Sie blickte sich nach Hilfe um.

»Roland«, sagte sie klagend, der Verzweiflung nahe. »Bitte, Roland, könnt Ihr mich hören?«

Er sagte kein Wort.

Nicht um sich hatte sie Angst, sondern um ihn. Er brauchte sie dringend.

Ein Augustinerpriester in schwarzer Kutte sah die beiden und kam eilig näher.

»Pater«, sagte sie flüsternd halb auf englisch, halb auf walisisch, »Ihr müßt mir helfen.«

Er warf ihr einen erstaunten Blick zu, und sie fuhr rasch fort: »Er ist ein Waliser, und ich bin seine Ehefrau, aber nur zur Hälfte Waliserin. Sprecht Ihr englisch?«

»Ja. Ich habe viele Jahre in Hereford gelebt. Was tut ihr hier?«

»Mein Gatte wollte mich zu seiner Familie nach Chester bringen. Plötzlich ist er krank geworden. Wahrscheinlich kommt das von dem vielen Regen. Wir sind auch sehr scharf geritten. Was soll ich nur tun?«

Dann erst fiel ihr ein, daß der Priester sie für einen Knaben gehalten hatte. Sie hatte sich als Rolands Ehefrau ausgegeben, weil sie dadurch mehr Verständnis von dem Geistlichen erhoffte. Schnell fuhr sie fort: »Meine Kleidung sollte meinem Schutz gelten. Wir wurden unterwegs von Verbrechern überfallen und konnten ihnen nur mit Mühe und Not entkommen. Da hat mir mein Mann diese Kleidungsstücke beschafft.«

»Das war sehr vernünftig von ihm. Ich bin Pater Murdough. Und wer bist du und dein Mann?«

»Er heißt Alan und ist ein Freisasse, Pater. Unser Bauernhof liegt in der Nähe von Leominster. Bitte, helft uns!«

Was blieb ihm anderes übrig? Er konnte den Mann nicht in seiner Kirche elend verrecken lassen. »Bleib hier! Ich hole meinen Küster.«

Es schien Ewigkeiten zu dauern, bis der Küster ihren ›Ehemann‹ auf kräftigen Schultern drei Treppen hinaufgetragen und auf ein schmales Bett gelegt hatte. Es war eine Dachkammer in dem bescheidenen Hause Pater Murdoughs neben der Kirche.

»Hast du Geld, mein Kind?«

»Ja«, sagte Daria. »Mein Mann hat es im Mantel. Kann sich der Küster um sein Pferd kümmern?«

Der Priester nickte. Seine Gedanken waren bei dem Pferd. Er hatte es gesehen, es war ein kräftiges Kampfroß. Höchst ungewöhnlich, daß der Besitzer ein einfacher Freisasse sein sollte. Er hätte gern gewußt, wer der Mann wirklich war. Was die Frau anging, so bezweifelte er, daß sie auch nur einen Tropfen walisischen Bluts in den Adern hatte.

Aber das war unwichtig. Jetzt galt es, etwas für den jungen Mann zu tun. Pater Murdough wurde energisch. »Ich lasse einen Arzt holen, der ihm Blutegel setzt, um das Fieber zu senken. Nur so kann sein Leben gerettet werden. Meine Bedienerin Romila wird euch Decken und Wasser bringen.«

Daria war vor Angst um Roland außer sich. Sie brachte es gerade noch fertig zu nicken. Als sie mit Roland allein war, fiel ihr Blick auf seine durchnäßte Kleidung. Er brauchte dringend trockene Wärme. Sie mußte ihn also ausziehen. Sie war eben dabei, ihm die Hosenbänder aufzuschnüren, als eine hochgewachsene, magere, weißhaarige alte Frau von stolzer Haltung ins Zimmer kam. Sie brachte Decken und einen Wasserkrug. Ihr Lächeln, bei dem sie ein gesundes Gebiß zeigte, war freundlich. Leise sagte sie in undeutlichem Walisisch: »Da bin ich. Warte, ich helfe dir!«

Gemeinsam befreiten die beiden Frauen Roland von den nassen Sachen. Als er nackt auf dem Bett lag, nahm die Alte ihn genau in Augenschein. »Ah, das ist ein kräftiger Mann, wirklich, so schlank und diese starken Knochen und Muskeln! Ein feiner Bursche, keine Unze Fett am Körper. Ja, und nun sieh sich mal einer seine Rute an! Die muß dir ja schon viel Vergnügen bereitet haben.«

»Du sprichst ja englisch«, erwiderte Daria, ohne sich etwas anmerken zu lassen.

»Ja, das hat mir der Pater aufgetragen. Ich komme aus Chester. Nur mein Mann ist einer von diesen Wilden. Aber er wärmt mich gut in den langen Winternächten.«

Während sie redete, blickte Daria auf Roland hinunter, auf seine Rute, die sie angeblich glücklich gemacht haben sollte. Sie lag schlaff auf dem dichten schwarzen Schamhaar. Ja, er war ein prächtiger Mann, und sie wünschte sich von ganzem Herzen, daß er sie ihr ganzes Leben lang in langen Winternächten wärmen würde.

Dann deckte sie ihn unverzüglich zu. »Er ist ganz heiß«, sagte Daria. »Er wird doch wieder gesund werden, oder?«

»Ja«, erwiderte Romila, ohne einen Augenblick zu zögern, »klar wird er gesund. Und wie die meisten Männer wird er sich dann laut beschweren und rumbrüllen.«

»Hoffentlich«, sagte Daria und setzte sich aufs Bett, um ihm über die Arme, das Gesicht und die Haare zu streichen.

Dann kam der Arzt, ein ausgemergelter alter Mann mit klugen Augen und sauberen Händen. Bei seinem Anblick schöpfte Daria wieder Hoffnung.

In einer der beiden Satteltaschen Rolands fand sie, in einen Waffenrock gewickelt, eine große Menge Geld. Sie bezahlte den Arzt, der sie aufmerksam ansah. »Wer bist du?« fragte er in schleppendem Walisisch.

»Ich bin seine Frau Gwen, Sir.«

Der alte Arzt räusperte sich vernehmlich.

»Bitte, Sir, wird mein Mann durchkommen?«

»Das fragst du mich? Ich kann dir jetzt nur raten, bete für deinen Mann! Die endgültige Antwort gebe ich dir morgen.«

Erst als er weg war, fiel es Daria auf, daß er anfangs walisisch mit ihr gesprochen hatte und später auf englisch umgeschaltet hatte. Wenn selbst ein alter Arzt sie so leicht durchschauen konnte, schien sie wirklich keine große Schauspielerin zu sein.

Sie begab sich wieder an Rolands Krankenbett. Sie wußte jetzt, daß es irgendein geheimes Band zwischen ihnen gab. Doch nur sie spürte es, er nicht. Sie dachte wieder an die Männer in den weißen Gewändern, die sie in seinem Traum gesehen hatte. Obwohl sie nur eine Beobachterin gewesen war, war sie doch bei ihm gewesen, hatte gefühlt, was er fühlte, und hatte sogar die fremde Sprache, die er verwandte, verstanden. Sie erinnerte sich, daß einer der dunkelhäutigen Männer ihn zur Seite gezogen und ihm zugeraunt hatte: »Ich weiß, wer du bist, und sobald es mir gefällt, mache ich dich fertig, du ungläubiger Hund!«

In diesem Augenblick hatte Roland gedacht: Na schön, dann muß ich ihm wohl oder übel die Kehle durchschneiden, verdammt noch mal. Sie wußte es so genau, wie sie ihn kannte.

Sie legte die Wange an sein Herz und schlief ein wenig. Er rührte sich nicht, bis sie ihn weckte, um ihm etwas von der kräftigen Brühe zu geben, die Romila früher am Abend gebracht hatte. Sie mußte sie ihm mit Gewalt einflößen. Danach wusch sie ihm Gesicht und Oberkörper mit einem kühlen, nassen Tuch.

Sein Fieber stieg ständig und mit ihm ihre Angst. Kurz vor Mitternacht bat sie den lieben Gott, sie an seiner Statt zu sich zu nehmen. Aber der liebe Gott würde sich wohl kaum um den Wunsch einer Frau kümmern.

Sie machte weitere Tücher naß und wusch ihn wieder und wieder. Seine Körperhitze war erschreckend hoch, und ihre Gebete wurden immer inbrünstiger. Genau um Mitternacht schlug er die Augen auf und starrte sie an.

»Roland? Gott sei Dank, du bist aufgewacht!«

Er sagte nichts. Plötzlich verzerrte Wut sein Gesicht, und er brüllte: »Joan, du verdammtes Biest! Verschwinde aus meinen Augen, oder ich erwürge dich!« Dann packte er sie am Handgelenk und drehte ihr den Arm um. Sie schrie auf und wollte ihn wegschieben.

Aber er war stark. Während er ihr den Arm weiter verdrehte, stieß er keuchend im Flüsterton hervor: »Ja, ich habe dich geliebt, ich habe dir mein ganzes Herz geschenkt. Aber du hast mich betrogen. Und jetzt kommst du wieder, um mich zu quälen. Du Biest, du verfluchtes, treuloses Biest!«

Plötzlich ließ er ihr Handgelenk los und schlug ihr hart ins Gesicht. Sie flog zurück und fiel auf den Fußboden. Schnell richtete sie sich auf die Knie auf und sagte atemlos: »Roland, nein! Du darfst dich nicht bewegen! Nein!«

Er warf die Decken zurück, erhob sich und stand schließlich drohend vor ihr, nachdem er kurz hin und her geschwankt war. Sie starrte ihn mit einem Ausdruck an, in dem sich Entsetzen, Erstaunen und Freude mischten.

Genauso plötzlich, wie er aufgesprungen war, verließen ihn die Kräfte. Er fiel rücklings aufs Bett und rührte sich nicht mehr. Nach einer langen Stunde schlug er die Augen wieder auf, nahm ihre Hand und ergriff eine ihrer dichten Haarsträhnen. »Du bist Joan. Mein Herz bekommst du nie mehr.«

»Nein, Roland, nein, ich bin's!«

Danach murmelte er Worte in jener fremden gutturalen Sprache der Araber, die er im Traum gesprochen hatte. Doch jetzt verstand sie das nicht mehr. Gleich darauf sagte er sanft auf englisch: »Verzeih mir, Leila, du bist es! Du würdest nie so sein wie Joan. Komm jetzt zu mir! Ich will deine Brüste in die Hand nehmen. Ja, Leila, ich sehne mich nach deinem weichen Körper.«

Daria holte tief Luft und rührte sich nicht. Jetzt streichelte Roland ihre Brüste. »Was ist denn das? Du bist immer noch bekleidet? Verlangt es dich denn nicht nach mir?«

Mit den Daumen strich er ihr leicht über die Brustspitzen. Sie sah, wie seine Augen vor Wonne glänzten.

»Zieh deine seidene Jacke aus! Ich will deinen Körper fühlen.«

Er hielt sie für die Frau, die er im Heiligen Land gekannt hatte, Leila! Daria streichelte seine Hände wie er ihre Brüste, und sie spürte sein heftiges Verlangen.

In diesem Augenblick wurde ihr klar, daß es für sie nie etwas Wichtigeres geben würde als diesen Mann. Er würde zum Mittelpunkt ihres Lebens werden. Sie würde bis zum Tode bei ihm ausharren. Ruhig schnürte Daria ihren Waffenrock auf. Roland wollte ja ihre nackten Brüste fühlen. Sie zog den Waffenrock über den Kopf. Glücklicherweise war es durch das Kaminfeuer noch warm im Zimmer. Er schaute auf ihre Brüste und lächelte beglückt.

»Komm näher! Ah ja, so ist es schön. Deine Haut ist wie Samt und ... Was ist das, Leila? Deine Brustspitzen sind aufgerichtet. So schnell! Du begehrst mich also auch?«

Sie beugte sich über ihn, ihre Brüste lagen in seinen Händen, und sie flüsterte: »Ja, Roland, alles für dich. Ich bin alles, was du wünschst. Sag mir, was ich tun soll!«

Sie begann leise zu stöhnen. Noch nie hatte ein Mann sie auf diese Art berührt. Sie ahnte, daß sie auf der Schwelle zu einem wunderbaren Erlebnis stand. Daria war nicht unwissend. Ihr war bekannt, was Männer und Frauen miteinander trieben. Dafür hatte schon ihr Onkel gesorgt. Doch wenn er sich nackt, mit steifer Rute, vor ihr gezeigt hatte, dann hatte sie es immer abstoßend gefunden. Ganz anders war es bei Roland.

»Leila, beug dich tiefer! Ich möchte an deinen Brüsten saugen.«

Das war neu für sie. Er wollte daran saugen? Wie ein Baby? Aber gleichviel, sie legte sich über ihn, und nach seinen Fingern spürte sie jetzt seinen warmen Mund an ihren Nippeln, und wunderbare Gefühle durchströmten sie. Sie schloß die Augen, fühlte seine feuchte Zunge, und überließ sich ganz dem verheißungsvollen Reiz, den sie auf einmal in ihrem Schoß empfand.

»Roland«, flüsterte sie.

»Wie süß du bist!« Er schlang die Arme um ihren Leib, strich mit den Händen daran entlang, abwärts, aufwärts. Er griff in ihr Haar und löste ihr die Zöpfe. »Leg dich nackt auf mich!«

Sie schnürte die Hosenbänder auf und zog sich das Knabenbeinkleid aus. Ruhig sagte sie: »Ich bin aber nicht Leila.«

Nackt glitt sie dann unter die Decken und legte sich auf seinen harten, straffen, dunklen Männerkörper, von dem eine Kraft in sie überzuströmen schien, die sie einen Augenblick lang geradezu beängstigte. Doch dann hatte sie sich damit abgefunden. Seine Hände tasteten über ihren Rücken und umklammerten schließlich ihr Gesäß.

Plötzlich begann er schneller zu atmen. »Führe ihn bei dir ein, Leila!«

Er wollte, daß sie seine Rute in ihren Schoß einführte? Sie richtete sich auf und sah, daß sein Glied steif emporragte. Sie berührte es leicht mit einem Finger, und er stöhnte laut.

Instinktiv packte sie sein Glied mit der ganzen Hand. »Jetzt, Leila! Bei Allah, ich halte es nicht mehr aus. Mach es jetzt!«

Doch Daria wußte nicht recht, was sie machen sollte. Es war so groß – bestimmt zu groß, um reinzupassen. Sie beugte sich vor und küßte seinen Unterleib. Er stöhnte wieder. Als sie sein Glied mit dem Mund berührte, bäumte er sich wild auf. Im selben Moment sah sie eine herrliche nackte Frau mit Haaren, so schwarz wie Ebenholz, die sich auf sein Glied setzte, es mit beiden Händen umfaßte und in ihren Schoß einführte.

So lebendig war das Bild vor Darias Augen, daß sie einen unterdrückten Schrei ausstieß. Ihr wurde schwindlig. Sie fürchtete sich vor dem, was sie tun wollte. Es war ein unwiderruflicher Schritt. Auf den Knien über ihm, faßte sie in ihren Schoß, fühlte, wie feucht es darin war, und ahnte nun, daß sein Glied leicht hineingleiten würde. Sie nahm es, zu allem bereit, in beide Hände. Doch er kam ihr zuvor. Er streichelte ihren Leib, ihr Schamhaar, und dann fanden seine Finger den Weg in ihren glatten, feuchten Schoß. Sie schrie auf.

»Ah«, sagte er, »du bist jederzeit für mich bereit, nicht wahr? Das gefällt mir. Soll ich dich noch mehr reizen, bevor ich eindringe? Bevor du wild auf mir reiten wirst?«

»Nein, komm jetzt zu mir!« Sie hatte Angst vor den Reizen, von denen er so zuversichtlich sprach. Sie hielt jedoch still, als seine Finger rhythmisch in ihrem Schoß spielten.

»Ja, du bist bereit für mich, ich nehme dich jetzt.« Das Bild Leilas, der Frau, für die er sie hielt, war ihr entschwunden. Leila gehörte nicht mehr zu seinem Leben, sie war Vergangenheit, sie spielte keine Rolle mehr.

Nur das Jetzt zählte.

Sie schloß die Augen, und er sprach wieder in dieser fremden Sprache zu ihr. Das Erstaunliche war, daß sie jetzt genau verstand, was er wollte.

7

Wenn ich seinem Wunsch nachgebe, dachte Daria, bin ich keine Jungfrau mehr. Doch an die Folgen wollte sie nicht denken. Sie nahm sein Glied in die Hand und führte es ganz langsam bei sich ein. Es ging leicht, weil sie so feucht war.

Er hob das Becken, und sie spürte, wie sein Verlangen immer stärker wurde. Und genauso starke, mächtige Gefühle wogten in ihr. Wenn er jetzt zustieß, würde es allerdings sehr weh tun.

Da packte er sie schon an den Hüften, riß sie an sich und kam ihr gleichzeitig entgegen. Es war ein scharfer, brennender Schmerz, der sie aufschreien ließ. Danach kam nichts mehr. Jetzt war er ganz tief in ihr, so tief es ging. Welch ein Gefühl! Es übertraf jede Vorstellung. Auf einmal schien seine Gier nachzulassen. Langsam bewegte er sich auf und nieder. Manchmal zog er ihn fast heraus, um gleich darauf wieder tief in sie zu gleiten. Schweiß trat auf seine Stirn. Mehrmals flüsterte er: »Nein, beweg dich nicht, Leila! Ich habe so lange darauf warten müssen ... nicht bewegen!«

Sie hielt ganz still. Was immer daraus wurde, sie hatte es gewollt. Sie war allein verantwortlich. Doch eins hatte sie nicht vorausgesehen. Das waren diese beseligenden Empfindungen, seinen Körper mit ihrem vereint zu fühlen, sich ihm so völlig hinzugeben. Die unwiderstehliche Erregung von vorhin war allerdings nach dem Schmerz des zerrissenen Jungfernhäutchens abgeflaut und kam auch nicht wieder. Aber das war auch nicht wichtig. Was zählte, war nur er. Aus seiner Kehle kam jetzt ein rauhes Stöhnen. Er hob sie an, hielt sie hoch, sein Glied war kaum noch in ihr, und er sah sie an und lächelte. Dann riß er sie wieder hart und schnell an sich, und ein Schauder überlief sie, als sie ihn wieder ganz in Besitz nahm. Er klammerte sich an sie und stieß weiter ruckartig zu.

»Roland«, sagte sie.

Auf einmal klärte sich sein Blick. Aus dunklen Augen sah er sie staunend an. »Du bist so ganz anders. Du bist so eng, und das macht mich wild. Und ich habe dein Häutchen zerrissen. Wie kann das sein? Du bist doch seit langem keine Jungfrau mehr. Wie kannst du auf einmal wieder so eng sein? Wie konnte ich dir weh tun? Hast du irgendeine Salbe entdeckt, die deinen Schoß wieder so eng machte wie den einer Jungfrau? Oder hab' ich dir gar nicht weh getan? Hast du vor Leidenschaft geschrien? War es das, Leila? War es Leidenschaft?«

»Ja, vor Leidenschaft, Roland. Wie sollte ich bei dir nicht leidenschaftlich werden?«

Und sein Lächeln war so süß, daß es ihr tief ins Herz drang. Er verlangte nach ihr, und sie würde für ihn alles tun. Sie folgte dem auffordernden Druck seiner Hände und ritt heftig auf ihm. Stöhnend grub er die Hände in ihr Gesäß und kam ihr bei jedem Stoß entgegen. Da sagte sie noch einmal: »Ich bin Daria. Bitte, denk daran, wenigstens einen Augenblick lang, daß ich Daria bin!«

Plötzlich hielt er wie erstarrt inne, stieß dann noch einmal zu, und sie fühlte, wie sein Samen sich in sie ergoß. Sie fuhr jedoch fort, auf ihm zu reiten, bis er ihr zuflüsterte: »Hör auf. Leila! Bei Allah, es war schön, es war so schön mit dir. Du hast mich völlig fertiggemacht. Ich glaube nicht, daß ich mich jetzt noch mit Cena beschäftigen kann. Nein, sie muß warten, und wenn sie noch so danach hungert. Das tut sie ja immer. Du hast mich in Flammen gesetzt, Leila, es war unglaublich schön, aber jetzt bin ich nur noch Asche.«

Entgeistert sah sie ihn an. Er war tief in ihrem Körper, und doch sprach er von zwei anderen Frauen in seinem Bett! Vorsichtig löste sie sich von ihm. An ihren Oberschenkeln klebte Samen von ihm und Blut von ihr. Blut war auch an seiner Rute. Rasch deckte sie ihn zu und wusch sich mit kaltem Wasser. Sie war innen wund.

Dann ging sie zurück, schlüpfte unter die Decken und schmiegte sich an ihn.

Im Laufe der Nacht beschloß sie, ihm nichts davon zu erzählen, was sich zwischen ihnen zugetragen hatte. Er hatte sie ja nicht einmal erkannt. Er hatte sie für eine andere Frau gehalten, eine Geliebte aus einem fernen Land. Rasch wusch sie Blut und Samen von seinem Glied. Dann schaute sie dem Schlafenden in das stille Gesicht. »Ich liebe dich, Roland. Ich werde dich immer lieben. Ich werde immer nur dir gehören und keinem anderen.« Ach, hätte er sie doch nur einmal angelächelt und gesehen, daß sie Daria war!

Sollte er sich an die Ereignisse dieser Nacht erinnern, würde er glauben, daß er sie nur geträumt hätte. Damit gab sie sich merkwürdigerweise zufrieden. Sie hatte sich ihm hingegeben, weil er der Mann war, den das Schicksal für sie bestimmt hatte. Vielleicht war sie wie ihre Großmutter und hatte das zweite Gesicht. Oder es war ihr bestimmt, daß er ihr nur diese eine Nacht gehören sollte. Danach würde er sie verlassen, und alles wäre verloren. Dann wäre ihr geheimes Wissen um ihn, ihre *Kenntnis* von ihm nur eine Täuschung gewesen.

Nein, das würde sie nie zulassen. Vielleicht würde er doch eines Tages erkennen, daß er an sie gebunden war. Vielleicht würde er sie eines Tages so lieben, wie sie ihn liebte.

Sie legte ihm die Hand auf die Stirn.

Sie fühlte sich kühl an. Das Fieber war gebrochen.

Und sie war keine Jungfrau mehr.

Roland schlug die Augen auf. Er hatte keine Ahnung, wo er war. In seinem Kopf rumorte es, aber diese schrecklichen Schmerzen im ganzen Körper hatten aufgehört. Da er sich sein ganzes Leben lang ausgezeichneter Gesundheit erfreut hatte, war Krankheit beängstigend für ihn. Sie bedeutete, daß er von anderen Menschen abhängig war. Und jedem ausgeliefert, der es sich in den Kopf gesetzt hatte, ihn umzubringen.

Er hob die Hand und erschrak über seine Schwäche. Neben ihm atmete jemand. Er wandte ein wenig den Kopf. Es war Daria. Sie saß auf dem einzigen Stuhl und nähte etwas an einem seiner Waffenröcke. Sie war immer noch als Knabe gekleidet, trug das Haar aber offen. Es fiel ihr über Schultern und Rücken. Was für schönes Haar sie hat, dachte er unwillkürlich. Die dunklen Augenbrauen wölbten sich anmutig über ihren grünen Augen. Dann fiel ihm auf, wie außerordentlich blaß sie war.

Seine Kehle war wie zugeschnürt, als er flüsterte: »Daria, kann ich etwas Wasser haben?«

Sie sah auf und lächelte ihn in verwirrender Weise an. Dann sprang sie auf.

Er trank aus dem Becher, und sie hielt ihm den Kopf wie einem kleinen Kind. Wieder überfiel ihn die Angst, hilflos und seiner

Selbst nicht Herr zu sein. Sie – eine Frau! – half ihm, kümmerte sich um ihn und pflegte ihn. Doch im Augenblick konnte er es nicht ändern. Er atmete ihren Duft ein. Dann legte er die Wange an ihre Brust. Wie weich sie war! Rasch zog er sich wieder zurück.

»Nein, Roland«, sagte sie und streichelte leicht seine Wange. »Du bist noch nicht stark genug, um schon wieder ins Turnier zu ziehen.«

»Woher willst du denn das wissen?«

Zu seinem Ärger lächelte sie ihn freundlich an. »Romila hat mir vorausgesagt, du würdest gereizt sein, wenn du zu dir kommst. Sie sagt, alle starken Männer hassen es, krank zu sein, weil sie dann von anderen Menschen abhängig sind.«

Verflucht noch mal, sie hatte recht. Das gefiel ihm gar nicht. »Stimmt nicht«, sagte er. »Mir macht es nichts aus. Deine Brüste lagen so angenehm weich an meiner Wange ...«

Er versuchte ein freches Lächeln, brachte es aber nicht zustande. Ihre Miene änderte sich. Sie sah auf einmal argwöhnisch aus, vielleicht sogar ängstlich. Warum nur?

»Wo sind wir? Wie lange bin ich krank gewesen?«

Da lächelte sie wieder und lehnte sich über ihn. Er hörte ihr Herz klopfen. Und er wünschte sich, er könnte noch lange so in ihren Armen ruhen.

»Wir sind in Wrexham, im Haus des Priesters, schon seit fast drei Tagen. Als du in der Kathedrale zusammengebrochen bist, hat Pater Murdough uns Hilfe geleistet.«

Roland brauchte eine Weile, um das zu verarbeiten. »Dann weiß der Priester also, daß du kein Knabe bist.«

»Ja. Ich habe ihm gesagt, du wärst mein Ehemann und wolltest mich zu deiner Familie in Leominster bringen. Du wärst Waliser und ich nur zur Hälfte. Damit wollte ich erklären, daß ich die Sprache nur schlecht beherrsche. Und meinen Aufzug als Knabe erklärte ich ihm damit, daß du es aus Sicherheitsgründen so für besser gehalten hättest.«

»Was der Gottesmann doch wohl kaum gutgeheißen hat.«

»Er hat nichts dazu gesagt. Er scheint ein sehr nachsichtiger Priester zu sein. Übrigens erwarte ich jeden Augenblick den Arzt. Er ist kein Dummkopf, er hat dir geholfen. Geht es dir wirklich besser, Roland?«

»Ja. Aber du bist sehr blaß. Warst du die ganze Zeit bei mir in dieser trübseligen kleinen Kammer?«

»Nun, einer mußte doch kochen, dich waschen und deinen Waffenrock ausbessern.«

Er lächelte zerstreut und verkündete dann: »Morgen reiten wir in aller Frühe weiter.«

»Nein, kommt nicht in Frage. Wir reiten erst weiter, wenn du wieder zu Kräften gekommen bist.«

»Du wagst es, mir Anordnungen zu geben?«

Ihre Arme legten sich um seine Schultern, und sie drückte ihn an sich. »Reg dich nicht auf, Roland! Du wirst so lange hierbleiben, bis der Arzt erklärt, daß du weiterreiten kannst, ohne vom Pferd zu fallen – und wenn ich dich anbinden müßte!«

»Hast du etwa ganz den Grafen von Clare vergessen, der so begierig auf deinen schönen Körper ist?«

»Ich habe nichts vergessen«, sagte sie knapp.

Die Augen taten ihm weh. Ärgerlich sagte er: »Mach das verdammte Licht aus! Es sticht mir in die Augen.«

»Ja, gut.«

»Du bist auf einmal so nachgiebig. Da stimmt doch etwas nicht. Eine Frau, die ihrem Mann nachgibt, will ihn reinlegen. Hast du mein ganzes Geld ausgegeben?«

Sie fuhr ihm leicht mit der Hand über die Stirn, zerzauste ihm ein wenig das Haar und glättete es dann wieder.

»Verdammt noch mal, Dirne, du bist nicht meine Mutter!«

»Sehr wahr«, sagte sie.

»Mit dir bin ich schwer gestraft. Ich bezweifle, daß mich das Geld, das dein Onkel mir zahlen wird, für die Tage in deiner tyrannischen Gesellschaft entschädigen kann.« Plötzlich sagte er: »Ich muß mal.«

Daria nickte. »Ich hole dir den Nachttopf und helfe dir.«

»Ich brauche keine Hilfe. Ich will allein sein, wenn ich mich erleichtere.« Er sah sie böse an, warf die Decken zurück und setzte sich auf. Doch weiter kam er nicht. Er war noch zu schwach. Er hatte sie mit seiner Größe einschüchtern wollen, vielleicht sogar mit seiner imponierenden Manneszier. Aber bei allen Heiligen, im Augenblick hätte er nicht mal einen Zwerg einschüchtern können. Er sah an sich herunter. Sogar sein Geschlecht ließ ihn schmählich im Stich. In diesem Zustand würde sein Glied nicht einmal die schüchternste Jungfrau erschrecken. Und Daria hatte schon bewiesen, daß sie alles andere als schüchtern war.

Daria wich nicht. Sie kannte seinen Körper jetzt so gut wie ihren eigenen, denn sie hatte ja in den letzten drei Tagen ständig für ihn gesorgt. »Willst du allein aufstehen? Werde ich das Vergnügen haben, dich wieder umfallen zu sehen? Ich bezweifle, daß ich stark genug bin, dich wieder aufzuheben. Du wirst also nackt am Boden liegen, und ich muß Romila holen, damit wir dich zu zweit ins Bett schaffen können. Vielleicht sollte ich noch erwähnen, daß Romila eine Vorliebe dafür hat, sich deinen Körper genau anzusehen und recht unverblümte Bemerkungen darüber zu machen. Na, Roland, was meinst du dazu?«

»Ich sage, daß du lästig wie eine Wespe bist und daß unsere Begegnung ein rechtes Unglück für mich war.«

Dabei zitterte er vor Schwäche oder vor Kälte. Das bewog sie zum Einlenken. »Roland, sei doch nicht so stolz! Das ist Dummheit. Laß mich dir helfen! Ich würde mir auch von dir helfen lassen, wenn ich es nötig hätte.«

Er gab nach. Aber es wurde eine Qual für ihn. Als er seine Notdurft erledigt hatte, brachte sie ihn fürsorglich wieder zu Bett. Kein Wort wurde dabei gesprochen. Er überlegte, ob er heimlich ausbrechen könnte, wenn sie schlief. Dann verfluchte er im stillen das Geld ihres Onkels. Er wollte es nicht mehr haben, wenn er deswegen vor ihr seine Notdurft verrichten mußte. Sie hatte sich dabei zwar umgedreht, aber das änderte nichts daran, denn sie war dabeigewesen und wußte, was er tat.

Normalerweise hätte es ihn wenig gekümmert. Sie hätte ihm bei allem zusehen können. Aber nicht, wenn er so schwach und hilflos war, so kläglich anzuschauen. Das machte es unerträglich.

Daria beobachtete ihn unter gesenkten Lidern, während sie so tat, als wäre sie einzig und allein mit seinem Waffenrock beschäftigt. Sie konnte ihm seine Verärgerung, seine schlechte Laune durchaus nachfühlen. Sie brauchte sich ja nur vorzustellen, wie ihr zumute wäre, wenn sie krank wäre und sich von ihm beim Verrichten der Notdurft helfen lassen müßte.

Sie war zutiefst dankbar, als der Arzt kam. Er untersuchte Roland, sprach im weichen Walisisch mit ihm und schien zufrieden. Einmal zeigte er dabei auf sie, aber Daria verstand weder seine Worte noch Rolands Antwort. Ein Kompliment hatte ihr Roland sicherlich nicht gemacht.

Dennoch war sie über die Verbesserung seines Zustands unendlich erleichtert. Als sich der Arzt schließlich an sie wandte, hörte sie ihm lächelnd zu.

»Dein Mann macht gute Fortschritte«, sagte der Alte. »Er hat mir gesagt, daß er schon morgen weiterreiten will, und ich habe ihm erklärt, wenn er das macht, wird er tot umfallen und dich der Gnade gesetzloser Schurken überlassen. Jetzt ist er dabei, sich die Sache zu überlegen.« Er warf ihr einen bedeutsamen Blick zu, und Daria beeilte sich, ihm Geld zu geben. Er dankte und verabschiedete sich.

»Du hast ihn mit *meinem* Geld bezahlt, stimmt's?«

»Es ging nicht anders. Ich habe ja keines.«

»Demnach hast du herausgefunden, wo ich es versteckt habe, und jetzt gehst du freizügig damit um?«

»Hätte ich mich vor dem Priester aufs Armenrecht berufen sollen? Vermutlich wären wir dann im Straßengraben gelandet. Was den Arzt betrifft, so habe ich ihn selbstverständlich für seine Dienste bezahlt. Allein dafür, daß er sich deine üble Laune gefallen lassen muß, hat er sich das Geld verdient.«

»Du hättest mich aber vorher fragen müssen.«

»Da hast du recht. Ich hätte dich irgendwie aus deiner Bewußtlosigkeit wachrütteln und untertänig um die Erlaubnis bitten sollen, von deinem Geld Gebrauch machen zu dürfen. Wirklich eine Schande, daß ich auch für Stall und Futter deines Pferdes Geld zahle. Wäre es dir lieber, ich hätte dem Priester gesagt, er solle Cantor wegjagen?«

»Du zankst mit mir wie ein altes Waschweib, Daria.«

»Du hast nur schlechte Laune, weil du es nicht erträgst, daß du, mein unerschütterlicher Befreier, auch nur ein schwacher Mensch bist. Du bist kein Gott, Roland. Du bist nur ein Mann.«

»Ach, das hast du bemerkt, ja?«

»Ja«, sagte sie. Wie sehr, wollte sie ihm nicht verraten. »Und jetzt mußt du dich in Geduld fassen, Mylord.«

»Das geht doch nicht! Was willst du denn tun, wenn der verfluchte Graf kommt? Ihm sagen, er solle sich in Geduld fassen, bis ich wieder gesund bin und dich vor ihm schützen kann?«

Sie schüttelte den Kopf. »Ich würde dich schützen.«

Er schnaufte. »Nein, hör auf damit! Bring mir etwas zum Essen! Ich muß wieder zu Kräften kommen.«

Ach, er war undankbar. Er war ein Tyrann. Er war nur wütend, weil er krank geworden war. Als ob sie schuld daran wäre! Männer waren schon schwierige Geschöpfe. »Gut. Bleib bitte liegen und ruh dich aus! Ich komme gleich wieder.« Sie fragte sich, wie sie so ruhig bleiben konnte. Immerhin warf sie die Zimmertür etwas lauter zu, als nötig gewesen wäre.

Romila sah ihre Miene und lachte. »Aha, dein netter Mann macht dich zornig, wie?«

»Ja. Ich könnte ihn erwürgen.«

»Kindchen, er ist eben ein Mann. Nicht mehr und nicht weniger. Gib ihm zu essen, und wenn er sich den Bauch vollgeschlagen hat, wird er sich wie ein Engel betragen.«

Wie ein Engel betrug sich Roland zwar nicht, nachdem er Romilas geschmortes Rindfleisch und das grobe Graubrot mit süßer Butter verzehrt hatte. Doch wenigstens hatte er sich weitgehend beruhigt.

»Wir reiten morgen weiter«, sagte er in selbstsicherem Ton.

»Nein.«

»Morgen nachmittag.«

»Nein.«

»Daria, du wirst tun, was ich dir sage. Ich bin zwar nicht dein Ehemann, aber ich habe hier zu bestimmen, weil ich für dich verantwortlich bin, und deshalb mußt du ...«

»Nein. Wir reiten erst weiter, wenn du gesund bist, vollständig gesund, und keinen Tag vorher. Ich habe deine Kleidungsstücke versteckt, Roland. Wenn du dich wie ein Halbirrer aufführen willst, mußt du eben nackt losreiten. Mir kannst du nicht drohen, und zwingen kannst du mich auch nicht.«

Er fluchte lange und fürchterlich. Doch Daria lächelte nur dazu. Er hatte den kürzeren gezogen. Als ihm die Flüche ausgingen, schlief er allmählich ein. Sie beugte sich über ihn und sagte flüsternd: »Du hast wohl keine Erinnerung mehr an die beiden letzten Nächte, wie? Was hätte ich getan, was hätte ich gesagt, wenn du dich daran erinnert hättest? Hätte ich alles abgeleugnet und behauptet, es wären nur Fieberträume gewesen? Dennoch tut es mir sehr weh, Roland, daß du dich nicht mehr daran erinnerst, wie du mir die Jungfernschaft genommen hast. Wenn du mich zu meinem Onkel zurückbringst und er mich zwingt, Ralph von Colchester zu heiraten, habe ich wenigstens eine Liebesnacht mit dir erlebt.«

Tränen stiegen ihr in die Augen. »Du verfluchter Roland! Du bist der sturste und stumpfsinnigste Mann, den es gibt. Vielleicht sage ich einfach meinem Onkel, daß ich keine Jungfrau mehr bin und daß du dafür verantwortlich bist. Dann wäre ich wenigstens vor Ralph von Colchester sicher. Aber was wären die Folgen? Wie ich meinen Onkel Damon kenne, würde er keine Skrupel haben, uns beide umzubringen. Doch ...«

»Du krächzt wie ein heiserer Eisvogel. Wovon redest du überhaupt? Ich versuche zu schlafen, um wieder zu Kräften zu kommen, und du plapperst mir die Ohren voll.«

Was hatte er gehört? Offenbar hatte er nichts mitbekommen. Er meinte, sie hätte nur sinnloses Zeug geredet.

Er brummte noch etwas Unverständliches, dann schlief er fest bis in die tiefe Nacht. Sie gab ihm noch einmal zu essen und half ihm beim Verrichten der Notdurft, was ihm genauso unangenehm war wie beim erstenmal. Später legte sie sich zu ihm ins Bett, ganz vorsichtig, um ihn nicht zu stören. Doch im Dunkeln tastete er nach ihr und zog sie an sich. Es war beinahe so, als wüßte er jetzt, wer sie war, daß sie ihm gehörte und er ihr. Seine Hände lagen auf ihren Hüften, aber nur kurze Zeit. Dann wanderte eine Hand zwischen ihre Beine und suchte ihren Schoß. Sie wand sich, als sein Mittelfinger tief in sie eindrang, während er mit den anderen Fingern die empfindliche Stelle streichelte. Sie legte den Kopf an die Schulter, stöhnte mit zusammengebissenen Zähnen und bebte vor Erregung am ganzen Leib.

Dann plötzlich wurde sein Atmen gleichmäßiger, und er fiel wieder in tiefen Schlaf. Langsam ebbte ihre Erregung ab. Und wieder einmal fragte sie sich, zu welchem Höhepunkt diese seltsamen Gefühle, die er in ihr zu erwecken verstand, wohl führen mochten.

Nun tastete sie nach seinem Unterleib. Seine Rute war steif und prall. Warum hatte er sie nicht in ihren Schoß eingeführt? Er hatte wohl nicht mehr die Kraft dazu gehabt, war ja nicht einmal richtig wach gewesen. Sicherlich war ihm nicht bewußt gewesen, daß er sie, Daria, umarmt und liebkost hatte. Sonst wäre er bestimmt vor Schreck aus dem Bett gefallen.

Als sie am nächsten Morgen erwachte, stand sie auf und betrachtete ihn lange Zeit. Sein Anblick allein erweckte wundersame Gefühle in ihr. Sie flüsterte: »Ich liebe dich, Roland«, und wiederholte es auf walisisch: *»Rwy'n dy garu di.«* Sie hatte es sich gestern von Romila übersetzen lassen, und die Alte wollte sich ausschütten vor Lachen. Rasch kleidete Daria sich an und verließ die Kammer.

Sie wollte nach seinem Pferd sehen. Nördlich der Kathedrale von

Wrexham führte eine lange, schmale Straße vorbei, an der ein niedriger Bau mit einem Schieferdach stand: der Mietstall. In der dritten Box stand Cantor. Der dürre Mann, der sie zu ihm führte, lag ihr damit in den Ohren, daß das Pferd Unmengen von Hafer verschlungen und ihn heftig in den Arm gebissen habe.

Schließlich gab ihm Daria einige Münzen als Trinkgeld. Da strahlte er und kratzte sich aufgeregt unter den Armen.

»Das ist ein feiner Gaul«, sagte er. »Stimmt es, daß dein Mann ein Freisasse ist?«

Sie nickte. Also steckte auch dieser Kerl voller Argwohn. Aber sie hatte sich keine bessere Lüge ausdenken können, und jetzt blieb ihr gar nichts anderes übrig, als dabei zu bleiben.

»Ja«, fuhr der Stallmann fort, »heute früh waren zwei Männer hier und haben wissen wollen, wem der schöne Gaul gehört. Ich habe ihnen gesagt, daß der Besitzer dein Mann ist, ein Freisasse.«

Darias Magen verkrampfte sich schmerzhaft. Sie ahnte, wer die beiden Männer waren. Sie *wußte* es …

»Es waren *saeson,* diese schmierigen Kerle.«

Natürlich waren es Engländer. Es waren Männer des Grafen von Clare. In möglichst gleichgültigem Ton sagte sie: »Was meinst du, wann sie wiederkommen? Glaubst du, daß sie das Pferd kaufen wollen?«

»Ja, sie wollen wiederkommen«, sagte er. Ein Glück, daß der Stallmann weder ihre Namen kannte noch wußte, wo sie untergebracht waren. Doch der Graf von Clare würde sie trotzdem bald finden. Mein Gott, was war zu tun?

»Ach, seht mal!« sagte er plötzlich. »Da drüben sind sie ja!«

Sie drehte sich um. Nur dreißig Schritte weiter in der schmalen Straße sprachen zwei Männer des Grafen mit einem Gemüsehändler. In dem einen erkannte sie seinen Waffenmeister MacLeod. Beide wirkten müde und ungeduldig.

Kurz entschlossen sagte Daria: »Ich denke, ich werde das Pferd gleich mal ausreiten.«

Ohne auf seinen Einspruch zu achten, sattelte sie Cantor. Der Zelter, der sich im Stall jedoch gelangweilt hatte, warf ungeduldig den Kopf hoch, und sie mußte all ihre Kraft aufbieten, um ihm das Gebiß ins Maul zu schieben und die Zügel anzulegen.

»Ich mache nur einen kurzen Galopp und bin bald wieder hier«, sagte sie zu dem Stallmann, saß auf, und Cantor verließ unter lautem Hufgeklapper den Stall. »Ich reite in Richtung von Leominster«, sagte sie noch und hoffte inbrünstig, der Waliser werde es den Männern des Grafen weitersagen.

Während Cantor schnaubend durch die belebten engen Gassen von Wrexham tänzelte, stopfte sie sich die Haare unter die Wollmütze. Sah sie nun wieder wie ein Junge aus? Hoffentlich! Sie hatte keine Ahnung, welche Richtung sie eingeschlagen hatte. Ihr ging es nur darum, die Männer von Roland abzulenken.

Sie hatte Geld, und sie hatte ein gutes Pferd, sie war nicht auf den Kopf gefallen, und sie konnte ein wenig walisisch sprechen. Spontan beschloß sie, zur Burg Croyland zu reiten, zu Lord Richard de Avenell. Bestimmt würde er ihr helfen.

Und was wurde inzwischen aus Roland?

Wenn der Graf von Clare ihn aufspürte, würde er ihn umbringen. Sie mußte ihn also auf eine falsche Fährte setzen, schnell und möglichst weit weg. Aus dem Sonnenstand ersah sie, daß sie in nordöstlicher Richtung ritt, auf Croyland und die englische Grenze zu.

Was würde Roland von ihr denken, wenn er merkte, daß sie fort war?

8

Es regnete wieder einmal. In wenigen Minuten hatte der feine, kalte Nieselregen Daria bis auf die Haut durchgeweicht. Mißmutig schaute sie zum ewig grauen Himmel auf.

Sie war jetzt seit drei Stunden unterwegs. In den letzten beiden Stunden hatte sie keinen Menschen zu Gesicht bekommen. Nur Schafe. Natürlich, Schafe waren ja überall. Und dunkle Wälder knorriger Schwammeichen. Die Straße war zu einem rauhen Pfad geworden, den auf beiden Seiten dichte Eibenbüsche säumten. Oft streiften die stachligen Blätter Cantors Flanken, und jedesmal mußte sie ihn dann beruhigen. Aber er behielt sein Tempo ständig bei. Der kräftige Hengst besaß eine enorme Ausdauer.

Auf einem schlammigen Feld zur Rechten sah Daria eine Herde von Gänsen, und dann lugten zwei Dachse aus einer Hecke hervor. Vom Grafen und seinen Männern war nichts zu sehen. Sie hoffte, sie seien hinter ihr her, aber weit, weit zurück.

Der Regen wurde stärker, es schüttete wie aus Kübeln. Ob er wie durch Zauber aufhören würde, wenn sie England erreichte? Es konnte jetzt nicht mehr sehr weit bis Chester sein. Und wie war es Roland inzwischen ergangen? Nein, jetzt mußte sie an sich selber denken.

Plötzlich sprang vor Cantors Hufen ein Hase aus dem Dickicht. Überrascht stellte sich der Hengst auf die Hinterbeine und wieherte zornig. Daria verlor den Halt und fiel seitwärts in eine Wasserlache. Der Aufprall war hart, jeder Knochen im Leib tat ihr weh, und sie blieb vorerst liegen.

Cantor stand schnaufend über ihr, den großen Kopf gesenkt, wie ein Spiegelbild ihres eigenen Jammers. Langsam raffte sie sich auf und lehnte sich an die Flanke des schweratmenden Pferdes. Er stieß sie auffordernd an, und sie drängte sich an ihn. Da spürte sie unter den Sohlen ihrer Lederschuhe, wie die Erde leise unter dem Hufschlag vieler Pferde bebte. Sie mußten im vollen Galopp auf sie zukommen. Bald würden sie hinter ihr auftauchen. Das konnten nur der Graf und seine Männer sein.

Sie schwang sich auf Cantors Rücken und stieß ihm die Schuhspitzen in die Weichen. Er sprang an – und strauchelte wieder. Sie wurde beinahe erneut runtergeschleudert, konnte sich aber mit der linken Hand an der Mähne festhalten.

Er war lahm geworden. Auf seinem Rücken sitzend, wußte sie, daß es vorbei war, wollte es aber noch nicht wahrhaben. Er ließ den Kopf hängen und atmete schwer. Ihre Flucht war zu Ende.

Deutlich hörte sie nun den vielfachen Hufschlag hinter sich. Er kam näher und näher. Sie konnte nichts mehr tun. Nur warten. *Was war, wenn sie Roland aufgespürt hatten?*

Und plötzlich wußte sie, was zu tun war. Sie durfte jetzt keine Dummheiten machen. Alles hing von ihr ab.

Sie saß ab und sah dem näher kommenden Reitertrupp entgegen. Bald erkannte sie den großen Araberrappen des Grafen. Sie stand bereit, rührte sich aber nicht von der Stelle. *Ich ertrage es nicht, wenn er mich anfaßt. Das halte ich nicht aus. Dann schreie ich und trete um mich. Lieber will ich sterben, als mich von ihm anfassen zu lassen.*

Sie hob den Kopf. Kalte Regengüsse peitschten ihr ins Gesicht.

Der Graf von Clare hob die behandschuhte Hand. Er schaute auf den durchnäßten Knaben neben Rolands wuchtigem Kampfroß. Seine Hand umklammerte den Schwertgriff. Wo war der verdammte Schweinehund? Hatte er sich in den Eibenbüschen verkrochen? Hatte er die lächerlicherweise als Knabe verkleidete Daria sich selber überlassen?

Auf seinen Wink hielten die Männer. Mit steigendem Erstaunen beobachtete er Darias Mienenspiel. Ihr anfänglicher Schreck verwandelte sich in Erleichterung und Jubel. Sie rannte nicht vor ihm weg. Sie rannte auf ihn zu!

Er sprang vom Pferd und sah ihr gespannt entgegen. Im Laufen schrie sie ihm etwas zu. Dann warf sie sich ihm an die Brust und umschlang ihn mit den Armen.

Er war völlig verwirrt. Was redete sie da? Daß er sie gerettet hätte? Gerettet!

Der Graf packte sie an den Oberarmen und schob sie weg. »Was tust du hier?«

Es zuckte ihm in den Händen, sie zu schlagen, sie auf die schlammübersäte Straße zu werfen und sie nochmals für ihre Treulosigkeit zu schlagen. Doch er tat nichts dergleichen, stand nur da und wiederholte die Frage: »Was tust du hier?«

Sie stotterte, stammelte – vor Kälte, vor Angst, vor Erleichterung.

»Ich bin ihm ausgerückt, hab' ihm das Pferd gestohlen, aber das elende Tier wurde lahm, und ich dachte, er läge hier auf der Lauer und finge mich wieder ein, und ich bekam es mit der Angst zu tun ... ich habe mich so gefürchtet ...«

Der Graf von Clare beobachtete, wie die Blicke seiner Männer von ihm zu dem zitternden Mädchen gingen. Sicherlich hörten sie jedes Wort. Aber ihren müden Gesichtern war nicht zu entnehmen, was sie von der Sache hielten.

»Was hast du gesagt? Du bist Roland ausgerückt?«

»Roland? Heißt der dreckige Köter so?« Zitternd warf sie sich ihm wieder an die Brust. »Mylord, er ist gar kein Priester. Laßt es bitte nicht zu, daß er mich wieder einfängt! Mir hat er erzählt, er hieße Charles, aber ich glaubte ihm kein Wort.«

»Aber du hast mich mit dem Leuchter niedergeschlagen! Du warst es, Daria, und nicht dieser Hurensohn.«

Sie hob den Kopf und sah ihn mit Unschuldsmiene an. Mit der hohen, zitternden Stimme eines erschrockenen kleinen Mädchens piepste sie: »Ja, weil Ihr versucht habt, mich zu vergewaltigen, obwohl ich noch nicht mit Euch vermählt war. Was sollte ich denn tun? Man hat mich gelehrt, bis zur Hochzeit die Unschuld zu bewahren.

Da blieb mir nichts anderes übrig, als mich zu verteidigen. Sonst hätte mich Gottes Fluch getroffen. Und dann kam dieser Mann – Roland – dazu und zwang mich, mit ihm zu gehen. Er hat mich nie aus den Augen gelassen. Aber in Wrexham hat er sich betrunken und da bin ich ausgerückt und habe ihm das Pferd gestohlen.«

»In wenigen Tagen hätte uns der Priester getraut, und ich wollte dich vorher nur ein wenig genießen.«

Mit ernstem, strengem Blick antwortete sie: »Eine Frau besitzt nichts als ihre Unschuld, um ihren guten Ruf zu bewahren. Deshalb mußte ich mich bis zum Äußersten gegen Euch wehren. Wenn ich mich Euch einfach hingegeben haben würde, dann hätte Gottes Fluch mich getroffen. Das werdet Ihr doch sicherlich verstehen, Mylord. Das müßt Ihr verstehen! Kein Ehrenmann darf einem unschuldigen Mädchen Gewalt antun. Wer es dennoch tut, kann nie auf Verzeihung hoffen, weder von ihr noch vom lieben Gott. Das ist mein fester Glaube. Ich konnte nicht zulassen, daß Ihr mich schändet, und darum habe ich zum letzten Mittel gegriffen, um meine Ehre zu retten.«

Der Graf schwankte. Er war unsicher, und das machte ihn hilflos. Er begann zu fluchen. Wütend scheuchte er seine Männer von sich weg, die sich vor Müdigkeit kaum noch im Sattel halten konnten. Dieses völlig verdreckte kleine Mädchen machte ihm Vorwürfe!

»Wo ist Roland?«

»Ich weiß es nicht. Irgendwo in Wrexham. Wenigstens war er heute morgen noch dort. Ich habe die Gelegenheit zum Ausrücken benutzt, als er gerade seinen Rausch ausschlief. Ich hatte nämlich entdeckt, was er für Pläne mit mir hatte. Mein Onkel hat ihn gekauft, müßt ihr wissen. Er hat ihm eine Menge Geld dafür geboten, daß er mich wieder zu ihm zurückbringt. Danach wollte mein Onkel mich mit Ralph von Colchester verheiraten. Mylord, ich habe Angst, er wird mich wieder verfolgen.« Mit einem rührenden, hilfesuchenden Augenaufschlag schloß sie: »Oder glaubt Ihr, daß er jetzt aufgibt? Und vielleicht nach England zurückgeht?«

»Vielleicht«, sagte der Graf, fügte aber in Gedanken hinzu: Bestimmt nicht ohne sein Pferd. Dann rief er einem seiner Männer zu: »Clyde, wir müssen in der Nähe der Höhle sein, an der wir gestern vorbeigekommen sind! Dort wollen wir die Nacht verbringen oder wenigstens so lange Unterschlupf suchen, bis dieser verfluchte Regen aufhört.«

Die Männer verließen schnell den schlammigen Weg. Der Graf wandte sich an das vor Kälte zitternde Mädchen: »Du bist ja völlig durchgeweicht.« Er zog einen trockenen Waffenrock aus der Satteltasche und legte ihn ihr um. »Hüll dich darin ein! Ich will nicht, daß du Fieber bekommst und stirbst.«

»Sein Pferd ist aber lahm.«

»Einer meiner Männer wird es am Zügel mitführen.« Der Graf dachte gar nicht daran, das Pferd zurückzulassen.

Clyde führte alle in eine Höhle mit hoher Decke. Sie war so geräumig, daß man sämtliche Pferde mit zusammengebundenen Vorderbeinen im Rückraum unterbringen konnte. Daria wurde angewiesen, sich dicht ans Feuer zu setzen. Sie klapperte noch eine Weile mit den Zähnen, merkte aber bald, daß ihre Sachen allmählich trockneten. Sie konnte nur hoffen, daß es ihr gelungen war, den Grafen zu täuschen. Inbrünstig betete sie, daß Roland gesund würde, sie einfach vergäße, Wales verließe und sich in Sicherheit brächte.

Das bedeutete, daß sie ihn nie wiedersehen würde. Alle ihre wunderbaren Gefühle wären dann Truggebilde gewesen. Es bestand keine Verbindung mehr zwischen ihnen. Nicht einmal die Ehre würde ihn an sie binden, denn er wußte nicht, daß er mit ihr geschlafen hatte. Roland würde sie vergessen, genauso wie das Geld, das er von ihrem Onkel bekommen hätte. Er war ja nicht dumm. Er würde sich denken können, daß der Graf sie wieder gefangengenommen hatte. Clare würde entdecken, daß sie nicht mehr jungfräulich war. Dann würde er wissen, daß Roland mit ihr geschlafen hatte. Er würde sich belogen und betrogen fühlen. Dabei war er es doch, der sie als erster geraubt hatte!

Nun, er war ja davon überzeugt, daß er in der besonderen Gnade Gottes stand. Gott billigte alle seine Pläne mit ihr.

Vergebens bemühte sie sich, ein Schluchzen zu unterdrücken. Auch als sich eine Männerhand auf ihre Schulter legte, konnte sie nicht aufhören zu weinen.

»Psst«, sagte der Mann. Sie erkannte die Stimme des Waffenmeisters MacLeod. »So macht Ihr Euch nur krank.«

»Ich habe solche Angst.«

»Ja, nicht ohne Grund. Aber der Graf scheint von Eurem Anblick behext zu sein. Er wird Euch nicht töten. Jedenfalls vorläufig nicht. Ihr könnt doch dem Himmel danken, daß wir wenigstens aus diesem scheußlichen Regen heraus sind.«

»Wird er nach Wrexham zurückreiten, um diesen Mann zu suchen?«

»Woher wißt Ihr denn, daß wir in Wrexham waren?«

Oh, mein Gott, was habe ich da für eine Dummheit gesagt! »Ich weiß es ja gar nicht, habe es nur angenommen.«

MacLeod sah in ihr blasses Gesicht mit den geröteten Augen und den nassen Haaren, die an beiden Seiten des schmalen Kopfes herabhingen. Was für ein rührendes kleines Ding! Es leuchtete ihm nicht ein, daß der Graf in ihr die zukünftige Ehefrau sah. Viel näher würde es liegen, sie wie eine Tochter zu behandeln. In der ausgebeulten Knabenkleidung sah sie wirklich nicht nach einem Leckerbissen für einen so abgebrühten Mann wie den Grafen aus.

Er wandte den Blick und schaute ins Feuer. »Ja, wir kommen aus Wrexham«, sagte er. »Wir sind hart geritten, um Euch und diesen Hurensohn zu finden, der Euch aus Tyberton entführt hat.«

Sie rückte näher ans Feuer. »Wo ist der Graf denn jetzt?«

MacLeod zuckte die Achseln. »Er spricht mit den Männern. Hier, eßt etwas! Wir haben auf dem Markt in Wrexham Vorräte eingekauft. Ihr müßt etwas essen, sonst werdet Ihr noch so mager, daß Euch die Knabenhosen vom Leibe rutschen.«

MacLeod sprach diese Worte ohne jede Nebenabsicht. Aber für Daria beschworen sie wieder das Bild herauf, wie sich der Graf mit seinem ganzen Gewicht auf sie gelegt und ihr weh getan hatte. Bei dieser Erinnerung wurde sie noch bleicher.

»Ihr seid wirklich zu dünn«, sagte der Waffenmeister geduldig. »Ihr müßt essen.«

Sie nahm Brot von ihm entgegen, biß hungrig hinein und lächelte ihn an. »Vielen Dank. *Diolch.*«

»Du hast also Worte dieser Heidensprache gelernt«, ließ sich der Graf vernehmen und nahm neben ihr Platz. »Ich möchte so etwas nicht mehr hören.« Er nahm ein großes Stück Schwarzbrot und biß kräftig hinein.

»Ganz wie Ihr wünscht«, sagte sie demütig.

Er gab keine Antwort. In Gedanken mit ihr beschäftigt, fragte er sich, ob er ihr Glauben schenken konnte. Schließlich sagte er, nachdem er reichlich Bier getrunken hatte: »Ich kann mir nicht vorstellen, daß dieser Roland so verrückt sein wird, dir weiter nachzustellen, Daria. Dagegen rechne ich damit, daß er sein Pferd wiederhaben will.«

»Aber woher soll er wissen, daß ich Euch gefunden habe?«

»Er ist ein Werkzeug des Satans. Er ahnt bestimmt, daß du wieder bei mir bist. Wo solltest du denn sonst sein? Und obwohl er weiß, daß ich stärker bin als er, wird er mir nachkommen. Bis nach Tyberton. Er will ja sein Pferd wiederhaben. Aber dann töte ich diesen Hurensohn mit Gottes Hilfe auf meinem eigenen Gebiet.«

Er wird uns nachkommen, aber nicht meinetwegen, sondern wegen seines Pferdes. Das war ja zum Lachen! Wenn sie weniger wert als ein Pferd war, warum begnügte sich der Graf dann nicht einfach mit Cantor und ließ sie in Frieden?

»Zieh dir die nassen Sachen aus! Ich will nicht, daß du krank wirst.«

Die Angst schüttelte sie so stark, daß sie kein Wort herausbrachte. Dazu kam der Zorn. Warum mußte er solche Macht über sie haben? Vielleicht würde sie dennoch ihr Ziel erreichen, wenn sie sich unterwürfig zeigte. Das hatte er ja gern. »Ich bitte Euch nur, mir keine Gewalt anzutun.«

»Das darf dich nicht kümmern. Ich kann dich nehmen, wann immer es mir beliebt.«

»Bitte nicht, Mylord.« Sie überlegte fieberhaft. Allerlei Pläne schossen ihr durch den Kopf. Sie konnte nur dann etwas bei ihm erreichen, wenn sie sich vollständig gefügig gab. »Wie Ihr wünscht, Mylord. Es ist nur so ... gerade hat meine Monatsblutung eingesetzt.«

Die Angst ließ sie erröten. Doch Clare glaubte, sie wäre aus Schamhaftigkeit rot geworden.

Die bedingungslose Ergebenheit ihm und seinen Wünschen gegenüber gefiel ihm sehr. Und das schüchterne Geständnis überzeugte ihn vollends. Er fühlte sich allmächtig. Sanft tätschelte er ihr die Wange. Sie mußte sich sehr zusammennehmen, um die Berührung ruhig über sich ergehen zu lassen. »Bist du noch immer Jungfrau? Der Mann hat dich also nicht vergewaltigt, oder?

Sie schüttelte den Kopf und ließ sich nichts anmerken.

»Nach unserer Rückkehr nach Tyberton heirate ich dich, Daria. Bis dahin werde ich dich nicht mehr mit meinen männlichen Wünschen belästigen. Vielleicht ist es wirklich Gottes Wille, daß du dich mir erst hingeben sollst, wenn du meine Frau bist. Ich schwöre vor Gott, daß du bis zur Hochzeitsnacht jungfräulich bleiben sollst. Dann aber werde ich dich nehmen, und du wirst mit Freuden die Meine werden.«

Er sah ihr die unendliche Erleichterung an und wurde ungehalten. »Es ist nicht recht, daß du nicht gern zu mir ins Bett kommen willst. Du mußt dich an den Gedanken gewöhnen, Daria. Denn ich nehme dich so sicher, wie ich Roland töten werde, und du wirst mir einen Sohn gebären, bevor der nächste Winter endet.«

Befriedigt wandte ihr der Graf den Rücken zu und sagte brummend etwas zu MacLeod. Bald erhielt Daria trockene Kleidung und eine Decke. Der Graf schickte sie in eine dunkle Nische der Höhle. Während sie sich umzog, betete sie zu Gott, daß er diesmal sein Wort halten und sie vor ihm sicher sein würde.

Es regnete noch anderthalb Tage lang. Kalte Wassergüsse stürzten vom Himmel. Der Graf hatte sie vor sich aufs Pferd gesetzt. Einer der Männer führte Cantor, der nicht mehr lahmte, am Zügel. Einen halben Tag lang hörte der Regen auf, um dann wieder mit voller Wucht einzusetzen. Doch als sie Tyberton erreichten, schien die Sonne und trocknete alles. Es war geradezu unheimlich.

Am nächsten Tag wurde es richtig warm. Es war wunderbar.

Nachts lag sie wach und dachte an Roland.

Er war so hartnäckig, so stur, daß er bestimmt nicht aufgeben würde. Ja, er würde nach Tyberton kommen – des Pferdes wegen. Aber vielleicht konnte sie ihn dazu überreden, sie wieder mitzunehmen.

Als sie erfuhr, daß noch kein neuer Priester auf Tyberton eingetroffen war, kannte ihr Jubel keine Grenzen. Falls der Graf sein Wort hielt, war sie weiterhin vor ihm sicher.

Daria stand an dem schmalen Fensterspalt, als ihre Zofe Ena ihr berichtete: »Der hatte vielleicht eine Wut! Er fluchte und brüllte wie der Teufel selbst. Seine Männer aber haben ihn heimlich ausgelacht, daß er sich von so einer kleinen Frau reinlegen ließ. Und daß er vor lauter Geilheit seine ganze Frömmigkeit vergessen hatte. Bald nach Euch ist er dann losgeritten. Den Bauern, der das Pferd des hübschen Priesters verwahrt hatte, ließ er foltern. Nachdem er alles aus ihm herausgekriegt hatte, mußte einer der Männer dem Bauern das Messer in die Rippen bohren.«

So also war der Mann geendet, der so gern vier Kühe besitzen wollte – *Lle pum buwch.*

Es klopfte an der Tür, und eine Bedienerin brachte das Mittagessen. Man hielt sie also wieder wie eine Gefangene. »Ich habe keinen Hunger«, sagte Daria unwillig und stellte sich wieder ans Fenster.

Am nächsten Morgen verließ der Graf mit zwölf seiner Männer die Burg, um eine Räuberbande aufzuspüren, die in seiner Abwesenheit das kleine englische Dorf Newchurch überfallen hatte. Damit war sie wenigstens eine Weile von ihm erlöst. Allerdings hatte er Befehl erteilt, daß sie in ihrem Zimmer eingeschlossen blieb. Bevor der Graf sein Kampfroß bestieg, hatte er ihr die Wange gestreichelt und gesagt: »Bald wird ein Priester hier sein.«

Doch es dauerte bis zum Mittsommer, und die Sonne strahlte vom wolkenlosen blauen Himmel auf die ausgedörrte Erde herab, ehe der Graf ihr mitteilte, daß innerhalb von einer Woche ein Priester auf Tyberton eintreffen würde, den er in Bristol aufgegabelt habe. Dann würde die Trauung stattfinden. Und Daria wußte, daß er sie danach vergewaltigen und, wenn er die Wahrheit über ihren Zustand herausfand, töten würde.

Der einzige Trost war, daß er sie seit einer Woche nicht mehr als Gefangene behandelte. Der Graf war bei seiner Rückkehr durch seinen Sieg über die Räuber in Hochstimmung gewesen. Er hatte sie alle gehängt, diese Waliser – jedenfalls die wenigen, die das Scharmützel überlebt hatten.

Einmal belauschte sie ihn, als er voller Verachtung zu MacLeod über Roland sprach. »Der hübsche Hurensohn hat eingesehen, daß es seine Fähigkeiten doch bei weitem übersteigt, sich sein Pferd zurückzuholen. Er weiß, daß ich ihn fangen und dann eines langsamen Todes sterben lassen würde. Daria hat recht behalten – er ist nach England zurückgegangen.«

Volles Vertrauen schenkte der Graf ihr trotzdem nicht, und sie sah keine Möglichkeit, daran etwas zu ändern. Lohnte es sich überhaupt? Sie glaubte ja jetzt bald selber, daß Roland nach England zurückgekehrt war. Oder war er tot? Oder vielleicht lauerte er doch in der Nähe von Tyberton? Nein, das wahrscheinlich nicht. Sie hielt jedoch ihre Gedanken selbst vor Ena geheim. Wer wußte denn, ob ihre Zofe nicht alles dem Grafen verraten würde?

Eine Träne rollte ihr über die Wange. Plötzlich bekam sie Durst. In der kleinen Karaffe neben dem Bett war kein Wasser. Sie ging in den großen Saal. Dort lungerten einige Männer herum, spielten Dame oder erzählten sich Witze. Frauen schrubbten die Tische und verteilten frische Binsen auf dem Fußboden. Keiner achtete auf sie. Der Graf war nicht zu sehen. Sie ging hinaus auf den Innenhof.

Es war Mittagszeit, und die meisten Menschen hatten vor der glühenden Sonne Zuflucht im Schatten gesucht.

An der Zisterne blieb sie lange stehen. Die Sonne wärmte ihre Haut, aber in ihrem Inneren herrschte Kälte und Leere.

»Was suchst du hier?«

Sie hörte das Mißtrauen in der Stimme des Grafen. »Ich wollte mir einen Krug frisches Wasser holen. Es ist heute so heiß. Ich habe eine ganz trockene Kehle.«

Er schöpfte ihr Wasser und sah ihr beim Trinken zu.

Dann sagte er voll ohnmächtigen Zorns: »Gerade habe ich die Nachricht erhalten, daß der König auf dem Weg nach Tyberton ist. Er kommt aus Chepstow, wo er sicherlich dem Grafen von Hereford die Flötentöne beigebracht hat, und jetzt will er zu mir.«

Daria begriff nicht, warum ihn das in so schlechte Laune versetzte. »Aber es ist doch der König!« rief sie. »Sein Besuch muß für Euch eine Ehre und eine Auszeichnung sein, ein Zeichen seiner königlichen Huld.«

Er schnaufte unwillig. »Von wegen Huld! Langbein ist nur ärgerlich, weil er hier so wenig Macht hat. Er kommt nur, um seine Nase in alles zu stecken, zu spionieren und Drohungen auszustoßen. Wäre ich stark genug und hielten alle Markgrafen zusammen, dann würden wir ihn in die Stadt zurückschicken, wo er haust, in dieses Sodom, diesen Sündenpfuhl London. Er soll uns vom Leibe bleiben. Diese Barbaren von Walisern halten wir schon allein in Schach und wahren den Frieden. Er aber würde selbst dem Teufel seine Seele verschreiben, wenn er mich dadurch entmachten könnte, mich und uns alle, die wir England vor den walisischen Wilden schützen.«

Daria kam eine Idee. Vielleicht konnte der König ihr helfen. Sie müßte zusehen, daß sie ihn unter vier Augen sprechen könnte. Dann würde sie ihn um Befreiung anflehen. Würde er ihr glauben? Und wenn er ihr Hilfe verweigerte, würde der Graf sie dann umbringen? Aber was machte das schon! Sobald der entdeckte, daß sie nicht mehr Jungfrau war, würde er es sowieso tun. Was sollte sie machen?

»Trink dein Wasser!« befahl der Graf.

Der König von England lehnte sich im Sessel zurück und blickte zu seinem ergebenen Sekretär Robert Burnell hinüber. Das Zelt bot ihnen Schutz vor der heißen Mittagssonne, und der König war in bester Laune. Er hatte Hereford einen höllischen Schrecken eingejagt, diesem verdammten treulosen Kerl.

Jetzt ging es nach Tyberton. Da würde er dem Grafen von Clare zeigen, wie er sich dem König gegenüber zu verhalten hatte.

Burnell entschuldigte sich. Er müsse sich draußen ein paar Minuten lang die Füße vertreten. Er hatte sich die Finger an den Warnbriefen des Königs krummgeschrieben, und ihm taten alle Muskeln weh.

Als er zurückkam, lag ein merkwürdiger Ausdruck auf seinem Gesicht. »Sire, draußen steht ein verkrüppelter alter Bettler und bittet, Euch sprechen zu dürfen. Er behauptet, er bringe Mitteilungen von höchster Wichtigkeit. Er ... scheint harmlos zu sein, Sire.«

Edward lachte. Er hatte gerade gut gespeist, und die beiden Kelche voll Süßwein hatten ihn in eine fröhliche Stimmung versetzt. Er beobachtete Burnell. Komisch, daß dieser nervenstarke Mann auf einmal so nervös und zappelig war. »Ein verkrüppelter Bettler sagt Ihr, Robbie? Ein alter verkrüppelter Bettler, dem das Almosen aus der Hand des einfachen Soldaten nicht genügt? Für den es gleich des Königs Münze sein muß? Für den Fall, daß ich ihm etwas schenke, hat er wohl versprochen, Euch die Hälfte abzugeben, wie?«

Burnell war erleichtert, daß der König es von der heiteren Seite nahm. Ja, Edward zeigte wieder einmal sein bezauberndes Wolfslächeln, das jeden, der in seinem Dienst stand, dazu brachte, freiwillig für ihn alles zu tun, was er verlangte.

»Ich setze voraus, daß es kein gewöhnlicher Bettler ist, für den Ihr Euch verwendet. Sondern einer, der des Königs Aufmerksamkeit verdient. Kurz gesagt, ein Bettler von königlicher Überzeugungskraft, ein Bettler, der ... Ach, holt mir den Kerl rein, Robbie! Und ich kann nur hoffen, daß Ihr Euch nicht in ihm geirrt habt, sonst müßte ich nämlich den Inhalt Eures Tintenfasses über Euch ausgießen.«

Burnell verließ das Zelt, und gleich darauf schlurfte ein uralter Krüppel herein. Bei allen Heiligen, dachte der König, dieser elende Alte stinkt ja schlimmer als ein nasses Schaf! Zudem war er so klapprig, daß es aussah, als würde er jeden Augenblick zusammenbrechen und seinen Geist aufgeben.

Diese menschliche Ruine versuchte, eine tiefe Verbeugung vor dem König zu machen. Danach richtete der Bettler sich überraschend elastisch auf, ohne daß die alten Knochen und Gelenke knackten.

»Ich höre, daß du Geld vom König erflehst«, sagte Edward zu ihm.

Der Alte kicherte. »Nee, großzügiger Sire, ich wünsche vielmehr ein Weib, das mir das Bett wärmt, ein wunderhübsches Weib mit viel Busen und ...«

Der König starrte den Alten verwundert an.

»... ja, und vielleicht mit knackigen Pobacken. Ein Weib so weich wie ein Kaninchenbauch und mit einem tiefen Schacht für meine gewaltige Rute.«

Der König brach in Lachen aus. »Soll ich dir nicht vorher ein Weib schicken, das dich badet? Du stinkst nach Dreck und Kot. Wer bist du, Bettler? Nach deiner gediegenen frechen Sprache zu urteilen, kannst du nicht zum üblichen Gesindel gehören. Heraus mit der Sprache! Deine Kapriolen machen mich langsam ungeduldig.«

»Ungeduldig! Das seid Ihr doch immer, Sire. An Euch ist die schönste Geschichte verschwendet. Ich habe mir sagen lassen, daß selbst die fabelhaftesten Londoner Mimen in Tränen der Verzweiflung ausbrechen, weil Ihr zu ungeduldig seid, ihnen zuzuhören.«

»Wer bist du, du elender, unverschämter Kerl?« brüllte der König ihn an und erhob sich zu voller Größe. Zu seinem Erstaunen verfiel der Bettler keineswegs in zitternde Angst. Ja, er wich nicht mal erschrocken einen Schritt zurück.

Plötzlich richtete der Bettler sich ebenfalls auf und riß sich allerlei Maskenteile vom Gesicht. Der König sog scharf die Luft ein, denn dieser scheußliche Anblick verschlug ihm die Sprache.

Doch dann stand groß, schlank und stolz Roland vor ihm. Der Ritter fuhr sich mit dem Handrücken über die Zähne. Danach war sein Gebiß schneeweiß, aber dafür war seine Hand schwarz. Der König schüttelte fassungslos den Kopf. »Das ist doch nicht zu glauben! Dabei weiß ich doch, wie gut Ihr Euch aufs Verkleiden versteht. Mein Gott, Roland, wie sehr habt Ihr mir gefehlt!«

Er umarmte ihn, ließ ihn aber schnell wieder los und trat zurück. »Bei St. Andreas' Knien, Ihr braucht wirklich dringend ein Bad!«

»Ja, das kommt vom Schafskot und ähnlichem Dreck. Ich werde mich auf Abstand von Eurer geweihten Person halten. Aber bevor ich bade, muß ich Euch um einen Gefallen bitten. Habt Ihr Zeit, Euch meine Bitte anzuhören, Sire?«

»Robbie hat sein Wort verpfändet, daß Ihr ein Bettler seid, den der König sich anhören sollte. Und doch, Roland, wenn ich es nun nicht tue?«

»Nun, dann würde ich Euch von meinen Abenteuern in Paris erzählen, wo die Damen mit größter Begeisterung und bewundernswertem Erfindungsreichtum höchst feierliche Riten und Zeremonien an meinem armen Männerkörper vornahmen – das sind tolldreiste Geschichten, Sire.«

»Ich will sowohl Eure Bitte wie auch einen vollständigen, ungekürzten Bericht Eurer Abenteuer hören.«

Roland grinste den König an. »Ihr seid die Antwort auf die inständigen Bitten von mir armen Bettler. O mein edler König und Ritter, kommt zu meiner Rettung – oder haltet wenigstens Eure schützende Hand über mich!«

»Ihr müßt Euch schon deutlicher ausdrücken, Roland«, sagte der König mit dröhnender Stimme. »Nehmt Platz! Robbie, kommt wieder ins Zelt! Ihr müßt mich vor diesem raubgierigen Bettler schützen!«

»Aber ich stinke doch so, Sire ...«

»Das macht nichts. Bleibt mir drei Schritte vom Leibe, und ich werde auch Euren holden Duft überleben!«

9

Daria lugte, fast unerträgliche Angst im Herzen, durch das schmale Fenster ihres Zimmers. Vor einer Stunde war der Priester eingetroffen. Voller Ungeduld, die Verbindung im Namen Gottes vollzogen zu sehen und Daria in sein Bett nehmen zu können, hatte der Graf die Trauung noch für diesen Abend festgesetzt.

Es fiel ihr schwer, sich unterwürfig zu geben. Dennoch fragte sie so sanft, wie sie nur konnte: »Aber der König wollte Euch doch besuchen, Mylord. Erwartet Ihr ihn nicht in Kürze?«

»Ich habe den Allmächtigen gebeten, daß sich Seine Königliche Majestät Zeit lassen soll. Morgen kann er von mir aus kommen.« Mit einem bedeutsamen Blick auf sie fuhr er fort: »Ich habe mein Versprechen gehalten, Daria. Vergiß nicht, daß ich dich jederzeit hätte nehmen können! Doch ich habe dir bewiesen, daß du mir vertrauen kannst. Du siehst, ich bin ein Ehrenmann. Jetzt hast du keinen Grund mehr, dich gegen mich aufzulehnen.

Er hatte seinen Schwur gehalten, das mußte sie ihm zugute halten. Sie betete, der König solle jetzt eintreffen. Aber vom Fenster aus war noch niemand zu erblicken. Sie sah nur undurchdringliche Wälder und gewellte Hügelkuppen.

Der Graf sah sie finster an. »Ich wünsche, daß du dich jetzt anziehst, so wie es sich für die Braut des Grafen von Clare geziemt. Und du wirst lächeln, damit jeder sieht, daß du gehorsam und willig zu mir kommst.«

Sie nickte. Er warf ihr noch einen durchdringenden Blick zu. Dann packte er sie und zog sie grob an sich. Sein Mund preßte sich auf ihren. Sie fühlte seine gierige feuchte Zunge. Ihr war, als müßte sie ersticken. Endlich ließ er sie los und sagte: »Ich heirate dich, obwohl dein ekelhafter Onkel mir immer noch nicht die Mitgift geschickt hat. Doch das wird dem Betrüger nichts nutzen. Ich werde den König bitten, mir zu verschaffen, was mir zusteht. Dann bekomme ich es auch. Denn nach der Trauung habe ich das Recht auf meiner Seite.«

Triumphierend rieb er sich die Hände. »Damon Le Mark kann mir nichts anhaben, denn der König wird mir beistehen. Ha, da kann er noch so sehr heulen und jaulen, es nutzt ihm alles nichts. Ja, nun habe ich doch gesiegt. Das tut gut.« Damit machte er kehrt und ließ sie allein.

Daria schüttelte sich, als wollte sie sich von jedem Gedanken an den Grafen befreien. Und urplötzlich, von einem Augenblick zum anderen, hatte sie das Empfinden, als schärften sich ihre Sinne, und sie war sich sicher, daß etwas im Busch war, daß gleich etwas geschehen würde, das für sie von allergrößter Bedeutung sein würde ... Draußen war allerdings nichts Besonderes zu erkennen. Aber das Gefühl verließ sie nicht, dieses sonderbare Gefühl der Erinnerung, des Wissens, das sie schon mehrmals überkommen hatte.

Dann erblickte sie ihn. Ein gebeugter alter Mann mit dichten, wirren weißen Haaren schlurfte, in Lumpen gehüllt, zum Burgbrunnen. Er zog ein lahmes linkes Bein nach. Unbändige Freude stieg in ihr auf. Sie flüsterte wieder und wieder seinen Namen. Sie wollte ihn zwingen, zu ihr herzuschauen. Und da tat er es wirklich. Doch sie sah nichts als ein runzliges altes Gesicht. Jetzt lächelte er und entblößte dabei faulige schwarze Zähne.

Eigentlich konnte das nicht Roland sein. Doch sie wußte ganz sicher, daß er es war, und winkte ihm aufgeregt zu.

Er aber wandte sich ohne ein Zeichen des Erkennens ab und schlurfte langsam weiter.

Seine eigene Mutter hätte ihn nicht erkannt, dachte sie lächelnd. Er war also gekommen. Er war ihretwegen gekommen ... oder wegen seines Pferdes. Oder vielleicht, wenn sie Glück hatte, um sie beide herauszuholen.

Wie konnte sie an den zerlumpten alten Bettler herankommen? Wie hatte er es fertiggebracht, daß ihn der Torhüter Arthur eingelassen hatte? Welche List hatte er sich diesmal ausgedacht? Ach, Roland, dachte sie. Und zum erstenmal seit fast zwei Monaten war ihr Schritt wieder leicht und federnd.

Als sie zum Brunnen kam, war der Alte schon weg. Einfach von der Bildfläche verschwunden. Sie war verzweifelt. Hatte sie sich das alles nur eingebildet? Daria holte tief Atem und drehte sich um. Es war ihr gleich, wenn ihr neues Kleid jetzt so schmutzig wurde wie die zerfetzten Lumpen des Alten. Ihr war jetzt alles gleich. Sie mußte ihn finden!

Roland stand im Schatten einer Unterkunftsbaracke und sah, wie sie mit schleppendem Schritt in den großen Saal zurückging. Sie hatte ihn auf den ersten Blick erkannt. Es war eigentlich unmöglich, und doch war es so. Sie hatte ihn selbst aus dieser Entfernung sofort erkannt. Es brachte ihn völlig durcheinander – er konnte es nicht verstehen, und er konnte sich damit nicht abfinden. Sein Herz pochte. Sein Leben hing von seiner guten Verkleidung ab. Aber er hatte sie keinen Augenblick täuschen können ...

Um sie weiterhin im Blickfeld zu behalten, bewegte er sich auf das Küchenhaus zu. Einer der Küchenhelfer kam ihm um die Ecke entgegen, und Roland duckte den Kopf tiefer.

Sie hatte ihn erkannt! Wie war das möglich? Würde sie ihn verraten? Wahrscheinlich nicht. Von Otis, einem der Stallknechte, hatte er erfahren, daß der Graf von Clare sie zur Ehe zwingen wollte. In einer Burg wußten immer alle über alles Bescheid. Er hatte den Leuten den ganzen Tag über heimlich zugehört, und keiner hatte dem alten Bettler Beachtung geschenkt. Clare sollte sie, während er zu einem kriegerischen Unternehmen ausgeritten war, viele Wochen lang in einem Turmzimmer unter Verschluß gehalten haben. Roland fluchte. Wäre er doch schon früher hergekommen! Aber jetzt war es zu spät, sich Vorwürfe zu machen. Heute abend sollte sie mit Clare getraut werden. Der König würde erst morgen auf Tyberton eintreffen. Doch morgen war es für sie alle zu spät.

Bis dahin hatte Clare sie bereits geheiratet und hatte mit ihr geschlafen. Selbst der König konnte sie ihm dann nicht mehr wegnehmen, weil sie seine rechtmäßige Frau war und er sie entjungfert hatte. Roland konnte sich vorstellen, daß er als Gatte Darias auch irgendwie an die Mitgift herankommen würde. Ob der Graf schon vorher mit ihr geschlafen hatte? Ganz sicher. Was hätte ihn davon abhalten können? Er hatte ja keinen Priester mehr, der ihm das verwehren konnte.

Wieder fluchte Roland. Sie waren so nahe dran gewesen – beinahe wäre ihnen die Flucht gelungen. Wenn er nicht krank geworden wäre … Jetzt war sie keine Jungfrau mehr … durch seine Schuld. Bei dieser Sachlage mußte er seine Pläne völlig ändern. Nun, daran war er gewöhnt. Er konnte rasch umschalten. Diese Fähigkeit hatte ihm schon früher manchmal das Leben gerettet. Vielleicht konnte er Daria doch noch retten.

Ena war höchst zufrieden. In wenigen Stunden würde ihre kleine Herrin den mächtigen Grafen von Clare heiraten! Die Braut war ein wenig dünn, aber sonst sah sie in dem blaßrosa Seidenkleid mit dem etwas dunkleren Überrock sehr schön aus. Zum Anbeißen. Eine würdige Burgherrin auf Tyberton. Ja, Ena war sehr zufrieden.

Daria trug die Haare lang und wallend. Nach alter Sitte bedeutete dies, daß sie unberührt in die Ehe trat. Ena hatte darauf bestanden, und Daria hatte sich jeder Bemerkung enthalten, auch wenn sie das Haar lieber als Zopfkrone um den Kopf getragen hätte. Was hätte der Graf wohl dazu gesagt?

»Ich merke, wie aufgeregt Ihr seid«, sagte Ena. »Ja, jetzt werdet Ihr den hübschen Priester vergessen und Euch mit Eurem Los abfinden. Der Kerl hat Euch verlassen und ohne den Grafen wärt Ihr jetzt tot oder noch was Schlimmeres. Nein, Ihr braucht mir nichts vorzuschwindeln! Ich habe immer geahnt, daß Ihr von hier fliehen wolltet. Aber nun ist alles so gekommen, wie es sein soll. Ihr seid eine kleine Lady und verdient was Besseres als einen Priester, und wenn er noch so gut aussieht. Da Ihr Ralph von Colchester nicht kriegen könnt, kriegt Ihr eben den Grafen. Ja, nun ist alles wieder gut.«

Daria senkte die Lider. Die Alte bekam vieles mit. Auch wenn es nicht immer ganz stimmte, wenigstens nicht in diesem Fall, wollte sie verhindern, daß Ena dem Grafen zuflüsterte, sie wäre bereit und könne es kaum noch erwarten und ... Möglicherweise könnte der Graf sich dann von seinem Eid entbunden fühlen und sie schon vor der Trauungszeremonie vergewaltigen.

Wo war Roland jetzt? Wieder überfiel sie die alte Furcht, er wäre nur wegen seines Kampfrosses gekommen. Ja, so mußte es sein. Er würde es nicht noch einmal riskieren, sie auch zu befreien. Selbst die Belohnung war da nicht Anreiz genug. Der Graf hatte recht. Aber wie wollte der alte Bettler das Pferd aus der Burg stehlen?

»Euer Schleier, kleine Herrin!«

Der Schleier! Daria besah sich das dicke goldene Diadem, an dem der Gazeschleier hing. Durch den Schleier würde sie alles nur verschwommen sehen. Auch den Grafen. Dann könnte sie sich einbilden, es wäre ...

»Gib ihn her!«

Es klopfte an der Zimmertür. Bevor Daria antworten konnte, ging die Tür auf, und zwei Frauen kamen herein. Daria kannte nur die Jüngere. Die Ältere war ihr unbekannt. Die beiden waren schnell und verstohlen hereingeschlüpft.

»Was ist los? Was wollt ihr?« Sie hatte es kaum ausgesprochen, da fühlte sie wieder seine Gegenwart. Sie fuhr auf und starrte die beiden Frauen an.

Mit gesenktem Blick sagte die ältere Frau: »Ich wollte Euch nur sagen, kleine Herrin, daß der Graf überall rumkrakeelt und allen erzählt, er werde sich in dem Augenblick auf Euch stürzen, da der Priester Euch zu seiner Frau erklärt hat.«

»Ich bin bereit«, erklärte Daria in höchster Erregung. »Nehmen wir Ena mit?«

Die ältere Frau schüttelte den Kopf.

Und dann sah Daria, wie Roland den Arm um Ena legte und sie an sich zog. Er versetzte ihr einen leichten Faustschlag ans Kinn, und Ena fiel zu Boden. »Schnell, fessle sie, Daria! Wahrscheinlich weißt du schon, daß sie auf die Seite des Grafen übergelaufen ist. Wir können uns kein Risiko erlauben.«

Die andere Frau war Tilda, die blutjunge Tochter des Burgschmieds. Sie zählte ganze vierzehn Jahre und war so schön, daß alle Männer stehenblieben und ihr nachschauten, wenn sie ihr begegneten. Sie war ein wenig größer als Daria, ein bißchen blonder, aber im Hochzeitskleid und unter dem Schleier . . .

»Sie will es so haben«, sagte Roland kurz mit Blick auf Tilda. »Schnell, zieh das Hochzeitskleid aus! Ich werde die Alte inzwischen selber fesseln.«

Wenige Minuten später war Daria schon dabei, den Schleier vor Tildas schönem Gesicht zu ordnen. Das junge Mädchen zitterte vor Aufregung. Daria machte sich Sorgen um sie. Tilda war von bäuerlicher Herkunft. Was würde der Graf mit ihr machen, wenn er den Betrug entdeckte?

»Daria, zieh dir schnell die Knabensachen an! Und du mußt auch noch deine Haarflut zu einem Zopf flechten.«

»Ach, Roland, was bist du für eine besorgte Mutter!«

Roland fragte: »Hast du dich durch meine Maskerade überhaupt nicht täuschen lassen?«

»Nicht einmal, als du mir als elender alter Bettler zugelächelt und deine fauligen schwarzen Zähne entblößt hast.«

Und das erinnert ihn an den Tag, an dem er ihr zum erstenmal begegnet war. Mit welchem Erstaunen sie ihn, den Priester, angesehen hatte. Ihr *wissendes Erkennen.* Und doch hatten sich seine Verkleidungen immer als narrensicher erwiesen. Andererseits war Daria eben besonders scharfsichtig. Er fesselte die Zofe und schob sie unters Bett. Dann hielt er vor der Zimmertür Wache, bis Daria herauskam. Sie berührte ihn am Arm. »Ich bin bereit.«

Sie lächelte dabei, und in ihren Augen las er, daß sie ihm bedingungslos vertraute. Aber es lag noch mehr in ihrem Blick. Irgendwie war sie anders geworden . . .

»Tilda, du nimmst den Schleier erst dann ab, wenn der Graf es ausdrücklich verlangt! Hast du verstanden?«

Das Mädchen nickte. Sie war glücklich! »Vielen Dank, Tilda.« Daria umarmte sie kurz, drehte sich um und nahm Rolands Hand.

Alle Burgbewohner hielten sich an diesem Tag im Freien auf, denn das Wetter war warm und trocken, und der Graf von Clare hatte so viele Bierfässer und Speisen auffahren lassen, wie die meisten im ganzen Jahre nicht zu sehen bekamen. Laute Zurufe und wilde Späße unterstrichen die fröhliche Stimmung. Der Graf ließ sich jedoch nicht blicken.

Roland trat so gelassen auf, als wäre er der Papst persönlich. Er schlenderte, Daria im Schlepptau, durch die Menge, knüpfte hier und da ein Gespräch an, was Daria jedesmal heftiges Herzklopfen bereitete, und neckte die Krieger mit spaßhaften Bemerkungen, wie sie zu seiner Rolle als mütterliche alte Frau paßten.

So kamen sie bis an die Tore. Der Torhüter Arthur grinste über das ganze Gesicht. Einen Bierkrug in der fleischigen Hand, winkte er sie hindurch, ohne sie genauer anzusehen oder ihnen eine Frage zu stellen.

Daria zog Roland am Ärmel seines Frauengewandes. »Dein Pferd! Cantor!«

Roland sah sie zornig an. »Psst!«

Dann waren sie außerhalb der Burgmauern. Roland nahm sie an die Hand und verfiel in schnellen Schritt.

»Aber Roland, du hast ja Cantor dagelassen.«

»Nur für kurze Zeit.«

»Der Graf hat immer gesagt, du würdest kommen, um dir Cantor zu holen, aber nicht meinetwegen. Doch ich habe gebetet, daß du mich auch mitnehmen würdest.«

»Du hast eben vergessen, daß ich für dich noch viel Geld in Reymerstone zu erwarten habe. Wenn ich deine Hochzeit mit dem Grafen zugelassen hätte, würde ich keinen Penny bekommen.«

Diese Worte versetzten ihr einen schmerzhaften Stich ins Herz. »Ich bin also immer noch nichts anderes für dich als eine wertvolle Ware, die du abzuliefern hast und danach vergißt.«

»Und du hast mich bei diesem anmaßenden Weib Romila meinem elenden Schicksal überlassen. Na, wenigstens hast du mir nicht mein ganzes Geld gestohlen. Sonst hätte ich Romila für ihre Dienste mit meinem armen Körper bezahlen müssen. Sie wollte ja unbedingt, daß ich mit ihr schlafe. Ich mußte sie anflehen, daß sie meine Kleider herausrückt.«

»Du vergißt, daß ich dich gerettet habe!«

»Deine Lügengeschichten kannst du mir später erzählen. Jetzt halt den Mund und geh etwas schneller! In dem Wäldchen da vorn habe ich ein Pferd versteckt.«

»Wohin reiten wir?«

»Natürlich zum König und der Königin von England. Wohin denn sonst?«

Edward und Eleanor starrten entgeistert die alte Frau an, die an der schmutzigen Hand einen Jungen am Arm hielt.

»So, hier ist er, Sire! Seit ich ihm gesagt habe, daß der König ihn sehen will, bläht er sich wie ein Pfau.«

Edward lachte. Die Königin sah ihn nur erstaunt an. »Ich verstehe nicht, Mylord. Soll das ...«

»Ja«, sagte Edward, »das alte Weib ist unser Roland, und er hat einen Sohn mitgebracht.«

»Eure Hoheit«, sagte Roland, jetzt nicht mehr mit verstellter Altweiberstimme, »dies ist Daria, die Tochter von James of Fortescue, und Nichte von Damon Le Mark, dem Grafen von Reymerstone. Soeben habe ich die Lady zum zweiten Mal befreit, und ich hoffe inständig, es war auch das letzte Mal. Der Graf von Clare wollte sie liebend gern besitzen.«

Überwältigt von ihren Gefühlen, konnte Daria nur einen Knicks machen, der in ihrer Jünglingskleidung ungeschickt wirkte.

»Euer Vater war ein prächtiger Mann, Daria«, sagte der König herzlich. »Wir haben ihn sehr betrauert. Was Euch angeht, Roland, so beglückwünsche ich Euch zu dieser Verkleidung. Sehr wirkungsvoll! Doch in meinem Bett möchte ich Euch nicht haben.«

»Na, ich weiß nicht«, sagte Eleanor nachdenklich. »Er gibt eine gute Frau ab, die große Erfahrung mit Männern zu haben scheint. Abgesehen von den dunklen Bartstoppeln am Kinn würde er eine feine Bettgenossin sein.«

Roland feixte. Er bemerkte, daß die Königin wieder ein Kind im Leibe trug. »Ich danke Euch beiden, daß Ihr uns bei Euch aufnehmt. Jetzt würde ich mich aber gern wieder in einen Mann verwandeln, und Ihr gestattet wohl, Eure Hoheit, daß die junge Daria sich mit Kleid und Bändern schmückt?«

»Aber sicher«, sagte die Königin. »Kommt, mein Kind!«

Erst am späten Nachmittag sah Daria Roland wieder. Er trug wieder Männerkleidung und sah so schön aus, daß sie am liebsten zu ihm gelaufen wäre und ihm gesagt hätte, wie sehr sie ihn liebte. Doch er unterhielt sich gerade mit einigen Kriegern des Königs. So wartete sie, bis die Soldaten sich entfernt hatten. Dann erst ging sie zu ihm. Er wandte sich um und erstarrte. Wie sie ihn ansah! So zärtlich, intim und ... voll Liebe.

Er trat einen Schritt zurück. »Alles in Ordnung?«

»Ja«, sagte sie glücklich. »Meinst du, daß der Graf jetzt schon mit Tilda verheiratet ist? Er wird ihr doch nichts Böses tun, oder?«

»Ich nehme an, er wird sie zu seiner Geliebten machen.«

»Bist du wieder ganz gesund, Roland? Ich habe mir solche Sorgen um dich gemacht. Ich wußte zuerst gar nicht, was ich tun sollte, als mir der Stallmann in Wrexham sagte, daß sich zwei Männer des Grafen für Cantor interessierten.«

»Ach, so war das«, sagte er. »Ich habe damals überhaupt nicht begreifen können, warum du ohne ein Wort plötzlich weggeritten bist. Ich machte mich sofort auf die Suche, kam auch noch die Treppe hinunter, bin dann aber zusammengebrochen.«

Sie streichelte über seinen Arm. Er fragte betroffen: »Daria, was ist mit dir los?«

Sie sah ihn liebevoll an, ließ ihn dann abrupt los und wandte sich ab. »Nichts. Was soll jetzt werden? Woher kennst du den König und die Königin? Ihr scheint befreundet zu sein. Ich habe gehört, daß wir morgen nach Tyberton reiten. Wie ist das möglich? Der Graf wird ...«

»Glaube mir, es wird alles gut werden«, sagte er. »Ich bekomme auch mein Kampfroß zurück. Und du wirst bald auf dem Rückweg nach Reymerston sein.«

Die Königin wußte inzwischen von Darias Gefühlen für Roland. Sie hatte Daria nur danach gefragt. Das Mädchen hatte ihr sofort ihre Liebe zu dem Ritter gestanden. Instinktiv nahm Eleanor an, daß Roland ihre Gefühle erwiderte. Das Mädchen war hübsch, reich und ... Beim Abendessen fragte ihn die Königin nach einem Schluck Süßwein aus Aquitanien: »Wollt Ihr sie schon vor unserer Abreise nach Tyberton heiraten, damit der Graf uns nicht gleich die Ohren volljammern kann?«

Roland fiel die geschmorte Rinderrippe aus der Hand. Dann sagte er schnell: »Eure Hoheit, ich gedenke, Daria zu ihrem Onkel zurückzubringen. Unversehrt und jungfräulich, so wie ich es ihrem Onkel versprach. Ich fürchte, Ihr seid einem Mißverständnis erlegen.«

Eleanor blickte fragend auf den König. Edward machte ein ernstes Gesicht. »Ich verstehe Euch nicht, Roland. Ihr seid ein Ehrenmann und mein Freund. Zwar habt Ihr den Auftrag angenommen, Daria zurückzubringen. Doch inzwischen hat sich die Lage geändert. *Ihr* seid selber die Ursache dafür, denn Ihr habt ... nun, lassen wir das jetzt beiseite. Doch es muß Euch doch klar sein, daß ihr Daria jetzt nicht mehr zurückbringen könnt. Ihr habt die Verantwortung für sie. Sie ist eine Lady, Roland, *Eure* Lady ...

Roland verstand überhaupt nichts mehr. »Ich weiß gar nicht, wovon Ihr sprecht«, sagte er und sah Daria scharf an. »Selbstverständlich bin ich für sie verantwortlich. Das habe ich niemals in Absprache gestellt. Und ich bleibe so lange für sie verantwortlich, bis ich sie bei ihrem Onkel abgeliefert habe.«

Daria sah erst den König, dann die Königin an. Sie wollten, daß Roland sie heiratete? Und alles nur, weil sie der Königin gestanden hatte, daß sie ihn liebte? Sogar sie wußte, daß Liebe doch gar nichts damit zu tun hatte. Nicht wenn dabei eine so große Mitgift wie ihre im Spiele war.

Sie räusperte sich. Das Gesicht des Königs hatte sich gerötet. Bevor er ihr ins Wort fallen konnte, sagte sie: »Nein, Eure Hoheit, ich denke nicht daran, Roland zu bitten, er solle mein Mann werden. Ich gebe zu, daß ich vorübergehend in ihn verliebt bin, aber das hat gar nichts damit zu tun. Bitte, verärgert ihn nicht, nur weil ich zu Euch von meinen Gefühlen gesprochen habe! Ich werde versuchen, es ihm auszureden, daß er mich zu meinem Onkel zurückbringt. Vielleicht ergibt sich eine Gelegenheit für mich, auszurücken.«

»Aber mein liebes Kind«, begann die Königin, hielt jedoch gleich inne, als der König in kaltem Ton sagte: »Roland, Ihr könnt doch Eure ehrenhafte Gesinnung nicht ganz verloren haben. Ihr müßt einsehen ...« Die Königin flüstere ihm etwas ins Ohr. Plötzlich funkelten Edwards Augen.

Mit freundlicher Stimme sagte Eleanor zu Daria: »Meine Liebe, habt Ihr es ihm denn nicht gesagt?«

Roland sprang auf. »Das geht zu weit! Bei allen Heiligen, was ist denn hier eigentlich los?«

»Ruhe, Roland!« sagte der König.

Auch Daria wäre gern aufgesprungen und hätte genauso laut geschrien wie Roland. Was wurde hier gespielt? »Ich verstehe überhaupt nichts mehr, Eure Hoheit. Wenn Ihr wissen wollt, ob ich ihm gesagt habe, daß ich ihn gern habe – nein, ich habe es ihm nicht gesagt. Ich wußte ja, daß ich ihm gleichgültig bin.«

»Verdammt noch mal, Daria! Was soll das heißen, daß du mir gleichgültig wärst?«

Der König gab Roland einen Stoß vor die Schulter. »Ihr seid ein mannhafter Krieger, im Bett so stark wie auf dem Schlachtfeld, Roland. Und nun habt Ihr eine Frau für Euch gefunden. Sträubt Euch nicht länger gegen Euer Schicksal! Die Königin und ich werden Pate stehen, und Ihr ...«

»Mannhaft? Was soll das heißen, was wollt Ihr damit ...« Roland brach plötzlich ab und sah Daria an. Alle Farbe war aus ihrem Gesicht gewichen. »Sag es mir!« forderte er sie auf. »Sag es sofort! Sag mir, was hier gespielt wird!« Er fühlte sich bis in die tiefste Seele elend.

»Sie ist schwanger«, sagte die Königin.

Roland war wie vor den Kopf geschlagen. Schwanger! »Bei allen Heiligen, wer war es?«

Daria schüttelte ablehnend den Kopf, aber die Königin gab alle Zurückhaltung auf. »Ihr natürlich, Roland!« sagte sie scharf.

»Ich? Aber das ist unmöglich. Ich habe sie nie ...« Wieder brach er ab. Jetzt war ihm alles klar. Der Graf hatte zwei Monate Zeit gehabt, sie zu vergewaltigen. Und bestimmt hatte er sich an ihr vergangen, wann immer er Lust dazu verspürte. Das Mädchen war schwanger, und der Graf von Clare war der Vater ihres Kindes! Er meinte an dem Haß auf diesen Mann fast zu ersticken. Und verdammt noch mal, Daria hatte ihm kein Wort davon gesagt, nicht mal eine Andeutung gemacht! Er holte tief Luft und sagte, zum König gewandt: »Verzeiht, Sire, aber ich würde gern mit Daria unter vier Augen sprechen. Wie Ihr und die Königin inzwischen wohl bemerkt habt, habe ich von alldem nichts geahnt. Daria, komm mit nach draußen!«

Sie gehorchte ihm auf der Stelle. Mit gesenktem Kopf folgte sie ihm, als ginge sie zu ihrer Hinrichtung.

Der König schaute dem Manne nach, den er seit sechs Jahren kannte, der im Heiligen Land unermüdlich für ihn gearbeitet, der mit jedem Atemzug, mit jedem Wort, das er auf arabisch sprach, sein Leben aufs Spiel gesetzt hatte, und dem er grenzenloses Vertrauen schenkte.

Ratlos sah er seine Gattin an. »Hier scheint mir irgendein Problem zu bestehen, Eleanor.«

Die Königin war nicht weniger verwirrt als er. »Ich hatte ihr noch nicht gesagt, daß sie schwanger ist. Ich wollte sie nicht in Verlegenheit bringen. Allerdings nahm ich an, daß sie es wüßte und daß Roland ihr Liebhaber ist. Ich würde sagen, daß sie das Kind vor etwa zwei Monaten empfangen hat. Aber es ist alles so merkwürdig. Offenbar ist ihr nie übel geworden, brauchte sich nie zu erbrechen, und daher hat sie nichts gemerkt.«

»So merkwürdig ist das gar nicht«, versetzte der König. »Bei unserem ersten Kind hat dich auch erst eine deiner Hofdamen darauf aufmerksam gemacht, daß du schwanger warst.«

»Das stimmt, Mylord. Bei allen Heiligen, was sollen wir machen? Ich wußte doch nicht, daß sie beide keine Ahnung davon hatten.«

»Sie werden heiraten, wie es sich gehört. Sie sind ranggleich, beide jung und bei bester Gesundheit.«

»Und sie liebt ihn.«

Mit einer Handbewegung bedeutete ihr der König, daß dies nebensächlich sei. »Roland wird zur Besinnung kommen, ihm bleibt ja keine Wahl, und grausam oder ungerecht ist er jedenfalls nicht. Sie ist eine Lady und reiche Erbin. Sie wird ihm eine Mitgift einbringen, mit der er Burg und Land in Cornwall erwerben kann, wie er es sich gewünscht hat. Eine gute Lösung. Ich könnte ihn sogar schon bald in den gleichen Rang erheben, den sein sauertöpfischer Bruder als Graf von Blackheath innehat.«

Die Königin interessierte sich mehr für die romantische Seite der Angelegenheit. »Das Mädchen liebt ihn mehr als ... nun ich möchte sagen, sie liebt Roland de Tournay so sehr wie ich dich liebe, mein Gatte.«

»Ah, gut, das müßte wohl für eine gute Ehe genügen«, sagte der König und lehnte sich zufrieden zurück.

Draußen standen rund um das Königs Zelt mehrere Dutzend Soldaten. Roland zog Daria mit sich und machte erst am äußeren Rand des Lagers Halt. »Nun rede, Daria!«

»Ich verstehe nicht, wie die Königin ... Vielleicht irrt sie sich, denn mir war niemals übel oder ... Es muß sehr kompliziert sein ...«

»Schwanger zu werden ist die einfachste Sache der Welt! Dazu genügt, daß ein Mann eine Frau begattet, das ist alles!«

»Jedenfalls wußte ich nichts davon! Die Königin muß an mir Anzeichen bemerkt haben, die mir nicht aufgefallen sind.«

Sein Griff um ihren Arm wurde härter. Sie zuckte, gab aber keinen Ton von sich. »Also schön, du wußtest nicht, daß du schwanger bist. Jetzt weißt du es aber. Es stimmt doch, nicht wahr? Du hast keine Monatsblutung mehr gehabt? Sind deine Brüste angeschwollen?«

Sie schüttelte den Kopf. Sie wußte, er würde nicht locker lassen, er würde sie mit Fragen überschütten, bis sie ihm die volle Wahrheit erzählte. Ach, die Wahrheit! Gerade die würde er nicht glauben. Er hatte ja keine Erinnerung an diese Nacht. Was sollte sie tun?

»Nun gut. Du wirst mir nichts vorlügen. Lügen nützen uns beiden nichts mehr. Der Graf hat mit dir geschlafen, bevor ich dich wieder befreien konnte, nicht wahr? Ich hatte schon damit gerechnet, weil kein Priester mehr da war, der versuchen konnte, ihn davon abzuhalten. Du trägst sein Kind im Bauch. Warum hast du mir nicht gesagt, daß er dich vergewaltigt hat? Warum nicht? Du weißt, daß ich dich trotzdem befreit hätte, wenn du den Wunsch gehabt hättest.«

»Der Graf hat mir nie Gewalt angetan«, sagte sie leise und dumpf.

»Verflucht noch mal, Daria! Frauen sind geborene Lügnerinnen, und wir Männer fallen immer wieder auf sie herein. Ich war der größte Dummkopf. Bei allen Heiligen, noch heute nacht bringe ich dich zum Grafen von Clare zurück! Wenn du sagst, daß er dich nicht mit Gewalt genommen hat, dann mußt du dich ihm freiwillig hingegeben haben. Nun wundert es mich auch nicht mehr, daß du mich in Wrexham im Stich gelassen hast. Vorher war es dir nicht möglich gewesen. Aber da hast du die Gelegenheit benutzt, weil ich krank war. Werde ich denn nie klug werden?«

»Offenbar nicht.«

Wutentbrannt fuhr er sie an: »Ich verstehe nur nicht, warum du überhaupt das zweite Mal vor ihm ausgerückt bist. Du mußt doch schon daran gewöhnt sein, mit ihm zu schlafen. Oder wolltest du, daß ich ihn dafür bestrafe? Ich werde aus dir einfach nicht schlau. Sag mir, warum du mit mir geflüchtet bist! Warum?«

10

»Der Graf hat mich nicht vergewaltigt, und ich habe mich ihm auch nicht freiwillig hingegeben. Er hatte geschworen, mich bis zur Hochzeit nicht anzurühren, und den Schwur hat er gehalten. Das Kind ist nicht von ihm.«

Roland sah sie fassungslos an. Er hatte sie für ein argloses, offenherziges, unschuldiges Mädchen gehalten. Von wem war denn nun das Kind? Er war doch ständig mit ihr zusammen gewesen, abgesehen von der Zeit seiner Krankkeit in Wrexham. Warum wollte sie nicht zugeben, daß der Graf sie vergewaltigt hatte? Meinte sie, er würde ihr deswegen gram sein? Aber sie behauptete ja sogar, er habe sie nicht angerührt.

Kopfschüttelnd fragte er sie: »Wer war es dann?«

Sie sah ihm gerade in die Augen. Die Zeit der Täuschung war vorbei. Er wollte die Wahrheit hören. Nun gut, dann würde sie sie ihm sagen. »Du warst es.«

Er lachte laut, und sie fuhr zurück. Dann überlegte er laut: »Mit solchen Lügen kommst du nie durch, Daria. Ein Mann weiß, ob er mit einer Frau geschlafen hat oder nicht. Das ist schließlich etwas anderes als ein Rülpser. Wann wird denn das Kind zur Welt kommen?«

»Das könnte ich schnell ausrechnen. Ich kenne ja den genauen Tag der Empfängnis.«

»Und wann genau war der Tag?«

»Vor über zwei Monaten in Wrexham.«

Da hatte er nicht auf sie aufpassen können, weil er schwerkrank gewesen war. »Hat man dich dort vergewaltigt? Du bist allein weggegangen, und ein Mann hat dich überfallen? Du kannst es mir ruhig sagen, Daria. Komm, sag es mir!

»Nein. Du hast mich nicht mit Gewalt genommen.«

»Ich sage dir noch einmal, du sollst keine Märchen erzählen!«

»Während deiner Krankheit hattest du Fieberträume. Du träumtest von einer Frau – nein, von zwei Frauen – mit denen du früher einmal im Heiligen Land geschlafen hast. Ich ... nun, weil ich dich so lieb hatte, wollte ich, daß kein anderer Mann mich zur Frau machen sollte als du.«

»Du willst mir einreden, ich hätte dich entjungfert und könnte mich nicht mehr daran erinnern?«

»Du hieltest mich für Leila.«

Er prallte zurück. »Leila«, sagte er leise. »Kann sein, daß sie mir im Fiebertraum erschienen ist. Aber das ist absurd, ich könnte sie unter keinen Umständen je mit dir verwechseln. Du hast nicht die geringste Ähnlichkeit mit ihr.«

»Nein«, sagte sie traurig und wandte sich ab, »denn du schienst sehr viel für sie übrigzuhaben. Und da war auch noch Cena.«

»Cena«, wiederholte Roland kopfschüttelnd. Das war doch Wahnsinn. Sie machte ihm etwas vor. »Hör mir mal gut zu, Daria! Ich kann mich an nichts erinnern, und das ist nicht gelogen. Vor allem aber kann ich nicht glauben, daß eine Lady, eine unberührte Lady, mir gestattet, ja sogar Hilfe dabei leistet, ihr die Jungfernschaft zu nehmen, ohne daß ich mit ihr verheiratet bin. Wie oft habe ich – ein Mann im Fieberwahn, schwerkrank, aber anscheinend noch geil wie ein Bock – wie oft habe ich dich denn genommen?«

»Nur einmal.«

»Aha. Und bei dem einen einzigen Mal wurdest du schwanger?«

»Ja.« Daria konnte es jetzt selber kaum noch glauben.

»Und du erwartest von mir, daß ich dir das glaube? Wirklich? Warum machst du so was mit mir? Was habe ich dir getan? Womit habe ich das verdient? Ich bezweifle ja nicht, daß ich im Fieberwahn glaubte, an anderen Orten mit anderen Menschen zusammenzusein, und daß ich von Menschen aus meiner Vergangenheit gesprochen habe, möglicherweise auch von Leila und Cena.«

Sie sah ihn nur müde an. Sie hatte nichts mehr zu sagen. Sie konnte es ihm nicht beweisen, sie hatte nichts mehr vorzubringen.

»Nein, Daria. Ich habe genug von deinen Lügen. Und jetzt hast du auch noch den König und die Königin mit deinem unschuldigen Charme umgarnt, obwohl wir beide wissen, daß kein Wort davon stimmt. Du stellst mich als Schurken, als gewissenlosen Lügner hin.«

»Ich habe nur die Wahrheit gesagt.« Er sah sie haßerfüllt an, und dieser Blick tat Daria so weh, daß sie es nicht mehr ertragen konnte. Sie drehte sich um und rannte weg. Sie achtete nicht darauf, wohin sie rannte. Sie wollte nur weg von diesem Mann, der sie haßte und sie verachtete, weil er sie für eine Lügnerin hielt.

»Verdammt noch mal, ich bin noch nicht fertig!«

Sie bekam Seitenstiche, rannte aber immer weiter. Plötzlich schloß sich seine Hand um ihren Arm. Sie schrie auf, drehte sich um und hämmerte mit den Fäusten gegen seine Brust. »Laß mich los! Was kümmert es dich, wo ich hin will? Oder was ich vorhabe?«

»Es interessiert mich nicht«, sagte er, nun wieder in ruhigem Ton. »Das heißt, das stimmt nicht ganz. Es interessiert mich doch. Denn ich habe dir schon einmal gesagt, daß dein Onkel dich nicht zurückhaben will, wenn du keine Jungfrau mehr bist. Und es ist ganz leicht, das festzustellen, wie du weißt.«

Sie schloß gequält die Augen, als sie sich daran erinnerte, wie der Graf den Finger in ihren Schoß gesteckt und gegen das Jungfernhäutchen gedrückt hatte.

»Wenn du jetzt also zu deinem Onkel zurückkämst, würde er dich töten. Denn da er nun keine Ländereien mehr von Ralph von Colchester zu erwarten hätte, würde er deine Erbschaft an sich reißen wollen. Ist das der Grund dafür, daß du dir dieses Märchen ausgedacht hast? Du willst doch nur deine Haut retten.«

Sie erbleichte.

Sein Blick war brutal. »Bisher warst du für mich ein Auftrag, den ich zu erfüllen, ein wertvoller Gegenstand, den ich dem rechtmäßigen Besitzer wiederzubringen hatte. Doch jetzt bist du völlig ohne jeden Wert.«

»Hör auf!« Sie hielt sich die Ohren zu.

Er zog ihr die Hände weg. »Sag mir die Wahrheit, Daria!« Er schüttelte sie. »Ich schwöre dir, daß ich dir helfen werde. Aber du mußt mir die Wahrheit sagen.«

»Ich *habe* dir die Wahrheit gesagt. Du hattest hohes Fieber. Zuerst hieltest du mich für eine Frau, die du Joan nanntest. Du schriest mich an und sagtest, daß ich dich betrogen hätte. Dann fingst du an in dieser fremden Sprache zu reden, nanntest mich Leila und wolltest, daß ich mich auf dich lege und dir helfe, in mich einzudringen. Ich wußte nicht, wie du das meintest, aber du hast es mir gezeigt. Dann wolltest du an meinen Brüsten saugen und hast geschimpft, weil ich noch angekleidet war und du mich nackt haben wolltest.«

»Und da hast du dich beeilt, dir die Sachen vom Leibe zu reißen, um alle meine Wünsche zu erfüllen«, sagte er voll hämischer Ironie. »Aber ein unschuldiges junges Mädchen würde sich nie von einem Mann befehlen lassen, ihre Jungfernschaft zu opfern.«

»Danach hast du von Cena gesprochen, sagtest aber, du seist zu müde, um dich noch mit ihr abzugeben.«

Im Fieberwahn konnte ein Mann über alle möglichen Erinnerungen oder Gespenster faseln. Aber er war in diesem Zustand nie so stark, daß er eine Jungfrau zwingen konnte, sich ihm hinzugeben.

»Jetzt habe ich dir die Wahrheit gesagt, Roland. Was ich getan habe, war vielleicht dumm, aber ich lie ... ich wollte, daß du der erste bist. Ich wollte dich erfahren« – *deine Hände auf mir spüren, deine Küsse erleben, von dir umarmt werden ... ich wollte eine unauslöschliche Erinnerung an dich behalten* –, »bevor ich zur Heirat mit Ralph von Colchester gezwungen würde. Ich wollte wenigstens dieses eine Mal meinen Wünschen folgen, denn danach würde mir nicht mehr bleiben.« So, nun wußte er die ganze Wahrheit.

»Nein, du kannst mir nicht weismachen, daß du dich mir hingegeben hast, obwohl ich dich für eine andere hielt, eine andere zu küssen, zu liebkosen und zu fühlen glaubte, während ich deinen Körper nahm. Keine Frau, die ich je gekannt habe, hätte das getan. Und ich habe viele Frauen gekannt, Daria. Eher würde eine Frau den Mann verfluchen und ihm ein Messer in die Rippen jagen.«

»Vielleicht ist es lächerlich. Vielleicht habe ich mich lächerlich gemacht. Ich weiß es nicht. Ich habe ja kaum Erfahrung mit Männern und ihrem Wesen.« Leise und traurig fuhr sie fort: »Ich kenne eigentlich nur mich und das, was ich fühle.« Sie holte tief Luft und platzte dann heraus: *»Rydw i'n garu di,* Roland.«

Er sah sie lange Zeit an. Dann sagte er kühl: »Verlogenes Biest«, wandte sich ab und ließ sie stehen. Über die Schulter rief er noch: »Ich lege nicht den geringsten Wert darauf, dich je wiederzusehen. Geh zu deinem Onkel zurück oder, wenn du Angst vor ihm hast, kannst du auch zum Grafen von Clare gehen. Vielleicht nimmt er dich wieder, wenn er Tildas überdrüssig geworden ist.«

Er zwang sich weiterzugehen und keinen Blick zurück zu werfen. Sie liebte ihn ja nicht. Was sie gesagt hatte, war für ihn unbegreiflich. *So unbegreiflich wie die Tatsache, daß sie ihn in jeder Verkleidung auf der Stelle erkannt hatte.* Wer hatte ihr eigentlich gesagt, was ›Ich liebe dich‹ auf walisisch hieß? Nun, gleichviel.

Jetzt mußte er dem König und der Königin irgendeine Erklärung geben. Sie durften aber nicht den Eindruck gewinnen, daß Daria eine leichtsinnige Hure wäre ... Was sollte er sagen?

»Der Graf von Reymerstone würde mich umbringen, und ich könnte ihm nicht mal einen Vorwurf machen. Und was noch schlimmer ist, er würde auch sie ohne Bedenken gnadenlos töten.«

»Ihr seid ja schließlich nicht irgendein Bauer, Roland«, sagte Edward mit einem Achselzucken. »Eure Familie ist ebenso alt wie seine und ...«

Roland fiel dem König ins Wort. »Ihr habt mich nicht verstanden, Sire. Der Mann wollte unbedingt, daß Daria Ralph von Colchester heiratet, denn in diesem Falle würde er die Ländereien erhalten, die seinen Besitz abrunden, so wie er es sich immer gewünscht hat.«

»Demnach hat der Graf von Clare sie verführt?«

Roland nickte.

»Das ist eine verworrene Geschichte mit vielen unerwarteten Wendungen. Wißt ihr, woran sie mich erinnert, Roland? An die Märchen, die Ihr schon manchen Leuten aufgetischt habt. Nur daß diese Geschichte immer noch ein gutes Ende nehmen kann. Es liegt allein an Euch.«

»Ihr glaubt mir also nicht, wenn ich behaupte, daß ich nicht der Vater ihres Kindes bin? Habe ich Euch je angelogen?«

Der König sah bekümmert drein. »Nein, nie. Aber die Königin ist überzeugt, daß das Mädchen die Wahrheit sagt. Hört einmal Roland, es ist doch nicht ausgeschlossen, daß Ihr sie in dem Glauben genommen habt, sie wäre eine andere?«

»Das kann ich mir nicht vorstellen. Könnt Ihr Euch so etwas vorstellen, Sire?«

»Nein.«

»Außerdem behauptet sie, nach einem einzigen Beischlaf schwanger geworden zu sein. Ein einziges Mal, und schon ist sie schwanger?«

Der König lächelte. »Das passiert häufig. Ich kann es selber bezeugen.«

Roland verfiel in Schweigen. Auch der König schwieg. Er hatte vor, dem Grafen von Clare und allen Markgrafen eine Lektion zu erteilen und ihnen alle Macht zu nehmen. Er, der König von England, wollte allein die Macht in Wales übernehmen, Burgen zu ihrem Schutz erbauen und die verdammten Waliser in die Knie zwingen. Statt dessen mußte er sich hier mit einem Problem beschäftigen, das offenbar nicht zu lösen war – es sei denn ... »Vielleicht gibt es doch einen Ausweg. Wir können das Mädchen bis zur Geburt des Kindes bei uns aufnehmen. Wenn das Kind Ähnlichkeit mit Euch hat, könnt Ihr Daria unbesorgt heiraten. Wenn es dem Grafen von Clare ähnlich sieht – hat er nicht feuerrote Haare? – ist bewiesen, daß er es gezeugt hat.«

»Und was ist, wenn das Kind keinem von uns beiden ähnlich sieht? Oder wenn es nach der Mutter kommt?«

Der König murmelte einen Fluch. »Was meint Ihr dazu, Robbie?«

Robert Burnell, der sich bisher jeder Äußerung enthalten hatte, machte ein ausgesprochen unglückliches Gesicht. »Wollt Ihr eine Meinung hören, die den Standpunkt der Kirche wiedergibt?«

»Legt schon los, Robbie!«

»Die Kirche würde sagen, daß unabhängig von Rang oder angeblicher Unberührtheit die Frau der schuldige Teil ist. Sie würde die Frau verdammen und sie als Hure, Betrügerin und eine Schande für ihre Familie ansehen ...«

»Schweigt still, sag ich Euch!«

»Aber Roland«, verwies ihn der König ruhig, »Ihr behauptet doch, daß es Euer Kind nicht sein kann. Also hat sie gelogen. Robbie, was, meint Ihr, würde Stephen Langton in diesem Fall empfehlen?«

»Er würde zweifellos bestimmen, daß ihr die Mitgift entzogen und sie schimpflich von ihrer Familie verstoßen werde.«

Roland machte ein entsetztes Gesicht. »Das wäre ihr Tod – und der ihres Kindes.«

Achselzuckend gab Robert Burnell zu: »Ja, höchstwahrscheinlich.«

In vier Sprachen fluchend, ging Roland erregt im königlichen Zelt hin und her.

»Sehr gut«, sagte Edward, der ihn scharf beobachtet hatte. Seinem Freund schien das Mädchen keineswegs gleichgültig zu sein. Das brachte ihn auf eine Idee. Laut sagte er: »Ich sehe zwei Möglichkeiten. Die erste: Sie wird zu ihrem Onkel zurückgebracht. Die zweite: Sie wird dem Grafen von Clare wiedergegeben.«

Roland widersprach: »Wenn sie zu ihrem Onkel gebracht wird, bringt er sie um. Wenn der Graf von Clare sie bekommt und es stellt sich heraus, daß er zufällig nicht der Kindesvater ist, bringt auch er sie um.«

»Dann frage ich Euch beide«, sagte der König geduldig, »gibt es noch andere Möglichkeiten?«

Totenstille. Roland hörte draußen einen Soldaten lachen. Er trat vor den König.

Im selben Augenblick wußte Edward, daß Roland sich in das Unvermeidliche schicken wollte. Doch es widerstrebte ihm, seinen Freund in die Ecke zu drängen. Was war, wenn Roland nicht der Vater war?

»Na schön, ich weiß eine andere Möglichkeit. Ich heirate sie.«

Edward hob die Hand. »Doch vorher werde ich mir diesen Grafen von Clare genau ansehen. Man sagt mir große Menschenkenntnis nach. Nun, dann laßt mich dem Grafen von Clare auf den Zahn fühlen! Ich bin sicher, daß ich ihn durchschauen werde. Ich werde ihm ansehen, ob er der Vater ist. Vielleicht will er sie noch immer zur Frau nehmen, und wenn es sein Kind ist, das sie im Leib trägt, dann ...«

»Sie sagt aber, daß sie für den Grafen nur Verachtung empfindet. Ihr würdet sie doch keinem Manne geben wollen, den sie haßt. Glaubt mir, er würde sie ständig mißbrauchen. Und wer wollte ihm Einhalt gebieten, wenn Ihr ihm den Rücken gekehrt habt?«

»Aber wenn sie aus einem uns nicht bekannten Grunde lügt, verdient sie es, so behandelt zu werden, wie er …«

»Ich heirate sie«, wiederholte Roland fest.

Der König wandte den Kopf ab. Roland sollte nicht sehen, wie zufrieden er mit dieser Lösung war. Es war klar, daß Roland dem Mädchen zugeneigt war, unabhängig davon, wer der Kindesvater sein mochte. Und sie würde ihm eine ansehnliche Mitgift eintragen. Er, der König von England, würde dafür sorgen, daß er sie erhielt. Auf ein uneheliches Kind mehr oder weniger kam es nicht an, die Welt war voll von ihnen. Auch seine prächtige Tochter Philippa war unehelich geboren. Edward hoffte, es würde ein Mädchen sein. Dann brauchte Roland seinen Besitz später einmal nicht dem Sohn eines anderen Mannes zu vererben.

»Ja«, sagte Roland mehr zu sich als zu den anderen, »wahrscheinlich hat der Graf sie vergewaltigt und schämt sich jetzt, es zuzugeben.« Aber warum soll ich sie heiraten? *Weil sie dich liebt, deshalb. Und weil sie glaubt, daß ihr keine andere Wahl bleibt.*

Der König nickte Robert Burnell zu. »Schickt Eric zu Ihrer Majestät und laßt ihr mitteilen, daß wir sofort Hochzeit halten werden, sobald Daria verständigt ist!«

Der König leerte sein Glas Wein. »Dieser Wein stammt von Graelam de Moretons Schwiegervater«, sagte er, um das betretene Schweigen zu beenden. »Er ist ausgezeichnet. Roland, Ihr werdet bald Nachbarn sein. Und dann wünsche ich, daß Ihr ein Auge auf meine liebe Tochter Philippa und ihren übelbeleumdeten Gatten haltet. Ja, de Fortenberry ist ein Halunke, aber das Mädchen wollte, wir Ihr wißt, ihn und keinen anderen haben. Sie heiratete ihn, und die Sache war erledigt.«

»Sire, als sie ihn heiratete, wußte sie aber noch nicht, daß Ihr ihr Vater seid. Und außerdem bin ich überzeugt, daß de Fortenberry Euch keine Schande machen wird.«

»Dennoch müssen wir ihn im Auge behalten«, sagte der König und sah schweigend zu, wie Roland sein unruhiges Hin- und Hergehen wieder aufnahm.

Plötzlich blieb er stehen. Die Königin war unerwartet ins Zelt getreten. Sie sah besorgt aus.

Schnell erhob sich der König und ging ihr entgegen. Dann sprachen die beiden leise miteinander.

Seufzend teilte Edward dann Roland mit: »Daria weigert sich, Euch zu heiraten.«

»Was«?

Eleanor erklärte: »Sie weigert sich deshalb, weil Ihr sie für eine Lügnerin haltet und in ihr nichts anderes als einen Gegenstand seht, den Ihr gegen Geld bei ihrem Onkel abliefern wollt. Sie sagt, dann will sie lieber ins Kloster gehen.«

»Vielleicht wäre es das beste«, sagte Edward.

Auf einmal sah Roland sie in dem kleinen walisischen Tal vor sich, wie sie genußvoll die reine Luft einatmete, herumtanzte und sich ihrer Freiheit freute. »Nein!« rief er. »In einem Kloster würde sie trübsinnig werden. Sie ist für ein Leben in Frömmigkeit nicht geschaffen. Es wäre Wahnsinn. Das ist nur ihr Trotz. Diese undankbare Dirne!«

»Aber Roland ...«

»Haltet den Priester bereit! Ich gehe zu ihr, verpasse ihr eine Tracht Prügel und bringe sie dann her. Ist sie in Eurem Zelt, Hoheit?«

»Ja, Roland«, sagte Eleanor knapp.

»Dieses verdammte Weib!« sagte Roland im Hinausgehen. »Sie macht mir mit ihrer Undankbarkeit und ihren Launen das Leben schwer! Ja, ich werde sie dafür verprügeln!«

Als er weg war, stellte die Königin fest: »Jetzt wird alles gut.«

Daria saß allein auf dem dicken flandrischen Teppich im Zelt der Königin und starrte auf das verschlungene lilarote Muster. Ob der König ihr den Eintritt ins Kloster gestatten würde? Und ihr Onkel – würde er sie dann dort unbehelligt lassen? Sie hatte gehört, daß Klöster für die Aufnahme einer Lady ihres Ranges große Summen forderten – sozusagen eine Mitgift, denn sie würde ja die Braut Gottes werden. Aber alles war besser als eine Ehe mit dem Grafen von Clare oder mit Ralph von Colchester. Dann dachte sie an Roland, und Tränen stiegen ihr in die Augen. Doch was geschehen war, ließ sich nicht ändern, und sie allein trug die Verantwortung.

Als er ins Zelt stürmte, hob sie den Kopf. Ihre Miene blieb ausdruckslos. Sie hatte erwartet, daß er kommen würde. Hatte er ihr nicht angeboten, sich zu opfern? Klar, daß er jetzt zornig war, weil sie sein Opfer zurückwies. Aber sie durfte seine Großmut nicht ausnutzen. Es würde sie ehrlos machen.

»Hallo, Roland. Was willst du?«

Ihre ausdruckslose Miene und ihr trüber Blick gefielen ihm gar nicht. Er atmete tief ein, um sich zu beruhigen. Dann sagte er ohne Erregung: »Ich will wissen, warum du der Königin solchen Unsinn erzählt hast.« Er hockte sich zu ihr. »Warum, Daria?« Sein Gesicht war dicht vor ihrem, doch er faßte sie nicht an.

»Du wirst es mir wohl nicht glauben, Roland, aber ich bin tiefreligiös. Ich suche die Wahrheit, und die kann ich nur im Kloster finden. Außerdem will ich noch nicht sterben. Du hast mir ja selber ausgemalt, was mit mir geschehen würde, wenn du mich zu meinem Onkel zurückbringst. Er würde mich umbringen, um an mein Erbe heranzukommen. Und ich weiß ganz sicher, daß der Graf von Clare, wenn man ihn zur Ehe mit mir zwingt, mich und mein ungeborenes Kind totschlagen würde, weil er weiß, daß es nicht von ihm ist. Nein, ich will noch nicht sterben. Ich bin noch so jung.«

»Ich biete dir einen anderen Weg. Von mir wirst du weder getötet noch geschlagen werden.«

Sie meinte an ihrem Schmerz ersticken zu müssen.

»Du wirst mich heiraten, Daria. Jetzt, auf der Stelle.«

»Nein, das kann ich auch nicht.«

»Dann ...« Die Wut brach aus ihm heraus. »Du willst doch nur die großherzige Dame spielen! Da der arme Roland nichts für dich übrig hat, verzichtest du auf ihn. Aber vorher soll er sich vor dir auf die Knie werfen und dir das anbieten, was du die ganze Zeit über gewünscht hast. Dann die große Geste: Du verschmähst ihn. Du bist ja noch bösartiger als dieses verdammte Biest Joan of Tenesby!«

Ja, und dann hatte sie noch die Stirn, einfach dazusitzen und den Kopf zu schütteln!

Eine Wut wie selten in seinem Leben überkam Roland. »Bei allen Heiligen, jetzt verprügle ich dich, Daria!«

Er riß sie hoch, warf sich in den Sessel der Königin, legte sie auf seine Knie und schlug ihr mit der flachen rechten Hand hart aufs Gesäß. Sie erstarrte einen Augenblick. Dann begann sie sich zu wehren. Sie ist verdammt stark, dachte er. Dann schlug er wieder zu.

»Du bist eine störrische Dirne! Soll ich dir das Kleid hochziehen und dir den nackten Hintern versohlen?« Bevor sie etwas sagen konnte, hatte er ihr das Kleid bis zur Taille hochgezogen. Dabei riß er ihr Kleid und Hemd auf. Er starrte auf die runden, glatten weißen Pobacken und auf die schlanken Beine mit den weichen Muskeln.

Unvermittelt schob er sie weg und stand auf. »Verdammt noch mal, Daria. Wenn ich dich je begattet hätte, würde ich mich zumindest an deinen hübschen Hintern erinnern. So, und jetzt mach dich fertig, du dumme Dirne! Du wirst mich heiraten, und zwar noch heute abend. Wenn du dich weiter weigerst, schlage ich dich so lange, bis du um Gnade winselst!«

Er ging hinaus. Doch am Zelteingang drehte er sich noch einmal um und sagte mit erhobenem Zeigefinger: »Ich meine es ernst, Daria. Wir heiraten, und ich will kein Widerwort mehr aus deinem zänkischen Munde hören!«

11

Der Benediktinerpriester Jung-Ansel, wie man ihn liebevoll nannte, hielt die Trauungszeremonie mit aller Würde ab, die er mit seinen 23 Jahren aufbrachte. Wenn er die weichen lateinischen Sätze sprach, bebte seine Stimme ein wenig. Er hielt die Braut für hübsch und bescheiden. Dagegen fand er den Bräutigam ziemlich abstoßend. Der Mann schien mit seinen Gedanken ganz woanders zu sein.

Schließlich kam Jung-Ansel zu dem Schluß, daß Roland de Tournay sich nur widerwillig trauen ließ. Er hätte gern gewußt, warum. Fragen konnte er natürlich nicht. Das wäre zu unverschämt gewesen. Burnell hatte ihn gelehrt, sich nie ungebührliche Freiheiten herauszunehmen. Noch war der König ihm freundlich gesinnt. Es lohnte sich nicht, ihn gegen sich aufzubringen.

Als er dem Paar den Segen erteilte, sah er sich die Braut genauer an. Sie war sehr blaß. Vielleicht war sie krank. Roland de Tournay schien es nicht wahrzunehmen. Sein Gesicht war ausdruckslos, die Augen blickten kalt. Er wirkte tatsächlich geistesabwesend. Und ausgesprochen unglücklich.

Dann kamen die vielen Glückwünsche. Sie waren teils überschwenglich, teils mit dreisten Anspielungen gespickt. Der König wünschte, daß alle ihnen gratulierten, und seine Diener und Soldaten gehorchten ihm gern. Edward wollte, daß alles so normal wie möglich ablief. Selbst Robert Burnell legte mehrmals gedämpfte Begeisterung an den Tag. Die Königin umarmte die Braut und sprach leise mit ihr.

Eleanor war besorgt. »Fühlt Ihr Euch krank, mein Kind?«

Daria schüttelte den Kopf. Der geschwollene Leib der Königin verhinderte eine innige Umarmung. So werde ich auch bald aussehen, dachte sie und schaute an ihrem flachen Körper herab. Sollte wirklich schon in ihrem schlanken Leib ein neues Leben entstehen? Es schien unglaublich. Vielleicht könnte ihre Mutter ihr alles erklären.

»Ihr habt also Angst. Angst vor Eurem neuen Leben. Vielleicht sogar vor Eurem Gatten?«

»Ja.«

»Mein edler Lord spricht immer in höchsten Tönen von Roland. Er ist ein Ehrenmann, hält die Treue hoch und nimmt seine Versprechen ernst. Außerdem seid Ihr eine reiche Erbin und werdet ihm viele Vorteile bringen. Ihr braucht keine Angst zu haben, Daria.«

Mit gerunzelter Stirn schaute die Königin über Darias Kopf hinweg zu ihrem Ehemann hinüber. Er verbreitete sich gerade mit lauter Stimme über Rolands Glück. Er sagte, Roland würde bald so reich werden, daß er es sich erlauben könne, seinem König finanziell unter die Arme zu greifen. In diesem Augenblick fing Edward den Blick seiner Frau auf. Mit gedämpfter Stimme sagte er zu Roland: »Es ist vollbracht. Ihr seid jetzt ein verheirateter Mann, und bald werdet Ihr auch Vater sein.«

»Ja, es ist erstaunlich.«

»Morgen reiten wir alle zusammen nach Tyberton. Ich wünsche, daß der Graf von Clare Euch sieht. Er soll erfahren, daß Daria die Eure ist und er keinen Anspruch mehr auf sie hat. Und er soll wissen, daß Ihr in meiner Gunst steht.«

Roland fragte sich, wie der Graf reagieren würde. Manchmal wünschte er sich, daß der Mann gewalttätig werden würde. Er hätte gern mit ihm gekämpft und ihm den Schädel eingeschlagen. Er mußte seine Wut loswerden.

»Ich habe ein Zelt für Euch aufschlagen lassen, mein Freund. Dort werdet Ihr mit Eurer Braut die Nacht verbringen. Kommt, wir wollen jetzt zum Essen gehen und auf Eure Gesundheit und Eure Zukunft anstoßen.«

Das war das letzte, was Roland sich wünschte: die Nacht mit dem schwangeren Mädchen zu verbringen, das jetzt seine Frau war. Doch als er Daria den Sessel zurechtstellte, brachte er sogar ein Lächeln zustande. Das Bankett fand im Freien unter funkelnden Sternen und dem hellen Vollmond statt. Rings um das Lager des Königs brannten Fackeln. An den Tischen vergnügten sich rund hundert Gäste an den erlesensten Speisen. Roland erfuhr, daß sämtliche Speisen aus den Vorratskammern in Chepstow stammten. Offenbar hatte der König die Speicher der Burg regelrecht geplündert. Vielleicht würde der König ihn irgendwann in einer nebelhaften Zukunft in Cornwall besuchen und auch bei ihm die Hand nach den Speichern ausstrecken.

»Iß etwas, Daria!«

Sie nahm ein Stück Brot und kaute lustlos darauf herum. Als er sich von ihr abwandte, spuckte sie es auf die Erde.

»Du wirst morgen kein Wort sagen.«

»Was soll das heißen?«

»Es soll heißen, daß wir morgen zum Grafen von Clare reiten. Fang dort ja nicht an, aufgeregt um mich herumzuflattern! Ich brauche von dir weder Rat noch Schutz.«

»Ich glaube nicht, daß ich je aufgeregt um dich herumgeflattert bin. Aber einmal habe ich dich mit Erfolg beschützt.«

»Vielleicht, vielleicht auch nicht. Ich möchte gern wissen, ob der Graf schon ahnt, daß du ein Kind von ihm bekommst. Wenn ja, könnte ich mir vorstellen, daß er vor Wut außer Rand und Band gerät.«

»Ich bekomme kein Kind vom Grafen. Daher gibt es auch keinen Grund für ihn, in Wut zu geraten. Abgesehen davon, daß er das Gefühl haben wird, man habe ihn zum Narren gehalten und ihn um meine Mitgift geprellt.«

Roland hob seinen Kelch und trank in großen Schlucken den Rotwein aus Aquitanien.

»Auf jeden Fall mußt du vorsichtig sein, Roland. Ich glaube, daß er nicht ganz normal ist. Wenn er dich zu Gesicht bekommt, wird er in dir die Verkörperung seines Unglücks sehen, und es ist leicht möglich, daß er sich dann zu unbesonnenen Handlungen hinreißen läßt.«

Roland hatte schon Bauchschmerzen, so sehr ärgerte er sich über sie. Bei den Heiligen, sie hatte nun alles erreicht, was sie wollte. Warum spielte sie immer noch die mißbrauchte Unschuld? Er stürzte den nächsten Kelch voll Wein herunter. »Wenn du wirklich nach einem einzigen Beischlaf schwanger geworden bist, mußt du sehr fruchtbar sein.«

»Ja. Oder du.«

Er fuhr zusammen, behielt sein Lächeln aber bei. »Dann wird es am besten sein, wenn ich mich recht oft mit dir vergnüge, solange du schwanger bist. Wenn du entbunden hast, werde ich dich bereits satt haben. Das wäre gut. Ich will nicht, daß mir nach zwölf Jahren ebenso viele Kinder am Rockzipfel hängen.«

Sie senkte den Kopf. Er wollte sie absichtlich verletzen. Und es war ihm auch gelungen. Aber sie wollte nicht, daß er es merkte.

»Ihr wart sehr gütig zu mir, Eure Hoheit«, sagte Daria später zur Königin von England. »Ich danke Euch von ganzem Herzen.«

»Macht Euch keine Sorgen, mein Kind! Wir sehen uns bald wieder. Entweder kommt Ihr und Roland nach London, oder vielleicht besuchen mein Lord und ich Euch in Cornwall. Und jetzt, meine Liebe, erlaubt, daß meine Damen Euch für die Nacht herrichten!«

Mit diesen sachlichen Worten überließ die Königin von England Daria den Bemühungen zweier Hofdamen. Diese Damen waren weniger zurückhaltend als ihre Herrin. Sie hatten eine Menge Wein getrunken, kicherten viel und überschütteten Daria mit Ratschlägen, wie man einen Mann zur tollsten Wollust treiben könne.

Als Roland draußen das Frauengelächter hörte, blieb er vor dem Zelt stehen. Dann vernahm er Darias leise Stimme. Sie fragte unsicher: »Aber Claudia, wie soll ich denn das machen? Ihn einfach bitten, es mir in den Mund zu schieben? Kann ich ihm dabei nicht mit den Zähnen weh tun?«

»Ach was! Ihr braucht es nur erst mit den Händen zu streicheln und dann hinterher mit Lippen und Zunge. Es ist wunderbar für ihn.«

Roland runzelte die Stirn. Die Damen der Königin waren also genauso unzüchtig wie alle anderen. Und jetzt erteilten sie Daria auch noch Unterricht! Sie sagte gerade: »Vielleicht will Roland es aber nicht haben, weil ich es nicht gut genug mache. Vielleicht will er lieber eine andere, die es besser kann ...«

»Nun mal langsam, Daria! Wenn Ihr es gut bringen wollt, müßt Ihr üben. Fragt einfach Euren Mann, ob er etwas dagegen hat, wenn Ihr es bei ihm übt! Ihr sollt mal sehen, wie er sich dann über die Lippen leckt und vor lauter Wonne geradezu schnurrt.«

Was seine Frau darauf antwortete, hörte er nicht mehr.

Gleich darauf schlug er die Zeltklappe zurück und ging hinein. Was die Damen bei seinem Anblick dachten, war ihnen deutlich am

Gesicht abzulesen. Sofort reagierte sein Geschlecht. Schnell drehte er sich zu Daria um. Stellte sie sich schon vor, wie sie seine Rute in den Mund nahm?

Claudia stieß Daria den Ellbogen in die Rippen. »Üben, meine Liebe, immer fleißig üben! Und jetzt gute Nacht, Daria. Viel Vergnügen bei dem, was der liebe Gott und der König Euch geschenkt haben! Alle Heiligen und alle Frauen wissen, daß es nicht viele Männer gibt, die so gutgebaut und potent sind wie der hier. Ja, das ist wirklich ein hübscher Bursche!« Im Hinausgehen streifte sie Roland mit den Brüsten.

Daria war den beiden nicht böse. Sie hatten viel Wein getrunken, und Roland war nun mal ein schöner Mann.

»Willst du ihre Ratschläge beherzigen?« fragte er.

Sie wurde blutrot. »Du ... du hast gehört, was sie mir empfohlen haben?«

»Ja. Es war ein ausgezeichneter Rat.«

Sie sah ihm fest in die Augen. »Dann werde ich ihn befolgen. Aber du mußt mir sagen, wie ich es machen soll. Ich möchte nicht, daß es dir mißfällt oder daß ich dir vielleicht weh tue.«

»Eine merkwürde Unterhaltung, findest du nicht?« Er legte den Überrock ab. »Die Hofdamen der Königin waren ja ganz versessen darauf, dir zu sagen, was du mit mir anstellen sollst.«

Wie gebannt sah Daria zu, als Roland sich gleichmütig seines Waffenrocks entledigte. »Sie scheinen sich mit Männern gut auszukennen.«

Die ganze Einrichtung des Zeltes bestand aus einem kleinen Sandelholztisch mit einem Leuchter und dem niedrigen Bett, auf dem Felle lagen. Roland stand jetzt mit nacktem Oberkörper da. Er war schlank und fest. Schwarze Haare bedeckten seine Brust. Als sie ihn zuletzt in Wrexham gesehen hatte, lag er krank im Bett. Damals war ihr noch nicht aufgefallen, wie kräftig er war. Jetzt erst, da er sich die Hose auszog, konnte sie die starken Arme und das Spiel der Muskeln an Rücken, Schultern und Bauch bewundern.

Er sah sie auffordernd an. »Was stehst du da rum? Zieh dich aus und komm ins Bett!«

Sie rührte sich nicht vom Fleck. Sprach so ein liebender Bräutigam? Ohne die geringste Spur von Wärme?

Er hob eine Braue in die Höhe. »Da du schwanger bist, darf ich wohl annehmen, daß du schon mal einen nackten Mann gesehen hast. Ich sehe auch nicht anders aus als andere Männer, Daria.« Er erhob sich nackt zu seiner vollen Höhe. Sie mußte ihn einfach ansehen, obwohl sie es eigentlich nicht wollte. Unwillkürlich fiel ihr Blick sofort auf die Stelle zwischen seinen Beinen. Unter dem dichten schwarzen Haarbusch hing sein Glied schlaff herunter.

Doch sie wußte, daß es anschwellen und groß, sehr groß werden würde. Und dann würde er es in ihren Schoß stecken wollen.

Er lachte. »Am besten wäre es, du fängst mit deinen Liebkosungen an, solange ich noch in diesem Zustand bin. Nun zieh dich endlich aus!«

»Ja, gut.« Rasch löschte sie die drei brennenden Kerzen im Leuchter. Jetzt warfen nur noch die Fackeln von draußen ein schwaches Licht ins Zelt. Wenigstens konnte er sie nicht mehr deutlich sehen. Sie schämte sich. Damals war es ja eigentlich nicht *sie* gewesen, die er gesehen, berührt und genommen hatte. Doch jetzt war er wieder gesund, mit ihr verheiratet und würde *sie* sehen ...

Sie fuhr herum. »Was machst du da?«

»Ich zünde nur eine Kerze wieder an. Ich will nicht im Dunkeln herumfummeln. Zieh dich aus, Daria! Ich will deine Brüste und deinen Unterleib sehen. Schließlich habe ich teuer genug für dieses Vorrecht zahlen müssen. Ich sage es dir nicht noch einmal.«

Er sagte es ohne jede Erregung, legte sich in das schmale Bett und zog sich ein Fell bis zur Taille hoch. Sie brachte es nicht fertig, sich vor ihm auszuziehen. Sie wußte genau, was er wollte. Er würde sie heute nacht nehmen. Aber nur, weil sie gerade da war und ihm gehörte. Ebensogut hätte er seine Begierde an jeder anderen Frau gestillt.

Doch da er ihr Mann war, mußte sie das Beste daraus machen. Mit kalten, ungelenken Fingern löste sie die Bänder an ihrem Überrock und zog ihn sich über den Kopf. So ungeschickt stellte sie sich an, daß sie mit den Schnüren am Mieder des Kleides nicht fertig wurde.

Und ihr Gatte lag einfach da und schaute ihr zu, als berührte ihn das alles nicht, als käme es ihm nur darauf an, daß sie seine Befehle ausführte, weil er und nicht sie der Herr war.

Auf einmal hatte sie von alldem genug. Seine Miene war so kalt und abweisend wie die Gewässer der Nordsee. Flüsternd sagte sie: »Nein, ich kann nicht.« Da richtete er sich ruckartig auf. Langsam, ganz langsam sank sie auf die Knie nieder, schlug die Hände vor das Gesicht und begann lautlos zu weinen.

Roland fuhr zurück, als hätte er einen Schlag erhalten. Da hockte seine Braut auf dem Fußboden und heulte! »Verfluchte Dirne«, sagte er voll Zorn. »Du hast doch alles bekommen, was du haben wolltest. Ich weiß zwar nicht, warum du unbedingt mich zum Gatten auserselien hast, aber jetzt hast du mich nun mal. Hör auf zu heulen! Ich lasse mir das nicht bieten! Weibertränen sind weiter nichts als pure Heuchelei.«

Ihr fiel ein, was ihre Mutter ihr gesagt hatte: Ein Mädchen sollte sich nie vor ihrem Gatten gehen lassen und Tränen vergießen. Sie riß sich zusammen und sagte: »Ja, ich höre schon auf. Es tut mir leid, Roland.«

Langsam stand sie auf und zog sich das Kleid aus. Er schwieg, ließ aber kein Auge von ihr. Jetzt hatte sie nur noch das bis zur Mitte der Oberschenkel reichende Leinenhemd an, und er konnte schwach ihre Brustspitzen und das dunkle Dreieck zwischen ihren Beinen hindurchschimmern sehen. Er wollte aber alles sehen. »Zieh das Hemd aus!«

»Ich kann nicht.«

»Was kannst du nicht? Du bist doch keine Jungfrau mehr! Was soll diese Schamhaftigkeit? Oder willst du lieber, daß ich dir das Hemd ausziehe?«

»Nein. Es ist das einzige, was ich habe. Ich muß sorgsam damit umgehen.«

»Zieh es aus, Daria! Du weißt genau, daß du vorhin vor Gott geschworen hast, mir in allen Dingen gehorsam zu sein!«

Doch sie fühlte sich erniedrigt. *Bilde dir einfach ein, du wärst allein! Stell dir vor, er wäre gar nicht da und sähe dir nicht zu!* Sie ließ das weiche Leinenhemd zu Boden gleiten und sah an ihm vorbei. Ihr Geist trennte sich von dem nackten Mädchen, das da im Zelt stand, um sich von einem Mann mustern zu lassen, der sie von Herzen verabscheute, sie für eine Lügnerin und ein ehrloses Weib hielt.

Roland verschlang sie mit den Blicken, fast gegen seinen Willen. Er hatte ja keine Ahnung gehabt, daß sie eine so hübsche Figur besaß. Sie hatte hohe, volle Brüste, weiß wie ihr ganzer Leib, und die Spitzen waren zartrosa. Allerdings war sie zu dünn. Er konnte ihre Rippen zählen. Die Brüste schienen beinahe zu schwer für den zierlichen Körper. Doch das störte ihn nicht. Ihre Beine waren lang mit glatten Muskeln. Das gefiel ihm. Er hatte mit vielen Frauen im Bett gelegen, deren weiße Körper weicher gewesen waren, zu weich.

Daria war fest gebaut, sie wirkte kräftig und geschmeidig. Er stellte sich vor, wie sie die Beine fest um seine Hüften schlang, und sofort spannten sich seine Muskeln, und sein Geschlecht schwoll an und richtete sich auf. Er verlangte nach ihr. Allerdings hätte er nach jeder anderen einigermaßen nett anzusehenden Frau, die nackt vor seinem Bett stand, ebenso verlangt.

»Komm her!« sagte er. »Jetzt will ich mir genau ansehen, was ich mit meiner ganzen Zukunft erkauft habe.«

»Du vergißt dabei, daß dir mein Geld eine viel schönere Zukunft ermöglicht, als du je erwarten konntest.«

»Ja, aber dafür zahle ich mit Leib und Seele, Daria, und das lebenslang. Ich habe dir gesagt, du sollst herkommen! Heute nacht muß ich dich wenigstens einmal nehmen, obwohl ich nicht besonders scharf darauf bin. Ich tue es nur aus Pflichtgefühl.«

»Du könntest dir ja wieder vorstellen, ich wäre Leila.«

»Ich habe dir schon einmal gesagt«, entgegnete er in verzweifelter Wut, »daß du ihr nicht im mindesten ähnlich bist. Wenn du jetzt nicht kommst, wirst du es bereuen!«

»Willst du mich schlagen wie mein Onkel oder wie der Graf von Clare?«

Der Magen drehte sich ihm um. Er stand auf und ging auf sie zu. Plötzlich sah er die Angst in ihren Augen ... und noch etwas anderes. Sie prallte zurück.

Er packte sie fest an den Oberarmen und zog sie an sich. Als er ihren Körper an seinem spürte, richtete sich sein Glied auf und stieß an ihren Unterleib. »Ja«, sagte er. »Ich stelle mir jetzt vor, du wärst Leila. Vielleicht klappt es nicht. Aber das wäre auch nicht weiter schlimm. Ich habe seit langer Zeit keine Frau mehr gehabt. Da genügst du mir im Notfall auch.« Er küßte sie auf die geschlossenen Lippen. Er war der Herr, das würde er ihr jetzt beweisen.

»Ich bin nicht Leila.«

Ganz leise sagte sie es an seinem Munde, aber die traurigen Worte rührten an sein Herz.

Er trat zurück. Sie war nicht das Mädchen, für das er sie gehalten hatte. Er legte ihr die offene Hand auf den flachen Bauch. »Wie klein und mager du bist! Und doch wächst in deinem Leib ein Kind. Du sagst, es wäre meins, aber ich weiß, daß es nicht stimmt. Daria, du bist mir ein Rätsel. Ich erinnere mich an das Mädchen, das ich aus den Händen des Grafen befreit habe, an das Mädchen, das mit mir durch Wales ritt, an das Mädchen, das genauso für Sprachen begabt war wie ich, an das Mädchen, das sich beim Überfall der Räuber als so tapfer und furchtlos erwies. Daneben aber gibt es diese andere Daria, die in Worten und Denken so verlogen ist. Und ich fürchte, daß ich dieses andere Mädchen geheiratet habe. Wer bist du? Nein, was bist du? Und warum hast du mir das angetan?«

»Ich habe nie gewollt, daß es so kommt, Roland, das schwöre ich dir. Aber du warst krank und hieltest mich für Leila. Da habe ich mich entschlossen, zu dir zu kommen und mich dir hinzugeben. Damals nahm ich mir hoch und heilig vor, es dir nie zu erzählen. Ich wollte nicht, daß du dich schuldig fühlst und Mitleid mit mir hast. Deshalb habe ich sogar Blut und Samen von dir abgewaschen, damit du später nichts merkst. Es war dumm von mir, nicht daran zu denken, daß ich schwanger werden könnte.«

Er schob sie weg. »Geh schlafen, wenn es dir beliebt!«

Er löschte die Kerze und vergrub sich unter den Fellen auf dem schmalen Bett. Da sagte sie: »Wo bleibt dein Pflichtgefühl?«

Fluchend sprang er wieder auf, schleppte sie ans Bett und warf sie darauf. »So, mein Weib, du verlangst offenbar nach meinem Körper. Oder wäre dir jeder Männerkörper recht? Aber mehr wirst du von mir auch nicht bekommen. Und du mußt wissen, Daria, daß ein Mann jede beliebige Frau begatten kann. Es macht überhaupt keinen Unterschied für ihn. Nun weißt du, was du für mich bist – eine lästige Pflicht, ein Frauenkörper, den ich notgedrungen nehme, bis ich ihn satt habe.«

Er drückte sie auf die Felle, küßte sie heftig und stieß ihr die Zunge in den Mund. Sie merkte, daß er zornig auf sie war, und ihr verging jede Lust. Er lachte. »Jetzt tut es dir wohl schon leid, wie? Zu spät. Du bist vor Gott und den Menschen meine Frau. Mache die Beine breit! Ich will es schnell hinter mich bringen, damit ich endlich schlafen kann. Vielleicht habe ich Glück und träume von Leila und Cena. Das waren zwei Frauen, die mich wirklich ohne verräterische Hintergedanken begehrten.«

»Roland, bitte nicht. Bitte, tu mir nicht weh!«

Er packte ihre Schenkel und zog sie auseinander. »Mal sehen, ob du für mich bereit bist.« Er stieß ihr den Finger in den Schoß, stieß forschend tiefer. Sie wollte sich von ihm losmachen. Doch dann merkte sie, wie sie feucht wurde. Ihr Körper reagierte von allein auf ihn und verlangte nach ihm, obwohl er ihr weh tat.

»Bei allen Heiligen«, sagte er, »du bist eng gebaut, aber dein Körper ist lüstern. Ich werde dir keine Gewalt antun. In meinem ganzen Leben habe ich noch keine Frau vergewaltigt. Bei dir ist es auch gar nicht nötig. Du bist ja noch gieriger als die beiden Frauen, die dich beraten haben.«

Noch einmal versuchte sie, Gehör bei ihm zu finden. »Bitte, Roland, tu mir das nicht an, nicht im Zorn, nicht ...«

Aber er kümmerte sich nicht um ihre Bitten. Er behandelte sie wie eine Fremde, kniete zwischen ihren Beinen, spreizte sie noch weiter und hob mit den Händen ihr Becken an. »Ob du Lust dabei empfindest, soll mich nicht kümmern. Das ist deine Sache.« Ohne Vorwarnung öffnete er ihre Scham mit den Fingern und drang dann mit einem kräftigen Stoß in sie ein.

Sie schrie auf, vor Schreck und weil es so brannte. Dann fing sie lautlos an zu weinen und wartete nur darauf, daß er fertig wurde. Sie empfand nicht die geringste Lust. Und sie fragte sich dumpf, ob eine Frau überhaupt an diesem Akt Vergnügen finden konnte.

Schweratmend stieß er weiter zu, zog das Glied fast heraus und rammte es dann tief hinein, wieder und wieder. Plötzlich holte er tief Luft, als hätte er einen Schlag erhalten. Dann rammelte er weiter in kurzen Stößen, mal vornean, mal tief in ihr. Bis er schließlich aufstöhnte, und sie spürte, wie sich sein Samen in sie ergoß. Es erinnerte sie an jene erste Nacht, als sie darüber den Schmerz der Entjungferung vergaß, weil er sich ihr damals so völlig hingegeben hatte wie sie sich ihm, weil sie eins miteinander geworden waren.

Diesmal war es anders, und sie weinte hemmungslos, nicht weil er ihr weh getan hatte, sondern aus tiefem seelischem Schmerz. Sie hatten sich nur körperlich vereint, doch im Gefühl blieben sie weltenweit voneinander entfernt.

Er rang nach Atem. Sein Glied war noch tief in ihr. Sie fühlte, wie es sich bewegte. Es brannte aber nicht mehr, weil es schlaffer geworden war. Nein, körperlich hatte er ihr keine Gewalt angetan. Aber er hatte sie seelisch vergewaltigt.

Als sein Atem wieder ruhiger wurde, sagte er: »So, jetzt habe ich meine ehelichen Pflichten erfüllt.« Und sofort zog er sein Geschlecht heraus.

»Was ist denn, Daria? Ich höre ja kein leidenschaftliches Stöhnen von dir. Bist du mir denn nicht dankbar, daß ich dich wunschgemäß genommen habe? Willst du mir vielleicht sagen, daß du keine Lust dabei empfinden kannst? Du überraschst mich. Dein Körper war mehr als bereit, mich zu empfangen. Na schön. Jetzt kann ich endlich in Ruhe schlafen. Störe mich ja nicht noch einmal heute nacht!«

Er stieg von ihr herab und ließ sich auf den Rücken fallen. Ganz langsam reckte sie die Beine. Sie merkte, wie sein Samen heraustropfte. Es war ihr gleich. Sie empfand nichts, weder für sich noch für ihn.

Sie lag da und hörte an seinen ruhigen Atemzügen, wie er einschlief. Nein, sie hätte ihm niemals die Wahrheit erzählen dürfen. Sie war ihrem Vorsatz untreu geworden und hatte die Verantwortung auf ihn abgewälzt. Wie sollte er ihr denn glauben, da er sich an nichts erinnern konnte? Sie wußte zwar, daß sie ihn immer noch liebte. Aber das reichte bei weitem nicht aus. Denn er haßte sie, und wie sollte dieser Haß je enden?

Vielleicht, wenn das Kind ihm ähnlich sah. Oder wenn er sich doch eines Tages an jene Nacht in Wrexham erinnerte. Es war eine sehr schwache Hoffnung, aber es war auch das einzige, woran sie sich noch klammern konnte.

12

Im großen Saal der Burg Tyberton herrschte völlige Stille. Den Mund verkniffen, das Gesicht so rot wie seine Haare, starrte der Graf von Clare den Mann an, der ihm Daria geraubt, der ihn zweimal zum Narren gehalten hatte. Wie kam der Schuft an die Seite des Königs?

Mit lauter Stimme sagte der Graf: »Wie ich sehe, Sire, wollt Ihr mir diesen Mann ausliefern. Er ist ein Dieb, und ich lasse ihn noch heute hängen.«

»Vorläufig nicht, Mylord«, sagte Edward freundlich und strahlte ihn mit dem berühmten Lächeln der Plantagenets an. »Laßt Bier holen! Ich bin durstig.«

In diesem Augenblick erblickte der Graf Daria. Schon wollte er auf sie zutreten. Doch dann hielt er sich zurück. Es waren zu viele Zuhörer um sie herum.

Nachdem man der Königin, den Hofdamen und Daria bequeme Sitzgelegenheiten zur Verfügung gestellt hatte, näherte sich der

Graf dem König. Zu seinem Ärger hatte dieser Hurensohn Roland neben dem König Platz genommen und trank aus seinem Bierkrug, als hätte er keine Sorge in dieser Welt. Er sah jung, kräftig und gewandt aus – kein hübscher Priester mehr, sondern ein Krieger. Wie hatte der Kerl es geschafft, Daria zum zweitenmal heimlich aus der Burg zu schaffen? Was für eine Verkleidung hatte er benutzt?

»Ich habe mit Euch zu sprechen, Sire. Eine wichtige Angelegenheit. Sie betrifft diesen Mann hier.«

»Ach ja?« sagte Edward. »Ich glaube, Ihr wollt ihn irgendwie eines Verbrechens bezichtigen.«

Der Graf richtete sich hoch auf und legte seine ganze Verachtung in seine Worte. »Ja, Sire, er ist ein Dieb, und er hat *sie* geraubt!« Er zeigte mit dem Finger auf die Gruppe der Damen um die Königin. »Hat er Euch berichtet, daß er sich als Benediktinerpriester bei mir ausgegeben hat? Er hat mich nicht nur bestohlen, sondern sich auch der Gotteslästerung und der Kirchenschändung schuldig gemacht.«

Amüsiert wandte sich der König an Roland. »Habt Ihr wirklich einen Priester gespielt?«

»Ja.«

»Und habt Ihr die Rolle gut gespielt?«

»Größtenteils ja. Allerdings kam mir zugute, daß der Graf kein Latein versteht. So konnte er auch nicht merken, wenn ich mich bei der Messe verhaspelt habe. Nein, nur Daria hat mich auf der Stelle durchschaut.«

»Daria! Das ist doch Unsinn! Es gibt keine Frau, die Gottes Wort versteht! Ihr belügt den König und mich. Ich habe alle Eure Irrtümer sehr wohl gemerkt. Aber in meiner Güte und in meinem Großmut wollte ich Euch nicht blamieren. Ich nahm an, daß Euch meine Gegenwart nervös gemacht hatte. Sire, übergebt mir den Mann, und ich werde ihn kurz und gerecht aburteilen!« Unfähig, sich länger zu beherrschen, schrie er laut: »Ich verlange, daß Ihr mir diesen Mann ausliefert, Sire!«

»Einen Augenblick, Mylord«, sagte Edward. »Hört mir gut zu, denn ich habe genug von Euren Beschwerden, und Ihr habt vom König gar nichts zu verlangen. Dieser Mann ist Roland de Tournay, mein Gefolgsmann. Ich und kein anderer habe ihn ausgesandt, um Daria aus Eurer Gefangenschaft zu befreien. Ihr Onkel, der Graf von Reymerstone, hatte mich um Hilfe gebeten, und ich habe sie ihm gewährt. Ich sagte Roland, er dürfe jedes Mittel anwenden, das er zur Erfüllung seines Auftrags als notwendig betrachtet. Natürlich wünschte ich kein Blutvergießen. Nun, er hat seine Aufgabe glänzend gelöst.«

Roland sagte kein Wort. Voll Bewunderung blickte er den König an. So viel Geistesgegenwart hätte er Edward gar nicht zugetraut.

Nach dieser Erklärung des Königs konnte der Graf von Clare natürlich keine Forderungen mehr stellen. Roland war über Edwards Eingreifen teils verärgert, teils amüsiert. Denn jetzt sah es so aus, als müßte der Graf an seinem Haß und seiner ungeheuren Enttäuschung ersticken.

Edward hätte den beiden Männern nie gestattet, einen Zweikampf auszutragen. Zweifellos hätte Roland dabei den Grafen erschlagen. Er war jünger, stärker und gewitzter. Der König brauchte den Grafen von Clare aber noch zur Abwehr der walisischen Räuberbanden. Wenigstens so lange, bis er selber hier Burgen errichten und die Macht übernehmen konnte. Danach könnte der Graf von ihm aus in einem Sumpf in Wales versinken. Aber jetzt brauchte er ihn noch lebend. Außerdem bekam er dadurch Roland fester in die Hand. Der begabte Bursche konnte dem König nach seinem Eintreten für ihn nichts mehr abschlagen. Edward stellte sich das Gesicht des Grafen vor, wenn er ihm erklärte, daß das strittige Kampfroß sein Eigentum wäre und es Roland nur geliehen hätte.

Deshalb lächelte der König jetzt dem Grafen huldvoll zu. Er pflegte einen Mann nur dann zu knüppeln, wenn es unbedingt notwendig war. Ein König konnte es sich leisten, nach einem Sieg Gnade vor Recht ergehen zu lassen. »Ihr seht also, Mylord«, sagte er, »daß Roland nur einen Auftrag erledigt hatte. Sollte er dabei Eure religiösen Gefühle verletzt haben, so werde ich ihn streng zurechtweisen. Übrigens hat er sich offenbar in Daria verliebt und sie sich in ihn. Nachdem er sie befreit hatte – er hat dabei ein gebücktes altes Weib gespielt, wißt Ihr das? – nun, danach brachte er sie zu mir. Und gestern abend, Mylord, wurden die beiden durch einen Priester, einen echten Benediktiner, getraut.«

Wutentbrannt schaute der Graf zu Daria hinüber. Sie hatte also diesen Roland de Tournay geheiratet und mit ihm geschlafen. »Sire«, sagte er mit erstickter Stimme, »die beiden haben ein Bauernmädchen in Darias Hochzeitskleid gesteckt. Wenn die kleine Schlampe nicht hinter ihrem Schleier gekichert hätte, hätte ich nichts gemerkt und wäre mit ihr getraut worden!«

»Ein bildhübsches Kind, Mylord«, warf Roland ein. »Ich habe sie selber ausgesucht.«

Der König grinste. Dann räusperte er sich und sagte in ernstem Ton: »Was habt Ihr mit dem Bauernmädchen gemacht, Mylord? Ich will hoffen, daß Ihr ihr nichts angetan habt.« Der Graf von Clare bekam einen roten Kopf. Denn während seine Krieger und Diener beim Festschmaus saßen, hatte er Tilda in sein Zimmer geholt und sich an ihr gütlich getan. Was hatte sie denn anders erwartet, nachdem er ihren bösen Streich entdeckt hatte? Jeder andre Mann hätte sie totschlagen lassen. Der Graf schüttelte sich wie ein naßgewordener Hund und schrie: »Daria! Komm sofort her!«

Die Königin drückte ihr beruhigend die Hand. Sie und Daria hatten den Wortwechsel zwischen den Männern nicht hören können.

»Ja«, rief der König, »Daria soll herkommen! Sie soll dem Grafen selber sagen, daß sie aus freien Stücken ohne königlichen Druck Roland de Tournay geheiratet hat.«

Langsam stand Daria auf. Sie kam sich vor wie in einem absonderlichen Traum. Während sie über den kalten Steinfußboden von Tybertons großem Saal schritt, sah sie ringsum bekannte Gesichter. Die Meinungen schienen geteilt. Einige blickten mit Hohn auf ihren Herrn, andere musterten sie mit haßerfüllter Miene. Die Königin hatte ihr vorher versichert, daß ihr Gatte einen Kampf zwischen den beiden Männern nicht zulassen werde. Nun, egal was sie über Roland dachte, sie war jetzt seine Frau und durfte ihn nicht im Stich lassen. Sie nahm die Schultern zurück und trug den Kopf hoch.

So trat sie vor den Grafen von Clare. »Ja, Mylord?« sagte sie freundlich. »Ihr wolltet mich sprechen?«

Obwohl sie blaß war, schien sie ihn nicht zu fürchten. Doch er würde schon mit ihr fertig werden. Als erstes werde ich sie schlagen, dachte er, wenn auch nicht allzu hart, nur um sie an ihre Pflichten ihm gegenüber zu erinnern. Dann würde er sie ergreifen, und diesmal sollte sie ihm keiner mehr wegnehmen. Beim Gedanken an ihre Heirat mit Roland de Tournay stieg ihm das Blut in den Kopf, und seine Lenden spannten sich. In grobem Ton fuhr er sie an: »Hast du ihn wirklich geheiratet? Freiwillig?«

»Ja. Ich bin seine Frau.«

»Bei allen Heiligen! Dann hast du mich angelogen, als ich dich wieder einfing? Du bist in Wrexham gar nicht vor ihm ausgerückt? Du hast nicht nach mir gesucht?«

»So ist es, Mylord. Er war krank geworden und wäre, wenn Ihr ihn gefunden hättet, kampfunfähig gewesen. Ich erfuhr von Eurem Eintreffen in Wrexham. Außerdem hatten Eure Männer Rolands Pferd im örtlichen Mietstall entdeckt. Ich mußte ihn retten, denn Ihr hättet ihn ohne Zögern getötet. Da schwang ich mich auf sein Pferd und ritt los, um Euch auf eine falsche Spur zu bringen.«

Roland erging es wie in der vergangenen Nacht auf dem Höhepunkt seiner Leidenschaft. Wieder wollte er sie fest in die Arme schließen, sie küssen und liebkosen und alles andere vergessen. Doch er hatte so getan, als empfände er nichts für die still unter ihm liegende Frau. Sie hatte ihn belogen, und das sollte ihm nicht noch einmal passieren.

Jetzt hatte sich allerdings herausgestellt, daß sie ihn wirklich gerettet hatte. Und wenn schon! Die Geschichte von dem Kind war und blieb gelogen. Anders war es nicht vorstellbar. Sobald sie von dem Grafen Clare wieder eingefangen worden war, hatte er sie totsicher vergewaltigt.

Der Graf von Clare keuchte wild auf. »Und dabei habe ich dir so viel geboten! Verdammt noch mal, Mädchen, du könntest jetzt Gräfin sein. Statt dessen bist du die Frau eines einfachen Ritters, zur Armut verurteilt ...«

»O nein, Mylord, arm werde ich bestimmt nicht sein«, sagte Daria. »Habt Ihr denn vergessen, daß Ihr nicht nur nach meiner Hand, sondern auch nach meiner Mitgift getrachtet habt? Wolltet Ihr Euch nicht an meinem Onkel rächen? Nun, all mein Besitz gehört jetzt Roland!«

Der Graf verlor jede Beherrschung. In sinnloser Wut schlug er ihr die Faust an die Kinnlade. Die Wucht des Schlages ließ Daria zurücktaumeln. Dann fiel sie auf den Steinfußboden. Roland stürzte auf den Grafen los. Eine Faust traf Clare am Hals, die andere mit voller Kraft unterhalb der Gürtellinie. Der Graf brüllte auf und torkelte rückwärts. Mit einem weiteren Schlag streckte Roland ihn zu Boden. Der Graf fiel um wie ein gefällter Baum. Sein Schwert schepperte laut auf den Steinen.

Roland stand über ihm und sagte drohend: »Merk es dir, ich bin ihr Mann und werde sie jederzeit vor solchem Gesindel wie dich beschützen!« Er versetzte dem Grafen einen Fußtritt in die Rippen, kniete dann neben ihm nieder, packte ihn am Waffenrock und schlug ihm zweimal die Faust ins Gesicht. Als er ihn losließ, gab es einen häßlichen Klang. Der Graf war mit dem Hinterkopf am Boden aufgeschlagen.

»Laßt es genug sein, Roland!« rief der König. »Trinkt einen Schluck Bier! Nach dieser Arbeit müßt Ihr doch durstig sein.«

Doch Roland hörte nicht darauf. Er sah, wie die Damen der Königin Daria auf die Beine halfen und ihr das Kleid glattstrichen. Als er auf sie zuschritt, wichen sie zurück.

»Sieh mich an, Daria!«

Der Graf – dieser erbärmliche Dreckskerl – hatte sie schwer getroffen. »Heute abend wirst du das Gesicht einer Hexe haben. Tut es sehr weh?«

Sie schüttelte den Kopf. Diese stoische Haltung gefiel ihm. Das hatte er nicht von ihr erwartet.

»Halte still!« Behutsam tastete er mit den Fingerspitzen über ihre Kinnlade, um sich zu vergewissern, daß sie nicht gebrochen war. Sie zuckte nicht einmal.

An ihm vorbei schaute sie auf den immer noch am Boden liegenden Grafen von Clare. »Hast du ihn totgeschlagen?«

»Selbstverständlich nicht. Meinst du etwa, ich wäre verrückt?«

»Ich habe noch nie einen Mann gesehen, der so kämpfen konnte wie du.«

Roland grinste und rieb sich die Hände.

»Ja«, rief der König. »Ihr habt ihn blitzschnell außer Gefecht gesetzt. Sagt an, Roland, wo habt Ihr diese ungewöhnliche Kampfweise gelernt?«

»Bei einem Moslem in Akkra. Er sagte, er und seine Brüder hätten sich über die Christen und ihre Vorstellungen von ritterlichem Kampf schon halbtot gelacht. Sie könnten nur den Kopf schütteln, wenn die englischen Ritter auf ihren ungefügen Rössern in schweren Rüstungen schwitzend unter der heißen Sonne in den Kampf zögen. Sie meinten, so viel Dummheit sei ihnen unbegreiflich.«

Zum Glück nahm der König die Sache mit Humor auf.

Roland sprach weiter: »Vermutlich habe ich ihm zwei Rippen gebrochen. Das setzt ihn für eine Woche außer Gefecht. Durch den Schlag an die Kehle wird er eine Zeitlang nur unter Schmerzen sprechen können. Ich schätze, drei Tage lang. Aber mit der Zeit wird alles wieder verheilen. Vielleicht hätte ich ihn für immer kampfunfähig machen sollen. Aber im letzten Augenblick habe ich Mitleid mit ihm gehabt.«

Daria betastete ihre Kinnlade. Ein stechender Schmerz fuhr ihr durch den Kopf, und sie mußte die Augen schließen, um nicht aufzuschreien. Zu ihrer Überraschung hob Roland sie hoch und nahm sie in die Arme. »Meine Lady braucht jetzt Ruhe«, erklärte er den Anwesenden. »Wenn es Euch recht ist, Sire, bringe ich sie in ihr früheres Kämmerchen, in dem der Graf sie viele Monate gefangen gehalten hat.«

Roland trug sie die enge Wendeltreppe zu den Wohnräumen hinauf. Oben hockte die alte Ena. Als sie das Paar sah, drohte sie Roland mit dem knochigen Zeigefinger und jammerte: »Ihr habt sie verprügelt!«

Daria schmiegte sich an ihn und sagte zu ihm: »Ich konnte mich bei Clares Faustschlag nicht schnell genug ducken. Er kam zu überraschend.«

Er brachte sie bis ans Bett und legte sie behutsam nieder. Dann sagte er verlegen: »Tut mir leid, Daria. Als Beschützer habe ich keine gute Figur gemacht. Aber was du zu ihm gesagt hast – hat das alles gestimmt? Hast du ihn wirklich auf eine falsche Spur gelockt, um ihn von mir abzulenken?«

Sie hörte an seinem Tonfall, daß er noch nicht recht überzeugt war. »Ja, es stimmt. Ich habe ihm vorgespiegelt, ich wäre dir ausgerückt, und wäre froh darüber, daß er mich gefunden hatte.«

»Als er dich dann hierher zurückgebracht hatte, zwang er dich mit Gewalt zum Beischlaf und machte dir ein Kind, nicht wahr?«

»Nein. Er hat mich nicht angerührt. Ich habe ihm weisgemacht, daß er und ich in der Hölle rösten würden, wenn er mich vor der Hochzeit dazu zwänge. Ich habe gefleht und gebettelt. Danach hoffte ich, daß er keinen Priester auftreiben könnte. Und es dauerte auch lange, bis er einen fand. Aber am selben Tage bist du hier aufgetaucht. Außerdem war es ein Glück für mich, daß er mich eine Weile allein lassen mußte, weil er mit dieser walisischen Räuberbande beschäftigt war.«

»Ich verstehe«, sagte Roland. Er ging ans Fenster und schaute in den Innenhof hinunter. Hier hatte Daria hilflos gefangen so viele Tage gestanden, dachte er. »Wie kommt es eigentlich, daß dir trotz der Schwangerschaft nie übel geworden ist? Soviel ich weiß, geht es sonst allen Frauen so. Sie müssen sich übergeben und fühlen sich schwach. Spürst du kein Ziehen in den Brüsten?

»Ich bin oft müde, aber das ist auch alles.«

Sein hartnäckiges Mißtrauen war kaum zu ertragen. »Laß mich jetzt allein, Roland! Du hast mir gestern nacht nicht weh getan, wenigstens nicht körperlich. Du hast es aber fertiggebracht, daß ich mir schmutzig und entehrt vorkam. Ich fühlte mich so, als wäre ich weniger wert als Nichts.«

Sie sah, daß er erblaßte, aber nur für einen Augenblick. Dann bohrte er weiter: »Weißt du denn genau, daß du schwanger bist?«

Jetzt fragte er sich also schon, ob sie auch in diesem Fall gelogen hätte! Vielleicht um ihn zur Heirat zu zwingen? »Die Königin hat mich erst darauf aufmerksam gemacht, und sie ist sich ihrer Sache sicher. Sie sagt, sie habe große Erfahrung auf diesem Gebiet. Möchtest du sie gern danach fragen, Roland? Ich muß dir sagen, dein ewiges Mißtrauen paßt mir nicht!«

Seine Augen waren so kalt wie eine mondlose Nacht. »Du bleibst hier. Ich muß zum König zurück. Übrigens ist es nicht wahr, daß du weniger als Nichts wert wärst. Hast du denn schon vergessen, welche Schätze du mir in die Ehe einbringst?« Und damit ging er.

Daria hatte immer noch Schmerzen an der Kinnlade, aber sie waren nicht mehr ganz so schlimm. Sie stand an dem offenen Fensterspalt, wo sie so oft hilflos geweilt hatte, und schaute in den Burghof hinunter. Urplötzlich bekam sie Magenkrämpfe. Übelkeit überfiel sie von einem Augenblick zum anderen. Sie stürzte zum Nachttopf und erbrach das bißchen, was sie an diesem Tag zu sich genommen hatte. Sie kniete noch über dem Topf, als die Kammertür aufging. Sie wußte, es war Roland, und hörte wie er schnellen Schritts zu ihr eilte. Er legte ihr die Hand auf die Schulter.

Ein neuer Anfall überkam sie. Zitternd und schaudernd würgte sie, aber es kam nichts mehr heraus. Ihr Magen war leer. Sie fühlte sich schwach, kam sich albern vor, war aber gleichzeitig so teilnahmslos, daß sie sich nicht darum kümmerte, ob ihn ihr Zustand möglicherweise abstieß. Schweiß rann ihr über den Rücken und zwischen den Brüsten hinab.

»Komm!« sagte er, half ihr beim Aufstehen, schleppte sie zum Bett und legte sie wieder hin. Sie schloß die Augen. Sie wollte ihn nicht sehen. Sie wollte auch nicht, daß er sie so sah, grün im Gesicht, zittrig und schwach wie ein gebrechliches altes Weib.

Er legte ihr ein feuchtes Tuch auf die Stirn und sagte: »Hier, du mußt etwas trinken. Es ist nur kaltes Wasser.«

Sie nahm einen Schluck. Wieder stülpte sich ihr Magen um. Keuchend sprang sie aus dem Bett und rannte zum Nachttopf.

Roland sah untätig zu. Noch nie im Leben hatte er sich so hilflos gefühlt. Ihr Körper zuckte in Krämpfen, und das eben getrunkene Wasser erbrach sie sofort wieder. Hier war er fehl am Platz. Er wandte sich ab und ließ sie allein.

Daria kümmerte sich nicht darum. Langsam fiel sie zur Seite. Ihr Kopf lag auf dem kalten Steinfußboden. Auch das war ihr gleich. Die Kühle am Gesicht war sogar angenehm. So lag sie da, ohnmächtig gegen die Schwäche ihres Körpers, aber zufrieden, daß sie sich nicht mehr über den Topf beugen mußte. Nach einigen Minuten legte sie vorsichtig die Hand an ihren Bauch. »Mein Kind«, sagte sie leise und kam sich dabei sowohl lächerlich als auch irgendwie glücklich vor, »jetzt hast du dich endlich bei mir gemeldet. Es wäre mir aber lieber gewesen, wenn du es nicht ganz so stürmisch getan hättest.«

Dann erschien die Königin persönlich, mit Roland im Schlepptau. »Ach, mein armes Kind«, sagte Eleanor bedauernd und voll Mitgefühl. »Legt sie aufs Bett, Roland! Gleich wird es ihr besser gehen.«

Daria widersetze sich nicht. Sie nahm keine Notiz von der Anwesenheit der Königin. »So, nun geht mir aus dem Weg! Ich gebe ihr etwas zu trinken.«

»Nein, bitte nicht«, sagte Daria und schlug mit schwacher Hand nach der Flasche der Königin.

»Es wirkt beruhigend auf den Magen, meine Liebe, glaubt es mir! Ich habe Euch doch gesagt, daß ich auf diesem Gebiet große Erfahrung habe, nicht wahr? Trinkt jetzt! So ist es gut. Langsam, in kleinen Schlucken. Sehr gut. So, das ist genug. Jetzt legt Euch lang und schließt die Augen!«

Die Königin freute sich über Rolands Reaktion auf die Übelkeit, die seine Frau befallen hatte. Er war in den großen Saal gestürzt und war dem König einfach ins Wort gefallen. So besorgt war er um Daria gewesen. »Keine Sorge, Roland«, sagte Eleanor nun. »Bald ist sie wieder auf dem Damm. Wichtig ist, daß sie häufiger ißt. Immer kleine Portionen. Ich gebe Euch die Zutaten zu dem Trunk, den ich ihr eben verabreicht habe. Wenn es ihr wieder schlecht geht, könnt Ihr ihn selber zubereiten.«

Roland war entsetzt. »Sie wird noch öfter solche heftigen Anfälle bekommen?«

»Leider ist das so. Nach einem Monat läßt das aber nach.«

Daria stöhnte laut. Noch einen Monat!

»So, meine Liebe«, fuhr die Königin fort, »eine meiner Damen wird Euch gleich etwas zu essen bringen. Ihr dürft immer nur wenig zu Euch nehmen und müßt langsam essen. Ich lasse Euch jetzt mit Eurem Gatten allein. Er hat große Angst um Euch gehabt.«

Roland bedankte sich bei der Königin, nahm das Essen von Damaris entgegen und ging zum Bett seiner Frau. Wie sie da so lag, die Augen geschlossen, sah sie rührend klein und schwach aus.

»Daria«, sagte er. »Komm, setz dich auf! Du kriegst jetzt etwas zu essen. Nur ein wenig. Du wirst jedenfalls tun, was die Königin sagt.«

»Bitte, geh weg, Roland, ich bitte dich! Ich will nichts essen. Ich esse mein ganzes Leben lang nichts mehr.«

»Das mußt du aber, weil dein Kind sonst verhungert.«

»Na schön. Laß das Essen stehen und geh!«

»Warum? Ist es dir peinlich? Das ist unsinnig. Komm jetzt und iß! Ich muß bald wieder zum König. Er verlangt, daß seine Untertanen ihm jederzeit zur Verfügung stehen. Eine Zuwiderhandlung läßt er sich nur ein einziges Mal gefallen.«

Sie gehorchte. Sie kannte Roland ja nun gut genug. Wenn er sich etwas in den Kopf gesetzt hatte, dann ließ er nicht davon ab.

Er setzte sich neben sie und fütterte sie mit kleinen Stücken Weißbrot, die er vorher in Fleischsoße stippte. Um sie abzulenken, erzählte er ihr von seinem Hengst Cantor. »Er ist dick und faul geworden. Aber das macht nichts. Wenn wir erst einmal in Cornwall sind, werde ich täglich mit ihm arbeiten, bis er wieder schlank ist.« Nach einer Weile fuhr er in verändertem Ton fort: »Der König mischt sich wieder mal in meine Angelegenheiten«, sagte er ärgerlich. »Er befürchtet, daß dein Onkel mich auf glühenden Kohlen rösten läßt, wenn ich nach Reymerstone reite, ihm von unserer Hochzeit Mitteilung mache und deine Mitgift fordere. Daher schickt der König Burnell mit zwölf Männern zu ihm. Sie sollen für mich die Vorarbeit verrichten.«

Diese Nachricht erleichterte sie ungemein. Da sie wußte, daß Roland das nicht gern hören würde, fragte sie statt dessen: »Du wolltest meinen Onkel aufsuchen?« Es war ihr unbegreiflich, daß sich jemand freiwillig zu ihrem grausamen, zynischen Onkel begab.

»Du brauchst nicht gleich zu zittern, wenn du von ihm sprichst. Er wird dir nie wieder etwas tun. Ja, ich wollte Auge in Auge vor ihm stehen und hören, ob er Widerspruch erhebt. Schade, daß es nicht dazu kommt. Aber was soll ich machen? Edward spielt eben gern den großen Vermittler. Jedenfalls reiten du und ich mit mehreren Kriegern des Königs nach Cornwall, während der arme Burnell nach Reymerstone muß. Ich habe diese Männer gefragt, ob sie in meinen Dienst eintreten wollen, und sie haben zugesagt. Sie wollen unbedingt nach Cornwall zurück, weil ihre Familien dort leben.«

Die kleine Mahlzeit hatte Daria gutgetan. Ihr Magen beruhigte sich. Sie fühlte sich bedeutend stärker.

»Hast du auch Angehörige dort? Gehen wir zu deinem Bruder?«

»Nein, mein Bruder und alle anderen Angehörigen wohnen in der Nähe von York in Nordostengland. Aber in Cornwall gibt es eine schöne alte Burg. Sie heißt Thispen-Ladock und gehört Sir Thomas Ladock. Es ist kein besonders eindrucksvoller Bau, aber er versprach mir, ihn mir zu verkaufen. Das Land rund um die Burg ist nur schwach besiedelt. Ich will eine Stadt gründen und Händler, Bauern und Schmiede ansiedeln.« Plötzlich wechselte er das Thema. »Wir reiten morgen ab.«

»Wie du willst.«

Er stand auf. »Ich muß jetzt zurück zum König, um zu hören, welche weiteren angenehmen Pläne er für mich bereithält. Wie geht es deinem Magen?«

»Gut.«

»Bist du morgen reisefähig?«

Bleibt mir denn etwas anderes übrig? fragte sie sich. Würde er sie sonst hierlassen? Oder sie in den Burggraben werfen? »Ja, ganz bestimmt.«

Er hatte widerstreitende Empfindungen. Einerseits hatte er ein Schuldgefühl, weil er sie morgen schon wieder zu einer langen Reise zwang, andererseits verdroß es ihn, daß er nur langsam reiten durfte, damit ihr nicht wieder übel wurde.

In der Tür blieb er stehen und sagte: »Schlaf jetzt! Ich werde dich heute nacht nicht stören. Ich gedenke noch, dem König einige Einwendungen vorzutragen, glaube aber nicht, daß ich ihn umstimmen kann. Er ist der sturste Mann in ganz England. Er behauptet steif und fest, daß irgend jemand mir die Kehle durchschneiden würde, wenn ich nicht sofort nach Cornwall abreiste. Und er wünscht, daß ich wenigstens so lange am Leben bleibe, bis ich Vater gewor ... Wie gesagt, wir reiten morgen früh ab, wenn es dir recht ist.«

13

Am nächsten Morgen herrschte dichter Nebel. Schweigend, bis zum Kinn in einen ihrer Wintermäntel gehüllt, wartete Daria auf das Ende von Rolands Abschiedsgespräch mit dem König.

Sie hatte sich bereits bei der Königin verabschiedet, die ihr eine große Flasche mit dem von ihr eigenhändig zubereiteten Kräutertrank überreichte.

Die Königin umarmte sie und sagte: »Ihr müßt Geduld mit Roland haben.« Insgeheim wünschte die Königin, Darias Kind möge große Ähnlichkeit mit Roland haben. Mehr konnte sie nicht tun. »Roland ist ein stolzer Mann, unbedingt treu und von sicherem Urteilsvermögen, ausgenommen, wie mir scheint, wenn es um Herzensdinge geht. Vor vielen Jahren habe ich gehört, daß er einmal sein Herz an ein Mädchen verlor, das ihn später betrog. Mein Gatte sagte mir, Roland sei damals sehr unglücklich gewesen. Das muß ihn Frauen gegenüber verhärtet haben.« Wie froh sie war, daß ihr Gatte, der König von England, ihr immer die Treue gehalten hatte! Beinahe wäre Daria damit herausgeplatzt, daß es sich bei jenem Mädchen um Joan of Tenesby handelte. Doch sie hielt lieber den Mund.

»Wenn Ihr in Cornwall ankommt«, fuhr die Königin fort, »besucht Ihr hoffentlich einmal die Burg St. Erth. Dort lebt die Tochter meines Gatten mit ihrem Ehemann Dienwald de Fortenberry. Philippa ist ein süßes, aber sehr temperamentvolles Mädchen. Sie sorgt dafür, daß ihr Mann vorzeitig graue Haar bekommt. Wo Ihr Euch niederlassen werdet, müßt Ihr natürlich Eurem Mann überlassen.«

»Er hat gestern abend Thispen-Ladock erwähnt.«

In herzlichem Ton sagte die Königin: »Ich bin sehr froh, daß der Graf damit einverstanden war, Euch die Kleidungsstücke und Haushaltsgegenstände auszuhändigen, die er erbeutet hat, als er Euch auf dem Weg nach Colchester entführte. Ihr und Euer Roland werdet also, wenn Ihr in Euer neues Heim einzieht, schon gut ausgestattet sein.«

Daria schaute noch einmal zurück. Die Packmaultiere entfernten sich schon im dichten Nebel. Ja, sie brachte Roland nicht nur sich in die Ehe ein, sondern mehr Geld, als er nötig hatte, und eine reiche Ausstattung. Als Roland vor einer halben Stunde die vielen Gegenstände sah, hatte er ein langes Gesicht gemacht. »Wenn ich mit dem ganzen Zeug herumziehen muß, komme ich mir wie ein geldgieriger Händler vor. Vielleicht können wir einiges davon an Graelam verkaufen.«

Sie hätte ihm dafür am liebsten ins Gesicht geschlagen. »Das Zeug gehört mir«, sagte sie blaß vor Wut. »Wage es nicht noch einmal, davon zu reden, daß du meine Sachen verkaufen willst! Einige Stoffe hat meine Mutter selber gestickt.«

»Nein, mein süßes Weib«, antwortete er lächelnd, »denn dir gehört jetzt gar nichts mehr, hast du verstanden? Du hast nur noch Anrecht auf meinen Namen und meinen Schutz. Mit diesen Lumpen hier aber kann ich machen, was mir gefällt.«

Wenigstens hielt ihr Magen heute Ruhe. Sie hatte ein Stück Weißbrot gegessen und dazu Ziegenmilch getrunken. Sie war ziemlich aufgeregt. Da mochte Roland sagen oder tun, was er wollte, für sie begann heute ein neues Leben.

»Bist du bereit, Daria?«

Sie bedachte ihn mit einem zurückhaltenden Lächeln. »Ich danke dir, daß du Henrietta für mich beschafft hast«, sagte sie und tätschelte der Stute den Hals.

Als er es ebenfalls tat, berührten sich ihre Hände. »Deine Henrietta ist genauso dick wie Cantor. Na, macht nichts, in einer Woche werden sie wieder schlank und kräftig sein. Wenn dir übel wird, mußt du es mir sagen.«

»Ja.«

Er klopfte ihr leicht auf den Oberschenkel, nickte und setzte sich an die Spitze des kleinen Zuges. Daria drehte sich noch einmal um und winkte zur Burg hinüber. Wahrscheinlich schaute ihr die Königin in ihrer warmherzigen Güte noch von einem Fenster aus nach. Doch ihr Blick traf nur auf den des Grafen von Clare. Seine Miene war ausdruckslos – aber aus seinen Augen sprühte ein solcher Haß, daß es sie kalt überlief. Panik befiel sie. Doch rasch schüttelte sie sie ab. Er konnte ihr kein Leid mehr antun. Er würde sie nie wieder schlagen dürfen. Und schließlich mußte sie ihm eigentlich dankbar sein. Wenn er sie nicht entführt und nach Tyberton verschleppt hätte, wäre sie niemals Roland begegnet.

Nach drei Stunden hatte die Sonne den Nebel verjagt, und es wurde warm. Da gebot Roland zur großen Überraschung der Männer Halt. Er gab ihnen keine Erklärung, sondern ritt zu Daria hinüber.

»Möchtest du ein paar Minuten ausruhen? Du könntest auch ein Bedürfnis erledigen.«

Sie nickte.

»Was denn nun? Beides?«

Wieder nickte sie nur. Lachend sprang er vom Pferd, packte sie um die Taille und hob sie aus dem Sattel ihrer Stute. »Tut es dir auch nicht leid, daß wir die alte Ena nicht mitgenommen haben?«

»Nein, sie jagt mir neuerdings Angst ein. Sie ist nicht mehr ganz richtig im Kopf. Und vom Grafen hat sie nichts zu befürchten.«

»Sehr gut. Sag mir, wann du weiterreiten willst!« Damit ließ er sie allein.

Daria hatte noch lebhaft in Erinnerung, was ihre alte Zofe am vergangenen Abend in ihrer Kammer von sich gegeben hatte. Sie war lautlos hereingekommen und hatte lange Zeit den Kopf geschüttelt, hin und her, hin und her. Es sah aus, als hätte sie keine Gewalt mehr über ihre Muskeln. Dann hatte sie in ihrem üblichen mürrischen Ton geklagt: »Er ist kein Graf. Er ist ein Spitzbube, dem man nicht über den Weg trauen kann, kleine Herrin.«

»Das ist doch Unsinn!«

Die Alte sah sie böse an und verzog sich. Kurz darauf aber kehrte sie zurück und rief laut: »Nicht mal ein Graf! Und so was heiratet Ihr! Ihr solltet Euch schämen, kleine Herrin! Dagegen der Graf von Clare – das ist ein richtiger Mann ... zwar ein bißchen grob, aber das muß ein Mann ja sein.«

Daria zwang sich, nicht mehr an Ena zu denken. Obwohl sie sich gern noch länger ausgeruht hätte, rief sie: »Roland, ich bin bereit!«

Doch nicht er kam zu ihr, um sie in den Sattel zu heben, sondern Salin, ein erfahrener Krieger, der schon mehr als dreißig Jahre zählte. Er hatte ein häßliches, aber kluges Gesicht und volle dunkelbraune Haare, die sich um die großen Ohren lockten. Er sah wild und böse aus, doch seine Stimme klang freundlich.

»Wenn Ihr wieder haltmachen wollt, Herrin, braucht Ihr nur nach mir zu rufen.«

»Danke, Salin.«

In gleichmäßig langsamem Schritt ritt sie hinter ihrem Mann her. Gegen ihren Willen mußte sie wieder an Enas Bericht über Tildas Schicksal nach Rolands und ihrer Flucht denken.

»Er hat ihr einen Faustschlag vor die Brust versetzt. Nach dem Geschrei, das die kleine Schlampe losließ, mußte man annehmen, daß er ihr eine Rippe angeknackst hatte. Konnte einem schon leid tun. O ja, er hat gleich gemerkt, daß Ihr es nicht wart. Und da hat er zugehauen. Der Priester – ein Würmchen ohne Mumm – hat kein Wort dazu gesagt. Dann hat der Graf sie aus dem großen Saal gezerrt und sie in sein Schlafzimmer geschleppt. Oh, er hat sie im Bett gut rangenommen. Sie hat laut geschrien. Aber danach war nichts mehr zu hören. Sie hatte es natürlich verdient, die kleine Hure. Aber Ihr hättet auch nicht heimlich weggehen dürfen, kleine Herrin.«

Daria würgte es in der Kehle. Sie hatte unbedacht und selbstsüchtig gehandelt, und jetzt lag das arme Mädchen irgendwo innerhalb der Burgmauern und litt vielleicht Not.

»Ja, und dann hat der Graf zu ihr gesagt – so hat's mir wenigstens einer seiner Männer erzählt – wenn sie ihn im Bett gut befriedigte, würde er sie behalten, aber dann dürfte sie dabei nicht mehr schreien. Eine der Frauen hat ihr einen Rippenverband angelegt.«

Inzwischen hatte sich der warme Sommertag merklich abgekühlt. Über ihren Köpfen ballten sich dunkle Wolken zusammen. Bald würde es Regen geben. Wie in Wales. Der unaufhörliche Regen in Wales hatte zu Rolands Krankheit geführt. Daria zog ein bedenkliches Gesicht. Sie machte sich Gedanken um ihn.

»Was ist los, Daria?«

»Es wird gleich regnen, und da mußte ich an Wales denken. Der Regen hat dich krank gemacht.«

»Nein, der Regen war nicht schuld daran. Ich wurde krank, weil ich dir meinen letzten trockenen Waffenrock gab und tagelang nasse Sachen trug. Die Feuchtigkeit ist mir auf die Brust geschlagen.«

»Dann hättest du mir den Waffenrock nicht geben sollen.«

»Kann sein. Aber ich hab's nun mal getan. Wie geht es dir?«

»Gut.«

Schweigend ritt er neben ihr her. Plötzlich sagte er: »Wie kommt es, daß dir auf einmal übel wurde? Du hast doch gesagt, daß du vorher die ganze Zeit über nichts gemerkt hast, keinerlei Beschwerden, nichts. Ich verstehe nicht, wie es so plötzlich kommen konnte. Und erst, nachdem du erfahren hast, daß du schwanger bist.«

»Das habe ich mich auch schon gefragt. Die Königin sagte, ich hätte wahrscheinlich vorher nichts gespürt, weil ich dauernd mit anderen Sachen beschäftigt war und von einer Angst in die andere fiel. Erst als ich wußte, daß ich ein Kind kriege und mich mit dieser Tatsache abgefunden hatte, reagierte mein Körper normal.«

Dazu nickte er nur. Es war zwecklos, über die Äußerung der Königin mit ihr zu streiten. »Ungefähr drei Meilen voraus ist ein Zisterzienserkloster. Dort werden wir um Unterkunft für die Nacht bitten.

Das Kloster war so alt wie die knorrigen Eichen, die es umgaben. Ein Mönch kam ans Tor. Roland stieg ab und sprach mit ihm. Minuten später kam ein zweiter Mönch und winkte Daria, ihm zu folgen. Er führte sie zu einem abstoßenden, niedrigen grauen Nebengebäude weit abseits des eigentlichen Klosters. Über einen engen, feuchten Flur kamen sie zu einer kleinen Zelle. Sie war mehr als trübselig und elend kalt. Ein dritter Mönch brachte ihr Essen, das aus einer dünnen Brühe und hartem Schwarzbrot bestand.

Oben auf der Brühe schwamm ein Belag von geronnenem Fett. Bei diesem Anblick verkrampfte sich Darias Magen. Sie wandte sich ab und setzte sich auf die Bettkante. Das Stroh in der dünnen Matratze war faulig und feucht, und die Halme stachen heraus.

Daria hatte Hunger, sie fror, und ihr war zum Heulen elend zumute. War es denn Gottes Wille, daß man Frauen so schlecht behandelte? Wurden die Frauen für etwas bestraft, von dem sie überhaupt nichts wußten?

Sie schauderte vor Kälte. Als sie aufsah, fiel ihr Blick wieder auf das geronnene Fett. Schon kam ihr alles hoch, was sie am Nachmittag zu sich genommen hatte. Mit Mühe und Not schaffte sie es noch rechtzeitig zu dem irdenen Topf. Als alles draußen war, blieb sie auf den Knien hocken. Sie versuchte flach zu atmen und sich abzulenken, indem sie an andere Dinge dachte. Vor ihrem geistigen Auge erschien der Bauer, der ihr und Roland zur Flucht verholfen hatte. Sie sah seinen von der Folterung verstümmelten Körper vor sich. Sofort setzten die Magenkrämpfe in noch größerer Stärke ein. Sie mußte unaufhörlich würgen und begann vor Schwäche zu zittern.

»Wo ist die Flasche, die die Königin dir mitgegeben hat?«

Daria blickte nicht hoch. Er hätte nicht kommen sollen. Sie wollte allein sein, sie wollte am liebsten einsam sterben. Ein neuer Krampf schüttelte sie. Eine Zeitlang konnte sie weder sprechen noch auch nur einen Gedanken fassen.

Diesmal hatte Roland noch mehr Angst um sie als am vergangenen Abend. Er sagte zu Salin, der hinter ihm stand: »Hol Wasser und saubere Tücher! Und bring auch gleich anständiges Essen mit, eine richtige heiße Brühe!« Angeekelt betrachtete er die Suppe auf dem

Tablett. »Wenn ich dieses abscheuliche Zeug essen müßte, würde ich meine sämtlichen Gedärme auskotzen. Salin! Sollten die Mönche irgendwas sagen, was dir nicht gefällt, dann brich ihnen das Genick!«

Er legte ihr die Hände auf die Schultern. Sie wollte sich aufrichten, aber es war ihr unmöglich. Sie ließ den Kopf hängen und zitterte wie welkes Herbstlaub.

Er trug sie zum Bett, setzte sich hin und nahm sie auf den Schoß. »Dieses verdammte Bett ist ja härter als ein moosbedeckter Felsbrocken in Wales.« Erst jetzt merkte er, wie kalt es in der Zelle war.

Hier drin würde Daria krank werden. Dabei hatte der Abt ihm versichert, seine Frau wäre gut untergebracht. So ein verlogener Hurensohn! Was war zu tun?

Daria wand sich in Magenkrämpfen. Er tröstete sie, es werde vorübergehen, bald werde sie sich wieder besser fühlen. Sie wurde tatsächlich ruhiger, und er zog sie näher an sich.

Dann legte er sie aufs Bett und sagte: »Ich hole dir jetzt den Heiltrunk der Königin.« Sie sah erschreckend blaß und dünn aus. Nachdem er ihr die Medizin eingegeben hatte, kam Salin zurück.

»Du mußt ein paar Minuten ruhig liegenbleiben, Daria. Die Brühe soll ein wenig abkühlen. Danach wird gegessen. Salin, wir unterhalten uns draußen.«

Im Freien berichtete Salin sachlich: »Einer der Mönche hat mir gesagt, daß es sich um eine Strafzelle handelt. Sie wird nur belegt, wenn ein Bruder eine Sünde begangen hat. Erst wird er ausgepeitscht, dann kommt er für einige Stunden in diese oder eine andere Strafzelle. Aber nie eine ganze Nacht lang. Außerdem werden da drin Frauen untergebracht, die das Pech haben, hier übernachten zu müssen. Eure Gattin wird sich dort todsicher eine Krankheit zuziehen.«

»Das Kloster gehört ihnen. Deshalb können wir nicht gegen ihre Regeln verstoßen, und wenn sie noch so unmenschlich sind. Ich kann Daria also nicht ins Hauptgebäude bringen und werde deshalb über Nacht bei ihr bleiben. Hol mir alle Decken, die ihr erübrigen könnt! Und, Salin, sage unseren Gastgebern nichts davon!«

Danach kehrte Roland zu seiner Frau zurück. Sie lag immer noch still auf der Seite und sah die trübe, rohe Steinwand an. Sie hatte sich schon seit einer ganzen Weile nicht mehr erbrechen müssen. Ein gutes Zeichen, dachte er.

»Jetzt ißt du etwas von der Brühe, Daria.«

Sie schlug die Augen auf und sah ihn verwundert an. »Ich fühle mich auf einmal sehr wohl. Es ist komisch mit diesen Beschwerden. Eben möchte ich am liebsten sterben, und im nächsten Augenblick könnte ich Bäume ausreißen.«

»Ich bleibe bei dir. Wenn es nicht regnete, würde ich mit dir im Freien lagern. Aber unter diesen Umständen müssen wir uns mit dieser Unterkunft zufrieden geben.«

Er fütterte sie und war erleichtert, als sie wieder Farbe bekam.

Salin kehrte zurück, in beiden Armen einen Stapel von Decken. Daria konnte schon wieder lächeln.

Roland sagte zu Salin: »Sieh zu, daß sich die Männer einrichten! Und achte darauf, daß keiner die Mönche belästigt! Wenn ein Bruder sie ärgert, sollen sie ihn nicht beachten. Die Heiligen wissen, daß wir sie am liebsten alle bestrafen würden. Eigentlich müßten sie die Nacht hier mit uns in der Zelle verbringen.«

Kurz darauf löschte Roland die einzige Kerze. Er hatte sich auf dem elenden Bett auf die andere Seite gezwängt und hielt Daria fest im Arm. Ihr Gesäß drückte er an seinen Bauch. Er hatte sämtliche Decken ausgebreitet. Unabsichtlich küßte er ihr Ohr. »Schlaf gut!«

Daria fragte flüsternd: »Schnarchst du manchmal, Roland?«

»Weiß ich nicht. Du kannst es mir ja sagen.«

»Du hättest mal mit Ena in einem Zimmer schlafen sollen. Das ist eine Tortur! Meine Mutter hat mir erzählt, daß Enas Mann sie wegen ihrer tierischen Schnarchgeräusche verlassen hat.«

Roland zog sie noch enger an sich. Sie drückte ihr Gesäß fest an seinen Unterleib. »Lieber nicht!« sagte er gequält. »Tu das nicht!«

Sie fühlte sein steif gewordenes Geschlecht und hielt sich ganz still. Nicht noch einmal wollte sie so gedemütigt werden wie in der Hochzeitsnacht. Nur allzugut erinnerte sie sich noch, wie sie sich geschändet gefühlt hatte. Sie mußte diese Nacht vergessen. Seitdem war er ja immer freundlich zu ihr gewesen. Ob wohl alle Frauen immer nach Entschuldigungen für ihre Männer suchten, wenn sie sich wie Raubtiere aufgeführt hatten?

Roland weckte sie am nächsten Morgen bei Tagesanbruch. In der Nacht hatte es aufgehört zu regnen, aber die Sonne verbarg sich hinter dicken grauen Wolken.

»Bleib noch ein paar Minuten liegen! Was macht dein Bauch heute morgen?«

»Kann ich noch nicht sagen.«

Er erhob sich vom Bett. »Ich muß jetzt gehen. Du bleibst so lange liegen, bis Salin dir warme Milch und Brot bringt.«

Sie haschte nach seinem Ärmel. »Vielen Dank, Roland. Du bist sehr nett zu mir.«

»Es behagt mir eben nicht, daß meine Frau so schlecht untergebracht wird.«

»Obgleich du annimmst, daß ich das Kind von einem anderen Mann habe?«

»Du hast keinen Grund, mir Vorwürfe zu machen, Daria.«

Den ganzen Tag über verhielt sich ihr Magen ruhig. Roland ließ die Reisegesellschaft alle zwei Stunden eine Pause einlegen, als wüßte er genau, wann Daria sich erleichtern oder ein wenig die Beine vertreten wollte.

Am Abend hatte sich der Himmel aufgeklärt. »Wir werden unser Lager in dem Ahorngehölz aufschlagen«, sagte er.

In dieser Nacht hielt er sie nicht in seinen Armen, denn es war warm, und nur eine milde Brise rauschte durch die Ahornblätter über ihren Köpfen. Er fehlte Daria. Doch sie sagte nichts.

Als sie zwei Tage später eine Anhöhe hinaufritten, erblickte Daria in der Ferne eine prachtvolle normannische Burg. Stolz und kraftvoll erhoben sich die mit Zinnen bewehrten Türme über den dicken Steinmauern.

»Das ist Graelam de Moretons Burg Wolffeton. Dort bleiben wir, bis wir meine Burg beziehen können. Die Burgherrin heißt Kassia.«

»Die Königin war der Meinung, du würdest mich nach St. Erth bringen.«

Er schüttelte den Kopf. »Du wirst Dienwald und Philippa bestimmt noch kennenlernen, aber vorläufig bleiben wir hier.«

Daria schaute sich um. Sie liebte Cornwall. Das Land sprach alle ihre Sinne an. Die steife Meeresbrise wühlte in ihren Haaren, die Salzluft schmeckte rein. Diese Gegend erwärmte ihr Herz. Sie fühlte sich hier heimisch.

»Ist deine Burg weit entfernt?«

»Nein, nicht weit. Es macht dir nichts aus, daß es hier wild und rauh aussieht?«

»O nein, überhaupt nicht.«

»Das ist gut, denn dies wird deine neue Heimat werden.«

Sie war zufrieden. Leider wollte es ihr Schicksal, daß sie den Lord und die Herrin von Wolffeton in einem Augenblick kennenlernte, als ihr Magen wieder revoltierte und sie vor Schmerzen die Augen schließen mußte. Denn kaum hatte Roland ihr im Burghof von Wolffeton von Henriettas Rücken heruntergeholfen, als ihr wieder heftig übel wurde. Sie hörte die tiefe Stimme eines Mannes und die viel höhere einer Frau, die beide freundliche Besorgnis ausdrückten.

Keine zehn Minuten später war Daria in einem geräumigen Zimmer mit einem weichen flandrischen Teppich untergebracht. Durch drei Fensterspalten strömte Licht herein. Das Bett, auf dem sie lag, war so weich, daß sie vor Entzücken einen Seufzer ausstieß.

Dann hörte sie, wie die Frau zu ihr sagte: »Wenn Euch wieder übel wird, der Nachttopf ist gleich hier. Roland hat mir gesagt, daß die Königin Euch einen Heiltrunk mitgegeben hat. Euer Gatte holt ihn gerade.«

Daria ging es wieder besser. Sie schlug die Augen auf und brachte ein Lächeln zustande.

»Ich heiße Kassia. Es freut mich, daß Roland geheiratet hat und daß ihr eine Zeitlang bei uns bleiben wollt. Und schwanger seid Ihr auch. Was für ein Glück! Mein Kind ist gerade einen Monat alt, heißt Harry, sieht dummerweise seinem kriegerischen Vater ähnlich und hat auch seinen dunklen Teint.«

»Es ist doch gut, wenn er seinem Vater ähnlich sieht«, sagte Daria. »Sein Vater wird sein Kind sehr lieben.«

Kassia de Moreton, Herrin auf Wolffeton, wunderte sich über diesen sonderbaren Ausspruch. Ihr Gast, die junge Frau mit dem blassen Gesicht, lag auf dem Rücken und schwieg jetzt. Kassia fürchtete, daß ihr wieder übel werden würde.

Daria hing nur trüben Gedanken nach. Sie hätte gern geweint. Doch Tränen führten zu nichts, änderten nichts und brachten keine Lösung.

»Möchtet Ihr vielleicht Warmbier, Daria?«

Sie zwang sich zu einem Lächeln. »Ja, bitte.«

Unten im großen Saal sagte Kassia de Moreton zu ihrem Mann: »Was hältst du von alldem, Mylord?«

»Du meinst Roland und seine junge Frau? Nun, ich würde sie gern sehen, wenn sie mal nicht grün im Gesicht ist und am ganzen Leibe zittert.«

»Sie ist schwanger.«

»Ja, das hat mir Roland schon gesagt. Aber er hat es mir auf eine höchst merkwürdige Art mitgeteilt.«

»Du meinst, daß er sich dabei nicht wie ein stolzer Pfau in die Brust geworfen hat?«

Graelam blieb nachdenklich. »Irgend etwas stimmt da nicht. Hättest du etwas dagegen, wenn das Mädchen hierbleibt, sobald Roland sich zu seiner Burg begibt?«

»Überhaupt nicht.«

Am späten Nachmittag verließ Daria ihr Zimmer und fühlte sich so wunderbar wie in dem Augenblick, da Roland ihr Ehemann geworden war. Sie war gerade auf dem Weg nach unten, als sie ihm auf der Wendeltreppe begegnete.

»Es geht mir gut«, sagte sie sofort. »Dieses dauernde Übelsein hat mich ganz fertiggemacht.«

Er trat auf dieselbe Stufe wie sie und drängte sie an die Steinwand. An seinem Körper spürte er ihre langen Beine, den weichen Leib und die Brüste. Unwillkürlich liebkoste er ihre Wange.

Daria konnte es nicht verhindern, sie begann zu zittern. Sie wünschte sich, er würde sie in die Arme schließen, sie küssen und ihr sagen, wie sehr sie ihm gefehlt hatte. »Roland!«

Doch Roland schwieg. Er wandte sich ab und ließ sie stehen. Über die Schulter sagte er noch: »Wenn du dich dazu aufgelegt fühlst, im großen Saal findest du etwas zu essen.«

Die Hauptmahlzeit des Tages wurde auf der Burg Wolffeton am späten Nachmittag aufgetragen. Es war Sommer, und draußen schien die Sonne. Überall im Saal hörte man Scherze, Lachen und Ausbrüche lauter Heiterkeit.

Daria saß neben ihrem Mann und nahm nur dann und wann einen Bissen zu sich. Es gab köstlichen Hering, aber sie aß lieber nichts davon, aus Angst, ihr würde wieder schlecht werden.

Sie hörte, wie Graelam mit Roland über den König und seine großartigen Pläne für den Bau von Burgen in Wales sprach. »Jetzt besucht er also die Markgrafen, ißt ihnen die Vorratslager leer und schätzt ihre Stärke ab.«

Kassia wandte sich an ihren weiblichen Gast. »Versucht doch mal etwas von dem weichen Brot in Milch!«

»Ich fühle mich heute so herrlich und möchte, daß es auch so bleibt.«

»Jetzt müßt ihr mir von Euren Abenteuern erzählen«, sagte Kassia munter. »Ich habe nur ein wenig davon mitgekriegt und möchte alles hören.«

Es wurde ein angenehmer Abend. Daria entspannte sich und konnte auch wieder lächeln. Schließlich erkundigte sich Roland: »Bist du müde? Möchtest du dich jetzt zurückziehen?«

Sie nickte, denn sie war wirklich müde geworden.

»Da es dir wieder gut geht,« sagte Roland zu ihr, »komme ich heute nacht zu dir. Halte dich für mich bereit! Du gehörst mir, und wenn es dir nicht schlecht geht, will ich auch das mit dir tun, was ein Mann mit seiner Frau treibt.«

Der kalte Ton, in dem er das sagte, war ihr zuwider.

»Was meinst du damit, ich soll mich *für dich bereit halten*? Soll ich vielleicht, wenn du mitten in der Nacht kommst, nackt im Zimmer stehen? Oder wünschst du, daß ich mit weit gespreizten Beinen auf dem Rücken liege. Was willst du, Roland?«

Sie machte sich auf seine Kosten lustig. Das konnte er ihr nicht durchgehen lassen. »Ich wollte dir nur damit sagen, daß ich dich heute nacht nehmen will. Also sei darauf vorbereitet!«

»Wirst du mich wieder so behandeln wie in der Hochzeitsnacht, oder wirst du wie in jener anderen Nacht nett und sanft sein und mich mit dem Namen einer anderen Frau ansprechen?«

»Verdammt noch mal, außer der Hochzeitsnacht gab es keine andere Nacht! Hör mit deinen Lügen auf, Daria, du verärgerst mich!«

»Dann willst du mich also wie eine Schlampe behandeln, für die du nichts als Verachtung übrig hast.« Sie stand auf und zischelte ihm zu: »Ich werde mich nicht *bereithalten*, wie du es so schön ausgedrückt hast, Roland. Ich möchte überhaupt nicht, daß du zu mir kommst. Als ein beliebiger Gegenstand deiner Lust bin ich mir zu schade ... Von mir aus kannst du mit irgendeiner Dirne von der Burg schlafen!«

Mit Schwung verließ sie ihren Platz, und Roland konnte ihr nur noch mit malmenden Kiefern nachblicken. Einerseits hätte er sie gern verprügelt, andererseits lockte es ihn, sie mit Küssen zu überschütten.

»Dieses verfluchte unvernünftige Weib!«

»Ich glaube, ich habe es dir schon mal gesagt«, ließ sich Graelam vernehmen, »in den Weibern steckt ein wahrer Teufel.«

Roland grinste. »Deine Frau ist dagegen süß und ohne Arg und so sanft wie ein reifer Pfirsich. Sie kannst du damit nicht meinen.«

»Nein, aber früher sah ich sie auch so. Es ist allerdings schon lange her. Ich hatte sie völlig falsch beurteilt und ihr verschiedentlich sehr weh getan. Heute würde ich mir eher einen Arm abschneiden, als zu erleben, daß sie sich auch nur den kleinen Finger verrenkt.«

Dazu wußte Roland nichts zu sagen.

»Deine Frau ist etwas durcheinander. Nun ja, ihr seid ja noch nicht mal eine Woche verheiratet. Aber sie ist alles andere als häßlich, Roland, und sie muß dir doch sehr gefallen haben, sonst wäre sie nicht schwanger. Also ...«

»Ich möchte mich jetzt nicht über sie oder das Kind unterhalten.«

»Ach so, du willst sie dir erst mal gefügig machen, wie?«

»Ich bin auf sie scharf, das ist alles. Jede andere Frau wäre mir genauso recht, wahrscheinlich sogar angenehmer, denn Daria ist noch sehr unwissend. Ich muß ihr erst alles beibringen ... nun ja ...«

Zu Rolands Erleichterung ging Graelam de Moreton nicht weiter auf das Thema ein. Er überließ seinen Gast sich selber und sprach mit seinem Verwalter, einem Mann mit vernarbtem Gesicht namens Blount.

In völligem Schweigen trank Roland noch einen Krug Bier und haderte mit seinem Schicksal. Diese Frau hatte allen Grund, ihm dankbar zu sein. Bei allen Heiligen, hatte er sie nicht während ihrer Beschwerden mit größtem Mitgefühl gepflegt?

Schließlich wünschte er dem Lord und seiner Gattin gute Nacht und entfernte sich aus dem großen Saal. Sein Ziel war das Bett seiner Frau.

Er würde sie nehmen, wie es ihm beliebte, und sich keine ironischen Bemerkungen mehr von ihr bieten lassen.

14

Daria saß in der Nähe einer der Fensterspalten. Es war eine klare Nacht. Gelegentlich zog eine Wolke über den Halbmond. Der Luftzug kühlte ihr die Stirn.

Sie wußte, daß Roland irgendwann kommen würde. Daher war sie nicht überrascht, als die Zimmertür leise geöffnet und wieder geschlossen wurde. Sie rührte sich nicht.

Sie wartete nicht erst seine Befehle ab, sondern sagte, ohne sich zu ihm umzudrehen: »Ich meine es ernst, Roland. Ich lasse mich nicht noch einmal von dir schänden.« Ihre Stimme klang fest.

Ruhig entgegnete er: »Ich mache mit dir, wozu ich Lust habe, Daria. Du bist meine Frau. Du gehörst mir wie irgendein Gegenstand. Und jetzt habe ich Lust, dich zu begatten.«

Seufzend fuhr sie sich über die Stirn. »Ich denke gerade an das erste Mal. Da habe ich dich so geliebt. Es gab nichts, was ich nicht für dich getan hätte. Ich hatte schreckliche Angst, du würdest sterben. Ich wollte dich ganz für mich. In jener Nacht dachte ich, du würdest mir zeigen, wie es ist, wenn man sich mit dem geliebten Mann vereinigt. Ich war glücklich. Als du im Fieber nach mir verlangtest ...«

»Ich habe nie nach dir verlangt«, sagte er.

»Na schön, du hast nach Leila verlangt. Du erwecktest ungeahnte Gefühle in meinem Körper. Doch als du in mich eindrangst, tat es nur noch weh, und meine Gefühle schwanden dahin. Aber in dem Moment, bevor sich dein Samen in mich ergoß, sahst du mir in die Augen, und ich dachte, jetzt würdest du mich erkennen und wissen, daß du dich mit mir vereinigt hattest und nicht mit dieser Leila. Ich sehnte mich so sehr danach, daß du meinen Namen flüstern und mir sagen würdest, daß du mich liebst ... Vielleicht wirst du dich eines Tages an diesen Augenblick erinnern, in dem du mir ganz gehörtest ...«

Sein spöttisches Lachen unterbrach sie. »Ich soll mich an einen Augenblick erinnern, den du mit deiner lebhaften Fantasie erfunden hast? Du sagtest einmal, du hättest mir Blut und Samen vom Glied abgewaschen.«

»Das stimmt. Es war mir überhaupt nicht peinlich. Ich habe mich um dich gesorgt, weil du krank warst und weil ich dich liebte. Und ich habe dich gewaschen, weil ich nicht wollte, daß du an den Spuren merktest, was zwischen uns geschehen war. Du solltest dich mir nicht deshalb aus Schuldgefühl verpflichtet fühlen. Es war mein Entschluß, mich dir hinzugeben, und ich allein war dafür verantwortlich. Aber danach ging alles schief. Doch das Kind, *unser* Kind ... ich wollte, daß ...«

Er winkte ab. »Genug geplappert, Daria. Dein Kind wird meinen Namen tragen. Und wenn es ein Junge ist, habe ich meine Ehre bis zu meinem letzten Lebenstag verpfändet.«

»Roland, hättest du mich auch nicht heiraten wollen, wenn ich nicht schwanger gewesen wäre?«

Zunächst verschlug es ihm die Sprache. Dann sagte er leise: »Falls der König darauf bestanden hätte, nun gut, dann hätte ich dich zur Frau genommen.«

»Und wärst du dann beim Liebesakt zärtlicher gewesen?«

»Ich habe genug davon! Zieh dich aus und leg dich aufs Bett! Und beeile dich! Ich habe schon lange keine Frau mehr gehabt.«

»Doch, du hast vor kurzem mich gehabt.«

»Das zählt kaum. Da habe ich nur meine ehelichen Pflichten erfüllt. Ein bedeutungsloses Gerammel, weiter nichts. Vielleicht nehme ich mir heute nacht mehr Zeit.«

»Nein.«

Er trat auf sie zu und legte die Hände sehr sanft um ihre Oberarme. Dann drehte er sie zu sich herum. Seine Stimme war so kalt wie sein Blick. »Du wirst dich mir nie verweigern. Niemals.«

»Ich verweigere mich jetzt, Roland. Es geht nicht anders. Ich kann mich nicht von dir unterjochen lassen.«

»Ich bin es, der unters Joch gezwungen wird, Daria. Mein Vater hat oft ein Sprichwort zitiert. Es lautete: ›Wenn ein Mann etwas tun will, so muß er beizeiten damit anfangen.‹ Du wirst dich mir nicht widersetzen. Ich habe zu teuer dafür bezahlt. Und wenn du es versuchst, Daria, dann zwinge ich dich mit Gewalt.«

Plötzlich riß sie sich von ihm los und rannte zur Zimmertür. Hinter sich hörte sie den Stuhl umfallen. Er war darüber gestolpert. Im nächsten Augenblick war sie aus der Tür. Sein ausgestreckter Arm verfehlte um Zentimeter ihre Schulter.

»Wo willst du hin?« rief er ihr nach. »Du dummes Mädchen, wo willst du denn hin?«

Er hörte ihre raschen Schritte auf der steinernen Wendeltreppe. Dann einen lauten Schrei und einen dumpfen Aufprall. Das Herz schlug ihm bis zum Halse. Immer zwei Stufen auf einmal nehmend, raste er ihr nach. Als er um die Biegung kam, sah er Salin gebückt über Daria stehen, die zusammengesunken an der Steinwand lag.

»Was ist passiert?«

»Sie ist mit mir zusammengestoßen«, sagte Salin. »Dabei prallte sie von mir ab und schlug mit dem Kopf an die Steinwand.« Sie war bei Bewußtsein, aber ihre Augen wirkten verschwommen. Salin sagte: »Ihr seid unverletzt, kleine Herrin. Ihr habt Euch nur ein wenig den Kopf gestoßen und wart einen Augenblick lang benommen.« Dann hob er Daria auf, trug sie ins Zimmer und legte sie behutsam aufs Bett. »Soll ich Lord Graelams Arzt holen?«

»Nein. Ich kümmere mich um sie.« Roland wartete, bis Salin das Zimmer verlassen hatte, und schloß die Tür hinter ihm ab.

Dann befühlte er methodisch ihre Arme und Beine, zog sie dabei aus. Sie wehrte sich nicht.

»Ich habe mir den Kopf gestoßen. Es tut scheußlich weh.«

»Es ist weiter nichts, nur eine kleine Beule. Dein Dickkopf verträgt noch viel mehr. Und wenn es wirklich weh tun sollte, hast du es nicht anders verdient.«

»Wirst du mir jetzt Gewalt antun, Roland?«

»Ich glaube nicht, daß mir jetzt noch die Rute stehen wird. Wenigstens nicht bei dir.«

Doch er entkleidete sie weiter, bis sie nackt vor ihm lag. In gleichgültigem Ton stellte er fest: »Dein Leib ist so flach, man kann sich kaum vorstellen, daß du ein Kind darin trägst. Vielleicht war der Vater ein Zwerg.«

Sie fuhr hoch, packte die halbgefüllte Wasserkaraffe und schleuderte sie nach ihm. Sie traf ihn vor die Brust, und das Wasser spritzte ihm bis ins Gesicht.

In diesem Augenblick war es ihr völlig egal, ob er sie dafür strafen würde oder nicht. Es war ohnehin alles schiefgegangen. Sie hörte, wie er tief einatmete. Dann geschah eine Zeitlang gar nichts. Schließlich vernahm sie Schritte. Er war auf dem Weg zur Tür, die er aufschloß. Als er die Tür aufmachte, sagte er: »Ich reite morgen weg. Du bleibst hier bei Lord Graelam und Lady Kassia. Sie werden sich um dich kümmern.«

Klopfenden Herzens setze sie sich auf. Er wollte sie verlassen! »Nimm mich bitte mit! Laß mich nicht hier allein zurück! Das ist nicht recht. Du willst doch deine Burg kaufen, nicht wahr? Mir wird auch nicht mehr übel werden, das schwöre ich dir. Und bestimmt brauchst du mich ...«

»Dich brauchen? Ich brauche keine kranke Frau, die mich nur hemmt. Du hast dich ja nicht in der Gewalt. Dauernd erbrichst du dich.«

Daria dröhnte noch immer der Kopf von dem Anprall gegen die Steinwand. Wenigstens hatte er sie nicht angerührt.

Aber er wollte weg. Ohne sie! Würde er überhaupt noch einmal wiederkommen?

Heiß stieg Übelkeit in ihr auf. Sie vergaß die Kopfschmerzen, sprang aus dem Bett und schaffte es gerade noch bis zum Topf.

Als Roland am nächsten Morgen aufbrach, war Daria schon seit Stunden wach. In den Schlafrock gehüllt, beobachtete sie durch einen Fensterspalt, wie er Cantor bestieg, während er sich mit Lord Graelam unterhielt und schließlich seine Männer anwies, durch das geöffnete Fallgitter zu reiten. Im letzten Augenblick drehte er sich noch um und schaute zu ihr hinauf. Sie winkte ihm wild zu. Sie wollte ihm zuschreien, er solle sie mitnehmen. Doch hören würde er sie sowieso nicht.

Lange Zeit blieb sie so stehen. Sie stand immer noch da, als die Menschen zum Arbeitsbeginn in den Innenhof von Wolffeton strömten. Es war genauso wie auf Tyberton oder auf Reymerstone, der Burg ihres Onkels, und doch war es ganz anders. Woran lag es wohl? Anscheinend daran, daß die Menschen laute Gespräche führten und viel dabei lachten. Ja, das war es. Hier taten die Leute ihre Arbeit nicht mit trübseliger Miene, hängenden Schultern und leerem Blick.

Dann sah sie Lady Kassia, ihre Gastgeberin wider Willen, aus dem großen Saal ins Freie treten. Sie sah wie irgendeine Bedienerin aus. Ihr folgte ein älterer Mann. Er trug zwei Tabletts, auf denen sich süß duftende Pasteten mit Honig und Mandeln türmten. Daria lief das Wasser im Munde zusammen. Lady Kassia blieb stehen, überblickte das Getümmel um sie herum und pfiff dann so laut wie ein Krieger. Im nächsten Augenblick waren sie und ihr Begleiter von den Burgleuten umringt, die die Hände nach den warmen Pasteten auf den Tabletts ausstreckten.

Daria wünschte, sie könnte auch so laut pfeifen. Wenn sie sich beim nächstenmal über Roland ärgerte, würden ihm die Ohren klingen. Bei dem Gedanken mußte sie lächeln.

Wenn ihre Gastgeberin sie nur wider Willen bei sich dulden sollte, so war ihr jedenfalls nichts davon anzumerken. Kassia erblickte sie, lächelte und winkte ihr herunterzukommen. Als Daria in den Saal trat, riß sich Kassia gerade das weiße Tuch vom Kopf. Nun wirkte sie wie ein kleiner tanzender Derwisch.

»Kommt zu mir, Daria! Ich habe eine Pastete für Euch zurückbehalten. Ja, setzt Euch her und eßt! Oh, meine Liebe, Ihr seht aber müde aus. Habt Ihr schlecht geschlafen? Euer Gatte ist heute morgen in aller Frühe aufgebrochen. Er fehlt Euch wohl schon. Nachher stelle ich Euch Harry vor. Ihr müßt mir aber versprechen, ihn schöner als jeden anderen Säugling der Christenheit zu finden!«

Am Nachmittag fühlte sich Daria so einsam, daß sie am liebsten geweint hätte. Sie konnte selber nicht erklären, wie sie sich unter den vielen Leuten auf der Burg, die alle nett und freundlich waren, einsam fühlen konnte. Es war aber so. Sie beschäftigte sich einige Zeit mit Harry, der in der Tat ein schönes Baby war. Doch als sie ihn auf den Arm nahm, traten ihr die Tränen in die Augen. Auf ihr Kind – Rolands Kind – würde sein Vater nie stolz sein. Bestenfalls würde er ihm mit nichtssagender Freundlichkeit begegnen. Wenn es schlimm kam, mit abweisender Kälte.

Später stieg sie zum Ostwall empor und schaute ins Land. Als sie sich umdrehte, stand Graelam De Moreton, der Herr von Wolffeton, vor ihr. Sein plötzliches Erscheinen erschreckte sie. Er war ein großer Mann und, wie Roland gesagt hatte, ein überaus tüchtiger Krieger. Er wirkte rücksichtslos, beinahe abstoßend auf sie.

Seine ersten Worte waren: »Verzeiht mir, wenn ich Euch erschreckt habe, Daria, aber Ihr müßt Euch in acht nehmen. Ihr tragt ein Kind unterm Herzen, und der Fußpfad hier oben ist schmal.«

War er extra auf die Wälle geklommen, um sie zur Vorsicht zu ermahnen? Sie nickte mit ernster Miene. »Danke, Mylord.«

Graelam blickte hinaus aufs Meer. »Roland bleibt höchstens zwei Wochen weg. Dann holt er Euch ab und bringt Euch zu seiner Burg.«

»Wo liegt diese Burg, Mylord?«

»Nur fünfzehn Meilen nordöstlich von Wolffeton. Es ist ein nette kleine Burg, nicht so weitläufig und beherrschend gelegen wie Wolffeton, aber sie wird dem Geschlecht der de Tournay auf viele Jahre ein Heim bieten. Der Mann, dessen Familie es so lange in Besitz hatte, ist jetzt alt und müde. Er hat keine männlichen Erben. Er war mit Rolands Vater eng befreundet.«

»Ich weiß, sie heißt Thispen-Ladock, und Sir Thomas Ladock ist der Eigentümer.«

»Ja, der Name stammt von den beiden bedeutendsten Familien, die seit der Zeit Williams dort saßen. Das größte Dorf in diesem Gebiet heißt Perranporth. Hat Euch Roland sonst nichts von der Burg und ihrer Lage erzählt?«

Sie schüttelte den Kopf, und Graelam fuhr nach einer nachdenklichen Pause fort: »Da kaum mit der Invasion eines feindlichen Heeres zu rechnen ist, hat die Burg keine größeren Festungsanlagen nötig. Wir leben in einer so friedlichen Zeit, daß man sich als Mann nach Abwechslung sehnt.«

Sie mußte lächeln. Offenbar bedauerte er, daß Frieden herrschte.

»Vielleicht sollte ich den Wohnsitz meiner Familie an die Grenze nach Wales verlegen. Dort herrscht noch echter Kampfgeist.«

»Aber nur so lange, bis es König Edward gelungen ist, den Markgrafen die Flügel zu stutzen. Wir müssen also auch in Zukunft mit der Fortdauer friedlicher Zeiten rechnen.«

»Ungeachtet der Pläne Edwards bin ich anderer Meinung. Engländer und Franzosen lieben nun einmal eine handfeste Auseinandersetzung über alles. Und wenn es keinen Anlaß dafür gibt, erfinden sie einfach einen und schlagen sich dann gegenseitig die Köpfe ein. Und ihr dürft auch die Schotten und die Iren nicht vergessen. Ehe sie mit einem Engländer sprechen, spalten sie ihm lieber den Schädel. Gestattet mir jetzt, Euch von diesem gefährlichen Aussichtspunkt hinunterzubegleiten. Meine Kassia hat mich extra hochgeschickt, um einer Dame Kavaliersdienste zu leisten.«

Meine Kassia. Das hörte sich überaus nett, wenn auch etwas überraschend aus dem Munde eines Mannes an, der mit einem Schwerthieb einen Mann und sein Pferd in der Mitte durchschlagen konnte.

Da geschah Daria etwas höchst Unangenehmes. Sie brach plötzlich in Tränen aus. Vergebens bedeckte sie das Gesicht mit den Händen. Sie schämte sich mehr, als sie ertragen konnte. Doch die Tränen ließen sich nicht aufhalten.

Er legte die Arme um ihre Schultern und zog sie tröstend an sich. »Das macht das Kind, Daria. Deswegen braucht Ihr Euch nicht zu schämen. Ihr werdet sehen, das vergeht wieder. Auch meine süße Kassia hatte damals höchst merkwürdige Anfälle.«

»Nein, das Kind ist es nicht!«

»Nein?«

»Es ist Roland, mein Gatte. Er empfindet nur Verachtung für mich und hat mich allein deshalb geheiratet, weil der König es ihm befohlen hat!«

Graelam wünschte sich brennend, durch einen Zauberstreich stände er jetzt unten im Burghof und seine Frau wäre hier oben an seiner Stelle. Ihm fiel nichts ein, was er ihr sagen konnte. Allmählich wurde ihr Schluchzen ruhiger.

»Verzeiht mir«, hörte er sich sagen. »Bald wird alles besser werden.« Bei allen Heiligen, dachte er, der Verzweiflung nahe, was rede ich denn da für Phrasen? Zum Glück schien sie sich jetzt zu beruhigen.

»Nein, ich bitte um Verzeihung«, sagte sie und wischte sich wie ein Kind mit dem Handrücken die Tränen ab. Aber sie war kein Kind mehr. Sie war eine erwachsene Frau, sie war verheiratet und trug ein Kind im Leib.

»Kommt!« sagte er. »Kassia wird Euch einen Becher Milch geben, dann fühlt Ihr Euch gleich besser.«

Als Kassia die bestürzte Miene ihres Mannes sah, ließ sie alles stehen und liegen und begleitete Daria in ihr Zimmer. Unterwegs machte sie ihr zarte Vorwürfe. »Nun müßt Ihr mir aber sagen, was mit Euch los ist! Ich bringe es in Ordnung, wenn ich kann. Auch wenn mein Mann mich immer ermahnt, den Mund zu halten und mich nicht in die Probleme anderer Menschen einzumischen. Kommt, sagt mir alles, Daria!«

Aber Stolz und das Gefühl ihres Elends verschlossen Daria den Mund. Sie wäre am liebsten in dem Steinfußboden versunken. »Es ist nur das Kind«, sagte sie, »und weiter nichts.«

»Nun gut. Dann müßt Ihr Euch jetzt ausruhen. Später komme ich und bringe Euch süßes Weißbrot und Bier. Oder wenn Ihr Euch besser fühlt, könnt Ihr auch in den großen Saal kommen.«

Als Daria allein war, begab sie sich gehorsam ins Bett. Eigentlich war sie doch ans Alleinsein gewöhnt. Merkwürdig, daß sie dadurch weder Geduld noch Seelenruhe gewonnen hatte. Als sie sich endlich erhob, war es Abend geworden, und Kassia holte sie zum Essen ab.

In der Nacht faßte Daria einen Entschluß. Früh am nächsten Morgen sprach sie Lord Graelam an. »Mylord, ich möchte Euch um einen Gefallen bitten. Könntet Ihr mir einige Eurer Männer zur Verfügung stellen?«

Erstaunt sah Graelam die junge Frau an, die schmal und bleich, aber aufrecht und eigensinnig wie ein Maulesel vor ihm stand. »Ihr wollt wegreiten? Wohin?«

»Ich will mich zur Burg meines Mannes begeben. Mein Platz ist nicht hier bei Euch, wo Ihr mir aus Güte Obdach gewährt, sondern an seiner Seite. Er wird mich bei sich aufnehmen. Er muß es tun, denn er ist mein Mann. Darf ich mir einige Eurer Männer ausleihen?«

Welcher Mann konnte ihr diese Bitte abschlagen? Aber er hatte Roland versprochen, seiner Frau einen sicheren Aufenthalt zu gewähren. Obgleich die Gegend seines Wissens sicher war, durfte er sie nicht gehen lassen. Es wäre ein Vertrauensbruch gewesen. »Es tut mir sehr leid, aber das kann ich nicht machen. Ihr müßt auf Wolffeton bleiben, bis Roland zurückkommt.«

Falls er zurückkommt, dachte sie. Sie hatte nichts anderes von Graelam erwartet. Er war eben ein Ehrenmann – aber Ehre galt nur unter Männern und nicht einer Frau gegenüber.

Am frühen Nachmittag sprach sie Kassia an. »Ich möchte meiner Stute Henrietta etwas Bewegung verschaffen. Muß ich einen Stallburschen mitnehmen?«

Einen schrecklichen Augenblick lang befürchtete sie, Kassia würde sie begleiten wollen. Aber da kam wie gerufen das Kindermädchen mit dem laut schreienden Harry im Arm in den großen Saal.

Eine knappe Stunde später ritt Daria von Wolffeton ab. Zwei junge Stallburschen begleiteten sie. Sorgfältig achtete sie darauf, daß Graelam sie nicht wegreiten sah.

Die Sonne brannte heiß herab, aber das machte Daria nichts aus. Sie sagte den beiden Männern, sie wolle an der zerklüfteten Küste entlang nach Norden reiten. Sie waren sofort einverstanden.

Der eine beantwortete ihr auch bereitwillig ihre Fragen nach der Lage der Burg Thispen-Ladock. Bis dorthin waren es fünfzehn Meilen. Sie wußte nicht genau, wie lange sie dafür brauchen würde. Aber wichtiger war es zunächst, die beiden Männer Graelam de Moretons loszuwerden. Die Richtung kannte sie ja jetzt.

Nach zwei Stunden gebot Daria vor einem dichten, schier undurchdringlichen Eichenwald Halt. Hier bot sich ihr die beste Gelegenheit, ihren Begleitern zu entwischen. Mit beschämt niedergeschlagenen Augen und leichtem Erröten sagte sie ihnen, sie müsse mal für fünf Minuten im Wald verschwinden.

Sie konnten ihr ja nicht gut folgen, wenn sie angeblich ein Bedürfnis verrichten wollte. Daria dankte ihnen und saß ab. Henrietta am Zügel führend, ging sie etwa zwanzig Meter in den Wald hinein, bis sie nicht mehr zu sehen war und stieg dann wieder auf. Ein schmaler Weg führte quer durch den Wald.

Bald hörte Daria Schreie hinter sich, aber sie waren schon sehr weit entfernt. Dann wurde der Eichenbestand lichter. Nun würde Henrietta die Stallburschen leicht abhängen, falls die sie verfolgen sollten.

Sie ritt scharf eine weitere Stunde. Dann schnaubte ihr Pferd immer stärker, und sie mäßigte das Tempo. Die salzige Meeresluft umwehte erfrischend ihr Gesicht, und der Geruch nach Moos, Bäumen und Wasser erinnerte sie an Wales.

Zu ihrer Linken erblickte sie ein rohes Holzschild, auf dem in ungelenken Buchstaben stand: PERRANPORTH. Sie war schnell vorangekommen.

Um das kleine Fischerdorf zu umgehen, bog sie von der Küste ostwärts ab. Hinter ihr rüstete sich die Sonne bereits zum Untergang. Kein Mensch weit und breit. Es war, als wäre sie das einzige Lebewesen in dieser Gegend. Das machte sie ein wenig ängstlich.

Als sie in der Ferne Rauch aufsteigen sah, hielten sich bei ihr Furcht und Hoffnung die Waage. Vorsichtshalber ließ sie Henrietta im Schritt gehen. Schließlich stieg sie ab, band die Stute an einem einzelnen Eibenbusch fest und schlich sich näher heran.

Es war ein Lager. Sie sah mehrere Frauen und etwa sechs Männer. Die Frauen kochten das Abendessen. Die Männer räkelten sich auf der Erde. Waren es Zigeuner? Sie hatte noch nie welche gesehen. Dann kam ein großer, gutgekleideter Mann in ihr Blickfeld. Er war dick und wirkte recht vergnügt.

Er sprach mit einem der anderen Männer, gab einer Frau einen Klaps hinten drauf und faßte ihr dann unter den Rock. Die Frau quietschte und lachte und rieb ihr Hinterteil an ihm.

Daria zog sich zurück.

Sie würde im Bogen um das Lager reiten. Sonst riskierte sie noch, daß man ihr etwas antat und sie festhielt, um Lösegeld zu erpressen. Sie war so viele Monate in Gefangenschaft gewesen und hatte keine Lust, noch einmal gefangen zu sein.

Sie stand auf, um zu Henrietta zurückzugelangen. Als die Stute ihre Herrin erblickte, hob sie den Kopf und wieherte laut.

»Sei still, Henrietta!« Daria lief zu ihr und schwang sich auf ihren Rücken.

Doch es ging nicht schnell genug. Rufe ertönten, Geschrei erhob sich, sie hörte Schritte. Ein Mann packte sie am Fußgelenk und zerrte sie vom Pferd. Bevor sie zu Boden fiel, packte er sie um die Taille und fing sie auf.

Daria wehrte sich. Sie stieß dem Mann den Ellbogen in die Kehle und das Knie zwischen die Beine. Der Mann heulte vor Schmerz und Wut laut auf. Seine Finger gruben sich in ihre Schulter. Daria sträubte sich wie eine Wilde. Aber dann kam ein zweiter Mann hinzu, und gemeinsam hielten sie sie an den Armen fest.

15

So schnell gab Daria nicht auf. Keuchend versuchte sie sich mit einem Ruck loszumachen. Aber die beiden Männer hielten sie eisern fest. Der erste, dem sie die schmerzhaften Stöße versetzt hatte, hob die Faust gegen sie. Da ertönte eine Stimme: »Halt ein, Alan! Nicht schlagen!«

»Das gemeine Biest hat mir beinahe die Kehle zerquetscht!«

»Geschlagen wird nicht«, sagte der hinzukommende Mann. Es war der gutgekleidete Dicke, den Daria vorhin gesehen hatte.

Daria stellte ihre Anstrengungen ein und schnappte nach Luft. Ihr Magen rebellierte. Sie fürchtete sich erbrechen zu müssen, doch es ging noch einmal gut.

»Na, das ist aber ein zauberhaftes kleines Täubchen«, sagte der Dicke. »Hübsch und jung, sehr jung. Wer bist du, kleine Taube?«

Sollte sie es ihm sagen? Oder würde das Roland in Gefahr bringen? Der Dicke sah gar nicht mehr so gemütlich aus wie vorhin, als sie ihn heimlich beobachtet hatte.

»Ich habe Angst. Und deine Männer tun mir weh.«

»Kann sein, aber du hättest ja auch beinahe meinen armen Alan abgemurkst. Kein Mann hat es gern, wenn eine Frau ihn so zurichtet. Laßt sie los, Jungens, aber paßt scharf auf sie auf!«

Doch bevor Alan ihren Arm freigab, verdrehte er ihn ihr noch.

»Wer bist du?« fragte der Dicke wieder.

»Ich heiße Daria.«

»Ein hübscher Name, wirklich ein sehr netter Name, doch bei allen Heiligen, er sagt mir nichts. Zu welcher Familie gehörst du?«

»Der Graf von Reymerstone ist mein Onkel.«

»Die gibt doch nur an! Den Namen hat sie sich ausgedacht! Sie ist ein verlogenes kleines Biest!«

»Alan, mein Junge, beruhige dich. Wenn sich herausstellt, daß sie lügt, überlasse ich sie deinen liebevollen Armen. Aber wenn man einen Namen noch nie gehört hat, heißt das noch lange nicht, daß er erfunden sein muß. Wo lebt deine Familie, Mädchen? Und warum ziehst du ganz allein durch die Gegend? Ach, seht euch doch mal den schönen Zelter an! Verarmt scheinst du nicht gerade zu sein, kleine Taube, wie?«

Sie sprudelte heraus. »Ich bin Gast des Lords Graelam de Moreton. Wenigstens war ich es bis vor wenigen Stunden.«

»Sie lügt schon wieder, Master Giles! Über de Moreton habe ich gehört, daß er mit seiner Frau sehr glücklich ist. Da wird er sich bestimmt nicht vor ihren Augen so ein kleines Flittchen halten.«

Der Dicke, Master Giles, sah sie aus schmalen Augen forschend an. Dann hob er langsam den Arm. Seine Hände waren dicklich und weiß, zu weiß für eine Männerhand. Daria fühlte sich von ihm abgestoßen. Mit langen Fingernägeln strich er ihr über den Hals. Sie hielt still und gab sich den Anschein größter Ruhe. Plötzlich schlossen sich seine Hände mit überraschender Kraft um ihren Hals. Der Schmerz ging ihr durch Mark und Bein.

»Heraus mit der Wahrheit, mein Täubchen, oder ich reiße dir die Zunge aus dem Hals!«

Hinter sich hörte sie Alan lachen. Die Übelkeit in ihrem Magen wurde stärker. Diesmal war der Brechreiz nicht mehr zu ersticken. Er ließ sie los. Sie warf den Kopf zurück, faßte sich an die Kehle und schnappte gurgelnd nach Luft.

Dann drehte sie sich ab, fiel hart auf die Knie und erbrach sich.

Der Dicke schaute auf sie hinab. Seine kalte Stimme klang angeekelt. »Wenn sie sich die Gedärme ausgekotzt hat, bringt sie ins Lager! Ich habe ihr noch einige Fragen zu stellen. Vielleicht haben wir mit ihr eine wertvolle Beute gemacht. Und du, Alan, du läßt sie in Ruhe, klar? Ich habe das Gefühl, daß ihr unverhofftes Erscheinen uns allen noch große Freude bereiten wird.« Er klopfte Daria auf die Schulter. »Kannst du mich hören, Mädchen? Dann merke dir, ich will die Wahrheit von dir hören! Sonst wird es in Zukunft äußerst unangenehm für dich werden.«

Sie blieb mit gesenktem Kopf auf den Knien hocken und wartete darauf, daß der Anfall vorüberging.

»Beeil dich!« sagte Alan und trat ihr gegen den Oberschenkel.

»Laß das sein, du scheußliche Bestie! Du hast gehört, was dein Herr zu dir gesagt hat!«

»Ha! Immer noch eine freche Zunge, wie?« Plötzlich packte er sie am Ellbogen und stellte sie mit einem Ruck auf die Beine, ging mit schnellen Schritten los und zerrte sie mit. Sie schwankte wie eine Betrunkene und hatte große Mühe, das Gleichgewicht zu halten.

Als sie im Lager ankamen, ließ Alan sie los.

»Ah, mein Täubchen, nimm Platz!« Vor ihr saß der dicke Master Giles auf einem feingeschnitzten Sessel. Es wirkte lächerlich, wie er so mitten im Wald vor einem Feuer zwischen den zerlumpten Männern und Frauen thronte.

»Wer bist du?«

»Ich? Nun, ich bin Master Giles Fountenont. Kein Grund, ein Geheimnis daraus zu machen. Ich bin in dieser Gegend gut bekannt. Du darfst in mir einen Mann von fürstlichem Geblüt sehen, einen Kaufmann, einen Mann von großen Talenten und Mitteln. Und dies sind meine Leute, die mir alle treu ergeben sind.« Er schnappte sich eine vorbeikommende Frau, zog sie auf seinen Schoß, gab ihr ein Stück der großen Hühnerkeule, an der er gerade knabberte, und schob sie wieder weg. »Los, bring der kleinen Dirne auch etwas zu essen! Sie soll hier nicht verhungern, ehe ich beschlossen habe, was wir mit ihr anstellen werden.«

Die Frau ging zu dem Kochtopf über dem Lagerfeuer. »Ja, mein Täubchen, ich bin unterwegs nach Truro, wo sich mein fürstlicher Haushalt befindet. Dies hier«, er deutete auf den Wald, »all dies ist nur mal eine angenehme Abwechslung für mich.«

Die Frau brachte Daria eine dicke, reichlich mit Honig bestrichene Scheibe Brot und einen Krug Bier. Daria nahm beides dankbar entgegen. Sie trank einen großen Schluck, und Master Giles sagte: »So, jetzt will ich die Wahrheit hören. Oder Alan zerfetzt dir dein hübsches Kleid und beschäftigt sich mit deinem sicherlich reizvollen Körper.«

Daria hatte keine Lust, noch nähere Bekanntschaft mit Alan zu schließen. Sie sagte: »Ich bin die Frau von Roland de Tournay. Er ist von Wolffeton aus zu seiner neuen Burg geritten. Mich hat er dort gelassen. Ich habe mich nach ihm gesehnt und wollte ihm nach. Das ist alles. Ich wäre dir sehr verbunden, Master Giles, wenn du mir helfen würdest. Die Burg meines Mannes heißt Thispen-Ladock.«

»Aha. Demnach will er Sir Thomas Ladocks Ländereien kaufen. Ich habe schon von deinem Mann gehört. Er ist ein tapferer Ritter und steht in der Huld des Königs. Das ist ja ein interessantes Märchen, das du mir da erzählst, mein Täubchen.«

»Das ist kein Märchen. Es ist die Wahrheit.«

Master Giles hatte keinen Augenblick daran gezweifelt. Er wußte nur noch nicht, wie er sich verhalten sollte. »Du sagst, du wärst einfach von Moreton losgeritten? Und ganz allein? Das war aber nicht sehr klug von dir.«

Daria aß noch ein Stück Honigbrot, überlegte kurz und sagte

dann: »Mein Mann hatte angeordnet, ich sollte auf Wolffeton bleiben. Aber ich hatte solche Sehnsucht nach ihm. Ich mußte heimlich weg, ohne daß Lord Graelam etwas merkte.«

Master Giles ließ sich ein feuchtes Tuch reichen, um sich Gesicht und Hände abzureiben. Er führte sich vor seinen zerlumpten Untertanen wie ein kleiner König auf. »Ich überlege mir noch, was ich mit dir anfangen werde, mein Täubchen. Roland de Tournay also. Ein Problem, das gründliches Nachdenken erfordert.«

Eine Frau reichte Daria eine Decke und sagte ihr, sie solle sich näher ans Feuer setzen.

Aber man ließ sie nicht lange in Ruhe. Wenig später kam Alan mit einem langen, dünnen Strick in der Hand. Er hockte sich neben sie, legte seine Hände auf ihre Schultern und drückte mit den Fingern zu. Dann warf er sie grob auf den Bauch, packte ihre Hände und zerrte sie ihr auf den Rücken. Sie merkte, daß er ihr mit dem Strick die Handgelenke fesselte, einmal, zweimal. Dann zog er den Strick fest an. Es tat weh, und sie begann laut zu stöhnen.

»Es besteht kein Grund, sie zu quälen, Alan«, sagte eine Frauenstimme. »Du bist nur wütend, weil sie sich bei der Gefangennahme gewehrt hat.«

Alan antwortete mit einer rüden Bemerkung und zog den Strick noch fester an. Dann entfernte er sich.

Lange Zeit blieb Daria regungslos liegen. Schließlich wälzte sie sich auf die Seite, das Gesicht zum Feuer gewandt. Er hatte ihr die Decke nicht übergelegt, und ihr wurde kalt. Von den anderen Männern und Frauen sah und hörte sie nichts.

Dann und wann nickte sie vor Erschöpfung ein. Die Angst lähmte ihren Geist. In den Armen hatte sie kaum noch Gefühl. Dann wieder starrte sie in die qualmende Asche. Sie hörte den Schrei einer Eule. Wie zur Antwort wieherte ein Pferd. Hoffentlich hatte man Henrietta mit Futter versorgt. Und hoffentlich hatte ihr Kind alles gut überstanden. Tränen stiegen ihr in die Augen. Sie schluckte. Sie hatte doch nur zu Roland reiten wollen, und jetzt war sie wieder gefangen.

Was hatte sie nicht alles im letzten halben Jahr erlebt und erlitten! Dagegen waren ihre ersten siebzehn Lebensjahre trotz der kleinen Grausamkeiten ihres Onkels so gut wie ereignislos abgelaufen. Sie hatte stets gut gegessen, hatte hübsche Kleidungsstücke besessen, hatte Unterricht erhalten und in Frieden lernen können. Dann die Zeit beim Grafen von Clare, eine Zeit fortwährender heimlicher Angst. Und jetzt mußte sie wieder um ihr Leben fürchten. Und alles nur, weil sie sich kopflos aus der Geborgenheit Moretons entfernt hatte. Da mußte sie ausgerechnet dem dicken Master Giles in die Arme laufen, der ein Verbrecher war und sich wie ein königlicher Prinz aufführte!

Die Nacht war stockdunkel. Wenn die leichte Brise die Blätter der Eichen rascheln ließ, zuckte sie jedesmal erschreckt zusammen.

In der dunkelsten Stunde der Nacht, kurz vor der Morgendämmerung, war sie wieder hellwach. Die gefesselten Arme bereiteten ihr höllische Schmerzen. Sie tat sich so leid, daß sie gern geweint hätte. Sie hatte das sichere Wolffeton verlassen – und weshalb? Wegen eines dummen Mädchentraums, einer Einbildung, die nichts mit dem wirklichen Leben zu tun hatte. Das wirkliche Leben – das bedeutete, Gefangene des gehässigen Alan und des schrecklichen Master Giles zu sein.

Plötzlich legte sich eine Männerhand auf ihren Mund, und ein warmer Atem streifte ihr Ohr. »Keine Bewegung! Ich bin gekommen, um Euch zu befreien. Gebt keinen Ton von Euch und macht keine unbedachte Bewegung! Habt Ihr verstanden?«

Daria nickte, und die Männerhand gab ihren Mund frei. Daria blickte hoch. In der Hand des Fremden blinkte silbern eine Messerklinge. Gleich darauf schnitt er die Stricke um ihre Handgelenke auf. Sie war frei. Sie wollte die Arme heben, doch die Muskeln gehorchten ihr nicht.

Der Mann hob sie hoch und legte sie sich über die Schulter. So trat er wie ein lautloser Schatten über die schlafenden Männer Master Giles hinweg. Und über einen Körper, der sich nie mehr rühren würde.

Erst tief im Wald hielt er an, stellte Daria auf die Beine und lehnte sie an den Stamm einer Eiche. »So«, sagte er und tätschelte ihr die Wange. »Ihr müßt zusehen, daß Ihr wieder Gefühl in den Armen bekommt. Bleibt hier, und verhaltet Euch ganz still! Ich habe noch eine Verabredung mit Master Giles. Es dauerte nicht lange.« Plötzlich fuhr er auf und drehte sich um. Dann sagte er ärgerlich: »Nein, verdammt noch mal, Philippa! Du bleibst bei ihr, verstanden? Bei allen Heiligen, ich hätte dich gar nicht mitnehmen sollen.«

Auf einmal gaben Darias Beine nach. Sie hörte noch, wie der Mann etwas zu der Frau sagte. Dann schwanden ihr die Sinne.

Wieviel Zeit mochte seitdem vergangen sein? Daria traute sich nicht, die Augen aufzumachen. Sie lag auf einer Unterlage von Fellen und hatte eine Decke über sich. Allmählich erinnerte sie sich wieder an das Geschehene. Sie blieb unbeweglich liegen. Neben ihr brannte eine Fackel. Das erste Licht des Morgengrauens sickerte in den Wald.

»Ihr seid ja wach!«

Es war ihr Retter. Zögernd schlug sie die Augen auf. Er saß neben ihr. Er war jünger, als sie angenommen hatte. Sein Gesicht war hart und unerbittlich, die Augen blickten kalt. Wie Roland, wenn er sie der Lüge bezichtigte. War sie wieder in die Hände eines Verbrechers gefallen?

»Ja«, antwortete sie. Ihr war kalt, und neuerlich beschlich sie Angst. »Wollt Ihr mir etwas zuleide tun?«

Er schien erstaunt. Dann sagte er beruhigend: »Bleibt nur ganz ruhig liegen! Ihr habt Schweres durchgemacht. Ich kenne Master Giles schon von früher. Er hat zwar ganz gute Manieren und schwingt tolle Reden, aber er ist ein Schuft und Verbrecher. Habt Ihr Euch ein wenig erholt? Ich würde gern erfahren, wer Ihr seid und wie Ihr in die Gewalt dieser schmierigen Kröte geraten seid.«

»Ihr werdet mir wirklich nichts tun?«

Er schüttelte den Kopf und sagte freundlich: »Dann fange ich mal an. Ich bin Dienwald de Fortenberry. Ich habe von weitem mitangesehen, wie Euch dieser Alan zugesetzt hat, konnte Euch aber zu diesem Zeitpunkt noch nicht befreien. Ich mußte warten, bis alle eingeschlafen waren. Es hat Stunden gedauert, bis der Schlaf auch die Wachtposten übermannt hat. Nein, ich werde Euch bestimmt nichts tun.«

»Ich bin Daria de Tournay, die Frau von Roland de Tournay.«

Der Mann klappte verblüfft seinen Mund auf und zu – und sagte volle zwei Minuten lang kein Wort. Dann lachte er vergnügt. »Das ist aber außerordentlich merkwürdig«, sagte er schließlich. »Roland – Euer Gatte. Kaum zu glauben! Ja, sehr merkwürdig und erfreulich.«

»Kennt Ihr meinen Mann?«

»Ja. Es ist noch gar nicht lange her, da hat er mir das Leben gerettet. Es war ein meisterhafter Messerwurf, der meinen Feind mitten ins Herz traf. Natürlich sehe ich seitdem in Roland meinen Freund. Warum seid Ihr nicht bei ihm?«

Daraufhin erzählte ihm Daria ihre traurige Geschichte. Sie gab auch zu, unüberlegt gehandelt zu haben.

»Ah«, sagte Dienwald, »da kommt meine Frau. Philippa, hier stelle ich dir das Mädchen vor, das Roland geheiratet hat.«

Philippa de Fortenberry war ein hochgewachsenes, anmutiges Mädchen, das ungefähr ebenso alt war wie Daria. Sie hatte ein lebhaftes, intelligentes Gesicht und die schönsten blauen Augen, die Daria je gesehen hatte. Sie war ja des Königs Tochter, und sie hatte die Augen ihres Vaters. »Die Königin hat mir alles über Euch erzählt, und der König sprach viel von seiner süßen Philippa. Sehr erfreut, Euch kennenzulernen. Ich hätte mir allerdings gewünscht, es wäre an einem anderen Ort geschehen.«

»Ja«, sagte Dienwald, »das stimmt. Ich kann mir vorstellen, daß Ihr gern wissen wollt, woher wir Roland so gut kennen. Nun, der König hatte Roland nach Cornwall geschickt. Er hatte ihn als Philippas Gatten ausersehen. Zum Pech des Königs und zum Glück für Roland war sie da aber schon mit mir verheiratet. So traf es zwei Unglückliche, aber ich will edelmütig sein und mich nicht beklagen. Ich hätte zwar auf ihre Hand gern verzichtet, aber sie hat mir eingeredet, daß sie sich dann in den Burggraben werfen und sterben würde.«

Philippa lachte laut und kniff Dienwald in den Arm. »Hört nicht auf ihn, Daria, er prahlt nur! Er ist ein Esel wie die meisten Männer, ein wunderbarer frecher Esel ... Na, ich bin nur froh, daß wir zufällig auf Euch gestoßen sind. Jetzt ist alles wieder gut.«

»Wie kommt Ihr hierher? Ihr begleitet Euren Mann in der Kleidung eines Knaben?«

»Das ist so, meine Liebe: Mein Mann kann ohne mich nicht auskommen. Ich muß ihm sagen, welche Taktik er anzuwenden hat, wie man eine Befreiung durchführt und wie man einen Rachefeldzug führt. Ich bin froh, wenn er meine Anweisungen richtig befolgt. Ja, und nun hat dieser miese Kretin Giles seine wohlverdiente Strafe erhalten.«

»Was habt Ihr mit ihm und den anderen gemacht?«

»Einer hat mit dem Leben dafür gebüßt«, sagte Dienwald. »Was die anderen angeht, nun, Daria, die klappern im Augenblick vor Kälte mit den Zähnen. Könnt Ihr Euch vorstellen, daß Master Giles jetzt splitternackt auf seinem Thronsessel sitzt?«

»Ihr habt ihnen die Kleider weggenommen?«

Philippa und ihr Mann grinsten wie zwei Clowns und nickten belustigt.

»Ja, und sie dann gefesselt.«

Dienwald wurde nun sachlich. »Wenn Ihr Euch wieder wohl fühlt, sollten wir Euch jetzt zu Eurem Gatten bringen.«

»Offen gestanden«, sagte Philippa de Fortenberry in herausforderndem Tonfall, »ich frage mich schon, warum ich Roland nicht zum Mann genommen habe. So ein edler Charakter, so eine männliche Natur, so ein ...«

Dienwald de Fortenberry schoß in die Höhe, lud sich seine Frau auf die Schulter und trug sie davon.

Daria sah ihnen entgeistert nach. Die beiden waren mehr als eigenartig.

Aus der Richtung, in der sie verschwunden waren, hörte sie ein lautes Geheul, halb wutentbrannt, halb lachend. Nach einigen Minuten tauchte Dienwald wieder auf. Er gab sich jetzt als umsichtiger Retter. »Wir wollen das Schicksal nicht herausfordern und möglichst bald aufbrechen. Ich will Euch nämlich wohlbehalten bei Roland abliefern. Wo hält er sich eigentlich auf?«

»Es kann nicht weit von hier entfernt sein. Er ist unterwegs, um Ländereien und eine Burg zu kaufen. Sie heißt Thispen-Ladock.«

»Ja, das ist wirklich nicht weit von hier. Seid Ihr imstande weiterzureiten?« Dienwald half ihr beim Aufstehen. »Ich möchte mal wissen, was Graelam dazu sagen wird. Ja, ich würde zu gern das Gesicht sehen, das er gerade jetzt macht.«

»Ihr kennt wohl jeden hier, Sir?«

»Ihr könnt Dienwald zu mir sagen. Ja, wir bilden in diesem Teil von Cornwall eine kleine Gemeinschaft. Daher ist es kein Wunder, daß wir uns alle kennen. Erstaunlich ist nur, daß wir sogar Freunde sind.« Er lachte.

Nun kam auch Philippa hinzu. »Ich werde Euch behilflich sein«, sagte sie und reichte Daria die Hand. Zu ihrer Bestürzung riß Daria sich von ihr los und rannte davon. Gleich darauf sank sie an einen Baumstamm und erbrach sich heftig.

»O mein Lieber«, sagte Philippa zu ihrem Mann, »wenn sie aber krank ist ...«

»Dann reiten wir eben langsam. Im Augenblick brauchen wir nichts zu überstürzen. Master Giles ist vorläufig außer Gefecht gesetzt.«

Daria nahm einen Krug Wasser von Philippa in Empfang und spülte sich den Mund aus.

»Krank bin ich nicht«, sagte sie, »ich bin schwanger. Diese Anfälle kommen und gehen. Einfach scheußlich!«

»Ich muß schon sagen, Roland hat eine vorbildliche Pflichtauffassung bewiesen«, sagte Dienwald trocken. »Wie lange seid Ihr denn verheiratet?«

»Noch nicht lange«, antwortete Daria ausweichend. Dann gestattete sie Philippa, ihr mit einem feuchten Lappen das Gesicht abzuwischen. »Vielen Dank. Das tut gut. Jetzt bin ich wieder wohlauf, bestimmt. Das war der Morgengruß meines Kindes. Hat mir auf seine Weise angekündigt, daß es bereit ist, den Tag zu beginnen. Können wir jetzt zu meinem Mann reiten?«

»Ja, laßt uns aufbrechen!« sagte Dienwald.

»Aber wo ist Henrietta, meine Stute? Master Giles hat sie mir weggenommen.«

»Ich habe alle Pferde von Master Giles einkassiert. Das dürfte als Entschädigung für seine Diebeszüge ausreichen.«

»Du vergißt, seine Kleider zu erwähnen«, sagte Philippa kichernd.

Die zwölf Männer, die Dienwald begleiteten, waren in Hochstimmung. Daria hörte, wie sie ihre Eindrücke austauschten.

»Hast du gesehen, wie sich sein Fettgesicht verzog, als Dienwald ihn aufforderte, den Waffenrock abzulegen?«

»Ja, und seine kleine Rute ist in der Kälte immer mehr eingeschrumpft!«

»Eins ist sicher, Master Giles wird unserem Herrn so bald keinen Streich mehr spielen!«

Die regenschweren Wolken hatten sich verzogen, der Himmel war aufgeklart. Jetzt erst konnte Daria ihre neuen Beschützer genauer betrachten.

Philippa hatte die Wollmütze abgesetzt, und die schimmernden dichten Locken fielen ihr frei über die Schultern. Sie ritt dicht neben ihrem Mann, und Daria sah, daß sie sich an den Händen hielten. Der Anblick stimmte sie wehmütig. Sie dachte an Wales, an die langen Stunden mit Roland, der um sie bemüht war, mit ihr gelacht und sie gelobt hatte, wenn sie die walisischen Wörter und Redensarten korrekt nachgesprochen hatte ...

Dienwald drehte sich im Sattel um und sagte: »Wir sind nicht mehr weit von Thispen-Ladock entfernt. Eine Stunde noch. Alles in Ordnung, Daria?«

Am liebsten hätte sie laut ›Nein‹ gerufen. Sie durfte gar nicht daran denken, wie Roland sie beschimpfen würde, wenn er sie unverhofft auftauchen sah. Doch sie drückte die Schultern zurück und antwortete: »Ja, alles in bester Ordnung.«

Leise sagte er zu seiner Frau: »Das ist alles höchst sonderbar. Wenn Roland sie verführt, geschwängert und geheiratet hat, warum hat er sie dann in Wolffeton zurückgelassen?«

»Und ich frage mich«, sagte Philippa nachdenklich, »warum sie ihm allein gefolgt ist. Ob sie wohl einfältig ist? Sie mußte doch wissen, wie gefährlich so was ist.«

»Genau wie du, als du von Beauchamp ausgerückt bist.« Dienwald drückte ihr die Hand und stieß einen tiefen Seufzer aus. »Der arme Dickwanst Master Giles hat mein ganzes Mitgefühl. Ein Glück, daß er es nur mit mir zu tun hatte. Ich wage es gar nicht, mir auszumahlen, was dem armen alten Schweinehund geblüht hätte, wenn du ihn überfallen hättest.«

Daria hörte mit an, wie die beiden unterwegs stritten, sich gegenseitig scheinbar Beleidigungen an den Kopf warfen und dann herzhaft gemeinsam lachten. Welch ein gutes Verhältnis die beiden miteinander hatten!

Sie schaute auf die sanften grünen Hügel, die kein Ende zu nehmen schienen, auf die dichten Gruppen von Ahornbäumen und Eichen. Und überall weideten Schafe, standen Weizenfelder vor dem goldenen Horizont. Mit jeder Meile wurde das Land weniger rauh.

Ein Posten auf dem Burgwall stieß einen Warnruf aus. Roland eilte zu ihm.

»Ein Reitertrupp nähert sich, Herr. Ich weiß noch nicht, wer die Leute sind.«

Der alte, lebenserfahrene Sir Thomas Ladock spähte zu den immer näher kommenden Reitern hinüber. »Ich glaubte, ich erkenne das Banner von Dienwald de Fortenberry. Vor einigen Jahren bin ich dem Jungen mal begegnet. Das Banner ist leicht zu erkennen – Adler und Löwe, und zwischen ihnen die gekreuzten Schwerter. Sein Vater war ein heißblütiger Mann – immer zum Kämpfen, Lachen und Lieben aufgelegt. Schlägt Dienwald seinem Vater nach, Roland?«

»Ja«, griente Roland wissend.

»Eine Frau ist dabei!« rief Salin. »Nein, es sind sogar zwei Frauen und ungefähr zwölf Männer.«

Ein eigenartiges Gefühl bemächtigte sich Rolands. Es traf ihn unvermittelt, er konnte den Ursprung nicht ergründen. Doch als der Trupp näher kam, erblickte er seine Frau. Sie ritt links neben Dienwald auf ihrer Stute. Und rechts von Dienwald Philippa, in der Kleidung eines Knappen, die schönen Haare frei wallend.

So gelassen, wie es ihm möglich war, sagte er: »Thomas, es sieht so aus, als solltet Ihr in Kürze meine Frau kennenlernen.«

»Eure Frau«, sagte Thomas. »Was führt sie zu Dienwald?«

»Daran kann ich nur mit Schaudern denken.«

Salin lächelte. »Sie hat bestimmt Sehnsucht nach Euch gehabt, Mylord. Sie kommt zu Euch.«

»So süß und arglos, wie du meinst, ist sie nicht, Salin. Alle Frauen haben den Satan im Leib.«

Sir Thomas warf einen langen Blick auf den jungen Mann, den er sich liebend gern als Sohn gewünscht hätte.

»Das Leben ist voller Überraschungen«, sagte er. »Gehen wir ihnen zur Begrüßung entgegen, mein Sohn!«

16

Sir Thomas merkte sofort, daß Roland verärgert war. Ihn wunderte nur, daß sich sein Ärger offensichtlich gegen das schlanke Mädchen richtete, das seine Frau war. Warum war er so böse über ihr Kommen? Sie waren doch noch nicht lange verheiratet. Er erinnerte sich seiner eigenen, lange zurückliegenden Flitterwochen. Da hatte er Constance fast ein Vierteljahr kaum aus dem Bett, geschweige denn aus seiner Sichtweite gelassen. Irgend etwas stimmte hier nicht.

Auch als der Trupp im Innenhof hielt, ging Roland nicht zu seiner Frau. Alle übrigen Gäste stellte er Sir Thomas vor. Seine Frau behandelte er, als wäre sie nicht vorhanden, selbst als Sir Thomas ihr die Hand reichte und sie auf Thispen-Ladock willkommen hieß. Gemeinsam begab man sich dann in den großen Saal.

»Das ist aber eine Überraschung, Dienwald«, sagte Roland zu de Fortenberry. »Was führt dich her? Willst du bei mir spionieren?«

»Nein. Philippa und ich waren auf der Jagd nach einem zweibeinigen Tier. Wir haben es auch aufgestöbert. Und dabei trafen wir deine liebe Frau.«

»Ich verstehe«, sagte Roland und wandte sich Sir Thomas zu. In Wirklichkeit verstand er gar nichts. Aber er war so wütend, daß ihm die Worte fehlten. Es wurde Bier gebracht. Zunächst unterhielt man sich nur über Belanglosigkeiten. Daria saß mit gesenktem Kopf schweigend dabei, die gefalteten Hände auf dem Schoß. Das ist also mein zukünftiges Heim, dachte sie und schaute sich ernüchtert um.

Der große Saal war kalt und feucht. Die Dachbalken waren rauchgeschwärzt, die arg mitgenommenen, zerkerbten Tische starrten vor altem Fett und vertrockneten Speiseresten. Es gab keine Waschgefäße, auf dem Steinfußboden fehlten duftende Binsen, und nirgends waren Wandteppiche aufgehängt. Die Kälte drang ungehindert durch die Steinwände. Ein abgestandener, ranziger Geruch lag in der Luft. Ihr schauderte.

»Erzähl mir von deiner fetten Beute!« sagte Roland zu Dienwald.

»Wir waren hinter Master Giles her, einem dicken Spitzbuben, den du wahrscheinlich nicht kennst. Eines schönen Tages nutzte er die zufällige Abwesenheit von Philippa und mir dazu aus, St. Erth einen Besuch abzustatten. Er bot der alten Agnes und Crooky verschiedene Waren zum Kauf an, und mit seiner öligen Zunge hatte er sie schnell überredet. Kurz und gut, als Philippa und ich zwei Tage später zurückkamen, waren wir inzwischen Besitzer angeblich feinster Stoffballen geworden, und das zu einem erstaunlich niedrigen Preis.«

Philippa fiel lachend ein: »Wir packten die Ballen aus, und siehe da, sie waren von Motten völlig zerfressen. Der gerissene Master Giles hatte der alten Agnes sehr gute Stoffe gezeigt und sie dann geschickt gegen wertlosen Krempel vertauscht, den er für solche Betrügereien immer zur Hand hatte. Crooky stellte dann fest, daß einige Wertgegenstände aus der Burg verschwunden waren, darunter ein Geschenk der Königin – ein wunderbar geschmiedetes Waschgefäß – und mehrere Halsketten vom König. Erstaunlich, daß sogar Gorkel der Schreckliche auf den schleimigen Master Giles hereingefallen war. Wir mußten Gorkel auf St. Erth zurücklassen. Sonst hätte er den dicken Master Giles buchstäblich in kleine Stücke zerlegt.«

Wer ist Gorkel der Schreckliche? fragte sich Daria.

Sir Thomas fand großes Vergnügen an der Geschichte. »Dann habt Ihr und Dienwald Euch also an die Verfolgung gemacht«, sagte er.

»Ja«, sagte Dienwald in vorwurfsvollem Ton. »Aber diese Dirne hier, die meine Frau ist, verlangte alle paar Stunden, daß wir eine Pause einlegten. Daher brauchten wir viele Tage, bis wir Master Giles stellten. Und warum die vielen Pausen? Weil es sie ständig nach meinem arg mitgenommenen Männerkörper verlangte. Meine Männer zeigten großes Verständnis für ihre Bedürfnisse. Als ich mich einmal verweigerte, haben sie mich sogar angefleht, ihr nachzugeben. Na, da mußte ich eben wieder ran.«

Philippa gab ihm einen Rippenstoß. »Mit dir wird es noch mal ein schlechtes Ende nehmen, Dienwald. Ich werde meinem erlauchten Vater schreiben, daß du mir keine Achtung erweist, daß du mich dauernd verspottest und ...«

»Der König«, unterbrach Roland, »macht zur Zeit eine Rundreise bei den Markgrafen. Wir sahen ihn zuletzt auf Tyberton, der Burg des Grafen von Clare. Ihr müßt also Eure Klage gegen Euren bösen Ehemann bis zum Herbst zurückstellen, wenn er und die Königin wieder nach London kommen.«

Daria mußte gegen ihren Willen lächeln. Doch als sie Rolands Blick auf sich gerichtet sah, gefror ihr das Lächeln zur Grimasse.

»Erzähl die Geschichte weiter, Dienwald!« sagte Roland freundlich. »Schließlich habt ihr also Master Giles aufgespürt.«

»Ja, und zwar in dem Penrith-Eichenwald nicht weit von hier. Bei ihm waren sechs Männer, darunter ein besonders gemeiner Bursche, und zwei Frauen. Er hatte gerade Daria gefangengenommen und wußte nicht so recht, was er mit seiner Beute anstellen sollte. Sie war zu ihrem Mann unterwegs, Roland – etwas, was Philippa an ihrer Stelle auch gemacht hätte. Na ja, die Frauen! Sie haben eben nicht genügend Verstand, um zu erkennen, wie verkehrt so was ist. Sie lassen sich nur von ihren Gefühlen leiten, und wir müssen dann kommen und sie wieder herausprügeln. Dieser gemeine Kerl – Alan ist sein Name – nun, er ging brutal mit deiner Frau um ...«

»Du meinst, er hat sie vergewaltigt?«

»O nein, er kühlte sein Mütchen auf andere Weise an ihr. Er quälte sie, wo er nur konnte. Der fette Master Giles entrüstete sich darüber – meiner Ansicht nach ein abgekartertes Spiel – und schließlich durfte sie sich schlafen legen. Allerdings hatte ihr Alan die Handgelenke sehr fest zusammengeschnürt. Kurz vor dem Morgengrauen schlich ich mich in das Lager und holte sie heraus.«

»Und dann mußten sich alle Mitglieder der Bande auf Geheiß meines lieben Mannes bis auf die Haut ausziehen, auch Master Giles selber. Alle wurden zusätzlich gefesselt. Wir nahmen die Pferde, die Kleider und die Stoffballen mit, die wir ja schließlich rechtmäßig gekauft hatten.«

»Eine gerechte Strafe, will ich meinen«, sagte Thomas. Er wandte sich an Daria. »Es muß ein schreckliches Erlebnis für Euch gewesen sein.«

»Ich habe mich schon völlig davon erholt, Sir.«

»Aber es ging ihr wirklich schlecht«, sagte Dienwald. »Sie mußte sich erbrechen und war danach so schwach, daß sie einfach umkippte.«

»Das liegt daran, daß sie ein Kind bekommt«, warf Roland ein.

»Ja, das hat sie uns gesagt«, bemerkte Dienwald. »Ihr habt Euch wirklich rangehalten, Roland. Meinen Glückwunsch!«

»Ich nenne das wunderbare Potenz«, sagte Philippa spöttisch. »Was für eine Manneskraft!«

»Ja«, sagte Roland mit einem Seitenblick auf seine Frau, »es ist mir selber unbegreiflich, daß es so schnell ging.«

Sir Thomas räusperte sich. Die Spannungen, die er ringsum spürte, waren ihm höchst unangenehm. »Ihr seid alle meine Gäste«, erklärte er. »Wärt Ihr erst zwei Wochen später gekommen, würdet Ihr schon Rolands Gäste sein. Vor Eurem Eintreffen haben wir beide gerade über die Umbenennung der Burg gesprochen.«

»Ich bin mir nicht sicher, Sir …«

»Seid still, Roland! Ihr werdet nicht meine Dynastie fortführen, sondern Eure eigene begründen. Jetzt seid Ihr an der Reihe. Und das schließt auch den Namen Eurer Stammburg ein. Da Eure Frau jetzt hier ist, können wir gleich ihre Meinung dazu einholen!«

»Graelam und Kassia wissen wohl nicht, daß du von Wolffeton ausgerückt bist, wie?«

»Jetzt müssen sie es wissen«, sagte Daria. »Vorher nicht.«

Roland spürte, wie ihm die Galle hochkam. Abrupt sagte er: »Thomas und Dienwald, Ihr müßt mich jetzt entschuldigen. Ich möchte ein Wort mit meiner Frau sprechen. Daria, komm mit!«

Er nahm sie am Arm und führte sie zur Wendeltreppe an der Ostseite des großen Saals. Die Stufen waren so schmal, steil und unregelmäßig, wie sie es noch nie gesehen hatte. Roland ging voran. Von dem trüben Flur oben gingen drei Zimmer ab. Er führte sie in das zweite. »Hier schlafe ich zur Zeit«, sagte er. »Sobald ich Burgherr bin, beziehe ich das Zimmer von Sir Thomas.«

»Und wo bleibt dann Sir Thomas?«

»Er geht nach Dover. Seine Tochter wohnt mit ihrem Mann und zahlreichen Kindern in der Nähe der Burg Corfe. Da sein Schwiegersohn krank ist, brauchen sie viel Geld. Wenn des Königs Männer deinen Onkel aufgesucht haben, bekomme ich genügend Geld, um die Burg hier zu bezahlen.«

»Und bleibt dann noch etwas für notwendige Reparaturen übrig? Diese Burg ist in schauderhaftem Zustand.«

Das stimmte zwar, und er hätte sich selber noch viel krasser ausgedrückt. Doch damit hatte sie bei ihm Öl ins Feuer gegossen.

»Das ist jetzt dein Heim, Madam. Du wirst deine Ansichten darüber, was schauderhaft ist und was nicht, schleunigst ändern müssen. Über das restliche Geld verfüge ich allein, und du hast mir nicht dreinzureden. In keiner Weise. Und jetzt sage mir, warum du die Dummheit gemacht hast, heimlich Wolffeton zu verlassen!«

»Ich wäre beinahe heil hier angekommen! Es war reines Pech, daß ich auf Master Giles' Lager stieß.«

»Ha! Ich würde eher sagen, daß du mehr Glück als Verstand gehabt hast, als Dienwald noch rechtzeitig eingriff. Hast du eine Ahnung, was dir sonst passiert wäre?«

Sie senkte den Blick, denn es tat ihr in der Seele weh, ihm ins Gesicht zu sehen, das kalte Wut verriet. »Ich war viele Monate lang gefangen, Roland. Also weiß ich aus Erfahrung, was mir hätte zustoßen können.«

»Und doch hat es dich nicht davon abgehalten. Warum hast du es getan, Daria? Warum?«

Langsam hob sie den Kopf und sagte ehrlich: »Weil ich bei meinem Ehemann sein wollte. Ich habe es nicht ertragen, zurückzubleiben und anderen als unerwünschter Gast zur Last zu fallen.«

Das klang zutiefst wahr. »Verdammt«, sagte er betroffen und gleichzeitig enttäuscht. »Ich habe leider nicht die Zeit, um dich nach Wolffeton zurückzubringen. Jedenfalls vorläufig nicht. Aber wenn dir nicht gerade speiübel ist, kannst du dich hier nützlich machen. Alle Heiligen wissen, daß die Dienerschaft keinen Handschlag tut. Und wenn jemand doch mal arbeitet, macht er alles falsch.«

Sie sagte kein Wort dazu. Sie saß da wie versteinert, und das machte ihn noch wütender. »Du bist ein dummes Schaf und weiter nichts. Du bleibst jetzt im Zimmer, bis ich dich rufen lasse. Hast du mich verstanden?«

»Ja, ich habe dich verstanden.«

Warum wollte er, daß sie hier im Zimmer blieb? Sollte sie sich nicht blicken lassen, weil er sich ihrer schämte?

Roland verließ das Zimmer, ohne sich noch einmal nach ihr umzusehen. Sie rief sich ins Gedächtnis zurück, wie Roland als Benediktinerpriester gewesen war. Das war Roland, ihr Freund und Retter, gewesen. Jetzt war er zu einem anderen Roland geworden. Einer, der sie haßte und für eine Lügnerin hielt. Sollte sie wieder als Gefangene ihr Leben fristen?

Sie verließ verbotenerweise das Zimmer und ging vorsichtig die Treppe hinab. Als sie sich der letzten Windung näherte, hörte sie Rolands Stimme. Er sprach leise, doch sie verstand alles, und seine Worte schnitten ihr mehr ins Herz, als wenn er sie laut herausgebrüllt hätte.

»Noch eine Nacht mit dir, Gwyn – nein, das geht nicht. Meine Frau ist jetzt hier.«

Eine weiche, sehr weibliche Stimme antwortete: »Ach, die ist ja so dünn, und Ihr habt doch gar nichts für sie übrig. Ihr habt sie überhaupt nicht beachtet. Ich mache Euch auch wieder glücklich, Herr.«

»Das mag ja alles stimmen, aber die Antwort heißt nein. Und nun will ich davon nichts mehr hören, Gwyn. Kümmere dich jetzt um das Abendessen! Wir haben Gäste, und die sollen doch nicht denken, daß sie hier im Schweinestall wohnen und nur Abfälle vorgesetzt kriegen.«

Das Mädchen hieß Gwyn, und Roland hatte mit ihr geschlafen. Er hatte sie nackt gesehen, sie geküßt und sich mit ihr vereinigt. Daria empfand einen tiefen, unerträglichen Schmerz. Langsam, die Hände auf den Unterleib gepreßt, knickte sie in den Knien ein, bis sie auf der Treppenstufe saß. Aus ihrer Kehle kam ein leiser Klagelaut.

Dieser Laut drang an Rolands Ohr. Er runzelte die Brauen, stieg die Treppe empor und blieb abrupt stehen. Sie hatte sein Gespräch mit Gwyn mitangehört!

»Das heimliche Lauschen gehört also auch zu deinen Talenten, untreues Weib!«

Treulos nannte er sie? Noch einmal stöhnte sie klagend auf.

»Du hast mir wiederum nicht gehorcht, Daria. Ich hatte dir befohlen, im Zimmer zu bleiben. Nun hast du selber mitangehört, daß ich sie abgewiesen habe, weil du hier bist und ich dich nicht blamieren will. Sieh dich nur einmal an! Du sitzt da wie eine Steinfigur, blökst wie ein Schaf ...«

Sie sprang ihn so blitzschnell an, daß er völlig überrumpelt wurde. Ein harter Faustschlag traf ihn am Kinn. Er verlor das Gleichgewicht und stolperte. Noch einmal schlug sie zu. »Du Schweinehund!« schrie sie ihn an. »Du Hurensohn! Ich bin kein blökendes Schaf! Ich lasse mich nicht so von dir beleidigen!« Diesmal landete ihre Faust tief unter der Gürtellinie. Er stürzte die wenigen Stufen hinab und landete flach auf dem Steinfußboden des großen Saals.

Im nächsten Augenblick saß sie auf ihm, schlug ihm mit den Fäusten in die Rippen und schrie noch lauter: »Ich hasse dich! Treuloser Betrüger! Du widerlicher Hund! Ich hasse dich!«

Der große Saal wimmelte von Menschen. Auch Thomas und Dienwald waren noch da. Was sie zu sehen bekamen, verschlug ihnen die Sprache. Rasend vor Wut, leeren Blicks, packte Daria ihren Mann mit beiden Händen an der Kehle und drückte so fest zu, wie sie konnte.

Dann griff sie in seine Haare und stieß seinen Kopf auf den Steinfußboden. »Du gehörst mir«, schrie sie in erneutem Wutausbruch, »aber du gibst dich mit anderen Frauen ab! Du brichst deine Schwüre, du hältst mir nicht die Treue! Und dann nennst du mich obendrein ein treuloses Weib! Und weil ich nichts dazu gesagt habe, sagst du, ich wäre ein dummes Schaf! Das hat ein Ende, Roland. Wenn du je wieder eine andere Frau anfaßt, dann bringe ich dich um! Ich schwöre es dir, ich bringe dich um!«

Am ganzen Leibe bebend, zeterte sie weiter wie ein Fischweib. »Nie wieder, Roland! Sonst trete ich dir ins Gemächte und bringe dich um! Ich ...«

Mit einem Ruck machte er sich von ihr frei und legte sie möglichst sanft auf den Rücken. Im nächsten Augenblick kniete er zwischen ihren Beinen und warf sich auf sie.

Daria hörte Gelächter im Saal. Erst von Männern, die unzüchtige Bemerkungen folgen ließen, und dann das Lachen einer Frau. Erst da wurde sie sich bewußt, daß sie von vielen Augen beobachtet wurden. Sie sah ihrem Mann in die Augen. Ihr Gesicht war leichenblaß.

»Willst du mich schlagen?«

»Dich schlagen? Was hast du denn mit mir gemacht? Du hast mir den Kopf aufklopfen wollen, als wäre er eine reife Melone! Du wolltest mich erwürgen. Du redest davon, daß du mich umbringen willst. Nein, ich werde es dir nicht mit Gleichem vergelten. Jedenfalls hast du allen hier eine schöne Vorstellung gegeben. Ich helfe dir jetzt beim Aufstehen. Aber wenn du es noch einmal wagst, mich anzugreifen, geht es dir schlecht. Hast du mich verstanden?«

»Ja, ich habe dich verstanden.«

Er hievte sie hoch. Im nächsten Augenblick stieß sie ihm das Knie zwischen die Beine. Wellen von Übelkeit fluteten durch seinen Körper. Der Schmerz raubte ihm jede Kraft. Er faßte sich an die getroffene Stelle und brach in die Knie.

Die Männer hörten auf zu lachen und obszöne Witze zum besten zu geben. Erst jetzt wurde Daria bewußt, was sie getan hatte. Sie hob den Kopf. Alle starrten sie schweigend mit entsetzten und ungläubigen Mienen an. Da raffte sie die langen Röcke und floh aus dem großen Saal.

Sie rannte und rannte. Einmal stolperte sie auf dem unebenen Pflaster. Sie rannte weiter. Durch das hochgezogene Fallgitter und den schmalen, hohen Tunnel, der aus dem inneren in den äußeren Burghof führte, rannte sie, bis sie vor den offenen Toren ankam, und rannte immer weiter, während ihre Seiten stachen. Jetzt war sie außerhalb der Burg, wo viele Leute bei der Arbeit waren. Aber keiner versuchte sie aufzuhalten.

Sie rannte, bis ihre Beine sie nicht mehr weitertrugen und sie auf einem Abhang ins weiche Gras fiel. Hier überschlug sie sich und rollte bis nach unten in den abgerundeten Graben. Dort blieb sie regungslos liegen. Sie konnte kein Glied mehr bewegen. Plötzlich überfiel sie namenlose Angst. Wenn nur ihr Kind nicht durch ihre Flucht aus der Burg und den Sturz Schaden erlitten hatte! Warm drang die Sonne durch die Kleidung bis auf die Haut. Sie wollte nur noch sterben.

Aber dazu kam es nicht.

Als Roland sie dort unten, die Wange an das weiche grüne Gras gepreßt, die Augen geschlossen, liegen sah, hielt er sie für tot. Von Angst gejagt, lief er zu einem weniger steilen Stück des Hangs, wo er zu ihr gelangen konnte, ohne zu fallen oder abzurutschen.

Er ließ sich neben ihr auf die Knie nieder. »Daria!«

Langsam rappelte sie sich in eine kniende Stellung auf.

»Bist du verletzt?«

Sie sah ihm in die Augen. »Ich hoffe nur, ich habe dich so getroffen, daß du Gwyn keine Freude mehr machen kannst. Ich hoffe, daß du für keine Frau mehr taugst.«

Roland atmete tief auf. Diese Worte zerstreuten alle seine Ängste.

Ihre Augen waren geweitet. Keuchend fuhr sie fort: »Ich hoffe, du ziehst wieder ins Heilige Land, findest Leila und Cena und sagst ihnen, daß du leider kein Mann mehr bist und daß ...«

Er verschloß ihr den Mund mit der Hand. »Das reicht, verdammt noch mal.«

Er zog sie an sich, bis ihr Gesicht dem seinen ganz nahe war. »So, Madam, nun geht's zurück. Du hast mir eine Menge Ärger gemacht. Philippa behauptet allerdings, deine Gewalttätigkeiten wären durch die Schwangerschaft ausgelöst worden, du hättest nicht mehr klar denken können ... bei den Heiligen, sie hat dich auch noch in Schutz genommen, obwohl du mich zu Boden gestreckt hast.«

»Ja, ich habe dich zu Boden gestreckt. Ich habe dich dazu gebracht, daß du vor mir auf die Knie gefallen bist.«

»Daria, ich empfehle dir, daß du jetzt den Mund hältst und später auch. Du hast dich wie eine Halbirre aufgeführt. Ich kann dich wirklich nicht mehr verstehen. Kommst du nun freiwillig mit, oder soll ich dich hier verprügeln?«

Sie fragte sich, ob er sie wirklich verprügeln würde. Und würde sie dann weinen und ihn anflehen, damit aufzuhören? Nein. Lieber sterben, als ihm dieses Vergnügen gönnen. »Schlägst du mich mit der Hand, oder greifst du zur Peitsche?«

Roland verstand sie ebensowenig wie sich selbst. Da hatte sie nun einmal gezeigt, was in ihr steckte – mehr noch, als er gewünscht hatte – und dann drohte er ihr mit Prügeln! Er bereute tief, so etwas ausgesprochen zu haben. In seinem ganzen Leben hatte er nie eine Frau geschlagen. Er verachtete Männer, die eine Frau schlugen, gleich aus welchem Grunde, und hielt sie für Tiere. Und doch hatte er ihr eben damit gedroht, und sie hatte die Drohung ernst genommen. Dabei mußte sie doch wissen, daß er dessen gar nicht fähig war. »Ich greife nie zur Peitsche, nicht mal bei störrischen Tieren.«

Sie staubte ihr Kleid ab, streckte den Rücken und stand auf. Dann machte sie sich auf den Rückweg.

Auf einmal sah sie die vielen Schafe. Selbst die Luft roch nach ihnen. Sie sah die dicht mit grünen Bäumen bewaldeten sanften Hügel. Dies Land war von einer stillen Schönheit.

»Wie weit sind wir hier vom Meer entfernt?«

Roland starrte sie an. Wie kam sie plötzlich auf diese Frage? »Ungefähr zwölf Meilen.«

»Willst du mich vor Dienwalds und Philippas Augen demütigen?«

»Du hast mich ja auch vor ihren Augen angegriffen. Warum sollte ich es nicht ebenso machen?«

»Warum hast du mit diesem Mädchen geschlafen?«

Achselzuckend erwiderte Roland: »Sie ist hübsch, sauber und sinnlich. Ich hatte Verlangen nach einer Frau. Sie war greifbar, willig und zeigte viel natürliche Begabung.«

»Ach so ist das also. Jede Frau – jede *hübsche* Frau – gilt für dich als greifbar. Das gefällt mir überhaupt nicht, Roland. Aber ich sehe jetzt, daß ich nichts dagegen unternehmen kann.«

»Du hast doch selber gehört, wie ich Gwyn gesagt habe, daß ich nicht mehr zu ihr kommen werde.«

»Ich verstehe. Dein männlicher Ehrenkodex gebietet dir, nicht mit anderen Weibern zu schlafen, wenn deine Frau da ist. Ich bin hoch erfreut über diesen Beweis männlicher Ehre und Keuschheit. Doch mir ist es ganz egal, was du machst. Von mir aus kannst du alle Dirnen begatten, die dir gefallen. Es läßt mich gleichgültig. Dann vergreifst du dich wenigstens nicht an mir, wofür ich allen Heiligen nur danken kann. Du hast mir ja doch nur weh getan ...«

»Ein einziges Mal, verdammt! In unserer Hochzeitsnacht.«

»Nein, zweimal. In der Hochzeitsnacht und vorher in jener Nacht in Wrexham.«

Er fluchte lange und laut. Er war doch immer ein aufrechter, alles andere als niederträchtiger Mann gewesen. Jedenfalls bis er seine Frau, diese nichtsnutzige Lügnerin, kennengelernt hatte.

»Eigentlich müßte ich dich nach Wolffeton zurückschicken. Aber ich bezweifle, daß Graelam dich noch einmal aufnehmen will. Nein, ich will ihn gar nicht erst danach fragen. Wenn du ein paar Wochen bei ihm verbracht hast, würdest du ihm möglicherweise einreden wollen, das Kind in deinem Leibe wäre von ihm.«

Bevor sie ihm ins Gesicht schlagen konnte, hielt er sie am Handgelenk fest. »Schlag mich nie wieder, Daria! Ich warne dich. Nie wieder!«

17

Zur Überraschung aller Gäste wurde ihnen ein köstliches Abendessen aufgetischt. Der Brathering war erstklassig und zerging auf der Zunge, das Rindfleisch war mit Kräutern gewürzt, die Daria gar nicht kannte, Gemüse und Kartoffeln schmeckten vorzüglich. Ja, plötzlich kam Daria sogar der große Saal warm und gemütlich vor.

»Ihr wundert Euch über die Qualität der Speisen, Daria«, sagte Sir Thomas lächelnd. »Das liegt daran, daß das Essen eine der wenigen Freuden ist, die einem in meinem Alter noch verbleiben. Ich frage mich nur, was Euer Mann sagen würde, wenn ich ihn bäte, meinen Koch mitnehmen zu dürfen.«

»Ich würde dem Manne nachjagen, Sir Thomas, und ihm alle möglichen Vergünstigungen anbieten, wenn er bei mir bliebe.«

»Wo habt Ihr denn diesen göttlichen Koch aufgetrieben, Sir Thomas?« fragte Dienwald und kaute an einem süßen Mandelbrot, von dem der dunkle, bernsteinfarbene Honig nur so herabtriefte. »Könnte ich ihn Euch vielleicht mit Hilfe meiner gewitzten schönen Frau unter der Hand stehlen?«

Alle lachten, auch Daria. Vor wenigen Stunden hatte sie noch gedacht, sie würde nie wieder etwas zu sich nehmen und nie wieder lächeln, und jetzt futterte sie und lachte, bis ihr die Rippen weh taten.

»In Wirklichkeit ist mein wunderbarer Koch eine gebückte, alte Frau«, sagte Sir Thomas. »Allerdings behauptet sie, ihre Urururgroßmutter habe noch für William den Eroberer gekocht. Aber macht Euch keine Sorgen! Ich nehme sie nicht mit. Ich glaube nämlich, daß sie diese Wunder nur auf Thispen-Ladock vollbringen kann.«

»Dafür bin ich aufrichtig dankbar«, sagte Daria.

Roland kaute nachdenklich an einem Stück vom zarten Hammelschmorbraten. »Dann verstehe ich nicht, wie Ihr bei dieser Kost so schlank bleibt, Sir Thomas. Normalerweise müßte man doch dick werden wie ein Hermelin.«

»Das sagt Ihr, ein jungverheirateter Ehemann, Roland? Pfui über Euch! Ihr werdet viel zu sehr mit Eurer Frau beschäftigt sein, als daß Ihr Fett ansetzen könntet.«

»Ja, da habt Ihr recht«, ließ sich Dienwald vernehmen. Er stand auf, zog den Waffenrock hoch und zeigte seinen nackten Oberkörper. »Sieh dir das an, Roland, und habe Mitleid mit mir! Noch vor wenigen Wochen konnte ich mich eines prächtigen Männerkörpers rühmen. Aber jetzt stehen mir die Rippen wie Zaunlatten heraus, und alles nur, weil meine junge Frau so hohe Ansprüche an mich stellt. Ich muß mehr Schwerarbeit bei ihr leisten als meine Ochsen auf dem Acker. Dieses herrliche Essen wird mir dazu verhelfen, wenigstens noch einen weiteren Tag in ihrem anstrengenden Dienst zu überleben.«

Plötzlich sprang Philippa de Fortenberry auf, packte ihren Mann am Kragen und stopfte ihm eine Handvoll grüner Erbsen in den Mund. Er verschluckte sich, würgte und spie die Erbsen dann in alle Richtungen aus. Mit gefährlich funkelnden Augen wandte er sich an seine Frau: »Nach diesem Mahl werde ich über ungeahnte Kräfte verfügen, die sogar ein Riesenweib mit der Stärke eines Wasserbüffels wie dich dazu zwingen werden, mich auf den Knien anzuflehen, Philippa!«

»Worum soll sie Euch denn anflehen, Dienwald?« erkundigte sich Sir Thomas.

»Nun, natürlich, daß ich sie befriedige.«

Dann nahm er sie in die Arme und küßte sie vor der ganzen Versammlung lange und leidenschaftlich. Als er sie schließlich losließ, trommelte sie ihm lachend mit den Fäusten auf der Brust herum. Nur Daria gewahrte das Verlangen in ihren Augen, die geröteten Wangen und die begierig geöffneten Lippen.

Daria wandte sich ab. Sie konnte den Anblick des glücklichen Paars nicht mehr ertragen.

Da sagte Roland zu ihr: »Es gab eine Zeit, als zwischen den beiden auch nicht eitel Sonnenschein herrschte. Allerdings erinnere ich mich, daß es eigentlich nur an Dienwald gelegen hat. Er regte sich darüber auf, daß sie es wagte, einen König zum Vater zu haben.«

Daria hob den Kopf und sah ihn verständnislos an. »Das leuchtet mir nicht ein.«

»Wenn du Dienwald erst besser kennst, wirst du es schon verstehen. Was ich noch sagen wollte, Daria, ich habe Sir Thomas versprochen, heute abend eine Partie Schach mit ihm zu spielen. Du brauchst deine Pflichten als Burgherrin erst von morgen früh an wahrzunehmen.«

Damit hatte er sie entlassen. Sie erhob sich mit steifen Gliedern und sagte allen gute Nacht. Dann ging sie leicht humpelnd aus dem Saal. Sir Thomas sah ihr aufmerksam nach.

Roland hatte seinen Blick bemerkt und erklärte ihm: »Sie ist gestürzt.«

»Ich habe gehört, sie sei wie eine verängstigte kleine Henne vor dem Fuchs davongerannt. Hat der Fuchs die Henne eingefangen?«

»Nein, die Henne ist dem Fuchs ohne sein Zutun zum Opfer gefallen. Wollen wir uns jetzt ans Schachbrett setzen?«

Als Roland ins Zimmer kam, war Daria noch wach, verhielt sich aber völlig still. Sie war des Streitens müde. Sie fürchtete seine kaltherzigen Befehle oder, was noch schlimmer war, sein gleichgültiges, verächtliches Schweigen. Im Mondschein, der durch den Fensterspalt fiel, sah sie, wie er sich auszog. Sie fand seine geschmeidigen Bewegungen wunderbar. Sie berührten sie tief.

Sie glaubte, ihn seufzen zu hören, doch sie konnte sich auch getäuscht haben. Das Bett gab unter seinem Gewicht nach. Er legte sich mit dem Rücken zu ihr. Es dauerte nicht lange, und er begann tief und gleichmäßig zu atmen.

Mitten in der Nacht wachte Daria auf. Draußen war der Wind stärker geworden. Bald würde es vom Meer her stürmen. Kalt war es schon. Daria kuschelte sich an seinen Rücken. Sie spürte seine Körperwärme und legte die Wange an seine Schulter. Ihre Hand tastete nach seiner Brust. Sein Atem blieb ruhig.

Sie küßte seinen Rücken und schmiegte sich enger an ihn. Er war nackt, während sie ein Hemd trug, das allerdings hochgerutscht war. Nur ihre Beine lagen nackt an seinen. Im tiefen dunklen Schweigen der Nacht konnte sie sich einbilden, daß er sie liebte, daß er wieder jener Roland war, der als Priester zu ihr gekommen war, um sie zu befreien, und der sie in Wales vor den Räubern gerettet hatte.

Sie hätte sich gern das Hemd ausgezogen, um ganz nackt an ihm zu liegen, aber das ging nicht. Er würde wach werden, aus dem Bett springen und sie verfluchen. Oder er würde sie schmerzhaft nehmen.

Sie schloß die Augen, um diesen Augenblick zu genießen, der ihr allein gehörte. Dann schlief sie ein, ohne zu merken, daß er ihre Hand umfaßt hatte.

Jetzt war Roland wach. Er fühlte ihren warmen Atem an seinem Rücken. Wie weich ihre Haut war! Er hielt ihre Hand an seine Brust. Wahrscheinlich hatte er sie schon die ganze Nacht so gehalten, ohne es zu merken. Das war sonderbar, denn im allgemeinen schlief er leicht. Aus jahrelanger Erfahrung wußte er, daß ein Mann, der sich dem tiefen Schlaf überläßt, oft den Tod herausfordert. Sie mußte ihn eingelullt haben.

Sein Glied war hart wie Stein. Er mußte beinahe über seine Geilheit lachen. Ganz langsam drehte er sich zu ihr um. Ihr Hemd war höher gerutscht. Jetzt fühlte er ihre Oberschenkel an seinen. Sie bewegte sie, bis seine Beine über ihren lagen.

Er stand dicht vor einem Erguß. Jetzt hätte er sie einfach auf den Rücken legen, sich auf sie werfen und in sie eindringen können. Es könnte ganz schnell gehen. Aber nein. Sie war ja noch nicht bereit, ihn zu empfangen. Sie würde kalt und verkrampft sein, und er würde ihr weh tun wie in der Hochzeitsnacht. Nein, er mußte sich noch beherrschen, bis sie für ihn bereit war. Wenn er sie dazu brachte, daß sie vor Begierde zu stöhnen begann, dann würde er seine Rute hineinstoßen. Dann würde er sie befriedigen, bis sie vor Wonne bebte. Sie sollte vor Lust wimmern. Er würde sich zurückhalten und sie reizen, bis sie sich ihm von selber hingab. Dann und nur dann wollte er sie nehmen.

Er streichelte ihren Rücken. Seine Finger berührten sie so leicht wie Schmetterlingsflügel. Glatt lag ihr Hemd über dem Gesäß. Er verschob das starre Leinen nach oben. Nun umfaßte er ihr nacktes Hinterteil. Und wieder war seine Erregung so stark, daß er meinte, sein Samen würde jeden Moment herausspritzen. Es war unglaublich, daß schon eine einfache Berührung ihn so aufpeitschte. Mit geschlossenen Augen wartete er ab, bis die drängenden Gefühle sich legten und er sich wieder einigermaßen unter Kontrolle hatte.

Er fuhr ihr mit der Hand zwischen die Beine, und zu seiner Überraschung spreizte sie die Schenkel und drücke den Schoß an seine Finger. Ihr Rücken bog sich ein wenig, und stärker preßte sie die Brüste an seinen Oberkörper. War sie wach? Wußte sie, was sie tat? Doch sie atmete noch ruhig. Wahrscheinlich träumte sie. Gern hätte er gewußt, in welchen Träumen sie befangen war.

Behutsam führte er den Mittelfinger in ihre Scheide. Welch ein Gefühl! Nie hatte er es so stark erlebt, und er hatte doch viele Frauen gekannt, ihre Körper mit seinen Fingern, mit Mund und Zunge liebkost. Aber dies übertraf alles, was er bisher erlebt hatte. Es machte ihm beinahe Angst. Unvermittelt schob er den Finger tiefer in sie hinein. Ihre Muskeln spannten sich darum und klemmten ihn ein, und sie begann zu stöhnen.

»Daria«, flüsterte er, während er ihre Schläfe und Wangen küßte. Mit der freien Hand drückte er ihren Kopf zurück, so daß er sie auf Mund und Hals küssen konnte. Und sein Finger bewegte sich tief in ihr und spürte ihre Hitze. Er wünschte, es wäre schon sein Glied. Jetzt wurde sie weich und feucht, jetzt war sie für ihn bereit. Jetzt brauchte er sie nur noch auf den Rücken zu drehen und ihre Beine weit zu spreizen …

Er überschüttete sie mit Küssen, hielt sich aber noch zurück. Sein Finger verließ fast ihre Scheide und schob sich dann wieder sanft hinein. Sie stöhnte, ihr Körper spannte sich, und dann überlief sie ein leichtes Zittern. Nun konnte er nicht länger warten. Vorsichtig drehte er sie auf den Rücken, legte sich auf sie und küßte sie unablässig. Dann richtete er sich auf und kniete zwischen ihren Beinen.

»Daria, wach auf!«

Er zog ihr Hemd hoch und entblößte ihre Brüste.

Behutsam legte er sich auf sie, küßte ihre Brüste, streichelte sie sanft und nahm zuletzt ihre Spitzen in den Mund. Ihr war, als müßte sie vor Wollust schreien. Der Traum hatte sie in wilde Erregung versetzt, aber im Wachen waren Rolands Finger und sein Mund unvergleichlich schöner. Sie wollte ihn ganz haben, und nicht nur in der Illusion des Traums.

Er glitt an ihr herab und schob ihre Schenkel weit auseinander. Nun war sein Mund an ihrem Schoß, und sie gab einen hohen, leisen Laut von sich. Gleichzeitig legte sie die Oberschenkel auf seine Schultern, wühlte in seinen Haaren und stöhnte inbrünstig. Er hob den Kopf ein wenig von ihrem pulsenden Schoß und sagte beschwörend. »Daria, bitte komm zu mir!«

Ihr Körper reagierte sofort. Sie öffnete sich ihm bedingungslos, aus dem tiefsten Inneren, und das führte dazu, daß sie eine Folge überwältigend intensiver und beglückender Gefühle durchlebte.

Sie jauchzte vor Glück. Hemmungslos hob und senkte sie das Becken. Sie war schweißüberströmt, sie kannte sich selbst nicht wieder, aber das störte sie nicht, so sollte es immer weitergehen. Mit den Händen unter ihren Hüften hob er sie an, und dann glitt sein Glied in ihren Schoß und füllte sie voll aus. Wieder schrie sie auf und hob die Hüften an, um ihn noch tiefer in sich zu spüren. Wogen der Lust durchströmten sie, wurden immer stärker, und sie grub die Finger in seine Arme, hob den Kopf, um ihn zu küssen, und er kam ihr entgegen, holte neu aus, stieß wieder zu, und während er sie wild küßte, ergoß er sich stöhnend in sie, und sie wußte, daß kein Traum je so schön sein konnte wie dieses Einssein mit ihrem Mann.

Sein Glied war noch in ihr, als er sich erschöpft auf sie fallen ließ. Gleich darauf rollte er sich zur Seite und flüsterte: »Ich will deinem Kind nicht weh tun.« Er zog sie mit sich, so daß er in ihr blieb, wenn auch nicht mehr so tief. Doch seine Worte verletzten sie sehr. *Dein Kind* ... Das schmerzte sie so, daß sie fast geweint hätte. Doch die Lust wirkte noch nach, ihr Körper war weich und gelöst, und sie fühlte ihn Haut an Haut. Er streichelte ihren Rücken, ihre Hüften, fuhr ihr leicht über den Unterleib, und dann wanderten seine Hände zu ihren Brüsten, als wäge er sie, bevor er sie liebkoste.

»Diesmal war es aber schön für dich«, sagte er und knabberte zart an ihrem Ohrläppchen. »Ich habe es gemerkt.«

»Wenn du in mir bist, Roland, ist es wunderbar ... dann bist du ein Teil von mir.«

»Ja, und so soll es immer bleiben. Jede Nacht will ich zu dir kommen, und du wirst schreien, daß ich noch tiefer eindringen soll, und ich werde dich nicht enttäuschen, Daria. Ich lasse es nicht zu, daß du es je vergißt, daß du je denkst, ein anderer Mann könnte dir mehr geben als ich. Als du zu deinem ersten Höhepunkt kamst, hast du gejauchzt und dann wieder, als ich in dich eingedrungen bin. Das fand ich schön ...« Seine Stimme wurde leiser und verklang.

Erschöpft von all diesen Wonnen, sagte sie leise: »Schlaf jetzt, Liebling, schlaf!«

Und doch mußte sie fürchten, daß sich eigentlich nichts zwischen ihnen geändert hatte. Mit einer Ausnahme vielleicht ... vielleicht würde er sich ihr jetzt immer mit solcher Behutsamkeit nähern, so daß es kein Mißtrauen und keinen Grund zur Verstimmung mehr geben konnte. Er würde zu ihr kommen, um ihr und sich Befriedigung zu schenken.

Als sie Stunden später erwachte, war sie allein. Sie fand ein Wasserbecken, wusch sich, kleidete sich schnell an und begab sich in den großen Saal. Es war noch ziemlich früh am Tag. Doch Dienwald und Philippa saßen schon am Tisch und unterhielten sich mit Roland und Sir Thomas.

Dienwald sah, wie Daria mit geröteten Wangen und leicht geöffneten Lippen den Blick auf ihren Mann richtete. Mit teuflischem Grinsen sagte er laut zu seiner Frau: »Schau dir mal an, wie sie aussieht, Dirne ... Nun, ich würde sagen, sie wurde heute nacht gut befriedigt. Stimmt das, Roland? Hast du deine Frau glücklich gemacht?«

»Ihr müßt schon verzeihen, Daria«, sagte Philippa, »dieser Mann ist nicht zu bändigen. Mir bleibt nichts anderes übrig, als ihm mit den Köstlichkeiten der Tafel den Mund zu stopfen. Hier, mein Gatte, iß diese wunderbare Honigpastete! Sie gibt dir neue Kraft.«

Doch kaum stieg Daria der süße Honigduft in die Nase, als ihr Magen sich auch schon umstülpte. Sie schnappte nach Luft und rannte aus dem Saal.

Als sie zurückkam, reichte ihr Roland einen Krug mit frischer Milch. »Trink sie langsam und iß dazu dieses Brot! Alice sagte mir, sie habe es extra für dich gebacken, nach einem Kräuterrezept ihrer Urururgroßmutter. Es ist gut für das Kind und macht es stark wie ein junges Wiesel.«

Sie kaute bedächtig, und wirklich besänftigte das Kräuterbrot ihren Magen. Indessen sagte ihr Mann. »Dienwald, du würdest mir eine Freude machen, wenn du noch eine Weile hierbliebst. Ich hätte Arbeit für dich. An der Ostmauer brauche ich mehr Arbeitskräfte, als ich jetzt zur Verfügung habe.«

»Du verkennst mich, Roland. Ich bin ein fauler Bursche und völlig unnütz. Die ganze Arbeit bei uns tut meine liebe Frau. Sie ist verrückt danach. Und sie liegt mir ständig in den Ohren, auf St. Erth Verbesserungen vorzunehmen. Ich kann es schon nicht mehr hören. Also muß ich leider auf ihre Burg zurück. Sie denkt auch schon Tag und Nacht an meinen Sohn Edmund.«

Philippa sagte zu Daria: »Wenn Ihr Euch erstmal hier eingerichtet habt, müßt Ihr uns unbedingt auf St. Erth besuchen.«

Später sahen Roland und Daria zu, wie Dienwald und Philippa mit ihren Männern aufbrachen. »Mein Onkel«, sagte Daria, »hat überhaupt keine Freunde. Seine Nachbarn sind froh, wenn sie ihn nicht mal aus der Ferne sehen. Er liegt immer mit irgendwem im Streit oder Kampf, versucht ihnen Land zu stehlen und will ihre Töchter und Frauen verführen. Solange ich auf Reymerstone lebte, habe ich immer damit gerechnet, daß jemand eines Tages in die Burg schleicht und uns alle im Bett erschlägt.«

»In Cornwall ist das anders. Des Königs Onkel – Gott sei ihm gnädig, er ist leider schon tot – hat die Männer hier mit klugem Kopf und unaufdringlicher Macht zusammengehalten. Wenn einer seiner

Lords gewagt hätte, Krieg gegen seinen Nachbarn zu führen, hätte er es bald bereut. Denn der Herzog von Cornwall pflegte schnell zu handeln. Allein Dienwald war ein Außenseiter. Aber er schlug nur gelegentlich über die Stränge, und der Herzog lachte über seine Streiche. Und als Dienwald des Königs Tochter heiratete, war sein Schicksal besiegelt. Wie geht es dir, Daria?«

»Gut. Danke für die Milch und das Brot.«

»Eigentlich«, sagte er, ohne sie anzusehen, »wollte ich wissen, wie dir die letzte Nacht bekommen ist. Du wirst doch nicht behaupten, daß ich dich gezwungen oder mißbraucht hätte?«

»Nein. Wie könnte ich das? Es war eine Nacht voller Freuden. Ich gebe gern zu, daß du mich glücklich gemacht hast.«

Jetzt schauten sie beide in die Ferne, als gäbe es etwas Interessantes am Horizont zu entdecken.

»Du bist süß«, sagte er unvermittelt. »Wenn ich nur daran denke, steht er mir, und ich werde geil wie ein Bock.«

»Aber es ist doch erst Vormittag!« sagte sie erstaunt.

»Schau mal dort hinüber, Daria! Am Fuße dieses kleinen Hügels ist eine Wiese voller blühender Sommerblumen. Sie gleicht einem Teppich. Dort ist es warm und weich. Ich möchte mit dir da hin und dich auf der Wiese nackt ausziehen. Ich möchte dich streicheln und mich von dir streicheln lassen und sehen, wie die Leidenschaft dich packt und Schweißtropfen wie Tau auf deiner weichen Haut perlen. Wenn du dich dann unter mir windest, genieße ich deine ganze Süße, und dann lege ich dich auf das duftende Blumenbett und versinke in dir.«

Er sah eine Ader an ihrem Hals pochen, sah die Farbe in ihrem Gesicht und las in ihren Augen die wilde Vorfreude. Da lächelte er zufrieden. Er wußte, daß sie voller Leidenschaft war. Das verhieß ihm unerwartete Freuden in kommenden Tagen und Nächten. *Aber das Kind? Wenn es ein Junge ist, wird er dein Erbe sein, und du wirst um der Ehre willen Galle schlucken müssen ...*

Roland schüttelte den Kopf. Er konnte das Geschlecht des Kindes nicht bestimmen. Niemand konnte das. Aber er würde sich darüber auch nicht länger den Kopf zerbrechen. Das führte zu nichts, brachte keine Lösung und machte ihn nur nervös und gereizt. »Komm!« sagte er knapp. »Ich stelle dir jetzt das Personal der Burg vor. Du bist von nun an die Herrin. Sir Thomas hat mir gesagt, die meisten seien durchaus willig und nur faul geworden, weil ihnen so lange eine Herrin gefehlt hat.« Er stockte einen Augenblick. »Du bist doch hoffentlich in der Lage, die Aufsicht zu übernehmen?«

»Ja. Auch meine Mutter hat ihre Haushaltspflichten nie vernachlässigt.«

»Trotzdem fand sie noch Zeit, dich lesen und schreiben zu lehren. Das ist recht ungewöhnlich, würde ich sagen. Weißt du, daß Philippa auf St. Erth auch Verwalterin ist?«

»So etwas habe ich nicht gelernt. Aber wenn mir jemand Unterricht gibt, dann ...«

»Nein, das ist nicht nötig. Bald wirst du meinen Verwalter kennenlernen. Sollte er ein Betrüger sein, nun, dann werde ich ihm den Hintern versohlen und ihn in den Burggraben werfen.«

Daria gluckste. Dann sagte sie schüchtern: »Weißt du, Roland, ich mache mir um meine Mutter Sorgen. Mein Onkel hat sie mißbraucht, und sie mußte ihm wohl oder übel in allen Dingen zu Diensten sein.«

»Denk nicht mehr daran!« sagte er. Damit war das Thema für ihn erledigt. Daria biß sich auf die Lippen und schluckte.

Alice, die Urururenkelin der Großen Alice, rührte mit einem langen Holzlöffel im Schmortopf. Daria lobte ihre Kochkünste und hörte sich dann geduldig Alices Ratschläge für Schwangere an.

Den Nachmittag verschlief sie. Als sie aufwachte, saß Roland auf dem Bett neben ihr. War er schon lange hier? Hatte er sie nur angeschaut? Was mochte er denken?

»Hallo«, sagte sie und reckte sich. »Oh, mein Lieber, ist es schon spät? Habe ich lange geschlafen?«

»Lange genug. Wie fühlst du dich?«

»Gut. Alices Spezialbrot ist noch besser als der Kräutertrunk der Königin. Soll ich jetzt aufstehen und mich um das Abendessen kümmern?«

»Nein, dafür ist es noch zu früh. Ich habe hier gesessen und dich angeschaut, Daria. Ich war froh, als du endlich wach wurdest. Ich will nämlich mit dir Liebe machen.«

Sonnenschein strömte ins Zimmer. Der Sturm der Nacht war zu einer leichten Brise abgeflaut, gerade richtig für den warmen Sommertag. Jetzt wollte er mit ihr Liebe machen? »Aber es ist doch noch heller Tag, Roland. Viel zu hell.«

»Ich weiß. Ich will dir die weißen Schenkel spreizen und meine Frau genußvoll betrachten. Komm, ich helfe dir mit dem Kleid.«

Ihre Frisur hatte sich gelöst, und die Locken ringelten sich wild um ihr Gesicht. »Sieh mich an, Daria!«

Sie tat es, und er beobachtete fasziniert, wie sie sich mit der Zunge über die Unterlippe fuhr. »Du merkst wohl gar nicht, wie du mich heiß machst, wie? Wenn ich nur deine rosafarbene Zunge sehe, wird er mir steif und ist härter als Fels.« Er lachte rauh und nestelte an der Spitzenverschnürung ihres Kleides.

18

Je mehr seine Begierde wuchs, um so ungeschickter stellte er sich an. Plötzlich dachte Daria an Gwyn. Sollte sie seinen Ehebruch mit ihr einfach vergessen? Sie spürte die warme Sommerluft an ihrer nackten Haut und sah ihn an.

Er starrte wie gebannt auf ihre Brüste.

»Bin ich auch so hübsch wie Gwyn? Gefalle ich dir genauso gut wie sie?«

Roland hatte Gwyn schon völlig vergessen. Er hatte sich unbedacht mit ihr abgegeben und gleich danach bereut, daß er ehrlos gehandelt und Daria die Treue gebrochen hatte. Doch seitdem war sein ganzes Sinnen und Trachten auf seine Frau gerichtet. Er wußte, daß dies seinen Seitensprung nicht entschuldigte. Ihre Fragen trafen ihn unerwartet, und sofort bekam er Schuldgefühle. Er ärgerte sich darüber. Für ihn waren Darias Brüste schöner als alle anderen, die er je gesehen hatte. Es juckte ihn in den Fingern, ihre weiche Haut zu streicheln und leicht über die Spitzen zu fahren, bis sie sich aufrichteten. Ihre Worte wirkten aber wie eine kalte Dusche auf ihn.

»Eigentlich nicht«, sagte er. »Gwyns Brüste sind viel voller und ihre Spitzen dunkel wie Pflaumen und weich wie Samt. Wenn ich sie streichelte, zitterten ihre Brüste, und sie füllten meine beiden Hände aus.«

Ihr Gesicht verzog sich. Sie war schmerzlich berührt. Aber warum mußte sie ihm auch solche Fragen stellen! Was hatte sie denn erwartet? Daß er sagen würde, sie sei das schönste weibliche Wesen, das man sich vorstellen könnte, und Gwyn sei nichts gegen sie? Sie war drauf und dran, die Bettdecke über sich zu ziehen.

»Laß es genug sein. Daria! Das ist doch ein verdammter Unsinn. Hör zu, du bist meine Frau. Halte mir nie wieder diese andere vor! Es ist nun mal passiert, und jetzt wollen wir es vergessen.«

»Wird es wieder passieren, Roland? Immer wieder?«

Er schüttelte stumm den Kopf.

Ihre Brüste lagen bloß, und er konnte den Blick nicht von ihnen abwenden. Das Kleid hatte er ihr bis zur Taille heruntergezogen. Er drückte sie sanft auf den Rücken und legte sich neben sie. Dann senkte er den Kopf, bis er mit der Zunge eine Brustspitze berührte. Das erregte sie in solchem Maße, daß sie hörbar die Luft einsog. Seine Zunge spielte an der zarten Haut, und ihre Gefühle steigerten sich, wurden intensiver, drängender, und ihre Beine begannen zu zittern.

»Bitte, Roland.«

Sie wußte selber nicht, worum sie ihn bat. Sollte er aufhören? Sollte er sie weiter liebkosen? Seine Hand streichelte jetzt die andere Brust, hob sie leicht an und nahm sie in den Mund.

Sie wollte ihm sagen: Laß mich, geh zu deiner Hure, ich glaube dir kein Wort! Doch aus ihrem Mund kam nur ein leiser, flehender Schrei.

Jetzt schob er eine Hand unter ihr Kleid und ließ sie auf ihrem Leib ruhen. Er hob den Kopf und sah ihr in die Augen. »Wenn du auf dem Rücken liegst, ist dein Bauch noch ganz flach. Ich kann kaum glauben, daß du ein Kind bekommst.«

Dann leckte er wieder an ihren Brustspitzen, bis ein Zittern durch ihren Körper lief und sie die Finger in seine Arme krallte. Ihr Kopf zuckte hin und her, ihre Hüften hoben und senkten sich. Sie war ganz Verlangen.

»Hast du das gern, Daria? Wenn ich mit den Fingern an dir spiele? Kannst du dir vorstellen, welche Gefühle ich dabei habe?«

Er sprach im Rhythmus seiner Fingerbewegungen: tief und liebevoll. Sie stöhnte leise mit offenem Mund. Er beugte sich über sie, küßte sie und stieß mit der Zunge in ihren Mund. Im selben Augenblick erreichte sie ihren Höhepunkt, und sie schrie vor Wonne laut auf.

Überrascht schoß ihm durch den Kopf: Sie ist voller Leidenschaft. Ein Triumphgefühl erfaßte ihn. Seine Begierde wuchs und wurde so stark, daß es weh tat. Auch er begann zu zittern. Und sie lag mit gespreizten Beinen und nackten Brüsten vor ihm. Da konnte er nicht länger an sich halten. Er legte sich auf sie, hob ihre Beine an und drang in sie ein.

Während sein Glied tief in sie stieß, schob er ihr auch die Zunge tiefer in den Mund.

Ruckartig bewegte sie sich unter ihm auf und nieder, und seine Wollust wuchs ins Unendliche. Er schrie an ihrem Mund auf, sein Atem war warm, und sein Glied stieß bis zum Anschlag hinein. Bald war er auf dem Gipfel der Seligkeit und hatte einen so überwältigenden Erguß, daß er es bis ins tiefste Innere spürte.

Danach war er erschöpft, hörte aber nicht auf, sie zu küssen. Er überschüttete sie mit Küssen, nagte an ihrer Unterlippe, berührte mit der Zunge ihre Zunge und fühlte, mit welcher Freude sie die seine suchte.

Er war vollständig befriedigt. Jetzt mußte er wieder die Führung übernehmen, Herrschaft über sich und sie gewinnen. Er sagte: »Von jetzt an will ich kein Wort mehr über Gwyn hören. Und kein Wort über andere Frauen vor Gwyn. Jetzt habe ich dich. Warum sollte ich da nach anderen Frauen Ausschau halten? Daria, du steckst so voller Leidenschaft, daß ich mich erstaunt frage, wie du so lange Jungfrau bleiben konntest. Das heißt, ich weiß ja nicht, ob du noch wirklich Jungfrau warst.«

Das traf sie wie ein Messerstich. Aber sie faßte sich schnell. »Du warst doch selber dabei, wie der Graf von Clare mir befahl, mich auf den Rücken zu legen und stillzuhalten, während er den Finger in meinen Schoß einführte. Du warst dabei, du weißt also, daß ich Jungfrau war. Aber du willst mich absichtlich verletzen. Ich hasse dich, Roland.«

»Daria, sei nicht so albern! Ich bin in dir, ich fühle, wie heiß und feucht du bist. Du kannst mich nicht hassen. Es ist höchstens deine weibliche Eitelkeit, die sich gekränkt fühlt.«

»Dann hasse ich deinen Hang, mich immer wieder mit Worten zu verletzen. Ich hasse deine Grausamkeit, Roland. Und ich verstehe nicht, warum du so etwas tust.«

Er zog sein Glied heraus, stand auf und brachte seine Kleidung in Ordnung. Es ließ sich nicht leugnen, er war zornig auf sich. Wieder hatte er etwas Unbedachtes gesagt. Natürlich war er dabei gewesen, als der Graf von Clare ihre verdammte Jungfräulichkeit nachgeprüft hatte ... Er durfte gar nicht mehr daran denken. *Mit welchen Gefühlen erinnert sie sich wohl an diese Szene?*

Ach, dieses leidige Kopfzerbrechen! Jetzt hatte er sie auch noch von sich gestoßen. Er konnte nicht mehr verstehen, warum er das getan hatte.

Andererseits hatte er sie damit wieder im Griff. Mit möglichst gleichgültiger Stimme sagte er: »Vielen Dank für die amüsante Abwechslung. Du hast mich voll befriedigt, das ist ein angenehmes Gefühl. Jetzt würde ich es aber für gut halten, wenn du in den Saal gehst und die Aufsicht über die Bedienerinnen übernimmst. Sie dürfen nicht vergessen, daß du ihre Herrin bist.«

Sie blieb liegen, während er rasch zur Tür ging und ihr über die Schulter zurief: »Du bist die Burgherrin. Kümmere dich um deine Pflichten!«

»Meine Pflichten – gehörst du auch dazu?«

»Selbstverständlich. Heute nacht und eben hast du sie gut erfüllt. Wirklich ausgezeichnet. Ich beklage mich nicht über deinen Mangel an Erfahrung. Die wird schon noch kommen. Und ich bin ein guter Lehrer. Ja, Daria, ich bin deine vornehmste Pflicht, und du wirst sie an mir erfüllen, wenn ich es wünsche.« Und damit ging er.

Was bin ich doch für eine Närrin, dachte sie, daß ich geglaubt habe, er hätte sich nach meiner Ankunft irgendwie geändert! Müde erhob sie sich. Sie hätte auf Wolffeton bleiben sollen. Aber dort hätte sie nur herumgesessen und mitangesehen, wie Kassia mit ihrem Mann gelacht, sich geneckt und, wenn sie sich unbeobachtet fühlten, zärtlich an ihren Ohrläppchen geknabbert hätten. Nein, dort zu bleiben wäre ihr Untergang gewesen.

Hier hatte sie zumindest erfahren, was Leidenschaft war. Ein großartiges Erlebnis! Auch wenn Roland hinterher immer alles kaputtmachte. Das Spiel der Leidenschaften gefiel ihr wirklich über alle Maßen. Roland war nicht der einzige, dem es im Rausch der Sinne so vorkam, als verlöre er jede Hemmung und jede Gewalt über seinen Körper, bis schließlich alles in ein unglaubliches, alle Vorstellungen übersteigendes Gefühl der Glückseligkeit mündete. Dazu brauchte und benutzte er sie. Nun, so würde sie ihn ebenfalls benutzen. Dann waren sie quitt. Sie würde an nichts anderes mehr dabei denken. Wenn ihr Kind dann zur Welt kam, würde sie sich mit größter Liebe darum kümmern. Ja, sie würde ihren Ehemann benutzen und nicht auf seine elenden Redensarten hören.

Wenn Roland sie nur als ein Lustobjekt ansah, na schön, so würde sie in ihm das gleiche sehen …

Sie führte die Fingerspitzen an die Lippen. Ihr war, als spürte sie noch seinen Mund. Ja, es machte ihr auch Freude ihn zu küssen. Das war doch immerhin ein Glück. Mehr brauchte sie nicht von ihm.

An den Oberschenkeln fühlte sie seinen Samen. Langsam stand sie auf und badete. Aber ihrer beider Geruch blieb haften, und auf einmal war ihr wieder zum Weinen zumute, weil er ihr nicht richtig gehörte und ihre Eitelkeit ihr gebot, ihn zu hassen.

Offenbar gab es für sie nur einen Weg. Sobald sich bei ihr ungebetene Gefühle für ihren Mann einstellten, mußte sie einfach mit ihm ins Bett gehen, bis die Leidenschaft gesättigt war und die Gefühle wieder verschwanden.

Sie begab sich in den großen Saal. Mit Erleichterung stellte sie fest, daß die Bedienerinnen ihren Anweisungen folgten. Vermutlich hatte die alte Alice, die Autokratin der Burg, Gott segne sie, ihnen eingebleut, daß sie, Daria, die Herrin sei und man ihr zu gehorchen habe. Sogar Gwyn befolgte ihre Anweisungen lächelnd und einigermaßen rasch.

Offenbar hatte niemand etwas gegen sie – mit Ausnahme ihres Ehemannes.

Zwei Wochen später, am ersten Montag im August, trafen des Königs Soldaten unter Führung von Robert Burnell ein. Sie brachten Darias Mitgift vom Grafen von Reymerstone.

Sie brachten aber noch mehr mit.

Burnell war todmüde. Er war jedoch froh, daß der Graf von Reymerstone keinen Versuch unternommen hatte, ihn zu ermorden, obwohl er einmal dicht davor stand und der brennende Haß immer in seinen blassen Augen sichtbar war. Zwölf schwerbeladene Maultiere hatten sie von Reymerstone mitnehmen dürfen. Sie trugen mehr, als der Graf Daria zugebilligt hätte, wenn sie die Gattin von Ralph von Colchester geworden wäre. Das lag aber nur daran, daß Burnell darauf bestanden hatte, den Ehevertrag einzusehen, den der Graf mit Colchester unterschrieben hatte. Danach war der Graf wütender denn je.

Darias Blick wanderte von Robert Burnells müdem Gesicht zu den Maultieren. Sie trugen Münzgeld, Silber und Schmuck. Auch sie erkannte sofort, daß es mehr war, als ihr Onkel eigentlich hatte herausgeben wollen. Aber warum war es so viel mehr? Daria staunte über die Zahl der Maultiere, die eins nach dem anderen in den Innenhof trotteten.

So viele wertvolle Güter, und jetzt gehörte das alles Roland.

In diesem Augenblick erblickte sie ihre Mutter. Daria stieß einen Schrei aus, stürzte sich in das Gewühl von Menschen, Tieren und Gepäckstücken, achtete kaum der tiefen Rillen zwischen den Pflastersteinen und lief auf die gebückt auf einem Zelter sitzende Frau zu.

»Mutter! Wie schön, daß du hier bist!«

Salin hob sie behutsam vom Pferd herab, und Roland sah, wie Daria die schmale Frau umarmte, wie ihr die Tränen über die Wangen strömten und ihre Schultern krampfhaft zuckten, als sie ihre Mutter mit Küssen begrüßte.

»Ich mußte Lady Fortescue mitbringen, Roland«, sagte Burnell zu ihm. »Der Graf hat sie wiederholt auf gemeine Art geschlagen, bis ich es ihm verbot. Da hatte ich meine Forderungen schon gestellt, und er sah wohl ein, daß er nichts dagegen tun konnte. Er schrie sie an, sie werde schon noch erleben, was er mit ihrer Tochter anstellen würde, wenn er sie je in die Hand bekäme. Mir war klar, daß er die Lady umbringen würde, wenn ich sie daließ. Sie ist noch schwach – ich glaube, er hat ihr mehrere Rippen geprellt. Sie hat auch ein verstauchtes Handgelenk, das aber gut verbunden ist. Sie ist eine nette Dame, Roland, freundlich und angenehm im Umgang.«

Roland entsann sich der Frau von seinem Besuch auf Reymerstone. Damals waren ihm ihre müden Augen und ihre resignierte Haltung aufgefallen. Schuldgefühle überkamen ihn mit solcher Gewalt, daß er zutiefst erschüttert war. Er hätte von sich aus Burnell beauftragen müssen, Darias Mutter von Reymerstone wegzuholen, aber er hatte einfach nicht daran gedacht, weil er zu sehr mit sich selbst beschäftigt gewesen war. Er war eben ein Kerl, der nur an sich dachte.

»Ich bin heilfroh, daß Ihr sie aus seinen Händen befreit habt.« Er nickte Burnell zu und ging zu Lady Fortescue hinüber.

»Mylady«, sagte er. Als sie seine Begrüßung mit einem Knicks erwidern wollte, rief er: »Nein, nicht doch! Daria, deine Mutter fühlt sich nicht gut. Bring sie auf dein Zimmer! Sie muß sich ausruhen.«

Minuten später half Daria ihrer Mutter ins Bett. Dabei sah sie die vielen blauen Flecken an ihrem Körper. Mehr denn je wünschte sie sich, ihr Onkel wäre hier und sie hätte ein Messer zur Hand. Sie hätte ihn auf der Stelle erstochen und es noch genossen.

Sie ließ Alice benachrichtigen, und bald darauf wurde ein Krug mit gewürztem Glühwein gebracht. Sie blieb im Zimmer, bis ihre Mutter eingeschlafen war. Dann legte sie den Kopf in die Hände und weinte. Sie hätte von Roland verlangen müssen, daß ihre Mutter hergebracht würde. Doch sie hatte es nicht getan. Sie war zu sehr mit sich selbst beschäftigt gewesen, mit ihrem ungeborenen Kind und Rolands Mißtrauen. Sie war unverzeihlich selbstsüchtig gewesen. Nach geraumer Zeit erhob sie sich, rief nach Gwyn und trug ihr auf, bei ihrer Mutter zu bleiben.

»Sie ist eine schöne Lady«, flüsterte Gwyn ihr zu. »Ich kümmere mich um ihr Wohlergehen.«

Daria konnte nicht mehr verstehen, warum sie Gwyn einmal gehaßt hatte.

Als Burnell die Mitgift an Roland übergab, fühlte sich Daria zur reinen Zuschauerin degradiert. Sie sah, wie die Männer eine Truhe nach der anderen hereinschleppten, wie Sir Thomas, Robert Burnell und ihr Mann jede Truhe öffneten, Bemerkungen über den Inhalt austauschten, zuweilen auch ein Lächeln, und Bier dabei tranken. Danach kamen die Lederbeutel voller Münzen an die Reihe, die Roland nach dem Auszählen feierlich Sir Thomas übergab. Dann umarmten sich die Männer. Daria rührte sich nicht.

Danach befahl Roland den Bedienten, zwei Truhen in sein Schlafzimmer zu bringen. Es war ebensogut ihr Schlafzimmer, aber bei wichtigen Angelegenheiten galt es eben als das des Ehemanns. Diese Lektion hatte sie in den vergangenen Wochen lernen müssen. Nun wurden Burnell und des Königs Soldaten Unmengen von Bier und süßem Kuchen aus Alices großen Backöfen aufgetischt. Schließlich setzte Daria sich schweigend zu ihnen. Es waren ihre Güter und ihr Geld gewesen … aber die Männer taten so, als wäre sie gar nicht da.

»Sie schmecken unglaublich gut«, sagte Burnell, und seufzte tief auf. Dann nahm er mit geschlossenen Augen einen weiteren der mit Rosinen, Mandeln und Muskatnuß gefüllten Kuchen in Angriff.

»Ich weiß, Ihr denkt daran, mir meine Köchin wegzunehmen«, sagte Roland und lachte. »Aber es wird Euch nicht gelingen, sie mir abspenstig zu machen. Da hilft Euch nicht einmal der liebe Gott.«

»Aber Roland, bedenkt doch mal, wie ihre wunderbaren Mahlzeiten den König milde stimmen würden ...«

»Er würde nur fett wie ein Mastschwein werden, ausländischen Würdenträgern ins Gesicht rülpsen und der Königin keine Kinder mehr machen, weil er dauernd beim Essen wäre, und sie würde sich von ihm abwenden, und eines Tages würde er an Fettsucht sterben. Einen solchen Verlust kann sich England nicht erlauben, Sir. Und Ihr wärt an allem schuld, weil Ihr unbedingt meine Köchin haben wolltet.«

Daria horchte auf. In ihre Augen trat ein Leuchten. Der Roland, der eben so witzig gesprochen hatte, erinnerte sie wieder an den Roland, wie sie ihn in Wales schätzen gelernt hatte. Laut sagte sie: »Außerdem kann Alice gar nichts anderes tun als hierzubleiben. Sie ist nämlich diesem Ort durch tiefere Bande verknüpft, als Ihr Euch vorstellen könnt. Sie schöpft alle ihre Kunst aus diesem Boden und hat mir gesagt, daß sie unbedingt hierbleiben muß, weil sie woanders all ihre Kenntnisse und Fähigkeiten einbüßen würde.«

»Ach, so ist das«, sagte Burnell enttäuscht.

Roland warf seiner Frau einen überraschten Blick zu. Später raunte er ihr heimlich zu: »Du hast eine goldene Zunge, Weib. Der arme Burnell!«

»Vielleicht war mein Märchen wirkungsvoller, aber deine Begründung war viel lustiger. Ach, Roland, ich hatte schon fast vergessen, wie du mich früher zum Lachen bringen konntest!«

»Und jetzt haben wir nicht mehr viel zu lachen, nicht wahr?«

»Nein, und das fehlt mir. Wenn ich mehr Grund zum Lachen hätte, würde ich sogar den Dauerregen in Wales in Kauf nehmen.«

Zärtlich nahm er ihren Kopf in beide Hände, hob ihn an und küßte sie auf den Mund. Die leichten, sanften Küsse taten ihr wohl. Nach einer Weile ließ er sie los und sagte: »Daria, es tut mir leid, daß deine Mutter so viel Böses erleiden mußte.«

»Da muß ich mir Vorwürfe machen, daß ich nicht früher an sie gedacht habe. Ich hätte doch wissen müssen, wozu mein Onkel fähig ist ...«

»Deine Mutter ist eine schöne Frau. Weißt du, daß du ihr ähnlich siehst? Nur deine Haare sind nicht von so starkem Kastanienrot.«

Daria kamen die vielen blauen Flecken in den Sinn, die den Körper ihrer Mutter bedeckten. Unvermittelt brach sie in Tränen aus.

Betroffen sahen die Anwesenden auf Daria, und die Gespräche

verstummten. Roland sagte leise zu ihr: »Ich weiß, du empfindest Reue, weil du meinst, du hättest sie im Stich gelassen. Aber das stimmt nicht. Es war mein Fehler. Hör jetzt auf zu weinen, Daria! Sonst berichtet Burnell noch dem König, ich hätte dich ohne Grund vor aller Augen geschlagen. Dann läßt er unsere Ehe für ungültig erklären und entzieht mir deine Mitgift. Sir Thomas jagt mich aus der Burg, die ich gerade erworben habe, und ich bin wieder dazu verdammt, durch die Welt zu wandern. Und ich muß dir sagen, daß mir dieses ruhelose Umherziehen lästig geworden ist. Ich habe keine Lust mehr dazu.«

Dies alles sagte er in so leichtem, heiterem Ton, daß sie den ernsten Hintergrund der Worte nicht erkannte. Sie schniefte noch einmal und hörte dann auf zu weinen. »Verzeih, ich weiß gar nicht, was da auf einmal über mich gekommen ist.«

»Es ist das Kind«, sagte er, ohne sie anzusehen.

Daria legte die Arme um den Leib. Ihr Bauch war etwas runder geworden, ihre Taille war weniger schlank. Sie fragte sich, wann es wohl so weit sein würde, daß er ihren Anblick als abstoßend empfand.

»Ich habe seit heute morgen nichts von dir gehabt, und mein Körper lechzt nach dir.«

Sie waren in ihrem Schlafzimmer. Daria schloß die Augen, nahm seine Küsse entgegen und erwiderte sie mit wachsender Hingabe. Als er nach vielen Liebkosungen in sie eindrang, war er zärtlich und liebevoll. Auch danach fuhr er mit dem Küssen fort. Während er ihren Kopf in den Händen hielt, wanderte ihre Hand immer tiefer, streichelte seinen Unterleib und schloß sich schließlich um sein Glied, das sich jäh wieder aufrichtete. Er zuckte unter der Berührung zusammen und begann zu stöhnen. Sein Glied drängte sich gegen ihre streichelnden Finger und wurde immer größer, fast zu groß für ihre Hand. Sie nahm es in beide Hände, streichelte es zart und glitt daran herab bis zu den Hoden. Sein Atem kam jetzt schneller, seine Küsse wurden leidenschaftlicher und fordernder, und sie liebkoste ihn weiter, bis er sich mit einem Ruck freimachte.

Vor drei Tagen hatte sie ihn zum erstenmal so berührt, und sie war sehr zufrieden über ihre Entdeckung. Sie dachte an die Hofdamen der Königin und ihre Ratschläge. Bald würde sie sein Glied auch in den Mund nehmen. Sie war gespannt, wie er darauf reagieren würde.

Unvermutet hob er sie an und legte sie rücklings auf den schmalen Tisch. Dabei fiel das Waschbecken auf den Steinfußboden und zersprang. Er bemerkte es gar nicht. Er zog sie so weit zu sich, daß ihre Hüften auf dem Tischrand lagen und die Beine herunterbaumelten. »Bewege dich jetzt nicht, Daria!«

Sie hätte sich ohnehin nicht bewegen können, weil sie sonst wahrscheinlich ebenso wie das Waschbecken auf den Fußboden gefallen wäre. Das herabgezogene Kleid hatte sich um ihre Beine gewickelt. Sehen konnte sie ihn nicht. Sie hörte nur sein rauhes, rasches Atmen. Er befreite sie von dem Kleid, legte sich ihre Beine über die Schultern und hob ihr Becken an. Dann packte er sie am Gesäß, zog sie an sich und glitt tief in sie hinein. Sie schrie auf, und er hielt inne.

»Tut es dir weh?«

Sie schüttelte den Kopf.

Erst als er merkte, daß er vorzeitig die Beherrschung verlieren würde, zog er sein Glied heraus. Seine Brust hob und senkte sich heftig, Schweiß bedeckte seinen Körper. Dann streichelte er die Innenseite ihrer Oberschenkel, und gleich darauf fühlte sie seinen Finger tief in sich. Sie kam ihm entgegen. Vor lauter Wonne hätte sie fast aufgeschluchzt.

Nun streifte er ihre Beine von den Schultern, spreizte sie und brachte seinen Mund an ihren Schoß. Das versetzte sie in wilde Leidenschaft. Sie bäumte sich auf, und er konnte sie nicht mehr festhalten. Da nahm er sie rasch in die Arme und warf sie auf das schmale Bett. Rasch drang er wieder in sie ein. Ihr Körper zuckte wie in Krämpfen. Sie legte ihm die Beine um die Hüften und drückte ihn immer tiefer in sich hinein.

»Daria«, flüsterte er noch. Dann entlud er sich in ihr.

Viele Minuten blieben sie so liegen, ohne sich zu rühren.

Als Roland wieder klar denken konnte, nahm er eine erschreckende Veränderung an sich wahr. Es war so weit mit ihm gekommen, daß er ohne seine Frau nicht mehr auskam. Nicht sein Verstand, sondern sein Körper brauchte sie als Gefährtin, und sein Verlangen nach ihr schien immer stärker und drängender zu werden. Es lag nicht allein daran, daß sie sich ihm so hemmungslos hingab. Nein, es schien ihm, als sei dieses Mädchen für ihn bestimmt.

Burnell brauchte einige Ruhetage, und es oblag Roland, ihm das Umland zu zeigen und ihm seine Pläne für Thispen-Ladock zu erläutern. Daria verbrachte viele Stunden bei ihrer Mutter. Erst am letzten Abend von Robert Burnells Aufenthalt erschien Lady Fortescue zum Abendessen im großen Saal. Roland fand sie mit ihrem schimmernden roten Haar und den hellen, freundlichen Augen bezaubernd. Sir Thomas bestand darauf, daß sie an seiner Seite Platz nahm.

Nach dem köstlichen Essen stand Roland auf und hob den Bierkrug. An Sir Thomas gewandt, sprach er: »Ihr habt mir und meinen Söhnen und Enkelsöhnen ein Heim verschafft. Ich danke Euch, Sir Thomas. Ihr habt mir ein Heim und Land gegeben. Das werde ich Euch bis zu meinem letzten Atemzug nie vergessen. Sir Thomas, Ihr habt mir gesagt, ich müsse mir Thispen-Ladock völlig aneignen und der Burg auch einen neuen Namen geben, der etwas über mich und meine Familie aussagt. Es war schwer, solch einen Namen zu finden. Schließlich fiel mir ein, daß ich zeitlebens ein Wanderer gewesen bin und viele Länder liebgewonnen habe. Ich habe etwas von der Welt gesehen und das, was daran besonders wertvoll war, wollte ich herbringen, hier nach Cornwall, hier auf diese Burg, und daher soll sie von nun an Chantry Hall heißen. Chantry – so hieß ein Mann, den ich im Heiligen Land kennengelernt habe. Er hat mir das Leben gerettet und mich gelehrt, daß die Freiheit des Geistes das wertvollste Gut ist, das Gott dem Menschen geschenkt hat. Ich entbiete Euch meinen Dank, Sir Thomas, und Euch, Robert Burnell.«

»Hört, hört!«

Daria schaute entgeistert ihren Mann an, während eine Bedienerin ihr einen Krug mit Wein bis zum Überlaufen füllte. Sie fand die Rede, die er eben gehalten hatte, wunderschön. Er hatte flüssig und bewegend gesprochen. Sie hatte nichts von seinen Erlebnissen geahnt. Er hatte ihr nie etwas davon erzählt.

Sie drehte sich um und sah, daß der Blick ihrer Mutter auf sie gerichtet war. Dann senkte sie die Lider, hob den Krug und trank den Wein.

Ich gelte ihm nicht mehr als eins der Maultiere, die ihm Reichtümer hergeschleppt haben. Ganz langsam stand sie auf und verließ den großen Saal.

Es gab nur einen, dem es auffiel, daß sie gegangen war.

19

»Es wird bald regnen. Sehnst du dich nach Wales zurück, wo der Regen dir Leib und Seele durchnäßt hat?«

Daria blieb mit dem Rücken zu ihm stehen. Von den Nordwällen sah sie den Mondschein über den sanften grünen Hügeln. Sie wünschte, sie könnte bis zum Meer sehen.

»Warum hast du den großen Saal verlassen? Ich dachte, wir würden heute feiern. Bestimmt würde Burnell seinen letzten Abend mit meinen Scherzen und Alices Kochkünsten genießen.«

»Keine Sorge, Roland. Es gefällt ihm auch so, wie allen anderen.«

»Warum bist du hinausgegangen?«

Sie zuckte die Achseln. »Es war doch ganz gleich, ob ich dabei war oder nicht. Die Sache hat nichts mit mir zu tun. Ich hoffe, daß du dich darüber freust. Du hast ja Unehre und Lügen ertragen müssen, um so weit zu kommen. Ich hoffe, daß dich große Schafherden glücklich machen, daß du an jedem Weizenhalm deine Freude hast.«

»Und du meinst, daß mir weidende Kühe die höchste Glückseligkeit schenken können?«

Sie gab keine Antwort.

»Wenn dir wieder übel ist, mußt du es mir sagen.«

Sie seufzte tief auf. »Mir ist nicht übel, Roland. Gute Nacht. Ich gehe noch ein bißchen spazieren.«

»Nein, du kommst mit mir in den großen Saal und unterhältst dich mit unseren Gästen.«

»Es sind nicht meine Gäste, Roland. Es sind *deine.* Sie sind hier auf *deiner* Burg. Sie freuen sich über *deinen* Reichtum, nicht über meinen. Ich habe damit überhaupt nichts zu tun. Wenn du sagst, es wären meine Gäste, dann ist das gelogen. Ich bin hier ein Nichts, und sie bedeuten mir nichts.«

»Schade, daß du weggingst, bevor ich meinen Trinkspruch zu Ende führen konnte.«

Sie sah ihn argwöhnisch an, denn sie traute ihm nicht. »Was soll das heißen?«

Er sagte: »Ohne dich – ohne deine großartige Mitgift, meine ich – wäre ich nicht in der Lage, Ausbesserungsarbeiten an der Burg vorzunehmen. Ohne dich könnte ich mir keine größeren Herden anschaffen, keine Krieger anheuern, keine Bauern heranholen und mir keine Annehmlichkeiten im Hause leisten. Nur durch dich, Daria, kann ich jetzt und nicht erst in nebelhafter Zukunft meinem Heim zu seinem früheren Glanz verhelfen.«

Es war und blieb *sein* Heim. Genauso wie alles, was sie ihm in die Ehe eingebracht hatte, *seins* war. Sie schob ihn weg, schlüpfte an ihm vorbei, rannte über den schmalen Laufsteg auf dem Wall und klomm die Leiter zum Innenhof hinunter. Auch im Zorn bewegte sie sich vorsichtig, weil sie dabei an ihr ungeborenes Kind dachte.

Er wandte sich ab und nahm ihren Platz an der Wallmauer ein. Der Wind wurde stärker, und es roch nach Regen. Plötzlich dachte er an seinen Vater. Was würde er wohl darüber denken? Er sah sein Gesicht vor sich, als er ihm von Joan of Tenesbys Treulosigkeit erzählt hatte. Er hatte noch seine tiefe, leise Stimme im Ohr, als er seinem zweitältesten Sohne sagte:

»Hör mir einmal gut zu, Roland! Man hat dich zum Narren gehalten, mein Junge, aber es hat dich nicht umgebracht. Dein Herz ist schwer und dein Stolz verletzt, weiter nichts. Du wirst nicht lange um sie trauern. Aber wenn du eines Tages hörst, daß ein Mann Joan of Tenesby heiratet, wirst du Mitleid mit dem armen Kerl haben, der nicht so glücklich davonkam wie du. Von jetzt an wirst du in diesen Dingen vorsichtiger sein. Und wenn es für dich an der Zeit ist zu heiraten, wirst du wissen, worauf du bei einer Frau zu achten hast und von welchen Frauen du lieber die Finger läßt. Ehrlichkeit ist selten unter den Menschen, ob Mann oder Frau, zu finden. Wenn du eine ehrliche Frau findest, dann hast du viel gewonnen.«

Ehrlichkeit, dachte Roland. *Ehrlichkeit* war wirklich selten. Er hatte sie nicht gefunden.

Er trat von der Mauer zurück. Nein, er hatte keine Ehrlichkeit gefunden, und er selber wurde mit jedem Tag unehrlicher.

Heute morgen hatte er Daria an sich gezogen und sich auf sie gelegt. Da hatte er plötzlich die kleine Wölbung ihres Leibes gespürt. Das hatte ihn wahnsinnig gemacht. Er hatte sie hastig genommen und sie dann allein gelassen. Er fragte sich, ob ihr Kind dem Grafen von Clare ähnlich sehen würde.

Katherine of Fortescue fühlte sich wunderbar. Sie saß in dem kleinen Obstgarten mit Apfel- und Birnenbäumen an der Rückseite der Burg. Es war ein warmer Tag, die Sonne gab ihr Bestes, aber die dichtbelaubten Äste des Apfelbaums spendeten ihr genügend Schatten. Sie war damit beschäftigt, mit geübter Hand ein

Kleid für ihre Tochter zu nähen. Dabei summte sie vor sich hin. Darüber mußte sie selber staunen, denn sie hatte geglaubt, sie hätte es längst verlernt, so fröhlich zu sein. Schließlich begann sie sogar zu singen. Sie hatte zwar keine große, aber eine klare Stimme. Sie hörte erst auf, als sie Sir Thomas hinter sich lachen hörte.

Sie drehte sich um und sagte lächelnd: »Seid Ihr gekommen, um diesen schrecklichen Tönen ein Ende zu machen, Sir?«

»Nein, ich bin gekommen, um meine alten Knochen zu wärmen.«

»Alte Knochen! Wie könnt Ihr so was sagen! Ihr seid doch immer noch ein junger Mann.«

»Wenn Ihr es sagt, will ich keine Einwendungen erheben.« Er setzte sich neben sie auf die schmale Steinbank.

Katherine sah Sir Thomas in die Augen und sagte: »Ich finde es schön, daß Ihr noch nicht abgereist seid.«

»Roland hat mich gebeten, noch zu bleiben.« Achselzuckend fügte er hinzu: »Ich weiß aber nicht ... Eure liebe Tochter ... Nein, fragt mich nicht, Katherine! Ich weiß auch nicht, was zwischen den beiden vor sich geht. Ich diene ihnen als eine Art Prellbock. Meine Anwesenheit verhindert vielleicht, daß es zu einem Krach zwischen ihnen kommt. Meint Ihr, ich solle lieber abreisen?«

Sie schüttelte den Kopf und machte geschickt den nächsten Stich.

»Ihr seid eine Frau, die ein gutes Urteilsvermögen besitzt. Ihr mischt Euch nicht ein und kommt Eurem Schwiegersohn mit freundlicher Achtung entgegen. Wenn Ihr das bleiche Gesicht Eurer Tochter seht, drückt Ihr ihm kein Mißfallen aus. Und Ihr sagt Eurer Tochter nicht, was sie falsch macht und wie sie es ändern könnte.«

»Ich bin einfach zu faul dazu, Sire!« sagte sie lächelnd.

»Das stimmt nicht, Mylady. Ihr schweigt aus Klugheit und aus Liebe zu Eurer Tochter.«

»Das ist ein Kompliment, Sir Thomas, und genau wie Ihr erhebe ich keine Einwendungen.«

Sir Thomas druckste eine Weile herum. Dann sagte er: »Wißt Ihr, was ich täte, wenn der Graf von Reymerstone hier wäre? Ich würde ihn totschlagen. Tatsächlich überlege ich schon, ob ich nicht nach meiner Abreise von hier einen Abstecher zu diesem Schweinehund machen sollte, um ihm meine Verachtung für sein nichtswürdiges Tun auszudrücken.«

Sie legte die Hand auf seine Fäuste. »Damon Le Mark ist ein übles Subjekt, Sir Thomas. Er kennt weder Ehre noch Treue. Er sinnt nur auf Lug und Trug, und seine Seele ist bis in den Kern verrottet. Freude beschert ihm nur das Leiden eines anderen Menschen. Ach, laßt ihn doch an seinem eigenen Gift zugrunde gehen! Ich weiß, daß er den Tod erleiden wird, den er verdient.«

»Aber er hätte Euch getötet, wenn Burnell Euch nicht hergebracht hätte!«

»Das glaube ich nicht. Er hätte mich nur noch schlimmer mißhandelt, als er es schon einige Male getan hat.«

»Ich muß mit Roland sprechen«, sagte Sir Thomas schockiert. »Er ist berechtigt, an ihm Vergeltung zu üben.«

»Wenn Ihr das, was ich Euch gesagt habe, Roland oder meiner Tochter weitererzählt, werde ich Euch als Lügner hinstellen. Laßt es gut sein, Sir Thomas! Die böse Zeit ist vorbei. Ich bin wie neugeboren. Ich summe und singe wie ein übermütiger Spatz. Ja, die Lady neben Euch ist froh und zufrieden und hält sich für die glücklichste aller Frauen. Bleibt ruhig noch einen Augenblick hier! Ich hole Euch einen Krug Bier. Wäre Euch das recht, Sir?«

Sir Thomas sah ihr nach, wie sie beschwingten Schrittes zum Küchenhaus ging. Er bewunderte sie. Er fand sie einzigartig.

Es war eine Woche später. Daria sprach gerade mit dem Milchmädchen, als sie Hufschlag vernahm. Reiter waren angekommen. Sie wischte sich die Hände am Kleid ab und ging rasch in den Innenhof. Es waren Graelam de Moreton und drei seiner Männer. Er sah in seiner schwarzsilbernen Rüstung auf seinem mächtigen Kampfroß wie ein gewalttätiger und erbarmungsloser heidnischer Krieger aus. Sein Anblick erweckte Furcht in ihr.

Doch sie lächelte und rief laut: »Roland! Komm her! Graelam ist hier!«

Roland schritt auf Graelam zu, der inzwischen abgestiegen war, klopfte ihm auf die Schulter und umarmte ihn. Dann sagte Graelam: »Rolfe, kümmere dich um Dämon! Wo ist deine Frau, Roland?«

»Hier bin ich, Mylord.«

Graelam musterte sie eine Weile schweigend. »Meine Kassia und ich haben uns große Sorgen um Euch gemacht, Daria. Ihr habt Euch eine Riesendummheit geleistet. Als die beiden Stallburschen mit schamroten Gesichtern ohne Euch zurückkamen, habe ich vor Angst um Euch Bauchschmerzen bekommen.«

»Verzeiht mir, Mylord. Es war unbedacht von mir.«

Hinter ihnen sagte Roland verwirrt: »Ich habe dir doch sofort eine Botschaft geschickt, Graelam, daß meine Frau wohlbehalten bei mir angekommen ist.«

Graelam drehte sich lächelnd zu ihm um. »Für Kassia war das nicht ausreichend. Sie verlangte, daß ich herreite, um mich mit eigenen Augen zu überzeugen, daß sich Daria in ihrem neuen Heim wohl fühlt und es ihrem Kind gutgeht. Daher erwarte ich, daß du mich gastlich aufnimmst.«

»O ja, natürlich! Kommt bitte in den großen Saal, Mylord! Meine Mutter wohnt jetzt auch bei uns. Ich möchte sie mit Euch bekanntmachen. Kennt Ihr schon Sir Thomas?«

Gegen seinen Willen mußte Roland über den Eifer seiner Frau lachen. Dann erkundigte er sich: »Wie geht es deiner Frau? Was macht Euer kleiner Schreihals?«

»Beiden geht es gut. Ich muß mich bei dir entschuldigen, Roland. Ich habe nicht gewußt, daß Daria sich auf Wolffeton so unglücklich fühlte.«

Roland wurde es unbehaglich. Achselzuckend erwiderte er: »Rolfe soll deine Männer auch herholen. Inzwischen wird Daria dafür sorgen, daß es genügend Bier gibt, um den stärksten Männerdurst zu löschen.«

Damit schritt Roland auf den großen Saal zu. Graelam de Moreton folgte ihm etwas gemächlicher. Er überlegte, wie zum Teufel er die Sache anpacken sollte. Er hatte immer noch die Worte seiner Frau im Ohr. »Es läßt mir keine Ruhe, Graelam. Die beiden liegen miteinander im Streit. Und doch ist auch Liebe im Spiel, zumindest von Darias Seite. Du mußt herausfinden, was da eigentlich los ist, und die Sache in Ordnung bringen.«

Kassia war nun mal aus irgendeinem Grunde der Überzeugung, daß er alles in Ordnung bringen könnte, sei es eine blutige Fehde zwischen zwei Nachbarn oder ein Ehestreit. Graelam seufzte. Wenn er schon Dinge schlichten sollte, dann tat er es am liebsten mit dem Schwert in der Hand auf dem Schlachtfeld.

Im Saal mahlte Daria frisch aus dem Garten geerntete Kräuter. Es war ein heißer Tag. Süß stieg ihr der Duft von Rosmarin in die Nase. Mit der Hand fächelte sie sich Luft zu. Sie hatte die verschiedenen Kräuter vor sich auf der Tischplatte in kleine Häufchen sortiert. Leider konnte sie sich nicht näher ans Fenster setzen, weil jeder Luftzug die Häufchen durcheinandergewirbelt hätte.

Ihre Mutter hockte sicherlich mit Sir Thomas zusammen. Während Daria drei Prisen Rosmarin an den duftenden Dill tat, dachte sie: Zwischen den beiden spinnt sich etwas an. Vor einigen Tagen hatte sich Sir Thomas zwölf von Rolands Männern ausgeliehen. Sie hatten sein Geld zu Sir Thomas' Tochter und ihrer Familie transportiert. Auf Rolands dringende Bitte war Sir Thomas dann nach Chantry Hall zurückgekommen.

Daria nahm genau drei Prisen von grobgemahlenem Fingerhut und mischte sie unter einen kleinen Stapel von feingestoßenen Mohnblumen. Sie hatte sehr wenig davon und mußte daher sparsam damit umgehen. Roland war frühmorgens mit vier Männern zu einem starrköpfigen alten Bauern an der Nordgrenze von Chantry Hall geritten. Sie schaute zum Fensterspalt. Die Sonne stand schon tief. Er mußte bald zurück sein ... Sie war schon froh, wenn sie ihn nur sah, ihn sprechen oder lachen hörte. Ich bin wirklich eine Närrin, sagte sie sich. Aber dagegen war nun mal nichts zu machen.

Er hatte sie jetzt seit einer Woche nicht mehr angerührt, seit er die Hand auf den Bauch gelegt und die kleine Wölbung gefühlt hatte. Sie hielt in der Arbeit inne und erinnerte sich daran, wie schnell er es an jenem Morgen gehabt hatte wegzukommen, nachdem er sie hastig begattet hatte. Jetzt war er ihr so fern, als wäre er wieder in Wales. Nein, sie wollte nicht an ihn denken. Es gab anderes, womit sie sich zu beschäftigen hatte.

Sie nahm ein Häufchen Basilienkraut und fügte es einer Mixtur gegen Magenkrämpfe zu. Dabei sang sie leise ein Liedchen. Plötzlich erstarrte sie. Ihr Blick ging starr geradeaus.

Eine große Tür öffnete sich vor ihr. Sie sah sich selber, wie sie durch die Tür in ein Feld von blendendem Weiß schritt. Es war so dicht wie Nebel, aber rein und trocken. Sie blieb darin stehen. Und plötzlich erblickte sie Graelam. Er arbeitete an der Ostmauer. Er riß dort alte Feldsteine heraus. Gerade hob er einen mächtigen Block in die Höhe, drehte sich um und schleuderte ihn weg. Andere Männer reichten die Steine, die er entfernt hatte, weiter. Daria sah, wie er, mit dem Rücken zur Mauer, einem der Männer etwas zurief.

Plötzlich brach die Mauer hinter ihm krachend zusammen. Riesige Steinbrocken prasselten herab. Sie sah, wie Graelam herumwirbelte, wie ihm die Brocken auf Schultern und Brust fielen. Er brach in die Knie. Immer mehr Steine hagelten auf ihn und begruben ihn unter sich. Ringsum schrien alle aufgeregt durcheinander und rannten davon, um sich vor der Steinlawine in Sicherheit zu bringen. Steinsplitter flogen in alle Richtungen. Dichter, grauer Staub wirbelte hoch und hüllte alles ein. Danach herrschte Totenstille. Und ebenso plötzlich verschwand das blendende Weiß, und Daria saß wieder auf ihrem Stuhl.

Sie sprang auf und schoß aus dem Wohnzimmer. Sie war sich keinen Augenblick darüber im unklaren, was sie eben gesehen hatte. Sie hatte eine Vision gehabt, genau wie vor einigen Jahren, als sie den Tod ihres Vaters gesehen hatte. Ohne Zögern rannte sie zur Ostmauer, wo die Männer tatsächlich schon schreiend hin und her liefen.

Sie rannte weiter bis zu der Stelle, wo Graelam zu Fall gekommen war. Hier knieten schon Männer und räumten die Gesteinstrümmer weg. Sie stieß einige zur Seite und begann fieberhaft zu graben. Dabei fielen mehrere kleinere Steine herunter und trafen sie schmerzhaft. Doch sie ließ sich nicht beirren. Sie wußte ja, wo sich sein Kopf befand. Diese Stelle mußte sie freimachen, damit er Luft bekam. Jemand versuchte sie, wegzuzerren. Sie drehte sich um, und ein Blick in ihr Gesicht ließ den Mann zurückweichen. Sie arbeitete so besessen, bis sie meinte, ihr müßten die Arme abfallen.

Da sah sie ihn. Endlich waren Kopf und Oberkörper frei. Er lag auf der Seite, die Arme zum Schutz über den Kopf gelegt.

Er rührte sich nicht.

Sie fiel neben ihm auf die Knie. »Graelam!« Sie packte ihn an einem Arm und drehte ihn auf den Rücken.

»Er ist tot«, murmelte einer der Männer. »Mausetot. Da könnt Ihr nichts mehr machen, Herrin.«

»Er ist nicht tot!« schrie Daria. Dann schlug sie dem regungslos verharrenden Graelam hart ins Gesicht, wieder und immer wieder. »Du darfst nicht sterben! Graelam, verflucht noch mal! Nein! Du darfst nicht sterben! Nicht wie mein Vater! Ich lasse dich nicht sterben! Nein!«

Doch er blieb so regungslos wie zuvor. Ohnmächtige Wut erfaßte sie. Zum zweitenmal hatte sie ein Unglück vorausgesehen. Und nun sollte sie wiederum hilflos dagegen sein? Sie trommelte mit den Fäusten auf seine Brust, sie schrie ihn an, sie beschimpfte ihn, verbot ihm, zu sterben und seine Familie im Stich zu lassen. Und dabei schlug sie ununterbrochen auf ihn ein. Sie zitterte vor Erschöpfung und Angst, doch ihre Wut war stärker. Sie ließ nicht nach. Immer wieder landeten ihre Fäuste auf seiner Brust.

Und plötzlich hob sich Graelams Brust. Einmal und noch einmal. Dann ächzte er. Es war der schönste Laut, den Daria in ihrem ganzen Leben vernommen hatte.

Sie schrie vor Freude. Sie hatte gewonnen. Er war nicht gestorben. Diesmal hatte sie eine Vision gehabt, die sie nicht zur Tatenlosigkeit verdammt hatte. Es war keine Vorankündigung gewesen, sondern eine Warnung. Sie rüttelte ihn an den breiten Schultern, nahm seinen Kopf in die Hände und tastete seine Stirn, das Kinn und den Schädel ab. So weit sie es beurteilen konnte, war nichts gebrochen. Dann schlug er die Augen auf und sah zu ihr hoch.

»Graelam«, sagte sie ganz leise, nah an seinem Gesicht, »du lebst! Als mein Vater starb, konnte ich es nicht verhindern. Aber du bist am Leben geblieben. Mylord, Ihr lebt!«

»Was, zum Teufel, geht hier vor?«

Die Männer, die sie umringt hatten, traten zurück und ließen Roland durch. »Daria, was ist passiert? Graelam, was ...«

Lächelnd sagte sie: »Er lebt, Roland! Es war wie bei meinem Vater, doch Graelam ist am Leben geblieben. Diesmal war es keine Voraussage, sondern eine Warnung.« Sie stand auf und gab mit ruhiger Stimme Anweisungen. »Bringt Lord Graelam auf die Burg! Er hat wahrscheinlich schwere Rippenverletzungen erlitten. Seid vorsichtig, Roland!«

Dann ging sie ohne ein weiteres Wort davon.

Roland befahl den Männern, Graelam aufzuheben. Seine Fragen konnte er später stellen. »Vorsicht!« sagte Roland und half mit.

Als Graelam einige Zeit später auf dem Bett lag, sah Roland, daß er tatsächlich schwere Rippenverletzungen davongetragen hatte. »Daria hat recht. Du kommst wieder auf die Beine. Aber eine Woche lang wirst du starke Schmerzen haben. Was ist eigentlich geschehen, Graelam?«

»Ich habe an deiner verdammten Mauer gearbeitet. Plötzlich brach sie ohne Vorwarnung zusammen, und ich wurde unter den Trümmern begraben. Das ist alles.«

Nein, das ist nicht alles, dachte Graelam. Etwas Merkwürdiges hatte sich ereignet. Er erinnerte sich deutlich der Schmerzen, als die

Steine ihn getroffen hatten. Dann hatte er auf irgendeine Weise seinen Körper verlassen. Ein blendendes und dennoch völlig klares Weiß war um ihn gewesen ... nichts sonst ... nur dieses dichte, undurchdringliche und doch klare Weiß. Und dann hatte er gehört, wie Daria ihn anschrie, er dürfe nicht sterben, dürfe nicht so enden wie ihr Vater. Und dann war er auf einmal wieder in seinem zerschundenen Körper gewesen, und er hatte sogar ihre Faustschläge auf seiner Brust gespürt. Langsam war das Weiß zurückgewichen und schließlich verschwunden, und er war wach und am Leben, und er fühlte Schmerzen, und sie kniete über ihm, redete allerlei unsinniges Zeug und betastete seinen Kopf.

»Wie war denn das mit Darias Vater?«

»Er ist vor etwa drei Jahren bei einem Turnier ums Leben gekommen.«

»Ich verstehe.« Aber richtig verstand er es nicht. Ganz leise sagte er: »Roland, deine Frau hat mir das Leben gerettet.«

»Es stimmt, sie hat einige Steine von dir weggeräumt. Aber so viele waren es gar nicht. Die meisten hatten die Männer schon entfernt.«

»Nein, es war mehr ... viel mehr ...« Graelam verstummte. Er sagte kein Wort mehr, bis Daria mit einem Krug in der Hand hereinkam. Ihr folgte ihre Mutter mit Tuchstreifen über dem Arm.

Daria sagte: »Ihr müßt das hier trinken, Mylord. Es betäubt die Schmerzen, und danach könnt Ihr eine Zeitlang schlafen. Meine Mutter verbindet Euch die Rippen. Habt ihr noch irgendwo Schmerzen?«

Graelam schüttelte den Kopf. Während er das bittersüße Gebräu trank, ließ er sie nicht aus den Augen. Bald versank sein Kopf in den Kissen. Doch bevor er die Augen schloß, sagte er: »Vielen Dank, Daria. Ich verdanke Euch mein Leben.«

»Was wollte er damit sagen, Daria?«

»Ich durfte ihn nicht sterben lassen. Ich hatte eine Vision, und ich mußte verhindern, daß sie sich wie bei meinem Vater bewahrheitete. Das durfte einfach nicht sein. Ich habe zu oft in meinem Leben versagt. Diesmal durfte ich nicht versagen.« Damit ging sie aus dem Zimmer.

Roland sagte zu Katherine: »Deine Tochter benimmt sich seltsam. Wovon redet sie überhaupt? Ich verstehe überhaupt nichts.«

Katherine schüttelte abwehrend den Kopf und bedeutete ihm, ihr erstmal zu helfen. Gemeinsam verbanden sie Graelam mit vielen Stoffstreifen aus kräftigem weißem Tuch die verletzten Rippen.

Roland zog dann Graelam vollständig aus und legte ihm eine leichte Decke über Beine und Unterleib. Indessen schaute Katherine aus dem Fensterspalt. Als Roland fertig war, fragte sie ihn: »Hat Daria dir von ihrem Vater erzählt?«

»Nur, daß er kurz vor Edwards Aufbruch ins Heilige Land bei einem Turnier in London durch einen Unfall ums Leben kam.«

»Die Sache hatte noch einen Haken. Drei Tage, bevor wir die Nachricht erhielten, hatte Daria ihn sterben sehen.«

»Du meinst, sie hatte so etwas wie eine Vision?«

»Ja, so kann man es nennen. Auf jeden Fall hat sie seinen Tod vorausgesehen.«

Jetzt erinnerte sich Roland daran, daß Daria ihm einmal gesagt hatte, sie habe bei ihrer ersten Begegnung das Gefühl gehabt, ihn bereits zu kennen. Sie habe ihn in ihrem Inneren wiedererkannt.

Das verwirrte ihn. Er mochte solch Gerede nicht. Das war doch alles Unsinn.

»Mir ist klar, daß es dir schwerfällt, daran zu glauben, Roland. Aber stell dir einmal vor, wie das für Daria ist! Offenbar hatte sie gesehen, wie Graelam unter der einstürzenden Steinmauer verschüttet wurde. Doch irgendwie hat sie es fertiggebracht, ihn zu retten.«

»Er war aber nie tot, sondern nur bewußtlos ... und das auch nur kurze Zeit.«

»Kann sein«, sagte Katherine mit einem traurigen Lächeln. »Du darfst ihr aber deswegen keine Vorwürfe machen.«

Roland warf den Kopf zurück und sagte mit kühler Zurückhaltung: »Ich bin doch kein Ungeheuer.«

Im Weggehen fügte er hinzu: »Du mußt dich jetzt ausruhen, Katherine. Ich schicke Rolfe her. Er wird sich um seinen Herrn kümmern.«

Im Obstgarten stieß er auf Daria. Sie saß auf der Steinbank, die jetzt allgemein Lady Katherines Bank genannt wurde, und schaute auf ihre im Schoß gefalteten Hände. Wortlos setzte er sich neben sie.

»Geht es Lord Graelam wieder besser?«

»Ja, er kommt jedenfalls durch. Er schläft jetzt.«

»Schickst du eine Botschaft an Kassia?«

»Wahrscheinlich sollte ich das tun, bevor er wieder aufwacht. Er haßt Krankheit und Schwäche. Aber seine Frau muß benachrichtigt werden, für den Fall, daß irgend etwas schiefgeht. Wenn er vielleicht innere Verletzungen erlitten hat und ...«

»Nein, er hat keine inneren Verletzungen.«

Roland sah sie aus schmalen Augen an. »Du kannst das gar nicht genau wissen, Daria. Unmöglich! Warum behauptest du das mit solcher Sicherheit?«

»Ich weiß es eben. Woher, ist gleichgültig. Ich habe jetzt viel zu tun, Roland. Wenn du mich im Augenblick nicht brauchst, dann ...«

Er hielt sie zurück.

»Ich werfe dir nicht vor, eine Hexe zu sein, falls du das befürchtest. Doch meine Männer könnten auf solche Ideen kommen. Du bist ja nicht dumm, Daria. Du weißt, daß es Gerede geben kann. Daher will ich, daß du mir genau sagst, was du getan hast, damit ich etwaigen Gerüchten entgegentreten kann.«

»Ich schob die Männer beiseite und räumte die Steine selber weg. Sieh mal, ich wußte ja genau, welche Steine beiseite zu schieben waren, um Kopf und Oberkörper freizulegen. Dann sah ich ihn. Er lag regungslos da und atmete nicht mehr. Ich war zornig, daß ich mit den Fäusten wieder und wieder auf seine Brust einschlug und ihn wie ein keifendes altes Weib anschrie. Darüber werden deine Männer wahrscheinlich reden. Sie werden sagen, daß ich unvernünftig gehandelt hätte. Aber dann setzte seine Atmung wieder ein, und bald danach schlug er die Augen auf.«

»Er ist nur bewußtlos gewesen.«

»Ja, er ist nur bewußtlos gewesen.«

Mit zusammengepreßten Lippen betrachtete er sie im Profil. »Du warst aber nicht dabei, als die Mauer ihn verschüttete.«

»Nein, ich war im Wohnzimmer und stellte Kräutermischungen zusammen.«

»Woher wußtest du dann, was geschehen war?«

»Ich sah, wie es geschah.«

Roland beobachtete, wie Bienen um den Apfelbaum in ihrer Nähe schwärmten. Der würzige Duft der Gräser stieg ihm in die Nase. Welch friedlicher Ort! Doch der Frieden täuschte. Geheimnisvolle Dinge gingen hier vor, die er nicht verstand. Er hatte keine Ahnung, was zu tun war. Schließlich stand er auf. »Ich muß die Botschaft an Kassia abschicken. Bestimmt wird sie dann bald hier sein, um nach ihrem Lord zu sehen.«

Daria nickte nur.

Es war mitten in der Nacht. Draußen tobte ein Unwetter. Blitze zuckten über den Himmel. Daria erwachte. Krämpfe wüteten in ihrem Unterleib. Sie stieß einen Schrei aus.

20

Die Schmerzen waren unvorstellbar. Daria schrie gellend. Sie schlang die Arme um den Leib und zog die Beine an. Nichts half. Dann hörten die Schmerzen ebenso plötzlich auf, wie sie gekommen waren.

Roland war beim ersten Schrei in die Höhe gefahren. Er war gerade im Einschlafen gewesen. »Daria!« Er faßte sie an den Armen und wollte, daß sie ihn ansah. Aber die Schmerzen trennten sie von ihm. Sie merkte nicht einmal, daß er bei ihr war. So hielt er sie fest, bis sie wieder ruhiger wurde und nur noch vor Anstrengung keuchte.

»Es ist vorbei«, sagte sie leise mit rauher Stimme. »Es war schrecklich, aber jetzt ist es vorbei.«

»Wo hast du die Schmerzen gehabt?«

»Im Bauch. Krämpfe, schreckliche Krämpfe und ...« Ihr Blick suchte ihn. »O nein!«

Rasch zündete Roland mehrere Kerzen an. Als er sich umdrehte, stand sie neben dem Bett und sah an sich herab. Der Anblick jagte ihm einen kalten Schauer über den Rücken. Große Blutflecken waren an ihrem Hemd. Blut floß an ihren Beinen herunter. Zu ihren Füßen bildeten sich Blutlachen.

Sie sah ihn fassungslos an. »Ich verstehe nicht.« Neue Krämpfe setzten ein, mit solcher Stärke, daß sie auf die Knie fiel.

Sie verlor ihr Kind! Vornübergebeugt hockte sie auf dem Fußboden und stieß abgerissene Schreie aus. Er nahm sie auf die Arme und fühlte, wie ihr Körper sich gegen seinen Griff wand und aufbäumte. Als er sie wieder ins Bett legte, rollte sie sich sofort mit angezogenen Beinen auf die Seite, die Arme um den Leib gekrallt.

Er griff nach seinem Schlafrock und rannte aus dem Zimmer.

Auf dem engen Flur begegnete ihm Katherine. Im trüben Licht wirkte sie unnatürlich bleich.

»Es ist das Kind! Sie verliert ihr Kind!«

Katherine stürzte an ihm vorbei. Dann stand sie über ihrer Tochter und wünschte, sie könnte ihr die Schmerzen nehmen. »Gleich ist es vorbei, Daria«, sagte sie leise. »Du darfst deinen Mann nicht so erschrecken. Sieh ihn dir nur an! Er ist ja totenblaß. Er fühlt alle deine Schmerzen mit. Komm, Daria, gib ihm deine Hände! Er hilft dir.«

Mechanisch griff er nach Darias Händen. Er kam sich so hilflos vor, daß er für jede Anweisung dankbar war. Jetzt hatte Daria ihn endlich wahrgenommen. »Roland, bitte, mach, daß es aufhört!«

In ihrem Leib wüteten tausend Teufel, es wurde immer schlimmer, überstieg jedes vernünftige Maß und zerstörte sie von innen her. Sie betete darum, bewußtlos zu werden. Sie wünschte sich das blendende Weiß zurück, das ihr am Nachmittag erschienen war. Doch nichts erlöste sie. Sie mußte alles in voller Stärke erleiden. Sie fühlte, wie es ihr naß über die Beine lief. Da wußte sie, daß sie ihr Kind verlor, Rolands Kind. Die Feuchtigkeit war warm und klebrig.

Und sie schrie, weil ihr Kind tot war. Sie schrie vor Trauer um sich und den Verlust ihres ungeborenen Kindes. Dann spürte sie fremde Hände an ihrem Körper, warmes Wasser und Tücher, die ihr sanft aufgelegt wurden. Roland drückte ihren Kopf an seine Brust. Sie hörte die harten Schläge seines Herzens. Jetzt sprach er zu ihr, aber sie verstand zuerst kein Wort. Erst nach einer Weile begriff sie, was er leise, aber beharrlich zu ihr sagte. Dabei zog er sie an sich und versuchte sie einzulullen.

»Ruhig, Daria, sei jetzt still! Es ist alles gut. Jetzt ist alles wieder gut. Still!« Er wiegte sie in seinen Armen, küßte sie auf die schweißbedeckte Stirn, und vorübergehend war sie getröstet, hörte auf das, was er sagte, und überließ sich seinen sanften Worten.

Dann hörte sie ihre Mutter sagen: »Ich muß nur die Blutung stillen. Halte sie ruhig! Versuche ... sie zu trösten!«

Er hielt sich daran und erzählte ihr in aller Ausführlichkeit von seinem Besuch bei dem Bauern und den vier Töchtern dieses Mannes, die mit ihm nach Chantry Hall hatten gehen wollen, um in den Dienst seiner schönen Frau zu treten. O ja, sie hatten alle von ihr gehört, von ihrem freundlichen und sanften Wesen. Allmählich beruhigte sich Daria. Katherine legte ihr einen dicken Druckverband aus weißen Baumwolltüchern an. Neben dem Bett lagen die blutgetränkten Kleidungsstücke.

Es war vorbei.

Jemand drückte ihr eine Tasse an den geschlossenen Mund. Auf Rolands Geheiß trank sie davon und sank dann wieder in seine Arme. Ihr war klar, daß es ein Schlaftrunk war. Erst jetzt bemerkte sie, daß Roland ihr das durchgeblutete Hemd ausgezogen, ihr den Schweiß vom Körper gewaschen und sie in einen Schlafrock aus weichem kühlem Stoff gehüllt hatte.

Leise hörte sie Katherine sagen: »So etwas ist nicht ungewöhnlich, Roland. Sie wird wieder gesund werden, und ihr werdet auch wieder Kinder bekommen. Sie hat sich am Nachmittag überanstrengt – deshalb hat sie das Kind verloren. Dafür hat sie Graelam gerettet. Niemand trägt irgendeine Schuld – der liebe Gott hat es wohl so gewollt.«

Roland schwieg.

Ein qualvolles Schweigen, das für Katherine kaum erträglich war. »Es ist sicherlich am besten so«, sagte sie. Als er weiter schwieg, sagte sie noch einmal: »Es ist am besten so, Roland.«

Daria kämpfte gegen die dunklen Schatten an, die sich vor ihre Augen senkten. Sie lachte rauh, ein häßlicher Klang. Dann sprudelte es aus ihr heraus, von schweren Atemzügen unterbrochen: »O Mutter, du hast ja so recht. Es ist wirklich am besten so. Am besten nämlich für Roland. Das Kind ist tot, und Roland schweigt. Er muß ja warten, bis er vor aller Welt seine Freude kundtun kann – so klug ist er. Er will dich und andere nicht durch seine offensichtliche Freude schokkieren.« Und sie lachte, bis ihr die Tränen über das Gesicht strömten. Plötzlich spürte sie, wie er ihr die Wangen streichelte. Da hörte sie auf zu lachen, und die Tränen versiegten. Der Mohnsaft tat seine Wirkung. Noch einmal sah sie das blasse, angestrengte Gesicht ihres Mannes vor sich, dann wurde es dunkel um sie.

Roland dachte: So viel Blut! »Bist du gewiß, daß sie wieder gesund wird, Katherine? Sie ist so bleich ...«

»Sie hat eine Menge Blut verloren, aber sie ist von Natur aus stark und gesund. Das wird sie bald überwunden haben und auch zu Kräften kommen. Dann hast du sie wieder.«

Während er ihren Atemzügen lauschte, hörte er noch einmal im Geist ihre Worte, die ihn verdammten, und es schmerzte ihn tief.

»Was hat sie wohl damit gemeint – daß du vor Freude jubeln wirst?«

Roland schaute Katherine de Fortescue an und schüttelte den Kopf. »Nichts«, sagte er.

Doch so leicht war Katherine nicht abzuspeisen. Offen erklärte sie: »Sie hat bestimmt etwas damit gemeint. Ich bin doch nicht blind, Roland. Ihr beide liegt im Streit miteinander. Meine Tochter ist todunglücklich, und du ... es kommt mir vor, als hieltest du dich von ihr fern. Was kann sie gemeint haben? Was hast du ihr getan?«

Da sagte Roland: »Der König und die Königin wissen es, aber sonst niemand. Das Kind, das sie bekommen wollte, war nicht von mir.«

Katherine fuhr zurück. »Nicht von dir? Das erscheint mir unsinnig! Nein, das kann nicht sein ...«

»Ich weiß nicht, von wem das Kind war. Höchstwahrscheinlich vom Grafen von Clare. Vielleicht auch von einem anderen Mann, den ich nicht kenne. Nein, es war nicht ihre Schuld, darauf könnte ich einen Eid leisten. Daria ist eine gute, treue Frau. Sie würde mich nie betrügen. Jemand hat sie vergewaltigt.«

Katherine starrte ihn weiter an. Ruhelos hin und her gehend, sagte er mehr zu sich als zu ihr: »Aber weißt du, sie behauptet hartnäckig, das Kind wäre von mir. Und davon war sie nicht abzubringen, auch wenn alles darauf hindeutete, daß sie diese Geschichte erfunden hatte. Ich habe ihr wiederholt versichert, daß ich immer auf ihrer Seite stehen und wegen des Kindes nicht geringer von ihr denken würde. Ich habe sie angefleht, mir zu sagen, wer ihr gegen ihren Willen Gewalt angetan hat. Aber sie beharrte darauf, das Kind wäre von mir. Sie behauptete, mir eines Nachts ihre Jungfräulichkeit geopfert zu haben, als ich schwerkrank war und im Fieberwahn lag. Ich kann das nicht verstehen. Aber nun ist es ja vorbei, und in Zukunft wird es keine Zwietracht mehr zwischen uns geben.«

Jetzt war es an Katherine zu schweigen. Sie war bis ins Innerste erschöpft. Ihre Tochter würde nun viele Stunden im Heilschlaf liegen. Katherine öffnete die Tür. Draußen stand Sir Thomas. Mit einem Lächeln sagte sie: »Ich möchte mich zur Ruhe begeben, Sir.«

»Ich bringe Euch zu Eurem Zimmer, Katherine«, sagte Sir Thomas und reichte ihr den Arm.

Roland legte sich aufs Bett und fühlte seiner Frau den Puls. Er schlug stark und regelmäßig. Sie würde am Leben bleiben. Seine Erleichterung war unendlich groß.

Nein, er freute sich nicht darüber, daß das Kind tot war. Es wäre überhaupt besser gewesen, er hätte den Mund gehalten. Aber jetzt war es zu spät.

Graelam de Moreton saß aufrecht im Bett, und vor ihm stand kampflustig seine Frau. Sie waren mitten in einem erregten Streitgespräch, als Roland dazu kam.

»Raus mit dir, Kerl!« rief Graelam. »Und mich kannst du gleich mitnehmen!«

»Nein, Roland«, rief Kassia halb lachend, »bleib hier! Ich werde allein kaum noch mit Graelam fertig. Vielleicht könnt Ihr ihm klar machen, daß er impotent werden kann, wenn er seine Verletzungen nicht auskuriert. Ich habe ihm vergeblich gesagt, was Männern zustößt, die mißachten, was ihnen der gesunde Menschenverstand ihrer Frauen rät.«

»Es ist einfach gräßlich, was sie mir prophezeit«, sagte Graelam. »Aber ich glaube es nicht. Du etwa?«

»Ich verstehe ihre Besorgnis durchaus«, sagte Roland mit angestrengt ernster Miene. »Schließlich hast du mir ja oft genug erzählt, daß deine Rute deine Frau glücklich macht. Was soll sie dann tun, wenn deine Rute Schaden nimmt?«

Kassia schnappte nach Luft. »Hat er das wirklich gesagt, Roland?«

»So etwas habe ich selbstverständlich nie gesagt!«

»Ja, du hast recht, Graelam. Deine genauen Worte lauteten, daß die Rute des Mannes ein Maßstab für seinen Wert als Krieger ist und daß du daher genauso bedeutend wie Karl der Große bist.«

Graelam warf grinsend eine hölzerne Wasserkaraffe nach Roland. Danach fiel er in die Kissen und büßte die Anstrengung mit neuen Schmerzen.

Seine Frau strich ihm über die Brust, und unglaublicherweise ließen die Schmerzen nach. »Du meinst wohl, du hättest alles unter Kontrolle, Weib?«

Sie gab ihm einen Kuß und sagte: »Ja.« Dann wandte sie sich an Roland: »Er wird sich schon bessern. Allerdings darf ich in Zukunft nicht mehr beim Damespielen gegen ihn verlieren. Sonst kommt er noch dahinter, daß ich ihn immer absichtlich gewinnen ließ.«

Graelam lächelte. »Ja, ich werde mich bessern. Weißt du, Roland, es ist nur so verflucht langweilig. Jetzt liege ich schon zwei Tage flach!«

»Von Lady Katherine hörte ich, daß du morgen wieder aufstehen darfst.«

»Und Daria? Wann kann sie wieder aufstehen?«

Roland zuckte die Achseln und bückte sich nach der Wasserkaraffe, die auf dem Fußboden gelandet war.

»Meinetwegen hat sie das Kind verloren. Es tut mir sehr leid, Roland.«

»Lady Katherine sagt, es sei Gottes Wille gewesen, daß sie dich gerettet hat. Wenn dies die Wahrheit ist, so sollten wir es dabei belassen. Ein Vorwurf ist keinem zu machen, Graelam. Hör jetzt auf deine Frau und bleibe im Bett! Daria geht es recht gut. Übrigens wartet Rolfe draußen. Er will in irgendeiner Angelegenheit mit dir sprechen.«

Roland ging aus dem Zimmer und begab sich zu den Stallungen. Er wollte für ein paar Stunden allen schmerzlichen Gedanken entfliehen und den Kopf wieder frei haben.

Nicht daß Daria noch etwas zu ihm gesagt hätte. Sie hatte den ganzen Tag verschlafen, war erst am frühen Abend aufgewacht und hatte die eigens von Alice zubereitete Rindfleischbrühe zu sich genommen. Als er zu ihr kam, war ihm, als wäre sie gar nicht da. Im Bett lag nicht *seine* Daria, sondern nur eine blasse Kopie von ihr. Sie hatte ihn kurz angesehen und sich dann umgedreht. Er hatte diese Nacht, in eine Decke gehüllt, im großen Saal geschlafen, einen der Hunde zu seinen Füßen.

Im Schlafzimmer war es fast dunkel, doch Daria traf keine Anstalten, eine Kerze anzuzünden. Nach der großen Hitze des Tages wurde es endlich kühler. Sie zog eine leichte Decke über sich. Sie hatte keine Schmerzen mehr, nur noch diese verdammte Schwäche.

Mit anmutigen, leichten Schritten kam ihre Mutter herein. Sie brachte ein Tablett mit vielen köstlichen Speisen von Alice. Daria schloß schnell die Augen, aber doch nicht schnell genug.

»Nein meine Liebe, du brauchst dich nicht schlafend zu stellen. Du mußt etwas essen.«

Daria wollte nicht wach sein, wollte nicht *hier* sein. Laut sagte sie: »Ich wünschte, ich wäre gestorben, Mutter. Dann wären alle Probleme gelöst.«

»Dann wären deine, aber wirklich nur deine Probleme gelöst. Du würdest nichts mehr merken. Und die Probleme der anderen?« Wenigstens spricht sie wieder, dachte Katherine und fuhr fort: »Du mußt dein Päckchen tragen wie alle anderen auch. Aber darum geht es doch gar nicht, stimmt's Daria?«

»Es geht darum, daß ich keine Veranlassung mehr habe, hierzubleiben, auf *seiner* Burg, *seine* Speisen zu mir zu nehmen und in *seinem* Bett zu schlafen.«

Von der Tür her war Rolands Stimme zu vernehmen. Katherine wirbelte herum. Wieviel hatte er mitgehört? Daria wandte den Kopf ab. Roland sieht müde aus, dachte Katherine.

Er sagte zu ihr: »Ich sorge dafür, daß sie etwas ißt, Katherine. Sir Thomas vermißt dich, er ist ganz unruhig. Es wäre mir lieb, wenn du die Rolle der Gastgeberin übernimmst, bis Daria wieder gesund ist.«

Katherine warf noch einen Blick auf ihre Tochter. Dann wandte sie sich ihrem Schwiegersohn zu. Sie wollte ihn noch einmal um Nachsicht für ihre Tochter bitten. Doch als sie sein verschlossenes Gesicht und die kalten Augen sah, ließ sie es bleiben.

Roland wartete, bis sich die Tür hinter ihr geschlossen hatte. Dann sagte er zu Daria: »Du wirst jetzt essen.«

Daria rührte sich nicht und sagte kein Wort.

»Du bist nicht gestorben, Daria. Wir haben immer noch Probleme, und du mußt mithelfen, sie zu lösen. Das bedeutet, daß du bald wieder das Bett verlassen mußt. Du mußt zu Kräften kommen, schon um deinetwillen. Dabei kann ich dir kaum helfen. Jetzt iß, oder ich muß dich dazu zwingen. Ich sage es dir nicht noch einmal.«

Als sie nicht reagierte, faßte er sie unter die Arme und zog sie hoch, so daß sie nun saß. »Hast du noch Schmerzen?«

»Nein.«

»Gut. Ich stelle dir das Tablett hin und du ißt. Ich bleibe so lange hier, bist du gegessen hast.«

Sie drehte sich zu ihm um. In den beiden letzten Tagen hatte er sich von ihr ferngehalten. Jetzt schien er seine Taktik geändert zu haben. Seine Stimme klang kalt, seine Miene war streng. Seine schönen dunklen Augen betrachteten sie ohne jedes Gefühl.

Warum belästigte er sie überhaupt? Warum spielte er den besorgten Ehemann? Das ergab für sie keinen Sinn. Laut sagte sie: »Was soll das alles? Was willst du eigentlich von mir? Von mir aus kannst du die Ehe für ungültig erklären lassen. Ich bezweifle allerdings, daß ich überhaupt ein Wort dabei mitreden darf.«

Er hob eine schwarze Augenbraue. »Hier sind geschmorte Karotten und Bohnen. Iß davon!«

Daria tat es. Das Schmorgemüse schmeckte köstlich. Auf einmal wurde ihr bewußt, wie ausgehungert sie war. Das Wasser lief ihr im Munde zusammen. Sie probierte das in einer unglaublich wohlschmeckenden Dillsoße marinierte und anschließend gebratene mürbe Hammelfleisch.

Erleichtert beobachtete Roland, daß sie mit Appetit aß. Doch sie war immer noch so blaß, daß er es mit der Angst zu tun bekam. Er hatte sie zwei Tage in Ruhe gelassen, und es war keine Besserung eingetreten. Sie war vielmehr in eine noch tiefere Depression gefallen und entfernte sich mehr und mehr von ihm. Die Hoffnung, sie würde wieder ihren alten Elan gewinnen, wenn er sie in Ruhe ließ, hatte getrogen. Jetzt mußte er sich intensiv um sie bemühen.

Sie kaute an einem Stück Weißbrot, und er bemerkte: »Alices Kochkünste zu genießen ist allemal besser, als zu sterben. Nur ein Feigling wählt den Ausweg des Todes. Der Tod löst keine Probleme. Man würde dich mit ihnen begraben. Doch die Überlebenden müßten sich weiter mit ihnen auseinandersetzen.«

»Deine Probleme kümmern mich nicht, Roland. Ich möchte nur, daß du mich in Ruhe läßt. Ich möchte, daß du dich darum bemühst, die Ehe für ungültig erklären zu lassen.«

»Es müßte dir klar sein, daß ich dir beide Wünsche nicht erfüllen kann. Du denkst doch nicht etwa wieder daran, ins Kloster zu gehen?

Daria schloß die Augen und ließ den Kopf aufs Kissen sinken. Sie war gesättigt, fühlte sich aber immer noch müde, im tiefsten Inneren müde. »Geh jetzt bitte!«

»Nein. Ich habe dich zwei Tage lang allein gelassen. Jetzt nicht mehr. Ich trage dich zu Graelam hinüber. Er will dich sehen. Er fühlt sich tief in deiner Schuld. Es liegt an dir, ihm darüber hinwegzuhelfen.«

»Er soll sich schuldig fühlen? Das ist Unsinn. Es war meine Entscheidung, seine Rettung zu versuchen. Er hatte gar nichts damit zu tun. Wenn sich jemand schuldig fühlen kann, bin ich es und kein anderer.«

»Das habe ich ihm auch gesagt, aber er nimmt es mir nicht ab. Mußt du austreten?«

Sie schüttelte den Kopf.

»Gut. Dann nehme ich jetzt das Tablett weg.« Ihr Blick blieb leer und verloren. Aber er würde nicht locker lassen. Wenigstens hatte sie durch das Essen wieder etwas Farbe bekommen.

»Ich will Graelam nicht sehen.«

»Was du willst, ist ohne Bedeutung.« Und als er sie hochnahm, um sie hinüberzutragen, sträubte sie sich nicht.

Mit dem Fuß stieß Roland die Tür zu Graelams Zimmer auf und rief: »Ich habe dir etwas Schönes mitgebracht, Graelam. Was meint Ihr, Kassia? Soll ich meine Frau zu Eurem Mann ins Bett legen? Was haltet ihr davon?«

Roland setzte sich, Daria auf dem Schoß. »Nun, Graelam, wie du siehst, ist meine Frau auf dem Wege der Besserung. Im Gegensatz zu dir ist sie vernünftig und hört auf guten Rat. Ich habe ihr gesagt, sie soll essen, und sie hat gegessen. Jetzt liegt sie sanft in meinen Armen und beklagt sich nicht.«

»Während du schimpfst und jammerst«, sagte Kassia zu ihrem Mann und setzte sich aufs Bett. »Manchmal möchte ich dir den Stuhl um die Ohren schlagen.«

Graelam schaute die bleiche Gestalt auf Rolands Schoß an. Solange Kassia und Roland dabei waren, würde er nie eine Lösung für das finden, was in seinem Kopf vorging. Morgen werde ich Daria allein besuchen, dachte er. In freundlichem Ton sagte er: »Es freut mich, daß Ihr gegessen habt.«

Roland merkte, daß sie zu zittern begann. Sie weinte. Er sah zu Graelam und Kassia hin. Die beiden waren bestürzt. »Ich komme später noch einmal zu dir«, sagte er zu Graelam. Dann trug er seine Frau in ihr Zimmer zurück. Er legte sie aufs Bett, ließ sie aber nicht los. »Ist dir kalt?«

Sie gab keine Antwort, sondern weinte lautlos weiter. Ihre stille Qual schnitt ihm ins Herz. In ruhigem Ton sagte er: »Wenn ich alles ungeschehen machen könnte, würde ich es tun, Daria, das kannst du mir glauben. Ich freue mich bestimmt nicht darüber, daß du das Kind verloren hast. Ich habe es ja auch verloren. Ich möchte, daß du schnell wieder gesund wirst, wieder lächeln lernst und zu mir kommst. Bitte, weine nicht mehr!«

»Als du zum letztenmal mit mir zusammen warst, hast du das Kind in meinem Leib gefühlt. Da hast du mich und das Kind gehaßt.«

Er konnte sich noch genau erinnern, welche Gefühle ihn an diesem Morgen durchzuckt hatten, als er die kleine Wölbung ihres Leibes ertastet hatte. Was aber mochte sie empfunden haben, als er sie wortlos verlassen hatte?

»Wenn du sagst, daß du dich nicht freust, lügst du.«

»Hör zu, Daria! Ich bin dein Ehemann. Ich habe es dir immer gesagt und sage es dir jetzt nochmals, daß ich mit meinem Leben für dich einstehe. Du mußt doch gemerkt haben, daß ich, seit wir uns kennenlernten, jederzeit bereit war, dich zu beschützen. Ich weiß nicht, warum du mir den Namen des Vaters nicht verraten willst. Vielleicht liebst du ihn noch und hast Angst, daß ich ihn töten würde. Aber für mich ist der Mann ohne Bedeutung. Für mich bist allein du wichtig, du und unser gemeinsames Leben.«

Sie hörte auf zu weinen. Diese Tränen hatten sie um das Kind vergossen, um sein Kind und um ihretwillen, um die Leere in ihrem Herzen. »Ich sage es dir jetzt noch einmal, Roland, und dann nie wieder. Das Kind war von dir. Du hast es in jener Nacht in Wrexham gezeugt. Wenn du es nicht über dich bringen kannst, mir zu glauben, wenn du nicht erkennst, daß ich dich nie belogen habe, dann wünsche ich, daß du die Ehe für ungültig erklären läßt. Dann will ich nicht mehr hierbleiben.«

»Daria ...«

»Nein, ich will keine Einwände mehr hören. Ich hatte darum gebeten, daß das Kind zur rechten Zeit auf die Welt kommen und seinem Vater ähnlich sehen würde – dir, Roland –, daß es ein Sohn würde, der so dunkelhaarig wäre wie du und dir in allem gliche, von den schwarzen Augen bis zum Lächeln. Dann hättest du eingesehen, daß ich dich nicht belogen habe. Aber der liebe Gott hat es anders gewollt. Jetzt hast du als Beweis nur noch mein Wort.« Als sie geendet hatte, mußte sie tief Luft holen.

»Was ist?«

»Die Blutung ... oh, mein Gott!«

Rasch legte Roland sie auf den Rücken und riß den Schlafrock auf. Der Verband hatte sich verschoben, und sie hatte Blut an den Oberschenkeln. »Halte still!« sagte er.

Er wusch sie und legte den Verband neu an. Dann richtete er sich auf. »Ist dir warm genug?«

Sie nickte und wandte dann den Kopf ab.

»Salin hat mir heute mitgeteilt, er habe gehört, daß eine Bande von ungefähr zehn Männern hier in der Nähe im Freien lagert. Wer sie sind, habe man nicht ermitteln können. Nach der Beschreibung, die ihm ein Händler gab, scheint es sich um deinen geschätzten Onkel zu handeln. Es soll ein großer blonder Mann mit blasser Haut sein, der das stärkste Kampfroß reitet, das der Händler je gesehen hat. Ob dein Onkel wohl so dumm sein wird, daß er versucht, in die Burg einzudringen, um dich zu töten?«

»Mein Onkel würde dich nie offen angreifen. Er ist ein tückischer Mensch und wird bestimmt eine andere Möglichkeit finden, glaube mir! Er wird versuchen, dir irgend etwas Wertvolles zu entwenden. Das benutzt er dann als Druckmittel gegen dich. Vielleicht Schmuck, vielleicht Münzgeld.«

»Wertvoll für mich bist allein du. Ich schwöre dir, daß ich ihn nie in deine Nähe gelangen lassen werde.« Dann lächelte Roland und fragte: »Möchtest du jetzt eine Partie Dame mit mir spielen? Ich würde es wie Kassia machen und dich absichtlich gewinnen lassen.«

21

Geduldig wartete Graelam de Moreton, bis Lady Katherine auf der Treppe verschwunden war. Dann ging er so vorsichtig und langsam wie ein alter Mann über den schmalen Flur. Alle Rippen taten ihm dabei weh, ein ziehender Schmerz. Schließlich schlüpfte er in Darias Schlafzimmer.

Daria lag mit geschlossenen Augen auf dem Rücken. Die Decke hatte sie bis über die Brust gezogen. Duftig ruhte ihr dunkles Haar auf den Kissen. Wie schön es ist, dachte er, wie Kassias, nur dunkler. Aber sie war immer noch sehr blaß, und die Knochen traten aus dem Gesicht hervor. Als spüre sie, daß jemand im Zimmer war, schlug sie die Augen auf, und der Atem stockte ihr, als sie ihn im trüben Lichtschein erkannte.

»Lord Graelam! Ihr habt mir einen schönen Schreck eingejagt.« Sie stützte sich auf die Ellbogen. »Dürft Ihr denn das Bett schon verlassen, Mylord? Eure Rippenverletzungen können doch noch nicht wieder verheilt sein. Soll ich ...«

Lächelnd drückte er sie aufs Bett zurück. Dann nahm er ihre rechte Hand in seine Hände. »Ich wollte mit Euch sprechen«, sagte er.

Im selben Augenblick schien sie sich von ihm zurückzuziehen. Ihre Miene vereiste, ihr Blick wurde argwöhnisch. Es war, als richte sie eine unsichtbare Wand zwischen ihnen auf.

»Nein, wendet Euch nicht ab! Das wäre feige, und feige seid Ihr nicht, Daria. Sonst hättet ihr nicht meine Männer zur Seite geschoben, um an die Stelle zu kommen, wo ich lag, und hättet nicht diese schweren Gesteinsbrocken weggeräumt.«

»Manchmal bleibt einem keine andere Wahl.«

»Meine Männer haben mir alles berichtet. Sie sprachen von nichts anderem als darüber, wie mutig Ihr gewesen seid. Sie waren überrascht, ja, sogar bestürzt, denn zeitweise kamt Ihr ihnen wie besessen vor. Aber da Ihr mich gerettet habt, würden sie Euch fast alles nachsehen.« Er grinste. »Meine Männer sind treu.«

»Wie Eure Gattin.«

»Da habt Ihr recht. Sie würde einem Feind von mir, der mich bedroht, die Kehle durchschneiden.« Graelam sah an ihr vorbei zum Fensterspalt. »Ich weiß jetzt alles über Roland und Euch.«

»Nein!«

»Es ist nicht so, daß Euer Gatte mich ins Vertrauen gezogen hätte, obwohl es mir lieb gewesen wäre. Nein, ich habe zufällig ein Gespräch zwischen ihm und Eurer Mutter mit angehört. Sie haben es nicht gemerkt. Sie war verstört und bedrängte ihn. Doch er blieb abweisend. Eure Geschichte ist wirklich sonderbar. Sie gibt Rätsel auf, die aber bestimmt nicht unlösbar sind. Ich wundere mich nur, daß Ihr aufgeben wollt. Da habt Ihr mich enttäuscht. So verhält sich keine Frau, die mir so tapfer mein elendes Leben gerettet hat.«

»Er glaubt mir ja doch nicht. Soll ich denn immer weiter meine Unschuld beteuern, bis er sich gänzlich von mir zurückzieht?«

»Im Grunde ist es doch nur so, daß er sich an jene Nacht in Wrexham nicht erinnert. Ich frage mich, wie man seinem Gedächtnis auf die Sprünge helfen könnte.«

»Nein. Entscheidend ist, daß er mir einfach nicht glauben will. Dabei bin ich seine Frau und liebe ihn. Vom ersten Augenblick an habe ich ihn immer geliebt.«

Zu Darias Überraschung lachte Graelam. »Nein, seht mich nicht so an, als wäre ich ein gefühlloses Ungeheuer! Ich denke nur gerade an die Anfangszeit meiner Ehe. Da bestand auch zwischen Kassia und mir ein tiefer Zwiespalt. In einer bestimmten Angelegenheit wollte ich ihr nicht glauben. Und später hatte ich sie so liebgewonnen, daß uns die Sache völlig unbedeutend schien. Als sich dann schließlich herausstellte, daß sie doch die Wahrheit gesagt hatte, spielte das überhaupt keine Rolle mehr.«

»Bei uns liegt die Sache leider anders. Roland liebt mich nicht und wird mich nie lieben. Und ich sehe keine Möglichkeit, ihm meine Behauptung zu beweisen. Ihr müßt wissen, ich habe mir in jener Nacht geschworen, daß Roland es nie erfahren sollte. Er sollte sich nicht für mich verantwortlich fühlen, denn es war doch alles von mir ausgegangen. Ich hatte jedoch nicht damit gerechnet, schwanger zu werden. Das hat alles geändert. Und jetzt kann ihn nichts umstimmen. Er sieht keinen Grund, mir zu glauben und zu vertrauen. Und daher kann er mich auch nicht lieben.«

»Darf ich Euch eine Frage stellen, Daria? Welcher Mann soll Euch denn nach Rolands Ansicht vergewaltigt haben?«

»Höchstwahrscheinlich denkt er an den Grafen von Clare. Und wenn er es nicht war, dann, meint er, müßte es ein Unbekannter gewesen sein, der mich in Wrexham überfiel, als Roland auf dem Krankenbett lag.«

»Also würde es auch nichts nützen, wenn ich den Grafen von Clare herbrächte und er bezeugte, Euch nicht vergewaltigt zu haben? Roland würde Euch trotzdem nicht glauben?«

»So ist es«, sagte Daria.

Graelam erhob sich langsam. »Ihr habt gesehen, wie die Ostmauer über mir zusammenstürzte. Ihr habt Euren Vater sterben sehen. Und welche Vision hattet Ihr, als Ihr Roland getroffen habt?«

»Ich habe ihn wiedererkannt. Tief in meinem Herzen wußte ich auf den ersten Blick, daß er zu mir gehörte. Ich weiß, es hört sich sonderbar, vielleicht verrückt an, aber es ist die Wahrheit.«

»Daran zweifle ich nicht. Ich muß jetzt gehen, Daria. Denkt bitte immer daran, daß ein feiges Ausweichen nicht zu Euch paßt! Ihr dürft mich nicht enttäuschen. Ihr dürft Euch selber nicht enttäuschen. Im übrigen stehe ich in Eurer Schuld. Und meine Schulden erstatte ich immer. Aber ich muß mir das alles noch gründlich durch den Kopf gehen lassen. Ja, sehr gründlich.«

»Hast du sonst nichts gehört?« fragte Roland.

Salin schüttelte den Kopf. »Er hält sich gut versteckt, der dreckige Hurensohn. Das gefällt mir gar nicht, ebensowenig wie die Geschichten, die ich über den Grafen von Reymerstone vernommen habe. Ich würde gern mit ein paar Männern losreiten, um ihn aufzuspüren.«

»Nein, Salin, jetzt noch nicht. Und wenn es an der Zeit ist, die

Jagd zu beginnen, dann führe ich sie an. Aber ich kann vorläufig nicht hier weg. Erst wenn ...« Er brach ab.

»Erst wenn Eure Lady wieder gesund ist«, schloß Salin an seiner Stelle. »Gwyn hat mir gesagt, daß sie sie heute morgen zum erstenmal lächeln sah. Lady Katherine hatte ihr einen neuen Überrock genährt.«

Roland hätte dieses Lächeln gern selbst gesehen. Es war jetzt über eine Woche seit der Fehlgeburt vergangen, und es schien ihr einigermaßen gut zu gehen. Abends spielten entweder Graelam oder er mit ihr Schach. Kassia wollte nicht mit ihr spielen. Sie sagte, Frauen seien zu klug, um sich im Schach zu messen. In den beiden letzten Nächten hatte Roland wieder im eigenen Bett geschlafen, aber nicht versucht, sich seiner Frau zu nähern.

Gestern abend hatte sie ihn lange angesehen. Er hatte den Blick erwidert, bevor sie Zeit hatte wegzuschauen. Der Schmerz, den er in ihren Augen las, erschütterte ihn. Er wollte sie ansprechen. Doch sie wandte sich sofort ab. Und er war noch nicht in der Lage, diese unsichtbare Wand zwischen ihnen zu überwinden. Er wußte einfach nicht, was er zu ihr sagen sollte. Sein Leben war in fürchterliche Unordnung geraten, und er konnte es nicht ändern. Er fühlte sich hilflos.

Roland und Salin blickten plötzlich überrascht auf. Über den Innenhof kam Graelam de Moreton geradewegs auf sie zu. In seiner schwarzsilbernen Rüstung wirkte er gesund, ja, geradezu furchterregend stark. Bei einem Mann, der noch vor wenigen Tagen beinahe von seinem Schöpfer abberufen worden wäre, erschien sein Zustand wie ein Wunder. Fast ehrfürchtig staunten ihn seine Männer an.

»Du scheinst vollständig geheilt zu sein, Graelam. Soll ich dir die Hand schütteln, oder kann ich dir schon wieder einen freundschaftlichen Rippenstoß versetzen?«

Graelam grinste ihn an. »Du hast fortan Ruhe vor mir, denn ich reise ab. Es wird Zeit, daß ich mit meiner Frau nach Wolffeton zurückkehre.«

Wie merkwürdig er sich ausdrückt, dachte Roland. »Und was wirst du dort anfangen, Graelam?«

»Ich werde auf meiner Burg verrotten, was sonst? Vielleicht unternehme ich auch einen kleinen Raubzug und nehme Dienwald ein paar Schafe weg. Ich sehe es zu gern, wenn er wütend wird. Dann bläht er sich zu doppelter Größe auf. Ah, da kommt mein Weib. Kassia, komm, Liebling! Verabschiede dich von unserem gastfreundlichen Wirt! Danach kannst du mich auf dem ganzen Weg bis Wolffeton mit Vorwürfen quälen.«

Daria sah zu, wie Graelam und Kassia mit ihren Kriegern aus der Burg ritten. Als Lord Graelam sich plötzlich im Sattel umdrehte und einen langen Blick zurück auf die Burg warf, war sie nicht besonders überrascht. Es hatte den Eindruck, als halte er nach ihr Ausschau. Der Mann imponierte ihr. Ein so furchterregender Krieger und dabei von so freundlichem Wesen!

Auf einmal fühlte sie sich unsicher auf den Beinen und mußte sich setzen. Diese verdammte Schwäche! Sie wollte und wollte nicht weichen. Kassia hatte zum Abschied ihre Hände ergriffen, sie auf die Wange geküßt und gesagt: »Ihr habt meinem Mann das Leben gerettet. Dafür stehe ich mein Leben lang in Eurer Schuld. Ich pflege meine Schulden immer zurückzuzahlen. Ihr dürft nicht aufgeben, Daria.«

Chantry Hall war voller Leben. Im großen Saal herrschte lebhaftes Treiben. Doch selbst hier fühlte Daria sich verlassen. Sie ertrug die verstohlenen Mitleidsblicke nicht. Daher hielt sie sich die meiste Zeit über im Schlafzimmer auf. Jetzt zog sie sich den neuen Überrock über ihr Kleid. Er war aus hellblauer Wolle und fühlte sich sehr weich an. Sie würde ihn ihrem Mann vorführen. Vielleicht entlockte ihm das ein Lächeln.

Er sprach gerade im Innenhof mit Salin. Es sah aus, als wollten die beiden ausreiten. Als sie auf der untersten Treppenstufe zum großen Saal stehenblieb, schaute Roland auf. Er sah sie unbeweglich an und sagte kein Wort. Nur die Hand hob er zu einem knappen Gruß. Dann machte er kehrt und schritt mit Salin an seiner Seite zu den Stallungen.

Immer, wenn er zufällig mit ihr zusammentraf, gab er sich freundlich. Aber das war auch alles.

Viel mehr erwartete sie ja auch nicht von ihm. Sie hatte ihn in den letzten Tagen kaum zu Gesicht bekommen, denn er arbeitete mit seinen Männern an der Ausbesserung der östlichen Burgmauer, unter der Graelam verschüttet worden war. Das Werk war fast vollendet.

Im Laufe der Zeit verschwand ihre körperliche Schwäche. Daria kümmerte sich nun intensiv um das Innere der Burg. Sie ließ alles säubern, die Tische abschrubben und die Sessel des Lords und der

Lady polieren, bis sie glänzten. So wurde Rolands Burg allmählich ein angenehmer Aufenthaltsort. Die Binsen auf den Fußböden dufteten, die Aborte waren gekalkt worden, und nur wenn ein starker Ostwind blies, stiegen einem unangenehme Gerüche in die Nase.

Jetzt mußte sie noch dafür sorgen, daß die Nebengebäude neu angestrichen und einige neue Möbel und Ausstattungsgegenstände für den großen Saal und verschiedene Zimmer gekauft wurden. Manches aus ihrer Mitgift hatte die Burg schon wohnlicher gemacht: die beiden glänzend polierten Waschbecken, die dicken, weichen Sessellehnen und die beiden von ihrer Großmutter gewebten Gobelins, die jetzt an der hinteren Wand hingen. Sie gaben dem großen Saal Farbe und boten Schutz vor Feuchtigkeit. Doch für weitere Anschaffungen mußte sie auf Rolands Genehmigung warten.

Den Nachmittag verbrachte Daria mit ihren Kräutern, nähte dann gemeinsam mit ihrer Mutter und gab den Bedienerinnen durch Gwyn Anweisungen, dem Mädchen, mit dem Roland geschlafen hatte und das so nett und freundlich war, daß Daria jede Eifersucht vergaß.

Sie trug wieder ihren neuen Überrock mit den weiten Ärmeln, den sie über ein altes, von ihrer Mutter geändertes Kleid gezogen hatte. Sie war zu dünn, aber der Anblick von Speisen verursachte ihr immer noch leichte Übelkeit. Ihre vom Waschen schimmernden Haare hatte sie gebürstet und trug sie offen. Sie reichten ihr fast bis zur Taille.

Roland kam ins Schlafzimmer und blieb abrupt stehen. Unter seinem forschenden Blick verhielt sie sich ganz still.

»Wie schön du aussiehst!«

»Danke.«

»Ich muß dir Schmuck besorgen, Daria. Irgend etwas Schönes. Vielleicht Smaragde, passend zu deiner Augenfarbe.«

»Ich würde lieber noch einige Dinge für deine Burg kaufen, Roland.«

»Ach ja?«

»Vielleicht einige Teppiche, Kissen für deinen Sessel im Zimmer und einen Gobelin.«

Roland versank minutenlang in Nachdenken. Dann sagte er unerwartet: »Weißt du, daß Philippa Verwalterin auf St. Erth ist?«

»Ja, du hast es mir schon einmal gesagt.«

»Könntest du eine Aufstellung der Haushaltsgüter machen, die uns noch fehlen, und dann feststellen, wieviel Geld uns aus deiner Mitgift und aus meiner Schatztruhe geblieben ist? Ich denke, daß wir im nächsten Jahr genügend Wolle haben werden, um sie verkaufen zu können. Das macht uns unabhängiger.«

»Sprichst du im Ernst? Ich dachte, Männer schätzen es nicht, wenn Frauen solche Dinge in die Hand nehmen. Ich würde mich allerdings sehr gern darum kümmern!«

»Wenn du damit fertig bist, legst du mir die Aufstellung vor, und dann beschließen wir gemeinsam, was wir uns als erstes leisten können.«

Sie schaute ihn erstaunt an und platzte dann heraus: »Warum bist du auf einmal so ganz anders zu mir?«

»Wie denn?«

»Na, so nett ... als läge dir wirklich etwas an ...«

Er schnitt ihr das Wort ab. Er ahnte, was sie im Begriff war zu sagen, und wollte es nicht hören. »Diese Arbeit muß gemacht werden, und du bist dafür geeignet. Oder hast du Zweifel an deiner Fähigkeit?«

Sie reckte das Kinn. »Nicht im geringsten.«

Da lächelte er sie an, und seine dunklen Augen leuchteten warm und anerkennend.

Es war der 2. September. Die Luft war frisch und kühl. Ein Tag im Frühherbst mit wolkenlosem Himmel und strahlender Sonne, die das Land ringsum in aller Farbenpracht erstrahlen ließ. Daria atmete tief durch. Laute Schreie hatten sie aus dem großen Saal ins Freie gelockt. Um zu sehen, was da im Gange war, mußte sie sich auf die Zehenspitzen stellen. Ihr Mann trug einen Ringkampf aus. Mit nacktem Oberkörper umkreiste er schweratmend und schweißbedeckt seinen Gegner, einen riesenhaften Kerl, der so aussah, als könnte er Roland in Stücke reißen. Die Krieger hatten einen Halbkreis um die beiden gebildet und feuerten sie lautstark an.

Als der andere plötzlich Roland ansprang, erstarrte Daria. Warum standen seine Männer müßig herum? Warum halfen sie Roland nicht? Entsetzt sah Daria, wie der andere Roland um den Leib packte und ihn anhob. An seinen mächtigen Oberarmen traten die Muskeln hervor. Er war bestimmt so stark, daß er Roland zerdrückten konnte.

Sie hatte solche Angst um ihn, daß sie ohne Besinnen handelte.

Die langen Röcke raffend, stürmte sie die steile Steintreppe hinunter in den Innenhof, erreichte den Kreis der Zuschauer, schob und stieß sie beiseite, bis sie mitten auf dem Kampfplatz stand. Wütend beschimpfte sie die Männer. »Warum greift ihr nicht ein, ihr elenden Feiglinge? Wollt ihr etwa mitansehen, wie der Kerl Euren Herrn umbringt, ihr dreckigen Hurensöhne?« Sie hörte das schwere Atmen Rolands und seines Gegners und die derben Flüche, die sie ausstießen. Irgendwie hatte Roland sich aus dem Griff befreien können. Der Riese schrie eine gräßliche Verwünschung, griff erneut an und packte Roland. Im selben Augenblick saß ihm Daria im Nacken.

Schreiend klammerte sie sich an seinem dicken Hals fest und hämmerte mit der Faust auf seinen Schädel ein. »Nein, wage es ja nicht, ihn anzurühren! Sonst schlage ich dich tot!« In der Absicht, ihm die Luft abzuschnüren, nahm sie ihn in die Beinschere, riß ihm den Kopf zurück und setzte zum Würgegriff an. Dabei stieß sie gellende Schreie aus und schlug minutenlang, vor Angst um Roland mit ungeahnten Kräften ausgestattet, ohne Besinnen auf ihn ein. Erst dann merkte sie, daß der Mann einfach stehengeblieben war und nicht einmal den Versuch unternahm, sie abzuschütteln.

»Daria!«

Wie durch dicken Nebel hörte sie ihren Namen, schüttelte aber nur den Kopf und bearbeitete den Schädel des Riesen weiter, so hart sie konnte, mit den Fäusten.

»Daria! Bei allen Heiligen, laß das sein!«

Auf einmal stand Roland neben ihr. Der Mann, auf den sie wie eine Verrückte einhämmerte, rührte keinen Finger und ließ sich alles gefallen.

Roland streckte die Arme nach ihr aus. »Jetzt ist es aber genug. Komm!«

»Aber ich will nicht, daß er dich verletzt und ...« Noch einmal landete sie einen Faustschlag, der den Mann seitlich am Kopf traf.

»Bei allen Heiligen, hör endlich auf! Du kannst doch Rollo nicht das bißchen Verstand, das er noch hat, aus dem Schädel trommeln! Aufhören! Laß ihn los! Komm her!«

Sie löste Beinschere und Würgegriff und ließ sich von Roland in die Arme nehmen und auf dem Pflaster absetzen. Dann tastete sie seinen Kopf bis zu den Schultern ab, um sich zu vergewissern, daß er nicht verletzt war. »Ich hatte solche Angst ... ich dachte, er bringt dich um. Er ist doch so groß und stark und ...«

Die Männer ringsum waren still geworden. Langsam drehte sie sich um und betrachtete den riesenhaften Kerl. Er stand noch immer völlig ruhig da und erwiderte ihren musternden Blick. Sein häßliches Gesicht zeigte äußerste Verwirrung und tiefe Verwunderung.

Sie hob den Kopf. »Roland, hat er dir auch wirklich nichts getan? Bist du ganz heil geblieben? Ich begreife es nicht.«

Sie mußte irgend etwas falsch gemacht haben. Sein Gesicht drückte die unterschiedlichsten Empfindungen aus. Er war zornig ... ja, das war deutlich zu spüren ... aber dann schien sein Zorn zu vergehen und wurde von einer anderen Gemütsbewegung abgelöst ... Und dann fing er an zu lachen. Er warf den Kopf zurück und lachte dröhnend. Es dauerte nicht lange, und alle Männer im Innenhof folgten seinem Beispiel, lachten wie wahnsinnig und hielten sich dann vor Lachen die Seiten. Schließlich stimmte auch der Hüne mit tiefen, rauhen Tönen in die allgemeine Fröhlichkeit ein.

Man lachte über sie!

In diesem Augenblick merkte sie, daß sie sich das Kleid unter dem linken Arm aufgerissen und einen ihrer Lederschuhe verloren hatte. Er lag neben ihr auf den Pflaster. Ihr Haarband hatte sich gelöst, und die Haare hingen ihr wild über die Schultern. Das Gelächter schwoll noch an. Sie kam sich albern vor.

Mit einem Schrei rannte sie los, auf den schmalen Durchgang zu, der den inneren mit dem äußeren Burghof verband. Das Fallgitter war hochgezogen, und niemand stellte sich ihr in den Weg.

»Daria! Warte doch!«

Roland wandte sich an seinen Gegner, den hünenhaften Rollo. »Nett von dir, daß du ihr kein Härchen gekrümmt hast. Vielen Dank.« Dann fuhr er die übrigen Männer an: »Alle wieder an die Arbeit, aber schnell!«

»Das war wohl der beste Ringkampf, den ich je gesehen habe«, sagte Salin zu Rollo. »Ich kann nur hoffen, daß er etwas Gutes bewirkt hat.«

Rollo schüttelte immer noch verblüfft den Kopf. »Sie ist mir auf den Rücken gesprungen und hat mir immerzu auf den Schädel gehauen. Ja, sie wollte mir sogar mit ihren dünnen Ärmchen das Genick umdrehen.«

»Ja, du wirst auch ein blaues Auge zurückbehalten. Aber dein Genick ist ja dicker als der Stamm einer Eiche. Da war für sie nichts zu machen.«

Rollo sah staunend Daria nach. »Die hat mich angegriffen, und dabei hätte ich sie mit einem Schlag alle machen können.«

»Ja«, sagte Salin, »sie ist eben seine Frau.«

»Na, so was«, sagte Rollo, »eine Frau greift mich an! Na, jetzt geh' ich aber zu meinem Bauernhof zurück. Du kannst deinem Herrn sagen, ich komme jederzeit wieder her, wenn er den Kampf wieder aufnehmen will.«

Roland gab es bald auf, seiner Frau nachzurufen. Dafür holte er sie außerhalb der Burgmauern auf der Kuppe eines mit dichtem grünem Gras bedeckten kleinen Hügels ein. Er packte sie am Arm, und sie riß sich wieder los. Da er dabei stolperte und das Gleichgewicht verlor, rollten beide den Grashang hinunter. Am Fuß des Hügels blieben sie liegen, Roland auf dem Rücken und Daria auf der Seite.

Sie lag, wenigstens körperlich unverletzt, da und schnappte nach Luft. Dann sprang sie auf die Beine. Roland sah ihr grinsend zu. Mit einem erneuten Aufschrei machte sie sich daran, den Hügel wieder zu erklimmen. Aber da erwischte er sie noch am Fußgelenk, zog sie sachte herunter, und sie landete rücklings an seiner Brust. Er hörte nicht auf zu lachen. Er lachte über sie! Da sah sie rot und stürzte sich jetzt mit fliegenden Fäusten auf ihn.

»Hör auf, du ekelhafter Kerl! Du sollst nicht über mich lachen!«

Roland zog sie an sich und hielt ihr die Arme fest, um sich vor ihren Schlägen zu schützen. »Still!« sagte er. »Ganz ruhig!«

»Ich habe schließlich nicht gelacht! Ich hasse dich!«

»Das stimmt doch gar nicht. Lüge nicht! Es paßt nicht zu dir.« Dann knabberte er an ihrem Hals. Der Riß im Kleid ging jetzt beinahe bis zur Taille, und als er den Mund auf die glatte Haut an ihrer Schulter drückte, erfaßte ihn ein ungeheuer starkes Verlangen.

Er konnte an nichts mehr denken. Er griff nach den Trägern ihres Hemds und riß sie entzwei. Dann zog er ihr den abgetragenen Baumwollstoff bis zur Hüfte herunter, so daß ihre Brüste frei lagen. Jetzt hielt sie still.

»Verdammt schön bist du.«

Sie schluckte und wollte sich befreien, aber er hielt sie eisern fest.

»Bist du wieder ganz hergestellt?« erkundigte er sich mit erregter Stimme. »Nicht mehr von innen wund?«

Doch die Antwort wartete er gar nicht ab. Er nahm ihren Kopf in beide Hände und überschüttete sie mit gierigen Küssen. Unvermittelt empfand Daria Freude darüber. Gleich darauf wurde daraus drängende Sehnsucht und wilde Leidenschaft.

»Mach den Mund auf! Ja, so ist's gut. Deine Zunge – bitte, Daria! Ach ... du bist süß, so süß bist du. Hast du es gern, wenn ich deine Brüste anfasse?«

Mit den Fingerspitzen strich er leicht darüber hin, hob sie mit den Händen an, ohne aber zunächst die Spitzen zu berühren. Dann glitten die Hände tiefer, an ihren Rippen entlang und zerrten an ihrem Kleid, zerrten es herunter, bis es um ihre Füße fiel. Auch das Hemd zog er ihr mit bebenden Fingern aus, und nun stand sie nackt vor ihm. Wieder streichelte er ihre Brüste und spielte mit Mund und Zunge an den Brustwarzen.

Jetzt war sie nicht mehr zu halten. Sie drängte sich an ihn, sie wollte mehr, sie wollte alles. Er umfaßte ihr Gesäß, hob sie hoch und drückte sie an sich, heiß und unbändig. Jetzt wollte er sie haben, und wie ein Blitzstrahl fuhr ihr die Wollust in den Leib.

Sie zog an den Verschnürungen seiner Kleidungsstücke, und er half ihr dabei. Aber in der Aufregung benahmen sich beide so ungeschickt, daß es viel länger dauerte, als sie es wünschten.

Doch dann sah sie endlich Roland nackt vor sich und warf sich auf ihn. Sie legte ihm die Arme um den Hals, hob ihm das Gesicht zum Küssen entgegen, und er küßte sie wieder voller Gier. Dann hob er sie noch ein Stück höher. »Leg die Beine um meine Hüften! Schnell! Ich stoße von unten in dich rein, Daria, ganz tief hinein ...« Er umfaßte ihre Beine, und dann fühlte sie seine Fingerspitzen zwischen ihren Oberschenkeln, bis sie den Schoß fanden, ihn öffneten und hineinfuhren. Keuchend unterstützte sie ihn. Beider Atem ging so laut, daß sie die Rufe überhörten. Dann schob er sich in sie hinein, langsam, mit jedem Stoß nur ein kleines Stück, er zitterte vor Anstrengung, die Beherrschung nicht zu verlieren, und sie fühlte ihn in sich und japste, weil es so schön war, aber noch nicht genug; sie wollte ihn ganz aufnehmen.

»Roland! Daria!«

Jetzt stieß er voll hinein, nach oben, und küßte dabei ihre Brüste, und sie bog den Rücken, um ihn noch intensiver in sich zu fühlen. »Bei allen Heiligen«, sagte er keuchend und legte sie behutsam in das duftende Gras. Dann stieß er wild in sie hinein. Nun hatte sie ihn ganz.

»Roland! Daria!«

Er erstarrte in ihr. Seine Miene verzog sich kummervoll. »O nein«, sagte er dumpf. »Bei allen Heiligen, das darf doch nicht wahr sein!« Dann begann er zu fluchen.

Sie sah ihn verständnislos an. Und erst jetzt beim drittenmal hörte sie, wie ihr Name gerufen wurde.

Er atmete schwer, als er das lange, steife, nasse Glied herauszog. »Schnell, Liebling, schnell! Das ist Sir Thomas, und er ist schon ganz in der Nähe.« Er half ihr in die zerrissenen Kleider. »Du mußt sie zusammenhalten. Ja, so. Bist du fertig?«

Sie hielt das Mieder über den Brüsten mit den Händen fest und sah ihn fragend an.

Er lächelte unglücklich und tippte ihr mit den Fingerspitzen an den Mund. »Heute nacht wird uns keiner stören. Bei allen Heiligen, du bist schön.«

Als Sir Thomas und Lady Katherine auf der Hügelkuppe auftauchten, sahen sie noch, wie Roland sich ungeschickt anzog und Daria mit dummem Gesicht dabei zusah.

»Ich fürchte«, sagte Sir Thomas zu Lady Katherine, »wir kommen höchst ungelegen.«

»Ihr glaubt doch nicht etwa, er hat sie geschlagen?«

Sir Thomas mußte lächeln. »Sie geschlagen? Ich bin sicher, er hat sie gerade leidenschaftlich erregt, und da mußten wir kommen und stören.«

»Das halte ich für unmöglich«, sagte Katherine erschrocken.

»Dann hast du so etwas wohl nie erlebt, ist es so? Wie schade! Doch wenn du gestattest, werde ich dir bei Gelegenheit zeigen, daß ein Mann auch dir Wonnen schaffen kann. Komm! Wir wollen lieber gehen. Ich glaube nicht, daß Roland jetzt Lust hat, sich mit uns zu unterhalten.« Damit traten sie den Rückzug an und ließen die beiden alleine.

22

Roland konnte nicht mehr klar denken. Er nahm auch nichts mehr wahr – außer sich und sie. Alle seine Sinne waren von ihr gefangengenommen. Er roch ihren wildsüßen Duft, fühlte die Haare, die sich ungekämmt in übermütigen Locken über ihre Schultern ergossen, und sah ihre glatte, weiße Haut durch die Risse des Kleides hervorschimmern. Er nahm sie an die Hand und wirbelte sie herum. Daß sie von der Burg aus deutlich zu sehen waren, störte sie nicht im mindesten.

»Daria ...« Beim Küssen zog er sie eng an sich. Sie mußte sich auf die Zehenspitzen stellen. Er spürte ihre heftige Reaktion, und sein Drang wurde so stark, daß er sie auf die Arme nahm und schnurstracks mit ihr auf ein kleines Eichengehölz zusteuerte.

Sie schmolz nicht in seinen Armen, sondern war so wild und leidenschaftlich wie er. Sie küßte ihn auf Kinn, Mund und Nase. Diese weichen, feuchten Küsse brachten ihn fast zur Raserei. Ihre warme Zunge kroch in sein Ohr, ihr frischer Atem blies an seine Wange.

Die zerrissenen Kleidungsstücke waren bald nur noch Fetzen. Er breitete das, was von ihrem Kleid übrig geblieben war, auf dem Boden aus, legte sie sanft darauf und stürzte sich sofort auf sie. Er konnte nicht mehr warten. Er spreizte ihr die Beine, hob die Knie an, knabberte an ihrem weißen Leib, küßte sie dort, schnelle kleine Küsse, strich an ihren Oberschenkeln auf und ab, machte ihr die Beine ganz breit, kam ihr näher und näher, und sie hob die Hüften an, wollte, daß er zu ihr kam ...

Als sein Mund ihren Schoß berührte, schrie sie auf und fuhr hoch. »Still, Liebling«, sagte er. Ihr Verlangen nach ihm war weit stärker, als sie sich je vorgestellt hätte. Er erregte Gefühle in ihr, die sie wild zucken ließen. Es übertraf jede Erwartung. Der Sonnenschein drang wie Silberspeere durch die Krone des Eichenlaubs über ihnen. Es ist schön, dachte sie, überaus schön. Aber es war nicht die Sonne, die ihre Sinne kitzelte, es war sein Mund an ihrem Schoß, und sie wollte immer mehr ... Ihre Hände massierten seine Schultern, und plötzlich geriet sie außer sich und stieß viele kurze Lustschreie aus. Roland hielt sie an den Oberschenkeln, Krämpfe durchzuckten sie, die Muskeln spannten sich. Bei jedem ihrer Schreie schlug sein Herz vor Entzücken schneller, und sein Glied schwoll immer mehr an, denn er genoß die Wonnen, die er ihr verschaffte. Er trieb sie zum Höhepunkt, es war ihm wichtiger als alles, diese höchste Lust, die andauerte, bis ihre Beine, ihr ganzer Körper erschlafften.

Zwischen ihren Beinen kniend, sagte er: »Daria, mach die Augen auf! Sieh mich an! Ich will, daß du zusiehst, wie ich in dich eindringe.«

Und dann stieß er, vor Erregung am ganzen Körper bebend, kraftvoll hinein und hob ihre Beine auf seine Schultern, um noch tiefer eindringen zu können. Er stieß und stieß hart in schneller Folge, und er geriet dabei in solche Hitze und war so außer sich, daß er innehalten und noch einmal herausschlüpfen mußte. Dann ließ er sie vor sich hinknien und zog sie auf sein Glied herunter. »Ich will dich dabei küssen«, sagte er. Seine Zunge tauchte tief in ihren Mund, genau wie sein Glied in ihren Schoß. Oh, er ist ganz tief in mir, dachte sie, jetzt ist er mein, in diesem herrlichen Augenblick ist er ganz mein, ein Teil von mir, und es gibt nichts als ihn, er füllt mich völlig aus, es ist wunderbar ... Und sie schrie wieder vor Lust.

Als er sich in sie ergoß, sank er mit dem Kopf an ihren Hals, zitternd den unglaublichen Höhepunkt auskostend. Und sie fühlte seinen Samen tief in sich und hielt ihn so fest, wie sie nur konnte.

Nach einer Weile stützte er sich, sein Glied noch in ihr, auf die Ellbogen und betrachtete sie. Noch nie waren ihre Augen so grün gewesen wie jetzt. Er sah sich selbst in ihren Augen und hätte gern gewußt, ob er ihre Seele auch so ausfüllte wie ihren Körper. Er wünschte das sehr, denn seine Seele war voll von ihr. Ihre Wangen waren gerötet, ihre Lippen warm und voll. Allein sie zu küssen ... Als er ihre Reaktion spürte, schwoll sein Glied sofort wieder an, und er wollte sie noch einmal haben.

Langsam schlüpfte sein Glied hinein. Dann zog er es fast ganz wieder heraus, hob lächelnd ihre Hüften an, um wieder hineinzustoßen.

»Kann ich dich noch einmal beglücken?«

»Ich weiß nicht«, sagte sie flüsternd und zog seinen Kopf herab, um ihn zu küssen. Sie liebte seinen Mund, das weiche rote Fleisch der Lippen, seinen Duft genauso wie er ihren. Ihr Körper bewegte sich von allein im selben Rhythmus wie seiner, und als seine Stöße schneller wurden, bohrte sie ihm stöhnend die Finger in den Rücken.

»Ich höre dich so gerne stöhnen«, sagte er und spielte mit den Fingerspitzen an ihr. Trunken vor Glück erlebte er, wie sie vor Lust toll wurde, schrie, sich unter ihm wand, sich aufbäumte und ihn in der Ekstase fast herunterwarf. Er sah sie dabei an und meinte, Schöneres auf der Welt nie erblickt zu haben.

Als sie den Höhepunkt erreichte, rief sie laut seinen Namen, und im selben Augenblick spritzte er seinen Samen tief in sie hinein. Er konnte nicht mehr warten, er konnte nur das eine: zugleich mit ihr in dieser unglaublich schönen Vereinigung zu kommen – mit ihr, seiner Frau.

Lange Minuten vergingen, bis er fähig war, sich auf die Ellbogen aufzustemmen. Seine Muskeln waren wie Brei. »Du bringst mich um, Weib«, sagte er.

Zu seinem Entzücken wurde sie rot, und er mußte lachen. »Daria, weißt du, daß eine Frau verpflichtet ist, den Kopf zu verlieren, wenn sie mit ihrem Mann zusammen ist? Das gehört unbedingt zur Ehe: diese hemmungslose leidenschaftliche Hingabe. Ich hatte den Eindruck, daß du heute zweimal den Kopf verloren hast, und das, mein Weib ... gibt mir das Gefühl, ein siegreicher Krieger zu sein.«

»Aber du hast auch den Kopf verloren.«

»Den Kopf nicht, Liebling, aber dafür meinen ganzen Samen.«

Sie legte den Kopf an seine Brust und atmete tief ein.

»Was ist denn das? Schämt sich etwa die lüsternste meiner Frauen?«

»Bin ich nicht die einzige Frau, die du hast, Roland?«

»Na schön, da die meisten Frauen hierzulande nicht besonders hübsch sind, verlasse ich mich ganz auf dich, wenn ich meine Leidenschaft befriedigen will.« Wie hatte er das nur in den vergangenen Monaten vergessen können! Wie hatte er es fertiggebracht, sich fern von ihr zu halten, jeden Gedanken an sie zu verscheuchen, jede Berührung mit ihr zu vermeiden?

Sie stupste ihm in die Rippen. »Nein, bleib bei mir, Roland!«

Er seufzte. »Es tut mir leid, meine Süße, aber du hast mich fix und fertig gemacht und mir den letzten Tropfen Samen genommen. Ich muß mich unbedingt eine Weile ausruhen. Wenn ich mich erholt habe, kannst du über mich verfügen.«

»Na gut«, sagte sie und schmiegte sich an ihn. Doch gleich darauf hob sie den Kopf und sah ihn verlockend an, und ihre grünen Augen glitzerten so schalkhaft, daß er ganz bezaubert war von ihr, von seiner Frau. »Wird es lange dauern?«

Er stöhnte laut auf. Dann sagte er, nunmehr das Thema wechselnd, ganz sachlich: »Rollo ist ein Riesenkerl, ein Felsblock von einem Mann und stärker als ein Ochse. Aber dafür ist er nicht gut auf den Beinen und reagiert zu langsam. Dadurch sind wir uns im Ringkampf ebenbürtig.«

»Ich möchte nicht mehr darüber sprechen. Ich sehe ein, daß ich mich lächerlich gemacht habe.«

Er lächelte. »Das stimmt. Aber es hätte ja sein können, daß er ein gefährlicher Bösewicht gewesen wäre. Dann hättest du mich vor ihm gerettet. Dann hättest du dich nicht lächerlich gemacht, sondern wärst eine Heldin gewesen.«

»Ja, und nun bin ich eine alberne Person und kann mich nicht mehr blicken lassen. Sieh mich doch nur an – ich habe ja nur noch Fetzen auf dem Leib! Alle werden sich denken können, was du mit mir angestellt hast!«

»Das ist tatsächlich ein Problem – der Zustand unserer Kleidung. Ich muß mir unbedingt etwas einfallen lassen.«

Im nächsten Augenblick hörte sie ihn schnarchen.

»Roland! Das hört sich ja gräßlich an! Hör auf damit, du verstellst dich doch nur!«

Er lachte.

»Weißt du, es ist komisch, ich habe immer gedacht, eine Frau zu küssen, macht ja Spaß, aber damit hat sich's auch schon. Bei dir ist das anders, Daria. Deine Lippen machen mich toll vor Lust.«

Während sie sich küßten, legte sie ihm die Hand auf die Hüfte. Er zuckte zusammen und küßte sie noch leidenschaftlicher. »Und was ist, wenn ich dich hier anfasse, Roland?« Ihre Hand glitt auf seinen flachen Bauch. Sie fühlte, wie sich seine Muskeln spannten. »Und hier?« flüsterte sie an seinem Mund. Ihre Hand schloß sich leicht um sein Glied.

Roland hätte es nicht für möglich gehalten, aber unter dieser Berührung schwoll sein Glied noch stärker an. Er drängte, schob und rieb es an ihren Fingern.

Nach einer Weile sagte er: »Ich habe eine wunderbare Idee.« Er ließ sich auf den Rücken fallen und zog sie über sich. »Reite auf mir, Daria!«

Und wieder ihr verlockendes Lächeln, die lachenden, von neuer Leidenschaft erfaßten glitzernden Augen ... Sie setzte sich auf ihn, er hob das Becken an, sie nahm ihn in sich auf und ließ ihn hochgleiten. Er schloß die Augen und überließ sich völlig seinen Gefühlen. Dies würde er nie vergessen.

Als sie dem Höhepunkt näherkam, stieß er nach. Sie geriet in höchste Ekstase und riß ihn leidenschaftlich mit sich.

Wieder zu Atem gekommen, murmelte er müde: »Bin völlig erledigt. Ein lüsternes Weib hat mich ausgepumpt. Gleich wird sie mich als nutzlos wegwerfen.«

Daria ließ sich über ihn fallen. »Von wegen wegwerfen. Ich kann mich ja selber nicht mehr rühren. Woher sollte ich die Kraft nehmen, um dich wegzuwerfen?«

»Es ist schon sonderbar«, sagte er nach einer Weile. »In meinem ganzen Leben habe ich es in so kurzer Zeit nie so oft hintereinander mit einer Frau getrieben.«

Sie hob den Kopf und zog die Brauen zusammen. »Aber ich habe gedacht, wir könnten vielleicht ...«

Er gab ihr einen Klaps aufs Gesäß. »Du schwindelst und nicht einmal gut.«

»Nein, ich necke dich nur, Roland. Du machst mir so viel Freude. Es ist sehr schön.«

Sie schien so zufrieden mit sich zu sein, daß er lachen mußte. »Du machst mir auch Freude. Aber jetzt müssen wir an die Heimkehr denken. Sonst schickt Salin noch Männer aus, um uns zu suchen.«

»Muß ich wirklich aufstehen?«

»Ja. Ich ja auch.«

»Meine Beine sind so wacklig, als wären sie aus Brei.«

Ihm ging es kaum besser. Lachend half er ihr hoch. Sie waren schmutzig wie Kinder, die in der Gosse spielten, und rochen nach Schweiß, Sex und Gras. Er umspannte mit den Händen ihre Brüste, und sie nahm mit einem verzückten Lächeln sein Glied in die Hände, und seine Wärme ging in sie über und machte sie selig.

Als Herr und Herrin den Innenhof betraten, sahen sie aus, als hätten sie sich stundenlang im tiefsten Dreck gewälzt. Aber niemand machte eine Bemerkung darüber.

Doch es entging Daria nicht, daß viele Augen sie anstarrten und daß jeder wußte, was sie getrieben hatten. Und Roland grinste dazu auch noch wie ein Blöder.

Sie ging schneller. Ihr Blick fiel auf ihre Füße. Sie hatte nur einen Schuh an. Der andere war verlorengegangen. Roland flüsterte ihr lachend ins Ohr: »Unglaublich, was du für Kraftreserven hast. Ich bildete mir ein, ich hätte dich ausgepumpt. Aber weit gefehlt, jetzt schleppst du mich noch im Laufschritt ins Schlafzimmer.«

»Wir Frauen haben eben die größere Ausdauer, Roland.«

»Und wir Männer strotzen vor Kraft.«

Er legte ihr die Hand um den Hals, zog sie an sich und küßte sie vor allen Leuten, vor den Kindern, vor allen Hunden, Katzen und Ziegen, und es war wunderbar, sie so zu küssen.

Sie hörte undeutlich rauhe Jubelschreie und errötete von den Haarspitzen bis zu den schmutzigen Zehen.

Leise sagte er dicht an ihrem glühenden Gesicht: »Jetzt bist du mein, ganz mein. Vergiß das nie! Laß Wasser bringen! Ich komme gleich zu dir ins Schlafzimmer.«

»Ich meine, die Beziehung zwischen deiner Tochter und Roland hat sich deutlich verbessert.«

Katherine schaute Sir Thomas aus lachenden Augen an. »Ja, es sieht so aus. Sie wirkt jetzt ... ausgeglichener.«

»Sie macht den Eindruck einer rundum zufriedenen Frau, Katherine. Mir kommt es so vor, als habe sich das Grün ihrer Augen noch vertieft. Hatte ihr Vater auch so auffallende Augen?«

»Nein, die hat sie von der Großmutter. Deren Augen waren so grün wie das Gras im Frühling. Mit ihrem Vater hat sie überhaupt nichts gemeinsam.«

»Du kannst stolz auf sie sein. Sie ist ein schönes Mädchen. Wenn sie weiter mit ihrem Mann so zufrieden ist, wird sie bald wieder guter Hoffnung sein.«

Zur selben Zeit hatte Roland den gleichen Gedanken.

Er war verblüfft, welche Wirkung sie neuerdings auf ihn ausübte. Für ihn ein Rätsel, warum es vorher nicht so gewesen war. Nun, er hatte sich seit der Hochzeit geistig und körperlich von ihr ferngehalten. Bis heute. Bis sie aus Leibeskräften schreiend aus dem großen Saal gerannt kam und ohne Rücksicht auf sich Rollo auf den Nacken gesprungen war, nur um ihren Mann vor Schaden zu bewahren. So etwas tut nur eine Frau, die ihren Mann liebt.

Und jetzt hatte sich alles verändert. Er war nie ein Sklave des Phallus gewesen wie so viele Männer, die er kannte. Selbst als er im Heiligen Land gewesen war, als umhegter Pascha von sechs Frauen, wovon jede einzelne nur allzu bereit gewesen war, ihm Freuden zu schenken, hatte er sich nicht von Wollust beherrschen lassen. Aber nun saß er hier seiner Frau gegenüber, die eigentlich zu mager war, aber deren Haut sich weicher als Sommerregen anfühlte, deren Wangen vom Süßwein gerötet waren – und er hätte ihr am liebsten den Bratenknochen aus der Hand gerissen, ihr unter den Rock gegriffen und sie auf der Stelle genommen. Er war erregt und konnte nur froh sein, daß der weitgeschnittene Waffenrock die Schwellung zwischen den Beinen verbarg. Wenn sein Drang nach ihr weiterhin so anhielt, würde sie bald wieder schwanger sein. Diesmal würde sie sein Kind unter dem Herzen tragen.

Roland ließ den Blick zu Lady Katherine und Sir Thomas schweifen. Thomas war verliebt, das stand außer Zweifel, rettungslos bis unter die angegrauten Haarspitzen verliebt. Er fragte sich, wie es um Katherine stand. Vielleicht würden die beiden heiraten. In diesem Fall hoffte er, sie würden auf Chantry Hall bleiben. Die Vorstellung, hier im Kreise einer großen Familie zu leben, gefiel ihm sehr. Sie gab ihm das Gefühl, daß man ihn brauchte. Dann hätte er endlich seinen Platz im Leben gefunden, und er würde ihn voll ausfüllen, unter Menschen, die er liebte und die ihn liebten.

Bedächtig trank Roland einen Schluck Wein und beantwortete die Frage, die ihm einer seiner Männer gestellt hatte. Er hörte Darias helles Lachen, das sein Herz mehr erwärmte als der Wein. Und plötzlich kamen ihm Erinnerungen. Wie er mit ihr in der Kathredrale von Wrexham Zuflucht vor dem nie endenden walisischen Regen gesucht hatte. Er wußte noch genau, wie sterbensübel und schwach er sich da gefühlt hatte. Seine Kehle war wund, er hatte Kopfschmerzen und das Gefühl, sich erbrechen zu müssen. Deutlich erinnerte er sich, wie ihm schwarz vor Augen geworden und er zu Boden geglitten war. Von dem, was danach kam, wußte er nichts mehr.

Warum konnte er sich an nichts anderes mehr erinnern? Zwei Tage seines Lebens fehlten ihm. Die zwei Tage, bevor er wieder zu sich gekommen war und Daria über sich gebeugt gesehen hatte. Wie beschämt er sich gefühlt hatte, als er so schwach gewesen war, daß sie ihm beim Verrichten der Notdurft helfen mußte! Später hatte ihn eine ältere Frau gepflegt. Lächelnd verabreichte sie ihm einen übelschmeckenden Heiltrunk. Sie hieß Romila, und sie hatte ihm verschwiegen, daß Daria verschwunden war. Er mußte ihr erst drohen, selber auf die Suche nach ihr zu gehen, ehe sie es zugab.

Was hatte er in diesen beiden Tagen getan? Hatte er möglicherweise doch in einer der beiden Nächte Daria entjungfert?

Graelam de Moreton war in Hochstimmung. Denn er hatte den Grafen von Reymerstone gefangen, der sich jetzt an der Ostseite des Lagers in strenger Bewachung befand.

Plötzlich vernahm Graelam eine Frauenstimme. Kassias Stimme! Er sprang auf. Und da kam sie auch schon auf ihn zu. Im Waffenrock und der Hose eines Knappen, eine Mütze mit Feder über die Haare gezogen, schritt sie lachend und so stolz auf ihn zu, als hätte sie gerade die ganze Welt erobert. Als sie dicht vor ihm war, stieß sie einen hellen Jubelschrei aus und warf sich an seine Brust.

Er fing sie auf und schloß sie fest in die Arme. Sie lachte und redete aufgeregt durcheinander. Sie habe jetzt ihre Schuld an Daria beglichen, und er habe das gleiche getan, und damit hätten sie ihre Verpflichtungen mehr als erfüllt, und sei das nicht alles wunderbar?

Dann betrachtete Kassia ihn vom Kopf bis zu den Füßen und sagte: »Oh«, lächelte ihn strahlend an und sagte noch einmal: »Oh!« Und stellte fest: »Du bist ja halbnackt, Graelam.«

Er packte sie um die Taille, hob sie in die Höhe, bis ihre Nasenspitzen sich beinahe berührten, und sagte: »Wie kommst du hier in mein Lager, in diese einsame, wilde Gegend zwanzig Meilen von Wolffeton entfernt? Warum trägst du Knabenkleidung? Und wieso feixt du so wie eine halbblöde Dirne? Von deinem wirren Geplapper habe ich nichts verstanden. Du wirst mir jetzt sagen, Madam, was zum Teufel du hier treibst und warum ...«

Sie lachte wieder und küßte ihn. »Ich werde dir alles erzählen, mein lieber Lord, aber vorher mußt du mich absetzen. Außerdem hätte ich gern ein Bier. Ich war auf dem Kriegspfad, und das hat mich verdammt durstig gemacht.«

»Kassia!«

Mit tänzelnden Schritten entfernte sie sich aus seiner Reichweite. Graelam zuckte die Achseln und nahm das vorbereitete Bad.

Danach ließ er sich den nassen Waschlappen aus der Hand nehmen und brummte zufrieden, als sie ihm den Rücken schrubbte.

»Ich war besorgt um dich, Graelam.«

»Pah, dafür gab es nicht die geringste Veranlassung. Es ging alles so einfach, daß nicht einmal Klein-Harry sich erschrocken hätte. Erschrocken waren nur der Graf von Reymerstone und seine Männer, die wir so überrumpelten, daß es sogar ohne Blutvergießen abging. Er liegt jetzt in einem Zelt, und Rolfe und drei Männer bewachen ihn. Im Augenblick ist er todunglücklich und wundert sich, warum ich ihn gefangen halte. Ich bin nämlich für ihn ein völlig Fremder.«

Sie beugte sich herab und gab ihm einen Kuß. »Der Kerl soll ruhig noch eine Zeitlang unglücklich sein.«

»Sagst du mir jetzt endlich, was du angestellt hast, Kassia?« fragte er in ruhigem Ton. »Aber klar und verständlich!«

»Ja, ich sage es dir, Mylord. Ich habe den Grafen von Clare und vier seiner Männer mitgebracht.«

»Was hast du?« fragte er ungläubig.

Durch seine Reaktion vorgewarnt, griente sie fröhlich. »Ich stand doch noch in Darias Schuld, weil sie dir das Leben gerettet hat. Du warst hinter dem Grafen von Reymerstone her. Und was blieb für mich übrig? Wir haben ja so bedauerlich wenige Feinde. Doch als du weg warst, erreichte mich eine wunderbare Botschaft. Der Graf von Clare – dieser Markgraf, der Daria monatelang gefangen gehalten hat – war nach Cornwall gekommen! Er wollte sie zurückerobern. Nein, Graelam, schrei mich nicht an!«

Graelam glaubte seinen Ohren nicht zu trauen. Was erzählte ihm da seine Frau – diese freche kleine Göre? »Sprich weiter!« forderte er sie auf.

Kassia merkte zu ihrem Glück gar nicht, welchen Sturm sie in Graelams Brust entfacht hatte, und fuhr fort: »Ich sah es als einen Fingerzeig Gottes an. Das wirst du sicherlich verstehen, Graelam. Als du fort warst, gab mir Gott einen Wink, selber zu handeln. Das war die beste Gelegenheit, um meine Schuld an Daria zu begleichen. Und weißt du was? Jetzt liegt der Graf von Clare recht unbequem gefesselt in dem Wäldchen außerhalb deines Lagers. Bei seiner Gefangennahme wurde nicht ein einziger meiner ... deiner Männer verwundet. Der Dummkopf hatte den Plan, sich auf Chantry Hall einzuschleichen, sich Daria zu schnappen und wie ein Dieb in der Nacht wieder zu verschwinden. Ich habe ihm gesagt, ich ließe so etwas nicht zu. Jetzt ist er bestimmt genauso unglücklich wie der Graf von Reymerstone.«

Graelam sah sie finster an. »Dafür müßte ich dich verprügeln.«

»Bitte, tu das lieber nicht, Mylord, denn ich bin von dem Unternehmen sehr müde!«

Er stand auf und zog sich den Bademantel an. Als er den Gürtel zuband, hörte er sie hinter sich sagen: »Ich hätte es lieber, wenn du nackt bleibst, Mann. Du hast mich ganz hungrig gemacht, aber nicht auf ein langweiliges Mahl.«

Er drehte sich um und brüllte los: »Du hast dumm und leichtsinnig gehandelt! Denke ja nicht, daß du mich ablenken kannst! Versuche jetzt nicht deine Weibertricks an mir! Vom Abendessen müssen noch Fleisch und Brot übriggeblieben sein. Ich lasse es dir bringen. Bleib jetzt im Zelt, oder es wird unangenehme Folgen haben!«

Damit ging Graelam aus dem Zelt. Draußen sprach er mit seinem Waffenmeister Rolfe.

»Nein, Mylord, Ihr braucht mir nicht gleich den Kopf abzureißen«, sagte Rolfe grinsend. »Eure Lady hat ihn ohne Verluste gefangengenommen, und Eure Männer haben darauf geachtet, daß ihr dabei nichts zustößt. Ich habe ihn an der Westseite des Lagers abgelegt. Unsere beiden Halunken stehen unter guter Bewachung.«

Graelam brachte nur ein zorniges Brummen heraus. Rolfe lachte in sich hinein. »Eure Männer haben sie wirklich gut vor jedem Schaden behütet, Mylord. Es hat ihnen großen Spaß gemacht, den Grafen von Clare gefangen zu nehmen und das Triumphgeschrei Eurer Lady zu hören. Wollt Ihr nicht Platz nehmen und ein Glas Wein trinken? Er schmeckt köstlich. Er stammt von Kassias Vater.«

Da an dem Geschehenen nichts mehr zu ändern war, folgte Graelam dem Vorschlag. Rolfe fragte: »Was gedenkt Ihr mit den beiden üblen Schurken zu tun, Mylord?«

»Tja«, sagte Graelam und lehnte sich an den Stamm einer Eiche. »An Grafen haben wir im Augenblick keinen Mangel. Und einer hat eine so schwarze Seele wie der andere. Wir könnten ein stattliches Lösegeld für sie fordern, vorausgesetzt, es gibt Leute, denen es nicht gleichgültig ist, ob sie am Leben bleiben oder verrotten.«

»Sie waren beide auf Rache aus«, bemerkte Rolfe.

»Am besten bringe ich sie beide zu Roland. Damit habe ich dann meine Schuld gegenüber Daria beglichen.«

Rolfe grinste ihn über den Kelchrand an. »Vergeßt nur nicht Eure Lady, Mylord! Sie wird stolz neben Euch reiten wollen. Schließlich hat sie ja den Grafen von Clare gefangen. Übrigens weiß keiner von der Anwesenheit des anderen. Ob die beiden sich kennen?«

»Ja, sie kennen sich. Nach dem, was Roland mir sagte, müssen sie sogar Todfeinde sein.«

»Nun, das ist ja interessant. Was wird Roland de Tournay mit den beiden Grafen machen?«

»Wenn er klug ist, schlägt er beide tot. Aber wie ich Roland kenne, wird er sich eine Strafe für sie ausdenken, über die sie ihr Leben lang jammern werden. Er kommt auf die ausgefallensten Ideen.«

Graelam stand auf und reckte sich. Vom Meer her strich ein scharfer Wind. Dunkle Wolken zogen am Himmel entlang. Graelam holte tief Luft, wünschte Rolfe und den anderen Männern eine gute Nacht und schritt zu seinem Zelt zurück.

Seiner Anordnung getreu, erwartete ihn seine Frau. Und zwar splitternackt auf dem Bett.

Als er sich den Schlafrock auszog, hörte er sie kichern.

23

»Was würde wohl passieren, wenn wir die beiden einfach sich selbst überließen?« überlegte Kassia de Moreton.

»Sie würden sich wahrscheinlich gegenseitig umbringen«, antwortete Graelam. »Roland hat mir gesagt, daß sie sich bis aufs Blut hassen. Offenbar hat Damon Le Mark vor einigen Jahren Edmond von Clares Bruder totgeschlagen. Mehr weiß ich darüber nicht.«

Die beiden Grafen standen sich, durch die ganze Breite des Innenhofs auf Chantry Hall getrennt, gegenüber. Jeder war von einigen Männern Graelams und Rolands umringt. Roland und Daria sahen verwirrt mal zu Graelam, mal zu dessen zierlicher Frau, die kerzengerade in ihrer Knappenkleidung und mit zerzauster Frisur stolz neben ihm stand.

Roland schüttelte den Kopf. »Mehr weiß ich auch nicht, Graelam.«

Neben ihm wunderte sich Daria: »Ihr wollt damit sagen, daß jeder von euch einen der Männer gefangengenommen hat, um Eure Schuld an *mich* zu begleichen?« Als Kassia befriedigt nickte, fuhr Daria fort: »Aber es gibt doch gar keine Schuld zu begleichen. Wenn ich bei euch diesen Eindruck erweckt haben sollte ...«

»Schweig still, Daria!« sagte Graelam. »Es ist nun mal geschehen. Diese beiden Männer waren hier in Cornwall, und beide führten Böses im Schilde. Sie sind Verbrecher und haben jede Strafe verdient, die ihnen Roland auferlegen wird. Meine Frau und ich ... nun, wir haben Eurem Mann die Aufgabe nur etwas erleichtert.«

Lady Katherine stand hinter ihrer Tochter und ließ kein Auge von Damon Le Mark. Allein sein Anblick flößte ihr Furcht ein, machte ihr die Kehle trocken und die Handflächen feucht. Daria ahnte, was ihre Mutter empfand. Sie flüsterte ihr zu: »Nein, Mutter, du brauchst keine Angst mehr vor ihm zu haben. Damon kann uns nie wieder ein Leid zufügen. Er ist in Fesseln, Mutter!«

Katherine hörte die Stimme ihrer Tochter wie aus weiter Ferne.

»Er kam her, um dich und deinen Gatten zu töten. Daran gibt es nichts zu zweifeln.«

»Selbstverständlich wollte er das«, sagte Roland fröhlich. »Aber er ist gescheitert, Katherine. Sieh ihn dir an! Man könnte geradezu Mitleid mit ihm haben. Wenn man einen Mann wie ihn seiner Macht entkleidet, bleibt so gut wie nichts von ihm übrig. Nur die Macht hat ihm die Illusion gegeben, etwas darzustellen. Jetzt ist er völlig bedeutungslos. Glaub mir, Katherine, du hast nichts mehr von ihm zu befürchten.«

Katherine holte tief Luft. Farbe kehrte in ihre grauen Wangen zurück. Sanft nahm Sir Thomas ihre Hand und drückte sie leicht. Zu Darias Freude lächelte ihre Mutter ihn glücklich an.

»So, kommt jetzt alle ins Haus!« sagte Roland. »Ja, Graelam, du kannst auch den zerlumpten Jungen mit den langen Haaren mitbringen. Ich möchte gern von dir hören, warum du von dem mageren Kerlchen so bezaubert bist, das noch nicht mal einen Bart hat.«

»Der Junge sieht nur in dieser Kleidung so mager aus«, entgegnete Graelam. »Sonst ist er ganz anders. Wenn man nett zu ihm ist, verwandelt er sich flugs in eine vielversprechende junge Dame.«

»Jetzt reicht es mir aber«, sagte Kassia. »He, Daria, erlöse mich von den albernen Späßen dieser Männer!«

Doch Roland hielt Daria fest an der Hand. »Kommt in den großen Saal und erzählt uns die ganze Geschichte!«

»Ich brauche Rat«, sagte Graelam und blickte ratlos in die Runde. »Soll ich den Kleinen hier verprügeln?«

»Es gibt Besseres, was du mit einer Ehefrau anstellen kannst«, sagte Roland, und sein Händedruck wurde stärker. »Allerdings kann es zur Erschöpfung, wenn nicht gar zum Zusammenbruch führen.«

Graelam betrachtete die beiden nachdenklich lächelnd. Hatten sie nach seiner Abreise zueinander gefunden?

Als sie dann alle am Tisch beisammen saßen, sagte Kassia: »Wie gesagt, Daria, wir wollten nur unsere Schulden begleichen. Mein Mann hat den Grafen von Reymerstone gejagt, und ich habe durch Zufall erfahren, daß auch der Graf von Clare im Lande ist. Beide in der gleichen Absicht: dich zu entführen. Und an Roland wollten sie zweifellos blutige Rache nehmen.«

»Wir danken Euch beiden«, sagte Roland. »Ihr hättet euch aber unseretwegen nicht in Gefahr begeben sollen.«

»Die einzige Gefahr droht meiner Frau jetzt«, sagte Graelam. »Wenn ich ihr nämlich den Po verdresche. Daria, Ihr habt mir das Leben gerettet. Und Kassia ist mein Leben eben einiges wert.«

Roland lachte. »Während ich sicher innerhalb meiner Burgmauern saß, habt Ihr Euch also aufgemacht und die beiden verräterischen Schurken eingefangen und zu mir gebracht. Ich soll sie aburteilen? Nun, das verlangt Überlegung.«

Graelam nickte zustimmend. Doch Kassia sagte: »Nein, Roland, das Urteil über sie steht Daria zu. Denn dies haben wir für sie getan. Wir können nur hoffen, daß nicht noch mehr Feinde hinter den Hügeln auf Euch lauern. Ich möchte gern, daß mein Mann auch in Zukunft heil und gesund bleibt.« Dann fragte sie Roland: »Könnt Ihr uns mehr über diese beiden Männer sagen?«

»Ich weiß nur, daß Damon Le Mark vor einigen Jahren den Bruder des Grafen von Clare ermordet hat. Clare hat ihm das nie vergessen, und sein Haß auf Le Mark wuchs mit jedem Jahr. Das war der Grund, warum er Daria entführte. Es war seine Rache. Auf einmal aber setzte er es sich in den Kopf, sie auch zur Frau zu nehmen und ihre Mitgift in die Hand zu bekommen.«

Daria fiel ein: »Damon wußte genau, warum ich entführt worden war, hat es Roland aber verschwiegen. Statt dessen erfand er irgendeine Geschichte, die Roland ihm aber nie geglaubt hat.«

Leise sagte Katherine: »Nein, er konnte Roland nicht die Wahrheit sagen, selbst wenn er es gewollt hätte. Selbst mir hat er sie nicht gesagt, und das ist mir eigentlich unverständlich, denn er genoß es, andere Menschen zu quälen.«

»Was meinst du, Mutter? Du wußtest doch, daß der Graf von Clare mich entführt hatte und dann heiraten wollte.«

»Nein, daß er dich heiraten wollte, wußte ich nicht. Damon hat es mir nicht gesagt.« Katherines blasses Gesicht sah todtraurig aus. Mit einem bittersüßen, resignierten Lächeln fuhr sie fort: »Die Wahrheit ist manchmal schwer zu erkennen, Daria. Aber du hast jetzt ein Recht darauf, sie zu erfahren. Es trifft zu, daß Damon Le Mark Edmund von Clares Bruder ermordet hat. Er hieß David und war genauso jung und unschuldig wie ich. Wir liebten uns. Das ist schon viele Jahre her. Meine Eltern hatten mich Reymerstones Halbbruder versprochen, Daria, aber den wollte ich nicht. Ich wollte keinen anderen als David. Natürlich haben die Wünsche eines Mädchens keine Geltung. Jedenfalls zwang man mich zur Heirat mit James de

Fortescue. Doch bevor ich seine Frau wurde, ging ich zu David. Daher ist aller Wahrscheinlichkeit nach dein richtiger Vater, Daria, und der Herzog von Clare ist demnach dein Onkel.«

Katherine warf einen langen Blick auf Daria und erzählte dann weiter: »Damon hat das vor einiger Zeit herausgefunden, wahrscheinlich von seinem Halbbruder, meinem Ehemann. Denn James hat nie geglaubt, daß du die Frucht seines Samens wärst. Vor fünf Jahren gelang es Damon, meinen geliebten David zu überfallen und zu ermorden. Er teilte es seinem Halbbruder durch Boten mit. Mein Mann frohlockte und erzählte es mir unter Gelächter. Die beiden standen sich, obwohl sie nur Halbbrüder waren, sehr nahe. Sie waren sich auch in vielen Dingen gleich, nur daß James im Waffenhandwerk geübter war. Alle Welt hielt ihn für einen tapferen Ehrenmann. Aber in Wirklichkeit war es nur sein Dünkel, der ihn ehrenhaft erscheinen ließ. Die meisten Menschen konnte er damit täuschen. Auch dich, meine Tochter.«

Ringsum herrschte tiefe Stille, als Katherine fortfuhr: »Eigentlich hätte der Graf von Clare auf den ersten Blick erkennen müssen, daß Daria die gleichen Augen hat wie sein Bruder David. Aber offenbar ist ihm das nicht aufgefallen. Sein Bruder hatte ihm auch nie etwas von mir und seiner Tochter erzählt. David wollte uns beide vor Schaden bewahren, Daria. Aber leider hat Damon alles erfahren.«

»Deshalb also hat mein Vater mich nie beachtet, mich nie geküßt oder gestreichelt oder mir gesagt, er liebte mich.«

Katherine nickte. »Es tut mir leid, Daria, aber es war wirklich so – jedesmal wenn er dich erblickte, drehte er sich zu mir um und sah mich so haßerfüllt an, daß ich ganz klein wurde. Er hat dich aber nie geschlagen oder irgendwie verletzt. Ich hatte ihn allerdings gewarnt, wenn er es täte, würde ich ihn töten. Nicht mit dem Messer, sondern mit Gift. Er hat mir das auch geglaubt, denn er wußte, daß ich viele Rezepte von meiner Großmutter geerbt hatte. Aber dann kam sein tödlicher Unfall, und wir waren Damon Le Mark auf Gnade und Ungnade ausgeliefert.«

So hatte sich Damon also an seinem Halbbruder gerächt, indem er mit dessen Witwe schlief und ihren Liebhaber ermordete. Unerträgliche Strafen! Auch Roland fragte sich, warum Damon Le Mark darauf verzichtet hatte, Katherine von der möglichen Hochzeit ihrer Tochter mit deren Onkel, dem Grafen von Clare, zu unterrichten. Das hätte ihm doch eigentlich gefallen müssen, weil der Gedanke für Katherine furchtbar gewesen wäre. Dann fiel Roland jedoch ein, daß Le Mark es wahrscheinlich deshalb nicht getan hat, weil es sonst Colchester hätte zu Ohren kommen können.

»Was meinst du, Daria? Willst du ihnen die Ohren abschneiden lassen? Sollen wir sie zu Eunuchen machen? Oder willst du, daß ich ihnen ein Schwert durch den Leib jage?«

»Nein«, sagte sie. Sie war sehr bleich geworden. »Ich hätte also beinahe meinen Onkel geheiratet.«

»Ja, aber es ist nicht dazu gekommen.« *Doch dein Onkel hat dich vergewaltigt, nicht wahr, und du hättest das Kind einer inzestuösen Verbindung zur Welt gebracht.*

»Es ist mir nie in den Sinn gekommen, daß der Graf von Clare Daria heiraten könnte«, sagte Katherine. »Der Gedanke hätte mich in den Wahnsinn getrieben. Du mußt mir verzeihen, mein Kind, aber ich wollte nicht, daß du die Wahrheit erfährst. Vielleicht wirst du mich deswegen verachten und ...«

Plötzlich begann Daria laut zu lachen. Es war ein Lachen so voller Schmerz, daß es allen in den Ohren gellte. Stockend brachte sie heraus: »Das ist zu viel, Roland. Begreift ihr denn nicht?« Ihre Stimme wurde schärfer, fast schrill. »Begreift es denn keiner? Wenn ich das Kind nicht verloren, sondern zur Welt gebracht hätte, dann hätte es sogar vielleicht dem Grafen von Clare ähnlich sehen können, weil er immerhin sein Großonkel gewesen wäre!«

In einem merkwürdig klingenden Singsang fuhr sie fort: »Ja, und dann hättest du mir nie geglaubt, Roland. Du hättest das Kind betrachtet und gesagt: ›Ah, sieh dir seine roten Haare an! Der Graf von Clare ist der Vater, und ich hatte recht, daß Daria eine Lügnerin ist!‹«

Sie warf einen langen Blick auf Roland und sagte: »So ist es zwar nicht gekommen, und dennoch habe ich nichts gewonnen. Für mich ist es aus, ich habe verloren. Du brauchst dir keine Vorwürfe mehr zu machen, Mutter. Nun, wenn ich wirklich ein Urteil über die beiden Grafen fällen soll, so lautet es: Sie sollen gegeneinander kämpfen. Ich will, daß sie zum Zweikampf antreten. Sie haben es beide verdient. Wäre der Graf von Clare nicht so feige gewesen, dann hätte er mich nicht entführt, sondern wäre zu Damon gegangen und hätte ihn zum Zweikampf gefordert, wie es ein Ehrenmann mit seinem Feind tut. Auch Damon Le Mark verdient nur Verachtung, weil er Roland das Geheimnis meiner Geburt verschwiegen hat. Es war ihm gleichgültig, was aus mir wurde. Er nahm es sogar in Kauf, daß mein Onkel mit mir schlafen würde. Vielleicht empfand er es als besonders witzigen Schlag gegen meine Mutter und den Grafen von Clare.«

Wiederum lachte Daria laut auf. »Noch einmal, Roland, will ich meine Lüge wiederholen, und dann sollst du sie nie mehr aus meinem Munde hören. Der Graf von Clare hat nie mit mir geschlafen und auch kein anderer Mann außer dir. Er hat mich erniedrigt, aber nicht in sein Bett geholt. Wirst du es nun so machen, wie ich es wünsche?«

Roland fühlte sich in einen Wirbel widerstreitender Empfindungen verstrickt. Doch war er jetzt geneigt, ihr zu glauben. Der Graf von Clare hatte sie also nicht vergewaltigt. Bei allen Heiligen, angesichts der Tatsache, daß der Graf von Clare von ihrem Blut, ihr eigener Onkel war, wäre es Daria unmöglich gewesen, ihre Behauptung aufrechtzuerhalten, falls sie eine Lüge war.

Nachdenklich sagte er: »Es sei, wie du es wünschst.«

Graelam warf ein: »Und wenn einer den anderen tötet? Was werden wir mit dem Überlebenden tun?«

Ohne sichtbare Gefühlsbewegung antwortete Daria: »Er geht frei aus.«

Roland nickte zustimmend. Doch gleich darauf wechselte er einen Blick mit Graelam, der einen stillschweigenden Pakt zwischen ihnen besiegelte.

Es war ein warmer Nachmittag im Frühherbst, aber es wehte ein scharfer, schneidender Wind.

Nie würde Daria je die Mienen, die Wut und den blanken Haß der beiden Männer vergessen. Jeder trug nur einen Lendenschurz und war mit Schwert, Streitkolben und Axt bewaffnet.

Die Menge um den Kampfplatz verhielt sich stumm. Daria war sich klar, daß inzwischen alle wußten, was sie im großen Saal gesagt hatte, und daß es ihre beiden Onkel waren, die hier einen Kampf auf Tod und Leben austrugen.

Plötzlich vernahm sie das Klirren gekreuzter Schwerter. Unter Verwünschungen sprangen die beiden Männer aufeinander los und zogen sich dann wieder lauernd zurück.

Obwohl der Kampf nicht lange dauerte, schien er ihr eine Ewigkeit zu währen. Damon Le Mark kämpfte tapfer, von Haß beseelt, aber er war kein Gegner für den Grafen von Clare, der in täglichen Kämpfen mit walisischen Räuberbanden gestählt war. Daria sah, wie der Graf von Clare das Schwert mit beiden Händen schwang. Sie sah es niedersausen und wußte, daß Damon Le Mark sterben würde. Im letzten Augenblick gelang es ihm zwar, dem Schlag durch einen Seitschritt auszuweichen. Doch dann benutzte der Graf von Clare sein Schwert als Lanze und stach es ihm mit solcher Wucht durch die Brust, daß es zum Rücken wieder herauskam. Damon Le Mark fiel seitlich zu Boden und war schon tot, als er anschließend auf den Rücken rollte.

Lächelnd stand der Graf von Clare über dem toten Feind. Plötzlich sah Daria, wie ihr Mann, ebenfalls nur im Lendenschurz, in den Kreis trat. Er hob sein Schwert und rief dann dem Grafen zu: »Du dreckiger Hurensohn, weißt du, daß Daria deine Nichte ist? Verdammter Dummkopf, sie ist von deinem Blut! Dein Bruder David war ihr Vater! Hätte ich sie nicht aus deiner Burg geholt, dann hättest du die schwerste Sünde in Gottes Augen begangen! Was sagst du dazu, du Dreckskerl?«

Der Graf von Clare kannte den jungen Mann vor ihm als gefährlichen Krieger. Die Demütigung, die er durch Roland auf Tyberton erlitten hatte, schmerzte ihn noch immer wie eine offene Wunde. Im Angesicht des Königs und seiner eigenen Männer und Bedienten hatte ihn Roland wie einen kleinen Köter niedergeschlagen. Jetzt aber hatte Clare ein Schwert in der Hand. Er hatte den Grafen von Reymerstone getötet, und jetzt würde er auch diesen unverschämten Schweinehund töten. »Du lügst!« schrie er zurück. »Wenn sie eine Blutsverwandte von mir wäre, hätte ich es sofort gemerkt.«

Die beiden Männer maßen einander. Der Graf, dessen rote Haare in der warmen Nachmittagssonne loderten, war der größere von beiden. Jede Bewegung, die er mit dem Schwert vollführte, verriet seine Kraft. Der Kampf gegen den Grafen von Reymerstone hatte ihn wenig Mühe gekostet. Er blickte auf den jungen Mann, der so dunkel wie ein Moslem war, und lächelte verächtlich. Er wußte, wenn er Roland tötete, würde auch er nicht lebend davonkommen, aber das kümmerte ihn jetzt wenig. Dann hätte er sich wenigstens gerächt. Mit einem Kampfschrei stürmte er vor. Roland wich aus, und der Graf schlug keuchend nur ein Loch in die Luft.

Darias Mann war schlanker, hatte jedoch einen straffen Körper, stark, beweglich und war sehr schnell auf den Beinen. Er ließ das

Schwert fallen und schwang jetzt eine Streitaxt in der rechten Hand. Dann warf er die Axt in die Linke und nun weiter hin und her, bis der gefoppte Graf von Clare wie ein Stier aufbrüllte und wieder angriff. Leichtfüßig glitt Roland zur Seite und schlug dann plötzlich kraftvoll mit der Axt zu, die laut gegen des Grafen Schwert klirrte. Roland machte ein erstauntes Gesicht, bedachte den Gegner mit einem anerkennenden Blick und drehte sich nach links aus der Reichweite des wiederum zuschlagenden Schwertes.

»Seht euch das an!« rief Graelam, der gern selbst an der Stelle seines Freundes gestanden hätte. »Roland kämpft mit Köpfchen.«

»Er hat auch verschiedene Tricks von den Räubern im Heiligen Land gelernt.«

Wuchtig drang der Graf von Clare auf Roland ein, versuchte ihn in die Enge zu treiben, führte einen Schlag nach dem anderen, ohne nachzulassen, und trieb seinen Gegner mit der puren Kraft vor sich her.

Plötzlich ließ Roland die Axt fallen und ließ sich von Salin ein Messer mit schmaler Klinge reichen. Graelam stieß aus tiefstem Herzen einen Seufzer aus. »Jetzt ist es gleich vorbei.«

»Woher wißt Ihr das?«

»Schaut nur hin!«

Roland glitt vor dem angreifenden Grafen davon, duckte sich nach rechts ab, drehte sich dann auf den nackten Fußballen, stieß blitzschnell mit dem Messer zu und ritzte dem Grafen die Brust auf. Verständnislos sah der auf den blutigen, schräg verlaufenden Strich unter den dichten roten Brusthaaren und heulte wutentbrannt auf. »Jetzt bringe ich dich um, du Hurensohn!«

Roland lachte. »Nimm noch das, du Schweinehund!« Mit ausgestrecktem Arm wirbelte er herum und stach so rasend zu, daß man es kaum sah. Doch gleich darauf trug der Graf ein blutendes X auf der Brust. Da wurde er so wütend, daß er mit dem mächtigen Schwert wie ein Wilder nach rechts und links um sich schlug.

Graelam sagte leise: »Er hat die Übersicht verloren und reagiert nur noch. Er merkt nicht, daß ihm seine ganze Kraft nichts nützt. Nie wird er Roland treffen.«

Mit spielerischer Leichtigkeit löste sich Roland von dem Grafen und entfernte sich gute fünf Meter von ihm. Wutschnaubend hob der Graf das Schwert, um ihn mit Gebrüll anzugreifen.

Roland zielte sorgfältig und ließ das Messer dann mit einer kurzen Bewegung aus dem Handgelenk durch die Luft schwirren. Mit leisem Aufprall grub sich die Spitze dem Grafen mitten im X in die Brust.

Edmond von Clare schaute auf den Elfenbeingriff, der von der Wucht und der Schnelligkeit von Rolands Wurf noch ein wenig zitterte. Er sah erst Roland, dann Daria an. »Mir ging es nur um deine Mitgift«, sagte er. Dann brach er tot zusammen.

Roland war schweißbedeckt und mit Staub überzogen, als er mit zufriedenem Lächeln zu seiner Frau sagte: »Bereite alles vor, damit wir morgen früh beim ersten Licht von Chantry Hall aufbrechen können! Packe Kleidung für einen Monat ein! Sag Alice Bescheid, sie soll dir Lebensmittel für uns und sieben Männer mitgeben!« Dann sagte er zu Sir Thomas: »Ihr werdet in meiner Abwesenheit für die Sicherheit von Chantry Hall sorgen. Und du, Katherine, brauchst dir in Zukunft keine Gedanken mehr um deine Tochter zu machen.«

»Nein«, sagte Katherine langsam, »ich glaube auch, das wird nicht nötig sein.«

»Wohin soll es gehen, Roland?«

Er trat auf seine Frau zu und sah sie lange an. »Wir reisen nach Wales.«

»Wozu?«

Er beugte sich zu ihr und sagte so leise, daß kein anderer es hören konnte: »Ich habe dich entjungfert, kann mich aber nicht mehr daran erinnern. Ich will mich aber daran erinnern, wie du ausgesehen hast, als ich zum erstenmal in dich eindrang. Ich will mich daran erinnern, wie es war, als ich zum erstenmal tief in dich hineinstieß.«

Zwölf Tage später kamen sie in Wrexham an. Unglaublicherweise hatte es unterwegs nur zweimal geregnet. Unglaublicherweise waren ihnen keine Räuber in die Quere gekommen. Unglaublicherweise pfiff Roland vergnügt vor sich hin, als sie die Kathedrale von Wrexham betraten.

Daria betete inbrünstig. Sie hatte keine Ahnung, was sie erwartete, aber Beten war sicherlich das Beste, was sie tun konnte.

Auf Rolands Klopfen machte Romila die Tür auf, lächelte breit, als sie ihn erkannte, und musterte beide vom Kopf bis zu den Füßen. »Ah, das ist ja der hübsche Bursche, der allen Mädchen in Wrexham für lange Zeit Gesprächsstoff geliefert hat. Ich habe ihnen erzählt, wie reich Euer Körper ausgestattet ist und wie Eure Haut sich unter der Hand einer Frau anfühlt. Und als ich ihnen die Länge Eurer Rute beschrieb ... Seid Ihr das, Daria? Was wollt Ihr hier? Was ...«

Roland bat sie, ihn in das Zimmer zu führen, in dem er fast zwei Wochen lang krank im Bett gelegen hatte.

»Nein, Daria, du bleibst hier«, sagte er zu seiner Frau, als sie ihm folgen wollte. Sie nickte und sah den beiden nach, die die verschmutzte Treppe erklommen. Würde Romila versuchen, ihn zu verführen, sobald sie im Schlafzimmer waren?

Oben im stickigen Zimmer schaute Roland sich das Bett an, auf dem er viele Stunden verbracht hatte, an die er sich nicht mehr erinnerte. Bevor Romila ihm unzüchtige Anträge machen konnte, fragte er sie: »War ich bewußtlos, als man mich herbrachte?«

»Ja, mein Goldjunge.«

Sein Blick wanderte zum Fenster, und er sah im Geist dort Daria schweigend stehen und in den Hof hinunterschauen. Er blickte zum Stuhl und erinnerte sich deutlich, daß Daria darauf gesessen und einen seiner Waffenröcke ausgebessert hatte.

»Eure kleine Frau hat sich rührend um Euch gekümmert. Natürlich hat sie mich öfter um Rat gefragt. Ich sagte ihr, daß Ihr bald wieder gesund werden würdet.«

Er erinnerte sich an den Löffel, mit dem Daria ihn gefüttert hatte, und daran, wie sie ihn aufgefordert hatte, zu essen, damit er wieder zu Kräften komme.

»Ja, o ja«, sagte Romila und lachte derb. »Und ich weiß noch verschiedenes andere, was Ihr nicht mehr wißt, Ihr geiler Bock!«

»Was meinst du?«

Romila betrachtete lüstern seinen Körper. »Ja, selbst im Fieberwahn, als Ihr in fremden Zungen rumgebrüllt habt, wart Ihr noch ein geiler Bock! Ich wußte ja, daß Ihr noch nicht lange verheiratet wart, aber daß Ihr einen so schrecklichen Drang haben würdet ...«

Pochenden Herzens fragte Roland wieder: »Was meinst du?«

Sie sah ihn an, als wolle sie ihn aufs Bett werfen und ihm die Kleider herunterreißen. »Eines Abends, mein hübscher Junge, kam ich rauf, weil ich mir um Eure Frau Sorgen machte. Sie war ja todmüde und hat soviel Angst um Euch ausgestanden. Und draußen vor der Tür hörte ich dieses Gestöhne und machte die Tür auf, weil ich dachte, Ihr lägt im Sterben, und da hat sie auf Euch draufgesessen, und Ihr habt ihr die Rute reingeschoben, und sie schrie auf, und

Ihr habt gestöhnt und sie ordentlich vorgenommen. O ja, Ihr habt Euch prachtvoll von ihr reiten lassen. Das finde ich gut, wenn einem die Rute noch juckt, obwohl man schwerkrank ist.«

»Ich danke dir«, sagte Roland, umarmte die Frau und gab ihr einen dicken, schmatzenden Kuß. »Vielen, vielen Dank.« Bei allen Heiligen, dachte er auf der Treppe beim Runtersteigen, wenn ich mich bloß daran erinnern könnte! Nur an einen einzigen Augenblick ...

Plötzlich kam Roland auf die Idee, hier in diesem Bett mit Daria die Nacht zu verbringen. Er wollte sie auf die gleiche Weise nehmen, wie er sie damals genommen hatte.

Gegen Mitternacht kam ein heulender Sturm auf, und das Fell vor dem Fenster flatterte und klatschte laut. Auf dem engen Bett lag Roland rücklings und sah seine schöne nackte Frau an, die sich mit aufgelösten Haaren auf ihm niederließ und sich dann so bewegte, wie er es gern haben wollte. Sie ließ ihn so tief in sich hineingleiten, daß er vor Wonne fast verging.

Er sah nichts als seine Frau Daria. Als er merkte, daß sie dem Höhepunkt nah war, sagte er: »Ich liebe dich, Daria, du sollst nie daran zweifeln.«

Als sie zum Höhepunkt kam, schrie sie laut auf, und er mußte grinsen, weil er an Romila dachte. Stand sie jetzt lauschend vor der Tür? Dann begann er zu stöhnen und vergaß alles über der Lust, die seine Frau ihm bereitete.

EPILOG

London, England

Der gewaltsame Tod der beiden Grafen im Innenhof einer wenig bekannten Burg in Cornwall kam dem König erst im Oktober zu Ohren. Zu seinem Mißvergnügen wußte ihm sein Schwiegersohn Dienwald de Fortenberry wenig Einzelheiten zu berichten, da er, wie seine bedauernde Miene verriet, leider nicht dabei gewesen war.

Doch der König wollte unbedingt Näheres erfahren. Er merkte rasch, daß Dienwald ihm einiges verschwieg, und ahnte, daß Roland und Graelam de Moreton in die Angelegenheit verwickelt waren. Halb ärgerlich, halb befriedigt nahm er zur Kenntnis, daß die drei Männer treu zusammenhielten. Aber warum trauten diese lahmen Kerle denn ihrem König nicht?

Sein Ärger hielt nur bis zum zweiten Kelch Wein an. Denn schließlich waren ihm damit zwei sehr reiche Besitzungen in die stets bedürftigen königlichen Hände gefallen, da die beiden Grafen keine Erben hinterlassen hatten. Der König vergab die Treuhänderschaft über Tyberton einem seiner vertrauten Ritter, allerdings mit der Ermahnung, falls er sich je wie ein hochmütiger Markgraf aufspiele, werde er, der König, dafür sorgen, daß sein Bier vergiftet würde.

Kurz nach Neujahr entsann sich der König der Geschichte wieder und beschloß, sich die Wahrheit über den Vorfall aus berufenem Munde schildern zu lassen. Deshalb schickte er einen Boten nach Chantry Hall mit der Aufforderung, Roland de Tournay und Gattin hätten ihn in London zu besuchen und ihm einen ausführlichen Bericht zu erstatten.

Roland gab dem Boten des Königs folgendes Antwortschreiben mit auf den Weg:

Sire,
ich bitte um Nachsicht und Verzeihung, doch Daria und ich können in den nächsten Monaten nicht nach London kommen, um uns in der Sonne Eurer Gegenwart zu erfreuen, da sie ein Kind erwartet. Wir bitten, uns im Spätsommer zu empfangen.

Als Robert ihm den kurzen Brief vorgelesen hatte, räusperte sich der König. »Aber sie ist doch schon seit langem schwanger. Müßte das Kind nicht bereits zur Welt gekommen sein?«

»Sie hat im letzten Sommer eine Fehlgeburt gehabt, Sire.«

»Ja, richtig«, sagte der König. »Ich muß der Königin erzählen, daß schon wieder ein Kind unterwegs ist. Ihr wißt ja, sie kann Daria und Roland sehr gut leiden. So, das wär's. Ich habe durch diesen Vorfall Ländereien in die Hand bekommen, die ich gut gebrauchen kann, und eine Menge Geld für meine Schatztruhen. Meine Untertanen scheinen die Angelegenheit unter sich bereinigt zu haben. Ihr seht müde aus, Robbie. Ihr müßt Euch heute nachmittag ein bißchen ausruhen.«

Das hörte Robert Brunell mit Freuden.

Der König wandte sich zum Gehen. Plötzlich schlug er sich mit der flachen Hand an die Stirn. »Beinahe hätte ich es vergessen! Holt Euer Schreibzeug, Robbie! Irgendein schottischer Schwachkopf hat mir eine Abordnung geschickt, die mich um eine Gefälligkeit bitten will.«

Burnell seufzte. Es war immer dasselbe. Dann zwang er sich zu einem Lächeln. »Ja, Sire, sofort.«

Chantry Hall, Cornwall

Roland und Daria standen an den Nordwällen von Chantry Hall und schauten über die welligen Hügel hin, auf denen mindestens hundert Schafe am spärlichen Wintergras knabberten. Es war Anfang Januar, und die Luft war frisch, aber nicht kalt, und der Himmel war blau und wolkenlos. Es war ein Tag, der jedem Einwohner von Cornwall das Herz erwärmte.

Roland zog seine Frau an sich, küßte sie auf die Schläfe und zeigte nach Osten, wo Florin, der königliche Bote, gerade aufbrach. Er hatte am vorhergegangenen Abend zuviel Bier geschluckt und die Nacht auf der Burg verbracht. »Ich möchte zu gern wissen, was Edward sagt, wenn er meine Botschaft erhält.«

Daria lachte. »Falls Florin heil in London ankommt! Lieber Mann, das Antwortschreiben an deinen König grenzt an Frechheit. Es ist Dienwalds unverschämtem Stil sehr ähnlich.«

»Ha! Dienwald hat ganz schön versagt, als der König ihn im Oktober über die toten Grafen ausholen wollte. Er soll mächtig rumgestottert haben. Meinst du, daß der König auch an Graelam und Kassia geschrieben hat?«

»Wir müssen sie fragen, wenn sie das nächste Mal hier sind«, sagte Daria lächelnd.

»Fühlst du dich wohl, Süße? Sitzt unser Kind zufrieden im Mutterleib?« Er drückte sie an sich und fuhr ihr mit der Hand sanft über den geschwollenen Leib.

»Ja, es geht uns beiden ausgezeichnet, und wir haben beide großen Hunger.«

Roland warf ihr einen bedauernden Blick zu. »Wenn du mir vor einigen Monaten so etwas gesagt hättest, dann würde ich angenommen haben, daß du Appetit auf mich hast. Ich hätte dich auf die Schulter genommen, dich zu unserer Wiese im Westen getra-

gen und dich zwischen Geißblatt und Glockenblumen geliebt. Aber jetzt muß ich den verständnisvollen, geduldigen und enthaltsamen Hausvater spielen, während mein Kind dich völlig in Beschlag nimmt. Ich bin jung und temperamentvoll, Daria, und es fällt mir sehr schwer ...«

Sie zog ihm den Kopf an den Ohren herunter, stupste ihn an die Nase und küßte ihn wieder und wieder auf den Mund. »Auf der Wiese gibt es jetzt kein Geißblatt, Roland, dafür Kienäpfel im Wald. Was hast du da eben gesagt? Sind das nur leere Worte, oder sollen ihnen Taten folgen?«

»Und ich dachte, ich wäre der einzige, der unter Liebesentzug leidet«, sagte er und hob sie in die Höhe, so daß ihre Beine über dem hölzernen Fußsteig baumelten. »Nein, ich habe dir kein hartes Lager im Walde zugedacht, sondern ein weiches Bett, wo du dich mir so süß und willig zeigen wirst, daß ich Freudentränen weinen könnte.«

»Du sprichst ja wie ein Dichter, Roland. Nun, als erstes lasse ich uns von Alice ihren wunderbaren Glühwein zubereiten. Der wird deine Geilheit ein wenig dämpfen. Du sollst zwar noch stark bleiben, aber dich nicht zu Ausschweifungen hinreißen lassen.«

Er sah sie mit so viel Liebe an, daß Daria alle witzigen Bemerkungen, die sie noch eben auf der Zunge hatte, gänzlich vergaß. Er stellte sie wieder auf die Beine. Sie lehnte sich an ihn und legte ihm die Arme um den Hals.

»Das Leben mit dir ist wunderbar, Roland. Mein Leben ist jetzt so, wie ich es mir immer gewünscht habe.«

»Auch wenn der Wind uns den Gestank der Schafe in die Nase treibt?«

»Ja, auch dann. Aber nun komm, mein Lord und Gemahl!«

»Wenn unser König wüßte, wer der Frechling auf Chantry Hall ist, würde er mich mit schönen Worten umgarnen, bis ich daran ersticke.«

»Das werde ich Philippa sagen.«

»Und ich werde es Dienwald sagen.« Roland stutzte einen Augenblick und grinste dann übers ganze Gesicht. »Ich habe nicht die leiseste Idee, was Dienwald tun würde.«

»Dann zeig mir mal, was du tun würdest!«

»Dann müssen wir schnell hier weg«, sagte Roland und führte sie von den Wällen in den großen Saal. Von dort hatten sie es nicht mehr weit ins Schlafzimmer.

Catherine Coulter
Meisterin
des historischen Liebesromans

Catherine Coulter läßt ihre Romane für sich sprechen – die Autorin tritt hinter ihren Werken zurück, und so erfährt man nur wenig über ihr Leben.
Sie wurde in Texas geboren und lebt heute mit ihrem Mann, einem Röntgenfacharzt, in Kalifornien.
Ende der Siebziger Jahre begann sie, historische Liebesromane zu schreiben; zuvor hatte sie, während ihr Mann an der Universität war, wöchentlich zwanzig bis dreißig Liebesromane gelesen. Sie erzählt: »Ich kann mich erinnern, daß ich eines Abends das Buch, das ich gerade las, quer durchs Zimmer warf und rief: ›Ich kann das besser machen!‹ «
Und sie hat bewiesen, daß dies keine leere Versprechung war. Catherine Coulter hat inzwischen etwa 30 Bücher veröffentlicht und bekam 1989 von der Zeitschrift *Romantic Times* einen Preis als beste Autorin historischer Liebesromane.

Verzeichnis lieferbarer Titel

(Stand Februar 1999)

Die blonde Sklavin (01/10577)
Calypso (04/104)
Dornenpfad (04/173)
Ein ehrbares Angebot (04/139)
Fluch der Liebe (01/10094)
Der Herr der Falkenschlucht (04/154)
Der Herr der Habichtsinsel (04/151)
Der Herr vom Rabengipfel (04/152)
Herrin des Herzens (01/10373)
Im Schatten der Mitternachtssonne (04/135)
Jenseits der Liebe (04/145)
Die Junfernbraut (04/126)
Karibische Nächte (04/129)
Liebe ohne Schuld (04/45)
Rivalen des Glücks (01/9965)
Die Satansbraut (04/124)
Sehnsucht und Erfüllung (04/169)
Die Sherbrooke-Braut (04/122)
Der Stern der Rache (04/184)
Die Stimme der Erde (04/86)
Die Stimme des Blutes (04/88)
Die Stimme des Feuers (04/84)
Stolz und Leidenschaft (04/159)
Sturmwind der Liebe (04/75)
Verlies der Herzen (04/202)

2 Romane in einem Band:
Sehnsucht und Erfüllung/
Sturmwind der Liebe (23/147)
Die Sherbrooke-Braut/
Die Satansbraut (23/136)

Die Bandnummern der Heyne-Taschenbücher sind jeweils in Klammern angegeben.